国家社科基金后期资助项目

美国女性文学史

A History of American Women's Literature

下　卷

金　莉　李保杰　周　铭　著

目　录

第四章　现代美国女性文学………………………………………… 473
　概　论 ……………………………………………………………… 473
　第一节　现代主义先驱 …………………………………………… 505
　　　格特鲁德·斯泰因(Gertrude Stein,1874—1946) …………… 505
　第二节　哈莱姆文艺复兴中的女性作家 ………………………… 514
　　　杰茜·雷德蒙·福塞特(Jessie Redmon Fauset,
　　　1882—1961) ………………………………………………… 517
　　　妮拉·拉森(Nella Larsen,1891—1964) ……………………… 527
　第三节　现代非裔女性文学之母 ………………………………… 537
　　　佐拉·尼尔·赫斯顿(Zora Neale Hurston,1891—1960) … 537
　第四节　沟通中西文化的桥梁 …………………………………… 546
　　　赛珍珠(Pearl S. Buck,1892—1973) ………………………… 546
　第五节　活跃于文坛的南方女作家 ……………………………… 555
　　　埃伦·格拉斯哥(Ellen Glasgow,1873—1945) ……………… 558
　　　凯瑟琳·安·波特(Katherine Anne Porter,1890—1980) … 566
　　　玛格丽特·米切尔(Margaret Mitchell,1900—1949) ……… 575
　　　尤多拉·韦尔蒂(Eudora Welty,1909—2001) ……………… 582
　　　卡森·麦卡勒斯(Carson McCullers,1917—1967) ………… 591
　第六节　先知的灵魂救赎者 ……………………………………… 600
　　　弗兰纳里·奥康纳(Flannery O'Connor,1925—1964) …… 600
　第七节　女性戏剧的引领者 ……………………………………… 609
　　　莉莲·海尔曼(Lillian Hellman,1905—1984) ……………… 613
　　　洛蕾恩·汉斯伯里(Lorraine Hansberry,1930—1965) …… 624
　第八节　现代女性小说家 ………………………………………… 631
　　　玛丽·麦卡锡(Mary McCarthy,1912—1989) ……………… 633
　　　雪莉·杰克逊(Shirley Jackson,1916—1965) ……………… 645

1

黄玉雪(Jade Snow Wong, 1922—2006) …………………… 654
格蕾丝·佩里(Grace Paley, 1922—2007) …………………… 661
安·佩特里(Ann Petry, 1908—1997) ……………………… 670
第九节 打破缄默的工人阶级女性 ……………………………… 679
蒂莉·奥尔森(Tillie Olsen, 1912—2007) …………………… 679
第十节 现代女诗人 …………………………………………… 688
多萝西·帕克(Dorothy Parker, 1893—1967) ……………… 690
伊丽莎白·毕晓普(Elizabeth Bishop, 1911—1979) ……… 700
格温德琳·布鲁克斯(Gwendolyn Brooks, 1917—2000) …… 713
丹妮丝·莱维托夫(Denise Levertov, 1923—1997) ………… 722
安妮·塞克斯顿(Anne Sexton, 1928—1974) ……………… 732
西尔维娅·普拉斯(Sylvia Plath, 1932—1963) …………… 740

第五章 当代美国女性文学 ……………………………………… 751
概　论 ………………………………………………………… 751
第一节 多元的当代女性小说家 ……………………………… 804
葆拉·马歇尔(Paule Marshall, 1929—2019) ……………… 805
厄休拉·勒吉恩(Ursula Le Guin, 1929—2018) …………… 818
琼·迪迪翁(Joan Didion, 1934—2021) …………………… 831
安妮·普鲁(Annie Proulx, 1935—　) ……………………… 842
玛吉·皮尔西(Marge Piercy, 1936—　) …………………… 856
巴拉蒂·穆克吉(Bharati Mukherjee, 1940—2017) ………… 866
艾丽斯·沃克(Alice Walker, 1944—　) …………………… 880
杰梅卡·金凯德(Jamaica Kincaid, 1949—　) ……………… 895
格洛丽亚·内勒(Gloria Naylor, 1950—2016) ……………… 908
路易丝·厄德里克(Louise Erdrich, 1954—　) …………… 919
桑德拉·西斯内罗斯(Sandra Cisneros, 1954—　) ………… 934
第二节 当代非裔女作家中的翘楚 …………………………… 944
托妮·莫里森(Toni Morrison, 1931—2019) ……………… 944
第三节 跨越东西方文化的桥梁 ……………………………… 965
汤亭亭(Maxine Hong Kingston, 1940—　) ……………… 965
谭恩美(Amy Tan, 1952—　) ……………………………… 978
第四节 犹太女性主义的阐释者 ……………………………… 993
辛西娅·欧芝克(Cynthia Ozick, 1928—　) ……………… 993

目录

第五节　女权主义诗学思想的建构者 …………………………… 1006
　　阿德里安娜·里奇(Adrienne Rich,1929—2012) ………… 1006
第六节　当代少数族裔女诗人 …………………………………… 1021
　　奥德丽·洛德(Audre Lorde,1934—1992) ……………… 1021
　　丽塔·达夫(Rita Dove,1952—) ………………………… 1036
　　罗娜·迪·塞万提斯(Lorna Dee Cervantes,1954—) …… 1043
第七节　当代女性戏剧家 ………………………………………… 1051
　　玛丽亚·艾琳·福恩斯(Maria Irene Fornés,
　　1930—2018) ………………………………………………… 1052
　　玛莎·诺曼(Marsha Norman,1947—) ………………… 1064
　　诺扎克·山格(Ntozake Shange,1948—2018) …………… 1071
第八节　城市暴力的冷眼观望者 ………………………………… 1079
　　乔伊斯·卡罗尔·欧茨(Joyce Carol Oates,1938—) …… 1079
第九节　基督教精神的守望者 …………………………………… 1096
　　玛丽莲·罗宾逊(Marilynne Robinson,1943—) ………… 1096
第十节　印第安部落文化的传承者 ……………………………… 1106
　　莱斯利·马蒙·西尔克(Leslie Marmon Silko,1948—) … 1106
第十一节　生命意义的诗意探索者 ……………………………… 1118
　　路易丝·格吕克(Louise Glück,1934—) ………………… 1118

作家索引 …………………………………………………………… 1130
作品索引 …………………………………………………………… 1142

第四章 现代美国女性文学

概 论

一、社会背景与女性生活

20世纪上半叶是个动荡的时期,其最重要的标志就是两次世界大战,以及由此引发的一系列世界范围内的政治、文化和经济事件。第一次世界大战于1914年爆发,至1918年结束,导致成千上万的人失去了生命。美国虽然在1917年才参战,但这场打着"保障民主安全"旗帜的战争使士兵目睹了战争的残酷并导致他们的信仰破灭。文明被摧毁或正在自我摧毁、传统价值观分崩离析、个人面对战争武器的无力成为参加了"一战"的美国人的主要经历,就连宗教也失去了以往对于人们精神的支撑力。尽管战后的1920年代成为美国社会、经济和技术高速发展的时期,但是人们已经普遍对传统价值观丧失信心,专注于追求物质享受。在第一次世界大战中成长的美国作家被称为"迷惘的一代",该术语借自格特鲁德·斯泰因(Gertrude Stein)对旅居法国的美国作家的描述。这些作家包括欧内斯特·海明威(Ernest Hemingway)和F. 斯科特·菲茨杰拉德(F. Scott Fitzgerald)。第二次世界大战于1945年美国在日本广岛和长崎投下两颗原子弹而告终,死亡人数高达几十万,还造成了大规模的辐射伤害和环境污染。

"一战"结束到1929年大萧条爆发这段时间被称为"爵士乐时代"(Jazz age)或者"喧嚣时代"(Roaring Twenties)。在此期间,美国的经济、社会、文化各方面飞速发展,成为现代消费主义的发源地。电话和电是19世纪的发明,届时已经普及到美国的普通家庭,使得生活更加舒适与便利,也部分填补了上层社会与下层社会之间的沟壑。留声机、电影以及收音机成为新的联系和娱乐方式。最具影响力的技术成果是发明于19世纪末的汽车——"不用马拉的马车"①。亨利·福特(Henry Ford)的流水作业线使得私人汽车在1920年代成为大多数美国人负担得起的商品,大大改变了美国的工业形态,创造了新的工作机遇。高速公路和飞机的出现改变了国家地理,使之前默默无闻的城镇出现在地图上,也使州际之间卡车运输成为铁路的替代选择。而两种艺术形式的兴起——来自新奥尔良妓院、舞厅和游行路线中的爵士乐与好莱坞电影,将对20世纪美国文学以及整个世界造成深刻的文化变革②。

自第一次世界大战起,美国与世界其他国家的关系就成为热门话题。在"一战"爆发时,美国的政治家和知识分子就在思考美国是否需要干涉欧洲国家的权力斗争。曾在欧洲生活过的美国作家们,如亨利·詹姆斯(Henry James,1843—1916)、伊迪丝·华顿(Edith Wharton,1862—1937)、E. E. 卡明斯(E. E. Cummings,1894—1962)、斯泰因(Gertrude Stein,1874—1946)、欧内斯特·海明威(Ernest Hemingway,1899—1961)等人,不但支持美国参与第一次世界大战,也志愿为盟军服务。但孤立主义势力依然强大,虽然美国在1917年因为德国人击沉了美国潜水艇而参战,排外的孤立主义氛围却在战后持续多年。1920年代目睹了一系列针对移民的暴力事件,如第一次"红色恐慌"(Red Scare,1920—1921)时期的帕尔默大搜捕行动③、意大利裔美国无政府主义者尼克拉·萨科(Nicola Sacco)和巴托洛梅奥·范泽蒂(Bartolomeo Vanzetti)的处刑(1920—1927)、定额或排斥非白人移民的移民政策,等等。对民权和人权的侵犯以及30年代在欧洲兴起的法西斯主义使得美国的左翼分子开始呼吁在世界范围内加强保护民权和自由。他们中许多人受到共产主义平等思想的吸引,志愿在西班牙内战(1936—1939)中帮助西班牙共和军反抗法西斯独裁者弗朗西斯科·弗朗哥(Francisco Franco)。信奉孤立主义的美国直到第二次世界大战爆发后由于担心自己的利益受损才开始真正介入,但也仅是在1941年日本人偷袭珍珠港事件后国人才形成共识。战争结束后美国成为全球超级霸权,孤立

---

① Nina Baym, *The Norton Anthology of American Literature*. Shorter 5th ed. New York: Norton,1999,pp. 1799—1800.
② Wendy Martin and Sharone Williams, *The Routledge Introduction to American Women Writers*. London:Routledge,2016,p. 119.
③ 帕尔默大搜捕,是美国司法部试图逮捕和驱逐美国国内的激进左翼分子,特别是无政府主义者的一些行动。1919年11月和1920年1月,在司法部长亚历山大·米切尔·帕尔默的指导下,美国各地进行了逮捕行动。帕尔默大搜捕发生在由红色恐怖产生的社会危机期间。

主义就此终结①。

20世纪20年代见证了社会价值观的重要变化。这一时期的人们,尤其是年轻人,强调个人自由和社会宽容,追逐享乐主义;而那些坚信工作道德、社会从众性、责任、体面的传统主义者则试图通过白人的、新教徒的和小城道德标准掌控社会与个人行为,与移民、少数族裔、年轻人、女性、离经叛道的艺术家们对抗。新的经济秩序瓦解了维多利亚时期关于阶级、婚姻和女性社会角色的固定观念,与女性生活紧密相关的新技术,如广告、影院、百货商场、汽车、杂志,使女性消费者受益,也产生了一个休闲阶级,使得20世纪初成为一个消费、技术和休闲的世界②。

在这一时期,两性关系以及女性扮演的社会角色都发生了重要变化。自1848年召开美国第一次女性代表大会以来,女性追求自由解放、争取选举权的斗争从未停止过。七十多年之后,美国妇女终于在1920年获得了选举权。这与她们在战时对于社会做出的贡献有关。战争使得大批女性走出家门,承担了传统上由男人完成的工作,有些女性甚至到了战争前线,令人刮目相看。与此同时,女性通过努力大批进入各个行业,职场女性数量大大增加,越来越多的女性获取了经济独立。"'一战'后,经过统计,美国职业妇女的人数增长了近50%,美国社会有七十万妇女被雇用。"③受过高等教育、拥有经济独立的新女性成为自由和时髦的象征。这一时期许多高校的大门向女性敞开,使其获得思想解放和精神提升的机会。白人中产阶级女性开始挣脱传统观念的束缚,在思想和行为上较以前开放许多。她们穿短裙,留短发,和男人一起喝酒、跳舞、出入社交场合。至关重要的一点是,节育开始变为可能。但是,尽管女权主义者强调"女性应该在与男性平等的基础上拥有从事任何职业的权利,并且与男性分担长期以来都由女性独自承担的家务",此时美国的社会和经济秩序并未发生根本变化,女性也并未得到彻底的解放和自由④。

20世纪初的美国繁荣并没有惠及农民、移民和少数族裔,社会种族仇恨愈加明显,黑人被私刑处死的事件不断发生。1908年8月,伊利诺伊州的斯普林菲尔德市发生一起使用私刑处死黑人的事件,激起白人自由主

---

① Wendy Martin and Sharone Williams, *The Routledge Introduction to American Women Writers*. London:Routledge,2016,pp. 120—21.

② Guy Reynolds, *Twentieth-Century American Women's Fiction:A Critical Introduction*. New York:St. Martin's P,1999,p. 39.

③ 徐颖果、马红旗:《精编美国女性文学史》。天津:南开大学出版社,2016年,第273页。

④ 金莉等:《20世纪美国女性小说研究》。北京大学出版社,2010年,第63页。

者的愤慨。仅1913年,全美共有86人被私刑处死,有85人是黑人。在第一次世界大战爆发之前,美国全国有1000多名黑人被私刑处死①。理查德·赖特(Richard Wright,1908—1960)的《土生子》(Native Son,1940)、威廉·福克纳(William Faulkner,1897—1962)的《坟墓的闯入者》(Intruder in the Dust,1948)、哈珀·李(Harper Lee,1926—2016)的《杀死一只知更鸟》(To Kill a Mocking Bird,1960),均以黑人遭受的不公正待遇为主题。在著名黑人学者、社会活动家 W. E. B. 杜波依斯(W. E. B. Du Bois,1868—1963)等人的倡议下,1909年5月在纽约召开关于黑人权利的全国性会议,建立了全国黑人委员会。次年5月,该组织与杜波依斯领导、由激进派黑人知识分子建立的尼亚加拉运动组织合并,定名为全国有色人种协进会(The National Association for the Advancement of Colored People)。该协进会旨在通过改良的道路,采用法庭诉讼、争取民主立法和宣传教育等方法,使黑人享有完全的公民权、法庭公平裁判权,以及在经济、社会、教育和政治方面的平等权利,并且为黑人争取参军的资格。据统计,一战时有38万黑人投身欧洲战场②。虽然许多黑人把参军视为获得平等公民权利的机遇,在欧洲战场上浴血奋战,但退伍士兵没有得到应有的社会地位和待遇,仍陷于种族歧视之中。

非裔美国人在1920年代成为美国文化生活的永久组成部分③。城市化、工业化、移民潮引起了美国国内的人口流动,大批黑人从种族隔离的南方跑到北方,为自己和子女寻求更好的生活条件。一战中的工业需求为黑人带来了更多的工作机会。在"第一次大迁徙"(the Great Migration,1919—1930)中,有150万非裔美国人从农业化的南方来到纽约、芝加哥、波士顿等大城市④。纽约市的哈莱姆本来是白人中上层阶级人士居住的地方,但后来逐渐成为美国最大的黑人聚居区,到20年代末,黑人居民已达200000人⑤。文学、艺术(爵士乐、布鲁斯、舞蹈、绘画)的盛行使哈莱姆成为

---

① Bernard W. Bell, *The Afro-American Novel and Its Tradition*. Amherst:The U of Massachusetts P,1987, p.77.

② Michelle Ann Stephens,"The Harlem Renaissance:The New Negro at Home and Abroad," in *A Companion to African American Literature*. Ed. Gene Andrew Jarrett. Chichester, West Sussex:Wiley-Blackwell,2010, p.214.

③ Nina Baym, *The Norton Anthology of American Literature*. Shorter 5thed. New York:Norton,1999, p.1801.

④ 在"第二次大迁徙"(1940—1970)中,有五六百万人进行迁徙。参见 Marcia Chatelain, *South Side Girls:Growing Up in the Great Migration*. Durham,NC:Duke UP,2015.

⑤ Linda Wagner-Martin, *The Routledge Introduction to American Modernism*. London:Routledge,2016, p.109.

非裔美国政治文化艺术之中心,被作家和民权领袖詹姆斯·威尔登·约翰逊(James Weldon Johnson,1871—1938)称为"世界黑人之都"①。黑人也持续迁移至芝加哥、底特律、费城、克利夫兰等大城市,这股移民潮直到1929年大萧条开始才逐渐停止。至20世纪初,大批黑人接受了高等教育,进入了商业、法律、医疗、教育行业,逐渐形成了城市中的黑人中产阶层。但同时,黑人的群居也带来了贫困人口增多、犯罪率加大、居住条件恶劣、疾病流行等各种社会问题。

20世纪初开始的哈莱姆文艺复兴(也称为"新黑人运动"),发源于哈莱姆这个地处纽约曼哈顿岛上的黑人政治文化中心,在美国黑人文化身份构建中起到了决定性作用②。黑人作家和活动家的社会参与、来自南方乡村的黑人到城市化的北方的大迁徙、第一次世界大战的结束以及黑人士兵从欧洲战场的返回,构建成新黑人运动发展的背景。"这是第一个得到黑人自身以及美国主流社会广泛承认的黑人文学运动,在美国黑人文学和文化史上占有极其重要的地位"③。这一时期不仅成了美国黑人文化史的一个分水岭,而且在美国黑人文学史上"第一次涌现出众多得到美国主流社会认可的文学作品"④。哈莱姆文艺复兴的出现可以追溯到杜波依斯的作品《黑人的灵魂》(The Souls of Black Folk,1903)。这部里程碑式的作品记录了19世纪和20世纪的种族界限,探讨了非裔美国人的艺术和文化贡献。文中提出的"双重意识"(double consciousness)成为美国黑人文化身份的重要定义:美国的黑人"有一种奇特的感觉……一种通过别人的眼光来看待自己,通过周围的充满蔑视和同情的人群来衡量自己的灵魂的感觉。每个黑人都能感到他作为一个美国人与作为一个黑人的二重性。……每个黑人都有两个灵魂、两种思维、两种难以调和的竞争和在一个黑色躯体内的两种思想的斗争"⑤。美国黑人必须生活在黑白两种文化的夹缝里,他们的美国身份和黑人身份成为难以调和的身份两极。杜波依斯认为,黑人种族应由受到过

---

① Henry Louis Gates Jr.,"Harlem Renaissance:1919—1940," in *The Norton Anthology of African American Literature*. 2nd ed. Ed. Henry Louis Gates Jr. and Nellie Y. McKay. New York: Norton,2004,p.955.

② Michelle Ann Stephens,"The Harlem Renaissance:The New Negro at Home and Abroad," in *A Companion to African American Literature*. Ed. Gene Andrew Jarrett. Chichester, West Sussex:Wiley-Blackwell,2010,p.213.

③ 王家湘:《20世纪美国黑人小说史》,北京:译林出版社,2006年,第57页。

④ 谢梅:《美国哈莱姆文学复兴时期非裔女性小说研究综述》,载《华中学术》2018年,第23辑,第238页。

⑤ W.E.B. Du Bois,*The Souls of Black Folk*. Ed. Brent Hayes Edwards. Oxford:Oxford UP,2007,p.8.

良好教育的黑人精英来领导，以提高黑人的种族地位。

哈莱姆文艺复兴的兴起，也与这一时期西欧北美流行的"黑人热"有关。对于现代西方文明的反感、对工业社会的厌恶和战后社会现实的抵制，引发了人们对于未被西方现代文明玷污的非洲原始文化的追求。而对具有强烈黑人特色的爵士乐和非洲原始雕塑绘画的发现，迎合了白人的猎奇心理，满足了白人对于黑人原始冲动的想象，也使得许多文学艺术家和音乐家将目光转向黑人文化，从中获取灵感，促成了对于黑人原始文化的推崇。这一切使得黑人文化与文学更加引起人们的关注。但对于黑人来说，非洲显然具有不同的意义。一方面，"新黑人转向非洲和非裔美国民间传说，以寻找可以使用的过去。作为一片未开发土地的19世纪非洲形象，对于许多美国黑人来说，代表了耻辱和自我仇恨的根源，而现在却因多方面的发展变为黑人自豪的象征"。另一方面，"面对陌生的城市环境和工业社会的挫败，激励了许多移居到北方的南方黑人执着地坚持自己的文化之根。寻求与自己民族的认同，具有种族意识的知识分子和作家开始挖掘自己的种族遗产的根源"[1]。

1929年纽约股票市场崩溃导致全美25%的劳动力失业，上百万的美国人一夜之间失去了一生的储蓄，而且也没有失业保险或者其他福利[2]。20年代的繁荣转瞬而逝，工业生产直线下降，失业率居高不下，成千上万的人失去家园，沙尘暴摧毁了中西部的大批农场。随着股市的暴跌，爵士乐时代的过度消费开始下滑，美国处于经济和政治崩溃的边缘。1932年，富兰克林·德拉诺·罗斯福（Franklin Delano Roosevelt）当选为总统，他的政府在提供社会保障、创造工作机会等方面实施了一系列被称为"新政"（New Deal）的改革措施，缓解了大萧条的恶劣后果。但直到第二次世界大战带来了工业的大幅度发展后，美国经济才真正开始复苏。大萧条沉重打击了刚获得选举权不久的女性，她们中的多数失去了赖以生存的经济保障，被夺走了之前获得的惠利。在一个失业率高涨的年代，女性无法与男性竞争已经变得稀少的工作机遇，许多人被迫返回家庭。最大的受害者是少数族裔女性，她们即使在罗斯福政府"新政"的工作救济项目中也遭遇歧视。

对于这一时期影响力最大的两位思想家是奥地利人弗洛伊德（Sigmund Freud, 1856—1939）和德国人卡尔·马克思（Karl Marx, 1818—1883）。心理学的发展和马克思的观点对于20世纪的文化与文学具有无法

---

[1] Bernard W. Bell, *The Afro-American Novel and Its Tradition*. Amherst, MA: The U of Massachusetts P, 1987, p. 94.

[2] Nina Baym, *The Norton Anthology of American Literature*. Shorter 5th. ed. New York: Norton, 1999, p. 1801.

估量的影响。弗洛伊德发明了心理分析法,提出了"潜意识"本我的概念。隐藏在意识之下的是受到压抑的欲望,这些与性有关、来自孩童时期的欲望会在成人性格上留下永久伤痕。弗洛伊德的观点对于 20 世纪早期的文学影响极大,引发了作家对于梦、幻想、记忆、内心独白和疯癫的兴趣,导致了对于现实主义统一特征的摒弃,也鼓励了碎片化和无秩序模式的语言试验。语言不再被视为是传递信息的工具,而被用来发现那些潜在的、被压制或忽略的资源。因此,这一时期的现代主义文学中出现了充斥着混乱的、碎片化的句法,令人眩晕的复杂语义,通过双关、隐喻、暗示和重复造成的含义模糊的语言①。马克思认为经济是所有行为的根源,社会根据生产方式的关系分成不同的敌对阶级,所有的社会观点和理想都代表了统治阶级的利益。作为一种描绘社会和历史的理论,马克思主义使工人阶级的政治活动获得了合法性。俄国共产党人在 1917 年将它运用于自己的革命目标。20 年代和 30 年代的美国左派认同工人的力量,倡导一个由工人来掌控生产方式的社会。这些观点与美国自由企业和市场竞争的传统观点相违背,工人运动的发展受到资产阶级的抵制,被归于来自外国的影响。在 20 年代,马克思主义者、社会主义者、无政府主义者、激进分子以及工会组织者常常受到暴力打击。

30 年代经济危机的到来终结了经济繁荣,也导致文学写作手法从现代主义转为现实主义。大萧条使美国经济和政治严重受挫,社会下层贫民丧失生活来源。马克思的经济学理论促使作家重新审视阶级问题,许多人感到资本主义已经失败,将注意力转向经历了"十月革命"的苏联,左翼激进思想较前更为流行,大批知识分子加入共产党,在激进派文学刊物《群众》(*The Masses*)(后成为《新大众》,*New Masses*)上发表自己的见解。

在第二次世界大战期间,尽管美国在欧洲战场有几十万参战士兵,但由于地理位置的优势,美国的基础设施和工业非但没有受损,还因为战争需求而大大增强,美国也因此摆脱了席卷全球的经济危机。在欧洲其他老牌资本主义国家由于战争消耗而走向衰败之际,"二战"后的美国经济和军事实力暴涨,成为世界头号霸权国家。美国成为国外流亡知识分子的避难所,纽约取代巴黎成为世界艺术之都,大批知识分子以及其他领域的精英移居美国,为美国科学技术和人文社科的发展发挥了重要作用②。美国国内的生

---

① Kathleen Wheeler, *A Guide to Twentieth-century Women Novelists*. Oxford: Blackwell, 1997, pp. 3—5.

② 萨克文·伯科维奇:《剑桥美国文学史》,孙宏主译,北京:中央编译出版社,2012 年,第 105—107 页。

活得到较大改善,城市化进程的加速、科技的高速发展、资本主义消费市场的繁荣,使得美国中产阶级队伍不断扩大,新的大众文化已经形成。与此同时,苏联力量也逐渐强大,并在欧洲极力扩张自己的势力。战时的盟军在如何统治战败的德国以及如何加强欧洲恢复方面产生冲突,东西方对抗日益激烈。西方国家采用各种方式来遏制共产主义在世界范围的发展,美苏在意识形态上的对峙引起双方的全球性竞争。这种冷战氛围使得美国加强了对国内的统治,以威斯康星州参议员约瑟夫·麦卡锡冠名的麦卡锡主义笼罩了美国社会,营造了浓厚的反共氛围。麦卡锡声称共产主义特工已经渗透到美国政府、各级行政管理部门,甚至好莱坞电影制片厂,试图摧毁美国人所珍重的一切,于是在国内掀起了一股恐怖和怀疑的浪潮。几百万公务员和武装部队成员受到"忠诚调查",许多具有左翼思想的作家也牵连其中。

"二战"对于社会性别角色的改变起到了重要作用。战争女性迅速填补了由于男性参战而空出来的国内工作岗位,甚至还有女性参战。战争不仅带来了就业机会,使大批女性参与了军事或其他工业,还为女性提供了从事之前她们根本接触不到的职业,如医疗机械师、制图员、密码员、司机等,甚至还有女性成为飞行员。但"二战"结束后,退伍军人权利法案(G. I.,1944)为两百多万老兵提供了接受高等教育的机会,使他们可以在郊区购买住房,创办自己的生意,导致中产阶级人数大大增多。这些政策大力提倡女性返回正常生活轨道和返回传统的性别角色,标志着女性解放的倒退。在战后的"婴儿潮"、对于家庭和生育的理想化宣传以及对于女权主义的攻击下,女性被迫返回家庭,再次扮演贤妻良母角色。1947年发表的《现代女性:最后的性别》(The Modern Woman:The Last Sex)声称女性自我在母爱中才能得以真正实现,强调只有通过积极宣扬传统家庭和性别角色才能够战胜女权主义这种危险的意识形态。这部作品迅速成为极具影响力的畅销书[1]。

50年代至70年代是美国社会动荡的年代。"二战"之后美国百分之五十的人口受过高等教育,经济发展和人口增长带来美国经济的繁荣,但人们对于社会现状的不满情绪也在不断增长。一系列的激进社会运动在美国爆发,质疑美国社会进步、市场资本主义、种族隔离制度、宗教信仰、婚姻与家庭以及美国政府。美国国内出现了以年轻人为代表的反叛文化,他们通过毒品、性、音乐、文学表达抗议。美国在朝鲜战争之后对于越战的参与,使得越来越多的知识分子和青年人对于社会现实极度失望和不满,导致反战情

---

[1] Guy Reynolds, *Twentieth-Century American Women's Fiction:A Critical Introduction*. New York:St. Martin's P,1999,p. 146.

绪高涨,游行示威、城市骚乱和大规模的校园抗议活动持续不断。最为重要、范围最为广泛的两场运动是美国黑人民权运动和妇女解放运动。50年代中期,黑人发起了推翻种族隔离制度、争取平等权利的民权运动。民权运动取得了重大成果,在法律上推翻了"隔离但是平等"的种族隔离制度,使得联邦平权行动(Affirmative Action,又称:优惠性差别待遇)得以实施,促成了1964年民权法案的通过。但是对于黑人的歧视和恶意并没有消失,各种激进事件不断发生。黑人民权运动领袖马尔科姆·艾克斯(Malcom X)和马丁·路德·金(Martin Luther King)被暗杀激起了黑人的怒火,将种族歧视抗争推进到最为激烈的历史阶段。许多女性积极参与了黑人的民权运动,从中获取斗争经验和男性同情。

"二战"后,美国妇女的生活有极大改善,生活在郊区的中产阶级女性生活被赋予新的内容。从职场返回家庭的中产阶级女性操持家务,从事园艺,装饰家庭,接送子女上学,参加家长会和各种活动。家庭被认为是她们实现抱负的地方,这种新的"家庭崇拜"成为50年代的流行观念。曾经追求自由和独立的"新女性"回归家庭,"贤妻良母"成为20世纪中期美国对于女性的社会角色期待,亦即弗里丹称为"女性奥秘"的社会价值观。许多女性作家也对传统与现代性别观抱有矛盾态度。一方面,她们接受了高等教育,秉持现代女性观,追求性别平等和精神独立;另一方面,她们受社会规范和家庭教育的影响,无法彻底摆脱传统观念对她们的束缚。西尔维娅·普拉斯(Sylvia Plath,1932—1963)以及多萝西·帕克(Dorothy Parker,1893—1967)的作品再现了现代女性在教育、生活等方面的困境。剧作家莉莲·海尔曼(Lilian Hellman,1905—1984)在其作品中再现了消费文化给文学创作带来的负面影响。家用电器的发明减轻了妇女家务劳动的强度,但性别不平等现象依然存在。肯尼迪总统上任后,成立了解决歧视妇女问题的委员会,该委员会推行已婚夫妇合法使用避孕药的措施,减轻了女性的生活负担,使她们获得更多生育自由。

受到民权运动的鼓舞,美国女性在60年代掀起了女权运动的第二次浪潮。许多在战时进入职场的女性不再情愿仅把家庭作为她们合适的位置,加之对被拒绝给予经济上和政治上的平等权利而义愤填膺,她们在1920年获得选举权以来第一次大规模地组织起来追求其法律、道德和文化利益。女权主义者要求享有与男性同样的权利及对于她们自己身体的掌控,反抗导致性别、种族和生态压迫的男权社会和政治体制。她们的努力促成了一系列法案的颁布。1963年颁布的《同工同酬法》(Equal Pay Act)指出女性应得到同样待遇和工作权利。1964年颁布的《民权法》(Civil Rights Act)

限制雇主基于性别、种族、肤色等的歧视行为,而平等就业机会委员会(Equal Employment Opportunity Commission)使妇女能够对其面临的歧视提出申诉。《平权行动政策》(Affirmative Action Policy,1967)为妇女和少数民族获得平等的工作和教育权利提供了保障。这一时期成立的全国流产权利行动联盟(the National Abortion Rights Action League)使女性流产合法化,为女性赢得生育自由,改善了女性的生活质量。1968年,玛莎·维曼·利尔(Martha Weinman Lear,1932—1978)在《纽约时报》上撰写《女权主义第二次浪潮》("The Second Feminist Wave")一文,首次提出后来被广泛应用的"第二次浪潮"这一术语①。

贝蒂·弗里丹(Betty Friedan,1921—2006)的《女性的奥秘》(*The Feminine Mystique*,1963)出版,为女权主义"第二次浪潮"奠定了基础。在以弗里丹等活动家为首的女权主义者促成下,1966年全国妇女组织(National Organization for Women,NOW)成立,这是女性获得选举权之后的第一个全国性妇女组织。该组织提出了平权修正案(Equal Rights Amendment)。福特总统(Gerald Ford)支持这一修正案,发布《总统公告4383》("Presidential Proclamation 4383"),并成立国家妇女政治核心小组(National Women's Political Caucus),鼓励妇女参与政治。平权修正案最终于1972年在议会得以通过,但在各州表决时遭到反对女权主义群体的阻拦,因缺少三票而未成功获批。这一失败导致美国妇女逐渐减少参加有组织的活动,而大众普遍认为女权运动已实现其目标,指责声音逐步增多。随着单亲母亲和年老离婚女性遭受贫困的困扰,很多美国人开始质疑无理由离婚以及取消赡养费是否真的对女性有利;联邦政策为职业女性提供减税优惠,是否助长了家庭的分裂;以及女权主义者是否要对性革命导致的一系列问题,如青少年早孕、艾滋病的传播等负有责任。

民权运动和女权运动也促进了国内其他的运动。受到民权运动对于黑人可见度和种族自豪感的激励,亚裔、墨西哥裔、拉丁裔以及土著美国人各自团结起来为政治变革而斗争,表达他们的种族意识,拥抱他们的文化遗产,推动政治、社会和艺术团结。同性恋女性和有色人种女性也开始起来反抗激进运动中的种族歧视、男性歧视和以异性恋为标准的价值观,发出了对于她们所遭受的多种形式的歧视的抗议。大学校园成为抗议的中心,左翼学生奋力争取和平和政治变革的呼声日益高昂。所有这些运动构成了美国

---

① 引自 Angie Maxwell and Todd Shields, eds. , *The Legacy of Second-Wave Feminism in American Politics*. https://doi.org/10.1007/978-3-319-62117-3. p. 6.

历史上被称为民权时期(Civil Rights Era)的公共话语①。

二、女性与现代主义文学

现代主义和哈莱姆文艺复兴是20年代至世纪中叶的两次重要文艺思潮,女性在这两次思潮中均扮演了重要角色。现代主义运动源自对于迅速改变的社会现实的反应,这种反应则表现在不断的试验和革新方面②。这一文艺运动的诞生,是因为高速发展的科技和社会变革,以及大众文化的兴起使得当时的作家和艺术家深感维多利亚传统不足以表达破碎的、不合逻辑的现代生活。因而现代主义作品主题以政治、社会及宗教的困惑、精神迷茫为特点,写作手法一反传统文本中按部就班的情节发展、人物塑造的一致性、视角的客观性,代之以碎片化和流动性。现代主义作家注重内在性、主观性、语言的重要性、叙事的复杂性和人物的心理状态,在创作中常借用典故、象征、神话,使用意识流、内心独白等技巧,意义表达则倾向于含混不清,反映出现代社会中建构秩序的困难。现代主义写作注重心理描写,体现了弗洛伊德的精神分析理论的深刻影响。

女性作家在现代主义文学发展中发挥了积极作用。极具现代意识的女性作家,如格特鲁德·斯泰因(Gertrude Stein,1874—1946)和希尔达·杜利特尔(Hilda Doolittle,1886—1961),创造了在形式上具有试验意义的作品;艾米·洛威尔(Amy Lowell,1874—1925)、玛丽安娜·穆尔(Marianne Moore,1887—1972)和朱娜·巴恩斯(Djuna Barnes,1892—1982)等人的作品经常被称为"高等现代主义"(high modernism)。但现代主义也是一个十分宽泛的文学运动,与上述作家大径相庭的薇拉·凯瑟(Willa Cather,1873—1947)的作品也被普遍认为是现代主义的。现代主义的标签下还包括苏珊·哥拉斯佩尔(Susan Glaspell,1876—1948)和埃德娜·圣文森特·米莱(Edna St. Vincent Millay,1892—1950)等人的实验性小说、诗歌和戏剧;安妮塔·卢斯(Anita Loos,1888—1981)和多萝西·帕克(Dorothy Parker)创作的都市文学;埃德娜·费伯(Edna Ferber,1885—1968)、范妮·赫斯特(Fannie Hurst,1889—1968)的具有中产阶级趣味的小说;30年代和40年代由凯瑟琳·安·波特(Katherine Anne Porter,1890—1980)、卡森·麦卡勒斯(Carson McCullers,1917—1967)、玛格丽特·米切尔(Margaret

---

① Wendy Martin and Sharone Williams, *The Routledge Introduction to American Women Writers*. London:Routledge,2016, p. 154.

② Kathleen Wheeler, *A Guide to Twentieth-century Women Novelists*. Oxford:Blackwell, 1997, p. 74.

Mitchell,1900—1949)、梅里代尔·勒·叙厄尔(Meridel Le Sueur,1900—1996)和蒂莉·奥尔森(Tillie Olsen,1912—2007)创作的充满政治色彩的小说和诗歌;以及正在兴起的亚裔作家黄玉雪(Jade Snow Wong,1922—2006)等人。这些文本未必支持高等现代主义的目标或态度,却都蕴含现代主义色彩[1]。现代主义者对于创作形式的兴趣,以及对于意识探索的重视,造成了一种更为公开的以性别观念为基础的价值观。前所未有的创作自由加强了人们对于女性道德观念基础的质疑,吸引大批女性作家探讨之前女性生活中不被公布于众的部分[2]。而对于性爱和同性恋、政治和社会变化、种族和其他被边缘化人群的关注,表明关于这些实验性写作是非政治、非道德和远离政治现实的观点是错误的[3]。

美国小说家和诗人不仅在主题上紧扣时代、鞭挞社会不公现象,在形式上也不断追求创新。以庞德(Ezra Pound)、T. S. 艾略特(T. S. Eliot)为代表的现代派诗歌创作受到法国象征主义诗人、立体派艺术的影响,也在创作形式和主题上影响了美国现代主义女性创作。在这些女作家中,斯泰因是最为标新立异、特立独行的一位,"20世纪没有哪一位美国作家比格特鲁德·斯泰因更能呈现给我们如此具有挑战性的阐释与评价重任"[4]。斯泰因在思想和艺术上的大胆创新,使她成为最重要的现代主义作家之一。她于1903年与哥哥一起来到巴黎,不仅通过购买和私下办展的方式支持毕加索(Picasso)、马蒂斯(Matisse)、布拉克(Braque)等艺术新秀,还在家中举办文艺沙龙来招待和扶持包括海明威、菲兹杰拉德和舍伍德·安德森在内的旅居巴黎的年轻美国作家,对他们的创作产生了巨大影响。她用来形容这些人的"迷惘的一代"一词也成为美国文学史中20年代年轻文学家的代称。她的创作不仅表现出立体派画家的巨大影响,也受到她的老师,美国心理学家威廉·詹姆斯(William James)意识理论的影响。其作品极具先锋意识,因而不少都在创作多年之后或在她去世后才得以发表。她的创作分三个阶段:早期小说作品,揭示了她对于意识的主观特征的兴趣;在第二阶段,她在创作中努力应用立体派的原则,将知觉应用在她使用的词汇上;至20年代

---

[1] Wendy Martin and Sharone Williams, *The Routledge Introduction to American Women Writers*. London:Routledge,2016,p. 119.

[2] Kate Fullbrook,*Free Women:Ethics and Aesthetics in Twentieth-Century Women's Fiction*. New York:Harvester Wheatsheaf,1990,p. 114.

[3] Kathleen Wheeler,*A Guide to Twentieth-century Women Novelists*. Oxford:Blackwell,1997,p. 81.

[4] Guy Reynolds,*Twentieth-Century American Women's Fiction:A Critical Introduction*. New York:St. Martin's P,1999,p. 42.

末,她已经成为文坛名人,发表了好几部自传作品[1]。斯泰因质疑和挑战了传统的写作方式和人们在词语中寻找意义的习惯思维,在语言的使用上进行大胆试验,创造了重复、拼贴、持续现在时等各种反传统的叙事策略,借鉴了"无意识"的手法,取得了与现代派视觉艺术相似的效果。虽然其作品因为超前性和革命性而应者寥寥,但大大推动了现代主义文学的发展,斯泰因亦被称为"作家中的作家"。

两次大战期间涌现出许多女性作家,都与当时重要的文学潮流紧密相关。尽管这些女性作家都聚焦于描述女性角色、女性情感和女性经历,但她们都不会把自己定义为女权主义者。有些作家认为女权主义限制了个人艺术表达,而另一些人觉得阶级利益和种族平等是比女性权利更为重要的社会事业。给予女性选举权的宪法第19修正案在1920年获得批准,使许多人觉得女权主义的斗争目标已经实现。尽管如此,这些女性作家还是拓展了边界,为女性争取了新的文化自由。同样重要的是,她们都是作为公众人物出现在社会,在公众事业中表达了自己的立场[2]。

多萝西·帕克在《名利场》(Vanity Fair)杂志发表第一首诗歌时年仅20岁,三年后担任了这一杂志的戏剧评论家,并且在《纽约客》《名利场》和其他重要杂志上发表诗歌、书评和短篇小说。帕克的诗歌机智谐趣,擅长于捕捉日常生活细节和当代言语模式,多使用内心独白和对话,对话简短却犀利,对于性禁忌和其他社会问题进行了强力抨击。帕克30年代时作为编剧活跃于好莱坞,敏锐地揭露了女性名人的操演性和局限性特征。她批判所谓的现代女性特质歌颂表面形式的解放,但掩盖了操演这种女性特质所需要付出的情感和代价[3]。帕克积极参与了西班牙内战,50年代因积极参与左翼运动而被麦卡锡主义笼罩的好莱坞列入黑名单。

小说家凯·博伊尔(Kay Boyle,1903—1992)曾在欧洲旅居多年,直到60年代初才回美定居,曾在多所大学任客座研究员。她积极投身社会公正活动,毫不掩饰对于政客的敌意。博伊尔撰写了多部小说、诗歌集和短篇小说集,两次获得欧·亨利奖,两次荣获古根海姆基金会奖金。博伊尔作品内容涵盖第一次世界大战对于人们的影响,包括政治、暴力与冲突、侨居国外

---

[1] Linda Wagner-Martin, *The Routledge Introduction to American Modernism*. London: Routledge, 2016, pp. 127—28.

[2] Nina Baym, *The Norton Anthology of American Literature*. Shorter 5th. ed. New York: Norton, 1999, p. 1807.

[3] Linda Wagner-Martin, *The Routledge Introduction to American Modernism*. London: Routledge, 2016, p. 141.

的人们的生活,等等。博伊尔作品以独特的叙事视角以及主题与形式的和谐搭配闻名,在创作中也对语言的潜力进行了独特大胆的挖掘。她的代表作《祖辈轶事》(Year Before Last,1932)讲述了一位女性毅然放弃无爱婚姻,用自己的双手养活自己和孩子的故事。

尽管如今不被大多数人所知,哈丽雅特·门罗(Harriet Monroe,1860—1936)也是现代主义文学思潮中颇有影响的人物,其作品反映了早期诗学传统与现代主义创新的张力。她于19世纪末在芝加哥开始了她的诗歌创作生涯,1912年创办小杂志《诗刊》(Poetry)并长期担任主编,发表了许多现代诗人的实验性诗歌。门罗在短暂但是影响力颇大的意象主义运动中发挥了重要作用,意象派一词于1913年首次出现在《诗刊》上刊登的希尔达·杜利特尔的作品中,自此《诗刊》成为意象派诗歌及现代诗歌的重要阵地,对于现代诗歌发展做出了重要贡献。

诗人兼文学评论家路易丝·博根(Louise Bogan,1897—1970)的抒情诗歌将含蓄、低调与优雅、细腻进行了完美的结合。1923年出版的第一部诗集《死亡之身》(Body of This Death)使她进入评论家的视线,她在长达38年的时间内为《纽约客》(New Yorker)撰写诗歌评论,担任诗歌编辑。她自己的抒情诗在含蓄的表面下表达着不羁,在优雅的掩盖下流露出禁忌情感。她的诗歌语言精练优美,注重心理描写,表现出鲜明的现代个性特点。

朱娜·巴恩斯以记者和图书插图者的身份开始她的职业,同时也创作实验性诗歌并为格林尼治的演员撰写剧本。她于20年代来到巴黎,随即加入乔伊斯(James Joyce,1882—1941)、艾略特(T. S. Eliot,1888—1965)、庞德(Ezra Pound,1885—1972)等人的文学圈并成为知名人物。她是一位多产的作家,对于小说、诗歌、戏剧都有涉猎。她的小说、戏剧和短篇故事从具有个性的女性角度对于传统的主题、体裁、风格和语言,以及对于情节、人物塑造、对话和结构进行了实验和修正[1]。巴恩斯极具激进意识,二三十年代在巴黎作为现代主义同性恋群体的一员发表了她最有影响力的作品。无论是她的诗集《令人厌恶的女性之书》(The Book of Repulsive Women,1915),还是她最著名的小说《夜林》(Nightwood,1936)都带有自传色彩,并公开涉及同性恋话题。

缪丽尔·鲁凯泽(Muriel Rukeyser,1913—1980)是20世纪三四十年代的知名犹太裔女诗人。她基于自己的飞行训练经历创作了诗集《飞行原

---

[1] Kathleen Wheeler, A Guide to Twentieth-century Women Novelists. Oxford: Blackwell, 1997, p.108.

理》(Theory of Flight,1935),曾经获得耶鲁青年诗人基金的资助。鲁凯泽是激进的女权主义者和社会活动家,积极参加反战运动和社会运动,因而在麦卡锡时期遭到审查。鲁凯泽最著名的作品就是具有强烈社会问题指向的组诗《死者之书》("The Book of the Dead",1938),这组诗被收录在诗集《美国一号》(U.S.1)中。组诗是鲁凯泽采访西弗吉尼亚鹰巢隧道工程矽肺病受害者及其家属之后而作。在诗中,鲁凯泽积极为受害者争取权益,表现了强烈的正义感和社会责任意识。鲁凯泽的诗作将个人叙述、医疗报告、法律程序,甚至立法听证报告等相结合,体现了文学上的实验性特征。诗人通过视角的切换、主题的并置、文化地理视域下政治主题的呈现,使得其诗歌既含有具体指涉,又高于其世俗诉求。

埃伦·格拉斯哥(Ellen Glasgow,1873—1945)生于美国南方,作品再现了美国南方社会的变迁。格拉斯哥的最大成就在于对地方以及具有地方特色的角色的处理,用自己的创作为南方文学注入了"血液和讽喻"("blood and irony"),以讽刺的手法描写了从内战前至"二战"前夕的南方新旧社会秩序的冲突。在其近二十部的小说中,最为著名的是《不毛之地》(Barren Ground,1925)、《温室中的生活》(The Sheltered Life,1932)和《我们这一辈子》(In This Our Life,1941)。格拉斯哥生前享有盛名,旅欧时曾会见哈代、康拉德等作家。她于1941年获豪威尔斯奖章(Howells Medal)、1942年获普利策奖。

哈莱姆文艺复兴也是20世纪上半叶现代主义文学思潮的重要组成部分。这一时代的黑人作家以极大的热情和民族自豪感,产出了大批对未来产生影响的作品,在诗歌、戏剧和小说领域都颇有建树。非裔作家不仅满怀自信心,更是以前所未有的成就感投入创作,这是黑人作家在北美非洲后裔的长期苦难历史中从未感受过的[1]。种族成为这一时期的重要话题。至1930年,哈莱姆已经产生了包括兰斯顿·休斯(Langston Hughes)、佐拉·尼尔·赫斯顿(Zora Neale Hurston)、理查德·布鲁斯·纽金特(Richard Bruce Nugent)、阿伦·道格拉斯(Aaron Douglas)在内的新一代艺术家,他们是"美国历史上第一批具有自我意识的非裔美国文学家。文学和艺术是建立种族自尊心和传播民族文化的最佳途径。因此,这些作家被赋予了双重职责:一是大力发展文学艺术,二是在作品中塑造良好的非裔美国人形

---

[1] Henry Louis Gates,Jr.,"Harlem Renaissance:1919—1940," in *The Norton Anthology of African American Literature*. 2nd ed. Ed. Henry Louis Gates Jr. and Nellie Y. McKay. New York: Norton,2004,p.953.

象"①。这些作家描绘了大迁移、城市工业化和商业化、第一次世界大战和战后社会中的非裔美国人的生活与心态。1912年,詹姆斯·韦尔登·约翰逊(James Weldon Johnson,1871—1936)发表《一个曾为黑人的自传》(The Autobiography of an Ex-Colored Man),1922年编写了"第一本现代非裔美国诗选"《美国黑人诗歌选集》(The Book of American Negro Poetry),在序言中倡导一种真正表现黑人主题和情感与尽可能广阔范围的诗歌②。1923年,罗伯特·T.科林(Robert T. Kerlin,1866—1950)编辑出版了《黑人诗人与诗歌》(Negro Poets and Their Poems)。1925年,著名黑人学者兼作家艾伦·洛克(Alain Locke,1885—1954)出版《新黑人》(The New Negro)文集,收集了大批黑人文坛新秀的诗歌、小说、散文等,弘扬黑人的民族意识和民族自豪感。然而,非裔美国作家并未受到主流社会的重视,他们的音乐如布鲁斯也因涉及性主题受到主流文化的排挤。"认可语言上的亲属关系,从不意味着白人现代主义作家在所有方面平等地看待非裔美国作家"③。

哈莱姆文艺复兴初期涌现了许多诗人,如休斯、阿纳·邦当(Arna Buntemps,1902—1973)、康迪·卡伦(Countee Cullen,1903—1946)等人,他们首先代表黑人发出了心声。许多人认为哈莱姆文艺复兴开始的标志是克劳德·麦凯(Claude McKay,1899—1948)的诗歌《如果我们必死》("If We Must Die",1919)或是诺尔·西斯尔(Noble Sissle,1889—1975)和尤比·布莱克(Eubie Blake,1887—1983)的音乐时事讽刺剧《一起走》(Shuffle Along,1921),这是第一部由黑人艺术家创作并且演出的百老汇戏剧。1925年,康提·卡伦的第一部诗集《颜色》(Color)由哈泼斯出版社在纽约出版,这是第一部被知名出版社出版的黑人创作的诗集。哈莱姆文艺复兴运动中的灵魂人物之一是被誉为"黑人民族的桂冠诗人"的兰斯顿·修斯。他的诗歌反映了下层社会黑人的生活,表达了对美国社会不公和种族歧视的抗议。他的诗歌具有黑人爵士乐的韵律和节奏,对美国黑人诗歌发展产生了重大影响。

但至1920年代中期,文坛上更多见的是黑人小说家。吉恩·图默(Jean Toomer,1894—1967)于1923年出版的《甘蔗》(Cane)是第一部由非裔美国人创作的、由纽约一家出版社出版的小说,作家对于文学形式的探索

---

① 庞好农:《非裔美国文学史:1619—2010》。北京:中央编译出版社,2013年,第136页。

② Jonathan Gray, "Harlem Modernism," in *The Oxford Handbook of Modernisms*. Ed. Peter Brooker, et al. New York: Oxford UP, 2010, p. 236.

③ Charles Scruggs, *Sweet Home: Invisible Cities in the Afro-American Novel*. Baltimore, Maryland: Johns Hopkins UP, 1993, p. 212.

受到高度评价。总起来看,黑人小说各具特色,有的借用黑人神话,有的使用创新性语言。就主题而言,黑人小说家必须面对的是服务于种族提升的大目标与艺术家以自己认为的合适方式创作以及选择自己的生活方式之间的冲突。政治和艺术处于一种不断协商的关系[①]。这段时间的小说作品尽管也表达了抗议和愤怒,但整体保持了一种乐观态度,这种态度直到芝加哥的理查德·赖特(Richard Wright)于1940年发表了《土生子》(*Native Son*)才发生变化。

哈莱姆文艺复兴期间涌现出不少优秀的非裔美国女性小说家,她们对种族问题的认识以揭示新黑人精神为特点,丰富了杜波依斯的"双重意识"概念,表现了黑人女性遭受的种族、阶级和性别压迫。黑人女性文学的繁荣不仅表现在她们对女性遭受的双重压迫的洞察,而且体现在她们对传统黑人主题及手法的丰富,包括对非裔美国文化的探寻、对纯黑人社区的描写、对中产阶级黑人群体的再现、对女性友谊的复杂性的洞察以及对黑人方言的采用。

杰茜·福塞特(Jessie Fauset,1882—1961)从女性的视角描写了非裔美国中产阶级的生活,刻画了生活在两个种族边界的人物角色,以及他们跨越种族线的行为。她最出名的作品《葡萄干面包》(*Plum Bun*)描绘了两姐妹对于生活道路的选择。由于美国社会的不平等种族关系,一些浅肤色的黑人女子试图通过冒充白人来获得社会认可,提升自己的社会和经济地位。正是美国社会盛行的种族偏见和种族歧视造成了黑人逾越种族身份的文化现象。

妮拉·拉森(Nella Larsen,1891—1964)的两部小说《流沙》(*Quicksand*)和《越界》(*Passing*)都以非裔美国女性主人公的身份分裂为中心,探讨了黑人徘徊于黑人与白人文化之间的困境。拉森讲述了混血女性勇于追求中产阶级的生活、试图改善其社会地位的艰辛和挣扎,同时大胆探讨了黑人女性性爱主题。她的作品虽然使用了维多利亚时代的叙事模式,却没有哈莱姆文艺复兴所提倡的乐观主义,反而描述了混血黑人女性理想的挫败和幻灭,女主人公都未能逃脱悲剧的结局。

多萝西·韦斯特(Dorothy West,1907—1998)是在世时间最长的哈莱姆文艺作家。她的短篇故事《打字员》("Typewriter")曾获得《机遇》杂志举办的短篇小说竞赛二等奖。通过在1934至1937年间资助和编辑《挑战》

---

① Wendy Martin and Sharone Williams, *The Routledge Introduction to American Women Writers*. London: Routledge, 2016, p.121.

(Challenge)和《新挑战》(New Challenge)杂志,她试图将哈莱姆文艺复兴运动的火炬传递下去。《新挑战》虽然只发行一期便夭折,但因发表了赖特的重要文章《黑人文学蓝图》("Blueprint for Negro Writing",1937)在史册上留下了一笔。她的小说《生活轻松》(The Living is Easy,1948)、《婚礼》(The Wedding,1995)、《更富与更穷》(The Richer, the Poorer,1995)等反映了她对于黑人生活现实的艺术再现,以及对于种族、阶级和性别问题的敏锐洞察力。

哈莱姆文艺复兴最著名的女作家是佐拉·尼尔·赫斯顿(Zora Neale Hurston,1891—1960),她对于乡村文化的生动描写以及作为天生的讲故事人的名誉使她成为"人民"的知识分子代表[1]。赫斯顿曾就读于霍华德大学,在此遇到了阿兰·洛克和乔治娅·道格拉斯·约翰逊(Georgia Douglas Johnson,1886—1996),并在他们的鼓励下开始发表关于乡村生活的故事。1925年她移居纽约,此时正是哈莱姆文艺复兴的高峰期。她师从弗朗兹·博厄斯(Franz Boas)学习人类学,为掌握民间文化打下了基础。赫斯顿作品的独特性来自她对于方言、民间传统和黑人文化的丰富知识,其作品蕴藏着她对于非裔美国口述和民间传统的坚守。她的代表作《他们眼望上苍》(Their Eyes Were Watching God,1937)是哈莱姆文艺复兴的经典之作,描写了一位非裔女性从青年到中年时代的生活历程。女主人公通过反抗各种压迫社会势力和学习使用语言,塑造了一个新的自我。赫斯顿超越了种族对抗的种族关系叙事,塑造了具有个性的黑人女性形象,描绘了生活在乡村的黑人的生活、黑人社区和黑人文化,大胆描写女性对于爱情的追求以及她们的性生活,为黑人文学开辟了新的叙事空间。赫斯顿在很长一段时期内在文坛上销声匿迹,直到70年代黑人女作家艾丽斯·沃克(Alice Walker,1944—)将她挖掘出来,将她的作品推介给公众,她才重返文学殿堂,被视为20世纪上半叶黑人女性文学最为重要的作家。

阿格尼丝·史沫特莱(Agnes Smedley,1892—1950)的《大地的女儿》(Daughter of Earth,1929)是20年代末和30年代的重要左翼小说。她与蒂莉·奥尔逊和梅里代尔·勒·叙厄尔(Meridel Le Sueur)一起被称为"大萧条的女儿们"。《大地的女儿》在大萧条爆发当年发表,更为她作为激进女性作家群体的重要代表身份增添了分量[2]。史沫特莱是活跃的政治活动

---

[1] Hazel V. Carby, Reconstucting Womanhood: The Emergence of the Afro-American Woman Novelist. Oxford: Oxford UP, 1987, p. 161.

[2] Guy Reynolds, Twentieth-Century American Women's Fiction: A Critical Introduction. New York: St. Martin's P, 1999, p. 110.

家,曾在中国居住多年。她1937年到达延安,与包括毛泽东在内的中国革命领导人进行过多次交谈,后来发表著名的《中国战歌》(Battle Hymn of China,1943)。她还积极声援了印度独立运动。史沫特莱的许多著作都是政治纪实作品,《大地的女儿》具有很强的纪实风格以及自传色彩,追溯了女主人公从密苏里的乡村到科罗拉多矿区营地,以及在加利福尼亚和纽约的生活,描绘了美国社会的种种不平等现象。

与诗歌和小说相比,戏剧作为一种文学形式在美国发展较慢,直到尤金·奥尼尔(Eugene O'Neill,1888—1953)在1920年发表了《天边外》(Beyond the Horizon),美国才真正产生了一位戏剧大师。到30年代大萧条开始之后,戏剧作品包含了大量社会批评。其中最为著名的当数女性剧作家莉莲·海尔曼(Lillian Hellman,1905—1984)。莉莲·海尔曼是著名左翼运动活动家、剧作家、传记作家,在美国戏剧界享有盛名。她的现实主义剧作《儿童时代》(The Children's Hour,1934)、《小狐狸》(The Little Foxes,1939)、《阁楼玩偶》(Toys in the Attic,1960)等都是当时颇有影响力的作品。她的剧作结构谨密,人物形象鲜明,情节生动,以辛辣讽刺的笔法再现了南方社会转型期价值体系的变化。海尔曼曾积极参与左翼活动,在50年代受麦卡锡主义迫害,被列入好莱坞黑名单,但她之后又推出自己的三部自传,获得评论界高度评价。

20世纪30年代目睹了欧洲法西斯的猖獗以及席卷美国的大萧条的毁坏性后果,许多左翼作家越来越将文学的功能与意识形态相关联,强调艺术可以并且应该引起对于人类苦难意义的理解。这一时期的政治局势使得文学充满政治色彩,也因此被视为缺乏文学性而不受重视。直到20世纪末学界也仅聚焦于像约翰·斯坦贝克(John Steinbeck,1902—1968)、理查德·赖特(Richard Wright,1908—1960)这样的主流男性作家,近年来开始关注蒂莉·奥尔森、梅里代尔·勒·叙厄尔(Meridel Le Sueur)、缪丽尔·鲁凯泽、吉纳维芙·塔格德(Genevieve Taggard,1894—1948)和其他在左派出版物上发表诗歌、新闻和小说的作家,但还是忽视了那些虽然具有政治色彩但不那么激进的作品。叙厄尔是这一时期女性作家群体中最激进的一位,她年轻时结识了工人运动的领导人,后来积极参与政治活动,以发表激进小说和新闻报道闻名。她在作品中描述了女性的苦难,其1932年的文章《领取救济队伍中的女人》("Women on the Breadlines")将女性与等待领取救济队伍中的男性相比较,指出大多数女性因为没有工作其境遇比起男性更加悲惨。范妮·赫斯特(Fanny Hurst,1880—1968)曾在工厂和商店里工作,创作中经常出现下层社会劳动女性。在她的小说《后街》(Back Street,

1931)中,一位有着成功职业的女性因为顺从丈夫的要求放弃了工作,却在丈夫去世后饱受非人道的磨难。对于政治和经济的关注使得这一时期的文学范围广泛,从政治性极强的勒苏尔的新闻报道和小说、奥尔森的诗歌到更为主流的凯瑟琳·安·波特(Katherine Anne Porter,1890—1980)的小说,以及卡森·麦卡勒斯(Carson McCullers,1917—1967)、范妮·赫斯特和玛格丽特·米切尔(Margaret Mitchell,1900—1949)的畅销小说,这些作品以自己的方式阐释着政治革命、劳工状况、女性在职场上的位置等社会现实[1]。

美国南方文学在"二战"后得到长足发展,这一时期的南方文坛上女性作家群星灿烂。南方文化在女性作家的笔下得到多角度呈现,内容涵盖性别特质、阶级差异和种族关系。凯瑟琳·安·波特、尤多拉·韦尔蒂(Eudora Welty,1909—2001)、卡森·麦卡勒斯在小说中关注女性的身体特征,表现了对传统性别观的质疑和对女性的同情,以及对现代女性身份认同困惑的理解。

波特对于左派的政治活动并不陌生。她曾在墨西哥待过几年,参与了墨西哥革命,这一段经历对她影响至深。她后来多次返回此地,并且在她富有象征意义的政治小说中多次提及墨西哥。政治色彩成为她作品的标志,她也因而被视为20世纪60年代包括苏珊·桑塔格(Susan Sontag,1933—2004)和琼·迪迪翁(Joan Didion,1934—2021)在内的政治女文人的先驱,纠正了40年代末和50年代女性被动消沉的普遍印象[2]。波特的作品情节设计精巧,以细腻的笔法感悟和表现人生意义,常常使用意识流交叉呈现不同的时间。她在小说中表现出的对于政治理想的日益幻灭说明她与其他女性在试图探索激进政治时所面对的困难,因为她们生活在一个将政治视为男性领地的世界里[3]。波特的不少作品探讨了南方女性生活,审视了女性人物希望获得独立和艺术表达的愿望与外部世界对于她们的社会期待之间的矛盾,最终表达了对南方淑女范式束缚女性的批判,以及超越旧秩序中性别操演的期待。

玛格丽特·米切尔(Margaret Michell,1900—1949)和埃伦·格拉斯

---

[1] Wendy Martin and Sharone Williams, *The Routledge Introduction to American Women Writers*. London:Routledge,2016, p. 144.

[2] Guy Reynolds, *Twentieth-Century American Women's Fiction:A Critical Introduction*. New York:St. Martin's P,1999, p. 132.

[3] Wendy Martin and Sharone Williams, *The Routledge Introduction to American Women Writers*. London:Routledge,2016, pp. 144—45.

哥(Ellen Glasgow,1873—1945)通过刻画在磨难中成长的女性形象,揭示了她们对性别政治和阶级地位的思考。在米切尔获普利策奖的小说《飘》与格拉斯哥的《不毛之地》中,以斯嘉丽和多琳达为代表的女性不再是男性的依附品,而是实现了经济独立和思想独立的新女性。米切尔一反将女性视为牺牲品的传统,在《飘》中进行了角色转换,歌颂了在男人们参战后斯嘉丽养活家人的智慧,但又指责了她在战后暴富的手段与敏锐的生意头脑。

尤多拉·韦尔蒂属于成就斐然、但名望并不太高的南方女作家。虽然曾在1973年获普利策奖,但人们一直认为她是一位缺乏政治意识、只会书写南方生活的地方作家,批评她的作品没有触及社会历史大事件。韦尔蒂以摄影记者身份开始职业生涯,走遍了她的老家密西西比的角角落落。她从40年代开始发表作品,创作生涯长达半个多世纪。与奥康纳一样,韦尔蒂的小说也有着强烈的地方感。地方不仅为她的小说人物和行为提供背景,也成为小说现实的有机部分。她的创作看似随意,充满对话、人物内心世界刻画和日常生活细节,但貌似简单的文本表面下蕴含着潜文本。她对南方生活细致入微的观察和对人性的深刻理解,以荒诞甚至是哥特式的描写方式表现了南方的种族界限、大规模贫困、人的异化及女性生活的窘境,反映了南方的特殊历史和习俗传统。

麦卡勒斯是南方女作家中较为独特的一位,在短暂的一生中取得了令人瞩目的文学成就。她23岁时凭借处女作《心是孤独的猎手》(*The Heart Is a Lonely Hunter*,1940)一举成名,另一部由其长篇小说《婚礼成员》(*The Member of the Wedding*,1946)改编的舞台剧在百老汇上演后引起轰动。她因在作品中涉及种族问题和南方背景而被归为南方作家,却又因着力表现人类的精神孤独而被视为超越了区域文学的局限,上升到对于普遍人性的探讨。麦卡勒斯擅于描写人物心理,作品充满浓郁的哥特色彩,以怪诞和暴力的表现手法描写了心理变态和有生理残缺的南方下层人物,塑造了一个充满痛苦和绝望的小说世界,呈现了孤独及抗争的主题。她不仅披露了南方小城镇居民的异化生活,也将小镇居民的生活状态与更大的社会、政治和经济力量(包括经济剥削与种族歧视)的运作相结合。

卡罗琳·戈登(Caroline Gordon,1895—1981)的作品采用了一种历史现实主义的手法。在《彭海里》(*Penhally*,1931)和《无人回望》(*None Shall Look Back*,1937)中,戈登以一种平实、简朴、古典的风格描绘了南方的过去。内战是她许多作品的主题。但她在处理这一传统男性创作主题时,即便是在描绘战斗场景,其语言也是冷静、简洁和平铺直叙的。戈登持有保守主义的态度，认为内战代表了秩序与混乱的冲突，而与奴隶制或废奴主义无关。戈登嫁给了重农主义的主要领导人艾伦·泰特（Allen Tate），并在1940年皈依了天主教，其作品也反映了重农主义者的观点，反对工业化，反对科技，反对北方幼稚的进步主义和乐观主义，代表着扎根南方的保守主义女性传统[1]。

弗兰纳里·奥康纳（Flannery O'Connor，1925—1964）是最著名的南方女作家之一，却因患红斑狼疮英年早逝。她信奉天主教，作品中具有强烈的宗教象征色彩。奥康纳强调一种"有深度的现实主义"，通过在作品中呈现人类生活表层下的神秘和深度而拓展了现实主义[2]。她的作品具有南方哥特式风格，充满着神秘、怪诞、离奇、诡异的气息，其人物多自私自利，自负清高，愚昧无知，或者是躯体或身心有残缺的"畸人"，性格古怪，行为乖张，甚至变态堕落。奥康纳通过邪恶和暴力主题审视了现代南方人的道德伦理和伪善的宗教信仰所带来的伤害，蕴含着她对于种族、性别、内战等大的政治话题的看法。同为天主教徒的戈登在评论奥康纳的作品《智血》（*Wise Blood*）时声称："在奥康纳小姐关于现代人的想象中——这种想象不局限于南方乡下人——所有人物都是'错位的人'，不仅是那个故事中的人。他们'偏离中心'，不合时宜，因为他们都是被上帝的赎罪计划摒弃了的牺牲品。他们被留在了那个当人把自己视为上帝时就打开的深渊之中。奥康纳小姐小说中的神学结构从来不那么明显，因为这是她直视人类行为的结果的重要部分，而她几乎意识不到这一点。"[3]

哈珀·李（Harper Lee，1926—2016）以一本书奠定了自己的文学地位。她的长篇小说《杀死一只知更鸟》（*To Kill a Mocking Bird*，1960）获得普利策奖，成为最受美国人欢迎的小说之一。小说被译为四十多种语言，全球销量超过四千万册。《杀死一只知更鸟》描写了大萧条时期南方的种族歧视现象，讲述了一位小镇律师为拯救一个无辜被控强奸白人女性的黑人性命而做出的不懈斗争。小说情节以一个孩子的视角展开，聚焦于律师的子女（以及读者）对于事件和父亲行为的理解，并以此探讨了种族歧视和种族偏见等主题，揭示了基于恐惧、仇恨和不安全感的种族主义、性别主义和其他形式的偏见。小说中的名句令人难忘：勇气就是"你在开始之前就知道你会

---

[1] Guy Reynolds, *Twentieth-Century American Women's Fiction: A Critical Introduction*. New York: St. Martin's P, 1999, pp. 137—38.

[2] Kathleen Wheeler, *A Guide to Twentieth-century Women Novelists*. Oxford: Blackwell, 1997, p. 146.

[3] Caroline Gordon, "Flanner O'Connor's *Wise Blood*." Critique 2 (1958): 9.

输,但你仍然不放弃,而且无论如何都要坚持到底"①。

无产阶级文学在美国大萧条时期被认为是男性作家的专属文类,但女作家也积极参与其中。蒂莉·奥尔森等人的作品涉及阶级和性别问题,再现了女性克服经济困境努力找寻和建构自我的过程。"她们通过女性和家庭经历讲述了阶级主题,通过关注女性和她们的家庭成员如何通过个人经历找到阶级意识,解构了传统的'家庭空间',揭示出家庭外发生的一切都会影响家庭内部这一事实。"②奥尔森出生于一个社会主义者家庭,一生积极参与政治活动。她于 30 年代末开始写作,这一时期的多数作品都登载在左翼出版物上,包括她对于自己亲身参与的旧金山工人罢工的描述。后来因生活环境窘迫,她不得已出外挣钱养家糊口,家境改善后才重新拾起笔来。她 1961 年发表短篇小说集《告诉我一个谜》(*Tell Me a Riddle*),其中的同名短篇为她赢得欧·亨利最佳短篇小说奖。被视为她最重要的非虚构作品《沉默》(*Silences*,1978)分析了女性作家的职业与家庭,以及她们在不公平的社会陷入沉默的原因。卡拉·卡普兰(Carla Kaplan)评价说,"自从奥尔森的《沉默》发表以来,女权主义评论一直持续建构这种对于被尘封、被缄默、被误解或被低估的女性作家的修复模式"③。

赛珍珠(Pearl S. Buck,1892—1973)是美国第一位获得诺贝尔文学奖的女性。她出生不久就被传教士父母带到中国,在中国生活多年。赛珍珠的独特经历使她对于中国人民怀有深厚的感情,毕生致力于加深东西方文化的沟通与理解。她对中美两国文化的熟悉程度使她的作品具备独特视角,使世界读者对中国有所认识。赛珍珠描写中国农民生活的长篇小说《大地》(*The Good Earth*,1931)获得普利策奖,并使她于 1938 年获得美国历史上第三个诺贝尔文学奖。赛珍珠通过小说创作赋予中国贫苦人民话语权,呈现出这一群体的多元性。赛珍珠最早将《水浒传》翻译成英文在西方出版,为沟通中西方文化做出了重要贡献。赛珍珠的女性身份和独特文化身份,使她在获得诺贝尔文学奖后成为美国文坛上极具争议的人物。

在这一时期,亚裔女性在美国面对巨大法律和文化障碍,所创作的作品很少。自 1882 年起,排斥亚洲人的移民政策阻止大多数华人和菲律宾女性

---

① Kathleen Wheeler,*A Guide to Twentieth-century Women Novelists*. Oxford:Blackwell,1997,pp. 201—02.

② Jenn Williamson,"Coming to 'Clearness':Olsen's Yonnondio and Johnson's Now in November." *Women's Studies* 38 (2009):450.

③ 引自 Guy Reynolds, *Twentieth-Century American Women's Fiction:A Critical Introduction*. New York:St. Martin's P,1999,p. 116.

进入美国,而尽管日本男性在1885年后可以与他们的家人去往美国,但土地所有权和归化政策通常使得他们无法拥有土地或称为美国公民。因此,年轻的一代希望通过文学和艺术成就跨越这种文化距离[1]。继"水仙花"之后,华裔女性文学在相当的时间内归于寂静,直到20世纪中期才再次发声。当代华裔女性作家中成就卓著者有黄玉雪(Jade Snow Wong,1922—2006)和李金兰(Virginia Chin-Lan Lee,1923—2009),她们聚焦华裔美国人的族裔身份,书写华人移民及后裔在唐人街的生活,以及他们在美国扎根成长的奋斗历程。黄玉雪的《华女阿五》(*The Fifth Chinese Daughter*,1950)和李金兰的《泰名建造的房子》(*The House That Tai Ming Built*,1963)都属于唐人街主题作品,讲述华裔女性在唐人街的成长以及华人移民家庭的历史,突出了华裔文化的特质。《华女阿五》所描写的华裔少女的自我奋斗经历,以及最终获得成功的故事,属于"美国梦"主题的成长小说,树立了华裔的"模范"形象。这部作品出版后并未得到学术界的关注,一直到了70年代才被重新"发现",这其中的曲折与当时的社会历史背景有着密切关系。70年代初,中美关系开始松动,美国人对中国以及华裔美国人的兴趣都明显增加。黄玉雪是中美关系恢复后最早来华访问的华裔作家,多年来活跃于多个华裔社团和机构,致力于宣传中国文化和华裔文化。黄玉雪声称自己希望美国人更加了解中国文化。但也有评论家认为,黄玉雪被当作"成功华裔"的典型来"宣传美国民主制度的优势",因为美国当局看重的是《华女阿五》能够现身说法,表明作为少数族裔的美籍华人可以从美国民主制度中受益[2]。二战后,发展中国家指责美国存在种族歧视现象,对其作为世界领袖的地位提出了质疑,黄玉雪的书有助于宣传"少数族裔只要努力就可以获得成功"[3]的"美国梦",所以美国当局才对此书如此推崇。华裔作家赵健秀(Frank Chin)和陈耀光(Jeffery Paul Chan)也因此怒斥黄玉雪为"汤姆叔叔"。但是黄玉雪的开拓性贡献却是无法否认的。

除了华裔文学之外,亚裔女性文学中形成一定影响力和文学分支的还有印度裔、日裔、韩裔、菲律宾裔等。印度裔人口至今已经接近400万,超过了菲律宾裔而成为第二大亚裔族群,也是美国人口增长最快的少数族裔群

---

[1] Stan Yogi,"Japanese American Literature," in *An Interethnic Companion to Asian American Literature*. Ed. King-Kok Cheung. Cambridge:Cambridge UP,1997,p. 128.

[2] Elaine Kim. *Asian American literature—An Introduction to the Writings and Their Social Context*. Philadelphia:Temple UP,1982. p. 60.

[3] 吴冰:"黄玉雪:第一位走红的华裔女作家",《华裔美国作家研究》,吴冰、王立礼主编。天津:南开大学出版社,2009年,第83页。

体之一。在历史上,印度裔因为东西方文化差异而遭受歧视,但在美国生存也具有其独特的优势:英语是印度的官方语言之一,大多数在美国的印度移民没有语言障碍;移民中受高等教育者比例较高,是亚裔各分支中同化程度较高的一个群体。近年来,印度裔在软件工程等高科技领域占据重要地位,在美国政界的影响力连年剧增。印度裔美国文学始于当代阶段,桑塔·拉玛·劳(Santha Rama Rau,1923—2009)是印度裔女性文学的开拓者。桑塔·拉玛·劳出身于印度精英阶级,童年时期跟随家人在欧洲、亚洲多国生活,40年代初就读于马萨诸塞州的威尔斯利学院,是该校第一名印度籍学生。她创作的作品大多以印度文化为主题。处女作《印度之家》(Home to India,1945)取材于作者本人在英国生活、受教育的经历,讲述了16岁的叙述者阔别印度10年之后对于印度的重新认识。在印度独立的历史背景下,书中懵懂少女的叙述视角折射出印度殖民地和宗主国英国之间的政治关系。在纽约定居后,劳陆续发表《家园以东》(East of Home,1950)、《这就是印度》(This is India,1953)、《记忆中的房子》(Remember the House,1956)、《俄国之行》(My Russian Journey,1959)、《女冒险家》(The Adventuress,1971)等作品。除了《记忆中的房子》和《女冒险家》之外,拉玛·劳的这些作品在文体上属于非虚构类,大多基于她的印度背景,结合她在中国、越南、泰国等亚洲多国游历的经历,从印度女性的"世界主义视角"反映正在经历巨大变革的亚洲和世界。无论是作为印度外交官的女儿,还是美国美学家的妻子,或者是独立的印度裔作家,拉玛·劳在非虚构类游记和小说中都以世界主义的视野展示了不同文化的碰撞,在身份变化和空间迁移之中构建属于她自己的故事,映射了作者本人的跨国经历和多重身份。

菲律宾裔是美国第三大亚裔群体,其人口大约为390万,仅次于华裔和印度裔[1]。虽然人口基数较大,但菲律宾裔的移民历史较短,比最早的华工移民潮(19世纪中期)晚了大约半个世纪,比第一批日本人(19世纪80年代)晚了大约二十年。1903年,接受美国资助、到美国留学的104名菲律宾留学生在完成学业后并未选择留在美国,而是相继回到祖国并成为各个领域的领袖[2]。自1910年起,菲律宾人移民美国的第二次浪潮开始:"1910

---

[1] 2010年时菲律宾裔还是第二大亚裔分支,最近几年被印度裔赶超。根据皮尤研究中心(PEW Research Center)公布的数据,2015年,亚裔各个分支的人口占比较5年前有所变动,最大的几个群体依次为:华裔(494.8万)、印度裔(398.2万)、菲律宾裔(389.9万)、越南裔(198万)、韩裔和朝鲜裔(182.2)、日裔(141.1万)。http://www.pewresearch.org/topics/asian-americans/.

[2] 金英熙:《菲律宾史》。开封:河南大学出版社,1990年,第460页。

年,美国本土菲律宾人不过406人;到1920年增至5603人,10年后,他们的人数高达4.52万,增长近九倍之多。菲律宾人几乎随处可见……。"①但是这批移民受教育程度较低,大多在农场、种植园劳作或从事服务工作。菲律宾人移民美国的第三次浪潮始于20世纪七八十年代,以知识分子为主,其中相当一部分人在美国知名高校接受了教育并从事医生、律师等职业。从以上三次移民浪潮的情况来看,前两波移民中从事文学创作且取得一定成就的比例甚少,直至第三波移民的到来,菲裔美国文学才逐渐发展并进入大众读者和文学评论界的视野。

国际政治形势的逆转使得三四十年代的日本成为侵略者,导致12万日裔美国人在"二战"期间被强行拘禁,极大影响了日裔女性作家的心理、政治和经济。民族身份成为她们关注的焦点,她们的战时写作反映了她们被背叛和幻灭的心态,她们的立场也在忠于美国还是忠于母国之间变得难以抉择。与此同时,华裔美国人成为"好亚洲人"的角色也受到挫败,艺术与政治的关系成为20世纪美国文学的决定性议题之一②。

西语裔女性文学的先驱何塞菲娜·尼格利(Josefina Niggli, 1910—1983)是最早被批评界认可的墨西哥裔女性作家,其小说、戏剧和诗歌中的性别、种族和民族平等意识在当时具有相当的远见,在创作主题和写作手法上对20世纪墨西哥裔女性文学产生了重要影响,为未来奇卡纳女权主义作家的创作奠定了基础,如格洛丽亚·安扎尔多瓦(Gloria Anzaldúa, 1942—2004)、安娜·卡斯蒂略(Ana Castillo, 1953—)和桑德拉·西斯内罗斯(Sandra Cisneros, 1954—)等。尼格利的戏剧创作始于三十年代,主要聚焦于墨西哥民间文化和历史。《女战士:墨西哥革命剧作》(*Soldadera: A Play of Mexican Revolution*, 1937)描写了女性为墨西哥革命做出的贡献,当选为该年度的最佳独幕剧。为了研究墨西哥民间戏剧,尼格利专门回到墨西哥,在著名剧作家鲁道夫·乌西戈利(Rodolfo Usigli, 1905—1979)指导下收集素材,于1945年出版了《墨西哥民间戏剧》。这一年是尼格利职业生涯中的重要年份,她的短篇小说集《墨西哥村庄》(*Mexican Village*, 1945)于同年出版,几年后被改编成了剧本,确立了她在美国文学中的地位。长篇小说《走下来吧,兄弟》(*Step Down, Elder Brother*, 1947)夯实了作者在美国文学中的地位,使其成为"30年代世界级的剧作家,40年代最受欢迎的小说家之一"③。尼格利于1964年出版了小说《墨西哥奇迹》(*A Miracle*

---

① 吴冰:《亚裔美国文学导读》。北京:外语教学与研究出版社,2012年,第207页。
② Wendy Martin and Sharone Williams, *The Routledge Introduction to American Women Writers*. London: Routledge, 2016, p. 121.
③ Elizabeth Coonrod Martínez, *Josefina Niggli, Mexican American Writer: A Critical Biography*. Albuquerque, NM: U of New Mexico P, 2007, p. 2.

for Mexico),讲述了墨西哥的保护神瓜达卢佩圣母(the Virgin of Guadalupe)被人们所认识和接受的故事。尼格利的创作大都基于她的墨西哥裔文化身份,"让人们从她的作品中了解墨西哥,因为她觉得墨西哥历史和墨西哥人在很大程度上被美国人所误解甚至是忽略了"[1]。

冷战期间的女性文学失去了两次大战期间的政治锋芒,更为关注个人和道德问题而缺乏开阔的社会视野。象征主义、讽喻、心理现实主义替代了30年代的辩论性和政治化的现实主义。40年代的几位女性作家,简·鲍尔斯(Jane Bowles,1917—1973)、琼·斯塔福德(Jean Stafford,1915—1979)、伊丽莎白·哈德维克(Elizabeth Hardwick,1916—2007)在家庭意识形态的框架下写作,以敏锐的观察力审视社会习俗,戏仿家庭意识的观点,隐晦地颠覆家庭和女性的传统形象。她们的作品以美国资产阶级的家庭空间为背景,将客厅和卧室作为精神分裂、无节制和方向迷失的场景。家庭生活成为危机和崩溃不断发生的地方,女性通过抗抑郁药和酒瓶、对挫败感和不满的压抑而营造一个"正常化"的家庭表象。虽然这些作品不像30年代作品那样充满政治色彩,却预示了60年代的女权主义口号:个人的即政治的[2]。

简·鲍尔斯是20世纪中叶写作风格最为独特的作家之一。[3]她的作品强调了社会习俗如何局限了个人主义、独立自我、创造性和幸福,个体在中产阶级家庭生活"正常"表面下流露着疯狂和荒诞。她的成名小说《两位严肃的女人》(*Two Serious Ladies*,1943)描写了两位女性主人公试图通过认同其他阶层的人而获得自我认识,以"堕落"而获取自由的做法代表了与传统习俗的决裂。琼·斯塔福德的小说《山狮》(*The Mountain Lion*,1947)通过莫莉和拉尔夫的成长审视了西部神话对年轻女孩的畸形影响。他们在充满抱负的继母和强壮的、充满西部男性气息的祖父和叔父两种氛围中摇摆不定,无法判断什么才是适宜的行为。斯塔福德的短篇故事也颇为知名,曾六次斩获欧·亨利短篇小说奖。《琼·斯塔福德短篇小说集》(*The Collected Stories of Jean Safford*,1969)荣获次年的普利策奖。

伊丽莎白·哈德维克是《纽约书评》(*New York Review of Books*)的创始人之一,她的小说《幽灵情人》(*The Ghostly Lover*,1945)描写了各种神

---

[1] Elizabeth Coonrod Martínez,*Josefina Niggli*,*Mexican American Writer:A Critical Biography*. Albuquerque,NM:U of New Mexico P,2007,p. 2.

[2] Guy Reynolds,*Twentieth-Century American Women's Fiction:A Critical Introduction*. New York:St. Martin's P,1999,pp. 148—49.

[3] Kathleen Wheeler,*A Guide to Twentieth-century Women Novelists*. Oxford:Blackwell,1997,p. 150.

秘的人际关联,刻画了一个年轻女子的令人烦恼的成长过程。女主人公来自南方的中产阶级家庭,她受到一位男性(幽灵情人)的资助完成了高等教育。当时的高校是谈恋爱的舞台,因为女学生大多会中途退学,嫁给自己的同学①。但这部小说的结尾却一反常规,被男性资助的这位女子没有与那位男性成婚。

擅长描写女性心理变化的雪莉·杰克逊(Shirley Jackson,1919—1965)常被称为哥特惊悚小说家,2007年设立以她的名字命名的雪莉·杰克逊奖,专门表彰心理悬疑、恐怖和黑色幻想类小说。家庭空间在她的笔下表现出哥特式梦魇的特点,揭示了20世纪中叶女性遭受的不平等②。短篇小说《摸彩》("Lottery",1948)是她最著名的作品,以平静的口吻描写了一个看似田园牧歌般的美国小镇上令人毛骨悚然的杀人仪式。小说的背景置于现代文明社会,传统的摸彩实际上是一场血腥的狂欢,小镇居民却对生活中这种毫无意义的暴力、野蛮和残忍的冷漠习以为常。

因美国国内五十年代令人压抑的政治氛围,以及社会对于女性回归家庭的提倡,许多人认为这是美国女性文学一个较为沉寂的时期。对于女性作家尤其是诗人,这个时代的确不利于作品的发表。当时的期刊文化倾向于强调女性的家庭属性及其消费特点,"'二战'以来,美国大城市郊区到处都是受过教育的女性,她们住着大房子,丈夫财力雄厚,有较高品位的购买力。《纽约客》……这一文化杂志……是专门写给住郊区的女性的。《纽约客》直抵住在郊区的小资产阶级女性的内心"③。普拉斯的同时代诗人玛克辛·库明(Maxine Kumin,1925—2014)回忆20世纪50年代晚期时写道,"'一个全国性杂志的编辑写信给我,信中他遗憾地写道,他无法在半年内或半年左右接受我的诗作,因为他上个月刚发表过一位女诗人的作品。'这种态度始终存在,不仅出现在出版界"④。

在家庭与社会的双重力量角逐中,女性的生存与成长空间受到挤压,但也有女作家选择直抒胸臆。现代女性诗人当中,安妮·塞克斯顿(Anne Sexton,1928—1974)和西尔维娅·普拉斯以大胆自白的诗作著称。自白派

---

① Rosalind Rosenberg, *Divided Lives: American Women in the Twentieth Century*. London: Penguin, 1993, p. 147.

② Wyatt Bonikowski, "'Only One Antagonist': The Demon Lover and the Feminine Experience in the Work of Shirley Jackson." *Gothic Studies* 15. 2 (2013): 67.

③ Bess Fox, "Mary McCarthy's Disembodied Authorship: Class, Authority, and the Twentieth-Century Intellectual." *Women's Studies* 44:6 (2015): 780.

④ Jo Gill, *The Cambridge Introduction to Sylvia Plath*. Cambridge: Cambridge UP, 2008, p. 18.

诗歌以抒发情感为主,以此呈现诗人对社会和个体关系的认知。1974年自杀身亡的塞克斯顿感情充沛,把女性的经历,包括月经、流产、精神病、吸毒、自杀倾向等融入作品中,呈现了强烈的女性意识。她的第二部诗集《我所有的漂亮宝贝》(All My Pretty Ones,1962)曾获国家图书奖提名,另外一部诗集《生或死》(Live or Die,1966)赢得普利策奖。

作为自白派诗人的一员,西尔维娅·普拉斯被许多人认为是当代最著名的女诗人。她幼年丧父,始终怀有一种被遗弃的感觉,在感情上极为敏感。1955年,她在剑桥大学学习期间认识了英国诗人泰德·修斯(Ted Hughes,1930—1998),两人结为连理。毕业后她曾回国任教,后返回英国定居。1962年,两人关系破裂,她独自抚养两个子女。普拉斯的作品具有鲜明的个人色彩,用词不俗,感情细腻,意象奇特,个人经历与社会生活、现实与幻象交融在一起。作品常常表现出对于死亡的关注,以及女性生活中的种种困境。她于1963年31岁时自杀身亡。她去世后,作品被结集出版,包括《爱丽儿》(Ariel,1965)、《渡河》(Crossing the Water,1971)。《普拉斯诗歌选》(Collected Poems,1981)荣获普利策奖。除了创作诗歌之外,普拉斯也撰写了一部影响深远的小说《钟形罩》(The Bell Jar,1963),成为反映那个时代美国社会女性生活的标志性作品。《钟形罩》在普拉斯自杀前不久以匿名发表,带有浓郁的自传色彩。女主人公发现,父权社会没有提供让女性发挥创造力的机会,即使是受过高等教育的有才华女性最后也只能是走上传统的女性职业,即成为妻子和母亲。小说结尾,曾怀有成为作家的抱负的女主人公因试图自杀而住院治疗。普拉斯抨击了50年代盛行的家庭意识形态以及这种社会氛围下中产阶级女性经受的巨大心理压力,小说题目"钟形罩"成为女性樊篱的象征。

美国最重要的女诗人之一伊丽莎白·毕晓普(Elizabeth Bishop,1911—1979)虽然是自白派诗人洛威尔的好友,但她的诗歌却并不总是那么直白。"毕晓普在抒发情感和拒绝公开发声之间取得奇怪的平衡。许多学者……研究了她的'矜持':诗歌中激情与自律的平衡;在诗歌中坦言与回避个人生活的方法……她的言语中有一种耐人寻味的沉默"[①]。正是通过找寻这种平衡,维持这种沉默,读者才会丰富自己对人生的认识。毕晓普的诗歌富有想象力和音乐感,语言表达精确奇妙。《北方和南方——一个寒冷的春天》(North & South—A Cold Spring,1955)获得普利策奖,《诗歌合集》

[①] Ann K. Hoff,"Owning Memory:Elizabeth Bishop's Authorial Restraint." *Biography* 31. 4 (2008):578.

(*Complete Poems*,1969)获全国图书奖,《地理学Ⅲ》(*Geography Ⅲ*,1976)获全国书评家协会奖。

丹妮丝·莱维托夫(Denise Levertov,1923—1997)也是当代著名女诗人。她出生于英国,于1956年成为美国公民。她在美国出版的第一部诗集《此时此地》(*Here and Now*,1956)奠定了她在文坛的地位。莱维托夫是位高产的诗人,出版过多部诗集,包括《悲伤之舞》(*The Sorrow Dance*,1967)、《释放尘土》(*Freeing the Dust*,1975)。莱维托夫的诗歌经常使用日常口语,充满日常生活细节,却又蕴含着对于事物意义的追寻,表现出对政治和社会问题的关注。

贝蒂·弗里丹的非虚构作品《女性奥秘》在女权运动第二次浪潮的兴起中发挥了积极作用,真实刻画了五六十年代白人中产阶级女性的苦闷和不满,而这一时期的女性文学也以文学形式抒发了当时女性的生存困境。玛丽·麦卡锡(Mary McCarthy,1912—1989)就以自己的创作反映了中产阶级白人女性的追求、彷徨与抗争。她创作了多部小说,在作品中大胆直言。其代表作品《少女群像》(*The Group*,1963)描写了20世纪社会对女性的角色期待以及受过高等教育的新一代女性的生存困境,为作者赢得了很高的声誉。她的自传《一个天主教女童的回忆录》(*Memoirs of a Catholic Girlhood*,1957)以其独特的主题和叙事技巧挑战了传统的书写模式,成为女性自传体研究的范本。此外,麦卡锡也是一位左翼活动家,以自己的创作和行为成为那个时代知名的公共知识分子。

尽管贝蒂·弗里丹的《女性奥秘》在提高女性意识、再现女性生活真实状态方面影响深远,她的观点却遭到黑人女权批评家的质疑。著名黑人女权评论家贝尔·胡克斯(bell hooks,1952—2021)认为,弗里丹只是从中产阶级白人女性的角度出发,提出女性遭受"压迫"。胡克斯认为,女性不能一概而论,白人与黑人普通女性的地位完全不同:"中产阶级白人女性能够将其兴趣作为女权运动的重要焦点,并使用能使其生活境况等同于'压迫'的普适性修辞手法,这反映了白人女性的种族和阶级特权,也反映出她们不受性别歧视限制的言论自由,而工人阶级女性往往遭受性别歧视。"[1]而黑人女性群体既遭受白人的种族歧视,也遭受黑人男性的性别歧视,胡克斯因而声称,"我们整体的社会地位要比任何一个群体的地位都低。在这种情况下,我们同时忍受着性别、种族和阶级压迫"[2]。1977年,芭芭拉·史密斯

---

[1] bell hooks,*Feminist Theory from Margin to Center*. Boston:South End P,1984,p.6.
[2] bell hooks,*Feminist Theory from Margin to Center*. Boston:South End P,1984,p.14.

(Barbara Smith)撰文界定了黑人女性文学批评,指出现有女权文学批评中黑人女性的"不可见性"及"大规模沉默"。①但无论如何,女权运动在提高女性的独立意识,通过个体的努力改变其生活处境,从而影响到社会的主张是有着普适意义的。第二次浪潮中最响亮的口号"个人的就是政治的",启发女性认识到社会建构的性别角色对女性个体生活的影响,而那些经常与个人及隐私相关的内容如流产、家庭暴力以及失业等的问题都与政治相关,这一口号在提高女性意识、反抗社会不公方面具有普遍意义。

20世纪中期的黑人女作家继承了19世纪90年代的霍普金斯和哈珀、20世纪20和30年代的拉森和福塞特,以及后来赫斯顿的非裔美国女性文学传统,在创作中描绘了黑人女性主人公努力创造自我完善和个人能动性的奋斗过程,以及对于社会、政治和经济的综合势力的反抗②。安·佩特里(Ann Petry,1908—1997)、洛蕾恩·汉斯伯里(Lorraine Hansberry,1930—1965)、格温德琳·布鲁克斯(Gwendolyn Brooks,1917—2000)、露西尔·克利夫顿(Lucille Clifton,1936—2010)等在其作品中"坚持非裔美国女性经历的重要性,挑战了民权运动和黑人权力运动中的父亲和异性恋权力结构"③。

安·佩里以记者开始自己的写作生涯,为《阿姆斯特丹新闻》(*Amsterdam News*)和《哈莱姆人民之声》(*People's Voice of Harlem*)撰稿,之后去哥伦比亚大学学习创意写作。她的代表作品《大街》(*The Street*,1946)因描写下层社会的黑人女性生活而受到高度评价。小说描写了黑人女性反抗白人种族主义所带来的凌辱、暴力与贫困。黑人女主人公一直渴望逃离哈莱姆却无果,走投无路之下以暴力为自己换来暂时的生路。小说结尾,女主人公在杀人后独自一人逃往芝加哥,把儿子留在纽约的大街上。《大街》带有较强烈的自然主义文学色彩,佩里在《危机》杂志的采访中说,"在《大街》一书中,我的目的就是展示环境如何可以轻易改变人的一生"④。小说抨击了种族歧视和性别歧视,也分析了剥削女性、黑人和工人阶级的非人道主义资本主义经济制度。大街在此被佩里拟人化,成为社会和环境的象征,个人意志根本抵挡不了资本主义父权社会的车轮。尽管如此,女主人公的坚强

---

① Kelly Lynch Reames,*Women and Race in Contemporary U. S. Writing :From Faulkner to Morrison*. New York:Palgrave Macmillan,2007,p. 6.

② Guy Reynolds,*Twentieth-Century American Women's Fiction:A Critical Introduction*. New York:St. Martin's P,1999,p. 150.

③ Wendy Martin and Sharone Williams,*The Routledge Introduction to American Women Writers*. London:Routledge,2016,pp. 173—74.

④ 引自 Guy Reynolds,*Twentieth-Century American Women's Fiction:A Critical Introduction*. New York:St. Martin's P,1999,p. 151.

意志和追求自由的勇气仍然值得肯定。

洛蕾恩·汉斯伯里是"二战"后涌现出来的剧作家,她着重描写种族暴力,特别是芝加哥等大都市中黑人女性的生存以及她们与种族歧视的抗争。剧作《阳光下的葡萄干》(*A Raisin in the Sun*, 1959)广受好评,使她成为第一位进军百老汇的黑人女性剧作家,具有相当的影响力。

格温德琳·布鲁克斯是20世纪著名黑人女诗人,出版了多部诗集。她的第二部诗集《安妮·艾伦》(*Annie Allen*, 1949)出版后获得高度好评,她也因此成为获普利策诗歌奖的第一位美国黑人女性。她的诗歌将传统诗歌形式与生动朴实的黑人通俗语言相结合,再现了黑人群体的困境。虽然描写黑人的苦难,但她一直保持了乐观精神。除了诗歌之外,布鲁克斯还创作了颇为知名的小说《莫德·玛莎》(*Maud Martha*, 1953)。小说以大萧条和"二战"为背景,描写了具有坚强意志的女主人公如何努力实现个人潜力。小说不仅批判了种族歧视的社会现实,也抨击了内化了白人价值观的黑人对于自己种族造成的伤害。布鲁克斯1968年获伊利诺伊州桂冠诗人称号,1988年获国家艺术基金会终身成就奖,1999年获国家艺术奖章。

玛格丽特·沃克(Margaret Walker, 1915—1998)是一位富有种族意识的知名诗人和小说家。她1936年开始为"联邦作家项目"工作,与理查德·赖特来往密切。曾于20岁时凭借诗集《为我的族人》(*For My People*)获耶鲁青年诗人奖(1942)。从19岁起,她就其关于奴隶制的小说《千禧年》(*Jubilee*, 1966)开始了长达30年的研究和写作。在这期间,沃克从社会、政治、历史、道德和经济的角度,以及种族主义现象的心理方面全面审视了奴隶制。在后来的自传中,沃克解释说她之前了解的奴隶制都来自三种视角,即南方白人的、北方白人的和黑人男性的,都是基于刻板形象与虚假神话,没有真正描绘奴隶制下所有人的经历。在《千禧年》中,沃克立志写出关于奴隶制的新的历史版本,使仍然生活在种族隔离和种族偏见下的读者正确认识历史。小说以沃克曾祖母的经历为蓝本,讲述了混血女奴母亲维蕊的故事。沃克在维蕊的故事中糅杂了歌曲、口述、仪式和民间传说,以全新手法描写了奴隶,尤其是女奴所遭受的非人待遇,批判了黑人男性对于黑人女性的成见。这部作品挑战了早期文学和历史作品关于黑人女性的偏见,建构了新的黑人女性社区和女性形象。这些女性以新形象、新话语表达了自己[①]。沃克的作品传承了赫斯顿作品中的民俗传统,开启了"新奴隶叙

---

① Kathleen Wheeler, *A Guide to Twentieth-century Women Novelists*. Oxford: Blackwell, 1997, p. 158.

事"这一文学体裁。这些将背景设在奴隶制时期,以黑奴为主人公的虚构作品描绘了美国黑人的历史或奴隶制的影响,这一体裁后来在托妮·莫里森(Toni Morrison,1931—2019)的小说《宠儿》(*Beloved*,1987)中达到了最高峰。除了小说和诗歌之外,沃克还创作了理查德·赖特的传记,并且出版了自传《我是怎样写〈千禧年〉的》(*How I Wrote Jubilee*,1971)。

现代主义文学时期,美国女性文学的创作范围更为广阔,风格更为多样化,多元主义倾向也更为明显。虽然女性作家仍然处于极为不利的创作环境,但一个更加开阔、更加公平的创作空间终将到来。在女权运动第二次浪潮的鼓舞下,思想进一步解放的女性作家将在70年代进入一个辉煌的新时期。

第一节 现代主义先驱

格特鲁德·斯泰因(Gertrude Stein,1874—1946)

格特鲁德·斯泰因是美国现代主义文学的孕育者。这一身份不仅体现在她对传统写作手法的自觉突破和大胆革新,更体现在她对年轻的现代主义作家的培育和扶持。身为作家的斯泰因是一位大胆的实验者,果断抛弃了线性的现实主义表达,而试图用语言去重现被遮蔽的事物"本质"。她的理念成为现代主义思潮的滥觞,极大地影响了"新现代人"的思维和写作方式。在斯泰因的眼里,随着传统语言系统的崩塌,现代作家不再拥有一个确定的意义起源,在精神上陷入了迷惘和怀旧之中,成为"迷惘的一代"。而她充当了教母和灯塔般的角色,为这些迷惘的年轻人指明了一条现代主义的创作之路。

格特鲁德·斯泰因生于宾夕法尼亚州的一个富商家庭。祖父母是德裔犹太移民,在巴尔的摩有稳定的产业。优渥的家境让斯泰因从小便拥有了"国际视野",自小便去过奥地利和法国,少女时期在美国加利福尼亚州度过。然而这并不意味着一个美好的原生家庭记忆。斯泰因对父母并没有什么感情,却对兄长利奥有着近乎病态的依赖。她一生都在追随着兄长的脚步,将自己变成了情感奴隶一般的存在。1892年,她随着利奥去往哈佛大学求学,跟从美国心理学之父威廉·詹姆斯学习心理学。后来转入约翰·霍普金斯大学医学院研究人脑解剖学,却在1902年因为对所学专业缺乏兴趣而弃学。因为利奥热爱艺术,格特鲁德陪着他先去了伦敦,后定居巴黎,最终也将文学艺术作为自己一生的兴趣追求。

1909年,斯泰因遇见了毕生相伴的同性伴侣艾丽斯·托克拉斯。在这段关系中,斯泰因摆脱了畸形的兄妹关系给她的影响,转身成为主导者,获得了长久以来求而不得的情感补偿。而托克拉斯处于从属位置,尽心地为了斯泰因扮演着秘书、管家、打字员、编辑等服务者和照料者的角色。但她们关系并不涉及传统男女关系所彰显的压迫、控制和剥削,而是以平等、互爱、开放为典型特征。斯泰因在自传体诗歌《挺起肚子》("Lifting Belly")中通过描摹自己和托克拉斯的日常生活,直白地呈现了同性之爱带给自己的愉悦。这首诗歌是"有关关系的故事,不止一个声音,而是好多声音——是合作、对话、彼此间的互动和爱意"①。除了情感慰藉之外,托克拉斯在文学创作方面对斯泰因也有很大影响。她"在现代主义发展中发挥的作用比人们想象的重要得多"②,不仅在斯泰因的自传体写作中彰显了自身意志,而且协助斯泰因推动了现代主义艺术运动的发展。在两次世界大战期间,她们在法国弗劳鲁斯街27号的沙龙成为年轻艺术家的聚集地,促进了一个艺术共同体的形成。这一沙龙是值得载入世界艺术史的事件,推动了画家亨利·马蒂斯、胡安·格里斯和巴勃罗·毕加索的事业发展,促进了作家欧内斯特·海明威(Ernest Hemingway,1899—1961)、F. 斯科特·菲兹杰拉德(Scott Fitzgerald,1896—1940)、舍伍德·安德森(Sherwood Anderson,1876—1941)的成长。

斯泰因身为女性,却反对在艺术创作中凸显作家的性别身份。20世纪初正是美国女权运动蓬勃发展的年代,"新女性"(New Woman)取代传统的"真正女性"(True Woman)成为新的性别偶像。女性艺术家们也一反19世纪母辈的小心翼翼,公然表述着要在艺术殿堂占据一席之地并发出女性声音的愿望。斯泰因无疑属于"新女性"作家的范畴,但她明确地将自身艺术创作与性别政治拉开了距离:"我不去思考任何有关性别的内容,因为这和什么都无关。"③她试图和男性作家一般,通过文学艺术的方式呈现和思考国家和时代的重大关切。在《美国的地理历史:或人性与人类精神的关系》(The Geographical History of America: Or, The Relation of Human

---

① Gertrude Stein, *Lifting Belly*. Ed. Rebecca Mark. Tallahassee: Naiad P, 1989, p. xvii.

② Belinda Bruner, "A Recipe for Modernism and the Somatic Intellect in *The Alice B. Toklas Cook Book* and Gertrude Stein's *Tender Buttons*." *Papers on Language and Literature* 45.4 (2009): 412.

③ Jennifer Ashton, "Lyric, Gender, and Subjectivity in Modern and Contemporary Women's Poetry," in *The Cambridge History of American Women's Literature*. Ed. Dale M. Bauer. Cambridge: Cambridge UP, 2012, p. 523.

Nature to the Human Mind,1936)这部散文集中,斯泰因体现了自己作为一个美国公民对普世主题的思考,并鼓励女性同胞对这个时代的文学状况和社会状况进行深度的反思和介入。

真正让斯泰因为世人所知并使她在美国文学史上留下浓墨重彩的是其现代主义创作理念。斯泰因的文学观带有浓重的威廉·詹姆斯和亨利·柏格森的色彩,核心观点收录在散文集《作为解释的创作》(*Composition as Explanation*,1926)之中,这部作品由她在牛津大学和剑桥大学的讲座内容整理而来。在斯泰因看来,艺术应该着力表现"绝对现实的现在"(complete actual present),营造一种既往文学从未出现过的"延续的现在时"(continuous present)。她指出,"现在"是一种不断重复的状况,既包含过去也孕育未来,因而文学创作就必须聚焦于这个特殊的时刻,从而揭示人类生活的本质:"有一种摸索是使用所有一切的活动,还有一种摸索是寻找连续不断的现状,不可避免地存在一种开始,反复存在的开始"[1]。为了表现这个"绝对现实"而不是人们司空见惯的观念,斯泰因孜孜追求语言的原初性——即祛除了文化引申义的纯粹文字——将之视为"融合两种内在的真实(主体和客体)或联结外在和内在的真实"的媒介[2]。在斯泰因看来,大部分的作家无法在现代写出好的作品,原因是他们没有真正理解语言的本质,错误地将语言的社会属性当成了它的艺术属性。在社会交流中,语言不过是承载权力系统的符号,所表现的是个体事物的"身份"(identity)而非"存在"(entity)本身。斯泰因尖锐地指出,迷失在这一指征游戏中的庸俗艺术家被切断了与生活本质的联系,只能通过他人的判断来定义自身,可悲地将自己的公共形象等同于本质价值:他们之所以"知道他们是谁,因为他们的小狗认识他们,所以他们不是本质而是身份。他们的存在依靠记忆(memory)维持,所以写不出杰作来"[3]。真正的杰作需要依赖最纯净的文字呈现最本真的"存在的感受"("feeling of being")[4]。正是秉承这一理念,斯泰因提出了"风景戏剧"(landscape theatre)概念,即抛弃围绕中心情节、按照时间线性发展的传统戏剧形式,倡导一种强调联系和并列的空间网状叙事,借助意象和情感

---

[1] Mary Loeffelholz,ed. *The Norton Anthology of American Literature*. vol. D. 7th ed. New York:Norton,2007,p. 1358.

[2] Allegra Stewart,"The Quality of Gertrude Stein's Creativity." *American Literature* 28. 4 (1957):488.

[3] Gertrude Stein,*What Are Masterpieces*. New York:Pitman,1940,p. 90.

[4] Kirk Curnutt,"Inside and Outside:Gertrude Stein on Identity,Celebrity,and Authenticity." *Journal of Modern Literature* 23. 2 (1999—2000):298.

获得即时性的体验①。

为了创造现实感和绵延感,斯泰因在创作中特别依赖名词、动名词和现在分词,通过意象和动作的重复传达着"持续的现在"。对斯泰因来说,重复的内在运动体现了"生命力"原则。她在《在美国的讲座》("Lectures in America")中指出,重复是激发生命活力的必要措施:"假如这种生命力(重复内部运动的生命力)足够有活力,那么这种清晰会有困惑吗,这种清晰会有任何重复吗?"②这种重复并非无意识的惯性动作,而是有意识的"习惯"。斯泰因认为,人的习惯是贯穿无意识领域和意识领域的连续行为,在习惯中可以容纳各种变化,而这恰恰是"持续的现在"得以存在的前提条件③。她将重复运用于文学创作实践的一个人尽皆知的例子是"玫瑰是玫瑰是玫瑰是玫瑰"(A rose is a rose is a rose is a rose)。这样的单调重复让很多作家不明所以,或公开或私下里对她进行了揶揄和嘲讽。欧内斯特·海明威大概是出于消解前辈权威、否认斯泰因对自身影响的隐秘心理,在《丧钟为谁而鸣》(*For Whom the Bell Tolls*,1940)中颇不客气地戏仿道:"一头洋葱是一头洋葱是一头洋葱……一块石头是一个斯泰因是一块岩石是一块圆石是一块鹅卵石"④。斯泰因的同侪埃伦·格拉斯哥(Ellen Glasgow,1873—1945)在笔记中也对这句话颇有微词,将它的流行归因于大众的无知和猎奇:"1934—1935 年冬,格特鲁德·斯泰因:她给那些从未读过她一行字的人作报告——那些人蜂拥而至,听她重复'玫瑰是玫瑰是玫瑰是玫瑰'。"⑤这些否定性评价并没有动摇斯泰因本人的理念,她在一次演讲中试图向听众解释"重复"和"陌生化"对于现代诗歌创作的必要性:

> 你们难道不明白吗?在语言还是全新的乔叟和荷马时代,每当诗人呼唤事物之名,那个事物便会应召而来。他说,'啊,月亮''啊,大海''啊,爱情',于是月亮大海爱情就在那里。你们难道不明白吗,几百年

---

① 有关斯泰因"风景戏剧"及其在美国戏剧史上影响的阐述,参见刘艳卉:《从"风景戏剧"到"视象戏剧"——格特鲁德·斯泰因、约翰·凯奇及罗伯特·威尔逊》,载《戏剧》2017 年第 4 期,第 57—67 页。

② Omri Moses,"Gertrude Stein's Lively Habits." *Twentieth Century Literature* 55.4 (2009):445.

③ Omri Moses,"Gertrude Stein's Lively Habits." *Twentieth Century Literature* 55.4 (2009):461.

④ Ernest Hemingway,*For Whom the Bell Toll*. New York:Scribner,1995,p.289.

⑤ 引自 Oliver L. Steele Jr.,"Gertrude Stein and Ellen Glasgow:Memoir of a Meeting." *American Literature* 33.1 (1961):76.

来人们已经创作了成千上万首诗歌；当诗人再呼唤那些词，却发现它们已经成了空洞的文学词汇。它们丧失了令人兴奋的纯粹存在的特质，变成了陈词滥调。现在的诗人必须重新寻找那个纯粹存在，复活语言的力度。我们都知道在后代写诗很难；我们知道你必须使句子结构变得陌生和新奇才能使名词重新恢复活力。光标新立异是不够的，句子结构的陌生化也必须建立在诗意天赋的基础之上。这就是为什么在后代做个诗人难上加难。你们读过几百首关于玫瑰的诗歌，其实都明白那朵玫瑰并不在那里。……我知道日常生活中我们不说'是……是……是……'。我不是傻瓜；但我知道，在一百年以来的所有英文诗歌中，只有这句诗里的玫瑰第一次是红色的。①

这段话实质上阐释了陷入影响焦虑的现代诗人进行创新的必要性和方法。诗人是一个类似魔法师的存在，具有通过语词召唤实体的能力。然而，在文学的发展过程中，语言逐步从诗意语言沦落成为日常语言，导致诗人的意象召唤能力逐步丧失。作为后来者，现代主义诗人恢复自身"法力"的唯一途径就是"句子结构的陌生化"。在斯泰因看来，重复是达成这一目标的不二法门。重复的名词从多个角度呈现了同一存在，并通过重复消除了它所可能具有的衍生意义，使得本来高度抽象化和社会化的名词拥有了实际内容，唯一指向物体本身。

斯泰因的创作大致可以分为分三个阶段。第一阶段的作品以突出"现在"为主要特征，以《三个女人》(*Three Lives*, 1909)为主要代表。斯泰因的这部处女作讲述了三个工人阶级女性的故事，分为《好安娜》("The Good Anna")、《梅兰克莎》("Melanctha")和《温柔的勒娜》("The Gentle Lena")三个部分。三个故事互相独立，但都发生在与巴尔的摩类似的一个虚构城市。第一个故事《好安娜》模仿了福楼拜的名篇《淳朴的心》("Un Coeur Simple", 1877)，讲述了德国移民安娜的仆人经历。安娜十几岁移民到美国南方后丧母，不得不依靠哥哥养活。无法掌控自身命运的曲折经历铸就了安娜的矛盾性格：一方面她富有爱心，容易过度同情；另一方面性格刚毅，喜欢控制他人。故事聚焦于女性之间的情感联系对于个体的影响：它既能滋养个体，如安娜与寡妇莱特曼太太相互扶持和安慰；它也带有威胁性，安娜认为女性喜欢控制他人意愿，而她自己也正是如此。第二个故事《梅兰克

---

① 引自 Thornton Wilder, "Four in America," in *Gertrude Stein*. Ed. Harold Bloom. New York: Chelsea, 1986, p. 26.

莎》在《三个女人》中篇幅最长，围绕女主人公梅兰克莎的情感生活展开，展示了社会的复杂性与人物内心的冲突和矛盾。梅兰克莎的父亲是黑人，母亲是混血儿，一家人住在实施种族隔离的社区。梅兰克莎希望通过"游荡"的方式寻求知识、找到真爱，从而掌控自己的命运。但也因为她的身份，她的行为被视为不体面、不正派而遭受非议。在游荡了一段时间后，她碰上了一个刚刚开业的医生杰夫·坎贝尔。两人缔造了一种时刻处于矛盾之中的微妙关系：既相爱又不相爱，既渴望在一起又害怕在一起，既相互坦诚又相互戒备，最终两人还是分手。闺中密友罗丝对她的抛弃更是让她遭受了身心创伤，梅兰克莎最终在济贫所孤独地离开人世。该故事中女主人公的同性友谊和异性恋爱借鉴了斯泰因在约翰·霍普金斯医学院求学时的亲身经历，后来在《证明终了》($Q.E.D$)一书中有更加直白的表达。《温柔的勒娜》讲述了德国女孩勒娜移民到美国的生活经历。勒娜以当仆人为生，后来遵照父母安排嫁给了另一位德国移民的儿子。缺乏感情基础的婚姻让夫妻俩相互隔绝，生活了无生趣。最终勒娜在生第四个孩子时死于难产，留下丈夫过着平静安逸的生活。

《三个女人》在选材、写作风格和主题等各方面都呈现出边缘性和先锋性。就选材而言，斯泰因模仿福楼拜和画家塞尚的做法，将目光投向中产阶级生活圈之外的工人阶层，呈现出"进步主义"荣光下的另一个美国。从写作风格来说，小说挣脱了传统现实主义的束缚，以呈现人物与空间以及相互之间的关系为主；叙事以平铺直叙为主要特点，并着力描摹外国人的英语表达，如《梅兰克莎》中的黑人方言非常纯正。从主题上讲，小说委婉地呈现了性爱，尤其是异性恋所蕴含的巨大危险，表达了对同性恋的向往。在生活中竭力掩盖自己同性恋身份的斯泰因在创作中同样采取了编码策略，将这个中心秘密隐藏在传统的异性恋词汇之中，同时通过语词的重复营造出层层叠叠的伪装，也故意在文本叙事中留下罅隙，使读者能够透过表层的符号网络解析文本最深处的意图。

在《三个女人》中，《梅兰克莎》最受评论界青睐，被同时代的评论家盛赞为"20世纪实验派文学的最佳作品"[1]。黑人女作家妮拉·拉森（Nella Larsen）曾经给斯泰因写信说："我一直很好奇为什么你会写出这么一部小说作品，为什么是你而不是我们中的某些人来这么传神地表达我们这个民族的精神。"[2]在故事中，由白人抚养成人的罗丝内化了社会的种族和性别

---

[1] Carl Van Doren, *The American Novel, 1789—1939*. New York: Macmillan, 1940, p.339.

[2] 引自 John Malcolm Brinnin, *The Third Rose: Gertrude Stein and Her World*. Boston: Little, Brown, 1959, p.121.

规范,行为举止非常"规矩",嫁了人并获得了婚姻机制的保护。而同性恋女孩琼却因为反叛异性恋体制而结局悲惨。渴求"真正的"智慧的梅兰克莎则处于暧昧不清的情感状态,其三段恋爱涵盖了同性恋(女性的琼)、双性恋(性别模糊的杰夫)和异性恋(男性的吉姆)①。评论家指出,斯泰因在《梅兰克莎》中其实是将同性恋话语编码成为种族话语,意在强调其边缘地位:"尽管斯泰因在《梅兰克莎》中描写的是一个黑人群体,但族裔问题并不是斯泰因要特别关注的对象,因为小说中黑人身份并不是导致梅兰克莎悲惨命运的最根本因素。种族只是一个编码,它指向的是异性恋体制"②。究其根本而言,是社会对一致性的要求导致了梅兰克莎的悲剧。

斯泰因创作第二阶段的作品将碎片化和抽象化发挥到极致,呈现出鲜明的立体主义风格,以叙事诗集《软纽扣》(*Tender Buttons*,1914)为主要代表。《软纽扣》以日常生活为描绘对象,包括物品、食物和房间三个部分,最出名的是第一首诗《饮料瓶,那是不透明的玻璃品》("A Carafe, That Is a Blind Glass")。斯泰因意图通过该诗集创造文字与被观察事物之间的对应关系,因而在诗集中采用实验性的语法,强调节奏和声音,注重挖掘物品在新语境中给读者带来的新意,颠覆了传统的意义产生过程。而"新意"的达成,需要诗人从独特的视角去观察事物,重建其与周围环境的关系。斯泰因说:

> 我试图在生活中观察。观察并不是要和记忆混淆在一起,我的确再现了我所观察到的事物,有时通过谈话,有时通过倾听,更多的是通过观察某个物品。我感觉有些东西需要包括进去,而且有些东西是在观看,因此通过专心致志的观察,我写成了《软纽扣》,因为只要仔细观察,写物品要比写人更加容易。③

她的观察方式受到了毕加索的启发。当时毕加索正在尝试立体主义,主张每部分和整体同样重要,斯泰因也将之应用到《软纽扣》的创作之中,使诗集具有了立体画的特征。此外,斯泰因革新语言意义的另一方式是将两个不经常搭配使用的词并置,通过它们意义的相互碰撞而构成了一个文字场域,

---

① 有关小说中罗丝和梅兰克莎两个角色的对比,参见汪涟:《两词玄机——斯泰因〈梅兰克莎〉解析》,载《外国文学评论》2010年第3期。

② 胡晓军:《〈梅兰克莎〉中的种族与性属编码之解读》,载《解放军外国语学院学报》2018年第3期,第149页。

③ 引自 Elisabeth Frost, *The Feminist Avant-garde in American Poetry*. Iowa City: U of Iowa P, 2003, p. 23.

融汇并呈现了主体对"散漫的思绪和不同的经验"的调和,并在此基础上激发着读者自身的想象①。如诗集名"软纽扣"违背了读者对于物体的惯常印象,迫使读者去探寻语言如此并置的原因,进而去想象一种超越日常经验的物体,拓展了传统诗歌语言所能呈现的意象空间。类似的例子还包括《釉面的闪光》("Glazed Glitter")、《一张咖啡》("A Piece of Coffee")等等。

就主题而言,《软纽扣》对于物品的迷恋相当强烈,甚至被评论家认为体现出弗洛伊德拜物倾向。诗集中的性象征(如男性和女性生殖器)比比皆是,题名"软纽扣"也被认为指代着女性乳房——该诗集的法语书名的确是《柔软的乳头》。评论家据此认为,该诗集反映了同性恋主题,呈现了斯泰因与托克拉斯的亲密关系②。不过,斯泰因坚称该诗集就是对日常物品的现实性描绘,食物篇的第一首诗《烤牛肉》是她理念的宣言,即不要去拥有任何东西,摆脱对任何东西的所有权。这种对待物品的超然态度实质上是对物品的现实性本质的最高礼赞。

斯泰因创作的第三阶段是她在写作技巧及自我宣传方面的成熟时期,体现出精简主义风格及精神独立的特点。这一阶段的作品对美国文学史产生了巨大影响,代表作包括《美国人的形成:一个家庭的进步》(*The Making of Americans:Being a History of a Family's Progress*,1925)、《如何写作》(*How to Write*,1931)、《艾丽斯·托克拉斯自传》(*The Autobiography of Alice B. Toklas*,1933)。

《美国人的形成》体现了斯泰因文学创作对美国民族话语建构的积极参与,彰显了她与大多数现代女性作家的不同之处。在其创作时期,心理学、社会学等"科学"刚刚兴起,旨归实际上都是宣扬美国文明和政治制度的"进步",都属于"官方民族主义"话语的分支。斯泰因的创作积极呼应了新的思想变化,通过对当下日常生活的描摹表达对美国国家历史和未来的想象③。《美国人的形成》这部现代主义小说写于1903年至1911年间,经历了三个修改阶段,直至1925年才得以发表。作品的实验色彩浓厚,抛弃了传统小说中惯有的情节、对话和冲突,充满了重复的单词、搭配怪异的短语和插入性的只言片语。小说虚构了德宁和赫斯兰德这两个家庭的谱系、历史以及

---

① Allegra Stewart,"The Quality of Gertrude Stein's Creativity." *American Literature* 28.4 (1957):495.《软纽扣》中字词实验还包括"选用视知觉词传达作者的直觉体验""用颜色词引发读者的情感共鸣"等,参见舒笑梅《表现可视世界的内在结构——斯泰因在〈软纽扣〉中的字词实验》,载《南京社会科学》2007年第12期。

② Virgil Thomson,"Tender Buttons." *The New York Review*. July 1,1971.

③ Kelley Wagers,"Gertrude Stein's 'Historical' Living." *Journal of Modern Literature* 31.3 (2008):26.

两个家庭成员的心理发展,通过"对个人的各种形式的百科全书式的地图绘制"总结了资产阶级的社会和精神生活,使之成为整个美国群体的肖像素描[1]。斯泰因在该书导论中写道,"每个人总是重复所有人的事情,因此有的人在某一时候看到所有人的这些事情后,就会找到所有人的全部历史"[2]。小说意在描摹最根本的人性,有意挖掘那些被淹没在历史叙事中的边缘群体经历,如移民的经历和迷失在书写或者翻译过程中的日常经验,为它们找到了合适的呈现方式[3]。如评论家所言,斯泰因的"历史"书写为读者提供了"新的历史范式,这一范式源自日常生活重复而又矛盾的模式,是一种革命化地理解国家历史如何以及被谁制造的方式"[4]。正是在这个意义上,斯泰因的现代主义形式创新可以被视为一种重塑集体身份的历史写作,发挥了政治策略的功能。

《艾丽斯·托克拉斯自传》这部传记完稿只花了六周时间,却在出版后成为她最受欢迎的作品:出版前9天内首次印刷的5000册就全部售罄。斯泰因随之进行了为期6个月的巡回演讲,也取得了极大的商业成功[5]。作品第一章《我到巴黎之前》讲述了托克拉斯遇到斯泰因前的经历。她出生在旧金山的富裕家庭,1906年旧金山地震后决定第二年去巴黎。第二章《到巴黎》再现了她担任斯泰因的保姆兼策展人等多重角色。第三章《斯泰因在巴黎,1903—1907》回忆了斯泰因与兄长利奥与毕加索和马蒂斯等画家的交往经历。第四章围绕斯泰因去法国巴黎之前的经历展开。第五章《1907—1914》讲述了马蒂斯和立体派画家的交往情况,记录了她与斯泰因在西班牙和意大利的度假时光。第六章《战争》记录了她与斯泰因的"一战"经历。第七章《战后1919—1932》写了斯泰因与艾略特之间的矛盾,与舍伍德·安德森、厄内斯特·海明威以及几位俄国艺术家的交往。这部自传的结尾最为吸引评论家:"大约六周前格特鲁德·斯泰因说,看样子你永远也不会写这个自传。你知道我的打算,我替你写。我会像笛福给鲁宾孙·克鲁索写自传那样写这本自传。她写了,就是这本书。"[6]这个结尾与作品扉页上的照

---

[1] Lawrence Buell, *The Dream of the Great American Novel*. Cambridge, MA: The Belknap P, 2014, pp. 39—40.

[2] 引自 Mary Loeffelholz, ed. *The Norton Anthology of American Literature*. vol. D. 7th ed. New York: Norton, 2007, p. 1359.

[3] 参见 Brian M. Reed, "A Vocabulary of Thinking: Gertrude Stein and Contemporary North American Women's Innovative Writing." *American Literature* 80.3 (2008): 617—20.

[4] Kelley Wagers, "Gertrude Stein's 'Historical' Living." *Journal of Modern Literature* 31.3 (2008): 37.

[5] "Publisher's Note." *Everybody's Autobiography*. Cambridge: Exact Change, 1993, p. viii.

[6] Gertrude Stein, *The Autobiography of Alice B. Toklas*. London: Penguin, 2001, p. 272.

片遥相呼应:镜头聚焦于站在门口的艾丽斯,光影之下是斯泰因在伏案写作。斯泰因选择艾丽斯作为发声途径,冲淡了传统自传中的自我中心色彩,借助另一角色澄清自我想法,使故事显得客观可信,取得了非常好的艺术效果。这种手法被评论家称为"幽灵自传"(autobiography-by-Doppelgänger)[1],也有人称之为"腹语术式"(ventriloquism)的文本生产[2]。即便如此,鉴于该书急迫地想借助现代派艺术圈的光晕效应美化斯泰因、将其是艺术"天才"这一"事实"兜售给大众,它引起了其他艺术家的不满和抨击。斯泰因的同侪,画家乔治·布拉克、翻译家尤金·乔拉斯与玛丽亚·乔拉斯夫妇、画家亨利·马蒂斯、诗人安德烈·萨蒙和特里斯坦·查拉等人在《艾丽斯·托克拉斯自传》发表后,合作发表了《反对格特鲁德·斯泰因的证词》(*Testimony against Gertrude Stein*,1935)以正视听。在他们看来,"《艾丽斯·托克拉斯自传》中的波希米亚主义空洞单薄,对事实所进行的自我中心式的歪曲,将是笼罩在当代文学的颓废象征物"[3]。

在20世纪初期的美国,受困于科学技术和工商业文明的发展并承载着厚重文学传统的现代作家们越来越难地找到独特的方式表征诗意的栖居,从而不可避免地陷入了影响的焦虑之中。斯泰因意欲通过语言革新重回荷马和乔叟的纯粹语言时代,为放飞想象力、实现个人价值提供可能[4]。为此,她像斗士一般踏上了解放语言的道路,努力将语言从日益固化和沉闷的传统语法、引申和修辞中还原成原始的、富有表现力的状态。从这个意义上来讲,斯泰因这位激进的现代主义者、"现代文坛最伟大的分离修辞家"却像是一个坚定的复古主义者,难怪凯瑟琳·安·波特(Katherine Anne Porter,1890—1980)将之称为"部落里睿智的老妇,美学的大祭司"[5]。

第二节 哈莱姆文艺复兴中的女性作家

哈莱姆文艺复兴是非裔美国文化历史上的重要时期,这一时期的非裔

---

[1] Lynn Z. Bloom,"Gertrude Is Alice Is Everybody:Innovation and Point of View in Gertrude Stein's Autobiographies." *Twentieth Century Literature* 24.1 (1978):83.

[2] 对这一话题的详细阐述,参见程汇娟:《〈女士年鉴〉与〈艾丽丝自传〉——圈子文学、影射小说与文本生产》,载《外国文学》2016年第2期,第36—37页。

[3] Eugene Jolas,et al. *Testimony against Gertrude Stein*. The Hague:Servire,1935,p.2.

[4] Allegra Stewart,"The Quality of Gertrude Stein's Creativity." *American Literature* 28.4 (1957):489.

[5] 引自 Harold Bloom,Introduction. *Gertrude Stein*. Ed. Harold Bloom. New York:Chelsea,1986,p.1;p.5.

文坛群星璀璨,黑人文学艺术家再现了他们对黑人文化的传承,在文学、艺术、音乐、戏剧等方面创作了大批作品。这一运动标志着非裔美国人突破传统束缚,在文学创作上呈现复杂多样的艺术形象。女性作家在哈莱姆文艺复兴中发挥了积极作用,杰茜·雷德蒙·福塞特(Jessie Redmon Fauset,1882—1961)和妮拉·拉森(Nella Larsen,1891—1964)都是这一时期广受好评的作家,但传统的非裔文学和文化批评都忽略了两人作品的意义,她们被视为这场重要运动中的次要作家,只有赫斯顿享有独特的文学家的地位。赫斯顿的作品展示了知识分子对于"人民"的再现,并且避免了北方城市中的阶级冲突,而福塞特和拉森却更直接地描写了城市环境中的阶级冲突,尽管两人采用了不同的文学再现的策略,这种差异反映了她们作为黑人女性知识分子对于阶级、种族和性别的不同立场[①]。黑人评论家伯纳德·贝尔(Bernard Bell)强调,"通过聚焦于黑人上层社会受过良好教育的黑人的道德和行为,他们(哈莱姆文艺复兴作家)将社会风俗小说和文雅的现实主义带入非裔美国小说传统"[②]。

　　福塞特和拉森两人都在作品中涉及建立在肤色基础上的种族歧视,批判了黑人中那种认为肤色浅、阶级地位高的自我意识。福塞特将小说背景设在城市,探索了浅肤色黑人试图伪装为白人的主题,以及其他涉及种族主义的主题。福塞特的小说主要围绕种族身份及种族歧视等主题展开,所塑造的黑人形象一反当时的黑人文学传统。福塞特倾向于采用现实主义手法,她反对黑人作家弱化种族特点,鼓励他们勇敢、真诚地去描写黑人的生活。小说中,她赋予黑人人物以中产阶级身份,呈现了一种中产阶级的道德和行为标准,这些道德和行为标准不仅塑形了她作品的人物存在,也成为她的读者们的适当社会行为标准。她的作品为正在兴起的黑人中产阶级意识形态的发展做出了贡献,这个阶层的人们与来自农村地区的人显然有所不同。而且在作品中,福塞特没有将奴隶制的后果和重建时期的失败作为她笔下的中产阶级的重要资源,因为她认为中产阶级需要一种新的与历史的联系[③]。福塞特的作品具有浪漫色彩,虽然她的作品揭示了女性罗曼史传统的许多矛盾之处,但她对于这些矛盾的解决还是采用了

[①] Hazel V. Carby, *Reconstructing Womanhood: The Emergence of the Afro-American Woman Novelist*. New York: Oxford UP, 1987, p. 166.

[②] Bernard Bell, *The Afro-American Novel and Its Tradition*. Amherst: U of Massachusetts P, 1987, p. 106.

[③] Hazel V. Carby, *Reconstructing Womanhood: The Emergence of the Afro-American Woman Novelist*. New York: Oxford UP, 1987, p. 167.

将女性描绘成最终被从自己的独立导致的后果中拯救出来、成为人妻的保守主义态度。① 20世纪20年代,福塞特受到文学界的广泛欢迎。评论家纷纷指出,传统黑人形象往往是仆人或罪犯等负面形象,但在福塞特的笔下,黑人有了更高的社会地位,他们的受教育程度也有所提高,颠覆了黑人形象的传统塑造模式。

妮拉·拉森的小说与福塞特不同的是,虽然她也使用"种族逾越"作为小说的主题,但是她对此进行了讽刺。她拒绝发展一种黑人中产阶级道德标准来解决女性面临的这些问题,而且她猛烈抨击了文艺复兴早期的但仍然流行的种族提升意识形态。她的小说《流沙》探索了女性与罗曼史之间的矛盾,因为性别政治已经将罗曼史的基本脉络撕裂了②。而更为重要的是,拉森拒绝承认中产阶级是文明行为和道德观的守护者。她从两个方面批评了哈莱姆知识分子的伪善。他们表面上声称憎恨白人,抨击与白人社会的任何联系,与此同时又模仿白人的衣着、风度、生活模式,他们所宣称的所有与黑人有关的原汁原味的好东西掩饰了他们对于黑人大众的真正文化和行为的厌恶、蔑视和消遣③。拉森笔下的赫尔加就是一位被异化的女主人公,在小说的不同阶段,她被她的性别、种族和阶级所异化。这种异化常常被表现为一种意识,一种心态。但是拉森也将这种异化描绘成起源于现存的社会关系④。拉森结合自身经历以及对黑人文化的认识,通过创作再现了混血儿主题。小说中,混血女性的内心矛盾以种族身份认同的艰难历程得以呈现。种族压迫使得肤色成为进入上流社会的限制条件以及区别黑人等级的标准,使得不少黑人(尤其是肤色浅的黑人)十分在意自己肤色的深浅,也增加了他们的文化自卑。美国文化中的黑白混血儿饱受双重困扰,一方面她们在白人和黑人文化中摇摆不定,难以取得确定的身份认同,因而常常内化了白人社会的价值观,这种内化行为揭示了混血黑人的自卑情结以及对于白人文化的批判;另一方面,她们又因为白人文化的压迫而难以产生自己的种族自豪感,无法坦然面对自己的文化身份。在写作手法上,她更多地借鉴自然主义者以及现代主义作家,融女主人公的中心意识以及客观叙事模

---

① Hazel V. Carby, *Reconstructing Womanhood: the Emergence of the Afro-American Woman Novelist*. New York: Oxford UP, 1987, p.168.

② Hazel V. Carby, *Reconstructing Womanhood: the Emergence of the Afro-American Woman Novelist*. New York: Oxford UP, 1987, p.168.

③ Hazel V. Carby, *Reconstructing Womanhood: the Emergence of the Afro-American Woman Novelist*. New York: Oxford UP, 1987, p.171.

④ Hazel V. Carby, *Reconstructing Womanhood: the Emergence of the Afro-American Woman Novelist*. New York: Oxford UP, 1987, p.169.

式为一体，凸显女主人公与其所处环境的关系①。

在寻找黑人女性文学传统时，艾丽斯·沃克(Alice Walker,1944—　)以及之前的佐拉·尼尔·赫斯顿已经建立了一种将农村人作为非裔美国历史的继承人以及非裔美国文化的守护者的模式。这种黑人女性文学的建构将种族、阶级和性别的城市冲突文学有效地边缘化了，而这种对抗在拉森的《流沙》、安·佩特里(Ann Petry,1908—1997)的《大街》(The Street,1946)、多萝西·韦斯特(Dorothy West,1907—1998)的《生活轻松》(The Living Is Easy,1948)、格温德琳·布鲁克斯(Gwendolyn Brooks,1917—2000)的《莫德·玛莎》(Maud Martha)和托妮·莫里森(Toni Morrison,1931—2019)的作品中得以展现。一些更为重要的和更为迫切的文化斗争问题，必须在城市环境下面对，因为这里才真正是黑人劳动阶级居住的地方②。

杰茜·雷德蒙·福塞特(Jessie Redmon Fauset,1882—1961)

杰茜·雷德蒙·福塞特是美国黑人编辑、诗人、散文家、小说家和教育家，也是美国哈莱姆文艺复兴时期的重要女作家。她对于哈莱姆文艺复兴的重要贡献在于以下两个方面。一是积极推动了20世纪20年代黑人文学的发展。她在担任杂志《危机》(The Crisis)文学编辑期间，大力宣传与当时社会运动相关的文学作品，并发掘了兰斯顿·休斯(Langston Hughes,1902—1967)、吉恩·图默(Jean Toomer,1894—1967)、康蒂·卡伦(Countee Cullen,1903—1946)、克劳德·麦凯(Claude Mckay,1899—1948)等黑人作家的才华，大力扶植了这些文坛新秀，以此为哈莱姆文艺复兴做出了独特贡献。二是她在20世纪20年代到30年代期间，发表了四部以非裔美国中产阶级生活为主题的小说。她的小说主要围绕种族身份及种族歧视等主题展开，宣传了黑人的中产阶级道德观。她以勇敢、真诚的态度描写黑人的生活，为读者呈现了进入中产阶级社会的黑人群体，以及黑人社区积极的一面。在她之前的美国文学中，黑人人物往往是仆人或罪犯等负面形象，但在福塞特的笔下，黑人受教育程度有所提高，他们有了更高的社会地位，也有着自己的雄心与抱负，虽然仍饱受种族歧视，但福塞特描绘了他们拼搏的人

---

① George Hutchinon, *In Search of Nella Larsen: A Biography of the Color Line*. Cambridge: Harvard UP, 2006, p. 226.

② Hazel V. Carby, *Reconstructing Womanhood: the Emergence of the Afro-American Woman Novelist*. New York: Oxford UP, 1987, p. 175.

生,她的小说因而颠覆了黑人形象的传统塑造模式。20世纪20年代,福塞特受到文学界的广泛欢迎,后来其声誉虽有回落,但如今仍被视为为哈莱姆文艺复兴奠定了重要基础的黑人女作家。

福塞特1882年4月出生在新泽西州,是家中的第七个孩子,肤色较浅。她家境贫寒,幼时丧母,继母是犹太白人,皈依为基督徒,父亲是非洲卫理公会主教派的牧师。她的父母非常重视孩子的教育。福塞特在费城长大成人,曾在费城最好的女校高中读书,是该校第一个黑人毕业生。毕业时她本想去著名的女子学院布林·莫女子学院读大学,但该校无意接受一名黑人学生,便为她争取到去康奈尔大学就读的奖学金,回避了接收黑人学生这一棘手问题。随后,福塞特在康奈尔大学接受教育,成为在康奈尔大学就学的第一位黑人女性,她的专业为古典语言,成绩优秀。1905年毕业后,她赢得美国大学优等生协会(Phi Beta Kappa)会员资格,后在宾夕法尼亚大学获得硕士学位。因身为黑人,她无法在费城找到教职,只好去马里兰州的巴尔的摩和华盛顿特区的黑人学校任教,担任法语和拉丁语教师,后去巴黎索邦大学继续求学。

自1912年起,当她还是一名教师时,福塞特已经开始撰写书评、评论文章、诗歌和短篇小说,并且向由W.E.B.杜波伊斯创建并且主编的《危机》杂志投稿,先后写了题为《镜子》("Looking Glass")等文章,她1919年离开教职,受杜波依斯邀请搬到纽约,成为《危机》杂志的全职文学编辑,开始负责杂志重要事务。该杂志隶属全国有色人种协进会,她后来也成为该组织的一员,并代表该组织在1921年泛非洲大会上发表演讲。1926年离开《危机》杂志,在纽约从事教学,直到1944年。她曾于1920年至1921年担任黑人儿童杂志《女童军之书》(*The Brownie' Book*)的编辑及合著者。这本杂志旨在向非裔美国儿童灌输自己的文化传统,而福塞特自己在幼时就十分渴望能够阅读到这类的文章。

福塞特在担任文学杂志《危机》文学编辑期间,大力提携了包括兰斯顿·休斯、吉恩·图默、康蒂·卡伦、克劳德·麦凯等一批黑人作家,这批作家后来为哈莱姆文艺复兴黑人文学做出了积极贡献。她第一个出版休斯的作品,后者曾在回忆录《大海》(*The Big Sea*)中写道,杰茜·雷德蒙·福塞特在《危机》杂志社为新黑人文学的诞生做出了重要贡献,称她为"指引了哈莱姆文艺复兴方向的最重要人物之一"[①]。

---

① 引自Saron L. Jones, *Rereading the Harlem Renaissance: Race, Class, and Gender in the Fiction of Jessie Fauset, Zora Neale Hurston, and Dorothy West*. Westport, CT: Greenwood P, 2002, p.13.

除了扶植文坛新人之外,福塞特本人也非常多产。她在担任编辑期间,就发表了诗作和短篇故事,尤其是中篇小说。福塞特还将黑人作家的法语作品译成英文,她发表了大量游记,其中包括她与朋友在法国和阿尔及利亚的见闻。在担任编辑后期,她与杜波依斯的冲突越来越严重,于是于1926年辞去编辑职位。离开该杂志后,她起先仍然寻找编辑工作,但即便愿意在家里工作以避免别人对于黑人编辑的排斥,仍然没有成功。她之后返回去执教,同时开始创作小说。1924年到1933年,她发表了四部小说:《存在混乱》(*There is Confusion*,1924)、《葡萄干面包》(*Plum Bun*,1928)、《楝树》(*The Chinaberry Tree*,1931)、《美国式喜剧》(*Comedy, American Style*,1933)。1929年,福塞特在47岁时与商人赫伯特·哈里斯成婚,婚后两人居住在新泽西,1958年哈里斯去世后福塞特搬回费城,于1961年4月在此去世,享年79岁。

福塞特是在读到了白人作者C. T. 斯特里布林(C. T. Stribling)1922年所著的小说《与生而来的权利》(*Birthright*)之后才开始小说创作的。她认为书中对于非裔美国人的描述存在诸多谬误,这才萌生了自己创作小说的念头。她在后来的一次采访中声称,"观众在等待着听到关于我们的真实情况,让我们这些比起白人作家更有资格的人来试图展现这一切"[1]。福塞特认为白人作家未能完整呈现黑人的生活,因而她坚持塑造符合黑人生活现实的人物。譬如,黑人的生活状况在城市化之后发生巨变。有些黑人的肤色接近白人,为获得更好的待遇,他们不惜一切掩盖自己的黑人身份,有些黑人甚至成功进入白人圈子。即便如此,种族问题依然是他们要面对的问题,"她的小说揭示了那些享受更多特权的浅肤色黑人当中也存在肤色等级制度这一事实。"[2]同时代的读者称赞她对于非裔美国生活中之前尚未展现的一面的挖掘,称她的作品是上层黑人社会风俗小说,甚至将她比作黑人文学中的简·奥斯丁,[3]但也有对于她专注于中上层社会生活的批评。但毫无疑问,她的创作影响到同时代其他的作家,包括妮拉·拉森、兰斯顿·修斯、佐拉·尼尔·赫斯顿等。王家湘如此评论福塞特,"福塞特探索种族歧视和性别歧视对黑人的影响,并表现他们如何在逆境中争取自己生活的权

---

[1] 引自 Abby Arthur Johnson,"Literary Midwife:Jessie Redmon Fauset and the Harlem Renaissance." *Phylon* 39.2 (1978):151—52.

[2] Vashti Crutcher Lewis,"Mulatto Hegemony in the Novels of Jessie Redmon Fauset," in *The Harlem Renaissance:A Gale Critical Companion*. vol. 2. Detroit:Gale,2003,p. 376.

[3] Arna Bontemps,*The Harlem Renaissance Remembered*. New York:Dodd, Mead,1996,p. 71.

利。综观她的小说,共同的特点是主次情节交错发展,女主人公在经历挫折后感悟社会和人生,最后总能得到如意的婚姻;在次要情节中,作者更多地揭露和抗议种族歧视和性别歧视的种种不公,带有更多社会批判的成分"[1]。

　　福塞特的《存在混乱》与吉恩·图默1923年出版的《甘蔗》(Cane)相似,是诗歌和散文的结合体。有评论指出,该小说是黑人女性作家得到认可的"第一本书",这部小说第一次再现了受过教育的黑人城市居民的状况。福塞特的创作旨在纠正当时盛行在白人作家当中的黑人形象,力图准确地再现非裔美国人的生活。《存在混乱》的出版引起相当的关注,也获得了盛赞。届时福塞特仍在《危机》杂志任文学编辑,该杂志专门组织了一百多名黑人和白人共同出席的聚会以庆祝这一小说的面世。这次宴会成为哈莱姆文艺运动的最后彩排,因为它将文学和艺术领域的领军人物都聚集在了一起,《图解调查》(Survey Graphic)杂志还为此专门出版了黑人文学专刊。这场活动的意义不仅在于在此之前只有少数几位黑人在世纪初发表过重要作品,也显示了福塞特为奠定文艺复兴运动基础方面的贡献[2],当时的三个主要黑人杂志都将她的第一部小说创作称为"文学里程碑"。杜波依斯、阿兰·洛克在《危机》的1924年2月版中,称这部小说"将标志着一个新时代的开始"。洛克还将《存在混乱》称为"黑人知识分子盼望已久的小说"。霍华德大学的蒙哥马利·格雷戈里(Montgomery Gregory)教授,在1924年6月期的《机遇》杂志上恭贺福塞特"为那些一直以来认为我们只能是仆役、'叔叔'[3]或罪犯的那些人阐释了我们生活中的更好方面"。乔治·斯凯勒(George Schuyler)也赞扬福塞特在作品中塑造了黑人成功人士,"我们第一次接触到这样一部描绘了我们当中优秀人才的小说,总之,这些人物将极大地鼓舞着正在崛起的一代"[4]。《存在混乱》因此为之后的哈莱姆文艺复兴作家的创作起到了重要影响。

　　《存在混乱》讲述了黑人中产阶级的生活,描写了受过教育并有理想、有追求的黑人群体。小说情节围绕乔安娜·米切尔与彼得·拜伊两人的婚恋展开。女主人公乔安娜受父亲影响最大,她个性反叛,反对循规蹈矩、相夫教子的女性传统角色。她从小就讨厌做家务,相反,她更渴望成功和名望。

---

[1] 王家湘:《20世纪美国黑人小说史》。南京:译林出版社,2006年,第105页。

[2] Sharon L. Jones, *Rereading the Harlem Renaissance:Race, Class, and Gender in the Fiction of Jessie Fauset, Zora Neale Hurston, and Dorothy West*. Westport, CT:Greenwood P, 2002, p.19.

[3] 此处喻指"汤姆叔叔"。

[4] Abby Arthur Johnson, "Literary Midwife:Jessie Redmon Fauset and the Harlem Renaissance." *Phylon* 39.2 (1978):143.

乔安娜富有歌舞天赋,艺术因而成为她取得成功的路径。但由于她的黑人身份,她无法获得社会的真正认可。美国黑人所遭受的种族歧视无处不在。乔安娜在跟一位法国老师学习舞蹈时,被告知黑人女孩不能跟白人一起上课。正如舞蹈老师向她解释的那样,"我很抱歉,小姐们。美国白人不愿意和有色人种一起上课。这是很愚蠢的,但情况就是这样……我只能尊重我的当事人的意愿"①。男主人公拜伊一心盼望成为医生,但种族偏见使他饱受歧视。在医学院读书的拜伊不被允许在一些白人医院工作,以至于影响到他作为外科医生的训练。之后拜伊参军赴欧洲战场,为了这个歧视他压迫他的国家浴血奋战。从法国战场回国后,他去探望了在战场上牺牲的与他有着血缘关系的白人兄弟默里韦策·拜伊的妻子李夫人。而李夫人看到他之后的反应却是,"简直不敢想象,上帝竟然让默里韦策·拜伊死去,而让他的黑人兄弟活着"②。对于20世纪初的黑人民权运动领袖来说,第一次世界大战造成了一种窘境,当他们倡导黑人参军为世界的自由而战时,黑人士兵在国内却被否认了其平等权利。因而,像杜波依斯这样的领导人物只能把黑人参战作为非裔美国人证实他们的忠诚以及他们获得作为平等公民待遇的途径。福塞特在小说中也表达了这一观点③。

　　小说着重描绘了乔安娜的成长。在充分体验了社会的种族歧视之后,她最终意识到名声和地位都不是真正的幸福。她反思了自己之前的行为,纠正了自己之前对于社会层次较低的黑人的阶级偏见。她最后放弃了在娱乐圈的角色,而是作为一名妻子为黑人种族的进步而努力。乔安娜和拜伊通过正视自己的家庭背景、专心致志于教育、艰苦工作,获得了尊重,赢得双方的心,他们最终克服了种族偏见,获得成功④。除此之外,小说还描绘了两位富有理想但饱经考验的女性。玛吉出身贫寒,与乔安娜的弟弟相爱,但被乔安娜拆散,后来嫁给了一个赌徒。她寻求自立,先是经商,后来在战时到欧洲做战地护士,最后成为一名成功的商人。薇拉投身于黑人争取解放的斗争,到南方各地参与黑人活动。

　　福塞特的第二部小说《葡萄干面包》受到评论界的广泛关注,被公认为是她的代表作品,表现了生活在白人社会里的黑人如何谋求生存的主题,并

---

① Jessie Fauset, *There Is Confusion*. New York: Boni & Liveright, 1924, pp. 95—6.
② Jessie Fauset, *There Is Confusion*. New York: Boni & Liveright, 1924, p. 281.
③ Sharon L. Jones, *Rereading the Harlem Renaissance: Race, Class, and Gender in the Fiction of Jessie Fauset, Zora Neale Hurston, and Dorothy West*. Westport, CT: Greenwood P, 2002, p. 31.
④ Bernard W. Bell, *The Afro-American Novel and Its Tradition*. Amherst: The U of Massachusetts P, 1987, p. 107.

且深刻剖析了肤色为黑人造成的种族自卑感和不同肤色所造成的等级差异。黛博拉·麦克道尔(Deborah McDowell)在为此书再版撰写的前言中,呼吁读者对福塞特小说的进步意义,特别是小说对于女性浪漫作品结构的批评,给予更加富有同情心的考虑。小说描绘了默里家两姊妹的不同生活道路。在种族歧视根深蒂固的美国社会,黑人因其肤色受到种种限制。有些肤色较浅的黑人铤而走险,以冒充白人的方式生活在这个社会上,希望能以此摆脱种族歧视的桎梏,实现其美国梦。小说扉页所引用的童谣歌词内容成为这部作品的框架。童谣唱道:"去市场,去市场/去买个葡萄干面包/又回家啦,回家啦/市场关门啦。"小说中女主人公安琪拉肤色白皙,因为深信"在美国身为黑人……就是一种诅咒"[1],因而在父母双亡之后,她离开了在费城的家和肤色偏黑的妹妹,走上"市场"——纽约,她希望以此彻底摆脱种族歧视的负担,通过装扮成白人、找到一位富有的白人结婚,以逃离白人对于黑人的蔑视和侮辱,并获得童话般的幸福生活,但她一路走来障碍重重。她心目中的白马王子是有钱的阔少爷罗杰·菲尔丁,但罗杰是一位充满种族主义和性别主义偏见的白人,他在婚姻市场上并没有根据安琪拉童话故事中的规则行事。如麦克道尔所说,"安琪拉和罗杰走上市场的行程是为了购买两个不同的葡萄干面包。对于安琪拉来说,葡萄干面包就是通过与一位有钱白人成婚从而获得权力和影响;而对于罗杰来说,葡萄干面包就是性爱,就是可以购买、使用、消耗的商品"[2]。罗杰并没有与安琪拉结婚的想法,只打算让她成为自己的情人,并且以甜言蜜语占有了她的身体。安琪拉最终认识到女人不能依靠成为男人的附庸而得到幸福。她以自己创作的绘画获得了到欧洲学习的奖学金,但与她同时获奖的另外一名黑人女子的奖学金因其种族身份而被撤销。肤色白皙的安琪拉为了抗议颁奖委员会的种族歧视行径,毅然公开了自己的黑人身份,命运也随即发生了逆转。在小说的结尾,安琪拉接受了具有混血血统的安东尼的求婚,过上了贫困但有尊严的生活。而安琪拉肤色偏黑的妹妹弗吉尼亚,在哈莱姆教黑人儿童音乐,一直以来生活既充实又有意义。"尽管福塞特声称自己写的是《没有寓意的小说》(*A Novel Without a Moral*),她将人物安排在定义清晰的道德空间当中。"[3]安琪拉之前渴望逃离父母,能以白人的身份行走于社会,小说末尾

---

[1] Jessie Fauset, *Plum Bun*. Ed. Deborah McDowell. Boston: Pandora, 1985, p. 53.

[2] Deborah McDowell, Introduction. *Plum Bun*. By Jessie Fauset. Boston: Pandora, 1985, p. 53.

[3] Charles Scruggs, "The House and the City: Melodrama, Mystery, and the Nightmare of History In Jessie Fauset's *Plum Bun*." *Gothic Studies* 12.1 (2010): 86.

她终于明白,自己所逃离的家正是父母寻求的"世外的庇护",它象征着安琪拉的真正身份认同,标志着她最终对于黑人社区的回归。但是从另外一个角度来说,福塞特的这本小说还是颇为保守的。小说塑造了两位女性,其情节不是围绕那些没有结婚的、依靠自己劳动养活自己的母亲和女儿们,而是呼吁建立一种新的道德标准和新的社区,在此,有职业、可以为妻子提供生活保障的黑人男性将他们的妻子重新送入一种新型的、令人尊重的社区。这些女性的未来只有当她们被置于正派男性的保护之下才能真正得到保障[①]。

《楝树》以新泽西为背景,探讨了当代黑人中产阶级家庭的追求,以及种族间通婚、通奸以及社会和性价值观。小说以楝树作为富有含义的主要象征,它既代表了家庭谱系,也代表了塞尔姑姑与哈洛维上校之间的婚外恋情。女主人公劳伦汀是白人哈洛维上校与他的黑人情人塞尔姑姑的私生女。因其身份,她在自己家乡的黑人社群中被视为拥有"不良血统"。从某种程度上来说,劳伦汀的苦恼是她自己造成的,因为她内化了那种将罪责推给受害者,使子女为父母的罪恶负责的价值观。虽然劳伦汀十分注意自己的言谈举止,尽量得体,但她的模范生活、她的经济独立都不足以改变她的身份。在她对于自己的生存环境进行评价之后,她认为她唯一可以赢得合法性、尊重、接纳和安全的方式就是与一个有钱、体面的黑人结婚,以摆脱自己的不纯血统。她最终确立自己的身份后,表示自己需重新界定"体面的"和"值得尊重的"意义。劳伦汀在家乡新泽西的城镇受到黑人群体的排斥,一位医生的妻子米莉伸出友情援助之手,她扮演了养母的角色,说服丈夫帮助劳伦汀找到归属感。福塞特关心工人阶级受压迫的现实,还努力帮助黑人挤入特权阶级,并揭示了所谓精英阶层群体的虚伪。福塞特的小说再现了黑人的生活状态,有别于白人对黑人生活的虚构性描绘。

《美国式喜剧》是福塞特的最后一部小说,涉及不同肤色黑人的等级差异。在哈莱姆文艺复兴时期,哈莱姆可被视为非裔美国社区的缩影,就连这个地区的布局上也与黑人的肤色和阶级有关。当时的教会与学校也都流行这样一种机制,即浅肤色的黑人在各方面都比深肤色的黑人享有更多的特权。这种充满种族偏见的观点内化了白人的价值观,使得非裔美国人内部也存在着不同肤色带来的差异。《美国式喜剧》中女主人公奥利维亚的肤色/阶级偏见造成了对于她自己和家庭成员的社会和心理影

---

① Hazel V. Carby, *Reconstructing Womanhood: the Emergence of the Afro-American Woman Novelist*. New York: Oxford UP, 1987, p. 167.

响。福塞特强调了过度关注肤色会给黑人带来毁灭性的后果,这一主题在小说中得到淋漓尽致的体现。主人公奥利维亚幼时因身为黑人饱受歧视,后来全家搬迁到另一城市,奥利维亚因为自己的肤色被看作是意大利人,这一发现使奥利维亚渴望作为白人生活,认定只有肤色才是改变自己命运的关键,这一认识左右了她关于婚姻和生育的决定。奥利维亚这种扭曲的观念,对她与家人的生活造成恶果。她选择了一位白肤色的医学院黑人学生成婚,这样既可以试图获得医生这一职业带来的资产阶级生活方式,也使她生育浅肤色的子女成为可能。奥利维亚婚后先后生下了三个子女,大儿子和女儿皮肤白皙,但小儿子肤色较黑。她执意让肤色白皙的大儿子克里斯和女儿特里莎冒充白人。克里斯没有服从她的意愿,与虽然肤色白但忠实于自己黑人身份的菲比结婚。特里莎拗不过母亲,提出让棕色皮肤的男友贝茨冒充墨西哥人,但遭到拒绝。特里莎最后嫁给了一个法国人,生活中不仅没有爱情,还饱受摧残。但奥利维亚却大力促成这桩婚姻,她的欧洲中心主义以及对于白肤色的热爱远远超过了她对于自己种族的认同。肤色较深的小儿子奥利弗,是母亲冒充白人家庭的障碍,因而不受母亲待见,母亲甚至不让他出现在家里的白人客人面前。"对于她来说,奥利弗就意味着耻辱。他还意味着更多的东西;他意味着她作为真正白人的失败。他是她的污点;她在生下奥利弗之后不久就这样告诉自己……因为她属于那些美国人中的一员,这些人认为上帝或自然仅仅创造了一个完美的种族,即白种人。"[①]奥利维亚把小儿子看作是自己的诅咒,无法接受他。无法获得母爱的奥利弗最终结束了自己的生命。在小说的结尾,奥利维亚离开了以身为黑人而自豪的丈夫和大儿子,以白人的身份孤独地生活在巴黎。小说展现了奥利维亚的文化自卑感以及被扭曲的心灵,以及这种肤色崇拜的恶果,但也揭示了主人公行为的根源。奥利维亚毫无疑问是种族歧视的牺牲品,是当时的歧视性文化使得她试图隐蔽真正的自我,而以"假面具"示人。小说虽然题为"美国式喜剧",却是充满种族偏见的美国文化中的悲剧。

即便在福塞特担任《危机》的文学编辑期间,她也一直没有停止创作。其中有几部短篇小说都是以连载的形式发表在杂志上的。在这些故事中,她也表现出对于黑人文化身份的深切关注。在《睡者醒来》("The Sleeper Wakes",1920)中,福塞特借用了睡美人的童话故事,当睡美人被一名英俊的王子亲吻之后,她苏醒过来,所有的希望和梦想都得到了实现。但福塞特

[①] Jessie Fauset, *Comedy: American Style*. New York: G. K. Hall, 1995, pp. 205—06.

却颠覆了原来的童话故事,将白马王子转而变为一个充满种族和性别偏见的人。故事中黑人女主人公艾米因为肤色浅而装扮成白人,并且嫁给了一位年长她许多的富裕白人斯图尔特·詹姆斯·温。但当后来她披露了自己是黑人时,温与她离婚,随后又试图劝说她成为自己的情人。艾米拒绝了温的要求,因为她意识到一个有钱人不是自己幸福和保障的关键,她自己有能力改变自己的生活。艾米虽然失去了丈夫但却获得了真实身份。故事的结尾艾米通过当裁缝养活自己,还在第一次世界大战时为红十字会捐款。福塞特批判了爱情和婚姻的童话故事所包含的意识形态,谴责了婚姻和资产阶级地位可以带来幸福和目标的实现这种观点[1]。《睡者醒来》早于《葡萄干面包》九年出版,但两部作品中都描绘了浅肤色的黑人年轻女子到纽约假冒白人生活的故事,但又都以女主人公的改变而结尾。

20世纪20年代,福塞特受到文学界的广泛欢迎。评论家指出,福塞特颠覆了黑人形象的传统塑造模式。她塑造的黑人形象,与白人心目中的中产阶级黑人刻板印象有所不同。传统黑人形象往往是仆人或罪犯等社会地位低下的负面形象,但在福塞特的笔下,黑人的受教育程度有所提高,他们也有了更高的社会地位。因而,《存在混乱》在出版过程中就曾遭遇拒稿,审稿人宣称,"白人读者根本不认为黑人会是这样的形象"[2]。福塞特虽然轰动一时,但就在她仍然写作时,时局已经发生变化,首先是因为美国的大萧条,随后是第二次世界大战,这些社会重大事件淹没了福塞特以及其他作家的声音。而在四五十年代,当人们重新提起福塞特时,更为激进的领导人和作家开始出现。罗伯特·博恩(Robert Bone,1924—2007)在自己的《美国黑人小说》(*The Negro Novel in America*,1958)中对于福塞特的负面评论,无疑影响到人们后来对于她的看法。他强调福塞特对于中产阶级的关注,认为她的写作是"过时的""维多利亚式的",称她为"保守派"和"卫道士",尽管他也注意到福塞特的复杂性,即她在担任编辑时也在鼓励那些激进作家进行写作[3]。而理查德·赖特在他的文章《黑人写作的蓝图》("Blueprint For Negro Writing")则对于黑人知识界和黑人大众之间的沟壑深表遗憾[4]。

---

[1] Sharon L. Jones, *Rereading the Harlem Renaissance: Race, Class, and Gender in the Fiction of Jessie Fauset, Zora Neale Hurston, and Dorothy West*. Westport, CT: Greenwood P, 2002, p. 33.

[2] Arthur Johnson, *Literary Midwife: Jessie Redmon Fauset and the Harlem Renaissance*. Atlanta: Clark Atlanta UP, 1978, p. 144.

[3] Abby Arthur Johnson, "Literary Midwife: Jessie Redmon Fauset and the Harlem Renaissance." *Phylon* 39.2 (1978): 144.

[4] Abby Arthur Johnson, "Literary Midwife: Jessie Redmon Fauset and the Harlem Renaissance." *Phylon* 39.2 (1978): 153.

福塞特对于哈莱姆文艺复兴的贡献不仅反映在她的文学创作中,很重要的一个方面也在于她被称为"文学助产婆"的编辑工作中①。福塞特与杜波依斯主编的《危机》杂志有着很深的渊源。她从1912年起,就已经开始为该杂志撰稿,内容包括书评、评论文章、诗歌和短篇小说。她在1919年11月至1926年5月间担任这一杂志的文学编辑。在这期间,她帮助营造了对于黑人作家创作十分有利的氛围,甚至对于那些不会主动向她求助的人也提供了帮助。但与更加强调文学的政治功能的杜波依斯不同的是,福塞特声称文学不应该公开地服务于某种特定利益。她在担任文学编辑早期发表的一篇评论文章《关于黑人的新文学》("New Literature on the Negro")中指出,"黑人已经进入文学作品,这一现象从每年发表的以黑人以及黑人的境遇为主题的日益增多的作品中可以看出。不把黑人隐而不见但是持续存在的身影包括进来,我们就无法充分探讨这个时代的重要问题,无论是经济、社会福利,还是工作"②。所以尽管作为一名评论者和编辑,她希望以客观的文学标准来评判文学作品,但是作为黑人作家,她也意识到从作品与黑人文化的关系方面来评判作品的需求。

福塞特也以积极的态度参与了社会活动,是泛非主义运动的坚定支持者,她曾于1921年参加了第二届泛非主义国际大会。在布鲁塞尔的大会上,她向参会代表讲述了美国黑人女性在争取解放中的重要作用。返回美国之后,她在《危机》杂志上发表了《对于第二届泛非主义运动大会的印象》("Impressions of the Second Pan-African Congress")的文章,强调了黑人团结的重要意义③。她在伦敦召开的预备会上对参会代表说,"我们用心倾听。还有什么比直接了解到来自五湖四海的陌生人,无论使用什么语言,但心里却想法一致而更为令人激动?在伦敦我们都是一家人。我们如此一致地感受到我们共同的血缘"④。她还于1922年参与并且报道了在弗吉尼亚里士满的全国黑人妇女协会(National Association of Colored Women)的活动,这是一个通过推动教育、健康和黑人企业而促进黑人种族的社会、政

---

① Abby Arthur Johnson,"Literary Midwife:Jessie Redmon Fauset and the Harlem Renaissance." *Phylon* 39.2 (1978):143—53.

② Abby Arthur Johnson,"Literary Midwife:Jessie Redmon Fauset and the Harlem Renaissance." *Phylon* 39.2 (1978):145.

③ Abby Arthur Johnson,"Literary Midwife:Jessie Redmon Fauset and the Harlem Renaissance." *Phylon* 39.2 (1978):148.

④ Michelle Ann Stephens, "The Harlem Renaissance:The New Negro at Home and Abroad," in *A Companion to African American Literature*. Ed. Gene Andrew Jarrett. Chichester, West Sussex:Wiley-Blackwell,2010,p. 215.

治和经济组织。

70年代以来,由于女权运动的开展,福塞特开始重新受到广大学者的关注。她的作品反映出她对非裔美国人文化历史的意识,而且再现了她引以为豪的黑人身份。福塞特探讨了黑人的种族身份,又挖掘了黑人的女性意识。她一直致力于黑人意识的提升,帮助塑造了这一时期黑人文学的发展。她在作品中力图准确地描写黑人的生活,特别是自己熟悉的黑人中产阶级的生活,抨击了充满偏见的白人文化为黑人带来的身份困惑和生存困境。福塞特为哈莱姆文艺复兴所做的重要贡献也是有目共睹的,无论是作为哈莱姆文艺复兴的重要作家,还是作为这一黑人文化运动的助推者,福塞特都在非裔美国文学的殿堂里拥有一席之地。

妮拉·拉森(Nella Larsen,1891—1964)

妮拉·拉森是哈莱姆文艺复兴主要黑人女作家之一。她的两部小说《流沙》(*Quicksand*,1928)与《越界》(*Passing*,1929)让她一举成名,奠定了当时她在美国文坛的地位。她的第一部小说获得了评论界的高度评价,被著名黑人作家杜波依斯(W. E. B. DuBois)称为"自切斯纳特的全盛时期以来美国黑人创作的最佳小说作品"[①]。拉森因其两部小说分别获得哈蒙基金会颁发的专门用来奖励做出卓越成就的黑人的文学类二等奖和古根海姆研究基金,还曾前往欧洲从事创作。拉森的小说以分析身居都市的黑人的生活为主题,她擅长深入人物的内心,揭示女性在种族和阶级规则下的巨大压力。拉森的小说以揭露建立在肤色基础上的"黑人"和"白人"的身份矛盾危机主题,其独创性和深刻性方面无与伦比。在事实上和法律上的种族隔离日益成为美国社会根深蒂固的特征之际,她的文学成就尤为独特。但是短短几年之后,拉森却从文坛上消失,很快被人遗忘。学界和一般读者对于这位"哈莱姆文艺复兴的神秘女人"的一生知之甚少[②]。直到1994年由撒迪厄斯·戴维斯(Thadious M. Davis)为她撰写的传记出版,拉森才重新进入读者的视野。

拉森1893年生于芝加哥,母亲是丹麦白人,父亲是西印度群岛黑人,拉森两岁时丧父,后来随母亲改嫁,在这个重组的白人家庭度过了童年。拉森

---

① 引自 Deborah E. McDowell, Introduction. *Quicksand and Passing*. New Brunswick: Rutgers UP, 1987, p. ix.

② Mary Ellen Washington, "Nella Larsen: Mystery Woman of the Harlem Renaissance." *MS* (Dec. 1980):44—50.

在田纳西的菲斯克大学求学,就读于师范专业。教师职业是当时黑人女性获得社会认可的重要途径。菲斯克大学为黑人大学,该校最著名的毕业生就是杜波依斯,美国著名政治家、教育家布克·华盛顿(Booker T. Washington)也曾把儿子送到该校就读。这是拉森首次经历全黑人社区生活。拉森之后曾在丹麦哥本哈根大学听课,从丹麦返回美国后,在纽约林肯医院护士培训学校学护士专业,于1915年毕业。她之后曾就职于塔斯克基学院,但因无法忍受那里的保守气氛,一年后返回纽约。先后做过护士专业导师和儿童图书馆员。1919年,拉森与一位黑人物理学家结婚,与丈夫一起跻身于哈莱姆中上层社会的知识分子圈,开始了她的文学创作,在文坛上崭露头角。但丈夫后来婚内出轨,她1933年与丈夫离异,1941年后在布鲁克林医院当护士,直到终年。拉森的第一部小说《流沙》,一定程度上反映出其家庭影响。拉森的父亲和妹妹肤色较白,可冒充白人,母亲嫌弃拉森的肤色,在情感上疏远她。母亲的种族主义思想,使拉森为其黑人身份感到尴尬,也直接导致拉森内化种族主义思想。拉森甚至迫切想获得上流社会的认可,与那些有权有势的白人交往,排斥黑人社区的女性。但丈夫最终抛弃她,与白人女性结婚。拉森的成长经历,促使她对种族身份危机有了深刻认识,也为其创作积累了丰富素材。

拉森1926年开始发表作品,早期主要创作的是短篇小说。1926年,她以艾伦·赛米(Allen Semi)的笔名在《青年人杂志》上发表了两个短篇故事:《错认》("The Wrong Man")和《自由》("Freedom")[1]。《错认》中,女主人公朱莉娅·罗米利看起来风光无限,拥有爱情、财富和地位,但也有一个试图隐瞒的过去。一个陌生人的出现打乱了她平静的生活。她试图掩盖自己的过去,但身份终被揭穿。与拉森的其他女性角色相同,她们都有着不愿告人的过去,这几乎是拉森所有作品的特点。这种角色塑造也可视为拉森的自我展现,象征着她生活中那些至今不被人所知的部分[2]。在拉森的另一篇故事《自由》中,男主人公毅然抛下情人去远游,还认为这是自己追求自由的表现。但两年后他再与情人联络时,却发现她早在自己出走的那一天难产而死。他悔恨不已,精神失常,在幻觉中迈出落地窗,摔死在楼下的人行道上。拉森的两个故事与她后来的两部小说在主题、意象和手法上一

---

[1] 据拉森的传记作家撒迪厄斯·戴维斯说,拉森生前至少还写过两个故事,一个是《茶》,另一个是《慈善》,但两个故事都没有被找到。参见 Thadious M. Davis. *Nella Larson, Novelist of the Harlem Renaissance: A Woman's Life Unveiled*. Baton Rouge: Louisiana UP, 1994, p. 184.

[2] Thadious M. Davis, *Nella Larson, Novelist of the Harlem Renaissance: A Woman's Life Unveiled*. Baton Rouge: Louisiana UP, 1994, p. 178.

脉相承,例如,作为男主人公最后出路的落地窗也成为《越界》中最终解决矛盾的途径。这个故事也成为作者本人从不尽如人意的生活中撤离的解决办法,她自己在30年代重演了故事中的这一幕[①]。

就在拉森的文学生涯一帆风顺时,1930年发表在《论坛》杂志上的故事《庇护所》("Sanctuary")却引起了一场风波。《庇护所》中,吉姆·哈默因为杀人而躲避白人警察的追捕,闯进了正在准备晚饭的黑人妇女安妮·普尔家里。安妮把吉姆藏了起来。而后警察带来了安妮儿子的尸体,不料他正是被吉姆所杀。即便如此,安妮也没有暴露吉姆的去向。故事宣扬了黑人之间的种族团结以及黑人对于种族暴力的抗争。故事发表不久,外界流传拉森抄袭了希拉·凯-史密斯(Sheila Kaye-Smith)的故事《埃迪斯夫人》,因为两者无论在语言、人物、情节和主题上都颇为相似。《论坛》的编辑就此事进行了调查,认定两篇作品的相似之处纯属巧合。拉森还应编辑的要求撰文解释了自己故事从构思到写作的过程。但剽窃事件对于她在20年代努力建构的作家身份造成毁灭性的打击。拉森早年经历了白人母亲的再婚,之后又遭丈夫抛弃,此次事件成为她从文坛隐退的重要原因,导致了她从公众视线中的消失。

拉森的第一部小说《流沙》讲述了一位有着双重种族身份的女性的故事,她寻求爱情,渴望得到社会认可,探求生活的意义,却深陷自己亲手缔造的感情泥沼。在这部小说中,拉森把自己的身世写进了女主人公的生活之中。女主人公赫尔加·克莱恩也有着黑人父亲和白人母亲,母亲再嫁后她因享受不到家庭温暖而离家自己闯荡社会,小说开始时她22岁,在南方一所精英学校任教。但这所学校一味追逐名利,气氛保守,令她难以忍受。她离开学校,只身来到芝加哥,为海斯·罗勒太太担任演讲协调者和秘书。在罗勒太太的影响下,赫尔加回到哈莱姆,设法融入黑人中产阶级社区,但隐瞒了其混血儿身份。后来她与白人女性安·格雷一起居住,后者对种族问题十分感兴趣。赫尔加得到亲戚的遗产后前往丹麦。在白人亲戚家中居住期间,她被众人追捧,但只不过是被视为一个有着异国风情的展品,一个用来展示黑人原始本能的另类宠物,身体被物化和商品化了,她甚至被亲戚用来作为获取社会地位的手段[②]。赫尔加怀念美国的家,她清楚地认识到自己想念的"不是美国,而是黑人"[③],她回到了哈莱姆黑人社区和自己熟悉的

---

① Thadious M. Davis, *Nella Larson, Novelist of the Harlem Renaissance: A Woman's Life Unveiled*. Baton Rouge: Louisiana UP, 1994, p. 180.

② 金莉等:《20世纪美国女性小说研究》。北京大学出版社,2010年,第98页。

③ Nella Larsen, *Quicksand and Passing*. Ed. Deborah E. McDowell. New Brunswick: Rutgers UP, 1987, p. 92.

生活,对于爱情的渴望使得她对早已相识的安的第二任丈夫安德森暗生情愫。她表白安德森医生遭到拒绝后出走,在教堂避雨时正值教堂举行黑人歌舞活动。她回忆起南方生活,认为神父普莱森特·格林先生是上帝派来的使者,她很快与神父结婚。具有讽刺意味的是,神父的名字为象征着生命和希望的"绿色",但在婚后,赫尔加成为地道的家庭妇女,与她想象中的美满婚姻生活大相径庭。在短短几年内,她生育了四个孩子,还在生第四个孩子时差点死掉。小说结尾处,当她正准备逃离一切时,发现自己又有了身孕。

主人公最初出于羞愧试图隐瞒其混血儿身份。不过,她逐渐意识到,自己与白人生活在一起时内化了他们的价值观,违背了自己的身份,违背了黑人文化。最初,她比较崇拜白人的生活方式,这反映在她与海斯·罗勒太太以及安·格雷的交往中。在与白人女友安居住期间,安对种族有着浓厚兴趣。然而,赫尔加仅被当作黑人身份的象征。在安的眼里,她只是一个符号,安只是利用赫尔加的黑人身份使自己显得更加开明,间接增加其文化资本。两人之间的交往,只是让主人公更加清晰地意识到种族之间的差异。具有反讽意味的是,她误以为教堂就是天堂,以为回归黑人文化能给她带来重生的希望。其实,黑人文化中固有的男权意识阻碍了她追求自我的梦想,而生育成为实现自我的最大障碍。小说的人物命名方式有效地突显了主题,增加了反讽性。譬如,神父的名字"普莱森特·格林"(Pleasant Green)的字面意思是"令人愉悦的绿色",名字的象征含义在于,神父仿佛一片绿树林,在暴风雨中向她伸出援助之手。然而,她与神父结婚后,婚姻并未像想象中的"绿色"那么"愉悦"。婚后,赫尔加被怀孕、生产、养育和家务缠身,整日疲惫不堪。她的期待与丈夫名字表面的象征含义构成强烈的反差。事实上,这片"宜人的绿色"并未给她带来生机,反而使她沦为家庭的生育工具,苦苦挣扎不得解脱。

《流沙》的自传性较强。1927年,出版社编辑建议拉森详细描述她的哥本哈根经历,后来拉森将手稿从35000字扩充到56000字。小说题目最初是《多云的琥珀》,后改为《流沙》,重点有所转移。从之前主人公的肤色以及她生活当中的困惑的呈现,转到消亡主题。"流沙"表达的就是这种令人窒息的意象。婚姻、怀孕、分娩、哺育成为女性满足性欲望所要付出的沉重代价。拉森消解了婚姻提升女性社会地位的神话,所谓的提升实际上是一种下坠。赫尔加的婚姻以及婚姻所带来的孩子将她蚕食殆尽,将她湮没[1]。

---

[1] Deborah E. McDowell, Introduction. *Quicksand and Passing*, by Nella Larsen. Ed. Deborah E. McDowell. New Brunswick: Rutgers UP, 1987, p. xxi.

同时，小说还涉及混血儿这一黑人文学中的常见话题。小说扉页引用了兰斯顿·休斯的诗歌《十字路口》中的四行："我老爸死在非常讲究的大房子里/我妈妈死在棚子里/我在想，我准备在哪儿死去呢/我不是黑人，也不是白人。"小说的主题是混血儿的悲剧人生，但又与写混血儿主题的黑人和白人作家有所不同。就创作文学而言，拉森受易卜生和希腊经典作品的影响。在写作手法上，她更多地借鉴自然主义者以及现代主义作家，融女主人公的内心意识以及客观叙事模式为一体，凸显女主人公与其所处环境的关系①。从女主人公与海斯·罗勒太太以及她与安·格雷的交往，可以看出"要让他们这个社会接受她，需要付出一种代价，那就是冒充白人身份，这便导致了她的窒息感和自我轻视"②。

赫尔加与安的种族观有所不同。赫尔加赞成黑人与白人之间的交往，但她也内化了白人的种族主义歧视。另一方面，白人阿克塞尔·奥尔森最先希望占有赫尔加，遭到赫尔加的拒绝后，却指责她故作矜持，反映出他的种族主义和父权文化立场。如大多评论家所指出的那样，女主人公的故事与拉森的生活经历相关，只不过前者与后者的结局有所不同。小说女主人公赫尔加的混血身份使她产生身份认同困难。她父亲是荷兰属的西印第安群岛黑人，母亲是丹麦白人上流社会成员。赫尔加看似是白人，却有着黑人血统，其肤色无法体现其复杂的双重身份。她曾幻想超越种族问题，逃离社会对黑人的种族歧视，然而她在丹麦沦为被人观赏的异类，既不是纯白人，也不是纯黑人。赫尔加的身份认同问题，揭示出民族所衍生出的跨民族主义问题。如劳拉·多伊尔（Laura Doyle）所写，该小说"不仅质疑了民族及帝国所承诺的自由，而且还特别质疑了构成民族及帝国的跨民族流动性所承诺的自由"③。赫尔加追求身份认同的过程，是她对种族和文化根基的认识过程。黑人所遭受的种族歧视固然存在，但黑人自身的排外性也不可忽视。作为混血儿身份的赫尔加，意识到"黑人社会与白人社会最高阶层的分支一样复杂，一样严格。假如你无法证明自己的家族身份及关联，他人可以包容你，不过你没有从属感"④。

---

① George Hutchinon, *In Search of Nella Larsen: A Biography of the Color Line*. Cambridge: Harvard UP, 2006, p. 226.

② George Hutchinon, *In Search of Nella Larsen: A Biography of the Color Line*, Cambridge: Harvard UP, 2006, p. 229.

③ Laura Doyle, "Transnational History at Our Backs: A Long View of Larsen, Woolf, and Queer Racial Subjectivity in Atlantic Modernism." *Modernism/modernity* 13.3 (2005): 555.

④ 引自 Karsten H. Piep, "Home to Harlem, away from Harlem": Transnational Subtexts in Nella Larsen's *Quicksand* and Claude Mckay's *Home to Harlem*." *Brno Studies in English* 40.2 (2014): 114.

哈莱姆社区的文化是赫尔加的成长环境之一，既有包容性特点，又有其局限性。如批评家皮坡所写，赫尔加所认知的哈莱姆社区一方面反映出大都市的包容特点，另一方面也有其局限性。譬如，社区对种族问题的关注，以及黑人充满矛盾的虚伪生活方式。拉森描写的哈莱姆社区是"黑人消费主义、社交和娱乐场所，和白人居住的曼哈顿有所不同"[①]。"美国'一战'后，本土主义还未兴起前，拉森在《流沙》中描写的多种族和多族裔主人公，挑战了种族和族裔纯洁性的本质化概念。"[②] 杜波依斯称赞《流沙》是"非常精美、思维缜密、勇敢的作品"。与吉恩·图默的《甘蔗》(1923)以及与杰茜·雷德蒙·福塞特的《存在混乱》有所不同，《流沙》讲述的是跨种族范畴中新黑人精神的兴起，该小说"放大并进一步使杜波依斯的'双重意识'概念变得复杂化"[③]。

跨越黑人和白人种族边界，是20世纪20年代美国社会热议的话题之一。这种社会现象在美国大迁移运动中表现得尤为突出，黑人虽然在内战后获得自由，但在重建时期的南方仍饱受歧视，大批黑人因而离开南方，来到北部和中西部城市。奴隶制造成的种族等级制并没有随着内战的结束而消失，而20世纪早期流行的一滴血制度(one-drop rule)导致种族界限更加清晰。在这样的社会背景下，浅肤色的黑人逾越种族线的现象时而发生。据社会学家查尔斯·S.约翰逊(1893—1956)的估算，1900年与1920年间，大概有355000黑人冒充白人[④]。拉森的第二部小说《越界》(*Passing*)就参照了1925年的《莱茵兰德法律诉讼案》。该案件涉及种族和阶级成分，富裕白人伦纳德·吉普·莱茵兰德在家庭的压力下，起诉妻子艾丽斯·比阿特丽丝·琼斯隐瞒自己的黑人血统，但艾丽斯否认诈骗行为，声称丈夫早就知道自己的真实身份。案件的审理给双方带来惨痛代价，尤其对艾丽斯而言：她被迫在法官面前脱衣证明其肤色。小说《越界》末尾提到这一案件，艾琳对克莱尔的混血儿身份表示担忧："假如他们发现怎么办？他会跟她离婚吗？你看，有莱茵兰德这么一个案件。"[⑤]

---

① 引自 Karsten H. Piep,"Home to Harlem, away from Harlem": Transnational Subtexts in Nella Larsen's *Quicksand* And Claude Mckay's *Home to Harlem.*" *Brno Studies in English* 40.2 (2014):115.

② 引自 Karsten H. Piep,"Home to Harlem, away from Harlem": Transnational Subtexts In Nella Larsen's *Quicksand* And Claude Mckay's *Home to Harlem.*" *Brno Studies in English* 40.2 (2014):116.

③ 引自 Karsten H. Piep,"Home to Harlem, away from Harlem": Transnational Subtexts In Nella Larsen's *Quicksand* And Claude Mckay's *Home to Harlem.*" *Brno Studies in English* 40.2 (2014):110.

④ Charles S. Johnson,"Editorial." *Opportunity* 34.3 (1925):291.

⑤ Miriam Thaggert,"Racial Etiquette: Nella Larsen's *Passing* and the Rhinelander Case." *Meridians: Feminism, Race, Transnationalism* 5.2 (2005):1—29.

《越界》(Passing,1929)以20世纪20年代纽约市哈莱姆黑人居住区为背景,主要围绕两个儿时伙伴克莱尔和艾琳的相聚,再现了她们的成长过程。两位黑人女性均为浅肤色,艾琳嫁给了一位黑人医生,婚后与丈夫住在哈莱姆区;克莱尔冒充白人和白人男子结婚,却无法摆脱其黑人文化根系,陷入深深的矛盾之中。小说第一部分《偶遇》描写了艾琳对克莱尔的回忆。克莱尔的父亲是白人,他去世后,克莱尔曾与两个姑姑住在一起。克莱尔与白人杰克结婚后,起初丈夫并未怀疑她的黑人血统。克莱尔的好友艾琳发现她冒充白人,为克莱尔的冒充行为感到不安。艾琳和另一童年伙伴格特鲁德·马丁一起拜访克莱尔,克莱尔的丈夫并不知道这三个女性的黑人身份,在与她们的交谈中,发表了种族主义观点。艾琳和格特鲁德·马丁非常不安,但她俩决定替克莱尔保密。艾琳收到克莱尔的道歉信后,希望逃离这种友情,渴望与丈夫和家人过平静的生活。第二部分《再次偶遇》,克莱尔想方设法与艾琳建立起联系。在得知艾琳在黑人福利机构委员会"黑人福利组织"("Negro Welfare League",NWL)任职后,克莱尔前来参加他们举办的舞会。受到黑人社区的吸引,克莱尔与艾琳以及格特鲁德恢复了友情,她从黑人群体找到了归属感,并且十分享受这种感觉。小说最后一部分,艾琳得知丈夫与克莱尔有婚外情。同时,克莱尔的丈夫猜测到克莱尔有黑人血统。艾琳本想提醒克莱尔警惕,但她担心克莱尔与丈夫离婚后会和自己的丈夫结婚。在克莱尔与艾琳夫妇参加的黑人舞会上,克莱尔的丈夫闯到舞会现场,当众指责克莱尔是"肮脏的黑鬼"。这时,艾琳冲到克莱尔身边,站在窗边的克莱尔突然坠楼。究竟她是意外坠楼,还是被艾琳或杰克推下去,抑或是自杀,小说没有给出具体说明。小说末尾,艾琳沉浸在痛苦中。

　　拉森在小说中塑造了两种不同的黑人角色。艾琳在黑人中产阶级中找到了自己的位置。她没有像克莱尔那样冒充白人,从而进入白人社会,而是内化了白人中产阶级的价值观,包括有关美和性行为的标准。她终日忙碌着照顾子女、社会责任和提升种族地位的工作,维持一种类似白人中产阶级生活的繁荣表象。而克莱尔在利用自己的肤色进入白人社会后,又厌倦了身为白人中产阶级女性的生活。她因为担心生育一个黑肤色的孩子会暴露她真正的种族身份,而拒绝母亲身份。对白人丈夫的厌恶也随着她在黑人社区中度过的快乐时光有增无减,但她又不愿舍弃作为白人中产阶级的舒适生活,一直生活在被揭露的恐惧之中[1]。

---

　　[1]　Lucia Morrow Calloway,"Elite Rejection of Maternity in Nella Larsen's *Quicksand* and *Passing*," in *Black Family (Dys)function in Novels by Jessie Fauset, Nella Larsen and Fannie Hurst*. New York:Peter Lang,2003,pp. 96—97.

凯瑟琳·罗顿伯格认为，小说再现了主要人物对白人文化的束缚作用的认识。克莱尔的白人姨妈，把她当作仆人对待，直接影响她的价值观形成。克莱尔渴望拥有白人身份，试图实现当主人的梦想。她之后隐瞒其黑人血统，伪装成白人，并与白人成婚，这些都折射出白人文化所信奉的权力观。她天真地以为，这样可以摆脱非裔美国人受奴役的身份，享受白人身份带来的特权。这种伪装是她缺乏非裔美国人的文化自信的体现，伪装使她不得不面对矛盾心理。一方面，她会因此感到背叛自己传统文化的内疚；另一方面，她时刻缺乏安全感，究其原因是白人文化占主导地位，掌握话语权。克莱尔的丈夫是白人，拥有界定她身份的话语权。一旦丈夫发现其伪装身份，她的特权必将消失殆尽。罗顿伯格指出，艾琳渴望获得安全感，主要因为她追求中产阶级生活方式。他还对比了克莱尔与艾琳的不同：克莱尔最终与非裔美国文化重新建立关联，而艾琳则依然渴望获得白人身份，以便拥有安全感[1]。

同样，杰克的种族主义立场，突出反映了白人对黑人的种族歧视，使克莱尔深陷困境：一方面，她无法从婚姻中获取身份认同以及真正的幸福；另一方面，她与同样有黑人血统的黑人伙伴之间缺乏充分交流。克莱尔的困境唤起读者的同情。然而，黑人女性之间的姐妹关系，看似帮助克莱尔和艾琳接纳自己的种族身份，但是艾琳的丈夫与克莱尔之间发生婚外情，不仅是对克莱尔或艾琳的道德谴责，更是对艾琳的丈夫作为黑人男性的父权文化价值观的鞭挞。拉森尖锐地批判了小说中的种族主义歧视，但同时也对黑人男性的父权文化价值观以及黑人女性的道德观进行了审视。艾琳为维护自己的婚姻，最终决定放弃友情，反映出她内心的复杂性。小说并非简单地批判种族主义或歌颂黑人社区文化，而是对黑人和白人文化分别进行了客观的再现。

混血儿的悲惨命运是黑人美国文学史上频繁出现的主题。《越界》是美国非裔文学中关于逾越种族线的经典之作[2]。在《越界》中拉森塑造了两个肤色浅到可以冒充白人的黑人女性主人公，通过描绘这两个人物不同的生活轨道揭示了种族类型的复杂性。艾琳享受着黑人中产阶级的社会地位和物质条件，只想守住自己的社会地位和中产阶级身份。可以说，她是拉森本人的社会自我。而每天都冒着被丈夫察觉真实身份的危险我行我素的克莱

---

[1] 参见 Catherine Rottenberg, "Passing: Race, Identification, and Desire." *Criticism* 45. 4 (2003):435—52.

[2] Catherine Rottenberg, "*Passing*: Race, Identification, and Desire." *Criticism* 45. 4 (2003):435.

尔则是拉森向往的理想自我[1]。拉森通过游离于两种文化之间的人物角色探讨了文化身份的不确定性，以及中产阶级的混血女性在种族和性别的双重压迫下寻求自由和自我的历程。拉森所塑造的角色也因为在两种文化空间中的不断穿越而更加具有个性，更加富有生命力[2]。

虽然种族是拉森小说涉及的主要内容，但是它并不是文本中身份建构的唯一维度。主人公的异化以及为身份而进行的斗争主要表现在性行为与种族身份的交叉[3]。拉森对于性别标准的逾越表现在两个方面，一是对女性性欲望的表现，二是对于女性传统角色的反叛[4]。在前者上，拉森对黑人女性的性欲望的大胆描绘使她成为非裔女性文学传统的开路人。自19世纪以来，美国黑人女性作家一直在性爱问题上持谨慎态度。因为自奴隶制以来，白人奴隶主一直刻意宣扬黑人女性的淫荡好色，以逃避自己对于女奴性压迫的责任。黑人妇女的这种形象并没有随着奴隶的解放而结束，而在很长一段时期内成为黑人作家力图回避的内容。在这种背景下，19世纪和20世纪初的黑人女性文学形成了一种关于黑人女性性行为的缄默模式，在作品中力图塑造贞洁、克制、无性欲望的女性，为她们涂上一层维多利亚社会性道德的纯洁色彩[5]。即使在性解放的爵士乐时代，尽管女性的性行为已经得到广告界和时尚界的认可和宣传，黑人女性小说仍然对此缄口不语[6]。在哈莱姆文艺复兴运动中，有些作者接受当时流行的看法，即认为黑人是具有原始冲动的，是充满活力的，因而他们缺乏自制力，屈服于激情。另一些人意识到这种"原始"意象所隐含的种族歧视含义，则坚持黑人像白人一样，甚至比白人更加传统、更加循规蹈矩[7]。拉森勇敢地表现了女性的性欲望，讽刺了那些内化了以白人中产阶级"真正女性"的道德准则约束自己行为的黑人女性。"《流沙》是关于性政治的典型作品，赫尔加渴望吸引男性和满足性欲，但她的性欲望却始终处于被压抑状态"[8]。在这部小说中，

---

[1] Thadious M. Davis, *Nella Larson, Novelist of the Harlem Renaissance: A Woman's Life Unveiled*. Baton Rouge: Louisiana UP, 1994, p. 308.

[2] 金莉等:《20世纪美国女性小说研究》。北京大学出版社, 2010年, 第101页。

[3] Pamela E. Barnett, "'My Picture of You Is, After All, the True Helga Crane': Portraiture and Identity in Nella Larsen's *Quicksand*." *Signs* 20.3 (1995): 581.

[4] 金莉等:《20世纪美国女性小说研究》。北京大学出版社, 2010年, 第101页。

[5] Pamela E. Barnett, "'My Picture of You Is, After All, the True Helga Crane': Portraiture and Identity in Nella Larsen's *Quicksand*." *Signs* 20.3 (1995): 579.

[6] Deborah E. McDowell, Introduction. *Quicksand and Passing*, by Nella Larsen. Ed. Deborah E. McDowell. New Brunswick: Rutgers UP, 1987, p. xiii.

[7] Barbara Christian, *Black Women Novelists: The Development of a Tradition, 1892—1976*. Westport: Greenwood P, 1980, p. 40.

[8] 谢梅:《美国哈莱姆文学复兴时期非裔女性小说研究综述》, 载《华中学术》第23辑, 2018年, 第244页。

耐克瑟斯学校的麦古德温小姐就公开宣称她从未考虑过找个丈夫,因为她认为婚姻中有些事情是令人厌恶的。中产阶级黑人女性安妮也对性行为持一种不屑态度。充满活力的赫尔加去了哈莱姆,这个在哈莱姆文艺复兴中象征着性自由和放任纵情的场地①,但即便如此她的性欲望也没有得到满足。在《越界》中,以白人中产阶级道德观为标准的艾琳也反对在公开场合有任何亲昵的举动。美国黑人评论家黑兹尔·卡尔贝(Hazel Carby)强调,美国黑人女性作家"必须建构一种黑人女性话语,这种话语不仅要使她们不受'真正的女性'社会准则的约束,而且又要把她们的身体从与不正当的性行为的不断联系中拯救出来"②。拉森讲述了一个有着性欲望的黑人女性的故事,但因为她意识到黑人社会地位的局限,因而在探讨黑人女性性行为时采取了隐讳的态度,她在描绘了赫尔加强烈的性欲望之后,又迅速把她置于婚姻的框架之中。即便如此,赫尔加成为"美国黑人小说中第一位真正的性感的黑人女性主人公"③,拉森在小说中对于令人窒息的婚姻的描绘有效解构了这种框架。

拉森对于传统文化强加于女性的角色进行了反思与挑战,也对传统的母亲角色进行了抨击。20世纪20年代的文化与文学见证了对于黑人母亲身份的再评价。这一时期的文化与文学作品从描绘奴隶制下的母亲形象,转而强调在刚刚出现的黑人民族主义中的女性角色。著名黑人作家杜波依斯强调黑人母亲身份的力量,表达了黑人群体对于黑人女性担当起母亲角色的期望。如同刚建国时期对于"共和国母亲"的推崇,当时的黑人也强调黑人种族的生存在很大程度上取决于女性能否很好地完成她们的母性角色。拉森对母亲角色的描绘是对于新黑人母亲角色建构的批评,她的故事情节挑战了当时流行的自我牺牲的女性模式,将之视为黑人女性自我实现和艺术创作的障碍。拉森清醒地认识到种族歧视社会里黑人的生存窘境,在作品中着眼于母亲身份对于女性的伤害。在《流沙》结尾,这一身份成为女性心理和生理上的极大负担,婚姻、妊娠和养育子女成为性欲望表现的必然代价。面对不断的怀孕、生产和接踵而来的子女,赫尔加的自由生存空间所剩无几。很显然,母亲身份被认为是女性成功与自我实现的羁绊,它使女

---

① Deborah E. McDowell, Introduction. *Quicksand and Passing*, by Nella Larsen. Ed. Deborah E. McDowell. New Brunswick: Rutgers UP, 1987, p. xviii.

② Hazel Carby, *Reconstructing Womanhood: The Emergence of the Afro-American Women Novelist*. New York: Oxford UP, 1987, p. 32.

③ Hazel V. Carby, *Reconstructing Womanhood: The Emergence of the Afro-American Women Novelist*. New York: Oxford UP, 1987, p. 174.

性变成了"繁殖工具"①。拉森试图把黑人女性身份与母亲身份剥离,而强调了与世纪之交的新女性相关的女性自我欲望的实现②。

拉森如今已经跻身哈莱姆文艺复兴的重要作家之列。她的两部小说均被收录到拉特格斯大学的美国妇女作家系列丛书之中。拉森的文学成就在于她开创了一种新的黑人文学传统。拉森结合自身经历以及对黑人文化的认识,通过创作再现了混血儿主题。这些混血的女性必须面临由于她们血缘而带来的异化感,生活于两种文化边缘的状况使得她们注定无法融入黑或白一种文化,也使得她们对于个性自由和独立自主的追求最终都无法实现。拉森生动再现了混血女主人公的内心世界,有效地突出了她们与所处环境的关系,对混血女性的身份建构进行了真实的再现。此外,如卡尔贝指出,拉森笔下的角色是城市中的黑人,她不仅是理查德·赖特和拉夫·艾利森的前驱,也代表了非裔美国女性文学被忽略的一部分。在寻找美国女性黑人小说传统的过程中,从佐拉·尼尔·赫斯顿到艾丽斯·沃克已经有效地建构起一种黑人女性文学模式,这种模式把乡村黑人视为美国黑人历史的承载者和黑人文化的维护者,并把城市中种族、阶级和性行为的对抗边缘化③。而拉森笔下却是城市中的黑人女性,她以自己的作品表现了她们在种族、阶级和性别的几重漩涡中的生存状况。而这一传统在20世纪后半叶的黑人女性作家妮尼·莫里森那里得到进一步的发扬和光大④。

第三节　现代非裔女性文学之母

佐拉·尼尔·赫斯顿(Zora Neale Hurston,1891—1960)

美国20世纪70年代兴起的多元文化运动重新定义了美学标准,使得文学界重新将目光转向那些在种族、阶级和性别政治的压制下尘封日久的边缘群体作家。1960年在贫困交加和寂寂无闻中去世的佐拉·尼尔·赫

---

① Allison Berg, *Mothering the Race: Women's Narratives of Reproduction, 1890—1930*. Urbana: U of Illinois P, 2002, p. 131.

② Allison Berg, *Mothering the Race: Women's Narratives of Reproduction, 1890—1930*. Urbana: U of Illinois P, 2002, pp. 105—6.

③ Hazel V. Carby, *Reconstructing Womanhood: The Emergence of the Afro-American Women Novelist*. New York: Oxford UP, 1987, p. 175.

④ 金莉等:《20世纪美国女性小说研究》。北京大学出版社,2010年,第104页。

斯顿便是在这一背景下被她的文学后裔艾丽斯·沃克(Alice Walker, 1944—)所"重新发现"的。1975年,沃克在《女士》(Ms.)杂志上发表了《寻找佐拉》("Looking for Zora")一文,正式宣告这位现代非裔女性文学之母的归来,也标志着美国文学史上黑人女性文学谱系开始形成。正如评论家亨利·路易斯·盖茨(Henry Louis Gates,1950—)所言,"在一个男作家矢口否认前辈的黑人文学传统中,这是一个重要的发展,预示着我们对传统的更好认识:佐拉和她的女儿们是传统中的传统,代表着黑人女性的声音"①。

作为一位受过专业训练的人类学家,佐拉·尼尔·赫斯顿在创作中立足于黑人的民俗文化,大量运用黑人口语,忠实地记载和刻画了生活在农村的黑人生活。这偏离了以妮拉·拉森为代表的黑人城市文学主流,开创了黑人文学中的农村书写传统。这一创作方式不仅让主流读者眼前一新,而且首次让黑人读者意识到自己方言的独到之处,使之成为表达黑人自身愿望、呈现黑人群体生活、增强黑人读者自信心的载体。评论家指出:"赫斯顿文本中反复出现两个关键问题,即对黑人方言的重视,以及使得'肤色'问题化的事实。"②从这个意义上来说,赫斯顿为哈莱姆文艺复兴做出了独特的贡献。

赫斯顿生于亚拉巴马州诺塔萨尔加市的一个传统家庭,是八个孩子中的第五个,也是第二个女儿,在家里处于非常边缘的位置。幼年时,赫斯顿随父母迁往佛罗里达州的伊顿维尔,这是美国历史上第一个黑人自治的小城,民风非常淳朴。父亲约翰·赫斯顿是一名在当地颇具影响力的牧师,因为出众的口才被选为市长,但却具有暴力倾向。日后赫斯顿在《他们眼望上苍》(Their Eyes Were Watching God,1937)中描写珍妮的第二任丈夫时,所参照的原型想必就是父亲。赫斯顿的母亲露西·珀茨生性敏感善良,给了她在父亲和外婆那里从未得到的爱,鼓励她积极乐观地看待人生,借助自己的想象力"跳向太阳"。但赫斯顿13岁时母亲去世,继母给她带来了持续一生的心灵创伤。为继母所不容的赫斯顿被迫离家,开始了颠沛流离的生活,尝尽了贫困的滋味。她16岁时参加旅美戏剧公司,在哈莱姆文艺复兴期间定居在纽约。在生活的磨砺中,她意识到教育的重要性。1925年,赫斯顿从霍华德大学毕业后前往巴纳德大学,跟随有"美国人类学之父"之称

---

① Henry Louis Gates, Jr. Afterword. *Their Eyes Were Watching God*, by Zora Neale Huston. New York: Harper Perennial, 2006, p. 200.

② Matthew Heard, "'Dancing is Dancing No Matter Who is Doing It': Zora Neale Hurston, Literacy, and Contemporary Writing Pedagogy." *College Literature* 34.1 (Winter 2007): 130.

的费朗兹·博瓦斯(Franz Boas)博士学习人类学,并在白人民俗学家夏洛特·梅森(Charlotte Mason)的资助下开展了有关黑人民俗的田野调查研究。这些经历在赫斯顿的自传《一路风尘》(Dust Tracks on a Road,1942)中都有所呈现。

人类学训练使得赫斯顿对黑人文化有着敏锐的洞察力,所研究的领域涵盖了黑人音乐、伏都教、民间传说,等等。她在文化考古的过程中将这些遗产进行加工整理,最终通过自身的想象力将它们转化成一篇篇呈现黑人历史的作品。她在20世纪30年代返回故乡佛罗里达州伊顿维尔,记录了口述史、布道与歌曲以及她小时候听到的故事。但是,赫斯顿的创作面向的读者群主要是白人,这对其黑人作家身份无疑是个挑战。终其一生赫斯顿都在白人的资助和指导下开展研究,所以她一直心怀感念,公开声称"对我来说,个人而不是种族才是看世界的视角"①,在自传中也绝口不提种族冲突的事情。然而在种族政治语境下,她与白人的关系并非表面那样简单健康,而多多少少有一点"种族玩偶"的意味:享有经济和种族双重威权的白人资助者扮演着父亲或母亲角色,天然地期待赫斯顿这个黑皮肤的异族女儿表现出绝对顺从。罗伯特·海明威在赫斯顿的传记中提供了一份她与梅森签署的合同,证明"梅森夫人对赫斯顿后五年有着强有力的甚至可以说变态的控制权"②。而赫斯顿与博瓦斯的师生关系也是如此。苏珊·迈森尔德指出,博瓦斯对于赫斯顿的研究进行了严格的控制,在《骡与人》(Mules and Men,1935)成书前对她所收集的资料进行了"清晰的分析"③。因而,赫斯顿的学术生涯也充满着权力控制和无声的抵抗,就如戴维·卡德莱克所指出,"赫斯顿在博瓦斯的赞助下工作,一直不自由,她经常设法将自己在美国南方农村的田野调查内容隐藏起来,不让与博瓦斯相关的那些好事的纽约人类学家们知道"④。在这样的情形下,赫斯顿的文学书写就显得尤为复杂。她既需要保留自己的文化特点,又不得不兼顾作品的销路,还得照顾到梅森、博瓦斯等白人资助者的情绪。赫斯顿如果不按照白人的标准和期待进行创作,就会被认为缺乏感恩之心并从市场上淘汰出局。然而,倘若赫斯

---

① Nick Aaron Ford,"A Study in Race Relations—A Meeting with Zora Neale Hurston," in *Zora Neale Hurston*. Ed. Harold Bloom. New York:Chelsea,1986,p. 8.

② Robert E. Hemenway,*Zora Neale Hurston:A Literary Biography*. Chicago:U of Illinois P,1977,p. 110.

③ Susan Meisenholder,"Conflict and Resistance in Zora Neale Hurston's *Mules and Men.*" *The Journal of American Folklore* 109. 433 (1996):268.

④ David Kadlec,"Zora Neale Hurston and the Federal Folk." *Modernism/Modernity* 7. 3 (2000):477.

顿完全听从他们的要求创作,她又违背了自己的黑人身份认同。这种矛盾撕扯贯穿赫斯顿的整个创作过程。

　　赫斯顿的首次创作尝试并不成功,她与著名黑人诗人兰斯顿·休斯(Langston Hughes)的合写剧本《骡之骨——黑人生活三幕喜剧》(*Mule Bone:A Comedy of Negro Life in Three Acts*,1930)并未上演,直至1991年才在纽约林肯中心剧院举行首演。该剧以赫斯顿的家乡佛罗里达州的伊顿维尔为背景,围绕由吉姆和戴维构成的两人歌舞队以及黛西的生活展开。两人因争夺黛西发生争执,吉姆用骡子的骨头打了戴维。这个事件让镇里的居民分成了两派:卫理公会教徒们希望大家原谅吉姆,浸礼会会友则希望将吉姆驱逐出境。颇具黑色幽默的是,故事中的情节延伸到了现实之中。赫斯顿与休斯因版权问题发生争执而关系恶化,最终断绝了往来。这段关系的决裂给赫斯顿打击很大,成为她一辈子不愿提及的心伤,被她称为生命中的"岔路口"[1]。

　　此后赫斯顿在自己的专业领域找到了创作灵感和素材,民俗书写也成为赫斯顿作品中最具特色的一类。1935年,赫斯顿发表了美国文学史上第一部黑人民俗生活著作《骡与人》。这部作品是赫斯顿在1927年至1932年间的南方田野调查基础上写成的,详细记载了佛罗里达黑人的日常生活。"骡子"的含义是"骡子闲谈",指农村的黑人在劳动了一天之后聚集在门廊处相互斗嘴,时间往往能持续几个小时。这种日常仪式由那些具有语言天赋、特别擅长讲故事的人主导,其他人以插科打诨的方式进行应和,构成了一种"呼唤—应答"模式[2]。这是黑人表达反抗姿态、保持文化传统、确立自我身份的重要形式。在《骡与人》中,赫斯顿没有采取人类学研究的"科学客观"的方式分析黑人生活,而是基于尊重、理解和认同的态度进行了艺术加工,从而使这部作品有了文学价值[3]。1938年赫斯顿出版调查海地伏都教的旅游书写《海地与牙买加的生活和伏都教》(*Voodo and Life in Haiti and Jamaica*)和人类学著作《告诉我的马》(*Tell My Horse*)。《海地与牙买加的生活和伏都教》基于赫斯顿在海地和牙买加的生活经历,记录了有关伏都教的神秘而恐怖生活的一手资料。她参与那里的伏都教实践活动,对这一

---

[1] Robert E. Hemenway, *Zora Neale Hurston:A Literary Biography*. Urbana:U of Illinois P,1977,pp.142—48.

[2] 王元陆:《赫斯顿与门廊口语传统——兼论赫斯顿的文化立场》,载《外国文学》2009年第1期,第72页。

[3] 参见孙艳艳:《佐拉·尼尔·赫斯顿的"实验民族志"书写——以〈骡子与人〉为例》,载《民间文化论坛》2017年第1期。

经历的记录,再现了当地的礼仪、传统文化以及迷信活动。

自1934年发表处女作小说《约拿的葫芦藤》(Jonah's Gourd Vine)起,赫斯顿的文学创作便一直围绕着黑人生活展开,通过诗性的语言和细腻的描写呈现了黑人,尤其是黑人女性的身份建构。除了代表作《他们眼望上苍》之外,赫斯顿的小说还包括《山人摩西》(Moses, Man of the Mountain, 1939)和《六翼天使在苏瓦尼》(Seraph on the Suwanee, 1948)。她去世后出版的作品包括《斯蓬克:佐拉·尼尔·赫斯顿短篇小说选》(Spunk: The Selected Stories, 1985)、《佐拉·尼尔·赫斯顿短篇小说全集》(The Complete Stories, 1995)与美国南方民俗故事集《每个人都要自白》(Every Tongue Got to Confess, 2001)。值得一提的是,她1931年完成的书稿《奴隶收容所:最后一批"黑人货物"的故事》(Barracoon: The Story of the Last "Black Cargo")直至2018年才出版。这是赫斯顿为数不多的"奴隶叙事"作品,基于她对被最后一艘穿越大西洋的运奴船贩卖到美国的非洲人卡乔尔·路易斯(Cudjo Lewis)的采访写成的。赫斯顿当年完成书稿后,因拒绝出版社将书中的黑人方言与口语改为标准英语的要求,而被拒稿。这部以路易斯的叙述和赫斯顿的提问合作而成的作品具有深刻的历史意义,修正甚至颠覆了诸多关于中间通道和奴隶贸易的观点,揭示了非洲人对奴隶贸易这一沾满同胞鲜血的恶行的参与[1]。

赫斯顿的处女作小说《约拿的葫芦藤》取材于赫斯顿父母从亚拉巴马州移居到佛罗里达州的伊顿维尔的经历,有很强的传记性质。小说刻画了能言善辩的约翰·皮尔逊通过语言成为黑人群体的布道牧师,却又因为沉迷于肉欲而使得他的语言沦为空谈和反讽。在小说中,皮尔逊的言说能力为他赢得了权力资本,使自己成为露西时刻服从的丈夫和邻居高度敬仰的神圣榜样[2]。但是,对于欲望的屈从解构了皮尔逊的公共认可,彰显了黑人形象建构的复杂性。与其他女人的关系让他成为不忠的丈夫、虚伪的导师,以及白人眼中的"种马"。小说题名源自《圣经》约拿(4:6—10),凸显了作品的道德和伦理含义。上帝指派葫芦藤为约拿遮阳,约拿非常高兴。第二天上帝安排虫子咬死了葫芦藤,又派来强劲的东风与火热的太阳,让约拿酷热难当。约拿在抱怨时,上帝告诉他是因为他自己的漠不关心导致了葫芦藤的

---

[1] 参见金莉:《穿越时空的历史对话——评赫斯顿的遗作〈奴隶收容所:最后一批"黑人货物"的故事〉》,载《当代外国文学》2018年第3期。

[2] 对于小说中"言语"与黑人主体身份建构关系的分析,参见李蕊:《"布道者"约翰:言说主体还是沉默他者?——赫斯顿〈约拿的葫芦蔓〉身体现象学解读》,载《东北大学学报(社会科学版)》2020年第1期。

死亡。这一隐喻暗示,人与人之间是相互关爱、相互依存的关系。过度以自我为中心,缺乏勇气和能力面对挑战,最终将遭到众人抛弃。上帝对约拿的责备提醒他不再以自身的疾苦为中心,应将注意力放在身边对他友好的人或事物身上。在小说中,婚姻危机便是自我中心对社会价值体系造成严重冲击的具体外化。赫斯顿通过对主人公皮尔逊的描绘,表达了批判自我中心和逃跑主义的立场。皮尔逊这一形象日后在《他们眼望上苍》中的黑人市长乔这一角色中得到了重现。

1939年发表的《山人摩西》奠定了赫斯顿在美国文坛的崇高地位。小说以《出埃及记》为基础,从非裔美国人角度重写了以色列人的经历,巧妙地将《旧约》中的摩西和黑人民俗故事中的摩西形象结合在一起。小说采用黑人方言和口语体,以呈现非裔美国文学母题的方式颠覆了有关摩西的传统故事。摩西出生后被放进草篮,漂流在尼罗河上,后来成为熟悉伏都教法术的魔术师、屠龙获得圣书的英雄和引导大家反叛权威的领袖。他与法老的斗争以及与犹太人的协商,充分反映出他的机智、激情和洞察力。批评家马克·克里斯蒂安·汤普森认为,写于希特勒上台时期的这部小说是一个政治隐喻,批判了独断专行的国家策略和民族社会主义[①]。

赫斯顿发表的最后一部小说《六翼天使在苏瓦尼》以黑人的爱情故事为主线,再现了黑人文化和传统。女主人公阿维·亨森对真爱和幸福充满憧憬,她身边不乏追求者,但这些男性都不是她心目中的真爱。最终,她与聪明机智、有上进心的吉姆·梅泽夫相遇,两人一见钟情。吉姆真诚地爱着阿维,勤奋工作,尽力扮演合格的丈夫角色。但吉姆对于性别规范的机械遵从不仅损害了自身的人格发展,更使妻子失去成长机会。陷入苦闷彷徨之中的阿维慢慢发现,婚姻的维系并不只靠爱情,最重要的是夫妻之间具有共同语言。从这一角度看,该小说与《他们眼望上苍》一样可以被视为成长小说。在小说中,阿维经历了从沉默的装饰物到自信的主体的转变。吉姆遵守传统的性别规范,将自己视为一家之主。对他而言,女性只以附属物的形式存在,不过是孩子(而且必须是儿子,这样丈夫才会有继承人)的母亲和丈夫的妻子而已。这种抹杀女性独立人格的做法,是小说要批判的内容。可悲的是,吉姆本人并没有意识到性别规范束缚了他的个人成长,并给妻子带来毁灭性打击。在小说结尾,阿维最终找到勇气和自信,成为一位"理想"的妻子。

---

① Mark Christian Thompson, "National Socialism and Blood-Sacrifice in Zora Neale Hurston's *Moses, Man of the Mountain.*" *African American Review* 38 (3):395—415.

第四章　现代美国女性文学

　　赫斯顿的代表作是《他们眼望上苍》。这部作品在美国文学史上享有崇高的地位，入围了《时代周刊》(Time)评选的"自1923年以来的百本最佳英语小说"名单①。小说从第三人称视角出发，聚焦于女主人公珍妮的爱情体验，集中反映了赫斯顿的性别观和种族观。珍妮一共经历了三次婚姻，依次扮演了"骡子""花瓶"和"女人"的角色。珍妮年纪尚幼时便听从外婆安排和第一个丈夫成婚，但丈夫将她视为自己的私有财产，和田间的骡子并没有本质的区别。男性对女性细腻情感的否认是剥夺女性自我意识、使其精神世界陷入幽闭与黑暗的主要原因。无法忍受的珍妮偶然遇到了能说会道的乔，跟着他私奔到了另一个城镇。这一段看似美好的感情很快落入了男权文化的窠臼。乔的致命弱点在于内化了白人男性的价值观，不断通过扩充自己的财产、提升自己的社会地位来实现他的梦想。这直接导致了他与黑人群体的脱离：成为黑人社区的市长和首富后，乔不再与地位低下的黑人来往，觉得这是有失"身份"的事情，并因此与天性活泼、热爱与黑人交流的珍妮产生了冲突。他要求珍妮包起头发，安静地在店里扮演优雅矜持的市长夫人角色，成为他炫耀自己社会身份的花瓶。珍妮再次陷入精神牢笼，只有在第三段婚姻中才真正成为具有能动性的女性主体。乔死后，珍妮爱上了一无所有并且年轻自己十多岁的蒂凯克(Tea Cake，字面义为"茶点")，抛下已有的物质财富和社会地位追随他到佛罗里达做农活。她与黑人一起劳动，一起生活，在黑人特有的文化氛围中找到自由。可惜的是，蒂凯克不幸染上狂犬病后对珍妮的生命构成了威胁，珍妮只好开枪结束了他的性命。

　　整部小说的语言富含诗意，尤其描写珍妮情窦初开时的语言美轮美奂，充满着生命绽放的象征意味：

　　　　她仰面躺在梨树下，沉醉在来访的蜜蜂低音的吟唱、金色的阳光和阵阵吹过的和风之中，她听到了这一切的无声之声。她看见一只沾着花粉的蜜蜂钻进了一朵花的圣堂，成千的姐妹花萼躬身迎接这爱的拥抱，梨树从根到枝丫末梢都狂喜地战栗，凝聚在每一个花朵中，处处翻腾着喜悦。这就是婚姻！她是被召唤来观看一种启示的。②

这段描写呈现了甜蜜的女子眼中的诗意自然，充满着强烈的融合意象——人与自然的融合、蜜蜂与花朵的融合——表达了珍妮萌动的爱意和情欲。

---

　　① https://thegreatestbooks.org/lists/1.
　　② Zora Neale Hurston, *Their Eyes Were Watching God*. New York: Harper Perennial, 2006, p.11.

对她而言,爱情既是无限美好的自然行为,又是揭示了生活奥秘的神圣"启示"。赫斯顿通过珍妮这一形象大胆地讴歌了女性对于身体的好奇心,以及美好的性意识。然而在性别政治和种族政治的双重压制下,自我物化的黑人女性羞于承认这一自然的爱欲。就此而言,珍妮作为新一代女性与她的祖母和母亲形成了鲜明的对比。

《他们眼望上苍》出版以来,评论界对其褒贬不一。马修·赫德认为,赫斯顿通过解构"'肤色'一词在范围广并且全球化的性格塑造语境中"中的含义,"超越了'黑皮'/'白肤'二元论"[1]。阿兰·洛克一方面赞赏小说的幽默感和"诗意的表达",另一方面又认为赫斯顿的写作"过于简单化"[2]。理查德·怀特则抱怨赫斯顿试图"取悦她知道如何满足的白人沙文主义品味"[3]。实际上,珍妮这一形象折射了赫斯顿对于种族、阶级和性别身份的进步主张。珍妮并没有选择留在黑人上流社会扮演贵妇角色,而是希望继承黑人文化传统,在歌舞和交谈中认识更多黑人,体验黑人自身的文化。从这一角度看,赫斯顿反对内化白人价值观,积极地主张黑人建构自己的身份。

赫斯顿从黑人自身出发,发现了黑人内化白人价值观存在的危险,进而提出黑人必须要建构自己的身份,而个人身份的建构必须以黑人社区文化为基础。社区文化的影响不仅表现在珍妮与男性的交往,而且表现在她与黑人女性群体的交往上。第二任丈夫乔在婚后限制她的生活方式,不允许她与黑人妇女聊天,原因在于他具有强烈的阶级意识,认为妻子比其他黑人女性更加尊贵,基于阶级的隔离导致珍妮丧失交友机会,变得越来越丧失活力。乔脱离了黑人群体,因此才会在身体和心理上出现衰退;而珍妮拥抱黑人社区文化,将自己的爱情追求与其黑人身份紧密结合,这种密切联系在她与蒂凯克的交往中表现得淋漓尽致。与蒂凯克在一起时,珍妮能够与更多黑人一起劳动,以平等的姿态与社区成员交往,无须为扮演尊贵夫人而付出失去丰富精神生活的代价。小说中,只有蒂凯克这一角色真正体现了黑人文化传统,珍妮与他的情爱和生活经历象征着她从白人社会向黑人文化的完全回归。鉴于赫斯顿对于非洲伏都教文化的熟悉和推崇,而且她在创作

---

[1] Matthew Heard,"'Dancing is Dancing No Matter Who is Doing It':Zora Neale Hurston, Literacy,and Contemporary Writing Pedagogy." *College Literature* 34.1 (Winter 2007):148.

[2] Alain Locke,"Review of Their Eyes Were Watching God," in *Zora Neale Hurston:Critical Perspectives Past and Present*. Ed. Henry Louis Gates,Jr. and K. A. Appiah,New York:Amistad,1993,p. 18.

[3] Richard Wright,"Review of *Their Eyes Were Watching God*," in *Zora Neale Hurston: Critical Perspectives Past and Present*. Ed. Henry Louis Gates,Jr. and K. A. Appiah. NewYork: Amistad,1993,p. 17.

《他们眼望上苍》时正在进行对伏都教的人类学调研,学界认为小说中的黑人文化有着明显的伏都教意味:珍妮可被视为伏都教中爱神和特权女神俄苏里的象征,蒂凯克则是死亡和贫穷之神盖德的象征[①]。

值得指出的是,蒂凯克也有其局限性:他依然受到父权文化的影响,将珍妮视为附属于自己的女性,以爱情的名义要求她归顺到传统的性别政治体系之中。这段关系取材于赫斯顿的亲身经历。她40岁时与23岁的哥伦比亚大学研究生珀西瓦尔·庞特开始了一段"真正的爱情"。他们彼此深爱对方,可惜庞特要求赫斯顿做专心相夫教子的家庭主妇,促使赫斯顿下决心离开了他。在小说中,蒂凯克对珍妮的爱情同样受到了性别政治的侵染。他认为养家糊口是男人的事情,珍妮只负责消费就可以了:"我不需要要有人帮助我养活我自己的女人。从现在开始,你就吃我的,穿我的。我一无所有的时候,你也一无所有。"评论家指出,这体现了他对于男权社会经济分工的坚持,也同乔一样要求珍妮避免参加男性从事的活动。由此,珍妮在与蒂凯克的关系中所获得的并非是真正意义上的主体解放,而只是相对前两次婚姻能够享有更多的情意和照料[②]。

除了小说创作之外,赫斯顿的自传《一路风尘》也值得评论界关注。这部作品是赫斯顿迫于出版商的要求而匆匆写就的应景之作,发表后毁誉参半。与几乎所有的自传作品一样,《一路风尘》并没有忠实地记载赫斯顿的生平事迹,而是充满了浪漫化的处理甚至与事实不符的改写。最为学界诟病的是赫斯顿在自己的年龄问题上多次刻意扭曲,最后少报了十岁之多,造成了赫斯顿生平研究中著名的"消失的十年"现象。此外,对于生活经历也不乏美化和拔高之处,一些地方甚至带有神圣化或魔幻的色彩,比如用《圣经·启示录》的形式表现了自己一生中的十二个场景。不过,赫斯顿在自传中坦然地多次提到"说谎",并不认为这是值得谴责的失德之举,而传达了建构自我身份的个体诉求或规避种族矛盾的政治意图[③]。

赫斯顿的作品尽管受到黑人作家或评论家的批评,但她采用黑人方言创作的创举无疑为黑人文学写作带来了新的活力,对后来的黑人作家影响深广。赫斯顿运用人类学研究过程中所获得的丰富资料,借助深刻的洞察

[①] 参见 La Vinia Delois Jennings, ed. *Zora Neale Hurston, Haiti, and Their Eyes Were Watching God.* Evanston, Ill.: Northwestern UP, 2013.

[②] Shawn E. Miller, "'Some Other Way to Try': From Defiance to Creative Submission in *Their Eyes Were Watching God.*" *Southern Literary Journal* 37.1 (2004): 79.

[③] 有关赫斯顿自传中的浪漫化及其阐释,可参见郑春光:《赫斯顿自传的"症候式"阅读》,载《东方论坛》2019年第1期。

力,再现了黑人文化传统。她在作品中竭力塑造黑人的正面形象,为打破种族刻板印象不遗余力。在给诗人詹姆斯·维尔登·约翰逊(James Weldon Johnson)的信中,赫斯顿明确表达了对黑人文化的维护:"多数人认为我们对宗教信仰过分看重,认为我们很可怕,事实远非如此"[1]。最重要的是,赫斯顿在作品中对种族主义话语表示了拒绝——在她看来,无论是极力顺应白人社会的标准成为模范少数族裔,还是为了强调"黑人性"而激烈反抗白人社会,在实质上都落入了肤色二分法的种族话语窠臼。在她的笔下,黑人是自在且自足的存在,没有将种族政治视为自我建构的前提。正如她的后辈小说家艾丽斯·沃克所言:"要说佐拉创作最鲜明的特征,我第一个想到的就是:健康的种族观——将黑人看成完整的、复杂的、不受贬低的个体。"[2]

第四节 沟通中西文化的桥梁

赛珍珠(Pearl S. Buck,1892—1973)

在美国文学史上,与中国关系最紧密的女性作家毫无疑问是赛珍珠(Pearl Comfort Sydenstricker Buck)。她自幼在中国长大,将自己对中国的深厚感情和风土人情的熟稔融入了文学作品之中,她描写中国的小说成为美国读者了解中国的窗口。这些作品中以《大地》(*The Good Earth*, 1931)最为著名,使赛珍珠成为美国第一位获得诺贝尔文学奖的女性。华裔在美国公共空间的"结构性缺席"让自身成了失语的他者,担负着美国对于东方的所有负面想象。赛珍珠的中国书写试图颠覆和纠正美国社会的思维定式,"给美国读者提供了一个难得的机会,他们把中国人当作真正的、有血有肉的人来看待,和东方主义想象中有侮辱性的异国情调完全不同"[3]。这对于塑造后来的中美关系具有极为深远的影响。1998年,美国前总统乔治·赫伯特·沃克·布什(George Herbert Walker Bush)参观赛珍珠纪念馆(即她在南京大学的故居)时表示:"我当初对中国的了解,以至于后来对中

---

[1] Sarah E. Gardner, *Reviewing the South: The Literary Marketplace and the Southern Renaissance, 1920—1941*. Cambridge: Cambridge UP, 2017, p. 99.

[2] Alice Walker, *In Search of Our Mothers' Gardens*. San Diego: Harcourt Brace Jovanovich, 1983, p. 85.

[3] Changfu Chang, "Rev. of *The China Mystique: Pearl S. Buck, Anna May Wong, Mayling Soong, and the Transformation of American Orientalism*, by Karen J. Leong." *China Review International* 14.2 (2007):502.

国产生爱慕之情,就是受赛珍珠的影响,是从读她的小说开始的。"①从这个意义上来说,赛珍珠无愧于"沟通东西方文明的人桥"之称②。

赛珍珠生于西弗吉尼亚州,在中国度过了童年时光。她的父母是传教士,父亲阿巴萨隆·塞登斯特里克(中文名:赛兆祥)醉心于传教,对家人严肃冷漠。赛珍珠自小在缺乏父爱的家庭环境中长大,所以她日后在回忆录中写道,自己早期模糊的童年记忆中"有两个清晰人物,她的美国妈妈和她的中国保姆"③。母亲凯丽担心在中国长大的赛珍珠忘记美国文化的根,平时尽心尽责地教她英文阅读和写作,并把她送回美国弗吉尼亚州伦道夫-梅肯女子学院读书。1914年,赛珍珠返回中国做传教士,三年后与来华传教的农业经济学家约翰·洛辛·巴克结婚。与工作狂传教士的婚姻并不幸福,给赛珍珠带来的不过是颠沛流离和寂寞苦闷,以及一个患有先天性苯丙酮酸尿症从而智力低下的女儿。赛珍珠带着女儿到处求医问药却毫无起色,她非常心痛,甚至开始怀疑自身的基督教信仰,不再去教堂做礼拜④。她在1928年与约翰分居,通过创作的稿费独自抚养女儿。敏感的文学心灵终能寻觅到知音,赛珍珠在寻求出版《大地》时结识了出版商理查德·沃尔什,一见倾心。1935年两人喜结连理,赛珍珠婚后离开了生活四十年的中国,返美定居。

回到故乡后的赛珍珠很快成为公众人物。她热衷于帮助青年作家,还为残疾人筹集资金,是为黑人争取权利的先驱者,还是早期的女权主义者。赛珍珠曾协助建立了两个儿童救助组织:"欢迎之家"(Welcome House)创立于1949年,是美国第一家跨种族的国际性收容机构;赛珍珠基金会创立于1964年,意在为美国的亚洲孩子服务,在他们的出生国开发各种社会项目。跨种族收养的话题在赛珍珠《隐秘的花》(*The Hidden Flower*,1952)中有着生动的刻画。此外,赛珍珠社会活动的关注对象是智障儿童,她作为母亲的心痛体现在《从未长大的孩子》("The Child Who Never Grew")之中。

在美国社会,赛珍珠被当成中国的代言人。她于1940年到1950年间组织东西方协会开展各项活动,帮助美国人了解亚洲人的文化与追求,尽力发展人与人之间的关系。这期间,她还是公民委员会反对排华法案、美国公

---

① 引自郁青:《南京赛珍珠故居的历史变迁》,载《档案与建设》2018年第6期,第53页。
② 引自赛珍珠的自传《沟通之桥》(*A Bridge for Passing*,1962),1973年她逝世时尼克松总统在悼词中引用了这一名称。
③ H. R. Lan,"Rev. of *Pearl S. Buck:A Cultural Biography.*" *China Review International* 5.1 (1998):108.
④ Hilary Spurling,*Pearl Buck in China:Journey to* The Good Earth. New York:Simon & Schuster,2010,p. 199.

民自由协会反种族歧视委员会以及倡导民族事业发展的印度美国联盟的代言人。但值得指出的是,赛珍珠的身份认同一直是美国人。她回到美国后深感自己不够了解故乡,在 1937 年发表的文章《论发现美国》("On Discovering America")中坦露心迹:"作为美国人,我一直远离美国生活。我作为移民回来,我是一种意义上的移民,我只是回到了故土。不过,美国对我来说是崭新的,我好像从瑞典或意大利或希腊回来似的。我们当中的有些人,比如我,来到美国,是因为我们想回到故乡……过去总是生活在异国他乡,讲的是外语,每天都是以一个外国人的身份穿过街道。"①

在东西两个阵营冷战期间,赛珍珠一直秉持反战立场,根源在于其基督教信仰。她出于基督教"仁爱"的宗旨对于东西双方都发表了不太友好的言论,因而被认为政治上天真或有偏见或摇摆不定,但总体而言,赛珍珠对于中国的发展有更多同情、理解和客观的描述。她承认,"不可辩驳的是,现代中国共产主义已经完成了其他运动从未完成的任务——这场运动唤醒了……广大群众"②。可以看出,赛珍珠对中国有着浓厚且复杂的感情,并没有带政治偏见。正如赛珍珠传记作者希拉里·斯珀林在访谈中所指出的,"赛珍珠率先预见中国会发展成为超级大国。她当时还是年轻女性。早在 1925 年她就明白中国会成为亚洲的领导者,知道美国需要和中国培养良好关系,这非常了不起"③。

赛珍珠一生著作颇丰,著有七十多部书,包括小说、短篇、剧本、传记、译作、儿童文学、散文、新闻报道以及诗歌等体裁。她最著名的代表作品是"大地三部曲":《大地》《儿子们》(Sons, 1932)和《分家》(A House Divided, 1935)。其他作品包括《东风,西风》(East Wind, West Wind, 1930)、《小镇人》(The Townsman, 1945)、《群芳亭》(Pavilion of Women, 1946)、《来吧,亲爱的》(Come, My Beloved, 1953)、《帝国女性》(Imperial Woman, 1956)、《北京来信》(Letter from Peking, 1957)、历史小说《生芦苇》(The Living Reed, 1963),译作《水浒传》(All Men Are Brothers, 1948),自传《我的几个世界》(My Several Worlds, 1954)等。赛珍珠自认为《帝国女性》是她最好的中国主题小说,《小镇人》是她最好的美国主题小说,《生芦苇》则是

---

① 引自 Karen J. Leong, *The China Mystique: Pearl S. Buck, Anna May Wong, Mayling Soong, and the Transformation of American Orientalism*. Berkeley: U of California P, 2005, p. 34.

② 引自 H. R. Lan, "Rev. of *Pearl S. Buck: A Cultural Biography*." *China Review International* 5.1 (1998): 102.

③ 引自 Randall J. Stephens, "China, the West, and Pearl Buck." *Historically Speaking* 12.1 (2011): 27.

她最好的亚洲主题作品。她还认为自己能够获得诺贝尔文学奖不仅仅因为《大地》这部小说,还因为她为父母分别撰写的传记《奋斗的天使》(Fighting Angel,1936)与《流亡者》(The Exile,1936)。

"中国性"是赛珍珠创作的核心。她在1938年诺贝尔获奖词《中国小说》中表达了她对中国小说的深入认识和鉴赏力。她坚信,"在世界文化的范围内,她所浏览的(中国)小说与狄更斯或托尔斯泰的作品一样重要";中国小说的核心特征是"人民性"(peopleness),即"关注普通群众的需求"[①]。她在1942年出版的有关亚洲方面的介绍性书籍中对中国文化给予了很高的评价:"'很容易……成为一个中国人',因为中国具有包容性文化特征:中国与美国一般大,却有美国四倍的人口。不过,中国更像一个家庭,中国有一个统一的民族,它历史悠久,在同一片土地上一直延续使用自己的语言,尽管有各种方言,但有着相同的语言,尤其在来源上相同,中国的文明发轫于共同的根。"[②]对中国文化的理解体现在赛珍珠的整个文学创作之中。除了《大地》三部曲外,赛珍珠还写了15本有关中国的书。其中具有代表性的有描写抗日战争期间南京农民生活的《龙子》(Dragon Seed,1942)、描写"二战"后中国社会状况的《同胞》(Kinfolk,1949)等。

赛珍珠正式发表的第一部作品是《东风,西风》(East Wind, West Wind,1930),描绘了20世纪20年代东西方交流给古老中国带来的社会变化。桂兰出生前便由父母做主订了娃娃亲,从小被灌输女性三从四德的思想,意图像母亲一样成为温淑贤良的传统女性。她有一双同辈女孩中最小的"三寸金莲",隐喻她是符合传统性别规范标准的"完美女性"。然而,在西方学医归来的丈夫非常讨厌她的病态脚型,在新婚之夜与她约法三章,提出夫妻个体独立、相互平等的要求,并要求她放脚。缠脚是古代中国对女性在身体、经济和政治诸多层面进行压迫的中心隐喻,小说通过这一意象展现了桂兰精神觉醒的过程。在丈夫的引导下,桂兰逐渐与象征中国传统文化的母亲疏离,成为追求自由和独立的现代女性。与传统思想的抗争也发生在桂兰的哥哥身上。哥哥在美国求学时爱上了教授的女儿玛丽,为此不惜退掉了传统婚约。他带着玛丽回国后遇到了父母的冷遇和中西文化差异的障碍,但夫妻俩顶住压力,最终生下了爱情的结晶。桂兰主动承担了"人桥"的角色:她不仅是哥嫂之间相互了解对方的桥梁,也是母亲与哥嫂之间的桥

[①] 引自 H. R. Lan, "Rev. of *Pearl S. Buck:A Cultural Biography.*" China Review International 5.1 (1998):106.

[②] 引自 Karen J. Leong, *The China Mystique:Pearl S. Buck, Anna May Wong, Mayling Soong, and the Transformation of American Orientalism.* Berkeley:U of California P,2005, p.45.

梁。她既想让哥嫂家庭和睦,也想让母亲改变根深蒂固的传统观念,接受自由恋爱。混血儿的诞生是全书的核心隐喻,传达了东西方文化融合的热切愿望。这在小说中有着明显的抒发:"他的出世带来怎样一种结合的快乐!他已把父母两人的心维系在一起,他俩出生、教养完全不同,而这种差异已存在几百年了。这是多么了不起的结合呀!"①

赛珍珠最负盛名的作品是再现了"一战"前中国农村境况的"大地三部曲"。三部曲的首部小说《大地》出版后在美国一度热销,并于1937年被改编成电影,为当时"二战"期间的美国成为中国同盟奠定了广泛的群众基础。小说讲述了中国农民王龙家族从兴旺走向衰落的过程。曾为豪门的黄家因为吸食鸦片而家道中落,曾经的女仆阿兰嫁给了白手起家的王龙。阿兰为王龙生育三子三女,大女儿因营养不良先天发育有问题,二女儿因生活艰苦无法养活而被阿兰亲手杀死。全家因遭遇灾荒逃到南方,生活困窘,但他们力图将孩子培养成品德优良的人。一次王龙被卷入暴乱,意外获得大笔财产。他带着家人衣锦还乡,继续务农。阿兰又为他生育了双胞胎,王龙用妻子的珠宝换钱买下黄家的所有地产。王龙致富后瞧不上相貌平平的阿兰,纳一个年轻貌美的妓女为妾,而阿兰抑郁成疾,她去世后王龙才意识到她的重要性。步入老年后的王龙渴望过宁静的生活,但几个儿子之间却冲突不断。小说末尾,王龙听到儿子们议论要卖掉田地,他试图劝阻却未能成功。这部作品传神地描摹了中国农民对于土地的深沉情感,也跨越国界赢得了美国读者。《大地》描写了遭受饥荒旱灾的中国农民流离失所的悲惨处境,这与当时美国正经历的大萧条和沙尘暴具有相同之处,让美国读者在该小说中看到了自己的影子②。

《儿子们》是"大地三部曲"的第二部,讲述了王龙时代的消逝和一个动荡不安的新时代的到来。小说以王龙的葬礼开始,展开叙述了他三个儿子各自的人生选择。大儿子"王老爷"继承了父亲的土地,成了地主。二儿子"王掌柜"从商,在三兄弟当中最富有。三儿子"王虎"则成了军阀,他的经历在小说中占据中心地位。王虎当初在家时喜欢女仆梨花,但父亲王龙偏偏将她纳了妾。王虎愤而离家,参加了南方军阀的部队,因为表现勇猛而得到"老虎"的绰号,晋升成为一方豪强。王虎对女人不感兴趣,却娶了两房妻子为他传宗接代,继承他的一番伟业。较之王龙对土地的痴迷,新时期的三个儿子都对大地感情淡漠。对于大儿子来说,土地是父亲留给他的文化遗产,

---

① 赛珍珠:《东风·西风》,林三等译。桂林:漓江出版社,1998年,第525页。
② Randall J. Stephens, "China, the West, and Pearl Buck." *Historically Speaking* 12.1 (2011):28.

彰显了长子继承父业的意图。对于二儿子王掌柜来说，土地只是用来牟利的工具。而对于三儿子王虎来说，土地则变成了抽象的"地盘"。三个男性后辈分别从政治、经济、军事三个层面分解了土地这个中国旧式农民的身份来源和情感依托[①]。

"大地三部曲"的终曲《分家》围绕王虎的独生子王源展开。王虎期待王源继承自己的事业，奈何王源对军事霸权毫无兴趣。为了逃脱父亲对他的事业和婚姻的强制安排，王源逃离了家，到了上海学习西方文化。后来因为拒绝一位姑娘的爱情而卷入政治事件，他再次远走高飞到美国避难。身为美国的异邦客，王源一心想改变祖国的落后面貌，潜心学习西方先进的农业技术。回国后，他在熟悉的土地上实践自己的所学知识和外国良种，极大地改变了中国的农业面貌。同时，他找到了真正的良人，携手开拓未来。成为农业专家和找到合适的伴侣是小说中的核心隐喻，土地和女性互相指涉，指代着受到西方知识"洗礼"的新一代中国男性终于缔结了与"土地"的理想关系。这种关系既不是祖父王龙的宗教式依恋，也不是父亲王虎的物品式剥削，而是一种基于"理性"和"知识"的开垦，充满了进步主义的意味。这是赛珍珠为中国农业所设想的现代化和科学化道路，明显受到其第一任丈夫巴克的影响，也呼应了美国20世纪初的"乡村生活运动"。农业学家巴克远赴中国传教，便抱着科技提升"落后"种族的使命感。赛珍珠在《分家》中对王源的刻画，其实也体现了她对美国对华传教活动的认可。

"大地三部曲"是一个具有内在联系的整体，通过一个普通中国家庭图谱的代际叙事，呈现了人地关系这个中国文化的核心在近代的剧烈变化。正如评论家所指出："从王龙脚下可耕作的田地，到王虎占有的'地盘'，再到王源拥有虚拟性的'土地'，人与土地关系的变化，蕴含着祖孙三代所经历的时空变换的真正意义：王虎走出王龙的土地，王源走出王虎的地盘，他们各自进入了一个不同于父辈的历史时空。"[②]从这个意义上来说，"大地三部曲"的确是描绘中国变迁的"史诗"[③]。

赛珍珠的母语是汉语，因此她的艺术直觉更倾向于中国化。她的作品对于中国题材的依赖也导致了美国文坛的不认可。尽管赛珍珠获得诺贝尔文学奖，但她一生都经历着"经典文学评论"的压力。她曾抱怨道，"人们都

[①] 高鸿：《赛珍珠大地三部曲里的中国形象》，载《中国比较文学》2005年第4期，第157页。

[②] 高鸿：《赛珍珠大地三部曲里的中国形象》，载《中国比较文学》2005年第4期，第158页。

[③] 参见朱希祥：《从赛珍珠的"大地三部曲"谈"史诗"精神》，载《镇江师专学报》1999年第2期。有关"大地三部曲"的内在统一性问题，可参见段怀清：《论〈大地〉〈儿子们〉与〈分家〉之间的内在整体性》，载《江苏大学学报（社会科学版）》2020年第1期。

死在批评家手里",认为批评家是"一群寄生虫,靠别人的作品养家糊口"①。美国有评论家指责她只描写神秘的亚洲人,赛珍珠通过匿名发表作品巧妙地回击了这种指责。她用笔名出版了描写美国社会的长篇小说《小镇人》,获得了不明就里的评论家高度赞扬:"这是一部最优秀的地域小说,是一幅动态而又吸引人的画像。"②知名文学期刊《文学协会》(Literary Guild)的编辑在不知作者性别的情况下,也将小说作为每月推荐读物。针对赛珍珠的文学偏见来源于西方文学评论内在的性别政治:传统的经典文学由白人男性叙事为主导,以美国性为主题和特征,任何偏离这个规范的文学作品都被排斥在主流之外。

但在中国,赛珍珠的作品也因为她的外国人身份而受到中国知识界的尖锐质疑。鲁迅便认为赛珍珠作为"生长中国的美国女教士"无法理解中国的情形,在作品里所呈现的"还不过一点浮面的情形"。赛珍珠对于自己被认为是越俎代庖的指责非常委屈,对外国人究竟能不能呈现"中国性"提出了自己的看法:

> 我希望外界能了解我的,就是我所写的书,并不能代表全部分的中国。我在我的书里,并不希望能表示出整个的中国民族来。我不过是就我所经验的,所知道的写出来。这一点,不过是只能代表中国的一小部分——我个人所能领略到的一部分而已。根本,假若说有个个人能了解整个的国家,原是不可能的事,原是可笑的事,何况我就没有这样的本意。③

可见,在赛珍珠看来,某一个国家或民族的特质并非不容他人置喙的专属物,而外部人群的主观感受同样是该民族身份建构的一部分。

实际上,赛珍珠的创作并不限于单纯的中国主题,而是致力于探讨多族裔社会中跨文化交际所蕴含的政治和情感。其中比较独特的一个例子是小说《牡丹》(Peony, 1948)。小说以19世纪中国河南开封为背景,通过犹太人和中国人的情感纠葛再现了多族裔主题。小说由两个三角恋爱关系组

---

① 引自 H. R. Lan, "Rev. of Pearl S. Buck: A Cultural Biography." China Review International 5.1 (1998):106.

② 赛珍珠与评论家的争辩,参见 H. R. Lan, "Rev. of Pearl S. Buck: A Cultural Biography." China Review International 5.1 (1998):106—07.

③ 引自郭英剑:《中国二十世纪三、四十年代的赛珍珠研究》,载《外国文学研究》1999年第2期,第121页。

成:中国女仆牡丹的主人是位犹太商人,她爱上了主人的独子戴维,但因为其女仆身份而无法明言;戴维的母亲明知儿子苦恋中国商人孔晨的女儿桂兰,仍要让他与拉比的女儿利娅完婚。小说出版后,其中的异国情调、逃避主义和社会公正等话题引起了美国社会的极大兴趣,人物间的感情纠葛也演变成民族、种族、阶级和宗教方面的身份建构。鉴于此,小说被认为是"研究赛珍珠的创作与 20 世纪美国社会意识之间相互作用的最佳案例"[1]。以第二次世界大战为背景的短篇《敌人》("The Enemy")则将跨文化交际中的情感撕扯与道德困境推到了极致。在美国学习的日本外科医生萨道·货基与妻子汉娜按照日本传统回国完成婚礼,他们享受蜜月时突然发现一位身受重伤的美国海员。作为忠诚的爱国者,货基知道自己有义务杀死敌国的士兵;但作为医生,他却有救死扶伤的天职。他最终选择服从心中的道德律令,治愈了海员并协助他逃跑。其选择不出意外地受到了日本同胞的误解和谴责,他们被视为日本文化的背叛者。小说并没有正面讴歌萨道的普世情怀,而是真实地再现了对立文化对于个体情感的撕裂。

　　身为在中国的美国女性传教士,赛珍珠创作中的另一个鲜明主题就是女性。她在蓝道夫·马肯女子大学求学期间(1910—1914)的经历使她对西方女权主义有了初步认识。赛珍珠对于个人权利的追求和强调延伸到她对母职的态度之上。她更看重个体之间的情感,而非母子联系,曾经就此说道:"我喜欢我的孩子们,更喜欢他们作为人和个体的存在,而不是因为我是'母亲'"[2]。对于个体权利的强调促使赛珍珠逐步抛弃了曾经持有的保守观点,转而支持那些勇于抗争和改变现状的"反叛女性"[3]。她的早期创作正是基于女权主义立场对于中国女性生活的再现,强调了东方主义属下的能动性以及她们打破'东方女性'角色的能力,从而改变了美国社会对于东方女性的刻板印象。这也是为何她虽然在创作中大量借鉴中国文学传统,却能够深入人物内心、超越中国传统文化固有话语限制的原因[4]。比如,在《群芳亭》(*Pavilion of Women*,1946)中,富家太太吴爱莲在自己四十岁生日的时候宣布要为丈夫纳妾,找了年轻貌美的秋明代替自己伺候吴老爷,为

---

[1] Taryn L. Okuma,"Jews in China and American Discourses of Identity in Pearl S. Buck's Peony." *Tulsa Studies in Women's Literature* 27.1 (2008):116.

[2] 引自 Stanley Finger and Shawn E. Christ,"Pearl S. Buck and Phenylketonuria." *Journal of the History of the Neurosciences* 31.1 (2004):50.

[3] Peter Conn,*Pearl S. Buck:A Cultural Biography*. Cambridge:Cambridge UP,1996,p. 75.

[4] Bruce Esplin,"The Joy of Fish to Swim Freely:Pearl Buck,Social Activism,and the Orientalist Imagination." *Graduate Journal of Asia-Pacific Studies* 3.1 (2005):16.

他传宗接代。这一看似属于中国传统女性的自我牺牲行为其实内蕴着追求自我解放的个人意图。为了实现自己的意图，吴太太还需要安排好孩子的婚事，为此她为三儿子包办了一场婚事，让他迎娶了好友康太太的女儿。这样一来，吴太太完成了她肩上的所有责任，"她的自由变得更加完整"①。无疑，吴太太逐渐理解了自己的情感与欲望，超越了社会规范的束缚，在父权文化秩序中建构了一个自己珍视的空间。但值得特别指出的是，赛珍珠同时指出了女性反叛潜在的危险性。男权社会中女性对于自由的追求有可能建立在其他人的痛苦之上。《群芳亭》中的吴太太忽略了丈夫需要慰藉的情感、秋明的自尊、儿子儿媳的独立精神，最终让身边所有人陷入不幸之中。正如小说中对她的评价那样，"你瞧不起你的丈夫，瞧不起二太太，认为自己不平凡，超过所有的女人。这些过失造成了你家里的不安定。你的儿子和儿媳不知就里，于是他们便感到焦虑，感到不开心，尽管你打算让人人幸福"②。赛珍珠对于中国女性的刻画影响了华裔美国作家汤亭亭（Maxine Hong Kinston,1940— ），这些主题在《女勇士》（*The Woman Warrior*，1976）中得到了继承和再现③。鉴于赛珍珠对于女性权利的呈现和推动，1999 年她被全国妇女历史项目（National Women's History Project）选为妇女历史月致敬人物。

　　对种族、性别和文化政治的高度关注混杂着基督教的立场，这使得赛珍珠作品的意义复杂且多元。在《我的几个世界》（*My Several Worlds*）中，赛珍珠这样告诉读者："［我的］故事讲的都是不同层次上的不同地方和人民，所有地方和人民只是通过时间串联起来，因为这是我生活的唯一方式，也是我至死不渝的生活方式。"④她对中国的热爱和攻讦，其实都是出于基督教的"博爱"立场，同时混杂了白人女性的种族意识。从中美文学史的角度来说，赛珍珠真正的女儿是中国作家冰心。冰心通过短篇小说《相片》（"Photograph",1934）秉承了赛珍珠对于美国传教士傲慢态度的憎恨，同时也批判了其"种族主义之爱"（racist love）。因而，赛珍珠与冰心构成了一个跨太平洋女性文学谱系，在现实中再现了《相片》里"美国养母—中国养女"的奇特关系⑤。

---

　　① 赛珍珠：《群芳亭》，张子清等译。桂林：漓江出版社，1998 年，第 136 页。
　　② 赛珍珠：《群芳亭》，张子清等译。桂林：漓江出版社，1998 年，第 211 页。
　　③ Peter Conn, *Pearl S. Buck: A Cultural Biography*. Cambridge: Cambridge UP, 1996, p. 83.
　　④ 引自 H. R. Lan, "Rev. of *Pearl S. Buck: A Cultural Biography*." *China Review International* 5.1 (1998): 107.
　　⑤ 张敬珏、周铭：《赛珍珠和冰心：跨太平洋女性文学谱系中的后殖民政治》，载《外国文学》2019 年第 2 期。

第五节　活跃于文坛的南方女作家

美国20世纪初著名的知识分子 H. L. 门肯(H. L. Mencken,1880—1956)在1920年发表文章《博扎特的撒哈拉》("The Sahara of the Bozart"),对南方文学进行了辛辣的讽刺。这篇文章的标题"博扎特"是法语"好艺术"("beaux-arts")发音的双关语。在文章中,门肯将南方称为美国最原始和智力贫瘠的地区。不过,南方年轻一代的作家并没有屈服于这一嘲讽,努力地开辟出了一条新的文学道路,缔造了后来被称为"南方文艺复兴"(Southern Renaissance)的文学景观。威廉·福克纳(William Faulkner,1897—1962)在《我弥留之际》(*As I Lay Dying*)以及《押沙龙！押沙龙！》(*Absalom! Absalom!*)等小说中创造性地运用了意识流等手法,他赢得1949年的诺贝尔文学奖是南方作家的胜利,也使他成了后辈作家绕不开的影响。但是女性作家从特定的视角呈现出南方文化的变迁,冲破了福克纳阴影的笼罩。

南方文化的守旧体现在政治、经济、意识形态、性别、阶级、宗教等方面,但以上传统随着现代化进程的开展而受到挑战。1925年,田纳西州的生物学教师约翰·斯卡普斯在(John T. Scopes)因为在公立学校讲授达尔文的进化论而被庭审,最终上升到威廉·詹宁斯·布莱恩(William Jennings Bryan)和克莱恩斯·达罗(Clarence Darrow)对人类起源的争论。斯卡普斯"猴子"审判是"20世纪20年代美国文化的坩埚,说明这一时代一定程度上由宗教保守主义分子和科学进步分子之间无情的对抗来界定的时代"[①]。第一次世界大战结束后,美国南方农业经济日渐凋敝,重农派与发达工业文化之间的矛盾不可避免。这些矛盾在性别领域体现得尤为明显,当男性不再具备承担家庭重任的能力时,女性便克服社会性别规范,逐渐从依赖顺从、内化传统性别规范转变到抗争进而采取主导地位;但与此同时,传统女性价值观依然存在。在这样的社会语境下,南方女性作家用各具特色的写作手法展现了现代化文明进程中的阶级、种族、性别、宗教等方面的变迁。

南方传统在美国社会由农业社会向工商业社会的转型时期所经历的冲击,首先体现在埃伦·格拉斯哥(Ellen Glasgow,1873—1945)对于其家乡

[①] Lisa Hollibaugh,"'The Civilized Uses of Irony': Darwinism, Calvinism, and Motherhood in Ellen Glasgow's *Barren Ground*." *Mississipi Quarterly* 59.1/2 (Spring 2005—06):31.

弗吉尼亚的现实主义描摹之中。格拉斯哥在她喜剧性的风土人情小说中，对南方贵族以及现代工业文明的侵蚀进行了反讽和揭示，改变了人们对南方文学传统的认识。这些小说包括《浪漫的喜剧演员》(The Romantic Comedians,1926)、《他们向愚蠢行为俯身》(They Stooped to Folly,1929),以及《温室中的生活》(The Sheltered Life,1932)。格拉斯哥深切意识到，南方作家应摆脱对过去的追忆，直面社会现实:"对我们小说家和所有人而言，必须意识到现实生活的严肃重要性，而不是沉浸在浪漫幻想的那种美感中。"[1]在她对南方现实的刻画中，其视角也经历了"模仿的、假性男性特质的声音"到"女性化的视角"的转变[2]。她的代表作《不毛之地》融阶级、性别和种族主题为一体，在"激进时代改革和阶级政治的现代化和本土主义的话语中"塑造了新型南方资产阶级成员的形象[3]。小说突出了南方文化的变迁，随着南方白人与黑人迁居到北方，原先的贫穷白人群体以及种族对立关系有所改变。南方新兴资产阶级成员受到工作伦理的影响，逐渐适应工业文明，重新建构南方文化身份。同时，原先的种族对立也随着工作关系趋于缓和。

凯瑟琳·安·波特(Katherine Anne Porter,1890—1980)是出色的文体家，语言华丽而优美。其作品是南方文化现代性的集中体现，再现了南方女性在身体和思想上挑战父权文化传统的束缚、争取独立的抗争行为。波特的作品经常涉及正义、背叛和人类不可饶恕的本质等主题。在波特小说中，男性人物常采用双重标准对待女性，而女性有时也内化了男性文化传统。1930年，波特出版第一个短篇小说集《绽放的紫荆》(The Flowering Judas),近十年后才出版第二本短篇集《灰色骑士灰色马》(Pale Horse, Pale Rider,1939)。从《斜塔》(The Leaning Tower,1944)开始，波特公开关注纳粹主义的兴起，探究普通人的阴暗面。《愚人船》(Ship of Fools,1962年)是波特的第一部也是唯一一部小说。该小说以她三十年前的德国之行为基础，讲述了一群来自世界各地的旅行者的生活。对于道德善恶的探讨是波特永远的关注，这种关注延伸到了她的政治生活之中。1977年，她在对萨科和万泽蒂审判提出抗议五十年后写了一篇题为《千古奇冤》("The Never-Ending Wrong")的文章。她笔触细腻，富有洞察力，对时代和人类社会有独到见解，是二十世纪美国文学中的重要作家之一。

---

[1] 引自 Mark A. Graves, "Regional Insularity: Aesthetic Isolationism: Ellen Glasgow's *The Builders* and the First World War." *The Southern Literary Journal* 44.2 (2012):31.

[2] Linda W. Wagner, *Ellen Glasgow: Beyond Convention*. Austin: U of Texas P,1982, p. ix.

[3] Matthew Lessig, "Mongrel Virginia: Ellen Glasgow's *Barren Ground* and the Curse of Tenancy." *The Mississippi Quarterly* 64.1/2 (Winter-Spring 2011):266.

玛格丽特·米切尔(Margaret Mitchell,1900—1949)在美国文坛上的唯一标记是《飘》(Gone with the Wind,1936)。这部小说创作历时十年,从1926年到1936年,发表后让米切尔一举成名,并为她赢得了普利策奖。小说在世界范围内售出三千多万册,并翻译成27种语言。电影三年后上映,赢得了八项奥斯卡奖和两项特别奥斯卡奖。小说通过将人物置身于南北战争背景中,刻画了在历史喧嚣中成长的女主人公。米切尔希望能为读者呈现过去的南方文化,通过怀旧在文学世界里重新确立旧南方的文化秩序,给南方读者提供象征性的心理补偿。

擅长描写女性成长的南方作家还有尤多拉·韦尔蒂(Eudora Welty,1909—2001),她擅长使用童话故事或典故,借助含义丰富的人物对话揭示女主人公所感受到的爱和理解。受契诃夫的影响,韦尔蒂的南方小说将对话作为传达多重信息的手段,"呈现人物所说的话语、人物对其话语的理解、人物所隐藏的内容、听者对他的话语的理解以及听者所误解的内容等等——所有内容都包含在他的话语中"[1]。同时,人物之间的对话关键在于相互倾听。在韦尔蒂看来,人与人的交往最重要的是相互理解、相互包容。在《乐观者的女儿》中,劳拉通过与继母的接触,深刻体会到南方社区的家庭观念带给她的安全感和永恒。就主题而言,韦尔蒂注重发掘人物的个性,关注个体与家庭之间的关联。

在卡森·麦卡勒斯(Carson McCullers,1917—1967)的作品中,家庭和社区所给予个体的却是精神隔离。小说塑造了无数与社会格格不入的人物,她基于亲身经历,将自己对南方文化在性别、阶级和种族方面的认识融入各个与家庭成员有错综复杂关系的人物的塑造中。麦卡勒斯笔下的人物极为孤独,代表作《心是孤独的猎手》(The Heart Is a Lonely Hunter,1940)以同情的笔触再现了内心孤独的人群。在缺乏家庭温暖和社区关怀的环境中,辛格与安东纳坡鲁斯这对患难兄弟成了朋友。然而,两人之间的依恋却遭受所谓正义的社会机构的摧毁。麦卡勒斯富有洞察力,她的文字较为含蓄,但却能有力地传达其主旨。如评论家所言,她是一个"具有启发性而不是雄辩的作家,而且经常似乎给我们的不是暗示而是一种意义。不过,她的工作思路清晰而坚定"[2]。

这些南方女作家在现代文明进程中,以敏锐的洞察力和丰富的想象力

---

[1] https://www.theparisreview.org/interviews/4013/eudora-welty-the-art-of-fiction-no-47-eudora-welty.

[2] Harold Bloom,*Carson McCullers'* The Member of the Wedding. Broomall,PA:Chelsea House,2001,p. 63.

描绘了南方文化中的性别、种族、阶级及宗教等层面的变迁。她们对性别文化规范感触颇深,从不同角度塑造了一批青年女性:她们或在困惑中成长,或在建构身份过程中实现独立。南方女作家对南方文化引以为豪的历史文化遗产有所认识,既能看到这些历史文化遗产对个人成长的帮助作用,又能察觉这些历史如何阻碍了个人健康成长的进程。

埃伦·格拉斯哥(Ellen Glasgow,1873—1945)

埃伦·格拉斯哥是最早采用现实主义手法创作的美国南方小说家之一。就题材而言,格拉斯哥不像关注美国性和现代性的作家那样视野开阔。她从未试图跳出家乡、从南方以外的地区引入角色,一直忠实地描摹着南方的风土人情,是一位完全意义上的"区域作家"。但同时,她笔下的角色超越了区域的限制,呈现了所有受限于社会或经济条件的人们对于幸福的追求,同时警告理想主义蜕变为浪漫幻想对于生活的危害。她对南方文学传统的认识尖锐而深刻:

> 内战过后,美国南方充满了对于重建的怒火,滋生了一种苦涩的怀旧情绪。对于过去的怀念之情就如灰烬处长出来的野草一般茂盛,进而催生了一种哀悼式的纪念文学……捍卫失乐园成为南方小说家们唯一的目标和最高的义务,一个鲜活的传统慢慢变得羸弱而感伤……现今的小说……尽管技巧精妙,却缺乏创造的激情与反叛的勇气——而这正是伟大小说的根本特征。[①]

她对家乡弗吉尼亚的素描、对南方贵族的反讽、对现代工业文明入侵南方的反思、对于性别政治和种族政治的记载,都改变了人们对南方文学感伤主义写作传统的刻板印象。这使得其作品具有了普世的意义,达到了她所定义的"伟大小说"的标准。从这个意义上来说,格拉斯哥"既是弗吉尼亚州最忠实的拥护者,又对其进行着最彻底的讽刺"[②]。

格拉斯哥出生于弗吉尼亚州首府里士满的一个贵族家庭。父亲是一家铁厂的主管,对孩子们严厉冷漠。生于豪门望族的母亲是标准的南方淑女,

---

[①] 引自 William R. Parker, "Ellen Glasgow: A Gentle Rebel." *The English Journal* 20.3 (1931):188.

[②] Alfred Kazin, *On Native Grounds*. New York: Harcourt, Brace, 1942, p.258.

接连生育了11个孩子,最终心力交瘁,抑郁成疾。格拉斯哥在兄弟姐妹中排行第九,因为体弱多病又罹患听力衰退,她从小敏感且孤独,主要在家中接受教育。身体的疾患和性格的敏感影响到了她的情感与创作。她目睹母亲饱受抑郁症的煎熬,对于男女之情非常抵触,姐夫和哥哥的自杀则极大地加强了这一情绪。因而她虽然订婚多次,但却终身未嫁。她将自身的情感需求转向了读书和创作,大量阅读了瓦尔特·司各特、查尔斯·狄更斯、托马斯·哈代等英国经典作家的作品,并将自身对于生命与生活的敏锐感悟付诸文字,通过文学创作与同时代的作家詹姆斯·布兰奇·卡贝尔(James Branch Cabell,1879—1958)、埃伦·泰特(Allan Tate,1899—1979)、评论家亨利·L.门肯(Henry Menken,1880—1956)等人成了朋友。

格拉斯哥一生创作了20部小说、一部短篇小说集《暗影三号》(The Shadowy Third and Other Stories,1923)、一部评论集《某种测量》(A Certain Measure,1943)以及诗歌自传等。从1897年发表《子孙后代》(The Descendant)开始,格拉斯哥的创作便与南方的感伤文学传统分道扬镳,体现出她后续作品一以贯之的批判和讽刺风格。但此时格拉斯哥的笔力未逮,作品仍嫌稚嫩。她的第二部小说《低级行星面面观》(Phases of an Inferior Planet,1898)同样有诸多不足,模仿托马斯·哈代(Thomas Hardy,1840—1928)和维克多·雨果(Victor Marie Hugo,1802—1885)的痕迹过重。一般而言,评论界在讨论格拉斯哥创作时,都将这两部作品视为练笔阶段之作[1]。

1900年《人民之声》(The Voices of People)的发表标志着格拉斯哥严肃创作期第一阶段的到来。在这一阶段,格拉斯哥主要采用左拉式的现实主义手法书写弗吉尼亚州的历史和政治,重要作品包括《战场》(The Battle Ground,1902)、《解脱——弗吉尼亚烟草地的罗曼史》(The Deliverance:A Romance of the Virginia Tobacco Fields,1904)、《生命之轮》(The Wheel of Life,1906)、《一个普通人的罗曼史》(The Romance of a Plain Man,1909)、《老教堂的磨工》(The Miller of Old Church,1911)。这一阶段的小说因常过多涉及哲学和政治问题而显得"比较粗糙、不成熟"[2]。

《人民之声》是格拉斯哥第一部较为成熟的作品,用浪漫主义的叙事笔调讲述了美国南北战争后南方重建时期的社会生活。主人公尼古拉斯·伯

---

[1] 参见 Howard Mumford Jones,"The Earliest Novels,"in *Ellen Glasgow:Centennial Essays*. Ed. M. Thomas Inge. Charlottesville:UP of Virginia,1976,pp. 67—81.

[2] 引自 Lisa Hollibaugh,"'The Civilized Uses of Irony':Darwinism,Calvinism,and Motherhood in Ellen Glasgow's *Barren Ground*." *The Mississippi Quarterly* 59.1—2 (2005):33.

尔出生于弗吉尼亚州的一个贫苦农民家庭,却自幼对自己和社会抱有伟大的理想。他在成长过程中幸而得到法官乔治·巴塞特的指引和帮助,成为一名优秀的律师。他凭借自己的正直品格和热忱奉献成为"人民"爱戴的弗吉尼亚州州长,却最终因为拯救一名黑人而死在了"人民"的手下。在表层的浪漫叙事下,隐藏着格拉斯哥对于社会转型期南方文化中阶级和种族思维对于个体限制的深刻思考。美国南北战争后,南方社会在经历着从奴隶制的种植园经济到强调"自由"和"平等"的工商业经济的剧烈变革,但是旧式文化观念依然强劲。小说中的大多数人都依然恪守"每个人都有合适的位置"这种等级制。没落贵族达德利·韦伯夫人生活难以为继,却依然保持着矜持的体面;尤金妮亚的父亲看不起尼古拉斯的出身,坚决反对女儿与他交往;尼古拉斯的父亲只懂得田间劳作,对于儿子的"空想"十分恼怒。而尼古拉斯与黑人的交流则触犯了旧式文化秩序的根本。《人民之声》视野宏大,展现了理念和现实之间的张力,无论是主题还是叙事手法都影响了格拉斯哥的同侪薇拉·凯瑟,日后在《我们中的一员》(One of Ours,1922)中有了呼应。

格拉斯哥第一阶段中最值得一提的作品是《解脱——弗吉尼亚烟草地的罗曼史》。这部小说最直接地展示了南方浪漫主义怀旧的本质,通过布莱克庄园在南方重建时期的所有权变化呈现出社会和文化秩序的激荡。布莱克庄园象征着布莱克家族两百多年的荣光,也是以奴隶制为基础的种植园经济的见证者。但是战后,布莱克家族日益衰败,主人公克里斯托弗十岁时父亲去世,失去了所有的财富、地位甚至庄园。为了养活双目失明的母亲和两个妹妹,他不得不放弃继续接受教育的机会,与以前的管家弗莱彻交换住所,并为其做工。但布莱克太太对这些变化一无所知,以为依旧身处种植园主养尊处优的"老南方",身边的黑人依旧是任其生杀予夺的奴隶。这样的日子过了十五年,克里斯托弗对贪婪狡诈的弗莱彻充满了怨恨。在他的有意教唆下,弗莱彻的孙子威尔非常鄙夷祖父,并在醉酒后失手杀死了弗莱彻。克里斯托弗良心发现,代替威尔进了监狱,不久后被弗莱彻的孙女玛丽亚救了出来。玛丽亚和克里斯托弗彼此相爱,并作为布莱克庄园的继承人与他结婚,使得庄园重新回到了布莱克家族手中。这个童话般的结局并非"诗意的公正",而隐喻着南方人想回到过去的潜在愿望。在小说中,布莱克太太代表着沉湎在自我营造的往日幻象中以逃避社会变迁的南方群体,她的失明说明其缺乏"一种对于现实生活重要性的认识"[①],而传达这种认识

---

① Joyce Kilmer,"'Evasive Idealism' in Literature:An Interview by Joyce Kilmer," in *Ellen Glasgow's Reasonable Doubts:A Collection of Her Writings*. Ed. Julius Rowan Raper. Baton Rouge:Louisiana State UP,1988,p. 123.

正是格拉斯哥在自己的作品中所极力担负的使命。仅就这一创作态度而言,格拉斯哥可以算是弗兰纳里·奥康纳(Flannery O'Connor)的精神导师。而就创作内容而言,《解脱》上承康斯坦丝·费尼莫尔·伍尔森(Constance Fenimore Woolson,1840—1894)的《为了少校》(*For the Major*,1883),下启薇拉·凯瑟(Willa Cather,1873—1947)的《迷失的夫人》(*A Lost Lady*,1923),构成了美国女性南方文学中的思辨传统,并影响了威廉·福克纳(William Faulkner,1897—1962)的《献给艾米丽的玫瑰》("A Rose for Emily",1930)。

在格拉斯哥创作的第一阶段中,她的作品以男性主人公为主,从 1913 年开始情况有了转变。是年,格拉斯哥发表了《弗吉尼娅》(*Virginia*,1913),自此开启了她创作的第二阶段。评论家指出,格拉斯哥的生活经历以及对女性的理解使其创作的艺术水准提升了一个档次,造就出更好的作品来:"譬如,卡里和她母亲的死亡成为她创作《弗吉尼娅》的动力"①。第二阶段的重要作品还包括《生活与加布里埃拉》(*Life and Gabriella*,1916)、《建筑者》(1919)、《有生之年》(*One Man in His Time*,1922)等。

对于格拉斯哥来说,文学创作是她对抗生活不幸的方式。用她自己的话来说,写作的意义在于寻找"帮助人类忍受世俗生活的动力"②。在她最富有自传色彩的小说《弗吉尼娅》中,她通过一位南方女性的成长历程表达了对性别政治的批判。故事发生在 1884 年至 1912 年这段美国历史上的"进步主义"时期,讲述了受维多利亚文化传统熏陶成长起来的南方女性弗吉尼娅·彭德尔顿在社会转型期所受的思想冲击。随着 19 世纪末美国社会变革的深化,女性获得教育的机会大大增加,也带动了性别角色的变化。但是弗吉尼娅所在的女校大力灌输女性必须消极被动的传统思想,她因而难以适应时代变化,还是按照 19 世纪要求女性虔诚、贞洁、温顺、持家的性别标准来规范自己的言行,极力使自己符合"南方淑女"的形象。她的丈夫奥利弗虽然是一位自诩有"品味"的艺术家,但实际上同样秉持着旧的性别规范。他坚信文学的力量,热衷于探讨艺术对人类的服务,认为作家可以改变世界。为了追求自身的理想,他拒绝听从舅舅的安排去家族银行工作,而选择去欧洲学习,渴望成为剧作家。学成归来后,他倡导舅舅全家改变阅读习惯,提升家庭藏书品味。他听说舅妈向女裁缝推荐了索斯沃斯(E. D. E. N. Southworth,1819—1899)的小说,立刻表示强烈反对,呼吁不应在图书

---

① Linda W. Wagner, *Ellen Glasgow: Beyond Convention*. Austin: U of Texas P, 1982, p. 7.
② Blair Rouse, ed. *The Letters of Ellen Glasgow*. New York: Harcourt, Brace, 1958, p. 193.

馆放置这类成为"女性读者进步和成长的障碍"的有害书籍。特雷德韦尔太太非常看重他的建议,甚至愿意将索斯沃斯的所有书付之一炬。这一细节在小说中的含义非常模糊暧昧,并没有指向一个明确的主张。索斯沃斯作品的"不妥"之处要么是代表了整个19世纪的传统文学模式,要么是对传统的性别规范进行了嘲弄;无论哪种情况,格拉斯哥对奥利弗观点的刻画都展示了她自己支持女性解放的性别立场。也正是在这个意义上,《弗吉尼娅》被称赞是"对南方正在积极开展的女性运动的最重要的贡献"[1]。不过,尽管格拉斯哥在作品中反映了妇女参与政治运动的主题,本人也屡次参加妇女选举权活动,但她并不认为自己是女权主义者。她所想做的,无非是通过笔墨展现女性生活的种种不易,寻求一种对抗社会性别规范的动力。

格拉斯哥最好的创作期起始于《不毛之地》(*Barren Ground*,1925)。这部作品以美国南方农村地区的悲剧生活为主题,显示格拉斯哥找到了最适合她的创作领域:南方区域书写,这也是她创作生涯最为重大的转折[2]。这类刻画南方风土人情的作品还包括《浪漫的喜剧演员》(*The Romantic Comedians*,1926)、《他们向愚蠢行为俯身》(*They Stooped to Folly*,1929)、《温室中的生活》(*The Sheltered Life*,1932)和《铁脉》(*The Vein of Iron*,1935)。格拉斯哥这一阶段的作品在评论界享有盛名,也是她本人所最喜欢的,声称它们"不仅仅是我自己最好的作品,也是美国小说史上比较杰出的几部"[3]。在此之后,格拉斯哥在1941年出版最后一部小说《我们这一生》(*In This Our Life*),用普利策文学奖给自己的创作生涯画上了一个完美的句号。

格拉斯哥最优秀的作品《不毛之地》最明显的主题是对于女性命运的关注。在其中,格拉斯哥颠覆了南方文学中描写"被毁"女性命运的传统,刻画了一个令人惊讶的成功女农民形象。小说讲述了女主人公多琳达·奥克利从1894年到1924年三十年间的经历。她是弗吉尼亚州一个贫苦农民的女儿,20岁来到内森·裴德拉家的商店工作,爱上当地乡村医生的儿子贾森·格雷洛克,忘记了帮父亲重整旗鼓、大力发展农庄的初衷。正当她要与贾森·格雷洛克成婚时,贾森却迫于母亲的压力另娶他人。多琳达深受打

---

[1] Dorothy M. Scura,ed. *Ellen Glasgow:the Contemporary Reviews*. Cambrdige:Cambridge UP,1992,p. xxv. 对于作品中奥利弗这一观点的进一步分析,可参见 Paul Christian Jones,"Burning Mrs. Southworth:True Womanhood and the Intertext of Ellen Glasgow's *Virginia*." *The Southern Literary Journal* 37.1 (2004):25—40.

[2] Elizabeth Ammons,"Rev. of *Ellen Glasgow:Beyond Convention*,by Linda W. Wagner." *Studies in American Fiction* 12.1 (1984):116.

[3] Ellen Glasgow,*The Woman Within*. New York:Harcourt,Brace,1954,p. 270.

击,同时发现自己已经怀有身孕,只能黯然孤身前往纽约打工,却在一场事故中不幸流产。屡遭不幸的多琳达没有自暴自弃,也没有依靠男性维持生计,而是拒绝了诸多爱慕者的追求,坚决追求独立。父亲过世后,她返回破败不堪的家庭农庄,利用自己在城市中学习的农业科学知识、先进技术和种植方法,逐渐将"不毛之地"变成了沃土良田,并创建了利润丰厚的奶牛场。在多琳达的操持下,农场呈现出枯木逢春的复兴景象,变成了带有《圣经》隐喻色彩的"流奶与蜜之地"。与农业上的成功相比,多琳达的生活依然坎坷不断。哥哥鲁弗斯被怀疑犯有命案,母亲得知后卧床不起,多琳达只得依赖黑人劳工维持家庭农场。母亲去世后,她与内森·裴德拉结婚。后来丈夫也撒手人寰,她怀着极度的宽容和仁爱之心收留了已经变得一贫如洗的初恋贾森·格雷洛克,直至他死去。多琳达这个依靠北方农业技术获得成功的南方女性形象,既像英国的男性前辈托马斯·哈代《德伯家的苔丝》(*Tess of the D'Urbervilles*,1891)中的苔丝,又酷似美国同侪薇拉·凯瑟所著《啊,拓荒者!》(*O, Pioneers!*,1913)中的亚历珊德拉和《我的安东妮亚》(*My Antonia*,1918)中的安东妮亚两个角色的杂糅,体现了欧美社会从农业经济到工业经济的转变过程中女性的悲惨命运,以及"新女性"积极适应新农业经济而进行的积极抗争,是美国农业叙事中令人难忘的一个角色。

女性的独立精神是《不毛之地》的角色刻画中最引人注目的亮点。在小说中,传统的性别政治造成了多琳达的悲剧。贾森·格雷洛克的母亲虽然身为女性,却毫无女性群体的意识,对多琳达没有任何同情。"母亲"这个身份没有使她对女性的苦难境遇有所体认和共情,而成为胁迫儿子实现自身意愿的权力。她完全不顾多琳达的怀孕状况,要求儿子选择富人家的女儿成婚。从本质上讲,这是一位中产阶级乡绅阶层的母亲阻止农民阶层的女性通过婚姻实现阶级爬升的越界意图,其考虑因素完全是阶级的而非性别的[1]。对于贾森的母亲来说,性别规范已经是内化了的安全行为指南,成为她换取安逸生活的衡量标准,而她作为既得利益者也积极地维护着这一体系。正如评论家所言,她"接受了那些限制……依赖的不是自己的心智及道德力量,而是更原始的本能"[2]。从这个意义上来讲,多琳达的流产有着超越个体苦难的意义:这不仅代表了她浪漫情怀的死亡[3],更是对于传统"母

---

[1] 参见 T. A. Kennedy,"The Secret Properties of Southern Regionalism: Gender and Agrarianism in Glasgow's *Barren Ground*." *The Southern Literary Journal* 38.2 (2006):50.

[2] Lisa Hollibaugh,"'The Civilized Uses of Irony': Darwinism, Calvinism, and Motherhood in Ellen Glasgow's *Barren Ground*." *Mississippi Quarterly* 59.1—2 (2005):34.

[3] Linda Kornasky,"Ellen Glasgow's Disability." *The Mississippi Quarterly* 49.2 (1996):281.

亲"身份的逃逸和拒绝。恰恰是这个身份建构的失败为多琳达打开了通向自我独立的新生活之门,最终在农场上实现了自己作为劳动者而不是"女人"的个体价值。如格拉斯哥的同辈人卡尔·范多伦所言,"多琳达像塔一样屹立在女性人物当中,像英雄一样取得了成功。尽管她具有女性特质,但她是自己农场的丈夫,在农场上创造性地劳动,熟悉农场,并珍惜农场,最终农场以她所期盼的丰收相回应"[1]。这种雌雄同体式的成功被认为是女性所能达到的最好方式。

格拉斯哥从1923年开始创作《不毛之地》,历时两年完成,这期间正值美国的文化和政治受到本土主义和优生学冲击。其影响的显著标志便是美国通过了国家出生地法案、禁止种族通婚的《种族完整性法案》(Racial Integrity Act)等,严重伤害了南方居民以及东欧和亚洲移民的利益。弗吉尼亚州成立了美国盎格鲁-撒克逊俱乐部,在里士满市两家有影响的报纸《时讯报》(Times Dispatch)和《新闻领导者》(News Leader)的支持下,鼓吹"强化盎格鲁-撒克逊本能、传统和原则",并以此为基础"解决我们普遍存在的种族问题,尤其是黑人问题"[2]。《不毛之地》中对于黑人的描写显示格拉斯哥也受到这类种族话语的影响。在小说中,正是建基于黑人劳工为基础的生产制度铸就了多琳达农场的兴旺,使她摆脱了贫穷的农民阶层,最终跻身于现代南方白人资产阶级之中。这种成功从精神内核看有别于南方传统的种植园经济,但在经济关系层面却又是殊途同归。

小说的第三个核心主题是宗教与进化论思想的交锋,并提供了超越加尔文宗教思想和达尔文进化论思想的女性主义模式。进化论的影响在格拉斯哥的早期小说中痕迹明显,其中的男性人物均是环境的产物,其成败由强大的外界力量所决定。在《不毛之地》中,进化论视域中的女性人物柔弱无助,不符合"适者生存"原则,因而被归为"低劣"的范畴。宗教则成为这类女性的救赎希望,在小说中以多琳达的母亲为代表。多琳达的母亲在经历情感挫折后,与贫穷的白人结婚,在生活的重压下逃无可逃,只有将宗教信仰作为自己的感情寄托,成为加尔文教的忠实信徒。而宗教狂热使她产生幻觉,她会梦到死去的孩子。多琳达母亲的这一行为与多琳达的流产相互呼应,亡故孩子的意象既体现了失败的"母亲"身份给女性造成的创伤,也暗示了决定女性生存成败的关键是自身的能动性和意愿。多琳达原先也无意反

---

[1] 引自Miller, Shawn E. "Desire and Materiality in Ellen Glasgow's *Barren Ground*." *The Mississippi Quarterly* 63.1—2 (2010):80.

[2] Matthew Lessig, "Mongrel Virginia: Ellen Glasgow's *Barren Ground* and the Curse of Tenancy," *Mississippi Quarterly* 64.1—2 (2011):238.

抗命运的摆布,尤其是流产的打击更让她接受加尔文派的命定论。然而,她逐渐挣脱了达尔文主义和加尔文主义的禁锢,最终战胜了环境,以胜利者的姿态定义了女性生活。正如评论家所言,《不毛之地》通过呈现多琳达的怀孕、结婚与奋斗,格拉斯哥"为各种形式的命定论——无论是科学的、宗教的,甚至是文学的,它们都控制着女性书写——提供了女权主义的反拨"[1]。

《不毛之地》的主题在格拉斯哥第三阶段的其他杰作中几乎得到了完美复制,尤以姊妹篇《铁脉》为甚。《铁脉》以史诗般的笔触刻画了一个弗吉尼亚家庭秉承坚强意志渡过种种难关,最终拥抱新生活的故事。女主人公埃达·芬卡斯尔自小就意识到贫困家境对个体生活的影响,学会了接受生活中的各种"替代"。小说中的一个核心隐喻便是父亲给她买的圣诞礼物,用一个便宜的玩偶代替了她真正想要的那一款。自此替代成为生活的常态,也教会了埃达以豁达坚韧的心态去接受,而非失望颓废乃至放弃。这一经历成为埃达日后情感生活的缩影。她青梅竹马的恋人拉尔夫在一次拌嘴后被她的朋友珍妮特设计单独共处一晚,在当时社会规范的逼迫下不得不成婚。后来拉尔夫参加第一次世界大战,回来度假时和埃达旧情复燃。拉尔夫离开后,埃达却因为未婚先孕而承担着社会压力。战后,负伤的拉尔夫意志消沉,又碰上经济大萧条,日子颇为艰难。但埃达依然坦然面对生活,带着拉尔夫一起回到了故乡艾恩赛德镇。这部小说同样有着进化论的影子,传达了只有意志坚强的人才能成为生活胜利者的主题。这种坚强的意志并非埃达的个人特征,而是来自先辈的传承:"面对挫折时,埃达总有一种朦胧却真切的感觉,她身后站着一代代逝去的先人,她们从过去走来,把坚忍不拔带给了她,向困境中的她伸出手来。"[2]祖母和母亲给埃达提供的精神支持彰显了小说题名"铁脉"的含义,在男权社会中建构了一个鲜明的女性文化传统,具有激进的性别政治意义。但同时,对于品格继承的强调多少也带有美德属于生理遗传的种族话语色彩。

格拉斯哥最后一部作品《我们这一生》是有关弗吉尼亚州一个贵族家庭中情感纠葛的风尚小说,笔触沉郁阴暗。小说从家庭叙事的角度呈现了南方人对于亲缘、情感和责任的代际差异,以及对于种族主义的不同看法。小说的主人公阿萨·廷伯莱克是一位秉承骑士精神的旧式南方贵族,出于责任一直留在患有疑病的妻子身旁,维持着一个毫无爱意的"体面"婚姻。他的两个女儿罗伊和斯坦利——正如她们都采用了不同寻常的男性名称——

---

[1] Lisa Hollibaugh,"'The Civilized Uses of Irony': Darwinism, Calvinism, and Motherhood in Ellen Glasgow's *Barren Ground*." *Mississippi Quarterly* 59.1—2 (2005):34.

[2] Ellen Glasgow, *Vein of Iron*. New York: Harcourt, Brace, 1935, p.461.

却非常反叛,寻求着追求个体自由的现代生活。极端的个人主义动摇了传统价值体系,同时也给周围的人造成了巨大的心理创伤。斯坦利引诱姐夫彼得并与之私奔,让姐姐和自己的未婚夫弗莱明几乎抑郁。在彼得自杀后,斯坦利又回来意图夺回已对罗伊产生好感的弗莱明。要求得不到满足后,她醉酒驾驶撞死了人,便企图栽赃给黑人帕里。小说标题点出了个人主义这个"现代化"文化内在的毁灭性:标题来自英国小说家兼诗人乔治·梅瑞狄斯的十四行诗《现代爱情》("Modern Love"):"啊,灵魂得到的答案尘土飞扬／当我们这一生只愿踏进确定无疑的方向!"格拉斯哥借助这句诗表现了对功利的现代生活的批判。小说发表后引起了很大反响,被改编成电影《姐妹情仇》搬上了银幕。

舍伍德·安德森(Sherwood Anderson,1876—1941)曾评价道,"在当今的美国文学创作中,真正重要的作品在质量上难免粗糙"。但在当时的评论家看来,格拉斯哥绝对是个例外,她的作品与伊迪丝·华顿(Edith Wharton,1862—1937)和薇拉·凯瑟(Willa Cather,1873—1947)的作品一道颠覆了安德森的断言[1]。她是一位构思精巧的小说家,也是一位视野宏大的史官,描绘了从南北战争到第二次世界大战这段美国历史上最为特殊的历史转型期的南方在风景、经济和文化层面的剧变,并凭借这份伟大的贡献将自己的名字写进了美国文学史。

凯瑟琳·安·波特(Katherine Anne Porter,1890—1980)

作为美国南方文学传统的一部分,20世纪的南方女性书写往往也会涉及怀旧、历史、现代性创伤等主题,于是不可避免地被笼罩在威廉·福克纳(William Faulkner,1897—1962)这位南方文学代言人的阴影之下。其中,凯瑟琳·安·波特的创作被认为最接近福克纳的"奇异张力和男性力量"[2]。波特的作品以丰富的结构和复杂的人物描写取胜,再现了社会转型期中的南方文化,集中描写了南方社会在拥抱现代性的过程中所经历的社会剧变和心灵剧痛。同时,身为女性作家的波特虽然不是激进的女权主义者,但作品常常以探索女性生活中的各种矛盾为主要内容。地域性和性别

---

[1] William R. Parker,"Ellen Glasgow:A Gentle Rebel." *The English Journal* 20.3 (1931):187.

[2] Leslie Fiedler,*Love and Death in the American Novel*. New York:Anchor Books,1992,pp. 475—76.

成为波特创作中的两个显著主题,因而评论家总结道:"20世纪美国文坛上女性乡土文学传统最出色的继承者是薇拉·凯瑟、凯瑟琳·安·波特和尤多拉·韦尔蒂。"①

波特生于得克萨斯州,闺名叫考利·波特,凯瑟琳·安·波特是她成为作家后所改的名字。波特的童年持续地处于丧失亲人的情感创伤之中:她不到两岁时丧母,父亲没有尽到抚养义务;11岁那年,悉心照顾她的外祖母也撒手人寰。这一经历给波特的情感生活造成了极大影响,使她严重缺乏安全感,很难持续处于一段稳定的关系之中,同时也造就了一个智性上不断逃脱束缚、永远追求自由的知识分子。出于对家庭的渴望,波特在16岁便结了婚,却在婚后很快发现自己并不适合普通家庭生活的琐碎日常及其对一个妻子的性别期待,最终于1914年主动起诉离婚。此后她的情感生活一直坎坷不顺,四次婚姻都无果而终。

离婚后的波特发现了自己的创作才能。她1916年成为《达拉斯报纸》(*Dallas Newspaper*)的记者,之后一直从事记者的职业。1918年到1924年这段时间,波特主要驻扎在墨西哥,关注并深度参与了当地的政治活动,以致在1921年被视为"外国激进分子"而遭到驱逐。墨西哥的古老文化与现代革命激发了波特的想象力,促使她走上了文学创作的道路。波特选择短篇小说作为自己主攻的体裁,1922年在文学名刊《世纪》(*Century*)上发表以墨西哥村庄为语境的处女作《玛丽亚·康塞普西翁》("María Concepción")。此后她围绕墨西哥革命相继创作了《烈士》("Martyr",1923)、《绽放的紫荆》("The Flowering Judas",1929)等作品。《绽放的紫荆》以墨西哥革命分子的欲望和背叛为主题,正式奠定了波特在美国文坛的名声。进入1930年后,波特在创作中凸显个人因素,在《灰色骑士灰色马》(*Pale Horse, Pale Rider*,1939)里的多部短篇中塑造了"米兰达"这个自我镜像,这也是她笔下理想的南方新女性形象。在这些故事中,波特巧妙地结合对人性的深入思考与个人经历,"知道如何把握好强烈情感,如何使机智观察和哀婉倾诉和谐共处"②。波特的短篇小说创作达到了很高的艺术成就,也赢得了评论界和读者的一致认可:1965年出版的短篇集(*Collected Stories*)相继荣获美国国家图书奖和普利策奖等重量级奖项。她凭借自身的文学成就获美国艺术与文学学会的小说金奖,并当选美国文学学院

---

① Peter Schmidt, *The Heart of the Story: Eudora Welty's Short Fiction*. Jackson: UP of Mississippi, 1991, p.229.

② Cleanth Brooks, "Katherine Anne Porter, RIP." *National Review* 31 (October 1980): 1312.

(American Academy of Letters)院士。

波特的短篇多以女性生活为主题,反映出她对女性生存空间的思考。南方文化将女性身体客体化和浪漫化,而波特通过对女性世界的探微"致力于背离这些文化期待并超越旧秩序中性别操演方式"①。她所描绘的女性角色涵盖了从少女到老年女性的各个年龄段,传神地刻画了不同女性的生存境遇和心理活动。

选入《波特未收录作品集》(The Uncollected Early Prose)中的短篇《公主》("The Princess")以童话的体裁揭示了性别政治对于少女的规训。小说描绘了一个致力于将女性身体变成生育机器的王国。在王国中,女孩一到 15 岁就需要放弃童贞;除了孩子和不到生育年龄的女性外,其他人一概不穿衣服。而王国的公主是个异类:她拒绝结婚,想尽办法用各种衣饰保护自己不暴露身体。公主到了 18 岁依然保持童贞,为避免自己被未婚夫触摸,她戴上手套,佩戴上带刺的珠宝。忍无可忍的王国惩罚她和未婚夫溺死,她在逃跑途中因为拒绝脱下沉重的衣饰而溺亡。未婚夫后来成了诗人,书写关于公主的诗歌,使她的事迹成为后人津津乐道的传说。具有反讽意义的是,小说中规定女性必须结婚生子的并非是公主的父母,而是一个名叫海伊的老处女神职人员。恰恰是女性致力于宣扬"女性特质",完成了对自身最完全的压迫和剥削。在一个强迫女性遵从女性特质的社会中,只有男性才能拥有言说的权力;女性被剥夺了文化意义而还原成为纯粹的生理功能,意图通过文化符号(语言、衣饰)为自己建构身份则会受到男权社会的追杀。

波特发表的首部短篇小说《玛丽亚·康塞普西翁》("María Concepción")则探讨了群体中的流言对于女性身份建构的决定性作用。故事以一个墨西哥村落为背景,刻画了女主人公玛丽亚·康塞普西翁的人生悲剧。身怀六甲的她是一位典型的贤妻良母,符合虔诚、贞洁、温顺、持家的所有标准。但她并没能拴住丈夫胡安的心,胡安与同村的女孩罗莎私奔,深受打击的康塞普西翁不幸流产,失去了当母亲的权利。后来,胡安和罗莎抱着私生子重新回到了村里,让康塞普西翁的母职身份以一种狂热而疯狂的方式被招魂:她杀死了罗莎,并夺走了她的婴儿。看似刚烈决绝的康塞普西翁其实是群体话语的牺牲品,她的身份完全是流言建构的结果②。她的基

---

① Jordan R. Cofer, "Desire, Violence, and Divinity in Modern Southern Fiction: Katherine Anne Porter, Flannery O'connor, Cormac Mccarthy, Walker Percy." *Southern Quarterly* 46.1 (2008):178.

② William Nance, *Katherine Anne Porter and the Art of Rejection*. Chapel Hill: U of North Carolina P,1964, p.15. 有关波特作品中的流言主题曾以期刊论文的形式发表,参见周铭:《流言的政治功能——波特的"故事"与"诗"》,载《外国文学评论》2011 年第 2 期。

督徒身份便是群体闲聊确认的结果：村民都说她是一个具有"好名声"的"好基督徒"，在夸赞的同时也将她塑造成为本土文化的对立面。这便是为何当她被丈夫背叛后，村里毫无"丑闻"的原因。在康赛普西翁犯了杀人罪后，村妇们出于对母职的捍卫和对本村人的保护，一致帮她撒谎脱罪："如果没有人认为她犯了罪，你怎么能定她的罪呢？"[1]玛丽亚深陷于群体流言之中，命运和身份都被他人的言说所编织，没有任何的自我主体性。在故事结尾，康塞普西翁抱着罗莎的孩子端坐在一群闲聊的村妇之中。这一幕看似有喜剧色彩，回归了传统童话情节的幸福结尾，但其中却透露出强烈的不安情绪。康赛普西翁并没有如评论家所认为的那样与"古老的生命原始活力相融合"[2]，她与村里妇女们的和解不过是暂时的。从性别政治上讲，她抱着孩子的样子实践了母职，所以得到那些女性的宽恕；但从文化政治上讲，她的形象明显不过地戏仿了天主教中圣母怀抱幼年耶稣的场景，这在未来势必会引发她与村里女性的新冲突，生成新的流言故事。故事中的她自始至终都是沉默的，所执意夺回的只是母亲角色，与其说彰显了她对身份的追求，不如说彰显了她个体身份的缺失。

短篇《遭弃的韦瑟罗尔奶奶》（"The Jilting of Granny Weatherall"）则讲述了老年女性埃伦的坎坷和孤独。她年轻时爱上男子乔治，却在婚礼上被残忍抛弃，这成为她一生中难以愈合的创伤。丈夫约翰给予的陪伴也随着他的过世而消失，身边的孩子并不能理解她的内心感受。临终前，她依然对乔治怀有无可名状的复杂情感，既无法企及又无法放弃。最终，奶奶未能等到最喜爱的孩子哈浦西，未能见到上帝来访的征兆，在孤独中离开人世。小说揭示出埃伦与家人之间的隔阂以及她的内心孤独。如批评家所言，韦瑟罗尔奶奶"与一个不在场的男性上帝徒劳地竞争"，却没有意识到女儿哈浦西正是上帝向她发出的拯救信号，原因是"她的天主教信仰使她期待完全不同的结果"[3]。但是，小说中的哈浦西替代乔治成为埃伦的等待对象这一细节也赋予了小说以女性主义内涵。女性主义评论家相信，临终时的埃伦"认定了自己的选择，尤其是认可哈浦西在她生与死中的重要性"，从而解构了将女性欲望和幸福归因于她们与男性之关系的异性恋浪漫爱情神话[4]。

---

[1] Katherine Anne Porter, *The Collected Stories of Katherine Anne Porter*. San Diego: Harcourt Brace Jovanovich, 1979, p. 19.

[2] Mary Titus, *The Ambivalent Art of Katherine Anne Porter*. Athens: The U of Georgia P, 2005, p. 46.

[3] Barbara Laman, "Porter's The Jilting of Granny Weatherall." *Explicator* 48.4 (1990): 281.

[4] Roseanne Hoefel, "The Jilting of Hetero Sexist Criticism: Porter's Ellen Weatherall & Hapsy." *Studies in Short Fiction* 28.1 (1991): 18.

而且,她在文中具有自己的名字,说明她在家庭之外建构了个体身份:她不仅是男权家庭中的"妈妈"和"奶奶",更是具有自身欲望和追求的"埃伦"。从这一意义上讲,韦瑟罗尔奶奶并不完全是父权文化的牺牲品,也是男权文化传统中沉默的颠覆者。

就地域性而言,波特的作品存在两个鲜明的空间背景,即墨西哥和美国南方。在墨西哥小说中,波特刻画了这片古老土地的风俗人情和思想交锋,并从亲历者和旁观者的双重角度呈现了墨西哥革命的局限性,以及女主人公在异域社会革命中的身份建构。在南方小说中,波特描绘了南方的骑士文化传统所铸就的心理状态和道德背负。

波特的墨西哥短篇小说以《绽放的紫荆》为代表。该故事以女主人公劳拉的成长经历为主线,再现了波特对墨西哥革命的幻灭感。据说波特在1929年12月的一个晚上完成了该短篇的创作,连夜寄给文学杂志《猎犬与号角》(Hound and Horn)。小说讲述了美国女青年对墨西哥革命的认识。主人公劳拉离开美国到墨西哥参加革命运动,受到革命分子领导人布拉格奥尼的追求。布拉格奥尼不像人们想象的那样有革命理想,而是道德水准低下的庸俗之徒。他只希望从革命中获取个人利益,并试图诱惑年轻漂亮的劳拉做情妇。出于礼貌,劳拉没有直接拒绝他的追求,但内心充满矛盾。一方面,她对墨西哥革命怀有极大的热情,但另一方面,女性的虚荣心又使她难以拒绝腐败革命分子的诱惑。她在与布拉格奥尼的交往中,发现他有强烈的权力欲,其他追求者也同样让她感到失望。小说出版后大获好评,评论界对其叙述方式和人物心理描写以及象征主义手法和考究的语言多有关注。小说中,紫荆花是突出的象征,代表信仰的丧失。这具体表现在两个层面。第一,劳拉对墨西哥革命的幻灭感:所谓的革命领导人以及那些追随者并不是真正的革命者;他们失去了理想和信念,转而专注于满足个人欲望。第二,那些墨西哥革命分子丧失了最初的理想,背叛了革命的初衷,正如犹大背叛耶稣一样。

波特对于"南方性"的理解颇具福克纳的阴郁视野,笔下的南方充满了道德的桎梏、扭曲和撕裂。以得克萨斯为背景的《午酒》("Noon Wine",1937)是体现这一地域特征的代表作,再现了农民的悲惨生活条件及主人公的心理冲突。主人公汤普森家境窘迫,妻子患重病,生活非常拮据。瑞典移民赫尔顿的出现使汤普森一家看到了希望——勤奋踏实的赫尔顿很快让农场有了起色。然而好景不长,陌生人哈奇来到了村庄,声称赫尔顿是在家乡杀害哥哥、被捕后从疯人院逃离的囚犯,亟须被捕归案。汤普森与哈奇发生争执,在争执中用斧头砍死了哈奇。之后汤普森饱受良心谴责,试图说服自己是为了保护赫尔顿不受伤害才出手杀人,却始终无法解释自己为何第一眼看见哈奇就动了杀心。他内心非常矛盾,于是设法让妻子撒谎,自我欺骗没有杀害哈奇。在试图说服邻居无效后,他以自杀的方式结束了自我折磨。小说对汤普森的矛盾心理做了深入细致的描写。他对幸福生活的留恋导致他无法接受赫尔顿是杀人犯这一事实,因而企图通过杀死哈奇来维持目前享受的幸福生活状态。引起争执的赫尔顿也是一位有心灵创伤的畸零人。他流浪来到农场之后就没有说过话,一有闲暇便用口琴吹奏同一首歌。原来,他之所以离开家乡是为了寻找梦想中的自由。哥哥损坏了他的口琴,却拒绝赔偿。口琴是象征赫尔顿幸福的物品,这与汤普森誓死要维护赫尔顿的原因类似。汤普森与赫尔顿可谓一对孤独的畸零人,他们没有亲人与之交流,只是分别借助琴声或繁荣的奶牛场生产场景,享受片刻可以确认的幸福感。他们对生活的希望全部寄托在看似微小却意义重大的物品上,正是在这一意义上激发了普通读者的共情感。赫尔顿的哥哥对口琴的象征含义一无所知,象征着他对弟弟的亲情缺失。哈奇看似是正义伸张者,但他并不了解汤普森经历的苦痛,不知道他只能通过奶牛场的兴旺来维系其男子汉的尊严。他相当于亲手毁灭了赫尔顿和汤普森所极力抓住的幸福感。小说中,三个男性人物的死亡彰显了作者对缺乏亲情的个体的同情,并质疑了只讲理性却不近人情的狭隘正义观。

波特获得评价最高的短篇作品是"米兰达"系列,通过刻画米兰达这位波特自身镜像角色表达了对于社会文化、性别政治和人生意义的思考。《斯人已去》("Old Mortality")和《灰色骑士灰色马》是这一系列中最具盛名的代表作。

《斯人已去》通过回忆的手法再现了主人公米兰达的童年和青年时代,涵盖米兰达一生中的 27 年。米兰达借助表亲伊娃的眼光,重新审视了自我对家人的认识。米兰达记忆中的伊娃是一个没有任何吸引力却又愤世嫉俗的老处女,然而她返回家乡参加舅舅的葬礼时认识到了一个完全不一样的伊娃:面对这个活跃、智慧却又言语犀利的"新女性",米兰达开始理解她对于沉湎在南方传统的家庭的仇视。小说由三个时间段构成:1885—1902 年、1904 年和 1912 年。第一部分以儿童玛丽亚和米兰达眼中的艾米姑妈照片为引子。艾米姑妈"属于诗歌时代",姑父加布里埃尔性格温顺,夫妇俩成为骑士淑女神话的代言人。家族故事对女孩们有着极强的感染力,甚而塑造了她们的性格。但实际上,艾米姑妈的行为非常离经叛道。她有病在身却执意参加狂欢舞会,不久便因为大出血去世。加布里埃尔之后因为未能继承祖父遗产而穷困潦倒,并没有什么骑士风采。他再婚后依然生活在神话里,将怀旧情绪幻化成对艾米的思念,在艾米的墓碑上镌刻情话,固化了有关自我的传说。第二部分刻画了米兰达的独立追求。她发现自己不可能成为艾米姑妈那样的美人,于是立志成为赛马手。她与玛丽亚参加赛马活动时偶遇醉醺醺的加布里埃尔。加布里埃尔请她们押注艾米之前骑过的赛马,结果这匹马大出血。这与艾米的大出血构成了明显的隐喻关系。艾米敢于挑战美国南方淑女的规范和束缚,离经叛道地衣着出格并热衷赛马,结果受到丈夫、哥哥、族长等父权文化代表的严厉镇压。她的大出血象征着她反叛社会规范所付出的惨痛代价。与艾米形成鲜明对比的是加布里埃尔的第二任妻子霍尼小姐:她的生活像是死水一潭,唯一的兴趣就是照顾自己的儿子;但这样却得不到丈夫的欢心。男性一方面希望女性恪守传统,另一方面又认为传统女性不够"迷人",这种双重标准引起了米兰达的思考。第三部分便是米兰达逐渐走向成熟的过程。米兰达在火车上偶遇表亲伊娃,交谈中得以认识家庭成员之间的关系。伊娃相貌平平,在家庭中多受冷落,所以成年后积极参与女权运动,对家庭神话进行无情的解构和批判。从伊娃对艾米姑妈的评价来看,她在同情之外,还有作为女权主义者不应采取的态度:她将艾米姑妈视为茶余饭后的谈资,恶意猜度她的人生。这表明她"仍未完全摆脱女性美丽的神话,不能理解背后的原因。伊娃憎恨的其实就是南方淑女形象,是一个近乎不可能的标准,她不得不用这个标准衡量自己"[1]。在这一神话中,男性也成了受害者,不得不按照社会期待规范自己的言行,最终就如加布里埃尔那样面对遥不可及的理想而陷入绝望。幸运的是,米兰达最终在人生理解层面达到了更高的境界。她虽然无法改变家族的过去,但艾米姑妈的命运使她更清楚地意识到女性独立与群体关系之间的辩证关系。

《灰色骑士灰色马》的书名取自《圣经》,凸显了小说中的死亡意象。在启示录中有四位骑士:骑着白马的征服者,骑着红马的战争,骑着黑马的饥荒,骑着灰马的死亡。这部短篇集便借助这个骑士意象,以现代主义写作手法描绘了20世纪初美国社会中的异化和死亡。小说以1918年流感爆发为背景,讲述了女记者米兰达与士兵亚当的故事。小说中,米兰达患流感康复后发现亚当因为照顾她而染病去世。小说故事发生在科罗拉多州的丹佛,取材自波特的亲身经历。波特曾在丹佛生活过一段时间,当时她患流感时正在为一家报纸写文章。波特生病后高烧不退,医生已不抱希望,家人也准备处理后事,但后来竟然奇迹般地恢复健康。在她患病期间,她结识了士兵

---

[1] Harold Bloom, *Bloom's Major Short Story Writers*. Broomall, PA: Chelsea, 2001, p. 47.

亚历山大·巴克利,后者照顾她多日后返回部队,结果患病死亡。波特1963年接受采访时谈及这段经历以及自身与米兰达的联系:

> 我花了很长时间才走出去,融入社会。我的确是"隔离的",真正意义上的隔离。我认为,正是因为我的确经历了死亡,才知道什么是死亡。我经历了基督徒所谓的"极乐",希腊人所谓的"幸福之日",这些就是死亡前的美好时刻。假如你有了这种经历,而且挺过来了,从死亡线上重生,便不再像普通人那样……①

这个短篇发表后得到了很高的评价,波特也被视为美国最伟大的作家之一,成为霍桑、福楼拜、亨利·詹姆斯等伟大作家群中的一员②。

纵观波特的整个短篇小说创作,可以发现主题各不相同的多个故事其实是一个内在整体,具有"神话—献祭—挽歌"这个潜在的深层结构③。波特的很多故事呈现了一个或隐或显的意识形态系统,通过一套固定的文化控制系统来规范个体的行为。这在波特的战争叙事中表现为美国政府刻意营造的民主神话或墨西哥领导人炮制的革命话语,如《灰色骑士灰色马》中有关战争的宣传、《绽放的紫荆》中布拉格奥尼对追随者的鼓动;在南方叙事中表现为强调财富地位、母慈子孝和浪漫爱情的"体面家庭"的神话,如《他》("He")中对经济贫穷和情感冷漠的掩盖,《斯人已去》中对无爱婚姻的浪漫化;在性别叙事中表现为对女性"道德天性"的颂扬,以便将女性规范成为沉默顺从的象征符号,如《处女维勒塔》("Virgin Violeta")中对"乖女孩"的教育。在意识形态系统中,个体必须在体系中找到自己的合适位置,若有反叛行为就会被视为异质个体而驱逐出社会生活,成为文化的献祭。这些形象包括《玛丽亚·康塞普西翁》中的第三者罗莎、《他》中的弱智儿"他"、《午酒》中少言寡语的赫尔顿、《斯人已去》中行为叛逆的姑妈伊娃等。值得肯定的是,波特笔下存在一个冷眼旁观的角色,对于强制性的神话体系表示拒绝,对被压迫和牺牲的个体表示理解和同情。这样的角色往往是一位女性知识分子,应该是波特本人的镜像,在"米兰达"这一角色身上体现得最为明显。

---

① 引自 Harold Bloom, *Bloom's Major Short Story Writers*. Broomall, PA: Chelsea, 2001, p.64.

② Lewis Gannett, "Books and Things." *New York Herald Tribune* 30 (1939): 23; Paul Rosenfeld, "An Artist in Fiction." *Saturday Review of Literature* 19 (1939): 7.

③ 这一主题曾以期刊论文的形式发表,参见周铭:《神话·献祭·挽歌:试论波特创作的深层结构》,载《外国文学评论》2009年第2期。

她像一位流浪在所有意识形态体系之外的吟游者,为那些无辜的牺牲者们唱着悲悯的挽歌。

波特在创作生涯中只发表了一部长篇小说,即《愚人船》(*Ship of Fools*)。这部小说始创于1931年,但1962年才得以完成。《愚人船》是一则明显的社会寓言,源自柏拉图的《理想国》第六部分,讲的是船员失去信仰后船会出现怎样的情况。因而在西方文学传统中,行驶的船往往被视为国家的隐喻[①]。《愚人船》的故事背景是1931年,正值反犹主义和纳粹主义肆虐欧洲的时期,通过对人性之恶的刻画探讨了民族主义、文化和族裔自豪感、人性的脆弱等主题。在小说中,一艘名为"真理号"的游轮驶向德国,乘客当中有西班牙贵族妇女、醉醺醺的德国律师、离婚的美国妇女和一对墨西哥天主教神父。船长是一个虚伪的独裁者,作品通过对其肥胖、饕餮、酗酒等肉欲形象的刻画,表现了对德国沙文主义和种族主义的讽刺和批判[②]。在波特本人看来,《愚人船》超越了国家政治的范畴,而"是一个善良的、那些不会伤害他人的人与罪恶相互勾结的故事"[③],有着普世的寓意。这条船是整个现代世界的缩影,为了欲望和妄想而做出种种荒唐事的旅客用崇高却空泛的辞藻标榜自己,在上帝眼里却不过是愚昧可笑的表演。但小说并非简单地描写好人犯错的平庸主题,而是呈现了日趋分裂的现代人类社会所内蕴的"巨大而可怕的缺陷的逻辑",剖析了"人类本性中的矛盾性"[④]。这部小说的创作技巧广受赞誉,波特曾将这本小说解释成"轮船的向前航行,波浪的起伏,旅客在甲板上四处的走动,这些都融入了书的结构中。小说就是按这些方式发展的"[⑤]。

作为福克纳的女性同侪,波特以冷峻的眼光观察美国南方的日常生活,聚焦于南方父权文化对人性的束缚和压抑,用饱含同情心的笔触呈现了南方女性的身份建构。作为一个激进的"新女性"和知识分子,波特表现出对于任何特定话语体系的警惕和怀疑,意图透过纷繁的表象去把握生命的本真,在各类"故事"中孜孜追求"诗"的存在。如她自己所言,艺术家是一个

[①] Tracy B. Strong, "'Follow Your Leader': Melville's *Benito Cereno* and the Case of Two Ships," in *A Political Companion to Herman Melville*. Ed. Jason Frank. Lexington: The U of Kentucky P, 2013, pp. 281—82.

[②] 肖明文:《船长的餐桌与"亚瑟王的圆桌"——〈愚人船〉中的政治美食学》,载《国外文学》2019年第3期,第138页。

[③] George Hendrick, *Katherine Anne Porter*. Boston: Twayne, 1988, p. 100.

[④] 魏懿:《愚人背后的分裂——凯瑟琳·安·波特〈愚人船〉的主题解读》,载《南京师范大学文学院学报》2016年第1期,第100页。

[⑤] Darlene Harbour Unrue, *Understanding Katherine Anne Porter*. Columbia: U of South Carolina P, 1988, p. 124.

"追寻、发现和给予基于生活的新的表现方式"的人,以"客观"为美德,能够亲历生活却又保持一定程度的距离,做到在不受观点、理论、动机左右的情况下体悟生活[1]。波特在创作中完美实践了这一点,揭露了"扭曲现实的南方传奇、群体的虚幻梦境和普遍的浪漫情思",并因此受到她同时代作家尤多拉·韦尔蒂(Eudora Welty,1909—2001)的盛赞[2]。

玛格丽特·米切尔(Margaret Mitchell,1900—1949)

在美国文学史上,仅凭一部作品便传递了时代最强音并青史留名的作家并不多,写下《汤姆叔叔的小屋》(*Uncle Tom's Cabin*,1852)的哈丽雅特·比彻·斯托(Harriet Beecher Stowe,1811—1896)是一位,另外值得一提的便是十年磨一剑写下《飘》(*Gone with the Wind*,1926—1936)的玛格丽特·米切尔。她是美国文学史上现代主义向现实主义过渡时的重要作家,其作品《飘》出版后迅速成为畅销书,女主人公郝思嘉的毅力与勇气在美国大萧条时期和二战期间成为美国人的"生存模式",再次如《汤姆叔叔的小屋》那样缔造了文学影响社会的传奇[3]。

玛格丽特·米切尔的生活经历为她创作《飘》提供了灵感。她生于亚特兰大的一个爱尔兰天主教家庭。父亲是待遇丰厚的律师,祖上是当地第一家棉花经纪人。母亲祖上是家境贫寒的爱尔兰移民,但曾在亚特兰大以外的棉花种植园蓄过黑奴。母亲梅贝莉是知识分子,是当地为女性争取权利的领袖之一。米切尔从小便喜欢听祖母讲述美国内战和重建时代的故事,过往的历史为她渲染了一个鸟语花香的"旧南方"天堂。她在童年时期就显露出不俗的文学才能,经常自己编一些故事。在母亲的鼓励下,她写下了数百个故事和剧本。1918年是米切尔生命中极其重要的一个年份,这一年不仅标志着她在年龄上步入了成人的行列,还经历过极端的情感痛苦迫使她走向成熟:她因为战争失去了初恋克利福特·亨利少尉,还因为大流感失去了挚爱的母亲。米切尔从史密斯学院回到亚特兰大,帮助父亲经营家庭庄

---

[1] Katherine Anne Porter,*Letters of Katherine Anne Porter*. Ed. Isabel Bayley. New York: The Atlantic Monthly P,1990,p. 66.

[2] Eudora Welty,"The Eye of the Story," in *Katherine Anne Porter*. Ed. Harold Bloom. New York:Chelsea,1986,p. 47.

[3] Kathryn Stelmach Artuso,"Irish Maternalism and Motherland in *Gone With the Wind*." *Mississippi Quarterly* 65. 2 (2012):201.

园。1922年,她与贝里恩·金纳德·厄普肖相识成婚,但新婚燕尔不过半年,厄普肖便去往西部再无消息。被丈夫抛弃给米切尔带来了很大的打击,难言的痛苦和屈辱一直无法释怀,《飘》中便流露出这种爱而不得的忧伤情绪。

米切尔新婚后不久找到了一份符合她文学才能的工作,为《亚特兰大杂志·周日副刊》(Atlanta Journal Sunday magazine)撰写专栏文章。从1922年至1926年这四年间,米切尔大概共撰写了一百三十余篇文章,被收录在近来出版的《记者玛格丽特·米切尔》(Margaret Mitchell：Reporter, 2000)一书中。这些文章包括对美国第一位女参议员丽贝卡·拉蒂默·菲尔顿的采访、有关女性婚前工作的专题以及各个涉及时事的新闻、故事评论等。在这些评论中,值得一提的是米切尔对福克纳作品的分析。米切尔一直关注威廉·福克纳(William Faulkner,1897—1962)的创作[1],在评论中表达了自己对于美国南方文化和文学创作技巧的看法。她在评论《士兵的报酬》("Soldiers' Pay")时写道:"《士兵的报酬》当然有粗糙的地方,情节有很多漏洞,不过整体来看,故事很有趣。处理方式比较现代,人物描绘很生动,福克纳熟练地讲述人物同一时间的思想和他们完全不同的话语,强化了人物的生动性。……南部小镇的气氛……可能是全书的最佳内容。"[2]

1926年米切尔因为脚踝受伤暂时失去了行动能力,便回到与第二任丈夫约翰·罗伯特·马什曾经的住所休养了一段时间。正是在这个被她称为"垃圾场"的地方,米切尔花了十年的时间用打字机完成了小说《飘》的书稿。现在该寓所已经成为小说爱好者的朝拜场所,被看作亚特兰大的象征。1935年,麦克米伦杂志编辑发现了《飘》的书稿,一眼认定该书会畅销,次年便出版了这部小说。《飘》出版后获得了巨大的成功,不仅获得了普利策小说奖,还缔造了一个商业奇迹。小说问世第一年就售出一百万本,被译成25门语言;根据小说改编的电影《乱世佳人》更是借助好莱坞的力量将作品的声名推到了顶峰,90%的美国人称看过这部电影[3]。这样的成绩完全盖过了福克纳同年发表的《押沙龙,押沙龙!》(Absalom, Absalom!)。描写南北战争的《押沙龙,押沙龙!》现在被视为美国文学经典,但1935年出版后销

---

[1] Lauren S. Cardon, "'Good Breeding': Margaret Mitchell's Multi-Ethnic South." *Southern Quarterly* 44.4 (2007):64.

[2] 引自 Erik Bledsoe, "Margaret Mitchell's Review of 'Soldiers'Pay.'" *Mississippi Quarterly* 49.3 (1996):591.

[3] Geraldine Higgins, "Tara, the O'Haras, and the Irish Gone With the Wind." *Southern Cultures* (Spring 2011):31.

量惨淡,到福克纳1949年获诺贝尔文学奖这十四年内一共才销售了约七千册[1]。但商业上的成功并未为米切尔赢得她本应享有的声名,福克纳本人对于《飘》便持否定态度。在被问到是否读过《飘》时,他答复说:米切尔的小说"对于任何故事而言都太长了,没有哪个故事需要一千页来讲完"[2]。虽说福克纳的回应有可能掺杂了嫉妒的成分,但《飘》至今仍被多数人认为是通俗小说也的确说明了它经典化的不足。直至今日,学界对这部小说的研究仍聚焦于它的"文化文本性",而依然不承认小说本身具有文学价值,而这再次和《汤姆叔叔的小屋》的命运如出一辙[3]。

《飘》曾以自身的结语"明天是新的一天"("Tomorrow is Another Day")为书名,还尝试了"号角响彻云霄"("Bugles Sang True")、《命运无错》("Not in Our Stars")以及《肩负重任》("Tote the Weary Load")等其他题目,最后的书名出自欧内斯特·道森(Ernest Dowson,1867—1900)的诗歌《西纳拉!》("Non Sum Qualis Eram Bonae sub Regno Cynarae")的第三节:"西纳拉!我忘却了许多,西纳拉,都已随风飘逝/抛撒的玫瑰,人群中乱抛的玫瑰,/狂舞,为了把你苍白、失落的百合忘记。"这一书名隐含了女主人公对内战前的南方生活的怀念——小说中,郝思嘉想知道自己的种植园是否安在,还是已"随风而逝"——最好地凸显了整部小说的内涵与主旨[4]。小说以美国内战(1861—1865)和重建时代(1865—1877)的佐治亚州克莱顿县与亚特兰大为背景,通过女主人公的成长过程再现了奴隶制、非裔美国人、南方生活和种族问题等重要主题。

《飘》的女主人公郝思嘉出生在爱尔兰移民种植园主家庭,从小娇生惯养,成为南方上流社会的交际花。但她命运多舛,经历了美国历史上唯一的内战和最剧烈的社会文化改革,被迫改变了自己熟悉的生活方式,终而凭借顽强的勇气和意志克服了种种困难。小说由五部分构成。16岁的郝思嘉并不漂亮,但充满魅力。她得知自己所爱慕的阿什利·威尔克斯很快要与表妹梅拉妮·汉密尔顿结婚,痛苦之余向阿什利倾诉爱慕之情。阿什利虽然也表示喜欢她,但却以两人性格差异太大为由拒绝与她结婚。郝思嘉的反传统精神受到了白瑞德的称赞,但她对白瑞德却全无好感。当晚美国南

---

[1] 陶洁:《灯下西窗——美国文学和美国文化》。北京大学出版社,2004,第311页。

[2] Qtd. in Erik Bledsoe,"Margaret Mitchell's Review of 'Soldiers' Pay.'" *Mississippi Quarterly* 49.3 (1996):591.

[3] 对于《飘》作为通俗小说的研究综述,参见张玉霞:《美国通俗小说经典〈飘〉研究综论》,载《深圳大学学报(人文社会科学版)》2009年第5期。

[4] Kim O'Connell,"5 Favorite Civil War Novels." *America's Civil War* 27.5 (2014):62.

北战争爆发,男性公民需要去参战,阿什利应征入伍。郝思嘉为了报复他,主动勾引梅拉妮的哥哥查尔斯·汉密尔顿并火速结婚,但婚后不久便失去了丈夫。郝思嘉产下第一个孩子,年轻守寡的她不甘受传统束缚。第二部分描述了郝思嘉在亚特兰大居住期间的经历。她偶遇白瑞德,欣然接受了他的跳舞邀请。她离经叛道的行为受到了其他人的非议,但梅拉妮竭力为她辩护。第三部分描述了处于困境中的南方。邦联局势迅速恶化,1864年亚特兰大遭到包围,最后被邦联军队付之一炬。郝思嘉帮助梅拉妮产下男婴,之后发现形势不妙,求助白瑞德将她与亲人朋友一起带回塔拉种植园。途中,白瑞德离开郝思嘉参了军。郝思嘉回到种植园后,母亲很快病逝,全家的生活陷入极为艰难的境地。郝思嘉发誓要活下来,不再受饥饿之苦。战争结束后,阿什利饱受战争创伤的折磨,生活热情一度受损。第四部分,郝思嘉遭遇种植园高昂征税的困难,于是求助妹妹的未婚夫弗兰克·肯尼迪,通过嫁给他渡过了危机。郝思嘉在弗兰克生病期间设法收回欠债,同时又经营了一家锯木厂。后来弗兰克为了帮她对付劫匪而丧命,郝思嘉受到很大的打击,但白瑞德的归来让她重燃生活的希望。第五部分,白瑞德和郝思嘉的女儿去世之后,白瑞德决定离开郝思嘉。郝思嘉常常怀念过去的塔拉种植园生活,依然相信自己能赢回白瑞德,因为"明天是新的一天"。

《飘》中的女主人公赫思嘉无疑是全书的焦点,呈现出一个令人印象深刻的"新女性"形象[①]。在情感领域,她取代身边的男性扮演了猎人的角色。这种主动的实践贯穿了她所有的性爱经历。在勾引腼腆的、即将代表南方出战的查尔斯时,她看他"就像一头等着屠夫来屠宰的小牛犊一样"[②]。这个看似随意调侃的幽默在全书的战争背景下却具有深刻的含义,其中蕴含的暴力意味彰显了在整个美国南方主体性遭到致命威胁的时代背景下,一个叛逆的柔弱女子内中那过度张扬的个体主体性。从"屠宰"查尔斯的角度讲,赫思嘉其实是美国北方而不是南方的代表,秉承着工商业资本主义的逻辑对南方进行着现代改造。而在与弗兰克交往时,她刻意塑造了一个柔弱的自我形象,通过激起男性的保护欲而得到自己想要的钱财。在整体的实用主义态度下,赫思嘉也并不缺乏感知爱的能力。白瑞德吻她时,"把狂热的战栗送到了她的每根神经中去,从她的感官中唤起了一种感觉,而她自己

[①] 我国学界对这部小说的解读大多聚焦于女性主义主题,参见郑海燕:《试析〈飘〉中的女性主义思想》,载《江西社会科学》2008年第9期;王淼:《从郝思嘉形象看米切尔的女性主义思想》,载《南方文坛》2010年第4期;赵永平:《玛格丽特·米切尔女性意识构建》,载《求索》2012年第2期。

[②] 米切尔:《飘》,李美华译。南京:译林出版社,2010年,第100页。

从来都不知道自己还有这种感觉能力"①。这三段异性关系中的赫思嘉角色各不相同,但都彰显着鲜明的主体性,表现出对传统性别规范的彻底背离。她为了留住自己的农庄想尽一切办法,甚至到了主动自我物化并在婚姻市场上出售的地步。现代女权批评家们盛赞她的行为颠覆了南方淑女的刻板形象,为独立新女性争取自由提供了范本。在美国经济陷入危机的1930年代,《飘》对于女性的激励作用尤其巨大,如马尔科姆·考利所言,它"满足了图书购买大众的特殊需求(与那些从图书馆借书的更多以及不那么富有的读者相区别)。小说从女性角度出发,多数购书者是女性"②。

值得指出的是,小说中的郝思嘉几乎没有意识到自己的女权主义。相反,她满心考虑的都是筹划如何在严酷的社会条件下保护其财产及亲人,为此不惜牺牲在南方文化中被神化的美德。因而评论家简·汤普金斯认为:"《飘》是一本关于人们为了生存该如何做的小说,而且这个国家的上百万读者都对该书有所感触……因为书中的描写如实反映了当时众人所思所想的内容。"③《飘》发表时,整个欧美世界的思想气氛正值因为经济危机而变得狭隘而狂热。美国的本土主义以及纳粹德国的优生学思潮方兴未艾,这多多少少侵染了作品的价值取向:小说并未对本土主义提出批判,也没有要打破种族等级制度的意图。相反,小说将种植园主杰拉德和埃伦刻画成南方骑士和淑女神话的代表,是"理想的南方人";同时美化了黑奴和主人的关系,维护甚而强化了南方种植园神话。小说避而不谈黑人的苦难,反而把他们写得愚昧无知、幼稚可笑,却把欺凌残杀黑人的三K党人写得很有英雄气概④。这些描写带有浓重的种族主义色彩,因此有评论家断言小说是对南方种植园经济"种族隔离、控制和统治"的赞美⑤。就此而言,《飘》的确不能被视为典型的女性主义小说:它虽然充满对工人阶级女性的赞赏,但实际上并不赞成工人阶级女性蓬勃发展,不过是展现了沉湎于旧南方神话的贵族心理。从本质上讲,《飘》借助美国内战的社会背景来讽喻1930年代的美国境遇,在工商业经济危机时刻表达了对农业社会的怀旧。如重农派作家约翰·克罗·兰瑟姆(John Crowe Ransom,1888—1974)就把小说对旧南方

---

① 米切尔:《飘》,李美华译。南京:译林出版社,2010年,第843页。

② 引自 Amanda Adams,"'Painfully Southern':*Gone with the Wind*,the Agrarians,and the Battle for the New South." *Southern Literary Journal* 40.1 (2007):58—9.

③ JaneTompkins,"All Alone,Little Lady?" in *The Uses of Adversity:Failure and Accommodation in Reader Response*. Ed. Ellen Spolsky. Lewisburg:Bucknell UP,1990,pp.190—96.

④ 陶洁:《灯下西窗——美国文学和美国文化》。北京大学出版社,2004,第322—323页。

⑤ Lauren S. Cardon,"'Good Breeding':Margaret Mitchell's Multi-Ethnic South." *Southern Quarterly* 44.4 (2007):63.

的再现定性为"感伤主义式的描绘"①。不过,《飘》并非全盘继承了"旧南方"固有的种族思想,而含有更关键的、超越多愁善感情绪的进步主题。阿曼达·亚当斯指出,小说实际上展现了工商业资本主义伦理:"它宣传的不是回归农庄生活和农庄经济,而是回归市场、自由发展伦理,正是这点使得米切尔非常受欢迎。小说的主题是不可阻挡的发展,它奖励了女主人公和英雄所秉信的自相残杀的价值观。"②

赫思嘉的实用主义和适应力,相较于性别政治所描摹的"新女性"特质,更多地来自其"爱尔兰农村血缘"。她的族裔身份使其能够超越"南方淑女"身份的限制,确保她能在内战后的亚特兰大发达下去。郝思嘉的经历象征了爱尔兰裔的"悲剧性混血儿"在盎格鲁-撒克逊白人社会中的"冒充"和越界,最终在白人与黑人之间的种族含混地带找到了自身定位③。事实上,《飘》是一种新的尝试,试图将爱尔兰文化与美国南方种植园文化结合起来。小说在典型的种植园传奇情节基础上,描绘了爱尔兰人的主导性和发展。米切尔在 1937 年给华盛顿特区爱尔兰公使馆人员迈克尔·马克怀特的信中写道:"我不知道你了解多少爱尔兰人在建造我们南部地区以及南北战争中发挥的作用。很多爱尔兰人在 30 年代和 40 年代来到南方,他们很优秀,我们南方的爱尔兰人比南方人还南方人。"④小说中的爱尔兰传统最明显的体现是杰拉德·奥哈拉。身为天主教徒的杰拉德靠着自身的信仰和故国对于土地的哲学在长老教会占据主导地位的美国南方为自己赢得了一席之地,体现了爱尔兰文化在美国的移植。正如米切尔在给亚特兰大爱尔兰学会(Atlanta Hibernian Society)的信中所阐释的那样:

>《飘》出版后,我想当然地以为,几乎所有识字或者会唱歌的人都知道"曾在塔拉大厅里响彻的竖琴",知道历史上有名的塔拉山是古代爱尔兰至尊王的座席。我塑造的人物杰拉德·奥哈拉来自密斯镇,我本

---

① Erin Sheley,"*Gone With the Wind* and the Trauma of Lost Sovereignty."*Southern Literary Journal* 45.2 (2013):4.对于作品中的经济转型和农业怀旧的主题,另参见 Amanda Adams,"'Painfully Southern':*Gone with the Wind*, the Agrarians, and the Battle for the New South."*Southern Literary Journal* 40.1 (2007):74;朱骅:《〈飘〉:美国南方重农主义艰难转型的文学镜像》,载《社会科学研究》2016 年第 3 期。

② Amanda Adams,"'Painfully Southern':*Gone with the Wind*, the Agrarians, and the Battle for the New South."*Southern Literary Journal* 40.1 (2007):61.

③ Geraldine Higgins."Tara, the O'Haras, and the Irish *Gone With the Wind*."*Southern Cultures* (Spring 2011):42.

④ 引自 Lauren S. Cardon,"'Good Breeding':Margaret Mitchell's Multi-Ethnic South."*Southern Quarterly* 44.4 (2007):66.

想每个读者都会理解他为什么在故乡记忆中称他的佐治亚种植园为"塔拉"。①

米切尔的这封信证实了她在创作中有意识地使用了塔拉与爱尔兰歌谣之间的关系,以一种诗意的方式在美国南方与爱尔兰之间建立了记忆性的关系。

《飘》通过呈现19世纪美国南方对于17世纪爱尔兰的奥斯特和曼斯特种植园的移植,挑战了盎格鲁-撒克逊文化将爱尔兰人视为异质因素的话语传统,展现了爱尔兰人与美国种植园精英的融合。通过这样的书写,米切尔暗示美国南方价值观的源头就是爱尔兰价值观②。正是基于这种文化共通性,杰拉德才能在美国南方开辟独特的种植园模式,单枪匹马地跨越海岸贵族和内陆种植园贵族之间的分界线。他所在的爱尔兰故国土地被信奉新教的英国殖民者掠夺,这给杰拉德造成了永恒的心理创伤并转化为持久的土地占有欲望。他的产业"塔拉"同时复制了爱尔兰神圣国土和南方种植园情节,象征着他重新获得了针对土地的古老权力。杰拉德作为爱尔兰人在美国能够进入霸权等级制度的更高阶层,得益于在新世界语境中以印第安人为灭绝对象的土地制以及以非裔美国人为压迫对象的奴隶制。他的"美国梦"的实现,就是把从印第安人手里掠夺的土地殖民化,并以黑奴为剥削对象。这种刻板化爱尔兰式贪婪其实是殖民主义的翻版,揭示了当时社会语境中复杂的种族图景:"考虑到爱尔兰人在英国长久以来是临时的工人阶级成员,他们是种族本质主义的对象,他(杰拉德)作为奴隶主的角色以及米切尔对奴隶的描绘尤其富有反讽含义。"③

《飘》中的种族话题不仅引起了评论界的热议,也激发了后辈作家的改写热情。1991年亚历山德拉·里普利(Alexandra Ripley,1934—2004)写了续篇《郝思嘉》(*Scarlett*)。小说避开了南方种族关系问题,让女主人公返回爱尔兰,成为天主教徒农民和英格兰-爱尔兰有产者④。2001年,黑人女作家艾丽斯·兰道尔(Alice Randall,1959—)在霍登·米弗林出版社出版仿拟小说《风已飘去》(*The Wind Done Gone*),从一个奴隶的角度叙述历

---

① 引自 Geraldine Higgins,"Tara, the O'Haras, and the Irish *Gone With the Wind*." *Southern Cultures* (Spring 2011):33.

② Amy Clukey,"Plantation Modernity:*Gone With the Wind* and Irish-Southern Culture." *American Literature* 85.3 (2013):513.

③ Amy Clukey,"Plantation Modernity:*Gone With the Wind* and Irish-Southern Culture." *American Literature* 85.3 (2013):514—15.

④ Kathryn Stelmach Artuso,"Irish Maternalism and Motherland in *Gone with the Wind*." *Mississippi Quarterly* 65.2 (2012):202.

史,讲述了郝思嘉混血儿同父异母妹妹的故事。兰道尔接受采访时为自己的戏仿做了解释:"戏仿是非洲裔美国人的一个十分重要的传统,有两个主要成分,一是荒诞,另一个是夸大。我利用这些手法来启发人们注意米切尔的《飘》给黑人所造成的痛苦,也希望能借此帮助治愈这个古老而深刻的伤口。"[1]

米切尔的传记家达登·阿斯伯里·派伦写道,"玛格丽特·米切尔认为自己的历史书写是极端的、修订性的和反叛的"[2]。但从《飘》来看,米切尔对社会主流话语并未表现出她所自称的反叛精神。相反,她非常依赖20世纪30年代流行的南方历史记载,接受并强化了种植园经济中的父权-奴隶制观点。不过,这并不影响小说在美国文学史上的重要地位。小说在主题和写作手法上承上启下,既挑战了前一个时期的实验性现代主义,又挑战了后一个时期的纪实现实主义,填补了20世纪20年代与30年代之间的差距[3]。

尤多拉·韦尔蒂(Eudora Welty,1909—2001)

作为第一位在世时便获得美国图书馆系列丛书结集出版之荣誉的美国作家,尤多拉·韦尔蒂已经成为南方文学的丰碑人物。这位多才多艺的文学家从未认为艺术具有解决问题的能力,也只是将艺术当作个性化的表达,却通过颇具洞察力的小说作品传达了人类体验的奥秘,呈现了南方社会政治文化的独特内涵。她的小说多以女性成长为主题,以细腻和庄重的笔触营造了悲伤的氛围。在她的笔下,女性人物的成长是不断发现自我、认识社会的过程;尽管过程中充满幻灭,但也让人物获得了自知。正因为如此,韦尔蒂的创作为阴郁的美国南方文坛增添了一分亮彩。

韦尔蒂生于密西西比州的杰克逊,自幼家境优越,父母都是音乐爱好者。在父母宠爱中长大的韦尔蒂一路顺风顺水,1927年进入威斯康星大学英文系,拿到文学学士学位后又进入哥伦比亚大学学习广告设计。毕业后,韦尔蒂成为一名广播电台作家和报纸协会编辑。由于母亲曾在剧院的道具委员会工作,深受影响的韦尔蒂在"小剧场运动"中发挥了巨大作用。她这样描述自己对于小剧场的印象:"加入小剧院就是加入一个社会群体。在剧

---

[1] 引自陶洁:《灯下西窗——美国文学和美国文化》,北京,北京大学出版社,2004,第324页。

[2] 引自 Amy Clukey, "Plantation Modernity: *Gone With the Wind* and Irish-Southern Culture." *American Literature* 85.3 (2013):517.

[3] Kathryn Stelmach Artuso, "Irish Maternalism and Motherland in *Gone With the Wind*." *Mississippi Quarterly* 65.2 (2012):201.

院门口等候就像接待队伍,女士们穿着紧身连衣裙,提供咖啡的女孩们给大家点心吃。还有一张详细报道戏剧演出的海报,包括当晚负责接待的女士们的着装;所有来宾的名字都列出来了,只有剧名没列上。"①前来看剧的人们就像赶赴一场社交晚宴,只看重表面的仪式性,并不在乎剧的内容。这是韦尔蒂对观众爱慕虚荣的反讽,也体现了她对社会戏剧和人性的深刻洞察。这种温和的讽刺是韦尔蒂创作中的一个鲜明特色。在第二次世界大战期间,韦尔蒂在《纽约时报》担任图书评论的工作,为她战后的小说创作积累了素材。母亲病重后,韦尔蒂辞去了报社工作回乡定居直至去世,终身未婚。

韦尔蒂的文学才能主要体现在短篇小说创作方面。她 1935 年发表处女作《一个旅行推销员之死》("Death of a Traveling Salesman"),后来得到前辈凯瑟琳·安·波特(Katherine Anne Porter,1890—1980)的提携,波特为她的第一个短篇集《绿色帷幕》(A Curtain of Green,1941)写了序言。1943 年韦尔蒂的第二个短篇集《大网》(The Wide Net)问世。《金苹果》(The Golden Apples,1949)被认为是韦尔蒂最优秀的短篇集,描写了密西西比州一个社区的奇闻异事。韦尔蒂的中长篇作品也颇为高产,有中篇小说《强盗新郎》(The Robber Bridegroom,1942)、《三角洲婚礼》(Delta Wedding,1946)、《庞德的心》(The Ponder Heart,1954)、《鲸头鹳》(The Shoe Bird,1964)、《败局》(Losing Battles,1970)和《乐观者的女儿》(The Optimist's Daughter,1972)。除了小说创作外,韦尔蒂的作品还包括摄影集《一时一地》(One Time,One Place,1971)、《影集》(Photographs,1989)、《摄影师尤多拉·韦尔蒂》(Eudora Welty as Photographer,2009);文学评论集《故事之眼》(The Eye of the Story,1978)、自传《一个作家的开端》(One Writer's Beginnings,1984)、《乡村墓地》(Country Churchyards,2000)等。在这些艺术和文学作品中,韦尔蒂自我定位为一名小说家,而不是参与社会运动的政治写手。对她而言,小说"更多写的是困惑,而不是给出明确答复"②。在她的笔下,生活本身并不是非黑即白的棋盘,而是情感和理性相互交织撕扯下的对抗、权衡、妥协与和解过程。对人际关系中微妙之处的描写,就是韦尔蒂创作中最具特色的部分。

不过,韦尔蒂对于"生活"的关注并不意味着她对于政治漠不关心。她的首部中篇小说《强盗新郎》便通过童话改写反映出对性别政治的思考。

---

① Pattie Carr Black,et al.,"Friends of Eudora Welty and Her Work:A Roundtable Discussion." Southern Quarterly 47 (2016):82.

② Sarah Gilbreath Ford,"'Serious Daring' in Eudora Welty's 'Powerhouse' and 'Where is the Voice Coming From?'." Southern Quarterly 51.3 (2014):25.

《强盗新郎》本是格林童话集中的一篇,后来被约瑟夫·雅各布斯(Joseph Jacobs)改编为《狐狸先生》收录在英国童话故事集中。故事中,磨坊主希望女儿嫁给富人,富人说自己住在森林,磨坊主的女儿便动身去找他,沿途撒下豆子作为路标。她到达后却得到笼中鸟和老厨娘的警告,说这其实是杀人强盗的洞穴。强盗回来后,老厨娘给强盗喝的酒里下了药,趁着夜色与磨坊主的女儿沿着豆苗回了家。婚礼当天的讲故事环节,新娘讲了如何前往杀人犯藏身之地的故事,最终强盗新郎和同伙被送往法庭。韦尔蒂将这一童话故事的地点转换到密西西比州的纳齐兹。英勇无畏的强盗杰米·洛克哈特营救了富有的种植园主克莱门特,克莱门特于是想把女儿罗莎蒙德许配给他。杰米没有直接答应,却伪装成一个神秘强盗赢得了罗莎蒙德的芳心。与此同时,他以本来面目劫持了罗莎蒙德,得到了她的身体。最后罗莎蒙德惊喜地发现这两个爱人合二为一,与杰米完婚。该故事挪用了《狐狸先生》《灰姑娘》《白雪公主》以及关于丘比特和普赛克的希腊神话等典故,通过改写典故颠覆了父权价值观。罗莎蒙德的存活挑战了"好女人"的定义,通过抛弃贞洁破坏了童话故事中的奖惩模式。女权评论家指出,韦尔蒂这样做是为了让读者意识到"这些童话故事通过大家熟悉的母题所嵌入的男权规范"[1]。

韦尔蒂本人最喜爱的、也是她最为著名的作品《金苹果》秉承了对性别和种族关系的思考。这部短篇集包括七个相对独立也相互关联的短篇,故事场景设置在密西西比州的莫甘娜社区,时间跨度为四十年左右。韦尔蒂的这种尝试类似于威廉·福克纳作品中的"约克纳帕塔法世系",与舍伍德·安德森的《小城畸人》(Winesburg Ohio,1919)更加相近。韦尔蒂通过各种视角,揭示出中产阶级的自足心理,对他们的内心世界进行了挖掘。这些短篇由叶芝(William Butler Yeats,1865—1939)的诗歌《流浪者安古斯之歌》("The Song of the Wandering Aengus")串连在一起,短篇集的题目也出自该诗。如同叶芝诗歌中寻找象征美、诗歌和真理的金苹果一样,韦尔蒂笔下的人物试图在平庸的生活中寻找意义,而意义与社会政治息息相关。作品中的背景人物金·麦克莱恩活成了当地的一个传奇,是一位行踪飘忽不定的漫游者。他抛弃家庭,与多名女子发生性关系,婚姻却被认为是"最幸福的",并成为小镇女性幻想的对象。这一角色男性气质的建构和对女性

---

[1] Evette M. Williams, "The Problem with Happily Ever After: The Subversion of Motifs in Eudora Welty's *The Robber Bridegroom.*" *The Researcher: An Interdisciplinary Journal* 25.2 (Summer 2012): 35.

身体的态度折射了美国南方严苛的性别政治①。对男性暴力行为的神化更凸显了这一意识形态。《兔子先生》("Sir Rabbit")对金强奸玛蒂的描写指代了宙斯化成天鹅强奸王后勒达的原型,《月亮湖》("Moon Lake")中洛克以粗鲁的方式救了伊斯特之后,举手庆祝的样子就像是举起美杜莎的头颅。这些描写呈现了白人女性参与建构和确认神秘化的男性特质的过程,而这种男性特质的本质无非就是冷漠和暴力。

　　作为一位南方作家,韦尔蒂对于种族和阶级政治也有体察。她对黑人的同情在短篇《熟路》("A Worn Path")中体现得最为明显。年迈的黑人老妪菲尼克斯·杰克逊每年要两次穿过树林,步行几十英里,前往镇里的诊所为孙子取药。她路上遇到各种障碍,途中遇到的白人猎手建议她安分守己待在家中,但她凭借自己的勇气和毅力坚持了下来。贫穷、衰老、黑人、女性,这四个边缘特点全部集中在女主人公身上,但她对自然和生命的尊重和敬畏却表现出普世的人性之光。整个行路过程表面上平淡无奇,却因为女主人公的坚持而具有了仪式感,拥有了直击人心的巨大力量。整篇故事像一个微型的社会戏剧剧场,为平常处于社会边缘的菲尼克斯提供了一个专属于她的舞台。故事不仅彰显了这位黑人妇女内心丰富的感受,也展现了作为作家的韦尔蒂对社会政治的超越。客观而言,韦尔蒂更擅长《熟路》这样的主题描写,像摄影家一样捕捉生活中的情绪和感觉,而不是直接接入到文化政治的呈现。

　　对于韦尔蒂来说,外部的世界是想象力的来源,因而区域感在其文学想象中占据了重要部分②。正如她自己在《作家的起源》中写道,"外界是我内在生活的重要组成部分"③,同时将自己的演讲稿结集出版为《小说中的地方》(*Place in Fiction*,1957)。韦尔蒂的"地方"意识是她于1936年发表的第一部短篇小说《一个旅行推销员之死》("Death of a Traveling Salesman")的核心主题。该作品并没有复杂的情节,只是交代了推销员鲍曼面临巨大的身心压力,为了生计不得不总是开车外出工作。一天他发生事故借宿农家,夜里深切地感受到自身命运的孤独和可悲,最终心脏病发作死亡。该故事通过工商业体系中一个小人物的悲剧展现了现代生活与自然景

----

① 对《金苹果》中南方性别政治的分析,可参见赵辉辉:《淑女文化语境中身体的隐喻——以韦尔蒂〈金苹果〉为分析对象》,载《外国文学》2015年第1期;《绅士文化语境中"捣蛋鬼"的形象嬗变——以尤多拉·韦尔蒂作品为分析对象》,载《外语教学》2018年第2期;汪涟:《〈金苹果〉的主导性男性气质策略》,载《外国文学》2015年第6期。

② 参见 Pearl Amelia McHaney,"Eudora Welty: American Artist Abroad and 'The Burning.'" *Mississippi Quarterly* 64 (Summer-Fall 2011):504.

③ Eudora Welty. *One Writer's Beginnings*. Cambridge: Harvard UP, 1984, p. 76.

观的疏离以及人际关系之间的异化，表现了传统农业社会中人与"地方"之间的亲密关系[1]。

南方区域意识在韦尔蒂的首部长篇小说《三角洲婚礼》的题名中显露无遗。《三角洲婚礼》秉承了南方田园文学传统，以1923年的密西西比州的三角洲为背景，通过种植园主费尔柴尔德家族为二女儿达布妮操办婚礼的故事，再现了家庭观这一南方文学传统主题。故事并没有值得称道的情节，主要是从小女孩罗拉的局外人视角呈现了费尔柴尔德家族的说话方式、行为模式和兴趣品味。在三角洲中的富裕生活和尊崇地位使他们既具有温文尔雅的气质，也导致他们自命不凡、坐井观天。封闭的三角洲既为他们的身份想象提供了依托，也限制了他们的视野边界。而这种依托和限制都在时代变迁的冲击下进行着艰难的解体和重构[2]。在小说中，女主人埃伦是三角洲中的外来文化，也为三角洲在未来涅槃重生提供了可能。她从弗吉尼亚州嫁入三角洲，一直没能习惯做一个无所事事的贵族太太，而一直保持着真诚朴实的态度，对南方种植园经济催生的等级文化和休闲文化进行了抵制和反抗。作为区域小说，《三角洲婚礼》对南方景观着墨甚多，将之视为文化的外在象征[3]。自然被描绘成充满活力的力量，反映了韦尔蒂将自然视为"物体的，有生命力的力量"的观念。小说中的非自然物体也富含象征意义，如火车"既反映了热情奔放的生活，又强调了暴力无所不在的威胁"[4]。值得指出的是，这部小说创作于第二次世界大战期间，呈现了女性在战时的焦虑和希冀。小说通过费尔柴尔德一家的生活表象，呈现了它所遭受的各种压力，以及费尔柴尔德在压力下试图创造一个与世人和暴力、痛苦隔绝的庇护所的意愿[5]。小说中埃伦母亲的原型是韦尔蒂的好友约翰·罗宾森的祖母南希·麦克道尔·罗宾森。当时韦尔蒂的兄弟和约翰都去了二战前线，她非常牵挂担心。南希给了韦尔蒂很大的影响，不但帮她理解密西西比三角洲新娘的生活，而且让韦尔蒂意识到"为她所爱的人寻找眼下幸福"的重

---

[1] 参见唐伟胜:《早期韦尔蒂的地方诗学:重读〈一个旅行推销员之死〉》，载《外语教学》2019年第1期。

[2] 有关小说中南方身份的实践和困境主题，可参见崔莉:《美国南方大家族的日常生活实践与身份困境——以韦尔蒂〈三角洲婚礼〉为例》，载《延安大学学报(社会科学版)》2018年第2期。

[3] 参见John Edward Hardy, "Delta Wedding as Region and Symbol," in *Critical Essays on Eudora Welty*. Ed. W. Craig Turner. Boston: G. K. Hall, 1989, pp. 75—89.

[4] Kelly Sultzbach, "The Chiasmic Embrace of the Natural World in Eudora Welty's *Delta Wedding*." *Southern Literary Journal* 42.1 (2009):90.

[5] Paul Binding, *The Still Moment: Eudora Welty: Portrait of a Writer*. London: Virago, 1994, p.127.

要性①。

　　代表韦尔蒂南方区域意识的巅峰作品是《败局》。该小说被韦尔蒂称为她所写过的最难的一部作品,问世后被评论界公认为奠定了韦尔蒂一流作家的地位。小说的背景设置在 1930 年代经济大萧条时期的密西西比州,描写了班纳村的沃恩家族为曾祖母庆祝 90 岁生日的聚会,通过家族成员间的闲聊、倾诉、争吵等对话方式呈现了家族近百年的历史辉煌,也揭示了家族现在面临崩溃的真实处境。故事以主人公杰克的一场官司开篇并贯穿始终:他的妹妹欠了柯利的钱而被夺走家族的传家宝戒指,杰克为了家族的荣誉将戒指强行抢了回来。他的行为充满着旧南方时代的骑士精神,却不符合现代法律规定,因而输掉官司并入狱。这场现代闹剧不仅仅说明了个体的愚昧无知,更隐喻着南方传统的农业价值观在工商业资本主义社会中已经变得不合时宜,成为一个阻碍个体和家庭生存和发展的沉重包袱。在小说中,沃恩家族有两个仇人:一个是商店店主柯利,一个是小学教师朱莉娅。小说明面上呈现了朱莉娅用一生来改变班纳村却屡屡遭遇败局的悲剧命运,实际上却在刻画版纳村抗拒现代文明而走向衰败的历史趋势。沃恩家族的世仇展现了一个意味深长的对立,隐喻着不同形态文明之间的决战,"败局"指代农业文明在现代的宿命。从题材和主题上讲,这部小说酷似萨拉·奥恩·朱厄特(Sarah Orne Jewett)描绘走向衰落的新英格兰地区的《尖枞树之乡》(The Country of the Pointed Firs,1896)。但不同的是,朱厄特的作品表达了对乡村生活的欣赏和慨叹,而《败局》则充满着冷峻的洞察。值得肯定的是,在小说整体的沉重气氛之中,也萌发着新一代南方人带来的思想之光。在教师朱莉娅的影响下,沃恩家族的小儿子开始逐步走出历史的阴影,拥抱现代社会的知识体系,为家族的重生和延续带来了希望。

　　在韦尔蒂的笔下,南方区域意识还有一个颇具特色的主题呈现,即畸零人形象。在南方文化传统中,"体面"是一个核心准则,也是"骑士与淑女"神话所秉承的文化逻辑。但对外在体面的过度追求往往压制了人性,这样的文化气氛导致了南方文学作品中畸零人形象的屡见不鲜。对于畸零人的看法,身为南方作家的韦尔蒂与福克纳具有高度的默契:

　　　　福克纳先生在回答弗吉尼亚大学的一个学生的提问时,他实际上也是为自己做了一个解释,那位学生问到,福克纳认为,弱智与低能儿具有什么特殊素质,使得他非要在故事里起用这样的角色。"我倒不敢

---

① Suzanne Marrs, *Eudora Welty: A Biography*. Orlando: Harcourt, 2005, p. 128.

说他们有那样的素质,"福克纳先生说,"那是作家拥有的一种权利——运用自己的想象力到一定的极限,如果那样做能使故事显得动人与忠实的话,说不定低能儿真的是应该具有那样的素质的。这就是我对真实性的看法。说不定低能儿并不具有,那是真实,但是说不定他应该有,那就是真实性了。"

我们所看到的是,产生了小说的真实世界一部分消失了,一部分被覆盖了,一部分依旧存在,一部分则是从来也没有存在过。我们所知道的是,经过他的想象加工和再加工之后,他创造出的世界本身就是一个真实的世界,是会在这里存在下去的世界。[①]

可见,韦尔蒂推崇这样的春秋笔法,并不排斥用近乎夸张的艺术加工来反映作家所意欲表现的真实。在韦尔蒂的笔下,这种压制往往发生在家庭或私人空间之中。韦尔蒂在1965年南方文学节上所做的主旨演说中说道:"喜剧是如何层出不穷地涌现在这片乡野与这个广场的四周呀,但是悲剧却往往发生在房屋的内部……我相信,外面的世界真要做上巨大的努力,才能理解,然后才能说清楚,隐藏在悲剧背后的是什么,又是什么使得悲剧以这样的形态出现呢。"[②]她在一些描述本该属于最温情的情感时采用了阴郁怪诞的笔法,对南方神话进行了无情的解构,揭示了工商业资本主义发展的现代语境下,人们所追求的无非是资本和象征资本;人与人之间的关系也变得冷漠隔绝,遵从不是情感交流而是资本交换的冷酷逻辑。这一主题在《慈善访问》("A Visit of Charity")中体现得最为集中。这个故事的情节非常简单,只讲述了一个小姑娘去敬老院看望孤寡老人的经历。但这个本该彰显神圣的基督之爱和人间温情的经历却被刻画成了颇具希腊神话色彩的去往冥府的坠落之旅。敬老院被刻画得阴森可怕,里面的两个老妪怪诞乖张却又死气沉沉,导致小姑娘的访问以惊恐的逃离结束。整个故事中丝毫没有"慈善"的影子,所有人都在追求资本:小姑娘之所以访问,其实是为了赚取学分;敬老院护工只是把这份工作当作赚钱糊口的工具,她眼中的老人们不过是一个个数字代号;就连老妪们所真正在乎的也不是小姑娘带来的情感慰藉,而是想向她讨钱。对资本的追逐扭曲了现代人的灵魂,在外貌和精神上都成了可憎却又可怜的畸零人。这样的畸零人角色在《献给玛乔丽的花》

---

① 尤多拉·韦尔蒂:《在南方文学节上的主旨演说》,李文俊译,载《世界文学》2005年第6期,第218页。

② 尤多拉·韦尔蒂:《在南方文学节上的主旨演说》,李文俊译,载《世界文学》2005年第6期,第211页。

("Flowers for Majorie")、《克莱蒂》("Clytie")、《一则消息》("A Piece of News")等短篇中都有着墨。

韦尔蒂认为,创作是私人之事,重在描写个体感觉[1]。所以对她来说,只有经历过的强烈情感才能够被付诸笔端。这也使得她的创作带有强烈的自传性。韦尔蒂研究专家苏珊娜·马尔斯曾当面提问韦尔蒂:"你写《绿帘》中的拉金夫人时是考虑到你母亲了吗?你母亲曾借用花园忘却失去丈夫的痛苦。"韦尔蒂对这个提问未置可否,说"我希望母亲从未意识到这点。"[2]这个回答其实变相地承认了其创作对于个体经历的借用,这在她1972年出版的普利策文学奖小说《乐观者的女儿》体现得最为明显。韦尔蒂的侄女玛丽·艾丽斯·韦尔蒂·怀特说:"我当时读到一页结束时,不用翻页就知道下页的内容,因为这故事我在家庭聚会上听过多次。故事讲的是我父母的婚礼。"[3]《乐观者的女儿》讲述了劳拉·汉德的成长故事,再现了作者对新旧南方和南北差异的认识。小说开始,劳拉的母亲贝姬已过世。父亲麦凯瓦法官患白内障,远嫁到芝加哥的劳拉返回新奥尔良照顾父亲直至他去世。劳拉返回家乡后勾起了对已故丈夫和母亲的回忆。他们是属于旧南方的人物,富有骑士风度的丈夫牺牲在战场,而母亲是典型的南方淑女。父亲的第二任妻子费伊代表着物质至上的功利主义价值观,为人自私刻薄,贪图享受,对南方文化所看重的家庭传统毫无敬意。然而,麦凯瓦法官却在遗嘱中出人意料地将与贝姬共同生活多年的房屋留给了费伊,而把金钱留给了劳拉。在劳拉陪着继母带着法官的遗体返回故乡密西西比州时,她反省自己与费伊之间的冲突和矛盾,对看重家庭和生活的南方文化有了更深入的认识。

小说最显著的写作技巧是象征的运用,以此突出了人物的性格特点和作品主题。在小说中,那块由劳拉丈夫制作、母亲使用的搓面板成为一个核心象征,承载着劳拉对于过去时光以及南方传统的回忆和想象:它对劳拉来说意味着"全部经历,所有真切可靠的过去"[4]。另一个与搓面板相似的象征是老房子,劳拉对它们的深厚感情象征她对家族传统的珍视和对亲情的留恋。费伊无法理解劳拉对这些旧物品的情感,在她看来这些仅仅就是能够买到的商品,何况破旧后并没有什么价值。她和劳拉的冲突就是围绕这

---

[1] Welty, Eudora, *Eudora Welty: Stories, Essays, & Memoir*. New York: The Library of America, 1998, p. 809.

[2] Pattie Carr Black, et al. "Friends of Eudora Welty and Her Work: A Roundtable Discussion." *Southern Quarterly* 47 (2016): 87.

[3] Pattie Carr Black, et al. "Friends of Eudora Welty and Her Work: A Roundtable Discussion." *Southern Quarterly* 47 (2016): 91.

[4] 尤多拉·韦尔蒂:《乐观者的女儿》,杨向荣译。南京:译林出版社,2013年,第164页。

一点展开。她看似占有了老房屋和"麦凯瓦"这个姓氏,却对家族传统一无所知,也毫无依恋之情。费伊更像那只在家中四处乱飞的小鸟,并不属于南方,与周围的环境充满了矛盾和冲突。法官患白内障暗示他对第二个妻子缺乏清晰的认识,没有发现费伊只爱慕他的钱财。从这些意义上来说,小说的题名"乐观者的女儿"颇具反讽含义,身为法官的父亲并不乐观,他的遗嘱也给家人带来了很大的困扰。这一决定导致了全书的矛盾冲突,与当事人的意愿构成了张力,同时也使得小说富有文化含义。从小缺爱转而拜金的费伊继承了见证丈夫及其第一任妻子生活的房屋,或许会弥补她生命中缺乏的那部分内容。而对劳拉来说,金钱无法给她带来亲情和乡情所能赋予的幸福和宁静,她将无法摆脱对于充满父母共同回忆之地的思念。但内心永远会有一个角落来安放她对家的依恋。

韦尔蒂对于生活有她自己独特的理解,这决定了她的文学观。韦尔蒂认为,生活中的个体彼此相连,因此个体需要与"所有生物"之间建立"可触摸的、身体上的相互交往,这是获得知识的另一个渠道"[1]。对于作家而言,其使命就是通过文字描绘生活,将之原原本本地呈现给读者,从而与读者之间建立一个共享体验、情感和知识的想象空间。换言之,她追求在读者和作者之间分享想象力的理想状态。这就要求读者有能力参与其中,能够准确把握作者抛出的线索并做出自己的判断,从而构成两者共同享受想象的乐趣。韦尔蒂并不将所观察的人和事和盘托出,而是不动声色地把某些能深刻揭示人物特征的细节揉进写作中,让细心的读者去发现并揣摩她所表达的情境和情感。从这一角度看,她的写作手法接近海明威的"冰山理论",只露出浮在表面的内容,而将更深层的含义托付于读者的思考和想象。

在韦尔蒂的作品中,实现作者和读者互动的方式是第二人称叙述的采用。这种叙事方式会使读者摆脱被动的受述角色,促使他们根据叙述者的讲述决定是否更多地观察其言行。《我为什么住在邮局》("Why I Live at the P. O.")、《金雨》("Shower of Gold")等短篇都使用了第二人称叙述者。《强力演奏家》("Powerhouse")和《声音从何处来》("Where is the Voice Coming From?")特别凸显了叙述手法促使读者参与其中的作用。韦尔蒂使用这种叙述形式,目的在于使读者参与未命名叙述者的种族主义视角当中,让读者担负起谴责种族主义者的任务。这两个短篇将读者建构为同情种族政治的白人种族分子,使读者进入暴力深渊的中央地带。读者为了否

---

[1] Kelly Sultzbach,"The Chiasmic Embrace of the Natural World in Eudora Welty's *Delta Wedding*." *Southern Literary Journal* 42.1 (fall 2009):100.

认这种建构,必须决定且不断提醒自己不是叙述者在短篇中所说的"你"①。通过这种方式,韦尔蒂其实也在考问每一位个体在罪恶政治中所扮演的角色。有读者问韦尔蒂,是否读者可以从凶手身上找到自己的影子,她回答道:"我感觉,任何一个读这个故事的人,都会认出他们曾经看到或听到或甚至有可能说过的话,或他们想象的或恐惧的。"②可见,作为一位南方作家,韦尔蒂对于种族政治的批判超前地呼应了政治思想家汉娜·阿伦特(Hannah Arendt)的"平庸之恶"概念。

韦尔蒂是南方文坛名副其实的"摄影师",拥有在狭小的叙述空间内展示时代脉搏的能力。她将画面捕捉能力应用于创作,以女性视角观看世界,捕捉富含深意的画面,再现了南方小镇上普通人物的生活点滴。在人物不断发现自我、认识社会的过程中,他们意识到了女性所受的束缚、男性遭遇的身份危机、黑人遭受的社会不公,进而引发了对社会的思考。鉴于韦尔蒂伟大的文学成就,吉米·卡特总统于1980年6月授予她自由勋章,彰示这位奇女子在南方文坛上直追福克纳的不朽文名。

卡森·麦卡勒斯(Carson McCullers,1917—1967)

卡森·麦卡勒斯以描写人类生存中普遍存在的精神隔离主题著称,小说塑造了无数与社会格格不入的人物。生性孤僻的她结合亲身经历将自己对美国南方的性别、阶级和种族文化的认识融入各个畸零人角色的塑造中。她笔下的畸零人在与社会规范对抗的过程中,不仅体会到同类人与自己的类似性,更意识到社会规范的强大力量,最终导致在身体和精神层面都与世隔绝。人物在身体上的怪诞性与其遭受的精神隔阂相互统一,共同呈现了南方文化在性别和阶级层面的规训。正是因为麦卡勒斯对于南方社会的奇特描摹,她被视为美国南方哥特式文学传统最出色的继承人③。

卡森·麦卡勒斯原名璐拉·卡森·史密斯,生于佐治亚州哥伦布小镇的一个小康家庭。自幼年起,麦卡勒斯便承担着父母的殷切期望。父亲早

---

① Sarah Gilbreath Ford, "'Serious Daring' in Eudora Welty's 'Powerhouse' and 'Where is the Voice Coming From?'" *Southern Quarterly* 51.3 (2014):32.

② 引自Sarah Gilbreath Ford, "'Serious Daring' in Eudora Welty's 'Powerhouse' and 'Where is the Voice Coming From?'" *Southern Quarterly* 51.3 (2014):35.

③ Sandra M. Gilbert and Susan Gubar, ed., *The Norton Anthology of Literature by Women*. New York:Norton,1985,p.1840.

早为她买来打字机,鼓励她发挥自己的创作天分;母亲和妹妹配合她在家里演练她撰写的剧本。她当时崇拜的偶像是美国剧作家尤金·奥尼尔,激发她开始创作的则是英国短篇小说家凯瑟琳·曼斯菲尔德(Katherine Mansfield)。麦卡勒斯幼年热爱弹钢琴,对她的钢琴老师塔克夫人有着深厚的依恋,以致塔克一家搬走时她遭受了很重的心理创伤。她对音乐的兴趣和执念也持续了一生,将生活过成了写作和音乐的双重奏,在作品中也融合了诸多音乐元素。麦卡勒斯19岁在《故事》(Story)杂志上发表第一个短篇习作《神童》("Wuderkind",1936),就表达了女孩被迫承认自己不是音乐神童的痛苦。在她的成名作《心是孤独的猎手》(The Heart Is a Lonely Hunter,1940)这部小说中,麦卡勒斯借角色米克之口将音乐提升到了对抗社会现实、承载个人理想的高度:"在她身上,好像有两个地方——'里屋'和'外屋'。学校、家庭和每天发生的事情在'外屋'。……外国、计划和音乐在'里屋'。"①实际上,对音乐的兴趣是麦卡勒斯对于理想关系的投射,企图在艺术世界中想象性地召唤塔克夫人的存在,从而对自己的情感渴求做出象征性的补偿。

这种强烈的情感缺失和痛苦贯穿了麦卡勒斯的一生,使她的婚姻变成了一出悲剧。1937年,她与文学爱好者詹姆斯·里维斯·麦卡勒斯结婚。里维斯个头矮小,脆弱敏感,偏爱体形健硕的能干女子。两人初次相识时,麦卡勒斯主动要求与里维斯发生性关系,旨在测试他们俩是否能成功结为夫妻。然而,由于她和里维斯两人都酗酒,都是双性恋且绯闻不断,这次婚姻不到三年即告解体。但两人依然保持着亲密的关系,1945年里维斯参加第二次世界大战回来后,麦卡勒斯与他复婚,但状况并没有任何好转。里维斯未能给她提供精神慰藉,他无法走出战争的创伤,1950年代早期在他们旅居法国期间抑郁症愈发严重,劝说麦卡勒斯与他一起结束生命。惊恐的麦卡勒斯只身逃往美国,不久便听闻里维斯服药自杀的消息。这段充满折磨的关系在麦卡勒斯的名篇《伤心咖啡馆之歌》(The Ballad of the Sad Café,1951)中得到了充分的展现。

除了情感折磨外,疾病也是麦卡勒斯一生中如影随形的梦魇。她的传记作家弗吉尼娅·S.卡尔(Virginia Spencer Carr)写道:"恶性贫血,伴随着一次次发作的胸膜炎和其他呼吸系统疾病,是她早期的痛苦;15岁时,她得了风湿热,但被误诊和误治。之后,她经历了三次中风,在她30岁前,左边的身体就瘫痪了,行动受到严重阻碍。在以后的十年里,卡森的身体每况愈

---

① 卡森·麦卡勒斯:《心是孤独的猎手》,秦传安译。北京:人民文学出版社,2017年,第154页。

下，到40岁时，如果换了一般的人，早就死了。"[1]身体上面临的一连串打击几乎摧毁了麦卡勒斯的意志，她甚至尝试了一次自杀。身体的疾患将麦卡勒斯囿限在房间里，切断了她与外面的自然世界和人类社会的正常交流，使她患上广场恐惧症。这也是为何她作品中经常出现哥特式的幽闭空间意象的原因。

身体的病痛和情感的折磨给麦卡勒斯带来了极度痛苦，让她陷入精神隔绝的同时，也铸就了她的边缘视角。这在其作品中表现为令人不安却印象深刻的畸零人和孤独主题[2]。1940年麦卡勒斯描述聋哑人等边缘群体情感隔绝的小说《心是孤独的猎手》出版后引起了评论界热烈的反响，让她一夜成名。次年，描绘男同性恋和女性瘾者的悲惨婚姻的《金色眼睛的映像》(Reflections in a Golden Eye, 1941)同样获得了好评。此后麦卡勒斯相继发表了小说《婚礼成员》(The Member of the Wedding, 1946)、《伤心咖啡馆之歌》和《没有指针的钟》(Clock without Hands, 1961)和剧作《精彩的平方根》(The Square Root of Wonderful, 1958)。她去世后出版的文集包括《抵押的心》(The Mortgaged Heart, 1971)和未完成的自传《照亮及暗夜之光》(Illumination and Night Glare, 1999)。

《心是孤独的猎手》是麦卡勒斯的处女作，也是她最为读者所知的作品。小说脱胎于获得霍顿·米夫林小说奖(Houghton Mifflin Literary Fellowship)的短篇习作《哑巴》("The Mute")。霍顿·米夫林出版社的编辑说服麦卡勒斯将小说题目改为现在的名字，出版后便登上了当年的畅销书排行榜。作为麦卡勒斯畸零人系列小说的第一本，《心是孤独的猎手》刻画了边缘人物的精神隔绝和怪诞行为。故事发生在20世纪30年代，围绕主人公约翰·辛格再现了佐治亚州一个磨坊城镇居民的生活，表现了社会底层人民身陷精神藩篱的静默状态。聋哑人约翰·辛格与斯皮罗斯·安东纳坡鲁斯与世隔绝，两人相依为命，却无法阻挡庞大的社会机构对他们的摧残。不久，安东纳坡鲁斯因为精神失常被强行送进疯人院，留下孤身一人的辛格尝尽人间孤独，最终自杀身亡。辛格认识的四个人也都因为孤僻而与周围的社会格格不入。青春期女孩米克·凯利身材高大得像男生一样，丝毫没有女性特质，因此遭到同龄人的排斥，想融入身边小圈子的努力一次次被打败。杰克·布朗特酗酒成性，四处流浪，妄图成为闹事工人的头头。咖啡馆

---

[1] 弗吉尼亚·卡尔：《孤独的猎手：卡森·麦卡勒斯传》，冯晓明译。上海：三联书店，2006年，第14页。

[2] 关于麦卡勒斯作品中的精神隔绝与边缘视角的论述，可参见林斌：《"精神隔绝"的多维空间：麦卡勒斯短篇小说的边缘视角探析》，载《外国文学》2018年第3期。

老板比夫·布兰农是不善言辞的跨性别者,却拥有知识分子般的审视眼光和悲悯情怀,对那些他人眼中的"怪人"表现出高度的认同感:"他对病人和残疾人有一种特殊的亲和感。任何时候,只要有兔唇或结核病人走进店里,比夫都会请他喝啤酒。或者,如果顾客碰巧是个驼背或瘸子,那么他准会为他提供一杯免费的威士忌。"①黑人医生贝内迪克特·梅迪·科普兰则是个理想主义者,因为自身受到种族歧视而反思小镇居民的经济状况和思想形态。他努力宣传自然资源应该属于大众公有而不是被资本家私人占有的理念,却应者寥寥。

小说中的人物角色都表现出某种身体或精神残疾的症状,疾病给他们带来了痛苦,同时也隐喻着他们作为畸零人的身份②。这些人要么处于封闭的空间里,要么即使见面了却毫无心灵的交流。他们与外界的深层次交流只停留在将自己隐秘的希望和信念向一位中心角色倾诉。吊诡的是,这位中心角色是聋哑人,无法听到他们的声音,更无法给予他们所需要的同情,所充当的不过是一个玩偶式的听众,与那些诉说者一样是一个付出情感而没有得到回应的可怜人物。整个故事就像一场以畸零人为角色的哑剧表演,在他们无效和徒然的互动中凸显出精神隔绝的主题。这个绝妙的安排是麦卡勒斯的有意为之,充满了象征意义。她说:

> 作品总是源自潜意识,无法控制。一整年我都在写《心是孤独的猎手》,我丝毫不理解这小说。每个人物都在和一个中心人物对话,但我不知道为什么。我几乎肯定这写不成,几乎要把书砍成几个短篇。但我产生这想法时,会感到身体内部被摧毁,陷入了绝望。我工作五小时后便出门了。穿过大街时,我突然发现哈利·米诺维茨正是小说中众多人物相对话的那个人物,他与众不同,是个聋哑人。我马上把他的名字改为约翰·辛格。小说的中心确定之后,我就第一次全心全意投入《心是孤独的猎手》的创作中。③

作为全书中心的角色是一个缺乏语言能力的聋哑人,这喻示着所有角色所想象的交流沟通都在事实上受到了阻碍,最终变成不可能。正是在这个意

---

① 弗吉尼亚·卡尔:《孤独的猎手:卡森·麦卡勒斯传》,冯晓明译。上海:三联书店,2006年,第21页。

② 参见苏珊·桑塔格:《疾病的隐喻》,程巍译。上海译文出版社,2003年。

③ 引自 Josyane Savigneau, *Carson McCullers*: *A Life*. Trans. Joan E. Howard. Boston: Houghton Mifflin, 2001, pp. 48—49.

义上，评论家才断言《心是孤独的猎手》"不是描写社会问题的，也不是探究人类孤独的。它是关于真理和幻象（或幻灭）的"①。小说中的个体都是一座孤岛，他们与世界的唯一沟通交流是进食。这种与世界进行低级的物质交换可能是麦卡勒斯所能想象的突破个体世界的唯一有效方式。她在回顾自己的创作时表示对食物情有独钟，说"我最初开始阅读时最喜欢的短篇是那些其中有描写食物的作品"②。

《心是孤独的猎手》中刻画了各种不容于社会规范的情感癖好，如同性恋、性别错置、偷窥等，展现了性别身份建构中的亚文化实践。麦卡勒斯对于这些异类癖好的关注延续到了她的第二部作品《金色眼睛的映像》之中。这部小说最初连载于1940年10月和11月期的《时尚芭莎》（*Harper's Bazaar*）杂志，次年由霍顿·米夫林出版社出版。小说的雏形基于麦卡勒斯少女时期的一次经历，她当时首次踏上佐治亚州的本宁堡地区。后来她又听说过一个在本宁堡被捕的偷窥狂的故事，此人是个青年士兵，当时偷窥结婚军官的住处被发现。小说化用了这个情节，描绘了佐治亚州军队基地的情感纠葛。已经服役两年的列兵艾尔基·威廉姆斯充满秘密和欲望，他在潘德腾上尉家干活时看到上尉夫人利奥诺拉的裸体并为之痴迷。潘德腾上尉是性无能和同性恋，性格敏感懦弱，无法满足妻子利奥诺拉。利奥诺拉性爱成瘾，甚至与丈夫的同事兰登少校发生私情。兰登少校对待妻子艾莉森非常冷漠，导致敏感深情的艾莉森非常痛苦；畸形儿子早夭后她甚至剪掉了自己的乳头，结果被送进了精神病院。潘德腾上尉在婚姻中受辱，男性身份陷入极大危机，"却胆怯地想不出来任何变化的可能"③。他受到威廉姆斯身体的诱惑，想通过占有男性躯体来报复妻子并重新恢复自己的男性气质。但后来他发现威廉姆斯偷窥妻子裸睡的秘密，暴怒之下开枪杀人。"金色眼睛的映像"在小说中出现了三次，都与鸟有关。这一意象虽然表面上与文本整体较为疏离，实际上是利用非人类的他者边缘视角展现了以军营为代表的美国南方社会的暴力本质和扭曲心态④。作品中令人不安的三角关系与麦卡勒斯的个人情感经历不无关系。她曾说，"要理解一部作品，艺术家需

---

① Klaus Lubbers, "The Necessary Order," in *Carson McCullers*. Ed. Harold Bloom. New York: Chelsea, 1986, p. 37.
② Josyane Savigneau, *Carson McCullers: A Life*. Trans. Joan E. Howard. Boston: Houghton Mifflin, 2001, p. 20.
③ 卡森·麦卡勒斯：《金色眼睛的映像》，陈黎译。上海：三联书店，2007年，第32页。
④ 关于这一意象的评论梳理和"他者"视角的阐释，参见林斌：《"自然之镜"中的文明映像——〈金色眼睛的映像〉的女性生态视角》，载《外国文学研究》2013年第6期。

要在情感上投入,这一点很重要:要观察,要明知,要体验写作的内容"[1]。她对这类话题的偏爱和娴熟驾驭反映了她本人的情感认同和艺术视野。

对于畸零人角色和怪异状态的关注奠定了麦卡勒斯创作的基调,使她成为美国南方哥特传统的一部分。正如她自己所言:"精神隔绝是我大多数作品主题的旨归,我的首部作品几乎完全呈现了这个主题,此后的所有作品都或多或少与之相关"[2]。因而,她对女性的刻画也不可避免地呈现出怪诞特征。这在麦卡勒斯的另一部名篇《伤心咖啡馆之歌》中体现得尤为明显。这部小说出版于1951年,包括同名中篇小说及六个短篇《神童》("Wunderkind")、《赛马骑师》("The Jockey")、《席林斯基夫人和芬兰国王》("Madame Zilensky and the King of Finland")、《寄居者》("The Sojourner")、《家庭困境》("A Domestic Dilemma")及《一树,一石,一云》("A Tree, a Rock, a Cloud")。小说《伤心咖啡馆之歌》以美国南方一个偏僻小镇为背景,讲述了女主人公艾米莉亚·伊万斯的感情经历。她体格健壮得如同男子一般,经营着一家咖啡馆。有一天驼背莱蒙拖着衣箱来到她家,声称是她的表兄。艾米莉亚允许他住下,引起居民纷纷猜测,以为她贪图驼背的财物。谣言四起后,一群人走进咖啡馆想打听发生了什么。他们一起走进店里,受到艾米莉亚的款待,发现驼背日子过得很滋润。艾米莉亚与驼背表兄无意间为当地开创了新的生活方式——大家开始每周日晚集中在咖啡馆饮酒,直至子夜。艾米莉亚陷入爱河后变得温柔体贴,导致镇上居民开始议论她之前与马文·梅西的短暂婚姻。马文爱上艾米莉亚之前非常恶毒残忍,婚后却想方设法讨她的欢心,但他的爱终究成为徒劳。艾米莉亚不允许他有亲密行为,10天后两人的婚姻便草草结束。马文希望挽回艾米莉亚对他的爱,被拒绝后放火报复而被拘捕。刑满释放后,他想利用对自己有好感的莱蒙来毁掉艾米莉亚的生活。最后两人爆发肢体冲突,正当艾米莉亚要占上风的时刻,莱蒙将她扑倒,帮助马文转败为胜。马文与莱蒙将咖啡馆洗劫一空后逃离小镇,剩下艾米莉亚一人独守咖啡馆,自此与世隔绝。小说在身体和精神两个层面都颠覆了美国南方的骑士淑女神话。艾米莉亚的强壮体格与美国南方女性特质强调的娇小玲珑相反。她思路清晰,善于经营,这些均反映出她与传统南方女性的不同。马文为了爱情而性格变得温柔,男性气质的丧失可能正是艾米莉亚无法忍受他的原因;两者构成了一个明显的"性别异

---

[1] 引自 Harold Bloom, ed., *Carson McCullers's The Member of the Wedding*. Philadelphia: Chelsea, 2005, p. 70.

[2] Carson McCullers, "The Flowering Dream: Notes on Writing," in *The Mortaged Heart*. Ed. Margarita G. Smith. New York: Penguin Books, 1975, p. 280.

装"关系,马文对艾米莉亚的经济依赖更加强化了这个身份错置。从这个意义上讲,马文的复仇其实是南方社会性别规范对艾米莉亚反叛行为的反扑。她与马文的决斗富含象征意义,体格健壮的她却败于不如她的两个男性之手,还要遭受邻里的嘲笑和漠视,反映了"正常的"男权社会的扭曲之处。小说中的咖啡馆是一个具有文化深意的空间,它与艾米莉亚的怪诞身体相互映衬,表现了正在经历社会经济和意识形态剧烈变化的美国南方对于现代性的抵抗和妥协[①]。

《婚礼成员》一般被视为麦卡勒斯最成熟的作品。麦卡勒斯花了五年才完成该小说的创作,最初为其选定的题目是《新娘》("The Bride")。小说并没有太多精巧设计的情节,而是主要描写南方小镇的环境,聚焦于三个主要边缘人物的心理。三位人物是"又丑又孤单"的六岁小男孩亨利、自认为是一个"与世界没有关联的人"的12岁女孩弗朗姬,还有一直陷于第一任丈夫去世的悲痛中的黑人女仆伯尼丝。他们被排斥在南方主流社会之外,因而躲在厨房里建构了他们自己的情感乌托邦[②]。他们生活在禁锢的小镇非常压抑,只能通过收音机了解外面世界的情况。故事聚焦于弗朗姬的处境。她生就一个假小子,体形和性格上均不符合南方淑女的特点,因此与周围的女性格格不入。母亲生她时难产去世,忙于工作的父亲冷漠疏远,哥哥在远方服兵役。处于青春期的弗朗姬受到传统的束缚,内心体会到深刻的孤独感。哥哥的婚礼给了她一种从属于集体仪式的归属感,让她自认是"婚礼成员"。她把自己的名字改成了弗·洁丝敏,与哥嫂的名字拥有一样的开头(Ja-),建构出"我的我们"的集体想象。在哥哥婚礼的前一天,弗朗姬在"蓝月亮"旅馆邂逅了一位士兵,遭遇了"疯狂的"事情,差点被强奸。当破灭的婚礼结束时,哥嫂乘车离去,再次留下她"扑倒在滚烫的尘土里"。在弗朗姬的情感无处宣泄时,只能从约翰和伯尼丝那里获得些许安慰。黑人女仆扮演了母亲的角色,用其丰富的人生阅历给了弗朗姬引导,使她在不断通过与她人的交往中逐渐认识社会和自我,获得了精神上的成长。这也促成了弗朗姬种族观的改变。正是这种陪伴才让她走出依恋兄长、不愿独立生存的状况。这部小说通过少女的感官体验和意识幻想再次表达了情感隔绝的主

---

① 对于麦卡勒斯作品中咖啡馆意象的含义分析,参见田颖、殷企平:《卡森·麦卡勒斯:南方"旅居者"》,载《外语研究》2017年第3期;林斌:《美国南方小镇上的"文化飞地":麦卡勒斯小说的咖啡馆空间》,载《外国文学评论》2019年第2期。

② 参见田颖:《从厨房说起:〈婚礼的成员〉中的空间转换》,载《国外文学》2018年第1期。关于麦卡勒斯作品中空间的社会含义,另参见田颖:《论〈心是孤独的猎手〉中的空间与权力》,载《当代外国文学》2015年第4期。

题，展现了现代社会的生存困境和精神危机。而音乐、婚礼等意象则象征着理想的生活方式，为超越现实提供了些许可能[1]。此外，它成型于第二次世界大战期间，通过弗朗姬和士兵的情节，揭示了宏大的战争话语的虚伪性并呈现了战争对人性的剥夺。这表明麦卡勒斯的创作开始突破个体感受的层面，拓展至外部世界，视域的宽广度和内涵的深刻性都有所提升。

《没有指针的钟》是麦卡勒斯的最后一部作品，也是所有作品中争议最大的一部。故事设定的时间是1953年，当时正值美国麦卡锡主义盛行，因而也被认为是一部超越了麦卡勒斯常见的精神隔绝主题的政治讽喻小说[2]。这部作品的独特之处在于，麦卡勒斯"首次从'私人视角'转向'公共视角'，直面南方现实，评说南方历史，挑战南方政治；其人物塑造和情节设置都直接体现了作者对南方历史意识和南方文化精神内涵的特别关注"[3]。小说描绘了20世纪五十年代初的经济发展和种族平等意识给美国南方小镇米兰的社会文化秩序所带来的冲击。小说包含两条叙事主线。一条围绕药剂师马龙和法官克莱恩的生活展开。马龙患白血病后一度失去生活信心，与克莱恩法官交往密切。垂死的克莱恩法官代表南方文化保守势力，他拒绝承认种族平等的现实，一心想要恢复奴隶制旧南方的荣光。法官在广播站发表演说时忘记内容，脱口而出的竟然是林肯的葛底斯堡演讲。法官一次发生意外，幸亏黑人球童舍曼相救逃生。舍曼是一位蓝眼睛黑皮肤的混血儿，法官感激之余邀请他当自己的秘书。故事的第二条主线围绕舍曼和法官的孙子杰斯特展开。杰斯特虽然身为舍曼的同龄人，却注定是未来的白人精英。出于模仿、取悦和欲望等原因，舍曼对杰斯特的情感呈现出强烈的同性恋意味，力图融入白人圈子。但得知自己的身世乃是黑奴与白人女主人通奸所生后，舍曼辞职搬到白人社区居住以抗议种族主义。法官带领一批白人暴民聚集在马龙的药店里，蓄谋制造爆炸事件将舍曼从社区驱赶出去。马龙抽中了实施任务的纸团，在良心纠结后选择了拒绝伤害无辜的灵魂。杰斯特前往舍曼的住处警告针对他的种族主义阴谋，但舍曼不听劝说，最终死于非命。在小说中，舍曼是自我身份危机最严重的人物。作为一个混血儿，他既不容于白人社会，也拒绝认同"黑鬼"身份。虽然口头说"什么人都不爱"，他却完全内化了白人社会的规范，急于向杰斯特展现自己

---

[1] 参见荆兴梅:《〈婚礼的成员〉的象征意义》，载《长江大学学报(社会科学版)》2008年第3期。
[2] 参见荆兴梅、朱新福:《身体政治和历史书写：〈没有指针的钟〉解读》，载《苏州大学学报(哲学社会科学版)》2015年第5期。
[3] 林斌:《寓言、身体与时间——〈没有指针的钟〉解析》，载《外国文学评论》2009年第4期，第82页。

所获得的物质财富。他作为欲望主体在小说中极为分裂,死亡因而成了一个不可避免的结局:这既是个体命运的必然,更体现了黑人和白人价值观冲突的不可调和。可能正是在这个意义上,"没有时针的钟"这个意象不仅指克莱恩法官的行将就木、马龙的身患绝症,更是指黑人舍曼南方文化政治下黑人主体欲望的不可能[①]。

在宗教色彩浓厚的美国南方,麦卡勒斯在创作中似乎并没有给上帝留下任何地方,而只将目光投向了世俗世界中那些因为怪诞而绝望的孤独个体,所想象的心灵皈依之所也没有任何神圣的色彩[②]。从这个意义上可以说,她是南方最世俗的作家。在她的笔下,那些孤独的角色囿限在异质空间之中,身体的畸形、行为的暴戾、情爱的压抑、交流的隔阻、精神的绝望成为他们无法逃离的文化标记。畸零个体和异质空间以其自身的存在质疑了美国南方主流社会的价值观,显现出对于普世权利的向往和追求。就此而言,麦卡勒斯成为"世界上孤独者和被遗忘被抛弃者的代言人"[③]。麦卡勒斯将孤独视为美国文学的核心特征,她曾说:

> 我们怀恋所熟悉的事物,渴求外面陌生的一切,在这两者之间我们不知如何选择。经常的情况是,我们最怀恋的是那些我们从未了解的地方。所有人都是孤独的。但有时在我看来,美国人似乎是最孤独的。我们对国外的地方和新的方式的饥渴,几乎像一种民族病那样伴随着我们。我们的文学打上了渴望和躁动的印记,我们的作家是伟大的流浪者。[④]

麦卡勒斯的论断为美国经典文学传统中的流浪主题提供了一个别出心裁的解读视角,而这种视角是南方的、哥特式的、女性的——归根结底是麦卡勒斯个人的。

[①] 林斌:《寓言、身体与时间——〈没有指针的钟〉解析》,载《外国文学评论》2009年第4期,第90—92页;田颖:《〈没有指针的钟〉:他者欲望的书写》,载《当代外国文学》2011年第2期,第90页。

[②] 也有学者认为,麦卡勒斯作品尽管表面上讽刺宗教,但本质上体现了基督教信仰。参见林斌:《"精神隔绝"的宗教内涵:〈心是孤独的猎手〉中的基督形象塑造与宗教反讽特征》,载《外国文学研究》2011年第6期;宗连花、黄铁池:《灵魂上的拒与合:卡森·麦卡勒斯创作宗教观的悖论》,载《上海师范大学学报(哲学社会科学版)》2012年第1期;宗莲花:《卡森·麦卡勒斯关于基督教爱的伦理的隐性书写》,载《外国文学研究》2015年第5期;朱琳:《麦卡勒斯小说的宗教意蕴和人文关怀》,载《北方论丛》2016年第2期。

[③] 弗吉尼亚·卡尔:《孤独的猎手:卡森·麦卡勒斯传》。冯晓明译。上海:上海三联书店,2006年,第437页。

[④] 引自弗吉尼亚·卡尔:《孤独的猎手:卡森·麦卡勒斯传》。冯晓明译。上海:上海三联书店,2006年,第142页。

第六节　先知的灵魂救赎者

弗兰纳里·奥康纳(Flannery O'Connor,1925—1964)

弗兰纳里·奥康纳可能是美国文学史上最受争议的一位宗教作家。很少有人像她那么虔诚地相信天主教教义,声称"生活的中心意义是基督的拯救。我衡量世界的标准就是根据它与这一事件的关系"[①]。但更少有人像她那样在创作中醉心于刻画畸形人和暴力,让读者往往误解"她的作品最终是对整个世界的否定。……正统的天主教认为神之恩典使自然变得完善和完美,而奥康纳的恩典却撕裂并强行闯入自然"[②]。奥康纳、韦尔蒂和麦卡勒斯就像南方文坛上的"复仇三女神",在文中"将野蛮和南方女性结合在一起",以哥特手法无情地撕碎了南方传统中浪漫温情的面纱,呈现出一个近乎野蛮狰狞的区域形象[③]。当然,她们的本意并非诋毁这个自己生于斯长于斯的故乡,而都有着深刻的艺术考量。对于奥康纳来说,宗教和暴力主题来自她自身的创作身份。她说:"在我看来,使我避免成为区域作家的唯一原因是我的天主教信仰,而使我避免成为天主教作家的唯一原因则是我的南方人身份。"[④]这一评价为理解她的作品提供了两个相互重合的思想框架。

弗兰纳里·奥康纳出生在佐治亚州,是家中独女。父母是爱尔兰天主教徒,给奥康纳足够的关爱和宗教教育。但父亲患有免疫性疾病红斑狼疮,生意也不太景气,给家庭生活带来了一丝阴霾。奥康纳自小内向腼腆,不善于社交,更喜欢自己一个人观察、阅读和绘画。孤僻的性格也导致了小奥康纳有些"怪异"的习惯,她经常跑到附近的州立疯人院去观看那些社会边缘群体的生活,日后在作品中也刻画了一系列的畸零人形象。1942年,奥康纳在佐治亚州女子州立大学攻读社会学和英语专业。大学期间,她的文学才能开始崭露头角,成为大学文学刊物《柯林斯人》(The Corinthian)的撰稿人;此外还在年鉴《光谱》(The Spectrum)担任艺术编辑,借用卡通画反

[①] Flannery O'Connor, *Mystery and Manners*. Ed. Sally Fitzgerald and Robert Fitzgerald. Boston: Faber and Faber, 1972, p. 32.

[②] André Bleikasten, "The Heresy of Flannery O'Connor," in *Critical Essays on Flannery O'Connor*. Ed. Melvin J. Friedman and Beverly Lyon Clark. Boston: G. K. Hall, 1985, p. 152.

[③] Sarah Gleeson-White, "A Peculiarly Southern Form of Ugliness: Eudora Welty, Carson McCullers, and Flannery O'Connor." *Southern Literary Journal* 36.1 (2003): 52.

[④] Flannery O'Connor, *The Habit of Being*. Ed. Sally Fitzgerald. New York: Farrar, Straus & Giroux, 1979, p. 104.

讽大学生活。在校期间,她学习成绩优异,论文见解独特,语言风趣。以优异成绩毕业后,奥康纳经老师推荐前往艾奥瓦大学学习创意写作,后获新闻专业的奖学金,在校期间选修文学、高级绘画、杂志文章写作、广告学、美国政治卡通画等课程。不幸的是,奥康纳遗传了父亲的红斑狼疮,1950年12月确诊后便回到南方乡村定居。虽然身体每况愈下,但她从未放弃自己的作家梦想。在母亲的支持和照顾下,她得以避开干扰她创作的访客安心创作。奥康纳曾说,"我认为,我能成为短篇作家,主要因为我想让母亲能够一次性地读完我的作品"[①]。身体的病痛并没有导致奥康纳像她的南方姐妹卡森·麦卡勒斯那样形成怪诞病态的世俗视野,而是坚定了她作为天主教"受苦灵魂"(victim soul)的自我认知。而她的确也表达过对麦卡勒斯作品的厌恶[②]。1964年,奥康纳因为并发症肾衰竭逝世。

奥康纳在写作坊学习期间便开始了创作,文风受到她酷爱的詹姆斯·乔伊斯(James Joyce,1882—1941)、弗兰兹·卡夫卡(Franz Kafka,1883—1924)、威廉·福克纳等经典作家的影响。她1946年发表第一个短篇《天竺葵》("The Geranium"),这成为其创意写作硕士论文的标题作品。1948年学业结束后,奥康纳去往纽约著名的艺术中心雅斗继续进行小说创作,在文学经纪人伊丽莎白·麦基的协助下在《青年女子》(*Mademoiselle*)上发表《捕获》("The Capture")、《楼梯上的女人》("The Woman on the Stairs")、《公园深处》("The Heart of the Park")、《土豆削皮器》("The Peeler")等作品。除第一篇外,其余短篇经修改后收入小说《智血》(*Wise Blood*,1952)。小说出版后,评价褒贬不一。1954年短篇集《好人难寻及其他短篇》一书的发表标志着奥康纳进入了创作成熟期。

奥康纳只创作了两部长篇小说:《智血》和《暴力得逞》(*The Violent Bear It Away*,1960)。《智血》的初稿是奥康纳硕士毕业作品,后来在纽约雅斗和康州生活期间写成。评论家认为,定稿后的《智血》比起初稿来有了质的升华:"在《智血》中具备一种宗教主题的成熟的功能形式,这种形式诠释了她接下来十三年的所有创作内容。"[③]构成小说的四个短篇分别于1948年和1949年发表于《小姐》(*Mademoiselle*)、《赛万尼评论》(*Sewanee Re-*

---

① 引自 Connie Ann Kirk, *Critical Companion to Flannery O'Connor*. New York: Facts on File, 2008, p. 10.

② 奥康纳认为麦卡勒斯的作品太过世俗,有评论家认为她的厌恶可能来自竞争心理和嫉妒。参见 Jean W. Cash, *Flannery O'Connor: A Life*. Knoxville: The U of Tennessee P, 2002, p. 251.

③ Virginia F. Wray, "'An Afternoon in the Woods': Flannery O'Connor's Discovery of Theme." *Flannery O'Connor Bulletin* (1991): 45.

view)以及《党派评论》(Partisan Review),完整小说发表于1952年。小说以罪和赎罪为主题,刻画了主人公黑兹尔·莫茨第二次世界大战后回乡的经历。他祖父是牧师,但战争使他变成了一个反对基督教教义的无神论者。讽刺的是,他因为经常思考宗教信仰问题而被人们视为牧师。他的同伴,在小说中象征动物性的伊诺克·埃默里则试图让他相信自己是天生聪慧、无需宗教信仰的"智血"。埃默里声称莫茨的教堂需要"先知",于是盗来一具侏儒干尸,让爱着莫茨的丽莉怀抱干尸仿拟圣母抱子的神圣场景。这一闹剧也启发了当地的"艺术家"霍利——他也试图成立自己的教会组织,找人扮演"先知"。在一系列的荒诞事件后,莫茨对人生的理想彻底幻灭,最终死于非命。小说以城市为背景呈现了一个物欲横流、信仰丧失的社会,严厉地批判了现代工商业主义对人们精神世界的腐蚀和摧毁[①]。

整个美国社会的心灵黑暗也是《暴力得逞》的核心主题[②]。该小说的语境设于1938与1952年间,以主人公放荡不羁的表现和精神孤独为线索,探讨了普通人物面对先知的"被动性"。小说共分为12章,讲述了祖孙三代人之间的精神传承和冲突。故事以梅森之死开篇,这位虔诚到近乎专制的老先知担心自己的外甥乔治·雷柏会把自己火葬,而期待侄孙弗朗西斯·塔沃特成为新的先知,并将自己以虔敬上帝的方式安葬。然而弗朗西斯一开始拒绝承担作为先知的使命,在人文理性主义和宗教信仰之间几度犹豫,后来在痴呆儿毕肖身上经历了神启,终而走上了自己的先知之路。小说反映了自我追求的过程,阐释了通过精神修行而得到成长的主题。但实际上,小说中占据篇幅最多的角色是乔治·雷柏。作为一位知识分子,雷柏崇尚科学理性,非常排斥信仰复活和救赎的基督教教义,是老先知梅森思想上的死对头。在梅森为弗朗西斯举行洗礼仪式后,雷柏却又泼了他一身水,将洗礼消解成了娱乐游戏。洗礼是《暴力得逞》的中心意象,奥康纳曾经说过:"《暴力得逞》的主要事件是洗礼。我在创作这部小说时很清楚,大多数读者都认为洗礼是个无意义的仪式。因此我要把它写得足够庄严而神秘,以此来打动读者并让他们从情感上认识到洗礼的重要性。"[③]有关洗礼的情节体现了梅森和雷柏在信仰上的本质冲突。在奥康纳笔下,理性崇拜往往最终导致

[①] 有关《智血》中城市书写的内涵,参见殷雄飞、王文琴:《略论奥康纳小说〈慧血〉中的城市表征》,载《扬州大学学报(人文社会科学版)》2012年第5期。

[②] Harold Bloom, *Bloom's Modern Critical Views*: *Flannery O'Connor*. New York: Infobase Publishing, 2009, p. 81.

[③] Flannery O'Connor, *Mystery and Manners*: *The Occasional Prose of Flannery O'Connor*. Ed. Sally and Robert Fitzgerald. Boston: Faber and Faber, 1972, p. 162.

虚无主义,因为知识分子的信仰视野中除了他们自身之外别无他物。在小说中,雷柏身为痴呆儿毕肖的生父,却将之视为"自然的错误",看着他溺死而无动于衷。在奥康纳看来,这是所有现代知识分子的原罪①。

奥康纳创作成就最高的是短篇小说。她的很多作品获得短篇小说欧·亨利奖(The O. Henry Award),包括《你救的也许是自己》("The Life You Save May Be Your Own",1953)、《格林利夫》("Greenleaf",1957)和《启示》("Revelation",1964)。她去世后,所有的作品结集成《奥康纳短篇小说全集》(*The Complete Stories of Flannery O'Connor*,1971),获得次年的全国图书奖。宗教是奥康纳短篇创作的核心主题,她坦承:"我从基督教正统观念角度看世界。这意味着,对我而言,生命的意义集中在基督对我们的救赎,我对世界的观察,正是我对它与这一救赎的关系的观察。我不认为这个立场可以半路获取,也不认为在这个年代那么容易就能在小说中反映得如此明确透彻。"②在奥康纳的笔下,救赎的获取方式令人诧异地被定为暴力。她在《为什么异教徒会愤怒》中这样形容暴力与恩宠的关系:"爱应该是充满愤怒的……耶稣是一位口中衔剑、制造暴力的将军。"③将愤怒和暴力视为救赎的前提和本质,这是奥康纳与评论界的交锋焦点。评论家指出,"令人不安的不是她作品中不断出现的暴力,而是她富含激情地将暴力作为唯一能惊醒读者并反省精神的方式"④。这与普通大众对于天主教教义的理解相差甚远。

救赎与暴力的张力在短篇《好人难寻》("A Good Man is Hard to Find")中体现得尤为明显。一天晚上,佐治亚的一家人开车去佛罗里达州,包括贝利、妻子、他们的三个孩子以及祖母,却在路上被一个罪犯所劫持。祖母看过报纸,认出这正是被通缉的"不合时宜的人"。祖母希望罪犯发善心,并和罪犯展开哲学和神学意义上的对话。两人对话间,罪犯让其他家庭成员跟着他的同伙进了小树林,将他们一一开枪杀害。祖母在其家庭成员被杀害后,变得非常狂热,竟劝说罪犯改邪归正,并试图给予罪犯母爱:"你是我的亲生孩子!"就在她触碰罪犯肩膀时,罪犯连开三枪结束了祖母的性

---

① 对《暴力得逞》中罪和恩典的主题阐述,参见许丽梅、傅景川:《罪与恩典的旅程——析〈暴力夺取〉中暴力恩典的先知式想象力构建过程》,载《文艺争鸣》2018年第2期。

② Flannery O'Connor, *Mystery and Manners: The Occasional Prose of Flannery O'Connor*. Ed. Sally and Robert Fitzgerald. Boston: Faber and Faber, 1972, p. 32.

③ Flannery O'Connor, *Mystery and Manners: The Occasional Prose of Flannery O'Connor*. Ed. Sally and Robert Fitzgerald. Boston: Faber and Faber, 1972, p. 487.

④ Connie Ann Kirk, *Critical Companion to Flannery O'Connor*. New York: Facts on File, 2008, p. 3.

命。他表示,祖母变成好女人的先决条件是有人经常枪毙她。故事中的祖母虽然是受害者,却没有被刻画成值得同情的人物。她以自我为中心,无视家庭其他成员的意愿,坚持要重访旧农庄的老房子。她的任性行为最终给家人带来灾难,自己也因此丧命。具有反讽含义的是,她口口声声称罪犯为"亲生孩子",却并不了解他的过去和内心的痛苦。评论家指出,故事"介绍了罪犯的对比性人物:祖母表面上是个好人,至少社区认为她是个好人,但她也非常卑鄙。她迫使家人听从她指挥,把家人看作她自我的延伸,抓住每个机会去'改变'现实"①。可以说,她的死亡是对其自我中心主义的严厉惩罚,因为"暴力有种奇异的力量,能使人物回归现实,并预备他们接受恩典的时刻"②。

在奥康纳的笔下,普通大众往往用世俗的知识体系代替了上帝的恩典,因而距离真正的救赎越来越远,对于不信上帝的知识分子来说尤其如此。这是以《乡下好人》("Good Country People")为代表的一系列短篇的主题。《乡下好人》是短篇集《好人难寻》(A Good Man Is Hard to Find)中的最后一个短篇,也是唯一一个之前没有发表过的短篇,揭示出年轻知识女性的自负的危害性。农场主霍普韦尔太太被称赞为典型的"乡下好人",但实际上却是一个庸俗的家庭主妇,只会根据南方的"体面"文化从表面去判断他人的行为。她的女儿乔伊相貌可人,拿到了哲学博士学位,但腿部因残疾装了假肢。乔伊平时表露出极强的智力优越感,对农场生活不屑一顾,为了展示创造力而将自己的名字改为哈尔嘉。霍普韦尔太太与哈尔嘉因此处于一个既相互关爱又相互排斥的关系之中。一天,农庄来了一个《圣经》推销员曼利·博尔特。他看起来真诚善良,声称要全心献身基督事业,因而被霍普韦尔太太当作"乡下好人"。博尔特离开之前和不信上帝的哈尔嘉约会,两人一同去了农仓阁楼。他骗得哈尔嘉取下假腿,从掏空的《圣经》里面掏出威士忌酒、色情扑克牌和避孕套。震惊的哈尔嘉斥责他是"伪善的基督徒",博尔特却收了她的假腿扬长而去,把她孤身一人留在阁楼。由于奥康纳在创作中总是将脚和性爱联系在一起③,故事暗示哈尔嘉可能遭受了强奸。故事结尾处,霍普韦尔太太看到博尔特离去的身影慨叹大家应该像他一样"单

---

① Harold Bloom, *Bloom's Modern Critical Views: Flannery O'Connor*. New York: Infobase Publishing, 2009, p. 21.

② Flannery O'Connor, *Mystery and Manners: The Occasional Prose of Flannery O'Connor*. Ed. Sally and Robert Fitzgerald. Boston: Faber and Faber, 1972, p. 112.

③ Cynthia L. Seel, *Ritual Performance in the Fiction of Flannery O'Connor*. New York: Camden House, 2001, p. 246.

纯"。故事不仅讽刺了南方乡亲仅靠表象认识世界的浅薄,也讽刺了知识分子觉得理性能够掌握真相的自以为是,博尔特这个角色成了证伪他们双方的试金石。自负的哈尔嘉以为自己受过教育就高人一等,却因为无法抵御身体欲望而被博尔特玩弄于股掌之间。如评论家所言,"在奥康纳的小说中,女性的身体是一个陷阱,一个让她们意识到自身无能的'可恶伴侣',因为只有心性疏离才能获得精神的升华"①。然而,知识分子对理性的依靠却不是正确的升华方式——哈尔嘉的假腿和心脏病暗喻着心灵的残疾,对智性的刻意强调最终证明不过是内化了传统文化标准而力图掩盖自卑的外在表现。

奥康纳对于世俗知识的批判也涉及种族层面。虽然奥康纳在作品中没有正面刻画过种族问题,导致一些评论家对她多有诟病,但基于世俗政治话语体系来苛求奥康纳做出表态偏离了她创作的中心意义。作为一个思想深邃的作家,奥康纳意识到黑人在法律层面和经济层面的解放仅仅是南方种族问题的表层,文化身份才是最重要的。她在接受天主教杂志采访时谈道:

> 南方在过去之所以能够生存下来,是因为它的习俗——不管这种习俗有多么片面和不完善——以足够的社会约束力把我们(白人和黑人)连接在一起,使我们拥有一致的身份。如今这种旧习俗已经过时了,但新的习俗必须体现旧习俗中最好的东西,即应该建立在博爱精神和必要性的基础之上。在实际生活中,南方人很少会低估自己作恶的可能性。在其他地方的人看来,一旦黑人拥有了自己的权利,种族问题就彻底解决了;但是对南方人(不管他是白人还是有色人)来说,这仅仅是个开始。南方必须逐步形成一种新的社会生活方式,使得两个种族能够相互克制,共同生活在一起。②

实际上,奥康纳对于种族政治的反思和批判都是基于她的天主教视野。在她看来,深陷于世俗文化体系中的南方人如果没有真正认识到上帝的恩典,便具有极高的"作恶的可能性"。黑人或者外乡人的角色松散地分布在奥康纳笔下的各个故事中,她借助这些角色的遭遇辛辣地讽刺了美国南方白人

---

① Katherine Hemple Prown, *Revising Flannery O'Connor: Southern Literary Culture and the Problem of Female Authorship*. Charlottesville: UP of Virginia, 2001, p. 49.
② 引自石平萍:《试析弗兰纳里·奥康纳的种族立场》,载《解放军外语学院学报》1998年第1期,第80页。

的优越心态。《上升的一切必将融合》这部短篇最为直接地体现了种族主题,刻画了世俗视野下虚伪的"种族主义之爱",被评论家视为奥康纳最关注美国民权运动的作品之一①。故事讲述了白人青年朱利安陪同母亲乘车的经历。朱利安的母亲出身于大奴隶主家庭,沉湎于旧南方的回忆,希望保持自己的贵族身份,虚伪地声称一直照顾她长大的黑人奶妈卡罗琳是世上最好的人。而朱利安自诩为民权斗士,对母亲的种族主义态度很不满。两人坐公交车时,母亲发现车上全是白人时狂喜,这引起了白人乘客的共鸣,开始讨论黑人对白人生活的影响。这时上来黑人乘客,导致很多白人远远躲开。朱利安却主动过去挨着黑人坐下,自以为会受到黑人的夸赞,不料却被黑人完全无视了。看到母亲不安的样子,朱利安感到满足,开始幻想自己与黑人名人交朋友并邀请他到家拜访,请黑人医生为母亲看病,和一个怀疑有黑人血统的女人恋爱。下车时,朱利安的母亲匆匆塞给邻座黑人小孩一些零钱,被黑人母亲认为是人格侮辱而打倒在地,最终死于中风。小说的反讽手法极为精湛,朱利安和他的母亲虽然从表面上看秉持着相反的种族理念,但本质上都生活在自以为是的幻想中,体现出"有毒的时局"和种族主义话语对于所有南方个体的影响②。

另一篇集中探讨种族问题的短篇小说是《人造黑人》("The Artificial Nigger"),通过纳尔逊祖孙俩进城三次见到黑人的经历揭示了黑人的存在对白人自我认知的塑造。他们在火车上第一次遇到一位黑人男性时,以前从未见过黑人的纳尔逊称之为"一个人",却被"见多识广"的祖父纠正成"黑人",鲜明地体现了种族知识对于自然经验的腐蚀。结果在现代城市中,祖父无所不知的自我形象破灭,祖孙俩迷了路,乱闯进了黑人居住区。纳尔逊看到了第二个黑人——一位"通过一种肉体的方式向他暗示存在的神秘"的黑人女性③——并在她的指点下找到了正确的道路。对于懵懂的青春少年纳尔逊来说,这种神秘感既可能是回归母体的欲望,也可能是萌动的性意识,无论哪种都暗示着白人自我和黑人他者在本质上的交融。最后一次与黑人的相遇是他们在返回乡下的途中,他们看见了一尊表情痛苦的人造黑人塑像。故事中的三个黑人形象分别是男性、女性和塑像符号,他们其实是

---

① Connie Ann Kirk, *Critical Companion to Flannery O'Connor*. New York: Facts on File, 2008, p. 61.

② 对于这一话题的阐述,参见万珊:《"时局有毒"——〈上升的一切必将汇合〉与奥康纳对种族问题的矛盾心理》,载《国外文学》2019年第1期。

③ Flannery O'Connor, *Letters of Flannery O'Connor: The Habit of Being*. Ed. Sally Fitzgerald. New York: Farrar, Straus & Giroux, 1979, p. 78.

白人所建构的"黑人"概念的不同具象,都对种族话语中的刻板印象进行了颠覆,启迪甚至强迫纳尔逊祖孙俩从"存在的神秘"的高度去重新认识黑人这位"邻人",获得"世上没有词语能够描绘"的知识、"人死后带给上帝的唯一东西"①。从这个意义上讲,整篇故事是一个成长叙事:表面上看是纳尔逊获取种族知识的旅程,实际上是祖父抛弃世俗的种族偏见而得到精神重生的旅程。

总体说来,奥康纳在创作中主要批判了两类人物,即追求世俗目标的普罗大众和自以为是的知识分子。普通大众沉迷于物质的享受或者恪守社会行为规范,知识分子则极端排斥物质世界而孜孜追求抽象的理念。这两类人看似截然不同,实质上都陷入了偶像崇拜的泥淖,成为基督教教义中的"罪人"②。在奥康纳看来,这两种表现是对天主教强调"人情"(manners)和"奥秘"(mystery)相统一这个教义的最根本背离。天主教认为,上帝的恩典正是通过具象才得以显现,教徒们所实践的圣餐礼等仪式都是在强调"道成肉身"这个最大的奥秘。这一点与新教反对具象、认为只有抽象的言语才能沟通上帝的主张完全相悖,因而新教往往攻击天主教为偶像崇拜。身为正统天主教徒的奥康纳在作品中展现了天主教教义和偶像崇拜的根本区别:偶像崇拜强调图像本身具有神圣力量,而天主教对圣像的敬礼则强调它们通过类似性所代表的神恩。以《好人难寻》中的祖母为代表的大众追求丰裕的物质生活或社会名声带来的虚荣感,以《乡下好人》中的哈尔嘉为代表的知识分子则追求"理性",本质上是一种自我崇拜的情结。他们的共性都是囿限在世俗的知识体系之中不可自拔,于是奥康纳就通过暴力摧毁他们的既有认知,迫使他们在一个特殊情境中获得顿悟,通过自己肉身的痛苦理解到耶稣牺牲和圣餐礼的应有含义。这是奥康纳创作中一以贯之的深层结构,也是其作品的最终旨归③。

奥康纳在作品中对宗教和暴力的讨论,也引发了评论界对她是否"道德"的争议。奥康纳认为,根据作品主题来评判作家的道德是一种荒谬的误读。首先读者不能把作品主题和作家的个人品质相等同,在日常生活中往往是相反的。她举例说:"亨利·詹姆斯(事实上)写起粗俗的角色来,要比

---

① Flannery O'Connor, *The Complete Stories of Flannery O'Connor*. New York: Farrar, Straus and Giroux,1986,p. 269.
② 参见孙丽丽:《一个好人难寻的罪人世界——奥康纳短篇小说中的原罪观探析》,载《外国文学研究》2005年第1期。
③ 对于奥康纳作品中对于偶像崇拜的暴力纠正主题,参见周铭:《"上升的一切必融合"——奥康纳暴力书写中的"错置"和"受苦灵魂"》,载《外国文学评论》2014年第1期。

我所知的任何一个作家都写得好,我认为,这是因为他本人身上几乎找不到粗俗,而且他一定对粗俗的人深恶痛绝。"①其次,读者不能将艺术与道德等同起来,但艺术应具备道德基础。她在信中写道:"我依然认为,艺术不要求正确的品味,但这并不是说艺术没有(虚构作品反正是这样)道德基础。我把这种观点看作詹姆斯的'感受到的生活',不是任何特定的伦理体系,我认为,小说作家的道德感必须和他的戏剧性相对应。"②对于奥康纳来说,艺术的道德性与世俗观念和法律无关,而具有独特的宗教内涵:"在我说诗歌的道德基础是准确地给上帝之物命名时,就如康拉德说他作为艺术家旨在为可见的宇宙尽可能带来正义。"③由此看来,奥康纳将艺术视为人类了解上帝之神圣意图的途径,通过准确呈现物质世界而揭示上帝恩宠的媒介。"准确"是最重要的关键词,因为世间本没有绝对的、静态的善恶标准,"邪恶是错误使用善的结果"④。

奥康纳的小说揭示了她对人性的深刻洞察,种族、阶级和性别成为奥康纳剖析人性的重要媒介。对物质的极端看重,或者自我膨胀到扮演拯救人类的救世主,都是迷失于世俗欲望中的罪行。奥康纳通过夸张的笔触放大了南方人日常生活中的精神缺陷,刻画了许多畸人的形象:"奥康纳对畸人、白痴和跛者的偏爱,对病态、死亡和诡谲的迷恋,是她与许多其他南方作家的共性。厄斯金·考德威尔、尤多拉·韦尔蒂,卡森·麦卡勒斯、威廉·乔恩、杜鲁门·卡波特,这条哥特式的线支甚而显现在威廉·福克纳的作品中。奥康纳和他们一样,都是埃伦·坡的后裔。"⑤从这个意义上来说,奥康纳是典型的南方作家。然而,奥康纳依仗暴力去摧毁和纠正世俗体系中的自以为是,以极端的方式去开启"盲者"的视野以便接受上帝的恩典之光,完成了自己作为一名天主教作家的使命⑥。

---

① Flannery O'Connor, *The Habit of Being*. Ed. Sally Fitzgerald. New York: Farrar, Straus & Giroux, 1979, p. 103.

② Flannery O'Connor, *The Habit of Being*. Ed. Sally Fitzgerald. New York: Farrar. Straus & Giroux, 1979, pp. 123—124.

③ Flannery O'Connor, *The Habit of Being*. Ed. Sally Fitzgerald. New York: Farrar. Straus & Giroux, 1979, p. 128.

④ Flannery O'Connor, *The Habit of Being*, Ed. Sally Fitzgerald. New York: Farrar, Straus & Giroux, 1979, p. 129.

⑤ André Bleikasten, "The Heresy of Flannery O'Connor," in *Critical Essays on Flannery O'Connor*. Ed. Melvin J. Friedman and Beverly Lyon Clark. Boston: G. K. Hall, 1985, p. 141.

⑥ 参见苏欲晓:《盲者与巨型图像——弗朗纳里·奥康纳的小说视野》,载《外国文学评论》2002年第4期。

第七节　女性戏剧的引领者

美国女性戏剧起步较晚,在18世纪末和19世纪初仅有零星的剧作出现。早期的美国戏剧基本上是对于欧洲戏剧的模仿,直到建国前后才转向具有本土特色的戏剧,女性戏剧作品在美国争取政治独立的过程中发挥过一定作用。女性戏剧的真正发展始于19世纪末,但直到20世纪20年代,美国白人女性剧作家作为一个群体,才开始崭露头角,参与戏剧的商业创作和演出。20至30年代是美国女性戏剧发展史上的第一个繁荣时期,这期间涌现出一批有才华的女性剧作家。她们大多出身于中上层阶级,是最早接受高等教育的职业女性。这一时期,女性剧作家的不少剧目起初主要在外百老汇和外外百老汇上演,但已开始摘取普利策戏剧奖等重要奖项。直到70年代的女权主义运动,评论界大都认为女性戏剧家对于美国戏剧的影响微乎其微,而除了包括苏珊·哥拉斯佩尔(Susan Glaspell,1876—1948)的《琐事》(*Trifles*,1916)、莉莲·海尔曼(Lillian Hellman,1905—1984)的《儿童时代》(*The Children's Hour*,1934)和《小狐狸》(*The Little Foxes*,1939)、洛蕾恩·汉斯伯里(Lorraine Hansberry,1930—1965)的《阳光下的葡萄干》(*A Raisin in the Sun*,1959)在内的剧作之外,女性戏剧家在美国戏剧史上也基本是缺席的。在尤金·奥尼尔(Eugene O'Neill,1888—1953)、田纳西·威廉姆斯(Thomas L. Williams,1911—1983)和阿瑟·米勒(Arthur A. Miller,1915—2005)等剧作家一统百老汇的20世纪40至60年代,女性剧作家难以在百老汇和美国戏剧界得到认可。当时只有莉莲·海尔曼能够在美国戏剧界争得一席之地,但是她也没有获得过普利策奖或者托尼奖这类的重要奖项。70年代的女权主义批评使得之前的多部女性剧作被挖掘出来,也带来了美国女性戏剧的复兴[1]。

20世纪上半叶是美国戏剧走向成熟的时期,一大批优秀剧作出现,产生了较大影响。这一世纪前20年的美国小剧场运动成为"美国戏剧从商业化转向艺术戏剧的过渡"[2],为美国现代戏剧的崛起奠定了基础。世纪初的女性剧作家如佐娜·盖尔(Zona Gale,1874—1938)、雷切尔·克罗瑟斯(Rachel Crothers,1878—1958)、苏珊·哥拉斯佩尔、索菲·特雷德韦尔(Sophie Treadwell,1885—1970)等都为美国女性戏剧发展做出了重要贡

---

[1] Brenda Murphy, ed., *The Cambridge Companion to American Women Playwrights*. Cambridge:Cambridge UP,1999, p. xiii.
[2] 郭继德:《当代美国戏剧发展趋势》。济南:山东大学出版社,2009年,第3页。

献。哥拉斯佩尔与丈夫奥尼尔·库克(George Cook)于1915年共同创建的普林温斯顿剧团鼓励新兴和实验性的戏剧创作,对于美国戏剧的发展起到了重要作用,在长达十几年的演出活动中上演过许多重要剧作,还发现和培养了一批戏剧家,其中对于美国戏剧发展最为重要的人物当数尤金·奥尼尔,他的第一部剧作《东航卡迪夫》(Bound East for Cardiff,1916)就是在普林温斯顿码头剧场上演的。除此之外,女性也在20年代的美国戏剧发展中发挥了积极作用。这一时期的戏剧特点是其社会批评性,世纪之交的新女性形象也出现在这一时期的女性戏剧中。佐娜·盖尔的《露露·贝特小姐》(Miss Lulu Bett,1920)以现实主义的手法批判了社会习俗和经济依赖将女性羁绊于家庭的社会现实,将独立自主视为女性从社会强加于她们的家庭角色中解脱出来的唯一出路。该剧于1921年获普利策奖。雷切尔·克罗瑟斯也是20世纪初的重要女性剧作家,她的剧作《男人的世界》(A Man's World,1909)和玛丽昂·克雷格·温特沃思(Marion Craig Wentworth,1872—1942)的《花店》(The Flower Shop,1921)描绘了面对社会重重压力的职业妇女的生活。《男人的世界》刻画了一位女性小说家和社会改革者的生活以及社会对于女性的双重标准。女主人公弗兰克谴责了社会对于贫困妇女的剥削,还致力于为那些曾经当过妓女的女性建立一个女子俱乐部。作为职业女性,她还要面对社会习俗和公共舆论对于女性的歧视态度。《花店》中的玛格丽特也是一位独立的职业女性,对于社会改革和建立女性社区深感兴趣。她利用花店这一公共空间,努力唤醒女性的自我意识,宣传经济上依赖男性的危险。对于她来说,经济自由即为最大的自由。对于两位职业女性来说,她们都须面对父权社会设置的重重障碍[1]。索菲亚·特雷德韦尔不仅是剧作家,还制作和导演了她的许多作品,在长达60年的写作生涯中,创作了以不同风格写成、关注于不同主题的40部剧作,堪称20世纪初的女性戏剧家先驱[2]。她的代表作《不由自主》(Machinal,1928)上演后获得好评,在后来的年代里又多次上演。这部剧作根据1927年发生在长岛的一桩妻子杀害丈夫的谋杀案写成。特雷德韦尔在剧中为女主人公命名为"年轻女性",说明这样的事情具有普遍意义,任何被现代社会剥夺权利的女性都可能像剧中女主人公那样被迫使用暴力。《不由自主》上演后大获成功,不少评论家将其与奥尼尔的戏剧进行比较,也有人

---

[1] Brenda Murphy, ed., *The Cambridge Companion to American Women Playwrights*. Cambridge:Cambridge UP,1999,pp.38—40.

[2] Brenda Murphy, ed., *The Cambridge Companion to American Women Playwrights*. Cambridge:Cambridge UP,1999,p.66.

称赞了这部剧作所展现出的欧洲表现主义与美国现实主义艺术手法的完美结合。这一时期具有代表性的戏剧作家是苏珊·哥拉斯佩尔,她的剧作不仅因其精湛的戏剧创作技巧令人瞩目,她对于女性的政治和经济不平等地位的关注也十分突出,她强调女性经济独立的重要性,描绘了女性对于男权文化的反叛。她的作品《琐事》从女性的视角分析了一个饱受压抑的女性的犯罪原因,如今受到女权主义评论家的大力推崇;《艾莉森的房子》(Alison's House)讲述了诗人艾米莉·狄金森的生活经历,荣获普利策奖。

20 世纪 30 年代是美国戏剧的高峰期,这一时期的戏剧创作也具有强烈的时代特色,与当时的政治和经济局势密切相关。始于 20 年代末的经济大萧条、欧洲法西斯的日益猖獗、30 年代爆发的第二次世界大战都影响到美国戏剧发展,现实主义戏剧成为这一时期戏剧创作的主流。梅·韦斯特(May West,1893—1980)、索菲·特雷德韦尔、佐薇·艾金斯(Zoë Akins,1886—1958)等女性戏剧家的剧作得以在百老汇戏剧舞台上演。克莱尔·布斯·卢斯(Clare Booth Luce,1903—1987)的《女性》(The Women,1936)描写了 30 年代发生在纽约上州的通奸故事,该剧对于妇女问题进行了真实刻画,讥讽抨击了美国上层社会。佐薇·艾金斯的剧作《希腊人有话说》(The Greeks Had a Word For It,1929)曾获得广泛好评,而她根据伊迪丝·华顿的作品《老处女》(The Old Maid)改编的同名剧作获得 1935 年的普利策奖。艾金斯还多次将自己撰写的以女性题材为主的小说和戏剧作品改编成电影剧本,取得很大成功。30 年代戏剧界最有影响力女性戏剧家是莉莲·海尔曼,她是第一位在男性统治的美国戏剧文坛占有一席之地的女性。她在 30 年代创作的《儿童时代》和《小狐狸》都是经久不衰的剧作,为她赢得盛赞。海尔曼极具社会责任感,其剧作聚焦于社会问题。在四五十年代,海尔曼仍然坚持写作,她的《守望莱茵河》(Watch on the Rhine,1941)描写了一位反法西斯战士的正面形象,广受好评,该剧荣获了纽约戏剧评论家协会克罗瑟斯奖。

哈莱姆文艺复兴对于美国黑人女性戏剧的发展是一个特别时期,这一时期的黑人女性戏剧家创作的戏剧既是以女性为中心的,也是具有种族意识的,同时她们也努力在戏剧传统中找到自己的位置[1]。其中最有代表性的作家是乔治娅·道格拉斯·约翰逊(Georgia Douglas Johnson,1880—

---

[1] Brenda Murphy,ed. *The Cambridge Companion to American Women Playwrights*. Cambridge:Cambridge UP,1999,p. 99.

1966)、梅·米勒(May Miller,1899—1995)、尤拉里·斯彭斯(Eulalie Spence,1894—1981)以及赫斯顿。约翰逊创作了二十多部剧作,但只有几部剧本流传下来。她的《蓝血》(Blue Blood,1926)涉及白人男性对于黑人妇女的性剥削,情节披露了令人震惊的事实:两位黑人母亲发现她们准备走入婚姻殿堂的子女来自同一位白人父亲。约翰逊也在她的戏剧创作中对于私刑进行了鞭挞。其剧作《安全》(Safe,1929)和《蓝眼睛的黑孩子》(Blue-Eyed Black Boy,1930)呈现了私刑的恐怖以及私刑对于家庭的影响。梅·米勒也同样关注了私刑主题,对此行径表现了愤慨和谴责。她的《铁锥与荆棘》(Nails and Thorns,1933)背景设在一个南方白人家庭,剧中将主人与他们的黑人女佣对于一起将要发生的私刑的态度进行了对比。而她的《沙尘中的落伍者》(Stragglers in the Dust,1933)则抨击了黑人士兵在军队中遭受的不公待遇。与其他剧作家不同的是,尤拉里·斯彭斯创作的不是抗议或宣传的作品,而是聚焦于哈莱姆的黑人生活。《徒劳无功》(Fool's Errand,1927)讽刺了那些爱说长道短的教会妇女。赫斯顿对于哈莱姆文艺复兴的主要贡献在于她的小说作品,但她也曾创作过多部戏剧,虽然许多剧本没有保留下来。获《机遇》杂志奖项的《撞色》(Color-Struck,1925)描述了一位内化了白人种族主义价值观从而憎恨自己黑肤色的黑人女性的故事。她对于浅肤色的羡慕导致她与男朋友的决裂,也间接造成了自己女儿的身亡。这部剧作后来刊登在赫斯顿与其他哈莱姆年轻艺术家创办的仅刊发了一期的杂志《烈火》(Fire,1926)上面。赫斯顿创作的十部剧本在90年代末被发现,引发了学界的高度兴趣[1]。

　　美国黑人女性戏剧在二战后从哈莱姆走向百老汇。爱丽丝·奇尔德雷斯(Alice Childress,1920—1994)在哈莱姆长大,后来受聘成为黑人报纸《自由报》(Freedom)的编辑。1952年,她的剧作《透过树林的金光》(Gold Through the Trees,1952)成为在外百老汇上演的第一部由黑人女性创作的原创剧。这部歌剧歌颂了南方黑人两百年来为自由而进行的斗争。奇尔德雷斯的剧作也为当时的职业黑人女性发声,其剧作《弗洛伦丝》(Florence,1949)的同名女主人公勇敢地为自己女儿追求艺术生涯的理想进行了辩护。尽管她自己只是一个女佣,但她认为女儿有权利和才能来实现自己的理想。《婚戒》(Wedding Band,1964)将背景设在第一次世界大战后的南卡罗来纳州,探讨了种族通婚的主题。剧中的白人男主人公和黑人女主

---

[1] Brenda Murphy,ed. *The Cambridge Companion to American Women Playwrights*. Cambridge:Cambridge UP,1999,p. 114.

人公同居已长达十年,但他们身处的南卡罗来纳州禁止不同种族之间的人结婚。

在男性剧作家占据绝对统治地位的时代,有一位才华横溢的非裔女性剧作家,她不仅创造了少数族裔女性戏剧的历史,也创造了百老汇的历史。她的名字是洛蕾恩·汉斯伯里。她的剧作《阳光下的葡萄干》(*A Raisin in the Sun*,1959)在百老汇上演并获得成功,她成为第一位进军百老汇的黑人女性剧作家。总体来看,这个时期也可以被视为酝酿和转折时期,为下一个阶段女性戏剧的繁荣做好了准备。

60年代的女性戏剧是女权运动的直接产物。这一时期的女性剧作家通过戏剧提高女性觉悟,认识父权社会机制对于女性的压迫,她们把女性作为作品的中心,表达女性的经历和感受。被称为"美国女权主义戏剧之母"[1]的梅根·特里(Megan Terry,1932—)从女性主义的视角描写了女性生活。特里一贯关注女性生活,为女性权利进行呼吁。特里认为,"任何能给妇女信心,能够展示妇女自我,并有助于分析出是正面还是反面形象的作品都是有益的"[2]。特里热衷于试验戏剧,于60年代初参与了开放剧院的戏剧活动,运用角色转换手法对于戏剧创作进行了实验性探索。剧作《让母亲镇定下来》(*Calm Down Mother*,1965)让演员在不同的场景中扮演不同角色,以此方式描写了母女关系,而《来来去去》(*Comings and Goings*,1966)探讨了性别关系,也使用了"角色转换"的方式。

美国女性剧作家走过了一条布满荆棘的道路,但是她们的努力为70年代之后的女性戏剧发展奠定了坚实的基础,使当代女性戏剧在女权主义运动影响下焕发了勃勃生机。

莉莲·海尔曼(Lillian Hellman,1905—1984)

莉莲·海尔曼是两次世界大战之间美国最为著名的左翼戏剧家,也是第一位闯入长期以来被男性统治的美国戏剧文坛的女性,在长达三十年的时间里,被称为"百老汇剧作家皇后"[3]。但直到近来,她对于戏剧家威廉姆斯和米勒的影响,以及对于年轻一代的女性戏剧家作为'希望的灯塔'的作

---

[1] Helen Keyssar, *Feminist Theatre*. New York:Grove P,1985,p. 54.
[2] Helen Chinoy and Linda Jenkins,eds. ,*Women in American Theater*. New York:Crown,1981,p. 288.
[3] Dorothy Gallagher,*Lillian Hellman:An Imperious Life*. New Heaven:Yale UP,2014,p. 2.

用才被认可①。海尔曼关注社会,在戏剧创作中大力呼吁社会正义、抨击资本主义的剥削,其现实主义剧作探讨了具有争议性的社会话题。海尔曼从20世纪30年代开始发表剧作,虽然被贴上社会现实主义剧作家的标签,但其剧作形式多样,内容丰富,一个标签并不能概括她的剧作特点。海尔曼以自己闻名遐迩的戏剧创作,成为美国戏剧领域的女性先驱。此外,海尔曼还以自己的传记创作赢得盛誉。

海尔曼生于新奥尔良的一个犹太移民家庭,祖父1848年移民到新奥尔良,这里的犹太社区力量较为强大。海尔曼受父母影响,后来又将自己对生活的观察写入作品。《小狐狸》(The Little Foxes)中的人物原型是她母亲的亲戚(海尔曼母亲出身豪门望族),而父亲则是《秋园》(The Autumn Garden)和《阁楼玩偶》(Toys in the Attic)中的人物原型。海尔曼的父亲原先有个鞋店,但合伙人携公司钱款逃跑,当时海尔曼只有5岁。后来父母举家迁到纽约,海尔曼在纽约读了高中,随后进入纽约大学学习,还在哥伦比亚大学修课,就读高中期间,报纸就刊登过她的处女作《我的看法》("It Seems to Me, Jr.")。

海尔曼在20年代中期开始为一家出版公司阅稿,同时为《纽约先驱论坛报》(New York Herald Tribune)作评论员,还为一家股票公司做宣传和订购经理。1925年她与剧作家阿瑟·科伯(Arthur Kober)结婚,婚后两人来到好莱坞,海尔曼写戏剧书评,1932年两人离婚。也是在好莱坞期间海尔曼遇到侦探小说家达希尔·哈米特(Dashiel Hammett,1894—1961),后者对海尔曼的生活和创作产生了巨大影响。在1935年好莱坞为格鲁特·斯泰因举办的一次宴会上,卓别林和哈米特都曾应邀出席,哈米特当时携海尔曼作为他的女伴出席宴会。海尔曼与哈米特保持情人关系长达30年之久,直到1961年哈米特去世。

海尔曼最为出名的创作是戏剧和回忆录。1932年,海尔曼创作了《儿童时代》(The Children's Hour)。由于该剧涉及同性恋主题,直到1934年11月才得以上演。该剧上演后立即轰动百老汇,海尔曼获得高额报酬,生活条件得到显著改善。《儿童时代》还在上演时,她接受了改编剧本《黑色天使》(The Dark Angel)的邀请。在好莱坞期间,海尔曼完成第二部剧作《未来的日子》(Days to Come),该剧1936年上演,一周后惨淡收场。她多年来创作和改编剧作多部,其八部原创剧中最为成功的两部是创作于三十年代

---

① Alice Griffin and Geraldine Thorsten, Understanding Lillian Hellman. Columbia: U of South Carolina P,1999, p. xi.

的《儿童时代》(1934)和《小狐狸》(1939)。《儿童时代》将海尔曼介绍给戏剧观众,并且保持了海尔曼30年戏剧创作中最长的上演时间(691场),初步奠定了她在戏剧界的地位,而《小狐狸》长期以来一直颇受演员的青睐,不断地在百老汇由明星演员上演。即使上演多年之后,它依旧是关于海尔曼研究的焦点[1]。《儿童时代》(The Children's Hour,1934),讲述了一所女子学校两名女教师被学生指控为同性恋的故事;《小狐狸》(The Little Foxes,1939)描述的是南方的家庭生活,以及对于资本主义的强烈抨击,与此同时也披露了父权社会对于女性的压迫;《守望莱茵河》(Watch on the Rhine,1941)塑造了一个地下组织的英雄,公开抨击了纳粹主义;《丛林深处》(Another Part of the Forest,1946)继续了《小狐狸》的主题;《秋园》(The Autumn Garden,1951)揭示了一个南方寄宿公寓里发生的事情,其风格常被与俄国剧作家契诃夫的作品相比较;《阁楼玩偶》(Toys in the Attic,1960)以新奥尔良为背景,描绘了爱情专制造成的危害。1961年,达希尔·哈米特去世,海尔曼被邀编辑出版了哈米特的短篇小说集,并为此撰写了前言。这件事使得海尔曼在年过花甲时开始创作自己的回忆录,海尔曼共完成三部回忆录《不成熟的女人:回忆录》(An Unfinished Woman: A Memoir,1969)、《旧画翻新》(Pentimento,1973)和《卑鄙的时代》(Scoundrel Time,1976)。其中《旧画翻新》的一部分内容构成荣获1977年奥斯卡奖的电影《茱莉亚》(Julia)。

　　海尔曼是左翼作家,也是一位有影响的社会活动家。旅欧期间,海尔曼去了西班牙,目睹西班牙内战的惨烈,与约翰·多斯·帕索斯(John Dos Passos,1896—1970)、阿奇博尔德·麦克利什(Archibald Macleish,1892—1982)和海明威(Ernest Hemingway,1899—1961)共同成立当代历史学家公司,制作了反映西班牙内战的纪录片《西班牙土地》(The Spanish Earth),纪录片于1937年发行。她曾于1937年参加莫斯科的戏剧节活动,并且发表声明支持反对法西斯斗争。1944年,她应邀再次访问苏联,并且亲临苏军前线。1941年举行的第四届作家大会(Fourth Writers Congress)通过决议,谴责美国政府援助欧洲难民,海尔曼的出席表明了她反对美国政府的立场,其剧作《守望莱茵河》(Watch on the Rhine)印证了她对美国政府的批评。40年代末,她积极参与世界和平事业,参加了世界文化科学和平会议。1955年,她编辑出版了《安东·契诃夫书信选》(Selected Letters of

---

[1] Thomas P. Adler, "Lillian Hellman: Feminism, Formalism, and Politics," in The Cambridge Companion to American Women Playwrights. Ed. Brenda Murphy. Cambridge: Cambridge UP,1999,p.118.

Anton Chekhov）。60年代她在哈佛和加利福尼亚大学伯克利分校任教时，反对美国政府卷入越南战争，支持学生的反战行动。在其一生中，海尔曼坚持为和平正义事业做出了积极贡献。

20世纪40年代后期开始，美国议会对有"左倾"倾向的公民进行政治迫害，海尔曼因其明确立场以及参加"共产党前线"（Communist Front）组织，遭遇麦卡锡主义的攻击。1952年，海尔曼受到美国国会非美活动委员会的传讯，但她在未出庭前给委员会主席写信声明，"不论是现在还是未来，我都不愿给那些和我过去有联系的人带来任何麻烦，他们是完全无辜的，与被视为不忠诚或颠覆性的言论或行为没有任何关系"①。海尔曼坚持只回答与她自己有关的问题，拒绝揭发他人，被普遍认为是"英雄人物"②。尽管海尔曼幸免牢狱之灾，但她被列入好莱坞的黑名单，被剥夺了创作电影剧本的权利。其剧作上映利润也随之受到影响，收入大减，不得已卖掉了自己的农场，后来还隐姓埋名在纽约梅西百货店当售货员，好在这些事件没有对她造成永久的影响。

海尔曼与另一位美国女作家玛丽·麦卡锡（Mary McCarthy，1912—1989）的争端也是闻名美国文坛的事件。1979年，麦卡锡在参加纽约一个非商业性电视座谈节目（迪克·卡韦特电视节目）时，对海尔曼做了如下评价："我想莉莲·海尔曼被估计得太高了。她其实是个蹩脚的、不诚实的作家。""她写的每一个字，都是谎话。"③节目播出后引起一片哗然。麦卡锡以及其他一些人认为海尔曼的回忆录夸大其词，公开质疑其真实性。海尔曼没有对此做出回应，而是毅然以诽谤罪状告麦卡锡，并且提出225万美元赔偿金。这个案子直到海尔曼去世时由她的执行人撤诉。

海尔曼一生斩获多种奖项，她于1960年入选美国艺术与科学学院和美国艺术与文学学院，于1962年当选为全国艺术和文学学院的副主席，1961年获得布兰迪斯大学的创作艺术奖章，1964年获国家艺术与文学院颁发的杰出戏剧成就金质奖章，并且于1973年入选戏剧名人堂。她两次荣获纽约戏剧评论家奖，还于1969年获得了国家图书奖。她曾在亨特学院、哈佛大学、耶鲁大学、麻省理工学院和加州大学伯克利分校教授写作，并被授予惠顿学院、哥伦比亚大学、耶鲁大学、塔夫茨大学和拉特格斯大学的名誉博士

---

① 引自 Katherine Lederer, *Lillian Hellman*, Boston: Twayne, 1979, p. 8.
② Dorothy Gallagher, *Lillian Hellman: An Imperious Life*. New Heaven: Yale UP, 2004, p. 104.
③ 董鼎山:《美国文坛二位女老将的争吵:海尔曼控诉麦卡锡诽谤》，载《读书》1980年第7期，第117页。

学位。1975年她被《女性家庭杂志》(Ladies' Home Journal)命名为年度风云人物。海尔曼于1984年去世,享年79岁。

《儿童时代》为海尔曼的成名作,于1934年首演,当时海尔曼只有29岁。该剧的素材来自发生在1811年苏格兰庄苏克女子寄宿学校的一桩诉讼案件。女生简·卡明控诉学校的两名女教师简·皮里和玛丽亚安娜·伍兹当着学生的面调情。该女生的祖母卡明·戈登夫人作为校监和赞助人,在当地很有影响力,她终止了对该校的赞助,并建议朋友让她们的女儿转学,几天之内,学校空无一人,作为学校经营者的两位女教师失去了生活来源。皮里与伍兹虽然上诉后胜诉,但生活已受到巨大影响。

《儿童时代》的故事背景设在新英格兰小镇上的女子住宿学校,学校的经营者和教师为两位女性,凯伦·赖特和玛莎·多比。两位女教师白手起家,努力经营住宿学校。剧本围绕女生玛丽·蒂尔福德逃学的故事展开,玛丽生性顽劣,谎话连篇,搬弄是非。她厌学逃课,装病被发现后,从两个朋友那里套取对玛莎不利的话,计划向溺爱她的祖母阿梅利亚·蒂尔福德告状,以便不再返校。这一计划没有得逞,玛丽受到教师的惩戒后便寻求报复,谎称学校的两位女教师有同性恋关系。这一指控使得两位女教师的名声与事业一落千丈,饱受屈辱,其生活受到严重影响。玛丽的祖母阿梅利亚·蒂尔福德曾为建校捐巨资,她轻易相信了玛丽的谎言,将关于两位女教师的"丑闻"传给了当地居民。在她的影响下,其他学生家长纷纷将学生领走,进而导致学校倒闭。凯伦和玛莎决定诉诸法庭,状告阿梅利亚。七个月后,两人败诉,公众依然认为她们是女同性恋。海尔曼在剧中添加了约瑟夫的角色,以强调玛丽的诽谤与凯伦的异性恋身份。凯伦曾与约瑟夫订有婚约,因对未婚夫的质疑不满,决定与他分手。玛莎发现自己对凯伦有情,心怀内疚和恐惧,她无法面对自己的离经叛道,最终饮弹自尽,付出了生命的代价。阿梅利亚在玛丽的谎言被揭穿后,请求得到凯伦的宽恕,但为时已晚。剧中虽然明确了玛丽的指控纯属恶意中伤,但玛丽以及社区居民的恶意诽谤已造成不可挽回的后果。

在20世纪30年代的美国,同性恋仍然是社会禁忌,海尔曼本人强调这部剧作的主题是关于"善与恶"的[1],将其定位于一场道德伦理剧,刻画了少女玛丽以同性恋诽谤报复两位女教师的邪恶动机和造成的恶果,以及谎言如何导致了人生悲剧的故事。剧中没有关于同性恋的直接描写,但还是有女演员担心受警方查封该剧而拒绝参演,而且该剧还在波士顿、芝加哥和伦

---

[1] Barrett H. Clark, "Lillian Hellman." *The English Journal* 33.10 (Dec., 1944):520.

敦被禁演。40年代的一篇文章这样写道,"海尔曼创作戏剧只不过十几年时间,但已经很好地掌握了美国剧作家为赢得观众所采用的技巧。她对于戏剧媒介的局限有着清醒的认识,并且不时发现如何充分利用它们"[1]。海尔曼创作该剧期间,曾被要求修改剧名,但被她严词拒绝。《儿童时代》上演后大获成功,上演多达691场,后来又在美国各地巡演。评论家从海尔曼精心设计的情节、社会现实主义的表现手法和所展现的暴力看到了易卜生的影响[2]。该剧本是1934—1935年度普利策戏剧奖的候选对象,但因其主题涉及同性恋这个有争议的主题,当年的普利策奖最终颁给佐薇·艾金斯(Zoë Akins)的剧本《老处女》(The Old Maid)。评委委员会认为,该剧因涉及法庭案例,不属于原创剧本,因此不符合获奖条件。但也有评委指出,《老处女》(The Old Maid)也是根据伊迪丝·华顿的中篇小说改编的。1936年《儿童时代》被改编成电影,但迫于压力将故事情节改编成异性三角恋,片名也更改为《这三个》(These Three)。《儿童时代》于1952年再次搬上舞台,演出大获成功。1961年剧本改编成电影《儿童时代》。英国、新西兰和澳大利亚发行该电影后,片名改为《最响亮的耳语》(The Loudest Whisper)。1971年该剧改编成BBC广播电台节目,1994年该剧再次在BBC广播电台节目播放。1995年伦敦的皇家国家剧院上演了《儿童时代》,从而印证了该剧持久的影响力,并证实了其作为"在20世纪40年代末布兰奇·杜波依斯和威利·罗曼登上百老汇舞台之前严肃剧院中产出的最令人叹服的作品之一"[3]。

"金钱主导一切的哈伯德家族"是《小狐狸》和《丛林深处》的主题。[4] 海尔曼自己将《小狐狸》定位为"道德剧"。[5]《小狐狸》于1939年上演,为海尔曼带来巨大声誉和成功。这部剧将背景设在已经处于商业化和工业化统治之下的南方城镇,描述了一个被占有欲所支配的家庭的贪得无厌。哈伯德一家人觊觎财富,并通过获得金钱从而获得权力。剧名《小狐狸》出自《旧约·雅歌》(2:15):"要给我们擒拿狐狸,就是毁坏葡萄园的小狐狸,因为我

---

[1] Barrett H. Clark, "Lillian Hellman" The English Journal 33.10 (Dec., 1944):525.

[2] Alice Griffin and Geraldine Thorsten, Understanding Lillian Hellman. Columbia: U of South Carolina P, 1999, p. 33.

[3] Alice Griffin and Geraldine Thorsten, Understanding Lillian Hellman. Columbia: U of South Carolina P, 1999, p. 38.

[4] Alice Griffin and Geraldine Thorsten, Understanding Lillian Hellman. Columbia: U of South Carolina P, 1999, p. 39.

[5] Alice Griffin and Geraldine Thorsten, Understanding Lillian Hellman. Columbia: U of South Carolina P, 1999, p. 51.

们的葡萄正在开花。"这些小狐狸指的就是哈伯德家族,他们就是那些靠掠夺穷人土地、剥削南方穷苦白人和黑人,以达到自己发迹目的的剥削阶级的代表。即使是在周日的聚会上,家人的谈话也围绕着如何通过欺诈穷人、瞒骗富人而获利。在这个剧中,金钱完全左右了家庭成员的关系。哈伯德家的长子本象征着19世纪末那些为了谋取私利而不择手段的人。他通过开办棉纺厂以及剥削穷人从中牟取暴利。成为一家之主后,他让弟弟奥斯卡与伯蒂结婚,以侵吞她家的种植园。本还迫使妹妹瑞吉娜放弃自己的爱情,嫁给银行家贺瑞斯,以换取他的经济支持。瑞吉娜是个充满活力、雄心勃勃的女性,她渴望离家去芝加哥,但在一个男权文化主导的社会里她很难实现夙愿。瑞吉娜听从哥哥的安排,但她的婚姻没有爱情。剧中围绕纱厂投资进行的交易充分暴露了家庭成员之间尔虞我诈的丑陋嘴脸。本威胁瑞吉娜利用丈夫投资,以此获利。瑞吉娜为了得到丈夫的钱不择手段,在得知丈夫即将取消她的继承权时怒火中烧,甚至在丈夫心脏病发作时无动于衷,不惜置他于死地。瑞吉娜在剧终时虽然获得了丈夫的遗产,但她不得不忍受与女儿的决裂和精神上的孤独。该剧深刻揭示了资本主义社会中人与人之间的金钱关系和丑陋人性。唯一给人希望的人物是瑞吉娜的女儿亚历山德拉,她在剧的结尾认识到母亲和舅舅们的丑陋嘴脸,表示了要与他们决裂的决心。《小狐狸》是美国20世纪最著名的现实主义剧作之一,其结构设计巧妙,悬念重重,既有情节剧色彩,又涉及严肃的社会主题。海尔曼坦承,"上映该剧需要勇气和胆量"[1]。《小狐狸》于1967年在林肯中心、1981年在百老汇(由电影明星伊丽莎白·泰勒扮演瑞吉娜)再次上演,充分显示了它作为美国戏剧经典作品的地位[2]。

上演于1946年的《丛林深处》为《小狐狸》的姊妹篇,在时间背景上回到了1880年,追溯了马克斯·哈伯德家族的发家史。在剧中情节开始之前,哈伯德仅仅是一位赶骡子的脚夫。他在美国内战中发了财,开设了一家商店,高价出售通过偷越封锁线得来的生活品。但他的财富也是沾染了他人的血迹的。从封锁线回家时,马克斯被北方军跟踪来到南方军的一个秘密训练基地,因而导致了28名南方战士的死亡。哈伯德的子女们同样贪得无厌,为赚钱不择手段。大儿子本将眼光投向战后社会,试图通过夺取父亲的家产获得更大利润,并把兄弟姊妹的婚姻也视为扩大哈伯德家族财富的手段,因而安排弟弟奥斯卡娶伯蒂,以占有伯蒂家的种植园;瑞吉娜则必须嫁

---

[1] Katherine Lederer, *Lillian Hellman*. Boston: Twayne, 1979, p. 11.
[2] Katherine Lederer, *Lillian Hellman*. Boston: Twayne, 1979, p. 16.

给银行家贺瑞斯,虽然她爱的人是约翰·巴哥。但这部剧作特别值得读者关注的是,它深刻描绘了那个时代的女性地位。剧中的三位女性,瑞吉娜、她的母亲拉维妮娅和伯蒂都因为没有获得经济独立而不拥有权力,成为男权统治下的牺牲品。马克斯的妻子拉维妮娅也是一个渴望逃离的人,她出生于南方没落贵族家庭,成年后嫁给了暴发户马克斯。拉维妮娅知道丈夫在内战中的秘密,她关于马克斯"罪恶"的暗示成为哈伯德家族的诅咒。她多年来一直承受着赎罪的重压,渴望回到故乡开办一所学校,而马克斯从不重视她,还不断打破对于她的承诺。马克斯为逃脱自己的罪责杜撰了当年的不在场证据,还试图在拉维妮娅决定揭露真相时宣布她神志不清。伯蒂一直沉湎于恢复过去之辉煌的梦想之中,但其财产被觊觎,最后嫁给了放荡不羁并与三 K 党有联系的奥斯卡·哈伯德。意志坚定的瑞吉娜不甘心默默无闻地听从男性的安排,她先是试图通过操纵父亲而获得权力,或者至少逃离那些支配她的人[1],后来则抛弃了一向宠溺她的父亲而与诡计多端的兄长本联手,最终本以父亲的秘密要挟父亲,通过欺骗和陷害取代了他的家长位置。作为姊妹篇的《丛林深处》为《小狐狸》提供了历史背景,追溯了这个家庭的早期发家史,也使观众更为深入了解那一特定时期美国南方社会的变迁。

《守望莱茵河》描写的是反法西斯主义题材,这部号召美国人放弃孤立主义立场、积极回应纳粹威胁的剧作在评论家和一般观众中都享有极高口碑。该剧在珍珠港事件发生九个月之前上演,从开始上演的 1941 年直至 1942 年 2 月的 378 场演出中,该剧获得了观众的高度关注,为海尔曼赢得纽约戏剧评论界奖。1942 年 1 月,该剧应邀在白宫上演,这也是自从罗斯福总统对日宣战后第一次在公共场合露面。随后该剧在伦敦和莫斯科上演,1942 年又被改编成电影。海尔曼本人"希望看到观众在离开剧院时对于她在剧中所展现的非正义行为义愤填膺,从而采取行动"[2]。虽然没有直接改变美国的对外政策,但这部剧作成为为盟军争取美国人支持的具有影响力的作品。《守望莱茵河》塑造了一个反法西斯的正面形象。在国外生活了多年之后,萨拉与丈夫库尔特和三个子女返回华盛顿郊区的家中。此时逗留在母亲家中的还有罗马尼亚贵族科维斯伯爵和他的美国妻子马瑟。库尔特是德国人,他曾参加西班牙内战,后来成为反对纳粹地下组织的成员。

---

[1] Alice Griffin and Geraldine Thorsten, *Understanding Lillian Hellman*. Columbia: U of South Carolina P, 1999, p. 41.

[2] Alice Griffin and Geraldine Thorsten, *Understanding Lillian Hellman*. Columbia: U of South Carolina P, 1999, p. 63.

第四章　现代美国女性文学

他身上携带了一大笔为支援反法西斯运动募捐来的金钱，用来从纳粹手里拯救政治犯。心思龌龊的科维斯伯爵是亲德分子，他看出了库尔特的身份，对他进行敲诈，在紧急关头，库尔特处死了科维斯。最后库尔特决定只身返回德国参加斗争，尽管他充分意识到此举的危险。海尔曼在剧中从正面塑造了一个坚定勇敢的反法西斯战士，为此赢得高度评价。

1951年发表的《秋园》是一部佳作，也是海尔曼个人最喜爱的作品。该剧描述了七位在生命的秋天里的中年人，他们在20年后相遇，意识到时间的流逝，并且开始评价在过去的生活中所做出的种种抉择。海尔曼在谈到这部剧作的创作主题时说，"剧本中我可能希望说的是，假如你在人到中年时，已经在内心有可立足之地，那么你就有发展机会；假如你还没有的话，那么你只好安安静静地度过后半辈子了"①。《秋园》的故事发生在墨西哥湾的一个镇子里，以1949年为时间背景。这出剧的名字中"之所以加上个'秋'字，并不仅仅是指季节，更重要的是指聚集在这座简朴客房里的许多人的人生历程。他们仍然沉湎在想入非非和对过去的回忆之中，试图为他们过去浪费青春年华的行为寻求解脱，以求得心灵上的平衡和慰藉"②。剧中的人物都有一种失落感，也都是生活中的弱者，他们对过去不满，但对未来又没有明确的目标，只能浑浑噩噩地度日。这出剧颇有契诃夫戏剧的风格，展示了契诃夫对于海尔曼的影响。

《阁楼玩偶》仍然涉及南方主题，讲述了新奥尔良三姐弟的故事，"探讨了姐弟情谊的破坏性因素，并披露了其中那些被储藏起来并且被忘却的隐晦含义，就像是童年时代阁楼里的那些玩偶"③。安娜和卡丽两姊妹一直都没有成婚，将全部精力放在了兄弟朱利安身上。她们坚信朱利安对于她们的需求，即使在朱利安成家之后依然如此。她们对于兄弟的爱成为她们生活的唯一目的，从未考虑自己的欲望和目标。但她们也为这种生活付出了代价，当朱利安不再需要依赖她们生活时，她们的生存也变得失去了意义，因为她们的重要性仅仅体现在朱利安的眼中。姐弟三人的关系因而成为一种具有破坏性的联盟。其中"控制性的行为掩盖了一种执着的不安全感，权力和无能为力难以分开"④。在剧的结尾，两姊妹反目，朱利安被打，他的妻

---

① Katherine Lederer, *Lillian Hellman*. Boston: Twayne, 1979, p. 11.
② 郭继德：《精编美国戏剧史》。天津：南开大学出版社，2016年，第221页。
③ Alice Griffin and Geraldine Thorsten, *Understanding Lillian Hellman*. Columbia: U of South Carolina P, 1999, p. 89.
④ Thomas P. Adler, "Lillian Hellman: Feminism, Formalism, and Politics," in *The Cambridge Companion to American Women Playwrights*. Ed. Brenda Murphy. Cambridge: Cambridge UP, 1999, p. 121.

子被赶出家门,导致家庭破裂。正如汤姆·斯坎伦所说,"海尔曼特别擅长呈现一场精心设计的家庭战争"[1]。当然,海尔曼不仅描绘了家庭关系,也刻画了南方价值观的衰败和没落。海尔曼声称,"我认为我想呈现好几样东西。我想说不是所有的爱——所谓的爱——都是高尚和美好的;爱之中有些东西是带有破坏性的,包括那种关于促成了成功和利益的爱的虚假观念"[2]。《阁楼玩偶》荣获1960年纽约戏剧评论家最佳戏剧奖。

海尔曼最初踏入文坛时,其剧作仅得到评论界很少的不屑一顾的关注,尽管她的剧本上演后极受欢迎。被称为戏剧评论界的"领导者"(Dean)的乔治·琼·内森(George Jean Nathan)的评论代表了早期评论界的态度。他声称,"即使是我们最优秀的女剧作家(海尔曼)也难以与我们最为出色的男性相比"[3]。正因为如此,尽管海尔曼的剧作创作技巧一直受到好评,其作品中的幽默和讥讽也得到认可,但早期评论界还是把海尔曼的剧作视为"情节剧",这一状况直到后来才有改观。

海尔曼的剧作也有着鲜明的主题,作品聚焦于对立和冲突,以及随着剧情的进展而出现的具有张力的戏剧高潮。海尔曼坚持其戏剧作品的道德立场。金钱是她多部戏剧的主题,被剧中人物通过讹诈、偷窃、背叛的手段获得财富。海尔曼强调说,"当然不仅仅金钱,也代表着权力、性欲和其他东西。它也是巴尔扎克、司汤达、狄更斯、简·奥斯丁和其他许多作家的主题"。海尔曼的剧作背景和人物有着显著的南方特征,许多都是以家庭为中心的,这不仅因为她童年的多数时间在新奥尔良度过,还因为这些都是她本能地所做出的回应[4]。而在那些年里的妇女解放运动中,海尔曼也因为所表现出的以下特点——独立、直率、强烈的道德感,以及其明确表现出来的拒绝顺从,受到女权主义者的认可[5]。

除了戏剧创作之外,海尔曼也是一位颇为知名的回忆录作家,回忆录享有与其剧作同样甚至是更高的声望。《不成熟的女人》(1969)曾位于《纽约时报》畅销书榜单很久,最终为她赢得国家图书奖。这部回忆录开启了她对

---

[1] Tom Scanlon, *Family, Drama, and American Dreams*. Westport, Conn.: Greenwood P, 1978, p. 184.

[2] 引自 Katherine Lederer, *Lillian Hellman*, Boston: Twayne, 1979, p. 91.

[3] Alice Griffin and Geraldine Thorsten, *Understanding Lillian Hellman*. Columbia: U of South Carolina P, 1999, p. 16.

[4] Alice Griffin and Geraldine Thorsten, *Understanding Lillian Hellman*. Columbia: U of South Carolina P, 1999, pp. 20—23.

[5] Alice Griffin and Geraldine Thorsten, *Understanding Lillian Hellman*. Columbia: U of South Carolina P, 1999, p. 16.

于自己生活意义的探索,聚焦于她个人的生活经历而不是她的文学创作。该书分为三部分,第一部分简单地介绍了她的背景、童年、青年时代,以及她的爱情与婚姻。第二部分聚焦于她的欧洲经历,特别是她的西班牙和苏联之行。第三部分包括三个章节,涉及三位对于她至关重要的人物。在这部传记中,她谈到与另外一名女作家多萝西·帕克(Dorothy Parker)长达三十多年的友谊。从一个已经拥有金钱的成功人士,甚至是名人的立场回顾过去,海尔曼谈论了拥有足够的金钱因而能够掌控自己的命运而带来的权力。海尔曼也会在自己的剧作中,涉及经济依赖带来的后果这一话题。《旧画翻新》(1973)呈现了五幅人物塑像,不仅有那些腰缠万贯大名鼎鼎的人,也包括那些虽不见经传但却与她的生活有交织并且改变了她生活的人。如玛丽·G. 梅森所说,"当莉莲·海尔曼描画她生活中的其他人时,她更多的是披露了自己"[1]。在五幅人物塑像中,最戏剧性、最神秘的章节是被海尔曼称为"童年时期的密友"的《茱莉亚》。因为海尔曼称某些当事人还活着,她因而使用了匿名的方式,因而对茱莉亚的真实身份引起公众各种猜疑和争议。《茱莉亚》于1977年被改编成电影上映,并荣获三项奥斯卡奖。《邪恶时代》(1976)戏剧性地刻画了1952年海尔曼被美国国会非美活动委员会传讯的经历,强烈抨击了将大批政治家、艺术家和其他美国人视为共产党员而进行迫害的麦卡锡主义,海尔曼将这个时期称为"邪恶时代"。当年在海尔曼收到传讯之后,她曾给该委员会主席约翰·S. 伍德写了一封信,这封著名的信件后来在三部关于海尔曼的戏剧中出现。其中,海尔曼声称她不会"为了挽救自己而伤害我相识多年的无辜的人,这样做是不人道、不地道和不道德的。"《邪恶时代》延续了前两部回忆录的风格,时间在过去和当前的事件中自由穿插。这部回忆录高居《纽约时报》畅销书榜单长达四个月之久。

卡尔·罗丽森称,"如果海尔曼无法与尤金·奥尼尔创作的伟大比肩,那么除了下一代的阿瑟·米勒和田纳西·威廉姆斯,还没有人能与她相媲美"[2]。海尔曼的创作根植于生活,她对社会和人的关系具有深刻的洞察力。海尔曼呼唤人类,在与人的日常交往中,要体谅他人的不易。人的成长循序渐进,每一阶段的行为都构成人生的一部分。生活的磨难给予个体深刻的自我认识,然而个体的自我成长,往往在牺牲他人幸福的基础上完成。

---

[1] Alice Griffin and Geraldine Thorsten, *Understanding Lillian Hellman*. Columbia: U of South Carolina P, 1999, p. 109.

[2] Carl Rollyson, *Lillian Hellman: Her Legend and Her Legacy*. New York: St. Martin's P, 1988, p. 418.

而社会规范的约束,又造成了人性中自然产生的情感的毁灭。海尔曼对人性的观察深入人心,饱含正义感,她勇于面对并揭示人性的善与恶以及社会经济发展对于人的影响与改变。她对于社会正义和道德伦理的呼唤以及资本主义社会的批判,使她无愧于社会现实主义剧作家的称号,她也以自己的文学成就在美国文坛占据一席之地。

洛蕾恩·汉斯伯里(Lorraine Hansberry,1930—1965)

洛蕾恩·汉斯伯里是20世纪非裔剧作家中的杰出代表,也是第一位剧作在百老汇上演的黑人女性剧作家。汉斯伯里在20世纪30年代哈莱姆文艺复兴的影响下成长,她生活的时代正是美国非裔文化意识觉醒的时期,她在60年代积极投身到民权运动中,成为左派社会活动家,曾经和民权运动时期著名的黑人思想家和艺术家一起工作,如杜波依斯(W. E. B. Dubois,1868—1963)和保罗·罗伯逊(Paul Robeson,1898—1976)等人,致力于种族平等、女性独立和性解放运动,是"民权运动和女性权利运动的先驱,还是维护同性恋者权益的先驱"[1]。汉斯伯里罹患胰腺癌,英年早逝,享年35岁。在短暂的一生中,她用戏剧艺术表达黑人的希望和梦想,为黑人的艺术独立做出了自己的贡献。她所书写的种族歧视等主题既是美国社会积淀下来的历史负重,也是她个人成长中的经历。哈罗德·布鲁姆认为,尽管从艺术价值上看,汉斯伯里的剧作"在语言质量、人物塑造的可信度、思想深度"等方面还难以和当时伟大作家的作品相比肩,但是它们具有强烈的社会性,是美国"社会政治历史中特定岁月的呈现"[2],显示出了黑人剧作家的勇气、远见和尊严。汉斯伯里的代表作《阳光下的葡萄干》(*A Raisin in the Sun*,1959)已经成为美国文学中的经典,入选美国各地大中学的必读书目,如今依旧在百老汇和伦敦西区的剧院上演。2002年汉斯伯里被收录进"最著名的百位非裔美国人名录"。

汉斯伯里出生于芝加哥一个黑人中上阶层家庭,母亲是教师,父亲卡尔·汉斯伯里是成功的房地产经纪人,也是芝加哥共和党中的黑人社会领袖,积极参与支持芝加哥城市联盟(Urban League)和美国全国有色人种协

---

[1] Harold Bloom,ed.,*Bloom's Guides:A Raisin in the Sun*. New York:Infobase Publishing,2009,p.7.

[2] Harold Bloom,ed.,*Bloom's Guides:A Raisin in the Sun*. New York:Infobase Publishing,2009,p.7.

进会(NAACP)的工作。汉斯伯里家族在黑人社区具有影响力,洛蕾恩的伯父威廉·雷奥·汉斯伯里是霍华德大学的知名教授,开创了历史系非洲文化研究项目。卡尔·汉斯伯里家的家庭环境宽松,不少亲戚和朋友都是当时颇有影响的非裔进步人士,杜波依斯和保罗·罗伯逊等著名的社会活动家都曾是他们的座上宾。1938年,卡尔·汉斯伯里在白人居住区的南芝加哥华盛顿公园小区购买了一处房产,这在种族隔离的时代是非同寻常的举动,激起了周围白人邻居的激烈反对,此次争端最终被提交到了美国最高法院,就是著名的"汉斯伯里诉李"民事诉讼案(*Hansberry v. Lee*, 311 U. S. 32, 1940),最终审判结果是汉斯伯里胜诉。洛蕾恩·汉斯伯里是家里四个孩子中最年幼的一个,她出生时,护士给出具的出生证上标注的是"黑人",但是父母坚持改成了"非裔",以此来强调他们的族裔文化身份。汉斯伯里家孩子们都接受过良好的教育,学有所成,洛蕾恩的哥哥威廉·汉斯伯里也是社会活动家,曾经发起成立非裔美国高等教育协会。但是不幸的是,洛蕾恩15岁时,父亲骤然离世,给这个家庭带来了沉重的打击,对她的一生也产生了深重的影响。

　　洛蕾恩·汉斯伯里高中毕业后就读于威斯康星大学麦迪逊分校,人文学科成绩优异,她参加了学校的戏剧演出,决心从事文学创作。入学两年后她从学校辍学,专门到纽约学习写作;她住在下东区,接触到哈莱姆区和格林尼治村的各色人物。在此期间,她结识了仰慕已久的黑人文学领袖兰斯顿·休斯(Langston Hughes, 1902—1967),参加了反对种族歧视的社会活动,并在纽约社会研究新学院旁听,提高自己在社会学科方面的能力。汉斯伯里在纽约的第一份工作是担任非裔美国报纸《自由报》(*Freedom*)的秘书,罗伯逊是报纸的创始人,杜波依斯是撰稿人。汉斯伯里在他们的影响下迅速成长,后来从事编辑,也为报纸撰稿。她还参加了杜波依斯关于非洲的专题研讨,开始更多地关注非洲、拉丁美洲等世界贫困国家和地区的种族政治问题。与此同时她也意识到,报纸所要求的"真实客观"对自己立场的表达是种束缚,于是更多地转向文学创作。汉斯伯里还受到法国理论家波伏娃的《第二性》的影响,在性属问题上持有十分开明的观点,为"同性恋组织的出版物写信,驳斥'恐同症'"[①]。在此期间结识了编辑、歌词作者、电影制片人罗伯特·涅米罗夫(Robert Nemiroff),不久后两人在芝加哥结婚。涅米罗夫的父母是俄罗斯犹太移民,在纽约市经营餐馆。婚后两人相互扶

---

① Margaret B. Wilkerson, "From Harlem to Broadway: African American Women Playwright at Mid-Century," in *American Women Playwrights*. Ed. Brenda Murphy. Shanghai Foreign Language Education P, 2001, p. 139.

持,洛蕾恩同时做两份工作支持丈夫完成纽约大学的学业;1956年涅米罗夫毕业并找到工作,同样全力支持汉斯伯里的文学写作,并且为了向妻子表达爱和感谢而写下了脍炙人口的歌曲"辛迪,哦辛迪"(Cindy, O Cindy)。汉斯伯里和涅米罗夫1964年离婚,但是两个人依旧是朋友并进行合作。人们对于他们的离婚十分不解,另外考虑到汉斯伯里早年间撰写过为同性恋者辩护的文章,参加过同性恋者争取权利的各种活动,以及她在《窃贼安德罗米达》(Andromeda the Thief, 1961)等剧作中对同性恋人物的塑造[1],人们猜测她可能是同性恋者或者具有同性恋倾向。

1959年,汉斯伯里的处女作《阳光下的葡萄干》一举成功,获得戏剧评论界奖(Drama Critics Circle Award)。汉斯伯里成为历史上最年轻的获此奖者,也是第五位获此奖的女性作家和第一位获此奖的非裔女作家。《阳光下的葡萄干》刻画了黑人所遭受的种族压迫以及为维护尊严与白人种族主义进行斗争的故事,成为黑人戏剧史上的一座里程碑。剧名来自黑人诗人兰斯顿·休斯的诗作,号召黑人不要把梦想萎缩,变成"阳光下的葡萄干"。此剧在1961年被改编成电影,汉斯伯里本人担任编剧。之后汉斯伯里更加积极地投身于写作,发表演讲,筹集资金,创作诗歌、剧本和自传。1960年,汉斯伯里应NBC之邀、创作纪念内战的电视剧,她选取了奴隶制题材,创作了《喝水的葫芦》(The Drinking Gourd)。但是该题材过于激进,并且整个计划的政治取向受到广泛的质疑,所以该计划和剧本都一起被搁置。1963年汉斯伯里检查出胰腺癌之后还坚持创作了《西德尼·布鲁斯坦窗口上的标记》(The Sign in Sidney Brustein's Window, 1964),这部戏于1964年上演,成为她在世时在百老汇演出的最后一部剧作。汉斯伯里去世后涅米罗夫编辑出版了她的两部剧作:《做个年轻有为的黑人》(To Be Young, Gifted, and Black, 1968)和《黑人们:洛蕾恩·汉斯伯里最新剧作集》(Les Blancs: The Collected Last Plays of Lorraine Hansberry, 1972),前一部带有自传性,是1968—1969年外百老汇最成功的剧作之一。

汉斯伯里的艺术生涯受到了哈莱姆文艺复兴的影响,加上她成长环境和个人经历因素,在戏剧文学创作中表现出了鲜明的变革思想,成为"20世纪60~70年代激进黑人戏剧的先驱,她积极提倡变革,通过舞台来表达黑人解放的政治诉求"[2]。《阳光下的葡萄干》是汉斯伯里公认的代表剧作,剧

---

[1] Cheryl Higashida, "To Be(come) Young, Gay, and Black: Lorraine Hansberry's Existentialist Routes to Anticolonialism." *American Quarterly* 60.4 (Dec., 2008):918.

[2] Danica Čerče, "Race and Politics in the Twentieth-century Black American Play: Lorraine Hansberry's *A Raisin in the Sun.*" *Neohelicon* 46.1 (2019):228.

作的题目来源于兰斯顿·休斯的诗歌《哈莱姆》:"梦想被延期之后会怎样？它会被晒干,像阳光下的一粒葡萄干？还是像疮口一样溃烂,然后肆意蔓延？像腐肉一样臭气熏天？还是裹上酥皮和糖浆,像蜜糖一般甘甜？也许它只会松弛下陷,就像荷了重担。或者它会爆裂？"[1]该剧讲述的是芝加哥南区一个黑人普通家庭收到一万美元保险金后的故事,折射出家庭成员不同决定背后的冲突和差异。"如何使这笔钱为我所用？"成为家庭中每位成员的梦想。汉斯伯里展现了黑人工人家庭生活中所遭受的挫折和压迫,刻画了种族、家庭和代沟之间的矛盾,强调了拥有梦想和人格尊严的重要性,杨格一家也在不断的磨合之中达成了共识。虽然仍然处于种族歧视的社会氛围下,但他们将以不懈的努力和乐观的态度战胜困难,实现理想。有的评论家认为其反映了代际差别和"美国梦"主题;也有评论家将当时共产主义思想对非裔戏剧的影响以及汉斯伯里左派政治立场考虑在内,认为此剧是对资本主义和种族主义构架机制的批判。不过,不少黑人读者和批评家持有较为保守的"反同化"立场,对于杨格一家在白人区购买房产的做法不够认同,认为"这是个人主义追求经济和社会地位的取向,有悖于工人阶级的团结以及集体斗争"[2]。诚然,杨格家的中产阶级价值观取向和劳动阶级之间的差距不容忽视,甚至沃尔特将钱轻易托付他人的情节也有失常理之处,不过,在白人区购买房产这一情节确有其真实性,来源于汉斯伯里家当年的经历,也是当时很多中产阶级黑人搬离黑人区时遇到的问题,所以剧中的部分情节取自作者本人的生活,同时也尖锐批评了资本主义的价值观对黑人的消极影响。

当然,汉斯伯里采用这些情节的目的不止于此,是因为她同时也认识到了种族政治在空间配置上的延伸。在《贫民窟的伤疤》("The Scars of the Ghetto",1964)一文,她就透露出了对于类似问题的认识。在这篇演讲中,她激烈批评种族隔离给黑人的阶级流动带来的限制,认为种族隔离制度将黑人孩子隔绝在黑人社区和贫民窟中,极大阻碍了他们争取权利的努力:"被禁锢在贫民窟中,至少就是自生自灭,至多就是遭到故意的欺骗去放弃与生俱来的权利。涉及贫民窟的孩子,基础配套、图书和建筑空间都大大地打了折扣。"[3]的确,汉斯伯里主张艺术的社会性,呼吁人们(特别是黑人)

---

[1] Langston Hughes,"Harlem," in *The Collected Poems of Langston Hughes*. Ed. Arnold Rampersad & David Rossel. New York: Vantage Books,1995,p. 426.

[2] Danica Čerč,"Race and politics in the twentieth-century Black American play: Lorraine Hansberry's *A Raisin in the Sun*." *Neohelicon* 46.1 (2019):234.

[3] Lorraine Hansberry,"The Scars of the Ghetto." *Monthly Review*,67.1 (May 2015). https://monthlyreview.org/2015/05/01/the-scars-of-the-ghetto/.

争取真正的公民权,争取自己与生俱来的权利。该剧创造了在百老汇演出近两年的成绩,观众达到数千人①,即便是考虑到美国20世纪50年代末、60年代初的政治气候,政治主题也不是唯一的原因,它在"种族平等""共产主义思想""美国梦"等主题之外,还具有超越具体阶级和种族指向的某些思想。例如正如题记中引用的兰斯顿·休斯时所说的,"梦想遭受挫折时"人们的选择,以及剧中人物表现出的乐观和顽强,这也许更加契合自"五月花号公约"以来的美国精神。

《阳光下的葡萄干》讲述的是在杨格一家三代人围绕一万美元的保险金补偿所作的计划,以及意外变故导致的计划落空,更重要的是他们在这场变故中获得的成长。家庭成员各自的未来规划代表了不同的梦想:妈妈莱娜希望购买一栋房子,以拥有自己的住宅;儿子沃尔特·李希望拿钱来做生意,过上有钱人的日子;女儿博尼莎是家里唯一的大学生,想拿这笔钱来交医学院的学费,帮助自己实现做医生的职业规划。他们的未来规划虽然各不相同,但是都代表了打破种族、贫富和阶级界限的梦想。作为一家之长的莱娜最终决定把钱分成几份,先付上房子的首付,其余的分别留作学费和进行商店投资,但是沃尔特没有按照母亲的安排执行,而是将全部余款交给合伙人,结果合伙人卷款潜逃。

剧中的女性人物形象丰满,戏剧冲突更加生动直接地将她们的个性呈现出来。三位主要女性人物具有各自不同的性格和立场,母亲是一家人的精神支柱,身材高大,虔诚守信,刚毅决断;儿媳露丝脚踏实地,注重孩子的教育,并且她还是莱娜和博尼莎之间、沃尔特和儿子特拉维斯之间的协调人;博尼莎作为家中文化水平最高的一位,思想进步,个性独立,是黑人女权主义者的代表。不过她们也具有共同的特点:勤奋坚韧,虽然生活贫困,但是依旧保持着尊严和追求。这一点从房间的陈设就可以看出来:"这间房子里的每件陈设都是精心挑选的,代表了爱甚至是希望——公寓内部的摆设能显示出主人的生活品味和尊严。……事实上,这个房间处处都显出了陈旧。所有的物件都被仔细擦拭、清洗过,但是也被坐压、使用、擦拭过太多次了。除了生活的气息,这个房间所有的浮华早已褪去。"②她们也有各自的不足以及相互之间的冲突:莱娜虽然支持女儿的学业,但是也表示了怀疑,认为这种理想对于他们那样的普通劳动阶层是不合乎实际的;博尼莎接受高等教育后变得更加自信,但是也更加自我,过于关注自己的追求而忽略其

---

① Helene Keyssar, *Modern Dramatists: Feminist Theatre*. New York: Macmillan, 1984, p. 33.

② Lorraine Hansberry, *A Raisin in the Sun*. New York: Signet, 1959, p. 11.

他人的感受。所以这个家庭已经显露出一定的分化,除了两代人不同的价值观,还有阶级取向的差别。

　　母亲莱娜作为家长,是这部剧作中最鲜明的人物形象,也是黑人文学中颇具代表性的人物。即便杨格家存在价值观的冲突和代际差别,母亲依旧把控着最核心的东西,几乎所有的事情都要过问,被女儿比作"独裁者"①,而在信仰问题上更是毫不含糊。博尼莎公然声称不信仰上帝时,莱娜毫不犹豫地教训她,狠狠扇了她一个耳光,而后斩钉截铁地说,在她的家里还有"上帝",只要她还是一家之主,就不容孩子们挑战权威。沃尔特对妻子出言不逊时,莱娜同样毫不犹豫地教训他;莱娜也不认可他的投资计划,认为卖酒是"不道德的"。在得知露丝不希望加重家庭负担、准备流产时,莱娜立场坚定地要求沃尔特像个男人一样给予妻子信心,承担起做丈夫做父亲的责任:"好吧——儿子,我等着听你表个态……我等着听听你怎么做你父亲的儿子。像他一样,做个顶天立地的男人……你老婆说她要打掉你的孩子,我等着听听,你怎么像你爹那样,跟她说我们这个民族,是给孩子生命的,而不是毁掉他们。"②作者汉斯博里也强调,莱娜是"黑人女性家长的化身,这个人物的意义在于她的代表性。她是自奴隶制以来所有黑人家庭的全部;这个人物超越了黑人意愿的具体体现。在黑人诗人的脑海中,就是她,做着这个国家最脏最累的活儿,就是为了培养出黑人外交官和大学教授。也正是她,表面看来似乎是为传统所束缚,但实际上激励这年轻人行动起来,终究有一天,在蒙哥马利的公共汽车上拒绝坐到车的后排"③。剧作最终对梦想进行了肯定,呼应了母亲所捍卫的"信仰",赞扬了人物的成长。因为白人邻居的抗议,房产经纪人提出加价回购房产,沃尔特在母亲的鼓励下放弃利益的诱惑,他说:"我们决定搬进我们的房子,因为那是我父亲——我父亲——他一块砖一块砖地给我们挣来的。"④汉斯伯里通过这个故事回答了兰斯顿·休斯诗中的问题:梦想遭遇挫折时,的确"会松弛下陷,就像荷了重担",因为黑人的梦想中原本就负荷了历史的重担,但是梦想并没有枯萎,它终将爆裂,释放出能量。汉斯伯里的女性人物塑造和男性成长主题,契合了民权运动的时代精神,以非常积极的姿态张扬了黑人的信仰、追求和梦想。

---

　　① Trudier Harris, *Saints, Sinners, Saviors: Strong Black Women in African American Literature*. New York: MacMillan, 2001, p. 27.
　　② Lorraine Hansberry, *A Raisin in the Sun*. New York: Signet, 1959, p. 62.
　　③ Steven R. Carter, *Hansberry's Drama: Commitment amid Complexity*. Urbana, IN: U of Illinois P, 1991, pp. 52—53.
　　④ Lorraine Hansberry, *A Raisin in the Sun*. New York: Signet, 1959, p. 128.

《阳光下的葡萄干》也体现出了黑人社区的男权思想。沃尔特为代表的黑人男性缺乏清楚的自我认知和足够的理性,他的投资计划即反映出典型的男性价值观:"酒"是男性品味的象征,也是"成瘾"的比喻,往往和"理性"形成对比。第一幕开头,因为前一天晚上沃尔特邀请朋友来喝酒打扰了孩子的休息,露丝批评了他,他不仅认识不到错误还恼羞成怒。沃尔特缺乏独立思想的致命弱点直接导致了他的被骗:他羡慕白人老板的生活,不满于现状却又缺乏远见和理性判断,在对自己和他人缺乏足够了解的情况下草率做出了决定。他批评博尼莎的梦想不切实际,认为黑人女性就应该安于现状做个家庭主妇,其实主要的原因在于博尼莎要分掉一部分他本想投资商店的钱。沃尔特指责博尼莎不知感恩,实际是难以容忍一部分黑人摆脱劳动阶级,认为对黑人文化的感恩和认同就是一起处于社会底层,这反映了黑人男性中简单化的"绝对平等"思想和"受害者情结"。沃尔特自以为是,辜负了母亲的信任,没有把博尼莎的学费存进银行,而是将房子首付剩余后的6500元全部给了哈里斯。虽然哈里斯的欺诈行为直接导致了一家人梦想的破灭,但是沃尔特的自负是根本原因。除了沃尔特之外,另外几位男性人物也表现出不同程度的男权思想。博尼莎的追求者、来自尼日利亚的阿萨加认为,女性只要能够拥有浪漫的爱情就足够了,不应该要求更多;另外一位追求者乔治来自黑人中产阶级家庭,虽然长相英俊、家境优渥,但是沾染上了物质至上主义者的势力与浅薄。

《西德尼·布鲁斯坦窗口上的标记》没有聚焦于黑人的生活,而是选取了格林尼治村的一位犹太白人艺术家西德尼·布鲁斯坦作为主要人物,故事围绕他的个人生活以及他的家人展开。其中布鲁斯坦在艺术追求和政治立场之间的权衡,他的妻子伊瑞丝在家庭责任和"演员梦"之间的取舍,都延续了汉斯伯里对"梦想"的书写。剧中只出现了一个黑人人物,就是社会活动家埃尔顿·斯格尔斯,但是他被塑造成看重利益与得失的消极形象,带有较强的投机主义和功利主义思想。他追求伊瑞丝的妹妹格洛丽亚,但是在得知她是妓女并不是模特之后毅然将其抛弃,导致格洛丽亚失去信心而自杀。并且,斯格尔斯参与社会活动的目的是为了捞取个人资本,他游说对政治不感兴趣的布鲁斯坦,让他支持候选人威利·奥哈拉,但这个政客实际是一个道德败坏的野心家。不过,斯格尔斯这个消极黑人形象并不是例外,剧中的人物都有着这样或者那样的缺点,凸显了人性的弱点。剧作以伊瑞丝自杀、布鲁斯坦夫妇的和解而结束,突出了人物在经历了这些变故之后的成长和蜕变。剧作涉及较多的社会历史背景,例如民权运动和女权运动,甚至不乏对"荒诞"的揶揄:"哦,谁害怕荒诞!荒诞!荒诞!谁害怕荒诞!不是我们,不是我们,不是我们!"①。剧作通过描写布鲁斯坦在政治运动大潮中所见证的各色人物,旨在号召知识分子着眼现实、关注社会问题。通过这部作品能够看出,汉斯伯里试图突破肤色界限和黑人主题,拒绝将肤色作为自己创作的唯一关注点,而是从更宽广的视域下关注生存和人物的成长。

1965年1月12日,汉斯伯里去世,同一晚上,《西德尼·布鲁斯坦窗上的标记》在百老汇最后一场演出结束。大幕落下,这位才华出众的黑人剧作家也从人生舞台上退场;但是,她留下的戏剧遗产却超越了她的生命和时代:她对于"梦想"的书写和对"成长"的刻画,集中反映在《阳光下的葡萄干》中母亲莱娜所主张的"信仰"和"尊严"中,激励着人生道路上受到挫折的人们。汉斯伯里创造了黑人女性戏剧的历史,这种辉煌在她身后依然在继续:她的剧作在以后不断被改编和重演,成为她艺术生命的延续。可以说,她用自己短暂一生的不懈努力,演绎了非裔美国人对于梦想的理解:生命终究会枯萎,但是梦想却能够慢慢绽放。

第八节 现代女性小说家

虽然直到民权运动和女权运动第二次浪潮带来的对于美国文学经典书目的冲击和挑战之前,女性作家还必须面对认为文学创作不适合于女性的社会期待,但还是有一些女性作家冲破父权文化重围和社会性别角色的羁绊,取得了辉煌的文学成就。

现代女性小说家展现了女性文学的丰富性、复杂性和多元性。这些作家拥有不同阶级、不同族裔和不同的地域背景,其中既有家境优渥的中产阶级女性,也有在贫困线上挣扎的下层阶级的劳动女性;既有白人女性,也有非裔、华裔和其他族裔的女性;她们的作品有的具有强烈的性别意识,有的则刻意与自己的性别身份保持距离。但是女性文学作品多从女性的视角描绘社会和个人生活,对现代社会的女性生存境遇表现出高度的关注,并在此视域下彰显了作家的个性。

在美国文学史上,尤其是在第一次世界大战之后,美国女性作品受到了评论界的不公正待遇。随着美国文学的经典化和机构化过程,女性文学作品被排斥在文学经典之外。女性文学作品被从许多教材和文学选集删除。

---

① Lorraine Hansberry, *A Raisin in the Sun and The Sign in Sidney Brusteins Window*. New York: Vintage Books, 1995, pp. 330—31.

在霍华德·芒福德·琼斯(Howard Mumford Jones)主编的流行大学教材《重要美国作家》(Major American Writers)中,女性作家全然不见踪影。两位20世纪上半叶的重要女性作家薇拉·凯瑟(Willa Cather,1873—1947)和伊迪丝·华顿(Edith Wharton,1862—1937)的声誉也在三四十年代不断下降[①]。20世纪50年代也是女性创作的低潮期,这一时期的社会氛围对于女性创作极为不利,女性作家在自己的创作中映射了女性所承受的社会压力。这一现象直到60年代末才开始改观。

"二战"后美国成为世界强国,进入经济高速发展期,一方面中产阶级人数激增,具有一定经济实力的中产阶级搬出城市内城,在市郊购买住宅;另一方面城市内城出现大面积的贫民窟,成为黑人、拉美裔和其他弱势群体的住处,在这些地区贫困和暴力成为主基调。与此同时,"二战"后美国社会趋向保守,战争的阴影犹在,俄国社会主义的模式曾在"二战"前吸引了一大批具有"左倾"思想以及参与工人运动的人们,但战后美国与"共产主义阵营"的较量使得社会向右倾斜,麦卡锡主义的盛行在美国社会造成恐慌。部分上由于大批参加"二战"的士兵返回美国的原因,女性被敦促放弃职业、返回家庭,重新扮演贤妻良母的社会角色。即使那些受过高等教育、事业有成的女性也不例外。这一时期的女性作品描绘了白人中产阶级女性在传统价值观,即贝蒂·弗里丹(Betty Friedan)所说的"女性奥秘"(Feminine Mystique)的社会氛围笼罩下,被囿限于家庭所感受到的那种无法言说的痛苦。玛丽·麦卡锡(Mary McCarthy,1912—1989)在自己的小说《少女群像》(The Group,1963)中,描绘了受过高等教育的年轻白人女子在平衡精神追求与婚姻、家庭、两性关系方面所做出的努力,以及女性在突破传统角色的局限中所遭遇的挫折。尽管现代科技的发展和社会观念的改变似乎为女性开辟了更为广阔的天地,但女性仍然无法自主掌控自己的命运。西尔维娅·普拉斯(Sylvia Plath,1932—1963)在小说《钟形罩》(The Bell Jar,1963)中讲述了女主人公在个人理想与社会性别角色之间的彷徨、挣扎与抗争,对于现代社会女性身份的意义进行了探索,钟形罩在此被喻为令人窒息的社会压力。出身于工人阶级家庭的蒂莉·奥尔森的作品关注贫困女性和工人阶级的生存境遇,结合作者个人体验描绘了工人阶级家庭在贫困线上挣扎的生活,着重为处于弱势地位的劳动女性发声。她的论文集《缄默》(Silences)探究了造成弱势群体作家,尤其是女作家,为了生计被迫放弃写

---

① Elaine Showalter, Introduction. *Modern American Women Writers: Profiles of Their Lives and Works—From the 1870s to the Present*. Ed. Elaine Showalter, Lea Baechler, and A. Walton Litz. New York: Macmillan, 1993, p. xii.

作、陷入沉寂的社会原因。雪莉·杰克逊(Shirley Jackson,1916—1965)擅长心理刻画,她利用哥特式小说形式,揭示第二次世界大战对于人性造成的巨大冲击,表现现代美国社会的异化状态与人的异常心理,尤其是囿于家庭环境中的女性面对群体压迫时的心理变化与乖张行为。

这一时期的族裔文学特色各异,但皆具有较为强烈的政治意识和族裔意识,且多采用现实主义的表现手法。非裔作家安·佩特里(Ann Petry,1908—1997)的长篇小说《大街》(The Street,1946)是一部广受好评和极为畅销的作品,成为黑人文学的经典作品。佩特里聚焦于纽约贫民窟哈莱姆,描写了下层黑人女性对于贫困、种族歧视和性暴力的抗争,以及她们试图改变自己命运的努力。佩特里以自然主义和现实主义相结合的手法,书写残酷社会环境和城市化进程中黑人的悲惨遭遇,揭示出他们"美国梦"的幻灭。犹太裔女性小说家格蕾丝·佩里(Grace Paley,1922—1997)聚焦城市犹太人社区普通民众生活和女性经历,其作品描写了第一代中欧和东欧犹太移民的生活,体现了她对犹太移民之美国经历的深刻思考,主题涉及种族、性别和阶级等。华裔女性作家黄玉雪(Jade Snow Wong,1922—2006)在作品中刻画中美两种文化的差异,力图使美国读者对于中国文化有更好的理解,体现出华裔美国人渴望融入美国文化的努力及其"美国梦"的实现。

自20世纪60年代后期开始,美国女权运动的第二次浪潮带来了对于女性创作的关注。之前被沉寂、被埋没的女性作品被挖掘出来,再次展现在读者面前。也由于女权主义文学批评所带来的对于女性作品的重新评价,以及文学市场对于这些作品的兴趣,美国女性文学在60年代末70年代初进入了文学复兴期[1]。特别是族裔女性创作的兴盛,大大繁荣了美国女性文学。大批女性作家在文坛上的活跃,挑战和修正了传统的美国文学经典,从根本上改变美国文学的版图。

玛丽·麦卡锡(Mary McCarthy,1912—1989)

小说家、自传作家、评论家玛丽·麦卡锡属于那种生活与作品都充满传奇色彩的人[2]。她是其时代享有盛名的女知识分子,其聪明才智和独树一

---

[1] Elaine Showalter, Introduction. *Modern American Women Writers: Profiles of Their Lives and Works—From the 1870s to the Present*. Ed. Elaine Showalter, Lea Baechler, and A. Walton Litz. New York: Macmillan, 1993, p. xiv.

[2] Carol Brightman, *Writing Dangerously: Mary McCarthy and Her World*. New York: Clarkson Potter, 1992, p. xiii.

帜的创作手法赢得了广泛的认可。无论是其创作,还是个人生活,玛丽·麦卡锡从不趋炎附势,亦不因人言可畏而退缩,她以犀利的眼光、敏锐的观察力,从女性的视角审视了20世纪中叶知识分子的作用和女性的位置,入木三分地描绘了那个所谓进步时代里女性的彷徨、苦闷、抗争与妥协。虽然麦卡锡在作品中大胆表达自己的观点、直言不讳地谈论自己私生活时的做法也招来颇多微词,但她始终坚持发出自己的声音,一直努力超越父权文化中女性受到的种种局限。作为知名作家,麦卡锡的代表作品《少女群像》(*The Group*,1963)与贝蒂·弗里丹的《女性神秘》(*The Feminine Mystique*)、西尔维娅·普拉斯的《钟形罩》(*The Bell Jar*)和总统特别委员会关于女性地位的报告《美国女性》(*The American Women*)一起被称为"推动了50年代末陷入死气沉沉的美国女权运动的四部作品"[1],她本人也享有美国的"第一女文人"(First Lady of Letters)的美称[2]。

麦卡锡出生于西雅图,居住在明尼阿波利斯的祖父为富商,而在西雅图的外祖父是位名律师。麦卡锡童年生活坎坷,六岁时父母举家迁往明尼阿波利斯,时值流感猖獗,仅一周后麦卡锡父母双亡,麦卡锡和三个弟弟成为无家可归的孤儿,被送往祖母的妹妹和妹夫家里,在他们严苛的监管下生活了五年,后被外祖父接到西雅图。麦卡锡后来曾说,"我们这些孤儿不应为成为孤儿负责,但是我们的遭遇就是如此,好像我们的孤儿身份就是我们的罪行"[3]。这段充满痛苦的生活回忆以及她后来在外祖父家生活的六年构成了她的第一部自传《一个天主教女童的回忆录》(*Memoirs of A Catholic Girlhood*,1954)的内容。麦卡锡认为,"我和弟弟们在童年时代遭受的不公正待遇使我变成了一个权威的反抗者,但是它们也使我热爱公正"[4]。

麦卡锡自小便表现出她的聪明才智,她痴迷于书籍,外祖父把她从虐待她的寄养家庭中解救出来后,又为她提供了一个舒适的生活环境和良好的

---

[1] Catharine R. Stimpson,"Literature as Radical Statement," in *Columbia Literary History of the United States*. Ed. Emory Elliott. New York:Columbia UP,1988,p. 1064. 肯尼迪于1961年建立了总统关于女性地位特别委员会并且任命埃里诺·罗斯福为委员会主席。委员会的宗旨是保护女性尤其是职业女性的权益。委员会于1963年发布报告公布了在职场上歧视妇女的诸多事例,并且提倡包括公平雇佣、带薪休产假和可以负担得起的子女入托在内的改进措施。

[2] Beverly Gross,"Our Leading Bitch Intellectual," in *Twenty-Four Ways of Looking at Mary McCarthy:The Writer and Her Work*. Ed. Eve Stwertka and Margo Viscusi. Westport,CT:Greenwood P,1996,p. 32.

[3] Carol Brightman,*Writing Dangerously:Mary McCarthy and Her World*. New York:Clarkson Potter,1992,p. 27.

[4] 引自 Carol Brightman,*Writing Dangerously:Mary McCarthy and Her World*. New York:Clarkson Potter,1992,p. 413.

阅读条件。1925年,她离开推行天主教教育的林山修道院,说服了外祖父将她送进一个公立高中。1929年至1933年,她就读于美国著名的瓦萨女子学院。该学院教育学生积极进取、追求理想,并且为社会做出贡献。瓦萨对于麦卡锡的成长至关重要,瓦萨就学经历不仅为她奠定了坚实的古典文学基础,也培养了她作为公共知识分子的责任感,直接影响了她世界观的形成。

或许因为从小就没有父母的依靠,麦卡锡一向敢作敢为。从瓦萨学院毕业仅一周,年仅21岁的麦卡锡就与演员哈罗德·约翰斯拉德(Harold Johnsrud)结婚。之后她加入了纽约左翼作家圈,离开了天主教,成为一个无神论者。1936年,她结束了第一场婚姻,之后积极投身左翼运动,一个偶然的事件还使她卷入托洛茨基委员会的活动。40年代末,她的作品开始出现在《纽约人》杂志上,逐渐获得认可。她先后为《新共和》(*The New Republic*)、《民族》(*Nation*)与《党派评论》(*Partisan Review*)撰写评论,在《党派评论》担任编辑近11年之久,撰有文学艺术、政治、旅游等方面的评论。1945年,麦卡锡得到了她的第一份正式工作,在巴德学院教授文学,在1986至1989年又重返巴德学院执教。她1948年也曾在萨拉·劳伦斯学院任教。50年代,她反对当时盛行的麦卡锡主义,60年代反对越南战争,美国政府的越战政策曾是她猛烈抨击的话题之一。70年代她报道了轰动美国的水门事件。麦卡锡有四次婚史,第二任丈夫是著名文学批评家埃德蒙·威尔逊(Edmund Wilson,1895—1972),两人育有一子。但这场婚姻仅持续了七年。麦卡锡控诉威尔逊家暴并且酗酒,因为他不仅限制她用钱,还指控她精神不正常,但她承认是威尔逊引导她走向文学创作之路。威尔逊认为麦卡锡具有文学创作的潜质,仅在结婚一周之后,他就将麦卡锡关在一间有打字机的空房间里,逼着麦卡锡进行文学创作,帮助她实现了从书评人到作家的角色转换。

麦卡锡的作品可分为三大类,小说、自传与评论。麦卡锡的小说创作主要集中在自己的经历和熟悉的现代知识分子环境,她对于现代美国知识阶层的刻画入木三分,笔锋犀利,带有明显的讥讽色彩。她于30年代踏上文坛,创作的第一个短篇《残忍而野蛮的治疗》("Cruel and Barbarous Treatment",1939)发表在《南方评论》(*Southern Review*)上,该短篇成为麦卡锡结构松散的第一部半自传短篇小说集《她的交际圈》(*The Company She Keeps*,1942)的第一章。《她的交际圈》描绘了当时纽约文人的社会生活,也借用了麦卡锡自己的经历。小说《绿洲》(*The Oasis*,1949)讲述了一群理想主义的知识分子在厌倦了都市生活后,在远离主流社会的一个被遗弃的度假地建立避难所的故事。这些人试图像奥林匹斯山的天神一样建立自己的规则和价值观,但他们的垦殖实验最终失败。《学院园林》(Groves of Academe,1952)的故事背景设在一个规模较小的人文学院,对麦卡锡时代的美国高等教育进行了嘲讽,属于校园小说的佳品。作者揭示了这个封闭的学术机构里的人们如何不切合实际、愚昧无知,以及其危险性。在《受神力保护的生活》(A Charmed Life,1955)中,女主人公玛莎·辛诺特与前夫偶遇并且发生了性关系,而且还怀了他的孩子。小说以玛莎不幸遭遇车祸身亡而结尾,她用生命的代价为自己赎了罪。《少女群像》是麦卡锡最受欢迎的作品,曾位于《纽约时报》的畅销书单上长达两年之久,小说的原型来自麦卡锡对1933年瓦萨学院毕业班女生的调查,小说分析了这些受过高等教育的女性的矛盾生活。一方面,她们希望不负母校的期望,为社会做出贡献,另一方面又无法背离传统的为人妻母的轨道。因此,她们一直纠结于"改变世界"和"找到自己"的矛盾之中[1]。《美国之鸟》(Birds of America,1971)讲述了一个富有道德感的年轻人与母亲为逃避商业化的城市生活,搬到新英格兰的乡村居住的故事,但即使这里也未能免于遭受现代工业化和商品化的侵蚀。《食人者与传教士》(Cannibals and Missionaries,1979)描写了一次类似惊悚小说的劫机事件,麦卡锡以此探讨了人物精神困境的道德内涵。

除了小说之外,麦卡锡还撰写了三部自传,其中回忆了她青少年生活的《一个天主教女童的回忆录》成为传记体裁的经典作品。在《童年回忆》中,麦卡锡试图重构她真实的过去。其他两部自传为《我的成长》(How She Grew,1987)和《知识分子回忆录》(Intellectual Memoirs,1992)。麦卡锡的自传被称为"她创作的最重要的作品是试图揭示她个人生活的真实……而且她对自己也毫不留情"[2]。《我的成长》描绘了她的家人、亲戚和塑造了她才智性格的经历,描绘了她从瓦萨学院毕业之后在纽约的生活。《才智回忆录》在她生前未能完成,去世后于1992年发表。它追溯了她的几次婚姻和婚外情以及她作为书评人的经历,它定义了麦卡锡在30年代的纽约文化圈的位置。后两部传记因为麦卡锡对于自己的婚姻、婚外恋和性生活的大胆坦露为她带来不少负面反应,其文学价值也未能超过她的第一部自传,但她

---

[1] Sabrina Fuchs Abrams, *Mary McCarthy:Gender,Politics,and the Postwar Intellectual*. New York:Peter Lang,2004,p. 46.

[2] Frances Fitzgerald,"Taking Risks," in *Twenty-Four Ways of Looking at Mary McCarthy:The Writer and Her Work*. Ed. Eve Stwertka and Margo Viscusi. Westport,CT:Greenwood P, 1996,p. 193.

的传记被评家认为绝对"不存在任何伪善"①。

除此之外,麦卡锡撰写了多部评论著作,包括意大利游记《威尼斯见闻》(Venice, Observed, 1956)及《佛罗伦萨的石头》(The Stones of Florence, 1957)。论文集《相反》(On the Contrary, 1962)汇集了她多年的论文和评论,书中最后三篇文章《关于小说》("The Fact in Fiction")、《小说人物》("Characters in Fiction")和《美国现实主义戏剧家》("The American Realist Playwrights")是根据她1960年上半年在东欧和英国的讲座写成。麦卡锡在河内期间,撰写了不少反越战散文,先后收入《越南》(Vietnam, 1967)和《河内》(Hanoi, 1968)文集。此外她还著有《国家的假面具》(Mask of State: Watergate Portrait, 1974)、《随笔》(Occasional Prose, 1985)等评论著作。《朋友之间:汉娜·阿伦特与玛丽·麦卡锡书信集,1949—1975》(Between Friends: The Correspondence of Hannah Arendt and Mary McCarthy, 1949—1975, 1995)记录了麦卡锡与美国哲学家汉娜·阿伦特(Hannah Arendt)的深厚友谊。

麦卡锡一生获得多种荣誉。她曾于1949年与1959年两度荣获古根海姆奖学金,1973年入选美国艺术与文学院(National Institute of Arts and Letters),1984年获得国家文学奖章(National Medal for Literature)和麦克道尔文学奖章(MacDowell Medal for Literature),于1989年入选美国艺术与文学学会(American Academy and Institute of Arts and Letters)。1984年她的手稿被瓦萨图书馆收藏。此外,她被授予巴德学院、鲍登学院、雪城大学、耶鲁大学、达特茅斯学院、福特汉姆大学、普林斯顿大学、科尔比学院、杜兰大学等多所高校的荣誉博士学位。

麦卡锡最为成功的创作有三部,即《她的交际圈》(1942)、《一个天主教女童的回忆录》(1954)和《少女群像》(1963)。《她的交际圈》是一部由六个系列短篇组成的小说。麦卡锡曾经说道,这本小说的前几个章节是作为短篇小说来创作的,"写到大约一半时,我开始把它们看作是某种连贯的故事,同样人物重复出现。我最终决定把它称作小说,因为它的确讲述了一个故事"②。小说描写了女主人公玛格丽特·萨金特的成长过程和身份定义。玛格丽特是怀有强烈政治信念、崇尚独立自由的30年代的纽约年轻知识分子的代表,她在书中以不同的面貌出现,在与不同的男人交往时扮演着不同

---

① Frances Fitzgerald, "Taking Risks," in *Twenty-Four Ways of Looking at Mary McCarthy: The Writer and Her Work*. Ed. Eve Stwertka and Margo Viscusi. Westport, CT: Greenwood P, 1996, p.194.

② 引自 Barbara McKenzie, *Mary McCarthy*. New Haven: College & UP, 1966, p.79.

的角色。她在寻找自我的过程中被周围的世界所定义,被与她交往的人所定义。麦卡锡描绘了一幅现代社会的男性众生相:其中有广告商、政治激进分子、作家、出版商、律师、教师等。作者自己以及评论界都指出,这本书就是女主人公对于真正身份的不懈追求。在作者笔下,这种追求似乎比起她的道德发展更为重要,而她最终的目标不是找到自我,而是像成年人那样行事①。书中的几个故事都与麦卡锡自身的经历有关,代表了她生活的不同阶段。

第一个故事《残酷与野蛮的待遇》描述了一位正准备向丈夫坦白婚外情的无名女性。故事没有对于人物行为的道德评判,仅聚焦于女主人公的心理活动。《骗子的画廊》("Rogue's Gallery")描绘的是为这个女子提供了第一份工作的艺术商人希尔先生。作为他的秘书,这个刚踏上社会的年轻女子目睹了社会上各种肮脏交易。在《穿布鲁克斯牌衬衫的男人》("The Man in the Brooks Brothers Shirt")中,玛格丽特在开往西部的火车上与一个身穿布鲁克斯牌绿色衬衫的中年商人发生了性关系,她刚刚离婚,对于未来茫然无知,而移动的火车就代表了一个无归属感的动荡世界,影射了女主人公自我的丢失。在《亲切和蔼的男主人》("The Genial Host")中,玛格丽特应邀出席了一场晚会,并且因为性别而被晚会的男主人所定位。《一个耶鲁知识男性的画像》("Portrait of the Intellectual as a Yale Man")塑造了一位年轻的杂志主编。虽然事业有成,但对于自己都感到厌倦。在这个故事里,玛格丽特既是他的政治良知,也是他的婚外恋情人。在《神灵的父亲,我坦白》("Ghostly Father, I Confess")中,女主人公在五年内经历了两次婚变之后,接受了心理学家的治疗。她在探究自己痛苦的根源的同时,也在寻求生活的意义。作为中产阶级知识分子的生活使玛格丽特内心充满空虚和渴望,但在现实中又没有前进的方向。她对于自己的道德身份一直持怀疑态度,而对于自我的认识也只有通过她所交往的人才能完成。《她的交际圈》题目取自亨利·詹姆斯的小说《贵妇画像》,玛格丽特与后者的女主人公伊丽莎白·阿彻一样,对于个人自由和道德选择充满着浪漫信念,但最终意识到塑造她生活的外在力量②。

虽然这部短篇小说集聚焦于女性生活,但并未受到女权主义者的关注,因为玛格丽特既非受害者也非行为典范。她所交往的人都是男性,她的身份也由他们定义。难怪有人说,这本书的所有故事都涉及一个天资聪明但

---

① Irvin Stock, *Mary McCarthy*. Minneapolis: U of Minnesota P, 1968, p. 14.
② John W. Crowley, "Mary McCarthy's *The Company She Keeps*." *The Explicator* 51.2 (Winter 1993):115.

思想混乱的女性与令人失望的男性之间的关系①。但麦卡锡所刻画的女主人公恰恰体现了那个时代里知识女性的真实境遇。她们无法施展才能,只能徘徊于社会规定的狭窄空间,她们行为的不检点,正是她们对于所强烈感受的孤独感和异化感的排解,她们或许能得到某种解脱,但最终无法获得真正的解放。

麦卡锡的这种"系列短篇小说"的创作手段令人印象深刻,它以把自我想象碎片化的方式预兆了作品的后现代文体试验。麦卡锡对于女主人公的塑造与摄影记者的手法相似。每一个故事都是从不同的角度、不同的光线来拍摄的。作者不断变换视角,就像摄影家不断移动其摄影机。故事叙述人称不同,小说题目在作者或近或远地审视人物角色时也在不断变换,这个年轻女子的性格被断裂为片段,她所交往的不同男性象征着各个片段。读者的作用在于把它们放在一起,直到最后一个故事中作者才终于现身介绍了女主人公的历史②。麦卡锡成功地以这种形式表现了小说主题,取得了不俗的叙事效果③。

出版于1957年的《一个天主教女童的回忆录》早已成为美国女性传记作品的经典,受到美国学界极高的评价。这本书中的主题和叙事技巧独辟蹊径,对于传统自传体作品进行了大胆的修正,被视为女性自传体作品的研究范本。它描述了麦卡锡对于青少年时代的回忆,成为她直面人生的一个重要环节。与通常强调真实阐释自我的(男性)自传不同,玛丽在真实和虚构之中寻找自我,寻找自己生命的价值。她一方面努力将在那个时代所发生在自己身上的事情呈现给读者,另一方面又不断对于自己书写的内容加以质疑。如果说男性的自传传统上围绕着被记录下来的成功,麦卡锡的自传记载的则经常是忘却的失败。她的生活中充满缺席和沉默。她甚至声称,"这个自传中有好几处细节我并无把握","我认为它是虚构的"④。在书中的其他地方,她还声称,有些场景是"完全虚构的",而且"它们的细节是杜撰或是猜想的"⑤。因而,麦卡锡自传中所叙述的生活阶段充斥着遗忘和虚构,这种叙事明显削弱了自传作品关于人物身份自我建构的力量。

---

① Morris Dickstein,"A Glint of Malice,"in *Twenty-Four Ways of Looking at Mar McCarthy*:*The Writer and Her Work*. Ed. Eve Stwertka and Margo Viscusi. Westport,CT.:Greenwood P,1996,p.21.

② John W. Crowley,"Mary McCarthy's *The Company She Keeps*." *The Explicator* 51.2 (Winter 1993):112.

③ 参见金莉等:《20世纪美国女性小说家研究》。北京大学出版社,2010年,第136—38页。

④ Mary McCarthary, *Memories of a Catholic Girlhood*. New York:Penguin,1985,p.45.

⑤ Mary McCarthary, *Memories of a Catholic Girlhood*. New York:Penguin,1985,p.85.

麦卡锡幼年便父母双亡，她必须学会识别生活中的真实与欺骗、表象与本质，因此她的记叙带有强烈的讥讽味道。父母的宠爱使得他们的早逝更令人难以接受，使四个孩子过着寄人篱下的生活。玛丽和三个弟弟在寄养家庭里没有玩具、没有糖果、没有书籍（除了课本），而最可怕的是没有家庭的温暖和亲人的疼爱。在晚上睡觉时他们甚至被用胶条把嘴封住，只是为了不让他们用嘴呼吸。受骂挨打成了家常便饭。在一次论文比赛获奖后麦卡锡竟因此遭毒打，理由是不让她变得自大。而表叔家的收音机是不允许孩子们收听的，他们只能看着表叔戴着耳机听收音机。麦卡锡记忆犹新的是她信仰的破灭。她童年一直生活在天主教的氛围之中，但母亲和明尼阿波利斯的修女们所代表的美好和人性化的宗教信念，与她的亲戚所实践的那种充满仇恨和无知的天主教执念截然不同。五年之后外祖父把她接到西雅图，她自此过上了与以往全然不同的舒适生活，之后又被送到了修道院学校。生活的磨难使麦卡锡养成了敢于挑战权威的性格，而外祖父的宠爱也给予她安排自己生活的权力。

这部自传极有特色的一点就是麦卡锡有意在自传的作者和被写者之间制造了一种分割，其中作者参与写作过程，而被写者被描述、被置于某个位置、被表征化。而且麦卡锡还在书中将叙事章节与斜体的评论部分进行交叉[1]。这样一来她的自传叙事就包含了一种双重话语，自传里的第一种声音出自传统自传体的叙事人，力图建立一种权威性和真实性，而第二种声音随即就颠覆了第一种声音[2]。与其他自传不同的是，麦卡锡的自传不是按照年代顺序依次展现她的童年事件，而是将叙事切割成几大块，在每一块的中间穿插着对于这些叙事的评论，分别进行处理。自传中的八个章节中有七个章节后都附有这样的评论。这种非直线的叙事使得对于同一事件的描述常常出现多次，而且带有不同的结论。麦卡锡往往是在前面的章节中刚刚对于某个事件进行过叙述，紧接着在斜体的评论部分对于前面的论述进行质疑和反诘，强调其虚构和编撰。"这个回忆录之中有些可疑之处，我认为它纯粹是虚构的，"她说[3]。因此，阅读麦卡锡的自传成为一种独特的阅读经历，麦卡锡对于自己生活经历描述的前后不一致要求读者不断地对自

---

[1] Martha R. Lifson, "Allegory of the Secret: Mary McCarthy." *Biography* 4.3 (Summer 1981):256.

[2] Barbara Rose, "I'll Tell You No Lies: Mary McCarthy's *Memories of a Catholic Girlhood* and the Fictions of Authority." *Tulsa Studies in Women's Literature* 9.1 (Spring, 1990):11.

[3] Mary McCarthy, *Memories of a Catholic Girlhood*. San Diego: Harcourt Brace Jovanovich, pp. 47—48.

己的阅读进行调整，努力从字里行间判断事情的真相[1]。

麦卡锡最为知名也最受欢迎的作品是小说《少女群像》(1963)，讲述了20世纪30年代八位瓦萨学院女大学生的生活经历。同名短篇小说《少女群像》最先发表于1954年，后来成了这部小说的第三章。小说出版当年便一跃成为畅销书，被译成多种语言，据1991年的统计，在全球已经销售五百多万册[2]。小说通过追溯八位瓦萨女子学院毕业生的生活，再现了生活在30年代这个所谓进步时代里大学毕业生的爱情观、职业观、道德观、婚姻观。小说叙事从中心人物凯·斯特朗·彼得森的婚礼开始，以她的葬礼结尾。而小说开始时凯的婚礼也为作者提供了一个介绍其他主要人物的机会。这个群体的大多数成员只是在小说的第一章和最后的章节里一起出现，而在小说的其他章节里，麦卡锡的笔触从一个人物转换到另外一个人物，集中描绘了她们生活中具有代表意义的事件。以一组角色作为群体主人公的《少女群像》显然不是自传，但麦卡锡的身影在小说中依稀可见[3]。麦卡锡自己承认说，"小说中的某些人物来自真实生活，而其他一些人是不同人物的混合物。我自己一直努力置身度外"[4]。其实，凯的许多经历来自麦卡锡自身，譬如她自己就是1933年7月毕业于瓦萨学院，一周之后成婚，她的丈夫与小说中凯的丈夫也有不少相像之处。而凯后来被丈夫送进精神病院的场景也曾发生在麦卡锡身上。

《少女群像》描绘了八位1933届瓦萨学院毕业生的生活。作为受过高等教育的中产阶级女性，她们努力在20世纪中叶男权文化统治下的社会为自己找到一个位置。毕业于瓦萨学院的每个女性都遇到生活考验，包括性别歧视、生育问题、经济困难、家庭危机、男女关系等。这些女生受过高等教育，胸怀抱负，力图在追求思想独立和抗争传统压力之间寻求平衡。她们曾坚信她们受到的优质高等教育可以使她们掌控自己的生活、并且赋予她们打破传统禁忌和局限的能力。她们也都相信科技进步、现代性和美好婚姻。小说描写了这些受社会性别规范所束缚的女性的理想幻灭。麦卡锡一方面讽刺了她笔下的那些女性，但又对她们的境遇表示了极大的同情。

麦卡锡记述了这些人物的成长，也探索了时代和她们所受到的教育对于她们生活的影响。凯是个来自西部的女孩，她在学校中就以智力超群显得与众不同。她毕业后立即嫁给了耶鲁毕业生剧作家哈罗德·彼得森，希

---

[1] 参见金莉等：《20世纪美国女性小说家研究》，北京大学出版社，2010年，第138—40页。
[2] Joseph Epstein, "Mary McCarthy in Retrospect." *Commentary* (May, 1993):45.
[3] 参见金莉等：《20世纪美国女性小说家研究》，北京大学出版社，2010年，第140—42页。
[4] Barbara McKenzie, *Mary McCarthy*. New Haven:College & UP,1966,p.137.

望通过他实现自己的抱负。但哈罗德缺乏才智,剧本没有市场。而且哈罗德不但在外拈花惹草,还虐待自己的妻子,后来甚至把她送进了精神病院,两人最终离婚。小说结尾凯的葬礼又一次把这些女性聚在一起。"二战"爆发后,她在观察天上的飞机时从开着的窗口坠落身亡。麦卡锡没有点明凯的死因,令人回味。如果凯的坠落真是出于不慎,那么这个人物的死亡便没有什么启示意义,但是如果她是自杀,说明她从生活中学到了一些事情。而以身亡为代价所获得的知识,导致她对于自己和这个世界失去了平衡[1]。多蒂·伦弗鲁是个具有浪漫色彩的女孩,她爱上穷艺术家迪克·布朗,不惜一切满足迪克的要求,又听他安排到诊所安放避孕环。在尝试过性自由带来的苦果之后,多蒂与迪克分手,决定与亚利桑那的一位富商结婚,重返传统的女性生活轨道。她放弃了自己的职业和爱情梦想,以中产阶级家庭主妇的身份立足于社会。波莉·安德鲁斯似乎是作者笔下的"理想女性"[2]。她的家境在大萧条时期遭重创,她去一家医院当了护士,与有妇之夫格斯·乐罗发生婚外恋,但乐罗后来回到妻子身边。波莉最终嫁了一个好丈夫,过着一种小康而充实的生活,也利用自己的护士职业做些有意义的事情。普利丝·哈特肖恩的经历代表了科学"进步"对于女性的影响。普利丝的丈夫是儿科大夫。普利丝生子后,丈夫在育婴方面的种种科学主张,包括精心设计的饮食、定时的喂食时间和良好的如厕习惯等,与普利丝的女性经验和母爱天性发生冲突,一度无法解脱。但丈夫的试验终告失败。莉比·麦考斯兰才华横溢,致力于出版业。然而,老板将其解雇,因为他认为出版业是男性的天下。莉比最终成为成功经纪人,遗憾的是,她虽然取得物质成功,却并未在出版业上取得辉煌发展。莉比的故事展示了瓦萨毕业生作为职业女性的境遇,社会对于女性的歧视使她们在工作中遭受更为苛刻的要求和更加不公的待遇。出身富家的埃莉诺·伊斯特莱克来自伊利诺伊州,她冲破了社会关于异性恋的规训,变成了同性恋,完成了她在欧洲的旅行并实现了学习艺术史的梦想。海伦娜是一个心智极高的女子,但她的聪明才智反而使得她无法成为一个男性所期望的唯唯诺诺的女人,无法谈论婚嫁。

《少女群像》一经发表便引起强烈反响。30年代女性生活和社会发展的方方面面在小说中得到了详细的描述,麦卡锡通过描绘这些女性的生活无情讽刺了这个所谓的进步时代的价值观。小说也对于当时涉及女性生活的先进技术进行了详细的描述,其中对于作为先进技术刚刚问世的避孕环

---

[1] Barbara McKenzie, *Mary McCarthy*. New Haven:College & UP,1966,pp.149—50.
[2] Irvin Stock, *Mary McCarthy*. Minneapolis:U of Minnesota P,1968,p.42.

和先进育婴理论的细节描述令人印象深刻。在小说中,社会发展依靠技术进步,而技术正是男性的统治领域,因此营养变成了食谱和罐头食品问题,性生活变成了关于避孕的技术,生育变成了方法论[1]。这些细节的描述也象征着当时女性生活的轨迹。在进入社会几年之后,这个群体的成员逐渐忘却自己的追求和抱负而安于平庸的家庭生活,重新落入传统家庭妇女角色的窠臼。麦卡锡笔下的女性群体构成了30年代知识女性的文化版图。这些女性多数人的结局与她们的母辈没有太大差别。小说的主人公们在离开瓦萨之后面对的是一个令人失望的现实世界,而且沮丧地发现她们不得不依赖男性的经济保障在社会上生存。正是通过这些人物的塑造,麦卡锡对于当时的社会进行了讽喻和质疑,小说对于所揭示的问题并没有提出解决方案,相信这也是令麦卡锡困惑的问题。然而值得特别指出的是,这部与弗里丹的《女性神秘》发表于同一年的作品以小说形式所揭示的正是弗里丹在其作品中所提出的"无法命名的问题"[2]。麦卡锡的小说反映了女性追求平等和自由的愿望和努力,尽管她不愿被贴上女权主义作家的标签。

　　这部作品的写作技巧也同样令人称道。小说的叙事描述的是一个群体,不断更换的叙事角度成为这部小说叙事的独特之处。小说按照时间顺序分为15章,每一章以浓墨刻画了这个群体成员中的一人。小说情节围绕少女凯的生活展开,她的故事把小说中其他人物的生活线索串在一起。这种多视角的叙事为读者提供了一个多方位了解人物的机会。小说中人物塑造鲜活,令人印象深刻。其次,麦卡锡在创作中对于细节倾注了巨大的关注,她的新闻写作的训练培养了她对于细节的敏锐观察能力。《少女群像》充满对于细节的描写,以至于有些评论家认为它里面许多地方读起来更像是社会学研究而不是虚构文学[3]。作者运用这种文字记叙,强调了作品作为社会评论的功能,它帮助读者了解作品的社会背景和氛围,进入人物的内心,分享她们的社会经历。同她作品的自传成分一样,麦卡锡对于细节的描写和锋利的笔触成为她创作的重要特色,保罗·施吕特甚至声称,"形容她独特方式的最好词汇就是'解剖'"[4]。

　　麦卡锡曾在几篇文章中专门表达了她对于小说创作的观点。她认为,

---

[1] Wendy Martin, "Mary McCarthy," in *Modern American Women Writers: Profiles of Their Lives and Works-From the 1870s to the Present*. Ed. Elaine Showalter, Lea Baechler, and A. Salton Litz. New York: Collier, 1993, p. 275.
[2] 参见金莉等:《20世纪美国女性小说家研究》。北京大学出版社,2010年,第142页。
[3] Joseph Epstein, "Mary McCarthy in Retrospect." *Commentary* (May, 1993):45.
[4] Paul Schlueter, "The Dissections of Mary McCarthy," in *Contemporary American Novelists*. Ed. Harry T. Moore. Carbondale: Southern Illinois UP, 1964, p. 55.

小说与生活紧密相关，但小说不应只写社会事实，还需融入作者对生活的态度。在《小说中的事实》("The Fact in Fiction"，1960)中，麦卡锡写道，"我们不仅让读者相信，我们相信小说，而且我们的确相信小说的功能，小说和真实生活有连续性，小说和生活的材料是一致的，小说中有事实的存在，有日期、时间和距离，小说是一种慰藉——小说确保了真实性"[1]。麦卡锡反对机械写作论，她指出，"如今，作家变得专业化，就像流水线上的工人，任务就是每天上百次地完成一个动作……这种标准化和专业化不仅是他的写作时刻的特点，而且还是他社会存在的特点"[2]。麦卡锡的创作"敢于面对现实中那些不好把握、感官性强的、常常是痛苦的这些品质"[3]。对于麦卡锡而言，"写作具有净化心灵的作用"[4]。麦卡锡的创作超越性别、宗教和阶级，注重心理描写、写实和反讽等手法。她尤其擅于将讥讽和智慧应用到她生活的伤痕之中，在其优雅的文字表面之下有着一股更为狂野的暗流[5]。她曾经说，"讽刺，一般都出自弱势人群之手，它是一种报复行为"[6]。

莫里斯·迪克斯坦(Morris Dickstein)称，从20世纪40年代末到70年代初这段时期内，对于受过高等教育的年轻人来说，麦卡锡不仅是一位作家和一个文化人物，她是一个代名词，甚至是角色榜样[7]。她的文学创作、她作为公共知识分子的身份，甚至是她的性格都广受专注。她曾声称"妇女解放运动让我感到厌烦"[8]。但她相信社会和政治变革，以及女性应拥有实现她们潜能的自由，而她也从来不为取悦别人而生活或写作。她在职场和生活方式上都超越了社会对于女性的传统局限。而更为重要的是她的作品中

---

[1] Mary McCarthy, "The Fact in Fiction," in *A Bolt from the Blue and Other Essays*. Ed. A. O. Scott. New York: New York Review Books, 2002, p. 196.

[2] Mary McCarthy, "The Fact in Fiction," in *A Bolt from the Blue and Other Essays*. Ed. A. O. Scott. New York: New York Review of Books, 2002, p. 201.

[3] Deborah Nelson, "The Virtues of Heartlessness: Mary McCarthy, Hannah Arendt, and the Anesthetics of Empathy." *American Literary History* 18.1 (2006): 89.

[4] Carol Brightman, *Writing Dangerously: Mary McCarthy and Her World*. New York: Clarkson Potter, 1992, p. 376.

[5] Carol Brightman, *Writing Dangerously: Mary McCarthy and Her World*. New York: Clarkson Potter, 1992, p. xvii.

[6] Sabrina Fuchs Abrams, *Mary McCarthy: Gender, Politics, and the Postwar Intellectual*. New York: Peter Lang, 2004, pp. 1—2.

[7] Morris Dickstein, "A Glint of Malice," in *Twenty-Four Ways of Looking at Mary McCarthy: The Writer and Her Work*. Ed. Eve Stwertka and Margo Viscusi. Westport, CT: Greenwood P, 1996, p. 17.

[8] Stacey Lee Donohue, "Reluctant Radical: The Irish-Catholic Element," in *Twenty-Four Ways of Looking at Mary McCarthy: The Writer and Her Work*. Ed. Eve Stwertka and Margo Viscusi. Westport, CT: Greenwood P, 1996, p. 95.

表现出对于性别政治的关注和对于社会现实的清醒认识。她描绘了传统男性角色对于女性生活所带来的巨大压力和毁灭性后果,揭示了女性在实现抱负、追求自由中所经历的彷徨、苦闷和挣扎。由此看来,她的小说还是表现了一种女权主义的立场,因为这些作品描述了希望与男性享有同样的智力独立和性自由、希望与男性在同一世界里竞争的愿望,但是最终她们往往经受理想幻灭的打击。麦卡锡的文学作品因此成为美国女权运动第二次浪潮到来之前的女性经历的真实写照。

雪莉·杰克逊(Shirley Jackson,1916—1965)

雪莉·杰克逊是美国著名哥特惊悚小说家,以洞悉人性、描写复杂的人物心理,以及对于"二战"后美国社会与时代变迁对于家庭,特别是女性人物的影响的深刻剖析而著称,而她所采用的哥特式写作手法也获得广泛称道。伊莱恩·肖沃尔特如此评价雪莉·杰克逊,她是"20世纪50年代具有最精湛小说创作艺术的作家之一,她的作品可与坡和詹姆斯相媲美,但是她一直被美国文学评论界的大多数人所忽视"[1]。杰克逊多年来被归类于通俗文学作家而不受重视,但近年来已受到学界更多的关注。

雪莉·杰克逊1916年出生于旧金山的一个中产阶级家庭,父亲属于工厂的管理阶层,母亲是家庭妇女。在加州上高中期间,她就开始进行诗歌和短篇创作。1934年高中毕业后进入罗切斯特大学,一年后退学;1937年进入雪城大学,最初读新闻专业,后转学英语和演讲专业。在校期间发表了第一篇短篇小说《贾尼丝》("Janice"),后担任校刊小说编辑。同一时期杰克逊结识了后来成为知名文学批评家的斯坦利·埃德加·海曼(Stanley Edgar Hyman),杰克逊毕业后两人成婚,共育有四个子女。丈夫在当地大学任教,杰克逊担任兼职教授创意写作,第二个孩子出生后彻底回归家庭。与同时代的大多数被期待扮演贤妻良母角色的女性不同,杰克逊拥有自己的职业,而写作为她带来极大的满足感和掌控自己生活的自由。但她健康状况一直不佳,46岁时便因心脏病英年早逝。

杰克逊是位多产的作家,生前发表过六部小说与110个短篇故事,其中不乏佳作。她于1941年在《新共和》(*The New Republic*)杂志上发表短篇

---

[1] Elaine Showalter, *A Jury of Her Peers: Celebrating American Women Writers from Anne Bradstreet to Annie Proulx*. New York: Vintage Books, 2010, p. 405.

小说《我与 R. H. 梅西的生活》("My Life with R. H. Macy"),两年后发表了短篇故事《来爱尔兰和我跳舞吧》("Come Dance with Me in Ireland"),该故事入选《1944 年美国最佳短篇小说集》。1948 年发表第一部长篇小说《穿透墙壁之路》(The Road Through the Wall)。这是她唯一一部以加州为背景的小说,以揭示阶级偏见和道德沦丧为主题,采用文学写实主义手法,从中可见杰克逊洞悉人性的才华。杰克逊的主要作品包括 1949 年发表的短篇集《摸彩,或詹姆斯·哈里斯历险记》(The Lottery, or the Adventures of James Harris, 1949),其中最著名的短篇《摸彩》被收录到《1949 年获奖作品》(Prize Stories of 1949)中;小说《汉斯曼》(Hangsaman, 1951)次年被搬上电视荧幕,1953 年改编成剧作上演;小说《鸟巢》(The Bird's Nest, 1954),描写了患精神分裂症的青年女性,反映出杰克逊对人物心理的浓厚兴趣;1956 年发表《萨勒姆村的巫术》(The Witchcraft of Salem Village),其中短篇《与皮纳特在一起的普通一天》("One Ordinary Day With Peanuts")入选《1956 年美国最佳短篇小说集》;小说《日晷》(The Sundial, 1958)讲述了一群人聚集在一个乡村,等待预言中将取代当今世界的新世纪的降临,再现了杰克逊对战后美国的社会文化问题的关注;小说《邪屋》(The Haunting of Hill House, 1959)是兰登书屋"现代文库"读者票选 20 世纪百部英文长篇小说之一;《我们一直住在城堡里》(We Have Always Lived in the Castle, 1962)出版后进入畅销书榜单,后来被《时代》杂志评为当年"十佳小说",获得 1962 年国家图书奖题名。杰克逊还写过两本回忆录:《与野人一起的日子》(Life Among the Savages, 1953)和《抚养魔鬼》(Raising Demons, 1957),以杰克逊夫妇与四个孩子的生活为主题,语言诙谐幽默,与她的小说口吻大相径庭。杰克逊去世后,她的丈夫主编出版了《雪莉·杰克逊的魔力》(The Magic of Shirley Jackson, 1965)与《和我一起来》(Come Along with Me, 1968)。2007 年,"雪莉·杰克逊奖"成立,奖掖心理悬疑、恐怖和黑色幻想类小说。2010 年,由乔伊斯·卡罗尔·欧茨(Joyce Carol Oates, 1938—)编辑出版了《雪莉·杰克逊长篇小说和故事选》。

《摸彩》是杰克逊最负盛名的短篇小说,也是 20 世纪美国最有影响力的短篇小说之一,曾被诸多文学选集收录,也被改编成电影和戏剧。《摸彩》以十分平和的口吻讲述了一个令人毛骨悚然的故事。每年夏季,这个小村庄的村民都会聚集到一起,参与一年一度的摸彩活动。这是一个已持续七十多年,为求丰收而举行的以活人献祭的仪式,据说它能给村民们带来丰收年景,因为当地有"六月抓阄,五谷丰登"之说。参加摸彩的男女老少从一个黑木匣子中抽取彩票。抽到带有特殊标志的彩票的户主,其家庭成员也需重摸彩票,以决定最后的中彩者,而最后全村居民用石头砸死这个人。村里主持仪式的是萨默斯先生。小说中,比尔·哈钦森抽到彩票,然后哈钦森的所有家庭成员进行第二轮摸彩,他的妻子不幸成为牺牲品,镇上居民蜂拥而上,将其乱石活活打死。

《摸彩》无论是在人物刻画、情节构建、叙事风格、修辞手段等方面都展示了杰克逊的独具匠心。故事篇幅不大,看似情节简单,但实则荒诞离奇、充满象征意义,蕴藏着深刻的主题。故事最不同凡响之处或许就是其中语言、叙事和情节上的强烈反差,不动声色地为血腥的故事结局做了令人意想不到的铺垫。"故事的可怖之处,在于乡村生活和乡民的正常表面与这些人们在传统的伪装下实施的令人发指的行为。"[1]故事是以一种田园式的美好画面开场的:

> 六月二十七日上午,晴空万里,阳光灿烂。美好的盛夏季节,空气清新和煦,百花盛开,绿草葱茏。十点左右,村民们开始聚集到邮局和银行之间的广场上,有些地方由于人多,摸彩活动要花上两天时间,六月二十六日就开始;可这个仅有三百来人的村子,整个过程也不到两个小时,上午十点开始,结束后还来得及回家做午饭。[2]

寥寥数行,故事给读者的第一印象是一次轻松的夏日活动,没有任何异常之处,因为通常来说,摸彩活动都是一件给人带来幸运的事情。事实上,就连聚集到此的人群也没有表现出这样一个仪式与其他社区活动(如方块舞、青少年俱乐部活动和万圣节表演)的任何不同。男人们谈论着庄稼、天气、拖拉机和赋税,女人们相互问候,唠唠闲话,甚至就连广场一角垒在一起的一大堆石头也不会引起读者的注意。只有当村民们走向那只陈旧黑木匣子时,气氛才开始变得严肃起来,而此时的读者还无法得知摸彩的真正含义。直到故事结尾,当石头纷纷砸向抽到彩票的特丝·哈钦森时,读者在猝不及防之下猛然意识到事情的真相:死亡才是摸彩者的奖项。作者便是用这种刻意渲染的氛围和令人震惊的方式,来加强故事结尾发生的暴力行为的恐怖效果,令读者突然陷入出乎意料的震惊之中。

《摸彩》于1948年6月在《纽约客》(*New Yorker*)上发表之后,读者一片哗然,杰克逊仅在那个夏天就收到了三百多封读者来信,其中仅有十三封

---

[1] Lenemaja Friedman, *Shirley Jackson*. Boston: Twayne, 1975, p. 64.
[2] 雪莉·杰克逊:《摸彩》,周平译。载《名作欣赏》1998年第4期,第64页。

来信还比较友善,其他的则是对这篇故事的困惑、猜测和指责①。杰克逊在解释自己的创作意图时这样说,"我是希望设定一个在当前环境下、在我自己的村子里的特别残酷古老的仪式,通过逼真展现现实生活中毫无意义的暴力和普遍存在的无人性,来达到震撼读者的效果"②。杰克逊无疑是成功的,对于人性的复杂性和微妙心理,人们的迷信信仰、愚昧盲从,现代社会中无人性的暴力行为都在《摸彩》中表现得淋漓尽致。

《摸彩》是一个现代寓言,雪莉·杰克逊使用了"替罪羊"这一神话原型探讨了人性的扭曲和泯灭。故事以摸彩这种献祭品的方式讲述了现代社会背景下的荒诞行径。虽然摸彩这一传统在村子里历史久远到人们已经忘记了仪式中的许多程序,但这一可怕的暴力行为仍然被继承了下来,甚至在个别人提到别的地方已经废除这一仪式时,绝大多数人仍然选择顺从。杰克逊的目标在于展现人性的"双面性",这种双面性体现在邻里的友善以及社区行为的残忍同时存在③。在摸彩中,一旦牺牲品被确定,一刻之前还是和睦相处的亲朋好友瞬间暴力相向,不仅邻里之情彻底被抛到一边,亲情也荡然无存。特丝的两个子女南茜和小比尔打开纸条后顿时眉开眼笑,庆幸自己逃过了一劫,却全然不顾父母的生死;特丝的丈夫比尔从妻子手中夺过纸条,高举起纸条给众人看标着黑点的纸条。此时人情世态之炎凉昭然若揭,之前还与特丝善意搭讪的德拉克罗伊克斯太太选中一块得用双手才能搬得动的大石头,还招呼别人快上。他人的不幸仿佛给村民注入了一剂兴奋剂。有人甚至递给特丝的小儿子戴夫几块石子。故事巧妙地揭示了人们强烈的从众心理、极端的自私自利和"普遍的无人性"。最为可悲的是,虽然村民们都知道这种人命关天的摸彩活动的可怕后果,但没有人对此进行反抗,而且还年年将这一悲剧上演一次。其实就连特丝·哈钦森也不是单纯的受害者,她在摸彩活动中姗姗来迟,还轻松地与人开着玩笑。但第一轮结果出来之后,特丝反应强烈,她认为摸彩过程中没有给她的丈夫足够的时间考虑和决定,甚至要把已婚的、随他人姓的女儿拉进来参加第二轮摸彩,以降低自己"中奖"的概率。可以想象,如果是别人抽到彩票,她也丝毫不会留情;她在故事结尾的喊叫——"这不公平!这不对!"——"既非是一个无辜牺牲者的呼叫,亦非一个殉道者的宣言,而是一个伪善者自食其果后

---

① Edna Bogert,"Censorship and 'The Lottery.'" *The English Journal* 74.1 (Jan.,1985): 45.

② 引自 Lenemaja Friedman,*Shirley Jackson*. Boston:Twayne,1975,p.64.

③ Cleanth Brooks and Robert Penn Warren,*Understanding Fiction*. New York:Appleton-Century-Crofts,1959,p.76.

的最后抱怨"①。如于洋所说,"《摸彩》的特殊贡献在于,它不仅将批判的矛头指向了隐藏于日常生活中的恶,并且以摸彩流程所构筑的虚假的民主流程将颠覆主体关系的秩序呈现出来。这个秩序的更为可怕之处在于,它保证了投石杀人的场景一再发生"。②

《摸彩》一文富含象征色彩。最有象征意义的物品无疑是故事中装有彩票的黑木匣子。这个有着古老历史的木匣子,"一年比一年更破旧。如今,颜色已不再是纯黑色,有一面已破烂不堪,现出木质本色;其他地方颜色已褪,或污渍斑斑"。尽管如此,村民们没有更换它,因为"谁也不想改变老规矩"③。在故事中,黑木匣子成为摸彩这一邪恶传统的象征,它被一代一代人传了下来,预示着摸彩这一荒诞不经的行为还会延续下去;黑木匣子也折射着村民们的迷信、愚昧、无知,以及他们丧失的人性,他们屈从于这一无谓的传统,非但不进行反抗,还表现出对他人悲剧的冷漠无情。除此之外,故事中人物的姓名也含有深意。摸彩仪式的主持者萨默斯先生的名字"Summers"在英文中是夏天的意思,不仅暗示着对于在"夏天"这个百花盛开、充满生命活力的美好季节举行带来死亡的摸彩仪式的反讽,而且这个词的复数形式也说明这个仪式年复一年地举办;为萨默斯担任助手的是格雷夫斯先生,他的名字是"Graves",在英文中意为"坟墓",是他充当了将中彩者引向死亡之地的角色;镇上最年长的人是瓦纳,他的名字"Warner"是"警告者"的意思,他坚持摸彩是"老辈儿上就有的",废除它"只能坏事";德拉克罗伊克斯太太的名字"Delacroix"在拉丁文中是"十字架"的意思,她没有像耶稣那样为他人而殉难,反而搬去一块大石头朝着好友特丝砸了下去;而特丝·哈钦森的名字"Tessie Hutchinson",令人想起北美殖民地的历史人物安妮·哈钦森(Anne Hutchinson),她为了坚持自己的宗教信仰而被逐出自己的镇子,最后死在印第安人手中。杰克逊利用这些人物姓名,以象征与反讽的方式喻指了摸彩这一行为的荒诞残忍以及人性的扭曲,营造出与人物内心世界相对应的氛围。

杰克逊是哥特式小说的大师,她在小说创作中大量采用哥特式小说元素,如鬼魂出没的古宅,阴森神秘的氛围,惊悚血腥的死亡场面,充斥着暴力、复仇和死亡的情节等等。杰克逊擅长营造恐怖氛围,她的小说多以生活

---

① Jay A. Yarmove, "Jackson's 'The Lottery,'" in *Bloom's Major Short Story Writers: Shirley Jackson*. Ed. Harold Bloom. Broomall,PA:Chelsea,2001,p. 42.

② 于洋:《从"怪怖者"到"自动机":对〈摸彩〉的精神分析解读》。载《外国文学》2020 年第 2 期,第 23 页。

③ 雪莉·杰克逊:《抽彩》,周平译。载《名作欣赏》1998 年第四期,第 64—65 页。

中的邪恶和混乱为主题,其哥特式小说的重要恐怖元素来自房屋建筑。以阴森可怖的房屋为背景的《邪屋》(The Haunting of Hill House, 1959)奠定了她擅长描写人物心理、营造哥特氛围的小说家地位,曾被译成多种外语,也被评论界视为多年来最为精彩的恐怖小说之一。[1]美国著名悬疑小说家斯蒂芬·金(Stephen King)曾说这部小说是他"所读过的几乎最为完美的关于鬼屋的故事"[2]。

杰克逊的小说有助于读者理解"二战"后人们的心理创伤。杰克逊的主人公多是在情感上孤立的,她们必须为克服其疏离感、错位而绝望地挣扎,而她们基本上都失败了,没有多少人能够战胜压迫[3]。杰克逊选用了哥特式体裁讲述这些故事,因为"哥特式叙事围绕着自我和困境的焦虑展开,通过可以或无法解释的荒诞或夸张的事件,作为女性主要人物角色的混乱的想象表现出来"[4]。小说中女性的内心恐惧往往源自紧张的家庭关系,这种家庭矛盾与沟通交流上的障碍相关,具体体现在父母对其职责的认识以及子女之间相互争夺父母关爱等方面。此外,家庭层面的矛盾也反映在社区层面。人与人之间的相互关爱,在杰克逊看来,是营造良好社会氛围的核心内容。人性的复杂性不容忽视,在面对生死攸关的危机时,人性中的卑劣性充分暴露出来。在杰克逊的小说中,人性的多元化通过各种危机场景得到呈现。哥特写作手法一定程度上将人与人之间的冲突有效地得以再现。

《邪屋》以"有着自杀、疯癫和官司的传闻"的希尔屋为背景展开,这座住宅已有八十年历史,但二十年来一直被空置。代表了"科学理性主义和逻辑"的约翰·蒙塔古博士对于超自然现象极为感兴趣,他将希尔屋租住三个月,希望通过科学分析解释这里发生的怪异现象,并撰文公布他的研究成果。为此他费尽周折寻找理想候选人,希望这些人帮助他完成研究,但最终只来了两个人,一位是年过三十的埃莉诺·万斯,她曾在母亲去世前照顾她11年,平时也没有朋友。她之所以被蒙塔古博士选中,是因为她在12岁时,家中房屋连续三天被怪石砸中,直到她和姊妹从家中撤出。另一位是据说有心灵感应能力的西奥多拉·文,她正好刚与公寓的同伴闹翻,于是来到希尔屋。而房主修·克雷恩的外甥卢克·桑德森作为家族的代表也参加到

---

[1] Lenemaja Friedman, *Shirley Jackson*. Boston: Twayne, 1975, p. 122.
[2] Stephen King, *Danse Macabre*. New York: Everest House, 1981, p. 259.
[3] John G. Parks, "Chambers of Yearning: Shirley Jackson's Use of the Gothic." *Twentieth Century Literature* 30.1 (Spring 1984): 16.
[4] Roberta Rubenstein, "House Mothers and Haunted Daughters: Shirley Jackson and Female Gothic." *Tulsa Studies in Women's Literature* 15.2 (1996): 311.

这次活动中。蒙塔古博士告诉他们,他希望就他的关于通灵现象的理论进行试验,并让他们将各自的经历记录下来,他随后带领她们参观了在建筑上"极其不和谐"的希尔屋,特别提到因为这个大宅子的每个部分都完全"错位",房屋的构造角度会导致视觉偏差。之后希尔屋出现了一系列神秘恐怖的现象,几人在深夜里听到动静,似乎还有冷风吹过,墙上相继出现了"帮助埃莉诺回家"的粉笔字和以血迹写下的句子,甚至还有孩子的哭声。晚饭后,学校校长亚瑟·帕克开车带蒙塔古夫人来到希尔家,并和她一起以占卜方式和鬼魂交流。她向丈夫透露说,有个鬼魂名叫埃莉诺,反复提出要回家,当问及为何要回家时,她回答说"母亲"。埃莉诺联想到自己与母亲死亡之间的联系,开始觉得她听到的动静都来自她内心,她被这所大宅子所吸引,觉得是母亲在召唤她。当其他人坚持要她离开希尔屋时,埃莉诺开车撞向大橡树,最终车毁人亡。蒙塔古博士选择退休,终未完成他的科学实验。

  小说围绕埃莉诺的经历,讲述了人际关系对个体发展的影响,揭示了人物的复杂心理。埃莉诺生性敏感,她认为自己没有善待临终前的母亲,内疚心理导致她疑神疑鬼。房屋本是一个家庭和谐生活的场所,象征家庭完整性,但在这个大宅子里,无论房主,还是房客,他们的家庭都是支离破碎。房屋似乎成为诅咒家庭成员死亡的象征物体,而当两个候选人被选中,加入这个科学实验时,两人不同程度上成为实验的牺牲品。神秘的超自然现象背后,其实隐藏着人的操作。正是埃莉诺不避讳讲述自己的过去,她才给诸如蒙塔古博士夫妇、桑德森以及西奥多拉等人将其秘密作为给她施加压力的工具,所谓的"闹鬼",实际上是被压抑的情感所致。她的死亡背后,是众多杀手。她所听到的那些噪音,其实正是其他房客所致。小说末尾,埃莉诺敲响所有成员的门,是对之前制造诡异噪音的人的回应。这种集体谋杀行为,与《摸彩》结尾的死亡事件如出一辙。当埃莉诺谈及她以后想与西奥多拉共同生活时,其实反映出她的孤独感。她希望能与西奥多拉建立姐妹友情,她也渴望能与母亲有所交流,尽管这或许是潜意识中的需求。而在埃莉诺成为众矢之的、饱受折磨时,她竟然道出自己要"投降",暗示群体对她的伤害之大,正是这种被排斥的感觉和社会错位最终导致了她的自杀[①]。在这个世界上没有埃莉诺立足之地,她没有可以依赖的生存资源,但她的孤独和精神分裂却在希尔屋的混乱中找到了安身之处,第一次有了归属感,而在她被迫离去时,她驾车冲向大树,杀死了自己。小说结尾发人深省,埃莉诺之死

  [①] Lynette Carpenter, *Bloom's Major Short Story Writers: Shirley Jackson*, Ed. Harold Bloom. Broomall, PA: Chelsea, 2001, p. 68.

也让那个打着科学实验名义的小群体认识到,当人们集中关注一个有缺点的他人时,往往忽略自己的缺点,从而合谋伤害那个自省的人。

《我们一直住在城堡里》是杰克逊生前出版的最后一部,也是创作时间最长的一部小说。杰克逊曾半开玩笑地给友人这样写道,"我把自己写进那栋房子里了"①。事实上,在创作该小说的三年过程中,杰克逊的写作与日常生活合而为一,她整日闭门不出,甚至怀疑自己得了恐旷症。

《我们一直住在城堡里》讲述了一对姐妹的故事。小说采取第一人称叙述,叙述者是18岁女孩梅里凯特·布莱克伍德,她和姐姐康丝坦斯住在佛蒙特的一个大房子里。六年前,家庭遭遇变故,包括梅里凯特的父母、婶婶和弟弟在内的四人因食物中毒身亡,当时康丝坦斯被怀疑投毒,但随后因证据不足被宣布无罪,其实真正的投毒者是梅里凯特。村民们既妒忌布莱克伍德家的财富,又对于谋杀者没有得到惩罚感到愤怒,两姊妹因此在村庄被其他人孤立。康丝坦斯六年内从未踏出家门,活动范围最远不超过家里的花园。只有妹妹偶尔出门,为家庭采购食物和图书。六年来,梅里凯特经常受到村民的敌视,甚至遭到尾随。"对于梅里凯特来说,村子就是一个充满阴郁、无聊和满怀恨意的人们的荒原,而只有她的"城堡"才是一个平静、明亮和谐的地方,姐姐康斯坦丝则是自然的侍女,种植和制作水果和蔬菜罐头,照料家园里的花草。"②梅里凯特与姐姐感情深厚,在她的眼里,姐姐是她的世界里最宝贵的人。堂弟查尔斯前来造访,他千方百计向康丝坦斯献殷勤,不仅想把康斯坦丝带走,还觊觎布莱克伍德的家产。梅里凯特被迫使用一切手段恢复她的"城堡"的安全。她将查尔斯未熄灭的烟斗扔进垃圾桶,导致火灾爆发,房子的顶层被烧,村民为发泄对这一家人的怒火,向房子投掷石块,并将房子里剩下的东西抢劫一空,姐妹俩无奈逃入树林。之后两人回到受损严重的房屋,决定在残垣断壁上建立她们的新生活。"小说的真正恐怖之处不是一个12岁女孩未受到惩戒的谋杀,而是布莱克伍德家外面世界里所谓的正常人和普通人的那种无法解释的疯狂和暴力"③。

侵害、欺骗和背叛是《我们一直住在城堡里》的焦点。这个小说世界里缺乏宽容和爱,而仇恨和敌意随时可能变为行动。梅里凯特与姐姐住在一起,

---

① 引自 Judy Oppenheimer, *Private Demons: The Life of Shirley Jackson*. New York: G. P. Putnam's Sons, 1988, p. 237.

② John G. Parks, "Chambers of Yearning: Shirley Jackson's Use of the Gothic." *Twentieth Century Literature* 30.1 (Spring 1984): 26.

③ John G. Parks, "Chambers of Yearning: Shirley Jackson's Use of the Gothic." *Twentieth Century Literature* 30.1 (Spring 1984): 27.

与姐姐关系非同一般。梅里凯特喜爱的人和物极为有限,而且她对家庭一成不变的秩序深恶痛绝,对母亲尤其如此。母亲对于女儿严加管教,连各种物件的摆放位置也必须保持不变。梅里凯特对父亲的印象则是,无时无刻不在与其他富人家攀比。经济地位所给予的优越感,在梅里凯特看来并无益处,她渴望的是家庭温暖,以及与其他居民孩子的平等交往。然而,居民对他们家庭的憎恨恰恰源自阶级差异,他们表面上的热情并不是发自内心。梅里凯特的童年没有伙伴,父母热衷于增加房产、积累财富,她唯一的伴侣是姐姐。导致她给全家投毒的,恰恰是她对家庭过于关注物质的积累而忽视精神需求的失望所致。成年之后,梅里凯特也没有朋友,几乎没有与外界的交流,两姊妹只有相互依赖。唯一进入她们城堡中的查尔斯,也是心怀叵测之人。城堡外的村民,更是对她们虎视眈眈。在这部小说中,"杰克逊很快指出,她所反讽的机构性的礼仪(如我们之前所知的《摸彩》的主题),也存在于布莱克伍德家庭中"[1]。

　　杰克逊是20世纪50年代的典型作家,她的作品以一种不是那么显而易见的方式描绘了那个时代的焦虑和恐惧;通过聚焦于其女性角色的孤立、孤独和破碎的身份,她们既无法与外部世界相联系也无法自主行动的困境,以及常常导致她们心理疾病的内心空虚,杰克逊展现了50年代许多女性的处境[2]。"二战"后美国社会经济高速发展,许多在战争中走出家门、发挥了积极作用的女性被迫返回家庭,包括大批受过高等教育的女性,也被囿限在家中,扮演家庭妇女的角色。战争的阴影犹在,而理想的破灭、信仰的丧失伴随着战后一代人。"家在杰克逊的小说中是个令人不安的能指",反映了50年代家和持家的意义含糊的角色[3]。杰克逊哥特式小说中主人公许多都是倍感孤独、焦虑和绝望的女性,她们的故事折射了"二战"后女性的生存困境。她以犀利的笔锋,分析了女性生活中令人心痛的孤独、无法忍受的负罪感、分化和瓦解、陷入疯癫、暴力和爱的匮乏[4],从而折射了现代生活中存在的荒诞和社会价值观的分崩瓦解。

　　杰克逊直面现代社会的种种荒谬和愚昧行为,描绘出现代人的生存困

---

[1] Marisa Silver,"Is It Real? On Shirley Jackson's *We Have Always Lived in the Castle*." *Southern Review* 49.4 (2013):666.

[2] Angela Hague,"'A Faithful Anatomy of Our Times':Reassessing Shirley Jackson." *Frontiers:A Journal of Women Studies* 26.2 (2005):83.

[3] Angela Hague,"'A Faithful Anatomy of Our Times':Reassessing Shirley Jackson." *Frontiers:A Journal of Women Studies* 26.2 (2005):74.

[4] John G. Parks,"Chambers of Yearning:Shirley Jackson's Use of the Gothic." *Twentieth Century Literature* 30.1 (Spring 1984):28.

境,她以极端的方式、精湛的技巧展现了战后美国社会的种种社会问题和内在危机,抨击了社会的陈规陋习和人性的扭曲,创作出震撼心灵的作品。如她的丈夫海曼所说,她的作品"是对我们时代敏锐和忠实的剖析,是对于这个有着集中营和原子弹的令人不安的社会的贴切象征"[1]。

黄玉雪(Jade Snow Wong,1922—2006)

继"水仙花"伊迪丝·伊顿(Edith Eaton,1865—1914)在 20 世纪初出版的几部作品之后,华裔女性文学在相当长的时间内重又归于寂静,直到 20 世纪中期才开始再次发声,这一时期的代表作家就是黄玉雪。黄玉雪是第一位被非华裔群体所了解的华裔女作家,也是第一位"走红"的华裔女作家。黄玉雪的文学作品其实并不多,但代表作《华女阿五》(*Fifth Chinese Daughter*,1950)却开创了华裔女性文学中"唐人街"主题,树立了华裔女性的"模范"形象。这部带有自传性的小说描写了华裔少女的奋斗经历,她走出唐人街传统移民家庭、接纳主流价值的过程,是华裔女性"美国梦"主题的典型。作家本人曾经被美国国务院树为亚裔女性的成功典范而进行亚洲巡访,亲身演示了"美国梦"的吸引力。黄玉雪的开拓性贡献是无法否认的,如中国学者吴冰所言,"《华女阿五》描述、批判的内容在后来人的作品中再现",如汤亭亭在《女勇士》一书中对重男轻女、家长制作风的批判,雷霆超(Louis Chu,1915—1970)在《吃碗茶》(*Eat a Bowl of Tea*,1961)中对年轻男女主人公在纽约婚宴的描绘,甚至赵健秀(Frank Chin,1940—　)本人在剧作《龙年》(*The Year of the Dragon*,1974)、小说《唐老亚》(*Donald Duck*,1991)中对唐人街的描写,"恐怕都多多少少受到了黄玉雪《华女阿五》的启发和影响。而此书的种种缺点和不足或许不仅仅是早期华裔文学中存在的问题,在其他少数族裔或弱势群体的早期文学中也有所反映。毕竟作家和大多数人一样,是逃脱不了历史的局限性的"[2]。因而,无论是黄玉雪的文学作品,还是与她相关的这类文化现象,都值得学界深入思考和研究。

黄玉雪 1922 年出生在旧金山唐人街的一个移民家庭。在家中兄弟姐妹九人中排行第六。据说她出生时旧金山下了雪,这是十分罕见的,父亲将

---

[1] Stanley Edgar Hyman, *The Magic of Shirley Jackson*. Ed. Staley Edgar Hyman. New York:Farrar,Straus and Giroux,1965,p. viii.

[2] 吴冰:《黄玉雪:第一位走红的华裔女作家》,载《华裔美国作家研究》,吴冰、王立礼主编。天津:南开大学出版社,2009 年,第 100—101 页。

其认作好兆头,便取了"雪"字,有纯洁剔透之意;黄家的女孩取了华人女孩名字中常用的"玉"字,既表示珍贵,也有中华文化传统观念中对"温润如玉的女子"的美好期待。黄玉雪的父亲来自广东中山,在唐人街经营制衣店,也是一位有名望的牧师。黄家是个非常传统的华人家庭,父母勤恳经营在唐人街上的生意,为孩子们树立了榜样,但他们也有十分根深蒂固的重男轻女思想。黄玉雪拒绝接受父辈的性别观念,坚持读书深造,在《华女阿五》访谈中,她提及父亲拒绝给自己支付大学学费一事;虽然其中的可信度尚需进一步确认,但是可以肯定的是,华人移民家庭往往希望子女从事较为稳定的职业,诸如教师、医生、律师等,因而父母对于她决定从事艺术创作的决定不甚认同。黄玉雪先后就读于旧金山初等学院,后转学到了米尔斯学院,主修经济学和社会学,起初的打算也是在唐人街谋得一份公务员或者社区服务人员的稳定工作。

在米尔斯学院求学的经历改变了黄玉雪的人生轨迹。她在学校接触到了制陶工艺并深深喜爱上了这门艺术,1942年,她以优等生的身份从米尔斯学院毕业。当时正值太平洋战争期间,她在海军造船厂做过短时间的秘书,但是后来决定从事艺术创作,利用自己日臻成熟的制陶艺术来谋生。1945年,在征得父母的同意后,她在唐人街租下了一个橱窗,采用完全开放性的方式向顾客和过往行人展示制陶工艺,这在当时成为唐人街的一处独特"风景",不少去唐人街的游客慕名专门到那里观看制陶,购买艺术品。1950年黄玉雪与亚裔艺术家伍德罗·王结婚,两人一起经营制陶店铺。50年代黄玉雪成为美国全国的知名人士,随国务院美工代表团到亚洲各国访问,趁此契机开办了旅行社,专门承接亚洲旅游项目。黄玉雪还是中美关系开始松动之后最早来华访问的华裔作家,在尼克松总统来华不久,她便在韩素音的介绍下得到中国的签证,和丈夫随旅游团来大陆访问,并在此后多次到过中国。她的回忆录《不是异乡客》(*No Chinese Stranger*,1974)就是基于中国之行而作。

黄玉雪多年来活跃于多个华裔社团和机构,致力于宣传中国文化和华裔文化。1976年,她的母校米尔斯学院向她颁发了名誉博士学位,以表扬她的文学成就,特别是她对于中国文化的阐释。黄玉雪在陶艺上的成就不亚于她的文学成就,她的不少作品被旧金山的艺术博物馆、中国文化中心、美国中华文化中心、母校米尔斯学院收藏。2004年,美国的华人历史学会和旧金山博物馆一起筹办了黄玉雪艺术作品展,展出她的陶艺作品和近二十种语言出版发行的《华女阿五》,这充分展现了黄玉雪作为"陶艺艺术家"和"作家"的双重身份。

《华女阿五》是较早的一部唐人街题材的作品,被认为是继蒋希曾(Tsiang His Tseng,1899—1971)的《中国有的是人手》(And China Has Hands,1937)和林语堂(Lin Yutang,1895—1976)的《唐人街一家子》(A Chinatown Family,1948)以后,最早由女作家创作的唐人街题材的小说。在1989年版《华女阿五》的前言中,黄玉雪本人也明确了通过唐人街题材反映"中国文化"意图,她说"当时还没有从华裔女性角度讲述类似故事的书,我写作的目的就是让美国人更多地了解中国文化。这个信念贯穿我人生各个阶段,引导着我[①]"。这几部作品,和稍后出版的黎锦扬(Chin Yang Lee,1915—2018)的《花鼓歌》(The Flower Drum Song,1957)一起,成为华裔美国文学史上唐人街题材的代表作品。诚然,在这些作家中,就受教育程度、学识和文学创作经历而言,其他三位作家都远胜于黄玉雪;然而,从作品的受欢迎程度来看,《华女阿五》却是其中声名最盛的一部,它"被评为当月最佳图书,在英国和德国出版;美国国务院将其翻译成多种亚洲语言,还邀请作者黄玉雪参加了1953年的亚洲巡访。这部作品在1989年重印,进入全美各地的大学课程"[②]。正是因为黄玉雪开创性地描写了华人女性在唐人街的成长,以及她们突破种族和空间双重阈限的经历,更因为这部作品所宣扬的是华人的美国梦,作者被誉为"华裔美国文学之母"。

黄玉雪的成功值得深思,因为这不仅验证了"文学"与"社会"之间的互文,而且昭示了"族裔性"的政治取向和族裔文化表征的相对主义本质。黄玉雪声称,她写作的初衷是让美国人更加了解中国文化。的确,这在她的自传和回忆录(特别是自传《华女阿五》中)得到了充分的证明。在《华女阿五》的开头,她便展现了蕴含丰富中国文化特质的唐人街风景和华人家庭生活,比如华人移民家庭中严格的长幼秩序:阿五不得称呼长姐长兄名字,而是称呼"大哥"、"大姐"、"二姐"、"三姐"、"四姐"。再比如日常生活中随时随处可见的文化传统,华人家庭中的名字都颇多讲究,黄家同一辈分的孩子取名都带有一个"玉"字,如"玉燕"、"玉莲"、"玉缀"等。当然,黄玉雪在呈现"中国文化"时具有明显的选择性,特别是对于男尊女卑、惩诫教育的夸大,比如书中所说的教育就等同于鞭打:被家人称为"阿五"的玉雪曾经出于顽皮在楼梯上碰掉了大哥的帽子,结果被父亲狠狠地抽打,还惩罚她不得和姐姐一起去动物园。

---

① Jade Snow Wong, *The Fifth Chinese Daughter*. Seattle: U of Washington P, 1989, p. vii.

② Patricia P. Chu, "Chinatown Life as Contested Terrain: H. T. Tsiang, Jade Snow Wong, and C. Y. Lee," in *The Cambridge History of Asian American*. Ed. Rajini Srikanth and Min Song. New York: Cambridge UP, 2016, p. 155.

《华女阿五》中玉雪的成长和成功所蕴含的文化相对主义,才是更加深层次的政治主题。主人公玉雪从唐人街和父母所代表的"中国文化"向米尔斯学院和白人雇主所代表的美国主流文化进行迁移,表明了作品的同化主义立场。正因为如此,黄玉雪对"中国文化"的书写受到了赵健秀和陈耀光(Jeffery Paul Chan,1942—)等人的批评,认为这种再现具有片面性,迎合了主流文化群体对华裔的刻板印象。不少评论家认为黄玉雪是"白化"最严重的作家,她被当作"成功华裔"的典型来"宣传美国民主制度的优势",因为美国当局看重的就是《华女阿五》故事的"真实性",以及作者的现身说法,以此表明作为少数族裔的美籍华人可以从美国民主制度中受益[1],普通移民的后代能够获得均等的受教育机会和成功的机会。在历史的背景下看,"二战"以后美国国内的种族矛盾不断凸显,发展中国家也指责美国的种族歧视现象,对美国作为超级大国和世界领袖的地位提出了质疑,在这个时候,黄玉雪的书有助于宣传"少数族裔只要努力就可以获得成功"[2]的"美国梦",所以美国当局才对此书如此推崇。作者本人也承认,自己当年之所以得到美国国务院的资助,是作为成功的典范,向亚洲国家展示普通移民的子女也能够获得上升的机会。赵健秀等人对作品中华人"模范移民"形象的批判态度,也就不足为奇了。

不可否认,黄玉雪对唐人街和华人风俗的描写具有"异国情调",迎合了主流文化群体对于华裔的刻板化印象,符合非华裔读者对于华裔文学的心理期待。《华女阿五》中对中国文化传统的描写,如食物、传统节日和风俗习惯,对玉雪的日常家务的详细描述,比如她到哪里买菜,如何同邻居寒暄,淘米做饭的程序和火候掌握等,还有模式化的"典型"华人人物,比如严厉的父亲、慈爱的母亲、顺从的儿女,对于不熟悉中国文化的读者,这样的描写的确具有相当大的吸引力。父亲毫无掩饰的性别差异观念,很可能会令其他文化的读者大为惊奇:"你现在应该清楚,儿子可以传宗接代,永远使用黄家的姓,因此,当父母的财力有限时,儿子优先于女儿接受教育"[3]。即便父亲偶有某些开明的思想,其价值判断依旧基于男尊女卑的陋习:"既然儿子和儿子的教育至关重要,我们就需要聪明的母亲。如果人人都不让女儿接受教育,我们中国怎么可以为儿子找到聪明的母亲呢?如果我们的家庭教养不

---

[1] Elaine Kim, *Asian American Literature—An Introduction to the Writings and Their Social Context*. Philadelphia: Temple UP, 1982, p. 60.

[2] 吴冰:《黄玉雪:第一位走红的华裔女作家》,载《华裔美国作家研究》,吴冰、王立礼主编。天津:南开大学出版社,2009年,第83页。

[3] Jade Snow Wong, *The Fifth Chinese Daughter*. Seattle: U of Washington P, 1989, p. 108.

好,中国怎么可以强国呢?"①小说对唐人街和华人风俗的描写具有"异国情调",迎合了主流文化群体的心理期待。华人社区是否当真具有如此深重的男权思想和男尊女卑的封建观念,还是它们被某些华裔文学作品模式化、进而被想象为华裔文化的代表,这个问题值得探讨;然而,这在黄玉雪的作品中,却是切实地被强化了。

　　细读《华女阿五》,可以发现叙述中还存在相当的前后矛盾,尤为明显的就是父亲形象、父女关系的陈述,这甚至对叙述的可信度造成了一定的影响。父亲一方面表示出明显的重男轻女思想和做派,例如他对于儿子的偏爱,对女儿的过分苛求;但他同时又十分注意管教孩子,关心他们的学业,他让玉雪姐妹学习艺术,对她们的学业进步感到骄傲,并且还给玉雪姐妹提供独立的学习空间;他一方面要求子女对于父母命令进行无条件的服从,"黄家的女儿生来就要忍受她们无法理解的苛刻要求。这些要求总是没有说清楚,稍有逾越,父母亲便严加教训,令其改正"②,但是也教会孩子们去质疑错误,这在玉雪质疑董先生对自己的惩罚时表现得尤为突出。在华裔文学作品中,封建家长制和父权思想似乎是华人移民的标志,或许《华女阿五》的叙述者如此为之,是为了有意塑造父权制下父亲作为"一家之主"的权威形象。因而,黄玉雪对于"典型"父亲形象的如此塑造不排除这样的一种可能性:就是出于"真实性"的需要而去呈现这样的家庭伦理关系和家庭价值。当然,深究小说中父亲这种矛盾态度的来源会发现,有两个方面的原因不可忽视,即父亲本人在不同文化语境中的经历,以及华人家庭的经济状况。首先,父亲一方面深受儒家思想的影响,遵守其中的规则和秩序,另一方面又接受基督教思想,成为新大陆的探索者,所以他才会既要求孩子们学习中文、学写毛笔字,又要他们读《圣经》、唱赞美诗,检查他们在主日学校的功课。其次,虽然黄家在社区中经济条件尚可,但是家里子女众多,玉雪让父亲为自己承担大学学费的要求,其实是他难以承受的,所以他才会明确拒绝。

　　玉雪的父亲显然不是唐人街上唯一徘徊在两种文化之间的华人移民。她所看到的唐人街葬礼就是这种中西文化混杂的映射:葬礼有基督教礼仪和传统中国礼仪两部分,既有身着美国传统灰色乐队制服的华人演奏西方哀乐,也有佛家法师超度死者的亡魂,这个过程中的仪式性和操演性从更深层次反映了唐人街的双重认同。开始接受主流文化核心价值观的玉雪同样

---

① 黄玉雪:《华女阿五》,张龙海译。南京:译林出版社,2004年,第13页。
② 黄玉雪:《华女阿五》,张龙海译。南京:译林出版社,2004年,第59页。

如此。她外出打工谋求经济上的独立本是无可抱怨的。但事实上,她对于父亲忙于唐人街华人社区的宗族事务而未能参加自己的毕业典礼,却是耿耿于怀:"没错,爸爸的事务比看女儿从美国英语学校毕业更重要。"①而且她不想上专科学校的原因,并非出于现实的考虑,更多的是出于"个人的自尊心"。可见,玉雪接受的主流文化中的个人主义,并没有使她获得真正的独立,她既没有摆脱唐人街家庭传统观念的影响,也没有真正从精神上接受唐人街以外的美国价值观,至少在这个阶段她尚未能够在东西方之间寻找到一个平衡。这说明玉雪和父亲一样受制于双重的文化影响,她即便上了大学、走出了唐人街,依旧未能从心理上走出空间政治的阈限;如果她需要获得真正的精神独立,就不能在享受家庭庇护的同时又拒绝他们的规则,而是在主流群体对自己的东方主义判断之中用西方话语主张独立。故事最后,玉雪找到了协调这两种影响的结合点。唐人街橱窗里玉雪操作陶轮向白人游客展示制陶技艺的情景,就构成了一幅典型的东西方文化符号交融的画面:橱窗的设计得益于白人同事的帮助,所以橱窗完全不同于唐人街的其他橱窗;扎着麻花辫子的亚裔姑娘,采用中国苦力的传统技艺,得益于中国古代精美陶瓷的灵感,用加利福尼亚的泥土,揉捏烧制出了白人顾客喜爱的唐人街陶器。她在唐人街上以社区华人并不认可的方式谋得了制陶事业上的成功,这才是故事最意味深长的地方。

《华女阿五》一直被认为是自传,出版后相当长的时间里人们并未对此体裁产生过多的疑问。按照传统的叙事逻辑,回忆录或者自传作为生命书写的典型体裁,依赖的就是"讲述亲身经历"的权威性和可信度,因而第一人称内聚焦叙述是首位的考虑要素。但黄玉雪的自传显然不是这样的。这部作品采纳的是第三人称主要人物叙事。作者黄玉雪,将自传中的第三人称单数叙述归结于"中国的文学体裁(反映出漠视个体的文化)"②,且不论这种"漠视个体"说辞是否有其牵强附会之处,以及其中是否隐含了对华人文化模式的戏仿,单从叙述本身来说,这种策略"针对不同的读者构建的不同的自我,表明作品的艺术价值和作家的心理力量。通过塑造'玉雪'这个文学人物,作家能够满足美国社会对她的东方主义期待,并达到出版的目的;同时从个人层面上将自我和这些不同的期待彻底分开"③。这种叙事方式拉开了叙述者和主要人物之间的距离,更是将作者和主要人物截然分开,

---

① 黄玉雪:《华女阿五》,张龙海译。南京:译林出版社,2004年,第106页。
② 黄玉雪:《华女阿五》,张龙海译。南京:译林出版社,2004年,第1页。
③ Jaime Cleland, "Breaking the "Chinese Habit": Jade Snow Wong in First Person." *MELUS* 37.1 (Spring 2012):62.

"似乎表明她(黄玉雪)和自我的疏离"[1]。最重要的是,它令叙述的真实性变得扑朔迷离,也对"自传"体裁的合法性进行了质疑。由此,《华女阿五》中的自传成分到底有多少,也就值得商榷了;从文学角度来看,它更像是一部小说。黄玉雪所说的表示"漠视个体"的第三人称叙事,似乎暗合小说题目中的"华女"身份;然而,无论是故事本身所表明的玉雪走出家庭、拥抱个人主义的立场,还是小说背后的相关背景,其实都表明了这部作品中的人物与"华女"身份相去甚远。黄玉雪在采访中坦陈,自己的故事就是写给白人看的,并且,在迈向成功的旅途中,"如果没有得到白人大量的帮助,我就不会取得像我今天这样的成就。唐人街的华人只是嘲笑我,不给我任何帮助"[2],购买她的陶艺作品的都是白人。在1989年版本的前言中,黄玉雪提及父亲的一个遗憾,就是未能衣锦还乡,但是她随即又说,假如父亲带着她和兄弟姐妹回到中国,那么她就不可能获得事业上的成功。可见,她有意无意地忽视了自己的亚裔身份在其中的作用,试图将话语与"唐人街"背景分离。这时的"玉雪",已经从《华女阿五》故事结束时寻求得到父亲认可的年轻华裔女性,成长为"美国梦"华裔代言人,"华女"也成了对自我话语的解构,令整部作品成为似是而非的叙述悖论。

"玉雪"作为文学人物形象的这种变化,在回忆录《不是异乡人》中得到更加明显的呈现。这部作品基于黄玉雪1972年之后多次访问中国大陆的经历,同时还讲述了《华女阿五》故事之后唐人街和黄家的变化。这部作品采用了第一人称叙事,从"局外人"的视角,对中国和唐人街中国文化进行审视。叙述者讲述父母的变化,如母亲的日常打扮和生活习惯更加美国化,她不再穿中式衣服,开始化妆;获得了公民身份的父亲也更加积极地做模范美国公民,而不像之前那样想着如何效忠中国。与《华女阿五》中春节、葬礼等中式习俗互文的一个情节,就是父亲的生日及其象征意义:获得了公民身份的父亲,开始在美国国庆日这天过生日,将自己的新生和这个国家的生日联系起来,象征性地接纳自己的美国身份。玉雪更加自信于自己的美国身份,唐人街经历对她已经不再构成困惑。在多次的中国大陆之行中,作为中华子孙的她感受到人们对于海外华人的善意,也看到了中国正在发生的巨大变化,但是她依然坚信只有美国才使她获得成功。因而,回忆录题目中的"不是异乡人"具有双关意:玉雪在中国大地上、身处中国文化之中并无不适

---

[1] Deborah L. Madsen, "The Oriental/Occidental Dynamic in Chinese American Life Writing: Pardee Lowe and Jade Snow Wong." *American Studies* 51.3 (2006):343.
[2] 黄玉雪:《华女阿五》,张龙海译。南京:译林出版社,2004年,第233页。

之感,这个"异乡人"的观照点是叙述者的"华裔身份";另外一重含义是,唐人街华人移民家庭在美国得到接纳,更加彻底地接纳主流文化,并将美国视为自己真正的家园,此时的观照点则是"美国人"身份。考虑到前文所述与《华女阿五》之接受相关的文化现象,后一种显然是写作的重点。

　　黄玉雪是最早得到非华裔读者接受的华裔女性作家,其唐人街主题和生命书写范式均具有开拓性意义。《华女阿五》的叙述者是唐人街上成长的华裔女性,她对于自我和世界的认识被明显地割裂于唐人街所代表的中国文化和唐人街以外的美国主流文化。尽管她将自己的唐人街经历视为中国主题,但是她的落脚点是美国经历,"中国文化"的标签更多地为其独特性服务:"利用美国式叙事的核心要素,在美国的语境下通过(传记)故事的真实性,来证明自己的美国性"[1]。黄玉雪在写作中充分利用了华裔族裔性和美国国民特性之间的可协商空间,构建了生命书写中的多维度自我,在相互矛盾的话语中再现文化和种族差异。至于围绕她的成功成名而引发的争论,到底是因为其作品"毫无批判地接受美国文化优越论"[2],还是作者接受主流文化同化而为自己塑造的"模范移民"形象,或者是因为美国迫于形势需要而在《排华法案》废除后对华裔摆出的宽容姿态,应该说,这些因素都在不同程度上发挥了作用。就黄玉雪来说,她无论是出于作为艺术家的身份还是作家的角度,她的选择都有其道理,她的成就也值得肯定。对于读者,首要的问题就是认识到叙述的文学性,必须要透过文本的现象看到文学叙述的本质,即"中国文化"的个人化呈现以及文本本身的叙述性特征。

格蕾丝·佩里(Grace Paley,1922—2007)

　　格蕾丝·佩里是美国短篇小说家、诗人、社会活动家。她基于自己和家人在城市犹太人社区的经历,聚焦城市社区普通民众的生活。其短篇小说和诗歌描写细腻,情节设计独特精妙,着重于在人物的互动中传达都市生活和女性经历。她的语言简洁明了,富有音乐感和节奏感,轻松上口,语言和叙事风格均带有鲜活的生命节奏。她的作品"非常忠实地反映了纽约城市语言的

---

[1] Deborah L. Madsen, "The Oriental/Occidental Dynamic in Chinese American Life Writing: Pardee Lowe and Jade Snow Wong." *American Studies*, 51.3 (2006):347.

[2] 杰夫·特威切尔-沃斯:《序》,张子清译,载《华女阿五》,黄玉雪著,张龙海译。南京:译林出版社,2004年。第1页。

特点,这正是她所描写的生活,第一代中欧和东欧犹太移民的生活"①。佩里的作品,于日常琐细的生活描写和平淡无奇的情节中,彰显出对犹太移民之美国经历的深刻思考,可谓20世纪中期城市犹太人社区的典型写照。

格蕾丝·佩里1922年出生于纽约的一个犹太知识分子家庭,父母是来自乌克兰的犹太人,因为沙皇时期遭受迫害而移民美国。佩里在三代同堂的大家庭里长大,家庭中的人际关系较为复杂。母亲隐忍宽厚,对她影响很大,这也许就是她作品中那种平和宽容之基调的来源。佩里在非虚构类散文集《正如我想》(Just As I Thought, 1998)中,回忆了成长中诸多的温情时刻。她回忆说,家里长辈的政治观点各不相同,但是他们都给予了孩子们积极的影响,她从父辈的政治信仰那里感受到他们追求公平正义的努力。这个家庭和众多遭受迫害而移民的欧洲犹太人一样,曾经有过痛苦的过去,但是对于自己的受迫害历史态度暧昧:一方面,他们怀念欧洲的家园,因而在来到美国以后依然在家中使用俄语和意第绪语;但另一方面,祖母与父母都很少跟孩子们提及过去,似乎不愿意回忆起被监禁、被流放的痛苦,也不愿去回忆失去亲人的心理伤痛。格蕾丝·佩里的父亲艾萨克·古德赛德是医生,母亲曼雅·雷德尼克是社会学家。佩里是家中最年幼的孩子,因而备受宠爱。

佩里17岁时就读于亨特学院,大学尚未毕业就在19岁时与杰斯·佩里结婚,婚后成为家庭主妇,并未完成学业。杰斯·佩里是军人,经常换防,因而婚后的佩里跟随丈夫在国内多个地方生活过,她在家料理家务,教育他们的两个孩子。写作起初只是佩里的"副业",她更多的时间用在了陪伴孩子成长和参加50年代初各类争取权利的社会运动中。佩里参加了诗人奥登的诗歌工作坊,学习诗歌创作。她与杰斯离婚后,于1972年和作家罗伯特·尼古拉斯结婚,婚后他们生活在佛蒙特州。佩里一生的绝大部分时间是在纽约和佛蒙特度过的,她对那里的一草一木和风土人情十分熟悉,小说的背景往往就是取自那里。佩里在50年代末开始发表作品,有短篇小说集《男人的小烦恼》(The Little Disturbances of Man, 1959)、《最后一刻的巨大变化》(Enormous Changes at the Last Minute, 1974)、《同一天晚些时候》(Later the Same Day, 1985),还同薇拉·威廉姆斯(Vera Williams)合作著有非虚构类作品《不能再开战的365个理由》(365 Reasons Not to Have Another War, 1989),诗集《重新开始》(Begin Again: Collected Poems, 2000)

---

① Yvette Christians, "No Consolation: Navigating the Cliché in Grace Paley's 'The Hard-Hearted Rich'." *Contemporary Women's Writing* 3.2 (2009): 164.

和她离世后出版的《忠诚》(*Fidelity*,2008),散文和诗歌选集《漫步和密谈》(*Long Walks and Intimate Talks*,1991)等。凭借自己对文学的爱好和不懈的努力,并未接受太多专业训练的佩里获得了公众的认可,斩获颇为重要的文学奖项,如1961年的古根海姆小说奖、1983年的伊迪丝·华顿文学奖(Edith Wharton Award),1993年的迈克尔·雷短篇小说奖(Michael Rea Award for the Short Story),1994年的笔会/马拉默德优秀短篇小说奖(PEN/Malamud Award for Excellence in Short Fiction),以及1994年的犹太人杰出文学成就奖(Jewish Cultural Achievement Award for Literary Arts)。在2003年菲茨杰拉德文学艺术节上,她获得了菲茨杰拉德美国文学杰出贡献奖(Fitzgerald Award for Achievement in American Literature award)。她是达特茅斯大学的荣誉博士,并在2006年获得学院的终身成就奖。

除了文学上的成就之外,佩里还是颇有建树的教育家。她强调想象力在教育中的核心作用,基于文学创作经历形成了独特的教育理念,并积极地付诸实施。自60年代开始,她先后在纽约城市大学、哥伦比亚大学芝加哥分院、萨拉·劳伦斯学院等高校任教,于1966年发起成立了纽约市教师和作家合作计划,旨在通过文学写作、阅读来开发受教育者的想象力,帮助他们更好地了解世界,从而提升教育效果。佩里以个人名义设立文学奖,由美国作家和写作学会(the Association of Writers & Writing Programs)颁发。佩里离世后,《马萨诸塞评论》(*Massachusetts Review*)在2008年发表了专刊,对她进行追思和怀念。《当代女性文学》(*Contemporary Women's Writing*)在2009年发表了佩里研究专刊,综合评价她对于美国文学的贡献。

佩里的成长和职业生涯发展时期,正是女权主义蓬勃发展的时期,女性开始走出家庭、广泛地参与社会事务,她的个人经历和职业经历,都反映了这样的变化。佩里的小说颇具女性视角的特点,女性人物的塑造入木三分,描写细腻。与同一时期激进女性作家作品中的诉求不一样的是,她作品中的人物是生活中我们随时都可能遇到的普通人形象;即便是涉及挫败和死亡等人生的重大挑战,依然对生活采取了接纳和包容的态度。总体来看,佩里的作品鲜有激进女性主义作品中的愤怒和显性政治取向,甚至作为犹太作家,她都没有像其他的族裔作家那样主张族裔性、身份建构和权利诉求,女性人物争取独立空间和经济自主的主题也较为模糊暧昧。然而,这不等于说佩里的作品缺乏批判精神和政治性;事实上,她将对正义的追求和对不公正的控诉,蕴含在平和的日常细节之中,其价值表达往往是深藏在平静之下,读者必须经过认真思考才能体会其中的深层次政治表征。比如,第一人称叙述者菲丝的晨跑经历,如何成为她协商过去和现在的媒介?如何帮助她思考族裔间性等宏大叙事话语?并且这些主题又是如何象征性地经由"跑步"表达出来?这样的问题,在佩里的小说和诗歌中几乎随处可见,对读者的阅读提出了相当的要求。

佩里作品的艺术形式契合其平实但深刻的作品主题。佩里在写作的时候,强调"从另外一个角度"讲故事的理念,因而她小说所呈现出来的"现实",多具有立体性和多维度性,也给作品的解读提供了多种可能,隐喻了生活中的无限可能和探索的无限性。她的语言并没有艰深晦涩的所谓"文学性"取向,而是朗朗上口,如人们的日常交谈用语。然而,"这些口语化的语言和日常平实的主题,却直接挑战人们对小说主题的传统认知,使人们对叙述者的阶级、性别和种族身份有了不同的认识"[1]。

佩里是个积极的和平主义者,她倡导构建和平谋求人类的福祉,自 50 年代开始便参与各类争取和平的社会活动,反对美国的核扩散和军国主义,反对美国的海外战争。在越战期间,她参加了反战联盟(War Resisters League),并且还在 1968 年签署"作家与编辑反战争税"(Writers and Editors War Tax Protest)宣言,表示拒绝缴纳战争税。她在此期间因为参加抗议活动而被捕入狱,后来根据那段狱中经历写下了《六天:零碎的记忆》("Six Days:Some Rememberings")。1969 年,佩里的反战活动引发了全美的关注:她作为民间和平代表团成员赴越南河内,参加交流活动。1974 年,她参加了在莫斯科举行的世界和平大会。她在与此形成相关的系列文章中,记录了行程中的所感所想,明确表示了对美国军国主义的谴责。1978 年,佩里高举"禁止核武器——禁止核力量——美国和苏联"的条幅,在白宫外面的草坪上进行和平请愿而被捕。在 90 年代的海湾战争以及之后的伊拉克战争中,佩里继续为支持人权、反对美国卷入海外战争而努力奔走。可以说,佩里作为社会活动家所产生的影响力,丝毫不逊于她作为作家带给人们的启发。她去世后,人们真切地怀念她,因为从她那里,"他们感觉受到了关注,得到了关爱,感觉到只要有她的关注,自己的生活还有些生趣。那种相遇所产生的火花保留了下来。就这样,这个可爱的光芒四射的女性使我们感受到了幸福,是她欢迎我们加入人类社区,我们因此热爱她并怀念她"[2]。好友伊娃·柯立芝(Eva Kollisch,1924—)的这段话情真意切,精

---

[1] Ruth Perry,"The Morality of Orality:Grace Paley's Stories." *Contemporary Women's Writing* 3.2 (2009):190.

[2] Eva Kollisch,"Courage." *The Massachusetts Review* 49.4 (Winter 2008):429.

确概括了佩里的社会贡献。

佩里的作品,无论是诗歌还是小说,都表现出形式和内容之间的协商:语言简单易读,但是意义却绵延悠长。有时情节安排显得较为随意,如人物的独白,带有意识流的灵动性,内在逻辑较为模糊微妙,结局呈现出高度的开放性,甚至有时还会带有后现代小说的拼贴、戏仿特征。例如,《长跑者》("The Long-Distance Runner")使用自由间接引语,多声部叙事声音相互混杂,叙述者菲丝对于当下、过往的判断平行呈现,视角的变换对应她的复杂心理,诸如对童年家园的怀念,对社区内已经占据绝大多数的黑人居民的矛盾心态。《朋友》("Friends")更是如此,菲丝虽然是第一人称叙述者,但自由间接引语的使用模糊了她作为主要人物的叙事功能;叙事过程中的聚焦也频繁变动,令坐火车返程的三位好友和她们刚刚探望的赛琳娜处于平行关系中,从而让所有人物的叙事都失去了权威,给文本解读提出了挑战。有的作品采用白描手法,如《火候稍欠的烧烤》("Pale Pink Roast"),故事在对话中展开,叙述者的"在场"十分模糊,第三人称外聚焦叙事将人物的心理活动降到了最低限度,使情节变得扑朔迷离,诸如:安娜为何在离婚两年后重新回到镇子?为何她已经再婚却还故意引诱彼得?当彼得质问她是否出于报复时,她所说的"出于爱"[1]是何用意?小说的题目是双关语,有"玩笑""恶作剧"之意,那么这个玩笑的对象是谁?诸如此类的问题,需要读者仔细研读小说,才能发现其中的精妙之处。小说的第三人称的外聚焦以安娜视角为主,从彼得出现在她的视野中,她尖声叫喊女儿朱迪"爸爸来了"[2],到彼得离开安娜的豪华公寓、消失在夜色中,安娜始终在观察,而风度翩翩沾沾自喜的彼得实际处于被凝视的地位,由此,两年间安娜的变化成为小说的一个谜团。佩里的小说就是这样充分运用了叙述手段,开辟了更广阔的可阐释空间。

佩里短篇小说带有鲜明的"片段化特征",它们记录人生阅历的某个瞬间,无论是叙述者还是小说人物,似乎都"疏于"介绍这些人生片段的背景,将读者"默认"为"知情人",从而对读者的认知构成相当的挑战,同时拉近了读者和文本之间的距离,更密切地将读者牵涉进文学从创作到接受的整个环节之中。在作品中的具体表现就是,除了上文提及的自由间接引语、内聚焦视角,还有情节上的高度简化。所以,小说中的重要连接,如上下文的背景资料和辅助信息、人物的前世今生和他们之间的关系,都是通过叙述的自

---

[1] Grace Paley, *The Little Disturbances of Man*. New York:Penguin Books,1985,p. 51.
[2] Grace Paley, *The Little Disturbances of Man*. New York:Penguin Books,1985,p. 43.

然展开加以呈现,人物个性和情节冲突在人物之间的交锋中得到"自发"呈现,从而把作者的操控度降到了最低。例如,《再会好运》("Goodbye and Good Luck")是佩里处女作中的第一部作品。小说没有特别的故事情节,就是即将举行婚礼的露丝在去教堂之前给侄女丽莉讲述自己年轻时的经历,回忆她和新郎之间的爱情历程。《在这个国家,但是用另外一种语言,姑姑拒绝大家都想让她嫁的男人》("In This Country, But in Another Language, My Aunt Refuses to Marry the Men Everyone Wants Her To")用碎片化的叙述、从小女孩的视角,讲述令祖母难以瞑目的姑姑的终身大事。《欲求》("Wants")写的是叙述者去图书馆归还过期18年的图书,在路上偶遇前夫的故事。虽然题目中的"欲求"得到了明确的阐释,例如,前夫指责叙述者在他们共同生活的时候她从未"欲求"过任何东西,叙述者本人由此反思自己内心有没有欲求。她发现,自己并非没有欲求,她所热望的就是没有战争的世界,白头偕老的爱人等。这几部小说似乎都没有明确的线索,其主题也不甚明确;但是,批评家认为,这往往是一种表象,佩里的小说、诗歌、散文,往往都是在看似直白甚至是自发式的叙事背后,往往有着细致周密的考虑和精密的结构安排,这些作品"政治取向鲜明,不循规蹈矩,拒绝被阐释,揭示的是不可调和的复杂矛盾"[1]。的确如此,细读上面几部作品,会发现其隐性的叙事话语:曾经的夫妻分道扬镳,根本在于他们对生活的不同期待;露丝的讲述透露出她和母亲、姐姐的不同选择,这个并不符合传统女性理想特质的女人,诸如她的肥胖、我行我素、青春已逝,却有着特别的女性魅力;而终生未嫁的姑姑,继承了祖母的坚强和固执,也背负着犹太家族的伤痛,她用小女孩能够理解的语言,告诫她政治运动的残酷无情。

佩里的诗歌具有和散文相似的风格,语言简练易懂,主题平实令读者倍感熟悉。佩里在诗歌中会采用朴实的诗歌形式来强化主题,例如,很少使用标点符号,用空格来表示停顿,用大小写表示强化或弱化,形式上的碎片化文本打断了叙述的连贯性。《写给祖父母的便条》("note to grandparents")一诗的标题采用了全部小写字母,暗示了话语的非正式性,诗作由三个诗节构成,讲述孩子们的日常和成长,语言朗朗上口、轻松明快:"孩子们很健康/小脸红扑扑/我们带他们去公园/我们带他们去运动场"[2]。佩里书写日常生活中的零散片段,比如儿时的回忆,对母亲的怀念,生活中遭遇不幸的女

---

[1] Marianne Hirsch, "Grace Paley Writing the World." *Contemporary Women's Writing* 3.2 (2009):122.

[2] Grace Paley, *Begin Again: Collected Poems*. New York: Farrar, Straus and Giroux, 2014, p.12.

性友人,熟悉的街道,林间散步,外出时偶遇的同行者,在社区公园遇到的邻居,亡故的长姐,以及两个男孩在街头的对决,等等。当然,她的诗歌中也有明显的政治主题,例如战争和宗教,如《在萨尔瓦多之二》("In San Salvador Ⅱ")对于萨尔瓦多内战之残暴的揭露,或者《警告》("A Warning")中对于大屠杀的暗示。当然,即便是政治主题,佩里所选择的角度依然是"个体化"的,比如《在萨尔瓦多之二》从失去孩子的母亲的角度去描写战争,反映内战给萨尔瓦多人民带来的巨大伤害:"来吧 看看 她们说/这就是那些相册/我们的孩子们//我们被叫作'失踪者的母亲'/我们的孩子曾经被人们看到/然后被拍照 有时他们身体的某些器官/已经找不到//乳房 眼睛 手臂不见了/有时肚子成了大洞/所以我们被叫作 失踪者/的母亲 拿着这些沉甸甸的/照相册 里面一张张美丽的脸/已经面目全非。"[①]诗人进而记录了一位母亲面对面的讲述,讲述她如何失去了四个儿子。诗行在话语模式和形式上体现出高度的相似性,旨在突出母亲不得不一次次承受儿子被杀害的巨大痛苦。佩里从女性的角度、通过母亲的讲述,把战争和独裁等宏大叙事主题进行个体化改造,从而使读者真切感受到了战争的暴力,这样的政治表达被称作是"社群主义政治"[②]。"社群主义"暗示了某种狭隘性,导致长期以来佩里研究者未能充分领会其诗歌的文学价值,未充分考查其中的"内文本范围,以及她对传统诗歌形式与修辞的借用"[③]。佩里诗歌的主题即便是个性化的,诗歌中用情感串联起对于过去的怀恋和对于故人的记忆,由此将现在和过去连接起来,能够看出,由此表达的政治诉求,其力量不亚于有着宏大政治主题的文学作品。

综合考察佩里的诗歌可以发现,"死亡"以及相关的生存哲学思想是其核心的价值表征。例如《飞机上遇到的妇人》("I Met a Woman on the Plane")中无法忘却夭亡婴儿的母亲;《我的姐姐和我的外孙》("My Sister and My Grandson")中亡故的长姐;《有时》("Sometimes")中对已故祖父的想象,特别是反犹前后祖父母在乌克兰的经历;《这生活》("This Life")中跳楼自杀的22岁布鲁克林青年。《我的姐姐和我的外孙》中,叙述者之前每天早上给姐姐打电话,姐姐的离世使这个习惯戛然而止;出于对长姐的思念,

---

[①] Grace Paley, "In San Salvador Ⅱ." *Women's Studies Quarterly* 23. 3/4 (Fall-Winter, 1995):147.

[②] Melissa Zeiger, "Grace Paley's Poetics of Breath." *Contemporary Women's Writing* 3:2 (2009):162.

[③] Melissa Zeiger, "Grace Paley's Poetics of Breath." *Contemporary Women's Writing* 3:2 (2009):159.

她再次拨打那个熟悉的号码,被告知已经停用。诗节中的空格似乎是叙述者屏住呼吸在等待电话中的自动录音,也象征心理的空洞和失落。"死亡"也是佩里小说经常涉及的主题。例如《午后的菲丝》("Faith in the Afternoon")中失去了唯一的儿子的黑格尔-施泰恩夫人,对于儿子的记忆是这个坚强的女性少有的温柔时刻。《塞缪尔》("Samuel")中描述了在地铁上打闹突然因为急刹车而掉落到铁轨上意外身亡的男孩塞缪尔。有时"死亡"是以一种间接的方式曲折呈现出来的,例如《朋友》讲述了三位多年好友看望生命尽头的朋友赛琳娜的故事,在三个人平静的交谈中,时间在缓缓流逝,每一条生命都在以各自的方式慢慢走向尽头。

无论是短篇小说还是诗歌,佩里的作品多呈现出开放性,这包括情节上的开放性和人物塑造方面的开放性。人物个性在富有节律感的语言和动态的情节中得到呈现,然而情节本身却又是开放的,给予读者更大的自由空间。前者的把握得益于作家对于语言(特别是具有高度口语化特点的语言)的娴熟掌控,以此充分展现人物之间的互动;而后者则是通过叙事技巧得以实现,比如调整作者与叙述者之间的距离,调节内外聚焦。综合这两个方面,佩里的小说往往突出个人和集体之间的关系,意义在两者的互动中得到推演。在儿童游乐场照看孩子的母亲,社区熟食店的老板和顾客,一起出行的几位女伴,社区公园寒暄的邻居,这些人物无论着笔墨多与少,他们的个性都十分鲜明,即便偶然露面或者没有直接出场,也有名字、有来由,比如《朋友》中赛琳娜因为吸毒身亡的儿子米奇。佩里的小说强调人物之间的沟通,人物象征性地建构交互性的话语,来获得自我的认知和心智的成长,这一点和同时代的后现代主义的作品存在明显不同。

佩里的书写最初基于她对普通人和身边事物的关切,甚至她参加的社会运动也是与现实生活密切相关的,比如抗议资本运作对社区公共绿地的侵占。在1959年发表作品之初,她小说的政治含义尚不甚鲜明,但是她能够捕捉到人物敏感脆弱的某个时刻,书写他们的人生感悟。可以说,佩里所书写的故事,大多是基于她对于生活的体验和观察,因而律动着生活的节奏,带有强烈的生活气息,因而她的"社群意识"并非贬义。随着创作臻于成熟,佩里在保持其作品感染力的同时,大大提高了作品的可阐释空间,尤其值得关注的是她基于族裔间性的跨种族人物塑造,将犹太性的书写置于更广泛的身份思考之中。比如在《扎格罗斯基的坦白》("Zagrowsky Tells")中就提出了这样的问题:"美国身份"对于犹太移民而言意味着什么?小说主人公扎格罗斯基是犹太人和黑人混居社区的犹太人药店店主,他因为制止黑人顾客偷窃药物而被控诉为"种族主义者",女儿伊琪因为邻居的歧视和攻击而精神失常住进了精神病院,在精神病院中和黑人园丁发生私情而生下了混血儿伊曼纽尔(意为"弥赛亚")。这个令扎格罗斯基宠爱倍至的孩子具有明显的象征意义,是"化解宿敌间对立的催化剂,最终这样的混血儿童通过颠覆严格的种族界限、促进文化交融,成为重新定义美国种族身份的积极要素"[1]。当妻子告诉扎格罗斯基自己被黑人指责为压迫者时,扎格罗斯基不禁痛苦地诘问:到底谁是压迫者:"我们吗?我们吗?1944年为了希特勒的人肉盛宴,我父亲和两个姐姐都成了牺牲品,你现在说我们(是压迫者吗?)……别以为这样就让你们更像美国人……。"[2]从犹太人的角度来看,扎格罗斯基的故事属于美国犹太文学中"大屠杀后"叙事的一部分,展现大屠杀给犹太人造成的创伤,以及他们和新的家园之间的彼此接受;从美国非犹太群体角度来看,犹太移民的注入使得美利坚民族成分更加复杂,而如何接纳他们也同样映射出非犹太群体对自我的认知。

  佩里和家人并未亲历大屠杀,但是他们深受反犹主义之害,因而她在作品中思考最多的问题之一就是种族主义和战争对于人类的摧残。《让我们所有人都变成猴子的那一刻》("In Time Which Made a Monkey of Us All")通过荒唐怪诞的故事情节指涉种族主义之恶,人和猩猩的杂交,致命的科学发明——毒气,旨在结束战争却触发灾难的"战争衰减器",都具有典型的后现代指涉性。叙述者艾迪无意间毁灭了父亲的动物园这一情节,在后现代互文性语境下对"大屠杀"进行了影射;叙述者同父异母的弟弟、半人半猿的伊兹克·霍伯方特这个人物形象讽喻了种族主义者对犹太人等族裔群体的"非人化"想象和"污名化"话语建构,生命政治主体通过将他们设定为"劣等""不洁"的群体,合法地对他们进行迫害甚至种族灭绝。这个人物形象进而被解读为被贬抑的、失去了自己声音的社会成员:"这并非佩里真正的主题,她实际关切的是纽约贫民的艰苦挣扎,特别是女性。"[3]

  无论是主题上的观照还是艺术手法的运用,佩里文学作品的另外一个观照重点是女性生存[4]。她在访谈中曾经阐明了自己的兴趣点在于三个方面:首先是女性生活,尤其是基于她作为母亲所理解的女性生存,因此她着重于描写各类"母亲"形象,特别是母亲孕育生命、关爱成长这样的主题;

---

[1] Ethan Goffman,"Grace Paley's Faith: The Journey Homeward, the Journey Forward." *MELUS* 25.1 (2000):205.

[2] Grace Paley, *The Collected Stories*. New York: Farrar, Straus and Giroux, 1994, p.354.

[3] M. DeKoven,"Grace Paley's Formal Strategies." *Contemporary Women's Writing* 3:2 (2009):155.

[4] Joel Kovel,"Grace Paley and the Dark Lives of Women." *Capitalism Nature Socialism* 18.4 (2007):2.

其次就是她对于政治问题的高度关注,特别是对于"正义"的多维度界定和阐释,具体表现在她在作品中反对战争、祈求和平的诉求;最后就是写作或者话语建构相关的主体性表达。可见,"女性生活"是占据第一位的首要因素。短篇小说的篇幅有限,但更聚焦于人物塑造和故事冲突的呈现,不过对生活的呈现有些碎片化;佩里的小说通过菲丝·阿斯伯里(Faith Darwin Asbury)这个叙述者弥补了短篇小说的这一"先天缺陷",将各类人物和各色场景连缀起来。菲丝是一位独自抚养两个孩子的单亲母亲,这一点和佩里同第一任丈夫离婚后的状态有相似之处,她在多部作品中出现,例如《树下的菲丝》("Faith in the Tree")、《午后的菲丝》《朋友》《长跑者》等,可以被视为作者的替代。这个女性叙述者还通过她的观察和判断,将自我意识投射出来,使人物形象和女性认知发展之间呈现出一定的连续性,联系起来佩里所说的三个方面的观照。

佩里作为20世纪中期杰出的犹太女性作家,她的创作之于美国女性文学的整体图景颇具意义。她的创作在很大程度上基于她作为欧洲犹太移民后代的经历,但是并没有局限于犹太性书写,而是着眼于女性犹太作家对"美国经历"的阐释。她的作品虽没有刻意强调犹太性,但在静谧舒展的纽约城市生活画卷里,温婉平和地展现了犹太移民的生活特质;无论是犹太人经历的呈现,还是女性、犹太人等群体之权利的主张,都表现了温和但坚韧的政治立场:于平和中彰显坚持,于细琐中体现深沉,这似乎成了佩里作品的一个标志。她的文学生涯同时也具有相当的代表性,反映出20世纪上半叶美国犹太女性文学的经典化进程,其中文化背景的丰富性、美国经历的多元性和"美国梦"理想的日常化,对于犹太女性文学及其他族裔女性文学,都颇具启发。

安·佩特里(Ann Petry,1908—1997)

安·佩特里是20世纪中期最著名的黑人女作家、社会活动家和记者,以描写黑人儿童和下层黑人母亲而著称。她笔下的哈莱姆社区"充满了生命的悸动,变换无穷,街道上涌动的人们不断将其塑形,他们也因为这街道而发生着各种变化。她所书写的正是她最为熟悉的地方,她每天走过的大街"[1]。她

---

[1] Farah Jasmine Griffin, "Ann Petry's Harlem," in *Toward an Intellectual History of Black Women*. Ed. Mia Bay et al. Chapel Hill: U of North Carolina P, 2015, p. 142.

的处女作《大街》(The Street,1946)是黑人女作家创作的第一部销售量超过百万册的小说。佩里一举成名,《大街》也成为黑人女性追求"美国梦"的悲情缩影:哈莱姆单身母亲卢蒂·约翰逊屡屡梦想破灭、数次遭到欺凌,但是始终顽强抗争。这部小说强调环境对人物命运的影响,往往被与理查德·赖特(Richard Wright,1908—1960)的《土生子》(Native Son,1940)相提并论:"均为那个时代城市自然主义暴力文学的代表,也是关注种族、性别与阶级的黑人女性小说的开端"[1]。

安·佩特里1908年出生于康涅狄格州旧塞布鲁克小镇的非裔中产阶级家庭,镇上黑人比例较高,多数从事体力劳动。相比于当时的许多黑人女性,佩特里是十分幸运的:父亲是药剂师,经营一家药房,母亲是足病诊疗师,还同时经营理发店,一家人生活无忧;父母都是公理会的虔诚教徒,给予女儿们十分正面的影响,向她们灌输诸如"效率、节俭和实用"等价值观,尽力使她们姐妹三人免受种族偏见和性别歧视的影响。佩特里是最年幼的女儿,从小喜欢写作。她在自传中提到,自己11岁时读了威尔基·柯林斯(Wilkie Collins,1824—1889)的小说《月亮宝石》(The Moonstone,1868),从此养成爱读书的习惯。高中英语老师鼓励她从事写作,而父母希望她成为药剂师,继承家族企业。此时,佩特里开始逐渐体会到了社会对黑人的歧视,并逐渐认识到黑人争取权利的重要性:1924年她的姐姐就读于布朗大学的女子学院,但却因为是黑人而不得入住学校宿舍;1926年,佩特里就读于汉密尔顿的师范和农业学院,在学校期间开始接触到非裔学生争取权利的学生运动。1931年,佩特里从康涅狄格制药学院毕业,在自家药店工作四年,在此期间开始给文学杂志投稿。1936年,她与乔治·佩特里结婚,之后夫妻二人移居到纽约,这成为她人生的重要转折点。

在纽约期间,佩特里开始参加社区艺术活动,并参加了非裔进步团体组织的各类社会运动,在1941—1944年间担任《人民之声》(People's Voice)女性专栏的编辑,她撰写专栏文章,报道哈莱姆区的各类新闻,特别是黑人知名人士的活动。《人民之声》是纽约三大黑人报纸中的一家,具有鲜明的自由主义倾向,不少雇员是激进的社会活动人士,甚至是共产党员。他们积极宣传平权思想,呼吁结束种族隔离、反对针对黑人的私刑,要求结束军队中的种族不平等以应对战争危机。佩特里就是在这样的政治大环境中开始自己的职业生涯。她着重关注哈莱姆黑人民众的实际权利,主张平等的就业机会,特别是黑人女性的生存境况。

---

[1] 方红:《种族、暴力与抗议:佩特里〈大街〉研究》,载《当代外国文学》2017年第1期,第21页。

在此过程中，佩特里接触到了哈莱姆区的各色人物，了解到了他们的故事，从他们身上找到了文学创作的灵感。1942年，佩特里参加了在哥伦比亚大学开办的"玛贝尔·路易斯·罗宾逊创意写作工作坊"（Mabel Louise Robinson's Workshop of Creative Writing），专门学习文学写作，理解真实见闻和艺术作品之间的关系。这段经历对她的职业生涯意义重大，所以她在第三部小说《窄处》（The Narrows，1953）①中向罗宾逊致敬。在工作坊期间，佩特里开始在当时颇具影响的黑人刊物发表短篇小说，其中有拉尔夫·埃里森（Ralph Waldo Allison，1913—1994）担任执行编辑的《黑人季刊》（Negro Quarterly），还有《黑人小说》（Negro Story）和《黑人文摘》（Negro Digest）等，也给《危机》（Crisis）和《机会》（Opportunity）等杂志投稿，她的作品主要涉及儿童题材和女性题材。1946年出版的《大街》令佩特里一举成名，确立了她在美国非裔文学中的地位，也令她的"哈莱姆体裁"驰名全国。在佩特里的印象中，哈莱姆是拥挤、混乱、贫穷的缩影：

  在莱诺克斯大街和123街，七十间老式的石头房子里，能住下二百人，污秽不堪，爬满老鼠害虫，没有消防逃生通道，门廊里没有电灯，楼梯、走廊和洗刷间肮脏得令人作呕。哈莱姆的这二百多人，需要支付每周1.5到3.75美元的房租，超出了法定租金标准。据纽约城市住房委员会报告，就是这57套廉租公寓中，发生了1407起"令人震惊"的违法犯罪案件。东哈莱姆这种恶劣的住房条件被房地产从业者称为"沦落区"，这里隐藏着毒品贩子和瘾君子，成为帮派犯罪的温床。②

哈莱姆黑人的悲惨处境反映了国家机器对黑人生存空间的挤占，但是在40年代初期太平洋战争爆发前后的国际国内局势下，黑人民众的非人生活被掩盖、被忽视。而佩特里的哈莱姆题材填补了公众认知的空白，展示"她作为记者所见所闻，试图对这些复杂的社会问题进行全景式的呈现；在她的行动主义纲领中，她试图身体力行地应对这些难题。她的新闻从业准则是客观地展示这些问题和解决问题的种种努力，而她的小说则聚焦于普通黑人民众日常遭遇的困境和由此产生的困惑迷茫"③。

---

  ① 另音译为"纳罗斯街道"。
  ② Ann Petry, "Harlem," The Street, The Narrows. New York: Library of America E-Book Classics, 2019, p. 32. Epub.
  ③ Farah Jasmine Griffin, "Ann Petry's Harlem," in Toward an Intellectual History of Black Women. Ed. Mia Bay et al. Chapel Hill: U of North Carolina P, 2015, p. 145.

《大街》出版后获得了霍顿·米夫林文学奖(Houghton Mifflin Literary Fellowship),佩特里声名鹊起,这也给她带来了不少的困扰,因为她不希望骤然而至的名声侵犯自己的隐私空间,于是在1947年回到家乡旧塞布鲁克,旨在远离大都市的喧嚣,潜心文学创作。回到家乡以后,她陆续出版了《乡村地方》(Country Place,1947)和《窄处》,还出版了几部儿童作品如《药店的猫》(The Drugstore Cat,1949)和历史题材的《塞勒姆的女巫》(Tituba of Salem Village,1955),还有非虚构类的《哈丽雅特·塔布曼:地下铁路的"售票员"》(Harriet Tubman: Conductor On The Underground Railroad,1955),讲述废奴运动时期社会活动家塔布曼的故事,以此向非裔儿童和青少年传播黑人的斗争精神。

　　佩特里强调文学的政治性,早期作品被认为带有自然主义的特点。《大街》被认为是一部抗议小说,带有一定的宿命论色彩。故事的背景为20世纪40年代的哈莱姆区,围绕单身黑人母亲卢蒂·约翰逊的奋斗经历而展开,讲述这位下层黑人女性满怀希望追求成功、最终却遭遇剥削和欺骗并沦为杀人犯的过程。卢蒂·约翰逊是一位走出黑人社区的新女性,她生长在纽约州皇后县一个叫作牙买加的小镇,丈夫吉姆常年失业。为了谋生,卢蒂撇下年仅两岁的儿子来到康涅狄格州的白人雇主家里做保姆,每月把挣来的工资寄回家,然而几年的辛苦付出后却发现丈夫有了新欢。她毅然离开丈夫,带着儿子巴布来到哈莱姆。她带着巴布租住在116街的公寓里,努力赚钱支付儿子的教育费用;还在夜校学习文档管理、打字,希望能够找到文秘的工作,跻身中产阶级,她甚至希望凭借自己的歌唱天赋进军娱乐业成为歌手。但是,卢蒂却在不知不觉间一步步陷入了白人、黑人共同编织的陷阱。公寓管理员琼斯觊觎她的美貌,在遭到她的断然拒绝之后,便通过引诱年幼无知的巴布破坏卢蒂的计划。琼斯先是说服八岁的巴布上街擦皮鞋,后又引诱他去偷窃公寓信箱里的信件,导致巴布被警察拘捕。救子心切的卢蒂去找律师,却拿不出200美元的律师费用,只好求助于歌厅的乐队领班布茨·史密斯,布茨虽然也倾心于卢蒂,甚至想过和她组建家庭,但是布茨知道白人老板朱恩托对卢蒂的美貌觊觎已久,不敢与老板抢夺卢蒂。因而在卢蒂求助时,布茨乘人之危逼迫卢蒂委身于老板,以此保住自己的地位和收入。卢蒂拒不屈从,在和朱恩托的打斗中拿烛台将其砸死,最后被迫逃亡芝加哥。卢蒂的个人悲剧凝缩黑人女性追求美国梦的经过,这是整个族群苦难的映射,表明黑人在充满种族歧视的环境中,无法靠自己的奋斗实现自己的梦想。小说通过卢蒂的视角对比钱德勒一家所代表的白人生活空间和哈莱姆黑人社区的肮脏混乱,两种生活空间形成强烈反差,突出了环境对人物命运和人生选择的影响,在学界被广泛地解读为具有自然主义特点的作品。丁格尔戴恩指出,自然主义小说并不仅限于悲观论调,更具有警示意义,卢蒂·约翰逊所生活的街道有可能是任何一个街道[1]。小说中多次出现房租、工资、物价等具体数字,例如卢蒂买肉时的精打细算,准备租房时的瞻前顾后,这明确表示了经济因素所发挥的决定性影响,卢蒂的生活经历对各类属于低下阶层的群体均具有一定的适用性。有学者对其中的政治取向进行了批评,佩特里在《作为社会批评的小说》("The Novel as Social Criticism")一文中回应道:"作为20世纪的产物,见证了希特勒、核能、广岛、布根瓦尔德集中营等等,我感觉为艺术而艺术的理念是几乎不可能的,我认为真正伟大的艺术就是(政治)宣传,西斯廷教堂、蒙娜丽莎、《包法利夫人》《战争与和平》都是如此。"[2]佩特里高度赞扬马克思主义对于西方思想的影响,承认社会学小说(sociological fiction)的重要意义,通过细读她的部分作品,能够看出这一取向。

《大街》通过卢蒂的遭遇对"美国梦"进行了批判。卢蒂在白人雇主家做保姆时,了解到了白人中产阶级的价值观,对他们的世界心怀向往。她在读到富兰克林的故事之后更是备受鼓舞,坚信自己也能够凭借努力取得成功,摆脱黑人社区的种种限制。富兰克林的自传可谓"美国梦"的典型,然而对于追求摆脱种族歧视和阶级壁垒的黑人民众来说,却具有很大的误导性和欺骗性,因为它在引导黑人追求成功时掩盖了一个根本性的差别,即美国主流价值的确立就是根植于对少数族裔的剥削,如对印第安人土地的掠夺、对自然资源的霸占、通过奴隶制囚禁黑人的身体并占有他们的劳动价值,可以说,白人的优势地位正是建立在牺牲少数族裔利益的基础之上。卢蒂作为普通的黑人女性,当然是难以认识到这一点的,她的错误就是抛弃黑人的传统而去盲目追随白人的价值,她以决然的姿态准备抛弃自己身后的黑人社区。她对哈莱姆116街的公寓感到不满,对这里的下层黑人充满了戒备,但是因为经济条件所限,又只能接受这样的一个临时住所,不得不在心里安慰自己:"能有财力住到这种房子里面的住户应该是体面人,他们得付得起租金,当然也可能会有点贪杯、说话嗓门大一点,或者有点较真儿。"[3]所以,卢

---

[1] Don Dingledine, "'It Could Have Been Any Street': Ann Petry, Stephen Crane, and the Fate of Naturalism." *Studies in American Fiction* 34.1 (Spring 2006):98.

[2] Ann Petry, "The Novel as Social Criticism," in *The Street*, *The Narrows*. New York: Library of America E-Book Classics, 2019, p. 533. Epub.

[3] Ann Petry, *The Street*, *The Narrows*. New York: Library of America E-Book Classics, 2019, p. 8. Epub.

蒂把脱离劳动者阶层、进入中产阶级确定为生活的目标,而搬离出租房、离开黑人社区,就是实现自己美国梦的第一步,因而她心心念念的就是何时能够搬离116街;她在哈莱姆也把自己当成黑人社区的一位过客,所以除了工作之外没有自己的生活圈子,在遇到经济困难时没有别的朋友可以求助。

佩特里通过这部小说对黑人社区内部的问题进行了思考。卢蒂在一往无前地朝着梦想迈进,无暇顾及祖母告诫给她的生活经验。患得患失是她性格中的致命弱点,她在纽约看到了金钱的巨大力量,虽然知道布茨的企图,但是依然打算利用他对自己的好感来获得唱歌的机会。卢蒂悲剧的外部原因就是:黑人没有形成相互扶持的命运共同体,相反,他们作为受害者,为了各自的利益不惜牺牲他人,甚至去欺凌更加无助的同胞。卢蒂的丈夫吉姆、乐队领班布茨和看门人琼斯代表了在白人霸权宰制下的黑人男性,他们在经济条件和生活环境上存在明显差别,所属阶层也不同,但是在利益面前的选择却是相同的:吉姆长期失业、依靠卢蒂做保姆的工资来维持生活,但是却对卢蒂无法照顾自己和孩子而满怀怨言,通过和其他女人的鬼混来证明自己的男性气质。酒吧乐队的队长布茨在白人社会的夹缝中求生,他能够拿到丰厚的薪水,得益于他对白人老板朱恩托的言听计从,他在卢蒂到歌厅应聘时被她的美貌和天赋所吸引,却趁机利用自己的权力逼迫卢蒂成为自己的情妇,未能得逞时又企图实施强奸,其本意是先占有卢蒂的身体并以此报复同样觊觎卢蒂的朱恩托。这种畸形的心理是种族主义给黑人男性的消极影响,他们遭到压制,企图通过其他方式弥补种族主义的象征性阉割。琼斯更是以恋物癖的猥琐形象出现,他同样觊觎卢蒂的美貌,转而准备抛弃照顾自己生活起居的女友敏,"他坐在那里,听着敏在厨房里忙前忙后,他意识到自己讨厌她,他想要伤害她,让她从自己的身边走开,让她和自己一样闷闷不乐,他才高兴"①。琼斯假借自己的管理员身份、利用卢蒂无暇监护巴布的时机,趁机进入到卢蒂的公寓,偷偷打开衣橱揉搓她的胸衣,以此发泄自己的性压抑;他还在卢蒂晚上回家时偷袭她,并图谋强奸;屡遭失败后,他唆使年幼无知的巴布去偷东西,意图从精神上摧毁卢蒂。同样,小说中女性人物之间的关系也是如此。赫奇斯夫人出身贫困,后来遭遇事故而被烧伤,她满身伤疤、饱受创伤,但是却做了老鸨,通过剥削同样不幸的女性来获取物质利益;她不仅对独自抚养孩子的卢蒂缺乏女性之间的人文关

---

① Ann Petry, *The Street*, *The Narrows*. New York: Library of America E-Book Classics, 2019, p. 51. Epub.

怀,还试图说服她去做朱恩托的情妇,将其作为自己获取利益的工具。

综合小说各方面的矛盾可见,各色人物争夺的焦点就是卢蒂的身体,反映了黑人女性被物化的社会认知,她们的身体成为白人男性和黑人男性的消费对象,被利用来证明男性价值或者男性气概。但是卢蒂不甘于服从这样的地位,她拒绝身边诸位男性人物对于自己身体的物化想象,誓死维护尊严。这个人物的塑造"试图抵抗霸权白人话语对于黑人女性的建构或者物化,在他们的话语模式下,黑人女性妖媚、懒惰、没有道德约束。这种话语出现在白人权威的语言建构和形象塑造中,也出现在大众文化中"[1]。卢蒂的抗争以失败而告终,她意识到自己被排除在了美国梦的话语模式之外,在她锤杀朱恩托时脑海中闪现出了众多受压迫的黑人同胞:

一生被压抑的愤怒,都在那烛台的一起一落之中。他已经一动不动了,她还是一下一下地捶打,脑子里想的不是他,眼中看见的也不是他,而是她对这肮脏拥挤街道的愤怒。她仿佛看到了一排排破旧不堪的房子、幽暗的房间、悠长陡峭的楼梯,狭窄肮脏的走廊,赫奇斯太太公寓里一个个迷途的女孩,破烂近乎坍塌的房子里如骡马一般辛苦劳作的女人们,她们的丈夫已经弃她们而去……最终,她的捶打越来越重、越来越急,她所痛击的,是那个白色的世界,黑人被囚禁在里面无法逃脱。[2]

她的反抗也代表了饱受欺凌的黑人女性的抗争。这是卢蒂·约翰逊这个人物高于她本身的文学象征意义,如学者所说,通过这样的文学审美表达,小说"占据陌生人、观察者的生活空间,以社会科学家的视角展示了既熟悉又陌生的(黑人生活处境)"[3]。小说的结尾是开放性的,卢蒂逃离了围猎她的城市,她的未来充满了不确定因素。虽然有些评论家认为,佩特里的成功是因为她对赖特经典小说《土生子》的模仿[4],比如小说中对哈莱姆的消极描写,借由卢蒂杀死朱恩托时的心理描写表达了对于种族主义的怒火。但是,

---

[1] Farah Jasmine Griffin, *Who Set You Flowin'*: *The African-American Migration Narrative*. Oxford: Oxford UP, 1995, p. 111.

[2] Ann Petry. *The Street*, *The Narrows*. New York: Library of America E-Book Classics, 2019, p. 208. Epub.

[3] Farah Jasmine Griffin, *Who Set You Flowin'*: *The African-American Migration Narrative*. Oxford: Oxford UP, 1995, p. 8.

[4] Farah Jasmine Griffin, *Who Set You Flowin'*: *The African-American Migration Narrative*. Oxford: Oxford UP, 1995, p. 114.

在解读卢蒂的故事时,必须看到这个女性形象本身的积极性,特别是她对自己身体权利的维护,以及她对黑人身份认识的不断提高。

佩特里的小说表明,黑人女性的成长之路,既是与种族主义的斗争,同时不断克服性别主义对她们的压制。正如学者所说,小说"反击了社会对黑人女子的偏见,有意识地打破美国文学传统的、固定的黑人妇女的形象"[1]。从这个意义上说,佩特里对于黑人女性的解放具有相当深刻的认识,这种思想之后在其他的非裔女性文学中得到了更加明确的强化,例如葆拉·马歇尔和艾丽斯·沃克等作家在不同程度上对此进行了书写。相比之下,小说中的黑人男性形象则要弱化许多,吉姆、琼斯和布茨等男性人物,无论阶级和经济状况如何,都受到种族主义的钳制,生活在白人的绝对控制之下,他们只是通过压制比他们更加不幸的黑人女性来获得自己的认同感,并没有卢蒂那样的勇气,不敢迈出家门、走出社区,更不敢放弃自己的既得利益。

物质主义对新英格兰传统的冲击在《乡村地方》中也得到了较为充分的体现。小说的叙述者是康州莱诺克斯小镇上的药店店主、65岁的单身汉弗雷泽医生,他以"旁观者"的有限叙事视角,讲述了"二战"前后小镇的变化。小说始于约翰尼·罗恩从北非和欧洲战场归来,他在战场服役四年以后回到新英格兰家乡,和妻子格洛莉团聚,但是四年的分离已经令他们形同陌路,家乡的一切也让他感到了陌生。四年间在世界各地的漂泊,令约翰尼感觉到了世界的广博,他打算利用退役领到的国家补贴去纽约学习艺术;但是格洛莉更习惯于小镇上的生活,更重要的是她已经有了婚外情,因此不想离开情夫艾德·巴雷尔。小说的人物塑造十分鲜明,有传统道德的代表和捍卫者格兰比太太、唯利是图缺乏是非观念的莉莉安、对女性带有深深偏见的叙述者弗雷泽医生、虚伪的出租车司机维瑟尔、忠心耿耿的黑人女仆尼奥拉等各色人物。《乡村地方》采用了弗雷泽的第一人称叙事,讲述战争给小镇带来的变化,通过渲染新英格兰小镇生活的今非昔比来突出环境对人物命运的影响。小说从新英格兰小镇上传统白人的视角审视世界,在这一点上和佩特里其他的小说都不一样。有学者认为,"《乡村地方》代表了作者佩特里的雄心,她试图构想一个新社会,它融合了传统小镇文化和不断变化着的种族和族裔构成,来对抗人们在追求物质主义、维护白人至上过程中所采取的各种厚颜无耻的举动,而这些正是意识形态的缩影"[2]。这部作品从白人

---

[1] 王家湘:《在理查德·赖特的阴影下——三四十年代的两位美国黑人女作家佐拉·尼尔·赫斯顿和安·佩特里》,载《外国文学》1989年第1期,第78页。

[2] Emily Bernard, "'Raceless' Writing and Difference: Ann Petry's *Country Place* and the African-American Literary Canon." *Studies in American Fiction* 33.1 (2005):108.

叙事的角度，在社会历史的语境下对格洛莉母女的物质主义立场进行了批判，反映社会历史变革给传统社会带来的影响，也呈现了少数族裔在新英格兰小镇受到的歧视。小说通过典型性的人物塑造，特别是叙述者对于女性的审视，表达了传统社会中的性别主义思想，例如弗雷泽对待女性的双重标准，他对维瑟尔坚定不移的认可暴露出男性对于女性性别身份的偏见，他们从传统道德或者精英主义的立场边缘化了格洛莉和智障女孩玛丽等普通女性。

1953年的小说《窄处》是佩特里另外一部受到较多关注的作品，采用了第三人称多角度叙事，聚焦康涅狄格州玛蒙斯小镇一个名为"窄处"的黑人社区，讲述黑人青年林克·威廉斯和白人富家女卡米拉的邂逅和相爱，以及由此引发的种种误解、质疑和悲剧。小说更加熟练地运用了《大街》中已经使用的内聚焦和闪回等手法，自如地进行视角的转化，细致地刻画人物，围绕跨种族恋情以及林克被卡米拉丈夫谢菲尔德上校枪杀层层展开，中间涉及种族政治、美元政治对司法正义的控制，还有黑人社区内部的两性关系等主题。小说塑造了布鲁斯歌手玛梅·鲍威瑟尔这一挑战传统黑人女性性别身份的新女性：她不做家务，不管孩子，我行我素，毫无掩饰地和酒吧老板比尔·霍德保持了情人关系，但是她身上充满着勇气和人格的力量。在她的影响下，房东太太阿比盖尔·克朗齐、林克的母亲最终决定向警方说明林克遇害的所有真相。小说除了以跨种族恋情来批评种族主义之外，还通过一些小人物来反映社会的变革，例如骚扰卡米拉的"猫人"吉米是二战伤残老兵，他失去了双腿、心理极度扭曲，通过这个人物反映出了战争给人们带来的终生创伤。

佩特里投身于黑人解放，与下层黑人民众共同生活，对穷苦黑人的生活深有体会。她近距离观察苦苦挣扎的黑人母亲、缺少关爱的黑人孩童，将他们的形象诉诸笔端，为那些未能发声的下层女性表达诉求。她善于从人物的欲望与社会的价值观之间的矛盾入手，描写黑人女性面临时代挑战所做出的艰难选择，既观照人物的物质诉求也注重他们的精神寄托。她往往将人物置于生存环境的局限和时代变迁的冲击之下，以情节的铺陈强调他们在此过程中的欲望和追求。她采用贴近生活的象征，将街道、乡村地方与人物的内心发展变化相结合，令人物形象生动、寓意深刻。无论他们的追求能否实现，努力的过程都令人敬佩。佩特里关注黑人女性身体的从属性，书写黑人在城市化进程中所遇到的挑战，揭示出阶级和种族对女性主体建构的障碍，践行了黑人知识分子的历史使命。

第九节 打破缄默的工人阶级女性

蒂莉·奥尔森(Tillie Olsen,1912—2007)

蒂莉·奥尔森是美国文坛上一个独特的身影。她专注于描写下层社会女性的生活,并以不多的著述获得成功。奥尔森一生获奖颇多,其中包括1959年的福特基金、1961年的欧·亨利最佳短篇小说奖、1975年的古根海姆奖、1976年的美国学院和全国艺术与文学院美国文学特殊贡献奖等。她的作品曾被译为十多种文字,并不断出现在各种文集和学校的教材中。除了文学创作,奥尔森也是一位活跃的社会活动家,她撰写文章并积极参加各种集会,就自己最为关注的女性写作环境大声疾呼。奥尔森还通过发掘被忽略的女作家,推动了女性研究的发展。她自20世纪70年代初期起担任了女权出版社的顾问。在她的大力推荐下,这个出版社发掘再版了众多被遗忘的女性作家作品,为女性出现或重返文学殿堂发挥了重要作用。

蒂莉·奥尔森的父母是俄国犹太移民,在参加了1905年反对沙皇统治的革命后,于1908年逃亡到美国。他们并未结婚,但育有六个孩子。奥尔森的父母曾是社会主义自卫性质团体的成员,该团体成立于1897年,主要由犹太人构成,致力于反抗沙俄统治。父母的政治热情影响到蒂莉。她在1925年就读高中期间就开始撰写政论文章,但由于家庭贫困,奥尔森在读到11年级时被迫辍学,以打工来减轻家庭负担。18岁时,奥尔森加入了共产主义青年团,并以满腔的热情参加了当时的政治活动。她1930年加入青年共产党组织,积极投身工人运动,并且为罢工撰写传单和通讯稿。1934年7月22日,她和包括杰克·奥尔森在内的一些积极分子被捕。当后来有文章称赞《铁喉》("Iron Throat")作为"早期天才"的作品时,很少有人知道旧金山市监狱里的年轻女子是该书的作者。自1936她开始与青年团战友、码头工人杰克·奥尔森同居,两人都是工人运动的积极参与者,共育有三个女儿。1938年,蒂莉为左派报纸《人民的世界》(*People's World*)撰写评论和两篇文章。1944年她与杰克·奥尔森结婚,之后杰克入伍,当杰克在欧洲前线的时候,她积极参加战时救济工作,并在刊物上开辟了一个专栏,叫作"蒂莉·奥尔森说"("Tillie Olsen Says")。在1936年至1959年间,奥尔森干过各种工作:侍者、抄写员、封瓶工、仓库审核员、秘书,等等。

奥尔森在30年代后期加入共产党,在40和50年代间积极参与了政治活动。随着冷战的加剧和众议院非美活动委员会调查所谓的共产主义活动,她因其左派身份而在50年代麦卡锡主义盛行时受到迫害。但奥尔森一直没有放弃自己的文学创作之梦,创作的强烈欲望对于奥尔森来说等于她"呼吸的空气"[1]。尽管参与政治活动加上繁重的家务使得奥尔森"创作的最基本环境并不存在"[2],但她坚持认为作为母亲的需求与她的自我实现并不矛盾。她认为一个母亲的角色只能使她的写作内涵更加丰富,把有益的工作和母亲角色结合起来是女性可以做到也是应该做到的[3]。在最艰难的时期,她从文学创作中得到安慰。

奥尔森在创作中始终把下层社会女性置于创作的中心地位,把她们作为社会中饱受压迫的性别阶层来加以描绘。她的文本完整表现了女性生活的心理和性别经历——性朦胧、妊娠、生产、流产、绝经,以及家庭重负和家庭暴力——而这样的题材极少出现在这一时期包括无产阶级作家在内的文学创作之中[4]。奥尔森明确指出20世纪的美国社会忽视了工人阶级女性的潜能。她聚焦于母亲这个在文学中被忽略了的角色,强调由于这种忽视而造成的文学创作的缺失,而她的作品弥补了这种缺憾。奥尔森也把关注点延伸到那些禁锢了人类创造性活动的社会环境,探讨了这种社会环境对于具有创作意识的母亲的巨大伤害[5]。奥尔森一生著述不多,出版于1961年的短篇小说集《告诉我一个谜》(*Tell Me a Riddle*)由四个故事组成:《我站在这里熨烫》("I Stand Here Ironing")、《嗨,水手,哪条船?》("Hey Sailor, What Ship?")、《哦,是的》("O Yes")和《告诉我一个谜》,集子出版后获得福特基金奖和欧·亨利奖。第一个故事《我站在这里熨烫》,写的是一位母亲的内疚,后收入1957年的《最佳美国短篇小说》(*Best American Short Stories*);第二个故事《嗨,水手,哪条船?》再现了一名酗酒水手的空虚生活以及他对于亲情的期盼;第三个故事《哦,是的》讲述了在同龄人的压力下两个不同种族的女孩的友谊瓦解的故事。第四个故事《告诉我一个谜》描绘了为家庭默默付出一切的工人阶级母亲的辛劳。奥尔森的第二部作品《约南提奥:30年代的故事》(*Yonnondio: From the Thirties*)描绘了移民霍尔布卢克一家在大萧条时期的悲惨生活以及他们美国梦的破灭。奥尔森创作于

---

[1] Tillie Olsen, *Silences*. New York: Dell, 1979, p. 19.
[2] Tillie Olsen, *Silences*. New York: Dell, 1979, p. 19.
[3] Constance Coiner, *Better Red: The Writing and Resistance of Tillie Olsen and Meridel Le Sueur*. Oxford: Oxford UP, 1995, p. 147.
[4] Constance Coiner, *Better Red: The Writing and Resistance of Tillie Olsen and Meridel Le Sueur*. Oxford: Oxford UP, 1995, p. 7.
[5] 金莉等:《20世纪美国女性小说研究》。北京大学出版社,2010年,第146页。

1932年的短篇故事《铁喉》构成了该书第一章的部分内容,而她在1937年搁置起这部作品时已经完成了小说近半。《铁喉》发表在《党派评论》(1934)后,引起文学界的广泛关注。兰登书屋曾与奥尔森签约,但奥尔森最终未能完成写作任务。除此之外,奥尔森仅发表了短篇小说《里夸》("Requa",1970),被收入1971年的《最佳美国短篇小说》(*Best American Short Stories*)。早期诗歌和短篇后来结集出版《首先我不是为你哭泣》(*Not You I Weep For in First Words*,1993)。

1963年,奥尔森在拉德克利夫大学做了题为《沉寂》的讲座,恰逢贝蒂·弗里丹出版《女性的奥秘》(*The Feminine Mystique*),两本书共同推动了女权运动的发展。1965年,该讲话经改编后发表在《哈珀氏》杂志(*Harper's Magazine*),题为《缄默:当作家不写作的时候》(*Silences:When Writers Don't Write*),蒂莉·奥尔森由此成为女权运动的代表性人物。1971年,她做了题为《我们世纪的作家女性》("Women Who Are Writers in Our Century")的讲座,此次讲座与讲座《缄默》后来扩展成散文《文学中的缄默Ⅱ》("Silences in Literature Ⅱ")和《十二分之一:我们国家的女性作家》("The Writer-Woman:One Out of Twelve:Ⅱ.")。这部作品影响深远,汇聚了众多女作家因性别歧视和压抑而无法完成创作的实例。

蒂莉·奥尔森于60年代登上了美国大学讲台,在包括斯坦福大学、麻省理工学院、马萨诸塞大学、加利福尼亚大学、阿默斯特学院在内的好几所著名大学执教,并且积极参加了社会活动。奥尔森亲历性别歧视,她在阿默斯特大学任教期间(1969—1970),全校包括奥尔森在内仅有三位女教师。当时,系里规定只有男性可以在一起喝酒,聚会期间不能有电话干扰,而且女性不能参加。奥尔森坚持撰写文章并积极参加各种集会,在全国各地进行作品朗读和演讲,就自己最为关注的女性写作环境问题大声疾呼。她在讲座中表现出机智、热情和丰富的学识,吸引了大批听众。但不论她获得多少机会,她仍以处于不利地位的妇女的身份出现。

蒂莉·奥尔森在发掘被人忽视的女作家方面做出巨大贡献,她的努力促进了1970年女权主义出版社的成立。两年后,丽贝卡·哈丁·戴维斯(Rebecca Harding Davis,1831—1910)的《铁厂生活》(1861)得以再版。其他再版的作品还包括阿格尼丝·史沫特莱(Agnes Smedley,1892—1950)的《大地的女儿》(*Daughter of the Earth*,1973)和夏洛特·珀金斯·吉尔曼(Charlotte Perkins Gilman,1860—1930)的《黄墙纸》("The Yellow Wallpaper",1973),为早已被遗忘的女性作品返回经典行列做出了巨大贡献。

《我站在这里熨烫》是奥尔森最为著名的作品,被美国著名女作家乔伊斯·卡罗尔·欧茨(Joyce Carol Oates,1938—)称为"近年来出现的最扣人心弦的故事"。[1] 奥尔森创作这个故事时已年近五旬。她把自己多年作为母亲的经历倾入笔尖,关注了文学创作中这一边缘角色,刻画了母亲角色所担负的责任以及它与自我实现之间的矛盾,故事因而颇具自传色彩。《我站在这里熨烫》是美国文学中入选文学选集频率最高的故事之一。仅在90年代初的统计中,它已在文学选集中出现过九十多次[2]。

在《我站在这里熨烫》中,奥尔森以现实主义的手法,描绘了生活在30年代大萧条期间工人阶级母亲的窘境。叙事人是一位有着19岁女儿的母亲。她刚刚接到女儿艾米莉学校打来的电话,告诉她艾米莉需要帮助。随着熨斗在母亲手里起起落落,母亲的思绪也随之将读者的注意力带到她的回忆之中。这个故事没有情节上的大起大落,所有画面在母亲的脑海里慢慢展开,母亲对于女儿的成长过程进行了回顾,也反思了自己作为母亲的角色。由于生计所迫,母亲无法为女儿提供一种无忧无虑的生活。与此同时,母亲在情感上也对艾米莉缺少关爱,多年来捉襟见肘的生活、多子女的重负和繁重的家务使得疲惫不堪的母亲与女儿缺乏沟通,女儿在生活和情感上都受到忽视,性格上也变得少言寡语、孤僻冷漠。显然,母亲角色中的欠缺是社会和时代造成的,是生活的重压造成的,母女两人都是资本主义社会的俎上肉[3]。艾米莉是"那个时代的孩子,是萧条、是战争、是恐惧的孩子"[4]。通过反思自己的母亲角色,母亲产生了对于女儿的内疚。但值得庆幸的是,奥尔森在故事结尾描绘了一个在艰难环境下更加自信的年轻人。艾米莉在学校的表演中显示了自己的才赋,一个新的自我正在建构起来。可以想象,艾米莉不会被恶劣环境所压倒,她也不会默默承受站在熨衣板前的母亲的同样命运。正像母亲所意识到的,艾米莉不会像"这条熨衣板上的裙子,被动无助地等着被熨烫"[5]。新一代的女性将为自己争取更好的生活,更好地实现自己的理想。

《告诉我一个谜》曾被批评家称为"美国短篇小说中最动人的故事",发

---

[1] Joyce Carol Oates,"*Silences* by Tillie Olsen," in *The Critical Response to Tillie Olsen*. Ed. Kay Hoyle Nelson and Nancy Huse. Westpost,CT.:Greenwood P,p. 245.

[2] Mickey Pearlman and Abby H. P. Werlock. *Tillie Olsen*. Boston:Twayne,1991,p. 6.

[3] 金莉等:《20世纪美国女性小说研究》。北京大学出版社,2010年,第149页。

[4] Tillie Olsen,"I Stand Here Ironing," in *Tell Me a Riddle*. New York:Laurel Edition,1961,p. 20.

[5] Tillie Olsen,"I Stand Here Ironing," in *Tell Me a Riddle*. New York:Laurel Edition,1961,p. 76.

表后即获欧·亨利最佳美国短篇小说奖[1]。在这个故事里,奥尔森又一次关注了作为母亲的劳动妇女,讲述了家庭妇女伊娃的人生。大卫和伊娃是一对俄国犹太移民夫妇,在1905年的俄国革命失败后逃亡定居美国。在长达47年的婚姻生活中,作为妻子和母亲的伊娃生活充满了艰辛。在孩子们终于长大成人离开家庭、老两口可以开始规划自己的退休生活时,他们就今后的生活归宿开始了争吵,他们的生活场景也在这场争吵中展现在读者的面前。伊娃相夫教子一辈子,在努力扮演母亲角色时,也失去了作为主体的存在。在为家庭操劳了大半辈子之后,伊娃希望今后可以有自己的生活。她可以读书、听收音机、享受这种难得的孤独为她带来的一切,从今以后,她可以不再"被迫按照别人的节奏行动"[2]。但遗憾的是,大卫并不分享伊娃的愿望,而把退休看作是进行社交活动的机会。他希望把房子卖掉,搬到叫作"天堂"的养老院。伊娃反对大卫的做法,在她的眼中,房子可以给人一种安全感,养老院则无法提供个人空间。伊娃得知自己身患重症将不久于人世,而家人或医生又无法理解她的要求,她陷入沉默,拒绝和家人交流。家庭生活的琐碎吞噬了伊娃的精神追求,伊娃年轻时爱好文学,但因家务繁重,她无法参加读书俱乐部,如今虽然有空余时间,也可以在养老院和他人交流读书体会,但她已兴趣索然,渴望在宁静的个人空间中度过余生。这种青春已逝、物是人非的境况,让读者深切感受到伊娃失去精神追求机会带来的严重后果。故事描绘了阻碍伊娃实现自我的种种因素,夫妻之间的隔阂、母女之间的隔阂,以及伊娃与医生之间的隔阂等。小说对这一内容的再现,有效地传达出奥尔森对家庭妇女痛失教育机会的哀婉,以及对渴望更多家庭成员能理解女性的强烈感受。

奥尔森在这篇故事里又一次探讨了母亲角色这种对于女性"既是纽带也是束缚"的矛盾意象[3]。伊娃年轻时是一位充满激情的社会活动家,但多年来的艰辛生活使她早已放弃发出自己的声音。在她与丈夫就未来生活发生争执时,她还一度把沉默作为武器,试图以此抵制丈夫卖掉房子的企图。就在此时,伊娃被查出患了晚期癌症,大卫偷偷把房子卖掉,带着伊娃轮流到几个儿女家做客。伊娃盼望着回到自己的家,享受她渴望的独立生活。

---

[1] Kenneth Turan,"Breaking Silence" [Interview with Tillie Olsen]. *New West*, August 28, 1978, p. 56.

[2] Tillie Olsen,"Tell Me a Riddle," in *Tell Me a Riddle*. New York: Laurel Edition, 1961, p. 21.

[3] Rose Kamel,"Literary Foremothers and Writers' Silences: Tillie Olsen's Autobiographical Fiction." *MELUS* 12.3 (Autumn, 1985): 66.

与此同时,伊娃开始不断地吟唱和呓语。记忆和声音的碎片在她将死之际被释放了出来。大卫惊讶地发现,这几十年来她身体里好像隐藏了一个录音机,录下了她生活的每一个片段,但独独没有提到他和孩子,以及他们的婚姻。这一切都是伊娃受到压抑的自我最终的迸发。在她的遐思中,伊娃回到了参与革命运动的年轻时代,而她的喋喋不休也使得丈夫获得了一个重新理解她的机会,但伊娃只是在接近死亡时,才找到了她自己的声音。难得的是,在伊娃生命的最后阶段,她与孙女珍妮建立了感情,珍妮成为能够理解她的人。奥尔森在此塑造了一个能够逐渐理解老一辈女性而又不会重蹈老一代生活覆辙的年轻女性,显示出奥尔森对于未来的希望和信念①。

《哦,是的》的主题涉及种族,讲述了一对白人与黑人之间的纠葛。12岁的白人女孩卡罗与母亲海伦来到黑人教堂参加同学帕里的洗礼仪式,在场的还有帕里的母亲及她的兄弟姐妹。卡罗对教堂的布置和洗礼仪式感到好奇,同时她发现男生艾迪·嘉林也是唱诗班的一员。卡罗担心艾迪会把自己去黑人教堂的事情告知同学,同时,她发现帕里表现得也不像往常那样自在,甚至用黑人方言回答她的问题。卡罗在参与诵唱等仪式的过程中,受近乎疯狂的气氛影响而晕倒在地,被带离教堂。之后尽管卡罗对此表示歉意,但帕里并不在意,甚至说她并不在乎卡罗是否参加其洗礼仪式。海伦意识到这次经历给卡罗带来的打击,但她希望卡罗能与帕里恢复之前的友谊,而卡罗的姐姐珍妮则认为种族差异无法消除。卡罗与帕里的友谊已经受到种族差异的威胁,两人的关系开始疏远。卡罗对日益加剧的种族歧视行为感到恐惧,甚至担心自己也会受到同样的歧视。

《哦,是的》的创作和发表时间正值民权运动。1954年通过的《布朗诉教育委员会》法案规定种族隔离是违法行为。1955年至1956年,蒙哥马利发生了公交车抵制活动。黑人在种族歧视极为严重的环境下只有求助于社区活动,如小说中帕里洗礼仪式上黑人尽情宣泄情感的场面。社区对个体创伤的治愈功能是黑人宗教文化的传统内容。与之相对应的则是白人家庭宗教信仰的缺失,卡罗的迷茫反映出多数白人家庭面对创伤时的束手无策。卡罗的成长历程充满抉择困难,她希望与帕里继续维持友情,但她和帕里之间的鸿沟不可避免,种族歧视导致黑人和白人个体之间的正常交往成为奢望。小说巧妙地将母女关系融入种族冲突和年轻女主人公的成长过程中,海伦意识到卡罗的成长需要她的引导,然而她终究力量有限,在她看来,个体必须依赖一个能够提供帮助和理解自己的社区。大女儿珍妮愤世嫉俗,

---

① 金莉等:《20世纪美国女性小说研究》。北京大学出版社,2010年,第150页。

但对现实有着清醒的认识。小说并未解答这一社会问题,只是引导读者审视自己的种族观和阶级观。

《嗨,水手,哪条船?》小说以50年代为背景,再现了主人公水手怀特尼与一个家庭的喜怒哀乐,反映了时代变迁给他们之间的友情带来的影响。叙事人水手怀特尼讲述了他停靠旧金山期间的故事。当时,他与一家人建立起关联,醉酒后他试图回忆发生的一切,发现自己身无分文,大脑中反复出现一句话"嗨,水手,哪条船?"("Hey Sailor, What Ship?")。怀特尼当时在一家酒吧遇到朋友伦尼,来到伦尼家后,受到伦尼和妻子海伦以及孩子珍妮、阿利和卡罗的欢迎。怀特尼跟这一家亲切交谈。几天后他又返回伦尼家,这次带了很多食品和礼物。他之后与伦尼发生争吵,醉酒后爆出粗口。珍妮不满怀特尼的粗话连篇,海伦于是解释他们一家与怀特尼的渊源关系:珍妮小的时候,怀特尼对她很好;他在一场罢工中还曾救过伦尼的命。怀特尼与伦尼促膝长谈,前者慨叹如今的水手不像从前那么互相照顾,老一代水手都成了酒鬼。伦尼和海伦都对怀特尼的处境表示同情。

在这个故事中贫穷再次成为小说主题,小说以第三人称叙述为主,但采用多种叙述视角,给读者提供多条路径,了解人物的内心。凡是怀特尼的回顾视角,均采用斜体书写,读者从中看到他的艰辛。他用自己的方式报答友人一家对他的照顾,在他酗酒成性、终日沉湎于往事的回忆时,两人的聆听成为他的依靠。两人的友情为他提供了久违的家庭温暖,不仅有丰盛的饭菜,而且还有天真可爱的孩子们的欢迎。在这些温馨的细节中,漂泊在外的怀特尼感到些许安慰,然而他的水手身份所特有的特点如酗酒和粗话连篇,又使孩子们无法接受。这种父辈友情在下一辈眼中变得疏远,甚至是受到排斥。

《约南提奥》曾被誉为20世纪30年代无产阶级运动的最佳小说[1]。约南提奥一词来自诗人惠特曼关于一个遗失的印第安部落的诗篇,"约南提奥!约南提奥!——最终他们消失。"约南提奥的意思就是对于逝去之物的悼念,因此这个题目既是对于书中霍尔布卢克一家人悲惨生活的感叹,也是对于奥尔森自己几乎中断的写作生涯的哀悼[2]。《约南提奥》最初以日记形式写成,小说的出版时间比写作时间晚将近40年。这一出版时间上的推后,"将小说从文类意义上的1930年代特有的纪实传统,与政治意义上的

---

[1] Carolyn and Ernest Rhodes, "Tillie Olsen," in *Dictionary of Literary Biography Year Book: 1980*. Detroit: Gale, 1981, p.293.

[2] Constance Coiner, *Better Red: The Writing and Resistance of Tillie Olsen and Meridel Le Sueur*. Oxford: Oxford UP, 1995, p.175.

1970年代第二次浪潮女权话语联系在一起"①。奥尔森创作于1932年的短篇故事《铁喉》构成了《约南提奥》第一章的60%，而她在1937年搁置起这部作品时已经完成了前四章(约小说一半)的内容。大约在1972年，在奥尔森开始创作《约南提奥》40年之后，早年已经完成的四个章节以及一些零碎的笔记被无意中发现。奥尔森在以前的手稿基础上继续进行创作，但始终没有完成这部小说。

《约南提奥》描绘了美国移民霍尔布卢克一家人辗转流离的艰难生活经历，成为那个时代工人阶级生活的真实写照。吉姆和妻子安娜一年到头为了实现他们的美国梦而辛苦操劳，而他们的理想总也得不到实现。在小说的开始，吉姆在怀俄明州的一个矿区工作，暗无天日的矿工生活和接连不断的事故使他们决定离开矿区，寻找一个安全的栖身之所。他们搬到南达科他州的一个农场，但移民工饱受农场主的盘剥，他们辛劳一年反而负债累累。之后一家人又搬到中西部的一个城镇，这里所有一切都弥漫着屠宰场令人作呕的臭气。在小说的结尾，霍尔布卢克一家人的生存环境每况愈下，比以前更加穷困潦倒。奥尔森在这部作品中，以敏锐的笔触，记述了大萧条时期社会下层人物的生活悲剧。

奥尔森的第三部作品《缄默》(Silences)发表于1978年，共分为两部分，第一部分包含了两篇之前发表过的文章和一篇关于丽贝卡·哈丁·戴维斯的作品《铁厂生活》的出版后记。第一篇文章《缄默》是根据她60年代初在拉德克利夫学院的一篇讲话整理而成，第二篇文章《十二分之一：我们国家的女性作家》来自她1971年在现代语言协会论坛上的发言。"十二分之一"的含义是，"每12个有地位的作家当中，只有一个是女性"②。这是奥尔森根据自己的调查研究所得出的结论，据她的研究，在大学授课、作品收入选集、在学界被认可的女作家，她们的人数仅占所有成功作家的十二分之一。在《缄默》的第二部分中，奥尔森使用了生活在不同时代和文化中的作家的日记、采访和私人信件，表达了自己关于艺术创作的压迫性沉默的观点，探讨了环境与文学创作之间的关系。奥尔森认为，即使是有才华的人，也会被环境所扼杀。毫不奇怪的是，那些才华被扼杀了的人中多数为女性、少数族裔和社会下层。

奥尔森的文章以一句雄辩的"文学的历史和现状因为充满沉寂而黑

---

① Corinna K. Lee,"Documents of Proletarian Fiction: Tillie Olsen's *Yonnondio: From the Thirties.*" *Journal of Modern Literature* 36.4 (2013):117.

② Anne Trensky,"The Unnatural Silences of Tillie Olsen." *Studies in Short Fiction* 27.4 (1990):509.

暗"话语为开场白。奥尔森强调,"这些不是自然的缄默,不是创作的自然周期中为了更新而休息和酝酿所需要的必要时间。我在这里所指的缄默是非自然的,是挣扎着成形但又力所不能及所遇到的非自然挫败"①。奥尔森列举了作家陷于沉默的各种原因,大致包括作家的作品遭遇流产、完成时间经历延迟,不被认可、因出版审查而导致作品无法出版、因创作才能萎缩、受到来自宗教等方面的制约,等等。奥尔森通过列举大量数据,说明作家成长过程的艰辛。她笔下那些沉寂的作家不仅包括白人,还包括黑人作家。1850年之后的一百年内,黑人作家当中只有11本小说的印刷次数超过两次。她对这些作家的经历充满同情,尤其是工人阶级女性作家。奥尔森集中探讨了各种社会因素对个体创作的负面影响,但也强调了创作之路的艰辛。

在谈到文学创作中这种普遍的非正常缄默之后,奥尔森接着探讨了女性作家的写作窘境,并且批判了那种认为婚姻和母亲角色与创作无法共存的歧视观点。奥尔森指出母亲角色和作家身份是相辅相成的,作为母亲的经历为她的写作提供了素材。历史上强加在女性身上的两种选择是,她们或者像戴维斯那样在满足了家庭的需要之后再进行创作,如果她们要写作的话就像吴尔夫那样不要孩子。虽然奥尔森认为,女性作家可以同时拥有家庭和写作,而无论是参加政治活动,还是从事创作,都不应以牺牲孩子为代价。但她也深知作为穿梭于家庭、工作与创作生活之间的女性,要找到足够时间进行创作,实为艰难。对于奥尔森来说,她也长时期不具备最基本的创作环境。她曾写道,"在公交车上,即便是站着的时候,这个时间用来创作也够用。工作时忙里偷闲的时间,也能够用来创作。做完家务后,或做家务中,或孩子们上床睡觉后,只要我还能保持清醒,那些深夜时分也够用"②。不过,奥尔森始终认为,女性往往比起男性来更难以进行创作,这是因为她们只能忙里偷闲地进行创作,无法保持最佳状态。因此一般情况下男性作家每创作四五本书女性作家才能创作一本书。奥尔森呼吁要培养和扶持新的女性作家,努力在世纪末产出与男性同样数量的女性作家,而不是只有十二分之一。

《缄默》的其他部分强调了对于文学史遗忘的女性作家的重新挖掘。1972年,在奥尔森的努力下,女作家丽贝卡·哈丁·戴维斯的《铁厂生活》得以再版,这是在"社会主义文学之外第一部为沉默的工人阶级说话的作品"③。

---

① Tillie Olsen, *Silences*. New York: Dell, 1979, p. 6.
② Tillie Olsen, *Silences*. New York: Dell, 1979, p. 19.
③ Kay Hoyle Nelson, Introduction. *The Critical Response to Tillie Olsen*. Ed. Kay Hoyle Nelson and Nancy Huse. Westpost, CT.: Greenwood P, p. 4.

奥尔森为此撰写了长篇后记。奥尔森谈到,她在15岁时第一次读到丽贝卡·哈丁·戴维斯的《铁厂生活》,就是这本书在后来的岁月中对于她具有重要的启发意义,使她意识到"文学也可以描写受歧视人们的生活。"而她"必须写作"①。在后记中,奥尔森表达了对这位才华横溢的19世纪美国女性作家的深深敬意。

奥尔森和她的《缄默》对于女性研究和女性作家的影响是巨大的,奥尔森在这部作品中以犀利的笔锋触及问题的核心,即为什么缄默的多是女性?为什么每十二位取得成就的作家中女性仅占一位?为什么美国社会还在容许这种男权视角继续下去?②奥尔森关于教授女性写作的呼吁也是极有价值的。她的成功从目前市场上和大学里所出售和使用的女性作品的数量充分反映了出来。对于这种具有共性问题的认识会为那些在孤独的沉默中奋斗的人们开辟一条道路③。

著名女作家玛格丽特·阿特伍德(Margaret Atwood,1939—)毫不吝啬自己对于这位作家的溢美之词。她在《纽约时报》的书评中写道,"极少有作家能够以如此少量的作品赢得如此广泛的尊敬……在美国的女性作家中,'尊敬'一词用以形容她太过苍白,'崇敬'应该更加贴切"④。奥尔森关注工人阶级女性和种族问题,其写作手法融现实主义和心理描写为一体,激发读者进入人物的内心世界。她善于从人物关系入手,尤其通过家庭成员之间的关系,再现平等、尊重、关爱的重要性。女性或黑人作为弱势群体缺乏追求自由和平等的权力,他们更需要家庭成员以及社会的关注。奥尔森对于女作家成长过程中的困境了然于心,指出女性在建构其作家身份中,需取得经济独立,并且克服家庭与创作之间的矛盾。奥尔森不仅自己打破了缄默,也帮助那些陷入沉寂的女性作家重新进入文学殿堂。

第十节 现代女诗人

20世纪40年代后期是美国女性诗歌的繁荣时期。在40年代中晚期到60年代初期不足20年的时间里,涌现出数十位成就瞩目的女性诗人。这些作家的族裔所属、阶级背景不同,文学表征和价值取向各异,但她们都

---

① Tillie Olsen, *Silences*. New York:Dell,1979,p.117.
② 金莉等:《20世纪美国女性小说研究》。北京大学出版社,2010年,第155页。
③ Suzanne Schneider,Review. *Frontiers* 4.1 (Spring,1979):72.
④ Margaret Atwood,"Obstacle Course." *New York Times Book Review*,30 July,1978,p.1.

结合当时的社会历史和个人体验,在文学书写之政治性的宏观视域下表达自我、张扬个性,在个体经验和集体诉求之间进行协商平衡,展示个性、开辟文学空间。她们无论身居闹市,还是处身自然,无论旅居国外,还是囿于家庭,无论属于精英阶层,还是普通劳动民众,无论精于描写日常生活,还是擅长人物心理刻画,她们均为现代女性诗歌增添色彩。诗歌的标准是较短的抒情诗,充满哲思,常常以诗人对日常生活的思考为主题,包括日常物品、社会及自然风景、社会活动和家庭生活。与过去相比,这一时期的诗人有更多机会面向大众,她们可以参加作家讨论会和工作坊,可以巡回朗读诗作,有的诗人还成为驻校作家。

这些诗人中间有社会活动和文学活动的积极组织者,例如兼为小说家、编剧的多萝西·帕克(Dorothy Parker,1893—1967),以机智幽默的戏剧评论和短篇小说而闻名,她与文学好友组建的文学俱乐部,因为其犀利被戏称为"恶毒圈子"("Vicious Circle");也有50年代诗坛才女伊丽莎白·毕晓普(Elizabeth Bishop,1911—1979),她曾经担任1949—1950年美国国会图书馆的诗歌顾问,后来于1970年获得美国国家图书奖。自白派诗人安妮·塞克斯顿(Anne Sexton,1928—1974)和西尔维娅·普拉斯(Sylvia Plath,1932—1963)都是普利策诗歌奖的获奖诗人,同为自白派诗歌的代表作家。她们在创作中大多表现出强烈的女性意识,作品中的性别政治和性属政治意识不断得到加强,丹妮丝·莱维托夫(Denise Levertov,1923—1997)就是其中的一位佼佼者,她继承意象派以来的现代诗歌传统,在女权主义第二次浪潮兴起后发挥了女性诗学理论建构者的作用。

少数族裔诗人的成就令人瞩目,其中跻身经典、创造了历史的也不在少数,比如第一位获得普利策诗歌奖的黑人女诗人格温德琳·布鲁克斯(Gwendolyn Brooks,1917—2000),印第安女性诗人先驱玛尼·沃尔什(Marnie Walsh,1916—1996)等。在性别解放和女权主义运动的影响下,少数族裔女性诗歌不仅获得文学界和公众的广泛认可,并且在族裔维度之外张扬性别政治,表达女性走出家庭、追求自我价值和社会认同的政治立场。非裔女性诗歌绽放出夺目的光彩,布鲁克斯为代表的非裔诗人继承了哈莱姆文艺复兴的优秀传统,积极投身黑人民权运动和黑人艺术运动(the Black Arts movement)。布鲁克斯书写黑人女性的自我,将黑人社区作为个体经验和群体诉求融合的场域,令黑人女性的性别书写带有了政治深度,兼顾了艺术表现力和文学审美之间的平衡,成为"黑人美学"("the Black aesthetics")的一个代表。

少数族裔诗坛中另外值得关注的就是印第安女诗人开始发声,并且形成了较为清晰的代际传承。玛尼·沃尔什作为印第安女性诗歌的先驱,诗歌主题较为广泛,涉及自然、日常活动、动物、风景、婚姻家庭生活等,她虽未刻意凸显印第安文化特质,但是最具代表性的还是印第安主题,她的诗歌书写保留地上的人们,书写那里的生活,语言带有印第安口头文化的特点,这种诗歌理念和文学思想在路易丝·厄德里克(Louise Erdrich,1954—)等作家那里得到继承和发扬。继沃尔什之后,温迪·罗斯(Wendy Rose,1948—)、莱斯利·马蒙·西尔克(Leslie Marmon Silko,1948—)、乔伊·哈久(Joy Harjo,1951—)的创作各具特点:乔伊·哈久充分利用印第安的灵性信仰传统,设法通过梦想空间找到过去与现在的连接点;温迪·罗斯则立足于印第安人的口述文化传统,重新讲述古老的故事,让那些尘封的文字发声;莱斯利·马蒙·西尔克则在诗中批判欧洲中心主义的历史书写[1]。总体来讲,这些印第安诗人都十分关注部落的传统,并有意识地对被边缘化的行为做出抵抗。

多萝西·帕克(Dorothy Parker,1893—1967)

多萝西·帕克集诗人、短篇小说家、评论家、记者、编剧为一身,以辛辣、反讽的文风而著称。她才华出众,二十岁出头就在纽约的文学圈内崭露头角,为《名利场》(Vanity Fair)撰写书评,广交文友;于1919年在纽约市同好友一起创立"阿尔冈金圆桌俱乐部"(the Algonquin Round Table),并在其中扮演核心角色,为纽约文学圈增添了相当的活力。《纽约客》创办伊始,她即担任专栏作家,多年间发表几十篇短篇小说,奠定了为人熟知的"纽约客风格"。帕克在30年代的文坛可谓名噪一时,虽不能与海明威(Ernest Hemingway,1899—1961)、福克纳、伊迪丝·华顿等作家相提并论,但在美国文学史上仍具相当的地位,其作品中的主人公常被称作书写爵士时代和中性化文化的代表。

多萝西·罗斯希尔德·帕克1893年出生于纽约一个犹太富商家庭,祖父母是来自普鲁士的犹太商人,父亲是纽约颇为成功的成衣加工商。帕克一家生活在纽约,当时她的母亲在新泽西乡村别墅中避暑,她提早降生(所以有些文献将其称作"新泽西作家"),对此她自我调侃道,那是自己一生中

---

[1] Jeanne Perreault, "New Dreaming: Joy Harjo, Wendy Rose, Leslie Marmon Silko," in *American Women Poets*. Ed. Harold Bloom. New York: Infobase Learning, 2011, p. 63.

唯一赶早的一次。帕克出生后回到纽约曼哈顿 73 西街,她人生中的前二十几年就在那里度过,对曼哈顿的风土人情非常熟悉。她家境优渥,家庭教育良好,然而童年并不快乐:她是家里最小的孩子,最小的哥哥都比她大十几岁,所以自小在家里就没有玩伴;帕克的母亲身体羸弱,在她五岁的时候离世,没多久父亲再婚。这种变故导致帕克在家庭中的孤独感愈加强烈,她对继母和父亲都非常排斥,尤其不喜欢笃信宗教的继母对自己的审视。她在写作中从未提及自己的童年,只是在晚年偶有谈起,回忆当时放学回家后继母会追问诸如"你今天爱耶稣了吗"之类的问题,令她十分反感。

帕克一家是犹太人,但是子女均在天主教的教会学校就读。1900 年帕克就读于纽约的圣心修道院,后来在新泽西莫里森镇的达娜夫人私立学校接受教育,培养起阅读、写作的爱好。14 岁时父亲的服装生意破产,帕克不得不中断学业。不久继母去世,她跟随父亲一起生活,照料他的生活起居。1913 父亲去世,帕克只能自食其力,先是在一所舞蹈学校演奏钢琴,后来又就职于出版社。1914 年,她的诗作《所有的门廊》("Any Porch")在《名利场》发表,获得了 12 元的稿费,令她倍感鼓舞;同时她的才华得到主编弗兰克·克劳宁希尔德(Frank Crowninshield)的赏识。1915 年,22 岁的帕克正式入职《时尚》(*Vogue*)杂志,担任编辑助理,这是一项十分具有挑战性的工作,她用才华证明了自己,也得到了相当的锻炼,这段经历对于她的职业起步发挥了关键性的作用:两年后帕克成功晋升为《名利场》的专职作家;后来在伍德豪斯爵士(Sir Pelham Grenville Wodehouse,1881—1975)休假期间,她接替这位资深评论家担任戏剧评论的专栏作家。帕克的剧评常"以个人观察为主,语言犀利、尖锐,批评导演提供给读者糟糕、乏味和荒诞内容的愚蠢行为"[1],具有鲜明的反讽风格,对百老汇的商业主义取向加以批判。这期间她的职业生涯得到快速起步,并在纽约的文艺圈迅速扩大了影响。

帕克在 20 年代的纽约文化圈声名鹊起,成为其中的积极分子。1919 年,她在《名利场》期间,与执行编辑、幽默作家罗伯特·本奇利(Robert Benchley,1889—1945)以及剧作家罗伯特·舍伍德(Robert E. Sherwood,1896—1955)成为好友,三个人几乎每天都在阿尔冈金酒店共进午餐,畅谈文学艺术,并以此为契机成立了"阿尔冈金圆桌俱乐部"。该文学团体存续了十年,汇集了纽约文艺界的众多知名人士。

帕克才思敏捷,文锋犀利,不仅在 20 年代纽约的文学圈大名鼎鼎,而且

---

[1] Milly S. Barranger,"Dorothy Parker and the Politics of Mccarthyism." *Theatre History Studies* 26 (2006):16.

还是全国驰名的幽默作家。她在《名利场》的戏剧评论专栏以轻松幽默的风格、愤世嫉俗的语调以及激情四射的夸张手法著称。不过,她也曾经为此付出了代价。1920年她因为撰文调侃演员比丽·伯克(Billie Burke)而惹上了麻烦:伯克的丈夫弗洛伦兹·齐格菲尔德(Florenz Ziegfeld)是百老汇齐格菲尔德歌舞团的创办人,是著名的戏剧制作人,还是《名利场》最大的广告商。帕克因此被解雇;好友本奇利为了表示抗议,一同从杂志社离职。事实上,这也许只是表面现象,帕克被解雇还有着深层次的原因,其中之一就是她的戏剧评论"摒弃了女性写作传统和思维"[1],直接挑战了《名利场》的经济基础。她本人在遭到解雇后指出,该杂志缺乏独立的思想,是导致自己被解雇的一个重要原因。之后帕克以自由撰稿为生,为《星期六晚邮报》(The Saturday Evening Post)等撰写诗歌和小说,开始进入文学创作的高产期,先后在《生活周刊》(Life)、《美国水星》(American Mercury)、《时尚芭莎》(Harper's Bazaar)等杂志上发表系列短篇小说和300多首诗歌。1925年《纽约客》创办之后,帕克和本奇利一同成为编委,并开始撰写短篇小说。1927年帕克成为《纽约客》书评栏目的专栏评论员。帕克文风的确立,早期受到《名利场》的轻松幽默风格影响,后来在为《纽约客》撰稿期间逐渐成形,并成为她的标志。帕克共发表数十篇短篇小说,上百篇评论文章,四部诗集。短篇小说集及散文集有《致生者的挽歌》(Laments for the Living, 1930)、《在如此欢乐之后》(After Such Pleasures, 1933),还有部分短篇小说收入《长眠于此》(Here Lies, 1939)。她的小说风格与其诗歌特点相似,短小精悍,幽默犀利。所关注的大多是20世纪二三十年代的大都市生活。两次世界大战之间的和平与繁荣,令悸动着生命活力的纽约大都市生活前景化于文学表征,帕克的创作便充分反映了现代都市的节奏。

　　帕克文学素材的另外一个来源是她的个人经历。她在原生家庭中的波折令她不断寻求建立一种亲密关系;然而事与愿违,她的婚姻和爱情都不够顺利,这也许和她的过度苛求不无关系。1916年23岁的帕克同华尔街股票经纪人艾德温·庞德·帕克二世结婚,两个人的婚姻持续了5年,其间几次分分合合,艾德温的参战更是加剧了婚姻的危机。这些问题导致了帕克酗酒并患上抑郁症,她后来还染上了吗啡瘾,并数次尝试自杀。《吊袜带》("Garter",1928)中的第一人称叙述者所说的"千万不要相信圆形吊袜带和华尔街男人"[2],就投射出这段婚姻带来的负面心理影响。离婚后帕克有

---

[1] Faye Hammill, *Women, Celebrity, and Literary Culture Between the Wars*. Austin, TX: U of Texas P, 2007, p.42.

[2] Dorothy Parker, *Complete Stories*. Ed. Colleen Breese. New York: Penguin Books, 1995, p.121. Epub.

过诸多的情感经历,但大都以失败告终,这些经历或许可以解释她短篇小说中反复出现的"失败的婚姻"主题。小说的主人公多是城市社区中的普通人物,情感生活、个人经历和家庭关系是焦点,作者对人性进行了入木三分的描摹,诸如"对妻子不忠的丈夫、鬼迷心窍的投机钻营者、沉溺于声色的情侣、勇气不足的男人。而她反复书写的这些主题当今依旧在延续:配偶之间的忠诚依旧缺失;伤心失落永远都是人生境遇的一部分;顽固的老板、信任不足的情侣、傲慢的邻居、呆瓜孩子——无论这些人物出现在哪个时代,他们一眼就能被认出来"①。一时之间,20年代的帕克成为幽默文风的代言人,人们阅读她的小说,追随她参加的各种社会活动。她在50年代接受《巴黎评论》(Paris Review)采访时回忆道,那个时候,她还没有开口说话人们就已经开始发笑。

表面看来,帕克所书写的城市生活显得有些琐碎;其幽默犀利的文风和事无巨细的市井描写,也招致了评论界的批评,有的批评家认为她的主题过于狭隘,"缺乏和人类生活的深层关联"②。20世纪40年代,她的声望大不如从前,严肃文学甚至对她不屑一顾,评论界也更加毫不留情。然而,在社会历史背景下加以考察,会发现帕克小说中性别政治和阶级政治的表达其实是非常明确的。不同阶级阵营的女性形象具有普遍特质,就是拒绝循规蹈矩,受到父权文化的威胁也不会轻易妥协。帕克擅长采用内心独白手法来细腻描摹女性生活,其中《吊袜带》与《不过就是右边那位》("But the One on the Right",1929)都是典型代表,小说采用第一人称内聚焦叙述,将叙述者在社交活动中的不安、焦虑加以充分展现。《吊袜带》描述的是叙述者参加舞会时发现吊袜带的带子断裂、长筒袜随时会滑落下来时的心理活动,她全部的注意力都集中于如何隐藏自己的隐私,通过想象他人对于袜子滑落的反应,反映她对于"逾矩"的焦虑,这是"帕克唯一清楚地将自己命名为主人公的独白故事"③。正如"吊袜带"所隐喻的女性性别身份,这种焦虑具有女性特质,代表社会对女性形象的期待和规范。当然,这些心理还包括对自己"作家身份"的焦虑,比如"吊袜带事件"还可能导致人们对"作家帕克"的怀疑:"哦,你见了那个多萝西·帕克了吗?她什么样?哦,她是个可怕的

---

① Kevin Fitzpatrick, *A Journey into Dorothy Parker's New York*. Berkeley:Roaring Forties P,2005,p. 8.

② Milly S. Barranger,"Dorothy Parker and the Politics of McCarthyism." *Theatre History Studies* 26 (2006):11.

③ Kathleen M. Helal, "Celebrity, Femininity, Lingerie:Dorothy Parker's Autobiographical Monologues." *Women's Studies* 33. 1(2004):77.

人,天啊,她是个毒妇。坐在角落里,一晚上阴沉着脸——一声不吭。你从没见过的最阴郁的女人。你知道吧,他们说她的那些东西,没一个字是她自己写的。他们说她每周付 10 美元给那个可怜的家伙,让他写,他住在下东区的出租屋里,她只是签上名字而已"[1]。通过立体呈现"焦虑"的各种维度,小说回应了社会对于女性的限制和对"女性书写"的偏见。《不过就是右边那位》同样以心理描写为主,讲述了叙述者赴宴的经历,描述座位排序、餐桌礼仪、与宾客的交谈以及她的内心活动,对社会功利主义文化进行了不动声色的批评,反映"作为名人的帕克与作为作家的帕克的对话"[2]。这两部作品都涉及帕克的作家身份问题,凸显了女性写作和女性话语给男性话语带来的挑战。

在关乎女作家身份问题的作品中如此,在一般性主题中同样如此,看似细琐无趣的女性生活场景,实则于微妙之处反映女性的家庭地位和社会处境。《困顿时期纽约女性的日记》("From the Diary of a New York Lady During the Days of Horror, Despair and World Change",1933)借由女主人公一周的日记,通过"日记"聚焦人物的内心,反映单调乏味、毫无生机的纽约现代大都市生活。《给小女孩佩顿的建议》("Advice to the Little Peyton Girl",1933)以 19 岁少女西尔维和中年女性玛丽昂小姐的故事,通过年长的女性给少女的种种"建议",反映出社会对于女性的规训,以及女性群体对父权文化价值观的内化。《大金发碧眼女郎》("Big Blond")中"金发碧眼"的女主人公,是美国主流社会女性的典型形象,也被认为是作者本人价值观和情感认同的投射:她恪守传统女性观,却发现自己处于种种规训之下,30 岁时她开始反思过去并谋求彻底的解放,然而却误将"女性自由"等同于对欲望的放纵,因而在寻找意义的过程中愈加迷茫,终因精神抑郁而服药自尽。这部 1929 年"欧·亨利奖"的获奖作品,十分典型地反映出帕克短篇小说的特点,即将深刻的社会批判隐含在庸俗的生活日常之中。

帕克的社会小说不仅描写女性人物的困境,有时还会聚焦于男性人物的内心。《好美的一幅画》(*Such a Pretty Little Picture*,1922)是帕克的处女作,发表于杂志《时尚人》(*Smart Set*),从第三人称主要人物威洛克的角度,描写婚姻和责任之间的纠结。小说通过聚焦威洛克的内心活动,展现这位 37 岁的广告公司职员的心力交瘁:他要面对妻子的唠叨、女儿眼疾的医

---

[1] Dorothy Parker, *Complete Stories*. Ed. Colleen Breese. New York: Penguine Books, 1995, p. 122.

[2] Kathleen M. Helal, "Celebrity, Femininity, Lingerie: Dorothy Parker's Autobiographical Monologues." *Women's Studies* 33.1 (2004): 83.

药费用、房屋的贷款,在责任和自我之间难以抉择。小说从丈夫的角度审视妻子,生动描写她的言语、动作,她的喋喋不休与丈夫的少言寡语形成鲜明对照。他在心里来回琢磨,努力想象自己说这话时的声音和语调。可是,"除了那句'那又怎么样',他想不出还有什么别的话能够为自己辩护"[1]。小说着重呈现主人公的内心活动,例如,他努力说服自己接受现实,来正视妻子为养育孩子、为照顾自己生活起居所做出的努力,他对妻女责任的理智权衡,与他对她们情感上的疏离形成对照。小说题目"好美的一幅画"则是从过往的邻居眼中对这个家庭的观察,是小说外聚焦的体现,与人物丰富的内心活动形成了强烈的对比。这部小说一般被认为是家庭题材的作品,是对失败婚姻的呈现;然而,人们往往会忽视主人公悲观绝望的深层次因素,即小说未能正面展示的问题,而那才是导致人物内心矛盾的根本:到底是什么使得威洛克看似平静的生活中涌动着暗流?报纸上那个离家出走的男人经历了什么?通过主人公视角所呈现给读者的信息更加有限,但这也为阅读开辟了更大的思考空间,传达了不同层面的张力:既有显性的也有隐性的,既有个人的也有群体的。威洛克夫妻二人自说自话的模式,透视出现代社会人们的彼此孤立,暗示了表面平静的中产阶级规范中隐藏的危机。

简而言之,无论是人们的经济困境和精神贫瘠,无论是女性的困境还是种族歧视,或者是战争的创伤、爱情和虚名之间的协商,帕克的小说描写的多是未能正常运转的家庭,特别是女性在其中所经受的痛苦和考验,比如流产、吸毒、精神失常等主题,她书写这些主题时,"带着女性的勇气和智慧,不甘于让生活中的荒诞不经继续下去,也不会对此保持沉默。她对人们素来奉为神圣的东西提出质疑——从浪漫情史或母亲身份到文学茶话和种族印象——帕克的小说既幽默诙谐,又透露着痛苦艰难,还一针见血"[2]。一定程度上讲,帕克的成名构成一种悖论,起初她是因为塑造了愤怒的"仇女"形象而得到男权社会的认可,她"成为男权文化中的女性名人之前,不仅知道如何改变那些有可能威胁到职业身份发展的要素,而且发现表现出仇女思想十分有利于确保自己的成功"[3];然而一旦她开辟出一片疆域,便开疆辟土,以或谐谑或隐晦的方式对男权提出了嘲讽和批评。

---

[1] Dorothy Parker, *Complete Stories*. Ed. Colleen Breese. New York: Penguine Books, 1995, p. 30.

[2] Regina Barreca, Introduction. *Complete Stories*. Ed. Colleen Breese. New York: Penguine Books, 1995, p. 8.

[3] Kathleen M. Helal, "Celebrity, Femininity, Lingerie: Dorothy Parker's Autobiographical Monologues." *Women's Studies* 33.1(2004): 79.

帕克在诗歌创作上的成就同样值得关注。她的第一部诗集《足够长的绳索》(*Enough Rope*,1926)成为美国诗歌史上最畅销的诗集之一,曾经在15个月的时间里重印11次。另外两部诗集《日落枪》(*Sunset Gun*,1928)和《死亡与租税》(*Death and Taxes*,1931)同样畅销,多次重印。帕克的诗作在风格与主题上和小说不太相同,尽管篇幅的短小精悍与设计巧妙是相似的;诗歌主题多为情场失意、理想受挫、对自由的追求和向往等。她的诗歌往往被认为是"自传式"的,体现出她作为天才女作家所经历的矛盾,即过人天赋所昭示的可能与冷峻现实之间的差距:无论是个人境遇,还是当时美国社会甚嚣尘上的男权思想,令刚刚获得选举权的女性群体也难以看到未来的希望。现实生活中的帕克混迹于知识界男性为主导的小圈子,在纽约文化圈的名声风生水起,但实际上她酗酒,患有严重的抑郁症,情史无数但始终难以找到理想的伴侣。好友亚历山大·伍尔科特(Alexander Woollcott)这样评价作为诗人的帕克:(她)"灰心丧气,缺乏自信,却转而尝试写出脍炙人口的妙言警句"[①]。的确如此,帕克的诗歌语言简练,符合她的一贯风格,但是内容却与小说中的嬉笑嘲讽有所不同,多了愤世嫉俗。有学者认为帕克诗歌中的忧伤元素是杂志的需要,也有的认为其灰暗主题源于模仿:"尽管许多诗作的基调是幽默,特别是在《生活周刊》发表的作品,但是也有的反映了生活和爱情的黑暗面……帕克使用这些诗歌形式的原因可能不是出于商业潜力的考虑,而是因为她将其作为一种专业训练,以便达成她所认为的文学上的完美。"[②]

在1918年的作品《画廊》("The Picture Gallery")中,帕克将自己的生活比作"画廊",隐喻自我和公共形象之间的协商:

> 画作以最好的姿态悬挂;
> 以便让佳作得到立刻的关注。
> 不时地,某部作品的布展那么艺术,
> 所以,即便有些突兀,
> 依旧得到最理想的呈现。
> 精心设计之下就连涂鸦之作
> 在灯光阴影中显得那么美。

[①] 引自 Faye Hammill, *Women, Celebrity, and Literary Culture Between the Wars*. Austin, TX: U of Texas P, 2007, p. 28.

[②] Rhonda S. Pettit, *A Gendered Collision: Sentimentalism and Modernism in Dorothy Parker's Poetry and Fiction*. Fairleigh Dickinson UP, 2000, p. 43.

我的生活就像是画廊,

有那么几幅作品被有意翻转过去。①

这也许正是帕克对于生活的理解,也是她对于作家身份的呈现:在文学作品中,她嬉笑嘲讽似乎洞察了一切,但是她的自我就好似被翻转过去的画作,其真正的内容难以为人所知;观众走过狭窄的过道得以观赏悬挂在墙上的作品,但读者通过作品所窥见的,也只是她生活的某个侧面。另外一首广为引用的诗作《观察》("Observation",1926)同样有着诗人内心的披露。诗中写道:"如果不用围着公园绕圈,/我敢说我也能让你记住我。/如果能每天十点上床,/我可能令青春容颜永驻。/如果能戒除那纵情的狂欢,/我也许能成就斐然;可是我还是要做我自己,/因为我才不在乎别人怎么看。"②这首诗被认为是一首情诗,不过也涉及爱情和自由、冲动和自我毁灭之间的协商。而《不幸的巧合》("Unfortunate Coincidence",1926)则对山盟海誓的爱情进行了质疑:"你发誓说你属于他,/颤抖,叹息,/他信誓旦旦说热情/永不褪色——/女士,对此可要当心:/你们有人言不由衷。"③《乞求》("Plea")反映了叙述者对两性关系的颠覆性认识:情人的形象一反传统男性特质中的理性与克制,而叙述者则表现出"当断则断"的冷静理智;她所谓"幸福的一天"表达的是女性对于情爱的诉求和对身体欲望的张扬,这在当时的语境下"解决了一对主要冲突,即公共话语和女性身份露相"④,因为在帕克的时代消费文化的影响开始凸显,传统上难以进入公共话语的内容,诸如女性身体和情爱欲望等隐私,业已成为文化消费的对象,诗作中情人向公众透露的二人的私密关系,叙述者以"愤怒"加以回应,体现了她对抗"被消费"的努力。

1916至1917年帕克在《名利场》发表了"愤怒"组诗,对两性关系进行了更加透彻的表达。1916年的作品《女人:仇恨之歌》("Women: A Hate Song")用犀利的语言,对各类女性进行了嘲讽,诸如家庭主妇的过度体贴,多愁善感女性的脆弱,知识女性的自命不凡,以及长舌妇喋喋不休的家长里短。因为诗歌过于犀利,甚至在发表前克劳宁希尔德都建议她使用笔名,以免她遭到女性读者的攻击。在女性争取选举权的大背景下,这首诗似乎是

---

① Dorothy Parker, *Not Much Fun: The Lost Poems of Dorothy Parker*. New York: Scribner, 2009, p. 85.
② Dorothy Parker, "Observation". https://www.pinterest.ca/pin/345651340122717884/
③ Dorothy Parker, "Unfortunate Coincidence". https://www.pinterest.it/pin/109141990939954971/
④ Nina Miller, "Making Love Modern: Dorothy Parker and Her Public." *American Literature* 64.4 (Dec., 1992): 782.

不合时宜的；但是，如果将其认作是帕克本人的政治观点表达的话，就过于简单化了。相反，帕克所模仿的是社会，特别是男性权力对于女性的刻板化印象，通过戏仿来嘲讽社会对于女性的偏见，以及人们对于女性认知的匮乏。这首诗的姊妹篇《男人：愤怒之歌》("Men: A Hate Song")对于"男性气质"进行了描写，嘲讽了社会上流行的男性身体崇拜，特别是强壮男性所代表的"伪男性气概"，进而将其在社会历史的视域下进行考察，对男性"思想家"所代表的政治攻击性及暴力宣传进行了批判，他们高举"人性"的旗帜发动罢工、示威，急于让"人民群众"出现在新闻头条，实则为了实现自己的政治目的。如果说这两首诗将性别政治和政治运动结合，逐步凸显出来性别问题的政治维度；那么，在组诗的其他作品中，帕克的政治批判得到了更加清晰的呈现：《怠工者》("Slackers")中的"社会主义者"和《波希米亚人》("Bohemians")中的"激进派"，都是叙述者所批评的"政治宣传者"，他们站在街角，将肥皂包装箱子作为讲台，把世界上的各种问题一味归结于大财团的操控；面对任何社会提议，唯一的办法就是抗议，目的就是被捕入狱，而后以"英雄"形象示人。诗人并没有简单化地反对政治左派立场，诗中所描写的这些类型人物也并非她本人政治态度的反映，她所批判的是"伪善分子，他们的行为举止中透露出的是浅薄、自高自大和虚情假意"①；在她看来，这些人并没有真正谋求变革或者解决社会问题的方法。

　　帕克的诗歌和短篇小说具有一个共同的特点，就是"女性的经历和女性的情感诉求"②。大多短小精悍，常慨叹青春易逝，或以追忆似水流年为主题。在《艺术家肖像》("Portrait of the Artist")一诗中，叙述者的独白将女性对极端情感体验的渴望和女艺术家的创作心理相结合：她渴望私密安静的空间，但这样的空间也会令人压抑窒息，同样，艺术上过度追求极端审美体验也会令女性创作自由受到伤害，成为囚禁思维和艺术自主性的枷锁。这首诗作较为集中反映了帕克的盛名之中所包含的矛盾：她所以风靡一时，是因为她"暧昧地结合新女性的独立自主甚至是进攻性，然而公共话语和时代语境却造就了其身份的矛盾性：一方面，为传统异性恋和刻板化性别特质提供了其他的可能性；另一方面，她的这些主题又不可避免地成为女性特质的代表"③。帕克的诗歌洒脱自如，自成一体，个性鲜明，思想奔放，甚至毫

---

① Rhonda S. Pettit, *A Gendered Collision: Sentimentalism and Modernism in Dorothy Parker's Poetry and Fiction*. Madison, NJ: Fairleigh Dickinson UP, 2000, p. 61.

② Rhonda S. Pettit, *A Gendered Collision: Sentimentalism and Modernism in Dorothy Parker's Poetry and Fiction*. Madison, NJ: Fairleigh Dickinson UP, 2000, p. 46.

③ Nina Miller, "Making Love Modern: Dorothy Parker and Her Public." *American Literature* 64.4 (Dec., 1992): 767.

无禁忌地表达情感，对当时社会流行的某些价值观进行了挑战，尤其突出了女性追求平等、自由的思想；也表现出了对社会政治的关注。

1933年，在难以计数的恋爱经历之后，帕克和比自己年轻11岁的剧作家阿兰·坎姆佩尔（Allan Kampbell，1904—1963）结婚。次年，夫妻二人来到好莱坞。在"大萧条"后经济复苏的时代，正值美国电影业的一个黄金发展时期，许多作家选择这个收益高的行业。两人在1934到1963年间在好莱坞担任剧作家，达到了事业的巅峰。尽管帕克并不喜欢好莱坞的氛围，对满街的俗艳广告和电影工作室老板们的品味颇有微词，但是正如她给友人的信件中所说，没有人能够抵挡金钱的诱惑。她和丈夫作为编剧团队签约的第一份工作是为1936年出品的喜剧《家在月亮上》(The Moon's Our Home)撰写台词，他们夫妻二人的报酬是周工资1250美元，其中帕克的工资是1000美元。在好莱坞期间，帕克和剧作家莉莲·海尔曼成为好友，两人虽然相差十几岁，但是却十分投缘，她们加入好莱坞剧作家工会电影编剧协会（the Screen Writers Guild），并在其中发挥重要作用。她的作品《毫不神圣》(Nothing Sacred, 1937)和《明星的诞生》(A Star Is Born, 1937)将普通人的生活和国家叙事"美国梦"相结合，受到广泛好评。

30年代，帕克开始表现出对社会问题的高度关切，这和早年间她对于女权运动不置可否的态度截然不同。她1934年宣布加入共产党，并为支持共产党的刊物《新大众》(New Masses)撰文。在西班牙内战期间，她作为新闻记者去西班牙参加反法西斯斗争，所看到的黑暗现实逐渐削弱了她早先的幽默风格。帕克在好莱坞还担任"自由之声"(Voice of Freedom)的主席，支持广播自由评论人的独立言论诉求，他们在1936年向众议院专利委员会(House Patents Committee)提出申诉，要求作者在写作素材使用方面拥有更多的自主权力。此外，她还参加各种反法西斯活动，谴责对德国反法西斯难民的"可耻的迫害"①。1949年，帕克被右翼分子指控为"共产党人中的皇后"，被迫暂时终止剧本创作。1950年夏天，帕克和其他151个作家、导演和表演者的名字出现在《红色频道：共产党在广播电视上的影响的报道》(Red Channels: The Report of Communist Influence in Radio and Television)中，被联邦调查局视为四百个隐藏身份的共产党人之一，并于1951年接受联邦调查局的调查。

帕克生活和写作的时代恰逢纽约城市化的进程，斯文社会转向消费社

---

① Milly S. Barranger, *Theater in the Americas: Unfriendly Witnesses: Gender, Theater, and Film in the McCarthy Era*. Carbondale, IL: Southern Illinois UP, 2008, p.71.

会,1914年创办的《名利场》倡导"现代爱情",主张性别的社会化表达并致力于相关的社会话语建构,迎合了青年女性读者的期待。帕克以此为阵地,在诗歌和短篇小说中表达了女性精神独立的重要意义,反对商业化身体的价值取向。但是,她也看到了这种诉求之中所蕴含的矛盾:在男权社会语境下,女性试图在话语建构或阅读中寻找解决办法的意图又是虚妄的,因而她往往采用反讽手法映射人物的倦怠和空虚心理。帕克在书写人物生活的同时,采用高度象征性的情节,表达对于艺术的思考,旨在说明主体性建构的意义:当女性不再寄希望于男性来判断她们是否具有魅力时,她们也许就成为判断男性魅力的主体。帕克善于以幽默的风格和奇妙的情节吸引读者,又力图保持作品的思想性,从而使得作品兼具思想性和审美性。

伊丽莎白·毕晓普(Elizabeth Bishop,1911—1979)

伊丽莎白·毕晓普是1949至1950年的国会图书馆诗歌顾问(即1986年以后的"桂冠诗人"),被称为最具有诗歌天赋的诗人,是"诗人中的诗人"[1],也是新英格兰地区为数不多的能够跻身经典之列的女性诗人。读者和批评家往往将她和迪金森相提并论,认为她是继迪金森之后最伟大的美国女诗人。这种解读无不道理,的确,毕晓普的诗歌继承了浪漫主义文学传统,空灵清新而生动,体现出超验主义思想的影响;另外,她深受视觉艺术的影响,充分运用自己的绘画天赋,采用形象生动的意象,以细腻的描写和精确的语言取胜。她和罗伯特·洛厄尔(Robert Lowell,1917—1977)等自白派诗人交往甚密,但是却没有像他们那样去书写自我,也没有纠结于个人的体验和私密的情感,诗作中不仅少有个人情感的披露,而且似乎还带着与时代的距离;她的主题涵盖人生、旅行和大自然等方方面面,展现出难能可贵的超然和淡泊。哈罗德·布鲁姆对此评论道:"她做事一丝不苟,具有独创性,甚至任由读者解读不足或者轻微误读。通常情况下,她因为具有独特的'眼光'受到称赞,似乎她是透视大师;但事实上,她真正的成就在于,她具有一种天赋,可以看到常人之所不见,言他人之所不言。"[2]毕晓普诗歌中带着女性的敏感和细腻,细节描写直达读者内心,在淡泊之中将自然与人类的馈

---

[1] Lloyd Schwartz and Sybil P. Estess,eds., *Elizabeth Bishop and Her Art*. Ann Arbor:U of Michigan P,1983,p. xviii.

[2] Harold Bloom,Introduction. *Elizabeth Bishop*. Ed. Harold Bloom. Broomall,PA:Chelsea House,2002,p. 11.

赠和盘托出,细腻的情感通过众多旁人不多关注的细节铺陈开来。

毕晓普出生在马萨诸塞州威尔赛斯特的一个中上层家庭,祖父和父亲开办经营不错的建筑公司。然而,平静的生活很快被父亲的早逝所打破:在毕晓普八个月时父亲威廉因为肾病过早离世,母亲格特鲁德备受打击,精神状态每况愈下,先是入院治疗,后来在毕晓普五岁时被送入加拿大的一家精神病院。直到母亲1934年去世,毕晓普一直未能再与她相见。毕晓普先同外祖父母在加拿大新斯科舍的乡村生活过一段时间,后来祖父母获得了她的监护权。尽管生活条件得到了改善,但是她十分想念外祖父母,内心感到十分孤独。回到威尔赛斯特之后,6岁的毕晓普郁郁寡欢,患上较为严重的哮喘和过敏性湿疹,祖父母为了她的健康,送她到波士顿的莫德姨妈家生活。她在姨妈的精心照料下逐渐恢复健康,并在姨妈的影响下开始阅读英国经典作家的诗作。毕晓普聪慧过人,但因为自小身体健康不佳,加上她在多地的辗转迁移,所以16岁以前一直没有正常在学校读书。她高中时就读于马萨诸塞州奈提克的橡树山高中,开始在校刊上发表诗作,并学习音乐,毕业后进入著名的瓦萨女子学院,先主修作曲,后转到文学系。在瓦萨学院就读期间,她发起成立激进文学杂志《共同精神》(*Con Spirito*)并担任主编,作家玛丽·麦卡锡(Mary McCarthy,1912—1989)、埃莉诺·克拉克(Eleanor Clark,1913—1996)都是当时杂志的编辑。毕晓普在瓦萨期间,经图书馆的老师引荐与玛丽安娜·穆尔(Marianne Moore,1887—1972)结识,得到这位诗坛前辈的赏识。穆尔当时担任《日晷》的编辑,对毕晓普不遗余力地加以扶持;在她的推荐下,毕晓普的诗歌在较为知名的诗歌选集中发表。在毕晓普人生规划的多个时候,穆尔充当了替代母亲的角色,两人的友谊由此延续下去,直到1972年穆尔辞世。正是在穆尔的影响下,毕晓普打消了学医的计划,立志成为作家。1947年,毕晓普与罗伯特·洛厄尔相识,成为终生的好友,他们保持了多年的通信,这些往来信件成为研究这两位作家的重要一手资料。

毕晓普的童年虽然坎坷而不幸,但是她成年后从父亲那里继承了一笔不菲的遗产,使她能够专事写作而不必为生计奔波。大学毕业后她在法国居住数年,属于"一战"以后旅欧美国作家(expatriate)中的一员。1938年回到美国,与瓦萨时期的同学路易丝·克莱恩(Louise Crane)共同在佛罗里达的基维斯特购置了房产,居住下来。她在那里结识实用主义大师约翰·杜威(John Dewey)、记者葆琳·海明威(Pauline Hemingway)[①]等文艺界名

---

① 欧内斯特·海明威的第二任妻子。

流。1946年,毕晓普的第一部诗集《北与南》(North & South)出版,获得好评。1949年到1950年,毕晓普接受洛厄尔的建议接受国会图书馆诗歌顾问一职;次年,她得到布尔茅尔学院的旅行经费支持,赴南美洲游历,最后在巴西定居下来,直到1966年。其间毕晓普与被称为"罗塔"的巴西建筑师玛丽亚·索尔丽斯(Maria Carlota de Macedo Soares)来往甚密,她们在里约热内卢郊区的山上居住,度过美好岁月。索尔丽斯出身名门,毕晓普通过她结识了巴西的文学界名流。在巴西期间,毕晓普翻译了西班牙语作家的诗作,撰文反思回顾自己早年的经历。索尔丽斯与时任巴西瓜纳巴拉州州长的卡洛斯·拉瑟达是好友,她担任市政和城市规划协调员,承担弗拉明戈公园建设项目,后来因为拉瑟达参与到政治斗争中,索尔丽斯和毕晓普两个人都被卷入政治旋涡,受到媒体的关注和打扰,两个人对于巴西的政治日感失望,于1964年和1966年赴欧洲旅行。后来毕晓普在黑金城(Ouro Preto)独自购买了房产,暂时远离里约热内卢的政治纷争。各种复杂因素已经影响到了索尔丽斯和毕晓普两个人的关系,毕晓普1966年回到美国,在华盛顿大学任教一个学期。其间索尔丽斯的精神抑郁加重,第二年,她来到纽约探望毕晓普,但是在到达后的第二天自杀身亡。之后,毕晓普辗转于旧金山和巴西之间,1969年接受哈佛大学的教职,在哈佛大学定期开设写作研讨课,并且还在纽约大学等多所学校兼职任教。

毕晓普成就斐然,在诗坛享有相当的声望,诗集《一个寒冷的春天》(A Cold Spring,1955)获普利策诗歌奖,《毕晓普诗歌全集》(The Complete Poems,1970)获得国家图书奖的诗歌奖,最后一部诗集《地理学Ⅲ》(Geography Ⅲ,1976)获得全国书评家协会奖。《旅游问题》(Questions of Travel,1965)集结了诗人侨居巴西期间的诗歌作品,里面还收录了一部短篇小说《在村子里》("In the Village"),带有较多自我书写的特点。毕晓普对于创作要求极高,诗歌创作产出量并不大,自1946年处女作发表,9年后才出版第二部诗集。有一部分诗作出于各种原因,在她生前没有结集出版;但是她知道自己去世后这些诗作可能会陆续出版,因此离世前授权文学编辑全权处理自己的文稿。后来出版的作品有广为传诵的《圣塔伦》("Santarém"),该作带有作者本人的心理投射,特别是她内心不易被察觉的孤独感;另外还有一些涉及她作为同性恋者情感经历的诗作,如《一起醒来真好》("It is marvelous to wake up together")、《彻夜》("Close close all night")、《亲爱的,我的指南针》("Dear, my compass")及《早餐歌》("Breakfast Song")等。除了诗歌以外,毕晓普保持了与文学圈内好友通信的习惯,其书信总数达到千余封。

毕晓普强调诗歌的审美意义而非实际的说教作用，主张诗歌是"无用"的。她在创作中往往跳出个人经历的圈子，试图采用视角转换、陌生化等手法，各种意象创新使用，摆脱自我书写的局限性；其诗歌主题涵盖自然、旅行、文学艺术思考、个人体验等，表现人类生存体验中某些"超验"特质，力求展现人类和自然的精神关联，尤其是感知世界过程中人类心灵的瞬间体验。她的作品带有新英格兰诗歌的普遍特点，例如语言的口语化、怀旧情绪和自我意识等，无论是《巴西》中她对于早年生活的回顾，《六节诗》（"Sestina"）、《新斯科舍第一次面对死亡》（"First Death in Nova Scotia"）、献给姨妈的《驼鹿》（"The Moose"）对于乡村生活的记忆，都是清新静谧，安静中带着忧伤。《驼鹿》语言优美，节奏清新，是抒情诗作的代表作之一。在诗中，叙述者记录了和祖父母共同生活的时光，远离喧嚣的安静住所，以及琐碎亲切的生活日常：

> 狭长的省份
> 鱼、面包、茶之乡，
> 绵延潮水的家园，
> 在那里，海湾离开大海
> 一天两次载着
> 鲱鱼远游，
> 在那里，河流
> 注入或后退
> 涌起棕色泡沫如墙壁，
> 如果它碰上
> 海湾之潮的涌入，
> 海湾离开了家。①

就在那海边散发着泥土芬芳的地方，在薰衣草花丛中的农舍，是诗人儿时享受过短暂快乐时光的住所。在《六节诗》中，叙述者描写了家庭生活的静谧和安详：

> 九月的雨落在房顶。
> 黯淡的光线中老祖母

---

① Elizabeth Bishop, *Poems*. New York: Farrar, Straus and Giroux, 2014, pp. 382—83.

> 和孩子坐在厨房
> 在那个小小的火炉旁
> 从老皇历里读笑话，
> 有说有笑掩饰着泪水。①

祖母的陪伴，厨房温暖的火炉，冒着热气的茶壶，在失去了父母的孩子心中是可以依靠的永恒；祖孙二人读笑话时笑出的眼泪，其实掩盖了孩子和老人心中的悲伤。这些场景显然是诗人幼年新斯科舍生活的投射。无论是《驼鹿》中大巴车在路上与一头驼鹿相遇的经历，还是《六节诗》中的火炉和老皇历，在诗人一生中或显性或隐性地存在，最终浮现到意识层面；在这些看似琐碎、碎片化的场景中，叙述者的情感始终在场，成为联系这些生活片段的纽带。"驼鹿"象征了人生中的不期而遇，诸如诗人童年无法掌控的生活；但同时它也代表最为深刻的童年记忆，"起到了一种内在钟表的作用，随着风景的推移，渐渐退回我们所称作的'过去'，即便他们依然永恒地存在于不受时间控制的自己的现在"②，在以后的岁月中不断形塑她的自我。

毕晓普童年和少年时期在多个地方生活，成年以后游历广泛，因而对于"地方"怀有复杂而矛盾的情感。一方面她希望能结束漂泊，在某个地方找到归属感，诸如基维斯特、里约热内卢、旧金山等；但是另外一方面，她总是将希望寄托在他处，一旦发现难如所愿便打点行装上路，继续寻找归属，因此，流浪和漂泊于她而言既是伤痛记忆，同时也充满了魔力。在她的诗歌中，地方和情感结合起来，表现出独特的人文地理情怀。《南与北》中的大部分作品，以及《旅游问题》和《地理学Ⅲ》中的不少诗作，都较为典型地反映了她的这种思想，从诗集的题目就能够看出其中的地域意识和空间概念，例如"南与北"涵盖新旧大陆之间的对话，也涉及作者在南北美洲的生活经历。这几部诗集中的《地图》("The Map")、《海湾》("The Bight")、《睡在天花板上》("Sleeping on the Ceiling")、《巴西》("Brazil")、《布雷顿角》("Cape Breton")和《其他地方》("Elsewhere")等名篇，都体现出明显的属地意识，涉及关注自然、环境等地球生态问题，以及人类在世界中的地位等人文生态思想。这些作品视角多变，客观视角与视觉再现融为一体，体现出对唯一性视角的质疑，或者自然的壮丽和人类的渺小无助形成对比，反映出人类在面对自然时所怀有的错综复杂的情感；或者体现出身处异乡的游客在陌生环境

---

① Elizabeth Bishop, *Poems*. New York: Farrar, Straus and Giroux, 2014, pp. 251—52.
② Dan Chiasson, *One Kind of Everything: Poem and Person in Contemporary America*. Chicago: U of Chicago P, 2010, p. 60.

中新奇疑虑、怀旧思乡的复杂心态。

毕晓普的职业成长受益于她与玛丽安娜·穆尔和罗伯特·洛厄尔的友谊,这两位诗人给予她深远的影响:"很多方面,这两种友谊代表了毕晓普诗歌的重要张力:受拘束,但很真诚;保守但很直接;观察仔细,但有穿透力"[1]。毕晓普从他们那里感受到真诚和深刻的洞察力,她的诗作含义丰富,言外有意,读来意味深远。以广为选录的几部作品为例,便可以看出诗作中多维度生态意识的表达。从表面来看,《地图》可谓一曲自然的赞歌,描写地图所展示的世界,将海湾比作含苞待放的花朵,清澈柔软,温暖安全,是鱼类的家园。海洋和陆地相互依偎,整个世界浑然天成,令人赞叹自然之伟大神奇:"陆地躺在水中;映有绿色阴影"[2]。这首诗的深层次阅读同时也表现出主体间性的问题,诸如海洋和陆地的相互依偎、相互生成于共同存在,体现了诗人在这部作品中提及的"辩证对立"(dialectic)。如果跳出"地图"所展示的内容,将诗作的叙述者视角考虑在内的话,还会得到另外一种解读:诗作对地图绘制艺术的描写,诸如地图上各个国家的颜色不同,是"预先设定还是可以自行选择?/着色艺术比历史学家更加细致通彻",这又可以解读为对艺术创造的比喻,体现出叙述者对于艺术与权力话语的尝试性解读。还有批评者将此诗的背景作为考察对象,认为它反映了 20 世纪 30 年代"对文学与政治、形式主义和社会意识之二元对立意识的挑战"[3]。毕晓普的诗歌意象独特,意义的流动性显著,为阅读提供了多维的解读空间。

《睡在天花板上》同样充满奇特的想象,可以解读为夜深人静时叙述者想象力的自由发散:黑暗中依稀难辨的吊灯、墙纸、装饰画,经过叙述者意识的投射,显现出与白昼不同的景象。从天花板俯瞰的视角是平常平视角度的补充,呈现出完全不同的世界,也可以解读为毕晓普解构立场的体现,如上文所说的对"二元对立意识的挑战"。《旅游问题》("Questions of Travel")亦是如此,叙述者表达了对"远方"的思考:身处环境的浪漫与否,在很大程度上是想象建构在发挥作用[4]。旅途见闻的确有令人赏心悦目之处,但旅

---

[1] Kirstin R. Hotelling Zona, "Elizabeth Bishop," in *American Women Writers*, 1900—1945: *A Bio-Bibliographical Critical Sourcebook*. Ed. Laurie Champion, Westport, CT: Greenwood P, 2000, p. 25.

[2] Elizabeth Bishop, *Poems*. New York: Farrar, Straus and Giroux, 2014, p. 31.

[3] Betsy Erkkila, "Elizabeth Bishop, Modernism and Left Politics." *American Literary History* 8.2 (1996): 286.

[4] Kirstin R. Hotelling Zona, "Elizabeth Bishop," in *American Women Writers*, 1900—1945: *A Bio-Bibliographical Critical Sourcebook*. Ed. Laurie Champion. Westport, CT: Greenwood P, 2000, p. 29.

游也是躁动心灵的选择:"哦,难道我们在做梦的同时/还非常拥有它们吗?"①"旅游的问题"正是人们心里的漂泊,是他们将希望寄托在他处而无以安定之感,无异于束缚了想象力,正如诗中的旅人在笔记本中所写:

是不是想象力的匮乏才使我们来到
想象的地方,而不是待在家中?
……
大陆、城市、国家、社会:
选择从来既不广阔也不自由。
这里还是那里……或者不管是哪里,
我们都应该待在家里?②

毕晓普与导师玛丽安娜·穆尔一样,十分重视自己作为小说家的身份。她最著名的短篇小说要数带有自传性的《在村子里》,这部作品最早于1954年发表在《纽约客》上,描写了叙述者和母亲从美国波士顿返回到加拿大新斯科舍的经历,以母亲住进精神病院结束,里面有她对于母亲的零星记忆。小说采用了叙事视角的切换,有母亲视角的第三人称叙述:"先是她回家来,带着孩子。然后她又走了,一个人,把孩子留下了。然后她回家来。然后她又走了,跟着姐姐一起;现在,她又回家来了"③;也有叙述者视角的第一人称叙述:"我大姨送她回来之前,我看见外婆和小姨收拾她的衣服,她的'那些东西',大大小小的箱子、筒子、盒子,从波士顿运回来的,我和她从前就住在那里。村子里的很多东西是从波士顿运来的,我也是。可是我还记得这里,记得和外婆在一起。"④小说的口吻平缓,但是却透露出深沉的情感,叙述者在懵懂岁月里的感性体验映射出母女命运的悲怆;而外婆给予孩子的爱成为她一生的温暖回忆:"外婆坐在厨房,搅动第二天烤面包用的土豆泥,她边搅边哭。她给我喂了一大勺,味道很好,可是哪里有点不对劲。我想,我尝到了外婆泪水的滋味;然后我亲吻着她,尝到了她脸颊上泪水的苦涩。她说'她得走出过去';可我理解有限,以为她说的是'要好好收拾收拾',我

---

① Elizabeth Bishop, *Poems*. New York: Farrar, Straus and Giroux, 2014, p.191.
② Elizabeth Bishop, *Poems*. New York: Farrar, Straus and Giroux, 2014, p.194.
③ Elizabeth Bishop, *Prose*. Ed. Alice H. Methfessel Trust. New York: Farrar, Straus and Giroux, 2011, p.62.
④ Elizabeth Bishop, *Prose*. Ed. Alice H. Methfessel Trust. New York: Farrar, Straus and Giroux, 2011, p.63.

说那我来帮她梳头吧。我说做就做,站到摇椅后背上,前仰后合"①。小说叙述者回忆在外婆家生活的点点滴滴,回忆外婆和几位姨妈的日常,但是她对于母亲却感到陌生而恐惧,对母亲唯一的称呼就是"她",对母亲最深刻的印象就是楼上房间传来的尖叫声。这篇小说反映出毕晓普童年时期心理的漂泊,以及她对外婆和村庄的深厚情感;同时这追忆也是重新接纳母亲的努力。这些主题在她之后的作品中时隐时现,对于理解其诗歌中平淡冷静之下的深层次感情表达,具有重要启示。

将个人生活作为创作素材,向来不是毕晓普的惯常做法,甚至有评论家认为,这可能是因为受到了好友洛厄尔的影响。固然,这样推测不无道理,洛厄尔对毕晓普影响很大,包括她接受国会图书馆诗歌顾问一职的决定;但事实上,在毕晓普诗歌中始终有情感的在场,要理解她的诗歌,"情感"依旧是第一要素,只是她对于情感表达具有独特的方式,"或许最重要的一点就是,毕晓普在职业生涯中发掘出一种能力,即赋予诗歌对象一种特质——'超凡脱俗'——进而使其在情感表达中无可或缺"②。她曾经在1948年对罗伯特·洛厄尔说,如果洛厄尔给自己的诗集写后记,"你一定不要忘了说上这么一句,我是这世上最孤独的人"③。鉴于她的生活经历,特别是童年和少年时期的漂泊,这种孤独感也就不难理解了。众所周知,毕晓普在诗歌创作中避免书写自己的内心感受,她创作的首要目的可能并不是"表达自我",然而这并不等于诗歌中没有她的自我投射。相反,她的诗歌中透露出一种执着而深沉的孤独感,这个自我映像"执着于始终在场,只是不易被察觉,并谨慎十足。毕晓普的诗歌带有某些印记,其中的许多是有意而为,它们表明是对以往话语的重写,这些话语曾经被擦除、被转移到了阴影之中"④。她的诗歌较少直接书写个人经历,或者说采用了一种超验主义的立场,将个人映像投射到身外的世界中,"诉诸或许无形无影的特质,而不是严格遵循社会心理建构,去呈现个人对这个世界的理解。那种想象力是超验的,具有无穷的力量,有别于社会和心理视野的人类阈限"⑤。她早年间除

---

① Elizabeth Bishop, *Prose*. Ed. Alice H. Methfessel Trust. New York: Farrar, Straus and Giroux, 2011, p. 67.

② Victoria Harrison, *Elizabeth Bishop's Poetics of Intimacy*. Cambridge: Cambridge UP, 1993, p. 10.

③ Robert Giroux, Introduction. *One Art: Letters of Elizabeth Bishop*. Ed. Robert Giroux. New York: Farrar, Straus and Giroux, 2014, p. 9. 另见 Dan Chiasson. *One Kind of Everything: Poem and Person in Contemporary America*. Chicago, IL: U of Chicago P, 2010, p. 45.

④ Colm Tóibín, *On Elizabeth Bishop*. Princeton: Princeton UP, 2015, p. 9.

⑤ C. K. Doreski, *Elizabeth Bishop: The Restraints of Language*. New York: Oxford UP, 1993, p. xii.

了《在村子里》等少量作品以外,避免提及自己的个人情感,也许因为她尚且无法直面自己的内心。一直到 50 年代居住在巴西期间,才开始面对自己的童年,书写早年间在新斯科舍生活的经历。《地理学Ⅲ》中收录的几首诗歌,比如《在候诊室》("In the Waiting Room")、《新斯科舍第一次面对死亡》《驼鹿》都属于此类。这些诗作大多带有怀旧情绪,映射出她灵魂深处的孤独。

名篇《在候诊室》就很好地体现了诗人内心的孤独。诗作中的叙述者是位小女孩,她在牙医诊所等候就诊的姨妈:

> 在马萨诸塞,威尔赛斯特
> 我跟着康斯薇洛姨妈
> 去牙医那里看牙
> 我坐着等她
> 在牙医的候诊室里。那是冬天。
> 天黑很早。候诊室里。
> 都是成年人,
> 很冷很冷厚厚的棉衣,
> 灯光灿然摆满了杂志。
> 姨妈在里面
> 似乎过了好久好久
> 我等着在那里看书
> 看那本《国家地理》
> (我已经认字)非常用心
> 看着里面的一幅幅照片。[1]

女孩翻阅《国家地理》杂志,看到里面火山爆发的场景,岩浆所到之处一片死灰;看到被处以死刑的男人,尸体挂在杆子上;看到非洲"长颈族"部落半裸的妇女,她们裸露着乳房,脖子上套着一圈又一圈的铁环。所有这些场景令小女孩感到既新奇又恐惧,让她欲罢不能,沉浸在一个个陌生的世界里。就在这时,牙医椅子上的姨妈发出了痛苦的叫喊,声音不大却令女孩心惊胆战,她不知道那叫喊是姨妈的声音还是发自自己的内心,恍然之间她似乎难以分清图画中的世界与现实,诊室里来来往往的人们,杂志上各色各样的图片,都纠缠在一起,但是也令她感到了自己的渺小、无助与孤独,仿佛坠入无

---

[1] Elizabeth Bishop, *Poems*. New York: Farrar, Straus and Giroux, 2014. pp. 357—58. Epub.

边的太空,迷失了自我:"但我感觉:你就是一个我,/你是一个伊丽莎白,/你是他们中的一个"①。图片中展示的陌生世界充满了不幸,在冬日午后天色渐暗的时光,叙述者在寒冷候诊室里感到了世界的阴冷,姨妈的叫声蓦然加重了小女孩心中已有的不安,这种孤寂、恐惧和迷茫交织的感情,在《克鲁索在英格兰》("Crusoe in England")中得到了延续。

《克鲁索在英格兰》是对丹尼尔·笛福(Daniel Defoe,1660—1731)的小说《鲁滨孙漂流记》(*Robinson Crusoe*)的改写,想象了鲁滨孙·克鲁索回到英国以后的生活。鲁滨孙发现自己的故事被人们广为津津乐道,但是自己经历中的真实已经在一遍遍的故事转述中被逐渐湮没。这首诗以报纸上火山喷发、新的火山岛形成作为叙述的开端,通过克鲁索的第一人称内聚焦,描写他对荒岛生活的怀念,那座小岛没有名字,人们也并不知道他到底经历了什么:

> 可是我曾经生活的那可怜岛啊
> 依旧没有被重新发现,没有名字。
> 没有一本书说的是对的。
> 唉,我那里有五十二座
> 默默无闻的小火山
> 我手脚并用跌跌撞撞几步就爬到顶——
> 如一堆灰烬的死火山。
> 我常常坐在最高一座的山顶
> 尽数一个个的突起,
> 裸露的灰色山岩,头颅露出水面。
> 我想,如果它们的体量
> 达到了我心目中的火山,那么
> 我就成了巨人;
> 如果我成了巨人,
> 我不敢往下想
> 我的山羊海龟得庞大到什么样……。②

回到家乡的克鲁索倍加怀念那个孤岛,回忆海边的落日,回忆曾经一览大海

---

① Elizabeth Bishop, *Poems*. New York:Farrar,Straus and Giroux,2014. p. 362.
② Elizabeth Bishop. *Poems*. New York:Farrar,Straus and Giroux,2014. p. 365—66.

和海中的点点小岛的自由,相比之下,他在英格兰难以找到归属感,发现书中对自己故事的描述都是错误的,他将自己那些未能言说的经历称作"书中的空白"。他发现自己已经难以用言语叙说记忆,这不仅表现了言语的有效信度,同时也暗指了他对自己记忆的怀疑。在诗作的最后,博物馆要求收藏克鲁索的尖刀、竖笛、羊皮裤等物件,但是在克鲁索看来,作为藏品的这些东西,都已经失去了原有的灵魂,与它们在岛上的意义截然相反。毕晓普对鲁滨孙故事改写的革命性设计就是对星期五结局的处理:在她的诗作中,星期五在 17 年前死于麻疹。通过类比星期五对英格兰的传染病缺乏免疫力这一情节,诗作暗示了克鲁索英格兰生活中的"不适应症",使得克鲁索视角的"英格兰"带有了明显的陌生感和距离感。鲁滨孙故事中的空白"为书写提供了空间。毕晓普将它们转变为克鲁索记忆的断裂,对其进行了文学化想象和书写"[1]。可以说,这首诗是毕晓普孤独主题的延续。当然,这首诗同时也涉及记忆与书写、叙述与真实之间的关系等文学母题,对"意义"进行了思考,诸如博物馆藏品中的荒岛生活物证,已经失去了其原来的意义。

《克鲁索在英格兰》这首晚期作品,体现出毕晓普创作中某些理念的延续,也能从中看出其诗歌理念的进一步表达。另外,通过书写克鲁索的无所适从和适应困难,诗作在很大程度上映射了诗人对巴西生活的怀念:她曾经对那里充满了浪漫的异域想象,巴西也的确给予了她丰富的情感馈赠;尽管她对巴西有过幻灭,但时间的流逝冲淡了曾经深深的失望;在她一生中生活最长的地方,岁月投射出的是怀旧情绪,甚至激发起了童年时的孤寂,诸如童年时生活过的新斯科舍以及居住时间最长的巴西。在去世前一年创作的《圣塔伦》("Santarém")是巴西主题的著名诗篇之一,描写了叙述者回忆起多年前乘船旅途中的一个瞬间,她偶尔上岸时在小镇街道漫游的经历,使她体会到了静谧和安详。街道、树木、房屋、教堂、牛车,如拼贴画一般勾勒出平静的小镇生活。诗作中白描式的口吻看似无意,但表达了对过往的深深怀念;尽管开头叙述者"她"有过片刻的疑虑,不知道经过了这么多年,自己的记忆是否准确真实,尽管她知道小镇见证了无数船只的来来往往,自己只不过是无数过客中的一位,但是,在她的心目中,河边的那个小镇就是永恒的安静。毕晓普在这首诗中还表达了对于艺术和人生的思考,"生死,对错,男女/——凡此种种都被瓦解、消弭、扯平/在水滨炫目的对立之中"[2]。诗歌末尾的"黄蜂窝"有着重要的象征含义:在叙述者眼中,悬挂在药店门口的

---

[1] Joseph Acquisto. "The Lyric of Narrative:Exile,Poetry,and Story in Saint-John Perse and Elizabeth Bishop." *Orbis Litterarum* 60.5 (2005):351.

[2] Elizabeth Bishop. *Poems*. New York:Farrar,Straus and Giroux,2014,p. 416.

蜂窝精巧而洁净,药店老板慷慨赠之,而同船的乘客却认为它丑陋无比。蜂窝象征着治愈人类精神痼疾的一剂良药,现代的人们生活在精致的寓所中,却无处安放自己的灵魂,因而,深陷物质利益泥潭的现代人类,无从接受蜂窝所象征的精神治疗。作为大自然精华之象征的蜂窝,即是对人类苍白不堪一击的所谓"智慧"的挑战。所以,这首诗固然指向了诗人对巴西生活的追溯,特别是对罗塔的怀念和对过往的怀恋,两条大河的相汇映射南北美洲的相遇,象征她们分别代表的两个世界的交集;但是,诗作中同样也流露出对现代社会价值观的思考,充斥着对宗教信仰危机的洞察。

　　性别政治似乎是毕晓普要有意识回避的一个问题,她反对评论家将自己视为女同性恋作家,甚至都不愿意被归类为"女作家",不想前景化诗作中的性别特质和性别政治取向。这是因为,在毕晓普看来,性别标签和种族标签等区别性的标签一样,最终都会导致不平等;另外,她也许是出于对自己隐私的考虑,以此弱化自己作为同性恋者的身份。毕晓普曾在1966年表达对自白派诗歌的意见,她说自己"不喜欢自白诗"[1]。然而,洛厄尔作为自白派诗歌的领军人物,却是毕晓普的终生挚友。毕晓普是洛厄尔的代表作《人生研究》书稿的第一读者,她提出自白诗的诗学审美问题。对于洛厄尔的《我与德弗罗·温道叔叔共度的最后一个下午》("My Last Afternoon with Uncle Devereaux Window")或《臭鼬的时光》("Skunk Hour")等作品,她认为可以"像亨利·詹姆斯的某一部小说那样,为读者提供有关社会状况的内容"[2],类似中肯评价对洛厄尔诗歌创作的"自白"取向影响重大,使他在"自白"和"审美"之间把握更好的平衡,既保持自白取向但又体现高于狭义"自我"的诗歌指向。如果按照同样的思路,是否可以"反向"解读毕晓普的作品,即从她那些看似"非个人"主题的作品中,可否逆向追溯个人主题的隐匿表达?答案是肯定的。毕晓普的诗作政治取向明显,诸如"阶级分野、战争政治,美国以及巴西的性别和种族关系等"[3],此视野同样有助于解读毕晓普诗作的女性诗歌特质,及其在美国"女性诗歌"中的地位。事实上,"毕晓普自传性最强的诗歌,非常成功地挑战了人们对于'自传'所持有的想当然认识,就是其具有连贯性的自我"[4]。仔细研读她的诗歌能够看出,自我

---

[1] 引自 Wesley Wehr,"Elizabeth Bishop:Conversations and Class Notes," in *Conversations with Elizabeth Bishop*. Ed. George Monteiro. Jackson:UP of Mississippi,1996,p. 45.

[2] 引自 Angus Cleghorn and Jonathan Ellis,eds.,*The Cambridge Companion to Elizabeth Bishop*. New York:Cambridge UP,2014,p. 28.

[3] Victoria Harrison,*Elizabeth Bishop's Poetics of Intimacy*. Cambridge:Cambridge UP,1993,p. 20.

[4] Kirstin R. Hotelling Zona,"Elizabeth Bishop," in *The Cambridge Companion to Elizabeth Bishop*. New York:Cambridge UP,2014,p. 29.

书写实际出现在不同作品中,虽然较为碎片化,但性别政治表征依然清晰可见。

比如,在被选录较多的诗作《雄鸡》("Roosters")中,尽管毕晓普有意识地运用了陌生化的手法,读者依然能够看出其中的女性主义表达。这首1941年的诗作基于她在基维斯特的生活经历,其"诗歌结构基于17世纪玄学派诗人理查德·克拉肖的作品《致心仪的情人》"[①],通过描写公鸡的仪态,表达了雄性权力对世界的操控。诗中对公鸡的尚武好斗与霸道傲慢进行如此描写:"红红的鸡冠/在你小小脑袋的顶端/将你好斗的血液充满。"[②] 有评论家认为,毕晓普创作此诗是因为当时基韦斯特开始驻扎海军,海军为了建设基础设施拆除不少平民的房子,所以这部作品被认为是反战主题的作品。但同时,诗作还在性别关系的视域下描写公鸡的霸权地位:"自那高高挺起的胸膛,/满挂绿金的勋章,/想要喝令恐吓余党。"[③]将雄性的傲慢和领地意识生动地描写出来;而这种雄性气质通过"成群的妻妾"[④]得到了加强,但是在公鸡的内心,求爱只是自己雄性力量的展现,实际并没有把成群的妻妾放在眼里。这首诗活灵活现地描写了鸡群中的公鸡,其中的性别权力主题相当明确。评论家正是看到了毕晓普诗歌中的这种性别政治立场,认为其"颠覆了父权结构(phallocratic structure)"[⑤],表达了"她作为女性的自信,而不是通过愉悦男性而试图在诗歌界立足"[⑥]。当然,也有评论家考虑到作者本人的同性恋者身份,认为这首诗属于同性恋题材的作品。实际上,毕晓普的同性恋主题诗歌并不多,即便涉及同性爱人或者相关背景,诗人也不是单纯描写情爱,例如《失眠》("Insomnia")、《争论》("Argument")、《寄往纽约的信》("Letter to N. Y.")等。《圣塔伦》也被认为是同性恋题材作品,诗人带着怀旧和伤感回忆过往,伤感于罗塔之死带给她的心理空白。但诗作的含义不止于此,叙述者以回忆途经亚马孙河与多塔帕若斯河时感受到的自然之壮丽开始,抒发大自然给她带来美好的感受:在波光粼粼、水天一色的衬托下,一切人为的东西均失去光泽;自然的力量胜过文字所能够表征的范畴,它超越了人的认知,具有直达灵魂的恒久性。

---

① Colm Tóibín, *On Elizabeth Bishop*. Princeton:Princeton U P,2015,p. 30.
② Elizabeth Bishop, *Poems*. New York:Farrar,Straus and Giroux,2014,p. 94.
③ Elizabeth Bishop, *Poems*. New York:Farrar,Straus and Giroux,2014,p. 91.
④ Elizabeth Bishop, *Poems*. New York:Farrar,Straus and Giroux,2014,p. 91.
⑤ Louis Cuculla, "Trompe L'Oeil:Elizabeth Bishop's Radical 'I.'" *Texas Studies in Literature and Language* 30. 2 (1988):248.
⑥ Jerredith Merrin, *An Enabling Humility:Marianne Moore,Elizabeth Bishop,and the Uses of Tradition*. New Brunswick,NJ:Rutgers UP,1990,p. 2.

毕晓普的诗作带有令人迷惑的高度象征性，其主题可能来源于日常的观察和生活细节，形象生动，描写具体，如《鱼》("The Fish")、《吊死的老鼠》("The Hanging of the Mouse")、《人蛾》("The Man-Moth")及《河工》("The Riverman")等，但是其意旨远不止于这些具体的意象，有时表达的是对世界的理解，有时是艺术观的展现。《人蛾》描写了大都市中的独孤行者，将人与蛾子进行类比，二者之间的巨大差异给阅读体验带来强烈的冲击；但是细细思量会发现，他们也存在着本质的相似：都朝向光亮努力地飞，世界的迅速变化令他们不断被推向后方，正如"人蛾"面朝后方坐在飞速前进的地铁之上。《纪念碑》("The Monument")同样具有令人久久回味的魅力。诗歌以带有超现实主义的精细特质描写了纪念碑的形状、材质等，然而它同时将纪念碑本身的物质性进行了否定，转而强调了纪念碑在人们心目中激发的联想和留下的印记[1]。如果在艺术审美的语境下加以解读，诗歌反映的则是语言和形象之间的关系。晚年的一部作品《一种艺术》("One Art")则直接表达了对"死亡"和"失去"的理解，可谓诗人艺术观以及人生观的集中体现：接纳死亡、接受失去被人们当作"灾难"，但实际也是生活的一种常态。诗人清晰地表达了自己的态度，将"失去的艺术"作为人生的哲理，既是对自己职业生涯的接纳，也是对人生经历的反思。

毕晓普可谓一位特立独行的诗人，她独具慧眼，将对人生和世界的感悟浓缩在鲜明的意象中，从其表面意义延伸拓展到更宽广的空间，读者需结合语境，才能更准确地把握其意象的含义。在选择意象出现的场域时，毕晓普常常将她对世界的观察融入各类日常的场景之中，熟悉的物品成为绵延其想象力的介质，使得她的诗歌带有了寓言般的特点，读者可以跟随她如诗如画的视觉意象穿梭在人生的旅途之中。

格温德琳·布鲁克斯(Gwendolyn Brooks, 1917—2000)

格温德琳·布鲁克斯是第一位非裔美国桂冠诗人(1985—1986)，也是1995年美国国家艺术奖章的获得者。她在诗歌创作中以敏锐的洞察力和简洁明快的语言著称，是最早使用黑人口头语言进行创作的非裔女性诗人之一。她在多个方面创造了非裔女性诗歌的历史：1943年获中西部作家会

---

[1] Dan Chiasson, *One Kind of Everything: Poem and Person in Contemporary America*. Chicago: U of Chicago P, 2010, p. 52.

议诗歌奖,随后赢得发表诗歌的机会;1950年,她的第二部作品《安妮·艾伦》(Annie Allen,1949)获得了普利策诗歌奖,使她成为第一位获得普利策奖的黑人作家;她的《在麦加》(In the Mecca,1968)获美国国家图书奖诗歌类提名,她同年当选为伊利诺伊州的桂冠诗人,在任长达32年之久,直至去世;1976年当选为美国艺术与文学院(National Institute of Arts and Letters)的院士,成为第一位入选的非裔女性;1985年当选为美国国会图书馆的诗歌顾问[1],也是担任该职位的最后一位诗人。小休斯顿·A.贝克(Houston A. Baker Jr.,1943—)对布鲁克斯的诗歌进行了高度的评价,认为其融合了欧裔诗歌传统和非裔女性生活的现实,"具有张力、内涵丰富、节奏感强,既包含约翰·多恩玄学诗歌的丰富性,又包括阿波利奈尔、艾略特及庞德的文字魔法"[2]。同时还将对白人父权文化霸权批判和对黑人女性的同情,纳入诗歌主题之中,体现了黑人传统的口语要素与经典文学审美的结合。

格温德琳·布鲁克斯1917年生于堪萨斯州,在芝加哥长大。她从小就在母亲的鼓励下对诗歌和音乐产生了浓厚的兴趣。母亲常常用黑人诗人保罗·劳伦斯·邓巴(Paul Laurence Dunbar,1872—1906)作为榜样鼓励她,她也立志要像邓巴一样使用黑人最鲜活的语言去书写他们最深切的诉求。布鲁克斯13岁时在儿童杂志《美国童年》(American Childhood)发表第一首诗《黄昏》("Eventide"),16岁开始在非裔美国人的报纸《芝加哥卫报》(Chicago Defender)的诗歌栏目发表作品。在母亲的鼓励下,她将自己的诗作寄给兰斯顿·休斯(Langston Hughes,1902—1967),得到了这位非裔诗坛先驱的热情鼓励,她因此备受鼓舞。布鲁克斯1936年从芝加哥的肯尼迪-金社区学院毕业,谋得了一份做打字员的工作,在业余时间继续进行诗歌创作。后来她为了生存,做过各种各样的工作,包括家政人员、算命师助理和办公室文员。这些经历让她更加了解芝加哥黑人社区,为她后来的创作积累了素材。1939年布鲁克斯和年轻诗人亨利·洛因顿(Henry Lowington,1919—1996)结婚,两人婚后一起参加文学创作工作坊,在芝加哥生活长达30年,1969年离婚,但四年后复婚。

虽然布鲁克斯没有受过专门的文学教育,但在她的职业生涯中得到了众多文学前辈和同仁的热情支持。兰斯顿·休斯不仅给予了她热情的鼓励,还成为她的文学导师。布鲁克斯喜爱休斯的作品,她对黑人文化特质的运用,就较多地受到了休斯的影响。布鲁克斯极为肯定休斯给予年轻人的

---

[1] 布鲁克斯是担任该职位的最后一位诗人,此后该职位取消,代之以"桂冠诗人"。

[2] Mildred R. Mickle, ed., *Critical Insights: Gwendolyn Brooks*. Pasadena, CA: Salem P, 2010, p. 24.

帮助,称他"高扬起双臂,向年轻人张开温暖的怀抱,直到他们可以独立,可以摆脱天生的羁绊,开始追求事业"①。玛格丽特·巴罗弗斯(Margaret Taylor-Burroughs,1915—2010)是布鲁克斯的人生导师,介绍她在1938年加入全国有色人种协会、全国黑人大会和芝加哥青年委员会。布鲁克斯最初在哈珀与兄弟出版社出版《布朗兹维尔的一条街》(*A Street in Bronzeville*,1945),得益于她的偶像、小说家理查德·赖特(Richard Wright,1908—1960)的推荐。当年赖特应出版社之邀为布鲁克斯的诗集撰写评论,他的高度评价对于诗集的出版发挥了关键性的作用,但事实上,两人在此之前从未谋面。诗人、著名的民权运动活动家詹姆斯·韦尔登·约翰逊(James Weldon Johnson,1871—1938)不仅向她介绍T. S.艾略特(T. S. Eliot,1888—1965)等诗人的作品,使她了解西方经典诗歌和现代主义文学,而且第一个对她的诗歌进行了文学批评。出版社的编辑伊丽莎白·劳伦斯(Elizabeth Lawrence)在协助出版方面做了大量的工作,两人成为终生的好友。布鲁克斯在劳伦斯退休之际感慨道,正是她出色的职业素养,使得自己的作品都成为"艺术品"②。布鲁克斯的文学创作素养还得益于各类诗歌创作工作坊,其中她于1941年参加的伊尼丝·斯塔克(Inez Cunningham Stark)诗歌工作坊对她影响很大,她不仅在此接触到大量现代主义诗歌,而且同行之间的思想交锋也给予了她很大的启发。这些经历帮助她更好地理解如何协商作家的创作热情和作品的文学性。

1944年,布鲁克斯的两首诗被《诗刊》(*Poetry*)录用,在她开始文学创作十余年后终于有了回报,这对她具有革命性的影响。次年,她的第一部诗集《布朗兹维尔的一条街》出版,诗歌作品生动再现了城市黑人社区的艰难生活,以及黑人在第二次世界大战服军役期间所受到的种族歧视。1949年出版了书写黑人女性成长的《安妮·艾伦》,以现实主义主题及反传统的文学形式,成为黑人女性诗歌的杰出代表,并斩获普利策奖。1962年开始,在弗兰克·布朗(Frank London Brown,1927—1962)的推荐下,布鲁克斯争取到了在罗斯福大学教授创意写作的教职,从此开始了教学生涯,先后任教于芝加哥州立大学、芝加哥哥伦比亚学院、哥伦比亚大学、威斯康星大学等高校。她从一位没有接受多少正规高等教育的黑人普通女性,成长为著名诗人,这经历的背后是艰苦的努力和不懈的追求。她勤奋严谨,著作等身,除了以上提及的作品以外,还出版了诗集《吃豌豆的人》(*The Bean Eaters*,

---

① Betsy Erkkila ed. ,*Wicked Sisters*. Oxford:Oxford UP,1994,p. 191.
② John K. Young,*Black Writers,White Publishers:Market Politics in Twentieth-Century American Literature*. Jackson,MS:UP of Mississippi,2006,p. 96.

1960)、《在麦加》等。除了诗歌以外，布鲁克斯还出版了自传《第一部分报道》(*Report from Part One*, 1972)和《第二部分报道》(*Report from Part Two*, 2003)，记录了她的生活经历及创作历程。小说《莫德·玛莎》(*Maud Martha*, 1953)带有自传性，讲述黑人女性玛莎在"二战"前后的经历，她克服美国的种族主义、性别压迫和其他各种限制，最终建构自己的声音。在创作这部作品时，布鲁克斯已经是两个孩子的母亲，她既要忙于照料孩子又勤于创作，将自己在生活中的努力和勇气几乎全部投射到了莫德·玛莎这个人物的塑造上。在"女诗人"和"母亲"这两种身份的协商问题上，布鲁克斯和同时代许多女作家的立场不同：她认为这两种身份并不矛盾，女权主义思想并不一定体现在女性对"母亲"身份的拒绝；相反，创作与生活密不可分，女性作为母亲的责任以及她们诸多的社会责任相互补充，母亲的义务不限于家庭生活，还体现在她们对黑人社区的责任中，只有实现两者的结合，女性才真正成为文化意义上的"母亲"，而这种不断走向完善的身份建构，恰恰有助于丰富女性诗人的创作，也是"母亲"逐步寻找到自己声音的过程。这些思想都在《莫德·玛莎》中有充分的反映。可以说，她这部作品在黑人女性身份建构和自我书写方面具有开拓性。

布鲁克斯出身劳动阶级，成长在城市黑人社区，熟悉城市贫民的生活，因而在诗歌中着重描写普通黑人，题材包括贫穷、社会不公、女性的困境等。布鲁克斯的创作题材具有高度的生活化特征，她曾将其界定为自己所住黑人街区的各种"见闻"，涉及普通黑人的生活点滴，饱含丰富的黑人文化特质。评论家对《布朗兹维尔的一条街》中普通人物的命运书写给予了认同，认为其中包含各种"细琐"片刻，如"小人物命运之不幸，受伤害者痛苦的呻吟，还有那些被贫穷折磨到极点的人们的生活，当然，也还有最常见的种族偏见等问题"[①]。诗集《骚乱》(*Riot*, 1969)以及《家庭相片》(*Family Pictures*, 1970)均采用典型的黑人语言，强调黑人意识，突出了作者作为黑人的鲜明立场，也更加凸显了她的诗歌特色。在艺术形式上，布鲁克斯的诗歌形式多样化，包括歌谣、自由诗、灵歌等，极大地丰富了美国黑人诗歌创作的内容与形式。

布鲁克斯具有鲜明的政治意识，积极参加了黑人争取权利的运动。她参加1967年菲斯克大学的第二届黑人作家会议(the Fisk University Second Black Writers' Conference)，受到极大的鼓舞，使她更加了解当下的社会，也令她对创作充满了信心。之后，她更加积极投身黑人民权运动和黑人

---

① Mel Watkins, "In Memorium: Gwendolyn Brooks." *Black Scholar* 31.1 (2001): 51.

艺术运动,并成为"黑人美学"("the Black aesthetics")的主要倡导者之一,主张文学书写应该体现黑人的诉求,即"黑人诗人应该像黑人一样写作,写黑人,把他们的话讲给黑人听"①。布鲁克斯在自传《第一部分报道》中阐明,自己的创作动机和未来的目标就是书写不同阶层、不同领域的黑人:"旅店里的黑人,小巷里的黑人,底层的黑人,讲道坛上的黑人,矿井里的黑人,田间的黑人,王座上的黑人"②。她所注重的不再是传统的刻板化黑人形象,诸如愤怒、抱怨、不幸的黑人,而是情感丰富、有尊严、充满理想的黑人。在回应评论家对这类作品之普遍性的质疑时,她说,作家不应按照批评家对黑人生活的期望去写作,没有哪个版本的黑人形象是固定的、典型的。《布朗兹维尔的一条街》中"坏女孩"所代表的狂野、叛逆的青年形象,旨在颠覆她所熟悉的黑人中产阶级价值观中的温良恭俭让。在这样的族裔文化观照之下,政治主题趋于显性化,女权主义思想鲜明,平等意识较为明显,表达出对于传统的反叛,但是总体基调还是乐观主义的。从第三部诗集《吃豌豆的人》开始,布鲁克斯就已经将视野放到社区以外的美国社会,关注整个黑人群体所遭受到的剥削,如1955年埃米特·提尔③事件,以及1957年阿肯色州公立学校的种族隔离判决等,都激发了她对种族主义的愤怒。《布朗兹维尔的一位母亲徘徊在密西西比,此时密西西比的一位母亲在烧熏肉》("A Bronzeville Mother Loiters in Mississippi. Meanwhile, a Mississippi Mother Burns Bacon")和《埃米特·提尔谣曲的最后一首四行诗》("The Last Quatrain of the Ballad of Emmett Till")都取材于提尔事件,前一首诗从控诉提尔的白人女性的角度,想象了她平静的日常家庭生活;然而提尔如何被残杀却只字未提,这不仅是整个事件的谜团,也象征了白人认知的空白,他们并不认为杀死一个黑人男孩有什么大不了。平静与沉默形成强烈对比,控诉白人暴徒对提尔惨绝人寰的残杀,毫不留情地对白人陪审团进行了嘲讽,对美国的种族主义进行了深刻的批判:杀害提尔的凶手、被诗人讽喻为"英俊王子"的白人女子的丈夫,心中的梦想就是"他想要做的,他解释道,就

---

① John K. Young, *Black Writers, White Publishers: Market Politics in Twentieth-Century American Literature*. Jackson, MS: UP of Mississippi, 2006, p. 94.

② Henry Louis Gates Jr. and Nellie Y. McKay, eds., *The Norton Anthology of African American Literature*. 2nd ed. New York: Norton, 2004, p. 1623.

③ 提尔(Emmett Till,1941—1955)是芝加哥的非裔男孩,1955年夏天在随家人到密西西比州看望亲戚时到白人妇女卡洛琳·布兰特的杂货店购物,随后遭到布兰特指控,称提尔对其猥亵。几天后布兰特的丈夫伙同另外两人将提尔私刑处死,尸体惨不忍睹,显示提尔生前遭到残酷的虐待。9月份,白人陪审团裁决私刑实施者无罪。数年后,布兰特承认自己捏造了提尔对她进行人身攻击的指控。

是把他们统统都杀掉"①;他作为生命权力主体的一部分,根本不在乎黑人的诉求,也不惧怕媒体报道中赤裸裸的批判。后一首诗的副标题是"谋杀之后、葬礼之后",从提尔的母亲的角度描写了对儿子的怀念。两首诗都没有直接描述提尔事件的惨烈,避开了事件背后的激烈种族冲突,但正是这样的对比,才更加激发读者的想象,即在表面的平静的日常生活中,蕴含了怎样的种族矛盾。1968 年《在麦加》的出版标志着布鲁克斯第二阶段创作开始,这一阶段以后的诗作更多关注社会题材和重大历史事件,种族观照更加明显,对于种族平等和去阶级化的追求趋于失望,因为表现出更多的抗议性。

布鲁克斯的诗歌语言意味深远,韵律熟练,节奏明快,用语微妙。她擅长从日常事物、场景的描写出发,观察黑人生活的各个方面,黑人社区的各个角落,诸如前屋后院、杂货店、停车场,都可能成为她关注的空间。她将各种名称、动作、颜色、形状进行组合或叠加,采用双行体、四行诗、十四行诗、黑人灵歌、谣曲等形式,充分运用头韵、尾韵和中间韵,来增加语言的节奏感,读来朗朗上口、富有生活气息。她在诗歌中善于使用多种叙事声音,多维、立体地呈现黑人的内心世界,例如内心独白、内外聚焦的转换、方言和习语、全知叙述等。此外,字母的大小写等排版格式,也从诗歌形式上对主题加以辅助。总体来看,与稍晚一些的普拉斯等诗人的自由体诗歌相比,布鲁克斯的诗作在形式上较为传统,例如她采用了十四行诗或双行连续押韵的形式,以传统诗歌美学理念表达黑人女权主义思想。

布鲁克斯创作的两个核心是"黑人"和"女性",下层黑人女性的困境是她诗歌中最动人的部分,这在处女作《布朗兹维尔一条街》中已经开始得到初步显现。"街区"所代表的地域意识将这两个核心概念联系起来:黑人街区中形形色色的人物在不同的场景中一一出现,院落、教堂、学校、商店、停车场中的生活律动,驼背的女孩、被视为"坏孩子"的约翰妮和乔治、在信仰问题上产生矛盾的母女、孤独的牧师、被爱人抛弃的年轻母亲、黑人社会活动家等,他们的生活轨迹围绕着这条街而展开。黑人社区的生活被韵律感鲜明的语言呈现出来,轻快的节奏之下透露出的是幽默、自嘲,甚至反讽,当然,也有坚韧和抗争。《廉价公寓》("kitchenette building")一首描写了缺乏"梦想"和"追求"的黑人,叙述贫穷如何剥夺他们对美好生活的向往,逐渐销蚀他们对于未来的希望,由此呈现黑人生存现实与"美国梦"之间的巨大反差。在公寓住户的眼中,所有物体都是灰色的;残酷的生活现实提醒他们,

---

① Gwendolyn Brooks, *The Essential Gwendolyn Brooks*. Ed. Elizabeth Alexander. New York:Library of Congress,2005,p. 63.

无论黑人男性还是女性,梦想对他们而言是奢侈品。诗歌采用反问句和口语体,更加贴近生活,带有更大程度的"真实感";读者可以窥探到黑人的困窘,理解他们"苟且偷生"背后令人窒息的绝望。更令人无望的是这种生活对人性的磨蚀,即城市社区内温情的缺失:生活在一起的人们漠然相对,在彼此眼中只是空洞的符号,"我们"将邻居称作"五号"。有学者认为,这首诗的语言具有商业广告的特点,反映了大众文化对黑人社区共同体意识的入侵,"大众文化之外没有其他空间可供人们寄托'梦想'。"[1]社区中黑人民众的日常生活尚且如此贫瘠,更遑论高尚的理想和美好梦想。所以说,这首弥漫着消极和绝望气氛的诗作,是对美国梦的巨大嘲讽。

《母亲》("The Mother")是诗集中的第二首,也是布鲁克斯作品中经常被选录的一首。诗作采用了类似于戏剧独白的方式,描写因为贫穷不得不选择流产的母亲,突出了"母亲"所经历的心理煎熬,如愧疚、愤怒和无奈。整首诗采用第二人称叙述,但是不同诗节的叙述角度又存在明显差异:第一诗节中是叙述者对母亲的讲述,"流产无法让你忘记,/你记着你拥有却又失去的孩子们";以后的两个诗节中叙述者是"母亲",第二人称叙述呈现的是母亲跟孩子的对话,她设想了孩子正常出生、健康成长中的各种可能,表达自己内心的愧疚:

> 如果我毒杀了你最初的呼吸,
> 请相信即便在我的图谋中
> 我也是迫不得已。
> 可是为什么我在哀怨,
> 哀怨这本不属于我的罪行?——。[2]

诗作中使用复数形式"孩子们",以及"母亲"这一具有普遍性的身份指征,显然扩展了这首诗的具体语境。最终"母亲"对于钳制她的生活、迫使她做出此种选择的力量的控诉,使得诗歌中的"杀子"主题具有了更加明确的政治性。它超越个体经验,在种族政治和性别政治的语境下阐释母亲的"罪行",暗示了有限生存空间对"黑人母亲"之母性的侵占。

普利策获奖作品《安妮·艾伦》被认为是布鲁克斯的代表作,相比于布

---

[1] James E. Smethurst, *New Red Negro: The Literary Left and African American Poetry, 1930—1946*. Cary, NC: Oxford UP, 1999, p. 166.

[2] Gwendolyn Brooks, *The Essential Gwendolyn Brooks*. Ed. Elizabeth Alexander. New York: Library of Congress, 2005, p. 2.

鲁克斯第一部作品中的社区意识,如"街道"所象征的黑人集体所属,这一部作品的个人主义取向更加明显。诗集分为三部分,《儿童和少女时代的点滴》("Notes from the Childhood and the Girlhood")、《安妮亚特》("The Anniad")和《女人》("The Womanhood"),从题目中也能够看出三个部分之间的层次和渐进性,代表了安妮·艾伦生命中的各个时期,讲述她作为女儿、妻子和母亲所经历的孤独、痛苦、贫穷和抗争。诗集的第一部作品《窄屋里出生》("the birth in a narrow room")讲述安妮·艾伦的出生,充分运用各种辅音的头韵,例如"哭泣""眨眼""微弱"等词来描写新生儿的娇弱,也象征了她来到世界上所带来的微弱希望。诗中"黄色的围裙"和"鲜艳欲滴的红樱桃"意象鲜明,"扒着碗沿的孩子""水果碗"和"铁锅"[1]形象生动、充满生活气息。除了黑人女性文学中惯常涉及的主题以外,比如成长和女性身份,这部作品延续了文学地理取向,但是其视角趋向于个体化,从女主人公的个人观察和个体经验去呈现政治主题,她的价值判断在其中发挥了根本性的作用。主人公安妮·艾伦的生活半径和活动地域,成为黑人女性生存相关之政治话语的文学地理场域,例如安妮出生成长的狭小房间,父母家温暖却拥挤的小房子,代表了黑人被挤压的生命政治空间;女主人公离开父母的庇护来到城市以后所租住的公寓,代表女性迈向独立、争取个人空间的努力;她公寓二楼上的小厨房是"妻子"和"母亲"的所属空间,与少数族裔女性的性别身份和阶级归属密切相关,可谓她们被挤压的生存空间之投射。布鲁克斯通过这些细腻的描写,使得作品带有强烈的生活气息和政治隐喻,在书写日常生活的同时强调女性对自我价值的追求,诗歌最终的目的指向在于运用文学手段,诸如反讽,将公共事件转化为脍炙人口的诗句,使其具有超越社会历史限制的文学审美价值。这里所说的"反讽"以诗集中第二部分为重点,试图解读造成安妮·艾伦困境的心理机制和深层次的社会原因。诗中安妮·艾伦对于美好爱情为代表的中产阶级价值的追求,恰是美国神话的欺骗性所在,主流群体的价值观被宣传为"美国的"和"规范的",艾伦所追求的"美"是同自己的文化特质和种族身份并不一致的,由此批判了"狭隘的审美观和对于女性进行规训的其他观念"[2]。

因为其后期诗歌更加深刻的批判性和鲜明的政治表达,布鲁克斯诗歌

---

[1] Gwendolyn Brooks, *The Essential Gwendolyn Brooks*. Ed. Elizabeth Alexander. New York:Library of Congress,2005,p. 28.

[2] A. Yemisi Jimoh,"Double Consciousness,Modernism,and Womanist Themes in Gwendolyn Brooks's 'The Anniad',"in *Critical Insights:Gwendolyn Brooks*. Ed. Mildred R. Mickle. Pasadena,CA:Salem P,2010,pp. 129—30.

的接受受到一定的影响。她放弃纽约的主流出版社,转向底特律和芝加哥的规模较小的黑人出版社,如"侧面出版社"(Broadside),这标志着她对商业化文学市场的拒绝,以及对黑人文化特质及其表征的充分重视。布鲁克斯受当时的政治语境影响,开始尝试为黑人出版社做些贡献,以弘扬黑人文化,促进黑人文学的繁荣。1974年,布鲁克斯接受采访时强调黑人作家对于族群的历史责任,"我认为,黑人作家,至少现在,得放弃想成为任何层次的百万富翁、名人或获利的想法。他们甚至得放弃几美元,这样就能帮助这些出版社,让出版社吸引未来一批作家"[1]。

1969年出版的《骚乱》虽然以历史人物和历史事件为主,但是在民权运动方兴未艾之时,其中透露出的激进立场也是不言而喻的。与诗集同名的诗作《骚乱》借用第一个发现北美洲的欧洲人乔瓦尼·卡博特(John Cabot, 1450—1500),从欧裔白人的视角,描写了"沿着街道行进而来的黑人",象征着白人对席卷全美的民权运动的恐惧,诗作最后几句所描述的,显然是暴力推翻白人统治的场景:"乔瓦尼·卡博特倒在硝烟和大火中/还有遍地的玻璃碎片和鲜血,他喊道:'主啊!/原谅这些黑鬼吧,他们不知道自己在做什么!'"[2]在《在华普兰德的第三次布道》("The Third Sermon on the Warpland")这首诗中,布鲁克斯将骚乱的经历分成十几个经常是不可调和的视角来呈现,用拼贴的办法呈现了这些个体行为,从而为被剥夺话语权的群体发声。布鲁克斯在采访中提到,她对于"骚乱"的描写是一种话语建构的尝试,其中充满了政治思考[3]。尽管如此,评论界对其依旧态度暧昧,甚至有学者认为这首诗中的立场是对暴力的认可,这与马丁·路德·金所提倡的非暴力运动存在矛盾。也有的学者认为这部作品需要在具体的语境下加以解读,其中对于暴力的呈现有着特定的社会历史语境,因而不具有普遍性。正是因为这样的一些争议,布鲁克斯后期类似主题的诗歌在评论界获得的接受较为平常。她本人在采访中也认为,很多读者甚至批评家并不了解自己的后期作品,如《温妮》("Winnie",1988)、《回家的孩子们》(*Children Coming Home*,1991)等,因而对她作品主题的了解依然停留在她60年代的作品上,譬如黑人社区生活和黑人女性成长等;实际上,她的作品无论在

---

[1] 引自 John K. Young, *Black Writers, White Publishers: Market Politics in Twentieth-Century American Literature*. Jackson, MS: UP of Mississippi, 2006, p. 95.

[2] Gwendolyn Brooks, *The Essential Gwendolyn Brooks*. Ed. Elizabeth Alexander. New York: Library of Congress, 2005, p. 100.

[3] James D. Sullivan, "Killing John Cabot and Publishing Black: Gwendolyn Brooks's Riot." *African American Review* 36.4 (2002): 567.

题材还是艺术手法上,都始终在变化之中。的确,《温妮》取材于纳尔逊·曼德拉的妻子温妮·曼德拉,旨在赞美被男性光芒所遮蔽的女性的勇气;通过男性声音讲述的女性故事戏仿了男权社会中女性声音的缺失;布鲁克斯对于非裔文学中的经典命题"黑人"身份的理解,也在进行不断的修正,如《回家的孩子们》中《我就是一个黑人》("I Am A Black")不仅热情张扬了黑人的自豪感,而且还强调了超越"美国"地域局限的非裔文化共同体意识。鉴于此,对布鲁克斯诗歌的解读,不应该只局限于其族裔性和性别政治,还应该看到其中的多维度价值表达,例如《布朗兹维尔一条街》和《安妮·艾伦》中的空间政治和共同体意识,《在麦加》中黑人城市女性的都市漫游者形象,以及她们的在场对于现代都市生活的性别化建构。

布鲁克斯是一位具有深切使命感的非裔女诗人,她的诗歌呈现了黑人大众的人生百态,从日常生活的细节中去描摹平淡之下的黑人精神。与《吃豌豆的人》同名的短诗十分鲜明地代表她的诗歌创作理念。诗中的老夫妻生活清贫,年复一年的大部分时间以豌豆为主食,虽然物质生活没有改观,出租屋里的珠子、收据、玩偶、衣服、烟草屑、花瓶和花边穗多年如故,但是两人携手走过的岁月就已经是最厚重的人生色彩,如花瓶和花边穗,给他们的生活带来颜色和安慰。布鲁克斯就是试图用诗歌为黑人生活增添温度和色彩,她通过努力写作再现黑人的生存,深入生活,用黑人的日常用语,再现了黑人所遭受的贫穷、偏见与各种不公待遇;并将这种努力付诸现实,花了大量精力在学校、监狱、医院等公共场合朗读诗歌,推动文化出版业。她以艺术家的态度呈现她眼中的世界,反对将政治宣传付诸文学实践,但她对黑人诉求的表达和对种族压迫的披露,使其诗歌饱含非裔审美价值,成为那个时代的标志。

丹妮丝·莱维托夫(Denise Levertov,1923—1997)

莱维托夫是出生在英格兰的犹太裔移民诗人,是兰南诗歌奖(Lannan Literary Award for Poetry)的获奖作家,被誉为"'新先锋派诗歌'毫无争议的、最优秀的诗人"[①]。她 24 岁即出版颇具影响力的诗集《双重印象》(The Double Image,1947),可谓 19 世纪英国浪漫主义诗歌和 20 世纪美国现代

---

① Kenneth Rexroth,"The Poetry of Denise Levertov," in Denise Levertov: Selected Criticism. Ed. Albert Gelpi. Ann Arbor: U of Michigan P,1993,p.11.

派诗歌的双重继任者。她继承了自华兹华斯（William Wordsworth, 1770—1850）以来英国诗歌的精髓，又融合了意象派诗歌、黑山派诗歌等不同派别的精华和优秀传统，书写自己作为犹太人、德国人、英国人和美国人的多重身份，同时表达对社会问题的关切，继而对性别政治进行重新的考量。莱维托夫参加60、70年代的社会运动，参加反战和民权运动，1968年加入反战组织"抗战联盟"（War Resisters League）；担任诗歌杂志《民族》（The Nation）的编辑，主张文学的独立性，刊登大量女权主义和左派进步主义作家的诗作，拒绝使杂志为任何政党、教派、组织服务，抗拒强权和规训。可以说，在莱维托夫这里，诗歌被赋予信仰的高度，并且也成为现实生活的指导，成为她实践美学主张的场域。

莱维托夫一家的经历反映出19世纪末、20世纪上半叶欧洲反犹主义背景下犹太知识分子的颠沛流离，而她受到的良好家庭教育和文学启蒙，也是犹太知识分子传统的典型写照。她的父亲保罗·莱维托夫出生在白俄罗斯奥尔沙的一个哈西德犹太教家庭，是犹太基督教的知名学者，曾经在德国莱比锡大学任教，因为犹太人身份而在多国颠沛流离，遭受迫害和歧视，一战期间受到沙皇政府的限制被居家监禁。战争结束后莱维托夫一家移民到英国，保罗·莱维托夫成为希伯来基督教会的牧师，后皈依英格兰圣公会，他用希伯来语、俄语、德语和英语撰写了大量的宗教文章。莱维托夫是家中幼女，在多语环境的浓厚文化氛围下成长起来。她和姐姐奥尔加没有上过学，在家中接受教师出身的母亲的教导。她们阅读19世纪文学经典著作，朗诵诗歌，学习绘画和芭蕾舞，这培养了姐妹二人对于文学和艺术的浓厚兴趣；她们没有受到学校制度的规约和束缚，因而具有更加自由的思想。应该说，考虑到她的犹太人身份和20世纪上半叶欧洲的反犹主义肆虐，这种经历可谓她个人成长和职业生涯中的幸事。

丹妮丝·莱维托夫自5岁起就立志要成为作家，她对自己的诗歌才华具有十足的信心。她的个性率真坦荡，诗作清新自然；在12岁的时候将自己的几首作品寄给了大文豪艾略特（T. S. Eliot, 1888—1965），并且得到了这位长者的热情回应：他不仅给她写了两页的回信，并且还对她的诗作提出了建议，这对这位天才少女是个极大的鼓励。莱维托夫17岁时，在《诗歌季刊》（Poetry Quarterly）发表了诗歌《听远处的枪声》（"Listening to Distant Guns"），描写的是1940年敦刻尔克战事吃紧时伦敦市民紧急疏散的情形，这首诗歌采用玫瑰花的颤抖、向日葵惊恐地睁大了眼睛等生动的描写，来表达人们面对战争杀戮的恐惧和无助。这首作品得到诗坛多位前辈的极大认可，旧金山诗歌学派的创立者肯尼思·罗斯克罗斯（Kenneth Rexroth,

1905—1982)①给予了高度的评价,称其为新浪漫主义诗歌的精品之作。

莱维托夫的处女作是《双重印象》,出版于"二战"结束之后的第二年,是她早年间作品的集合。诗集中的作品要么表达在黑暗时代期望战胜痛苦和恐惧的力量,比如"爱"的主题得到凸显;要么是在重获和平、面对未来时的彷徨,表现为对过往的怀恋;还有一部分取材于"二战"期间诗人在伦敦医院做护士的经历,涉及战争主题。例如《童年的终结》("Childhood's End")就较为典型地反映了平静之中的忧思,充分反映出她对于细腻情感的准确捕捉和精准记录。这首诗作于"二战"结束之际,在表面来看,"这个世界处处是爱的生机",似乎是充满希望的;但实际并非如此,诗人对童年的回忆却令人百感交集:"'很久很久以前'那样生动的话语/撞击心底的倦怠和哀伤"②。童话故事大多以"很久很久以前"开始,这里象征的是主人公无忧无虑地生活在童话世界中的童年时代,但是这一切都已经结束,代之以"他们所有孤独的弦外之音/是令人不安的问题,'我是谁'/雨天石板路上阴影的形象/带着疑惑闪过一扇又一扇生动的窗"③。对于"我是谁"的追问,不仅是"二战"之后英国这一具体时空语境下的疑问,更是诗人及其家庭在欧洲多国辗转迁移的心理投射,这种作品凸显个人体验、呈现出与种族身份相关的矛盾立场。这部作品中"梦幻般的忧郁和外在的形式,以及诗人的'沉思的优雅',使其成为"二战"以后英格兰诗坛中占据绝对主流的诗歌运动的一部分"④。应该说,此次初涉诗坛的经历较为成功,不久之后年轻的诗人便迅速融入"二战"以后蓬勃兴起的文化事业复兴之中。

莱维托夫的诗歌和文学创作经历,反映了"二战"以后英美诗坛的多元态势、价值取向和不同潮流之间的协商。1947 年,莱维托夫和美国作家米切尔·古德曼(Mitchell Goodman,1923—1997)结婚,两人在法国短暂居住,通过罗斯克罗斯结识了诗人、出版商詹姆斯·拉福林(James Laughlin),后来她的诗歌集大都由拉福林创办的"新方向出版社"(New Directions)出版发行,从 70 年代的《重学字母》(*Relearning the Alphabet*,1970)、《活着》(*To Stay Alive*,1971)、《足迹》(*Footprints*,1972),到 80 年

---

① 罗斯克罗斯不仅是旧金山诗歌文艺复兴运动的创始人,还是著名的汉学家,中文名字为"王红公",他翻译了大量中国诗人的作品。

② Denise Levertov,*Selected Poems by Denise Levertov*. Ed. Paul Lacey. New York:New Directions,2002,p. 1.

③ Denise Levertov,*Selected Poems by Denise Levertov*. Ed. Paul Lacey. New York:New Directions,2002,p. 2.

④ James E. B. Breslin,"Denise Levertov," in *Denise Levertov:Selected Criticism*. Ed. Albert Gelpi. Ann Arbor:U of Michigan P,1993,p. 61.

代的《巴比伦的烛光》(Candles in Babylon,1982),再到90年代的《夜车》(Evening Train,1992),同时也包括她的散文集和回忆录。1949年,古德曼夫妻二人回到美国,他们居住在纽约格林尼治村;1954年莱维托夫加入美国国籍。50年代就开始在《黑山评论》(Black Mountain Review)等杂志发表作品,受黑山派诗歌(Black Mountain School)的影响,结识罗伯特·邓肯(Robert Edward Duncan,1919—1988)、查尔斯·奥尔森(Charles Olson,1910—1970)、罗伯特·克里利(Robert Creeley,1926—2005)等黑山派诗人。此时她还结识了意象派(Imagism)大师威廉·卡洛斯·威廉姆斯(William Carlos Williams,1883—1963),两人成为忘年交并保持了多年通信,她的诗歌创作也受到威廉斯较多的影响,因为被认为是这位意象派大师的"继承者",以"女儿般的形象"存在[1]。莱维托夫离世以后,他们的书信集被编辑出版,成为研究这一阶段美国诗歌的重要文献。莱维托夫还喜欢庞德、史蒂文森等意象派诗人的作品,在纽约居住期间还接触到纽约的垮掉派诗人,但是对艾伦·金斯堡为代表的先锋派之"先锋性"提出了质疑,因为在她看来,思想上的创新远胜于形式上的标新立异。1960年莱维托夫与阿德里安娜·里奇(Adrienne Rich,1929—2012)成为挚友,后来结识激进派诗人缪丽尔·鲁凯泽(Muriel Rukeyser,1913—1980),在政治上趋向于激进。虽然她本人宣称不属于任何派别,但是从她的这些经历也能够看出她的诗歌创作受到了多方面的影响。可以毫不夸张地说,莱维托夫是50年代到60年代美国诗歌转型时期的一个代表。

  莱维托夫著作等身,出版了二十多部诗集,《尘世间的诗人》(The Poet in the World,1973)等三部散文集,以及回忆录《镶嵌:记忆和推测》(Tesserae:Memories and Suppositions,1995)。整体来看,莱维托夫的诗歌创作体现出英美诗坛的双重影响。她受浪漫主义诗人济慈以及"二战"后英国"新浪漫主义诗歌"的影响,注重直觉和内在生活,如评论家所言,"莱维托夫自比作'幸福/老派的艺术家,粗俗无礼、自由自在',她成为诗人后最初的艺术主张是'我们走——像那只狗一样走那么远/毫无计划、漫无边际。'她追求的是奇迹,不是秩序,而且她靠嗅觉行路"[2]。其作品中相当一部分是新浪漫主义的抒情诗,包括自然抒情诗歌、个人主题的诗作,诸如对未来的期待和对过往的怀念,如早期作品《寓言》("Fable")、《童年的终结》和《他们,

---

[1] Linda A Kinnahan, *Poetics of the Feminine: Authority and Literary Tradition in William Carlos Williams, Mina Loy, Denise Levertov, and Kathleen Fraser*. New York: Cambridge UP, 2008, p. 130.

[2] Adam Plunkett, "Casual Opulence." *The Nation*. Feb. 3, 2014, p. 31.

回望》("They, Looking Back")、《英格兰埃塞克斯郡西部的地图》("A Map of the Western Part of the County of Essex in England")等。她的抒情诗继承了以济慈为代表的英国浪漫主义诗歌传统,以怀旧为特点,清新脱俗,意蕴悠长,弥漫着忧伤缠绵的思绪,有着"浪漫的忧郁和莫名的怀旧感"[1]。这些作品有的表达战争时期对未来的期盼,有的回忆埃塞克斯郡的童年时光,其中有静谧晨光中的漫步,城市广场中夜风的轻拂,也有山坡上孩童的嬉戏探索,但是其中也隐隐映射着"局外者"的不安。这种忧郁和家庭的漂泊经历相关,更多的不仅是年轻诗人的个人体验,而是来自她对父母经历的感同身受:"她把自己的情感和父母联系在一起,因为他们在英格兰是移民,是局外人。在新环境中感觉到的陌生感和疏离,是她童年时对他们不幸的解读。"[2]

莱维托夫的第二部诗集《此时此地》(Here and Now,1956)是她移居美国后出版的第一部作品,虽然还带有《双重印象》中新浪漫主义的伤感和细腻,不过其中的纠结、矛盾和焦虑也更加明显,这和她新增加的"美国经历"不无关系。50年代后期到60年代的诗作,更加明确地表现了诗人复杂的心理认同机制,性别问题也开始得到更加明确的表达。在性别维度,这部诗集中的作品更多地表达出一种矛盾的心理,比如在众多男性诗坛前辈好友之"影响的焦虑"中的认同矛盾,在"置身各色男性榜样中间,作为女性诗人,她表达了一种塑造自我的迫切意识,她需要中和并重塑自己所受到的外部影响和内部心理机制"[3]。在性别关系的阐释中,她否认传统性别决定论的美学立场,称自己既不是"女诗人",也不是"男诗人",仅仅是"诗人"[4]。但事实上,她对细腻情感的把握、对时空的敏锐感受,又充分体现出了女性的特质。从此,抒情怀旧、生活日常中的感悟、社会认同、政治运动,以及偶尔闪现的女性意识,成为她之后创作的主体。

60年代,莱维托夫更加积极地参与社会运动,1962年至1972年间组织反战和争取权利的运动,1964年与鲁凯泽组织发起作家和艺术家反对越战

---

[1] Edward Zlotkowski, "Levertov & Rilke: A Sense of Aesthetic Ethics." *Twentieth Century Literature* 38.3 (1992): 324.

[2] Donna Hollenberg, *A Poet's Revolution: Life of Denise Levertov*. Berkeley: U of California P, 2013, p. 10.

[3] Linda A Kinnahan, *Poetics of the Feminine: Authority and Literary Tradition in William Carlos Williams, Mina Loy, Denise Levertov, and Kathleen Fraser*. New York: Cambridge UP, 2008, p. 133.

[4] 引自Mark Jarman, "Lives of a Poet: Denise Levertov." *The Hudson Review* 2 (2014): 760.

的抗议(Writers & Artists Protest Against the Vietnam War),并持续表达对生态问题的关切,因为参加抗议而数次被捕。这时期出版诗集《后脑勺上的眼睛》(*With Eyes at the Back of Our Heads*,1959)、《雅各的梯子》(*The Jacob's Ladder*,1961)和《悲伤之舞》(*The Sorrow Dance*,1967),大都表现出强烈的社会责任意识。她担任《民族》杂志的诗歌编辑及诺顿出版社顾问,并以此为阵地、以诗歌为武器,向国家机器和强权发起冲击。不过,她对社会事务的广泛参与遭到好友罗伯特·邓肯(Robert Duncan)的反对,他认为这种活动是个人心理的无意识反映,表明莱维托夫被这些社会事务所累,难以潜心从事艺术创作。莱维托夫从80年代初开始在高等院校任教,先后就职于多所著名大学,如布兰迪斯大学、麻省理工学院、斯坦福大学等。七八十年代成为创作高产时期,几乎每隔一两年即推出一部新作,她的职业生涯逐渐走向顶峰,她成为世界闻名的美国诗人。

一般认为,莱维托夫自60年代开始对社会运动表现出浓厚的兴趣,《雅各的梯子》被公认为是具有转型标志的作品。事实上,这种理解具有片面性;现实的情况是,莱维托夫在父亲和姐姐的影响下,很早就萌发了政治意识。1933年希特勒上台后,德国的犹太难民开始陆续到达英国,父亲保罗·莱维托夫就开始投身于反法西斯斗争,他定期在哈德公园进行公开演讲,他所属的希伯来犹太教会成为救助犹太难民的主力。年长9岁的姐姐奥尔加当时已经是英国共产党的党员,她加入父亲的反法西斯斗争,帮助从德国和奥地利逃出的犹太难民寻找栖身之所。丹妮丝·莱维托夫此时尚且年幼,对于父亲和姐姐的事业并不能完全理解,但是这对她产生了深远的影响。这些后来在她的文学创作中有了不同程度的体现,比如在第一部诗集中,她已表达对于世界和平的思考和对于人类生存的关切,《太容易:书写奇迹》("Too Easy:To Write of Miracles")这首诗就是一例。年轻的诗人已经认识到了语言和现实之间的距离,如题目所示,"书写奇迹"是件容易不过的事情,比如"名人激发的梦想/令真理沉默的神秘话语;/带着炫目星光让人真假难辨的白雪"等;但是,当诉诸描写真实的形象,比如"一只手,一颗心",或者是"平静流淌的岁月或交替的春夏秋冬"时,语言却显得有些苍白无力;而"在真诚的太阳下,斟酌/词语直到它能够权衡爱——/恐惧双肩上幸运的重量"[1],语言显得尤其匮乏。这首诗涉及书写和现实之间的距离,更是诗人作为"幸存者之负罪感的体现,就是说,那么多生命已经逝去,幸存和幸福带

---

[1] Denise Levertov, *Collected Earlier Poems: 1940—1960*. New York: New Directions, 1979, p. 10.

来的是负罪感,这种心理会让人避免人际交往中的所有亲密行为"[1]。此外,《圣诞,1944》("Christmas,1944")等作品书写在战争阴霾之下对和平的渴望,既是叙述者本人对于战胜恐惧、混乱和死亡的期望,也是饱受战争摧残的英格兰的心声。

50年代莱维托夫个人生活和书写取向发生重大转变。"二战"以后,特别是50年代中期,个人经历和社会变革令莱维托夫经历了较为艰难的自我接纳,她倍加关注自我和世界的关系;这是她的诗歌主题从自我到世界发生转变的一个原因。1954年父亲保罗·莱维托夫去世,因为在父亲生病离世相关问题上产生严重分歧,她与姐姐的关系恶化,姐妹二人在八年间失去了任何联系。虽然奥尔加早年间对丹妮丝影响很大,可谓丹妮丝人生和职业生涯的引领者,但是奥尔加性格强势,在处理家庭问题上过分理性甚至有些专断,导致丹妮丝和母亲对她都有着深刻的误解。大约在这一时期,丹妮丝·莱维托夫将姓氏中的"ff"改成了"v",有时使用丈夫的姓氏"古德曼",意为和自己的家庭(特别是奥尔加)的决裂,虽然她没有提及这样做的具体原因,但是从姐姐离世后她对此表达出来的懊悔可以猜测,她和奥尔加之间的龃龉很可能是一个原因。姐妹二人直到1962年才冰释前嫌;但令人遗憾的是,之后不久,奥尔加猝然离世,这令丹妮丝痛惜不已。《悲伤之舞》中的《奥尔加组诗》("Olga Poems")便是献给奥尔加的挽诗,诗集名字中的"悲伤"也是取自同名诗作,不仅指诗人心中的悲凉,主要是对奥尔加一生的总结,同时也形象地隐喻了她创办经营剧团的艰难。在这组诗中,诗人重新审视自己和姐姐在家庭中的价值,理解她在多年间的艰辛和挣扎,也更加深刻地理解"人生就是一场朝拜"这样的人生哲理。在这部诗集的最后,作为妹妹的莱维托夫附上了奥尔加描写父亲的一首诗《父亲的谣曲》("The Ballad of My Father"),象征性地赋予姐姐叙事声音。这些个人因素,加上60年代社会政治运动的影响,使得莱维托夫倍加关注个人在社会历史中的位置,作品中的政治取向趋于明显,批判性增强。

莱维托夫被认为是具有鲜明独立意识的诗人,被文学批评家和同行认为是一位"复杂而又有头脑"[2]的女性。虽说她在文学生涯中受到欧美不同诗歌流派的影响,但是她最终形成了自己独特的风格和创作理念。她主张诗歌创作要忠实于现实,在散文《对有机形式的阐述》("Some Notes on Or-

---

[1] Donna Hollenberg, *A Poet's Revolution: The Life of Denise Levertov*. Berkeley: U of California P, 2013, p. 109.

[2] Mark Jarman, "Lives of a Poet: Denise Levertov." *The Hudson Review* 2 (2014): 763.

ganic Form")中,她借用了霍普金斯所说的"内景"("inscape")和"内应力"("instress")来描述诗歌创作过程,强调事物的"内在特征"是诗歌的灵魂;诗人创作不应该被诗歌形式左右,思想才是诗歌最核心的要素。她说:"我相信,假如我们能学会发现的话,任何事情都有某种形式(某种规律,即霍普金斯所说的'内在特性');因此,假如一首诗记录了某种经历的相互关联事物或系列出现的物体,假如我们学会在写作中忠诚地遵守它,那些内在的形式就会浮现出来"①。正是基于这样的创作理念,她对于那些看似平淡的事物,总是能够敏锐地感受其最核心的本质,在某一个稍纵即逝的片刻捕捉到打动人心的细节。《水墨画》("Ink Drawing")、《断了带子的凉鞋》("The Broken Sandal")等都是如此。在《洗尽扬尘》("Laying the Dust")中,诗人描写了用水桶浇灌草坪时观察到的情景:"水/涌出/你每次/抛洒——/闪亮的弧线。/声音/更多水/倒入水桶/几乎缓解我的饥渴"②。这首诗采用莱维托夫惯用的自由体诗歌,简洁精练,描写倒水时水流的形状、声音、光线,结合诗人的感官体验,水流的弧线成为草地和观察者之间的桥梁,所有的这些元素构成了一幅立体的画面;另外,诗人的感官将花草的生长和自己的愉悦联系起来,而这首诗无论是诗歌形式、意象使用还是思想表达上,都构成了一个整体,带有爱默生式的超验主义思想,又体现出与意象派诗歌较为相近的特点。

莱维托夫对于社会问题的观照一直持续到晚年,年近七旬时还走上街头、抗议美国进攻伊拉克。与此相关的是,她后期的作品也较多地聚焦于战争、暴力等社会题材,社会意识更加明显。《活着》《巴比伦的烛光》和《蜂房的一扇门》(*A Door in the Hive*,1989)中的多个诗篇更像是战斗檄文。但是,这些政治题材诗歌受到评论界较多的批判。有的学者认为虽然这些作品对于记录历史发挥了一定的作用,但是过于直白,缺乏诗歌的美感,特别是其中的反越战题材更接近于自白风格的日记体,因而文学性明显不足。更有学者直接对反战主题中的道德表达进行了批评,认为诗作对战争的批判表现出了道德上的优越感,在价值判断和审美取向中将"诗人"过度抽象化,从而挑战了文学的本体意义。批评家的这种判断有一定的道理,例如《1969年11月15日在司法部》("At the Justice Department November 15, 1969")记录了当时示威者和警察的对峙和冲突:"棕色烟雾,白色/在街灯下

---

① A. R. Ammons and Denise Levertov, "Selected Correspondence, 1961—1964." *Chicago Review* 57.1/2 (2012):185.

② Denise Levertov, *Collected Earlier Poems: 1940—1960*. New York: New Directions, 1979, p. 48.

面。/被三面包围,处处/都是我们的身体。/身体辗转/在棕色的窒息中,/灯光下被漂白……。"①应该说这首诗是典型的莱维托夫风格的作品,节奏明快,意象鲜明;它虽然在节奏和诗歌形式上和《洗尽扬尘》相近,但是在审美上明显逊色。莱维托夫始终追随社会历史的变革,关切不同时代影响人类生存的各类重大问题,例如《蜂房》中对于萨尔瓦多内战的关注和对美国对外政策的批判;1991年的诗集《夜车》对于艾滋病、生态危机和核威胁等问题的关注与书写。

和同时代众多的女性作家不一样的是,莱维托夫并未有意识地凸显她的女性身份,甚至故意去忽视这一点。她对于自己女性意识的回答是,"我难以对此进行评述。我只是想当然地把自己当作女性,我从来没有真正理解现在已经十分盛行的性别意识的问题。对我来说,这个问题(当然,有时别人也会问我同样的问题)令我困惑,就好像有人会问我的生活如何因为我的棕色眼睛而发生了改变"②。然而,这并不影响她诗作中对于女性意识的表达。《后脑勺上的眼睛》(With Eyes at the Back of Our Heads,1960)、《雅各的梯子》(Jacob's Ladder)中包含多部有着较高自我参与度的作品,涉及婚姻、性别主题、女性的追求;另外,早期作品中对于神话原型的借用,以及对童话故事的互文,也都在不同程度上表达了女性的诉求。早期的《致蛇》("To the Snake")、《信件》("A Letter")、《妻子》("The Wife")、《关于婚姻》("About Marriage"),和中期的《伊士塔尔之歌》("Song for Ishtar")、《虚伪的女人》("Hypocrite Women")等作品具有明显的性别话语取向,描写女性的日常、家庭和社会角色、情感,肯定她们的诉求,赞颂了女性的创造力。其中,《哦,尝过以后才明白》(O Taste and See,1964)中的《伊士塔尔之歌》是莱维托夫"情色诗歌"的代表,使用了谐谑、反讽的手法书写女性的欲望,旨在嘲讽男权社会对女性诉求的污名化和压制。"伊士塔尔"是古代巴比伦女神,也是文艺之神,意为"星星",在诗中被比作了"母猪",而叙述者"诗人"被称作"猪",通过描写"我"作为诗人从伊士塔尔的月光中得到滋养和灵感,痛快淋漓地张扬了女性话语:

月亮是母猪
在我的喉间呼噜

---

① Denise Levertov, *Selected Poems by Denise Levertov*. Ed. Paul Lacey. New York: New Directions, 2002, p. 93.

② Jewel Spears Brooker, ed., *Conversations with Denise Levertov*. Jackson: UP of Mississippi, 1998, p. 184.

她美妙的月光将我穿透
因而我圈里的泥浆闪闪发亮
汩汩冒着银色气泡

她是母猪
我，诗人，是圈里的那头猪

她张开白色的双唇吞没我
我回咬一口
串串笑声震颤着月球

在黑色的欲望中
我们摇啊摇，呼噜呼噜
闪耀闪耀。①

这些带有"渎神"意味的描写，戏仿了男权主体对女性诉求的态度，此中的"不敬"实则批判了对女性欲望之否定的不合法性。《女人的文献》("A Woman's Document")较为直接地涉及叙述者对于婚姻的理解，将女性描写为"伪君子"，因为她们从来不正视自己的怀疑，以此暗示社会价值观如何在女性心中得到内化、并左右她们的自我价值判断。

莱维托夫经历了反犹主义的种族歧视和犹太人的不懈斗争，见证了战争和暴力，亲自参与了权利运动，经历了人生的风雨和亲人好友的离世，80年代中后期以后随着身体状况的衰退，她开始更加明显地感觉到生命短暂，"越来越多地被灰暗和失落的心理所笼罩……但是她依然保持着战斗精神，只是寻求更加强有力的精神依托"②。她在1984年皈依基督教，在1990年皈依天主教，所以在文学生涯的晚期有不少作品直接关涉宗教主题，从宗教角度思考人和世界的关系。评论界对她的宗教题材也是褒贬参半，但是，应该看到，她诗歌中的"神性"并非局限于宗教。《井中散沙》(*Sands of the Well*, 1996)较为集中地体现了她的宗教思想。在与诗集同名的诗作中，她使用"沙子"以及相关的沙漏计时之意，来代表时间的流逝，"井"作为容器，

---

① Denise Levertov, *Selected Poems by Denise Levertov*. Ed. Paul Lacey. New York: New Directions, 2002, p. 30.

② Donna Hollenberg, *A Poet's Revolution: Life of Denise Levertov*. Berkerly: U of California P, 2013, p. 369.

是和水相关的意象,有"洗涤""重生"之意,而"井中的沙子"则发挥了过滤的功能,让水保持透明和纯净。诗人发问道:"如此彻底的纯净/其中的神秘/它到底是水/还是空气,或者光?"[①]诗中的水、空气和光,是基督教"三位一体"理念的表现,体现出一定的神秘主义取向;但是,其中对于生命之崇高和人性之神圣的表达,又是自爱德华兹、爱默生以来美国理想的传承,也是惠特曼(Walt Whitman,1819—1892)以来美国诗歌对"自我"书写的延续。可以看到,无论是从宗教视域下理解莱维托夫诗歌中的生命,还是从个人经验角度理解她的感悟,这种理想的诉求贯穿于她文学思想的始终,又在不同阶段的诗歌主题和表征方式中不断地超越着自我。对莱维托夫来说,人生犹如一场朝圣,而诗歌就是不断探索的过程,她一直在寻找某种方式来达成内心和这个世界的平衡。"她对于秩序的直觉,是超越一切形式的本真形式,使得她的诗歌上升到了艺术的高度,也是贯穿她文学作品的本质。"[②]

莱维托夫去世后在学界的受关注度明显降低,这在一定程度上与时代的背景相关:在20、21世纪之交女权主义文学得到充分彰显的时代,莱维托夫诗歌的女权意识相对较弱,甚至她晚年作品回归宗教主题,似乎在有意避免参与到激进女权主义思想的建构之中。丹尼尔·巴里根(Daniel Berrigan)对莱维托夫给予了中肯的评价:"她书写的是人生的本质;我们的成长,我们的错误,我们彼此之间的辜负,在煎熬和品味中的点滴收获和失落。或许,最重要的是,我们如何成长,我们成长后的模样。"[③]可以说,莱维托夫的诗作在人类历史的黑暗时刻,点亮了人们对未来的希望;她的人生经历和诗歌思想中,体现出深沉的责任感,以及对秩序的孜孜追求和对人生的思考。

安妮·塞克斯顿(Anne Sexton,1928—1974)

安妮·塞克斯顿是美国自白诗(confessional poetry)的代表诗人,她的自白诗承续了罗伯特·洛厄尔在诗歌创作中对于"自然和真实"的追求:"在60年代创造的风格,其意图十分明晰,即民主化。这类诗歌面向每个人,它

[①] Denise Levertov, *Selected Poems by Denise Levertov*. Ed. Paul Lacey. New York: New Directions, 2002, p. 191.

[②] Audrey T. Rodgers, *Denise Levertov: The Poetry of Engagement*. Cranbury, NJ: Associated U Presses, 1993, p. 38.

[③] Daniel Berrigan, "Denise Levertov's Prose," in *Denise Levertov: Selected Criticism*. Ed. Albert Gelpi. Anna Arbor: U of Michigan P, 1998, p. 173.

意味着,鼓励作家和读者合作的文学手法从某种意义上讲被禁止了"①。自白派诗歌往往以个人经验和心理体验为基础,书写自我的感悟、情绪变化、世界观和价值观,往往会突出诗人的强烈情感,比如愤怒、失望、痛苦等,甚至多位诗人表达出自杀倾向和对死亡的向往。塞克斯顿的自白诗即具有这些特征,她因为治疗抑郁症而开始了诗歌创作,通过诗歌抒发个人情感、记录自己的感受,诗歌已经成为她抒发自我、继续生活的支撑。塞克斯顿的诗集《生或死》(Live or Die)获得1967年普利策诗歌奖,奠定了她在美国诗坛的位置,也使得自白诗这种题材为广大读者所熟悉。1965年塞克斯顿被推选为英国皇家文学学会(Royal Society of Literature)成员,1968年在哈佛大学被授予"美国大学优等生协会诗人"(Phi Beta Kappa poet)荣誉称号。

安妮·塞克斯顿出生于马萨诸塞州的牛顿镇,父亲拉尔夫·丘吉尔·哈维是一名商人,母亲玛丽·格雷·斯特普尔斯是家庭主妇。哈维一家属于典型的中产阶级家庭,经济条件较为优渥。最年幼的女儿安妮聪明貌美,但是始终感觉不如两位姐姐优秀,得不到父母的认可和宠爱,在家庭生活中没有获得足够的安全感,这也是后来她种种叛逆行为的根源。塞克斯顿童年的大部分时光在波士顿度过的,17岁时就读于罗杰斯·霍尔(Rogers Hall)寄宿学校,两年后就读于加兰德私立女子学校(Garland Junior College)。在高中学校读书时,她开始创作诗歌,曾经有作品在校刊发表,但是母亲对诗作的真实性表示了质疑,这让她倍受伤害而不再写诗。塞克斯顿和母亲一直关系紧张,从她的部分诗作能看出她对母爱的渴望,正如塞克斯顿的长女琳达所言:"尽管她(塞克斯顿)和自己的母亲关系不好,但是她们之间还是有一些爱的。"②而主治医生在对塞克斯顿实施催眠治疗时发现,她童年时可能受到了父亲的性侵害,这遭到了塞克斯顿家人的强烈反对。

塞克斯顿试图通过其他方式来得到关注,例如,她的叛逆行为和对传统价值观的挑战。1948年8月,不到20岁的安妮和阿尔弗雷德·穆勒·塞克斯顿二世(Alfred Muller Sexton Ⅱ)私奔至北卡罗来纳结婚,因为她已经达到那里的法定结婚年龄。这段婚姻缔结于两个人心智都不够成熟的时期,给塞克斯顿带来了终生的影响,与她之后的精神抑郁有着很大的关系。可以说,对于极度缺乏归属感的塞克斯顿来说,这场婚姻无异于饮鸩止渴。阿尔弗雷德在海军服役,曾经赴朝鲜战场作战,夫妻二人聚少离多;他退役

---

① 萨克文·伯科维奇主编:《剑桥美国文学史》(第八卷),杨仁敬等译。北京:中央编译出版社,2008年,第116页。

② Linda Gray Sexton, *Searching for Mercy Street : My Journey Back to My Mother , Anne Sexton*. Berkeley: Counterpoint, 2011, p. 11.

后两人常因为各种琐事大打出手,家中经常鸡犬不宁。婚姻未能给塞克斯顿带来她当初所希冀的安全感,这是她精神抑郁的一个重要原因。塞克斯顿最早的精神病发作是在1954年,可能有两个诱因:一是姑姥姥安娜·莱德·丁格利的去世;另一个是女儿的出生,角色的骤然转换令她一时间难以适应,从而产生了心理问题。安娜终身未婚,退休后到哈维家与他们共同生活,给予年少的塞克斯顿许多关爱。塞克斯顿诗作中都有安娜的形象,《国外来信》("Some Foreign Letters")和《伊丽莎白走了》("Elizabeth Gone")等,她的去世令塞克斯顿倍受打击,她写道:"我挥洒了你的骨灰,最后的躯壳/听到自己的哀号,想要找寻你,/苹果般的脸颊,我的避风港/你的怀抱,闻着你皮肤上/八月的芬芳。我整理你的衣物/还有你留下的爱,伊丽莎白,/伊丽莎白,直到再也寻你不见。"①

塞克斯顿试图自杀,因此住进了威斯特伍德·洛奇疗养院进行治疗,主治医师马丁·奥恩(Martin Theodore Orne)建议她采用诗歌创作来释放情感压力,作为辅助治疗。塞克斯顿采纳马丁医生的建议之后,参加了专业的写作训练班,1960年出版了第一部诗集《去精神病院半途而返》(*To Bedlam and Part Way Back*),第一首诗就是和奥恩医生相关的诗作《你,马丁医生》(You, Dr. Martin)。塞克斯顿于1957年1月在约翰·霍姆斯(John Holmes)诗歌创作班结识了终生的好友玛克辛·库明(Maxine Kumin, 1925—2014),二人成为终生好友,并在60、70年代数度合作出版儿童文学作品,如《乔伊》(*Joey*)、《生日礼物》(*The Birthday Present*)和《男巫的眼泪》(*The Wizard's Tears*)等。塞克斯顿1958年获得了加利福尼亚安提阿作家工作室(Antioch Writers' Conference)提供的奖学金,从而得到了自白派诗歌的先驱W.D.斯诺德格拉斯(W.D. Snodgrass, 1926—2009)的指导。1959年在波士顿大学罗伯特·洛厄尔的诗歌工作坊遇到了西尔维娅·普拉斯(Sylvia Plath, 1932—1963)。塞克斯顿在诗歌写作中表现出了非凡的天赋,部分作品被发表在《纽约客》等著名杂志上。尽管诗歌创作令塞克斯顿走出家庭找到社会归属,但是她的抑郁症并没有得到根治。1955年小女乔伊丝出生,她的抑郁症再次加重,在1956年12月9日自己生日时试图自杀,这是她公开承认的第一次自杀未遂。之后,她的精神状态似乎陷入了一个循环:每年到12月份她的生日前后,她都有自杀的冲动。塞克斯顿夫妇于1973年离婚,次年10月4日,塞克斯顿和好友玛克辛·库明共进了人生中的最后一顿午餐,回家后在车库中自杀身亡。

---

① Anne Sexton, *Complete Poems: Anne Sexton*. New York: Mariner Books, 1999, p.8.

除了以上提及的作品,安妮·塞克斯顿创作的诗歌作品还有《我所有的漂亮宝贝》(All My Pretty Ones,1962)、《爱情诗》(Love Poems,1969)、《变形》(Transformations,1971)、《死亡笔记》(The Death Notebooks,1974)、《驶向上帝的可怕航程》(The Awful Rowing Toward God,1975)、《45慈悲大街》(45 Mercy Street,1976)、《写给Y医生:未收录诗歌》(Words for Dr. Y.:Uncollected Poems,1978),散文集《安妮·塞克斯顿:书信中的自画像》(Anne Sexton:A Self-Portrait in Letters,1977)。

塞克斯顿被认为是具有反抗精神和独立意识的女性作家,是当代女性寻求自我、追求解放的代表和先驱。她的诗歌大胆奔放,契合"自白诗"的风格。在主题选择方面,塞克斯顿毫不避讳私密的话题,例如女性的行经、子宫、自慰、疯癫、自杀等。在20世纪60年代,这些话题是不得登上大雅之堂的,正如库明所言:"在我们那个时代,没有哪个美国诗人公然描写如此多的私人生活细节。这种直接告白吸引了不少读者,特别是女性,因为她们在诗歌中的女性主题中找到了强烈的认同感。"[1]诗人缪丽尔·鲁凯泽认为是"忍受了多年的沉默和禁忌之后,(女性)逐渐开始把事实作为象征和书写中心"[2]。尽管如此,许多诗人和批评家(其中大部分是男性)却对此颇有微词,甚至连塞克斯顿的导师、自白派诗歌的创始人洛厄尔都对此表示过深深的不安。然而,塞克斯顿对于诗歌的功能有着不同的理解。对她来说,诗歌"不是用来分析或解读行为举止的,而是要彰显强烈的情感"[3]。所以,解读她的诗歌,不可停留在其表面的意象,而是要探究这种书写背后的深层次原因。在《四十岁的行经》("Menstruation at Forty")中,她写的似乎是女性的私密话题,使用"经血""红色"等意象,但事实上她所表达的是女性"作茧自缚"这样的主题:"女性/给自己编织了一张网/细密结实遍布毒液。"[4]同样,在《赞美我的子宫》("In Celebration of My Uterus")[5]中,"子宫"这个中心意象代表了女性最珍贵的东西,它不仅是叙述者的女性生理身份,更是女性灵魂的象征。诗中的"杯子"和"核心"等双关语,指代子宫的形状和孕育生命的功能,也强调女性自我必须具备身体和精神的双重完整性,反映的是女

---

[1] Maxine Kumin,"How It Was:Maxine Kumin on Anne Sexton," in The Complete Poems:Anne Sexton. Boston:Mariner,1999,p. xix.

[2] Maxine Kumin,"How It Was:Maxine Kumin on Anne Sexton," in The Complete Poems:Anne Sexton. Boston:Mariner,1999,p. xxi.

[3] Nina Baym,ed. ,Norton Anthology of American Literature. Shorter 6th ed. New York:Norton,2003,p. 2753.

[4] Anne Sexton. Complete Poems:Anne Sexton. New York:Mariner Books,1999. p. 137.

[5] Anne Sexton,Complete Poems:Anne Sexton. New York:Mariner Books,1999. p. 181.

性身体与精神性别属性和社会身份的统一。应该看到,诗人书写身体的目的不是为了造成惊世骇俗的效果,而是通过书写这些私密话题,达到张扬自我的目的,因为身体的私密性与性行为有着直接的联系,而身体书写长久以来是西方话语体系中的一个禁忌:"在语言被小心净化和大家不再直接谈性的情况下,性落入了话语的掌握之中,话语不断地捕捉它,不让它有丝毫躲藏和喘息的机会。"[1]从这个意义上讲,女性对于身体私密性的书写是对这种话语掌控的颠覆,是对禁忌的挑战。塞克斯顿以身体为主题的自白诗,运用诗歌的韵律、节奏给读者感官带来猛烈冲击,同时表达鲜明的女性价值取向,在很大程度上成为20世纪60年代以来女性话语建构的一个表现。

在涉及家庭生活和社会题材的诗作中,塞克斯顿经常书写的一个主题就是女性的社会地位,以及社会和家庭对女性的期望。在《家庭妇女》("Housewife")和《我生活中的房间》("The Room of My Life")[2]等诗作中,她颠覆了传统文学作品中"家"的积极形象,将"房子"视为女性逐渐失去自我的场所:"一些女人嫁给了房子……。这堵墙是牢不可摧的粉色。/看她如何一天到晚跪坐在地上,/虔诚地把自己洗掉。"女性终日在家中做家务,逐渐失去了自己的世界;看似温暖的家,实际是女性难以冲破的牢笼。诗人将"家"拟人化,代表了巨大的身体,映射其代表的社会群体及其价值体系:"这是另外一种皮肤;它有心,/有嘴,有肝脏,还有排便。"通过这个有机体各个方面的协调,诗人旨在传达这样的一种信息:社会对于女性的敌视是一整套的有机运作机制,各个部门相互协作,实现共谋,以堂而皇之的借口拒绝女性的自我追求:"女人就要和她母亲一样/这才是最重要的"[3]。塞克斯顿的诗作基调灰暗压抑,书写社会秩序对个人的规训,以及个体在权力面前的无能为力。

在创作的过程中,塞克斯顿的诗歌趋于成熟,她关注的焦点也从自我到了更加广阔的主题,例如对于人生的思考、对于生与死的体验、对于社会秩序的认知等。在《马丁医生》中,主治医生马丁是"拥有第三只眼"的高高在上的"我们病区的神,狐狸们的王子"[4],是医生群体的代表,象征了社会秩序对人们的规诫。诗中的精神病患者们被隔离在一个个的"盒子"中,必须遵守规则。医生和患者被放置到了一种二元对立的位置,他们之间是规训

---

[1] 米歇尔·福柯:《性经验史》,佘碧平译。上海世纪出版集团,2005年,第13页。
[2] Anne Sexton, *Complete Poems: Anne Sexton*. New York: Mariner Books, 1999, p. 422.
[3] Anne Sexton, *Complete Poems: Anne Sexton*. New York: Mariner Books, 1999, p. 77.
[4] Anne Sexton, *Complete Poems: Anne Sexton*, New York: Mariner Books, 1999, pp. 3—4.

和反规训的关系。塞克斯顿诗歌中经常出现的另外一个意象是"上帝"或者"他",同样也是权力的化身。例如,在《绝望》("Despair")中,那个被形容为"通向地狱的铁轨"到底指的是谁①? 纠缠了诗人半生、令她心生拒绝的力量到底是什么? 这种力量使她多年来沉于无语状态。或许,对于这个问题,可以从她的其他诗作里找到答案。在《公鸡的愤怒》("The Fury Of Cocks")中有这样的几句话:"他们不用多说。/他们就是上帝。/世上所有的公鸡都是上帝,绽放,绽放,绽放/进入女人甜美的血液。"②诗人使用了双关语"cock",既可以指"公鸡",同时也是"男性的阳具"。此外,诗中的"尖塔""小鸟儿""太阳""坚硬"等意象都是和性事相关的模糊用词,因而整首诗既可以解读为"公鸡的愤怒",也可以视为雄性的性能力。在她的"愤怒"组诗中,类似的愤怒和控诉屡见不鲜,书写的目的在于揭示两性关系中男性对于女性的征服。塞克斯顿使用了这些禁忌语,实际上是要造成一种视觉和感官上的冲击,最终是服务于诗作的内容,对权威提出挑战。

塞克斯顿对于传统的颠覆几乎是无时不在的,即便是美好的事物,譬如童年,在她眼中也充满了悲伤和绝望。在《宝宝的照片》("Baby Picture")这首诗中,塞克斯顿描写了因自己儿时一张照片而引发的感慨。她直面自己的童年,将童年的记忆归结为灰暗和阴郁。那张照片所引发的不是对无忧无虑的童年的美好回忆,相反,她看到的是岁月的印记:"像一块破烂的旗子/或是冰箱中储藏已久的蔬菜,/长满了霉斑。/我在老去,无声无息,/进入黑暗,黑暗。"③她通过"破烂""霉斑"和"黑暗"等意象,透露出她的情结,即人生是不断向死亡迈进的旅程。从这个角度来看,人生是痛苦而无望的,意义最终会被消解,意义也随之消亡。因此,诗人直接随后与自己进行对话,质问自己生命的价值:"安妮,你是谁?"④安妮·塞克斯顿对母亲的复杂感情是她早年间缺乏认同感的重要原因。在《她那一类》("Her Kind",1960)中,她直白地书写了自己的特立独行,把自己比作"巫女",游走在黑夜、无法得到社会认可的女人。除了和巫女形象相关的"森林""精灵"等意象之外,这首诗更重于表达诗人的与众不同,她反复重复自己不走寻常路,不被人们认同的孤独,因而"死亡"似乎都难以洗清自己的罪孽。她使用了与"光明"相对比的"黑暗之路"⑤,抒发自己内心的孤独和无助。

---

① Anne Sexton, *Complete Poems: Anne Sexton*. New York: Mariner Books, 1999, p. 512.
② Anne Sexton, *Complete Poems: Anne Sexton*. New York: Mariner Books, 1999, p. 369.
③ Anne Sexton, *Complete Poems: Anne Sexton*. New York: Mariner Books, 1999, p. 362.
④ Anne Sexton, *Complete Poems: Anne Sexton*. New York: Mariner Books, 1999, p. 362.
⑤ 安妮·塞克斯顿:《她那一类》,赵毅衡译。www.cnpoet.com/waiguo/usa/028.htm.

塞克斯顿对于社会规则的挑战和对自我价值的思考还体现在她对传统故事的改写中。《变形》("Transformations")是塞克斯顿最脍炙人口的诗作之一，是对一系列格林童话的改写，例如"灰姑娘""白雪公主""睡美人""汉索尔和格瑞泰尔"等。这表明她的创作主题经历从自我书写到公共话语的转变。创作灵感一部分来源于她的童年记忆，因为这些故事最初是安娜奶奶给她讲的故事，和她童年仅有的幸福回忆紧密结合在一起。但是在改写中，诗人在原有故事的基础上，增加了时代因素和个人情感，将自己的生活融汇到了公共话语中。在改写白雪公主的故事时，她使用了和现代商品社会联系密切的意象，例如法国高档瓷器生产中心的"里摩日"，和莱茵河流域的葡萄酒①。这些商品符号的运用为传统爱情故事贴上了现代物质主义的标签，白雪公主成为商品社会所造就的产物，是个外表炫丽但缺乏头脑的"洋娃娃"。诗人想象了白雪公主和王子对于邪恶王后的惩罚：让她穿上烧红的铁鞋跳舞，直到双脚被烧黑。白雪公主对待王后的残忍方式解构了童话故事中的"善良""美好"等价值观，从这个角度来看，白雪公主、王子和作为女巫的王后没有本质的差别，他们都是社会造就的邪恶产物。塞克斯顿对于社会物质主义的批判在《灰姑娘》("Cinderella")中得到了更加充分的体现。诗人借用灰姑娘的原型，讲述了几个现代版灰姑娘的故事，其中有彩票中奖的管道工，有获得保险赔偿的打杂女工，有被男主人看中的女仆，还有在房地产投机中暴富的送奶工。他们的故事无一例外的都是演绎"从穷鬼到暴发户"这样的老套路，这是人们"总是读到的故事"。诗人在每一个诗节重复使用从一无所有到大富大贵这样的意象，例如"从修厕所的到大款""从换尿布的到迪奥加身""从均质牛奶到马蒂尼""从拖地的到布维特·泰勒的常客"，每一小节的结尾处都要感叹：这又是一个"这样的故事"。这样的故事看似浪漫，但是带有了现代商业社会的浓重物质主义气息，使得婚姻和爱情都成了交易，"王子感到厌倦了/觉得自己就像是个卖鞋的"，此外，"迪奥""保险公司""百货公司"等与现代商品社会密切相关的各种意象，暗示了爱情同商品一样，带有交换的特征，而灰姑娘故事中的爱情是远离人世纷扰的，"灰姑娘和王子/幸福地生活在一起，他们说/就好像博物馆陈列柜的两个玩偶/从来不用担心尿布或者灰尘……他们亲切的微笑挂在脸上直到永远"②。人们从这个故事中读到的更多的是"幸运"来临背后的利益，这才是这个故事得以久久传诵的根本原因。

---

① Anne Sexton, *Complete Poems*: *Anne Sexton*. New York: Mariner Books, 1999, p. 224.
② http://www.units.miamioh.edu/technologyandhumanities/sexton.htm；另参见张剑、赵冬、王文丽编著：《英美诗歌选读》，北京：外语教学与研究出版社，2008年，第439—42页。

在塞克斯顿众多不同的主题背后,是她追寻自我的努力,她一生都在试图冲破某种束缚她的力量,当她意识到这种努力的徒劳之后,可能死亡便是一种解脱方式。"死亡"是塞克斯顿诗歌的一个核心意象,她的多首诗都表达了孤独与自杀冲动、死亡与解脱、对死亡的渴望等主题。死亡对她而言,可算是一种"久违的归属",例如在她广为流传的诗作《星夜》("The Starry Night")、《死神》("The Death King")、《西尔维娅之死》("Sylvia's Death")等。在《星夜》中,她引用了荷兰画家文森特·凡高(Vincent Van Gogh)写给弟弟提奥的信,将星空的神秘魅力比作一种"信仰":"哦,繁星满天的夜晚! 就这样/ 我情愿死去 / ⋯⋯ / 融入野兽般汹涌澎湃的黑暗,/ 被那头巨龙吸入,让它撕裂 / 我的生命不留标识 / 没有印记,/没有声息。"①死亡主题贯穿于安妮·塞克斯顿诗歌创作之中,既包括她本人对死亡的思考,也包含她对逝去的亲人的情感,《生与死》便是塞克斯顿死亡审美的集中体现。《西尔维娅之死》("Sylvia's Death")是塞克斯顿广为传颂的作品之一。这首诗作于1963年2月17日,普拉斯自杀身亡后的一周。普拉斯和塞克斯顿曾经共同学习诗歌创作,一起切磋。两人有着诸多的相似之处:婚姻生活不够幸福,曾经数次尝试自杀,都育有两个子女。西尔维娅先于塞克斯顿自杀"成功",弃她而去,所以塞克斯顿称西尔维娅是"小偷":"小偷! ——/你就那样爬了进去,/独自向下爬去,/爬进了我渴望已久的死亡。"②可以说,当塞克斯顿的抑郁症日益加重,她越来越难以走出自我的苑囿之时,死亡的欲望反而成了她继续写作、获得生命力量的源泉。

塞克斯顿是一位大学都没有毕业、从家庭走出来的"业余"诗人,她经过时代的历练和自我的努力,以诗歌为疗法,为治疗精神疾病而开始诗歌创作。在文学生涯中,她通过身体主题表达女性的欲望和诉求,逐渐走出"学徒期"的狭隘自我,进而关注女性自我的社会性,并向社会传统价值观施加于女性的束缚发起挑战。她没有满足于个人情感的宣泄,将自己的困境置于社会历史的语境下,在诗学层面书写"自我",在政治维度表达"性别","在诗学的维度下书写身体欲求,达到了诗歌之'声'与情欲之'色'并重的审美效果,通过形式与内容的结合表达女性为获得认同而进行的抗争,彰显作为书写媒介的'身体'所具有的政治性"③。塞克斯顿一直在同抑郁症做斗争,努力克服自己的自杀欲望,这种"向死而生"精神的鼓舞使她不断突破自我

---

① Nina Baym,ed., *Norton Anthology of American Literature*. Shorter 6th ed. New York: Norton,2003,p. 2754.

② Anne Sexton,*Complete Poems:Anne Sexton*. New York:Mariner Books,1999,p. 126.

③ 李保杰:《安妮·塞克斯顿自白诗中的身体书写》,载《外国文学》2020年第3`期,第16页。

阈限,成就独特的"身体书写"话语模式,也使她成为美国自白派诗歌的重要代表。

西尔维娅·普拉斯(Sylvia Plath,1932—1963)

1963年2月11日早晨,在英国伦敦的寓所,美国诗人普拉斯为一双年幼的儿女备好最后一顿早餐,来到楼下厨房用毛巾塞进门窗缝隙,而后打开炉灶煤气开关自杀身亡。这位诗坛才女以此方式谢世,令人唏嘘。在普拉斯短暂的一生中,她一直孜孜不倦地写作、发表,但是在世时只出版了一部诗集《巨人及其他诗歌》(The Colossus and Other Poems,1960)和一部小说《钟形罩》(The Bell Jar,1963)。在她去世近二十年之后,她的前夫泰德·休斯(Ted Hughes,1930—1998)编辑出版了《西尔维娅·普拉斯诗歌集》(Collected Poems),获得了1982年的普利策诗歌奖,这是普利策历史上第一次将奖项颁发给已故作家,可谓世人对她迟来的认可。普拉斯一生都在同来自家庭、社会的种种压力抗争,自杀也许是她最为极端的抗议方式,代表了20世纪后半叶伊始美国女性追求自我所付出的巨大努力,使她"成为20世纪60年代和70年代愤怒、幻灭和迷惘无措的几代人的女代言人"[①]。她将诗歌作为理解世界和抒发自我的重要途径,用生命书写了女性为争取自我而付出的牺牲。

西尔维娅·普拉斯1932年出生于马萨诸塞州的一个知识分子家庭,受到了良好的家庭教育。原生家庭对她的影响十分深远,决定了她的世界观与个性养成。父亲奥托·普拉斯(Otto Plath)是德国犹太移民,来自德国的路德教派家庭。母亲奥雷莉娅·肖伯·普拉斯(Aurelia Schober)是第二代奥地利移民,成长于中产阶级家庭。奥托16岁时移民美国,他才华横溢,精通五种语言,1912年获得艺术学硕士学位,1928年获得哈佛大学应用生物学的博士学位,接受达尔文的进化论思想,与家庭的宗教信仰决裂。他先后执教于加州大学、哥伦比亚大学、约翰·霍普金斯大学和哈佛大学等名校,在波士顿大学任教期间与对文学具有浓厚的兴趣的奥雷莉娅·肖伯相识并结婚。

西尔维娅·普拉斯出众的才华固然有天赋的因素,多个版本的传记都

[①] 安妮·史蒂文森:《序言》,《苦涩的名声——西尔维娅·普拉斯的一生》,王增澄译。北京:昆仑出版社,2004年,第7页。

会讲述西尔维娅"神童"般的童年经历,说她自小便聪明伶俐,多才多艺,据说其智商能够达到160[①]。她在学龄前就能够记住各种昆虫的拉丁文名字,而父亲一有机会就骄傲地向朋友展示女儿的非凡天赋。但事实上,这很可能是父女彼此认同的一种错觉:奥托思想传统,在家庭中具有明显的权威,并且时时保持自己作为一家之主的威严;西尔维娅从小便懂得家庭中的秩序和权力的作用,她从懂事起就竭尽全力地讨好父亲。这对西尔维娅价值观的形成产生了负面的影响,使她认为只有表现出自己的价值,才能够确保自己在父亲心中的地位。于是,父亲的权威"在女儿这里变成了一种焦虑,因为她意识到自己必须隐藏由于害怕失去父爱而产生的负面情绪……。这种气氛对于孩子的成长是不够健康的,鼓励一种错误的价值观……(让她)容易将知识作为获得认可的唯一方式"[②]。西尔维娅三岁时弟弟沃伦出生,他们一家搬到了外祖父母所在的温斯罗普镇,便于相互照应。沃伦的出生给西尔维娅带来了危机感,她害怕失去父亲的宠爱,所以更加努力做个乖女儿。而沃伦从小体弱多病,需要父母格外的照料,这更加剧了西尔维娅心中的不安全感。1937年以后奥托身体开始出现问题,他患有糖尿病,但是却没有在生活中给予足够的重视;他还担心自己罹患癌症,所以精神状况和心境都是每况愈下。母亲照料父亲和弟弟,经常将西尔维娅送到外婆家。

　　早年间的这些经历对西尔维娅产生了终生的影响。父亲的形象总是萦绕在西尔维娅心头,不时在她的诗作中浮现出来,她诗中的"巨人""国王""海神""诗人""养蜂人"等形象都带有父亲的影子,"他总是不可抗拒地从西尔维娅的小说和诗篇中朦胧地出现"[③]。可以说,父亲对普拉斯的影响是终生的,有传记作家认为这是她文学创作的一个中心:"对于西尔维娅·普拉斯来说,即便随意读上几首她的诗作,人们也都能够发现,在她生活和职业生涯的始终,最令她难以摆脱的影响来自父亲……他的生活,更重要的是,他在她8岁零9天去世这一事实,给她的想象力留下了难以磨灭的影响。"[④]普拉斯的多首诗歌涉及父亲形象,《巨像》("The Colossus",1959)

[①] Edward Butscher, *Sylvia Plath: Method and Madness*. 2nd revised ed. Tucson: Schaffner P, 2003, p. 369.

[②] Edward Butscher, *Sylvia Plath: Method and Madness*. 2nd revised ed. Tucson: Schaffner P, 2003, pp. 10—11.

[③] 安妮·史蒂文森:《苦涩的名声——西尔维娅·普拉斯的一生》,王增澄译。北京:昆仑出版社,2004年,第13页。

[④] Edward Butscher, *Sylvia Plath: Method and Madness*. 2nd revised ed. Tucson: Schaffner P, 2003. p. 3.

一诗尤其典型,抒发的是父亲早亡给她心灵留下的巨大空洞。"巨大的石像"所反映的威严、至高无上的神,同时也是父亲的形象,是诗人心中的无上权威。在《钟形罩》中,普拉斯第一次通过女主人公之口表达了对父亲的深切怀念:"我想要补偿这些年对父亲的忽略,想要来照管他的墓地。父亲最宠爱的就是我,既然妈妈从来没有费心悼念他,由我来表达悼念最合适不过了。"[1]无论是在文学创作中,还是在处理男性朋友的关系上,普拉斯都表现出了游移、矛盾的心理,这在很大程度上同父亲的影响是分不开的。

鉴于这样的家庭环境,普拉斯的性格养成也就非常容易理解了。她学习刻苦,学业出色,个性独立,争强好胜又非常敏感。她8岁时就已经开始在《波士顿先驱报》(*Boston Herald*)上发表诗歌,还擅长绘画,其画作获得过"学者艺术和创作奖"(Scholastic Art & Writing Awards)[2]。在情感上,她受到祖父母和父亲的宠爱,但是与母亲的关系较为疏远,起初是因为弟弟和父亲占用了母亲的大部分精力,后来父亲去世后母亲独自承担家庭的经济重担而无暇顾及。不过普拉斯十分理解母亲的艰辛,也非常急切地希望通过自己学业的成功来减轻母亲的负担。奥托身后未留下任何财产,奥雷莉娅不得不外出工作,她先后在中学做兼职教师教授西班牙语和德语,课余时间做家教,后几经辗转谋得在波士顿大学教学的职位。随后普拉斯全家从温斯罗普搬到了波士顿郊区威尔斯利一个中产阶级社区,因为母亲希望孩子们在这里能够接受更好的教育。家庭环境(特别是母亲的影响)让西尔维娅养成了独立自主的个性,他们一家人深受清教徒传统观念和爱默生思想的影响,生活态度积极乐观,认为努力的工作和坚定的信念会带来回报。

1947年,普拉斯进入加梅利尔·布拉德福德高中(Bradford High School,现改名为"威尔斯利高中"),那是当地最好的中学,学生大多来自中上层阶级。普拉斯一直是老师和家长眼中的优秀学生,高中时担任校刊《布拉德福德人》(*The Bradford*)的编辑,还是"艺术和课外活动"尖子班的高才生,她的诗作被老师当作范文来朗诵。17岁时还曾经得到当地报纸《小镇人》(*The Townsman*)的邀请,专门为"高中亮点"栏目撰稿。她参加各种诗歌比赛,高中时就获得过多项荣誉,包括诗歌奖和绘画奖,是个努力向上的全优生。但是她同时也感觉到了与环境的格格不入。学校里有个女生联

---

[1] 西尔维娅·普拉斯:《钟形罩》,杨靖译。南京:译林出版社,2011年,第142页。
[2] Connie Ann Kirk, *Sylvia Plath: A Biography*. New York: Greenwood P, 2004, p. 32.

谊会,会员都成绩优秀且家庭条件优越,但是她们加入联谊会的动机大多是为了进入精英阶层社交圈子、寻得如意郎君。为此普拉斯批评道:"这些美国妇女界精选的伙伴在女生联谊会集会上在搞些什么名堂呢?她们还不是吃吃糕饼,品品蛋糕,并在星期六晚上各处约会寻找异性。"[1]普拉斯最大的弱点就在于她的完美型人格,她想保持自我,但又过度在意别人对自己的评价,她强烈的竞争意识和各种努力都与此密切相关。普拉斯的中学老师克罗克特是少数能够真正了解她个性的人,他说,尽管"西尔维娅给大家的印象是聪明机敏,爱说爱笑",但是她却有些过于在意,"急于证明自己……她既擅长隐藏自己的真实自我,又懂得如何控制他人以便如自己所愿"[2]。无论是在个人生活,还是在文学创作中,普拉斯都为这种矛盾心态所累,"她在一个特权的社会里受教育成长,为一个紧密联系的家庭所保护,她在封闭的家庭圈子里为家庭意志所左右,在她父亲去世后,备受她许多老师的宠爱,荣获多种奖学金和荣誉,她的内心深处对她绞尽脑汁要创造的那个自我形象极为反感"[3]。她努力保持优秀的品质,同时非常敏锐地捕捉他人对自己的反应,质疑或挫折会给她带来致命的负面影响。

普拉斯高中毕业时获得了威尔斯利学院的全额奖学金,但是她不甘于将自己囿于家乡的小镇,最后选择了常青藤系列的史密斯女子学院(Smith College),并得到了女作家奥利芙·普劳蒂(Olive Higgins Prouty)提供的奖学金资助。她在入学前的夏天,在《基督教科学箴言报》(*The Christian Science Monitor*)上发表了《苦涩的草莓》("Bitter Strawberries")[4],取材于那个暑期的打工经历。这是第一首在全国范围发表的诗作,之后陆续发表的有短篇小说《为女贞辩护》《新英格兰夏天的酬劳》("Rewards of a New England Summer")和诗作《夏天不再重来》("And Summer Will Not Come Again")等。她进入精英云集的史密斯学院,很快便发现同学大都成绩出众、家境优渥,并且多数人将教育当作进入上层社交圈子的"通行证"。个性好强、家境平平的普拉斯感觉到了相当大的压力,她虽是学业优秀的全 A 生,但是"独来独往,似乎不愿意跟舍友同学沟通交流。可能是因为她拿了奖学金的缘故,所以在同学看来,她非常争强好胜,在学习成绩和各种奖励

---

[1] 安妮·史蒂文森:《苦涩的名声——西尔维娅·普拉斯的一生》,王增澄译。北京:昆仑出版社,2004年,第3页。

[2] Edward Butscher, *Sylvia Plath: Method and Madness*. 2nd revised ed. Tucson: Schaffner P, 2003. pp. 34—35.

[3] 安妮·史蒂文森:《序言》,《苦涩的名声——西尔维娅·普拉斯的一生》,王增澄译。北京:昆仑出版社,2004年,第9页。

[4] Connie Ann Kirk, *Sylvia Plath: A Biography*. New York: Greenwood, 2004, p. 36

方面,她不愿意和别人分享,只想独自胜出"①。她对未来也充满了迷茫,她通过和母亲的通信缓解压力,同时也更加勤奋地学习,努力继续自己的诗歌创作。1952年夏天,她因为短篇小说《星期日在明顿家》("Sunday at the Mintons")获奖而得到了在《小姐》(Mademoiselle)杂志社实习的机会,这次纽约之行让她看到了外面世界的精彩,也看到了黑暗和残酷,对她的人生观产生了相当大的冲击。恰逢她的哈佛大学弗兰克·奥康纳(Frank O'Connor,1903—1966)暑期写作班申请被拒绝,加上之前诗人奥登(W. H. Auden,1907—1973)对她诗作的否定,她回到波士顿后抑郁症不断加重。1953年,普拉斯吞食安眠药自杀未遂,之后开始接受精神治疗和电击疗法,虽然产生了一定的效果,但是给她带来的心理创伤也是难以估量的。她不想被禁锢在精神病院中,在痛苦中度过余生,因而准备在自己尚有能力做出选择的时候结束生命,清清白白地走向死亡,而且那样还可以让家人节省医疗费用;然而,虽然她意图结束自己的生命,但是对于在何时以何种方式结束又犹豫不决。她在信中坦言,因为如果在"周围的教授家人对我的写作前途还抱有幻想"②之时进行了断,那么她还能够给家人朋友留下些许美好回忆。可见,普拉斯一直难以释怀的就是"事业的巅峰",以及自己留给别人的"幻想",当然还有接受治疗给家人带来的经济负担。正如史蒂文森的传记题目"苦涩的名声"所示,普拉斯在很大程度上受累于自己争强好胜的个性,以及对于"名声"的看重。幸运的是,在普劳蒂夫人的资助下,普拉斯经过三个多月的治疗获得了较好的效果,使她得以重返校园并完成学业。这段经历被普拉斯写进了自传体小说《钟形罩》中,小说人物埃斯特·格林伍德的故事基本契合作者在那段时间的经历。

史密斯学院毕业以后,普拉斯获得了富布莱特奖学金的资助,赴英国剑桥大学纽纳姆学院深造。在那里,她结识了泰德·休斯,并坚信这就是她终生寻找的伴侣,两人很快结婚。在普拉斯的鼓励和督促下,休斯的诗歌创作也有了较大的进展:"当他们认识时,西尔维娅曾一度允诺特德一年内至少把他的诗稿发表15篇。她从约克郡发出过特德的大量手稿……休斯夫妇住在埃尔蒂斯利路8个月期间,她一直把20多篇手稿分开轮流寄出……"③1957年夏天夫妇二人回到美国,普拉斯接受了母校史密斯学院的教职,但是却感觉自己难以平衡教学和诗歌创作之间的时间,不到一年便辞职,她给弟弟沃

---

① Connie Ann Kirk, *Sylvia Plath: A Biography*. New York: Greenwood, 2004, p.37.
② 西尔维娅·普拉斯:《普拉斯书信集》,谢凌岚译,桂林:漓江出版社,2017年,第56页。
③ 安妮·史蒂文森:《苦涩的名声——西尔维娅·普拉斯的一生》,王增澄译。北京:昆仑出版社,2004年,第113页。

伦的信中披露自己对难以平衡不同角色而感到的焦虑:"我的想法——做一个好教师,写一本这方面的书,并做一个会应酬的主妇、厨师和妻子——很快就消失得无影无踪。"①将不同的角色分别扮演好,这或许就是西尔维娅所说的自己内心的"邪念",是她苛求自我完美而陷入的心理怪圈。普拉斯的焦虑也是当时职业女性普遍面临的困境:作为"教师"的社会角色和作为"家庭主妇"的家庭责任,在她们心理投射成难以调和的矛盾。之后普拉斯在马萨诸塞总医院的精神病咨询诊所作接待员,在业余时间参加了诗人罗伯特·洛厄尔的诗歌创作培训班,结识了诗人安妮·塞克斯顿(Anne Sexton,1928—1974)和乔治·斯达巴克(George Starbuck,1931—1996),他们在诗歌创作中相互切磋鼓励。

1959年,休斯夫妇返回英国,中间在普拉斯的鼓励下休斯出版了两本诗集,反响良好。1962年6月,普拉斯发现丈夫和阿西亚·古特曼的私情,10月两人分居,12月份普拉斯带着两个孩子搬到了高威街。他们的女儿承认,在普拉斯去世后,休斯和古特曼保持着情人关系,继续"到伦敦见'那个女人',但是她主要还是和她的丈夫一起生活,这种情况在我母亲去世后持续了两年半"②。古特曼和休斯生有一个女儿,1969年她带着女儿自杀。尽管休斯否认自己对婚姻的不忠,并且将婚外情归因于普拉斯的嫉妒,但是普拉斯在短篇小说《成功之日》("Day of Success")中将自己心中的矛盾反映出来。小说中的埃伦极力支持丈夫雅各布·罗斯进行戏剧创作,但是在丈夫的剧本被接受之日又心怀不安:"不会马上发生的,埃伦沉思着,一边捣碎煮熟的胡萝卜给吉尔当午饭。分手的情形很少是马上发生,而会像某种可怕的、来自地狱般的花朵一样慢慢绽开,能说明问题的小迹象一个接一个出现。"③通过这篇小说,普拉斯将妻子的敏感和直觉淋漓尽致地表现出来。诚然,如友人卢克·迈尔斯(Lucas "Luke" Myers,1930—2019)所说,"没有西尔维娅,说不定泰德还在当修剪玫瑰花的园丁,或者还会在仓库里逗留上好多年……西尔维娅总是把泰德的作品视同自己的一样,谨慎小心地打字,并使那些诗作在英国和美国的多种杂志上刊登出来……就是凭西尔维娅的鼎力相助,使泰德的处女作《雨中鹰隼》参加'哈泼'竞赛,并且获奖,从此他

---

① 安妮·史蒂文森:《苦涩的名声——西尔维娅·普拉斯的一生》,王增澄译。北京:昆仑出版社,2004年,第131页。
② Frieda Hughes, Foreword. *Ariel: The Restored Edition: A Facsimile of Plath's Manuscript, Reinstating Her Original Selection and Arrangement*. By Sylvia Plath. New York: Harper Perennial, 2005, p. xiv.
③ 西尔维娅·普拉斯:《约翰尼·派尼克与梦经》,孙仲旭译。北京:人民文学出版社,2014年,第56—57页。

一举成名"①。虽然休斯夫妇之间的恩怨难以追寻,但是普拉斯以其敏锐的观察力和充满活力的语言,为世人留下了一笔丰富的精神财富,使得后世的读者得以窥见她的生活和她的抗争,她的诗歌、小说也反映了那个时代知识女性的诸多困境。

普拉斯对于创作有着相当高的要求,对生活和情感具有高度的感受力,她的创作和个人经历密不可分,诗歌和小说多来自个人经历中的灵感,不少作品具有明显的自我书写特征,从她的诗歌和小说,可以窥见她对个人价值的追求和理解。连泰德·休斯也承认她追求完美的精神:

> 据我所知,西尔维娅·普拉斯对任何诗歌的灵感都不会半途而废,除了极个别的情况以外,她会对每一首诗进行仔细的打磨,直到最后达到可以接受的程度,最多就是放弃令人费解的诗行,或者不协调的开头结尾。她对待诗作的态度是非常专业的:如果这块材料不够做张桌子的话,她也很乐意用它做把椅子,甚至是件玩具。因而,最终的成品与其说是达到了她的预期,还不如说是暂时已经没有了修改的余地。②

休斯的这番话似乎暗示了普拉斯的功利主义,但是也承认了她的敬业精神。1960年2月普拉斯在伦敦与海尼曼出版社签订出版合同,将早期的部分诗作结集出版,名为《巨人及其他诗作》。之后普拉斯就积极着手编辑第二部诗集,陆续把诗作整理进集子,并且将诗集的名字写在手稿的扉页上面。根据泰德·休斯和他们的女儿弗丽达·休斯的回忆,普拉斯一直在斟酌诗集的名字,起初定名为"爱丽儿",中间又使用过"对手"(The Rival)、"生日礼物"(A Birthday Present)、"爸爸"(Daddy)等,最终将其改回到了"爱丽儿"③。有学者认为"爱丽儿"是诗人的自我比喻,此时的她"蜕变成用词语利器对抗情感风暴的精灵'爱丽尔',飞翔在抒情的高空与死亡的边缘"④。《爱丽儿》(Ariel,1965)在普拉斯逝后两年于英国首次出版,次年在美国出版时做了部分改动,都是由休斯编辑完成。出版时休斯在普拉

---

① 安妮·史蒂文森:《苦涩的名声——西尔维娅·普拉斯的一生》,王增澄译。北京:昆仑出版社,2004年,第100页。

② Ted Hughes, Introduction. *The Collected Poems*: *Sylvia Plath*. New York: HarperCollins, 1981, p. 13.

③ Ted Hughes, Introduction. *The Collected Poems*: *Sylvia Plath*. New York: HarperCollins, 1981, pp. 14—15.

④ 曾巍:《西尔维亚·普拉斯诗歌创作心理机制的嬗变》,载《外语与外语研究》2016年第2期,第116—117页。

斯本人编辑的基础上进行了挑选,后期诗作中自我取向过于明显的作品没有包括在内,可能是考虑读者的接受,也可能部分诗作涉及家庭成员,适当删改是为了避免不必要的误解。普拉斯的女儿弗丽达在《爱丽儿》的前言中说:"我母亲将《爱丽儿》手稿的开头定位为'爱',而以'春天'结尾,显然这是代表了从婚姻破裂到决心开始新生活的这段时间。"[1]尽管如此,在诗人生命最后的几个月中,她的诗作中充满了"死亡"和"绝望"的意象,难以看到弗丽达·休斯所说的开始新生活的愿望。例如《死亡与陪伴》("Death & Co")、《刻痕与烛台》("Nick and the Candlestick")、《黑夜的舞蹈》("The Night Dances")等,这些都和死亡主题有关,可谓普拉斯当时绝望心境的投射。

西尔维娅·普拉斯的小说作品也颇具特色。《钟形罩》是她生前出版的唯一一部长篇小说,是基于她本人的经历所作,尤其是她去纽约实习、抑郁症发作试图自杀以及接受精神治疗的经历,带有明显的自传性。海尼曼出版社在出版了《巨人及其他诗作》之后,同意以维多利亚·卢卡斯(Victoria Lucas)的假名出版这部小说,"不过伦敦的文学圈都知道真实的作者就是普拉斯"[2]。据普拉斯的母亲所说,普拉斯还完成了另外一部小说的手稿,但是当时她在盛怒之下,将其付之一炬。尽管这个说法无法得到证实,但是普拉斯自从中学时起就创作小说却是个不争的事实。1977年她的短篇小说结集出版,名为《约翰尼·派尼克与梦经》(*Johnny Panic and the Bible of Dreams*),包括在不同时期发表的小说,有《周日在明顿家》等早年的获奖作品,也有基于休斯夫妇到西班牙度蜜月时的经历而作的《寡妇曼加达其人》("Widow Mangada")。《约翰尼·派尼克与梦经》一篇取材于普拉斯在精神病科做接待员的经历,对于恐惧、疯癫等心理状态进行了细致的刻画,因而被认为是作者社会和家庭压力的映射,一般被认为是普拉斯的半自传体小说。题目中的精神分析医生"派尼克"(Panic)是无名叙述者的雇主,他雇用女主人公整理精神病患者催眠治疗的梦的记录。叙述者逐渐陷入各种梦境的描述而难以自拔,她自己梦中反复出现的中心意象湖泊,是"污水收集中心",集中了几个世纪以来的各种垃圾:"我已经看到的湖面有很多蛇、像河豚鱼一样皱起来的死尸、盛着人类胎儿的实验室瓶子到处上下浮动,就像

---

[1] Frieda Hughes, Foreword. *Ariel: The Restored Edition: A Facsimile of Plath's Manuscript, Reinstating Her Original Selection and Arrangement*. By Sylvia Plath, NY: Harper Perennial, 2005, p. xiv.

[2] Frances McCullough, Foreword. *The Bell Jar*. New York: Harper Perennial Modern Classics, 2013, p. x.

很多来自了不起的'我是'所发出的不完整的信息。"①这是她潜意识的象征,深不可测的湖泊下掩藏着内心的危机或焦虑。小说取材于普拉斯的生活经历,被认为是作者自我经验的投射。事实上,因为普拉斯有限的生活阅历,她的不少作品具有自我书写的特征,《钟形罩》更是被公认为自传体小说。

《钟形罩》出版时正值普拉斯的人生低谷,当时她和休斯刚刚分居,独自带着两个孩子搬到了伦敦的一个公寓,而那年的冬天恰逢百年一遇的严寒,母子三人都患了流感。尽管弗丽达·休斯回忆说当时父亲每天都去看望母子三人,但是普拉斯心中感到的绝望却是任何东西都无法弥补的:"她生活中心的男性人物突然离开、评论界的批评、新环境下的孤立无援、身心疲惫、筋疲力尽"②。小说的情节源于普拉斯的情感历程,以第一人称叙述者埃斯特·格林伍德纽约实习开始,以她精神崩溃企图自杀而结束,压抑沉闷的气氛令人倍感窒息,"死亡"意象和无望之感贯穿始终。小说题目中的"钟形罩"是中心意象,来源于埃斯特在男友巴迪·威拉德实习的医院所见到的装有人体胚胎标本的巨大玻璃瓶:"厅里放着巨大的玻璃瓶,里面装着未出生就已死亡的婴儿。第一只瓶子里的婴儿有一只大大的白色脑袋,垂在小小的、弓成一团、像青蛙一般大小的躯体上。第二只瓶子里的婴儿要大些,下一只瓶子里的更大些,最后一只瓶子里的婴儿跟正常婴儿一般大小,他似乎正笑眯眯地看着我,像一只小猪仔"③。这象征女性在男权社会中被扭曲、被压抑的状态,非常贴切地反映了主人公的处境。她感觉到自己时刻生活在各种"钟形罩"之下,小说人物的标签化便是一个证明:例如性感开放但虚伪的多琳,其貌不扬、才华横溢但缺少"女人味"的老板杰·西,积极乐观、天真坦诚但胸无大志的贝特西,她们代表了典型的女性生存模式,也令埃斯特感到了无所适从,因为她既不希望像杰·西那样为了在男权社会谋得一席之地而放弃自己的女性特质,也不准备像贝特西那样为了迎合男性而牺牲自己的个人追求。这部小说呈现了男权社会中女性的从属角色,追溯个人价值和女性特质难以调和的根源,那就是"美国战后女性的痛苦、压抑、彷徨一方面来自于因美国社会的转型与变革而产生的女性意识觉醒与女性角色的重新选择,但最根本原因是父权意识形态所采用的霸权与遏制这两种意识形态控制策略"④。因而有学者将小说视为"作为社会反叛小说",认为它

---

① 西尔维娅·普拉斯:《约翰尼·派尼克与梦经》,孙仲旭译。北京:人民文学出版社,2014年,第6页。
② Frances McCullough, Foreword. Bell Jar. New York: Harper Perennial, 2013, p. xi.
③ 西尔维娅·普拉斯:《钟形罩》,杨靖译。南京:译林出版社,2011年,第52页。
④ 陈亚斐、李凯平:《普拉斯自传体小说的社会转型期意识形态控制》,载《山东社会科学》2012年第12期,第67页。

"通过疯癫叙事的形式展现了当代美国女性对父权文化的反抗"[1]。埃斯特从纯真无知到醒悟、再到绝望的心理发展轨迹,伴随着对生活的疑惑和探索,反映了她在道德规约和自我意识之间的协商与挣扎。通过这部自传性小说,普拉斯以及她的时代得到了展现。

普拉斯的诗歌创作也和她的生活阅历有着密切的关联。知识分子家庭出身为她插上了梦想的翅膀,但是母女经济上的窘境又令她时刻感受到生活的束缚。这个矛盾似乎成为普拉斯一生都未能摆脱的"魔咒"。年少之时,普拉斯在家书中和母亲经常讨论的就是各种花销,她"几乎是一个铜板一个铜板地计算着未来学年的费用,从少女时代每一笔稿费、每一首诗或者小说的发表都有周密的计划,这种周密计划的人生的每一步都不能错,因为错不起"[2]。普拉斯从7岁起就和母亲写信,作为感情联络的重要范式,她的文学生涯和个人生活,尤其是她对婚姻的失望和困惑,都从中得到反映,这成为普拉斯研究的重要一手资料来源。《爱丽儿》中的大部分作品作于1960年9月至1963年2月,诗人正经历婚姻和个人生活的艰难时期,基调灰暗消极,因为现实中的无助和绝望流露在她的笔端,死亡、压抑、焦虑成为后期诗歌的主要基调。广为传颂的《七月里的罂粟花》("Poppies in July",1962)便是较为突出的代表。诗人将罂粟花视为闪烁不定的"地狱火舌",又将其比喻为"小小的血色裙子"[3],代表了诱惑、死亡和堕落,这既是警示也是叙述者内心的焦虑,反映了她在面对外表美艳的事物时的不知所措。狂怒的"美杜莎"是叙述者内心反抗本能的投射:"无论如何,你总在那里,/我诗行末端的颤抖的呼吸"[4]。这首诗作于1962年10月她得知丈夫的婚外情之后,她内心的狂怒油然爆发,但是理性又告诉自己必须压抑复仇的强烈欲望,所以她在诗中说"滚开,滚开……你我互不相干"。正是因为这种书写自我的特征,普拉斯被公认为自白派诗歌最著名的代表作家之一。

普拉斯是美国诗坛上的奇女子,被誉为文坛上的"美国小姐"、天才女诗人、"女权主义道路上的勇士"[5],她的自我追寻和诗歌创作固然和个人生活

---

[1] 刘风山:《钟形罩下的疯癫——解读西尔维娅·普拉斯疯女人的故事》,载《解放军外国语学院学报》2008年第3期,第90页。

[2] 谢凌岚:《普拉斯性格里的凤凰女》(译序),《普拉斯书信集》。桂林:漓江出版社,2017年,第4—5页。

[3] 西尔维娅·普拉斯:《未来是一只灰色海鸥:西尔维娅·普拉斯诗全集》,冯冬译。上海译文出版社,2014年,第244页。

[4] 西尔维娅·普拉斯:《未来是一只灰色海鸥:西尔维娅·普拉斯诗全集》,冯冬译。上海译文出版社,2014年,第273页。

[5] 西尔维娅·普拉斯:《普拉斯书信集》,谢凌岚译。桂林:漓江出版社,2017年。腰封。

经历有关，同时她的绝望主要来源于时代对于女性的限制，来自知识女性对自己多重身份的困惑。她以生命捍卫自己的话语权利，以死力争女性的尊严。但是可悲的是，在她死后，围绕她的诗歌、书信等一系列的纷争使得她的"以死相争"带有了更多的悲情。普拉斯自杀时尚未和休斯正式离婚，因此按照英国的法律她的所有文稿版权归属休斯，而休斯委托自己的姐姐奥莉文加以监管。众所周知，普拉斯生前和奥莉文之间姑嫂不睦，所以，休斯家族制定了严格的审查制度，并且稿酬属于休斯家族。"所有引用普拉斯作品的评论、访谈、传记，在出版前必须把完整样稿送交休斯家族审查……包括普拉斯所有未出版的书信、日记"[1]，有效期直到2013年。普拉斯母亲编辑的书信集也被从700多封删减到了384封，所选书信契合休斯家族意在向公众呈现一个急功近利的潜在精神病患者普拉斯，但是也澄清了某些传闻。她去世之后不久女权运动的蓬勃兴起，人们重新认识她的作品以及她在女性文学历史中的地位，中间数位作家试图撰写普拉斯传记，但是出于各种原因最终被迫放弃，其中最主要的原因就是围绕她的自杀所引发的家庭纷争。泰德·休斯作为普拉斯遗产的继承人拥有普拉斯手稿的所有版权，休斯家族对普拉斯研究者怀有高度的戒备之心，以版权相要挟，以至于多位传记作者被迫放弃。1987年，琳达·瓦格纳-马丁（Linda Wagner-Martin）所著的《西尔维娅·普拉斯传》（*Sylvia Plath: A Biography*）在获得休斯家族的授权以后于美国出版，这是第一部普拉斯的传记，虽然较为详细地追溯了普拉斯的文学生涯，但是也把她描述成为急功近利、性格怪异的潜在精神病患者，这再次令普拉斯的追随者大失所望。之后虽出版多个版本的普拉斯传记，其中她的形象也各不相同；但是，到底真实的普拉斯是什么样的？这个问题似乎变得更加扑朔迷离。

西尔维娅·普拉斯是美国现代诗坛上的才女，她以大胆直白的笔触，书写女性的困境和诉求，成为自白派诗歌中成就最高的作家之一。她的英年早逝给世界留下了无尽的猜测空间，"虚假的自我判断造就了一个典型的'金童玉女'，一个永远的胜利者，父母的宠儿，得到社会的认可但是却失去了构建真实自我所必需的反抗精神……她有着过度的热情，总是在进行着角色的扮演"[2]。这种角色扮演及其中的压迫性，是普拉斯个人的悲剧，也是那个时代众多女性的悲剧。

---

[1] 谢凌岚：《普拉斯性格里的凤凰女》（译序），《普拉斯书信集》。桂林：漓江出版社，2017年，第2页。

[2] Edward Butscher, *Sylvia Plath: Method and Madness*. 2nd revised ed. Tucson: Schaffner P, 2003, p. 369.

第五章 当代美国女性文学

概 论

本章将首先概述20世纪60年代末以来的社会历史和女性文学概况，梳理欧裔、非裔、犹太裔、亚裔和拉美裔等女性文学分支的发展和嬗变，其次将文学体裁和题材的多元化纳入综合考查的范围，概述女性主题在历史语境下的彰显和历时变化，力图兼顾整体性和代表性两种视野，考查该历史时期的重大社会历史背景和宏观命题，并从族裔、阶级、性属等维度的横向对比中考查作家的个性表达与文学书写的异质性显现，明确这个历史阶段女性文学的历时性和当下性。

一、20世纪60年代末以来的社会历史背景

纵观历史的发展，之前的任何一个阶段都没有像当代这样，在短短的六七十年间经历了如此多的变化，给美国社会带来了深远而持久的影响。当代阶段的突出特征彰显于20世纪60年代，但是其社会历史根源几乎都与"战争"有着这样或者那样的关联，19世纪末以来美国所经历的美西战争、对印第安人的数次征伐、两次世界大战，这些结果最终在60年代之后得到了显现。随着"二战"结束，战争的阴影渐渐褪去，但是美苏两个超级大国在战时形成的短暂"蜜月期"也宣告终结，随后不久，两个超级大国代表的意识形态对立导致了世界范围内一系列的冲突，两大阵营在1962年"古巴导弹危机"之后全面进入对抗，军备竞赛和核战争的阴影笼罩在世界上空，给人类未来带来了诸多不确定性，也给人类的生存构成了潜在的威胁，"冷战"所代表的敌对在社会生活的方方面面得到了呈现。美国作为"二战"以后经济体量最大的超级大国，军事、科技、经济、文化在全世界范围内压倒一切的影响力也是历史上前所未有的。

当代阶段,阶级、种族、性别要素在美国社会中发挥了决定性的影响,不同社会群体构成的复杂性提高、流动性增强,但是矛盾也更加明显。科学技术的快速发展,现代化进程的加速,交通通信的日新月异,不断拓宽人类的视野,颠覆着人类对世界的认知,人类活动的空间空前扩大,但人们也愈加感受到人类文明兼具的解放力量和破坏力量。经济的发展创造了巨大的财富,但是现代经济和现代科技的结合也让社会财富进一步集中,贫富分化更加严重,阶级分野使得下层阶级的社会流动趋于艰难。"二战"以后美国经济复苏,美元经济的霸权地位得以确立,50年代的辉煌过后,60年代城市化进程加快,资本集中加剧,产业工人虽然也能够享受到经济发展的红利,但社会分化日趋明显,城市空间中种族和阶级的分割也日趋明显,纽约、芝加哥和洛杉矶的城市贫民区不仅是地理概念,也是美国民族心理中的一个阴暗角落,成为美国社会生态中不可忽视的阴影。

20世纪60年代最重要的社会背景就是人民争取权利的运动,主要是民权运动和女权运动。"二战"期间以及之后的朝鲜战争和越南战争等局部战争中,少数族裔的社会参与程度大大提高,相当比例的士兵来自少数族裔群体,特别是非裔以及墨西哥裔、波多黎各裔等拉美裔群体,少数族裔的种族意识大大提高,对于国家的认同感和对各自文化的自豪感也显著增强。50年代美国社会生活中的种族歧视依旧十分严重,军队和职场中的种族界限依然分明,民权运动则彻底改变了美国国内种族力量的对比,至60年代末期,种族歧视与界限分明的情况已经大有改观,主流文化群体对少数族裔的接纳程度也大大提高。1964年7月2日,时任美国总统的林登·约翰逊签署了民权法案,从制度上消除种族、宗教和性别在教育和就业中的不平等。然而,少数族裔和女性争取权利的道路充满了曲折,1968年4月4日,著名民权运动领袖马丁·路德·金遇刺身亡,随后美国爆发了全国性的冲突,一周以后,约翰逊总统再次签署民权法案,呼吁结束动乱。在此背景下,非裔的政治诉求愈加迫切,他们对生命政治压制的理解也逐渐跳出了之前较为单一的种族维度,谋求全面的解放。

局部战争和冷战背景的结合,令来自古巴、越南、朝鲜、韩国等国的移民数量迅速增加,在美国的越南裔、韩裔等亚裔群体和古巴裔等拉美裔社区的规模迅速扩大,美国社会的种族多元化趋向逐渐明晰。因为意识形态要素的影响,古巴和越南移民能够获得美国难民身份进行"政治避难"。1959年古巴革命后,亲美古巴精英以迈阿密为中心在佛罗里达建立起颇具影响的古巴移民社区,他们自称为流亡者,获得了美国政府的大力支持,在美国情报部门的帮助下进行颠覆卡斯特罗政权的活动。1961年"吉隆滩事件"

(Bay of Pigs Invasion,另译"猪湾事件")和1962年"古巴导弹危机"之后，美国对古巴进行全面经济封锁和制裁，中下层移民加入到移民社区，古巴移民社区规模迅速扩大。越南移民的情况较为相像，1975年西贡（今胡志明市）解放，大批越南移民涌入美国，其中有不同政见者，也有越南战争期间美国驻军在越南的家室。美国出于反共产主义的需要，为1975年后的越南移民提供"政治流亡者身份"，这些越南移民能够得到政府以及相关机构提供的特别援助，可以在较短的时间内安顿下来。越南裔社区成为继菲律宾裔之后的第四大亚裔群体。从人口数量上看，亚裔现在已经成为继拉美裔、非裔之后的第三大族裔群体，在美国人口中的比例约为5%～7%，总体受教育水平和收入水平较高，是60年代以后社会力量增长最快的群体之一。但是，鉴于东西方文化之间的差别，移民源出国在意识形态方面与美国的差别等原因，亚裔被美国主流群体的接受程度依旧有待于提高。

族裔背景下，印第安人争取权利的斗争是当代阶段的一个重要方面。自发现"新大陆"以来，印第安人的命运和境况经历了直线坠落式的"下行"运动轨迹，他们的土地被侵占，一次次的战争不断挤压他们的生存空间。1775至1871年间，美国政府和印第安人之间签署了八百多项各类协议，其中更是有臭名昭著的《印第安人迁移法》(Indian Removal Act,1830)，直接强迫印第安人踏上"血泪之路"而被迫迁移到指定的保留地中，以及1887年的《道威法案》(Dawes Act)，进一步以国家意志的形式掠夺印第安人的土地。1890年以后，几乎所有的印第安人都已经被驱赶到了散落在全国各地的保留地，这些印第安保留地大多土地贫瘠、自然条件恶劣，或处于深山或位于荒漠。在艰难的生存斗争中，各部族的印第安人始终没有放弃张扬自我的努力，他们试图借助于祖先的智慧去理解当下的世界，通过回忆民族的辉煌鼓舞当下的士气，为印第安人的苦难历程增加文化的"血性"。"二战"后，美国虽然从国家意志角度结束了对印第安人的隔离，但是印第安文化已经遭到了严重的破坏，急需进行重建。在这样的背景下，一些作家和文化工作者承担起历史重担，发掘、张扬、保护印第安文化，60年代的"印第安文艺复兴"(Native American Renaissance)运动就是印第安人复兴族裔文化、张扬印第安自我的一个证明。

在这些族裔少数群体之外，占据总人口近一半的女性在多个领域成为权利上的少数派。"二战"以及以后的历次战争，使女性纷纷走出家庭参与到社会事务中。战争结束后女性都有意识地保持了社会参与度和认识能力，并且更加积极地参与到争取女性权利的各项运动中，在反战、反对麦卡锡主义、民权运动等重要的历史关口，发挥了关键性的作用。战争期间相当数量的适龄男性参战,因而在传统上由男性占据主力的工作,例如制造业、运输业、农业,相应地开始由男性与女性共同承担,甚至在某些领域女性开始替代男性发挥着关键作用。更多的女性走出家庭,参与到社会活动中,这提高了她们的社会意识,也鼓励了她们维护自我权利的行为。1966 年全国妇女协会成立,标志着女性争取自由平等的运动全面展开,女性解放运动和民权运动、青年运动、反战运动相互促进,在根本上促进了美国社会的巨大变革。在这些革命性力量的影响下,之前相对固定的社会价值体系出现了松动,甚至"性属"都不再是难以逾越的鸿沟,其政治性开始在公共话语中得到言说和表征。性别解放革命性地颠覆了传统的性别角色,越来越多地打破了之前的两性分工。女权主义运动的第二次和第三次浪潮全面布展,从消解性别差异到尊重性别差异、从性别表征的表面到性别政治本质的考证,性别问题也从一般的认知,往政治和学术领域延伸。

经济发展和资源利用之间的矛盾、经济繁荣和贫民生存之间的矛盾、冷战背景下全球意识形态领域的斗争和美国对移民实际接纳能力之间的矛盾,都对美国人的生活造成了巨大冲击,也给他们的传统信仰和自我认知产生了内在的影响;传统思想与现代观念之间的交锋更加激烈,种族、阶级、性别等不同维度的协商更加复杂化。可以说,种族、阶级、性别、性属等要素构成的横向坐标,使少数族裔、女性、同性恋者、劳动阶级等边缘群体具有了更大的流动性和上升空间。所以说,全球范围内 20 世纪中期的现代化进程和"二战"的影响以及冷战时期国际力量的全面布展,在根本上改变了美国国内外社会力量的对比,也为当代美国女性文学的繁荣创造了外部条件。

二、20 世纪 60 年代末以来的女性文学概况

女性作家敏锐地感受到了历史进步的冲击,进而将这些变化融入她们的文学创作中。"女权运动的发展在文学上必然有所反映,造就了一大批以抗议为基调描写妇女意识的女作家。"[①]的确,这个阶段涌现出众多的女性小说家、诗人、剧作家和批评家,她们在各个文学领域施展才华,书写女性的成长和诉求,努力为女性发声,为女性争取各项权利发挥了积极的推动作用。20 世纪 60 年代以后的美国女性文学具有一些显著特点,其中最为突出的特征之一就是"多元化"取向。"多元化"具有多重含义,既指作家出身和文化背景的多元化,也表现为她们在题材和体裁选择上的拓展,以及在文学手法上的创新。

---

① 陶洁:《灯下西窗》。北京大学出版社,2004 年,第 276 页。

当代文学的"多元化"取向表现出题材选择和书写方式的多元化,对"真实"与"想象","正典"与"通俗"之间界限的消解和重构。在小说、诗歌、戏剧等经典文类以外,当代阶段十分繁荣的文类还有传记类作品,特别是非虚构性的生命书写叙事,主要包括传记、自传、回忆录,以及"虚构性自传",作家充分运用了文学的想象性和虚构性,将历史背景和虚构人物结合在一起。以玛雅·安吉洛(Maya Angelou,1928—2014)、琼·迪迪翁(Joan Didion,1934—2021)和玛丽·卡尔(Mary Karr,1955—)等为代表,女性叙事一次次对文学中的核心话题"真实"和"权威"提出质疑,并用自己的话语对边界进行重新建构,通过文学书写凸显个人经历,讲述成长、描写蜕变。这些作品的作者取材于自己或者他人具有典型性的经历,或者在社会历史中具有代表性的事件,通过个人的见证,描写重大事件的社会历史意义。玛丽·卡尔的《骗子俱乐部》(*The Liars' Club*,1995)讲述自己在得克萨斯小镇的成长,披露了父亲酗酒、母亲的精神病和自己遭受性侵等诸多创伤经历。苏珊娜·凯森(Susanna Kaysen,1948—)的《遗失心灵地图的女孩》(*Girl,Interrupted*,1993)回忆了自己在精神病院中的经历。劳伦·斯莱特(Lauren Slater,1963—)将心理学实验通过"讲述"的方式再现出来,出版了九部同疾病叙事、心理治疗主题相关的生命书写作品,其中最著名的是《打开斯金纳的盒子:20世纪最了不起的心理学实验》(*Opening Skinner's Box:Great Psychological Experiments of the Twentieth Century*,2004)。凯森和斯莱特两人都有过精神病的经历,又都是精神病治疗的从业者,她们基于自己的精神疾病经历而开始关注并书写女性心理、精神疾病、女性健康和精神病治疗等相关的主题。正如斯莱特所说,"正是因为精神病治疗的这些药物,我学会了欣赏身边的美,不过这些药物也让我比你们更快离世"[1]。这类作品的文学性可能相对不够凸显,但是这种书写范式却能够从性别政治和生命政治的双重视角,对疾病、疯癫、医学治疗等日常现象进行哲学性的呈现。

还有一类非虚构类作品被称为"职业传记",其作者为具有相当社会影响的政治家或者社会公众人物,例如第一夫人,前国务卿希拉里·克林顿(Hillary Clinton,1947—),第一位非裔女性国务卿康多莉扎·赖斯(Condoleezza Rice,1954—)和第一位非裔第一夫人米歇尔·奥巴马(Michelle Obama,1964—)等人的回忆录和自传。这些作者具有不同的族裔

---

[1] Lauren Slater,*The Drugs That Changed Our Minds:The History of Psychiatry in Ten Treatments*. London:Simon & Schuster,2018,pp. 3—4.

身份和阶级出身,其写作主题存在各种的差异,但是她们具有一个共同的特点,就是书写的"真实性"和"非虚构性",以及在主题选择上的"自我经历书写"。这些文学作品所描写的内容进一步模糊化了真实和虚构之间的界限,使得文学叙事具有了更加明显的自我指涉性。

至于"正典"与"通俗"之间边界的重新建构,则需要关注当代文学中女作家在大众文学和流行文学中的不俗表现。女性作品往往趣味性强、情节跌宕、语言通俗,悬疑、推理、爱情、都市生活、科幻等是她们乐于选择的主题,这些作家通常被称为"畅销书"作家。随着后现代社会大众消费的多向度延伸,科学技术的迅速发展不断挑战人们对世界和自我的认知,人们的精神诉求趋于多元化,对诸如"人类生存"的文学经典命题也具有了不同维度的理解和阐释,作家和读者都对于文学作品中经常涉及的各种关系有了不同的理解。再者,在后现代主义的影响下,"中心"和"边缘"的界限不断被模糊化,"经典"的概念始终处于解构和重新建构之中,通俗文学和高雅文学之间的界限不断被消解,因而这一部分作家及其作品也不应该被忽视。学者对文学"经典"的阐释有助于理解科幻小说等大众文学的文学价值:"我们总是认为经典作品代表了它们各自的时代、风格或者观点,但事实上它们往往不是代表性作品,而是与众不同的作品。"①实际上,大众文学和经典文学之间往往都是难以截然分开的,经典的意义在于其超越具体的社会历史所指,彰显于不断的再阐释过程。当今负有盛名的作家也会涉及流行性主题,例如乔伊斯·卡罗尔·欧茨(Joyce Carol Oates,1938—   )就创作过多部犯罪主题的作品,相当比例的经典作家也创作通俗性的、适合青少年阅读的文学作品。通俗文学的文学性固然值得商榷,但畅销书的流行也不是偶然,它和市场需求、读者心理密切相关。畅销书如言情小说、科幻小说、侦探小说等有其不可忽视的吸引人之处:言情小说可以满足人们对于爱情的美好向往,给平淡的生活增加一些浪漫的遐想和激情的迸发;科幻小说充分利用人类的想象,探索未知和人类未来的方向,而女性科幻文学以女性乌托邦建构为主要特色,解构性别差异、突出女性的诉求;侦探小说中的暴力和惊悚等要素则满足了读者对于黑暗世界的好奇,更好地理解人性的阴暗,有助于排解被压抑的消极情感。因而,21世纪文学发展和文学研究的一个立场就是,开放性地对待"非主流"和"边缘化"的文学作品,解构"经典"和"非经典"的二元对立状态。

---

① Martin Kern,"Dialogue Section D:Who Decides the 'United Nations of Great Books':Inspired by Prof. Zhang's Speech," in *Tension in World Literature:Between the Local and the Universal*. Ed. Weigui Fang. Palgrave MacMillan,2018,p. 349.

当代言情小说、科幻小说、侦探小说等作品的产出非常可观,极大地促进了作家的创作,令女性作家的小说在炙手可热的畅销书市场上占据重要地位,丽莎·加德纳(Lisa Gardner,1956—)、梅格·卡博特(Meg Cabot,1967—)、杰西卡·贝尔德·布莱克莫尔(Jessica Rowley Pell Bird Blakemore,1969—)、斯蒂芬妮·迈耶(Stephenie Morgan Meyer,1973—)等人成为当今世界闻名的畅销书作家。她们的作品具有很强的趣味性和可读性,而且其中涉及经典文学的代表性题材,例如性别政治、父权制、文化霸权、身体政治、女性主体性建构等。

丽莎·加德纳是当今美国最为炙手可热的悬疑小说家之一,自从1998年开始发表推理和悬疑小说,在职业生涯之初以"艾丽西娅·斯科特"(Alicia Scott)为笔名出版了系列爱情小说,其作品数度登上《纽约时报》畅销书排行榜。加德纳的小说有六个系列,共计四十多部作品,其中"首席女警探"和"FBI探员系列"最为著名,不同系列中的作品在人物安排和情节设计上存在一定的延续性。这是畅销书之市场取向的一个突出特点,和畅销书的商业策划密切相关,目的在于吸引读者的持续关注;小说情节上的悬疑性也是增进作品趣味性和可读性的重要手段。加德纳的小说富有节奏感,描写细致,故事情节缜密,设计精巧,结局出人意料。不读到故事结尾,读者难以猜透其中的来龙去脉。此外,加德纳作品中具有十分突出的女性情怀,情节曲折、情感细腻,已经被译介到了世界三十多个国家,其中的多部被改编成了电视剧。对于喜爱犯罪、悬疑、推理小说的读者而言,"华伦探长"这个虚构的人物已经深入人心,而作者丽莎·加德纳也已经跻身当今美国最受欢迎的作家之列。

杰西卡·贝尔德·布莱克莫尔是另外一位世界闻名的畅销书作家,自从2002年开始发表小说,已经出版作品三十余部,在全球的发行量超过1500万册,在世界25个国家出版发行[1]。布莱克莫尔用 J. R. 沃德(J. R. Ward)为笔名发表了大量的作品,其作品位居《纽约时报》排名前列,最著名的吸血鬼爱情小说"黑创会吸血鬼王"(*Black Dagger Brotherhood*)系列包括二十多部作品,这一系列小说以描写情爱、吸血鬼传说、兄弟情义、骑士精神、都市生活为特征,将纽约等现代大都市的生活和吸血鬼题材相结合,令传统的"吸血鬼"题材带有了现代社会的特征。《吸血鬼王》系列小说的第一部《黑暗恋人》(*Dark Lover*,2002)最为著名,小说一经出版即获得巨大成功,一举奠定了沃德小说的基调,即吸血鬼题材中的情色和欲望取向。

---

[1] http://www.jrward.com/meet-the-warden/.

斯蒂芬妮·迈耶同样以书写吸血鬼题材著称,但与沃德的吸血鬼题材的情色特征相比,其风格更加朦胧、唯美。如果说沃德对于"血腥"和"欲望"直白大胆的描写更适合成年读者的话,那么迈耶的作品更适合青少年读者,偏重描写少男少女朦胧的情愫,其中被吸血鬼身份定格的"永恒青春"是浪漫爱情故事的理想题材。斯蒂芬妮·迈耶无疑是当今书写吸血鬼题材最著名的作家之一,也是商业上最为成功的畅销书作家之一,其《暮光之城》系列小说(The Twilight Saga,2005—2008)已经销售上亿册,翻译成了近四十种语言,行销世界各地50个国家,曾占据《纽约时报》畅销书排行榜长达303周。《暮光之城》系列小说情节设计巧妙,充分利用了爱情、忠贞、正义等经典文学要素,来阐释现代语境下的吸血鬼题材。小说一出版就获得了多项大奖,成为和"魔戒""哈利·波特""纳尼亚传奇"等世界顶级魔幻小说齐名的作品。这些成就创造了美国女性流行小说的历史。该系列的成功有其独特的内在原因,即小说在书写吸血鬼主题时利用了诸多经典文学要素,并将它们进行了创新:在对吸血鬼世界的描写中,迈耶模仿了宗教题材中的等级制度,并设计了以卡伦家族为代表的另类"素食"吸血鬼家族,和传统的吸血鬼形象形成了对比,从而凸显出了吸血鬼群体的内部矛盾。除了吸血鬼题材之外,《暮光之城》系列小说还利用了印第安文化要素,如狼人传说,即通过印第安文化中的生态思想和万物有灵的泛神论思想,为正义和邪恶的斗争这一文学经典题材提供了全新的阐释空间。吸血鬼题材的基督教思想和印第安泛神论思想的结合点,就是超越了吸血鬼、人类和狼人不同族群界限的人文主义思想:善良和正义。吸血鬼主人公的年龄永远定格在19岁,仿佛青葱岁月的浪漫传奇可以延续到永远,这正是该系列小说最为引人之处。此外,迈耶还发表了《宿主》(The Host,2008)等其他三部作品,其体裁偏向于科幻小说,讲述的是人类被外来物种入侵的故事,小说的趣味性和思想性兼顾,反映了在"后人类身体"的政治语境下,文学对于人类生存和世界未来的思考。

擅长书写悬疑和犯罪主题的作家还有梅格·加德纳(Meg Gardiner,1957—),她最知名的作品是埃文·德莱尼小说(Evan Delaney novels),该系列的第一部小说《中国湖》(China Lake,2002)获得了2009年的爱伦·坡奖,《记忆捕手》(The Memory Collector,2009)被评为美国亚马逊年度十大悬疑小说之一。嘉迪纳的小说惊悚恐怖、曲折惊人、扣人心弦,不但深受读者喜爱,而且还得到斯蒂芬·金等知名作家同行的高度认可。

以写都市、家庭、爱情、婚恋主题著称的当代女性流行文学作家还有梅格·卡博特、莉迪亚·米利特(Lydia Millet,1968—)、梅根·谢泼德

(Megan Shepherd,1981—　)等。卡博特擅长写适合青少年读者的浪漫和言情题材，她的代表作是《公主日记》(The Princess Diaries,2000)，以第一人称的叙事方式，讲述14岁纽约女孩米娅·瑟莫波利斯生活中的巨大转变：她在一夜之间，发现自己竟然是欧洲小国杰诺维亚国王的唯一继承人，将面临从普通女孩到公主的身份转变。小说属于青少年成长小说，涉及女性身份、自我认识和个人发展；小说是数字化时代的"公主故事"，充满着当代生活的气息，米娅经历的"公主课程训练"对她来说充满了挑战，美国青少年养成中所崇尚的自由和欧洲王室遵守的传统规则形成了鲜明的对照；小说同时继承欧洲文化传统中的"王室情结"，即"白雪公主""灰姑娘""美女与野兽"等童话故事中的教化隐喻——女性美貌和美德终究会得到回报，这两者的结合迎合了普通人对于财富和地位的期望。这部作品不仅登上了畅销书排行榜，而且被迪士尼改编成电影，由国际明星安妮·海瑟薇主演，进一步将该作者和系列小说的声誉推向了全世界。

谢泼德擅长在女性哥特话语范式下写现代人的情感，较为典型地结合了女性主题和惊悚悬疑情节。其代表作《疯人之女》三部曲(The Madman's Daughter Series,2013—2015)以主人公朱丽叶·莫罗的经历为主线，通过她寻找父亲和发现父亲动物实验的秘密，融合了哥特式元素和科幻成分，将孤岛、禁闭、物种杂交等情节拼贴在一起，书写"异化""囚禁""疯癫""爱情"等哥特小说的经典主题。父亲将人类的智力嫁接于动物身上，使它们具备人类的记忆、语言和行为能力，他对知识的过度追求使他挑战上帝的权威，必将遭到灭亡，最终他被嫁接了高智商的美洲豹所毁灭。小说可谓弗兰肯斯坦神话的现代延续。除了新奇的情节外，小说也反映了当下文学的重要主题，如后人类身体政治以及对文化、种族差异的协商。主人公朱丽叶在感情和理智之间的抉择是科幻要素之外最吸引读者的地方，这种矛盾的心理也正是人类面对高速发展的科学技术、面对迅速变化的世界的真切反映。

劳伦·凯特(Lauren Kate,1981—　)是青少年文学中的代表，擅长写魔幻题材的青少年言情小说。凯特以《堕落天使》(Fallen)系列小说而成名，该系列小说包括2009至2013年出版的六部作品，相互之间存在情节上的延续，涉及爱情、正义和忠贞等主题，曾高居《纽约时报》排行榜55周，蝉联冠军15周，其电影版权被迪斯尼收购。

当代文学对于"真实性"的建构还体现在对于"平行世界"的想象中，其表现就是科幻文学的兴盛。科幻文学可以被视为文学和科学的结合，居于二者之间的临界地带，有着离奇的情节和超越现实的人物设计，将人类智力的力量无限放大,把现实生活中的某些片段通过科学性的想象进行夸张,构想人类未来的生存,表现对未知世界的探索,情节设计往往会涉及物理空间和生物空间上对现实的超越,例如人类身体、生存空间、生存手段、物种间性等宏大历史叙事。而这些往往也是严肃文学所涉及的经典命题,因此可以说,科幻小说虽然有着离奇的情节,但是其写作也具有明确的政治性,因而学者认为虽然科幻小说"充斥各大影院,但是它不属于流行文学"[1]。当今,科幻小说已成为当代美国文学中的重要分支,于女性作家而言,科学幻想具有更加重要的意义:它为冲破现实限制提供了可能。女性科幻作家的创作往往具有女性文学的典型特征,把现实主义和科学幻想元素相结合,将性别、种族、信仰等置于超现实的视域下进行思考,把科幻作为超越现实问题的一种理想,因此,当代女性科幻小说往往遵循一个较为独特的模式,即超越性别、超越现实的"女性乌托邦"叙事。

  在此视域下,创作颇丰并且有影响力的当代科幻小说家有以下几位:爱丽丝·布拉德利·谢尔顿(Alice Bradley Sheldon,1915—1987)、以笔名朱迪斯·梅瑞尔进行创作的朱迪丝·格罗斯曼(Judith Josephine Grossman,1923—1997)、凯特·威廉(Kate Wilhelm,1928—2018)、厄秀拉·勒吉恩(Ursula K. Le Guin,1929—2018)、玛吉·皮尔西(Marge Piercy,1936—)、乔安娜·拉斯(Joanna Russ,1937—2011)、奥克塔维亚·巴特勒、卡伦·乔伊·福勒(Karen Joy Fowler,1950—)和帕特·墨菲(Pat Murphy,1955—)等。她们的创作大多始于20世纪60年代,属于60至80年代科幻小说的"新浪潮"[2],当时正是科幻小说蓬勃发展的时期。从科幻小说的出版时间来看,犹太裔作家格罗斯曼最早开始职业生涯。她于1948年发表第一篇科幻短篇小说,可谓女性科幻作家中的先驱。作品最多、成就最高的当数厄秀拉·勒吉恩,她多次获得科幻小说的最高奖,是世界顶尖级的科幻小说家。凯特·威廉同样多次获得雨果奖(Hugo Award)和星云奖(Nebula Award),她和同为科幻小说家的丈夫戴蒙·奈特(Damon Knight,1922—2002)共同设立了克莱里恩作家工作坊(Clarion Workshop),专门培养科幻小说作家和奇幻小说作家。非裔作家玛吉·皮尔西是新左派作家,更主要的关注点还是女性文学的其他主题,仅有两部作品《时间边缘的女人》

---

[1] Farah Mendlesohn, Introduction. *The Cambridge Companion to Science Fiction*. Ed. Edward James and Farah Mendlesohn. Cambridge:Cambridge UP,2003, p. 1.

[2] Damien Broderick,"New Wave and backwash:1960—1980," in *The Cambridge Companion to Science Fiction*. Ed. Edward James and Farah Mendlesohn. Cambridge:Cambridge UP,2003, p. 48.

(Woman on the Edge of Time,1976)和《他,她和它》(He,She and It,1991)被公认为科幻小说。年轻一代的作家如奥克塔维亚·巴特勒和福勒,都数度摘取科幻小说界的重要奖项,具有相当的影响力。

爱丽丝·布拉德利·谢尔顿在1967年至1987年间,常以男性笔名"小詹姆斯·提普特里"(James Tiptree Jr.)进行文学创作,也曾使用笔名瑞库娜·谢尔顿(Raccoona Sheldon),"谢尔顿"这一姓氏来自她的第二任丈夫亨廷顿·谢尔顿。在60年代男性作家几乎一统天下的科幻小说界,女性创作往往会受到男性同仁和批评家的质疑,所以她选取男性笔名也就毫不为怪了,这在一定程度上反映了"'性别之争'中的性别焦点"[1]问题。而事实上,提普特里的作品中的确具有丰富的男性气质,在她使用"提普特里"这个笔名的近十年里,大众读者、评论界以及其他科幻小说家都难以确定她的真实性别,而她似乎也很喜欢保持自己性别的神秘感。提普特里个人接受过良好的高等教育,"二战"期间曾在美国陆军航空部队服役,服务于光学情报机构,这些经历也进一步培养了她对科学的兴趣。1968年,提普特里发表的第一篇短篇小说《推销员的诞生》("Birth of a Salesman")被收录在约翰·坎贝尔主编的科幻杂志《模拟科学事实及小说》(Analog Science Fact & Fiction)中。1973年,提普特里出版短篇小说集《离家一万光年》(Ten Thousand Light Years from Home),此外还创作了关于外星人主题的一些短篇小说,例如《男人看不见的女人》("The Women Men Don't See")、《插电女孩》("The Girl Who Was Plugged in",1973)等。谢尔顿的作品主题丰富,既有喜剧色彩又有灰暗的色调,既有男性气概又有女性的阴柔,还涉及生物决定论、自由意志和女性主义等。为了纪念谢尔顿,科幻小说界于1991年2月创立了提普特里奖(James Tiptree Jr. Award)。2012年,谢尔顿入选美国"科幻名人堂"(Science Fiction Hall of Fame)。

乔安娜·拉斯是科幻小说家和激进的女权主义者,其创作以女性乌托邦小说为特点,被称为"女权主义的科幻小说家"。拉斯在康奈尔大学求学期间,师从文学巨匠纳博科夫(Vladimir Nabokov,1899—1977)。1975年出版的《女身男人》(The Female Man,1970)使她的独特视角被认可。小说讲述的是四个生活在不同时空的、平行世界的女性,由于机缘巧合,穿越到了彼此的世界。她们虽然生物基因完全相同,但是社会和文化际遇上的差别,让基因发生变化,表现出了个性、身份、性别和性属上的差异,令她们

---

[1] Helen Merrick,"Gender in science fiction," in The Cambridge Companion to Science Fiction. Ed. Edward James and Farah Mendlesohn. Cambridge:Cambridge UP,2003,p. 247.

重新审视生活的实质和女性在社会中所扮演的角色。这部小说直接对意识形态核心问题提出了挑战,"从自然和文化的关系开始,提出了深刻的哲学和文学认识论的问题"[①]。拉斯的作品多属于此类带有女权主义特征的科幻小说,曾获得星云奖最佳短篇小说奖和雨果奖最佳短篇小说奖提名的《当改变来临时》("When It Changed",1972)亦是如此。小说描述了遥远的外星球威尔埃维上的女性乌托邦,600 年后四位男性宇航员来到这个星球,给这个女性乌托邦的存续带来了威胁,契合题目中的"改变"主题。威尔埃维(Whileaway)意为"这么一会儿"(For-A-While),意为:不管这个星球的命运有多么短暂,至少在那一刻它为女性提供了一个心灵的港湾。评论界普遍认为这部小说"在很大程度上代表了对科幻和性别探究的制高点,对女性刻板形象和男性科幻修辞进行了猛烈的批判,对广为接受的、自由'全女人'加以解构,旨在建立多元的、流动性的后现代女性'自我身份'"[②]。对于性别政治、两性价值以及种族延续的思考,正是最具拉斯风格的科幻小说。

当代阶段随着现代化交通通讯的日益推广,地理阈限被减弱,之前在文学中得到重要表征的文学地理因素开始发生变化,这在南方女性文学中得到了较为明确的凸显。纵观南方文学的整体脉络,可以看出文化地理虽然继续发挥着作用,但传统的南方乡情情结与故土情怀被大大削弱,南方文化传统面临着来自现代社会的挑战。在此背景下,辛普森(Lewis Simpson)在1980 年提出了"后南方"的概念,认为南方历史已经走向终结[③]。但现实情况可能并没有这么简单。文学中的美国南方地理图景,无论是衰败荒凉还是喧闹聒噪,它仍旧与安静美好的南方想象存在关联;无论人物个性是粗悍偏激还是执拗迷茫,南方家庭是扭曲残缺还是关系颠倒,它或多或少与南方温良优雅的绅士淑女形象存在一定的对话性,南方文化传统依旧在发挥着影响。这一点,可以从南方作家的作品中得到一定的证明。

基于佩吉·惠特曼·普伦肖(Peggy Whitman Prenshaw)编辑的《当代南方的女性作家》(*Women Writers of the Contemporary South*,2010),下列作家在当代南方女性文学中的成绩得到普遍的认可,被认为是当代南方女性文学的代表。她们是玛丽·李·塞特尔(Mary Lee Settle,1918—

[①] Ritch Calvin, *Feminist Science Fiction and Feminist Epistemology: Four Modes*. New York: Palgrave Macmillian, 2016, p. 97.

[②] Helen Merrick, "Gender in science fiction," in *The Cambridge Companion to Science Fiction*. Ed. Edward James and Farah Mendlesohn. Cambridge: Cambridge UP, 2003, p. 248.

[③] 转引自李杨:《颠覆·开放·与时俱进:美国后南方的小说纵横论》,北京:中国社会科学出版社,2018 年,第 12 页。

2005)、贝丽·摩根(Berry Morgan,1919—2002)、伊丽莎白·斯宾塞(Elizabeth Spencer,1921—2019)、雪莉·安·格劳(Shirley Ann Grau,1929—2020)、多丽丝·贝茨(Doris Betts,1932—2012)、埃伦·吉尔克里斯特(Ellen Gilchrist,1935—   )、盖尔·戈德温(Gail Godwin,1937—   )、贝弗莉·劳里(Beverly Lowry,1938—   )、托妮·凯德·班巴拉(Toni Cade Bambara,1939—1995)、鲍比·安·梅森(Bobbie Ann Mason,1940—   )、安·泰勒(Anne Tyler,1941—   )、丽莎·奥尔瑟(Lisa Alther,1944—   )、丽塔·梅·布朗(Rita Mae Brown,1944—   )、李·史密斯(Lee Smith,1944—   )、艾丽斯·沃克和琼·威廉斯(Joan Williams,1952—   )。其中沃克和班巴拉是非裔作家,她们的南方主题往往同族裔主题融合在一起,从黑人角度呈现南方传统。威廉斯是女权主义者,更加注重女性所面临的现实问题,多从社会学及法律等角度关注职业女性的生存境况和职场地位。

在这些作家中,最年长的是西弗吉尼亚作家塞特尔,她的职业生涯也是当代南方职业女性的一个缩影。塞特尔是积极的社会活动家,她阅历丰富,参加过"二战",是英国女子空军辅助部队(the British Women's Auxiliary Air Force)的军官,后任职于美国战争情报部门,战争结束后开始了其写作生涯。她的大部分作品基于南方历史和她在战争中的经历,尤其是她在英国、土耳其生活的经历。1980年,塞特尔创立笔会/福克纳文学奖,以她最仰慕的作家威廉·福克纳命名的这一文学奖项,后来成为美国文坛最具影响力的奖项之一。塞特尔的文学贡献主要在于《比乌拉五部曲》(The Beulah Quintet,1956—1982)和国家图书奖的获奖作品《血色领带》(Blood Tie,1978)。《比乌拉五部曲》由五部各自独立又存在一定关联的历史小说构成,其中虚构性人物和情节同非虚构的历史脉络相得益彰,勾勒出三个半世纪中美国南方的历史,呈现出17世纪英格兰到当代西弗吉尼亚的清教主义文化血脉传承。"比乌拉"取自《圣经》,意为犹太人的安息地。五部曲中的几部小说均带有浓厚的宗教和历史含义,其中,《哦,比乌拉的大地》(O Beulah Land,1956)和《囚禁》(Prisons,1973)得到的关注最多,前一部作品以印第安战争为背景,后一部以英国历史上的克伦威尔战争为背景。这两部作品都是通过主人公在战争中的经历,从历史中小人物的视角,如克伦威尔革命军中来自于中产阶级清教徒家庭的士兵,来追溯美利坚民族文化根源中的革命精神、暴力传统和英雄主义。小说同时也通过暴力书写,如克伦威尔对平等派的排挤和镇压,印第安战争中殖民者为了争夺生存空间对印第安人进行的屠杀等,对正义和自由等概念提出了质疑。《血色领带》的故事发生在"二战"以后土耳其东部的一个小镇,各色欧美旅居者聚集在此,有德国考古学家、英国同性恋教授、荷兰犹太幸存者、美国独身老太太、美国中央情报局侦探等。故事通过追溯一个意外身亡事件,通过和血迹相关的一系列线索,逐渐揭开一起法西斯警察对普通青年的虐杀。小说的题目具有双关意,既指故事中和"血迹"相关的线索,也隐含了血脉相连这一含义,通过谋杀和禁声隐喻与战争相关的暴力,对欧美历史进行了审视。

另外一位国家图书奖的获奖作家是密西西比作家埃伦·吉尔克里斯特,她在1984年凭借短篇小说集《打败日本》(Victory Over Japan)摘得国家图书奖。吉尔克里斯特的主要成就在短篇小说创作,她以细腻的笔触描写了形形色色的南方女性,通过呈现不同生活空间中的女性生活片段,讲述她们在家庭、婚姻和爱情中的经历。吉尔克里斯特同另外两位密西西比作家摩根与斯宾塞一样,往往将故事的背景设置在南方,书写时代变化对个人及社区传统的冲击,注重在生活的日常情节中呈现女性的成长和女性生存,于女性的日常映射南方传统价值。《打败日本》即是一例,它由14个短篇故事构成,多从女性第一人称内聚焦展开叙事,通过人物的视角,若隐若现地将宏大叙事呈现给读者。与文集同名的小说"打败日本"以"二战"后期美国在日本投下原子弹、日本无条件投降为背景,从三年级女孩罗达的角度呈现了南方的生活场景。罗达为了给校报撰稿而试图采访班里一个特殊的同学,一个因为被宠物松鼠咬伤而需要连续十几天注射狂犬疫苗的男孩,小说中的人物还有参加"一战"而备受弹震症困扰的哈蒙校长、社区中的恋童癖男子、罗达的"虔诚"有爱的母亲和专断暴躁的父亲。小说透过罗达的功利目的,诘问儿童心目中残酷与冷漠的来源,对战争、创伤、暴力等宏大主题进行了思考。

弗吉尼亚作家李·史密斯擅长塑造带有一定刻板印象的女性形象,尤其是备受男性压制的女性,如《魔鬼之梦》(The Devil's Dream, 1992)中的凯特和《拯救格蕾丝》(Saving Grace, 1995)中的格蕾丝,她们带有传统南方女性的刻板化特征,诸如温柔顺从,但缺乏主见,过于软弱,因而往往为男性所利用。小说中这些女性也表现出了一定的自我意识,如格蕾丝的第一人称内聚焦叙事声音和凯特的歌声,都可视为她们寻找自我的努力。因此,小说题目中的"格蕾丝"具有双重含义,同样指向了女性的尊严,而"魔鬼"则指向了将女性妖魔化的男性霸权。

安·泰勒是多产作家,其写作生涯始于20世纪60年代,重要作品多发表于80年代之后,其影响力也主要彰显于80年代之后。泰勒迄今已经发表长篇小说24部,在《纽约客》等杂志发表短篇小说六十余部,其中《想家饭馆的晚餐》(Dinner at the Homesick Restaurant, 1982)获得了普利策小说奖的提名奖和美国图书奖,《意外的旅客》(*The Accidental Tourist*, 1985)获得了全国书评家协会奖和普利策奖的提名奖,《人生如呼吸》(*Breathing Lessons*, 1988)获得普利策小说奖和美国图书奖。《人生如呼吸》一般被认为是泰勒的代表作品,也代表了她的创作风格和价值取向,如"呼吸"所象征的女性的挣扎。泰勒的作品属于较为典型的现实主义文学,她擅长书写家庭主题,描写细腻,刻画个人、家庭和社会在时代中的多维度关系,透视出时代变迁中个体与家庭关系的变化,反映了南方传统家庭观念和传统价值面临的挑战。她的人物具有一定的类型性,比如相对类型化的男性人物,他们缺少家庭责任感,选择逃避或者消极应对,已经没有了种植园经济体制下男性家长式人物为捍卫荣誉而战的勇敢与担当。泰勒小说中的家庭代际关系具有明显的张力,如新一代女性对传统女性价值观的批判、《人生如呼吸》中的女儿黛西对母亲玛吉所奉行的传统美德的批评、《想家饭馆的晚餐》中女儿珍妮的独立意识和奋斗经历,新一代女性人物都在努力摆脱男性权威的束缚、寻求独立的女性生存空间。2012年泰勒获得了《星期日泰晤士报》杰出文学奖(The Sunday Times Award for Literary Excellence),是世界文学界对她终身成就的一种认可。

泰勒所提倡的女性意识,在梅森那里得到了更加明确的呈现。梅森主张弱化历史,是一位"以反对纠缠历史而著称的南方作家"[①],但这并不意味着南方背景和南方传统的弱化。实际上,她本人承认自己作品中的南方性,并且"南方"的在场也十分明确鲜明,只不过她所强调的是南方的当下而非南方的过去。梅森不同时期的作品,如《在乡下》(*In Country*, 1985)、《羽冠》(*Feather Crowns*, 1993)、《亲爱的安》(*Dear Ann*, 2020),均对南方神话、南方农耕文化和宗教保守倾向进行了反思,如《在乡下》以越南战争为背景,呈现个人命运同战争的关联;《羽冠》以现实主义和象征主义的双重手法,颠覆南方神话,反映传统与现代在南方的相遇;《亲爱的安》则通过女主人公走出肯塔基乡村、接受高等教育过程中的自我蜕变,投射出背负南方文化传统的个体在现代社会中的成长轨迹。安对中产阶级家庭出身的吉米的迷恋、越南战争对他们生活的冲击以及安对自己当年所做选择的审视,都体现出主人公心中对自我身份的不确定。在整个南方女性文学传统视域下,这种无所适从的心理同奥康纳、威尔蒂等老一辈南方女性作家塑造的人物形象,构成了一种呼应。就是说,无论南方的存在是显性的还是隐性的,其

---

① 李杨:《颠覆·开放·与时俱进:美国后南方的小说纵横论》,北京:中国社会科学出版社,2018年,第61页。

人文地理要素在文学中的在场可能是短时间内无法完全消除的。

除了小说以外,当代作家在戏剧和诗歌创作中均取得了巨大的进步,该群体中涌现出了戏剧运动的领袖、普利策剧作奖获奖作家和女性桂冠诗人等杰出的作家。在女性戏剧的第一个繁荣时期,有几位作家获得了普利策奖,标志女性戏剧的历史性进步。到了60年代末70年代初,在女权主义运动的影响下,女性作家的戏剧创作潜力得到极大的发掘,她们的艺术创造力开始勃发。"在男性艺术家独霸戏剧界的情况下,女性发起冲击并且取得初步成就,形势一片大好。越来越多的女性开始采用戏剧来表现生活题材和政治立场,在20世纪六七十年代,她们组织戏剧团体、创作剧本,坚持认为专业戏剧组织应该正确认识女性戏剧"[1]。这里所说的戏剧团体,就包括以福恩斯等女性剧作家为主导力量的先锋派实验戏剧。这个时期的一个代表性事件就是:1972年由罗萨琳·德雷克斯勒(Rosalyn Drexler,1926—)、朱莉·博瓦索(Julie Bovasso,1930—1992)、阿德里安娜·肯尼迪(Adrienne Kennedy,1931—)、梅根·特里(Megan Terry,1932—)、罗谢尔·欧文斯(Rochelle Owens,1936—)和福恩斯发起成立了独立剧团——女性戏剧委员会(Women's Theater Council),旨在"创作演出她们和其他女性剧作家的剧作,并提高女性在戏剧相关领域的工作机会,例如导演、设计和演出等"[2]。这大大促进了女性剧作家的"联盟",也促进了她们的成长。这个阶段也是继20世纪20年代以后美国女性戏剧的第二个黄金时期,有几位女性剧作家被视为"在20世纪70年代末80年代初期进入主流的剧作家"[3],例如蒂娜·豪(Tina Howe,1937—)、玛莎·诺曼(Marsha Norman,1947—)、温迪·瓦瑟斯坦(Wendy Wasserstein,1950—2006)、贝丝·亨利(Elizabeth Becker "Beth" Henley,1952—)等,她们的剧作得到百老汇的逐渐认可,多次冲击普利策剧作奖和托尼奖等重要奖项,并且获得了不错的成绩。

在美国女性戏剧历史上的第二个黄金时期,女性剧作家的作品大多在外百老汇(Off-Broadway)和外外百老汇(Off-Off-Broadway)剧院上演。当

---

[1] Jill Dolan, "Making a Spectacle, Making a Difference." *Theatre Journal* 62.4 (December 2010):562.

[2] Mel Gussow, "Entering the Mainstream: The Plays of Beth Henley, Marsha Norman, and Wendy Wasserstein." *Women Writing Plays: Three decades of the Susan Smith Blackburn Prize*. Ed. Alexis Greene. Austin, TX: U of Texas P, 2006, p.45.

[3] Marsha Norman, Introduction: Women Writing Plays, in *Women Writing Plays: Three decades of the Susan Smith Blackburn Prize*. Ed. Alexis Greene. Austin, TX: U of Texas P, 2006, p.16.

时,外百老汇成了"先锋戏剧"和实验戏剧的重要阵地,这同60年代末至80年代女性剧作家的努力有着很大的关系,她们用性别书写进一步挑战和消解了百老汇和外百老汇所代表的"正典"和"非正典"之分。在上述剧作家中,贝丝·亨利生于南方,其剧作《芳心之罪》(Crimes of the Heart)获得1981年普利策剧作奖和纽约剧评家协会奖,并获得托尼奖的提名。该剧1986年改编成电影,同样获得相当的成功,获得了奥斯卡奖的最佳剧本奖等多项提名。蒂娜·豪也是当今戏剧界颇具影响力的剧作家,其作品常以女性情感和家庭题材为关注点,涉及女性的奋斗、勇气等主题。她的剧作《今生和来生》(Life and Afterlife,1973)属于家庭剧,围绕一家三口的情感而展开,描写了女性在"妻子""母亲"和"自我"等不同身份角色之间的挣扎,带有明显的女权主义思想的痕迹。《骄傲的跨越》(Pride's Crossing,1997)讲述的是第一位成功游过英吉利海峡的女性梅布尔·比奇洛(Mabel Tidings Bigelow)的故事,该剧获得了纽约剧评家协会颁发的最佳剧本奖,并获得普利策剧作奖的提名。《海岸的暗流》(Coastal Disturbances,1986)讲述的是到海滨度假的几位女性的故事,通过细琐甚至冗长无趣的女性日常的描写,聚焦于女性冲破现实束缚的希望,获得了托尼奖最佳剧本的提名。

这一时期女性诗人的创作也非常活跃,诗歌在形式上更加讲求解放和个性,语言通俗易懂,带有口语化的特征。在内容上,女性诗人在书写自我的时候往往将女性的性别因素作为一个重要的书写维度,往往以个人经验和心理体验为基础,书写自我的感悟、情绪变化、世界观和价值观,会突出强烈的情感,比如愤怒、失望、痛苦等。"在60年代创造的风格,其意图十分明晰,即民主化。这类诗歌面向每个人,它意味着,鼓励作家和读者合作的文学手法从某种意义上讲被禁止了。"[①]这一时期也有女权主义诗学理论的建构者阿德里安娜·里奇(Adrienne Rich,1929—2012)、性属政治诗学的代表诗人奥德丽·洛德(Audre Lorde,1934—1992)、以种族政治题材诗歌著称的丽塔·达夫(Rita Dove,1952—)等,她们更着眼于超越自我经验的女性体验,从更加宏观的视角描写性别政治和性属政治。

当然,还有不少作家既创作小说也创作诗歌,并且从诗歌开始其文学生涯,如葆拉·马歇尔(Paule Marshall,1929—2019)、艾丽斯·沃克(Alice Walker,1944—)、玛吉·皮尔西(Marge Piercy,1936—)、桑德拉·西斯内罗斯(Sandra Cisneros,1954—)等。其中皮尔西研究主要集中在她

[①] 萨克文·伯科维奇主编:《剑桥美国文学史》(第八卷),杨仁敬等译。北京:中央编译出版社,2008年,第116页。

的小说,但实际上,她还是位多产的诗人,出版诗歌集近二十部,其中《月亮总是女性的》(The Moon is Always Female,1980)、《水面的涟漪》(Circles on the Water, Selected Poems,1982)、《石头、白纸和尖刀》(Stone, Paper, Knife,1983)、《妈妈的身体》(My Mother's Body,1985)都表现出激进的女权主义思想,成为那个时期的典型代表。同样,也有些作家的诗歌一直是研究的重点,但是她们的小说同样意义深远,例如格温德琳·布鲁克斯(Gwendolyn Brooks,1917—2000)和西尔维娅·普拉斯(Sylvia Plath,1932—1963)。她们的作品以诗歌为主,但是小说也同样值得关注,普拉斯的自传体小说《钟形罩》所涉及的"疯癫""女性身体"是女权主义生命政治的典型文本。布鲁克斯的自传体小说《莫德·玛莎》(Maud Martha,1953)反映了"'二战'前后非裔女性所遭受的种族主义、性别主义以及其他形式的压迫"[①]。和这一时期的小说、戏剧相同的是,女性诗人的诗歌创作也体现出了族裔、性别、性属等维度的政治意义。

有一些作家主要从事短篇小说创作,优秀的短篇小说家有安·贝蒂(Ann Beattie,1947—)、莉迪亚·戴维斯(Lydia Davis,1947—)等。她们称得上当今美国最优秀的短篇小说家。贝蒂曾荣获美国文学与艺术学院颁发的杰出成就奖、笔会/马拉默德奖等重要奖项,2004 年当选美国艺术与文学院院士,其作品数度入选欧·亨利短篇小说奖作品选集。她的小说常以都市生活和中产阶级人物为题材,描述城市中人们生活的孤独无助,在她的小说中,"人物的社会地位经常十分模糊,他们同更大的社区保持着若即若离的关系,既不密切也不完全游离"[②]。贝蒂擅长描写女性人物,着重书写人物的身份建构、对未来的期盼和在奋斗中的成长。戴维斯的风格以简练著称,2013 年获布克国际奖,同年获美国艺术与文学学院颁发的功勋奖章。2007 年的短篇小说集《各种各样的干扰》(Varieties of Disturbance: Stories)曾经获得国家图书奖的提名奖。戴维斯的小说经常书写日常熟悉的生活场景,风格简洁、思想深邃,留给读者的印象似乎就是生活中的某一个时刻或者某一个片段。她充分地利用了文学的陌生化手段,体现出对伦理、生存等人生命题的思考。

族裔女性文学同样获得了令人瞩目的成就,犹太女性文学尤其值得关

[①] Harold Bloom, ed., *Gwendolyn Brooks: Bloom's Major Poets*. New York: Chelsea House, 2003, p.13.

[②] Mary Jane Hurst, *Language, Gender, and Community in Late Twentieth-Century Fiction: American Voices and American Identities*. New York: Palgrave Macmillan, 2011, p.17.

注。20世纪60年代被学者称为"犹太文化的时代"[1],犹太裔文学开始强势崛起,在之后的70、80年代开始走向繁荣,1976年和1978年索尔·贝娄(Saul Bellow,1915—2005)和艾萨克·辛格(Isaac Bashevis Singer,1904—1991)分别摘取了诺贝尔文学奖,犹太文学的强大动力展现出来。1960年到1980年是犹太裔人口增长较快的时期,每十年人口净增长约100万,犹太裔群体的社会影响力迅速扩大,70年代开始,犹太文学朝向更加多元的领域发展,犹太性的表达也各不相同,文学作品的题材和体裁各异。在这个潮流中,犹太女作家的文学书写尤其凸显出了犹太女性的生存特质或精神诉求,"她们质疑传统犹太教的男权秩序,以及整个犹太社会以男性为中心的社会构架方式,同时在文学创作中展现了非凡的才能"[2]。这些优秀的作家包括朱迪丝·格罗斯曼(Judith Josephine Grossman,1923—1997)、诺玛·罗森(Norma Rosen,1925—)、埃斯特·布罗内尔(Esther Broner,1927—2011)、辛西娅·欧芝克(Cynthia Ozick,1928—)、苏珊·桑塔格(Susan Sontag,1933—2004)、安妮·罗菲(Anne Roiphe,1935—)、埃丽卡·容(Erica Jong,1942—)、托娃·赖希(Tova Reich,1942—)等。她们大多是在"二战"前后成长起来、历经冷战之社会转型磨炼并在民权运动中成熟的作家,从整个犹太女性文学的传统来看,应该属于第二代犹太裔女作家。这些作家继承了前一代犹太女性作家的文化遗产和精神财富,在文学前辈业已开创的文学传统基础之上将女性书写发扬光大。

当代犹太女性文学的题材更加多元化,既包括之前较为流行的犹太女性的成长、女性自我与犹太教传统之间的协商,也有对犹太传统的张扬,还有对犹太性的有意弱化,转而诉诸更具普适性的性别政治、性属政治、身体政治等题材。前者的代表性作品有埃斯特·布罗内尔的《编织女人》(*A Weave of Women*,1975),苏珊·弗洛姆伯格·谢弗(Susan Fromberg Schaeffer,1940—2011)的《安雅》(*Anya*,1974)、《爱》(*Love*,1981)和《一个被诱惑女人的疯癫》(*The Madness of a Seduced Woman*,1984),凯特·西蒙(Kate Simon,1912—1990)在1982至1990年间出版的"自传三部曲":《布朗克斯的原始人:童年剪影》(*Bronx Primitive*:*Portraits in a Childhood*,1982)、《更广阔的世界:少年剪影》(*Wider World*:*Portraits in an Adolescence*,1986)和《沙漏蚀刻》(*Etchings in an Hourglass*,1990),安

---

[1] John Stratton, *Jewish Identity in Western Pop Culture*:*the Holocaust and Trauma through Modernity*. New York:Palgrave MacMillan,2008,p.166.

[2] Gloria L. Cronin and Alan L. Berger, *Encyclopedia of Jewish-American Literature*. New York:Facts On File,2009,p. xxi.

妮·罗菲的《仁爱》(Lovingkindness,1974)等。这些小说聚焦于女性的移民经历和她们在犹太人社区成长,往往通过母女关系来表现代际之间对于犹太传统的不同态度。辛西娅·欧芝克则在此基础上更进一步,提出了"犹太女性主义"的文学立场,主张犹太历史对于犹太经验的塑形作用,通过"非亲历者"的视角以"大屠杀后"叙事重新书写大屠杀主题。同样书写流散、大屠杀主题的还有劳尔·西格(Lore Segal,1928—),她的《别人家的房子》(Other People's Houses,1964)和《她的第一个美国男人》(Her First American,1985)分别基于她和家人从奥地利辗转英国、多米尼加共和国到达美国的流散经历,书写了主人公寄人篱下的孤独和无奈,以及对未来的期望和困惑。她们"代表了(对主流文化的)抗拒姿态,毫不妥协地坚持犹太性中的不可同化特征"[1],主张犹太人的权利;还通过书写犹太知识女性形象,在族裔性和现代性的双重维度下塑造当代犹太女性形象。同一时期的另外一些作家,例如西尔维娅·普拉斯、乔伊斯·卡罗尔·欧茨、玛吉·皮尔西等,则在创作中有意无意地淡化了作品中的犹太性。

犹太人的族系各不相同,来源不同,所以他们的认同也存在较大差别,并且作家对于犹太性的理解和呈现方式不同:"犹太身份本身包含背离模式,也包括认同模式;有谱系传承,也有外在表现;有种族的影响,也有宗教信仰的力量。"[2]犹太裔女性作家虽成就卓越,但是在文学批评中,并未得到应有的认同。大卫·布劳纳坦言,当学者盛赞犹太裔作家的贡献时,他们其实更多的是指"男性作家,而不是他们的女性同仁"[3]。除了欧芝克以外,其他女性作家似乎难以跻身于被男性作家占据的"经典"地位。因而,重新发现犹太女性作家作品的价值,重新评估她们作品中被湮没的犹太性,是当今犹太文学研究的一个方向。

小说家霍腾丝·卡利舍(Hortense Calisher,1911—2009)数次获得国家图书奖的提名奖,曾经在1987年担任美国艺术与文学学会(American Academy of Arts and Letters)主席,在1986年至1987年间担任美国笔会(PEN America)的主席。到了民权运动时期和女权运动时期,犹太女性作家的书写更加多元化。犹太女性参与女性文学批评和理论建构,其中的多

---

[1] David Brauner, *Post-War Jewish Fiction:Ambivalence, Self-Explanation and Transatlantic Connections*. New York:Palgrave Macmillan,2001,p. 27.

[2] Hana Wirth-Nesher and Michael P. Kramer,Introduction:Jewish American Literatures in the Making,in *The Cambridge Companion to Jewish American Literature*. Ed. Hana Wirth-Nesher & Michael P. Kramer. Cambridge:Cambridge UP,2003,p. 8.

[3] David Brauner, *Post-War Jewish Fiction:Ambivalence, Self-Explanation and Transatlantic Connections*. New York:Palgrave Macmillan,2001,p. 114.

位学者、作家成为美国女权主义文学的理论奠基者,埃伦·莫尔斯(Ellen Moers,1928—1978)、阿德里安娜·里奇、苏珊·桑塔格、埃丽卡·容(Erica Jong,1942—)等都属于美国女权运动第二次浪潮中的著名女权主义理论家和批评家,她们的作品涉及女性主义哲学、文化和社会批评等诸多方面。莫尔斯提出的"女性哥特"一词对英语文学批评和女性文学批评影响深远,"不仅为哥特式文学赋予了历史和政治意义,而且还对女作家的写作动机提供了解读的契机"[①];里奇对于母亲身份、异性恋、同性恋等核心概念进行了深入的探讨,"对父权制社会如何利用异性恋、母亲身份等操控女性身体做了深入研究,探讨了性别身份与权力的关系"[②]。苏珊·桑塔格更是当代知识分子的杰出代表,仅《反对阐释》("Against Interpretation")一文就足可以确立她在整个美国学界的地位,且不论她通过实验性小说在文学创作中的探索,以及对于美国价值观和美国精神的思考。

20世纪和21世纪之交,年轻一代犹太作家继续成长,得到越来越广泛的认可,美国犹太女性文学的整体影响力更大,聚合力也更加明显。犹太女权主义者有自己的杂志《桥》(*Bridges*),她们除了积极参与各类社会活动以外,还发起成立了犹太女性的社会组织,例如,结束约旦河西岸和加沙占领状态犹太妇女委员会(JWCEO)以及犹太女权主义组织"野兽"(Di Vilde Chayes),为犹太人相关问题而积极活动。乔丽·格雷厄姆(Jorie Graham,1950—)可能是当今影响力最大的犹太裔女诗人之一,曾凭借诗集《一统旷野之梦:1974—1994年诗选》(*The Dream of the Unified Field:Selected Poems 1974—1994*,1995)获得1996年的普利策诗歌奖等重要文学奖项,在1997至2003年担任美国诗人协会(the Academy of American Poets)的会长。丽贝卡·戈德斯坦(Rebecca Goldstein,1950—)身为哲学家、公共知识分子和作家,在创作中将哲学、科学和文学结合起来,作品有《思想和身体的问题》(*The Mind-Body Problem*,1983)、《上帝存在的36个论据:虚构性作品》(*Thirty-Six Arguments for the Existence of God:A Work of Fiction*,2010)等,并获得2014年度的国家人文奖章。

剧作家温迪·瓦瑟斯坦(Wendy Wasserstein,1950—2006)属于女性先锋派剧作家,代表作《海迪编年史》(*The Heidi Chronicles*,1988)以美国女权运动先驱海迪·霍兰(Heidi Holland,1947—2012)的故事为原型,获得托尼奖和普利策剧奖两项大奖。瓦瑟斯坦早期的作品具有实验性和

---

① 金莉等:《当代美国女权主义文学批评家研究》。北京大学出版社,2014年,第383页。
② 金莉等:《当代美国女权主义文学批评家研究》。北京大学出版社,2014年,第302页。

先锋特征，例如70年代在外外百老汇首演的《非同寻常的女人》(Uncommon Women and Others, 1977)是女性先锋派戏剧的代表作之一。瓦瑟斯坦的创作也体现出了历时的主题变化和艺术手法的变化。《罗森思威格姐妹》(The Sisters Rosensweig, 1992)以犹太裔三姐妹的生活展开，探讨犹太中产阶级女性的追求，带有明显的犹太文化特征。

在少数族裔视野下，当代阶段女性文学的多元化特征就是少数族裔文学分支的强劲发展，其中非裔、拉美裔、亚裔、本土裔等文学分支均得到了长足的发展，涌现出大批优秀女性作家。鉴于族裔性表征的特殊性，族裔文化要素在题材选择中的不同运用，族裔政治诉求的表达各异，有必要按照族裔分支进行概述。

当代非裔女性作家继续在美国女性文学中独领风骚，1993年托妮·莫里森(Toni Morrison, 1931—2019)斩获诺贝尔文学奖，创造了非裔女性文学的历史，大大推动了非裔女性文学的经典化进程，使非裔女性文学成为美国文学中不可忽视的一部分。60年代以来，非裔女性作家继承了哈莱姆文艺复兴以来的文化传统，着眼于非裔族群在整个社会生活中的地位，书写"黑人性"在建构"美国性"中的意义。到70年代中期民权运动影响力达到最盛之时，非裔美国女性文学再次强劲崛起，并彰显出新时代的特色，如王家湘所言："她们摆脱了男性话语权及主流文化话语权的统治，为遭受种族和性别双重歧视的黑人女性夺得了说出心声的权利。她们除了和黑人男作家一样关心黑人的命运、反映黑人在美国社会的处境和地位、思索黑人的前途外，对黑人妇女的特殊境遇和自我实现的追求作了细致入微的反映。"[1]

葆拉·马歇尔等作家从50年代末开始出版作品，玛雅·安吉洛(Maya Angelou, 1928—2014)的职业生涯始于60年代末，托妮·莫里森和艾丽斯·沃克则是从70年代初开始出版，她们都是民权运动前后成长起来的作家，具有强烈的政治意识。非裔女性作家勇敢地表达普通黑人女性的诉求，并开始关注黑人社区内部的阶级和文化归属等问题。80年代以后黑人被奴役的历史依旧是非裔女性文学不可或缺的一部分，但是奴隶制相关的"奴役""压迫"等主题趋于背景化，政治题材表征更加多元。更年轻的一代作家开始改变老一辈作家对奴隶制和相关主题的关切，颠覆黑人女性作为"受害者"的刻板形象，塑造中产阶级黑人女性。除了老一代作家以外，非裔女性作家中的卓有成就小说家有奥克塔维亚·巴特勒(Octavia Estelle Butler, 1947—2006)、珀尔·克利奇(Pearl Cleage, 1948—)、盖尔·琼斯(Gayl

---

[1] 王家湘：《喜闻莫里森获诺贝尔文学奖有感》，载《外国文学》1994年第1期，第11—12页。

Jones,1949—　)、格洛丽亚·内勒(Gloria Naylor,1950—2016),新生代非裔新锐作家杰丝明·沃德(Jesmyn Ward,1977—　)等。非裔女作家除了张扬黑人文化和书写黑白关系之外,着眼于非裔女性身份和女性生活的书写,在族裔维度之上增加了性别维度和性属维度,她们探讨女性的家庭与社会地位,特别是"姐妹情谊"和"女性乌托邦"为代表的女性精神社区的建构,这与早期奴隶叙事框架下的非裔女性文学具有明显的不同。这些话题在玛雅·安吉洛、艾丽斯·沃克和格洛丽亚·内勒等作家的创作中得到了相当清晰的表达。如果说艾丽斯·沃克在《紫色》中对于女性之爱的表达还较为隐晦的话,即"除了友谊之外,女性之间还可以存在爱情"[1]。那么,到了内勒那里,她笔下的"布鲁斯特街"则无可置疑地成为女性乌托邦的代表。对于女性书写的这种策略,不妨这样理解:无论女权主义还是女性主义的立场,无论书写的是黑人还是白人,建立和谐平安的共生关系才是最根本的生存之道。

相比于传统的相对单一的现实主义抗议文学书写范式,20世纪下半叶的黑人文学在书写题材和表现手法方面均有明显的不同,黑人文学作品不再局限于揭露奴隶制的残暴和人性的扭曲,而且还着重于探讨黑人社区内部的问题,比如黑人对于自己族裔文化传统的态度。陶洁如此阐释非裔文学整体发展:

> 新崛起的黑人作家不仅以北方城市黑人生活为素材,而且还创作了大量以南方为背景、南方生活为题材、南方黑人为原型人物的作品。他们不再仅局限于控诉美国社会对黑人的歧视与压迫,揭露种族歧视的严重后果,而是在反映黑人悲惨生活的同时讴歌他们的生活方式,赞美他们的高尚品德、优秀传统和美好的精神世界。他们探索黑人与白人的关系,也探索黑人与黑人之间的关系、黑人的内心世界与复杂的心理状态以及黑人男女之间的矛盾与冲突等。这些作家努力发掘黑人民间文化、捕捉黑人生动丰富的想象力,吸收并发扬黑人的民歌民谣、爵士音乐以及比喻、象征等民间文学的手法与形式……[2]

非裔文学突出了黑人历史与黑人文化的语境,但是书写的重点开始转向自我审视和内省族群内部的各种关系、族群和祖先的关系以及族人言说自我

---

[1]　金莉等:《20世纪美国女性小说研究》。北京大学出版社,2010年,第287页。
[2]　陶洁:《灯下西窗:美国文学和美国文化》。北京大学出版社,2004年,第275页。

的方式。

　　非裔作家们还寻求在艺术方式上进行创新,例如对传统文类的重新书写和界定。玛雅·安吉洛是生命书写、新自传或者虚构性自传方面的一位引领者。安吉洛之所以广为读者熟知,主要是因为她在1969到2013年间出版的七部系列"自传",成名作《我知道笼中的鸟儿为何歌唱》(*I Know Why the Caged Bird Sings*,1969)讲述作者17岁之前的经历,例如父母婚姻破裂,童年时在种族隔离制度下跟随祖母四处颠沛流离,遭遇各种种族歧视,8岁时被母亲的男友强奸以及随后的心理创伤。安吉洛因而使用了"笼中鸟儿"的象征来指代黑人女孩成长中遭遇的各种限制。但是自传强调的是主人公玛格丽塔的成长,她在文学中找到表达自我的渠道,终于打破沉默,讲述自我蜕变,这便是自传中放声"歌唱"的含义。这部作品一经出版就获得广泛的关注,作者因此获得了国际声誉。安吉洛在以后的自传中,继续对"笼中鸟儿"的主题加以讲述,例如在《以我之名相聚》(*Gather Together in My Name*,1974)中,通过描写女主人公卖淫的经历,作者强调贫困中的女性难以拥有对自己身体的决定权。虽然安吉洛的作品广受读者的欢迎,但是在学术界得到的关注并不很多,其中部分原因在于其作品中的讲述方式具有较强的口头文化传统特质,其艺术性在于对非洲民间文化的继承,如布鲁姆所说,"安吉洛的成就至少在两个方面和之前的非裔美国回忆录具有复杂的关联:奴隶叙事和教堂布道的代表性。她在讲故事上极具天赋,非裔美国传统的其他要素,比如布鲁斯和街头风格的口头传统,也在她的作品中得到充分运用"。[①] 当然,安吉洛的这七部"自传"并不是传统意义上的自传,而是典型的文学叙事。除了小说和诗歌方面的成就以外,安吉洛还是著名的社会活动家、诗人,在民权运动时期为非裔等少数族裔的权利而共同战斗。她被称为"黑人女性的桂冠诗人",诗集《我道别这个世界之前给我一杯凉水就好》(*Just Give Me a Cool Drink of Water 'fore I Diiie*,1971)曾经获得普利策诗歌奖的提名。她在1993年克林顿总统就职仪式上应邀朗诵诗歌,并且在2000年获得了国家艺术勋章,在2011年获得了美国总统自由勋章。此外,安吉洛还是戏剧导演、制片人和演员,是民权运动时期非裔女性文学的重要代表,成为赫斯顿之后非裔女性文学传统的重要继承者。

　　克利奇既是剧作家也是小说家,是非裔女性戏剧的重要代表人物,其小说创作也取得了相当的成就,她的代表作《看似疯狂的平凡日子》(*What*

[①] Harold Bloom,Introduction. *Bloom's Modern Critical Views:Maya Angelou* (New Edition). New York:Chelsea House,2009,p.1.

Looks Like Crazy on an Ordinary Day,1998)入选"欧普拉读书俱乐部"的阅读书目。叙述者一开头便把自己作为艾滋病病毒携带者的愤怒展现出来,充分体现了戏剧独白和小说叙述形式的结合。克利奇在文学创作中关注当下时代和主题,将种族政治和性别政治作为重要的书写维度,书写它们对于女性生活的影响;在艺术手法上,细致入微地探究女性人物的内心,通过戏剧独白式的白描突出弱势女性的愤怒和无力感。

杰丝明·沃德是非裔小说家中的新锐,她成长在备受街头帮派犯罪、种族歧视所困扰的下层黑人社区,了解普通民众的艰辛。她在2011年凭借处女作《拾骨》(*Salvage the Bones*)获得了国家图书奖,2017年又以《歌唱吧,无法安息的灵魂,歌唱吧》(*Sing, Unburied, Sing*,2017)再度获奖,并且在2013年还凭借回忆录《我们收获的男人》(*Men We Reaped*,2013)获得了美国书评家协会奖(National Book Critics Circle Award)。她还获得过麦克·阿瑟基金的天才奖,这在历史上都是不多见的。《拾骨》采用了成长小说的模式,以卡特里娜飓风为背景,讲述了非裔下层社区中少女的成长。《歌唱吧,无法安息的灵魂,歌唱吧》同样带有浓重的非裔文化特征,采用家族历史、幽灵书写、时空转换等范式,从少年的视角看待黑人下层民众的生存,现实主义的叙事展示黑人当下的困境,诸如创伤、滥用毒品、犯罪和人际隔阂。

针对黑人(特别是黑人女性)的生存逆境,作家除了采用传统的现实主义手法之外,还借助于未来主义的手法,充分发挥文学想象的作用,将时间和空间进行无限的延展和拓宽,以超自然、超现实的方式消解霸权,通过异域空间想象构建了超越时间、空间和性别的非裔女性文学话语,建构了黑人女性的另类乌托邦。科幻小说家巴特勒就是这样的一员。巴特勒的科幻小说带有族裔特征,将性别、种族和科幻结合,探索科幻小说创作中的族裔表达。1979年,巴特勒出版了小说《家族》(*Kindred*),它以奴隶叙事为原型,融合了时空穿越,讲述了非裔美国女作家达娜的时空穿梭经历,她能够在奴隶制时代马里兰的一个种植园和20世纪晚期自己的家之间来回穿越。穿越情节中的科幻因素,究其根本是为了小说中的新奴隶叙事的政治性而服务,因而巴特勒认为这"是一部幻想小说(……)但是没有科学的成分在里面"[①]。1984年,巴特勒凭借《语音》("Speech Sounds")摘得雨果奖的短篇小说奖。同年,中篇小说《血孩子》(*Bloodchild*)获得星云奖,并获得翌年的

[①] Randall Kenan,"An Interview with Octavia E. Butler." *Callaloo* 14.2 (Spring,1991):495.

雨果奖、轨迹奖等重量级奖项。《血孩子》的背景设置在一个外星球上,采用了文学中的"流浪""离散""错置"等主题,描写"人类难民"逃离世代居住的地球、寻找新的生存空间时付出的沉重代价。巴特勒的科幻小说将科幻元素和情感描写充分结合,既延续女性科幻小说家对于"性别"概念的重构,颠覆了男权社会中女性作为生殖工具的不平等性,又涉及文学中亘古以来的普适命题:生存、繁衍和性别等,无论是人物还是情节,都"有着历史指向和实际的考量,比如种族、性别和性属可以被解读为在社会差异性的博弈中具有破坏性的潜力,而不是维持秩序的力量"①。巴特勒20世纪90年代的两部作品《播种者的寓言》(*Parable of the Sower*,1993)和《天才的寓言》(*Parable of the Talents*,1998)巩固了她的文学地位,这两部作品构成了寓言系列(*Parable series*),也被称为地球种子系列(the *Earthseed series*)。1999年,《天才的寓言》获得了星云奖最佳长篇小说奖。此外,巴特勒还创作了其他两个系列:模式之王系列(*Patternist series* or *Patternmaster series* or *Seed to Harvest*,1976—1984)大多关于心灵感应控制和外星瘟疫;异种移植三部曲(*Xenogenesis Trilogy*,1987—1989)也叫《莉莉丝的孩子》(*Lilith's Brood*),融合了后人类主义和后殖民主义双重思想的作品,以科幻的形式反映人类社会中存在的严峻问题,例如:伦理、智能、文化、性别、种族和阶级问题等。巴特勒以科幻的形式延续了非裔文学中的种族叙事,表达了对高科技时代和后科技时代"混杂""身份""性别"等问题的思考,创作出了具有时代特征的新奴隶文学。正如巴特勒的同龄人格洛拉·内勒所认为的,奥克塔维亚·巴特勒写的是科幻小说,但她所描写的仍旧是我们所生活的这个世界:"只是她与她所了解的这个世界拉开了一些距离。这也是年轻一代的作家将来可能继续做的选择。"②

更多的非裔作家在当代的城市化背景下着眼于当下,在题材选择方面更加注重非裔文化特质和美国现实的结合,她们书写城市社区中的成长,书写女性冲破阶级阈限、实现个人的中产阶级理想的追求。整体来看,非裔城市小说和通俗小说表现不俗;在现实生活中,写作也为作家打破阶级固化、寻求个人发展提供了可能。关注当下黑人女性生活的畅销书作家有特丽·麦克米兰(Terry McMillan,1951—)、唐·特纳·特里斯(Dawn Turner Trice,1965—)、纳塔莉·巴斯兹勒(Natalie Baszile,1967—)、塔雅丽·

---

① Gregory Jerome Hampton, *Changing Bodies in the Fiction of Judith Butler: Slaves, Aliens, and Vampires*. Lanham, MD: Lexington Books, 2010, p. xii.

② Charles H. Rowell and Gloria Naylor, "An Interview with Gloria Naylor." *Callaloo* 20.1 (Winter, 1997):184.

琼斯(Tayari Jones,1970—)、杰丝明·沃德等新生代的作家。她们的作品富有时代感,塑造现代黑人女性在都市中的生活,其中的人物多为中产阶级的职业女性。特里斯和琼斯都擅长书写女性的成长。其中琼斯小说中的成长主题大多以亚特兰大为背景,具有明显的城市地理特征。

特丽·麦克米兰的个人经历以及她作品中的人物都体现出了黑人女性的阶级流动性。麦克米兰在创作中擅长描写独立、成功的职业女性,讲述她们的奋斗历程和心理成长。她的第三部小说《等待梦醒时分》(Waiting to Exhale,1992)数月居于《纽约时报》的畅销书榜,1995年被改编成了电影。特丽·麦克米兰一般被认为是"畅销书作家",其文学成就并未得到学界的充分肯定,但她成功地将中产阶级黑人女性的生活纳入读者视野,将黑人女性文学和大众流行文化结合起来。麦克米兰的其他作品相继得到大众传媒的青睐,《真心相对》(Disappearing Acts,1989)讲述纽约的一对非裔恋人在理想和现实之间矛盾时的努力、失落和成长,通过他们的悲欢离合,肯定了爱情的力量。麦克米兰的其他作品诸如《斯黛拉翻身记》①(How Stella Got Her Groove Back,1996)和《力不从心》(A Day Late and a Dollar Short,2001)等,也相继被改编成电影或者电视剧,几乎每一部的制作都云集了众多非裔明星。她的成功代表了族裔文学当下的大众化取向。

唐·特纳·特里斯着重于在历史的语境下描写黑人女性在追求梦想中遭遇的现实困境,其中女性的心理成长是书写重点。在其代表作《我只祈求过天堂两次》(Only Twice I've Wished for Heaven,1998)中,11岁的非裔女孩泰姆佩斯特·塞维尔作为主要的第一人称叙述者,讲述他们一家搬出贫民窟到黑人中产阶级社区生活的经历。正如主人公的父亲所说,他们一家是幸运的,是从很多申请者中被抽中的;然而,在中产阶级社区,泰姆佩斯特·塞维尔见证了被繁荣所掩盖的各种问题,例如吸毒、卖淫以及家庭暴力。小说以20世纪30至70年代为背景,通过母亲从密西西比到芝加哥的迁移,以及女儿在芝加哥南区成长的经历,从不同的叙述视角展现黑人争取平等中的艰苦历程,反映了在现代社会物质至上的价值观指引下,非裔群体面临的文化归属和自我认同问题。而历史和当下交织的视角,也是世纪之交非裔女性文学的一个特点。特里斯的另外一部作品《八月八日》(An Eighth of August,2002)采用了多声部叙述,多角度展现了现代社会中美国黑人的生存状况,体现出叙事的立体性和层次感。小说的名字取自于八月八日《解放奴隶宣言》纪念日,同样带有厚重的历史感。小说以黑人被奴

---

① 同名电影的译名为《老牛遇上绿草》。

役的历史作为观照,隐喻国家权力主体对黑人生命治理在当下趋于隐蔽,使得权力关系对比难以被察觉,为再现当下黑人生存境况提供了新的视角。

塔雅丽·琼斯的小说以成长题材和家庭主题为主,《离开亚特兰大》(Leaving Atlanta, 2002)、《银雀》(Silver Sparrow, 2011)《美国婚姻》(An American Marriage, 2018)等都涉及现代都市中黑人的生活,涉及诸如谋杀、犯罪、迷失等主题。代表作《离开亚特兰大》以1979至1981年针对黑人儿童的连环杀人案为背景,从居住在亚特兰大的三个五年级学生的视角,描述了1979年夏天黑人儿童和青少年的失踪事件。《银雀》和《美国婚姻》都涉及都市中的黑人家庭问题,例如感情纠葛、心理成长和家庭责任等,在小说情节、人物塑造和叙事方式等方面具有当下性。《美国婚姻》中第一人称叙述者罗伊·汉密尔顿作为"南方新男性"的一员,颠覆了种植园经济背景下奴隶叙事母题中"乡下男孩"的刻板形象,成为第一代拿奖学金的黑人男生。但是罗伊被人诬陷强奸,被判处12年徒刑,虽然提前7年出狱,但是人生已经发生巨变。罗伊对于差异和自身局限的积极坦诚,是非裔文学男性形象塑造中较为少见的,如他所说的"如果你出身贫寒,不过不惧怕挑战,那么美国可能是最好的地方"①。罗伊·汉密尔顿这个形象代表了当代黑人男性形象的多维度塑造,这种丰满的形象即便在非裔男性作家的作品中也不多见。

巴斯兹勒的代表作是《蔗糖女王》(Queen Sugar, 2014),讲述单亲母亲查蕾·波德隆继承了父亲的农场并最终成长为"蔗糖女王"的经历,小说还涉及诸多的流行主题,例如查蕾和同父异母的哥哥之间关于财产的争斗,她和青春期的女儿之间的分歧等等。小说出版后不久便被改编成了电视剧,在2016年上演,获得了相当的成功。小说的情节设计和人物塑造方面突出了人物的个性和黑人社区的生活律动,但是在文学性和艺术性方面相对不足。这类作品的鲜明特点就是当下性,以及对于黑人身份的多元建构和对黑人生活的多角度描写。

除了小说创作之外,非裔女性诗人和剧作家的表现同样不俗,有奥德丽·洛德(Audre Lorde, 1934—1992)、丽塔·达夫(Rita Dove, 1952—)等当代诗坛的引领者,也有社会活动家尼奇·吉奥瓦尼(Nikki Giovanni, 1943—),以及诗坛新锐、第22届桂冠诗人特蕾西·史密斯(Tracy K. Smith, 1972—)。

吉奥瓦尼是当代非裔文化运动的女性先驱者之一,是20世纪60年代

---

① Tayari Jones, *An American Marriage*. New York: Algonquin Books, 2018, p. 4.

末黑人艺术运动(Black Arts Movement)中杰出的诗人、作家、评论家、社会活动家和教育家。她出生于知识分子家庭,从小受到了良好的家庭教育,在祖母的影响下对非裔文化产生了浓厚的兴趣,这成为她创作灵感和动力的源泉。吉奥瓦尼从60年代开始发表诗歌,其作品时代特色鲜明,政治取向明显,带有明显的激进思想。诗集《黑人情感黑人话语》(*Black Feeling Black Talk*,1968)和《黑人批判》(*Black Judgment*,1968)都取材于社会历史的重大事件,包括马丁·路德·金、罗伯特·肯尼迪遇刺事件,作者希望借此引发人们对黑人生存现状和黑人权利的关注。在以后的创作中,她不再如此显露锋芒,但仍保持了对社会历史的关注,如2007年弗吉尼亚理工大学的枪击事件之后,她作为学校教师积极发声,创作了诗作《弗吉尼亚理工大学》("We Are Virginia Tech")。事实上,暴力、生存、战争等宏大主题一直是吉奥瓦尼文学创作的关注焦点。吉奥瓦尼还编辑了哈莱姆文艺复兴诗歌选等文学选集及散文作品。非虚构类作品《种族主义101》(*Racism 101*,1995)记录了吉奥瓦尼参与民权运动的经历及其影响,不仅详述了作者个人的社会运动历程,也是非裔文化运动的宝贵资料。吉奥瓦尼一生获得诸多奖励,包括全国有色人种促进协会形象奖以及兰斯顿·休斯艺术和文学杰出贡献奖。

特蕾西·史密斯是美国第22届桂冠诗人(2017—2019年),其诗集《火星上的生活》(*Life on Mars*,2011)获得了普利策诗歌奖。史密斯先后出版四部诗集和一部回忆录《普通的光》(*Ordinary Light*,2015),其诗歌具有时代感和鲜明的个人取向,种族性已经在很大程度上背景化了。她书写女性的欲望和追求,张扬自我的个性,歌颂女性的勇气。史密斯在诗歌的语言和形式上都进行了大胆的革新,比如诗集《涉水》(*Wade the Water*,2018)中的一首诗作《宣言》("Declaration"),诗人描写了国家意志的强权对于个人生活的侵扰和控制,采用了高度碎片化的编排形式,使用破折号来发挥延时作用,表现人们被割裂的生活。《火星上的生活》中的部分诗作更是晦涩难懂,将科学和人生结合起来,使用"黑洞""暗物质""宇宙"等,来比喻人际的疏离以及权力关系悬殊而产生的暴力。总体来说,无论其形式上具有多么明显的革新性,从本质上讲,权力和政治依旧是其诗作的根本基调。

非裔女性剧作家在这一阶段的戏剧创作中表现不凡。两位剧作家诺扎克·山格(Ntozake Shange,1948—2018)和珀尔·克利奇(Pearl Cleage,1948—)成就卓著。她们高扬族裔旗帜,彰显出黑人文化特征。其中,山格代表了民权运动后的族裔书写趋向,是能够跻身"经典"、进入百老汇的非裔女性剧作家。克利奇的父亲阿尔伯特·克利奇是黑人教会牧师、民权运动领袖,也是黑人圣母教会(Black Madonna Church)的创始人。在家庭的影响下,珀尔·克利奇具有十分激进的政治思想,勇于追求女性和黑人的解放,并将这些思想落实在了她的戏剧小说创作中。克利奇认为,在自己成长为作家的过程中,三个重要的社会历史运动塑造了她的职业生涯、决定了她的职业道路:"民权运动:包括非裔美国人争取自由的非暴力运动分支,还有从哲学及行动策略上并不认同非暴力运动但依旧维护自己权利的各种组织;反战运动:尽管不同分支的成员相互之间可能存在着观点上的冲突,但是他们却对于结束越南战争发挥了积极作用;妇女运动:尽管运动本身存在诸多缺陷,但是它反对针对女性的任何形式的压迫,并且彻底确立了'个人主题具有无可争议的政治性'这一理念"[1]。的确,克利奇将这种激进乐观的思想贯彻于文学创作的始终。她的代表剧作《飞向西方》(*Flyin' West*,1995),以获得解放的黑奴为了逃离种族歧视和种族暴力向西部的"大迁徙"为背景,讲述黑人社区如何保持文化和精神上的独立性。以苏菲和范妮为代表的黑人女性以自己的文化为荣,坚持黑人文化的独立性,并努力传承黑人文化。女性主题和边缘群体的关怀是其创作的核心,如艾滋病人群、黑人下层民众,只因为这个群体是最弱势、最容易被忽视的部分。剧作中的人物对白带有鲜明的黑人语言特点,轻松幽默却张力十足,其言内意义上表达了黑人生存的艰难和在生命政治下受到的压制,其言外意义表达了黑人精神的力量。

拉美裔(Latino)是美国人口最多的少数族裔群体,兼具移民文学和族裔文学的双重特征。由于特殊的历史原因,拉美裔文学直到19世纪中期才成为美国文学的一部分,这一族群中的主力是西语裔文学,已经形成群体力量的文学分支有墨西哥裔文学、波多黎各裔文学、古巴裔文学和多米尼加裔文学,早期作家大多使用西班牙语进行创作,直到20世纪二三十年代才陆续有作家使用英语写作。英语文学分支的影响力在20世纪60年代以后才得到彰显,如巴巴多斯裔的黑人作家葆拉·马歇尔、安提瓜裔的杰梅卡·金凯德(Jamaica Kincaid,1949—　)、海地裔的艾德伟奇·丹提凯特(Edwidge Danticat,1969—　),而这些作家往往也被作为黑人文学的一部分加以介绍讨论。

20世纪六七十年代奇卡诺运动(Chicano Movement)[2]时期,争取族裔

---

[1] Pearl Cleage, "Standing at the Crossroads." *Women Writing Plays: Three Decades of the Susan Smith Blackburn Prize*. Ed. Alexis Green. Austin: U of Texas P, 2006, p. 100.

[2] 20世纪40至70年代墨西哥裔美国人争取权利的社会运动和政治运动,以反对种族主义、张扬族裔文化身份、诉求政治权利为主要内容。因为墨西哥裔美国人又被称作"奇卡诺人",所以有了"奇卡诺运动"这个名称。

权利和张扬族裔文化的诉求占据主流,性别权利退居其次,西语裔女性的文学发声受到了相当程度的忽略。在 70 年代全国奇卡诺文学奖的四位获奖作家中,三位男性作家获得了批评界和读者的共同关注,但是唯一的女性作家艾斯黛拉·波蒂略·泰姆伯雷(Estela Portillo Trambley,1936—)一直被长期忽略。族裔女作家必须面对欧裔主流文化和族裔男权文化的双重压力。泰姆伯雷坦言少数族裔女性创作中首先要面临家庭责任与写作之间的矛盾,以及读者和评论界对于女性文学作品的认可等问题。在《燕子归来》(The Day of the Swallows,1971)、《蝎雨》(Rain of Scorpion and Other Stories,1976)、《曲妮》(Trini,1986)等作品中,她描写不同类型的女性,以及她们在奇卡诺社区中的边缘化身份,这在很大程度上是她自我生活的投射。当然,波蒂略·泰姆伯雷也看到了文学书写更深层次的问题,认为族裔作家不可局限于对族裔身份的关注,而应该具有更加广阔的视野,书写人类生存的普适性的主题。

在奇卡诺运动的影响下,20 世纪 80 年代成为西语裔女性文学的第一个繁荣时期,女性文学的繁荣是当时拉美裔文学中最显著的一个特征,而墨西哥裔女性文学(即"奇卡纳文学"①)更是发挥了引领作用。1981 年,切丽·莫拉加(Cherrie Moraga,1952—)和格洛丽亚·安扎尔多瓦(Gloria Anzaldúa,1942—2004)一起编辑出版了《我们背上的这座桥:有色激进女性作家作品集》(This Bridge Called My Back:Writings by Radical Women of Color),宣告了少数族裔女性文学时代的来临。莫拉加是 20 世纪美国少数族裔女性文学的倡导者和美学思想建构者之一,在女权主义运动和争取女同性恋者权利方面做出了开拓性的贡献,推进了女性同性恋相关问题的理论化,推动奇卡纳文学和少数族裔女性文学的接受。她的《爱在战争岁月》(Loving in the War Years,1983)是女性自我主张的宣言,融合了第一人称"自传"性质的散文、诗歌,成为奇卡纳女权主义批评的重要著作。安扎尔多瓦 1987 年的《边疆:新生混血女儿》(Borderlands/La Frontera:The New Mestiza)采用了和莫拉加《爱在战争岁月》相似的后现代主义自我指涉风格,被命名为"自传",虽然这部作品有些部分的确涉及作者本人的身份,例如同性恋者的身份,但是它实际上成为女性主义批评、同性恋批评和后殖民主义批评的重要文献。1986 年,莫拉加出版了剧作《幽灵般退让》(Giving up the Ghost),作为《爱在战争岁月》的延续,这部作品也是其同性

---

① 奇卡纳文学:"奇卡纳文学"(Chicana literature)对应的是"奇卡诺文学"(Chicano literature),从构词上讲 Chicana 是 Chicano 的阴性形式,意义上指的是美国墨西哥裔女性文学,尤其是 20 世纪 40 年代以来的女性文学。

恋身份诉求的延续。这部剧作在美国女权主义运动史上的政治意义和历史价值远超过了其文学价值。莫拉加继而在90年代的两部作品《上一代人》(The Last Generation, 1993)和《飞翔中的等待》(Waiting in the Wings, 1997)中,进一步阐释了同性恋身份诉求中的政治含义。

安娜·卡斯蒂略(Ana Castillo, 1953—)、桑德拉·西斯内罗斯(Sandra Cisneros, 1954—)和埃莱娜·维拉蒙特斯(Helena Maria Viramontes, 1954—)等作家成为20世纪八九十年代少数族裔女性小说中的杰出代表。安娜·卡斯蒂略是其中最具女权主义思想的一位,她描写了形形色色的女性人物,且表现手法多变,融合了现实主义、魔幻现实主义和后现代主义等多种艺术手法。其代表作为《米花拉书简》(The Mixquiahuala Letters, 1986)和《如此远离上苍》(So Far from God, 1993),都是讲述女性克服主流文化霸权和墨西哥裔父权的双重限制而获得成长的故事。《米花拉书简》采用了书信体,在叙事形式上解构了宏大叙事和叙事时间的秩序。小说的叙述由墨西哥女性特丽莎和欧裔白人女性艾丽斯之间的几十封信件构成,两位女性讲述她们各自的爱情、婚姻,以及她们共同寻找"女性乌托邦"的努力。《如此远离上苍》采用了较为传统的线性叙事,但是在手法上运用了魔幻现实主义,体现了叙述上的杂糅性。小说描写墨西哥裔母亲索菲亚的成长,阐释了"获得""失去"和"成长"等人生法则。索菲亚独自抚养四个女儿,但是孩子们陆续离世,她以另外一种方式来应对人生的巨大不幸,她组建合作社,帮助和她一样不幸的女性,诠释了"索菲亚"这个名字所隐含的人生"智慧",即自《米花拉书简》以来的女性乌托邦建构。

维拉蒙特斯的短篇小说集《飞蛾和其他短篇小说》(The Moths and Other Stories, 1985)将边疆的延伸作为写作重点,关注墨美裔边缘群体的生存,第一次将非法移民问题呈现在墨西哥裔文学中。剧作家、小说家丹尼丝·查韦斯(Denise Elia Chávez, 1948—)擅长心理描写,把"边疆"作为艺术手法,结合新墨西哥的浪漫主义和魔幻现实主义传统,书写族裔个体的身份认同。其代表作《最后一个女服务生》(The Last of the Menu Girl, 1986)是奇卡纳女性成长小说的一个范例,讲述女主人公在土著文化、西班牙文化和美国文化之间的身份协调,尤其突出的是戏剧独白在小说中的运用,在当时的奇卡纳女性身份书写中颇具代表性。

新一代墨西哥裔女性作家有瑞娜·格兰德(Reyna Grande, 1975—),她的小说《越过万水千山》(Across a Hundred Mountains, 2006)和回忆录《我们之间的距离》(Distance Between Us, 2003)都书写非法移民的经历,以及留守儿童的无助感和被遗弃感。前一部小说获得了2006年度的"阿兹特兰文学奖"(Premio Aztlán Literary Prize)和2007年度的美国图书奖,后一部作品获得美国书评家协会奖的提名奖,并获得2015年路易·里尔奖,使她成为新一代墨西哥裔女性作家的代表人物之一。

波多黎各裔女性文学根植于女性对社会运动的积极参与,具有鲜明的政治性。20世纪60年代"纽约黎各运动"(Nuyorican Movement)时期成长起来了一代女权主义者和诗人,其中著名的作家有诗人露丝·玛丽亚·埃姆皮埃尔-埃雷拉(Luz María "Luzma" Umpierre-Herrera,1947—),她是最早公开承认自己同性恋身份的波多黎各裔女作家之一,书写性别政治主题,并且为了性别权利而进行斗争。还有作家、社会活动家埃斯梅拉达·圣地亚哥(Esmeralda Santiago,1948—),她的文学作品有回忆录《当年我还是波多黎各人》(When I was Puerto Rican,1993)、《女汉子》(Almost a Woman,2000)、《土耳其恋人》(The Turkish Lover,2004)以及小说《美洲的梦想》(America's Dream)。桑德拉·玛丽亚·埃斯特维斯(Sandra María Esteves,1948—)在"纽约黎各诗人咖啡馆"中年龄较轻,其诗作主要书写波多黎各人的双重或者多重身份,以及他们在美国本土所面临的迷茫和困境等话题。

波多黎各裔作家朱迪丝·科弗(Judith Cofer,1952—2016)在年龄上比"纽约黎各运动"作家稍轻,但作为辗转于美国大陆和波多黎各岛之间的移民,她书写的主题多为文化的协商和杂糅。科弗是当今最具影响力的波多黎各裔女性小说家,关注女性在迁移和文化适应中的角色转变和自我成长,作品反映了波多黎各人在美国社会的边缘身份。她的代表作《太阳界线》(The Line of the Sun,1989)和《拉美熟食店》(The Latin Deli,1993)获得普利策奖提名,回忆录《静静起舞:波多黎各的童年时代》(Silent Dancing: A Partial Remembrance of a Puerto Rican Childhood,1990)获得笔会(PEN)非小说类的优秀作品奖。此外还有几部专门书写青少年在波多黎各人社区成长的小说,如短篇小说集《你们这样的小岛》(An Island Like You,1995)和长篇小说《叫我玛丽亚》(Call Me Maria,2004)。"叫我玛丽亚"显然模仿了《白鲸》中叙述者伊斯梅尔的话语模式,将经典叙事和波多黎各女孩的经历相结合。科弗作品的人物都是波多黎各人,他们在美国本土和波多黎各岛之间的来回迁徙,在任何一处都难以找到归属感。"成长"是科弗作品的另外一个代表性主题,《太阳界限》和《叫我玛丽亚》等都涉及成长主题。前者属于家族历史小说,叙述者在讲述舅舅古兹曼的故事中获得了成长,对家世和外部世界具有了更加完整的认知;后一部小说的成长主题更加明显,玛丽亚在参加学校"我是谁"的活动时,把不同的服饰穿戴在自己身上,有妈妈小时候的裙子、爸爸的皮夹克、闺蜜乌比的鞋子,还有印度裔好友乌玛从印度带来的纱丽,还披上了外祖母的披肩。她充满自信地告诉别人,这就是独一无二的玛丽亚。显然,这些服饰是各自文化的象征,而玛丽亚就是要吸收不同的文化为自己所用,构建自己的文化杂糅身份。

古巴裔是美国拉美裔中的第三大群体,其特点是平均受教育程度高,近年来文学成就令人瞩目。先锋剧作家玛丽亚·艾琳·福恩斯(Maria Irene Fornés,1930—2018)不仅是拉美裔女性戏剧的开拓者,也是外百老汇运动的重要代表人物,还对拉美裔文学后辈提携有加。多罗丽斯·普莱达(Dolores Prida,1943—2013)是另一位颇有建树的剧作家。普拉达出生在古巴,在古巴革命后不久随家人移居美国。1977年的处女作名为《美丽的姑娘》(Beautiful Señoritas),是基于她的西语裔文化背景而作。普拉达的主要职业是编辑和专栏作家,文学作品的数量不是很多,不过依旧在纽约剧坛相当活跃,获得一些奖项,并且在西语裔(特别是古巴裔)文坛中具有较大的影响力。但是相对于她在新闻出版业的影响,其文学作品的影响力还是明显较弱。

80年代以后的古巴裔文学蓬勃发展,整体来看,20世纪末21世纪之初"古巴裔文学的总体影响力不逊于墨西哥裔,比人口数量占据第二位的波多黎各裔明显胜出一筹"①。这一时期的女性文学中,声名最盛的作家就数克里斯蒂娜·加西亚(Cristina Garcia,1958—)了。1992年,她的处女作《梦系古巴》(Dreaming in Cuban)获得国家图书奖小说类的提名,虽然最终落选,但也是迄今为止拉美裔作家距离国家图书奖小说奖最近的一次。加西亚的多部作品受到了读者和学术界的广泛关注,例如《阿奎罗姐妹》(The Agüero Sisters,1997)、《猎猴》(Monkey Hunting,2003)、《幸运手册》(A Handbook to Luck,2007)、《古巴之王》(King of Guba,2013)等。加西亚的创作尤其代表了新一代作家对古巴裔文学"经典流亡主题"的改写。代表作《梦系古巴》采取了家族历史的形式,讲述了古巴革命背景下持不同政见的一家人被分隔在美国、古巴和东欧的故事,通过主要人物母亲西丽娅,反映了近代古巴的历史和女性所遭受的不公正待遇;也透过在美国出生的外孙女皮拉尔的视角,来解读古巴移民以及古巴裔美国人的身份建构。在《阿奎罗姐妹》和《古巴之王》中,加西亚对"流亡书写"进行了质疑和戏仿。阿奎罗姐妹选择了截然不同的生活道路,一个移民到了美国,一个坚守在遭受美国经济封锁的古巴,通过两种生活道路的平行呈现,对"流亡者"的政治

---

① 李保杰:《21世纪西语裔美国文学:历史与趋势》,载《社会科学研究》2017年第5期,第7页。

目的进行了解构。可见,加西亚通过改写古巴裔文学的主流模式,试图冲破为"流亡模式"所限制的古巴裔文学书写范式,为古巴裔文学的未来探寻更加广阔的书写空间。与加西亚一样,对流亡主题进行"似是而非"式书写的还有阿奇·欧贝哈斯(Achy Obejas,1956—),她的《记忆的曼波舞曲》(Memory Mambo,1996)、《敬畏的岁月》(Days Of Awe,2001)、《废墟》(Ruins,2009)等虽然也涉及古巴文化,但是在女性话语和性别政治视域下探讨身份不同层面的协商。

多米尼加裔文学是近年来影响力不断上升的另外一个拉美裔文学分支。因为多米尼加特鲁希略时期严格控制移民人数,所以美国多米尼加裔社区的扩充主要是在20世纪60年代之后,而文学影响力则彰显于80年代末期以后。茱莉娅·阿尔瓦雷斯(Julia Alvarez,1951—)是多米尼加女性作家中最著名的一位,她的父亲因为参加了反特鲁希略的地下活动被军方发现,1961年全家人被迫逃往美国。阿尔瓦雷斯的处女作《加西亚家的女孩不再带口音》(How the Garcia Girls Lost Their Accents,1991)具有一定的自传性,采用了多声部的层叠叙事,从加西亚家四姐妹各自的角度讲述她们在美国的经历,并穿插她们对于多米尼加生活的回忆,其中尤兰达充当了主要的叙述者。小说采用了环形的叙事结构,以尤兰达的叙述开头,同样以她的叙述结尾;另外,四姐妹的叙事时间是倒置的,第一章讲述成年后的尤兰达回到多米尼加探望舅母和表姐妹,最后一章讲述她10岁时在多米尼加最后的时光。这部作品出版后立刻引起了广泛的关注,使得阿尔瓦雷斯一跃成为当时最著名的加勒比裔作家之一。小说除了叙述上的实验性以外,多米尼加历史背景成为最吸引美国读者的亮点之一。在以后的作品中,阿尔瓦雷斯继续书写特鲁希略政权下多米尼加人的生活,《蝴蝶飞舞时》(In the Time of the Butterflies,1994)、《尤》(¡Yo！,1997)、《以莎乐美之名》(In the Name of Salomé,2000)和《我们自由之前》(Before We Were Free,2002)等都是历史题材的小说,其中《尤》和《我们自由之前》是《加西亚家的女孩不再带口音》的继续,分别从尤兰达和表妹阿妮塔的视角展开叙述。《蝴蝶飞舞时》以多米尼加历史上的米拉贝尔姐妹的故事为原型,讲述她们为了国家的自由而做出的牺牲;《以莎乐美之名》取材于多米尼加历史上的女诗人莎乐美·亨利奎兹·乌雷纳(Salomé Henríquez Ureña,1850—1898)和她的女儿卡米拉·亨利奎兹·乌雷纳(Camila Henríquez Ureña,1894—1973)的故事,亨利奎兹家族是多米尼加历史上的望族,作家佩德罗·亨利奎兹·乌雷纳(Pedro Henríquez Ureña,1884—1946)在拉丁美洲文坛享有盛誉,他的母亲是多米尼加共和国女性高等教育的开拓者,他的妹妹在文坛成就卓著,但是她们却鲜为人知。阿尔瓦雷斯发掘了被人们所忽视的女性才华,重新估量女性对文学的贡献。

海地裔文学中艾德伟奇·丹提凯特的成就最高。丹提凯特生于海地,12岁移居美国与早已移民的父母团聚。她的《息,望,忆》(Breath, Eyes, Memory,1994)、《科瑞克? 科拉克!》(Krik? Krak!,1996)、《刈骨》(The Farming of Bones,1998)以及《兄弟,我将离你而去》(Brother, I'm Dying,2007)都获得了较大的成功,其中《兄弟,我将离你而去》获得美国书评家协会奖,并获得国家图书奖的提名,《科瑞克? 科拉克!》获得了国家图书奖的提名,《刈骨》获得了美国图书奖。《息,望,忆》以苏菲·凯科的第一人称叙述讲述一家四代加勒比女性的故事,反映女性所承受的贫穷和暴力以及创伤和疏离。《刈骨》是丹提凯特的代表性历史题材小说,以1937年多尼米加军队对海地劳工的"荷兰芹大屠杀"①为背景。小说以流散至多米尼加的海地女孩安娜贝尔·德赛尔的回忆为线索,采用第一人称的叙述方式,将个人流散的历史与海地季节工人的苦难结合起来,"批评并重构了种族主义历史建构的民族身份"②。书名"刈骨"具有双重含义,取自工人砍伐甘蔗时蔗杆发出的断裂声,就好像骨头折断时发出的刺耳声音,也隐喻了阶级和种族压迫。小说的创作灵感来源于丹提凯特参观多米尼加和海地边界的"杀戮之河",她发现住在那里的人们对曾经震惊世界的大屠杀竟然一无所知,那段历史几乎已经被遗忘了。在经过多年的史料查证、实地调查和对幸存者的采访等准备工作之后,丹提凯特借助于文学想象来呈现历史、补充历史,将历史文本化,以纪念大屠杀的罹难者。小说强调了"文化边界""种族界限"造就的种种隔阂和悲剧,"流散"和"创伤"代表了丹提凯特作品的"标志性"主题。

伊莎贝拉·阿连德(Isabel Allende,1942—)出身智利贵族,是阿连德家族的核心成员之一,她的父亲托马斯·阿连德曾任驻秘鲁大使。1973年阿连德总统被害,智利发生军事政变,阿连德家族的核心人物开始了流亡

---

① 荷兰芹大屠杀:多米尼加和海地两国共居海地岛,分据岛屿的东西部,曾经分别是西班牙和法国的殖民地,两国人在口音上有一定的差异。另外海地人口中黑人占据绝对多数,因而在多米尼加做工的海地人多为黑人。1937年10月2日至8日,多米尼加共和国的军队在国家最高元首拉斐尔·特鲁希略的授意下,对侨居多米尼加的海地人展开驱逐。多米尼加军队在国界附近看到肤色较深的人就全部拦下,命他们念出"perejil"一词,意为"荷兰芹",因为海地人的母语是法语,所以他们很难发出大舌音"r"音,容易念成"pèsil"。受到检查的人如果无法正确发音,便被认作海地人而遭到砍杀,受难者的数量据估计有1.7万~3.5万人,这一事件在历史上被称作"荷兰芹大屠杀"。

② Lynn Chun Ink,"Remaking Identity, Unmaking Nation: Historical Recovery and the Reconstruction of Community in *In the Time of the Butterflies* and *The Farming of Bones*." *Callaloo* 27.3 (Summer,2004):800.

生活,伊莎贝拉·阿连德先后在委内瑞拉和西班牙等国生活,后来定居在美国加利福尼亚。伊莎贝拉·阿连德用西班牙语创作,被誉为当今拥有读者最多的西班牙语作家之一。她擅长书写历史题材,特别是早期新大陆的殖民生活,几乎所有的作品都被翻译成了欧洲各国语言,例如英法德意葡荷等。2004年,阿连德当选为美国艺术学院院士,2014年获得总统自由勋章。阿连德的故事具有史诗般的宏伟壮丽,也有魔力般的动人情节,勾画出了几百年来拉丁美洲的殖民历史。她充分利用拉丁美洲的魔幻现实主义手法,早期小说以历史题材为主,代表作有《幽灵之家》(The House of the Spirits,1982)、《幸运的女儿》(Daughter of Fortune,1999)和《不褪色的肖像》(Portrait in Sepia,2000),在新大陆殖民历史下讲述几个家族的故事。这些小说塑造了众多形象鲜明的人物,特别是女性人物,例如《幽灵之家》中的灵魂人物克拉拉,她的女儿布兰奇和外孙女阿尔芭;《幸运的女儿》中意志坚定、天赋非凡的伊莉莎,以及扶养她长大的老姑娘罗斯·索莫斯。阿连德的历史小说带有拉丁美洲魔幻现实主义文学的特征,但是更重要的是,这些故事通过家族历史的变迁、政治的动荡以及地主和农民之间的矛盾,反映出了拉丁美洲的文化特质,即西班牙文化、英国文化、非洲文化和亚洲文化的交融协商,造就了成分复杂但富有活力的拉丁美洲文化,"新大陆"在历史巨变中面临的诸多挑战,塑造了坚韧的拉丁美洲人。在近作《日本恋人》(The Japanese Lover,2015)中,阿连德继续她对文化冲突的关注,讲述了"二战"背景下,逃避纳粹迫害的波兰移民和被关进拘留营的日裔青年之间的恋情。近年来,阿连德的风格发生了明显的变化,她将拉丁美洲特色的魔幻和奇幻手法,融入成长小说中,创作了一系列成长主题的奇幻小说,有《野兽之城》(The City of the Beasts,2002)、《金龙王国》(Kingdom of the Golden Dragon,2004)和《矮人森林》(Forest of the Pygmies,2004)。这几部小说均以主人公埃里克斯·科尔德的成长为主线,讲述他在亚马孙热带雨林、喜马拉雅山区的藏地和非洲肯尼亚雨林等地的冒险经历。小说也通过对异域文化和异族生存的想象,主张保护人类共同生活的世界,表达了对人类未来的关注。

拉美裔族群中还有一些人口数量较少的群体,其文学影响力相对较弱。尽管如此,这些作家的创作既有拉美裔文学的普遍特点,也体现出了族裔分支的特色,萨尔瓦多裔就是其中之一。萨尔瓦多自从20世纪80年代初爆发了全面内战,给人民带来了更加深重的灾难,也锤炼了萨尔瓦多人反抗暴力的不屈精神,而文学书写成为揭露暴力、主张权利的有力表达,克拉丽贝尔·阿莱格里亚就是致力于为萨尔瓦多人民发声的作家。阿莱格里亚是克拉丽贝尔·伊莎贝尔·阿莱格里亚·维德斯(Claribel Isabel Alegría Vides,1924—2018)的笔名,她具有尼加拉瓜和萨尔瓦多血统,是诗人、散文作家、小说家和记者。她与丈夫达尔文·弗莱克尔(Darwin J."Bud" Flakoll)于1995年合编了《在前线:萨尔瓦多游击队诗歌集》(*On The Front Line:Guerilla Poems of El Salvador*),披露内战给萨尔瓦多人民带来的苦难,反抗暴力,颂扬斗争精神,追求自由。

"印第安文艺复兴"是指20世纪60年代末70年代初开始的印第安文学的繁荣,一般以1968年司各特·莫马迪(N. Scott Momaday,1934—)《黎明之屋》(*House Made of Dawn*)的出版为开端,该作品获得了翌年的普利策小说奖,由此拉开了印第安文艺复兴的序幕。自60年代末到80年代中期,印第安文艺复兴经历了几个阶段,第一阶段的作家多从70年代开始发表作品,他们整理记录印第安民间传说和神话故事,在印第安文化历史的框架下重点书写印第安历史,发掘印第安文化传统,张扬印第安个性,"回归"(包括文化回归和回归保留地)、身份认同、文化协商是这个阶段最为突出的主题,表达一种"重新发现被遗忘的民族历史的欲望"[1],即书写印第安人"既是本土裔又是美国人"的经历,书写他们在重新构建自我身份过程中的经历以及对印第安传统文化的认同。这些作家以继承发扬印第安文化为宗旨,在文学创作中以重新发现传统文化价值、张扬印第安身份为己任,凸显不同文化之间的交锋。在印第安文艺复兴第一阶段,涌现出一批卓有成就的印第安作家,其中有杜安·尼亚塔姆(Duane Niatum,1938—)、杰拉德·维兹诺(Gerald Vizenor,1934—)、莱斯利·马蒙·西尔克(Leslie Marmon Silko,1948—)、詹姆斯·韦尔奇(James Welch,1940—2003)等,其中唯一位列经典作家的女性作家就是西尔克。2001年美国本土作家协会终身成就奖得主葆拉·艾伦(Paula Gunn Allen,1939—2008)同样功不可没,她是著名的印第安研究专家,致力于印第安文化研究相关的科研和编辑,编辑了几部印第安文选和故事集,积极发掘印第安口头文化传统,对美国印第安文学的复兴做出了重要的贡献。

80年代以后印第安女性文学在"印第安文艺复兴"之后继续稳步发展,涌现出更多的印第安女性作家和学者。虽然印第安人口的基数较少,但是随着社会进步和不同文化交融的日益增加,走出保留地、接受主流文化教育的女性越来越多,这一群体中的相当一部分女性具有混血血统,她们在印第

---

[1] Mary Jane Lupton, *James Welch: A Critical Companion*. Westport, CT: Greenwood P, 2004, p.41.

安文化和非印第安文化的协商之间更加深刻地理解和呈现"印第安性"的当下表征和现实意义。当代女性作家中最著名的当数路易丝·厄德里克(Louise Erdrich,1954—)、琳达·霍根(Linda Hogan,1947—)和乔伊·哈久(Joy Harjo,1951—)。厄德里克是国家图书奖得主,名望极盛,可谓当今最受读者欢迎和最受学界关注的小说家;霍根是著名的印第安生态女权主义小说家、诗人、散文作家,致力于印第安文化传统的传承,在作品中尤其强调印第安生态思想的传播和生态女权主义思想的表达;哈久是第一位印第安桂冠诗人。她们分别代表了当今印第安女性作家在不同领域的最高成就。

霍根出生于科罗拉多州的丹佛,父亲是契卡索印第安人,母亲是白人。霍根是1994年兰南诗歌奖的获奖作家,也是1998年美洲本土作家协会终身成就奖得主。她早年以诗歌创作而开启文学生涯,先后出版了《唤我回家》(*Calling Myself Home*,1978)、《女儿们,我爱你们》(*Daughters, I Love You*,1981)、《日食》(*Eclipse*,1983)、《望过太阳》(*Seeing Through the Sun*,1985)、《药之书》(*The Book of Medicines*,1993)等诗集,集中表达了"女性经历"和"印第安生态思想"两大主题。霍根注意发掘印第安文化传统,如口头文化传统和灵性信仰,在历史叙事的框架下关注印第安人当下的生存问题,将政治诉求融合于印第安传统文化的表征之中,其代表作《太阳风暴》(*Solar Storms*,1995)便集中反映了这些特征。作品以20世纪70年代水利项目的修建为背景,通过安吉拉一家三代印第安女性的遭遇,书写印第安女性在被殖民历史中被宰制的命运,反映印第安族群被压迫、被奴役的历史。小说中被白人收养的安吉拉回到保留地,在祖先的土地上恢复身心健康,重拾自我,这种叙事模式继承"印第安文艺复兴"时期第一代印第安作家开创的"归家"范式,彰显出印第安文化传统对于印第安人生存的重要性,但更加关注女性体验和印第安身份之间的密切关联。霍根的其他小说体现出类似的印第安生态思想,通过对战争、美元霸权、资本运作、现代科技等问题的思考,表达了对于人类未来的关切。《恶灵》(*Mean Spirit*,1990)以20世纪20年代美国经济繁荣为背景,书写石油公司在印第安人土地上开采石油、破坏印第安人生存环境的故事;《靠鲸生活的人们》(*People of the Whale*,2008)则通过"越战"老兵托马斯的创伤经历,思考战争对于人类生态的摧残。

乔伊·哈久[①]是第一位获得桂冠诗人(2019年)荣誉的印第安作家,也

---

① 另有文献将其意译为"风欢乐"。

是1995年美洲土著作家协会终生成就奖的获得者。她集诗人、音乐家和画家身份于一身，自觉践行印第安文化传统，她的诗集有《美洲黎明》(*An American Sunrise*, 2019)、《为圣人消解冲突》(*Conflict Resolution for Holy Beings*, 2015)以及《在疯狂的爱与战争之间》(*In Mad Love and War*, 1990)等。哈久的家族谱系中有切罗基、法国和爱尔兰血统，她是马斯科吉印第安部落(Muscogee Nation)成员，曾就读于印第安事务管理局开办的印第安学校，对主流文化进行了较为系统的学习，但是后来对印第安传统文化产生了浓厚的兴趣，高中毕业后就读于印第安文化学院，在绘画中找到了表达自我的途径。大学期间她从艺术系转学到了文学系，主修创意写作并开始创作诗歌，后又陆续学习了电影制作艺术、音乐等专业，从而将绘画、写作、音乐等多种艺术形式融会贯通，在诗歌创作中充分运用这些因素，多方位表现印第安文化的特质，尤其张扬了印第安人对于世界的理解和阐释，同时也通过战争、暴力等主题观照人类的生存。

亚裔文学分支中，近四十年来发展最为迅速的亚裔文学分支当数菲律宾裔、越南裔和朝韩裔。总体来说，越南移民进入美国的时间比较集中，在美国居住的历史比其他亚裔群体更短，所以越裔作家的代际差别并不明显。越裔美国作家的早期作品以回忆录式的文学作品居多，作家们常常以自身经历为素材进行文学创作，而越南战争和战争前后的越南社会成为书写的重点，这些内容也是西方读者最为感兴趣的话题。虽然越裔社区的规模在"越战"之后迅速扩大，但是其文学的影响力尚未彰显，年轻一代的作家直到20世纪90年代以后才逐渐成长起来。

当代华裔文学依旧是亚裔文学中成就最高的一个分支。华裔女性文学真正引起非华裔读者和批评界的关注是在20世纪70年代后期，以1976年汤亭亭(Maxine Hong Kingston, 1940—)的小说《女勇士》(*The Woman Warrior*)的出版为标志，该书获得了全国书评家协会奖。四年后的作品《中国佬》(*China Men*)斩获美国国家图书奖，开创了华裔文学的历史，进一步夯实了华裔女性文学的影响力。继汤亭亭之后，谭恩美继续在美国主流文化和华裔文化协商的语境下，以家族历史和个人历史为基点，书写华裔美国人的身份。相比于老一代作家，汤亭亭和谭恩美等人虽然依旧根植于华裔文化，但是开始书写华裔走出唐人街的故事。除了这两位佼佼者之外，华裔女性文学中颇具影响力的还有她们的同龄人林露德(Ruthanne Lum McCunn, 1946—)，更年轻的一代作家有任碧莲(Gish Jen, 1955—)、伍慧明(Fae Myenne Ng, 1956—)，以及新生代作家伍琦诗(Celeste Ng, 1980—)等。

林露德是华人和苏格兰人混血儿，出生于旧金山，生长于香港，她致力于书写华人移民的历史，发掘早期华人移民经历。林露德的小说无论创作手法还是主题，都严肃严谨、不哗众取宠，每个故事都是娓娓道来，但总能令读者掩卷沉思，这"是一个对写作非常严肃认真的作家，是华裔美国作家中对中华文化传统了解较多、较深入的作家，也是对移民心态、思想感情把握较准确的作家"①。林露德以华裔社区中的典型人物或典型事件为素材，创作了一系列感人至深的作品，其中《千金》(Thousand Pieces of Gold, 2004)、《夜明珠》(The Moon Pearl, 2001)、《木鱼歌》(Wooden Fish Songs, 1995)和《幸运之神》(God of Luck, 2008)均是如此，讲述了淘金热时期的华人女性、追求女性独立的自梳女、华人农学家、华人劳工等群体的故事。例如，她的《幸运之神》以契约华工为书写对象，"再现了个人所受到的伤害，揭露了暴力和强权对人性的践踏。小说将个人经历投射到历史的语境中，实现个人经历和历史事件的交织。在这部文学作品中，王月龙作为苦力中的一员，是苦力贸易的客体，但他通过话语建构起自己的主体性，使得权力话语中被消音的个体得以发声，颠覆了权力主体的话语霸权"②。平稳的叙述语调、看似波澜不惊的故事情节，强烈对比了世界的漠然和受害者的痛苦，以此讲述华工遭受的侵害。《千金》和《木鱼歌》则反映了19世纪80年代到20世纪上半叶美国的排华运动，讲述华人移民的艰难境遇。

　　任碧莲是新一代华裔作家中知识分子的代表，着力描写唐人街以外华裔中产阶级的生活。应该说，任碧莲的主题选择和她的经历有着相当的关系。任碧莲出生在纽约长岛，父母都是知识分子，她本人毕业于哈佛大学，于1983年在艾奥瓦大学获得创意写作的硕士学位，1991年开始文学创作。任碧莲是一位精英型的作家，其家庭出身、教育背景和个人经历与汤亭亭、谭恩美等人的唐人街经历有着根本性的不同，她既不了解唐人街的生活，也难以认同于下层华人社区，而是与主流社会的价值观关系密切，因而她不再书写某种"代表性"的华裔美国人经历。她的《典型的美国人》(Typical American, 1991)、《莫娜在希望之乡》(Mona in the Promised Land, 1996)、《爱妾》(The Love Wife, 2004)、《谁是爱尔兰人？》(Who's Irish, 1999)和《世界与小镇》(World and Town, 2012)等小说表现了对于"身份"的思考，身份的建构是多维度的，或是成长小说中的多元文化身份建构，或是对世界主义的探索，反映出身份的流动性和不确定性。当然，任碧莲的作品依旧带有鲜

---

① 吴冰：《擅长历史人物传记小说的林露德》，载《华裔美国作家研究》，吴冰、王立礼主编。天津：南开大学出版社，2009年，第175页。
② 李保杰：《世界文学中的苦力贸易和契约华工》，载《广东社会科学》2017年第6期，第171页。

明的族裔特征,例如母亲和女儿的价值冲突、华裔寻求得到主流群体接纳的努力等。从时间上看,任碧莲属于晚于汤亭亭、谭恩美一代的作家,彼时华裔美国文学已经获得了相当的认可,她因而能够更加自由、自如地书写华裔主题;另一方面,她的经历也使她能够更加从容地审视族裔身份,因此她在小说中提出了族裔身份的流动性。对任碧莲而言,同化更多指的是各族裔之间的相互借鉴,而不是对各自文化根源的疏离。

伍慧明属于成长在唐人街的第二代移民,作品多以唐人街生活和历史题材为主,她的《骨》(*Bone*, 1993)和《向我来》(*Steer Toward Rock*, 2008)① 族裔特色鲜明,取材于"契约儿子""契约父亲"、唐人街的单身汉社会等历史,通过华人移民被迫隐瞒姓氏、采用虚假身份等情节,来书写种族主义背景下华裔身份的断裂,以及华人移民的艰难生活。《骨》以"契约儿子"为故事背景,通过处置梁老爹的"遗骨"这一事件,反映华人移民和后裔对待族群历史的不同态度。梁老爹的遗骨是移民精神遗产的象征,小说由此为老一代华人流散者构建了心灵的沃土和精神的回归。《向我来》同样取材于《排华法案》的历史背景,以第一人称叙述者杰克的视角讲述"坦白运动"中华人在忠诚、诚实与自我之间的抉择。杰克为了赢得心上人乔伊丝·关的芳心而主动向当局坦白了自己的虚假身份,但是最终并没有换来认可和接纳,由此引发了对"真诚"等价值观的考问。"两部小说的故事虽然看似简单,但它隐含的却是两性、家庭及民族的兴衰命运……是一个'民族寓言',一个将个人、家庭及民族的历史与政治问题编织到一起的民族寓言。"②小说除了华人生活和唐人街主题之外,还采用了汉字标题、汉语题记,在形式上增加了族裔特征。

1980年出生的伍绮诗可谓新生代华裔女性作家的代表,同时也是新移民的代表,书写的故事更加具有现代性。伍绮诗的作品有《无声告白》(*Everything I Never Told You*, 2012)和《星星点点的火》(*Little Fires Everywhere*, 2017),虽然依旧涉及文化冲突,但是已经完全脱离了唐人街主题,转而书写中产阶级、新一代华裔美国人的经历。《无声告白》中的父亲和母亲都是哈佛大学的毕业生,父亲是华裔,母亲是欧裔白人,他们努力追求自己的事业、寻找自己在社会中的位置,这似乎是一个典型的美国故事。但是,二女儿莉迪亚的自杀,使得这个中产阶级家庭的成员开始审视相互之间的关系和各自的努力方向,父亲曾想通过高等教育摆脱自己的族裔身份

---

① 另译为《望岩》。
② 陆薇:《直面华裔美国历史的华裔女作家伍慧明》,载《华裔美国作家研究》,吴冰、王立礼编。天津:南开大学出版社,2009年,第347页。

而寻求主流社会的接纳，母亲则不甘于做家庭主妇。小说最终还是认可家人为修补家庭关系而做出的努力，也在一定程度上反映了作者这一代华人背景下的家庭价值观。

除了小说之外，华裔女作家在非虚构类的传记文学和纪实文学方面也成绩突出，散文作家张纯如(Iris Chang, 1968—2004)和张彤禾(Leslie T. Chang, 1969—)均成就卓著。她们都是第二代移民，出生于华裔中产阶级知识分子家庭，接受过良好的教育。张纯如的父母均在大学任教。她本人毕业于伊利诺伊大学新闻系，在美联社和《芝加哥论坛报》(Chicago Tribune)供职，后来在约翰·霍普金斯大学获得了写作硕士学位，致力于创作历史小说，先后出版了《蚕丝：钱学森传》(Thread of the Silkworm: The Story of Tsien Hsue-Shen and the Chinese Missile Program, 1996)、《南京大屠杀》(The Rape of Nanking, 1997)、《美国华裔史录》(The Chinese in America, 2003)。为了撰写《南京大屠杀》，张纯如到南京实地走访，采访了幸存者，挖掘了大量重要的历史文献。《南京大屠杀》是第一本针对英语读者的揭露南京大屠杀暴行的历史著作，对西方产生了重大的冲击，具有深远的社会历史意义。张彤禾则关注中国改革开放进程中人们生活的变化和身份的转变，特别是农村进城务工人员在城市中的拼搏。她在中国珠江三角洲地区做过多年的实地考察，出版了非虚构性作品《打工女孩》(Factory Girls: From Village to City in a Changing China, 2008)，以来自农村的两个打工女孩在东莞的经历为主线，追踪珠江三角洲的城市化和工业化进程中女性的成长，彰显她们对城市发展的贡献。

华裔女诗人的创作也取得了相当高的成就，代表性作家有朱丽爱(Nellie Wong, 1934—)、林英敏(Amy Ling, 1939—1999)、吴淑英(Merle Woo, 1941—)和陈美玲(Marilyn Chin, 1955—)。其中吴淑英是激进的女权主义者、同性恋者，自学生时代就积极投身民权运动，在诗歌中表现出较为鲜明的政治立场，表达女性的诉求。她的散文《给妈妈的信》("Letter to Ma", 1980)被收入《我背上的这座桥：有色激进女性作家作品集》(This Bridge Called My Back: Writings by Radical Women of Color, 1981)，成为最早得到非华裔群体关注的华裔女诗人之一。她的诗集《黄种女性宣言：诗歌选集》(Yellow Woman Speaks: Selected Poems, 2002)中的作品大多涉及华裔文化，而同名诗作《黄种女性宣言》("Yellow Woman Speaks")更是号召亚裔女性联合起来、争取权益。陈美玲是当今声誉最盛的华裔女诗人之一，获得多项重要文学奖项，包括五次红色手推车奖(Pushcart Prize)，2018年当选为美国诗人学会的会长。陈美玲的父母来自中国香港,当时那里还是英国殖民地。她的诗作除了具有浓郁的华裔文化特质以外,尤其关注母亲和外祖母在香港的经历,2017 年的诗集《浅黄狂想曲》(Rhapsody in Plain Yellow)中的多首诗作,反复使用"黄色""割裂""英语"等意象,表达叙述者无论在香港还是美国,都深切感受到的文化冲突。

20 世纪 80 年代以后的印度裔文学继续蓬勃发展,以小说的影响力为最大,出现了普利策奖得主裘帕·拉希里(Jhumpa Lahiri,1967—)。拉希莉出生于伦敦的印度移民家庭,后随家人移民美国。拉希莉的处女作短篇小说集《疾病解说者》(Interpreter of Maladies,1999)获得 2000 年的普利策小说奖,作者因此成为普利策小说奖史上最年轻的获奖者。拉希莉的第一部长篇小说《同名者》(The Namesake,2003)也获得较高的关注,并被改编成电影。拉希莉担任普林斯顿大学创意写作的教授,2014 年获得国家人文奖章。她的小说多讲述印度移民或印度裔人物,涉及印度的风俗习惯和文化传统,其中家庭题材、两性关系是常见主题,特别是印度传统中的家庭关系在美国主流文化冲击下的变化。拉希莉的写作风格细腻温婉,在看似平常的日常琐碎细节中反映出人物间的微妙关系,《疾病解说者》中的几个片段尤其如此,例如《森太太》中森太太不辞辛苦地准备饭菜的细节,反映出了家庭主妇在她们有限的空间内彰显自我价值的努力。

米娜尔·哈吉拉特瓦拉(Minal Hajratwala,1971—)也取得了较高的成就。哈吉拉特瓦拉多年来一直努力为同性恋者争取权利,是印度裔性别政治书写的代表人物。她主编了《出去!新酷儿印度故事集》(Out! Stories from the New Queer India,2010),将族裔身份和性属结合起来,凸显话语的政治性。她的小说《离开印度:从五个村庄到五大洲的旅程》(Leaving India:My Family's Journey From Five Villages to Five Continents,2009)带有一定的家族历史色彩,讲述了印度裔文学中较为常见的主题,移民经历、流散和文化适应。

印度裔作家在诗歌创作方面颇有建树,代表性人物有诗人、小说家、评论家米娜·亚历山大(Meena Alexander,1951—2018)、诗人艾梅·奈兹胡克玛塔黑尔(Aimee Nezhukumatathil,1974—)等。亚历山大属于移民作家,代表性作品有《无知的心》(Illiterate Heart,2002)、《生丝》(Raw Silk,2004)、《华美的刺绣》(Atmospheric Embroidery,2015)以移民、身份、主体性等为常见主题。

越裔女性作家群成就斐然,已经形成了较为明显的文学合力。黎乐·黑斯利普(Le Ly Hayslip,1949—)是越南裔女性文学的奠基者。黎乐·

黑斯利普原名冯黎莉,出生于越南中部的农民之家。她见证了当代越南历史中的风风雨雨,似乎注定她要承受多舛的命运,其坎坷的经历也磨炼了黎乐,成为她的文学素材,她出版了两部自传体小说《天翻地覆:一个越南女人从战争到和平的历程》(When Heaven and Earth Changed Places: A Vietnamese Woman's Journey from War to Peace,1989)和《战争之子,和平之女》(Child of War, Woman of Peace,1993)。《天翻地覆》采用了非线性叙事的方式,讲述了黎乐和平的童年时期和饱受战争之苦的青年时期,这种将个人经历和重大历史事件相结合的题材,引起了读者的极大兴趣。评论家认为,"黎乐将她和家人在越南战争期间的不幸遭遇,以及越南人民战后如何弥合创伤,向美国人寻求理解的经历和感受,都写进了两本自传体小说里……后者可以看作是前者的续集"[①]。《战争之子,和平之女》采用线性叙事的方式,讲述了冯黎莉在美国的生活,例如她通过参与社会工作锻炼自己,以内心的不断强大治愈越战带来的创伤,展示她经历的文化适应和自我成长。冯黎莉的作品和其他书写越南战争和移民流散经历的小说都具有较强的时效性,但如果文学性不够出众的话,就难以获得持续的生命力。

与冯黎莉不同,曹兰(Lan Cao,1961—)则提供了另外一种越南移民经历和书写取向。曹兰属于越南移民中的上等阶层,南越溃败之际,曹兰全家于1975年以"难民"身份进入美国。曹兰大学时攻读法律专业,目前是加州查普曼大学法学院的教授。1997年,曹兰出版了处女作《猴桥》(Monkey Bridge),这是一部基于作者个人以及越南移民经历的小说,以母亲清和女儿梅的"亲历者"角度讲述越南战争。该小说的重要主题是创伤:越战使无数越南家庭妻离子散、家破人亡,给越南人和越裔美国人带来了身体和精神上的创伤;同时,越南难民来到美国,生活在种族歧视和文化霸权的双重压力下,又遭受了集体的文化创伤。小说的另外一个主题是母女冲突,就是来自越南的母亲和出生于美国的女儿之间的价值观冲突,而这实质上也是越南文化和美国文化的冲突,以及边缘群体和主流群体的冲突。母亲使用日记和长信的形式来诉说自己的过往,女儿则通过阅读母亲的故事了解母亲和越南,母女通过"叙述"这个媒介达到了和解。小说的第三个主题是主人公梅的成长和自我追寻。作为第二代移民,梅受到主流文化和族裔文化的双重影响,两种文化的碰撞和冲突导致了她的迷茫。经过生活的洗礼,梅逐渐意识到自己生活在西方文化和东方文化的夹缝中,需要在两种文化之间寻找沟通,这也是小说的题目"猴桥"的象征意义:"猴桥除了联结两岸并象

---

① 张龙海:《美国亚裔文学研究》。厦门大学出版社,2018年,第264页。

征'从战争到和平的行动'之外,也联结了男人和女人,自我和他者,朋友和仇敌,以及过去、现在和未来[①]"。2015年,曹兰出版了第二部小说《莲花与风暴》(The Lotus and the Storm),该小说从一个越裔美国人的视角来审视越南战争,涉及创伤、战争、流散等主题,得到的反响较为平淡。

另外还有年龄稍轻的一批越南裔作家,她们没有亲身经历过越南战争,或者在年幼时就移民美国,因而战争给她们带来的影响并不够直接,她们对于战争和流散的了解更多地来自她们的父辈,她们也倾向于以另外的方式反映族裔特征。莫妮克·张(Monique T. D. Truong,1968—)的作品更加聚焦于女性主题和性别政治。张六岁时和母亲以"越战难民"的身份来到美国,后来父亲也来到了美国。张从事法律专业,工作之余进行文学创作,并且取得了丰硕的成果。1998年,张与诗人芭芭拉·德兰(Barbara Tran,1968—)及库伊特·鲁(Khoi Truong Luu,出生年月不详)合作,编写了越裔美国文学作品集《水印:越裔美国诗歌与散文集》(Watermark: Vietnamese American Poetry and Prose),这是一项开创性的工作,极大地推动了越裔文学在美国的接受。受《爱丽丝·托克拉斯的烹调书》(The Alice B. Toklas Cookbook,2003)的启发,莫妮克·张创作了第一部小说——《盐之书》(The Book of Salt,2003)。该小说一出版就斩获了不少文学奖项,如纽约公共图书馆的新人小说奖和国际笔会的罗伯特·宾汉姆奖(PEN/Robert Bingham Award)等。《盐之书》以第一人称叙事的方式讲述了主人公阿平在"巴黎弗勒吕斯街27号"女主人家做厨师的经历。小说的题目"盐之书"指的是阿平在和家人失去联系五年之后收到兄长从越南寄来的家书,"盐"代表了思乡的痛苦和在异乡的艰难,这一象征贴合阿平作为厨师的身份,但是"书"所指涉的叙述又实现了对具体形象的超越。小说叙事的地理空间涉及越南、美国甚至欧洲,阿平的叙事中穿插对过往的回忆,以个人的漂泊史折射出越南的殖民史,用个人经验串联起对于性别政治、种族、流散等话题的讨论。张的第二部小说《口中的苦涩》(Bitter in the Mouth,2010)仍然采用第一人称非线性叙事,同样通过感官上的体验反映人物的心理状态和生存境遇。小说以年轻女孩琳达探寻自己的身份为主线,通过"苦涩"这一中心意象指涉失去亲人的心理创伤,遭受白人少年强奸而承受的身体创伤,以及身为越南移民所遭受的种族歧视、语言暴力及"他者化"所代表的文化创伤。

[①] 单德兴:《战争、真相与和解——析论高兰的〈猴桥〉》,载《浙江外国语学院学报》2018年第4期,第62页。

黎氏艳岁(Lê Thi Diem Thúy,1972—)属于越裔美国作家中较为年轻的一位,她书写的主要是父辈的生活,或者越裔美国人在文化夹缝中的境况。黎氏艳岁早期的作品有诗歌,还有两部单人剧:《火红的夏天》(Red Fiery Summer)和《我们之间的身体》(The Bodies Between Us,1996)。其成名作《我们都在寻找的那个土匪》(The Gangster We Are Looking For,2003)在同名短篇小说基础上扩展而成,分别于2004年和2008年获得古根海姆基金以及美利坚合众国基金,还进入不少大学的课程书单或者推荐阅读书单,可算得上是越裔文学作品迈向"经典化"的重大突破。该小说采用第一人称叙事,通过六岁无名越南小女孩的视角,讲述了一家人为了躲避战乱从越南逃到美国的经历,折射出家庭和社会历史的多重矛盾,例如复杂的家庭关系、美国社会的种族歧视,以及美国主流文化和越南族裔文化的冲突。小说情节生动、意象丰富,十分符合儿童的观察视角和叙述特点,例如"水"这个意象便是一例。"水"是日常生活中最基本的生活资料,也是儿童感知世界最常见的媒介,同时还具有丰富的文化内涵。小说中的"水"显然已经超越了它的具体意义:越南是一个沿海国家,"水"是家乡记忆和民族属性的象征,体现了父母的乡愁。"水"还代表着一种不可预知的神秘力量,正是借助它的力量,全家人漂洋过海来到了美国,摆脱了越南的苦难生活;但是大海吞噬了"我"的哥哥,给全家带来了无法愈合的伤痛。小说题目中的"土匪"也具有多层次的含义:它指父亲早年在越南的不光彩经历,吸毒、贩卖黑烟等。这个有着污点、缺点和柔情的父亲,显然也是故国的象征,寻找父亲的过去,同时也是寻找族裔文化之根的过程。

阮碧铭(Bich Minh Nguyen,1974—)出生于胡志明市,70年代中期随家人逃离越南,目前在普渡大学教授文学写作与亚美文学等课程。她的处女作《偷吃菩萨的晚餐》(Stealing Buddha's Dinner,A Memoir,2005)描写了一个越南移民的孩子在美国中西部成长的故事,该小说获得了叶拉德笔会奖。"食物"是小说中多次出现的意象,它已经远远超越了具体指征,而成了种族、阶级和文化的象征。小说主人公对美国食物的渴望,代表了她对融入美国社会的愿望。她的长篇小说《矮个子姑娘》(Short Girls,2009)获得了2010年的美国图书奖。小说采用交叉叙述的方式,描写了两个姐妹——婉和林妮作为移民的后代在美国的童年、工作和婚姻生活。小说通过塑造两个关系疏远、个人性格、教育经历和婚姻生活完全不一样的姐妹,来反映越裔美国人的不同生活取向,也象征着越南移民的后代在族裔文化和美国主流文化协商的开始。

范艾美(Aimee Phan,1977—)是越裔新生代作家中的代表,曾在艾奥瓦州的作家坊学习并获得创意写作硕士学位。她的处女作是短篇小说集《我们永不相见》(We Should Never Meet, 2003)，得到了文学界和读者们的广泛好评，并获得了翌年的美国亚裔研究协会图书奖，以及美国亚裔文学奖小说类的提名等奖项。范艾美的长篇小说《程樱桃的再教育》(The Reeducation of Cherry Truong, 2012)属于家族历史小说，讲述了程、吴两家三代人之间的爱恨情仇。两家人在越战后从越南逃难到美国，曾经的背叛让他们彼此间中断了联系，但是刻骨铭心的共同记忆又把他们紧紧联系在一起。该小说具有族裔家族历史小说的普遍特点，例如文化同化、文化和解以及背叛、救赎、家庭责任等。

此外，还有另外一些越裔美国女作家也在文学领域做出了自己的贡献，比如崔明霞(Trinh T. Minh-ha, 1952—)、孟兰(Mong-Lan, 1970—)等。孟兰是出生于越南的新一代移民诗人，从2001年到2018年间一共出版了十余部诗作，并曾获得朱尼珀奖(the Juniper Prize)和手推车奖(the Pushcart Prize)，其作品情感丰富，描写细腻，涉及移民经历、成长、身份协商等，带有较为典型的移民文学的特征。崔明霞最擅长的是编剧，尤其是和越南相关的非虚构类电影的编剧。

越裔文学作品中以个人视角作为主线，在越南战争和越南(特别是亲美的南越)移民流散背景下，书写创伤、流散和文化适应经历，将个人命运和历史变革联系起来，突出个人成长和个人身份的追寻，而这些往往也是族裔和移民文学中的惯常题材。在叙事手法上，偶有多人物、多角度叙事的运用，不过大多采用去中心化叙事的通用手法。虽然越裔女性文学突出了越南裔文化、越南战争等具有族裔群体特质的要素，但是文学作品的艺术性不够突出，像《盐之书》之类的设计精巧的作品并不多见。

尼诺奇卡·罗斯卡(Ninotchka Rosca, 1946—)是菲裔美国女性文学的先驱。她出生在菲律宾，在马科斯执政期间(1965—1986年)曾经因为积极参与反政府活动被捕入狱，后流亡至美国夏威夷，她的一些作品基于其参加政治运动和被监禁经历而创作。罗斯卡出版了两部小说、两部短篇小说集和四部非虚构类作品，处女作长篇小说《战争状态》(State of War, 1988)获得了年度美国图书奖，其中所涉及的暴力主题，例如强奸、战争、殖民统治等具有明显的现实指向。罗斯卡的第二部小说《再次祝福》(Twice Blessed, 1992)再次斩获美国图书奖，这部小说追溯了菲律宾的历史，重建了菲律宾文化的多样性，嘲讽了一些菲律宾军阀为了地位和权势拉帮结派、贪污腐败的劣行。罗斯卡的非虚构作品更是明确地取材于菲律宾的社会历史，对马科斯政权进行了抨击，例如在马科斯下台后第二年出版的《游戏终结：马科斯的覆灭》(*Endgame：The Fall of Marcos non-fiction*,1987),以及何塞·马利亚·西松(Jose Maria Sison,1939—　)①的传记《何塞·马利亚·西松:世界为家——革命者的画像》(*Jose Maria Sison：At Home in the World：Portrait of a Revolutionary*,2004),都结合了菲律宾题材和文学叙述的政治性。

塞西莉亚·布雷纳德(Cecilia Manguerra Brainard,1947—　)是菲律宾裔作家、编辑,出版了短篇小说集《夕阳下的阿卡普尔科及其他故事》(*Acapulco at Sunset and Other Stories*,1995),还有"二战"题材的小说和非虚构类纪实作品等。《彩虹女神在哭泣》(*When the Rainbow Goddess Wept*)和《马格达莱纳》(*Magdalena*,2002)是得到较多关注的两部作品,后一部讲述了一家三代菲律宾女性的故事,通过她们的经历透视重大历史事件对于普通菲律宾人的影响,例如"二战"以及日本入侵、越南战争和美国占领等事件,反映菲律宾女性被战争和动荡所撕裂的生活,以及她们顽强的生命力。这部小说是近代菲律宾的历史缩影,可读性强,对于非菲律宾裔读者而言,具有相当大的吸引力,提高了人们对菲裔文学的接受程度。

新一代菲律宾裔作家以杰西卡·海格多恩(Jessica Hagedorn,1949—　)为代表,她被认为是最优秀的菲裔美国作家之一。海格多恩12岁时跟随母亲移居美国,大学期间学习了戏剧,并对黑人灵魂音乐、摇滚乐产生了浓厚的兴趣。海格多恩的文学生涯始于诗歌创作,第一部诗集《危险的音乐》(*Dangerous Music*)出版于1975年。1990年发表第一部小说《吃狗肉的人们》(*Dogeaters*,1990),在文学界引起了热烈的反响,获得了国家图书奖的提名,并斩获哥伦布基金会的美国图书奖,使她成为亚裔美国文学中的代表性人物之一。后来,海格多恩担任编辑,编辑当代亚裔美国文学选集《陈查理已死 2:世界为家:当代亚裔小说选集》(*Charlie Chan is Dead 2：At Home in the World：An Anthology of Contemporary Asian American Fiction*)的第一卷和第二卷,分别在1993年和2004年出版,这项工作对于推动亚裔作家作品的接受发挥了重要的作用。《吃狗肉的人们》被公认为海格多恩的代表作,小说采用了里奥·贡萨加第一人称叙述,穿插第三人称叙事,例如报纸中的"新闻报道",通过不同社会阶层的多个人物的经历,讲述20世纪50年代中期到60年代初期菲律宾历史中的重大事件。不过,菲律

---

① 西松是菲律宾共产党主席和"新人民军"重要领导人,曾对菲律宾共产党进行过重组。因为具有共产党员身份,西松曾经被美国划为"支持恐怖主义的人",他向欧洲法院(European Court of Justice)提出申诉,要求将自己的名字从恐怖分子的名单中移除。虽然最终他的申诉得到支持,但是西方世界对于"西松到底是谁"几乎一无所知,相关话语完全被西方反共宣传所控制。

宾移民及菲律宾裔美国人对此相当排斥,认为小说题目是美国人对于菲律宾人的蔑称,本身就带有一种文化偏见,甚至在有意误导非菲律宾裔的读者。不过,从另外一个角度来看,海格多恩采取了"似是而非"的叙事策略:小说主题丰富,涉及菲律宾政府的独裁政治、宗教、同性恋、卖淫等,揭露了菲律宾在新殖民地时期的残酷和暴力,更多反映了在表象背后造成混乱的深层次原因,即在美国殖民文化霸权和菲律宾传统父权制的双重之下,美国支持的独裁统治给人们带来的痛苦。这种立场在后来的小说中得到一定的延伸,在《黑色马尼拉》(Manila Noir, 2013)中,海格多恩把马尼拉比作神秘的女郎,是因为这个城市以及这个国家背负着历史的痛苦和黑暗的过往:大航海时代以后,菲律宾遭受西方殖民,先是被西班牙殖民近四百年,后被美国殖民半个世纪,"二战"期间又被日本占领。因此,海格多恩小说被认为是"新殖民主义女性文学"的代表性作品,将菲律宾和美国、传统和现代等问题在多重视角下呈现出来。

年轻一代的菲律宾裔新锐作家大多接受过良好的高等教育,知识分子或者学者型的作家居多。米娅·阿尔瓦(Mia Alvar, 1978—　)出生在菲律宾首都马尼拉,后随父母移居美国纽约。2015年她发表了处女作《在国家之中》(In the Country),该短篇小说集由九个短篇小说组成,"讲述的都是背井离乡的菲律宾人在巴林王国、沙特阿拉伯和美国等地漂泊生活的故事,他们过着'道德上混乱不已'且'不可预料'的生活,满是'自相矛盾与不堪一击'"[①],获得翌年笔会为小说处女作颁发的罗伯特·W.宾厄姆奖(PEN/Robert Bingham Fellowship)。

当代日裔女性文学的开拓者当属内田淑子(Yoshiko Uchida, 1921—1992),她是20世纪民权运动之后新兴文学的代表人物之一。内田淑子出生于美国加利福尼亚,1941年美国对日宣战之后,内田一家被关进拘留营。1943年内田淑子被史密斯学院录取,得以从拘留营脱身,但是这段经历对她产生了重大的影响,成为她书写族裔、身份、跨文化经历等主题的基础。《到托珀兹的旅程》(Journey To Topaz, 1971)、《沙漠中的流放:日裔美国家庭的飘零》(Desert Exile: The Uprooting of a Japanese: American Family, 1982)都涉及日裔美国人的拘留营经历。内田淑子从1949年开始发表作品,一生共发表三十余部小说,其中大部分作品于历史背景下描写日裔美国人的跨文化经历,旨在激发人们对于身份、尊严等问题的思考。这正

---

① 李玉瑶:《短篇魅力与亚裔之声——2015年美国文学概述》,载《外国文学动态研究》2016年第5期,第96页。

是内田淑子同时致力于少儿文学创作的一个动因:让少年儿童学会珍惜,让他们在人本主义的视域下关注"人"的内涵,而不是纠结于人们的各种外在标签。内田淑子对拘留营主题和日裔美国身份的书写,开创了日裔文学的先河。在她之后,同样有过拘留营经历的作家还有珍妮·W.休斯敦(Jeanne Wakatsuki Houston,1934—   ),其回忆录《别了,曼扎那》(Farewell to Manzanar,1973)基于她和家人在加利福尼亚欧文河谷曼扎那拘留营的经历。这部小说后来作为中小学生历史教育的一部分,成为美国中小学的必读书目。

新一代日裔作家聚焦成长主题,作品具有鲜明的时代性,她们中的代表作家有辛西娅·角畑(Cynthia Kadohata,1956—   )和夏威夷作家路易丝-安·山中(Lois-Ann Yamanaka,1961—   )。角畑担任《纽约客》等知名杂志的专栏作家,自1986年开始发表作品,其中《闪亮—闪亮》(Kira-Kira,2004)被认为是她的代表作品,讲述了日裔女孩在佐治亚州的成长,获得了2005年青少年文学最高奖纽伯瑞儿童文学奖。《明天会有好运气》(The Thing about Luck,2013)获得了国家图书奖(青少年文学),是典型的成长小说,讲述日裔女孩萨默在一个麦收季节所经历的考验和成长,凸显了"勇气"和"担当"等成长小说中经常涉及的题材,其中主人公的日裔身份背景成为小说的显著特色。路易丝-安·山中的成长小说融合了日裔文化、夏威夷土著文化,在美国主流文化框架下书写人物成长中多重身份的协商。《帕哈拉剧院中的周末之夜》(Saturday Night at the Pahala Theater,1993)和《野味汉堡》(Wild Meat and the Bully Burgers,1996)都采用夏威夷皮钦语创作,土著文化特色明显。并且,"夏威夷土著文化背景"也是山中小说人物的普遍特点,《布鲁的锁套》(Blu's Hanging,1997)融合了菲律宾文化、日本文化和夏威夷土著文化等多重背景,讲述奥格塔家三个孩子在母亲去世后的挣扎与成长。小说描写的是青少年主题,但"母亲的缺失"给孩子带来的"丧失感"和母子分离对"成长"的激励使得作品带有了哲学的深度,小说获得了1998年的亚裔文学奖。山中的其他作品还有《我是无名之辈》(Name Me Nobody,2000)、《心语》(The Heart's Language,2005)和回忆录《芸芸众生》(Behold the Many,2006)等,主要涉及语言叙述的张力和文学叙述的意义等主题。

朝韩裔女性文学的发端相对较晚,始于20世纪80年代。和越南裔一样,当代历史上的重大事件成为朝韩裔作家的首要素材。白广善(Mary Paik Lee,1900—1995)被视为该族群文学中的先驱,她的文学创作凸显了历史在个人成长中的重大影响,这也是她得到关注的重要原因。自传《无声的奥德赛:朝鲜女性先驱在美国》(*Quiet Odyssey:A Pioneer Korean Woman in America*,1990)是为数不多的涉及朝鲜经历的朝裔女性传记,讲述了日本占领朝鲜期间,作者和家人为了寻求自由和幸福而移民美国的经历。他们先来到夏威夷,遭遇了种族歧视和穷困潦倒,之后来到美国大陆,辗转于西部各州的农场,逐渐通过自己的努力扎下根来,获得稳定的生活来源,并与墨西哥裔等其他少数族裔群体建立起互助联系。这部作品张扬了主人公一家吃苦耐劳、关爱和勇气等优良品质,"填补了朝裔美国人的历史空白"[①],但是相对而言艺术性不足,在人物塑造和叙述的组织方面显得较为稚嫩。这种生命书写的传统在伊丽莎白·金(Elizabeth Kim,1954—　)等作家那里得到了延续。金的回忆录《无尽的伤痛:朝鲜战争孤儿的非凡之旅》(*Ten Thousand Sorrows:The Extraordinary Journey of a Korean War Orphan*,2000)取材于朝鲜战争,采用了创伤叙事来讲述主人公从朝鲜到美国的经历,鉴于其独特的社会历史背景,这部作品引发了较为广泛的关注。

　　金荣阳(Kim Ronyoung,1926—1987)是朝裔女性小说的奠基人,她原名格洛丽亚·韩(Gloria Hahn),出生于朝鲜移民家庭,在洛杉矶的朝鲜城长大,她的《泥墙》(*Clay Walls*,1987)属于朝鲜裔的家族历史小说,具有一定的自传性,是已知最早由重要出版社出版的此类小说。《泥墙》的故事以父辈的移民经历为主线,讲述20世纪上半叶朝鲜移民在美国的经历,其中也涉及父母之间的阶级差别,以及两代人之间的文化和价值观差异。小说采用了多视角的叙述方式,可谓社会历史性与艺术性兼顾,获得了普利策小说奖的提名,也成为第一部引发学术界关注的朝鲜裔小说。

　　年轻一代的朝鲜裔小说家有车学庆(Theresa Hak Kyung Cha,1951—1982)、崔苏珊(Susan Choi,1969—　)、金苏琪(Suki Kim,1970—　)等。车学庆是先锋派艺术家、诗人、小说家,也是一位才华横溢的朝鲜裔女性作家,但令人遗憾的是,她在纽约被连环强奸犯乔伊·桑加强奸并杀害,当时她小说《口述》(*Dictee*,1982)刚刚出版一个星期。这部小说采用了较为典型的后现代主义的拼贴、多声部叙述等手法,在朝鲜历史的背景下讲述女性的生活。崔苏珊出生于朝鲜移民家庭,是一位畅销书作家,其作品中的族裔特征并不明显,她的《美国女人》(*American Woman*,2003)获得了2004年普利策小说奖的提名奖。70后作家金苏琪的小说《翻译者》(*The Inter-*

---

① Edward T. Chang,"Review:Quiet Odyssey:A Pioneer Korean Woman in America by Mary Paik Lee." *Western Historical Quarterly* 22.3 (August.,1991):353.

preter,2008)获得了笔会/海明威基金会的提名奖,但是她的名声主要还是来自另外一部作品:《没有你就没有我们:朝鲜精英阶层子弟中的卧底经历》(Without You, There Is No Us: Undercover Among the Sons of North Korea's Elite,2014),这是一部非虚构类作品,基于作者2008年在朝鲜平壤科技大学教英语的经历,用她自己在"前言"中的话来说就是,利用了"英语老师"的身份,得以近距离观察朝鲜社会①。叙述并未完全按照"非虚构"的形式进行,时间背景设定在"2002年",而不是作者实际来朝鲜生活的"2008年",目的是突出"后9·11时代"朝裔美国人观察美国和朝鲜政治生活的"双视角"。叙述采用类似扑朔迷离语焉不详的叙述策略,映射朝鲜高层政界的一些敏感话题,极大迎合了美国读者对朝鲜的浓厚兴趣,使得此书一跃登上《纽约时报》畅销书排行榜。

当前韩裔女性作家在戏剧创作和编剧方面形成了较强的力量,其中较有成就者有剧作家、诗人金秀智(Suji Kwock Kim,1969—),以犯罪、悬疑故事而著称的作家、电视剧编剧戴安娜·孙(Diana Son,1965—),曾经担任《美国周刊》总编辑的闵珍妮(Janice Min,1969—),剧作家、编剧赵茱莉(Julia Cho,1975—)、科琳·麦吉尼斯(Colleen McGuinness,1977—)等。朝韩裔女作家在畅销书市场占据一席之地,其中包括侦探小说作家托斯卡·李(Tosca Lee,1969—)、中韩混血作家劳拉·J.罗兰德(Laura Joh Rowland,1954—)和斯特芙·车(Steph Cha,1986—)。她们都著作颇丰,例如罗兰德自从1994年开始发表作品,至今已经出版系列侦探小说二十余部。80后作家斯特芙·车2013年推出了犯罪小说《一路跟踪》(Follow Her Home)并一举成功,之后一直保持较为旺盛的创作势头。这种"去族裔性"的书写趋势,反映出部分少数族裔作家开始走出"身份""流散"等经典族裔文学主题的窠臼,以另外的书写方式彰显自己的话语,这也表明她们拥有了更多的自信,以更加多元化的形式表现自己作品的文学价值。

综合这几个族裔文学分支的情况可以看出,族裔文学力量的壮大是当代文学的重要特征,族裔性的书写得到极大的彰显,直接影响到了美国文学的整体进程。对于族裔作家而言,群体和个人是两个重要维度,族裔历史和族裔身份是她们文学素材的重要来源,"书写历史"和"自我身份"是流行性的文学主题;而女性作家的创作中,又在族裔维度之上增加了性别维度,所以她们的历史题材既包括自我历史,同时又观照民族或者族群背景,将女性

---

① Suki Kim,*Without You, There Is No Us: My Time with the Sons of North Korea's Elite*. New York:Crown Publishers,2014,p.20.

成长和群体的历史进程联系在一起。回顾非裔作家在"后奴隶制时代"对非裔美国人生命政治问题的思考和诠释,犹太裔作家的"大屠杀"主题和"大屠杀后叙事",华裔作家对于"唐人街"生活、"纸生子"和寻梦"金山勇士"的文学呈现,越裔作家对于越南战争的描写,日裔作家对于拘留营经历的回顾,多米尼加裔作家对于特鲁希略政权的再现,以及海地裔作家对海地劳工历史的想象,无不反映出群体历史和个人身份之间的诸多勾连,贯穿于其中的女性言说以叙述为女性赋权,实现了女性话语主体的构建。

综上可见,近半个世界以来文学发展的特点突出表现为:"主流"与"边缘"之间的协商,"自我"与"群体"关系的复杂化,"差异"表征的多向度取向,"文学"与"现实"的交叉等,各类书写范式被置于族裔、阶级、性别、性属的语境下,更加复杂多元。加上新生代作家勇于尝试新事物、艺术手法上追求革新的普遍特点,使得人类多层面认识自我和书写自我得到文学的展现,作家在书写人与世界、人与环境、人与社区、人与自我的关系时,表现出更加多彩多姿的题材和手法,全面走向"解构"和"重构"。20世纪后期到21世纪之初的文学作品中,"政治表征"趋于背景化,突出的特点就是"正典"和"流行"之间的界限被进一步消解,"中心"和"边缘"的边界更加模糊,题材和体裁继续不断革新,族裔维度下的新兴作家群体显现出更大的力量。具体表现在文化话语模式的大众化取向,如"畅销书作家"对社会热点问题的文学呈现,以具有"时代感"和"时尚感"的方式来书写"成长"的青少年文学的兴盛;文学话语模式趋于多元,例如文学题材中历史和当下的交织、文学体裁的杂糅或者诗歌、舞蹈、音乐等多种表现方法的综合运用。

本章探讨20世纪70年代初至今的当代女性文学,着眼于当代美国多元文化文学的文学地理图谱,内容包括为建构美国当代文学谱系做出重要贡献的女性作家,涉及种族、族裔、宗教、性属、阶级等维度的文学书写,既包括当今在世界上最具影响力的女性作家,也包括在社会历史进程中为书写多元的"美国身份"增光添彩的女性作家。

第一节　多元的当代女性小说家

本节将按照时间为序梳理介绍当代女性小说创作,讨论当代美国女性小说的权利诉求、价值取向、书写偏好和文学审美,主要包括的作家有葆拉·马歇尔(Paule Marshall,1929—2019)、厄休拉·勒吉恩(Ursula K. Le Guin,1929—2018)、琼·迪迪翁(Joan Didion,1934—2021)、安妮·普鲁

(Annie Proulx,1935—)、玛吉·皮尔西(Marge Piercy,1936—)、巴拉蒂·穆克吉(Bharati Mukherjee,1940—2017)、艾丽斯·沃克(Alice Walker,1944—)、杰梅卡·金凯德(Jamaica Kincaid,1949—)、格洛丽亚·内勒(Gloria Naylor,1950—2016)、路易丝·厄德里克(Louise Erdrich,1954—)和桑德拉·西斯内罗斯(Sandra Cisneros,1954—)。从族裔所属上看,她们有欧裔白人作家,也有来自亚洲的印度和加勒比地区安提瓜的移民作家,还有出生在美国的非裔和墨西哥裔作家;从阶级出身来看,有来自精英阶层、就读于名校的天之娇女,也有来自劳动阶级、努力摆脱传统性别角色的女性,还有初中毕业后即独自闯荡美利坚、用文字创造出独立生存空间的坚韧女性。她们的关注点和书写主题也各不相同,主题涉及女性成长、女性乌托邦、身份建构、自我追寻、代际差异、文化冲突,体裁有现实主义小说、科幻小说、生命书写、非虚构性新新闻叙事,艺术手法上也各不相同,有的几乎完全摆脱个人认知,采取了"陌生化"的策略,与文本保持了相当的距离,将视野放在人类的生存斗争上;有的则恰好相反,充分运用"去陌生化"的策略,依赖于自己的族裔文化背景,书写家族、族群的历史,为更多没有机会去言说自我的族人发声。无论其具体范式和主题选择为何,这些多样化的书写取向,展现出当今美国社会的生存模式和女性言说之间的多层次融合,为书写美国身份和美国经历提供了各色版本,充分体现出了当代阶段女性小说的多元化特征。

葆拉·马歇尔(Paule Marshall,1929—2019)

多年以来,葆拉·马歇尔一直被视为美国"黑人作家",她的作品往往被划归到美国"黑人文学"或者美国非裔文学的范畴下加以研究,因为马歇尔的父母是来自巴巴多斯的移民,他们无论是体貌特征还是文化根源上,都非常接近于加勒比海非洲裔文化群体。不过,这种分类方法有可能弱化加勒比裔移民及加勒比裔美国人的文化特质,正如托马斯·索威尔所说,"西印度群岛人的个人成就和显赫地位,导致了他们作为一个种族群体的'湮没'……西印度群岛的个别人是以整个黑人种族的'代表'身份去担任公职的。强调他们特殊的西印度群岛人背景,将在白人和黑人当中同样削弱他们的地位"[①]。马歇尔正是这个群体中最优秀的一位,也是非裔女性文学中承前启后的关

[①] 托马斯·索威尔:《美国种族简史》,沈宗美译。北京:中信出版社,2011年,第231页。

键性人物:"她连接起了(二十世纪)四五十年代格温德琳·布鲁克斯、安妮·佩特里、玛格丽特·沃克以及七十年代非裔女性文学'复兴'作家,例如托妮·莫里森、艾丽斯·沃克等作家。另外值得注意的是,马歇尔不仅仅发挥了桥梁的作用,她还跨越了这两个时期:从1959年发表第一部作品到2009年的回忆录,她在半个世纪职业生涯中创作了备受赞誉的作品"[1]。她所塑造的新一代加勒比裔黑人女性,一方面契合美国主流文化所宣扬的"美国梦"之成功范式,一方面也在民权运动前夕宣告了美国黑人(特别是黑人女性)的梦想。

葆拉原名叫瓦伦莎·波琳·布尔克(Valenza Pauline Burke),出生于巴巴多斯移民家庭,父母在20世纪40年代来到纽约,定居在布鲁克林黑人居住区。马歇尔1953年进入布鲁克林学院就读,两年后转学到纽约亨特学院。21岁时和心理学家肯尼基·马歇尔结婚,1963年两人离婚,但是葆拉保留了"马歇尔"的姓氏。后来葆拉·马歇尔再婚,丈夫是海地人诺瑞·梅纳尔德。加勒比地区的黑人和美国本土的黑人存在明显的文化差异,葆拉·米歇尔说自己既不是西印度群岛人,也不是美国黑人,但也承认自己同时跨越这两种文化:"我的双脚跨越这两个阵营,所以我能够理解并回应美国黑人文化,也能够认同西印度群岛作家对文化特质的主张。"[2]她认为,自己的"加勒比裔美国人"的身份并未得到应有的认可,从而采取了另外一种方式凸显其文化特质,那就是作品中强烈的杂糅意识。葆拉·马歇尔先后在弗吉尼亚联邦大学,加州大学伯克利分校、纽约大学和耶鲁大学等高等学校任职,曾经担任纽约大学海伦·古尔德·谢泼德文学和文化研究系主任。1993,她获得了缅因州贝兹学院荣誉文学博士学位。她还获得多项奖励,如麦克阿瑟基金(MacArthur Fellows)、多斯·帕索斯文学奖(Dos Passos Prize for Literature)等。2010年,她获得了阿尼斯菲尔德-沃尔夫图书奖(Anisfield-Wolf Book Awards)颁发的终身成就奖,这是对她五十多年职业生涯的褒奖。

马歇尔早年间创作了大量的诗歌,后来主要从事小说创作。她的第一部小说《褐姑娘,褐砖房》(*Brown Girl, Brownstones*)出版于1959年,是当代阶段少数族裔女性关于身份书写的开拓性作品,也是加勒比裔作家早期作品中的优秀作品。该小说带有一定的自传色彩,讲述加勒比裔的女孩萨

---

[1] Paule Marshall, *Conversations with Paule Marshall*. Ed. James C. Hall and Heather Hathaway. Jackson, MS: U P of Mississippi, 2010, p. ix.

[2] Paule Marshall, *Conversations with Paule Marshall*. Ed. James C. Hall and Heather Hathaway. Jackson, MS: U P of Mississippi, 2010, p. 36.

莉娜·博依斯在布鲁克林黑人社区中的成长故事。从出版的时代看,这部作品切合两个方面的自我主张:民权运动前夕少数族裔文化自信的张扬和非裔女性身份的建构。小说通过主人公的第一人称叙述,讲述巴巴多斯移民认识自我、实现"美国梦"的经历。这种书写形式对于加勒比非裔、加勒比西语裔以及美国非裔女性文学中的成长小说产生了深远的影响,因为它不仅主张了少数族裔的文化传统,而且在美国主流文化框架下构建了"美国梦"的少数族裔女性版本,具有文化居间性的特征,充分体现了加勒比地区的杂糅文化特质。加勒比地区具有复杂的文化杂糅背景,美洲印第安文化、欧洲殖民者文化、非洲文化、亚洲文化等数度杂糅。几个世纪以来激烈的文化冲突导致了政治动乱和人民的颠沛流离,但是文化的碰撞和协商也成为文学创作取之不尽的源泉。马歇尔正是借助于加勒比裔背景,追溯非洲文化根源,书写寻根主题的,她"对于黑人经历的叙说一反从非洲到美国的常规做法,而是从新大陆回到非洲,并把起源于西方的书面叙述形式和非洲的口头叙事方法结合起来,以此使古老的美学在现代的框架中有了活力和生机,形成一种独特的文学声音"[1]。这部作品中主人公的寻根之旅,也确立了非裔女性文学甚至是"少数族裔女性文学身份书写的经典范式"[2]。马歇尔对非裔文化之根的褒扬同民权运动时期的文化立场不谋而合,继承了哈莱姆文艺复兴以来的非裔传统,预示了80年代非裔女性文学的繁荣。

在《褐姑娘,褐砖房》获得成功之后,马歇尔在第二年获得了古根海姆基金的资助,集中精力进行文学创作,1961年出版了短篇小说集《灵魂拍手歌唱》(Soul Clap Hands and Sing),获得了国家艺术学院奖。1965年,兰斯顿·休斯(Langston Hughes,1902—1967)在美国国务院资助下到世界各地进行巡游演讲,马歇尔作为文学新秀被选中陪同前往。在此后的数年间,她保持了旺盛的创作力,陆续发表了《上帝的选地,永恒的人民》(The Chosen Place, the Timeless People,1969),短篇小说集《瑞娜和其他故事》(Reena and Other Stories,1983)以及《寡妇颂歌》(Praisesong for the Widow,1983)[3]等优秀作品。2009年出版回忆录《三角的路:回忆录》(Triangular Road: A Memoir)。其中《上帝的选地,永恒的人民》被誉为非裔美国文学中最有影响力的小说之一,而《寡妇颂歌》则于1984年获得了前哥伦布基金颁发的美国图书奖,最终奠定了马歇尔在美国文坛的地位。这两部长篇小

---

[1] 金莉等:《20世纪美国女性小说研究》。北京大学出版社,2010年,第210页。
[2] 李保杰:《当代拉美裔美国文学研究》。济南:山东大学出版社,2014年,第41页。
[3] 另译为《寡妇赞歌》《寡妇礼赞》。

说以及马歇尔的成名作《褐姑娘,褐砖房》成为马歇尔研究中最受关注的作品,它们在主题上存在一定的相似性和延续性,往往被学者认为是"三部曲":它们"都涉及回归非洲文化或者加勒比非裔文化"[1]。三部曲之后,马歇尔又发表了《女儿们》(*Daughters*,1991),通过书写"看不见的女人,看不见的夫妻"[2],从女性的角度探讨了非裔加勒比文化和西方文化的关系,在一定程度上和拉尔夫·埃利森(Ralph Ellison,1914—1994)的《看不见的人》(*Invisible Man*,1953)形成了互文。

马歇尔职业生涯开始时正值民权运动前夕,她作品中所描写的黑人女性的独立以及黑人多重文化身份的协商,预见性地契合了当时的社会历史。在她开始创作时,黑人女性作家数量较少,还没有形成作为一个群体的合力,"她们尚未意识到自己的归属或者性别文化的指向。或许更重要的是,她们还没有经历60年代的动荡和激进,那个时代激励了(黑人)意识形态,重新构建了对黑人生活及文化的文学再现方式,特别是对黑人女性生活的书写"[3]。马歇尔在成名作《褐姑娘,褐砖房》中所确立的主题,如黑人女性的成长和美国梦之间的协商、黑人文化传统对于黑人身份的形塑作用,以及黑人文化认同的回归等,不仅在之后的作品中得到加强,并且也宣告了此范式下黑人女性书写的开端。对于民权运动前夕急需得到主流文化群体认可的美国黑人来说,表达自我的欲望和被接纳的心理十分迫切,因此采用合适的叙事策略,就显得尤为重要。葆拉·马歇尔正是抓住了时代的脉搏,采取了合适的方式讲述自己的故事,才使得她的声音得以传播出去。在几乎每一部小说中,她都是将黑人的故事嵌入到宏大的历史语境中,充分运用黑人文化要素,如西非传统信仰、民间传说等,并通过将非洲神话的本土化,来探讨两种文化之间沟通的可能性,从而实现她所说的写作意图,即用非洲经验将两种文化连接成为一个综合体。要达成这样的目的,历史题材是一个理想的选择,因为"历史是黑人的重要记录,其中充斥跨越大西洋沦为奴隶的创伤,他们承受了背井离乡、妻离子散和非人折磨,以及重建时期的再次流散,还有被政权合法化的各种歧视;历史能够为他们作证,证明他们的不安、

---

[1] Eugenia Collier,"The Closing of the Circle:Movement from Division to Wholeness in Paule Marshall's Fiction," in *Black Women Writers (1950—1980):A Critical Evaluation*. Ed. Mari Evans. New York:Anchor,1984,pp. 59—60.

[2] Eugenia C. DeLamotte,*Places of Silence, Journeys of Freedom:The Fiction of Paule Marshall*. Philadelphia,PA:U of Pennsylvania P,1998,p. 121.

[3] Joyce Pattis, *Toward Wholeness in Paule Marshall's Fiction*. Charlottesville,VA:U P of Virginia,1995,p. 10.

恐惧和愤怒是有原因的"①。历史在黑人经验和现实生存中发挥着重要的意义,是他们寻找认同的基础。作家通过文学与历史的互文,来显现黑人的话语与形象,具有重要的意义,因为美国意识形态框架下诸多"民主""自由""平等"的宣传,也无法掩盖黑人被掠夺被压迫的历史,马歇尔的作品正是反映了文学书写对于黑人认识历史、张扬文化身份的意义,这些要素在之后其他非裔女性文学作品中得到了延续。

《褐姑娘,褐砖房》是马歇尔的成名作,也是非裔女性成长小说的代表,在诸多方面开辟了非裔女性文学的疆域。小说追溯了自20世纪30年代至50年代,主人公萨莉娜·博伊斯在纽约布鲁克林巴巴多斯移民家庭的成长。萨莉娜的少年老成和内在的忧郁来自她的家庭环境,她的父母和很多下层的移民一样,从事繁重的体力劳动,勤恳节俭,却有着截然不同的生活规划。母亲塞丽娜活在未来,一心留在布鲁克林,梦想着置办一座褐色的砖房,在这里安家;但是父亲戴顿却活在过去,想着回到巴巴多斯。萨莉娜的生活便被割裂在过去和未来的较量之中。此外,萨莉娜还生活在加勒比黑人文化和欧裔白人文化之间的罅隙中。萨莉娜一家所住的房子曾经是英国人、荷兰人等欧裔白人的住所,随着西印度群岛移民的到来,白人迁移出了社区,褐砖房成为移民的身份特征。萨莉娜被分裂于两种不同价值观的矛盾中,在身心成熟过程中面临的各种问题,这既是她成长中的考验,也是她的财富。她在文化归属上,既不是美国人也不是巴巴多斯人,但同时跨越这两个不同的疆域。因而有学者认为,马歇尔对于女性成长的描写是开创性的:"她在第一部小说中,就已经预见了女性成长的书写方式,在20世纪60年代其他作家的作品里得到了更加明确的回应——对美国梦价值观的质疑,如果这种价值观代表的是物质主义,并由无情的剥削和摧毁他人所推动的话。"②小说以萨莉娜为第三人称主要人物叙事视角,但是她的故事只占小说的一部分,特别是最后一部分,这种构架象征着父母故事中的价值观对她的影响。萨莉娜跟母亲的谈话,"大家都叫我戴顿的萨莉娜,但是他们都错了。你看,我其实更像你。还记得你过去常常跟我讲过的那些故事吧,你十八岁时离家独自来到美国的故事,从此为自己做主。我可是很喜欢听这些故事的"③,表明了她

---

① Joyce Pattis, *Toward Wholeness in Paule Marshall's Fiction*. Charlottesville, VA: U P of Virginia, 1995, p. 13.

② Darwin T. Turner, Introduction, in *Soul Clap Hands and Sing*. Paule Marshall. Washington, DC: Howard U P, 1988, p. xxiii.

③ Paule Marshall, *Brown Girl, Brownstones*. Mineola, N. Y: Dover Publications, 2009, p. 307.

继承母亲的过去、又面向未来的双重立场。

《寡妇颂歌》讲述的是非裔中产阶级女性艾薇·约翰逊回归精神故土的故事，其中黑人的文化归属和美国梦之间的协商具有历史性的意义。小说的人物塑造重于对黑人文化和非洲传统的张扬，立足点依旧在美国的当下，这在当时的历史语境下具有重要的代表性，使得它成为探讨非裔美国人身份的代表作，也是马歇尔作品中受关注最多的一部。故事发生在20世纪70年代，正是黑人文化意识觉醒的时期，小说的主线就是主人公身份建构和认同过程中的两个重要转折点：从艾娃塔拉到艾薇的转变，以及艾薇在卡里亚库岛重新回归黑人社区的转变。小说在叙事形式上采用倒叙的方式，契合"回归"黑人文化传统和认同黑人祖先的流散等主题。从回溯性角度考查这部作品，可以看出，马歇尔在三个方面开创了黑人女性书写的先河：少数族裔女性的"美国梦"和文化身份之间的协商、美国主流文化和少数族裔文化之间的协商，以及美国黑人文化和加勒比黑人文化之间的协商。而作家的创作，在其中发挥着桥梁的作用，马歇尔对于自己的写作目的如此阐释说："就是在两种文化之间形成一种合力，并且用美国经历将它们连接起来。"[1]

葆拉·马歇尔在《寡妇颂歌》中践行了她所说的基于美国经历、重构黑人历史的文学审美目标，不过这部小说也超越了种族文化的范围，突出了"阶级"向度的核心影响，表明了经济取向和阶级变动如何掩盖了文化间的冲突。在1977年的访谈中，被问及黑人文学应该考虑什么样的首要主题时，马歇尔给出的建议就是：美国经历和黑人历史的结合，即"张扬黑人经历。历史被消解了，特别是在西半球。我感觉我们必须回到过去，重构历史，我们才能够从历史中吸取教训，面对当下的斗争"[2]。她坦承文学书写与政治诉求之间关联密切，认为黑人文学的政治功能就是通过文学书写，从历史中寻找力量，重新审视黑人的历史并吸收其积极因素。对于主人公艾薇·约翰逊来说，这种"美国经历"就是从下层贫苦黑人到中产阶级的"上升"经历，以及阶级跨越过程中黑人付出的代价。64岁的艾薇·约翰逊和两位朋友乘坐游轮到加勒比海度假，此时她已经跻身中产阶级的行列：年轻时曾经上过大学，虽然并没有毕业，但已是黑人女性中的高文化水平，足可以使她找到一份稳定的工作，她退休前供职于政府部门，担任国家机动车管

---

[1] Paule Marshall, *Conversations with Paule Marshall*. Ed. James C. Hall and Heather Hathaway. Jackson, MS: U P of Mississippi, 2000, p. 37.

[2] Paule Marshall, *Conversations with Paule Marshall*. Ed. James C. Hall and Heather Hathaway. Jackson, MS: U P of Mississippi, 2000, p. 39.

理办公室的主管；她和丈夫在纽约的白原社区购买了不错的房子，屋里是全套的白橡木家具。唯一的遗憾就是丈夫杰罗姆尚未到退休年龄就去世，这纵然令人惋惜，但艾薇收入稳定，衣食无忧，每年还能够支付数千美元外出度假。他们的孩子也都学有所成，大女儿一家生活优渥，女婿供职于洛克希德"是他们部门中唯一的有色人种雇员"[1]，能够享受到夏威夷休假的闲暇；二女儿在医院里做实习医生，小女儿在纽约做教师。艾薇的随身物品装满了六个大行李箱，这种物质丰盈的中产阶级生活曾是她童年时的梦想，也是她半生奋斗的目标。诚然，经济地位和阶级归属是关系人们生存的现实问题，所以艾薇的选择无可厚非。不过，这也反映了黑人中产阶级在获得这些成功的同时，也付出了相当的代价：艾薇不得不在自己所属的文化和中产阶级生活中间做出取舍，为了获得成功和认同，夫妻二人曾辗转于求职、面试和兼职，放弃了他们过去的许多爱好，牺牲爵士乐、诗歌朗诵、非裔舞蹈以及到伊博人登陆处的"朝圣"之旅。

　　小说一步步揭开艾薇不愿面对的过去，还讨论了黑人的社会属性和家庭属性之间的冲突。艾薇和杰罗姆的第一次激烈冲突便是艾薇对"黑鬼"身份的诅咒，因为她追求自我解放，所以对家庭主妇的身份充满怨恨，但是在杰罗姆听来，这种口气与白人对他们的蔑视毫无二致。为了满足艾薇追求品质生活的愿望，为了搬离嘈杂的黑人社区，杰罗姆放弃音乐梦想，不惜一切代价挣钱，但两个人在心灵上越走越远。"一年一度的南方之旅成为过去。之前定期回到哈莱姆探望老朋友，或者偶尔放松跳舞的日子也取消了。这些很快被学习手册、自我提高的各种书籍、装有吸尘器样品的笨重盒子所代替。而家里从前那个爱说爱笑的杰伊，那个经常趁她不注意从身后抱住她的杰伊，慢慢地消失不见了。"[2]杰罗姆经过努力谋得了薪酬丰厚的工作，但是一直心怀困惑，就在中风离世之前他还在责问艾薇，这种诉求到底代表着什么。夫妻间的疏离也给艾薇带来了深深的自责，小说中超过一半的篇幅涉及她的回忆，是她纠结于过去的心理投射。虽然有学者认为，艾薇"展示了黑人妇女在女性主义运动的影响下力图冲破传统观念中家庭对女性的束缚，从而进入职场的现代女性形象"[3]，事实上，这是马歇尔对于黑人女性盲目接受女性解放而表现出的批评，这一观点后来在艾丽丝·沃克、贝尔·胡克斯等黑人女权主义者那里得到了更加明确的表达，比如沃克就强调

---

[1] Paule Marshall, *Praisesong for the Widow*. New York: G. P. Putnam's Sons, 1983, p. 15.
[2] Paule Marshall, *Praisesong for the Widow*. New York: G. P. Putnam's Sons, 1983, p. 116.
[3] 江妍, 孙妮：《迷途知返, 人生礼赞——〈寡妇赞歌〉中艾维的文化身份建构》，载《重庆交通大学学报》2014年第5期, 第91页。

"家"的归属感才是黑人(特别是黑人女性)获得解放的基础:"她强调家庭关系是神圣的,在黑人家庭里,爱、和谐、支持与关心是每个黑人用来抵御外部种族主义社会摧残的唯一可以依赖的力量源泉。"[1]艾薇以牺牲夫妻精神共同体来换取经济成功,显然是非常不明智的做法;为了实现中产阶级的梦想,他们搬离了哈莱姆黑人社区,也忘却了祖先的历史。"美国梦"所代表的经济成功占据主流,这种价值观在社会不同阶层中得到普及,给非裔文化群体带来了伤害。

《寡妇赞歌》延续了马歇尔作品中"人们和自我的关系"这一主题,着重描写艾薇起初对自我的抗拒和最终的接纳。艾薇幼年时每年都跟随姑婆康妮,到泰特姆岛上拜谒伊博人初到美洲的"登陆之处",拜访社区里的族人,还会和姑婆等人一起舞蹈(Ring Shout),净化心灵。这种一年一度的旅程,是"祭祖"的仪式,如圣徒的朝圣,也是连接艾薇和黑人祖先的纽带。成年后的艾薇疲于跻身中产阶级而淡忘了这一切,但祖先文化在她身上的印记并未消除:梦中康妮不断地召唤她回去,这是艾薇无意识的映射;梦中两人的撕扯是艾薇的理性和情感之间、现在与过去之间的角力,是她长久以来心中的纠结和矛盾。艾薇最终难以抵御内心深处对过去的渴望,航程还未进行到一半就决定提前返回。艾薇的这个决定将她带到了加勒比的小岛,这次旅程成为她寻找黑人历史的朝圣,她得到了另外一位精神导师的引导。这个人就是加勒比黑人勒博特·约瑟夫,艾薇迷途之时在小酒吧遇到的一位瘸腿老人。约瑟夫具有超乎自然的功能:他的目光能够穿透一切表象,看透艾薇内心的不安和焦虑。他引导艾薇再次进行自我审视,帮助她重新接纳自己的过去和家人。约瑟夫是非洲民间信仰中莱格巴神的化身,具有通灵功能,也是人和神之间的媒介。首先,在引导艾薇回归自我历史的过程中,约瑟夫和康妮一起发挥作用:"帮助艾薇在精神的十字路口找到方向……莱格巴化身为勒博特,邀请艾薇踏上旅程,使她来到了格林纳达和卡里阿库岛的十字路口,它象征着富足物质生活的过往和精神财富的未来。在约瑟夫的引导下,艾薇实现了跨越,获得了面临人生选择时的内心力量。"[2]代表了非洲文化记忆的"非洲大鼓"舞蹈,是艾薇走出狭隘自我认同的媒介,让她与黑人祖先的历史联系起来。其次,这两位精神导师的人物设定表明,马歇尔努力寻求建立美国黑人和加勒比黑人之间的联系:"小说的背景设定在美国和加勒比海地区,强调了非裔美国人和非裔加勒比海人神话传说

---

[1] 金莉等:《当代美国女权文学批评家研究》。北京大学出版社,2014年,第488—489页。

[2] Shanna Greene Benjamin, "Weaving the Web of Reintegration: Locating Aunt Nancy in *Praisesong for the Widow*." MELUS 30.1 (March,2005):54.

中的联系,并且将其作为寡妇艾薇·约翰逊评价自己生活的基础。"①在前往卡里阿库岛参加祭祖仪式的船上,海上旅程唤醒了艾薇内心深藏的集体无意识,她与跨越大洋的黑人祖先实现了心灵感应,她开始正视黑人祖先的苦难历程。再次,艾薇对黑人社区的心理接纳,也是对黑人等被压迫族群流散历史的认同:"艾薇小的时候把自己看作社区的一部分,而社区的邻居们来自国家的不同地区,或者是流散的人们;艾薇现在感觉同身边的老人有了联系,而他们代表了艾薇业已中断的祖先的历史,姑婆康妮和泰特姆圆圈舞所代表的历史。"②这部小说描述了美国黑人如何在精神上回归非洲传统,同时和新大陆其他黑人文化群体建立起精神上的联系。

《灵魂拍手歌唱》是短篇小说集,但是四个故事之间也存在着密切的联系。小说中的人物身份更加多元化,不仅仅局限于"加勒比裔""黑人""女性"等维度,而是从更加细致的角度审视种族间性和性别间性等问题。在主题上,小说中的人物经历了《褐姑娘,褐砖房》中的身份异化,"每个人物,都只是部分地融入主流文化或者统治阶级的价值体系中,人物的灵魂,就是他们对上帝的信仰,以及对族人和自己的信赖"③。以《布鲁克林》("Brooklyn")为例,可以较为清楚地看到这几个维度的相互交织。犹太教授博尔曼复杂的身份,便是"犹太性""性别政治"和"文化间性"等相互协商的表现。博尔曼早年间因为受限于政府对犹太学生的配额,没能进入医学院,让对他寄予厚望的父亲非常失望;学业的挫折使他对父亲的权威失去了信心,进而对父亲的犹太信仰产生了抗拒。博尔曼背弃犹太教而皈依基督教,但却因此备受煎熬。后来在麦卡锡时代,他又因为自己的犹太身份而受到额外的审查。职业、家庭和信仰中的多重矛盾诸如情感疏离、"被动"背叛和被边缘化,使他用漠然来进行自我保护:为了逃避父亲而仓促结婚,婚后却对妻子淡漠疏远,因而在社会和家庭中都难以找到归属感。但是,在黑人学生面前,博尔曼却以白皮肤为傲,居高临下地审视黑人学生威廉斯,幻想着将其虏获,显然"这种优越感来自于欧洲文化背景"④。在这个只有两个人物的短篇小说中,各种权力关系通过两个人的接触,随着他们关系的变化得到了

---

① Barbara T. Christian,"Ritualistic Process and the Structure of Paule Marshall's *Praisesong for the Widow.*" *Callaloo* 18 (Spring-Summer,1983):74.
② Shanna Greene Benjamin, "Weaving the Web of Reintegration: Locating Aunt Nancy in *Praisesong for the Widow.*" *MELUS* 30.1 (March,2005):63.
③ Marilyn Nelson Waniek, "Paltry Things: Immigrants and Marginal Men in Paule Marshall's Short Fiction." *Callaloo* 18 (Spring-Summer,1983):46.
④ Dorothy Hamer Denniston,*The Fiction of Paule Marshall:Reconstructions of History,Culture,and Gender.* U of Tennessee P,1995,p.49.

动态的表达。博尔曼的"优势地位"逐渐丧失,他从一位审视者蜕变为被审视者。但是,从另外一个角度来看,对于肉欲执念的"放弃"也使得博尔曼获得了精神的升华,释放出他个人潜意识(甚至白人集体无意识)中对于黑人女性的"物化"和"他者化"的政治欲望。

作为加勒比裔黑人女性作家,马歇尔虽然凸显了非裔文化根源和黑人身份构建,但是她的人物设定没有局限于种族或者性别框架内,而是聚焦于各类边缘群体,特别关注他们的心理状态和情感诉求。她笔下的"流浪者"是较为典型的形象,孤独无助是他们突出的心理特点。《褐姑娘,褐砖房》中已经触及这个问题,萨莉娜一家面临着文化的差异和经济地位上的弱势,以及现代生活的冲击。父亲戴顿的思乡情结从根本上说来自于他对美国生活的不适。萨莉娜对父亲工作环境的描述,反映了产业工人在现代化生产模式中的无声状态:"就和大街上往卡车上装载货物的那些人一样,他们就好像哑剧里面的角色,能够发声的只有机器。"[1]《灵魂拍手歌唱》更是描写了形形色色的无国家、无归属的流浪者形象。这几部短篇小说的叙述视角都是第三人称的主要人物内聚焦视角,因而他们和其他人物的互动受到了相当的限制。《巴巴多斯》("Barbados")中的威特福德从波士顿返回巴巴多斯,但是无论在哪里,他都是孤身一人:在波士顿,他是来自西印度群岛的外国人,终日埋头工作,"他就这样一直关在自己屋里,独来独往,因为美国对他来说没有任何意义——尽管他慢慢攒了些钱并置办了房产"[2];回到巴巴多斯,他是有产者,别人看到的是他在美国积聚的财富,并不关心他内心对于家园的归属愿景。因而,无论是处于流散还是回归状态,威特福德都是边缘人,难以在任何一个社区中找到认同和归属。《布鲁克林》中的马克斯·博尔曼对威廉斯的情感,与其说是单纯的肉体欲望,还不如说是心理补偿。博尔曼被威廉斯的孤独所吸引,她的胆怯与慌乱令他想起自己曾经受到的压制:"他作为白人心中的内疚,以及更加深刻的认同:那就是,她令他想起自己的处境,他作为一个犹太人所遭受的屈辱,以及他已经背弃的犹太身份和信仰。"[3]在《英属圭亚那》("British Guiana")中,主人公的名字杰拉德·默特利就暗示了身份中的多重杂糅,而他的经历也是如此:父亲是英国派往圭亚那殖民地的军官,母亲是当地的黑奴;他曾在英国受教育、求职,被别人当成意大利人或者西班牙人,但他自嘲为"世界杂合而生的杂种"。这种多

---

[1] Paule Marshall, *Brown Girl, Brownstones*. Mineola, NY: Dover Publications, 2009, p. 99.
[2] Paule Marshall, *Soul Clap Hands and Sing*. Washington, DC: Howard U P, 1988, p. 7.
[3] Marilyn Nelson Waniek, "Paltry Things: Immigrants and Marginal Men in Paule Marshall's Short Fiction." *Callaloo* 18 (Spring-Summer, 1983): 49.

重杂糅的身份为新大陆所特有,是欧洲殖民所造就,所产生的直接后果就是他们心中的无所适从。这种无所归依的无根状态,在《巴西》("Brazil")中得到了延续和更加深刻的体现。主人公赫克托尔·巴布蒂斯塔·圭马雷斯是里约热内卢最著名的喜剧演员,被观众称为"哦了不起的卡列班"(O Grande Caliban)。他在 35 年的演艺生涯中一直扮演着别人的角色,他退休之际,发现人们已经遗忘了他的真名,甚至他本人都难以在众多的面具中分辨出自己的脸。他于是踏上旅程,来到儿时的村庄和成名之地里约热内卢,寻找人们印象中的"赫克托尔"。这个"小丑"寻找自我的故事揭示了旧大陆的文化如何蚕食人们的自我认知;同时,这个被称为"疯狂的杂种"的小丑形象之所以深入人心,也正是因为他代表了观众心中不同层面的自我,且无论他们的肤色和文化来源如何,如评论家所说,"马歇尔的小说备受赞誉的原因,在于其人文主义和普适性,在于它们反映了'有机整体'和'集体中友情'所蕴含的审美要求"[①]。这些短篇小说中形形色色人物的故事,有助于消解族裔性的潜在局限,"表现了马歇尔在艺术中消除肤色界限的欲望,以此表明,黑人艺术家无需将她自己(的创作)限制在种族话题的范围内"[②]。

马歇尔所主张的文化寻根具有现实的意义,它有助于构建黑人的文化共同体和心理共同体,来应对他们的困扰。马歇尔塑造了象征黑人文化以及文化传承的文学形象,例如《寡妇颂歌》中的康妮姑婆和约瑟夫。康妮是坚强的传统黑人女性的代表,她信念坚定,恪守传统,每年都会带着年幼的艾薇拜谒先人和族人,为的是让孩子记住自己的文化根源;约瑟夫是非洲土著神祇的象征,在艾薇人生的十字路口引导她回归黑人文化传统。当然马歇尔也描写了另外一类更具现实主义取向的黑人形象,例如《上帝的选地,永恒的人民》中的梅尔,她的混杂身份和当下生活中的困境,都让她成为当代普通黑人民众的代表:她具有白人和加勒比黑人血统,有丈夫和孩子但又具有同性恋倾向,既难以割舍社会和家庭责任,又向往精神层面的价值认同,这是"小说主题中种族、文化和性别身份危机的代表"[③]。马歇尔之所以充分挖掘、利用这些黑人文化要素,是因为在她看来,神话和民间传说等文化要素是黑人共同的文化根基,在黑人文学中的作用不可忽视。她在创作

---

① Evelyn Hawthorne,"Ethnicity and Cultural Perspectives in Paule Marshall's Short Fiction." *MELUS* 13.3/4 (Autumn-Winter,1986):37.

② Dorothy Hamer Denniston,*The Fiction of Paule Marshall:Reconstructions of History, Culture,and Gender*. U of Tennessee P,1995,p.31.

③ Mary Jane Schenck,"Ceremonies of Reconciliation:Paule Marshall's *The Chosen Place, The Timeless People*." *MELUS* 19.4 (Winter,1994):50.

《寡妇颂歌》时,曾经到格林纳达暂住过一段时间,就是为了更好地了解黑人的文化传统;在 70 和 80 年代,她还数次到非洲访问,追寻美洲黑人的非洲文化之根。马歇尔研究专家认为,"艾薇·约翰逊所达到的目标,也代表了马歇尔小说创作的目的"①,即她对非洲文化传统的认同,她所主张的"回到从前"正是对这些传统要素的再认识:"此阶段黑人文学的另外一个特征就是回到从前,采纳我们文化中能够带给我们力量的东西,我们的传说和神话。"②

马歇尔的几部小说还涉及反向迁移的情节,契合她"回归黑人文化传统"的政治主张,也彰显出文学作品中文化地理要素的政治取向。马歇尔的小说体现出明显的地域意识,《褐姑娘,褐砖房》中萨莉娜·博伊斯回到父母的故乡巴巴多斯;《上帝的选地,永恒的人民》中的梅尔·金伯纳卖掉了加勒比的房产,购买了去乌干达的机票,毅然踏上行程,回到非洲寻找丈夫和孩子;《寡妇颂歌》中的艾薇·约翰逊到加勒比海的旅程重建了她与流散至美洲的黑人祖先的联系;《渔王》中佩恩当年为了追求艺术梦想,从布鲁克林出走巴黎,而多年后他的孙子索尼重新回到布鲁克林。这些小说都涉及"黑人主人公回到祖先的家园,并获得家园所代表的心灵的完整性。因为马歇尔重在探讨人物历史对于他们当下生活的意义,因而也十分注重记忆在其中发挥的根本作用"③。以《上帝的选地,永恒的人民》为例,从两种文化的交锋和协商,可以看出文化地理要素的政治表征。伯恩希尔斯小镇是个"世外桃源"般的地方,砍甘蔗工人和渔民在那里保留着传统的生活方式。小说涉及黑人宏大历史的再现,例如小镇狂欢节就是纪念卡菲·耐德④领导的奴隶起义,赞颂黑人反抗压迫的斗争传统。然而细读文本会发现,"应许之地"的人们在叙事中也被客体化了,表现出认同困境:文化地理政治表现为加勒比黑人文化、美国犹太文化、美国黑人文化和美国爱尔兰-意大利裔天主教

---

① Joyce Pattis, *Toward Wholeness in Paule Marshall's Fiction*. Charlottesville, VA: U P of Virginia, 1995, p. 1.

② Paule Marshall, *Conversations with Paule Marshall*. Ed. James C. Hall and Heather Hathaway. Jockson, MS: U P of Mississippi, 2000, p. 38.

③ Adam Meyer, "Memory and Identity for Black, White, and Jew in Paule Marshall's *The Chosen Place, the Timeless People*." MELUS 20.3 (Autumn, 1995):99.

④ 卡菲·耐德(Cuffee Ne, 生平年月不详),是加勒比海东部伯恩岛(Bourne Island)的一个奴隶,他在 17 世纪末期领导奴隶举行起义,史称"卡菲·耐德起义"(Cuffee Ned Rebellion)。起义的奴隶杀死了奴隶主,最终被镇压,耐德被捕后被砍头,但是他所代表的反抗精神成为黑奴获得解放的希望,他也成为黑人社区的传奇人物。参考:Adam Meyer, "Memory and Identity for Black, White, and Jew in Paule Marshall's *The Chosen Place, The Timeless People*." MELUS 20.3 (1995):102. Trevor Peters, "'The Great Wrong': The Collusion of Former Colonials and the Neo-Colonials in Paule Marshall's *A Chosen Place, A Timeless People*." Calabash 3.1 (2004/2005): 125.

文化等多种文化的协商;这同时也是现代和传统之间的较量,是话语主体和客体之间的角力。多层次的协商凸显出美国黑人文化和文学中对于"归属""家园"等关键概念的界定,对于美国黑人来说,"回家"的含义值得商榷,因为他们实际上没有真正的家园,美国南方的种植园可以算作"家园",但同时也是黑人受奴役之地。马歇尔将美国黑人文化和加勒比黑人文化进行互通协商的立场,表明了家园"是文化根基所在地,也是连接这些地点的路径"[1],因而对于流散民族而言,家园"既是他们的发源地和当下的所在地;也可以是一种信念,代表他们对于未来的希望"[2]。文化地理在马歇尔的作品中始终占据重要地位,她从书写黑人女孩在布鲁克林的成长开始文学生涯,进而探讨了跨国、跨洲的寻根之旅,诚如学者所言,她"通过褐砖房区的历史变迁,……在美国文学的版图上创造性地凸显了纽约布鲁克林的贝德福德-斯泰森特区,为自己在纽约文学领域赢得了重要的一席之地"[3]。

　　马歇尔在践行这种创作理念时,充分运用了象征手法,显现出她那个时代非裔文学的特点。《褐姑娘,褐砖房》中萨莉娜和父母的故事看似截然分开,但"准确、反复出现的意象和象征手法"[4]实则将两部分故事有机地联系在一起,这些意象包括光明、黑暗、水、颜色、建筑物等。《寡妇颂歌》中舞蹈、歌唱等黑人文化形式,伊博人登陆处的纪念仪式,卡里阿库岛上的祭祖仪式,都力求张扬黑人文化遗产对于黑人生存的现实意义。小说主人公从美国大都市纽约到格林纳达再到黑人聚居区卡里阿库岛的"朝圣"旅程,描绘了从资本帝国的物质文化语境到黑人民间文化语境的位移,反映了主人公从背弃族裔归属、对主流文化的接受姿态,到接受黑人历史、回归黑人本我的心理变化轨迹。艾薇·约翰逊晕船呕吐,约瑟夫的女儿为她更衣沐浴,象征了她的重生和洗礼;她参加舞蹈时感觉到的从人们眼睛、心中、肚脐射向自己的万千条丝线,则是精神升华的象征。这些描写都带有强烈的文化含义,象征了艾薇的身心"净化"过程,是她"一次脱胎换骨的改变"[5],也暗示了黑人的自我认同必须基于身体和心灵的统一。至于小说中为何选择卡里

---

[1] Carissa Turner Smith,"Women's Spiritual Geographies of the African Diaspora:Paule Marshall's *Praise Song for the Widow*." *African American Review* 42.3/4 (Fall-Winter,2008):726.
[2] Carissa Turner Smith,Women's Spiritual Geographies of the African Diaspora:Paule Marshall's *Praise Song for the Widow*." *African American Review* 42.3/4 (Fall-Winter,2008):727.
[3] 申昌英:《葆拉·马歇尔笔下的褐砖房区》,载《外国文学》2015年第2期,第64页。
[4] Kimberly W. Benston,"Architectural Imagery and Unity in Paule Marshall's *Brown Girl, Brownstones*." *Negro American Literature Forum* 9.3 (Autumn,1975):68.
[5] 李敏:《葆拉·马歇尔的〈寡妇颂歌〉与"单一神话"母题》,载《山东社会科学》2012年第12期,第61页。

阿库岛,那是因为,相对于被美国主流文化改造的黑人文化,加勒比海地区的黑人文化带有更多原生态文化特征,卡里阿库岛更是其中的典型代表,那里不仅黑人人口比例占据绝对优势,而且定期举行的传统文化节日和仪式庆典有助于加强黑人的文化认同和文化归属感。

当然,无论是书写女性题材还是黑人文化主题,葆拉·马歇尔小说的基本取向依旧在于凸显文学的政治性,特别是种族政治和性别政治。考虑到马歇尔创作和发表的历史时间,她的小说对黑白冲突的描写依旧是抗议性的。比如《寡妇颂歌》中白人警察暴打黑人的描写,揭示出种族因素凌驾于阶级要素之上这一政治命题,即经济独立无法令黑人摆脱种族歧视的厄运;同样,在《上帝的选地,永恒的人民》中,伯恩希尔斯的居民是黑奴的后裔,他们代表了数百万黑奴的冤魂,人物的塑造更是偏重于类型化,甚至故事情节也较为范式化,如犹太知识分子、犹太人的集中营经历、欧裔白人女性、出身贫寒但通过努力成为中产阶级的黑人男性、黑人社会活动家等,都可以归结为"马歇尔对于文化历史以及殖民主义影响的(再现)"[①]。

马歇尔在创作上承继了之前非裔女性文学前辈的文学传统,诸如"哈莱姆文艺复兴"时期黑人作家的主题选择和表现手法,像妮拉·拉森(Nella Larsen)的《流沙》、杰茜·福塞特(Jessie Redmon Fauset)的《葡萄干面包:没有道德寓意的小说》、赫斯顿(Zora Neale Hurston)的《他们眼望上苍》和安·佩特里(Ann Petry)的《大街》等作品。但葆拉·马歇尔也有自己的创新之处,作为当代非裔女性作家的先驱,她从所生活的纽约布鲁克林区写起,从褐色皮肤非裔女孩的成长为起点,通过纽约黑人区的变迁,进而书写不同地域的黑人在认识自我中的成长。马歇尔以回归非裔文化的鲜明立场,描述黑人在社会地位、经济状况和文化认同等方面的协商,这些作品在具体的历史语境下,对于张扬黑人文化、推进黑人女性文学的发展,都发挥了重要的作用。

厄休拉·勒吉恩(Ursula Le Guin,1929—2018)

厄休拉·克罗伯·勒吉恩[②]是美国最多产、最有影响的当代奇幻小说

[①] Mary Jane Schenck, "Ceremonies of Reconciliation: Paule Marshall's *The Chosen Place, The Timeless People*." MELUS 19.4 (Winter,1994):51.

[②] 国内有多种译名,如"勒吉恩""勒奎恩""勒古恩"等。本文的行文使用的是"勒吉恩",但是在引用参考文献时,为了忠实于原文献,会使用对应的译名。

作家之一。她从20世纪60年代开始进行创作,一生出版二十余部科幻及奇幻小说,另有诗集、散文集、游记、文学评论等多部作品。她的地海系列(Earthsea Series)开创了美国青少年奇幻小说的先河,她本人因此被誉为美国最杰出的科幻小说家和奇幻小说作家。勒吉恩一生多次斩获科幻文学艺术的最高奖雨果奖和星云奖,还获得轨迹奖(Locus Award)、世界奇幻文学奖(World Fantasy Award)等诸多奖项。2003年,勒吉恩获得"科幻大师"称号。2014年,勒吉恩被美国国家图书奖基金会授予"美国文学杰出贡献奖章",此时她已经斩获6次雨果奖、6次星云奖和21次轨迹奖。长篇小说《解锁空气》(*Unlocking the Air*,1996)曾经获得普利策小说奖的提名。哈罗德·布鲁姆在《西方正典》(*The Western Canon: The Books and School of the Ages*,1994)中将勒吉恩的《黑暗的左手》(*The Left Hand of Darkness*,1969)列为"经典",将其视为"高雅艺术和奇幻小说的结合"[1],这代表了主流文学对此类政治取向明显、叙事视角宏大的科幻文学作品的接纳。

厄休拉·勒吉恩出生于加利福尼亚伯克利,1951年毕业于拉德克里夫学院,主修文艺复兴时期的法国和意大利文学。1952年,她获得哥伦比亚大学的硕士学位,之后继续攻读博士学位,在1953年到1954年之间获得富布莱特奖学金并赴法国研究法国文学和意大利文学。在法国期间,厄休拉·勒吉恩认识了查尔斯·勒吉恩,两人在巴黎结婚,婚后厄休拉放弃了自己的学业,陪同丈夫回到美国攻读博士学位。50年代末查尔斯·勒吉恩在波特兰州立大学谋得教职,一家人在波特兰定居下来,此时厄休拉已经是三个孩子的母亲。厄休拉·勒吉恩为了家庭放弃了学业和早年的职业发展,年届三十才开始正式发表作品。但实际上,她的写作生涯始于少年时代。最早的作品写于11岁的时候,虽然并未得到接受,但是奠定了她对于文学创作的兴趣。

家庭背景对勒吉恩产生了相当的影响。其父阿尔弗雷德·克罗伯是美国人类学界领军人物,是博厄斯学派"文化相对主义"的重要传承者,继承了博厄斯在美洲印第安人种学、民俗学和民间艺术研究领域的衣钵。母亲奥多拉·克罗伯是北美荒野印第安人研究专家,对勒吉恩兄妹有着同样重要的影响,克罗伯家的座上宾大都是当时的知名学者,厄休拉·勒吉恩和三个哥哥在这样的环境下成长起来,都对人文学科产生了浓厚的兴趣。父母对

---

[1] Harold Bloom, Introduction, in *Ursula K. Le Guin: Modern Critical Views*. New York: Chelsea House,1986,p. 2.

于印第安文化的研究，无论是对于历史的追溯和发掘，还是印第安文化中对于现实和虚幻的理解，都在不同程度上塑造了勒吉恩对于世界的认识，这可能是她小说中人文关怀意识的重要来源。阿尔弗雷德·克罗伯挚爱道家思想，厄休拉·勒吉恩对父亲最深刻的印象就是他手捧《道德经》的情景。因而，勒吉恩对中国古典哲学（特别是道家思想）也具有浓厚的兴趣，并与人合译了老子的《道德经》。

　　道家思想对勒吉恩创作的影响，成为中国学界勒吉恩研究的重点，例如学者研究了其小说中的自然观，提出："她的许多作品，包括《黑暗的左手》和《一无所有》在内的主题都涉及自然和文明。而不论自然环境对社会的影响有多深刻，文明与文明之间的碰撞有多激烈，勒吉恩在描写的时候文字总是朴素而淡雅的。在道家思想的熏染下，她在小说里营造出'无为而治''处虚守静'的世界，那些紧张的冲突和尖锐的矛盾都在她的叙述中慢慢被化解。"①有学者阐释勒吉恩作品中道家思想与生态女权主义的勾连："道家思想与生态女性主义的结合构筑了勒奎恩独特的生态女性主义"②。另一位中国学者同样认为，勒吉恩"将道家思想的营养融入创作，在一向以西方文明为构架的奇幻、科幻小说中，发挥东方哲学的无为、相生与均衡概念"③。虽然相生和均衡的理念非道家所独有，但是考虑到勒吉恩的生活经历，将其创作中的辩证思想归因于此也的确值得肯定。勒吉恩的小说中随处可见"守衡"为中心的辩证思想，以下的文本解读能够说明这一点。

　　勒吉恩的奇幻小说描写细腻，风格独特。相比于当下流行更广的奇幻文学作品，勒吉恩的作品特色鲜明，较为小众。比如，相比托尔金（John Ronald Reuel Tolkien，1892—1973）的《魔戒》（*The Lord of the Rings*，1954—1955）之宏伟壮观，勒吉恩的"地海系列"小说更加显示出了女性人文关怀；相比于杰克·威廉森（John Stewart Williamson，1908—2006）的《乌托邦要塞》（*Fortress of Utopia*，1939）和大卫·米切尔（David Mitchell，1969— ）的《云图》（*Cloud Atlas*，2004）对科学进步的构想，勒吉恩创作的初衷更重在描摹人性，她的《失去一切的人：不确定的乌托邦》④（*The Dispossessed: An Ambiguous Utopia*，1974）更多地描写了乌托邦语境下人性

---

① 韦清琦，卢葭：《厄休拉·勒古恩对道家思想的接受：以〈黑暗的左手〉为例》，载《江苏大学学报》（哲学社会科学版）2016 年第 18 卷第 2 期，第 22 页。
② 李学萍：《道家思想与厄苏拉·勒奎恩的生态女性主义》，载《中国文化研究》2013 年秋季卷，第 212 页。
③ 夏桐枝：《〈一无所有〉折射的道家思想之光》，载《外国语文》2012 年第 2 期，第 44 页。
④ 小说另译为《一无所有》。

的张力;相比于乔安妮·罗琳(J. K. Rowling,1965—　)的《哈利·波特》(*Harry Potter*,1997—2007)系列,勒吉恩的作品充满了更加深刻的东方哲学思想;相比于同时代的菲利普·迪克(Philip Kindred Dick,1928—1982)的《高堡奇人》(*The Man in the High Castle*,1962)中的科技构想,勒吉恩对科技的想象更多了一些温情。虽然学术界对于勒吉恩作品的界定看法不一,有的认为其作品属于科幻小说,特别是翰星宇宙系列(Hanish Series),也有人认为是魔幻小说或者奇幻小说,特别是"地海系列",还有人将其归纳于融合了星际学、人类学和民族志的复合写作模式。不过,无论文体如何,勒吉恩多变的风格传达的是对人性和人类生存的思考,每一部作品都体现出她对于人类生存之不同侧面的描摹。

勒吉恩属于学者型的作家,对东方哲学、文化相对主义和女性主义都具有深刻的理解,并将这些思想贯穿于奇幻文学的创作中。总体而言,勒吉恩的奇幻小说具有学院派作品的哲理深度[1],又有少年文学以及畅销书的丰富想象力。学者对于其代表作《黑暗的左手》的评价颇具代表性:这部小说证明"在科幻文学的疆域内能够开创全新的体裁,这类文学作品强有力地批判了经济交换的殖民形式及其内在话语模式,而这种话语模式能够产生文化的,或者如米歇尔·福柯所说的集权主义的、生物化的和制度化的种族主义、性别歧视和同性恋恐惧症"[2]。可以说,勒吉恩将奇幻小说提升到了一个新的高度。

在科技快速发展的当今,科幻作家可以用"难以胜数"来描述,其中知名者或成就卓著者达几十人,而勒吉恩得以卓然独立,在于她的女性视角和人本主义思想。在米尔斯学院1983届的毕业典礼上,勒吉恩做了题为"左撇子的毕业致辞"(A Left-Handed Commencement Address),借用《黑暗的左手》中的"左手"来比喻对性别规范的挑战:"毕业典礼通常包含一种不言而喻的共识,就是毕业生是男性,或者理应如此,所以,我们身着12世纪的长袍,男人穿起来儒雅翩翩,可女人穿起来却那么臃肿拖沓,甚至像孕妇装。同样,知识传统也是属于男性的,公众演讲使用公共话语,国家的或部族的官方语言,而我们的部族语言是男性的语言……这是男性主导的世界,所以我们使用的是男性的语言,是关于权力的话语。"[3]不仅如此,勒吉恩对于

---

[1] Brian Attebery, *The Fantasy Tradition in American Literature: From Irving to Le Guin*. Bloomington, IN: Indiana U P, 1980, p. 162.

[2] Wendy Gay Pearson, "Postcolonialism/s, Gender/s, Sexuality/ies and the Legacy of 'The Left Hand of Darkness': Gwyneth Jones's Aleutians Talk Back." *The Yearbook of English Studies* 37.2 (2007):184.

[3] Ursula K. Le Guin, " A Left-Handed Commencement Address." Mills College, 1983. http://www.ursulakleguin.com/LeftHandMillsCollege.html.

"成长""追求""理想""家园"等关乎人类生存的核心理念进行了思考和建构,她对于生死、善恶、成败等矛盾而统一的世界命题的思考,蕴含着一定的道家思想。她作品中的标志性理念,"惟寂静,出言语;惟黑暗,成光明;惟死亡,得再生"①,明显反映出了辩证法思想。这虽非道家哲学所特有,但也的确凸显出勒吉恩奇幻小说与西方其他科幻小说及奇幻小说的不同之处。总体而论,勒吉恩的创作体现出几个关键词:女性视角、辩证思想和星际人类学中的政治批判。

勒吉恩的作品既有奇幻小说也有科幻小说。"地海系列"小说是勒吉恩的标志性作品,成为英语世界中同《哈利·波特》《纳尼亚传奇》(The Chronicles of Narnia,1950—1956)齐名的世界顶级奇幻小说精品。"地海系列"由六部作品组成,分别是《地海巫师》(A Wizard of Earthsea,1968)、《地海古墓》(The Tombs of Atuan,1971)、《地海彼岸》(The Farthest Shore,1972)、《地海孤儿》(Tehanu:The Last Book of Earthsea,1990)、《地海故事集》(Tales from Earthsea,2001)和《地海奇风》(The Other Wind,2001),它们在情节和人物上存在延续性,以地海大法师格得的成长为主线,讲述他生命各个阶段的奇幻经历。大法师身份的变化,以及他的心路历程,是比"魔法""奇幻"更具普遍意义的文学主题:格得先是从牧羊童"雀鹰"成长为大法师,之后为了地海的和平而深入到峨团古墓寻找厄瑞亚拜之环;为了探得地海危机的根源,他又带领未来的地海之王英拉德王子亚刃去往地海角落的亡灵之地,历经艰辛之后他扶持亚刃成为地海真王,但是自己却牺牲了法力,重新变成普通人。重归生命本我的格得回归田园同恬娜一起生活,两人共同抚养养女(龙女)长大,最终指引龙女、地海真王等人一起修补生死之间的隔墙,使得生者和亡灵、人类和龙族各有所归,让世界恢复应有的平衡,即"一体制衡"。格得的变化代表的是成长与回归本我,如中译本系列封面所示,"写的是魔法奇幻,讲的是心灵成长"。勒吉恩晚期的几部作品被称为"西海岸(Western Shore)系列",包括《天赋》(Gifts,2004)、《声音》(Voices,2006)和《力量》(Powers,2007),风格和地海系列相近,也属于奇幻小说。

《地海传奇》系列小说具有奇幻小说的普遍特征,但是小说从书写格得的经历,反映了生命之循环往复的哲学审美意义,却是勒吉恩的独到之处。她设定的"宇宙的同一性"就是平衡的一体两面:"尘世与幽冥,光明与黑暗。这一体两面而构成'平衡'。生源于死,死源于生,这两者在对立的两端互相

---

① 厄休拉·勒古恩:《地海巫师》,蔡美玲译。南京:江苏文艺出版社,2013年,题记。

向往,互相孕育且不断再生。因为有生死,万物才得以重生……。"①地海大法师格得的经历中,既有努力奋斗,也有隐身而退;既有全力而为,也有安世无为。"伊亚创世歌"中体现了世间事物之间的平衡与相互之间的此消彼长,由此能够看出道家哲学对作者的影响。"地海传奇"系列虽然是个整体,但是每一部各有重点,讲述人生哲学的某一个方面。其中第五部《地海故事集》是五部中短篇小说合集,故事相对独立,同时与其他几部存在密切的关联。

《地海巫师》是奇幻主题和西方成长小说的结合,小说采用时间顺序为叙述线索,重点讲述格得的法术长进和心灵成长。他从牧童"达尼"成长为通晓太古语的巫师"雀鹰",再到地海大法师"格得",并克服自己的阴暗自我、接受不同的身份,最终达成内心的平衡。这部小说是"地海系列"的开篇,通过格得与自我的追逐,讲述人类认识自我、接受自我的重要性,也奠定了整个系列的主题基调。个人成长、认识自我、身份建构,这些都是勒吉恩科幻小说和奇幻小说中重复出现的主题。《地海巫师》讲述了格得的成长,《地海古墓》则聚焦于女性的成长和自我认识,《地海彼岸》讲述的是在格得引导下地海真王亚刃的成长。其中女性的成长尤其值得关注,作者也不止一次地通过奇幻题材阐明与"官方"版本不同的女性视角,表达"女权主义的历史修正主义立场"②,并且在访谈中承认了创作和女权运动之间的联系③。如果说英雄的成长凸显的是接受自我,那么女性的成长代表的是摆脱宗教体制的控制。在卡耳格帝国最古老最神圣的地区,恬娜被认为是护陵女祭司的转世之身,不到六岁就成了峨团古墓的女祭司,献身于宗教,守护"累世无名者"的陵墓。她失去了自己原有的名字,成了"第一女祭司阿尔哈"。在宗教至上、神权至上的理念教导下,女祭司在地下古墓中对盗墓者和囚犯拥有生杀大权,可以杀死他们来祭奠神灵;不过,这种权力也是以巨大的代价换来的:她不得有自己的思想,不能有仁慈之心,她被教导着漠视弱小者的生命,将囚犯妖魔化。正如勒吉恩所有的奇幻小说一样,在地下古墓中同样存在着正义和邪恶之间的对立,恬娜的两位高等女祭司萨珥和柯锈就是这样两种品质的代表,萨珥严厉仁慈,柯锈残酷冷漠。存放在古墓大宝藏室中

---

① 厄休拉・勒古恩:《地海彼岸》,蔡美玲译。南京:江苏文艺出版社,2013年,第 195 页。
② Elena Glasberg, "Refusing History at the End of the Earth: Ursula Le Guin's 'Sur' and the 2000—01 Women's Antarctica Crossing." *Tulsa Studies in Women's Literature* 21.1 (Spring, 2002):102.
③ Ursula K. Le Guin, "Is gender necessary? Redux," in *Dancing at the Edge of the World: Thoughts on Words, Women, Places*. Ursula K. Le Guin. New York:Grove P,1989,pp. 14—15.

的半片厄瑞亚拜之环,是权力争斗的结果,见证了正邪的对立和相互制衡;大法师格得潜入古墓正是要盗窃厄瑞亚拜之环。两个人的相遇激发了恬娜内心的仁慈和善良,她最终被格得说服,两人带着厄瑞亚拜之环逃出了古墓。这是恬娜重新获得自己的"真名"、走出黑暗获得自由的历程。但是,勒吉恩的小说充满了双重性的辩证逻辑,对"自由"和"勇气"赞颂的同时也强调了其负面效应:自由是第一女祭司弃誓而换来的,因而倍显沉重:"自由是重担,对心灵而言是硕大无朋的奇特负荷,一点也不轻松。它不是白白赠予的礼物,而是一项选择,而且可能是艰难的选择。自由之路是爬坡路,上接光明,但负重的旅者可能永远到不了那个终点。"①

"地海系列"六部小说中的人物,无论何等年龄、地位和阅历,都没有停止探索的脚步,不断地走向成长。格得对亚刃道出:旅程的意义在于探索未知,是地海真王必须具备的勇气:"必须给你空间,成长的空间。所以我提供你的,不是返回英拉德岛的安稳旅程,而是前往未知尽头的一趟危险航程。"②勒吉恩的人物设定中有一个巧妙的"机关",是每一部作品中反复出现的"咒语":就是"真名",一个能够开启奇妙世界的"按钮"。人物都有两个名字:真名和通名,真名是永久不变的,无论生死;人们从这个世界消失,随之而去的是他们的通名。"真名"是人物身份,由智者赐予孩童,是虚幻表象下的本质,它"存放在孤立塔里的《真名之书》,是'名字'技艺的知识与方法基础,而真名是柔克魔法的基础"③。探索就是发现自己真名的意义。作者在建构奇幻世界的同时,将幻象、魔法、法术等一一解构④,即便是大法师格得本人,也强调了"变形"魔法的虚幻性和表象化本质,真正的力量隐藏在法师的体内,在语言之中,在他的经历之中。正因为这样,格得在完成了重大的历史任务后,能够安然返回田园,甘于做一个普通人。

勒吉恩的"瀚星系列"(Hainish Cycle,另译为"海恩"系列)小说具有更加明显的科幻文学特征。这一系列小说也被称为"伊库盟系列"(Ekumen Series),共包括九部作品:《劳卡诺恩的世界》(*Rocannon's World*,1966)、《边境的行星》(*Plant of Exile*,1966 年)、《幻觉的城市》(*City of Illusions*,1967 年)、《黑暗的左手》《失去一切的人》(1974 年雨果奖与星云奖获奖作品)、《世界的词语是森林》(*The Word for World is Forest*,1976)、《宽恕的四种方式》(*Four Ways to Forgiveness*,1995)和《倾诉》(*The Telling*,

---

① 厄休拉·勒古恩:《地海古墓》,蔡美玲译。南京:江苏文艺出版社,2013 年,第 203 页。
② 厄休拉·勒古恩:《地海彼岸》,蔡美玲译。南京:江苏文艺出版社,2013 年,第 38—39 页。
③ 厄休拉·勒古恩:《地海故事集》,蔡美玲译。南京:江苏文艺出版社,2013 年,第 75 页。
④ 厄休拉·勒古恩:《地海古墓》,蔡美玲译。南京:江苏文艺出版社,2013 年,第 73 页。

2000)。这一系列小说的创作时间跨越勒吉恩大部分的文学生涯,其中前三部发表于20世纪60年代,是勒吉恩创作探索时期的作品,影响相对较小;中间三部影响最大,也是当今学术研究中最受关注的几部作品,中译本已经出版,在中国国内的读者较多。"瀚星"是数百万年前银河系中的恒星,距离塔拉星(即地球)140光年,曾经创造了辉煌的文明,并且通过基因改造技术创造出不同类型的人种,将他们分别送往宇宙不同星系中的星球上居住。后来瀚星文明衰落,瀚星人从各殖民星球撤离,这些星球经历了各自的进化和变革。"瀚星系列"小说的背景是此时间节点上的瀚星文明复兴,瀚星人力图重新建立与这些星球的联系,这种星际联盟就是"伊库盟"。"伊库盟"一词来源于希腊语的"oikoumenikos",意为"有人类居住的世界共同体",该词根还有"家庭""联盟"之意。

与"地海系列"相同的是,"瀚星系列"的几部作品既相互联系也有各自的主题。《黑暗的左手》是对性别政治的构想和对极权政治的批判;《失去一切的人》书写的是寻找乌托邦;《世界的词语是森林》是后现代视阈下的反殖民话语,是世界从乌托邦向异托邦异化的后现代寓言;《天钧》(*The Lathe of Heaven*,1971)则将乌托邦的构想深入到了心理层面,哈珀所发明的控梦技术旨在控制自然和人类社会,是西方理性和科学滥用的象征。小说思考"革变"对世界造成的可能的影响,探讨科学理性和道家无为思想之间的冲突:"西方的科学意识形态认为知识和理性能够被用来改造世界,服务于人类的福祉;而道家哲学观则完全不同,认为通过人类的意志改造世界的努力是徒劳的,并且对于世界以及使用这种力量的人,都带有潜在的破坏性。"[1]事实上,如果关注科幻小说的现实映射的话,可以将它们理解为现实世界的投射,即在"冷战"背景下的权力批判。叙事方式则体现了勒吉恩的一贯风格,如内、外聚焦之间的平行切换,呈现"局内人"和"局外人"视角之间的平衡。

《黑暗的左手》以瀚星文明特使金利·艾和卡亥德王国首相伊斯特拉凡轮流充当第一人称叙述者,各自讲述艾博士在格森星("冬星")斡旋期间的权力制衡。艾博士以特使身份争取说服冬星上的两个王国加入伊库盟,但是他作为"局外人"对政治局势缺乏了解,先是遭到卡亥德国王的怀疑而被驱逐,到奥尔戈后又无端卷入政治冲突而被关进政治犯劳动营。小说通过对遥远世界的想象,表现个人力量在权力机构面前的渺小,由此反映出国家

---

[1] Lewis Call,"Postmodern Anarchism in the Novels of Ursula K. Le Guin." *SubStance* 36. 2(2007):95.

机器的规训权力。卡亥德的阿加文国王被描写为固执愚蠢的暴虐者,以伊斯特拉凡为代表的追随者则命运不定,前途难料。无论是首相的失势叛国,特使遭到怀疑驱逐,还是无辜者受到的牵连,这都是国王主观判断的结果,人们沦为他封闭自我的牺牲品。特使和前首相的命运转折,揭穿了温情脉脉面纱下权力运作的残酷本质:虽然冬星上没有死刑,但是绝对权力对弱者的统治却是不折不扣的,因为被驱逐者徒步穿越冰原的旅程是和生命的赛跑,这种机制本身的残酷性和死刑没有本质的差别。

政治主题是"翰星系列"的共同特点,《失去一切的人》是科幻小说中乌托邦政治的典型代表。曾经生活在同一星球的居民选择了有的留下有的为了理想而出走,最终形成了双子星阿纳瑞斯和乌拉斯这两个完全不同的世界。阿纳瑞斯贫瘠荒凉,资源贫乏,没有阶级差别和剥削,也没有监狱、警察等国家暴力机器,然而劳动分工和资源配置一律由社会统筹,人们艰苦劳动也只能勉强生存;乌拉斯资源富饶生机勃勃,但是贫富差距鲜明,剥削、性别歧视和暴力无处不在。这部小说以来自乌拉斯的青年理论物理学家谢维克的经历为主线,交替讲述两个星球上的故事。谢维克为了学术发展而选择自我放逐,逆着祖先的迁移路线回到了乌拉斯,他看到的是完全不同的世界,一个生机勃勃、美丽富饶的地方。但是,随着时间的推移,谢维克也逐渐发现,自己起初设想的乌托邦并非那么美好,诸如性别歧视和性别压迫已经成为那里人们惯常的思维,也是他们所唯一知晓的生存规则:"显然,这些人的背后是备受压迫、沉默无声、动物化的女性。她们被他们所压制、囚在笼中。他没有权利取笑他们。他们所了解的人际关系只有一种,那就是占有。他们依然执迷不悟。"①在物质的极度丰盈之下,剥削和阶级差别剥离开了劳动者与他们的创造力,商品体现的只是占有和被占有关系:"这却产生了另外一个问题:他们有了自由后该去做什么。在谢维克看来,很大程度上,恰恰是这样无需承担任何义务的自由使他们失去了自主的自由。"②"失去一切的人"既指叛离家园的谢维克,也指从未离开乌拉斯但却构想了阿纳瑞斯平等主义社会有机体的奥多,同时也涵盖为了实现奥多主义的理想而移居阿纳瑞斯的谢维克的祖先,以及众多将理想寄托于他处的人物。谢维克和朋友们生长在阿纳瑞斯,想象着乌拉斯星球上人们的生活;此时此刻,在另一个星球上也会有一些人在遥望着他们。双子星彼此隔离却又彼此憧憬,两个星球上的人们彼此相望,将对方的世界想象为自己的乌托邦:阿纳

---

① 厄休拉·勒古恩:《失去一切的人》,陶雪蕾译。北京联合出版公司,2017年,第83页。
② 厄休拉·勒古恩:《失去一切的人》,陶雪蕾译。北京联合出版公司,2017年,第138页。

瑞斯代表了乌拉斯的未来，而乌拉斯是阿纳瑞斯的过往，因而，小说中对"无政府主义社会的构想更加值得关注"[1]。

《失去一切的人》是一个寻找乌托邦的故事，也对乌托邦进行了解构。这部小说对于"理想""自由""过去与未来"等诸多问题进行了思考，依旧遵循矛盾的同一性。归根结底，这是一部关于寻找和回归的小说，出走的目的在于回归，未来和过往不能彼此否定，而是应该相互达成。小说被认为是"冷战"背景下两大敌对阵营的彼此封闭："整整七代人以来，这世界上没有任何东西能比这堵墙更重要。跟其他墙一样，这堵墙也是模棱两可的，哪边是内，哪边是外，取决于你站在墙的哪一边。"[2]谢维克发现，两个星球之间的联系从未中断，运送货物的飞船一直定期往返。可见，无论是制度还是居民，都无法用简单化的"优劣"来加以判定，过去和未来无法彼此隔绝，星球、居民、文化同他们各自的风景一样，复杂而多样，与贫瘠抑或是富足没有内在的关联。这正是勒吉恩小说的巧妙之处，即"她对于贫瘠和乌托邦之间复杂关系的处理。一方面，阿纳瑞斯的贫瘠是必须的，因为这是对个人和集体自由的绝对物质限制。另一方面，有了人们紧密协作而产生的力量，生活才有了种种可能"[3]。谢维克最终决定回归阿纳瑞斯，因为他认识到这两颗星球并没有实质上的差别，只是在不同方面对人们加以禁锢。正如副标题"不确定的乌托邦"所暗示的那样，人类对于理想的追寻从未停止，但是理想到底在何处？谢维克回归后，等待他的将是什么？勒吉恩的小说至此戛然而止，把更多的想象空间留给了读者。这种设定符合勒吉恩一贯的"矛盾统一"思想，是她在"地海系列"中构建的哲学理念的延续，也契合《黑暗的左手》中对于"黑暗"和"光明"、"终点"和"旅程"的界定："光明是黑暗的左手，黑暗是光明的右手。生死归一，如同相拥而卧的克慕恋人。如同紧握的双手，如同终点与旅程。"[4]无论如何，勒吉恩通过科幻小说这种给人无限遐想空间的文学形式，表现了对于人生和社会深刻的哲思。

透过这些表象可以看出，勒吉恩科幻小说的着眼点在于对人之存在的思考，比如身份、性别、性属等。在《黑暗的左手》中，勒吉恩对性别差异和性

---

[1] Susan Magarey, "Dreams and desires: Four 1970s Feminist Visions of Utopia," In *Dangerous Ideas: Women's Liberation-Women's Studies-Around the World*. Adelaide: U of Adelaide P, 2014, p.140.

[2] 厄休拉·勒古恩:《失去一切的人》，陶雪蕾译。北京联合出版公司，2017年，第3页。

[3] J. Jesse Ramírez, "From Anti-Abundance to Anti-Anti-Abundance Scarcity, Abundance, and Utopia in Two Science Fiction Writers." *RCC Perspectives* 2 (2015): 86.

[4] 厄休拉·勒古恩:《黑暗的左手》，陶雪蕾译。北京联合出版公司，2017年，第276页。

属问题进行了解构,"雌雄同体"作为"差异",本身便是政治性体现[1]。冬星上的伊库盟人是雌雄同体人,两性之间是完全平等的,他们可以自由选择性别,以此对性别政治的二元对立进行了解构:生育成为社会功能,而非性别功能。当然,归根结底,这些问题指向"我是谁?"这样的本体命题。金利·艾和伊斯特拉凡一起穿越冰原,寻找合适的地点向西蒂安"纳法尔-20"号载人星际飞船发送信号,等待飞船前来将艾带离格森星。小说中对冰原火山的描写象征着人类从冰川时代到星际旅行的漫长而艰难的历史进程。艾最终得知了伊斯特拉凡的真名是西勒姆哈斯,他们认识、尊重并接受了彼此的性别身份:"我们之间那种性的压力现在虽然并未得到缓和,但是已经得到了承认和理解……不过,这种爱情的根源却是我们之间的差异性,不是相互吸引和情意相投,而是差异。差异本身就是一座桥梁,唯一的一座跨越我们之间鸿沟的桥梁"[2]。类似这样的似是而非、模棱两可的描述已经成为勒吉恩科幻小说的标志,她在建构的同时进行解构,在承认差异的同时又旋即提供跨越差异的可能。

当然,既然小说的文体是"科幻",那么科幻要素必然是首要的区别性特征。勒吉恩凭借文学想象对科学进步加以阐释,创造了系列的"科学机制",诸如星际旅行、时空穿梭、声波枪、神交术、超能力、意念读取、精神连接、能量积聚、梦境控制、冰期、间冰期等,诸如《黑暗的左手》中的研究报告,"摘自爱库曼首发格森星/冬星登陆小组成员、调研员奥恩·托特·奥鹏的实地考察笔记,海恩历93年,爱库曼纪年1448年"[3];还对"变态"等例外情况进行了详尽的设想,设想出"性变态者"占社会总人口"大约有百分之三十"[4]这样的"统计数字"。这些丰富的幻想和幻象"探索艺术被合理利用时产生的力量,以及被误用时(对人们)施加的控制;它们就是这样,在我们所理解的现实和想象之间的神秘边界上,来来回回地发挥着作用"[5]。这种理念在《天钧》控梦技术中体现得更加明显,乌托邦理想与知识理性相互协商。但无论是对遥远世界的想象,还是对心理秘境的探索,勒吉恩都试图用新奇的话语形式,来描摹现实的人类生存,在星际旅行、飞船运输、火箭着陆等太空想象中,同样也有杀戮争端、权力制衡和规训管理,以此描写或构想人类的

---

[1] Brian Attebery, *Decoding Gender in Science Fiction*. London:Routledge,2002,p.130.
[2] 厄休拉·勒古恩:《黑暗的左手》,陶雪蕾译。北京联合出版公司,2017年,第297页。
[3] 厄休拉·勒古恩:《黑暗的左手》,陶雪蕾译。北京联合出版公司,2017年,第107页。
[4] 厄休拉·勒古恩:《黑暗的左手》,陶雪蕾译。北京联合出版公司,2017年,第76页。
[5] Ursula K. Le Guin, "Which Side Am I on, Anyway?" *Frontiers:A Journal of Women Studies* 17.3 (1996):28.

过去、现在和未来,涵盖自我和环境、社会以及自我的各种关系。

　　勒吉恩的奇幻系列小说和科幻系列小说在主题上具有一定的共性。例如,她惯用的经典主题范式之一就是"探索之旅",通过人物的经历反映出对人类命运的关注。探索之旅各不相同,但基本都是发现宝藏和财富的旅程。"探索者"中克劳和梅德拉航行到九十岛群岛,寻找国王图书馆遗留的图书;地海大法师格得深入峨团古墓寻找厄瑞亚拜环的冒险之旅,格得和亚刃游历地海边陲寻找危机之根源的航程,以及地海真王和龙女一行重结人类和龙族生死之盟的航程,都是人类寻找知识、理解生死的旅程,是人类认识自我的发现之旅。瀚星系列小说中艾博士和伊斯特拉凡穿越冰原,还有物理学家谢维克自我放逐、寻找乌托邦的旅程,同样是发现自我、接受自我的过程。勒吉恩通过谢维克的故事说明,双子星中的任何一颗都不是乌托邦,真正的理想都存在于"别处",人生的意义就在于不断的追寻。正是因为这个原因,格得的追求与放弃都是力量和勇气的表现,而法术和生命体验作为此消彼长的矛盾统一体,无论哪一个占据上风,都是小说人物自我认识的必经过程,也是人类不同于其他生命的根本特征:人类知善恶,"能够选择自身的行为"[1]。勒吉恩小说中的人物描写充满了矛盾,他们"既是领导者又是社会弃儿,既爱交际又喜独居,既积极入世又急流勇退"[2]。格得和恬娜经历了生命中的辉煌和风浪,最终归于平淡的生活、获得心灵的平静。这反映了小说关于"探索"和"成长"的意旨:追寻的过程与探索的经历,远远大于具体的结果。从审美层次上说,勒吉恩的科幻小说不断地"打破社会和性别的刻板印象"[3],无论故事的表象多么的魔幻,真正的力量来自于语言的叙述张力;在"奇幻体裁"的光怪陆离之下,文学中的哲思才是作者的真正意图。

　　在赞扬人类探索精神的同时,勒吉恩又对"探索"带来的负面影响进行了思考。在《世界的词语是森林》中,她对宇宙探索和殖民历史进行了类比。小说中地球人化身为侵略者,占领阿斯系星球,将其更名为"新塔希提",旨在驯服那个荒蛮的新世界。地球人有着探索世界的勇气和力量,"砍掉黑乎乎的森林开辟庄稼田,把原始的黑暗和野蛮无知一扫而光,这里能变成天堂,一个真正的伊甸园"[4]。但是这也破坏了生态系统,岩石和沟壑就好像

---

[1] 厄休拉·勒奎恩:《地海奇风》,段宗忱译。南京:江苏文艺文学出版社,2013年,第62页。
[2] Charlotte Spivack,"'Only in Dying, Life': the Dynamics of Old Age in the Fiction of Ursula Le Guin." *Modern Language Studies* 14.3 (Summer, 1984):52.
[3] Charlotte Spivack,"'Only in Dying, Life': The Dynamics of Old Age in the Fiction of Ursula Le Guin." *Modern Language Studies* 14.3 (Summer, 1984):43.
[4] 厄休拉·勒奎恩:《世界的词语是森林》,于国君译。北京联合出版公司,2017年,第5—6页。

裸露大地上的道道伤疤。地球殖民者奴役土著居民，并计划通过开发机器人代替他们的劳动，以便将他们清除；然而，殖民者又不得不借助于土著女性进行人口繁殖，"这是第二批到达新塔希提殖民地的女性，整整212位一流人种，全都有繁殖能力，一个个健康干净，反正差不多吧"①。小说戏仿了新大陆殖民者对于美洲的开发，对地球殖民者的描写集合了诸多"新大陆"殖民者的特征；也取材于越南战争背景，比如土著人对抗殖民者的游击战术等情节②。同时也反映了勒吉恩对于人类开拓疆域的思考，即人类的过度开拓可能会引发毁灭性的结果，譬如生态灾难或者战争。

　　勒吉恩在创作中突出了她作为女性科幻作家的独特视角，即两性的角色分工。《世界的词语是森林》构想了一个女性治理下的世界。"地海系列"的第二和第四部都以女性视角展开，这是同传统立场背道而驰的，因为在传统宗教的视野下，真正的魔法师必须为男性，或者独身者，因为在男权社会的心理预设中，男女媾和会耗尽男性的功能。"地海系列"中对女性的轻视是传统男权社会厌女症的映射，例如做了地海真王的亚刃去寻找法力尽失的大法师格得，陪同的风钥师傅对恬娜不自觉地表现出了轻蔑，显然是厌女思维的佐证。小说中的重要女性角色也是受到贬抑的，例如恬娜、恬娜和格得的养女瑟鲁（龙女恬哈弩），她们身处地海这样一个男权社会，必须屈从于男性权力。然而，女性具有天生的治疗能力，即"法俞术"；下层有法力的女性构建了被压迫者的秘密组织，即"手帮女人"（另译为"结手之女"），她们有约定的特定手势，彼此识别、相互帮助，并且秘密帮助受难者。她们柔弱而坚韧，不具有男性的贪婪，冲淡了阳刚男性身上的破坏性力量，是"一体制衡"理念的基础。小说中女性人物的数量并不多，但各自形象鲜明，并且在决定地海未来命运的过程中发挥了关键作用：恬娜救下了被人残害玷污的孤女，竭尽全力保护她；后来发现这个孩子是被遗弃在人间的"龙的女儿"，正是她促成了龙族和人类缔结协约，成为决定地海命运的关键人物。小说中的这类"女巫"形象，在很大程度上成为自然生态的代表。这种自然生态思想在"瀚星系列"中则表现为对性别的解构以及对性别差异的消解。

　　勒吉恩小说中的另外一个普遍主题是对人性之恶的思考。虽然她的故事假"奇幻"或"科幻"之名将背景设定在虚幻之处或者遥远的外层空间，无论人物的功能如何超常魔幻，但是它们反映的却是作者所洞见的"真实"，小说中奴役、剥削等权力滥用是现实世界中罪恶的翻版。《地海彼岸》和《地海

---

　　① 厄休拉·勒奎恩：《世界的词语是森林》，于国君译。北京联合出版公司，2017年，第3页。
　　② Rob Latham, "Biotic Invasion: Ecological Imperialism in New Wave Science Fiction." *The Yearbook of English Studies* 37.2 (2007):115.

奇风》都是较有代表性的作品。《地海彼岸》的主题是关于生死,但实际借由龙族和人类的关系来探讨人性中的贪婪:"在世间之始,人龙同族,但龙选择野性及自由,人选择财富与力量。"①然而,他们中间总有一些成员相互羡慕,并且企图得到自己的祖先当年放弃的东西,比如有力量的人对于自由的欲求、对于力量之永久存续的贪婪,导致人们对生命的过度渴求,这才使得一部分人冒险超越生死边界,利用法术来打破生死的平衡。类似人物在小说中比比皆是,如"探索者"中追求长生不老的国王,《地海彼岸》中的喀布、索里安,霍特镇上的商贩、强盗、吸毒者之类的各色人物等。作者点明了作为权力化身的"力量"和人之终极追求"自由"之间的关系:只有对力量释然,人们才能够获得心灵的自由;人们如果想要获得自由,其根本"就在于给别人自由"②。

勒吉恩是当代女性科幻的集大成者,她的小说雅俗共赏,设计精妙,情节引人入胜,虽颇多传奇但毫无可怖之处,因为这些故事叙说的都是"人生",人本主义是其根本的价值取向。她的小说是具有高度文学性的科幻作品,一体制衡的哲学理念居于核心,探索发现之旅既有传奇也有内省,文学审美自成体系。她在表达这些生存哲理的时候,采用了相对应的艺术叙事手法,"地海系列"采用了传统的线性叙事的手法,而"瀚星系列"则较多采用碎片化叙事,后现代主义手法相当明显,这也符合小说中的解构主义思想。《黑暗的左手》《失去一切的人》等作品中叙事角度的轮换,符合系列小说中"人的自我探索"这一主题,无论人们发现自我的具体探索形式如何,是通过消解了性别差异的冰原穿越,是双子星中社会制度和自我身份构建中彼此的互补,还是在殖民与反殖民斗争中自己内心黑暗的逐渐显露,自我都不是非此即彼的简单取舍。这样的作品具有高度的艺术性,在奇幻、魔法和科幻等阈限空间,投射出对于人性、人生和世界的思考,构建了一个个虚幻的"真实"世界,对"现实"和"虚构"这一传统文学经典命题进行了独特建构。

琼·迪迪翁(Joan Didion,1934—2021)

琼·迪迪翁是美国当代文学中"新新闻主义"的代表人物,也是女性自我书写和非虚构书写的代表。她被认为是"20世纪60年代的文化运动新

---

① 厄休拉·勒奎恩:《地海奇风》,段宗忱译。南京:江苏文艺文学出版社,2013年,第141页。
② 厄休拉·勒奎恩:《地海传奇》,石永礼等译。北京:人民文学出版社,2004年,第49页。

新闻主义运动"①的一部分,与"诺曼·梅勒、汤姆·沃尔夫、杜鲁门·卡波特和戈尔·维达尔一起属于60年代中期新新闻主义者"②。有学者认为,她和美国作家亨特·汤普森(Hunter S. Thompson,1937—2005)、波兰作家雷沙德·卡普钦斯基(Ryszard Kapuscinski,1932—2007)一起,是当代"新新闻主义"的代表人物,他们所倡导的新新闻主义结合传统新闻特质和文学书写,通过艺术手法,为新闻赋予作者的个人关切,呈现作家的道德视野,触及传统新闻难以涉及的社会精神。新新闻主义倡导者们试图阐释他们对于现实世界及其无序性的理解,使得他们的个人经历带有了时代的标记,而透过这样的视角所呈现出的世界,同时也带有了他们那一代人的印记。相比于其他新新闻主义者所关注的"自我","迪迪翁的风格则可以比作'照相机般的眼睛',即她不断聚焦在最细微的细节上,然后移动镜头、去展示她所处文化背景的宏观全景,将影响到她主题的相互交织复杂因素完全暴露在读者面前"③。可以说,迪迪翁的作品是蒙太奇式的拼贴,极富画面感,给人以"客观真实"的错觉,同时将她自己的加工进行不动声色的隐藏。如果说别的新新闻主义作家将自己作为积极参与者的话,那么迪迪翁在作品中更加趋于遁形,她把自己当作"局外人"。也正是因为这样的一种具有艺术性的新闻报道或新闻特写,才使得迪迪翁得以和世界著名的作家记者一道,成为文学史上举足轻重的一位。

迪迪翁出生于加利福尼亚的萨克拉门托,父亲是美国空军军官,曾在"二战"期间服役。因为父亲经常变动工作地点,所以他们一家在美国的多个地方生活过。迪迪翁从小就喜欢写作,但是专业的文学训练始于她在加州大学伯克利分校读书时选修的马克·肖勒(Mark Schorer,1908—1977)的创意写作课。迪迪翁1956年从伯克利毕业,同年她的一个短篇小说获得了美国《时尚》杂志颁发的"巴黎大奖"(Prix de Paris),她因此获得了在《时尚》杂志担任助理的机会。迪迪翁前往纽约,除了为《时尚》杂志工作以外,还为著名的时装杂志《小姐》(Mademoiselle)撰稿。1963年,迪迪翁出版了第一部长篇小说《河流奔涌》(Run River),描写了加利福尼亚北部萨克拉门托中央河谷的一个爱情故事,通过爱情悲剧表现了现代社会的工业化给农耕经济带来的毁灭性打击,同时也寄托了暂居纽约的作者对加利福尼亚的

---

① Lynn Marie Houston and William V. Lombardi, *Reading Joan Didion*. Santa Barbara, CA: Libraries Unlimited, 2009, p. 6.
② 李美华:《迪迪恩的小说与非小说创作述评》,载《外国文学动态》2003年第4期,第8页。
③ Lynn Marie Houston and William V. Lombardi, *Reading Joan Didion*. Santa Barbara, CA: Libraries Unlimited, 2009, p. 7.

情感。1964 年,迪迪翁和作家约翰·格雷戈里·邓恩(John Gregory Dunne,1932—2003)结婚,之后回到加利福尼亚定居。1966 年他们收养了女儿金塔纳,一家人在加利福尼亚生活了二十多年,于 1988 年回到纽约。

在加利福尼亚期间是迪迪翁职业生涯的一个高产时期,也是她独特文风的形成时期。迪迪翁的小说和非虚构类作品中,不少是以加利福尼亚作为背景或主题,这也是她被认为是"加利福尼亚作家"的一个重要原因。迪迪翁和邓恩担任多家著名杂志的撰稿人,包括《星期六晚邮报》(Saturday Evening Post)、《纽约时报》(New York Times)、《哈珀》杂志(Harper's Magazine)、《美国学者》(The American Scholar)、《生活》(Life)、《纽约时报书评》(The New York Times Book Review)等,稿件多为新闻特写稿,即以某个新闻事件、新闻人物或知名人物撰写的专题报道,是基于事件或者人物的客观事实,按照作者设定的视角加以展现。迪迪翁在《时尚》杂志锻炼出来的简洁犀利的风格,使她在这一类文章中独领风骚,如评论家所说,"她的'我'超出了平常新闻报道中有意识的中间立场,而是被作家创造出来的且不断变换的人物,她有时候回忆过往,有时候剖析自己的反应。但是迪迪翁新闻报道的最突出特点,并不是她对自我的展现,而是她对于事物和事件的呈现"①,或者更准确地说,是通过她的视角对事件或人物的展现。1968年迪迪翁出版文集《去往伯利恒的跋涉》(Slouching Towards Bethlehem),这是她的第一部非虚构类作品,主要收录的是 1965 至 1967 年间为杂志撰写的文章,其中不少带有加利福尼亚特色,例如《金色梦想的追梦人》("Some Dreamers of the Golden Dream")一文讲述的是南加州圣贝尔纳迪诺的一起著名事件。另外一篇《约翰·韦恩:爱之歌》("John Wayne: A Love Song")这样描写自己记忆中的约翰·韦恩②:

  就是在那里,那个 1943 年的夏天,屋外吹着炽热的风,我第一次看到了韦恩。看到他走路的样子,听到了他的声音,听他在那个叫作《昔日的俄克拉何马》的电影里,跟女孩说要给她盖个房子,就"在河的弯处,在棉白杨树林里"……尽管我认识的男人们身上有着诸多美德,他

---

① Mark Z. Muggli, "The Poetics of Joan Didion's Journalism." *American Literature* 59.3 (Oct., 1987): 402.

② 约翰·韦恩(John Wayne,1907—1979)是美国著名的西部牛仔明星,是 20 世纪 30—70 年代美国最著名的影星之一。他在职业生涯中共出演二百余部影片,塑造了各色西部英雄人物,特别是西部牛仔的侠肝义胆和勇敢正直,突出了开发西部过程中美国人所崇尚的"民族精神",成为一个时代的象征。

们带我去的那些地方也是我非常喜欢的,可是,他们永远都不是约翰·韦恩,他们从来没有带我去长着棉白杨林的河的弯处……我告诉你这些,既不是抒发自己的情感,也不是沉溺于回忆,只是想说明,当约翰·韦恩纵马扬鞭驰骋在我的童年,抑或对你也是如此,他就已经彻底决定了我们梦想的模样。①

这段文字较为典型地反映了迪迪翁的风格:通过回忆对约翰·韦恩故事的一见钟情,描写自童年起便孕育的英雄崇拜,娓娓道来几代美国人的开拓之梦和英雄之梦。这梦想承载着崇尚自由、刚毅、侠义、浪漫的美国精神,而一路西行的探索之旅终究在加州画上了句号,这浪漫之旅也在南加州达到了它的高潮,所以韦恩塑造的行侠仗义、勇敢浪漫的西部英雄是属于加利福尼亚的骄傲,也是一代美国人梦想的昭告。

经过了这一阶段的积累和锻炼,迪迪翁开始在文学上取得初步的成就。1970年发表的小说《顺其自然》(*Play It As It Lays*)获得了国家图书奖的提名,被《时代》杂志评选为100部最优秀的英语作品之一,小说在1972年被改编成电影,获得美国第30届电影电视金球奖提名。此时,迪迪翁和邓恩共同创作编辑了多部作品,其中有电影剧本《毒海鸳鸯》(*Panic in Needle Park*,1971)、迪迪翁小说《顺其自然》的电影剧本(1972)、《一个明星的诞生》(*A Star Is Born*,1976,另译为《有时爱情无济于事》)、邓恩同名小说的电影剧本《真正的忏悔》(*True Confessions*,1981),以及《因为你爱过我》(*Up Close and Personal*,1996)。这些作品大多由实力派演员出演,摘取了多项重要国内国际奖项,有的演员甚至因此而成名。到70年代初,迪迪翁和邓恩已经成为派拉蒙电影公司的著名编剧,在加州的艺术界享有盛誉。迪迪翁一家搬回到纽约后,依旧和好莱坞保持着密切的联系。迪迪翁除了文学创作,继续从事新闻报道,在铺天盖地的上流社会新闻八卦中,她的作品深入细致不落俗套,成为文学同时尚、流行文化、新闻报道结合的典范。迪迪翁的代表作《奇想之年》(*The Year of Magical Thinking*,2005)获得了年度国家图书奖(非虚构类),并且入围全国书评家协会奖和普利策奖(传记类)。2007年,迪迪翁获得了国家图书基金会颁发的杰出贡献奖;翌年,由《奇想之年》改编的戏剧在百老汇上演。2013年,迪迪翁获得国家艺术奖章。这些荣誉和奖励不仅仅是对这部作品本身的认可,更是一代人、一个时

---

① Joan Didion, *Slouching Towards Bethlehem*. New York:Farrar,Straus and Giroux,1968, pp. 43—44.

代的反映,是20世纪60年代反叛革新精神的映射。

  迪迪翁才华出众,个性鲜明,但是她在得到成功和荣誉的同时,也承受着同样分量的痛苦。邓恩和迪迪翁夫妇在洛杉矶、纽约都是炙手可热的名流,是好莱坞一众明星乐于结交的著名编剧。2003年12月下旬,他们的女儿金塔纳因为感冒高烧导致肺栓塞等一系列问题,住进了贝斯以色列医疗中心的危重病房。12月30日晚迪迪翁夫妇从医院看望女儿回家之后,邓恩突发心脏病去世,这一切发生的那么突然,就像迪迪翁所说,"人生在一刹那间改变"[1]。丈夫突然离世,刚刚结婚八个月的女儿还躺在医院的重症监护室,这给迪迪翁带来了很大的打击,令她心力交瘁。迪迪翁本人患有多种疾病,但是为了女儿她必须坚持下去,她要继续履行丈夫在女儿病榻前轻声许下的承诺"比多一天更多"[2],因而日日奔跑于医院和寓所之间,这对于一位70岁的老人来说是个极大的挑战。这期间,迪迪翁的体重下降到不足四十公斤。

  在丈夫猝然离世、女儿病危期间,迪迪翁几乎停止了所有的创作,推掉了绝大部分的社交活动,日日记录自己面对亲人离世的巨大悲恸,记录如何承受失去丈夫的痛苦和面临女儿未卜未来的煎熬,细细体味自己在回忆、抗拒、接受和不安之间的摇摆游移。她记录了医学进展、医药术语、护理进展、濒死体验、医学哲学等,这都是她焦急却又无能为力时查找资料文献的收获。这些记录最终结集出版,就是《奇想之年》,题记为"本书献给约翰,献给金塔纳",因为迪迪翁的点滴记录也呈现了一家三口人曾经的幸福岁月。"奇想之年"的意思取自书中"我需要独处,这样他就能够回来。我的奇想之年便从这一刻开始"[3],由此记录丧夫的悲伤、对重温过去的期盼、为挽救爱女的努力,以及自己的坚持。生活中的几乎每一件小事,每一个场景,都令她想起从前:"根据电脑上的时间记录,这个名叫'某某某随想'的文档,最后一次修改的时间是二〇〇三年十二月三十日下午一点零八分,正是他去世的那一天,比我保存那个以'流感怎么会恶化成全身感染'收尾的文档晚了六分钟。当时他应该在他的书房里,而我在我的书房里。我已经无法阻止思维的扩散。"[4]这个片段细致描写了迪迪翁的心理活动,她在脑海里慢慢回放当天的情景,甚至希望能够像倒放电影胶片一样让时间倒流。迪迪翁身为母亲,面对女儿病情的发展,她感到焦虑、无助甚至愤怒。她在电脑里

---

[1] 琼·狄迪恩:《奇想之年》,陶泽慧译。北京:新星出版社,2017年,第1页。
[2] 琼·狄迪恩:《奇想之年》,陶泽慧译。北京:新星出版社,2017年,第177页。
[3] 琼·狄迪恩:《奇想之年》,陶泽慧译。北京:新星出版社,2017年,第29页。
[4] 琼·狄迪恩:《奇想之年》,陶泽慧译。北京:新星出版社,2017年,第187页。

面保存的那个文档,就是无以发泄的愤怒和焦虑的投射,这样的心理状态在《奇想之年》中多次出现:"'流感'怎么会恶化成全身感染?如今我懂了,这个问题等同于无助和愤怒的呐喊,等同于说明明一切都很正常,怎么会发生这种事?"①迪迪翁以一位资深记者对于细节的忠实,在书中勇敢说出了自己的困惑和迷茫,书写的基调延续了她早年作为新新闻主义代表人物的一贯风格。

在约翰·邓恩去世火化后,迪迪翁决定推迟葬礼,等待金塔纳身体状况好转。2004年3月23日,约翰·邓恩的骨灰被安放在圣约翰大教堂;金塔纳坚持参加了父亲的葬礼,但是身体依旧比较虚弱。原本打算回洛杉矶疗养的金塔纳,刚下飞机就在洛杉矶国际机场发生意外,长期使用抗凝药物导致她头部严重出血,而后住进了加州大学洛杉矶分校医学中心,接受神经外科手术治疗。金塔纳经历漫长艰苦的治疗期,中间出现了多种并发症,最终于2005年8月25日去世。2011年出版的《蓝色之夜》(Blue Nights)是迪迪翁专门为纪念女儿所作,在第二章的开头,她满怀深情地说道:"2010年7月26日,今天本应该是她的结婚纪念日。七年前的今天,在阿姆斯特丹大街的纽约圣约翰神明大教堂外,我们从花店包装礼盒里面取出花环,抖一抖上面的水珠,水珠掉落在草地上。白孔雀开了屏,风琴奏响了音乐。她粗壮的麻花辫子垂在身后,发辫里编织着象征婚姻幸福的千金子藤。她头戴着薄纱面纱。"②在女儿去世五年后,母亲清晰地记得她的结婚纪念日,深情回忆起女儿婚礼的点点滴滴,虽然叙述的口气带有迪迪翁一贯的冷静从容,但是文字中的款款深情读来令人动容。

纪录片《琼·迪迪翁:中心难以维系》(Joan Didion: The Center Will Not Hold,2017)由约翰·邓恩的侄子格里芬担任制片人和导演,讲述了迪迪翁的职业经历。此时的迪迪翁,多发性僵硬症的症状已经十分明显,身体羸弱,行动缓慢,但是她的思路清晰,思维敏捷,语言犀利,年过八旬依然保持着骄傲和优雅。迪迪翁在经历了职业生涯的荣耀和事业的顶峰,在晚年独自面对孤寂,这种坚持和坚强令人钦佩。有评论家将迪迪翁的犀利概括为"边疆意识形态"(frontier ideology),认为那是她最为擅长的领域③。想来这种判断是十分贴切的,并且格里芬·邓恩团队所策划的这个纪录片,目的也是如此:用迪迪翁本人所代表的新新闻主义的手法,记录这位代表人物

---

① 原文带有着重号。
② Joan Didion, *Blue Nights*. London: Fourth Estate, 2011, p. 5.
③ Lynn Marie Houston and William V. Lombardi, *Reading Joan Didion*. Santa Barbara, CA: Libraries Unlimited, 2009, p. 5.

的人生经历和文学历程。

纵观琼·迪迪翁的创作,她的小说和非虚构类作品最通常涉及的就是女性主题。一般认为,迪迪翁和女权主义运动的关系不够密切。的确,考虑到她的中产阶级出身、幸福的婚姻家庭和顺利平稳的职业生涯,似乎并没有什么东西值得她去抗争。事实上,正是因为迪迪翁有着记者特有的敏锐和丰富的阅历,见识过人世间的辉煌荣耀,也见证过普通人的努力和挣扎,所以她对于人性和社会具有深刻的思考和理解,有着深深的危机意识。她的小说往往在爱情主题中蕴含道德和文化的危机,通过文学书写"追溯(人类)不堪的历史,人们失去乐园,遭到背叛,失去自我,最终遭到遗弃"[①]。不论《顺其自然》中好莱坞的三流演员,《奔涌的河流》中萨克拉门托河谷的大农场主,《共同的祈祷书》(A Book of Common Prayer, 1977)中的中上层阶级,如伯克利毕业生玛格丽特·道格拉斯、中美洲国家的前总统夫人格蕾丝·斯特拉斯-门达纳,或者是《民主》(Democracy, 1984)中的上层社会女性伊内斯·维克托,或者《他最不想要的东西》(The Last Thing He Wanted, 1996)中的女记者,也不论故事发生在哪里,是旧金山嬉皮士的发源地海特-艾斯伯雷,还是好莱坞,或者是某个虚构的中美洲共和国,小说人物(尤其是女性人物)的命运往往令人唏嘘:她们动辄沦为男权或者政治权力的牺牲品,或者在传统经济地位和价值观受到冲击时迷失自己,或者不堪被利用而失去理智被关进精神病院,或者被谋杀、被剥夺了亲人,抑或被迫远离尘世,并被遗忘。迪迪翁的女性人物塑造往往涉及社会"对于理智、精神问题和情感稳定等概念的认识,特别是在这些概念用于控制女性的时候。她塑造的女性人物具有十分完整的自我意识,但是她们也十分脆弱,有时是因为在变革时代迷失了自己,或者是因为她们的道德基础被破坏,或者是因为她们在一个将过去抛弃的时代过于执着于之前的价值观"[②]。事实上,迪迪翁和邓恩合作的电影剧本中的故事亦是如此,无论人物的经济状况和阶级属性如何,他们往往被生活所遗忘、被社会所淘汰,带有浓重的悲情色彩。

《顺其自然》是迪迪翁作品中最具女权主义色彩的一部,主人公玛丽娅·韦斯的命运就具有相当的典型性。好莱坞演员玛丽娅·韦斯看似平静光鲜的生活背后,是她难以言说的无奈:

[①] H. Jennifer Brady, "Points West, Then and Now: The Fiction of Joan Didion." *Contemporary Literature* 20.4 (Autumn, 1979): 453.

[②] Lynn Marie Houston and William V. Lombardi, *Reading Joan Didion*. Santa Barbara, CA: Libraries Unlimited, 2009, p. 8.

年龄,31岁,结婚,又离婚,一个女儿,四岁(我在这里没有跟任何人提过凯特。在凯特待的那地方,他们把电极放她头上,把针头扎进她的脊椎,想搞明白她到底是哪里不对劲。这番周折,就好像试图解答为什么银环蛇有两个神经毒素分泌腺一样。凯特脊柱上有细细的绒毛,大脑里面有异常化学元素分泌。卡特记不清她后背上的绒毛,否则他不会让他们把针头从那里扎进去的。),我从母亲那里继承了长相和偏头痛,从父亲那里继承了乐观的态度,可是最近我却乐观不起来了。①

事实上,玛丽娅的女儿患有智力障碍,丈夫卡特把孩子放到弱智儿童福利院之后不管不问;玛丽娅再次意外怀孕,卡特的反应是找洛杉矶县里"做流产手术的医生的电话号码"②,以凯特为要挟,逼玛丽娅去做流产;而在玛丽娅做出让步之后,卡特则矢口否认自己的承诺。卡特这个人物形象是美国当下价值观的体现,也是男性权力的象征:他利用玛丽娅而成名,只关心自己的荣誉和未来;他只活在当下,毫不犹豫地将过去抛在脑后,包括自己的痴呆女儿。女性作为牺牲品的形象也体现在玛丽娅的母亲身上,她遭遇车祸,在郊外横尸荒野,遗体被郊狼啃食殆尽,这是女性被献祭的象征。除了两性关系的主题,小说还涉及"梦想""自由"等,例如玛丽娅和母亲都喜欢开车上路,享受自由和追寻,只是她们自己也非常迷茫,并不知道自己寻找的到底是什么,以至于玛丽娅错误地以为,身体上的亲密可以给她带来安全感。精神病院中的玛丽娅用自己的声音来讲述故事,敢于大喊大叫,敢于去诅咒,不必再委曲求全,不去接卡特的电话,丢弃了虚假的"乐观主义",最终成为"唯一理解这个社会之本质的人,即这个自由的社会其实是一片荒原,只是她自己尚不具备对抗身边各种邪恶力量的工具"③。这部作品对美国文化传统和价值观进行了考问,显示出了鲜明的社会历史意义:"迪迪翁希望的是,我们通过玛丽娅痛苦的追寻,来考问我们作为美国人的遗产。小说非常巧妙地避开了故事的时间联系,但是叙述的张力却一直存在于过去和现在之间的矛盾上——玛丽娅的过去和现在,以及一个曾经辉煌的文化的过去和现在。"④

迪迪翁的媒体从业经历锻炼了她客观冷静的叙事风格,她在小说叙事

---

① Joan Didion, *Play It As It Lays*. New York:Farrar,Straus and Giroux,2005,pp.5—6.
② Joan Didion, *Play It As It Lays*. New York:Farrar,Straus and Giroux,2005,p.65.
③ Cynthia Griffin Wolff," 'Play It as It Lays': Didion and the Diver Heroine." *Contemporary Literature*,24.4(Winter,1983):493.
④ Cynthia Griffin Wolff," 'Play It as It Lays': Didion and the Diver Heroine." *Contemporary Literature*,24.4(Winter,1983):481.

中充分展现了白描的能力,采取了类似蒙太奇的手法,其叙事角度犹如扫视而过的摄像机镜头,将故事中的一幅幅场景展现出来,以简洁的语言有保留地介入人物的互动,从而尽可能地使叙述者"隐身",让故事以"自己"的节奏展开,也充分保留了悬念。迪迪翁的第一部长篇小说《奔涌的河流》也许不是她最优秀的作品,但是已经展现了她的这种叙事风格。小说打破了常规的时间顺序,叙述时间和叙述视角的切换繁而不乱:

> 丽莉听到了枪响,那是差 17 分钟 1 点。她之所以这么准确地记住了时间,是因为她并没有望向窗外枪声回响处黑暗的夜空,而是继续扣紧腕表的表带,盯着那块表看了好久。那块钻石腕表是两年前埃弗雷特送给她的,是结婚 17 年的礼物。然后,她坐在床边上,慢慢地上弦。上满了弦以后,她站起身来。她刚洗完澡,还光着脚。她拿起梳妆台上的一瓶欢沁香水,往手里喷了很多,从浴袍领口处伸手进去,往身上涂抹,左右依次涂抹一对并不太丰满的乳房,就好像给自己带上了护身符一样:在定期刊登欢沁香水广告的休闲杂志上,是这么说的,这是世界上最贵的香水。她的卧室里没有别人,也没人听到她家码头上的枪声。她没有往外看,而是盯着梳妆台上方,墙上挂着孩子们的照片(奈特 8 岁,穿着童子军的制服,站得笔挺;朱莉 7 岁,同一年夏天)。丽莉把手放在浴袍里面,等到香水全部挥发,直到没有其他事情可做。她打开床边的抽屉,那把 38 口径的枪本来一直放在里面的,可现在已经没有了。她早就知道它不会在那里了。①

这一段采用的是第三人称的叙事方式,从女主人公丽莉的角度讲述三角恋的悲剧性结局。整部小说的时间跨度是二十年,故事开头采用的倒叙,以枪响以及丽莉的反应来制造悬念:既然丽莉已经猜到了枪响的原因,她为何没有惊慌警觉而是继续不紧不慢地搽香水呢? 第一章接下来的叙述中,丽莉回忆几个月以来夫妻二人的争执,丈夫执意让她外出度假的计划;然后她回忆当天下午的情形。所有的一切似乎都在暗示,丽莉有意识地回避"枪声响起"这个现实,在努力拒绝接受枪声所关联的暴力;同时她也在细细回忆夫妻之间的隔阂,试图找到问题的答案。同样,读者的阅读体验也是充满挑战的,他们必须从叙述的细节中去推测枪声后面的各种可能性。第二章则是从埃弗雷特的视角进行叙述,因此对枪杀事件的描述再次被推迟了。小说

---

① Joan Didion, *Run River*. New York: Vintage Books, 1994, pp. 3—4.

除了情节上的这种安排以外,还充分利用语言手段来进行叙事角度的切换,例如人物的回忆用斜体字表示,心理活动则是用括号表示,将叙述的层次表现出来。叙述视角的切换相当自如,例如:"埃弗雷特在床边坐下。他的脸上一道泥一道汗,卡其衬衫上布满了泥点子。"①前一句是陈述性的描写,而后一句对埃弗雷特的审视则是从丽莉的角度来叙述的,表示此时丽莉对埃弗雷特的矛盾情感,是对他的建议的反感。就这样,这部小说从某一个具体的角度,通过对一个人的聚焦,把宏大的背景逐步展现出来。可见,故事的展开不是像传统的现实主义题材小说那样,将前因后果一一道来,而是如同电影的画面切换,以一个个场景拼接起来,给了人物充分的自由,让他们从各自的角度去审视事件,讲述自己的理解。这既契合小说中的"隔阂"主题,也给叙述增加了张力。读者似乎进入了人物生活中的某一个瞬间,顺着人物的角度追溯结果的发生原委,通过斜体等语言手段窥见人物的内心活动。评论家所说的蒙太奇般的拼贴手法,的确是对迪迪翁小说叙述非常贴切的描述。

如果说《顺其自然》反映的是人物对待现在的态度,那么《奔涌的河流》则反映了他们面对过去和现在交锋时的不知所措。其艺术手法服务于小说的深层次主题,即变化、迷失和衰落,也就是"奔腾不息的河流"所隐喻的人们的命运:短暂易变、难以捉摸。奔涌不息的萨克拉门托河,见证了奈特和麦克克莱恩两个家族的家园变迁,也见证了河滩上的繁衍生息与悲情杀戮。在工业化和商品化的冲击下,土地带给人们的归属感开始受到质疑,雷德·钱宁的房地产生意便是对河谷家园的挑战。麦克克莱恩家的衰败和钱宁有着直接关系,埃弗雷特的妹妹玛莎遭其抛弃而自杀,萨拉在父亲的葬礼以后飞赴费城,埃弗雷特在绝望之际最终选择与钱宁同归于尽,在杀了钱宁之后在河滩上开枪自杀。钱宁是个局外人,在"二战"之后来到加利福尼亚,他和埃弗雷特·麦克克莱恩不仅是情场上的对手,并且还各自代表不同的生活方式。在小说结束之际,丽莉意识到边疆梦不会永远继续,而过去的历史"不过是意外所造成的,人们往前走,然后谁也意料不到会发生什么。你到底想要什么?她今天晚上一直在问埃弗雷特。这也是她想要问所有人的一个问题"②。埃弗雷特的自杀代表了西部梦想的终结,"奈特家族和麦克克莱恩家族的人们发现,他们被无法逆转的文化和经济变化阻挡在了历史之外,萨克拉门托河谷曾经被边疆开拓者视为应许之地,现在却在迅速地发生着变化。新的财富被掌握在东部的工业大亨手里,比如通用公司和道格拉

---

① Joan Didion, *Run River*. New York: Vintage Books, 1994, p. 7.
② Joan Didion, *Run River*. New York: Vintage Books, 1994, p. 263.

斯飞机公司"①。小说通过爱情悲剧反映了一个时代的终结,带给读者的是怀旧的悲伤。

迪迪翁稍晚一些的小说中,政治取向更加明显,她以更大的自由度对"民主"和"自由"等主题进行了重构。1996年的作品《他最不想要的东西》中,女记者伊莱娜·麦克海恩在哥斯达黎加无名小岛上,发现了隐匿世界中美国支持的军火交易,由此揭开了正义的口号下掩盖的罪恶和谎言。事实上,政治主题一直是琼·迪迪翁非虚构类作品的重点。在多年新闻工作的职业生涯中,她的职业敏感使她倍加关注政治主题。60年代中期开始,迪迪翁一直为《纽约时报》《时代周刊》《华盛顿邮报》《洛杉矶时报》等知名报纸杂志撰稿,在涉及重大事件时这些期刊会专门向她约稿,邀请她撰写专题报道。在金塔纳接受治疗期间,迪迪翁接受的为数不多的报道任务之一,就是为《纽约书评》撰写民主党与共和党全国大会的报道,由此可见此类题材对她职业生涯的重要性。她先后出版非虚构类作品13部,她撰写的《萨尔瓦多》(Salvador,1983)和《迈阿密》(Miami,1987)都是新新闻主义的经典文本,语言精练,视角独特,思考冷静,分别涉及中美洲的萨尔瓦多内战和迈阿密的古巴流亡者群体。1983年萨尔瓦多内战全面爆发以后,迪迪翁和邓恩到那里进行实地采访。迪迪翁通过自己的切身体会,反映出笼罩在那个国家的恐怖主义:

> 唯一的逻辑就是默许。入境检查在各种自动武器的重重包围下进行,只是这荷枪实弹的阵势是什么机构的权力(国民自卫队,国家警察,海关警察,国库警察,还是其他什么和他们有交集的不断扩展的秘密执法部门?),却不得而知。要避免眼神交流。证件被反过来倒过去地仔细查看。出了机场,汽车行驶在穿过绿色山峦的高速公路上,此时正值热带雨林的雨季,阴云密布的天空下,青葱的山峦反射着幽暗的光,一路看到的都是饥肠辘辘的牛群、四处游荡的流浪狗和各类装甲车辆,厢式货车、卡车和"切诺基首席"越野车,都装上了加厚钢板和一寸厚的防弹树脂玻璃。这些车辆是当地生活的独特风景,大都和各类失踪、死亡事件脱不了干系。②

迪迪翁的观察并非危言耸听,当时萨尔瓦多军方不满于部分国际组织成员

---

① H. Jennifer Brady, "Points West, Then and Now: The Fiction of Joan Didion." *Contemporary Literature*, 20.4 (Autumn, 1979): 457.

② Joan Didion, *Salvador*. New York: Washington Square Press, 1983, pp. 13—14.

和新闻媒体人士的批评,制造了数起暗杀事件,如 1980 年美国四位天主教人士被杀,1982 年荷兰电视新闻团队被暗杀。迪迪翁的书中记录了不少这样的"史实性"材料,她引用了美国大使馆对萨尔瓦多局势的通报、美国总统相关演讲、媒体的报道、统计数字、她本人对政界和金融界领袖的采访、著名事件的时间和地点等,这些要素是传统的新闻报道内容。她的记录按照时间为顺序,但是以她的经历和见证为视角,她本人作为"见证者"直接介入到了新闻报道中。她讲述他们一行四名记者越过重重关卡到莫拉赞交战区所经历的种种困难,通过随处可见的死尸,反映政府军以"清除共产主义影响为名"对普通民众的杀戮;通过追溯这个国家的被殖民历史,讲述这个国家人民的苦难历程:"恐怖就是这个地方的标志。黑白两色的警车成对巡逻,每一辆都从打开的车窗伸出来一支枪筒。路障随时随地成型,士兵从卡车上鱼贯而下,一字排开,手指随时扣着扳机,保险栓开开合合。瞄准仿佛就是为了消磨时间。"[1]迪迪翁透过自己所经历过的心惊胆战,展示了在这个国土面积相当于加州一个县的国家,人们的生存是多么的卑微和艰难。这就是迪迪翁的新新闻主义风格,有史实,更有情感。这种手法也许违背了新闻工作者对"客观事实"的传统呈现方式,但是却张扬了新闻记者的良知和正义感。这本书发表以后,有评论者认为它见证了迪迪翁从政治上的保守主义者到自由主义者的转变。

实际上,迪迪翁从来都不是保守的,从她的《奔涌的河流》就已经看出她对于人性的关切。而这部书正是迪迪翁正义之心的深切体现,是她对政治迫害、政治压迫的深切痛斥。琼·迪迪翁被认为是加利福尼亚作家,她在 2003 年的回忆录《我从哪里来》(*Where I Was From*)中,回溯自己的家族历史和对父母的记忆,以及创作中对萨克拉门托河谷的情感。的确,迪迪翁创作中既有河谷所代表的加州的过去,也有好莱坞所代表的现在。但是,她的创作远远超越了加利福尼亚,她用独特的新闻体记录了自己所观察到的"美国历程"和人类生存斗争。

安妮·普鲁(Annie Proulx,1935—)

安妮·普鲁是以书写西部故事和牛仔生活而著称的作家,她在创作上既延续了美国西部文学的粗犷强劲之风,又糅合了女性作家的细腻,较为清

---

[1] Joan Didion, *Salvador*. New York: Washington Square Press, 1983, pp. 14—15.

晰地反映了西部文学的当代审美取向。安妮·普鲁早年是新闻记者,属于"大器晚成"型的作家,20 世纪 60 年代开始偶尔创作小说,直到 1988 年才开始出版第一部短篇小说集《心灵之歌及其他故事集》(*Heart Songs and Other Stories*),到 1992 年 57 岁时出版了第一部长篇小说《明信片》(*Postcards*,1992),获得了国际笔会(PEN)颁发的福克纳小说奖。之后,她的创作渐入佳境,其代表作《船讯》(*The Shipping News*,1993)获得普利策小说奖和国家图书奖小说奖,并在 2001 年被改编成同名电影,获得了广泛的好评。1997 年 10 月发表在《纽约客》上的中短篇小说《断背山》("Brokeback Mountain"),更是进一步证明了安妮·普鲁的天赋:该作获得了翌年的国家杂志小说奖(National Magazine Award)和欧·亨利小说奖。小说在 2005 年被改编成电影,获得了多项大奖,包括 62 届威尼斯电影节金奖;获得 8 项奥斯卡奖提名,最终摘得最佳剧本奖,如今已经成为同性恋题材的经典电影作品。2017 年,安妮·普鲁获得了美国国家图书基金会的美国文学特别贡献奖——终身成就奖。这不仅是对她文学成就的认可,也反映了她所关注的人类生存和生态等题材对于美国文学的重要性:牛仔故事和大草原上的生活,代表了美国农耕社会的缩影,其中的历史感和沧桑感更是向美国农业过往的致敬。

  安妮·普鲁出生于康涅狄格州的诺维奇,原名艾德娜·安·普鲁(Edna Ann Proulx)。母亲家族历史悠久,属于最早的英国移民;父亲的家族具有加拿大法裔血统。母亲对安妮的影响很大,给她讲述祖先的移民故事,使她对文学产生了浓厚的兴趣。普鲁曾在缅因州最著名的文理学院科尔比学院求学,在大学期间与第一任丈夫布尔洛克相识,婚后终止学业,但是两人的婚姻持续时间并不长。1966 年到 1969 年间,普鲁就读于佛蒙特大学,以优等生身份获得历史学学士学位,1973 年在加拿大魁北克省蒙特利尔乔治·威廉斯爵士大学[①]获得硕士学位,之后继续攻读博士学位,但是没有毕业。其间普鲁两次结婚、离婚,独自抚养三个儿子,后来于 1999 年获得了康考迪亚大学的荣誉博士学位。

  安妮·普鲁起初做新闻记者,从 70 年代中期开始成为自由撰稿人,为《纽约客》等杂志撰稿,她短篇小说集中的数篇作品如《断背山》等都是首先在《纽约客》刊发的。虽然她声称自己"直到 58 岁才开始写作"[②],但事实

[①] 乔治·威廉斯爵士大学成立于 1873 年,1974 年,该校和洛约拉大学合并,成立康考迪亚大学。

[②] Boris Kachka,"Annie Proulx Gave One of the Best National Book Award Speeches in Recent Memory." 11-16-2017/02-19-2018. http://www.vulture.com/2017/11/annie-proulx-national-book-award-speech.html.

上,早在 20 世纪 60 年代初,她就已经开始"小试牛刀",只是当时并没有以此为业。普鲁最早发表的作品是短篇小说《海关休息室》("The Customs Lounge",1963)。1964 年在青少年杂志《十七岁》(*Seventeen*)发表短篇小说《天下骏马》("All the Pretty Little Horses"),之后陆续在各类文学期刊发表短篇小说。1988 年,这些早期作品结集出版,即为《心灵之歌》。《明信片》出版后,安妮·普鲁放弃记者的职业,开始专心于文学创作。

安妮·普鲁擅长书写农牧主题,特别是农场故事和牛仔生活。几部短篇小说集都涉及怀俄明州农场上的故事和牛仔生活,其中《近距离:怀俄明故事》(*Close Range:Wyoming Stories*,1999)[1]获得普利策奖提名。另外两部怀俄明故事集,分别是《恶土:怀俄明故事之二》(*Bad Dirt:Wyoming Stories 2*,2004)和《适得其所:怀俄明故事之三》(*Fine Just the Way It Is:Wyoming Stories 3*,2008),均获得普遍好评。长篇小说《老谋深算》(*That Old Ace in the Hole*,2002)通过环球猪肉皮公司业务员鲍勃·道乐的视角,描写了得克萨斯北部大草原上的生活,将历史和现实交汇,表达了对于关系到人类生存的生态等问题的思考。除了这几部作品外,安妮·普鲁的其他作品还有长篇小说《手风琴罪案》(*Accordion Crimes*,1996)和《树民》(*Barkskins*,2016),以及非虚构作品《雀之云》(*Bird Cloud*,2011)。

普鲁现居住在华盛顿州的西雅图市,但她一生的大部分时光都是在佛蒙特州和怀俄明州度过的,所以多部作品都以那片土地的地理风貌为背景。佛蒙特州是美国经济最不发达的地区之一,她在此居住期间,正值美国农业经济调整,传统农业受到的冲击、现代资本与生态环境之间的矛盾得到凸显,这些都成为她日后文学创作的素材。1994 年,普鲁从佛蒙特州迁往怀俄明州的萨拉托加,彼时正是她创作的旺盛期,因此她的四部短篇小说集中,有三部是以怀俄明为背景的。怀俄明州位于美国西部的落基山区,其州名来源于印第安语言,意为"大草原"。怀俄明州的经济以畜牧业为主,是美国最重要的畜牧业产区,该州的标志就是一头壮硕的大牛。得克萨斯和怀俄明的牧场大多幅员辽阔,"都采用在开阔大牧场上骑马牧牛的经营方式"[2],这种传统一直保持到了 20 世纪中期。但是,那里的自然条件恶劣,干旱少雨,牧草稀疏,人口稀少。辽阔的牧场、在马背上驰骋的牛仔成为怀俄明州的代表性风景,而以冒险精神、吃苦耐劳的韧性和粗犷豪迈性格为代表的牛仔精神,也成为美国西部的象征。牧牛业经历了 19 世纪 80 年代的

---

[1] 这是中文 2006 年版的译名。2015 年版书名改为《断背山》,因为此文集中包含中国读者非常熟知的"断背山"。

[2] 周钢:《美国西部的牛仔先驱》,载《史学月刊》2018 年第 1 期,第 108 页。

黄金时期,到20世纪初期开始走向衰落,"养牛业被大公司所控制,结束了原始、传统的游牧方式,开始现代化的定居经营"①。在20世纪中期安妮·普鲁来到怀俄明时,传统的畜牧业经营方式正因经历着历史性的挑战而几近消亡:城镇化、现代技术、现代经济模式以及工业化的冲击,使得不少牧场遭受严重的经济衰退,早年间的过度开发和工业化对自然造成了严重的破坏,生态环境岌岌可危,人类的生存面临着前所未有的挑战。这些在她的作品中都陆续得到了反映。

历史学专业出身的安妮·普鲁将感官体验和专业素养融进文学创作中,她的"小说创作往往以严谨的史料考掘为基础,佐以乡野轶闻,自然写作结合魔幻想象"②,使农牧主题和西部叙事结合起来,以牛仔文化为代表性题材,书写西部的历史与变迁,描写原始荒蛮环境下最本真的生存斗争。"牛仔竞技"(Rodeo)就是其中的一个代表。20世纪骑马牧牛的牛仔群体业已式微,到21世纪之初,仅有少部分人从事这一职业,也只是为畜牧生产提供辅助,因而骑马牧牛和牛仔技能更多地成为牛仔竞技表演等文化产业的一部分。但是安妮·普鲁捕捉到了这种文化传统和现代生活之间的联系,《近距离:怀俄明故事》中的短篇,如《脚下泥巴》("The Mud Below")和《断背山》等对牛仔文化和牛仔精神进行了深刻的诠释。在《脚下泥巴》中,戴蒙德·费尔茨是牛仔精神的代表,也是个"失败者":"五英尺三,习惯跺脚、敲手指、咬指甲、散发出紧张不安之感。他十八岁时仍是处男,而高三同学不论男女却多半已尝过云雨之欢。"③戴蒙德处处遭人嘲笑,但一次偶然到农场帮工的经历,使他接触到了骑牛竞技,骑牛的成功给予了他极大的成就感,"他飞(身)下来,以双脚着地,往前跌撞而去,却没有跌倒,冲向栏杆。他挺直身子,因兴奋过度、血脉偾张而喘气不已。他刚从炮口被射出。剧烈动作的震动,电光石火般的重心移转,力量万钧之感宛如他成了公牛而非骑牛者,甚至是恐惧感,满足了他内心某种贪得无厌的肉体饥渴,而骑牛之前他并不知道内心有这种饥饿感"④。戴蒙德决定以此为业;母亲极力劝阻,就算带他见过了当年成就辉煌如今却落魄不堪的骑牛斗士翁多,都无法令他改变主意。他享受着实现自我的兴奋,"惟有牛背上的狂乱震动才能带给他难以言喻的亢奋,为他注射浪荡不羁的欣喜之情"⑤。显然,这段描述代表

---

① 周钢:《美国"牧畜王国"的兴起及其发展》,载《史学月刊》1995年第5期,第88页。
② 周怡:《安妮·普鲁和她的区域文学》,载《外国文学动态》2009年第3期,第13页。
③ 安妮·普鲁:《断背山》,宋瑛堂译。北京:人民文学出版社,2015年,第21页。
④ 安妮·普鲁:《断背山》,宋瑛堂译。北京:人民文学出版社,2015年,第25页。
⑤ 安妮·普鲁:《断背山》,宋瑛堂译。北京:人民文学出版社,2015年,第41页。

了戴蒙德的"成人仪式":他将骑牛带来的身体上的震动等同于性爱的狂热和震撼,骑牛竞技让他增添了自信,认识到了自己身体的力量。他不再像从前那样羞于向异性表达情感,甚至敢于强奸搭档迈伦·萨瑟的妻子隆妲。戴蒙德所追求的牛仔价值观固然有其值得质疑之处,例如对男性气概的盲目追求,以及对于女性的歧视,但是,这也给他带来了自信和生活的目标。然而,正如安妮·普鲁小说中众多的悲情主人公一样,戴蒙德不久便遭遇到了挫折,成功带来的喜悦戛然而止。一次严重受伤使戴蒙德停下来审视生活,他也不得不承认牛仔精神已经成为现代娱乐业的附属品:"夜间竞技有其独特的快感,有强光照射,有穿着亮片镶边皮套裤的牛仔娃娃,双腿僵硬,阔步走进竞技场,也有聚光灯猛然照在眯着眼的选手身上,观众半醉半醒。"[1]这段描写带有浓重浪漫主义色彩和英雄主义隐喻,但同时也透出对传统日暮的悲叹。尽管如此,对于戴蒙德来说,人生的价值在于超越,带有"欣快感的回忆"也足可以给他的生活增添姿彩。小说题目中的"脚下泥巴"具有多重含义:既可以指戴蒙德在牛栏中摸爬滚打的艰苦训练历程,也可以指被踩在脚下失去了原有价值的东西,还可以指已经成为抛洒在风中的过去,如牧牛业和牛仔竞技曾经的辉煌。

安妮·普鲁作品的代表性主题是农场生活和牛仔经历,这是美国农耕文化不断走向消解的一个缩影。怀俄明、得克萨斯等地是美国中西部农牧文化的集中代表,恶劣的自然环境、艰苦的生活环境和人类原始的生存欲望是小说中的常见主题。在2017年国家图书基金会获奖演说中,安妮·普鲁表达了对于人类生存的焦虑:

> 我们无法忽视灾害肆虐的场景,飓风、火灾,满腔愤怒的枪手大开杀戒的报道屡见不鲜。核战争的威胁挥之不去,更加令我们焦灼不安。我们看到社会媒体如何控制不明就里的人们,他们因为文化差异而彼此心生芥蒂。我们生活在从典型的民主向"病毒性"直接民主过渡的剧变时代,充斥着垃圾信息的原始数据如海啸般汹涌而来,将我们淹没(……)对我来说,新秩序最令人痛心的就是:自然遭受的破坏加剧,人们固执地认为,只有人类才可以享受无法剥夺的生存权,人们得到上帝恩赐,可以随心所欲地从自然中任何地方获取任何资源,无论是高山之巅,还是湿地或者油田。人们肆无忌惮地破坏地球上的动植物,将杀虫剂等化学药品恣意挥洒在大地上,长此以往,任何科技进步都无法挽

---

[1] 安妮·普鲁:《断背山》,宋瑛堂译。北京:人民文学出版社,2015年,第19页。

救人类的灭亡。①

这段演讲淋漓尽致地反映了安妮·普鲁对人类生存环境的关切,短篇小说集《近距离:怀俄明故事》中的《半剥皮的阉牛》("The Half-Skinned Steer"),入选盖里森·凯勒(Garrison Keillor)主编的《最佳美国短篇小说》(*Best American Short Stories*, 1998)和约翰·厄普代克(John Updike, 1932—2009)主编的《20世纪美国最佳短篇小说》(*Best American Short Stories of the Century*, 1999),具有典型的安妮·普鲁之风。小说中描述了经济发展和环境保护之间的冲突,及其对人类生存的挑战,给读者的阅读体验带来强烈的冲击;人物的悲怆命运相当震撼,继承了西方文化中自古希腊以来对于人类生存的思考。在普鲁的作品中,自然已完全不具有爱默生等美国浪漫主义文学先驱笔下所呈现的美丽、宽容和疗伤功能;相反,自然往往因遭到了严重破坏而面目全非。普鲁笔下的自然被物化和庸俗化,成为人类攫取利益的牺牲品。在《半剥皮的阉牛》中,农场的气候恶劣,杂草丛生,污水横流,距离田园牧歌式的美国乡村已经相去甚远。在如此恶劣的环境下,不仅牲畜难以生存,人类的生命也受到严重的威胁,梅罗的弟弟和父亲经营连年亏损,弟弟被食火鸟的利爪抓死。"半剥皮的阉牛"的形象包含了"剥皮"和"阉割"的双重创伤意象,具有自然生态指向,隐喻人与人、人与自然间赤裸裸的对抗,而神迹无从寻踪。红眼睛的、被剥了一半皮的阉牛如异教之神,审视着世界。

在《老谋深算》中,人类和自然的对抗,以及这种对立关系的消极影响,就更为凸显。得克萨斯长条地的黄尘天是工业化对环境侵蚀所造就的恶果,也是遭受严重破坏的自然对人类的报复:"空中飞舞着塑料片、食品袋、麻袋、报纸、盒子、破布,飞到铁丝网上挂住,下一阵风来又被刮起。外面看上去飞沙走石(……)车子开近了,他闻到了一阵恶臭,喉咙被呛得有种窒息感,空中到处是动物粪便干成的尘灰,随着大风在空中弥漫。"②安妮·普鲁的作品带有明显的文化地理取向,描写环境对人的塑形作用,同时彰显恶劣环境中人们的生存欲望,正如她本人所说:"我的写作动机源于长期以来的一个想法:描写在特殊境遇和地点生活的个体,当然,地点是首要的。"③因而她的作品中,

---

① Boris Kachka,"Annie Proulx Gave One of the Best National Book Award Speeches in Recent Memory." *Vulture*. Nov. 16. 2017. http://www.vulture.com/2017/11/annie-proulx-national-book-award-speech.html.
② 安妮·普鲁:《老谋深算》,方柏林译。北京:人民文学出版社,2017年,第52页。
③ 王弋璇:《记忆、空间与主体建构——安妮·普鲁的小说〈船讯〉中的"绳结"意象解读》,载《河南教育学院学报》(哲学社会科学版)2012年第2期,第117页。

人物和环境的互动是代表性的书写取向。

安妮·普鲁对于环境和人类关系的呈现,赋予了小说古典悲剧的色彩,这在一定程度上体现了西部文学主题和古典主义的结合。《半剥皮的阉牛》的主人公是年过八旬的梅罗,他在离家六十年以后接到家人的电话,而决定回乡参加弟弟的葬礼。因为急于赶路,他犯了一个又一个错误,一步步陷入冷漠无情的大自然的陷阱之中,最终在暴风雪中迷路。他距离自家农场仅数英里,却难以找到回家的路,最终被冻死在路上。《半剥皮的阉牛》的悲剧色彩并不仅限于梅罗的不幸,而更多地彰显于他不懈却无谓的抗争,这才是小说悲剧色彩的根本所在,也是普鲁人类生存主题小说的基调。小说使用了"半剥皮的阉牛"这一意象,通过梅罗的回忆和行程描述,实现叙述时间的交错,使得过去和现在进行交合。个人行动无法克服自然之险恶,弟弟的死讯重新激发了梅罗对家乡和家人的记忆,他义无反顾地踏上回乡之路去追寻年少的岁月。家乡对于梅罗已经是熟悉的陌生之地,尽管那个地方在他脑海中清晰依旧,但是眼下的一切却是如此陌生,他无法找到进入自家农场的转弯处,最终在错误的路口转弯、陷进了乱石丛中。梅罗面对自然的狂野无能为力,返乡之路成了不归路,他最终在肆虐的暴风雪中一步步走向了灭亡。人生就如这次旅程,在不经意间走错了路、拐错了弯,已经无法回头。

《断背山》讲述了杰克·特威斯特和恩尼斯·德尔玛尔两个人之间凄婉的同性之爱,同性恋主题和阶级、社会秩序等政治要素掺杂在一起,加重了故事的悲剧色彩。故事之初,两个不足二十岁的年轻人为生活所迫,不得不在高海拔无林带的夏季牧场以牧羊为生:"两人皆为高中辍学生,是毫无前途的乡下男孩,长大面对的是苦工与穷困。"[1]断背山上风疾如刃,荒凉萧索,他们整日与羊为伴,孤独而疲惫。在这样孤寂的环境中,恩尼斯和杰克彼此相伴,相互守护并逐渐成为习惯:"白天,恩尼斯往大山谷另一方眺望,有时候会见到杰克,小小一点在草地高原上行走,状若昆虫在桌布上移动;晚上杰克待在漆黑的帐篷里,将恩尼斯视为夜火,是巨大黑色山影的一粒红色火花。"[2]在此之前,恩尼斯未曾想到会在同性身上寻找温暖,因为上山之前他已与阿尔玛订婚,接受这份工作的目的就是为将来的生活做准备。他们在短暂的相遇之后,各自娶妻生子,开始新的生活。无论是同性之间还是异性之间,爱情中的一个重要元素就是相互之间的亲密感,在寒冷高山上的彼此陪伴和相互温暖,也许正是他们情感的来源,而随后生活中的艰难又在

---

[1] 安妮·普鲁:《断背山》,宋瑛堂译。北京:人民文学出版社,2015年,第 197 页。
[2] 安妮·普鲁:《断背山》,宋瑛堂译。北京:人民文学出版社,2015年,第 199 页。

很大程度上美化了这种情感。两人生活都充满坎坷,难以适应城市生活。正因为如此,杰克才在四年之后再次联络恩尼斯,两人重续前缘。小说结束之时,恩尼斯离开杰克家的农场,看到荒凉的乡野上一副衰败破落之相。而后他继续在农场上辗转漂泊,陪伴他的就是对断背山的回忆。同性恋主题和险恶环境中的生存相交织,使得小说的悲剧色彩具有了历史的厚重。

小说中震撼人心的正是两位主人公跌宕的人生和他们的挣扎,虽然这种努力归于失败,但是曾经的亲密感令他们感觉到了生活的力量。《断背山》的成名在很大程度上源于其同性恋主题,而普通读者对此作品的关注多是因为它被改编成了电影,并对同性恋题材进行了强化。小说的第三人称叙事以恩尼斯为主要人物,而他和杰克之间信息沟通不畅,使得叙事带有了强烈的陌生化效果。杰克生活中到底发生了什么?小说的叙事给了恩尼斯(同时也给了读者)无限的遐想空间。恩尼斯通过杰克的妻子露琳、杰克的岳父、父亲等人的态度,基本判断出杰克悲剧的大致脉络,杰克正是因为同性恋者身份暴露而遭到谋杀。至于杰克到底死于何人之手,小说并没有详细交代。可能正如杰克跟恩尼斯所说的,他和"邻居女主人"的暧昧关系招来了杀身之祸;另外一种可能是,所谓和邻居女人的暧昧关系,不过是杰克同邻居男主人关系的掩饰之辞;同时,也不排除杰克所说的"邻居"是恩尼斯;抑或,杰克口中的"邻居"完全是个借口,是他准备同露琳离婚、回归家乡的理由。小说最后,杰克的父亲断然拒绝遵从儿子的遗愿将骨灰撒在断背山上,强行阻断了杰克梦回断背山的希望。从此也可以看出,杰克的父亲和恩尼斯的暴虐父亲一样,都是传统秩序的维护者;同样,世界上还有和他们一样不惜使用暴力来维护传统的人们。在一定程度上,这些人都对杰克之死负有不同程度的责任。"断背山"只能是心灵的"伊甸园",代表了边缘文化群体的心灵庇护之所,而断背山上那个夏天,只能是杰克和恩尼斯永远的回忆;那种心灵的庇护远离尘嚣,难以在世间寻觅得到。如上所言,考虑到作者安妮·普鲁的一贯创作风格,即强烈的情感往往同极端的环境相耦合,从而凸显出生存的悲剧性。由此可以判断,"断背山"的含义不限于同性恋题材;这段同性之爱的故事发生在极端恶劣的环境下,因而脱离环境因素讨论同性恋题材也是片面的。

《断背山》以深情哀婉的叙述风格展示人生的悲凉与人性的扭曲,普鲁的其他作品对此亦有不同程度的体现,比如《近距离:怀俄明故事》中的《身处地狱但求杯水》("People in Hell Just Want a Drink of Water")、《荒草天涯尽头》("The Bunchgrass Edge of the World")、《一对马刺》("Pair a Spurs")以及《耶稣会选什么样的家具》("What Kind of Furniture Would

Jesus Pick?")等短篇。这些故事大都置于荒凉孤寂的环境中,自然环境异常恶劣,人类的生活被简化为最基本的生存挣扎,人性之恶暴露无遗,死亡是他们头顶挥之不去的阴霾。例如,在饱含幽默的短篇《血红棕马》("The Blood Bay")中,大草原被百年不遇的严寒笼罩:"一八八六年底至八七年初的冬季严寒惨烈。所有该死的高地平原史书皆如此记载。那年夏天干旱,过度啃食的牧草地上放养大批牛群。湿雪提早降落,结冻后形成硬冰层,牛无法突破,因此吃不到青草。紧接而来的是暴风雪与冻得令眼睛张不开的低温,洼地与干河谷里牛尸堆积成山,景色凄凉。"①怀俄明高地的情景与地狱景象无异:大地一片悲凉,死亡随处可见,人的性命如草芥。在这片被上苍遗忘的土地上,弱肉强食是基本的生存法则。《荒草天涯尽头》中图伊家族的盛衰和家庭情感,终究比不过生存竞争,父亲老雷德和儿子阿拉丁的权力斗争旷日持久,九十多岁的老雷德终于等到了儿子离世和儿媳出走拉斯维加斯,重新成为土地的主宰,持久的生命力终究超越了父子之情。

《身处地狱但求杯水》中"冰人"艾萨克·邓迈尔父子是荒蛮土地上阳刚力量的代表,有八个儿子的冰人是荒凉大地上创造力和生产力的象征,但这种力量同时也具有攻击力和破坏力:冰人会想尽一切办法为自己谋得利益,敢于挑战任何规则。邓迈尔家的儿子们继承了父亲顽强的生命力和耐受力,动辄欺凌弱小,不知情感为何物。冰人的妻子不堪忍受这种生活与人私奔,从此邓迈尔家中更是没有了阴柔与细腻。父子九人凭借蛮力对抗大小事务,不相信艺术、知识或者宗教,对牲畜业之外的行业带有天然的鄙夷。而霍姆·廷斯利一家是另外一种力量的代表:他们身体瘦长,态度和善,缺乏坚强的意志力。他们不善农牧,却擅长思考和探索。霍姆的儿子拉斯继承了这个家庭的传统,他热爱读书,对外面的世界充满了好奇心;廷斯利夫人虽然精神状态不够稳定,但是擅长持家,将屋子收拾得干净整齐。如果说邓迈尔一家是实用主义和阳刚之力的代表,那么廷斯利一家便是浪漫主义和阴柔之美的象征。在辽阔的大平原上,这两种力量从来都不是势均力敌的。拉斯·廷斯利独自外出闯荡世界,遭遇车祸后身体残疾,精神失常,回乡之后四处游荡。但是他身上保留了原始繁殖力的冲动,见到年轻女子会暴露自己的生殖器。邓迈尔家的长子贾克森向廷斯利推销风车未果,于是心生怨恨,借机警告霍姆·廷斯利管住儿子,否则就把他阉掉。最后贾克森兄弟出手阉割了拉斯·廷斯利,导致他患坏疽身亡。正如小说题目"身处地狱但求杯水"所示,廷斯利一家便是挣扎在"地狱"中的弱者,"一杯水"象征

---

① 安妮·普鲁:《断背山》,宋瑛堂译。北京:人民文学出版社,2015 年,第 61 页。

着最基本的生存空间。他们在遭受到侵害之后,无能为力保护自己,只能承受生活的凄楚悲苦,在残酷的生存竞争中被淘汰。

安妮·普鲁的叙事风格简洁凝练,节奏平稳,语言平淡,但书写的却往往是人生的跌宕起伏。这种风格带有新闻体的特征,貌似在讲述人物生活中的"事实"。比如《近距离:怀俄明故事》中另外一个短篇《工作史》("Job History"),主人公李兰德·李动荡艰难的一生是美国历史的见证。他生于农场,受教育不多,没有一技之长,一生换过数十份工作,也尝试过自主经营,但屡次遭遇农场破产、超市关门、加油站倒闭等不幸。李的家人也历经坎坷:父亲的养猪生意几次破产,负债累累,母亲晚年依赖于李兰德赡养;妻子洛丽勤劳持家、养育子女,但是罹患癌症,年仅46岁便去世;长子在部队服役,染上毒瘾;尚未成年的女儿遭遇雇主的性骚扰,李兰德夫妇却不得不忍气吞声。小说通过平淡无奇的语言和平静迂缓的节奏讲述出李兰德的工作经历,几乎没有任何细节描写和情感描述,中间还穿插着广播或电视新闻中的重大事件,使得人物的故事带有历史的时代感和叙事上的真实感。对于李兰德人生中的这些重要事件,小说采用了简单的"白描"手法,在看似无动于衷的轻描淡写之中,略去了主人公失去亲人的巨大伤痛和在人过中年之际被迫担当生活重担的无奈。与收音机、电视以及报纸新闻中的新闻(类似于越南战争、臭氧层空洞、经济萧条以及超级杯决赛等)相比,主人公的生活不过是人世间的沧海一粟,他的奋斗和挣扎不会在历史的大潮中泛起任何波澜。另外,出生于1947年的李兰德,是美国"二战"之后"婴儿潮"中的一员,他的辗转流离也是众多普通民众生活的写照。

安妮·普鲁小说中的历史感在《老谋深算》和《手风琴罪案》中得到了更加充分的彰显。《老谋深算》可以说是西部得克萨斯长条地的历史地理汇编,汇集了那里的风土人情和地理风貌,充分体现了作者对大草原的情感,其中的生态主义思想也是作家创作理念的代表。有学者认为,这部小说"深入表现了长条地独特的生态环境,并从历史、社会、工业化等诸多方面揭示、探讨了生态危机、生态责任、生态整体观问题"[①]。小说的故事性并不强,故事的线索较为零散;相比于安妮·普鲁短篇小说的精悍简洁,这部作品以道乐考察养猪场选址的路程为线索,节奏较为缓慢。小说涉及现代资本和传统乡村生活之间的矛盾,主人公的名字"道乐"是个双关语,意为"美元"。道乐所代表的美元经济和他的环球猪肉皮公司是现代化集约畜牧业的代表,

---

[①] 刘伟、苏新连:《安妮·普鲁的小说〈老谋深算〉的生态解读》,载《安徽大学学报》(哲学社会科学版)2006年第2期,第71页。

也是对自然生态的潜在威胁。道乐驱车前往得克萨斯长条地,发现一切都与自己的想象大相径庭。他看到的是满目疮痍:路边的死牛、破败不堪的谷仓、纵横交织的输油管、抽水机、铁丝网、臭烘烘的野芥菜花、倒塌的仓库、缺胳膊少腿的风车、偶尔从路边窜出的土拨鼠、盘旋在天空的秃鹫、摇摇欲坠的房子、渺无人烟的牧场,大草原已经被破坏得面目全非了。这里被现代化的灌溉手段改造成了全国的"谷仓",但是沙尘暴、龙卷风、干旱等自然灾害也愈加严重,人类对长条地的开发已经极大地破坏了生态环境,"全球经济一体化"带来的是生存威胁:"两个长条地得癌症的人都很多,还有多发性硬化病……癌症的中心在佩里顿(油田里的苯所致)、长条地(核武器拆卸所致)和潘帕(那里有家大型的化工厂)。"①道乐通过和当地人的接触,更清晰地感觉到相比于猪场提供的工作机会,环境代价更加惨重,而现代化养殖造成的潜在威胁更是会长期影响人们的生活,"这些猪都是猛灌抗生素和生长激素长大的。你吃那猪肉这些药就会钻到你身上。细菌和病毒都适应了抗生素,总有一天,我们得了病用抗生素都不管用"②。曾经漫游在草原上的数以百万计的美洲野牛被欧洲毛皮商人及代理人屠杀殆尽,人们对地下水、石油等资源无序开发,令大草原一片疮痍。正是出于这样的一些原因,道乐本人对养猪场的想法都产生了动摇。

  道乐在同当地居民接触的过程中,对大草原的历史产生了浓厚的兴趣,他对这里的情感也在发生变化。他租住的小木屋位于三叶杨树林中,矮小简陋,没有任何现代化的设施,但却是最亲近自然的地方,是长条地原始之美的所在。道乐逐渐认识到美国先民的优秀品质:"执着的品格——幽默、执拗、力量"③,这正是美国国民精神的象征,也是小说名字"老谋深算"所蕴含的智慧。道乐选址的所有矛盾节点集中到了老艾斯·克劳彻身上,老艾斯的"计谋"就是利用早年间积聚下的巨额财富,兼并农场、牧场,收购养猪场并将其搬离大草原,使草原重新恢复活力:"这是我们的地方。我们要坚持在这里。从此以后,谁也不要把牧场卖给养猪场……我们要把篱笆拆除,重新把土地敞开,在长条地养水牛。"④艾斯、拉封等人把这场复兴运动称为"草原复兴家园",他们邀请道乐参与其中,因为在相处过程中,他们看到了彼此的善良和对美好家园的共同向往。小说以充满希望的基调结束,表达了大草原人对抗外来侵蚀、重建自我生活的追求,赞颂他们坚忍不拔的品

---

  ① 安妮·普鲁:《老谋深算》,方柏林译。北京:人民文学出版社,2017年,第109页。
  ② 安妮·普鲁:《老谋深算》,方柏林译。北京:人民文学出版社,2017年,第131页。
  ③ 安妮·普鲁:《老谋深算》,方柏林译。北京:人民文学出版社,2017年,第117页。
  ④ 安妮·普鲁:《老谋深算》,方柏林译。北京:人民文学出版社,2017年,第379页。

质,透视出传统和现代之间的矛盾。

　　无论是《老谋深算》中艾斯重建大草原生态家园的努力,还是《船讯》中奎尔重返纽芬兰岛的归家之旅,安妮·普鲁通过这类情节体现出对于人类生存的思考。不过,小说中的生态思想也有其片面性,例如艾斯认为印第安人虽然是游牧民族,却没有建立和土地的密切关系,这显然是对印第安人土地意识和生态观点的片面解读;小说中涉及中餐馆用死婴为食材的谣言,反映出大草原上的欧裔拓荒者后裔对外来者的偏见;毛桶镇人固然淳朴善良,但是对于"黑皮肤、外地口音、同性恋的表露和赤裸裸的自由主义"[1]都无法容忍。这些社会生态问题和自然生态问题一样重要,关乎人类的生存,是安妮·普鲁研究不可忽视的部分。

　　《手风琴罪案》曾经被认为是安妮·普鲁较为失败的作品,小说以一把手风琴为线索,展示意大利移民、德国移民、华工、墨西哥移民等群体在追求梦想中的惨烈斗争,以此映射被誉为"大熔炉"的美利坚民族的历史。应该说,这部作品对于历史的书写并不是完全褒扬式的,而更多的是对"梦想"的考问,以手风琴几易其主、历任主人殒命于他们所追寻的梦想,来追溯"追逐梦想"和"建构身份"之艰难。手风琴见证了美国早期构建者的艰难生活和悲怆处境,无论是反意大利移民的暴乱,还是为夺取财富而实施的赤裸裸的谋杀,抑或是大草原上的干旱、暴风雪,以及工业化和现代化对人们生活的冲击。小说跳出了美国文学关于种族书写的"黑白对立",对意大利、德国等欧裔移民以及华人等亚裔移民的遭遇进行了追忆,例如在1890年反意大利移民的暴乱中,无辜的移民沦为受害者,他们辛苦集聚起来的财富被霸占。小说历数针对德国移民、华工和墨西哥移民的暴力,展现移民被残害的残酷与血腥,给读者带来强烈的视觉冲击。这种书写是"反美国梦"的,与约翰·温斯罗普(John Winthrop)等先驱所构想的"山巅之城"(City upon the Hill)理想背道而驰。小说以这把手风琴为主线,记录了它百年间的颠沛流离,用它串联起不同主人在美国生存的历史,个人历史由此被拼贴起来,几幅场景描绘出一个半世纪中的美国移民史。在此过程中,移民各自的文化身份逐渐被消解,融入"美国身份"中,汇聚成移民美国化进程的历史。

　　安妮·普鲁作品的基调并不总是灰暗压抑的,《船讯》就是一个例外。这部作品涉及之前所讨论的普鲁作品的诸多主题,例如人与自然的关系、身份建构、"美国梦"等,风格承袭普鲁一贯的"简朴苍劲"[2]。小说的独特之处

---

[1] 安妮·普鲁:《老谋深算》,方柏林译。北京:人民文学出版社,2017年,第116页。
[2] 王家湘:《安妮·普鲁和〈船讯〉》,载《世界文学》1997年第2期,第298页。

就是:通过讲述"失败者"的故事,表达对"美国梦"之"成功"理念的反思。诚然,主人公奎尔的失落、迷茫和对于幸福的追寻是普通人生活的缩影,是每个人心底希望的象征。这个长相丑陋、事业无成的普通人的经历,展示出在平淡与平凡之中蕴含了朴实的"成功"。这部作品被公认为安妮·普鲁的代表作,她通过细致的感悟和厚重的人生积淀,书写普通人对幸福的追寻,透视出对人生意义的思考。故事开头时,36岁的奎尔供职于纽约一家三流小报社,他经历过几次失业、再就业,一事无成。他身体高大臃肿,性格懦弱,脑袋愚钝,"身体像一块巨大的长方形湿面包,六岁就长到了八十磅重,到十六岁整个人都埋在一堆肉里。脑袋像一个大容量的鲱鱼斗,没有脖子,发红的头发皱巴巴地向后支棱着。五官皱缩得像被吸吮过的手指尖。眼睛是塑料色的。特大的下巴像块畸形的隔板,突出在脸的下部"①。他是个典型的"失败者",自小生活在父亲和哥哥的强势打压之下,他在婚姻中同样是个失败者,妻子佩塔尔·贝尔肆无忌惮地与其他男人鬼混,对此他只能默默承受。佩塔尔甚至将两个女儿卖给恋童癖,伙同情夫携款逃亡时慌不择路遭遇车祸,孩子才幸运得救。奎尔经历了人生中最大的打击:父母罹患癌症,双双自杀身亡;妻子身亡;自己被报社解雇。此时奔丧而来的姑妈阿格尼斯·哈姆得知奎尔的困境后,说服他带着孩子一起回阿格尼斯的出生地——纽芬兰岛的奎尔角,于是一家三代踏上了归乡之旅。

  小说的大部分篇幅讲述了奎尔一家人在岛上的生活,讲述他们如何找到亲情和归属感,重新树立生活的希望。小说的名字"船讯"来自奎尔分配到的任务,即报道车祸和船只进出港信息。这对奎尔来说似乎是个无法完成的工作,因为他一直未能走出妻子背叛并遭遇车祸而亡的阴影。但是在姑妈的一再坚持下,奎尔接受了这个工作。奎尔和姑妈修葺了闲置四十年的老屋,他逐渐学会了爬房顶、钉木瓦,还学会了驾驶小船,并克服了对水的恐惧。他慢慢树立起信心,敢于揭露石油业对当地资源的掠夺和对生态环境的破坏,并在主编特德·卡德窜改自己的稿子时勇敢地据理力争,获得了老板巴吉特的信任和赞赏。奎尔一家和丹尼斯·巴吉特夫妇等人建立起真挚的情感,找到了家庭的归属感。后来奎尔成了报社的主编,报纸也发生了巨大的变化:去除了虚假的广告,关注当地人的生活,关注岛上生态环境,诸如"锯木厂的消息、米斯基湾新的国家历史公园、抗议外国人在处女礁附近捕鱼的示威、抗议高电费率的示威、虾制品加工场的罢工"②等。奎尔从处

---

  ① 安妮·普鲁:《船讯》,马爱农译。北京:人民文学出版社,2006年,第2页。
  ② 安妮·普鲁:《船讯》,马爱农译。北京:人民文学出版社,2006年,第314页。

于半失业状态的不入流记者成长为真正的主编,开辟了专栏。他在和两个女儿朝夕相处中尽职尽责地履行做父亲的责任,和姑妈之间的亲情纽带更加密切。他在阿格尼斯的引导下能够正视自己的过去,最终和韦苇结为夫妻。

在《船讯》中,安妮·普鲁再次利用了环境要素,将故事的主要部分安排在纽芬兰岛,在酷寒、暴风雪、肆虐的大海等极端的地理环境下再现人们的奋斗。岛上简朴的生活与现代化大都市中的物欲横流形成了鲜明的对比。人物正是在应对恶劣自然环境的过程中,面对创伤并经历自我的成长。奎尔了解到了祖先的不光彩历史,接受了自己的身份,走出创伤,拾起坚强。奎尔从堂兄那里得知了父亲令人不齿的乱伦,从姑妈身上学会了坚强面对生活中的不幸。奎尔家的老房子在风暴中被吹走,家族的罪恶随风逝去,奎尔和姑妈同家族的过去彻底决裂,开始新的生活。这部小说也是当地人在杰克·巴吉特的带领下对抗现代资本的侵蚀和掠夺的故事,而奎尔作为新任主编,将《拉呱鸟》作为前沿阵地,和人们一道重建纽芬兰岛家园。除了奎尔,小说还塑造了鲜明的各色人物,她们在奎尔的成长中充当了不同的角色。特别值得一提的是姑妈阿格尼斯,当年她被自己的哥哥盖伊强奸并怀孕,但她最终走出了阴影,建立起了自己的游轮装修事业。阿格尼斯把哥哥的骨灰带回了老屋,将其倾倒在了室外的厕所内,这位六旬老人脸上带着狡黠的笑容:这样,她既让哥哥回归故土,又让他永远承受自己的罪恶。小说"揭示出平凡的人在心灵中也都存着太多的历史与社会积淀的阴影和重负;在层层积垢之下他们又都有着闪光的心灵,而要取得生命的价值,每一个人都需要经历痛苦的自我认识之路,擦去积垢,使生命闪耀出光辉"[1],故事安排基于人性之善,书写了普通人的向往和追求。

安妮·普鲁的写作风格洗练,语言精简,几乎不动声色、不含情感地用极简的叙事方式,展现自然环境和人类生存之间的斗争,体现了一种"悲凉凄怆",即"一方面是各位主人公的徒劳奋斗与痛苦挣扎,另一方面便是他们那躲也躲不开的惨烈结局"[2]。她的作品将人文历史和自然地理融进叙事中,给西部主题和生态书写增加了历史的凝练和地域的厚重,自《明信片》中洛伊尔·布拉德从东部到西部的逃亡之旅伊始,普鲁便将美国人的生存融汇到了地域叙事之中,把城镇化、现代化及其对人们生活的影响呈现出来。普鲁的小说背景宏大,是大草原的过去和现在,还是农场人的困惑和希望,抑或是高山牧场上孤独中寻求温暖的努力,无论故事发生在寒风凛冽的断

---

[1] 王家湘:《安妮·普鲁和〈船讯〉》,载《世界文学》1997年第2期,第297页。
[2] 曾真:《后记》,《手风琴罪案》,安妮·普鲁著,曾真译。北京:人民文学出版社,2017年,第551页。

背山,还是长条地的牧场,或者是冰雪覆盖的纽芬兰岛。她从历史和地域等不同的维度,立体呈现了人们顽强的生存斗争。

玛吉·皮尔西(Marge Piercy,1936—)

玛吉·皮尔西是诗人、小说家和社会活动家,也是女权运动第二次浪潮的代表作家之一。皮尔西从20世纪60年代末开始发表作品,当时正值民权运动和妇女解放运动时期,她在时代的大潮中迅速成长,培养出了敏锐的政治意识,积极参与到了新时代的女性文学建构中。玛吉·皮尔西是最早被收入到美国女性文学作品集的作家之一,其作品具有明确的女性主义取向,表现了对社会问题的关注,特别是女性地位和权益等问题,即便是科幻小说及历史小说也不例外。皮尔西的代表作品是《时间边缘的女人》(Woman on the Edge of Time,1976),将科幻要素和性别政治、种族政治集合在一起,探讨了女性地位、性别政治、生命政治、社会公平等重大社会历史命题,使得该作品成为在"赛博格"(Cyberg)视域下探讨建构"女性乌托邦"的早期代表性作品之一。皮尔西的诗歌及历史小说同样具有强烈的政治取向,例如以法国大革命为背景的《黑暗城市,光明城市》(City of Darkness,City of Light,1996)和以"二战"为背景的《军旅生涯》(Gone to Soldiers,1988)。《编织生活》(Braided Lives,1982)象征性地成为"个人书写之政治性"的集中代表,在新时代的女权主义视角下将个人题材的政治性充分展现出来,通过两位女性截然相反的价值观和生活态度,反映了性别政治的不同层面。

玛吉·皮尔西出生于密歇根州底特律的一个犹太裔普通劳动者家庭,在中下层劳动阶级社区长大,从15岁便开始创作小说和诗歌。她就读于密歇根大学,毕业后到西北大学攻读硕士学位,读书期间成绩优异,曾经获得密歇根大学的"霍普伍德诗歌和小说奖"(Hopwood Award for Poetry and Fiction)。皮尔西从1968年开始发表作品,处女作是诗歌集《攻陷营地》(Breaking Camp,1968),次年发表《迅速坠落》(Going Down Fast)。在半个世纪的职业生涯中,她勤勉创作,是位相当高产的作家,几乎每年都有新作推出,迄今已经发表了五十余部各类作品。除了代表作《时间边缘的女人》,她还创作了《舞鹰入眠》(Dance the Eagle to Sleep,1970)、《生活的高成本》(The High Cost of Living,1978)、《编织生活》《逃离》(Fly Away Home,1985)《他,她和它》(He,She and It,1991)、《三个女人》(Three

Women,1999)、《第三个孩子》(The Third Child,2003)、《性战争》(Sex Wars,2005)等19部小说,其中《他,她和它》(又名《玻璃身体》)[1],曾经获得亚瑟·克拉克科幻小说奖(Arthur C. Clarke Award for science fiction)。

玛吉·皮尔西从创作诗歌开始自己的文学生涯,至今已经出版诗集近二十部,除了处女作《攻陷营地》之外,还有《艰难生活》(Hard Living,1969)、《月亮总是女性的》(The Moon is Always Female,1980)、《妈妈的身体》(My Mother's Body,1985)、《赐福生活的艺术》(The Art of Blessing the Day:Poems with a Jewish Theme,1999)、《底特律制造》(Made in Detroit,2015)等女性主题的诗作。玛吉·皮尔西还出版了短篇小说集《午餐的代价等》(The Cost of Lunch,Etc.,2014),剧本、散文集、非虚构文集和两部回忆录《与猫同眠》(Sleeping with Cats,2002)以及《我的生活,我的身体》(My Life,My Body,2015)等。皮尔西目前和丈夫埃拉·伍德居住在马萨诸塞州科德角的威尔弗里特,他们一起合作出版了多部作品,如剧本《最后的白色等级》(The Last White Class,1979)和小说《风暴潮》(Storm Tide,1998)。

《时间边缘的女人》是玛吉·皮尔西的代表作,这部作品可谓"女性乌托邦小说"和科幻小说的合体,通过"时间旅行"的情节表达了女性超越现实束缚的理想,被称作"赛博朋克"(Cyberpunk)的开端。小说主人公康妮被关进精神病院,遇到了来自未来的女性露西恩特,得以穿越到对方的世界。小说在特定的时间节点上,表达了对女权运动第二次浪潮的思考,"通过当代女权主义和同性恋理论建构,就未来和过去之间的关系所展开的对话"[2]。在首版40周年之后,皮尔西在2016版的"前言"中,阐述了如此构思的缘由,强调了构建女性乌托邦的必要性:"女性乌托邦的理想来自建立一个更好社会的愿望。当政治能量被引导至保护处于危险中的权利和愿景时,就没有多少力量能够被用来设想我们所希冀的未来的模样。"[3]她指出,在21世纪更有必要探讨建立女性乌托邦的可能,那是因为人们之间的亲密关系已经为人际隔离和相互漠视所取代,人们同宠物或者电视人物、智能手机的关系超过了他们同身边的人的关系。所以,她试图通过话语建立一种生态和谐的社会,"在马特波伊希特,人们的生活、机构和仪式都表明他们的自然

---

[1] 又名《玻璃身体》(Body of Glass)。

[2] Sam McBean,"Feminism and Futurity:Revisiting Marge Piercy's Woman on the Edge of Time." Feminist Review,107(2014):40.

[3] Marge Piercy,Introduction,in Woman on the Edge of Time. London:Der Rey,2019,pp. viii—ix.

所属,也体现出他们对自然的责任"①。的确,这种交互关系是当今和未来人类生存的首要考量,所以小说设想的"性别"是单纯自然属性,与"生育功能"和"社会属性"是脱离的,明确消解了性别中的权力关系。小说中的马特波伊希特无论是被解读为现实中嫁接进来的超自然科幻要素,或者是具有拉丁美洲文化特质的魔幻现实主义,抑或是康妮作为精神病患者所出现的幻觉,都可以被解读为主人公康妮超越现实束缚的愿望,是边缘女性之理想的隐喻。

《时间边缘的女人》首先关注的就是种族政治和性别政治,未来主义的科幻因素服务于女性生活的现实。康妮是被多重边缘化女性的代表:少数族裔、贫穷、没有工作、有精神病史、被剥夺了孩子的监护权,她们完全处于生命政治权力规训之下,没有任何力量进行反抗。康妮因为失去了孩子而精神失常,生活无依无靠,只能把免费获得的镇静剂卖掉来维持生计。小说固然映射出违禁药物在少数族裔社区的滥用这一现实,但也说明少数族裔的生命权和生存权无法得到保证。此外,他们还遭受着文化霸权的权力规训。康妮的丈夫克劳德为了获得减刑参加了药物实验,死于监狱中。康妮为了保护怀孕的侄女而遭到皮条客杰拉德的毒打,然后被送到了精神病院,医生根本不理会康妮的辩解,却相信杰拉德对她的诬陷。康妮被捆住手脚关进屋子里,在自己的呕吐物和排泄物中挣扎。她知道,自己越是努力反抗,别人越是将反抗行为视为躁狂症的表现,所以她的任何努力都于事无补。

在种族政治视域下,女性还遭受性别压迫,成为双重压迫的受害者。康妮的侄女多莉同样命运悲惨,离婚后独自带着女儿妮塔生活,后来遇到了男友杰拉德,却遭到他的无情剥削。杰拉德强迫多莉卖淫,她稍有不从,便会引来他的拳打脚踢:"他从前是面包师,干得还不赖,可后来因为毒品买卖中的冲突被关进局子,虽说不到期限就放了出来,可生意不做了。现在他逼迫多莉当妓女,出卖身体,和城里各种肮脏的男人睡觉。"②杰拉德是少数族裔社区中男性压迫者的代表,他衣冠楚楚,圆滑世故,浑身上下的名牌装饰都是通过剥削女性得来的;他已经尝到了使用暴力的甜头,更是乐此不疲。康妮在他的暴虐中看到了男性对女性的压迫:

> 他是强迫她亲爱的宝贝侄女卖淫的皮条客,殴打她,让那些猪一样的男人在她身上发泄兽欲。他剥削多莉,虐待她的女儿妮塔,把多莉出

---

① Marge Piercy, Introduction, in *Woman on the Edge of Time*. London: Del Rey, 2019, p. ix.
② Marge Piercy, *Woman on the Edge of Time*. London: Del Rey, 2019, p. 7.

卖身体的钱抢走,去买名牌靴子、可卡因,去和别的女人鬼混。杰拉德也是她父亲的化身,当年她小的时候,没有哪个星期不挨他打;同样还是她第二个丈夫的化身,殴打她直致她两腿间血流不止,被送到急诊;更是当年强奸她的那个男人的化身,在发泄了兽欲之后还殴打她,就是因为她不肯撒谎,不肯说她喜欢那样。①

杰拉德光鲜的外表具有相当的迷惑性,很容易让他博得不明就里的人的信任。这样的男性成为社区的代言人,通过暴力压抑被压迫者的话语,保证自己的话语权和权威。

康妮和多莉等女性处于多重的被边缘化境地,她们对于生活的期盼被无情地摧毁,她们最基本的诉求都难以得到满足。康妮和多莉对生活并没有过多的奢望,她们只希望过上最普通最平凡的生活。然而,康妮接连遭受了家破人亡的打击:丈夫在监狱中惨死,她遭受打击而精神抑郁,因此失去了孩子的监护权;多莉梦想做个家庭妇女,她怀孕后恳请杰拉德让她把孩子生下来,但是杰拉德只想继续利用她的身体赚钱,因而强迫她流产。刚刚从精神病院康复回家的康妮,为了保护多莉腹中的胎儿,拼命与杰拉德进行搏斗,她的勇气来自对多莉的同情,失去女儿的她深知这种痛苦是多么刻骨铭心,所以她才会拼死保护多莉。康妮根本不是杰拉尔德的对手,在遭到残酷殴打之后被再次送到了精神病院,但是这次冲突标志着一直逆来顺受的她开始萌发反抗意识,并付诸行动。人物塑造方面的转折,结合小说第三人称主要人物内聚焦的叙事方式,使得后续赛博朋克叙事具有了女性权利的政治内涵。

正是因为遭受了多重的压迫,康妮才对男性的暴虐痛恨至极,小说中赛博朋克情节的观照首先在于性别政治。康妮对杰拉德的暴虐没有还手之力,对他的谎言无从反驳,只能梦想着"脱下他那油光锃亮的复古式尖头高筒靴子,用它使劲抽打他那谎话连篇的丑恶嘴脸。她梦想着把他手上戴的大钻戒揪下来,割开他的喉咙,让里面的坏水毒血一并淌出来。他总是吹嘘那灰钻和他眼睛的颜色正好搭配,可那双眼睛除了狡诈没有别的"②。所以,之后小说中的科幻情节,诸如未来世界(2137年)的露西恩特将康妮带离了这个世界,并带她见证没有差别、没有压迫的理想世界,与其说是当下世界和未来世界之间的协商,还不如说是被压迫的女性逃离现实羁绊的一

---

① Marge Piercy, *Woman on the Edge of Time*. London:Del Rey,2019,p.11.
② Marge Piercy, *Woman on the Edge of Time*. London:Del Rey,2019,p.7.

种理想。康妮多次试图证明"外星来客"露西恩特的存在,这似乎也是小说第三人称全能叙述者或作者之赛博空间意识的体现。但是,考虑到小说以女性生育权利和母亲身份为起点,以康妮拼死保卫多莉做母亲的权利为冲突的开端,并且在未来世界中这些依旧是康妮考量的核心,诸如她对马特波伊希特人口繁衍的质疑,因此,尽管这部小说被普遍认可为未来主义的科幻作品,但是学者也大多认同于科幻叙事的当下意义:正是因为康妮的不幸,才使得她具有了超常的感受能力,能够感受未来人类的召唤,被露西恩特选中;这也暗示了当下和未来的关系,即当下的伤痛是未来的经验:"不幸可能是康妮获得进入未来的资格的因素,或许就是因为不幸能够带给人无尽的痛苦一样,它的无边际性也能够让她跨越现在和未来之间的边界。"[①]从这个意义上讲,科幻元素、未来主义手法、对现在和未来的寓言性思考,甚至康妮和露西恩特穿越到未来的带有同性恋暗示的仪式,都是对于弱势群体当下困境之解决办法的探究。因而,小说虽然被誉为赛博朋克的一部代表性作品,但是其文学审美指向依旧具有当下性,即康妮等下层女性如何对抗当前的生存困境:"因为变化在当前是不可能实现的,因而小说才致力于构想另外一种社会经济形式。……通过突破当下困境的这种行为,这种(科幻)体裁得以探讨实现重大变化的可能性和必要性。"[②]借助于女性乌托邦主题,皮尔西将边缘群体中女性遭受的非人待遇,以近乎"无所顾忌"的态度展现出来。

皮尔西是20世纪60年代最早通过科幻题材向传统霸权发起冲击的代表之一,和她并驾齐驱的还有另外几位著名的女性作家。在当时由男性作家占据统治性地位的科幻小说领域,这些女性作家以女性独特的视角,充分利用科幻元素,表达对人类过去、当下和未来的思考,致力于消解性别差异、谋求构建女性乌托邦[③],其中皮尔西正是"女性经验"和"性别政治"的相关书写的一位代表。

皮尔西对于女性生存的关注几乎贯穿于她所有的作品中,她在小说叙事中擅长运用多视角进行叙述,将第一人称和第三人称叙述混用,旨在取得混声效果,给文学叙述不同的解读视角,从多个角度、多种可能性中展示人

[①] Sam McBean,"Feminism and Futurity:Revisiting Marge Piercy's 'Woman on the Edge of Time'." *Feminist Review* 107 (2014):44.

[②] Fredric Jameson,*Archaeologies of the Future:the Desire Called Utopia and Other Science FIctions*. London:Verso,2005,pp. 231—32.

[③] Carl Abbott,"Falling into History:The Imagined Wests of Kim Stanley Robinson in the 'Three Californias' and Mars Trilogies." *Western Historical Quarterly* 34.1 (Spring,2003):46.

物的生存。这种可能性表现在《时间边缘的女人》和《他,她和它》中通过科幻要素消解空间和性别差异,也表现在宏大叙事视角下不同叙述角度的聚焦与切换。《军旅生涯》以第二次世界大战为背景,讲述了九个人物的故事,他们轮流充当第三或者第一人称主要叙事声音,故事的地点在美国、欧洲和亚洲等不同的地域展开,赋予小说宏大的视野和历史的厚重,契合小说的历史题材。

《编织生活》继续了皮尔西对于性别身份的思考,以20世纪50~60年代为背景,通过吉尔和唐娜两位普通劳动女性的故事,反映了女性在反抗传统性别角色、争取生存和生育权利方面的艰苦历程。主人公吉尔是出生在下层劳动阶级的犹太人,依靠奖学金接受高等教育,她肤色较深外貌平平,但是聪明独立,具有诗人的气质,故事围绕着她的意外怀孕而展开,探讨了女性身体和生命政治相关的问题。吉尔的男友麦克是庞德(Ezra Pound)的追随者,但是在两性关系的认识上却陈腐而保守,他试图完全控制吉尔。小说对于女性婚外性行为和婚外怀孕问题的探讨,具有社会历史的指向:

> 《编织生活》在坠入爱河追求快乐可能致命的语境下重新演绎年轻女性的生活,女性在无法掌控怀孕的可能性或者受孕时机的情况下,在无法选择是否迎接孩子来到这个世界的时候,她们是不可能走上稳定的职业道路的,也无法尝试同她自己或者家庭协调出成功的预案,同样,也难以为孩子提供她们自己所热望的东西,更无法谈及寻求职场上的平等等话题。①

小说还塑造了不同类型的女性人物,例如吉尔的表妹唐娜,她金发碧眼,长相甜美,比吉尔更具有女性气质,希望通过稳定的婚姻寻找自己的安全感,但是却不幸在流产中丧生。吉尔的母亲珀尔是个算命者,智慧、坚强,但是却对劳动阶层以外的世界充满了恐惧。吉尔最终发起成立了紧急救助机构,为需要流产的女性提供医疗援助。与流产相关的女性身体和身体政治,反映了多维度的政治关系,涉及社会历史、立法和信仰等诸多方面,同时也是叙事张力的充分体现。也有评论家认为这部作品过于激进,过于凸显两性关系的矛盾:"将男性描写得'那么坏'的虚构情节,是为了让女性读者去批评对待她们生活中的男性行为。作为女权主义小说的核心要素,这种负面描写男性的功用性是值得质疑的,也是女权主义的现实主义文学策略

---

① Marge Piercy, *Braided Lives*. Oakland, CA: PM P, 2013, p. 2.

的一个问题。"①

女性之间的关系是皮尔西作品经常涉及的主题,诸如同伴关系和母女关系,特别是在女性价值观方面的代际差别,在一定程度上体现在了《逃离》和《三个女人》等作品中。这种关注点可能和作者的经历有关:皮尔西在访谈中提到,她个人成长中曾经有过和母亲的疏远,但是最终在母亲离世前几年,她们恢复了亲密关系。《三个女人》涉及三代人、数对母女之间的关系,小说聚焦于苏珊娜·布鲁姆的成长,以及她和母亲贝弗丽的和解。身为职业女性的贝弗丽为了在男权世界中争得一席之地而努力工作,但是却忽视了两个女儿的心理需要。女儿苏珊娜曾经以各种方式反抗母亲对自己的忽略,以此获得心理上的安全感。苏珊娜在与母亲的"斗争"中获得了成长,多年以后她自己也长成了母亲当年的模样,成为第一个获许在大学里教授宪法课程的女性,同时对于女性的诉求也具有更加深刻的理解。她之所以同意为谋杀前夫的贫穷妇女菲比进行上诉辩护,就是源于对这位嫌疑人及其女儿的同情;更重要的是,她要对抗检察官和法庭对于强势男性的自然偏袒,要对抗职业生涯中男性对于女性的偏见。苏珊娜当今面对的问题,和母亲当年的艰难如此相像,她似乎开始理解母亲的艰辛,因而现在年老体衰的母亲贝弗丽需要女儿的帮助时,苏珊娜开始重新审视和母亲的关系,同时也开始调整和自己女儿的关系,母女关系从疏远到最终的相互理解,女儿在此过程中经历了成长。通过苏珊娜的经历,小说既肯定了女性解放的成就,也突出了她们在此过程中的巨大付出。通过几对母女的关系,小说似乎也在重新审视女权主义,特别是对女性在追求自我解放过程中的牺牲和进步进行了反思。

《逃离》以中产阶级女性达莉娅·沃克为主人公,讲述女性的发现和成长,同样涉及女性之间的同盟和母女和解等主题。小说伊始向读者展示了达莉娅的中上层阶级的优雅、精致的生活,她拥有大多数女性所希冀的理想:自己是电视烹饪节目的主持人,有丰厚的收入和较高的知名度,丈夫罗斯为著名律师,他们住在中上层社区的高档住所。但是,就在达莉娅从电视烹饪节目录制现场返回之后,却发现之前的幸福生活瞬间坍塌,罗斯的一纸离婚诉求令她不得不重新审视他们的婚姻和她自己的生活。达莉娅虽然甘于为家庭付出,但是这并没有带给她真正的充实感,她缺乏安全感,所以才会在心里反复告诉自己这种生活是美满的。在调查丈夫婚外情的过程中,

---

① Lisa Maria Hogeland, "'Men Can't Be That Bad': Realism and Feminist Fiction in the 1970s." *American Literary History* 6.2 (Summer, 1994):298.

达莉娅发现了他账目上的各种秘密,发现了这个世界运转的潜规则:罗斯为了金钱而牺牲了许多黑人、失业者和穷人的利益,令他们失去了房产而无家可归;同样,在夫妻财产的处理上,罗斯也利用自己的专业所长将大笔财富转移。达莉娅逐渐意识到,自己所经历的变故不过是久已潜伏的危机的呈现,最终她决定做出改变:她搬离了舒适的豪宅,住进了小公寓,依靠自己的劳动谋生活。尽管这些改变并非都值得称道,但是,这看似不幸的经历,却是达莉娅发现世界、发现自我的过程。她既看透了繁荣背后的黑暗,也走向内心的成长,同自己的母亲达成了精神上的和解,并成长为弱势群体社会活动组织的一员,帮助少数族裔、移民等群体争取权利:"她学会了如何进入之前男性规则控制的城市空间,并参与它的构建……女性共同努力,能够在城市中获得权力,参与构建基于女性价值的新的城市空间。"[1]奥斯顿社区所代表的多元化,就是这种改变的体现。虽然它依旧为犯罪、交通拥挤、停车困难等问题所困扰,但是也有着和谐的邻里关系:"有些公寓是为第三世界居民设计的,有黑人、亚洲人、西语裔,还有些许印第安人。这个社区是为穷人和白人中产阶级设计的,很多人是单身人士、同性恋者、老年人、单亲母亲。"[2]达莉娅走在这样的社区里,不再担心人身安全,不再惧怕被视为闯入者。因而评论者认为,"皮尔西似乎在暗示,两性关系往往成为我们首要的考量,优先于甚至遮蔽了我们的自我认识和对社会上性别关系的认识"[3]。当然,小说是开放性的,对于达莉娅的未来并没有给出确定的结局,读者同时可能也会疑问:两性关系和性别关系对比的改变最终会产生什么样的后果,即抛弃了单一女性身份而带有了男性之决绝的达莉娅,最终会不会像罗斯一样追逐利益?这可能就是皮尔西小说留给读者的一个启示,这既是对性别关系的启示,又是对人性的思考。

皮尔西还对女性身份的多元性进行了建构,例如在《生活的高成本》《性战争》和回忆录《与猫同眠》等作品中,她对女性身体、性属进行了大胆的描写。《生活的高成本》中女主人公莱斯丽对于"性爱"有着一系列的阐释,她的多重身份,例如历史学专业的研究生、空手道高手、女性同性恋者和女权主义活动家,都指向同一个核心:性政治。这一点早在20世纪80年代,就已经引起了评论界的关注,"性爱已经成为奢侈品,并非所有的人都能够支

---

[1] Christine W. Sizemore, "Masculine and Feminine Cities: Marge Piercy's 'Going down Fast' and 'Fly Away Home'." *Frontiers: A Journal of Women Studies* 13.1 (1992): 101.

[2] Marge Piercy, *Fly Away Home*. New York: Penguin Books, 1986, p. 211.

[3] Frigga Haug, "Feminist Writing: Working with Women's Experience." *Feminist Review* 42.1 (Autumn, 1992): 23.

付得起……（莱斯丽）逐渐对于成功、浪漫和家庭产生了幻灭感"①。女性身体和性属同社会价值取向和女性自我有着密切的联系，莱斯丽精神上的失落、事业上的挫折，都是社会历史多种要素共同作用的结果。

　　皮尔西的诗歌同样以女性主题为主，突出女性视角，关注她们在社会中的地位及身份。皮尔西自70年代起就积极参加社会活动和公益事业，她担任非营利性出版社女性解放出版社的合伙人，积极推动女性文学的发展，特别是协助女性作家克服出版方面的困难。她将诗歌创作视为自己对于世界的观察和对生活的思考，"对我来说，诗歌世界来源于我的生活和我周围人们的生活"②，因而她的诗歌取材于人们熟悉的日常生活，读来活力四射，令人倍感亲切，具有鲜明的时代感，却又引人深思。在《50年代女性的成长》("Growing Up Female in the '50s'")一诗中，她列举了女性必须遵守的种种规则，母亲对于女儿的告诫代表了社会规训对女性成长的影响：

　　　　我妈妈是犹太人；贝蒂妈妈是爱尔兰人
　　　　可她们说的话都一样/唠唠叨叨，让我们遵从
　　　　女人的位置，因为高墙里

　　　　狭窄的小路上，重负
　　　　压在她们浑圆的肩头，
　　　　她们想到的只有荒原上
　　　　倾斜的怒火和雨点般的石块。③

这里的"荒原""怒火"以及倾泻而下的"石块"，都是和暴力相关的意象，象征了传统价值观对女性施加的压力。

　　《核心记忆》一诗取材于日常的主题"苹果核"，将个人的思绪和家族历史以及民族性格联系在一起。通过分析这首诗，能够看出皮尔西诗歌中熟悉的意象与女权主义思想的结合。诗中写道：

　　　　苹果核：黑色眼睛的种子

---

　　① Ann Barr Snitow, "The Front Line: Notes on Sex in Novels by Women, 1969—1979." *Signs* 5.4 (Summer, 1980):716.
　　② Bonnie Lyons, "An Interview with Marge Piercy." *Contemporary Literature* 48.3 (Fall, 2007):333.
　　③ Marge Piercy, "Growing up Female in the '50s." *Feminist Studies* 34.3 (Fall, 2008):409.

将过去的生命
带入未来，
带着淡淡的杏仁味道——
氰化物？——我咬碎它们。
神奇的楔形果核中写着基因
我们眼睛的颜色，睫毛的长度，
青光眼，我们到六十岁才会有的麻烦，
骨盆的曲度，膝盖
的关节，我们如何疗伤的秘密信息，
肝脏和垂体的指令，
各种酶的复杂编码。①

诗中所谓的"核心记忆"，既是身体的记忆，也是文化的记忆，它需要不断的营养，因而被称作"贪婪的顽童"。诗作的落脚点在于文化心理上的记忆，它"带着唾液般黏稠的愤怒和恐惧/如愚蠢的看家狗抗拒着陌生的一切/整夜对着过往汽车狂吠/却根本不在意里面坐的是谁"②。诗中体现了皮尔西诗歌的朴素主题和深刻哲理的结合，书写"果核"和"个人身体"这样的日常主题，以及对于异质性和差异性的接受态度，批评了美国文化霸权对于差异的排斥，同时表现了诗人对于多元化的开放姿态。基于这样的理念，皮尔西还对资本和物质主义对于人们生活的侵占进行了思考，《芭比娃娃》("Barbie Doll")、《幽灵》("Ghost")等诗歌都属于这一类。在《幽灵》中，诗人通过描写现代生活对于传统的冲击和对世界的改造，诸如被美甲沙龙取代的面包店、因为牧师的性丑闻而关闭的教堂、被豪宅取代的贫民区，慨叹资本对于世界的控制，以及人性之贪婪对于人们生存空间的侵占："有些东西变好了，有的/被贪婪、政治腐败/所毁坏。我们生活在/无法参与的决策影响下，/都是致命权力风暴的/幸存者。"③以此表现出了叙述者对于变化的不安，甚至是疑虑。

作为出身劳动阶级的犹太裔作家，皮尔西表现出了对于劳动阶级的认同和对于中产阶级价值观的协商，以及对于女性利益和女性身份的关切。她曾经以饱满的热情迎接社会的变革，对激情澎湃的 70 年代充满怀恋："我

---

① Marge Piercy,"Core Memory." *Frontiers*:*A Journal of Women Studies* 12.2 (1991):137.
② Marge Piercy,"Core Memory." *Frontiers*:*A Journal of Women Studies* 12.2 (1991):138.
③ Marge Piercy,*Early Grrrl*:*The Early Poems of Marge Piercy*. Wellfleet,MS:Leapfrog P,1999,p.24.

们血管中热血澎湃。/我们围成圈共舞。/我们想象所有女性都能够加入/我们追梦,赤裸身体自由奔跑。"[1]这种热情不仅体现在她的写作中,同样贯穿于她职业生涯的始终。她对于犹太性的描写并不突出,只是偶有显露,具体可能表现为小说中的犹太裔人物,如《编织生活》中的吉尔,或者具体事件而引发的对于犹太民族灾难的悲怆情感流露,例如80年代参观布拉格而做的诗歌《重访布拉格老城区犹太人墓地》("Returning to the Cemetery in the Old Prague Ghetto")。她在诗中呼吁:"布拉格犹太人的灵魂/在酸雨中等待正义。"[2]除此之外,皮尔西似乎并没有过多关注族裔身份。这也许和作者个人的经历相关,她在20世纪60~70年代,参加各种社会组织,同多米尼加裔、非裔的战友们并肩战斗。所以,在她看来,人物的具体族裔所属并不重要,重要的在于如何履行作家的责任,为女性、少数族裔等弱势群体争取权利。无论是科幻主题中的"多文化的平等社会"[3]和女性乌托邦,还是历史题材,或者是性别书写,皮尔西都充分地展示了这样的开放姿态。

玛吉·皮尔西的作品主题多样,从女性成长主题到女性乌托邦构想,且涉及女性身份的诗学建构,她的文学创作思想亦呈现出多维度性和多层次性,反映出半个世纪以来的女性运动和文学变革的思潮,诸如女权主义思潮、女性主题和后人类主义的结合,以及诗歌中个人视角和宏大主题的结合等。皮尔西的小说具有相同的女权主义取向,无论是时空的穿越还是性别差异的消解,她的文学叙述都着眼于女性生活的当下,这正是她文学书写的根本观照点。也许她作品中对男性的描写带有一定的偏见,也许她对于女性主题的呈现过于激进,但是正如她本人所说,她不是淑女,也无心成为淑女。正是这样的自我定位,让她在创作中才表现了更大的灵活度。

巴拉蒂·穆克吉(Bharati Mukherjee,1940—2017)

巴拉蒂·穆克吉是印度裔美国作家中的领军人物。她擅长书写移民经历,特别是印度裔移民的生活,被誉为"印度流散文学的教母"[4]。她小说中

---

[1] Marge Piercy,"When the Movement Opened Up." *Feminist Studies* 34.3 (Fall,2008):411.

[2] Marge Piercy,"Returning to the Cemetery in the Old Prague Ghetto." *Frontiers: A Journal of Women Studies* 12.2 (1991):139.

[3] Heather Schell,"The Sexist Gene: Science Fiction and the Germ Theory of History." *American Literary History* 14.4 (Winter,2002):822.

[4] Bradley C. Edwards,Introduction. *Conversations with Bharati Mukherjee*. Jackson: U P of Mississippi,2009,p. xi.

的人物大多有着"印度"和"美国"双重文化身份,对文化同化持有积极肯定的立场,这和她本人的经历相似,因而有学者认为,穆克吉早期的小说具有相当程度的"自传性",认为"作家自己也正是那个离开印度奔向新美洲寻梦的女性艺术家"[①]。的确,这些有着双重国籍、双重文化和双重认同的印度移民,以及他们的文化适应经历,是穆克吉最为熟悉的话题,对文学主题的这种选择也反映了她本人多年在西方生活所遇到的挑战。同时,在穆克吉多年的职业生涯中,她的文学书写对象也逐渐从印度裔文化群体扩展到了美国视角和对美国身份的书写。正如她的代表作《贾思敏》(*Jasmine*,1989)中的主人公一样,穆克吉在加拿大和美国生活多年以后,已经将美国认同为自己的祖国,她更倾向于将自己视为出生在印度的美国作家,而不是印度裔美国作家。

穆克吉出生在印度加尔各答的一个富裕之家。父亲白手起家创办了一家制药公司,努力为三个女儿提供良好的教育。穆克吉聪颖出众,三岁时就开始到英语学校就读,后来跟随父母在欧洲生活,在上中学时返回印度。穆克吉在印度完成了高等教育,19岁时从加尔各答大学毕业,获得了文学学士学位;两年后获得了巴洛达的萨雅吉拉奥王公大学的硕士学位,之后到美国艾奥瓦大学留学,攻读比较文学。其间穆克吉在著名的艾奥瓦作家工作室进修,学习写作,并于1969年获得博士学位。从穆克吉的教育经历可以看出,她从小便浸润在不同文化语境之中,因而对西方文化的接纳持有十分开放的态度。另外,鉴于印度近代的被殖民历史,印度中上层阶级较为普遍地生活在印度文化和英帝国殖民文化的双重影响之下,因此更加容易接受英语文化。有学者认为,穆克吉"和她同时代同等社会地位的许多印度人一样,从一开始就具有双重文化特征"[②]。事实上,穆克吉所接受的教育更加多元化,包括了印度、欧洲旧大陆和新大陆等不同地域的文化要素,所以她在回忆录中坦陈,自己的印度性并不够鲜明。而穆克吉的婚姻生活和职业生涯使她进一步将印度文化要素背景化。在艾奥瓦就学期间,穆克吉结识了克拉克·布莱斯,两人于1963年结婚。布莱斯的父母均为加拿大人,布莱斯和穆克吉在婚后于1966年移居到蒙特利尔,后来在多伦多生活多年,其间布莱斯在约克大学担任写作教授,穆克吉在麦克吉尔大学任教,业余时

[①] 周怡:《女性、流散与后殖民——写在美国印度裔作家巴拉蒂·穆克吉去世之际》,载《外国文学动态研究》2017年第5期,第25页。

[②] Maya Manju Sharma,"The Inner World of Bharati Mukherjee:From Expatriate to Immigrant," in *Bharati Mukherjee:Critical Perspectives*. Ed. Emmanuel S. Nelson. New York:Garland,1993,p. 11.

间夫妻二人都在进行文学创作。

　　穆克吉的文学创作始于20世纪70年代,处女作是《虎女》(The Tiger's Daughter,1971)。但真正奠定她在美国文学中地位的是《贾思敏》,这部作品被公认为穆克吉的代表作,出版之时正值美国少数族裔文学和女性文学的双双繁荣时期,小说因此成为多元文化主义文学兴起之时鲜有的印度裔声音。小说中女主人公的流散、文化适应和身份变迁,既影射了作者本人的移民经历,也成为西方印度移民文学及印度裔文学的代表。小说中凸显的人物的身份嬗变,成为穆克吉作品的标志性主题,"关于移民经历的叙述已经为她在当代美国文学中赢得了显著的地位"①。和众多的女性移民作家或者女性族裔作家相似的是,穆克吉在小说中多涉及种族、性别、迁移、身份的嬗变、后殖民性等文学母题,反映社会历史中多重的复杂政治关系。不过,穆克吉的独特之处在于,她并没有采取谭恩美、汤亭亭那样的"迂回"策略,从祖先的历史中寻找当下的话语要素;相反,她笔下的人物基本是朝向未来的,他们的故事中少了迟疑和犹豫,更多了坚定和决绝,即便其中有内省和回忆,也都是为了更加坚定他们当下的信念,无论是《贾思敏》中的贾思敏,还是《虎女》中的塔拉·班纳吉,她们面对未来的态度都是:"首先放下过去,而后才有可能在新的文化语境下实现同化和接纳。"②正因为如此,有学者认为,穆克吉的立场自始至终就是双重文化的立场,她"坚定不移地抗拒流散经历中的情感麻痹,充满热情地接纳移民身份;她在数度身份错置的混乱中成功地形成了清晰连贯的自我认知,并且还有能力讲述这种认知,娓娓道来,微妙而坚定"③。穆克吉本人同样承认,《虎女》中塔拉的故事并非基于某一个具体人物的素材,而是一个群体、某种生活方式的反映④。穆克吉的两部短篇小说集中的故事便反映了形形色色的"变形"故事。

　　穆克吉早年的小说除了上面提及的《虎女》之外,还有《妻子》(Wife,1975)。她80年代成就颇丰,出版了短篇小说集《黑暗》(Darkness,1985)、

---

　　① Emmanuel S. Nelson, Introduction. *Bharati Mukherjee: Critical Perspectives*. Ed. Emmanuel S. Nelson. New York: Garland, 1993, p. x.
　　② Brinda Bose, "A Question of Identity: Where Gender, Race, and America Meet in Bharati Mukherjee," in *Bharati Mukherjee: Critical Perspectives*. Ed. Emmanuel S. Nelson. New York: Garland, 1993, p. 52.
　　③ Emmanuel S. Nelson, Introduction, in *Bharati Mukherjee: Critical Perspectives*. Ed. Emmanuel S. Nelson. New York: Garland, 1993, p. x.
　　④ Geoff Hancock, "An Interview with Bharati Mukherjee," in *Conversations with Bharati Mukherjee*. Ed. Bradley C. Edwards. Jackson: UP of Mississippi, 2009, p. 22.

《中间人和其他短篇》(The Middleman and Other Stories,1988)。90年代以后的作品有《世界的支撑》(The Holder of the World,1993)、《由我做主》(Leave It to Me,1997)、《称心的女儿》(Desirable Daughters,2002)、《树新娘》(The Tree Bride,2004)、《新印度小姐》(Miss New India,2011)。此外,穆克吉还出版了非虚构作品,如《忧伤和恐惧:印航悲剧难以挥去的梦魇》(The Sorrow and the Terror:The Haunting Legacy of the Air India Tragedy,1987)、《印度的政治文化和领导》(Political Culture and Leadership in India,1991)以及《印度视角下的地方主义》(Regionalism in Indian Perspective,1992)等。穆克吉的文学作品斩获过多项荣誉,其中《中间人和其他短篇》获得了美国书评家协会奖。穆克吉还和丈夫共同出版了回忆录《加尔各答的日日夜夜》(Days and Nights in Calcutta,1977)。因为穆克吉有着在加拿大生活的经历,所以她的部分作品涉及加拿大的社会现实,因而这些作品也成为加拿大文学的一部分。1980年,穆克吉夫妇二人决定重返美国,先后在纽约和加利福尼亚生活。她最终接受了加州大学伯克利分校英语系的教职,成为该系的荣休教授。这个决定成为穆克吉职业生涯的转折,她的作品也实现了从"印度题材"的蜕变,更鲜明地根植于印度裔群体的"美国身份"。

作为一位移民作家,穆克吉在文学创作中凸显了印度移民文学的特征,特别是印度性和女性视角。在描写这些印度移民和印度裔美国人的经历时,穆克吉着重于呈现人物所经历的身份嬗变。《贾思敏》就相当典型地展现了"名字"和"身份"两者间的勾连,通过名字的变化反映出了人物的身份变化。女主人公在村子里的名字是吉奥蒂,结婚后被丈夫普拉喀什叫作"贾思敏";后来丈夫意外身亡,她为了完成丈夫到美国求学的遗愿,只身来到美国佛罗里达。在美国期间她的名字几经变化,先是被戈登夫人叫作"杰兹",后来她来到纽约替人做保姆,被孩子称为"杰西";在偶遇杀害丈夫的凶手后,贾思敏逃到了艾奥瓦州,和银行家巴德·利普梅尔生活在一起时,巴德一直在回避她的印度历史,用常见的美国名字"简"来称呼她;她最终决定离开巴德,和泰勒生活并重新使用"贾思敏"这个名字。"吉奥蒂"一名是典型的印度女孩名字,取自14世纪印度的诗圣,《五箭集》(Pancasayaka)的作者吉奥蒂里沙,带有印度传统文化的印记,也是贾思敏印度文化身份的象征。贾思敏名字的变化经历了几个阶段,她也从印度乡村女孩蜕变成了美国中产阶级女性。

贾思敏身份的变化过程以她的奋斗历程为基础,不过也是依靠她与别人的互动而完成的。在文化适应的过程中,贾思敏从不同人物身上汲取力量，从雇主"教授"那里，她看到了无奈的屈从和坦然的接受："我明白了，他在这里只是需要一份工作，但是却不一定喜欢它。离家的时候，他已经关闭了自己的心扉。他真正的生活在重洋对面，在那块再也回不去的土地上。他就像个幽灵，留在这里徘徊。"①从丈夫巴德对待病痛的态度，她看到了忍耐的力量："医生说截肢者会有种错觉，叫作'幻肢疼'，就是他们仍旧感觉到已经被截去肢体部分的疼痛，甚至有时疼痛难忍。巴德还会感受到来自肌肉记忆的痛苦；那种业已失去的功能，已经死亡的肌肉的记忆。"②而具体到构建媒介和方式，贾思敏在语言中看到了话语的力量，诉诸叙述带来的主动性，她说"我不能嫁给不会讲英语的男人，至少他不能抗拒讲英语，因为接受英语就意味着你希冀出身以外的更多东西，意味着你希望得到这个世界"③。动身去爱达荷州之前，她听取了莉莲的建议，决定说话行事都采用美国方式，这样就不会被当作"外国人"了，"人们就会以为你出生在这里，大多数美国人不会产生怀疑"④。贾思敏勇敢追求自己的欲望，在巴德和泰勒之间进行抉择，这同时也是两种身份及其期许之间的协商："我不是在男性之间进行选择，而是困惑于美国的期许和旧世界的责任之间的两难抉择。"⑤最终她抛弃了为他人而活，抛却了对巴德的责任，和泰勒牵手未来。贾思敏使用了主流文化的语言方式和做事方式，将自己看作"清教徒"中的一员，并借助这种群体归属完成自己的身份构建。

穆克吉在小说中塑造的女性人物大多是印度移民，她们在印度所代表的"过去"和美国所代表的"现在"之间，协商建构自己的身份和生活，往往不得不做出妥协和牺牲。《虎女》《妻子》和《黑暗》等作品都涉及了印度移民在美国的身份建构问题，从不同侧面反映了在美洲和欧洲求学、工作和生活的印度侨民和印度移民的集体经历。虽然贾思敏毫不迟疑地拥抱新的身份，呈现出一往无前的积极态度，但是也有不少人物没能如此勇敢和幸运，他们建构新身份时往往不得不做出牺牲，"每一次她（贾思敏）都要牺牲自己身份中的一部分，这个过程并不容易"⑥。无论穆克吉小说的主人公如何拥抱新的身份，他们的过去、印度文化在他们身上的印记却是无法磨灭的，贾思敏、塔拉、黛姆波尔等人物在转变身份、构建话语的过程中，所做出的牺牲和妥

---

① Bharati Mukherjee, *Jasmine*. New York: Grove P, 1989, p. 153.
② Bharati Mukherjee, *Jasmine*. New York: Grove P, 1989, p. 227.
③ Bharati Mukherjee, *Jasmine*. New York: Grove P, 1989, p. 60.
④ Bharati Mukherjee, *Jasmine*. New York: Grove P, 1989, pp. 134—35.
⑤ Bharati Mukherjee, *Jasmine*. New York: Grove P, 1989, p. 218.
⑥ Meltem Uzunoglu Erten, "Bharati Mukherjee's *Jasmine*: Cultural Conflict and Quest for Identity." *Pamukkale University Journal of Social Sciences Institute* 16(2013):37.

协也是不容忽视的,"贾思敏在美国的发展道路,往往被看作她从外国人到美国人的直线型变化过程,她从边缘到腹地,最终是要成为多元文化主义的一部分。在当下,讨论主人公不得不承担的众多角色时,小说中涉及目的指向不甚明确的情节,例如非法越境的季节工人、家政服务人员、保姆、性工作者和'邮寄新娘'"①。《妻子》中黛姆波尔如愿以偿地嫁入芭素家,新婚不久即跟随丈夫移居美国,以期打破他们在印度难以冲破的阶级壁垒,获得更好的生活条件。相比于贾思敏,黛姆波尔更加典型地在"印度"和"美国"之间进行着抉择,她决心勇往直前地拥抱新生活,将过去彻底丢弃在身后。为了抹掉"印度"的痕迹,她甚至采纳了极端的方式让自己流产,终止在印度孕育的胎儿,因为她希望生活能够从头开始,"所有的东西都必须是全新的,这是最关键的"②。移民美国以后,她努力接受西方的妇女解放思想,采取各种方式摆脱传统带来的束缚和影响,想尽办法抹掉自己身上的印度痕迹。显然,这种立场是作者本人不认可的,她曾经明确断言移民母国文化的意义,"一个人怎么可能在不刻意回避脑海记忆的情况下完全抛却原先的自己、抛弃自己对家乡的依恋、与母国的历史和语言彻底决裂呢?移民是一个复杂而动态的过程"③。而具体到身份,穆克吉认为,印度裔移民的身份是流动性的,具有不同的层面,在不同时间、地点其具体表征会存在差异。

  穆克吉的小说描写了印度等级制度下不同阶层的女性人物,她们对待过去和未来的态度明显不同,这最终决定了她们将选择不同的生活道路。《虎女》讲述的是印度女孩塔拉·班纳吉的经历,追溯出身富贵之家的塔拉从"印度人"转变成"美国人"的经历,也涉及印度社会不同阶层之间的相互认同。女主人公塔拉15岁到美国求学,在著名的女子学院瓦萨学院完成了自己迈向美国身份的第一次蜕变。她在美国结婚成家生子,但心中怀有对印度过往的美好回忆。事实上,记忆中的加尔各答之所以那么美好,是因为塔拉从小便生活在优越家庭环境的庇护下,并没有近距离接触其他阶层的人们,更不了解社会的阴暗。小说中数次描写了塔拉站在阳台上往下观望的情节,而这几次观望都是印度社会发生重要历史变革的时期。一般认为,女主人公的名字"塔拉"同《飘》(Gone with the Wind)中的塔拉庄园形成互文,意在暗示给加尔各答带来重大变化的社会变革。塔拉回到加尔各答,见

---

  ① Erin Khuê Ninh,"Reading the Marital and National Romance in Bharati Mukherjee's Jasmine." MELUS 38.3 (FALL 2013):146.

  ② Bharati Mukherjee, Wife. Boston:Houghton Mifflin,1975,p.41.

  ③ 刘晶:《移民文学与〈新印度小姐〉——芭拉蒂·穆克吉访谈录》,载《外国文学》2012 年第 5 期,第 150 页。

证了抗议者的政治运动,发现记忆中的城市不复存在,"她的家族正在走向衰败,经历剧烈的内部变化"①,她才意识到自己记忆中家园的美好来自想象和距离所产生的温情。最后,她的汽车被游行的人们层层围住,同车的年轻资本家下车去救助被暴民围攻的老人而被活活打死,这更加坚定了她回到美国的想法。塔拉代表了印度上层社会养尊处优的女性,有学者认为此刻的塔拉是作者本人的代言人,"塔拉所经历的考验映射了作者情感变化中的纠结与矛盾,在此过程中她经历了从侨民到移民的身份转变"②。通过这部小说可以看出,印度上层社会、既得利益阶层对待社会变革的风险是基于个人利益之上的自我保全;当然,她们具备相当的资源,有能力保护自己的利益。

而相比之下,《妻子》中的女主人公黛姆波尔·戴斯库普塔则未能经受住文化适应的考验。黛姆波尔是一位中产阶级女性,代表了"一位开始质疑自己传统价值观的移民妻子……(小说)通过她讲述了文化的和心理的创伤性变化"③。黛姆波尔出身于印度中产阶级家庭,父亲是电气工程师,"他们家两边的邻居都是工程师。黛姆波尔希望过上不同的生活——在高档社区有个公寓,有中国发型师做头发,到新市场采购尼龙纱丽——所以她把自己未来的另一半锁定在神经外科医生和建筑师"④。尽管生活已经比较舒适,黛姆波尔和丈夫芭素还是希望能够进一步改善生活,他们都属于试图通过教育和知识改变命运的中产阶级群体。芭素夫妇移民美国,却发现现实与理想相去甚远:丈夫难以找到合适的工作,两人只能寄居在印度朋友的公寓中。黛姆波尔也发现,自己难以融入美国人的生活,在陌生的环境中,四周是形形色色的"怪物":"老酒鬼和年轻的瘾君子睡在门廊里,身穿皮夹克的大块头黑人和小个子黑人冲她大声嚷嚷,可她根本听不懂他们的英语或者西班牙语;穿着紧身衣裤的波多黎各女孩儿看上去跟印度人差不多,可她们实际上非常彪悍,抢劫、斗殴、杀人,没有什么是她们不敢干的。"⑤他们每天在报纸上看到、听到的,都是凶杀和暴力,"在美国,谈论死亡谋杀就和家常

---

① Parimal Bhattachrya,"Person and Personality," in *Conversations with Bharati Mukherjee*. Ed. Bradley C. Edwards. Jackson,MS:UP of Mississippi,2009, p. 3.
② Maya Manju Sharma,"The Inner World of Bharati Mukherjee:From Expatriate to Immigrant," in *Bharati Mukherjee:Critical Perspectives*. Ed. Emmanuel S. Nelson. New York:Garland, 1993, p. 5.
③ Geoff Hancock,"An Interview with Bharati Mukherjee," in *Conversations with Bharati Mukherjee*. Ed. Bradley C. Edwards. Jackson,MS:UP of Mississippi,2009, p. 16.
④ Bharati Mukherjee,*Wife*. Boston:Houghton Mifflin,1975, p. 3.
⑤ Bharati Mukherjee,*Wife*. Boston:Houghton Mifflin,1975, p. 120.

便饭一样稀松平常"①,这不仅和电视中美国生活的浪漫截然相反,也令黛姆波尔意识到,自己同过去决裂的想法不过是个梦想,他们实际并无法摆脱印度文化的影响。家庭出身、生活经历和社会地位的差别,造成了两部作品中主人公完全不同的结局:塔拉在经历了暴乱之后,仓皇逃回美国,将印度彻底抛弃;而黛姆波尔到了美国居无定所,最后精神恍惚,在迷乱中杀死了丈夫,夫妻两人梦断美利坚。这两部作品虽然都书写女性人物的文化适应,但是阶级因素在其中发挥了决定性的作用。

穆克吉的作品经常在比较的视野下再现印度传统文化,以及印度文化和西方文化的交锋和协商,例如印度女性的自焚习俗、印度式婚姻中的嫁妆问题等。关于印度和印度文化的这种描写带有浓重的异域风情,容易激发西方英语读者的阅读兴趣。印度教宣扬的价值观中,女性绝对从属于男性,"女性被集体的中上阶层加尔各答的价值观所羁绊,她们的身份附属于丈夫和家庭。印度教强调自我牺牲,除了物质和精神统一的精神感悟不受性别的限制,其他的自我塑造均被视为大逆不道"②,女性的自我发展和自我塑造尤其得不到认可。《贾思敏》中,贾思敏出生时便被认为是给家族带来霉运的孩子,她说,"假如我是个男孩,我出生的这个丰饶之年就把我当作一个幸运的孩子,一个有着特殊使命的孩子。但是女孩儿就是被诅咒的。女孩在上天堂之前要嫁人,嫁妆的压力让她的家庭好几辈子都翻不过身。那些在上几辈子造了孽、被诅咒的女人,神灵不肯放过她们,就给她们送去女孩,作为惩罚"③。即便是受过教育的新女性,她们在两性关系中依旧自然而然地将自己置于从属地位。贾思敏对丈夫的依赖和忠诚令她铤而走险,偷渡到美国,唯一目的就是帮助他实现遗愿,然后自焚殉夫。而贾思敏之所以有勇气杀死强奸自己的"半脸"船长,也是出于对亡夫的忠诚。《妻子》则更加淋漓尽致地反映了印度传统婚姻中的利益平衡和价值交换,黛姆波尔接受大学教育的目的,就是增加自己在婚姻市场上的价值,觅得如意郎君。黛姆波尔最终找到了理想的结婚对象:渣打银行加尔各答分部的咨询工程师艾米特·芭素,艾米特的突出优势还在于他已经申请了移民美国和加拿大,这大大增加了他在婚姻市场中的价值。小说强调了缔结婚姻过程中体现出的关系平衡,诸如女性是否美貌温顺、皮肤是否白皙、陪嫁多少,这都成为供男方挑选的依据。这些情节带有印度文化特征,为美国文学增添了东方异域风情。

---

① Bharati Mukherjee, *Wife*. Boston: Houghton Mifflin, 1975, p. 99.
② Pramila Venkateswaran, "Mukherjee as Autobiographer," in *Bharati Mukherjee: Critical Perspectives*. Ed. Emmanuel S. Nelson. New York: Garland, 1993, p. 35.
③ Bharati Mukherjee, *Jasmine*. New York: Grove P, 1989, p. 36.

穆克吉并不是将女性塑造成单一维度的弱势人物,她对印度裔女性人物的塑造既体现出印度风情,又通过借鉴西方文学经典,融合了西方文化的话语模式。她作品中的女性大多受到印度传统文化和西方文化的双重影响,例如在《贾思敏》中,贾思敏自童年时期起,就努力打破自己身上的咒符,她把额头上的伤疤看作自己的第三只眼,具有叛逆精神,拒绝接受命运的安排。她在其他女性身上看到了自己,《远大前程》《简·爱》等书中主人公的奋斗历程让她得到了启发和鼓舞,社会对她的排斥恰好让她得以摆脱传统社会秩序的束缚,能够继续学业而不是早早嫁人。这实际契合学者对于印度女性的判断,即在印度的传统价值观体系中,女性并不被视为弱者,相反,她们"被视为强有力的,所以她们的力量必须被控制"[①]。印度文化也并非不重视女性教育,因为教育能够提高女性的道德修养,让她们更好地服务于家庭。这就意味着,印度文化中对女性的尊重具有目的性,女性的价值体现依赖于男性而得以实现,但是这也颠覆了人们对印度文化的误读。《贾思敏》《妻子》《由我做主》等作品都反映了婚姻和家庭中的两性关系,诸如妻子对丈夫的顺从,父母对儿女的权威等;同时也讲述了女性的成长。穆克吉正是在这样的语境和充满张力的关系网络中,探索印度移民女性的力量建构。

穆克吉还试图溯源这些移民女性的文化认同,在印度殖民历史背景下呈现东西方文化的交锋。她在作品中探讨印度人对于印度文化和西方文化的不同态度,披露了印度中上层社会对西方文化的追捧。《妻子》中芭素一家的价值观反映了印度中产阶级人对西方文化的盲目趋同。艾米特的姐姐嫁给了英国人,以自己"戈斯太太"的身份为荣;芭素家本是普通的中产阶级,一个大家庭住在相当拥挤的三居室公寓里,他们却处处表现得高人一等,就是因为艾米特获批了移民申请;艾米特的理想伴侣是有着西方教育背景的女子,婆婆对黛姆波尔百般挑剔,嫌弃她的名字土气,甚至要求她改掉。就连黛姆波尔本人也是如此,她偷偷地学习英语,后悔自己当初没有完成大学学业,她故意流产的做法也不仅是为了报复婆婆一家,"她痛恨芭素家所有的人,她的身体因为无法宣泄的仇恨而剧烈膨胀"[②],而且也是希望断绝自己和印度的血脉联系。这就暗示了无论是印度人还是印度移民,他们在西方强势文化面前缺乏足够的文化自信,从而直接影响到了应有的平衡,例如家庭成员之间的相互尊重。人们对于印度文化和英国文化的认同程度是不同的,殖民者的文化往往受到追捧,而印度的传统文化受到了相当程度的打压。

---

① Joanna Liddle and Rama Joshi, *Daughters of Independence: Gender, Caste and Class in India*. New Brunswick, NJ: Rutgers UP, 1989, p. 49.

② Bharati Mukherjee, *Wife*. Boston: Houghton Mifflin, 1975, p. 33.

正是有了这种文化上的不平等,当两种文化迎面交锋时,弱势的一方更容易成为强势一方的牺牲品。《贾思敏》《称心的女儿》《由我做主》和《妻子》中女性人物截然不同的结局,很大程度上源于她们对待两种文化的不同立场。贾思敏生存了下来,在于她在两种文化之间找到了契合点,在"吉奥蒂—贾思敏—杰西—简—贾思敏"身份嬗变的过程中建构自己的话语,完成了双重成长。在传统的印度封建社会架构下,话语的主体往往都是男性,他们决定着话语的模式,就如算命者、打算将贾思敏许配给鳏夫的父亲、贾思敏的丈夫普拉喀什等,但是贾思敏逐渐打破了男性所控制的话语模式,"强调了在叙述结构和主题内容中重新建构女性为中心的口头故事,在'吉奥蒂—贾思敏—简'这个人物的复杂三声部叙事声音中,她(贾思敏)缓缓展开三个相互交织的声音"[1]。当然,话语建构也可能采用不同的形式,《称心的女儿》和《由我做主》中女主人公分别通过写书和作画来实现话语建构。相比之下,《妻子》中黛姆波尔的身份建构则是以失败而告终。虽然她的婚姻悲剧早在印度时就已经开始酝酿,但是移民生活无疑使得各种矛盾复杂化。黛姆波尔和丈夫艾米特都在努力融入美国社会中,调整他们的话语模式以及彼此之间的话语方式。艾米特为了应对面试,在纸片上记下各种关键词,他入职以后,为了能够在开玩笑时赶得上美国人的节奏,每天在家里背诵各种笑话。夫妻二人却渐渐陷入印度传统和美国文化的矛盾之中:艾米特希望妻子成长,但是又不希望她抛弃印度女性的传统;黛姆波尔渴望米尔特·格拉斯尔的温暖,可她又摆脱不了对丈夫的期待,因而出轨以后心怀愧疚。婚外情是黛姆波尔试图走出传统婚姻的努力,也表明了她在美国梦和印度传统之间的游移,但最终这种矛盾令她感到窒息而精神崩溃。印度裔"妻子"身份的文化预期同移入国提供的无尽期许之间的矛盾,使得中产阶级受教育女性身陷过去和当下的决斗之中,抛弃其中的任何一方都难以保证人物生活的完整性,她同过去决裂的种种行为象征了"道德和文化上的自杀行为"[2]。

顺从的妻子杀害丈夫是对待文化冲突的极端方式,代表了穆克吉小说中经常出现的"暴力"。有学者认为,穆克吉的女性人物强势,普遍具有攻击性,身上带有各种暴力倾向,她们"认可暴力,甚至接受暴力,这种立场似乎

---

[1] Pushpa N. Parekh,"Telling her Tale: Narrative Voice and Gender Roles in *Jasmine*," in *Bharati Mukherjee: Critical Perspectives*. Ed. Emmanuel S. Nelson. New York: Garland, 1993, p. 110.

[2] Maya Manju Sharma,"The Inner World of Bharati Mukherjee: From Expatriate to Immigrant," in *Bharati Mukherjee: Critical Perspectives*. Ed. Emmanuel S. Nelson. New York: Garland, 1993, p. 15.

表明,具有施暴权力的不仅只有男性。同时还有令人不安的现象,就是穆克吉的女性人物普遍'男性化'了,就是说即便她们有着各种的理由,事实就是,她们使用和男性同样的、充斥着暴力和矛盾的话语"①。除了黛姆波尔这位未能成功实现美国化却又丢弃了印度自我的妻子,《妻子》中还描写了不同形象的印度移民女性,例如传统的西塔,她保持了印度女性对家庭和丈夫的忠诚,默默承受压力;被印度裔社区视为"坏女人"的伊娜·穆里克,她一根接一根地吸烟,个性张扬、妖艳独立,"变得比美国人还像美国人"②;在巴纳德学院任教的职业女性玛莎·穆克吉,她睿智独立,是新职业女性的代表。这些女性要么坚守印度文化传统,要么毅然抛弃过去给她们施加的重负,她们经历的种种决绝多少带有暴力的影子。的确,"穆克吉塑造的移民女性,大都是征服者形象的主人公"③,她们这种进取精神具有相当的普遍性,在构建一个世界的同时也在破坏旧有的秩序。

　　贾思敏的故事更加典型地展现了"适者生存"的法则,充分反映出生存竞争中兼具建构性与破坏性。来到美国的第一天,贾思敏便杀死了占有她身体的"半脸",这似乎就预示了这种激烈冲突的开端,"她经历了从封建势力强大的社会到西方社会的移民和流散过程,她的自我发现之旅充满了暴力"④,她既是谋杀、强奸、歧视等暴力的受害者,同时也是施暴者,她所实施的更多的是隐性的暴力或者是温柔伪装下的"软暴力"。巴德的前妻凯琳把贾思敏叫作"掘金者",这其中也含有对她的赞赏和揶揄:贾思敏以顽强的生命力对抗着移民经历中的磨难,收获着人生的宝贵经历;但是她同时以勇往直前的征服者姿态,带有实用主义者功利目的,甚至以他人的利益为代价。这从她对待泰勒和巴德的态度中得到反映:她怀有巴德的孩子,却在巴德一无所有时选择离开;泰勒和怀丽夫妇离婚固然是他们自己的选择,但这同贾思敏的介入不无关系。在同其他的男性人物的关系中,同样可以看出贾思敏的自我建构所具有的破坏性,例如杜的出走和戴瑞的自杀。此时,贾思敏的嬗变已经十分彻底,她已经完全颠覆了自己在两性关系中的原初定位,她

---

① Samir Dayal, "Creating, Preserving, Destroying: Violence in Bharati Mukherjee's *Jasmine*," in *Rati Mukherjee: Critical Perspectives*. Ed. Emmanuel S. Nelson. New York: Garland, 1993, p. 82.

② Bharati Mukherjee, *Wife*. Boston: Houghton Mifflin, 1975, p. 68.

③ Carole Stone, "The Short Fiction of Bernard Malamud and Bharati Mukherkee," in *Bharati Mukherjee: Critical Perspectives*. Ed. Emmanuel S. Nelson. New York: Garland, 1993, p. 214.

④ Samir Dayal, "Creating, Preserving, Destroying: Violence in Bharati Mukherjee's *Jasmine*," in *Bharati Mukherjee: Critical Perspectives*. Ed. Emmanuel S. Nelson. New York: Garland, 1993, p. 66.

声称"我所扮演过的每一个女性角色,都有过不同的丈夫。普拉喀什和贾思敏,泰勒和杰西,巴德和简,半脸和复仇女神伽梨"①,这也可以解读为她的自我辩解之词,因为作为第一人称主要人物叙述者,她的叙事声音已经完全消解了他人的话语。

这类富有攻击性的女性人物形象和暴力相关的情节设计,使穆克吉遭到了相当多的批评。有印度裔背景的批评家认为,穆克吉多年的海外生活经历以及她的阶级所属,导致她对于真正的印度女性知之甚少,流产、婚外情、杀夫等情节设计有悖于印度女性价值取向的现实。但是穆克吉本人认为,正是印度文化和外来文化之间的矛盾,才造就了人物的无所适从,让她们在美国这样的文化语境下做出了极端的选择:"假如她还是个家庭妇女,在印度和大家庭生活在一起,她心中可能就不会有这样的疑问,诸如自己幸不幸福,自己是不是就应该承受这样的不幸。如果她碰巧有了这些疑问,可能解决问题的方式就是自行了断。因而,将暴力向外表达而非内敛,这是女主人公缓慢美国化的体现,当然这也是对美国化的误解。"②穆克吉将暴力归结于印度的被殖民历史,认为它源于殖民主义的暴力,及其在20世纪40年代所导致的国内动荡,"我们从小听到的最多的话就是,饥荒是英国统治造成的,他们把粮食供应给了英国军队,我们只能挨饿。这就是我耳濡目染的暴力。此外,类似残酷无情的事件,我在家庭中也同样看到不少,比如对女性恶语相加、拳打脚踢,我母亲都未能幸免,并且很多做法已经成了习惯"③。穆克吉在访谈中还提及,印度种姓制度和英国对印度的殖民统治实现共谋,使得下层人们的生存极其艰难,人权无从谈起。如此来看,穆克吉小说中普遍存在的暴力书写也就不难理解了。

应该看到,无论穆克吉笔下的移民人物实现了怎样的身份嬗变,他们与印度之间的联系是无法割裂的,而正是两种文化形成的合力代表了印度裔美国文学的方向和进程。诚然,贾思敏声称,"我们是清教徒式的有原则之人"④,这里所说的"我们",就是她对美国清教主义传统的认可,显然认同了自我的归属,她的价值认同已经成为主流社会价值观的一部分。其他作品中类似的形象也不在少数,例如《世界的支撑》中的第一人称叙述者贝·马

---

① Bharati Mukherjee, *Jasmine*. NewYork: Grove Weidenfeld, 1989, p. 197.
② Geoff Hancock, "An Interview with Bharati Mukherjee," in *Conversations with Bharati Mukherjee*. Ed. Bradley C. Edwards. Jackson, MS: UP of Mississippi, 2009, p. 24.
③ Bharati Mukherjee and Suzanne Ruta, "Decoding the Language: Bharati Mukherjee Tells Suzanne Ruta Some of the Stories behind *Desirable Daughters*." *The Women's Review of Books* 19.10/11 (Jul., 2002): 13.
④ Bharati Mukherjee, *Jasmine*. NewYork: Grove Weidenfeld, 1989, p. 237.

斯特斯,她毕业于耶鲁大学,事业有成,是私人收藏经纪人。即便印度文化的直接影响已经十分淡然,马斯特斯本人也不得不承认,自己对于博物馆珍稀宝石的兴趣来源于对祖先历史的兴趣。她对于印度的一切充满好奇,莫卧儿王朝历史文物在纽约的展出令她兴奋不已,她由此展开了一段寻根之旅。小说戏仿霍桑《红字》的开篇,讲述叙述者在博物馆库房中印度主题的系列画作中,发现了印度莫卧儿王朝遗失的珍宝:被誉为"皇帝之泪"的钻石。贝·马斯特斯根据这组名为"塞勒姆宝贝"的人物画,寻找线索,追寻17世纪美国女子汉娜·伊斯顿的经历,展开一段穿越时空的旅程。小说讲述汉娜·伊斯顿跟随丈夫从美国到英格兰、印度,供职于东印度公司,最后历经与末代皇帝的情缘以及东西方的战争,最终回到美国的经历。故事在17世纪的莫卧儿王朝和20世纪的美国纽约之间交叠进行,表现为叙述者和两个女子穿越时空的对话:"我们一起努力飞翔吧,和我一起做梦的女子!无论多远、多高。在他山开辟新的净土,和我一起建筑家园,在那里狮子和羔羊为伴,慈悲促成相知相伴,愿景驱赶绝望晦暗!"[1]这段文字显然戏仿了清教徒先驱约翰·温斯罗普在《基督慈善的典范》("A Model of Christian Charity",1630)中对"山巅之城"的构想,是对清教徒/移民建设新家园梦想的再现。马斯特斯和伊斯顿有着相似的跨国经历,她们在穿越新旧大陆的过程中认识自我、建构身份。小说名字中的"世界的支撑",可以是"旧大陆看新大陆的第一眼"[2],具象为小说的主人公汉娜·伊斯顿,一位在新旧大陆间穿梭的女子,一位孕育了新旧大陆爱情结晶的强悍女性;也暗喻她孕育的印度和美国的血脉,代表了两种文化的交融。从这个意义上讲,穆克吉书写的不仅是印度移民的故事,而同样也是美国人的祖先的故事,所以她把小说中的当代移民人物"称为'新美国人',这是最本质的美国故事——跨国迁移的男女人物心中既焦虑不安又兴奋不已,从而激发了寻找更大、更新家园的探索,而这正是有史以来美国经历的根本内涵"[3]。这种新旧大陆之间的联系,穆克吉在之前的作品中早已提及。如果说暴力的根源在于西方殖民帝国对印度的征服,那么,在这样的书写中,穆克吉通过描写"反向迁移"实现了"反征服"。有她本人的话为证:她认为自己的小说是"关于同化的。这些故事聚焦于新一代的北美开拓者。我深深敬佩那些有勇气、有力量、有抱负并敢于将自己的根基连根拔起的人们。……这些故事书写的是征服,并

---

[1] Bharati Mukherjee, *Holder of the World*. New York: Alfred A. Knopf,1993, p. 19.
[2] Bharati Mukherjee, *Holder of the World*. New York: Alfred A. Knopf,1993, p. 16.
[3] Jennifer Drake,"Looting American Culture: Bharati Mukherjee's Immigrant Narratives." *Contemporary Literature*,40.1 (Spring,1999):71.

非失落"①。

在小说创作中,穆克吉的确也在践行这样的"反征服"。跨国经历或者跨国书写是穆克吉小说的共同特点,不过,《树新娘》《称心的女儿》和《新印度小姐》等作品也体现出与之前作品的不同视角,即自省式的、回溯性的立场趋于明显,或者将印度作为焦点,将视野放在印度和新大陆之间的交互往返之中。《新印度小姐》的地点是被誉为"亚洲硅谷"的印度班伽罗,小说描写了以邦佳丽为代表的印度青年人的生活,他们"来到这里,带着辍学证明、从前老师写的推荐信,更重要的是,带着希望和具有感染力的热情"②。小说在全球化背景下描写21世纪全球化给印度带来的变化,特别是以美国文化为代表的西方文化对印度本土青年人的影响,体现出鲜明的时代性:这些小说"都是关于移民、内部迁移和全球化的。描写人们离开他们所熟悉的小镇或者城市,来到一个陌生的地方,或者一个陌生的文化或伦理环境中"③。与短篇小说集《中间人》同名的作品更具有时代性和文化上的多元化特征。"中间人"的主人公阿尔菲·犹大是个伊拉克裔美国退伍老兵,他曾经参加过战争,在阿拉伯世界多地生活,后定居在纽约法拉盛族裔社区,为了躲避一宗经济案件而暂居中美洲,不料在无意之中卷入了当地的内战。犹大见证了冲突,幸存下来,一无所有的他打算用他的经历换取生存的必需品:"在我见证的这些纷争中,必定有值得交换的东西。"④这部短篇小说集中的多个故事,都采用这样的视角,讲述变化中的"新大陆"和"新大陆"的种种变化,例如《父亲》("Fathering")讲述越战退伍老兵杰森接纳自己在越南的私生女的故事。当年刚刚步入成年的杰森是美国情报部门的勤务兵,和酒吧舞女生下了女儿英格,杰森回到美国后结婚生子,后寻找到了英格并把她接到了美国。小说就是讲述杰森和妻子莎伦如何接纳英格的故事。英格代表了战争给越南民众带来的巨大创伤,比如祖母被杀害带来的心理创伤,她对祖母鬼魂的依恋,以及她的自残行为所代表的死亡情结。英格和父亲的相遇,象征着过去对于当下的入侵以及受害者对于创伤经历的诘问。这些故事强调了身份的多元化、流动性和不确定性,表现出对文化冲突与协商的关切。

侨居海外多年并归化为新大陆人的穆克吉,无论在个人经历、私人情感

---

① Geoff Hancock,"An Interview with Bharati Mukherjee," in *Conversations with Bharati Mukherjee*. Ed. Bradley C. Edwards. Jackson,MS:UP of Mississippi,2009,p. 17.

② Bharati Mukherjee,*Miss New India*. New York:Houghton Mifflin Harcourt,2011,p. 189.

③ Natasha Lavigilante and Bharati Mukherjee,"Globalization and Change in India:The Rise of an 'Indian Dream' in *Miss New India*:An Interview with Bharati Mukherjee." *MELUS* 39. 3 (Fall,2014):179.

④ Bharati Mukherjee,*The Middleman and Other Stories*. New York:Grove P,1988,p. 45.

还是文学写作方面,都表现出双重的认同。她对印度的友人和家人十分依恋,但感觉自己不同于其他的印度人,因而需要诉诸另外一种集体文化认同,那就是"北美洲(特别是美国)这块文化飞地"[1]。穆克吉使用了"印度想象"(Hindu Imagination)一词来表现自己的多重身份———一位嫁给加拿大人、多年侨居在西方的印度女性,使用了"融合"(merging)来表示不断发现和建构自我身份的过程。而作为印度裔女性作家,她需要脱离或者跳出印度移民社区这样的具体环境,去寻找另外更加广阔的家园。她的确通过自己的文字实现了建构家园的愿望,正如她本人所说,"相比于母语是英语的人,我们更加清楚地意识到语言的力量,语言给了我身份,我之所以成为今天这样的作家,就是因为我用北美洲英语书写新大陆的移民"[2]。她所书写的故事、创造的人物,代表了印度移民女性的身份特征,它"镌刻于印度神话传统之中,影响着她们的价值建构。印度想象是象征性的,这种综合性的视角包括不同的维度:抽象的和精神的、内在的和外在的、有形的和无形的"[3]。这种文学建构所具有的特质和西方的直线性逻辑截然不同。相反,它是循环往复的,没有始终,似乎只有"中间点"[4],那就是人物不断迈向更美好自我的旅程。

艾丽斯·沃克(Alice Walker,1944—　)

艾丽斯·沃克为当代最伟大的非裔作家之一,是有着诗人、散文家、小说家、社会活动家等多重身份的引领性人物。她曾凭借长篇小说《紫色》(*The Color Purple*,1985)斩获美国国家图书奖、普利策文学奖等重量级文学奖项,成为第一位获得普利策小说奖的非裔女性作家。《紫色》被翻译成二十多种文字在世界各地广泛传播,同时由小说改编的电影搬上了好莱坞荧幕,同名音乐剧也在百老汇上演。著名学者哈罗德·布鲁姆(Harold Bloom,1930—2019)认为沃克的书写带有时代的精神,他说"如果哪位当代

---

[1] Pramila Venkateswaran,"Mukherjee as Autobiographer," in *Bharati Mukherjee:Critical Perspectives*. Ed. Emmanuel S. Nelson. New York:Garland,1993,p. 40.

[2] Geoff Hancock,"An Interview with Bharati Mukherjee," in *Conversations with Bharati Mukherjee*. Ed. Bradley C. Edwards. Jackson,MS:UP of Mississippi,2009,p. 15.

[3] Pramila Venkateswaran,"Mukherjee as Autobiographer," in *Bharati Mukherjee:Critical Perspectives*. Ed. Emmanuel S. Nelson. New York:Garland,1993,p. 25.

[4] Bharati Mukherjee and Clark Blaise,*Days and Nights in Calcutta*. Garden City,NY:Doubleday,1977,p. 286.

作家把自己称作'作家和媒介'的话,那么她肯定是独树一帜的。在我看来,艾丽斯·沃克毫无疑问称得上是这个时代所造就的作家,也是代表当下这个时代的作家。《紫色》的成功可以证明这一切。沃克的感受力非常接近这个时代的精神"[1]。诚然,沃克作为"黑人"与"女性"的双重身份,是其作品研究的"种族"与"性别"语境,而这也是沃克早期作品的明显标志,她不断进行着自我超越,她对于"族裔""性别""身份"的书写代表了20世纪末21世纪之初美国文学的一个方向,她提出的"女性主义"概念已成为少数族裔女性文学批评的关键词。

艾丽斯·沃克出生在佐治亚州一个黑人佃农家庭,是八个孩子中最年幼的一个。父母都非常注重孩子的教育,克服很多困难在社区筹建小学,让黑人孩子接受教育。母亲曾经和白人地主据理力争,驳斥"黑人佃农的孩子不用上学"的说法;父亲更是带领邻居,在几个月里,利用晚上的时间将破败的校舍修葺一新[2]。沃克童年与少女时期和母亲十分亲近,但是与父亲以及几个兄长的关系却不多么密切。父亲的形象正如她在很多作品中塑造的那样:大男子主义思想严重,认为读书对女孩的人生并没有太大的用处;与母亲所代表的温情相反,父亲和孩子们不够亲近,有时甚至会对妻儿动武。虽然这种情况在传统家庭中并不少见,况且父亲在黑人家庭中已算是十分开明的,但是天性敏感的沃克目睹这一切,还是心有抵触,对父亲怀有十分矛盾的态度,这些都在她的作品中得到重现。在《格兰奇·科普兰的第三次生命》(The Third Life of Grange Copeland,1970)的后记中,艾丽斯·沃克这样写道,"我的家中就有暴力,暴力的根源出自父亲总想控制母亲和孩子的欲望,也出自母亲和我们对他的反抗"。[3]《父亲的微笑之光》(By the Light of My Father's Smile,1998)在很大程度上成为父女关系的一种映射,散文《父亲》("Father")是沃克对于父亲的怀念,而诗集《晚安,威利·李,早上见》(Good Night Willie Lee, I'll See You in the Morning,1979)更是表达了对父亲的深切情感。她在《紫色》等小说中对于男性人物的塑造也充满了矛盾,既批判他们的暴虐和怯懦,又对他们的不完备人格充满了同情,从中可以看出她对于黑人男性在养成中的诸多问题都有独特的看法,认为

---

[1] Harold Bloom, Introduction. *Bloom's Modern Critical Views: Alice Walker—New Edition*. Ed. Harold Bloom. New York: Chelsea House, 2007, p. 1.

[2] Melanie L. Harris, *Gifts of Virtue, Alice Walker, and Womanist Ethics*. New York: Palgrave Macmillan, 2010, p. 23.

[3] Alice Walker, *The Third Life of Grange Copeland*. New York: Harvest Books, 2003, p. 316. Epub.

传统的教育方式对黑人男性是一种束缚,使得他们难以培养和维护与家人的亲近关系;当然,这些问题都不是孤立的,而有着社会历史的根源,他们本人往往也是受害者。

童年时期生活的贫困和艰辛让沃克终生难忘,但也成为她一生的精神财富。在回忆那段生活的时候,她说"我不想美化南方乡村黑人的生活,我无法忘记的是,总的来说,我不喜欢那里,艰苦的田间劳作、破败的房屋、邪恶贪婪的地主,简直要把父亲累死,几乎让母亲那样一位坚强的女性崩溃"[1]。虽然生活艰辛,但是热爱生活的母亲仍利用自己有限的精力为生活增添了许多光彩:她缝制各类衣物;无论房子多么破旧,她总是喜欢在房前屋后开辟出小花园,她的花园成为人们赞美和欣赏的焦点,而在花间劳作的母亲"容光焕发,除了她那创造奇迹的双手和眼睛,她已经隐身花间。对于心灵向往的东西,她总是乐此不疲,按照自己的审美来装点这个世界"[2]。母亲对生活之美的追求给了沃克深远的影响,父母的勇气令她敬佩和感激。她因而把母亲视为自己力量的源泉,认为正是母亲同大地、荒野、风景和自然之美的联系,才使得他们一家获得了生存的力量。社区中的人们相互帮助、长幼秩序井然,他们继承了非裔社区的传统,"整个村子的人们一起养育孩子。实际上,母亲在抚养孩子过程中,得到了村子里很多人的帮助"[3]。沃克上大学前社区的人们纷纷解囊,为她准备生活费,这些都成为她日后写作的动力和灵感源泉。例如,在《拥有快乐的秘密》(Possessing the Secret of Joy,1992)中塔西的母亲纳发(她皈依基督教之后的名字为"凯瑟琳",小说中会交替使用这两个名字),以及短篇小说《外婆的日常家用》("Everyday Use:for Your Grandmama")中坚强的第一人称叙述者、独自抚养两个女儿的无名单亲妈妈,都体现了沃克母亲的特质;后一部作品中全村的人们一起凑钱给迪上大学的情景,也同沃克所描述的自己成长的社区颇为相似。

在沃克成长过程中,几个事件给她带来了重大的影响,甚至留下了终生的心理创伤。她八岁时在游戏中不幸被哥哥用玩具枪击中右眼,导致失明,还因为延误了治疗时机而留下了增生组织。艾丽斯从一个自信、假小子般的女孩变成了敏感、自卑的姑娘,在长达数年的时间里始终抬不起头来,不

---

[1] Alice Walker, *In Search of Our Mother's Gardens:Womanist Prose*. New York:Open Road Integrated Media,2011,p. 36. Epub.

[2] Alice Walker, *In Search of Our Mothers'Gardens:Womanist Prose*. New York:New York:Harcourt,1983,p. 241. Epub.

[3] Alice Walker,"'The Richness of the Very Ordinary Stuff':A Conversation with Jody Hoy (1994)." *Conversation with Alice Walker*. Ed. Rudolph P. Byrd. New York:the New P,2010,p. 260. Epub.

愿意和别的孩子交流,父母为此还搬了家、为她转了学,也都无济于事。不过,不幸的经历也给她带来了意想不到的"收获",她更加内敛,通过读书和写作记录这段人生经历,她学会了去观察别人,产生了顽强奋斗生存的信念。1958年,兄妹中经济条件最好的哥哥比尔资助艾丽斯,在马萨诸塞总医院进行了手术,去除了增生疤痕组织,恢复了她的容貌,也让她慢慢重拾自信。

1961年,17岁的沃克进入亚特兰大市斯佩尔曼女子学院,开始了向往已久的大学生活,这是她文学教育的启蒙阶段。然而,沃克并不认同学校按照"白人淑女"的标准培养黑人女孩的做法,拒绝了到法国留学的机会,认为学习欧洲文化是对黑人青年的文化殖民。沃克两年后转学到了萨拉·劳伦斯女子学院,在那里接触到大量欧洲作家的作品,并学习诗歌创作,开始走上文学创作之路。这期间创作的诗歌后来结集出版,成为她的处女作《昔日》(Once,1965)。在20世纪60~70年代黑人民权运动和女性主义运动的影响下,沃克的政治意识迅速增强。她成为积极的社会活动参与者,参加了1963年马丁·路德·金领导的"向华盛顿进军"的大游行,当场聆听了金"我有个梦想"的演讲。沃克还积极加入了各种社团组织,培养起对社会事务的关注和责任感,走上了"行动主义者"的道路。在散文集《我们所爱的一切都能得到救赎:一个作家的行动主义》(Anything We Love Can Be Saved:A Writer's Activism,1997)中,沃克宣称:"我的行动主义——文化的、政治的、精神的——根植于我对自然和人类的爱……我成年后就一直是一个行动主义者。"[1]她亲身经历并积极参与了民权运动、黑人权利运动、黑人女权运动。沃克一直以行动主义者自居,她的文学创作与行动主义相互扶持,文学创作是行动主义的语言根据地,以叙述为媒介诉说她的社会和政治诉求;积极参与社会政治行动,使得她得以践行自己的政治抱负。沃克一直保持着正义感和行动主义者的参与意识,她在学生时代就因为参与学生运动被捕,80年代抗议美国向中南非洲出售武器又一次被捕,年近七旬时还因为抗议美国出兵伊拉克再次遭到逮捕。

大学期间发生的另外一次事件极大地影响了沃克的生活。她参加非裔群体的文化运动,在"黑即美"(Black is Beautiful.)思想的影响下到非洲寻找文化之根。1965年从肯尼亚和乌干达回国不久,发现自己意外怀孕,她不想在难以保障自身生存的情况下生儿育女,也不想辜负家人甚至是社区

---

[1] Alice Walker,Introduction. *Anything We Love Can Be Saved:A Writer's Activism*. London:Women's Press,1997,p. xx.

的希望，于是决定流产。当时流产是非法的，不仅费用昂贵而且要冒很大的风险，因而，她甚至做好了流产不成就去自杀的心理准备。后来在男友和朋友的帮助下，她筹集到了手术的费用，这次意外才有了最终的解决办法。但是，这个事件让她对生命有了更加深刻的理解，也愈加体会到非裔女性获得一席之地所要付出的艰辛，她成为女性流产权利的坚定支持者。无疑，这一阶段沃克的观点较为激进，但是也反映出她对于生活和生存的理性认识，使她在女性主义、素食主义、动物保护主义等政治观点上愈加坚定。

艾丽斯·沃克不仅在社会参与中表现出了非凡勇气，在生活中亦是如此。她1965年结识了白人民权律师梅尔文·罗森曼·利文撒尔，两年后两人结婚，成为密西西比州第一对跨种族通婚夫妻。在《黑人、白人和犹太人：一个身份游移者的自传》(*Black White and Jewish: Autobiography of a Shifting Self*, 2005)中，沃克讲述了这段跨种族婚姻的经历，其中特别提及对于自己身份的疑惑：他们的女儿丽贝卡·沃克出生时，护士在填写出生证时犯了难，不知道到底该如何界定这个黑白混血的婴儿。尽管杰克逊小镇的保守思想让沃克一家感到了敌视，但是在与当地黑人女性的广泛接触中，艾丽斯·沃克积累了大量的素材，为她日后的小说创作进行了材料储备。1970年出版《格兰奇·科普兰的第三次生命》之后，沃克在陶格鲁学院获得了客座讲师的职位，在那一年，她研读了佐拉·尼尔·赫斯顿的作品，重新发现了赫斯顿作品的价值。1971—1973年期间，艾丽斯·沃克接受拉德克里夫基金的资助，在维勒斯莱女子学院和马萨诸塞大学任教，后任教于史密斯学院，开设黑人女性文学课程，这在当时全美尚无先例。1973年，她在拉德克里夫学院发表了名为"寻找我们母亲的花园"("In Search of Our Mothers' Gardens")的演讲，正式宣告致力于发掘非裔女性文化文学传统；同一年，她找到了佛罗里达州赫斯顿的墓地，安放了墓碑，并在各种场合积极宣传，进一步激发了文学界对于赫斯顿和非裔女性文学传统的再认识。同样在这一年，沃克受邀担任女性杂志《女士》(*Ms.*)的编辑，撰写了大量文章表达对女性问题的看法，积极张扬了黑人女性的权利，使得杂志成为后民权运动时期种族政治和性别政治讨论阵地。

艾丽斯·沃克尤其重视非裔女性的生存，着重书写黑人女性的奋斗，并在几十年的职业生涯中保持着这样的政治诉求。她在访谈中多次提到自己的文学写作是出于对黑人女性生活的关注。诚然，无论是基于个人成长经历，还是出于对社会历史环境的体会和表达，沃克一直都对黑人女性这个群体有着十分深切的认识，非常熟悉黑人女性在双重压迫下的普遍贫困、焦虑的内心与支离破碎的生活状态，深切认同她们对于美好生活的向往与渴望。

自《昔日》起，沃克就着眼于书写黑人女性的命运，她的首部小说是《格兰奇·科普兰的第三次生命》，之后陆续发表了《爱与烦恼》(In Love & Trouble, 1973)、《梅里迪安》(Meridian, 1976)、《紫色》《你不能让一个好女人低头》(You Can't Keep a Good Woman Down, 1982)、《我亲人的殿堂》(The Temple of My Familiar, 1989)和《拥有快乐的秘密》(Possessing the Secret of Joy, 1992)等众多作品。

沃克的早期作品往往取材于她所熟知的生活，带有社区、家族和个人经历的痕迹。《格兰奇·科普兰的第三次生命》《紫色》《梅里迪安》等都是如此，黑人佃农的生活、民权运动、黑人家庭生活、两性关系等都是她在成长中所经历、所熟悉的。《紫色》中的"莎格"原型就是取自祖父的情人，莎格和阿尔伯特的故事在很大程度上改编自祖父的经历。《梅里迪安》讲述民权运动时期黑人女性的成长，被有些学者认为是"艾丽斯·沃克的半自传性成长小说"[1]。《格兰奇·科普兰的第三次生命》讲述了20世纪30至60年代佐治亚州黑人佃农科普兰一家祖孙三代人的故事，在历史的语境下历时追溯家族历史，反映种族主义影响下黑人的艰难处境，以及男权与父权影响下黑人女性的悲怆命运。玛格丽特难以得到格兰奇的理解，通过屡屡背叛来寻求心理的安慰，当格兰奇抛下妻儿逃到纽约后，玛格丽特最终不堪生活的压力而自杀；梅姆虽然是有文化的黑人女性，并且具有相当的自我意识，但最终屈从于作为母亲的责任，对丈夫一再隐忍，最终死于布朗斯菲尔德的家庭暴力。小说追溯格兰奇·科普兰从南方到北方、并最终回到南方的迁移，用"回归"和"第三次生命"来隐喻他的醒悟——他在游历中经历了重生，意识到对儿子和孙女的责任，也认识到自己的问题所在："白人痛恨我，我因而也痛恨我自己。但是我后来试着爱我自己，我也试着爱你，然后尽量不去理会他们的态度。"[2] 小说通过人物的成长，反映出20世纪上半叶美国黑人的生活状况，反映出南方黑人的困境、努力和希望："布朗斯菲尔德的故事是个骇人的警示，显示了南方如何从身体上奴役黑人并从精神上摧毁他们；而露丝的故事则昭示了希望，因为她具备了离开南方的能力，拒绝这个摧毁了父亲的种族主义世界，朝着更广阔、更自由的世界迈进，获取新的机会"[3]。小说

---

[1] Chadwick Allen,"Performing Serpent Mound: A Trans-Indigenous Meditation." *Theatre Journal* 67.3 (October 2015):392.

[2] Alice Walker, *Third Life of Grange Copeland*. New York: Open Road Integrated Media, 2011, p. 273. Epub.

[3] Robert James Butler,"Alice Walker's Vision of the South in *The Third Life of Grange Copeland*," in *Bloom's Modern Critical Views: Alice Walker—New Edition*. Ed. Harold Bloom. New York: Chelsea House, 2007, p. 91.

更关注的是黑人社区两性关系以及亲子关系中暴力的根源,即种族主义给黑人自信心的毁灭性打击,以及黑人族群内部的"受害者心理":"你把自己的生活搞得一团糟,而后把责任推脱到他人身上,我知道这种心理是多么危险。我自己就曾经掉进了这个陷阱!这让我不得不相信,即便你之前还有点信心,白人也就是这样将其彻底摧毁了。"①这里与其说是在谴责奴隶制和种族主义带来的不公,还不如说是对黑人自我认识的反思。从女性主义角度来看,梅姆和露丝所代表的黑人女性成长主题还只是沃克小说的萌芽阶段;而从《梅里迪安》开始,她开始更加深入地探讨黑人女性的觉醒和斗争。

《梅里迪安》塑造了黑人民权运动活动家梅里迪安·希尔这个人物形象。与《格兰奇·科普兰的第三次生命》一样,小说仍旧以艾丽斯·沃克本人和周围人的生活为原型,在20世纪五六十年代民权运动背景下描写黑人女性的付出和成长。梅里迪安是新一代黑人知识女性,但也难以摆脱传统的束缚,投身民权运动时承受着多重的压力:她因为和母亲的信仰不同而得不到家人的支持;面对情人的不忠和游移,她失去了腹中的孩子并丧失了生育能力。除了家庭内部的压力以外,她还受到来自革命团体内部的压力,因为她无法认同诉诸暴力的做法而遭到同伴的排挤。除了精神上的煎熬,她也在遭受着身体上的痛苦:出于对革命的"奉献",她承受了来自黑人男性革命者的侵犯。正因为如此,从黑人政治运动的历史进程来看,小说"是在跨种族联盟和行动主义语境下对'自由之夏'②及其政治策略和主张的反思"③。另一方面,小说突出了黑人女性的坚韧。梅里迪安在多重的压力下没有屈服,没有放弃自己的理想和主张,她意识到了自己和黑人民众的联系:"她最终明白了,她要赢得亏欠自己生活的那份尊重,就是继续去经历,不放弃任何一部分,这并不是生死决战,甚至不是她自己的生活。这种生存方式由她自己扩展至她和周围人们的联系。"④她选择回到南方黑人社区中,和黑人民众一起战斗,为自己和同胞争取切实的权利和自由。回溯这部作品时,沃克强调了这部作品对于黑人女性解放运动的意义,也批评了白人

---

① Alice Walker, *Third Life of Grange Copeland*. New York: Open Road Integrated Media, 2011, p. 285. Epub.

② "自由之夏"(Freedom Summer)是美国民运运动时期由民权运动领导人于1964年在密西西比州发起的黑人选举运动,上千名大学生志愿者参与,其中包括很多中产阶级家庭的白人学生。他们协助黑人选民进行选举,但是遭到种族主义者的暴力反扑,多名民权运动领导人和学生失踪遇害。

③ Shermaine M. Jones, "Presenting Our Bodies, Laying Our Case: The Political Efficacy of Grief and Rage during the Civil Rights Movement in Alice Walker's *Meridian*." *Southern Quarterly* 52.1 (Fall, 2014): 180.

④ Alice Walker, *Meridian*. New York: Washington Square Press, 1977, p. 200.

学者对美国黑人运动的无知与偏见,契合了她提出"女性主义"(womanism)概念的初衷,即张扬美国少数族裔女性解放运动的独特性。

除了梅里迪安这个积极的女性人物形象之外,小说还塑造了一系列男性形象。与女性的勇敢坚韧形成鲜明对照的是,男性人物形象不够丰满,他们大多缺乏责任感,消极逃避社会和家庭义务,在同女性人物沟通的过程中,往往通过性本能来表现自己的男性气概。不可否认,沃克在塑造这些男性人物时,表现出了较为激进的态度,人物塑造带有相当的偏见,凸显了男性人物身上的侵略性和动物本能。沃克在其他作品中也描写了不少类似的男性人物,例如《紫色》和《父亲的微笑之光》中的几位男性人物亦是如此,她因为其小说展示的男性人物的"近零"(near-zero)形象而受到相当的批评:

> 他们要么软弱无能,要么暴虐卑劣。一方面,这些男性人物平和安静,只是他们存在的合法性只有通过女性人物的意识才能得到凸显,他们没有行动、没有回应也没有互动,功能刻板单一,性格没有得到张扬。相比于丰满的女性人物,他们不具备真正的存在之必要。另一方面,男性人物也可能狂暴不安,难以维系亲切、友好、友爱的关系,他们工于心计、专横傲慢或睚眦必报,展示出的形象是暴虐、迟钝、堕落,无法张扬自己的人性,也难以承认他们的人性。①

但是如果仔细考察作品中人物的发展,或者研读沃克不同阶段的作品,就会发现这种解读也带有一定的片面性。譬如《紫色》的确呈现了阿尔伯特的暴虐性格,但是同样也思考了他性格养成中的多重原因,并描写了他的成长过程。这些人物形象既是对黑人社区的现实性描写,也体现了作者对于黑人族群内部问题的反思。应该说,沃克的根本目的并不在于批评非裔男性,而在于通过男性的极端性格来映射造成这种结果的社会历史环境。

《紫色》是艾丽斯·沃克的第三部小说,集中代表了她的文学思想。沃克在《紫色》中突出了种族和性别双重压迫下黑人女性的成长,书信所代表的女性话语体系也象征性地建构了女性的心理乌托邦。《紫色》是一部书信体小说,共由90封信构成,其中61封是主人公西丽写给上帝的,14封是西丽写给妹妹奈蒂的,还有15封是奈蒂的回信。故事以时间为序、围绕西丽的生活展开,以奈蒂在非洲传教的经历作为补充,时间跨度大约是三十年。

---

① Louis H. Pratt, "Alice Walker's Men: Profiles in the Quest For Love and Personal Values," in *Bloom's Modern Critical Views: Alice Walker—New Edition*. Ed. Harold Bloom. New York: Chelsea House, 2007, p. 16.

西丽是备受压迫的黑人女性的代表,她 14 岁时遭到继父强暴,生下了两个孩子但从此失去生育能力。继父强行抱走孩子将他们送人,而后把西丽嫁给了中年鳏夫阿尔伯特。西丽为阿尔伯特料理家务、养育子女,终日劳作换来的却是他的蔑视和虐待。

《紫色》的主题和形式对于非裔女性文学都具有重大意义,例如女性成长、姐妹情谊、两性关系、性别政治等主题,以及书信体叙事、象征主义等艺术手法,在当时的语境下对于非裔女性文学均具有开创性的历史意义,至今依旧对非裔文学和美国女性文学产生着深远的影响:"通过西丽这个人物,沃克构想出理想社会的画面,在那里男性尊重女性,女性尊重自己,公平正义得到伸张。"[1]这个"乌托邦"社会首先基于女性话语的建构,具体体现为西丽的话语、莎格的布鲁斯和几位女性人物的姐妹情谊,而后是男性人物的转变和两性关系的修补和重建。尽管命运多舛,西丽却和生活中的几位女性结成了亲密的姐妹情谊,构建了心理上的乌托邦,使得她得以寻找到心灵的庇护,这也成为她生命的力量。西丽从奈蒂那里学会了识字,姐妹二人情感深厚;看到继父和阿尔伯特觊觎奈蒂,西丽为了让妹妹摆脱自己的厄运而帮助她逃走。西丽的善良宽厚同样感动了生病落魄的莎格,两位女性在接触中开始彼此欣赏:西丽仰慕莎格的独立高傲,莎格也开始被西丽的宽容坚韧所吸引。此外,索菲亚、阿格丽丝等女性人物也从不同的方面带给西丽成长的启示。姐妹情谊的建构、西丽的成长和话语构建是平行的,纵观西丽的几十封信,可以看出这一轨迹。起初,西丽的叙述中拼写语法错误比比皆是,表达不畅、语调躲闪不定,因为此时她的心中充满了自卑、羞愧和疑惑,在无人可倾诉的情况下,她只有通过给上帝写信来倾诉内心的煎熬,并且这种讲述是单向的。后来,西丽在莎格等女性人物的影响下,逐渐找到自信,她们也找到了被西丽丈夫藏起来的奈蒂的回信,此时,西丽不再向上帝倾诉,而是写给奈蒂,于是话语的双向交流机制得以建立。可见,书写、讲述是女性建立彼此联系的纽带:"对许许多多非裔女性人物来说,讲述和重述家庭、社区故事是她们和历史、家庭、社区、文化联系的纽带,因而是建立和重建现实身份的主要途径。"[2]另外,西丽也从儿媳索菲亚那里看到了女性主张自我的勇气。虽然索菲亚式的暴力无法让黑人女性获得真正的平等,但是西丽的忍耐和索菲亚的蛮勇最终达到了平衡:西丽迈出家门、实现经济独

---

[1] Mary Donnelly, *Alice Walker: The Color Purple and Other Works*. New York: Marshall Cavendish Benchmark, 2010, p. 73.

[2] Philip Page, *Reclaiming Community in Contemporary African American Fiction*. Jackson, MS: U P of Mississippi, p. 27.

立,索菲亚也变得更加平和宽容,她们都获得了成长。

　　沃克小说中女性人物的成长体现为精神和心灵的成长,最终幻化为信仰的力量,从而具有了形而上的审美意义。《紫色》中西丽最初将上帝想象成白人男性的形象:"他是高个子老头,胡子花白,头发雪白,穿着白色的长袍,光着脚。"[1]所以她才毫无怨言地接受男权肆虐和种族暴力,将其默认为世界的秩序。但是在姐妹情谊的建构中,莎格告诉她,上帝可以是"任何事物(……)过去的,现在的以及未来的任何东西"[2],并用"紫色"这一具体意象来象征女性的信念:"我觉得,如果你在田野里走过一片紫色,却对它视而不见,上帝准会非常懊恼。"[3]这种自然神论的立场解构了基督教神学中的偶像崇拜;换而言之,人们真正需要做的,不是取悦上帝,而是取悦他们自己。而"紫色"作为红色和蓝色的混合色,代表了女性和男性两种性别的和谐共存,代表了热情和冷静,在小说中表现为西丽和莎格之间的同性之爱,也表现为姐妹情谊,以及她们在面对逆境时的相互扶持,同时还表现为阿尔伯特等男性人物的转变,以及两性关系的修补重建。西丽起初生活在丈夫的暴虐之下,对他没有任何感情,甚至都不愿提及他的名字,在写信时称其为"某某先生"。随着她的内心日臻坚强,她不再惧怕丈夫,因为暴力只能控制她的身体而已经无法束缚她的思想。西丽的成长既是象征性的,也带有现实性:她毅然离开了丈夫,利用生父遗留下的房产办起了衣物加工厂,在经济和精神上都彻底摆脱了对男性的依附。同样,西丽的成长也影响到了周围的人,她和几位女性人物共同成长,各自走出了封闭的自我,建立起和谐平等的姐妹关系,也修补了和男性的关系。阿尔伯特不再对西丽拳脚相向,甚至开始学习做家务,西丽最终也和丈夫取得和解。

　　这部小说充分演绎了艾丽斯·沃克所提倡的"女性主义"思想,并探索其现实性的表达,即构建和谐平等的两性关系。沃克在一系列的文章中提出了具有族裔女性特色的理念"女性主义",并在文学创作和现实文学生涯中加以实践,她因而还被誉为重要的黑人女性理论家。在《寻找母亲的花园:妇女主义文集》(*In Search of Our Mothers'Gardens:Womanist Prose*,1983)和《与文共生》(*Living by the Word*,1988)等文集以及多次访谈中,沃克对于"女性主义"进行了正面的界定,指出在非裔文化语境中,"女性的"(womanish)表现的是女性的坚强勇敢,同欧裔文化中女性的柔弱有着根本性的区别:"女性主义者"可以说是"黑人女权主义者或者有色女权主义

---

[1] Alice Worker, *The Color Purple*. New York:Pocket Books,1982,p. 201.
[2] Alice Worker, *The Color Purple*. New York:Pocket Books,1982,pp. 202—03.
[3] Alice Worker, *The Color Purple*. New York:Pocket Books,1982,p. 203.

者……通常指的是强悍、勇敢、坚韧的行为。勇于探索的精神,从更深层看超过一般意义上的'和善',它表现为对成熟行为的兴趣,举止成熟,个性稳健"①。相比于"女权主义","女性主义"的范围甚广,包含女权主义的性别政治,还包括种族视域下的种族政治,更加强调有色女性的独特性,即,白人女权主义者反对的是来自白人男性的压迫,而有色女性则遭受多种的压迫,有来自有色男性、白人男性,甚至是白人女性的歧视。

沃克在《紫色》之后的作品中,更加充分地表达了这种思想。《拥有快乐的秘密》是《紫色》在某一个维度上的继续,这部小说以塔西的经历为主线展开,探讨割礼等传统文化对于女性的束缚,也重复之前女性重建自我的主题。塔西是西丽的儿子亚当的妻子,是亚当和妹妹奥利维亚跟随奈蒂等人在非洲传教时结识的奥林卡部落的女孩。在《紫色》中,奈蒂写给西丽的信中提到了塔西在成年之后主动接受割礼手术一事。塔西走出创伤、接纳自我亦是通过回忆和讲述来实现的,这一点和西丽的成长具有相似之处。塔西在儿时见证了姐姐因为割礼失败导致的死亡,因此无法面对创伤,而是通过想象和"谎言"编织自我保护的屏障。塔西的故事在他人眼中是"谎言",奥利维亚对她的话充满了怀疑。在奥利维亚看来,塔西编造的三只豹子的故事也是不可信的。而事实上,塔西的故事并非谎言,被公豹唾弃的母豹洛拉正是她生活的写照:亚当在多年里保持着和丽赛特的情人关系,并且两人还育有一个儿子,所以塔西认为自己是"多余"的存在。在卡尔医生的帮助下,塔西在回忆、讲述过程中面对自己的创伤。她回忆中母鸡啄食一块肉的情景,正是姐姐杜拉被伤害至死的那一幕,那块肉是被割下的阴蒂:"我深吸了一口气,又吐出,喉头好像压着一块巨石:我记起来了姐姐杜拉被谋杀的情景,我说,巨石轰然炸裂了。我感觉仿佛全身遍布伤口,虽然已经被缝合,但依旧痛彻心扉,我知道这缝线缝合的是我的眼泪和灵魂。我的哭泣再也不会与我所知道的秘密分开"②。这打破了束缚塔西的魔咒,也打破了传统之禁忌给塔西的无形压迫,和姐姐一样遭受伤害的女性冤魂找到了表达自我的出口。塔西勇敢面对自己的创伤,验证了医生所说的希望最终来自她自己,由此强调受害女性走出自我才是实现救赎的根本,因为她们对于强权的认可与接纳构成了压迫链条的最后一环。如此看来,塔西创伤的另外一个源头就在于非洲传统文化本身,在小说中体现为割礼这种成人仪式。塔西回忆中,啄食割下来的女性性器官的是"母鸡",而非"公鸡",这象征着女

---

① Alice Walker, *In Search of Our Mothers' Gardens:Womanist Prose*. New York:Harcourt, 1983, p. xi.

② Alice Walker, *Possessing the Secret of Joy*. New York:Harcourt,1992, p. 81.

性在权力运作中的角色共谋。而实施手术的巫医丽莎被人们奉为"圣徒",成为捍卫非洲传统的代表,正如医生所说"很难对黑人妇女进行有效的心理分析,因为她们从来不会责怪自己的母亲"①。可见,非洲女性对于禁锢她们的文化的认同,是悲剧的重要原因,毕竟"这不是白人殖民者强加在她们头上的,并且还是由女性来操作的"②。母亲往往作为传统势力的帮凶,将她们所承受的苦难施加到女儿身上。权力对女性的压迫以及女性解放的根本要素,就是小说题目中"秘密"的深层次含义。

《拥有快乐的秘密》还延续了《紫色》中对非洲文化与欧美文化关系的思考。《紫色》中奈蒂等人到非洲传教,本质是对非洲文化的入侵。同样,在这部作品中,文化的交锋得到了更加明确的呈现,奥利维亚、亚当、丽赛特和卡尔医生等人都是"强势文化"的代表,他们虽然给予塔西支持,但同时也是从欧美人的角度俯视她。塔西痛苦的根源有两个:姐姐的死亡和亚当多年的背叛。亚当对她缺乏基本的尊重,明明知道塔西为何痛苦,却将他们的问题和他的感受告诉了丽赛特。显然,塔西的不幸中掺杂着欧美和非洲之间权力关系的不对等。不过,和《紫色》一样,沃克探索在女性主义理想下建立超越种族和性别的联盟。最终帮助塔西恢复健康的是亚当和丽赛特的儿子皮埃尔,而这个年轻人无论是种族、国籍、文化还是性别,都是相当模糊的,"他是所有人形象的合体"③,象征性地消解了这些边界。这种思想契合沃克对于"女性主义者"特质中"爱"的解释:"女性对其他女性的爱,无论是否关乎性。"④这种特殊的"姐妹情谊"在她的作品中早已得到了一定的反映,例如《紫色》中西丽和莎格之间的暧昧情感。但无论是同性还是异性之间,小说强调的都是"个人的自我认知是和社区的认同紧密相关的。事实上,小说中的人物最终意识到,培养自我意识需要和社区中的其他人建立起联系"⑤,非裔社区是人们获取力量的源泉和精神来源。

艾丽斯·沃克在非虚构类文集中,以黑人女性的精神财富和文化传统为代表,集中论述了她的代表性文学批评理念。在《寻找母亲的花园:妇女主

---

① Alice Walker, *Possessing the Secret of Joy*. New York: Harcourt, 1992, p. 18.
② Mary Jane Hurst, *Language, Gender, and Community in Late Twentieth-Century Fiction: American Voices and American Identities*. New York: Palgrave Macmillan, 2011, p. 40.
③ Mary Jane Hurst, *Language, Gender, and Community in Late Twentieth-Century Fiction: American Voices and American Identities*. New York: Palgrave Macmillan, 2011, p. 42.
④ Alice Walker, *In Search of Our Mothers' Gardens: Womanist Prose*. New York: Harcourt, 1983, p. xi.
⑤ Mary Jane Hurst, *Language, Gender, and Community in Late Twentieth-Century Fiction: American Voices and American Identities*. New York: Palgrave Macmillan, 2011, pp. 22—23.

义文集》中,沃克指出,非裔女性被称作"世界的骡马",因为她们背负着来自白人世界和黑人男性的多重负担。

> 我们祈求理解的时候,我们的个性被歪曲;我们要求得到最基本的关爱时,他们表面上给予我们光鲜亮丽的名头,然后却在隐蔽的角落给我们当头一棒。我们要求爱,得到的却是'性'以及生儿育女的辛苦。简而言之,即便是我们最平实的能力,我们辛苦付出的忠诚和爱,也被化作苦酒,硬生生由我们自己吞下。甚至今天,黑人艺术家的身份在许多方面不仅没能提升反而降低了我们的地位;尽管如此,我们依旧坚持我们的创造力。①

沃克赞扬黑人女性在艰难生存中保持的创造力,并以自己的母亲为例,用"母亲的花园"来象征母亲对美的追求,历数非裔女性文学、艺术家先驱对于人类文化的贡献。她认同吴尔夫(Virginia Woolf,1882—1941)为代表的欧裔女权主义传统,但更加赞赏族裔视域下的女性自我的张扬,特别是以"百纳被"为象征的黑人女性的艺书创造力。"百纳被"是沃克在多部作品中使用的意象,它兼具使用价值、艺术审美价值和文化的象征性:缝制被子的碎布料来自家庭成员废旧破损的衣服,母亲们将其拼接成为实用美观的艺术品,因而每一床百纳被都是家庭历史的记录,是家庭成员之间联系的象征,黑人文化的传承就体现在这种日常的甚至是并不起眼的用品中。女性的创造力在传承非裔历史中的巨大能量,代表非裔女性的创造力,映射出"黑人女性处理艺术和美时的神学深度:缝制被子反映的是黑人妇女遭受的忽视、剥削和否定,以及她们的人性如何被合法化地否定,同时也反映了她们在这种情况下如何表达、培育、赞美和践行自己的人性"②。"百衲被"已经成为一个文化符号,和"女性主义"文学立场一样,成为艾丽斯·沃克的标志,基于沃克女性主义思想的非裔女性主义伦理,成为当今性别批评和伦理批判的重要范式,得以"考察种族、阶级、性别、性属和人地关系如何影响个人和集体的伦理世界观,如何限制道德共同体的建构"③。沃克从细琐的日常生

---

① Alice Walker, *In Search of Our Mothers' Gardens: Womanist Prose*. New York: Harcourt, 1983, p. 280.

② Jeania Ree V. Moore, "African American Quilting and the Art of Being Human: Theological Aesthetics and Womanist Theological Anthropology." *Anglican Theological Review* 98.3 (Summer 2016): 459.

③ Melanie L. Harris, *Gifts of Virtue, Alice Walker, and Womanist Ethics*. New York: Palgrave Macmillan, 2010, p. 50.

活中看到了女性的创造力,承认女性对于文化的贡献,"将其追溯到她自己的母系谱系"①,进而充分肯定黑人女性文化遗产的价值。文集《以文为生》(Living by the Word,1988)的关注点仍然是黑人女性的生存和心理状态,但是考察范围具有更明显的普世特征,涉及核武器和世界范围内的种族主义问题,在很大程度上表明艾丽斯·沃克在关注的焦点、政治倾向、个人生活以及艺术视野上面的扩展。

沃克视域的扩展同样体现在稍晚一些的小说中。《我亲人的殿堂》将故事的叙事背景从美国拓展到加勒比海地区与拉丁美洲,人物身份也不再局限于穷苦的劳动阶层,而是大学教授、中产阶级和艺术家。《父亲的微笑之光》亦是如此,不仅探讨父女关系,而且从宗教高度剖析了权力关系的根源。沃克认为,她小说中的割礼等主题属于女性之间的"自我压迫"②,在本质上和现代女性的整容没有多大的区别,都是男性审美给予女性身体上的压迫,而女性对于"审美"的追求则说明了她们对于这种压迫的内化和认同。当然,这个建构过程也不是一蹴而就的,沃克稍早的作品也已经意识到了文学审美要素之间的关联。"母亲的花园"也不局限于非裔文化传统,例如梅里迪安在农场上发现的切罗基人的神龛"圣蛇丘",以及莎格·艾弗里所说的紫色之美,都"展示的是自然、灵性和身份之间的密切关联"③。可以说,后期艾丽斯·沃克的作品超越了某个阶层和种族,已经开始把人类整体作为解读对象。

在现实的文学生涯中,沃克也同其他黑人女性作家缔结了现实的"姐妹情谊"。她通过发掘赫斯顿等文学先驱的贡献,褒扬黑人女性的精神财富:"我们的母亲和祖母常常以匿名的形式馈赠给我们富有创造力的火花、花种或者是封缄的书信,只是她们本人没有机会看到开花结果,她们自己无法辨认里面的字迹"④,象征性地建立起过去和现在的联系。她还在文学界发起成立了"姐妹同盟",将黑人女性作家聚集在一起,"在涉及种族主义、性别主

---

① Gail Keating, "Alice Walker: In Praise of Maternal Heritage," in *Bloom's Modern Critical Views: Alice Walker—New Edition*. Ed. Harold Bloom. New York: Chelsea House, 2007, p. 101.

② Alice Walker, "'Alice Walker's Appeal': An Interview with Paula Giddings from Essence (1992)," in *The world has Changed: Conversations with Alice Walker*. Ed. Rudolph P. Byrd. New York: The New P, 2010, p. 198.

③ Mary Donnelly, *Alice Walker: The Color Purple and Other Works*. New York: Marshall Cavendish Benchmark, 2010, p. 8.

④ Alice Walker, *In Search of Our Mothers' Gardens: Womanist Prose*. New York: Harcourt, 1983, p. 239.

义、家庭和艺术等诸领域,提供相互的支持"[1]。沃克理想中的"姐妹情谊"不仅是黑人作家之间的联系,而且还包括跨域种族的联盟。1974 年,沃克的诗集《革命的矮牵牛花和其他诗作》(*Revolutionary Petunias and Other Poems*)获得国家图书奖的提名,同时获得提名的还有奥德丽·洛德(Audre Lorde,1934—1992)和阿德里安娜·里奇(Adrienne Rich,1929—2012),三位作家之前已经达成了一致,无论谁最终获奖,都将是三人的共同荣誉,并将奖金捐赠给慈善机构。最终里奇获奖,代表三人以及"在男权世界中,呼声得不到释放的所有女性"[2],来接受这份荣誉,并在获奖致辞中呼吁女性之间的彼此扶持和团结。作为优秀的诗人,沃克高度认同语言的意义和话语建构的重要性,诗歌同样展现了她的艺术才华和政治立场,她也完全担当得起这份荣誉。

作为当代非裔女性作家中的佼佼者,艾丽斯·沃克虽然从种族和性别的视角出发进行文学书写,但是她突破了黑人文学传统中对种族、女性的书写方式。她笔下的黑人女性挣扎在渴望被自己的种族内部认同、被白人文化融合的边缘,并不因为这种渴望得不到宣泄和满足而挫败,而是勇敢面对世界,接纳重构自我,完成了自己的成长和蜕变,其中悸动的勇气和力量,已经成为她作品的标志,也成为作家张扬政治立场的一面旗帜。沃克对美国文学的最大贡献,在于她书写了一直被主流文化忽视的、被社会边缘化的黑人女性。美国历史上,奴隶制是美国黑人心理的伤疤,白人主流文化和黑人属下文化之间的对立是难以绕开的话题。在这种对立中,黑人女性更是承受着种族和性别的双重压迫,她们的诉求被社会置于遗忘的角落。而沃克的作品为那些没有话语权的下层穷苦黑人女性发声,她通过生动的人物塑造有力地揭露黑人女性遭受的不公,也表达她们内心的希望和勇气。艾丽斯·沃克在宗教、社区、家庭等不同的阈限书写黑人女性的生活,挖掘黑人女性内心被压抑的自我,书写她们通过建构自我话语获得精神成长和面对生活的力量。从这个意义上讲,对于沃克和莫里森等作家的判定,已经不能简单化地基于她们的少数族裔背景,将她们视为"少数族裔作家";相反,她们的作品恰恰代表了美国多元文化文学的主流方向,她们是当之无愧的"经典作家"。纵观这些作家半个世纪的职业生涯,非裔女性文学以及卓越的非裔女性作家,已经得到了高度的社会认同,从边缘移动到了中心,成为美国文学不容或缺的一部分。

---

[1] Mary Donnelly, *Alice Walker: The Color Purple and Other Works*. New York: Marshall Cavendish Benchmark, 2010, pp. 67—68.

[2] Evelyn C. White, *Alice Walker: A Life*. New York: W. W. Norton & Company, 2004, p. 271.

杰梅卡·金凯德(Jamaica Kincaid,1949—)

杰梅卡·金凯德是最著名的拉美裔作家之一,也是当今英语文学界中特立独行的一位。她的职业生涯在很大程度上塑形于安提瓜的被殖民历史以及个人的家庭背景。安提瓜曾经是英国殖民地,直到1981年才获得独立。安提瓜传统上以种植业为主,后来受到工业化和现代化的冲击,热带雨林被砍伐殆尽,当地生态遭到破坏,传统产业受到较大影响,导致生产水平低下,人民生活贫穷落后。安提瓜的官方语言是英语,这对金凯德带来了双重影响:她以此奠定了西方文学的基础;但是,被殖民历史带来的屈辱感,以及因此而激发出来的愤怒感,伴随了她的整个职业生涯。正因为这样,金凯德被称为"殖民主义所制造又收养的一个孤儿,于是她的声音中充满了愤懑与谴责"[①]。她强烈的革新意识在作品中得到了充分体现,代表作《我母亲的自传》(The Autobiography of My Mother,1996)将生命书写的后现代主义结构特征推向了新的高度,成为当代"新自传"的代表,获得了1997年度阿尼斯菲尔德-沃尔夫图书奖(Anisfield-Wolf Book Award)和1999年度的兰南文学奖(小说类)(Lannan Literary Award for Fiction)。金凯德的其他作品同样获得了广泛认同,处女作《河底》(At the Bottom of the River,1983)获得了美国科学院和艺术学院颁发的莫顿道文扎贝尔奖(Morton Dauwen Zabel Award),并获得笔会/福克纳奖(PEN/Faulkner Award)的提名。《预见未来》(See Now Then,2013)获得了前哥伦布基金会设立的美国图书奖(American Book Award,2014)。作者本人在2004年当选为美国艺术与文学院院士,在2009年当选为美国艺术与科学学院院士。

杰梅卡·金凯德原名伊兰娜·辛西娅·波特·理查德森(Elaine Cynthia Potter Richardson),出生于安提瓜岛。金凯德初中毕业以后,因为家庭贫穷,于1965年独自一人离开家乡,到美国纽约打工,帮助母亲养育三个弟弟。经过近二十年的艰苦努力,她凭借坚强的意志和非凡的才华在美国文坛占得一席之地,成为美国加勒比裔作家中的杰出代表。金凯德的创作充分体现了加勒比非裔作品的杂糅性和反殖民特征。她曾经长期担任《纽约客》专栏作家,迄今为止已经出版了二十余部各类作品。1986年,金凯德获古根海姆奖学金(Guggenheim Fellowship),后来陆续接受多项荣誉学

---

① 金慎:《愤怒的"她"声——解读金凯德作品〈弹丸之地〉》,载《苏州大学学报》2004年第4期,第75页。

位,例如威廉学院、长岛学院、塔夫斯大学和布兰迪斯大学的荣誉博士学位。1994年至2009年,金凯德担任哈佛大学非裔美国研究系的教授。2009年,她离开哈佛大学,接受加利福尼亚州克莱蒙特·麦肯娜学院的教职,担任约瑟芬·欧尔普·威克斯荣誉主任和文学教授。

金凯德的早期作品具有较强的"自传性",短篇小说集《河底》、成长小说《安妮·约翰》(Annie John,1985)和《露西》(Lucy,1990)等多基于她的个人经历而创作,她的其他小说还有《我母亲的自传》《波特先生》(Mr. Potter,2002)、《预见未来》,非虚构作品《弹丸之地》(A Small Place,1988)、《我的弟弟》(My Brother,1997)、《故事演绎》(Talk Stories,2001)、《我的花园(书)》(My Garden [Book],2001)、《花间:喜马拉雅山之行》(Among Flowers:A Walk in the Himalayas,2005),以及多篇未收入集子的短篇小说。

相对于绝大多数安提瓜女性,杰梅卡·金凯德所接受的家庭教育是相当优越的。金凯德的母亲是位家庭主妇,有一定的文化,曾经参加政治运动积极反对英国殖民政府支持的贝尔德政权。金凯德的外祖父母是多米尼加岛的农民,拥有自己的小块土地。祖母是加勒比印第安人,祖父是苏格兰和非洲移民混血儿,曾经在多米尼加共和国做过警察。他们在一定程度上是金凯德创作《我母亲的自传》的灵感来源。金凯德的父亲是出租车司机,后来受雇于安提瓜种族主义组织米尔·里福高尔夫球俱乐部。金凯德直到成年以后才与父亲相认,但是他们的关系一直非常疏远。金凯德后来承认,自己是个私生子:"(安提瓜)很多人是非婚生的,我自己也是。我母亲怀我或者我出生的时候,他们并没有结婚,他们也不觉得有什么大不了的。这件事多少有些丢人,不过很快也就过去了,因为这就是现实。"[①]父亲在金凯德成长中始终处于缺位的状态。金凯德九岁时母亲再婚,在此之前母女相依为命,但母亲再婚后,母女情感开始发生变化:随着三个弟弟相继出生,她不得不帮助母亲照看弟弟,在她13岁时,继父身体状况恶化,母亲准备让她辍学去做学徒。16岁时金凯德离开安提瓜,到美国纽约给人做保姆,帮助母亲补贴家用。家庭环境的改变使得她和母亲逐渐疏离。

杰梅卡·金凯德在美国时半工半读,白天在雇主家做工,晚上去夜校上课。她后来应聘到《纽约时报》的作家迈克尔·阿伦(Michael Arlen,1930—)家照看四个孩子。这段经历对她的影响巨大,她取得了高中文

[①] María Frías and Jamaica Kincaid,"I Make Them Call Him 'Uncle':a conversation with Jamaica Kincaid on AIDS,family,and *My Brother* (1998)." *Transition* 111 (2013):125.

凭,并基本确定了自己今后的努力方向,这是她从一个岛国女孩蜕变为现代黑人女性的转折。金凯德初来美国时,本来打算听从母亲的建议读护理学校,将来从事护理这一女性占据相当比重的传统职业。但是在阿伦家做工期间,她发现自己对艺术更感兴趣,于是在业余时间到纽约社会研究学院学习摄影。1969年,她离开曼哈顿,到新罕布什尔州的弗兰科尼亚学院学习摄影,但是她在学习不足两年以后放弃学业,回到了纽约,并决定以写作为业。金凯德做过各种工作,也曾经穷困潦倒至没有钱付房租,只能寄宿在朋友家的地板上,她的经历是许多移民的真实写照。她曾经在杂志社和报纸工作,在格林尼治村音乐家中混迹,写过音乐评论文章。她在职业生涯的起初,虽然经历了诸多波折,但经过不懈的尝试和努力,终于在一家少年文学杂志社获得了工作机会,开始了自己的写作生涯。后来经过朋友推荐金凯德结识了《纽约客》的主编威廉·肖恩(William Shawn),开始为《纽约客》的"城市故事"栏目撰文,并在写作方面逐渐得到磨炼。1979年,金凯德和威廉·肖恩的儿子艾伦·肖恩结婚。艾伦是古典音乐作曲家,后来接受了伯宁顿大学的教职,全家搬到了佛蒙特州。金凯德和艾伦·肖恩育有一双儿女,两人在2002年离婚。

　　杰梅卡·金凯德对祖国安提瓜和母亲都怀有非常复杂的情感,这两个主题是她写作的基本框架。她思念家乡,但是回到安提瓜并不能让她感到安心。她对母亲的情感同样矛盾复杂:在弟弟们出生之前,金凯德和母亲的关系相当亲密,而且她的启蒙教育得益于母亲,她对世界的很多看法都受到母亲的影响。金凯德的女儿就是以她的母亲安妮的名字来命名的,她的成长小说中主人公"安妮·约翰"的名字同样取自母亲。母亲虽然也鼓励金凯德读书,但是有了弟弟之后,母亲的重心明显偏向了他们。金凯德后来在回忆录和访谈中提到父母对于她和弟弟的期望是不一样的:母亲希望弟弟能够通过读书摆脱贫穷、改变命运,但是对她并没有多大的期望,认为女孩子能够识字或者做个裁缝之类的技术工人就是很好的出路了。所以,在金凯德十二岁的时候,母亲把她送到了裁缝多伦女士的裁缝店做学徒工,这一直令她难以释怀。不久继父身体出现问题,母亲背负着沉重的生活负担,不仅无暇顾及她的情感需要,而且还要求她分担负担。她感觉母亲没有给予她精神支持,母女关系进一步疏远。金凯德到美国后从雇主家辞职准备追求学业时,母亲批评她不切实际,说她总是祈求自己得不到的东西,这令正在困难中挣扎的她备受伤害,因为她认为母亲在意的是她因中断工作无法为家庭提供经济资助。所以搬到纽约后,她就中断了和母亲的通信,长达两年之久。在离开安提瓜21年以后,金凯德才在1986年第一次返回家乡探望家人。纵观金凯德的作品,"这种矛盾的情感成为她写作和访谈中经常涉及的一个话题"①。

复杂而微妙的母女关系,出现在金凯德的多部作品中。在《河底》《安妮·约翰》《露西》和《我的弟弟》中,叙述者多次提到自己和母亲之间的既相互需要又彼此疏离的尴尬关系。《我的弟弟》属于非虚构作品,所以具有可信度和真实性。在书中叙述者提到,母亲传统的"重男轻女"思想给她带来了消极影响:"她总是要求我放弃之前占用我业余时间的某些爱好,然后就是放弃我生命中非常重要的事情我的学业……我喜欢读书,除了读书,别的什么事情我都不喜欢。不论什么样的书,我都喜欢读。"②这类作品本质上是文学叙述,具有一定的虚构性,不乏夸张的成分,但是有一个事实却不容忽视:1990年,母亲安妮·德鲁曾经到美国佛蒙特州金凯德家中短暂居住,其间母女之间的矛盾爆发,金凯德一度不得不求助于心理治疗师。但是另一方面,金凯德本人的态度也是十分矛盾的,她对母亲的态度耿耿于怀,但是又义无反顾地给母亲和弟弟提供帮助。

金凯德的这种矛盾心情,同样投射到了她对待出生地安提瓜的态度上。在写作生涯之初,金凯德即改了名字,表示与过去告别的决心。她曾经在访谈中提及,自己的名字和安提瓜的殖民地历史相关,所以她准备抛开过去,通过改名字来构建自己的全新身份,从而达到去殖民化的目的。另外,金凯德特立独行,拒绝认同于某个群体,强调自我的个性。她甚至否认安提瓜裔族群或者拉美裔或者加勒比裔文化对她的影响,而是强调写作的个人主义色彩,"我的立场是'杂种'的立场,我不觉得自己的荣誉应该归功于某一个群体。倒不是说我不喜欢他们或者怎么样的,而是说我写作的时候,我是个孤立的个体,不想去考虑我所属的那个群体。我写作的时候非常投入,如果我写的看起来有所不敬的话,我也不会改变。我感觉尊重他们的最好方式就是真实"③。这在很大程度上反映了她对家园同样持有爱恨交织的情感。

不可否认,在安提瓜的经历为金凯德之后的职业生涯奠定了基础,为她的写作提供了重要素材。因为安提瓜采用的是英国的教育体系,所以金凯德自从三岁半上学,就开始接触英国文学经典,她在访谈中曾经谈到过学校老师对学生的惩罚,就是背诵一整章的《失乐园》。她广泛阅读了各类英国

---

① Lizebeth Paravisini-Gebert, *Jamaica Kincaid: A Critical Companion*. Westport, CT: Greenwood P, 1999, p. 13.

② Jamaica Kincaid, *My Brother*. New York: The Noonday P, 1997, p. 126.

③ Jamaica Kincaid and Brittany Buckner,"Singular Beast: A Conversation with Jamaica Kincaid." *Callaloo* 31.2:(Spring, 2008):464.

文学经典著作，包括"勃朗特姐妹、哈代、莎士比亚、弥尔顿、济慈……从五岁的时候起，老师就教他们阅读莎士比亚和弥尔顿"①。另一方面，安提瓜的经历不仅历练了她，更重要的是使得她的写作在众多的黑人作家，甚至是加勒比裔作家中都能够脱颖而出。和不少当代女性作家一样，金凯德的创作也围绕自己的经历和家人、族人的故事展开。她认为"我的写作基于我的个人经历，其中的一部分就是我作为黑人女性的经历，我是黑人、是女性。当然了。你知道，很多时候，人们批评我，说我的作品中有着太多的愤怒"②。她自己的经历和家人的故事是她写作的最初灵感来源，这也是她开始引起读者关注的一个重要原因。

杰梅卡·金凯德的第一个短篇小说是《女孩》("Girl", 1978)，这篇两页长的故事后来被收录到了1983年出版的《河底》中。她的第二个短篇小说是《跨越安提瓜：加勒比海上深长的蓝色通道》("Antigua Crossings: A Deep and Blue Passage on the Caribbean Sea", 1978)，这些基本都是她早年生活的写照：

> 我们住在一个小岛上，安提瓜。小岛的一侧是太平洋，一侧是大西洋，另一侧是加勒比海。大西洋对我们没多大意义，因为它太遥远了，而且和我们共享的有着太多的恶人，他们和我们完全不一样。但是，加勒比海是我们的，和我们共享这片大海的，是同我们一样居住在这个小岛上的人们。有些岛是珊瑚岛，有些是火山岛。大大小小的这些小岛围成一圈，将加勒比海围绕起来，就好像装满花花绿绿装饰品的玫瑰色口袋，防止它溢出去，流向更广阔的大海。我知道，在这片水域的外面，还有别的大海，更加壮观、更加与众不同，但是它们也只不过存在于书本中。③

小说《安妮·约翰》讲述了女主人公安妮·约翰从10岁到16岁期间的成长，其中有欢乐，也有痛苦。小说采用第一人称叙述，聚焦安妮在特定人生阶段、特定地点的经历，以她开始形成对世界的认识为主要特征，以她离

---

① Selwyn R. Cudjoe, "Jamaica Kincaid and the Modernist Project: An Interview." *Callaloo* 39 (Spring, 1989): 398.

② Jamaica Kincaid and Brittnay Buckner, "Singular Beast: A Conversation with Jamaica Kincaid." *Callaloo* 31.2: (Spring, 2008): 463.

③ Jamaica Kincaid, "Antigua Crossings: A Deep and Blue Passage on the Caribbean Sea." *Rolling Stone* June 29, 1978, p. 48.

开家园到美国打工而结束。安妮回忆了自己在安提瓜的少年时代,特别是她和母亲的亲密关系,以及她对安提瓜文化的最初印象。但是安妮在"人间乐园"里梦幻般的生活以"坠落"结束,她终究要离开母亲的怀抱,走向冷漠的世界,独自面对生活。从这些特征来看,这部小说属于较为典型的成长小说。另外,小说中带有较多的自传成分,人物的经历在多个方面契合了金凯德的个人生活。鉴于此,评论家哈罗德·布鲁姆视其为"回忆录"[1],作者本人也认可"这本书中的情感是自传性的。我不想说这本书是自传,是因为那就意味着我承认关于我自己的某些事情。不过的确没错,就是那么回事"[2]。"安妮"的名字取自金凯德的母亲,并且母亲在安妮的生活中占据了中心地位,这显然是对金凯德自我成长中母亲影响的回应。的确,母女关系是《安妮·约翰》的核心主题,也显现于金凯德多数作品之中。童年时安妮和母亲的亲密关系让她感觉自己生活在"伊甸园"里,此时母亲身上充满了自然的气息,散发着大自然的肃静和美好。母女之间的和谐静谧是不言而喻的,她们的亲密关系无需言语来表达,已经投射在安妮以温情看待世界的眼光里。

《安妮·约翰》同时也是安妮走出"伊甸园"、寻找自我声音的过程。她对于过去的理解和对于生死的最初认识,带有鲜明的加勒比文化特征。例如,小说通过描写亡灵反映加勒比人对于灵性的信仰,也表明不同纬度的现实之并存的可能性,亡灵代表的过去会时时带入到人们的生活中:尽管亡灵"无法进入人们的家门,但是他们会在那里耐心地等候,四处跟着你,直到你也成为他们的一员"[3]。安妮也认识到,亡灵是萦绕在人们生活中的贫穷、痛苦的象征,也映射现实的种种限制,比如冷酷、冷漠,以及被贫穷限制的精神完善。离开父母前往英国学习护理,是安妮走向成年的转折,也是她逐渐摆脱母亲的影响的过程。她开始逐步架构自我意识,但是不知自己的认知是否依然受到母亲的影响,"我不知道,我以后的生活中,我能否辨识出来横亘在我和世界之间的到底是什么?是我母亲呢,还是她的影子呢"[4]。正如王家湘所说,小说"反映了女儿既想挣脱母亲的影响成长为独立的自我、又和母亲间有着无法斩断的感情联系的矛盾心态"[5]。这种矛盾和张力就是

---

[1] Lizbeth Paravisini-Gebert, *Jamaica Kincaid: A Critical Companion*. Westport, CT: Greenwood P, 1999, p. 30.

[2] Selwyn R. Cudjoe, "Jamaica Kincaid and the Modernist Project: An Interview." *Callaloo* 39 (Spring, 1989): 401.

[3] Jamaica Kincaid, *Annie John*. New York: Farrar, Straus and Giroux, 2013, p. 12.

[4] Jamaica Kincaid, *Annie John*. New York: Farrar, Straus and Giroux, 2013, p. 104.

[5] 王家湘:《黑色火焰:20世纪美国黑人小说史》。杭州:浙江文艺出版社,2017年版,第289—90页。

典型的金凯德风格,有成长的坚韧,也有对逆境的愤怒,正如她在《我母亲的自传》中对安提瓜的经典描述,"在这样一种地方,无情是唯一可以继承的真实遗产,而残酷有时则是唯一可以免费得到的东西"①。这种遒劲之风的女性成长的确是加勒比文化粗犷苍茫、热情奔放的贴切反映,是加勒比多重文化激烈碰撞的写照,无怪乎《我母亲的自传》被誉为加勒比裔美国文学中的优秀成长小说,因为它不仅代表了金凯德的标志性风格,也是加勒比文学和加勒比裔文学的特质。

杰梅卡·金凯德对于祖国安提瓜的反思在《弹丸之地》中得到了更加充分的体现。这部作品取材于金凯德在1984年重返安提瓜的经历,她此次以"游客"身份返回出生地。书中采取了第二人称为主的叙述角度,似乎是作为叙述者的金凯德在与游客展开对话:

> 如果你是一名来安提瓜观光的游客……你可能会说,安提瓜是多么美丽的一个地方啊——比你见到的任何一个岛屿都漂亮。在某种程度上,这里的确很美,放眼望去,处处是生机盎然的绿色,植被茂密,所以对于你这名游客来说,得到的印象就是这里降雨丰富。不过,你最不希望的就是下雨,因为那会让你想起在北美洲(或许更糟的,在欧洲)那难熬的漫长冰冷的日子,你辛辛苦苦地赚钱,为的就是能够到安提瓜这样的地方来度假,享受这里的阳光灿烂。没错,未来你待在这里的四到十天里,天气炎热而干燥。因为你是游客,你根本不会想到,这里的人们是如何一天一天忍受着干旱,不会想到他们会多么小心翼翼地珍惜每一滴水。在这个被大洋环抱的小岛上,一面是大西洋,一面是加勒比海,水竟然如此珍贵!当然,这些根本不会是你关心的事情。②

《弹丸之地》以安提瓜为对象,依然采用了非虚构性叙事,不过不再像其他作品那样书写个人经历,而是跳出了叙述者/作者的个人经历和自我视角。从上面一段的引文可以看出,作者开篇就聚焦于安提瓜的现状,比如学校医院等基础设施薄弱,农民完全依靠自然条件,政府救助形同虚设。通过第二人称叙述,叙述突出了"游客"的外来者身份,把他们同安提瓜人截然分开,这种陌生化策略的结果就是隐喻了"自我"与"他者"的对立,它甚至可以追溯到殖民帝国与殖民地的权力对比,"游客们……冷漠无情地将快乐建筑在岛

---

① 杰梅卡·金凯德:《我母亲的自传》,陆文彬译。海口:南海出版公司,2012年版,第3页。
② Jamaica Kincaid, *A Small Place*. New York: Farrar, Straus and Giroux, 2012, pp. 11—12. Epub.

国的贫穷苦难上。这种自私正是殖民者只注重切身利益而不关心被殖民者疾苦的体现"[1]。殖民历史的恶果就是安提瓜失去了自我,随着帝国势力撤去,它被遗忘在世界的角落。在不止一部作品中,金凯德将安提瓜比喻成"孤儿",安提瓜人不仅没有父母和祖国,而且没有敬畏和爱,"最糟糕、最令人心痛的,是没有话语"[2]。孤独和失语渗透在人们的各种关系中,"精神荒芜"集中体现在岛上已经被废弃多年的图书馆,它10年前在地震中被毁坏,却一直未能修复完成。在此,金凯德的真实意图是追溯后殖民语境下安提瓜人之精神荒原的源头:他们被割裂在帝国影响和自我欲望之间,"他们拒绝接受主人的上帝,但是他们也已经割裂了同自己祖先的历史联系,从而无法重拾自己的信仰"[3]。殖民帝国的影响并未完全消除,其权力模式结合安提瓜的孤独贫穷,以畸形的方式重新得到整合,比如安提瓜的重要经济支柱——旅游业,这实际是对当地生态环境的破坏,是殖民主义在岛国的延伸。政府官员贪污腐败、巧取豪夺、与海外帝国势力狼狈为奸,现代社会的物质主义对安提瓜精神造成了破坏性的侵蚀。

金凯德《弹丸之地》的一个主题词就是愤怒。金凯德如此书写,有着深刻的个人原因和社会历史背景。她在1965年从安提瓜来到美国的时候,安提瓜还是英国的殖民地,她认为安提瓜人"根本不是英国人,而是奴隶"[4]。对于殖民的憎恨来自作者的成长经历,她认为殖民帝国的"荣耀"就在于其压迫性和夸张做作,任何与英国相关的东西都很容易得到人们的认同。在《弹丸之地》中,叙述者金凯德多次将殖民者称作"罪犯",对殖民历史的愤怒溢于言表。这种情感的流露和之前的作品明显不同,"在早期作品中,她的愤怒隐藏于表面之下——这种愤怒来自一种无能为力之感,她作为殖民对象、作为强势母亲的女儿、作为种族主义和性别主义社会中的黑人女性而遭受的多重压迫——但是在《弹丸之地》中,这种愤怒显现出来,让许多人认为是一种值得庆贺的变化"[5]。这部作品出版以后曾经引发了较大的争议,其中对安提瓜的批评更是遭到安提瓜人和海外安提瓜人的普遍质疑。

---

[1] 金慎:《愤怒的"她"声——解读金凯德作品〈弹丸之地〉》,载《苏州大学学报》2004年第4期,第76页。

[2] Jamaica Kincaid, *A Small Place*. New York: Farrar, Straus and Giroux, 2012, p. 29.

[3] Elizabeth J. West, "In the Beginning There Was Death: Spiritual Desolation and the Search for Self in Jamaica Kincaid's *Autobiography of My Mother*." *South Central Review* 20.2/4 (Summer-Winter, 2003): 2.

[4] Selwyn R. Cudjoe, "Jamaica Kincaid and the Modernist Project: An Interview." *Callaloo* 39 (Spring, 1989): 397.

[5] Lizabeth Paravisini-Gebert, *Jamaica Kincaid: A Critical Companion*. Westport, CT: Greenwood P, 1999, p. 14.

《露西》被广泛地解读为半自传体小说①,讲述的是19岁的安提瓜女孩露西的故事,故事梗概与金凯德在美国的早年经历颇为相似。主人公兼叙述者露西·约瑟芬·波特从安提瓜来到纽约,在雇主家里做保姆,通过她的观察和体会,反映她逐渐适应美国的生活、开始自我成长的过程。一般认为,这部作品基于作者金凯德的个人经历,小说中的诸多细节,如露西因为不会打字而失去秘书的工作,她起初打算做护士的人生规划,在两年的时间里拒绝和母亲通信等情节,都契合金凯德的个人生活经历。相比于《安妮·约翰》,这部小说具有更鲜明的政治性,"露西"是个反叛者的形象,其名字取自《圣经》中撒旦堕落之前的名字"路西法"。露西的塑造延续了凯德作品中较为常见的母女关系主题,但也延伸至更深层次的文学母题,诸如种族、殖民主义和反殖民主义、自我成长、言说等。从白人雇主玛丽娅和露西的关系中,能够看出这些主题的交织。玛丽娅虽然对待露西非常和善,给予她母亲般的关爱,但是露西却对她带有偏见和敌意,甚至认为玛丽娅等人带着俯视的眼光将自己视为低下的"使女",玛丽娅提出带露西去观赏水仙花时,露西的反感达到了顶点②,因为水仙花是英格兰的标志,威廉·华兹华斯(William Wordsworth,1770—1850)的名作《致水仙花》也曾经是露西耳熟能详的名篇,此时露西从赏花中读到了安提瓜的被殖民历史。露西此刻回忆起童年时被老师强迫背诵英国诗歌的经历,再到她背井离乡的满腹怨气,以及她童年时的各种不快乐经历。可见,露西对自己的身份以及安提瓜的被殖民历史非常敏感,她将玛丽娅对她的善意解读为"白人"的自以为是。如果说玛丽娅在一定程度上将自己的审美观强加于她心目中需要同情的弱者,表现了白人的优越感,那么,露西则采用了同样的立场,将"母亲般"③的玛丽娅解读为白人殖民者的代表,将鲜活的个体贴上了群体的标签,同样抹杀了玛丽娅的主体性。可见,小说在看似琐碎和个人化的情节描写中,夹杂着对于安提瓜殖民历史的思考,以及对殖民地和宗主国的关系的解读。所以,露西最终毅然决然地离开了玛丽娅的家,决心摆脱基于权力关系上的雇佣和被雇佣的关系④。这正是金凯德小说的张力所在,她通过叙述展现出了人性的不同侧面,包括叙述者本人的内心,例如露西的敏感、多疑和愤怒。

---

① Diane Simmons,"Jamaica Kincaid and the Canon:In Dialogue with *Paradise Lost* and *Jane Eyre*." *MELUS* 23.2 (Summer,1998):68.

② Jamaica Kincaid,*Lucy*. New York:Farrar,Straus and Giroux (ReEpub),2002,p.29.

③ Jamaica Kincaid,*Lucy*. New York:Farrar,Straus and Giroux (ReEpub),2000,p.110.

④ Diane Simmons,"Jamaica Kincaid and the Canon:In Dialogue with *Paradise Lost* and *Jane Eyre*." *MELUS* 23.2 (Summer,1998):83.

基于此,有学者认为,露西是位不可靠的叙述者,"她不是隐含作者的代言人,而是隐含作者的考察对象,她与隐含作者的立场时而相同时而对立"①。应该说,这才是金凯德的小说高于世俗之处,它超越了小说文本和作者个人经验之互文性的经验性解读,从而具有了审美的高度。

《我的弟弟》是金凯德非虚构性作品的另外一部,基于金凯德最小的弟弟戴文·德鲁的故事。戴文比金凯德年幼13岁,在33岁时死于艾滋病,虽然姐弟两人的交集并不多,但是他们的命运却以奇特的方式紧密相连:戴文出生之时正值家中的经济状况开始发生变化之际,金凯德不得不辍学并作为劳动力输出到了美国,不过这一转折也成为她命运的转机。金凯德在逆境中最终克服了弱势地位给她带来的种种局限,才能够较为释然地重新审视自己和家人的关系。这部作品一般被视为"非虚构性"作品,金凯德在访谈中也多次提及戴文的故事,契合她在书中对于戴文故事的书写。但是,在文学的框架下讨论文本,其叙事性依旧应该被作为首要的属性。文本突出了"亲情"和"贫穷"这两个主题,既体现作者个人经历的独特性,也具有拉美裔文学主题的普遍性,讲述金凯德在弟弟罹患疾病过程中自己的付出和家人的努力,也反映出人们在死亡面前的无助和失去亲人的痛苦。回忆录采用了金凯德惯用的倒叙手法,打破了线性的时间顺序,以自己回到安提瓜探望病危的弟弟作为故事的开始,她看到濒临死亡的戴文,不由回忆起自己13岁时他刚出生的情景,因此突出了"亲情"这一主线,尽管姐弟之间有着巨大的年龄差距和不同的成长环境,并相隔千里,但是血缘的纽带坚不可摧,非时间和空间所能够阻隔。通过弟弟的遭遇,金凯德在这部作品中回忆她在安提瓜的成长,讲述贫穷如何限制了人们对于未来的期望。在弟弟的死亡面前,她感到深深的无助:"尽管我已经有了心理准备,但是他的死依旧那么意外。死亡笼罩在我的面前,不是如人们所说的那种阴云,而是坚硬冰冷的障碍,无法穿透。"②

《我母亲的自传》被公认为是金凯德的代表作,"聚焦于金凯德的多米尼加祖父母的生活和经历,中间穿插着她母亲的生活"③。在文本中,第一人称叙述者是年近七旬的雪拉,她回顾了自己的一生——由于母亲的缺失而充满了创伤和愤怒的一生。作品在语言、文体等多方面具有颠覆性,充分利

---

① 申昌英、王绵绵:《〈露西〉中的不可靠叙述与潜藏文本》,载《当代外国文学》2014年第4期,第45页。

② Jamaica Kincaid, *My Brother*. New York: The Noonday P, 1997, p. 102.

③ Lizabeth Paravisini-Gebert, *Jamaica Kincaid: A Critical Companion*. Westport, CT: Greenwood, 1999, p. 17.

用了"虚构性自传"(fictional autobiography)这一叙事形式,采用了散文体来创作小说。之所以说这部作品具有强烈的颠覆性,是因为按照一般的理解,"自传"是自我的传记,作者、叙事者以及叙述客体应该是一致的。然而在小说中,雪拉的母亲在她出生时就因为难产而去世,自传的主体和客体自始至终都是缺失的,所以金凯德所书写的是"不可能的事情。叙述者描写的是另外一个人的自传,她根本不认识也无法认识的一个人。她所描写的生活是她从未经历过的,也是她一无所知的生活。她一出生就失去的母亲,是她无法触及的一个人"①。由此说来,这部作品根本不是"自传":

> 这里对我的生活的叙述,已经成为对我的母亲的生活的叙述,而这也就等于对我的生活的叙述。不仅如此,它还是对我没有生下来的孩子的生活的叙述,这也是她们对于我的叙述。在我的身上,有我从未听过的声音,有我从未见过的脸,也就是那个让我来到这个世上的人。在我的身上,有本该由我孕育的声音,有我从未允许它们形成的脸,有我从未允许它们看见的眼睛。这里的叙述是对一个从未被允许存在的人物的叙述,以及对一个我不允许自己成为的人物的叙述。……它不是一本史书,不是任何一个我可以道出姓名的人物的著作。②

但是,在不可能之中同时也蕴含了可能性,即叙述者所代表的显然不只是她的母亲,也是她本人和许许多多生活在贫穷、暴力、冷漠和愤怒中的女性。正如冯亦代先生所说,雪拉"只是个象征而已。所有人们的苦难和堕落,都系抽象而得,她把自己则看作是个象征"③,因此,雪拉构建了被多重边缘化的女性的生活,她们生活在性别、种族和阶级等罅隙之中。雪拉从一出生就失去了母亲,父亲把她托付给奶妈尤尼丝,但是雪拉在尤尼丝家里得不到关爱,感觉自己如同父亲的一件脏衣服一样被丢弃。她和父亲的唯一联系就是他写给尤尼丝的字条,对于年幼的雪拉,那飘逸的字体带有谜一般的吸引力,也使得"父亲"这一形象愈发模糊起来。雪拉的母亲是加勒比人,处于英国殖民者和美洲土生非裔的夹缝之中,父亲具有苏格兰和非裔加勒比血统,雪拉的出身体现出了多重混杂,其结果就是她不属于任何一个群体。所以,

---

① Veronica Marie Gregg, "How Jamaica Kincaid Writes the Autobiography of Her Mother." *Callaloo* 25.3 (Summer, 2002):928.
② 杰梅卡·金凯德:《我母亲的自传》,陆文彬译。海口:南海出版公司,2012年版,第184—85页。
③ 冯亦代:《美国新女作家金凯德》,载《读书》1996年第7期,第151页。

雪拉才下定决心去寻找自己的"脸庞",她拒绝认同于任何一个群体或者任何一个国家,学会了坚强冷漠地面对世界。

在雪拉的自我构建中,核心理念是独立、自我,这本是十分积极的态度,但是其中却流露出冷漠和愤怒。雪拉是世事冷漠所造就出来的产物,她同样以冷漠和残酷来对待这个世界。她性格的发展体现在她对待世界的态度中,体现在她同父亲、继母、情人的关系中。她没有真正爱过父亲,"我不爱我父亲,我爱自己对于父亲的这种不爱,我想念他活着的时候,想念那种不爱之爱带给我的刺激"[①]。她在不同的男人之间游移,然而却并不爱其中的任何一个,包括她的丈夫菲利普·贝利。她不想和男性有任何的血脉联系,所以毅然打掉腹中胎儿,以此将生活掌控在自己的手中:"就在那时,我换了一个人,我知道了我以前所不知道的事情,我知道了只能通过我这样的亲身经历才会知道的事情。我将自己的生命抓在了自己的手里"[②]。这些都暴露了雪拉性格中的扭曲、残忍和自私,但是也象征性地表明了她强烈的生存意志:她必须把生存的压力转移,才能为自己争得生存空间。诚然,雪拉这个人物孤独、高傲、冷漠,并不是多么惹人怜爱。但是从另外一个角度来看,她对父亲、继母、妹妹以及情人的排斥,也在相当程度上源于她生活在自我的世界里,她的"整个一生中,始终没有过这样一种东西,即所谓的爱,这种让你死或者让你永生的爱"[③]。诚然,雪拉的残酷并非天生如此,而是出于环境的养成:她所生活的世界是爱的荒原,原本简单的关系被赋予了利益的纠葛,使得人们为了各自的私利彼此伤害。因而,她的防御姿态具有深层的政治隐喻,就是女性对于主体性和自我身体的掌控。小说通过叙事技巧,在更广阔的背景下,通过个人生活和社会历史两个维度的交织,为雪拉以外更多的女性,赋予了身份的主体性,如被消音的母亲和众多无形的非裔加勒比女性,她们在基督教文化下被强加给了属下身份,"殖民主义和基督教已经代替了自爱和他们与祖先的联系……基督教成了征服者控制被征服者的工具"[④],她们失去了自爱和各自的历史。自传的传主早已经被消音,所以这部所谓的"自传"是对传统自传这一文学体裁的解构。之所以如此,是因为权力主客体之间的紧张关系导致了人性的异化,小说字里行间流露出的愤

---

① 杰梅卡·金凯德:《我母亲的自传》,陆文彬译。海口:南海出版公司,2012年版,第170页。
② 杰梅卡·金凯德:《我母亲的自传》,陆文彬译。海口:南海出版公司,2012年版,第67页。
③ 杰梅卡·金凯德:《我母亲的自传》,陆文彬译。海口:南海出版公司,2012年版,第175页。
④ Elizabeth J. West,"In the Beginning There Was Death:Spiritual Desolation and the Search for Self in JamaicaKincaid's *Autobiography of My Mother.*" *South Central Review* 20.2/4(Summer-Winter,2003):13.

怒是对创伤和暴力的控诉:"在相当程度上,少数族裔这一身份在他国文化境遇里遭罹的创伤和尴尬,是杰梅卡·金凯德和这些作家们的共同写作资源。"①新旧大陆间的冲突、殖民者和被殖民者的冲突,使得加勒比海地区已经成为文化混杂程度最高的地区,但也是暴力和冲突最为激烈的地区之一。在访谈中,金凯德十分坦率地对这个问题进行了回应:"在我成长的那个文化环境中,内疚不是什么大不了的事。"②

纵观杰梅卡·金凯德的所有小说会发现,雪拉并不是唯一一位如此愤怒的叙述者,金凯德的主人公大抵如此,甚至还会表现出一种令人印象深刻的施虐倾向。在《安妮·约翰》中体现为安妮对死亡的最初理解。安妮从母亲那里得知亡灵中也有儿童,所以小孩也会死,所以她对死亡既恐惧抗拒又充满好奇心,从她对索尼娅的态度中,就可以看出这种近乎扭曲的心理。索尼娅是班里最不受人待见的一个孩子,她学习成绩差,性格懦弱,同学们对她极尽歧视。安妮从妈妈的钱包里偷钱,给索尼娅买糖果,给她抄作业。但这并不是出于对索尼娅的爱怜,而是通过这样的方式让索尼娅依附于自己,成为自己的出气筒,例如她揪索尼娅胳膊上的汗毛,看着她无助哭泣时倍感满足。安妮选择了这个最为无助的女孩,把她作为自己的施虐对象,来检验痛苦和恐惧。后来索尼娅的妈妈突然身亡,索尼娅再也没能来上学。安妮感到了失落,并不是因为她对索尼娅的不幸感到同情,而是她失去了可以发泄的对象。此外,如前所述,《露西》中露西亦是如此,她回想起自己做学徒时的裁缝师傅,她对待玛丽娅的刻薄,都带有莫名的愤怒和报复心态,是这种施虐心理的体现。

杰梅卡·金凯德的经历和种族背景对她写作生涯的影响是不容置疑的。尽管她视自己为离群索居者,也承认自己作品中的女权主义影响,但是她并不认为自己属于某一个特定的阵营:"我觉得,我的成功,或者不管你怎么看它吧,应该在相当程度上归功于女权主义的影响。不过,我不希望被划归到那个范围内。人们这么认为的话,我不会在意,但我自己不会这么主张的。我的意思是,我就是我自己,我一直把自己看作是独立的个体。"③然而,从更加广阔的角度来看,金凯德所描写的,是一个具有相当普遍性的拉

---

① 陆文彬:《译者后记:除了愤怒,我一无所有》,载《我母亲的自传》,杰梅卡·金凯德著,陆文彬译,海口:南海出版公司,2012年版,第188页。

② María Frías and Jamaica Kincaid,"I Make Them Call Him 'Uncle':a conversation with Jamaica Kincaid on AIDS,family,and *My Brother* (1998)." *Transition* 111 (2013):129.

③ Selwyn R. Cudjoe,"Jamaica Kincaid and the Modernist Project:An Interview." *Callaloo* 39 (Spring,1989):401.

美裔文学主题,即悲剧的来源。金凯德将其归结于人性之冷漠,胡诺特·迪亚兹(Junot Diaz,1968—　)将其归结于"诅咒"(Fuku)①,即受害者情结与施害者情结相交织的恶性循环。正因为如此,无论是拉丁美洲文学,还是有着拉丁美洲文学传统的美国拉美裔文学,暴力、创伤、流散和文化适应成为相当普遍的书写主题。

格洛丽亚·内勒(Gloria Naylor,1950—2016)

格洛丽亚·内勒是成长于民权运动时期的另外一位非裔女性作家,其影响力几乎可以与最优秀的非裔女性作家相提并论。尽管她的知名度比不上非裔女性文学中的翘楚,但是她有着独特的过人之处:她的处女作《布鲁斯特街的女人们》(*The Women of Brewster Place*,1982)获得了美国国家图书奖的新秀奖(1983年),而她当时还是耶鲁大学的硕士研究生。只是,相比于同年度获得同等级别奖项的《紫色》,这部小说在学术界并未得到应有的关注。内勒充满温情地书写美国黑人社区故事,将社区作为黑人种族性的表达场域,强调黑人互助的重要性。因而有评论家认为,"没有哪位作家的作品能够像格洛丽亚·内勒的小说那样,鲜明坚定地表达了关爱他人的黑人之爱……那样着重书写了祖先谱系、代际冲突、经济剥削和失去的梦想。她还特别赞扬了爱的力量,它能够疗伤,带来和平和自身完善。"②她尤其致力于发掘女性的故事,传达女性自我建构的力量。她笔下的黑人社区故事,特别是形形色色的"治愈系"故事,在20世纪"后民权运动"的文化环境下彰显黑人文化合力的重要性。

内勒出生于纽约,是家中的长女。她的父母都曾经是佃农,为逃避南方残酷的种族歧视、谋求新的发展,从密西西比州迁移到了纽约的哈莱姆区。在纽约,内勒的父亲是搬运工,母亲是接线员,他们尽管受教育不多,但是非常注重孩子的教育。内勒在七八岁的时候就在母亲的鼓励下开始写作,其作品包括诗歌和短篇小说。她学习成绩优异,在中学时就阅读了大量的英国文学经典作品,并对未来充满了信心。内勒13岁时,他们一家搬到了纽约市的皇后区,母亲加入了颇具争议的激进教派"耶和华见证人"并积极参

---

① Junot Diaz,*The Brief Wondrous Life of Oscar Wao*. New York:Riverhead Books,2008, p.1.

② Kathleen M. Puhr,"Healers in Gloria Naylor's Fiction." *Twentieth Century Literature* 40.4 (Winter,1994):518.

加教会的活动,格洛丽亚·内勒本人也成为教会的一员。她18岁受洗成为教会成员,高中毕业那年,出于社会背景和个人信仰的双重原因,她甚至推迟了继续上大学深造的机会而成为传教士,到纽约各地传教,因为该教会的一条教规就是教众担任传教士去各地传播福音。1968年,马丁·路德·金遇刺,黑人争取权利的运动遭受巨大挫折,对内勒也产生了直接的影响,她"意识到自己没有特别的技能,不能这样把宗教当作自己的全职工作,必须要有能够养活自己的技能"[①]。她于是在1975年脱离教会,重新回到学校读书,先后就读于纽约市立的美德加艾维斯学院和布鲁克林学院,起初在护理系,因为当时护士是女性(特别是少数族裔女性)选择较多的职业,后来转到英文系。在此期间,非裔女性文学已经开始强劲崛起,内勒阅读了佐拉·尼尔·赫斯顿和托妮·莫里森等非裔女性文学先驱的作品,更加坚定了自己从事写作的信念。1981年大学毕业后,她到耶鲁大学攻读硕士学位,于1983年以优等生的身份毕业。

国家图书奖的获奖小说《布鲁斯特街的女人们》是非裔文学中黑人社区书写的里程碑式作品,小说在1989年被改编成电影,由奥普拉·温弗瑞主演。内勒的第二部小说《林登山》(Linden Hills,1985)是她为毕业而创作的小说。此外,她还出版了《戴妈妈》(Mama Day,1988)、《贝利饭馆》(Bailey's Café,1992)、《布鲁斯特街的男人们》(The Men of Brewster Place,1999)和《1996》(1996,2004)等小说。在文学生涯中,她陆续在美国国内多所大学讲授文学和文学写作课程,例如乔治·华盛顿大学、纽约大学、波士顿大学、康奈尔大学等。内勒2016年因为心脏病发作在维京群岛离世。

《布鲁斯特街的女人们》被公认为内勒的代表作,小说由九部分构成,其中第一部分和最后一部分分别是"拂晓"(Dawn)和"黄昏"(Dusk),分别讲述布鲁斯特街的由来和最后的结局,又象征着社区中人们在一天里的生活,中间是七个短篇,每个故事各自相对独立。不过,九个部分之间存在着延续性和连贯性,玛蒂·迈克尔是贯穿小说始终的人物,也是小说的灵魂人物,还是主要的叙事视角来发挥连接作用。每一部分着重于不同的角色,某一个故事中的主人公在另外一个故事中成为次要角色,只是玛蒂·迈克尔始终以主人公或者见证者的角色而存在,成为联系这些人物的纽带。对于这个叙事结构,内勒本人称其为"短篇小说集":"我的第一部小说……就是一

[①] Ethel Morgan Smith and Gloria Naylor,"An Interview with Gloria Naylor." *Callaloo* 23. 4 (Fall,2000):1433.

系列相互联系的短篇小说。我跟自己说,好吧,我现在还写不了一整本书,不过我可以写一个短篇。写好以后,好吧,还不错,我可以再写另外一个。当时,我刚开始职业生涯,坐下来写个长篇小说的想法还过于雄心勃勃。"①这种内在的联系正是内勒小说叙事的特点之一,并且,她的其他几部小说也是如此。《戴妈妈》和《贝利饭馆》也存在这样的内在联系,"贝利饭馆"在《戴妈妈》中已经提及:"码头旁边有个废弃颓败的饭馆,侧墙上的窗户已经坏掉了,但是正面的招牌还在,上面的字已经斑驳,依稀可以分辨出'贝利饭馆'几个字。"②这个场景在下一部小说中成为故事背景。《布鲁斯特街的女人们》中从林登山社区搬到布鲁斯特街的吉斯瓦娜·布朗尼,成为下一部小说的一个契机;而被誉为"姊妹篇"的《布鲁斯特街的男人们》(*The Men of Brewster Place*,1999)和《布鲁斯特街的女人们》,之间的互文性非常明显,在前一部小说中未能详述的男性人物的故事,在后一部作品中悉数展开,例如看门人本杰明、玛蒂·迈克尔的情人和儿子,以及毅然决然离家出走的尤金·特纳等人的故事,在这里男人们发出了他们的声音,讲述了他们在两性关系中的无奈、忍受和付出,解答了女人们故事中男人种种令人费解的表现。作家本人说,"我希望重新在家庭关系中理解黑人男性,不是在布勒斯特街之外的地方,而是在他们的立足之地。看看人们如何解读,可能会非常有意思"③。这样,即便小说在形式上呈现出碎片化,其整体性依旧十分明显。

纵观内勒的整个文学创作,可以看出,她从书写女性经历到聚焦男性视角,从书写下层黑人女性到书写黑人中上阶层,从书写黑人和白人的关系到书写黑人和他们家人的关系,进而书写黑人社区和非黑人社区的关系,主题的疆域呈现出不断扩大的态势。内勒在访谈中对这种写作理念嬗变的解释是,她希望跳出黑人文学较为刻板的书写范式,《布鲁斯特街的男人们》的创作突出地反映了她对于种族关系认知的变化:"如果作家书写黑人男性人物,通常都是聚焦于男性同白人世界的斗争,例如争取尊严、自尊、经济利益或者心理成长,他们的对手总是白人世界。而我更愿意从他们与各自家人的关系,来看待这些男性人物。并不是把他们带离布鲁斯特街以外的地方,去描写他们和世界的相遇,而是就在这里——在他们此时此刻所在的地方,

---

① Charles H. Rowell and Gloria Naylor,"An Interview with Gloria Naylor." *Callaloo* 20.1 (Winter,1997):181.

② Gloria Naylor,*Mama Day*. New York:Vintage,1988,p. 131.

③ Charles H. Rowell and Gloria Naylor,"An Interview with Gloria Naylor." *Callaloo* 20.1 (Winter,1997):186.

看看此时发生的事情会是非常有意思的。"①内勒这几部作品的一些代表性主题和手法的确如此;而这些在20世纪八九十年代,对于黑人群体的发声、女性地位及两性关系的建构、传统文化的传承,尤其具有重要意义。

　　内勒的人物以中下层黑人为主。这应该和作家本人的劳动阶级背景相关,她与下层劳动人民的生活感同身受,对他们的生存境况更加关注。布鲁斯特街是被社会遗忘的角落,一堵高墙将其同其他社区分割开来;《戴妈妈》中的柳泉社区以及贝利饭馆的情况同样如此。柳泉位于南卡罗来纳和佐治亚州之间的小岛上,人们都搞不清楚它属于哪个州,地图上没有它的名字。这里的居民都是黑奴的后代,他们生活在世界的边缘,一无所有,艰辛度日。贝利饭馆更像是世界上被遗忘的角落,"即使这个地球是圆的,你也会发现,有许多地方处于边缘……除非,有个地方,在这个地方你可以稍稍喘口气,尽管它在世界的边缘——尽管看上去有些令人望而生畏"②。黑人社区内部,无论是在布鲁斯特街还是在别处,女性都处于更加弱势的地位。通过小说中不同人物的故事,可以洞见男性对于女性的压迫和控制,例如巴什·富勒对玛蒂·迈克尔的诱奸,墨兰德·伍兹牧师对艾塔的诱骗,还有家庭中丈夫对妻子或父亲对女儿的控制。玛蒂·迈克尔和爱娃·特纳年轻时的遭遇十分相似:"我爸爸也是那样的。我记得那天晚上我和第一任丈夫从家里逃出来的情景,他是一名歌手。我老爸找了我们三个月,然后拽我回家,将我锁在屋里好几个星期,把窗户都钉死了。可是他一把我放出来,维吉尔就找到了我,我们又逃走了……结果我爸爸好多年都不搭理我。"③玛蒂独自带着儿子几经辗转之后来到布鲁斯特街居住;卢西埃尔的丈夫对她实施冷暴力,而后在家庭责任重压之下决然离去,即便目睹他们的女儿触电身亡也丝毫不为所动。《贝利饭馆》同样是一个社会底层的缩影,里面的几位女性人物命运更加悲惨,她们有的是妓女,有的是瘾君子,有的是丈夫泄欲的工具。萨迪被迫出卖肉体,整日通过酗酒进行自我麻痹,依靠幻想弥补自己业已失去的梦想。这些女性艰难地在社会底层挣扎,同命运坚强地抗争。

　　相比于前两部小说聚焦于社会底层黑人的叙事角度,《林登山》描写的是黑人中产阶级的生活,强调了黑人社区内部的阶级分野。小说采用了但丁式的叙事结构,描写的是布鲁斯特大街旁边不远处林登社区的故事。小说以两个年轻诗人莱斯特和威利的视角展开,他们打算在圣诞节前夕在林

---

① Charles H. Rowell and Gloria Naylor,"An Interview with Gloria Naylor." *Callaloo*,20.1 (Winter,1997):186.
② Gloria Naylor,*Bailey's Café*. New York:Vintage,1993,p. 112.
③ Gloria Naylor,*The Women of Brewster Place*. New York:Penguin,1983,p. 34.

登山社区找点零活赚些钱,两个人物在叙事结构中起到穿针引线的连接作用——这个社区的名字在《布鲁斯特街的女人们》中已经提及,在《吉斯瓦娜·布朗尼》的故事中,梅拉尼·布朗尼不满于中产阶级父母的做派,认为他们为了获得事业上的成功而抛弃了祖先的非裔文化传统:"妈妈,你说这话是什么意思,这些人? 这些都是我的同胞,也是你的,妈妈——我们都是黑人。不过,或许你住在林登山,已经忘了这些了吧。"[1]加上在学校受到的种族歧视,她于是愤而离家出走,从林登山来到布鲁斯特街。《林登山》描写的是黑人中上阶层的故事,内勒本人说道:"(它)涉及黑人中上阶级和他们的道德观。不过,这个问题没有答案。有些黑人非常急于融入白人社会,所以他们假装能够用成功来消解肤色差别。"[2]两位叙述者是布鲁斯特街中下层贫民的代表,读者随着他们的视角看到了不同阶层居民的生活:林登山是个依山而建的社区,八层的盘山路,街道边的房子价格不同;不同层级住宅,对应居民各自的经济状况。在最底层湖边的大宅里,住着林登山社区不动产创始人的后代路德·尼迪德。

林登山是典型的中上阶层的黑人社区,居民在精神生活和物质生活上与布鲁斯特街形成了鲜明的对照:在富裕的社区,叙述者看到越来越宽敞、装饰豪华的房子,但是也看到了形形色色的冷漠百态:邻居间形同路人,物质生活的丰盈并未带来精神上的满足和心理上的安全感;当他们最终来到社区的核心,触及代表社区经济命脉的核心人物,进而发现了金元背后的秘密,揭示一部分"成功"黑人为了利益而付出的惨痛代价。小说的八层盘山路是对"炼狱"的隐喻,隐喻了"内勒对'七宗罪'的改写,其中涉及贪欲、虚伪、抗拒自己的文化传统、蔑视自己的种族、狼狈为奸,而在最底层,在路德的家里,还有性变态、贪婪和谋杀"[3]。小说因此层层揭开林登山社区非裔美国人在实现"美国梦"过程中的"秘密":他们为了获得事业上的成功,牺牲了自己的文化传统,这种价值观的代表人物就是路德·尼迪德。他个人生活混乱无节制,漠视生命,用利益衡量所有人际关系,为了获取财富和权力不惜一切代价。他把妻子视为自己财富的一部分,将她们当作自己传宗接代的工具,而后将她们无情抛弃、囚禁。另外,非裔文化和主流文化间的矛盾也是内勒小说中的突出主题。

---

  [1] Gloria Naylor, *The Women of Brewster Place*. New York: Penguin, 1983, p. 83.
  [2] Ethel Morgan Smith and Gloria Naylor, "An Interview with Gloria Naylor." *Callaloo* 23. 4 (Fall, 2000):1431.
  [3] Kathleen M. Puhr, "Healers in Gloria Naylor's Fiction." *Twentieth Century Literature* 40. 4 (Winter, 1994):521.

在内勒小说中,无论是在贫穷的黑人社区还是在中产阶级社区,女性都处于从属地位,正因为女性人物遭受种族和性别的双重(甚至多重)压迫,她们相互之间依托"姐妹情谊"而形成了坚强的联盟,共同应对主流社会文化霸权以及男性权力的压迫。女性之间的关爱成为黑人社区凝聚力的象征,甚至代表了黑人族群的未来和希望,例如在《布鲁斯特街的女人们》中,爱娃·特纳对无家可归的玛蒂·迈克尔的无私帮助。在玛蒂带着儿子无处栖身的时候,爱娃收留了他们母子;爱娃不仅不收玛蒂的房租,而且还帮她照看儿子。玛蒂将这种关爱延续了下去,在爱娃·特纳去世之后,玛蒂·迈克尔将她的孙女卢西埃拉视为己出,帮助她照看孩子,在她生命垂危时倾尽全力救助。在《林登山》中,女性之间的联盟则更具文学审美取向,表现为"话语间性",即路德几任妻子之间的话语延续。路德之前婚姻生活的秘密,被最后一任妻子维拉偶然发现。维拉因为生下浅肤色的儿子而遭到路德怀疑,被囚禁在大宅的地下室里。她发现了第一任妻子陆华娜·派克维尔藏匿在《圣经》中亲笔书信,里面记录了关于陆华娜生活的只言片语;之后维拉又陆续发现了另外两任妻子的笔迹,她们将各自的生活片段记录在收据、购物清单、菜谱等女性家庭日常领域,因而没有被路德·尼迪德所发觉。维拉通过阅读这些女性话语,感觉到了她和其他女性之间的联系,"她找到了打开陆华娜·派克维尔隐秘记忆的钥匙。这个女人用这些古老的记录作为航标,至少已经找到了一个地方,让自己生命内部的能量之流找到停泊的方向。她不明白他为什么对于居家管理和自己的饮食立下了那么多规矩,把这些记在了《利未记》前面;她不知道自己的生母是谁,把自己的悲伤记在了《路得记》旁边;她初为人妇的惶恐,记在了《所罗门之歌》前面"[1]。维拉在黑暗的地窖中经历了心灵的成长,也获得了战胜命运的力量。她通过讲述而最终为自己正名,获得了独立的身份:之前她始终被称作"路德夫人",并没有自己的姓名,直到最后她的娘家姓氏才为读者所知;她也具有了与路德同归于尽的勇气,两个人在圣诞前夜的大火中双双身亡。这种女性话语给彼此带来的心理慰藉超越了话语本身,"通过这些行为,女人们建立起新的誓约,提升了《圣经》话语的力量。维拉通过阅读尼迪德前任几位妻子的悲惨历史,也得到启发,于是重新书写自己的故事,来证明自己生活的价值,表明她能够掌控自己,获得力量走出地窖"[2]。内勒在访谈中,肯定了文学写作对于自己的现实意义,既是谋生的手段,也让自己获得成就感和认同

---

[1] Gloria Naylor, *Linden Hills*. New York: Open Road Integrated Media, 2017, pp. 128—29.
[2] Kathleen M. Puhr, "Healers in Gloria Naylor's Fiction." *Twentieth Century Literature* 40.4 (Winter, 1994): 521.

感:"如果我只教书的话,我同样能够生存下去。但是,那是什么样的生活方式呢?我已经获得了这样的优势,可以有着更加丰富的生活方式,那就是通过语言和文学形式来塑造人物。"[1]这可能就是她设计这个情节的原因所在。

值得注意的是,内勒所描写的姐妹情谊,既有温柔似水的温情滋润,也有着阳刚的挺拔坚韧,还有暧昧不明的同性之爱。在《布鲁斯特街的女人们》中,爱娃·特纳和玛蒂·迈克尔之间的支撑与抚慰堪称经典,但她们彼此间也有协商和抗拒。两人在教育孩子问题上产生分歧时,爱娃毫不客气地称巴斯尔为"熊孩子"。后来巴斯尔在酒吧里因为争风吃醋而致人死命,玛蒂抵押上了房产将他保释出来,他却在即将开庭之际逃跑,导致玛蒂失去了栖身之所。这时她才开始意识到自己无条件的保护欲其实具有致命性的伤害。相比于玛蒂的一味容忍和退让,爱娃的态度可谓强硬,在重要问题上毫无退让;她的爱坚韧有力,它锤炼着玛蒂,让她不断成长。另外一对女性人物洛兰和特丽莎之间的关系也值得注意,她们的爱已经超出了一般的"姐妹情谊",成为同性恋之爱的典型。但是这种爱难以得到人们的容忍,最终洛兰的担心变成了惨烈的现实:以贝克为首的街头流氓为了报复和警示她,将她轮奸。尽管布鲁斯特街的女性承受了各种的磨难,小说仍旧表达了对于未来的希望。在最后一部分"社区舞会"中,玛蒂·迈克尔梦见了女人们合力拆除了那堵见证了暴力和隔离的围墙。

内勒认为,黑人社区的未来依赖于坚强的女性,因而在小说中塑造了一系列黑人女性灵魂人物。她们坚忍顽强,具有特别的治愈能力。她们有的只是普通女性,所谓的"治愈功能"具有象征性,在现实中更多地表现为经济和精神的独立,或者自我话语的构建;有的则是社区的"萨满教士"或"民间医生",具有现实的治愈技能,能够施行身心兼治。小说中艺术地表现她们的神奇治愈力量。《布鲁斯特街的女人们》中的爱娃·特纳和玛蒂·迈克尔、《林登山》中的维拉·尼迪德、《戴妈妈》中被大家称作"戴妈妈"的米兰达·戴、《贝利饭馆》中的爱娃等人物,都具有人格上的独立性,也是母亲形象的集中象征,同时还是疗伤者。在《布鲁斯特街的女人们》中,卢西埃拉在遭到丈夫抛弃并陆续失去两个孩子之后失去了生活的信心,玛蒂·迈克尔如母亲般把她抱在怀里,给予她温暖和心灵抚慰:

---

[1] Charles H. Rowell and Gloria Naylor, "An Interview with Gloria Naylor." *Callaloo* 20.1 (Winter,1997):187.

就这么摇晃着她,好似又回到了童年,让她看到那些夭折的梦想。她就这么摇晃着她,轻轻地,她好像回到了母亲的腹中,回到了伤痛的最初,她们终于找到了——那是个小小的银色尖刺,就在皮肤下面。玛蒂摇晃着、慢慢往外拔——那尖刺出来了,可是那根部太深、粗壮,边缘参差不齐,把肉都撕裂了……还留下一个大洞,已经开始化脓,不过玛蒂放心了。会愈合的①。

玛蒂给卢西埃拉擦洗身体,象征性地实施洗礼,使她终于得以放声大哭、倾泻出心中的痛苦。戴妈妈利用自己的医术,附以新鲜鸡蛋等物品和祈祷仪式,为贝尔尼丝治愈了不孕症。贝尔尼丝终得康复,如愿成为母亲。《贝利饭馆》中的爱娃帮助杰西戒毒、为玛丽安接生,象征性地守护着种族延续的神圣责任。内勒谈及这类象征性文学形象的必要,她认为,在民权运动之后,黑人的境况并没有得到根本性的改善:

这个国家与之前一样的分裂,的确有些变化,有些黑人获得了上升空间,但是对于大多数人而言,情况没有多大的变化,甚至变得更加糟糕。我们的传统信念,在家庭、社区和教区中对于孩子的成长所发挥的作用似乎越来越小,形成了恶性循环……无论是在地域上还是心理上,中产阶级都和黑人中的穷人形成了巨大的隔阂。因而我感觉非常有必要讨论疗伤和修复这样的话题。②

基于这个原因,她通过象征手法和带有魔幻现实主义要素的描写,借助于具有特殊功能的黑人仪式、民间医术,描写黑人传统文化对于黑人走出历史的伤痛和建构自我具有重要作用。作者本人对"爱娃"这个灵魂人物的解读,可以为人物形象的文学审美提供相当的启示:"夏娃来自《圣经》,我在小说中所做的就是重新讲述《圣经》中女性的经典故事……通过这个人物,我重新构建夏娃的最初,那个《圣经》中来自尘土的形象。她成了所有其他女性人物共同的母亲。"③这些人物治愈他人身体上的病痛和心理上的痛楚,同

---

① Gloria Naylor, *The Women of Brewster Place*. New York: Penguin Books, 1983, pp. 103—04.

② Tomeiko R. Ashford, "Gloria Naylor on Black Spirituality: An Interview." *MELUS* 30.4 (Winter, 2005): 75.

③ Tomeiko R. Ashford, "Gloria Naylor on Black Spirituality: An Interview." *MELUS* 30.4 (Winter, 2005): 76.

时自己也获得力量、不断成长。

　　这种具有"治疗师"或"民间医生"功能的文学形象，在美国少数族裔文化中颇具代表性。首先，在美国的非裔、拉美裔等少数族裔社区，这类治疗师并不少见，他们往往使用十字架、草药、橄榄油、鸡蛋等物品，辅以特定的仪式。他们传承传统民间医术的技艺，帮助社区成员坚定文化信念，达成精神和心理的完备，在资源相对贫瘠的族裔社区充当了重要的疗愈功能；他们往往是社区中的精神支撑，得到人们的尊敬，接生员更是被视为种族延续的守护者。戴妈妈能够运用草药给人们治疗身体和心理的疾病，她的力量来自祖先的传承，来自她们对自己命运的理解和掌控。戴妈妈的曾祖母萨菲拉·韦德是奴隶，但同时也是接生员，虽然被指责为实施巫术，但是她运用了自己的超能力迷惑了主人而逃脱了奴隶制的镣铐。在其他分支的文学作品中，特别是女性文学作品中，这类人物同样具有代表性，非裔文学中有托妮·莫里森（Toni Morrison，1931—2019）的《宠儿》中的老祖母、《家》中帮助茜恢复健康的社区妇女、葆拉·马歇尔《寡妇颂歌》中的姑婆康妮和勒博特，艾丽斯·沃克《紫色》中的西丽等，她们和戴妈妈一起，已经成为美国文学中"女性萨满"的突出代表。其次，通过建构此类女性形象，女作家们也履行了修复社区关系、传承族裔文化的积极作用，因而有学者认为，这些人物形象是非裔女性作家通过文学书写来对抗霸权话语的方式。"这些非裔美国女性书写了勇敢的斗争和模范形象，有助于帮助她们的姐妹们忍受痛苦、并成为生活的强者。她们无法从主流文化那里获得支持，只好彼此取暖。这个问题不单单为非裔美国社区所独有，但是在黑人女性中，女性之间的彼此引导和支持的确是非常普遍的。"[①]就是说，这种发声方式对于不同族群的弱势群体，特别是女性群体，都具有重要的启示作用。

　　在艺术手法上，内勒利用片段式叙事、梦境叙事，结合象征手法，多层面多角度表达黑人社区的现实。《布鲁斯特街的女人们》《贝利饭馆》《布鲁斯特街的男人们》都采用了典型的片段式叙事，每个部分围绕一个人物展开，同一部作品甚至不同作品的人物之间，存在着不同程度的关联。《林登山》等作品也具有这样的特征，即便不是采用形式上的片段式叙事，也可能表现为叙事角度的切换或聚焦方式的转变。《戴妈妈》中蔻蔻·戴的第一人称叙事使得读者得以窥见她和乔治之间的爱情，为小说提供了一个版本的阐释

---

① Kathleen M. Puhr, "Healers in Gloria Naylor's Fiction." *Twentieth Century Literature* 40.4 (Winter,1994):519.

可能；但接下来柳泉岛的人们对他们的婚姻进行了种种无端猜测，从而将叙事的视角转移开来，内外聚焦的集合、不同叙述角度之间的矛盾，暗示了话语建构的多层次性。同样，《贝利饭馆》和《1996》也采用了第一人称和第三人称叙事交替进行的方式。这类话语转换的手法在《布鲁斯特街的男人们》中表现得更加彻底，小说从上一部作品中被消解了声音的男性人物出发，讲述男性的故事，旨在更加全面地"展示一个完整的黑人的缩微世界，在这个世界，黑人男性和女性应该享有同等的话语权，用自己的声音讲述自己的故事。他们不仅讲述自己的故事，同时也需要阅读彼此的故事，这样他们的人生才完整"[1]。小说从玛蒂的情人巴什·富勒和儿子巴斯尔、卢西埃尔的丈夫尤金、墨兰德·伍兹牧师等人的角度，讲述男人们的无奈、悲伤和挣扎。例如，在尤金的故事中，他披露了自己的同性恋性取向，说明当初离开卢西埃尔实出无奈，破裂的婚姻和孩子意外死亡，同样给他带来了深深的伤痛。这种视角的转换，让内勒能够更加全面宏观地呈现布鲁斯特街这样的黑人社区，也展现了她在此过程中对于黑人社区问题更加客观冷静的思考。

从艺术手法上看，象征手法、隐喻手法和超自然要素的运用，是这几部作品较为突出的特征。例如建在布鲁斯特社区周围的那堵围墙、小说中梦境叙事等。围墙是布鲁斯特街与外界分隔开来的屏障，象征了种族隔离，见证了洛兰被轮奸、本杰明被误杀的种种暴力。梦境叙事则是现实和超现实的结合，是现实生活荒诞化的体现，这样"把梦境和荒诞植根于黑人社区现实生活的描写中，融汇和吸纳魔幻现实主义文学中一些梦幻元素……在小说情节的建构中借助于梦境与现实的有机拼贴，以亦真亦幻的艺术笔触揭示了布鲁斯特街黑人社区荒诞的生存境遇和梦魇般的心灵图景"[2]。另外，内勒还借助于自然神论等超现实主义要素，描写具有召唤能力的女性。戴妈妈具有超乎寻常的能力，能够透过时间和空间的限制而看到未来，能够预见到佩丝要溺死在水井里。戴妈妈的曾祖母萨菲拉·韦德更是超乎常人的存在，"谁都知道，可是没人谈论萨菲拉·韦德，那是一个真正的召唤女人：像缎子一样黑，像饼干奶油一样白，还是像佐治亚的黏土一样红？这得看按照谁的记忆来说了。她能够在雷电交加的暴风雨中行走而安然无恙；能够徒手抓住闪电，用闪电的火苗点燃药罐下面的柴火；这也得看是谁说的了。她把月亮变成了奴隶，把星星变成了襁褓，治疗每一个双脚行走或者四足行

---

[1] 方小莉：《"冤家"姊妹篇中的"孪生隐含作者"——〈布鲁斯特街的女人们〉与〈布鲁斯特街的男人们〉中声音的权力》，载《国外文学》2012年第2期，第130—131页。
[2] 庞好农：《命运反讽、荒诞梦幻与象征手法——评内洛尔〈布鲁斯特街的女人们〉之艺术特色》，载《烟台大学学报》2014年第2期，第84页。

走的生灵"①。然而,内勒书写的最终诉求依然是现实主义的,貌似玄幻的情节中实则蕴含了理性要素。韦德和戴妈妈的力量都来自她们对于自然的理解,她们尊重自然,同时倾听自己内心的律动。韦德施展法术迷惑奴隶主,得以从奴隶制的枷锁下逃脱出来,她代表了非裔文化中的恶作剧者形象,并且突破了传统上恶作剧者的性别界限。戴妈妈的超常能力在现实中同样意义非凡:这表现在她为了社区的利益,坚决同房地产开发商进行了斗争。

　　无论艺术手法如何,内勒的书写目的在于通过小说来表达对黑人生存的关切。她在历史的维度下探讨"家园""归属"等问题,通过描写发生在"布鲁斯特街""贝利饭馆""林登山"社区、"柳泉岛"等黑人社区的故事,映射更加广阔的社会和历史,从而使她的故事突破地域的限制;小说人物心理地理范围的扩展,社会活动以及心理投射跨越了黑人社区,从而具有更加普适性的意义。《贝利饭馆》中,饭馆老板"贝利"的第一人称叙述回忆了他寻找生存空间的努力:"那是1942年的春天,美国就是那个样子的。发生了很多令人不解的事情,纷繁杂乱,万象更新,一切还在变化之中,可就是没有属于我的地方。法律就是法律。我要么去学烤面包或削土豆皮,要么就在监狱里度过1942年的夏天。我可不想去监狱,也不想在瓜达尔卡纳尔岛度过夏天。正是因为这些,我发现日本还是个不错的选择。"②鉴于人物经历和认知的有限性,读者只能从他有限的个人经历中透视20世纪40年代的美国,从而增加了叙述的张力。彼时,黑人的生存空间非常有限,这里所说的"法律"是指种族隔离法《吉姆克劳法律》,主流社会通过法律对黑人和其他有色人种进行剥削和隔离,极大地限制了他们的选择自由和上升空间。叙述者参加太平洋战争,与日军直接对峙。战争纵然给他留下了心理的创伤,但是他也知道,黑人的痛苦还不止于此,他们真正要面临的生存战争既不是在海上,也不是在空中,而是在美国那片土地上。他喃喃自语般的追溯也是他话语建构的过程,这帮助他走出伤痛;并且,在饭馆里他见证了爱娃等女性人物的坚强,从而自己也获得了重新面对生活的力量,正如蔻蔻·戴所说,家就是"新的和旧的纠结在一起的地方"③。女性在寻找她们的归属,男性人物也不例外。

　　内勒以书写非裔社区故事而著称,她用感人的社区故事开辟了独立的文学空间。她笔下中下层黑人普通民众的经历具有巨大的感染力,反映出

---

① Gloria Naylor, *Mama Day*. New York: Vintage, 1988, p. 3.
② Gloria Naylor, *Bailey's Café*. New York: Vintage, 1993, p. 22.
③ Gloria Naylor, *Mama Day*. New York: Vintage, 1988, p. 49.

民权运动前后非裔社区内外的矛盾。内勒对"家园"、身份等概念都进行了重构,使之具有了流动性和可变性,"没有单一维度、没有单一种族"①。她塑造具有治愈功能的女性人物,创见性地通过互文书写深入到黑人男性的内心,在她的笔下男性人物多了温情、理性和包容,黑人社区也趋于完整,由此全景式地展现非裔社区,也隐喻了黑人文化传统和社区成员间文化合力的重要性。简而言之,内勒书写的是布鲁斯特等社区故事,关注的却是整个非裔美国族群的当下和未来。

路易丝·厄德里克(Louise Erdrich,1954—)

路易丝·厄德里克是印第安文艺复兴运动的后起之秀,也是美国当今成就最高、声誉最盛的印第安作家之一,被誉为"当今最受欢迎的印第安小说家"②。从年龄、职业生涯初始时代和代表性主题来看,厄德里克晚于斯科特·莫马迪(N. Scott Momaday,1934—)、詹姆斯·韦尔奇(James Phillip Welch, Jr., 1940—2003)、莱斯利·马蒙·西尔克(Leslie Marmon Silko,1948—)等印第安文艺复兴的第一代作家,因此与谢尔曼·阿莱克西(Sherman Alexie,1966—)等作家一道被称作第二代作家,而《爱药》的发表标志着印第安话语的转变,往往被视为印第安文艺复兴第二阶段的开端。厄德里克继承了印第安人"讲故事"的文化传统,强调印第安口头文化传统的重要性:"印第安人把生活融进故事中,他们坐在一起,故事就源源不断地涌进来。我觉得,如果一个人在这样的环境下成长,听到各种故事的起伏和曲折,这就会成为他的一部分。"③并且将这种血脉联系贯穿于她文学创作的始终。她的作品被广为译介,"享有国际声誉"④。厄德里克获得过包括国家图书奖在内的多项重要文学大奖,其代表作《爱药》(*Love Medicine*,1984)获得书评家协会奖,《圆屋》(*The Round House*,

---

① Carissa Turner Smith, "Women's Spiritual Geographies of the African Diaspora: Paule Marshall's *Praise Song for the Widow*." *African American Review* 42.3/4 (Fall-Winter,2008): 727.

② Connie A. Jacobs, *The Novels of Louise Erdrich: Stories of Her People*. New York: Peter Lang,2001,p. 1.

③ Michael Schumacher, "Louise Erdrich and Michael Dorris: A Marriage of Minds," in *Conversations with Louise Erdrich and Michael Dorris*. Ed. Allan Chavkin and Nancy Feyl Chavkin. Jackson, MS: UP of Mississippi,1994,p. 175.

④ Kenneth M. Roemer, Introduction. *The Cambridge Companion to Native American Literature*. Ed. Joy Porter and Kenneth M. Roemer. Cambridge: Cambridge UP,2005,p. 2.

2012)获得国家图书奖。

厄德里克,原名是凯伦·路易丝·厄德里克,出生于明尼苏达州的小福尔斯,是龟山带齐佩瓦印第安部落的成员,这个部落包含奥吉布瓦族或齐佩瓦族以及梅蒂人①两大群体。厄德里克的父亲拉尔夫是德裔美国人,母亲瑞塔是齐佩瓦印第安人和法国血统的混血儿,所以说从血统上看厄德里克其实只有八分之一的印第安血统。在厄德里克的作品或者访谈中,她往往称自己为"奥吉布瓦人",有时说自己是"齐佩瓦人"②。

儿时的厄德里克经常随父母到保留地探望祖父母,她在家庭环境和部族环境都感受到了印第安人悠久的"讲故事"文化传统。外祖父帕特里克·古尔诺是部落酋长,是位"帕瓦舞者"(powwow dancer)③,也是"讲故事者"。厄德里克在儿童时期便表现出对"故事"的浓厚兴趣,并且得到了父母的大力支持。她的父母都在怀佩顿镇里印第安事务管理局开办的学校里教书,厄德里克就在那个小镇上长大,从小便对印第安文化具有高度的认同感,这种情形在《圆屋》和《拉鲁斯》(*LaRose*, 2016)等作品的人物经历中得到了一定的体现。厄德里克是七个孩子中的长女,她开始尝试写作时,父母给予了积极的鼓励。她每写一篇小说,父亲就给她一枚五分钱的硬币表示鼓励;母亲则亲自动手将她的作品装订成册并设计封面。这种积极的态度对厄德里克影响很大,所以后来她有时会亲自参与设计自己的作品,比如为儿童文学作品插图。在这种家庭环境的影响下,厄德里克的两个妹妹也是作家,其中海德·厄德里克(Heid Erdrich, 1963—)已经出版了五部诗集,还和劳拉·塔西(Laura Tohe, 1952—)合作编辑了一部印第安女性文集《姐妹的国度:美国印第安女性作家的社区书写》(*Sister Nations: Native American Women Writers On Community*, 2002);另外一个妹妹丽丝洛特·厄德里克(Liselotte Erdrich, 出生年月不详)主要从事少儿文学创作,出版了两部儿童插图故事集和一部短篇小说集。

厄德里克1972年到1976年间在达特茅斯学院就读,其间获得美国诗人协会的诗歌创作奖励(Academy of American Poets Prize),上大学期间

---

① 印第安人与法国人的混血儿被称为"梅蒂人"(Métis),后来这个词用来指代印第安人与欧裔白人的后代。

② Joy Porter and Kenneth M. Roemer, *The Cambridge Companion to Native American Literature*. Cambridge: Cambridge UP, 2005, p. xvii.

③ "帕瓦"的原意是"巫医",是印第安部落中的医者和精神领袖,后来用来指代印第安舞蹈,也写为"Pow Wow",分成很多类型,有幻舞、草舞、响铃舞等,往往代表不同部落的标志性文化元素。美国各地每年都会组织盛大的"帕瓦舞会",参加者盛装出席,尽情舞蹈。这种具有高度仪式感的集体活动成为印第安人张扬族群文化、表达文化认同的社交活动。

选修迈克尔·多里斯(Michael Dorris,1945—1997)①的印第安文化研究课程,进一步激发了对印第安祖先文化的浓厚兴趣,并开始考虑将其融入自己的创作中。厄德里克在大学毕业后(1977—1978)曾在北达科他州艺术委员会(North Dakota Arts Council)谋得兼职,创作青少年文学作品。其间她还做过多种工作,例如餐馆的服务员和州际公路上的货车称重员等(《爱药》中艾伯丁·约翰逊做称重员的情节便是基于作者的这种经历),这些经历都成为她日后文学创作的重要素材。

大学毕业后,厄德里克到约翰·霍普金斯大学攻读硕士学位,1979年毕业之后担任波士顿印第安委员会的报纸《圈子》(The Circle)的编辑,1981年成为达特茅斯学院的驻校作家,与多里斯结婚。多里斯自十年前就已经开始收养印第安孤儿和弃儿,他们结婚时多里斯已经收养了三个孩子:两个男孩和一个女孩。婚后厄德里克夫妇在写作中相互扶持,都开始进入他们的事业巅峰。厄德里克和多里斯育有三个女儿,但是家庭生活的复杂性和多重矛盾导致他们于1996年离婚。1997年,多里斯因为抑郁症而自杀身亡。之后厄德里克和女儿居住在明尼苏达的印第安纳波利斯,经营一家名为"桦树皮书店"(Birchbark Books)的小型书店。

早年厄德里克和多里斯夫妇一起使用了迈露·诺斯(Milou North)的笔名共同创作文学作品,此笔名组合了他们的名字"迈克尔""路易丝"以及他们的家乡"北方"。1982年两人合作了短篇小说《世界上最了不起的渔夫》("The world's Greatest Fisherman"),获得了尼尔森·艾尔格林文学创作奖(Nelson Algren Prize)。多里斯的三个养子在不同程度上都患有胎儿酒精中毒综合征(Fetal alcohol syndrome),他以此为原型创作了回忆录《扯断的脐带》(The Broken Cord,1989),获得了国家书评家协会奖(非虚构类作品),并且推动了美国国会对于限制女性孕期酗酒的相关立法。基于多里斯的人类学研究基础,他们的作品还涉及历史题材。两人合著的两部作品中,《哥伦布的桂冠》(The Crown of Columbus,1991)是一部历史题材的小说,讲述人类学家薇薇安·图斯达(Vivian Twostar)和诗人罗杰·威廉姆斯(Roger Williams)寻找哥伦布在新大陆探险的历史和他们身份的故事。《二号公路》(Route Two,1990)是一部游记,篇幅较短,记录两人沿着二号公路从新罕布什尔州一路向西直到华盛顿州的旅程。《爱药》的成功在一定

---

① 多里斯出生于肯塔基州的路易斯维尔,于1971年获得耶鲁大学人类学硕士学位,之后到达特茅斯学院任教,担任助理教授,专门研究海上石油开采对因纽特人社区的影响,于次年建立了达特茅斯学院的印第安研究系,并担任首任系主任。

程度上也是夫妻二人共同努力的结果,虽然这部小说由"厄德里克执笔,但是多里斯在小说的创作方面发挥了重要的作用……可能多里斯最重要的贡献就是帮助构架小说和设计各个故事的顺序"①。该小说引起了强烈的反响,使得厄德里克一举成名,确立了其在印第安文艺复兴第二阶段的引领性地位。

厄德里克是位相当多产的作家,迄今已经创作了三十余部各类作品,主要有小说、诗歌、儿童文学作品,获得多项各类文学奖项。她的文学生涯始于诗歌创作,1984年出版了第一本诗集《篝灯》(*Jacklight*),第二部诗集《火的洗礼》(*Baptism of Fire*)出版于1989年。厄德里克在三十多年的创作生涯中不断地突破自我,2008年的作品《鸽灾》(*Plague of Doves*)获得了阿尼斯菲尔德-沃尔夫图书奖和普利策小说奖的提名;2012年,她的第14本小说《圆屋》摘得美国国家图书奖。这是继莫马迪的《黎明之屋》(*House Made of Dawn*,1968)获得普利策小说奖之后印第安作家斩获的另外一项顶级文学奖项,它不仅代表了厄德里克的个人成就,也是近半个世纪以来美国主流文学对印第安文学的认可和接纳。

除了这些作品之外,厄德里克的其他重要作品还有《甜菜女王》(*The Beet Queen*,1986)、《痕迹》(*Tracks*,1988)、《宾果宫》(*The Bingo Palace*,1994),这几部作品因为都描写了北达科他州龟山齐佩瓦印第安人的生活,并且故事情节和人物关系上存在一定的延续性,所以,它们和《爱药》一起,被称为"北达科他四部曲"。这一系列小说以1912年到20世纪80年代北达科他州小镇阿格斯(Argus)为背景,讲述三个印第安家族几代人的故事。此外还有《燃情故事集》(*Tales of Burning Love*,1996)②、《羚羊之妻》(*The Antelope Wife*,1995)、《小无马居留地奇事的最终报告》(*The Last Report on the Miracles at Little No Horse*,2001)、《屠宰师傅歌唱俱乐部》(*The Master Butchers Singing Club*,2003)、《四灵魂》(*Four Souls*,2004)、《着色的鼓》(*The Painted Drum*,2005)、《暗影随行》(*Shadow Tag*,2010)和《拉鲁斯》(*LaRose*,2016)。这些作品中的人物虽然不像"四部曲"那样具有情节上的呼应和家族谱系的直接延续,但是部分人物也存在关联,例如弗勒在多部作品中出现,体现不同的身份,具有不同的叙事功能:在《爱药》中,她是充满神秘力量的印第安药师,在《痕迹》中她代表不屈不死的印第安魔

---

① Allan Chavkin and Nancy Feyl Chavkin,eds., *Conversations with Louise Erdrich and Michael Dorris*. Jackson,MS:UP of Mississippi,1994,p. xi.

② 另译作《炽热的爱情故事》,参见萨克文·伯科维奇主编:《剑桥美国文学史》,第七卷,孙宏主译。北京:中央编译出版社,2005年,第659页。

力,在《四灵魂》中她是印第安复仇女神。《痕迹》中的叙述者纳纳普什和达米安神父,在《小无马居留地奇事的最终报告》中都成为主要人物,展示印第安传统信仰和天主教之间的冲突和协商。《鸽灾》是人物关系最为复杂的作品之一,多数人物和之前的四部曲不存在交集,但是却和之后的《圆屋》《拉鲁斯》存在连续性,《鸽灾》中的主要人物之一穆夏姆、次要人物杰拉尔丹·米尔克和安托尼·库茨,后来在《圆屋》中再次出现,库茨夫妇成为《圆屋》中的主要人物。《圆屋》中的神父塔尔维斯在《拉鲁斯》中也再次出现。虽然在问及如何建构不同作品人物关系的谱系时,厄德里克将其归结于"偶然":"即便有意去构建它,你也无法预见(随着故事的发展)他们会有哪些子孙后代。"[1]但是,其中的原因可能并不止于此,这种网状、立体的结构同印第安人的家族和社区观念存在一致性,根植于印第安人的生态观念,因而在形式上和内容上都契合对印第安人社区生活的描写。"谱系性"和"印第安主题"成为厄德里克小说的两个标志性特征,几乎在每一部小说开始,作者都会画出一张人物的谱系图,帮助读者厘清他们之间的关系。

  此外,厄德里克还著有两部非虚构类作品,分别是回忆录《蓝鸟之舞:孕育之年》(*The Blue Jay's Dance: A Birthyear*,1995)和《奥吉布瓦村落的书籍和岛屿》(*Books and Islands in Ojibwe Country*,2003)。第一部来源于作者本人最后一次十月怀胎的经历,同时她回顾了前后三次养育孩子的历程,以及若干年前初为人母的欣喜与期待,记录了作者本人角色的转变——从作家到母亲的转变,以及其中对人生的思考,并且还代表了女性在此经历中的成长:"这些文字是对复杂生活的个人的追寻和深入思考,书中涉及矛盾、育儿……以及母子之间的生死联系,在这种深情又奇妙的血脉联系中,我们倾注了人生最直白的表达。"[2]回忆录是作者不同角色的交织,体现了她作为作家、妻子、母亲、女儿的多层面身份。另外一部回忆录《奥吉布瓦村落的书籍和岛屿》以游记为契机,记录作者和孩子一起到伍兹湖区游览、寻找印第安祖先的文化遗迹,集中记录了奥吉布瓦人的灵性信仰以及他们的语言和歌曲,以此发掘和记录部族文化历史。在 2014 年的版本中,作者补充了副标题"在祖先的土地上游历"(*Traveling Through the Land of My Ancestors*),进一步明确了书写的目的所在,即努力去发现奥吉布瓦祖先的

---

  [1] Bill Moyers,"Louise Erdrich and Michael Dorris," in *Conversations with Louise Erdrich and Michael Dorris*. Ed. Allan Chavkin and Nancy Feyl Chavkin. Jackson,MS:UP of Mississippi,1994,p. 138.

  [2] Louise Erdrich,*The Blue Jay's Dance:A Memoir of Early Motherhood*. New York:Harper Perennial,1996,p. 5.

文化遗产,通过这几个不同的维度交织,去探索印第安文化中的生态理想,以及印第安文化和主流文化的交融。

厄德里克还致力于儿童文学创作,至今已经发表的作品有:《祖母的鸽子》(*Grandmother's Pigeon*,1996)、《桦树皮小屋》(*The Birchbark House*,1999)、《最终的射程》(*The Range Eternal*,2002)、《生死游戏》(*The Game of Silence*,2005)、《豪猪年》(*The Porcupine Year*,2008)、《奇克迪》(*Chickadee*,2012)和《麦库恩斯》(*Makoons*,2016)等。厄德里克的这些儿童文学作品和她的长篇小说一样,在人物和情节上大多存在相互联系和延续性。除了《祖母的鸽子》和《最终的射程》之外,其余五部作品被称为"《桦树皮小屋》系列",采用了家族历史的形式,讲述了奥吉布瓦女子奥玛凯亚丝的成长过程。《桦树皮小屋》获得了年度国家图书奖提名奖,被认为是厄德里克成就最高的儿童文学作品。小说采用了厄德里克最常用的架构手段,即片段式叙事和去中心化的布局方式,四个部分采用奥吉布瓦语的"夏""秋""冬""春",象征着四季的轮回和宇宙的生生不息,契合印第安生态思想中对"环形文化"的崇拜。同时,小说以"春"结束,还象征着希望和成长,与女主人公的身心成长相辅相成。厄德里克儿童文学作品的书写意图也是相当明显的,她"将碎片化的印第安人以及印第安文化刻画并展现出来……恰似建立了一座永恒的民族博物馆,为印第安后代循着祖先们的足迹继续听故事、看人性、续写印第安民族的历史与记忆"[1],通过书写儿童的经历和成长,把印第安文化传统以通俗易懂的方式呈献给读者,特别是儿童读者;并通过奥玛凯亚丝的后代的故事,比喻了生活的延续和文化的传承,并表达了对未来的希望。

厄德里克小说的第一类主题是印第安人的社区故事和相关印第安社会生态。她用精心设计的结构和抒情诗般的语言,描绘出奥吉布瓦人的生存现状与坚韧生命力;她游刃于美国主流文化与印第安土著文化之间,以其隽永有力的文风再现奥吉布瓦人的苦难和生存斗争。多里斯在访谈中曾经谈及这一创作初衷:"《爱药》的重点是印第安人社区,不是印第安人和非印第安人的冲突……为的是提醒人们,在当今印第安人的日常生活中,最重要的是人际关系、家庭和历史,个人生活也一样。"[2]而之后的多部作品,例如《痕

---

[1] 李长利、邵英俊:《厄德里克儿童文学中的印第安性书写》,载《南华大学学报》(社科版) 2015年第16卷第6期,第125页。

[2] Malcolm Jones,"Life,Art Are One for Prize Novelist," in *Conversations with Louise Erdrich and Michael Dorris*. Ed. Allan Chavkin and Nancy Feyl Chavkin. Jackson,MS:UP of Mississippi,1994,p.7.

迹》,其政治性和批判性更加强烈,但总体来说,印第安人之间以及印第安人与非印第安人的关系一直是厄德里克思考的问题,可谓印第安社会生态意识的表达。《爱药》《痕迹》《圆屋》等作品中有复杂的收养和抚养关系,例如纳纳普什抚养弗勒,玛格丽特抚养露露,艾利抚养琼,玛丽抚养利普沙,朗德罗夫妇抚养霍利斯,均体现出印第安人的"同族"意识;《拉鲁斯》中朗德罗·艾伦误杀了拉维奇家的小儿子达斯迪之后,将同龄的儿子拉鲁斯送到拉维奇家做养子,突出了印第安文化中的"情义"和人们之间的血脉相连。当然,小说中也有更加矛盾的情感表达,像《痕迹》中叙述者宝琳对弗勒爱恨交织的复杂感情,《爱药》中奈克特尔、玛丽和露露三个人终生的情感纠葛;还有印第安人和非印第安人之间的情感交集,如《圆屋》中既有乔急于为母亲复仇而引发的"以暴制暴";也有超越族裔的情感意识,如印第安人抚养白人孩子的情节,还有印第安人和白人的爱恨情仇。

不止如此,厄德里克还将社会生态关系朝更加纵深的方向发展,其视域不仅局限于保留地或者社区印第安人的生活,同时探究印第安人和白人之间的关系。在《鸽灾》中,卡斯伯特执意冒着生命危险给警长提供信息,以便救下白人孤儿科迪莉亚·洛克伦;穆夏姆和女友琼奈斯外出避难期间,白人妇女莫德·布莱克收留了他们六年,还为他们操办了婚礼;白人青年约翰·沃格利不忍心看到父亲等人处死印第安人,同父亲发生了冲突。在《圆屋》中,人们之间的复杂关系已经难以通过"印第安人"或者"白人"这样的血统标签来区分,而是增加了善恶、情感和情谊,更加突出了人之为人的社会性特征。被亲生母亲抛弃、被印第安母亲抚养的白人女孩琳达不计前嫌,为患尿毒症的双胞胎哥哥林顿·拉克捐献肾脏,但恶贯满盈的林顿不知悔改并继续作恶,强奸、杀人,最终被乔和朋友凯佩枪杀;关键时刻,琳达亲自出面请求养母家的兄长塞德里克拆解乔使用过的猎枪,以此消灭罪证来保护乔和好友。这部小说把血统与心灵归属、司法正义与家庭伦理等多层面的矛盾显现出来:琳达捐献肾脏救了林顿一命,但是又同印第安族人将林顿置于死地,从而"把美国印第安人与白人之间的矛盾推向前台,作者的思考重心放在如何清算白人给印第安人在历史和文化层面造成的创伤"[①]。小说的这一情节安排也暗示,没有任何一种简单化的方法可以一劳永逸地解决印第安人和白人之间的矛盾恩怨。的确,白人曾经给印第安人带来了深重的灾难,但是经过了几个世纪的相互渗透相互影响,他们的关系已经难以简单

[①] 朱荣华:《〈圆屋〉中的文化创伤与印第安文化身份的建构》,载《南京师范大学文学院学报》2015年第2期,第104页。

地用"对"或者"错"来界定。

第二个代表性主题是印第安人的历史，以及与历史相关的身份问题。厄德里克作品常见的宏大主题涉及印第安人失去家园故土和圣地，基督教的入侵对印第安传统信仰的冲击，以寄宿学校为代表的主流文化对印第安传统价值的消解，保留地上博彩业所引发的争议等。当然，厄德里克"的作品没有局限于美国印第安人，也不局限于表现种族和文化主题。但是，历史事件、典型性人物、文学主题和叙事构架都经过了奥吉布瓦视角的过滤"①。她将这些历史事件穿插在创作中，让读者得以了解奥吉布瓦部落的历史，其目的不仅仅是展示奥吉布瓦人的痛苦经历；更重要的是，这代表了人类经验的一个侧面，通过展示这些历史，让读者认识到历史对于当下的启示意义。对于印第安人而言只有面对历史、接受历史，方可摆脱其梦魇，才有可能获得真正的平静和更美好的未来。厄德里克充分运用了印第安文化要素，通过"讲故事"的传统，将印第安人的苦难历程呈现出来。生存困境是厄德里克小说的重要母题，印第安人长期被主流社会隔离在边缘地带，不断为生存而苦苦挣扎。白人通过一系列的法令，如《印第安人迁移法》(Indian Removal Act, 1830)和《道斯法案》(Dawes Act, 1887)，将对印第安人的土地掠夺合法化，把印第安人从世代生活的家园中驱赶出去。这种驱逐割裂了印第安人与祖先文化的联系，使得他们遭受现实的和心理的双重流散，成为印第安人与白人之间冲突的根源。从北达科他州四部曲到《圆屋》，甚至到《拉鲁斯》，与失去土地相关的生存问题存在于厄德里克几乎所有的小说中。

《痕迹》是历史色彩最浓重的小说之一，以《道斯法案》的实施为背景，讲述印第安人土地被掠夺无以为生的艰难生活。故事伊始，主要叙述者纳普什回忆起给部落带来灭顶之灾的天花，向孙女露露讲述当年他救起皮拉杰（意为"掠夺者"）家族唯一幸存者弗勒的过程：

> 在下雪之前，我们开始死亡，就像纷纷落下的雪片，一个接一个倒下。看到这一幕幕才意识到，虽历经劫难，我们还剩下这么多人。我们经历了无数劫难，那场从南方传来的天花，还有一路向西的漫长迁移，直到我们在纳都希斯土地上签下了合约，尔后东方刮来的邪风带来了铺天盖地的政府文件，让我们流离失所，对于幸存者来说，1912 年来自北方的那场灾难似乎让人难以置信……随着那年初冬的酷寒而来的，

---

① P. Jane Hafen, "On Louise Erdrich," in *Critical Insights: Louise Erdrich*. Ed. P. Jane Hafen. Las Vegas, NV: U of Nevada P, 2013, p. 13.

是新一轮的瘟疫。①

小说通过"严冬""瘟疫"为象征,揭露白人利用霸权掠夺印第安人的惨痛历史。厄德里克在访谈中坦诚印第安主题的政治性:"只要涉及印第安主题,就不可能没有政治性。描写一个民族的灾难,不可能不暗示某些人有错。"②无论是在历史主题,还是政治得到弱化的"替养"主题,甚至是儿童文学中,政治诉求几乎是无法避免的印第安文学母题。

《羚羊之妻》则是最具"印第安特色"的作品之一,它糅合印第安神话要素、魔幻手法和政治诉求,涉及"替养"主题、"善"与"恶"的矛盾,还有"罪恶"和"救赎"。小说运用印第安神话中"神狗"(the Original Dog)传说和"羚羊人"(the antelope people)的神话故事为框架,其中"羚羊作为恶作剧者,羚羊女人的魅力,羚羊人对人类的指引,以及羚羊人所具有的随心所欲的变形本领"③;但本质上讲,这是一部历史题材的作品,追溯龟山带齐佩瓦印第安保留地的历史,讲述19世纪后期到20世纪80年代三个家族的百年经历。主人公斯克兰顿·洛伊应征入伍参加了讨伐印第安人的军队,小说以他的视角讲述军队进攻奥吉布瓦村庄的事故。小说开始便用高度现实主义的方式描写了美国军队对印第安人的屠杀,老人们临死前的哀号,印第安勇士被杀后赤条条的裸尸,惨烈的杀戮场景,都给读者相当的震撼。当然,此场景的描写采用第三人称内聚焦叙事,从主人公的视角进行描写,为下面的情节进行铺垫。就在这惨不忍睹的激烈冲突中,人性之光在微弱地闪现。当洛伊把刺刀刺进一位老妇人的肚子时,她临终前的情景在他脑中挥之不去:"他努力避开她的眼睛,但是却没能做到。他的目光与她相遇,他倏然间跌入自己降生前孤独无助的黑暗。她用自己的语言喃喃低语,'达实奇卡,达实奇卡',那热血中的呻吟。他看见了自己的母亲,他大叫一声拔出刺刀,转身就跑。"④洛伊并不理解这句话的意思,但这句话萦绕在他心中、直到生命结束。也就在洛伊转身飞奔而去之时,看到了大狗背着的印第安婴儿,他穷追不舍,他们最终在丛林里相遇。婴儿的无助激发了洛伊的人性,他最终抚养这个孩子长大。小说将"替养"主题的范围扩展到了白人父亲和印第安

---

① Louise Erdrich, *Tracks*. New York: Henry Holt, 1988, pp. 1—2.
② Michael Schumacher, "Louise Erdrich and Michael Dorris: A Marriage of Minds," in *Conversations with Louise Erdrich and Michael Dorris*. Ed. Allan Chavkin and Nancy Feyl Chavkin. Jackson, MS: UP of Mississippi, 1994, p. 174.
③ Connie A. Jacobs, *The Novels of Louis Erdrich: Stories of Her People*. New York: Peter Lang, 2001, p. 171.
④ Louise Erdrich, *The Antelope Wife*. NewYork: Harper Perennial, 2012, p. 4.

孤儿,虽然以惨烈冲突开始,但其主要诉求不仅在于控诉,更是通过人性中的温情和不同种族人们共通的感情,来审视历史中的不幸。

厄德里克的儿童文学作品表现出同样明确的历史取向和政治诉求,旨在通过文学对儿童读者进行历史教育和印第安文化的传承。以《桦树皮小屋》为例,可以看出印第安文学的历史主题通过印第安孤儿的视角得到呈现。主人公奥玛凯亚丝是精灵岛唯一的幸存者,她经历了印第安文明在白人文明的冲击下所遭受的灭顶之灾,也是印第安文明顽强生命力的证明。小说开头的引子便再现了印第安人的苦难历程,突出了奥玛凯亚丝作为部落唯一幸存者的隐含意义:"显然,曾经爱她的家人都已经逝去了。村子里所有火塘里的灰烬都已经冰冷。这是一幅令人心伤的景象:死人裹在毯子里,蜷缩着身子,就好像睡着了一样。天花已经杀死了所有的这些人。"[1]奥玛凯亚丝一家和很多奥吉布瓦等印第安家庭一样,从东部草木丰盛的肥沃之地被迫迁移到了北部或者西部的荒凉之所,最终在苏必利尔湖畔定居下来,"为的是给欧洲移民腾出地方。他们在茫茫的世界中寻找新的家园,一个能够给他们和平和安宁的处所,让他们不再四处流浪"[2]。小说从天真无邪的儿童的视角,讲述印第安人被剥夺了祖先的土地而被迫流散的遭遇。

第三类主题涉及印第安人的自然生态思想。对奥吉布瓦生态思想的再现几乎贯穿于厄德里克的所有作品,在"桦树皮小屋"系列故事中,"桦树皮小屋"是奥吉布瓦人精神家园的中心意象。小说的题目既有现实指向也有象征含义,虽然故事中的确有祖母带着奥玛凯亚丝到树林里面割桦树皮的情节,但是"桦树皮"的意义更多地彰显于其文化象征:它是印第安文字与历史的载体。"印第安人刻在桦树皮上的象形文字是北美洲最古老的'图书'……可能早在公元前2000年,北美人就已经有了这种图书。"[3]而奥吉布瓦人在保留一卷卷桦树皮的时候,将口头传统和文字记录结合起来,履行了他们作为"作家"的职责来记录历史[4]。因此,"桦树皮"既是印第安人在自然的庇佑下生存的集中代表,是他们与自然亲密关系的体现,同时也是一个文化符号,并在一定程度上是"书写者"或者"记录者"之社会历史功能的投射,是作者自我的展现。

---

[1] Louise Erdrich, *The Birchbark House*. New York:Disney-Hyperion,2002,pp. 1—2.

[2] Louise Erdrich, *The Porcupine Year*. New York:HarperCollins,2010,pp. xi—xii.

[3] Louise Erdrich, *Books and Islands in Ojibwe Country:Traveling in the Land of My Ancestors*. New York:Harper Perennial,2014,p. 3.

[4] Louise Erdrich, *Books and Islands in Ojibwe Country:Traveling in the Land of My Ancestors*. New York:Harper Perennial,2014,p. 8.

厄德里克在各类作品中对奥吉布瓦印第安人的日常生活和文化特色进行了描述,比如狩猎活动、人类和自然的关系,特别是人类和野生生命之间的交流等。印第安人的自然观体现在印第安人和自然的亲密关系中,如人类和动物的关系、人们和物件的关系。印第安人信奉万物有灵、生命平等的朴素自然观,他们的日常生活表现出对其他形式生命的尊重,他们认为"动物、昆虫和植物应该和有地位的人们一样得到尊重"[1]。甚至在基督教文化中的非生命体,岩石、土地、河流,在印第安人眼里都带有灵性。印第安人感恩于自然,即便是进行狩猎,也只是满足自身的生存,并不单纯追求物质的丰盈。所以,印第安人与世界的关系中没有功利性,而是充满了情感,他们把对自然的尊重投射到了生活中的方方面面。印第安神话中流传甚广的"变形"传说,即是人和动物之间朴素的自然观的体现;《羚羊之妻》中"羚羊""狗"等要素,均表达不同生命形式之间相互依存的平等关系。比如人们往往以动物的名字给孩子取名,突出他们的某种特征,同时也表达对动物某种能力的崇拜,"精灵岛"便是印第安人对灵性信仰的集中反映,是万物有灵思想的投射,人们生活的方方面面都映射出这种生存哲理。"桦树皮系列"小说中,"奥玛凯亚丝"名字的意思是"小青蛙",因为她开始学走路时是跳跃着迈出生命中的第一步,就好像小青蛙一样;奥玛凯亚丝以熊命名自己的一对双胞胎儿子;《豪猪年》中品奇在野外遇到小豪猪,晚上和它相拥而眠,品奇身上扎进了豪猪的刺,被姐姐戏称为"猪刺男孩"。多部小说中涉及人们和凶猛野生动物的不期而遇,但是彼此相安无事,这些既是印第安人"生命平等"思想的反映,也是印第安人"天人合一"的朴素自然观的体现。《圆屋》中纳纳普什在饥寒交迫之时,是一头老野牛救了他。老牛故意走到他身边,他杀死它并躲在牛肚子里躲避暴风雪,才免于被冻死。弗勒·皮拉杰锐利洁白的牙齿显然是代表了狼等凶猛食肉动物的形象,而皮拉杰家族的历史则可以追溯到熊族。厄德里克作品中的这些情节相当普遍,这突出印第安人的核心生存理念,讲述人与自然万物和谐相处的故事,旨在追溯印第安族群历史、彰显印第安文化特质。

除了以上的几类代表性主题之外,厄德里克在美国女性文学中的意义彰显于其鲜明的印第安裔女性人物形象塑造,这与主流意识形态框架下的夫权思想形成鲜明对比。她笔下的女性要么是部落领袖,用关爱维持部落秩序与稳定,对于一个部落的存续起着至关重要的作用,如《痕迹》中的弗勒

---

[1] Paula Gunn Allen, *The Sacred Hoop: Recovering the Feminine in American Indian Traditions*. Boston: Beacon P, 1986, p. 1.

和《爱药》中的玛丽；她们要么是家庭的核心或者社区的中坚，如《桦树皮小屋》中的"老塔娄"和祖母诺克米丝。老塔娄是典型的印第安女性，坚韧刚强、无所畏惧，具有连男性都难以比拟的勇气，她先后几次结婚，丈夫们一个个都因难以忍受她的火暴脾气而离她而去，但是她的凶悍之中却带有深切的爱，她冒着生命危险将精灵岛唯一幸存的姑娘救下来。《痕迹》中的玛格丽特有着类似的"彪悍"特征："她一往无前、雷厉风行、无所畏惧、精力充沛……她的目光坚定，说话不饶人。"①《圆屋》中纳纳普什的母亲阿琪韦是大地母亲的象征，在政府保留地制度的冲击下，印第安人社区内的性别平衡和生态平衡均被打破，社区面临灭顶之灾，人们受到蛊惑将她视为食人魔而准备将她处死。纳纳普什将母亲救出，最终带着野牛肉回到部落、挽救了饥饿的人们。类似的强韧女性不胜枚举，在《痕迹》《四灵魂》和《宾果宫》中多次出现的弗勒·皮拉however是厄德里克笔下最鲜明的女性人物之一，她是一个萨满式的女性人物，具有神秘的力量、过人的勇气和旺盛的生命力，几次溺水都能幸免于难，侵犯她的男人也神秘地死去，她不屈从于权威，即使受到侵犯依旧顽强地生存。在《痕迹》故事的最后，在白人强权的重重围剿之下，弗勒失去了她的神秘力量，无法保卫祖先的土地。即便如此，弗勒悲剧性的失败具有震撼人心的力量，超越了人物的年龄、种族和阶级，显示出人性的光芒。在《四灵魂》的故事中，弗勒勇敢地走出保留地、来到印第安纳波利斯的白人世界，准备报复夺去部族土地的白人木材商，却被白人的物质主义和贪欲所沾染，被复仇的欲望迷乱了心智，所幸她最终在养母玛格丽特的帮助下重新找回了自己。通过塑造这样的女性人物，厄德里克的小说彰显了不同于主流传统的印第安平等思想。长久以来，印第安人的生活模式一直是男女互相扶持，印第安人的理念中并没有男尊女卑的观念，"女人在部落的经济、社会、宗教、政治生存中发挥着和男人同等的作用"②。这些坚强的女性人物在奥吉布瓦人社区的作用，反映了印第安人基于性别平等的社会生态思想，一旦这种性别平衡在外力冲击下（特别是白人文化的影响下）受到破坏，印第安社区就可能会面临灭顶之灾。

从艺术表现手法上来看，厄德里克将印第安人的文化传统和文学主题结合起来，创造了独树一帜的叙事模式。自其成名作《爱药》问世以来，厄德里克的叙事技巧一直倍受学界关注。她的作品人物关系复杂，主题多样，不同作品的人物存在谱系性，故事存在连续性。她常常采用多角度叙事、多种

---

① Louise Erdrich, *Tracks*. New York: Henry Holt, 1988, p. 47.
② Mark Shechner, "American Realisms, American Realities." in *Neo-Realism in Contemporary American Fiction*. Ed. Kristiann Versluys. Amsterdam: Rodopi, 1992, p. 45.

叙事声音混杂、多声部叙事、时间错位、互文用典等叙事手法,叙事结构往往采用短篇小说集似的片段式、去中心化叙事模式。其中,短篇小说形式尤为突出,每部作品中的故事各自独立、相互关联,这可谓"厄德里克'讲故事'技巧的一个体现"①。线性叙事时间往往是被刻意打乱,多个人物轮番出现并讲述同一个故事,运用大量的文化典故与奥吉布瓦元素,模仿了印第安人的"讲故事"传统,使其带有鲜明的口头文化传统印记。多角度叙事手法的运用和印第安"千面人物"(trickster,另译作"恶作剧者")的叙事功能,都是她的典型表现手法。这些艺术手法的运用,目的在于主张印第安人的权利、凸显他们的文化身份,或者向印第安儿童传承文化财产,同时也对非印第安人对印第安人文化的误读加以修正。从这个意义上讲,"讲故事"的过程具有了仪式般的意义,"是作为一种保存精神性、创建社区、维护生存的途径"②。多个叙事声音、不同的叙述者轮流讲述故事,从不同的角度呈现"现实",将"当下事件融入部落历史之网"③,把现实与历史的交织在一起,这与奥吉布瓦口述传统的环形叙事模式同出一辙,也使得"现实"更加扑朔迷离。在口述故事的过程中,当下或者未来得到观照:"它们以文学性的方式呈现出对未来的构想和关切。"④这种叙述形式不仅保留着部落的历史,而且对于治愈印第安人内心创伤发挥着重要作用,这是厄德里克的高明之处,也是她的创新之处:她将口述叙事传统与白人叙事传统融于一体,作品中既有印第安文学传统中的多人称叙事声音,如环形叙事,又有白人主流文学中的叙事与人物塑造的线性呈现模式和时间一致性原则。这种融汇是一种理想的折中之举,她能够"创造了一种文本身份,这种身份既可以忠实地反映印第安文化理念,同时又可以深入非印第安人读者的内心,令其感同身受"⑤。通过两种模式的交汇来书写印第安人的迷茫和探索,力求为印第安人当下的身份界定提供内部和外部的环境,给他们在现代社会的生存营造心灵的港湾。

---

① Lorena L. Stookey, *Louise Erdrich: A Critical Companion*. Westport. CT: Greenwood P, 1999, p. 19.

② 萨克文·伯科维奇主编:《剑桥美国文学史》(第七卷),孙宏主译。北京:中央编译出版社,2005年,第659页。

③ Paula Gunn Allen, *The Sacred Hoop: Recovering the Feminine in American Indian Traditions*. Boston: Beacon P, 1986, p. 45.

④ John Purdy, "Against All Odds: Games of Chance in the Novels of Louise Erdrich." in *The Chippewa Landscape of Louise Erdrich*. E. Allan Chavkin, Tuscaloosa, AL: U of Alabama P, 1999, p. 9.

⑤ Shelley E. Reid, "The Stories We Tell: Louise Erdrich's Identity Narratives." *MELUS* 25. 3/4 (Autumn - Winter, 2000): 67.

厄德里克对于错综复杂的叙事模式能够灵活自如地运用，创造出一种叙事自由，使其成为自己作品的独特标志。她在叙事结构中留下空白，向读者传达信息时总是恰到好处地有所保留，实际上达成了一种更高程度的自由。有时文本甚至给读者前后矛盾的提示，让他们难以决断，从而加入阅读的"拼图游戏中"；读者在阅读中主动拼贴出整个故事，而免受传统全能视角叙事者之叙事权威的干扰。厄德里克对于叙事模式的创新，实现了叙事自由，借由西方话语的力量，通过印第安叙事模式讲述印第安故事，传承奥吉布瓦口述传统。在叙事人物和叙事时间的转换过程中，即"不同文本的互文性解读"[1]中，故事情节得到推动，人物个性得以凸显，从而为叙事赋予深度和意义。厄德里克通过这种方式，在印第安文化和白人主流文化之间开辟出自己的文学空间，创造出一个文学的"中间地带"。

在小说中，不少人物具有双重信仰，这构成了厄德里克小说中的一个基本结构，暗示印第安的神灵与基督教的神灵是可以并存的，"并非彼此不睦"[2]。在露露·纳纳普什的出生洗礼中，既有天主教的洗礼仪式，也有奥吉布瓦人的命名仪式。《爱药》中的利普沙，《痕迹》中的纳纳普什和宝琳、《甜菜女王》中的叙述者华莱士·普费弗，都代表了宗教象征主义的开放性，即小说实现了对基督教象征的再创造。在《小无马居留地奇事的最终报告》中小无马居留地的神父戴米安·莫德斯特那里，更是对天主教的"正统"思想进行了彻底的解构。莫德斯特是天主教教士，同时也接受奥吉布瓦人的朴素信仰："他非常自豪的是，他已经被纳纳普什家族所接受，成为他们的一员，家族中已经逝去的长者曾经是他在保留地的第一位朋友。现在，纳纳普什家的露露就和他自己的女儿一样。"[3]戴米安神父接受泛神论和万物有灵的思想，能够将看似矛盾的两者融于一体，因为他坚信人与人之间普适的博爱是一切信仰的基础。通过塑造这个角色，小说象征性地实现了天主教义和部落传统的"和解"。事实上，莫德斯特神父这个人物形象同时还跨越了性别边界，因为他（她）实际是伪装成了男人的女性。莫德斯特神父此时具有了印第安恶作剧者的谐谑特征，直接挑战了天主教的权威，拓展了宗教的内涵，对宗教的机构性规则和等级制度进行了解构。无论是叙述上的"中间

---

[1] Sandra Cox," 'What I wished for and what I expected were to different futures': A Narratological Interpretation of Gender/Kinship Systems in *The Beet Queen*," in *Critical Insights: Louise Erdrich*. Ed. P. Jane Hafen. Las Vegas, NV: U of Nevada P, 2013, p. 165.

[2] H. Wendell Howard, "Chippewa and Catholic Beliefs in the Work of Louise Erdrich." *Logos: A Journal of Catholic Thought and Culture* 3.1 (Winter, 2000): 118.

[3] Louise Erdrich, *The Last Report on the Miracles at Little No Horse*. New York: Harper Perennial, 2016, p. 5.

地带",还是文化和信仰中的双重取向,都和厄德里克的个人经历有着相当的关联:她的混血身份、土著信仰和天主教的双重影响,使得不同立场具有了协商的可能。

厄德里克的这种思想还具有形而上的考量,即她对当今奥吉布瓦人身份的思考。厄德里克通过人物塑造阐释不同宗教思想并存的可能性,而且也通过信仰问题预示印第安人理解自我的过程中所进行的探索,从而尝试性地探讨"真正的印第安性"。虽然印第安人努力复兴印第安文化、回归印第安传统,但是,也必须看到印第安文化遭遇的难以逆转的变化。早在创作生涯之初,厄德里克就已经在《爱药》中通过利普沙的"药方"表达了对"印第安性"的戏仿:超市中购得的冷冻肉食鹅代替了野鹅,印第安人的生活已经无可逆转地带上了现代消费主义的印记,而印第安性也失去了其原有的本真。而事实上,印第安人对于非印第安文化也不是完全的抗拒,他们正在以更加开放的姿态接受异域文化。奥吉布瓦人在现实生存中必须不断地调整同非印第安人的关系和距离,才能寻找自己的生存空间。厄德里克小说中的"千面人物"就是一个象征。作为"人类最古老的表达方式"①,"千面人物"是从未被完全抑制、受欲望与饥饿控制的肉体生命的体现,几乎存在于所有文化中;然而,厄德里克作品的千面人物不再是人之生物本能的体现,而是具有了形而上的意义:他们往往凭冲动行事、表现出格,打破规则、挑战权威,而且赋予自身力量,通过变形、转换的能力,颠覆白人强势文化中对印第安人的刻板印象。如果说《爱药》中屡次逃脱白人关押的盖瑞是千面人物的具象代表的话,那么纳纳普什便是一种精神象征。纳纳普什贯穿于厄德里克的十几部小说中,可以看出他从"千面人物"到"部落智者"的变化,而到了《圆屋》等作品中,纳纳普什作为一种精神象征存在,其人物形象被弱化和背景化,他的故事反复出现在叙述者的外公穆夏姆的梦境中;而乔作为穆夏姆的陪伴者、继承者和偷窥者,将纳纳普什的故事整合起来,追溯了"圆屋"作为奥吉布瓦人精神象征的历史。所以,无论是边界的不断解构和重构,还是形形色色的"千面人物","厄德里克对于临界性和边缘性的思考贯穿于文本的不同层面之中,影响到了人物塑造以及小说的主题及结构特征"②。文学作品如此,现实同样如此,对于西尔克、厄德里克、韦尔奇、莫马迪等作家,无论他们的血统是否纯正,作为接受高等教育、用英语书写的作家,他们就

---

① Paul Radin, *The Trickster: A Study in American Indian Mythology*. New York: Schocken Books, 1972, p. ix.

② Catherine Rainwater, "Reading between Worlds: Narrativity in the Fiction of Louise Erdrich." *American Literature*, 62.3(1990): 406.

已经证明了"印第安性"这个问题并没有固定的答案。这些作家就好像千面人物，通过不同的方式，阐释他们对于印第安文化的理解，书写印第安人各种各样的生存斗争。

厄德里克书写的重点在于奥吉布瓦人的生存问题。她小说的谱系性和历史性对应的正是印第安社区的变迁；尽管苦难深重，流离失所，奥吉布瓦部落经历了严重的衰落，但一次次向死而生，他们顽强的求生意志不曾因白人的清洗而动摇。厄德里克的作品颂扬了灾难面前印第安人的坚韧生命力，因而，这些作品并不是哀怜印第安人之过往的挽歌，而是以奥吉布瓦文化为基点对人类坚毅的张扬。她凭借高超的艺术手法，将西部传统叙事技巧与印第安口述传统交织在一起，书写印第安人的历史和现实境况，对印第安文化的认同、发掘与表征成为她文学创作的基础；她对于苦难历史的追溯，对于生存的书写、对千面人物和印第安女性的塑造，反映了她对于印第安文化之未来的思考。从这个意义上看，厄德里克不仅仅是一个奥吉布瓦作家，她对灾难和生存的书写带有相当的普适性，已然成为美国国家身份书写的一部分。她展示了印第安文化的独特魅力，同时也为美国多元文化文学增添了姿彩。正因为这样，贝德勒（Peter Beildler）认为，厄德里克很可能会成为美国小说中"经久不衰的叙事声音"[1]。

桑德拉·西斯内罗斯（Sandra Cisneros，1954—　）

桑德拉·西斯内罗斯是最富盛誉的奇卡纳作家之一，也是当今美国拉美裔和西语裔作家的一位领军人物。其代表作《芒果街上的小屋》（*The House on Mango Street*，1984）曾荣获美国图书奖，是最早一批被《诺顿美国文学选读》（*Norton Anthology of American Literature*）收录的拉美裔作家的作品[2]，也是最早进入美国中小学阅读书目的拉美裔美国文学作品之一，已经被翻译成二十多种语言。西斯内罗斯在 2015 年获得了国家艺术奖章，在 2017 年获得了国会拉美裔核心研究所设立的主席奖[3]。之后，《喊女

---

[1] Peter G Beidler and Gay Barton, *A Reader's Guide to the Novels of Louise Erdrich*. Columbia, MO: U of Missouri P, 1999, p. 2.
[2] 1989 年《诺顿美国文学选读》第 3 版收录了三位墨西哥裔作家的作品，西斯内罗斯就是其中之一。
[3] 该机构成立于 1976 年，由美国国会西语裔议员构成，旨在推进相关美国西语裔社区的立法以及权益保障。

溪》(Woman Hollering Creek and other Stories,1991)和《拉拉的褐色披肩》(Caramelo,2002)也相继出版。西斯内罗斯在创作生涯中获得了多项荣誉,还以父亲阿尔弗雷多(Alfredo Cisneros de Moral)的名义设立文学创作基金,致力于培养年轻一代的西语裔作家,当今具有发展潜力的瑞娜·格兰德(Reyna Grande,1975—　)就是其工作室的作家之一。西斯内罗斯的文学成就代表了西语裔文学在美国的接受,她本人的经典化过程也见证了西语裔和拉美裔女性文学的成长。

　　桑德拉·西斯内罗斯出生在芝加哥的一个墨西哥移民家庭,是家里七个孩子中唯一的女孩,在家中备受宠爱。西斯内罗斯的父母结婚以后居住在芝加哥的少数族裔社区,但是因为收入不稳定、经济状况欠佳而经常搬家,后来终于在拉美裔社区洪堡公园安顿下来,这个社区成为《芒果街上的小屋》中芒果街的原型。西斯内罗斯一家信仰天主教,她高中就读于芝加哥知名的女子学校圣心约瑟夫学院,在老师的鼓励下开始写作,开始在学校的文学刊物上开始发表诗作,并担任学生报的编辑。西斯内罗斯大学就读于芝加哥的洛约拉大学,1976 年毕业之后到艾奥瓦大学的作家工作室学习写作。在这期间,她开始意识到文化身份对自我认知的影响,同时也不断探索书写自己的故事[①],《芒果街上的小屋》就是在那个时候开始酝酿的。西斯内罗斯毕业后在高中任教,教授创意写作,另外还担任高中辍学学生的辅导老师,这段经历为她准备了丰富的素材,《芒果街上的小屋》中的不少故事就是从学生那里得来的灵感。后来西斯内罗斯在多所大学担任访问作家,比如加州大学伯克利分校、密歇根大学安娜堡分校等,还在圣安东尼奥圣母湖大学担任驻校作家。

　　西斯内罗斯的作品除了《芒果街上的小屋》之外,还有诗集《坏男孩》(Bad Bad Boys,1980)、《不择手段》(My Wicked,Wicked Ways,1987)和《放荡女》(Loose Woman,1994),短篇小说集《喊女溪》,以及长篇家族历史小说《拉拉的褐色披肩》《你看到玛丽亚了吗?》(Have You Seen Marie?,2012)和散文体自传《我自己的房子》(A House of My Own,2015)等。此外,她还出版了少年文学作品及其他非虚构类作品。总体来看,西斯内罗斯早年的诗歌创作经历奠定了她的创作基础,她的语言优美、朗朗上口,意象鲜明、画面感强烈。《芒果街上的小屋》便是一例,寥寥数语刻画出的各色人物个性鲜明、各具魅力。

　　[①] Jacqueline Doyle,"More Room of Her Own: Sandra Cisneros's *The House on Mango Street*." *MELUS* 19.4 (Winter,1994):6.

作为墨西哥裔女性作家中声誉最盛的一位,西斯内罗斯在创作中充分体现了"女性话语"和"墨西哥裔身份"这两大特征。《芒果街上的小屋》便是如此,它书写了墨西哥裔女性在社区的成长,以及此过程中女性话语权的建构,实现了两者的充分结合。《芒果街上的小屋》由 44 个相对独立的短篇小说组成,主人公和叙述者埃斯佩朗莎讲述自己在西语裔社区中的成长;同时她作为见证者观察、描述了社区中形形色色的人物,包括家人、同学和邻居,其中有温柔体贴的母亲、勤劳的父亲、遭受家庭暴力的好友萨莉、少女母亲密涅瓦、立志冲破家庭束缚而刻苦读书作诗的阿莉西娅、拖儿带女抚养着一大群孩子的罗莎·法加斯、做着浪漫"白马王子"之梦在街灯下痴心起舞的玛琳、被丈夫锁在家里的拉菲娜等,她在这些人物身上看到了贫穷、艰难,但是也学到了助力自我成长的独立意识。叙述者作为叙述主体将这些故事串联起来,使得片段式叙事构架成为一个有机的整体。小说记录了墨美女性的身心成长,属于较为典型的成长小说(Bildungsroman)。不过,这部小说以少数族裔少女性别、种族身份为基点,与欧洲传统视域下的经典成长小说有着明显的不同,突出表现在墨西哥裔美国人低下的经济、社会地位,族裔社区中女性的从属身份,还有移民以及西语裔群体面临的文化适应等。小说既有波多黎各社区中人们生活的艰辛,也有少男少女成长中的惊喜和酸楚,成为当今少数族裔女性成长小说的一个范例。

西斯内罗斯及其《芒果街上的小屋》已经造就了美国文坛的一种现象,即对青少年文学作品之文学价值的重新认识:一方面,该小说被认为是一部"畅销书"或者"儿童文学作品",情节简单、故事生动、语言富有音乐感;但另一方面,它还提供了不同层次阅读的可能,主题上的族裔女性身份建构,艺术手法上的片段式叙事对于"中心"的解构,都远远超出了传统意义上人们对于儿童文学的认知。在中国学术界,《芒果街上的小屋》和西斯内罗斯研究是西语裔和拉美裔美国文学研究中的热点,而这也不是中国学术界的特例,在当今国际范围内亦是如此。优秀的作家能够赋予作品多层次的含义,优秀的作品能够在不同读者的心中引发共鸣,西斯内罗斯成为墨西哥裔新兴作家之首,也就不难理解了。她的作品之所以受到不同年龄不同层次读者的普遍喜爱,其中一个重要原因就在于它们在看似细琐平实的陈述中嵌入了宏大的主题,《芒果街上的小屋》便是一个典型的例证。小说在日常的具象化象征中,如"房子""高跟鞋""芭比"等,展现了族裔政治、女性成长和话语建构等宏大主题。"房子"是小说中反复使用的中心意象,如芒果街上令埃斯佩朗莎感到羞愧的红色小屋、父亲雇主家的漂亮花园房、有钱人家的山顶豪宅、主人公所希冀的"自己的房子"。房子作为不动产,无疑是物质生活的代表;同时它也契合自弗吉尼娅·吴尔夫(Virginia Woolf,1882—1941)以来女权主义经典中所强调的女性的自我空间,是女性获得经济独立和人格独立的象征。小说开始第一篇,叙述者埃斯佩朗莎便简单交代了故事的前因后果,讲述他们一家人在芒果街社区中安顿下来的前前后后。在她看来,不论是芒果街上简陋的小屋,还是之前租住的各色房子,都与自己心目中的"理想之屋"相距甚远。她希望拥有一所体面的大房子,可"芒果街上的小屋不是"①。"芒果街上的小屋"和电视上的花园洋房有着巨大的差别,同卢米斯街上租住的房子一样,令她感觉到现实的局限:"那里墙皮斑驳,窗上横着几根木条,是爸爸钉上去的,那样我们就不会掉出来。你就住那里?她说话的样子让我觉得自己什么都不是。那里。我就住那里。我点头。于是我明白,我得有一所房子。一所真正的大屋。一所可以指给别人看的房子。可这里不是,芒果街的小屋不是。"②

"房子"是埃斯佩朗莎一家的私人空间,狭窄的空间也反映了少数族裔的困窘及其对主人公心智的束缚。"家"并没有给埃斯佩朗莎带来归属感,相反,在物质主义社会中,财富是价值衡量的标准,漂亮的大房子是她的梦想,简陋的小屋则令她无地自容。这是因为此时的埃斯佩朗莎在透过他人的眼睛观察自己,用主流社会的评价来评判自我,这体现了主流文化价值观的浸润,以及主人公处于两种文化夹缝之中的心理矛盾:"从思想层面上说,埃斯佩朗莎做着'美国梦',而在物质层面上,她和群体中的其他成员一样全部被排除在外。"③不过,这也激励着她奋发努力,以便将来拥有自己的房子。在这个奋斗过程中,她逐渐意识到房子在提供温暖和庇护的同时,也可能成为羁绊,因为她看到了太多为家庭所束缚的女性,她们有的被父亲或者丈夫所管束,有的为家务或者孩子所累。好友萨莉早早结婚,住进了宽敞的房子,有了漂亮的餐具,可是她不得出门,不得与朋友联系,因为丈夫接替了父亲继续控制她的生活:"她喜欢看着墙壁,看墙角的接缝多么整齐,看亚麻地毡上的玫瑰,看平滑如婚礼蛋糕的天花板。"④这里的房子成了女性受制于阈限空间的象征,她们不得不接受"圣母"形象赋予的传统女性角色,"房子"作为"家"的象征,不只是温暖和庇护,也代表了墨美传统家庭观念对女性的羁绊。至此,埃斯佩朗莎意识到,女性如果仅仅拥有物质上的保障,并

---

① 桑德拉·西斯内罗斯:《芒果街上的小屋》,潘帕译。南京:译林出版社,2012年,第5页。
② 桑德拉·西斯内罗斯:《芒果街上的小屋》,潘帕译。南京:译林出版社,2012年,第5页。
③ Alvina Quintana, *Home Girls: Chicana Literary Voices*. Philadelphia: Temple UP, 1996, p.57.
④ 桑德拉·西斯内罗斯:《芒果街上的小屋》,潘帕译。南京:译林出版社,2012年,第138页。

无法给自己自由；因此，她希望拥有的是属于自己的房子，一个能够带给自己自由的独立空间。

埃斯佩朗莎对"房子"的认识，是她心智成长的重要体现。她从自卑于芒果街上破旧简陋的小屋，到决心走出芒果街、冲破现实的空间局限，从萌发讲述自己的故事，到立志为他人提供心灵的遮风挡雨之所，这个认识过程融合了物质的丰富、空间的拓展和个人自由等现实与理想维度，成为墨美女性之"美国梦"的缩影。埃斯佩朗莎描写了芒果街上众多被困在房子中的女性人物，因为在墨西哥裔传统文化观念中，贞洁、顺从的女孩才能够在婚姻中得到认可，而桀骜不驯、思想独立的女孩是得不到男性青睐的。小说中反复出现的"玫瑰花"意象，代表墨西哥裔文化中贞洁女性形象的原型，即瓜达卢佩圣母（the Virgin of Guadalupe）。格洛丽亚·安扎尔多瓦将这个原型称为"我们的母亲"，强调在男权控制下，女性群体被分割成二元对立的两部分：遵从圣母准则的是"好女人"，否则便是"哭泣的女人"（La Llorona），或者玛琳琦（La Malinche）等"坏女人"①。在墨西哥文化中，圣母原型的价值被片面化了，成为男权社会束缚女性的工具，而"哭泣的女人"和玛琳琦原型中女性对于男权的反抗被否定或者淡化。女性价值的二元对立模式在文学创作中得到了最为直接的体现："纵观墨西哥文学，女性人物的塑造一直深受墨西哥精神中两个原型形象的影响：保持贞洁的女性形象和失去贞洁的女性形象。"②对男性而言，女性的价值在于其纯洁和贞操，即圣母原型中的纯洁、慈爱、奉献；女性将这种价值内化，她们的自我评价也依据自身对男性的有用性，认同"好女人"的价值标准。拉菲娜、萨莉等女性人物都曾经是这种女性价值评判的受害者，她们因相貌出众而被父亲或丈夫怀疑，萨莉的爸爸"说长得这么美是件麻烦事"③，意图通过暴力来控制女儿的身体、规训她的行为，以便使其行为符合传统的节操。曾祖母"窗前的守望"体现了女性被迫放弃的自我，这位原本自由如"野马"般的女子，婚后不得不接受丈夫的呵护，被困在家中，用余生在窗前守望，怀念失去的自由。

埃斯佩朗莎正是见证了萨莉等人的遭遇以及单身母亲米诺瓦和艾丽西亚等人的抗争之后，才逐渐认识到她所希冀的房子不仅要属于她自己，她所追求的话语自由也是无数"沉默的姐妹"的心声。小说中各个故事的螺旋式

---

① Gloria Anzaldua, *Borderlands/La Frontera*: *The New Mestiza*. San Francisco: Aunt Lute Books, 1999, p. 52.

② Luis Leal, "Female Archetypes in Mexican Literature," in *Women in Hispanic Literature*: *Icons and Fallen Idols*. Ed. Beth Miller. Berkeley: U of California P, 1983, p. 227.

③ 桑德拉·西斯内罗斯：《芒果街上的小屋》，潘帕译。南京：译林出版社，2012年，第112页。

发展，表明了叙述者认知走向成熟的过程。在《我的名字》("My Name")中，她说："在英语里，我的名字是希望。在西班牙语里，它意味着太多的字母。它意味着哀伤，意味着等待。"①埃斯佩朗莎接受了曾祖母的名字，但是不希望像她一样被规训，她因而决心发掘名字中蕴含的"希望"，冲破传统家庭中对女性的局限："我继承了她的名字，但是我不想继承她在窗前的位置。"②在《阁楼里的流浪者》("Bums in the Attic")、《我自己的房子》("A House of my Own")以及结尾《跟芒果街说再见》("Mango Says Goodbye Sometimes")的故事中，"房子"的意义逐渐发生了变化：它不再是束缚和羁绊，而是已经成为主人公女性独立意识的萌芽，成为自我身份与墨美公众的连接点；她不仅要努力获得自我空间，而且还希望能用自己的房子庇护无家可归的流浪者。到此时，"房子"已经超越了物质主义的象征，成为主人公构建自我及"我们的空间"的体现，也是墨美民众共同的理想心灵家园。

《喊女溪》在多个方面是对《芒果街上的小屋》的继承和延展。在叙事形式上，该作品包括22个故事，长度不一、角度各异，其中最长的一篇是《萨帕塔的眼睛》("Eyes of Zapata")，长达29页，而最短的几个短篇只占据一页左右的篇幅，例如《面包》("Bread")只有半页。和《芒果街上的小屋》不同的是，该书没有一个像埃斯佩朗莎那样贯穿全书的叙述者，而是采用多位叙述者，以第一人称或第三人称的方式轮流讲述女性故事，以不同的角度和始终变化的语调讲述女性的成长，叙事节奏有缓有急，女性经历中更多了酸涩和无奈。正是这个原因，两部作品虽同采用片段式叙事，《芒果街上的小屋》被普遍认为是小说，但《喊女溪》则更多地被视为短篇小说集。当然，女性经历和女性成长依然是书写核心，但表现出较强的颠覆性和重构意识，女性身份的重新建构成为重要的书写主题。三个部分在主题上有所差别，体现出女性成长的阶段性。第一部分的七个小故事以"闻起来像玉米的我的朋友露西"为标题，叙事风格和主题与《芒果街上的小屋》较为相似，叙述者们讲述自己儿时伙伴的故事以及悲伤与希望交织的少年时光，诸如可以和自己分享小秘密的好友、周末的墨西哥电影，即便有缺憾，童年记忆中也是满满的恬美和静谧。第二部分"神圣的一夜"中的两个故事都是以13岁的女孩为中心，讲述了女孩进入青春期、开始萌发对爱情的懵懂希冀，是女孩"成人仪式"的象征。《神圣的一夜》("One Holy Night")的叙述者回忆自己13岁时被一个谎称为玛雅王室后裔的黑人诱奸的经历，反映了少女从心怀懵懂的

---

① 桑德拉·西斯内罗斯：《芒果街上的小屋》，潘帕译。南京：译林出版社，2012年，第10页。
② 桑德拉·西斯内罗斯：《芒果街上的小屋》，潘帕译。南京：译林出版社，2012年，第11页。

希望走向残酷冷漠的现实、从"女孩"到"女人"的艰难蜕变。第三部分为"男人,女人",讲述的都是成年女性的故事,象征着女性成长的另外一个阶段,是反抗性和颠覆性最为鲜明的一个部分,其中的代表作品有《喊女溪》("Woman Hollering Creek")、《不要和墨西哥人结婚》("Never Marry a Mexican")、《萨帕塔的眼睛》以及《很漂亮》("Bien Pretty")等几个较长篇幅的故事。叙事节奏有快有慢,故事有长有短,似变奏曲中快慢板的相间。《喊女溪》中的二十几个故事,虽然叙事主体和叙事声音在不断切换,但是故事的主题仍具延续性。如果说,"芒果街上"的埃斯佩朗莎对未来的期望还停留在寻找"一间自己的屋子"的话,那么《喊女溪》中的女性"讲述她们的家庭、奇卡诺-波多黎各社区,以及两种文化的冲突与整合"[1],已经用她们的叙述建造起了这所"黎明之屋"。叙述者和人物丰富的经历和多彩的叙事语言,成为这部作品悸动的活力和鲜明特点。

《拉拉的褐色披肩》属于家族历史小说,基本勾画出作者父母各自的家庭历史,以及他们在美国的奋斗历程。彩色披肩是墨西哥女性的传统服饰,每个女性制作披肩的方式各不相同,"披肩"意象显然在突出小说的女性主义主题,以及墨西哥裔文化传统。主人公兼叙述者的赛伊拉·雷耶斯成为"讲故事的人",并且在讲述中增进了家庭成员彼此的和解。赛伊拉以祖母的披肩为线索,讲述雷耶斯家族的移民历史,契合小说的题记"给我讲个故事吧,即便这是个谎言",暗示了故事的可靠性完全取决于叙述。在故事的开始便描写了雷耶斯三兄弟率领家人浩浩荡荡的"回乡之旅",这是墨西哥裔美国人的回归旅程:"那年夏天,我们分乘三辆租来的汽车——'胖脸'叔叔崭新的白色凯迪拉克,'宝贝儿'叔叔的绿色大羚羊,父亲的红色雪佛兰旅行车——正奔驰在前往墨西哥城的路上,那里是我们的'小乖乖祖父'和'可怕祖母'的家。我们……从芝加哥出发,沿66号公路……路过蒙特雷、萨尔蒂约、马特瓦拉、圣路易斯波托西、克雷塔罗,最后一站是墨西哥城。"[2]出生于墨西哥城的雷耶斯兄弟移民到了美国并且都组建了家庭,他们有了谋生之本,相互扶持,生活趋于稳定。每年夏天,兄弟三人都会带着妻儿回墨西哥城探望父母,出生在美国的孩子们得以跟随祖母去教堂,听她讲从前的故事,所以,这也是他们对墨西哥文化的"朝圣"。

此外,这部小说属于家族历史小说,记录了雷耶斯家族四代人的故事,

---

[1] Robin Ganz, "Sandra Cisneros: Border Crossings and beyond." MELUS 19.1 (Spring, 1994):25.

[2] 桑德拉·西斯内罗斯:《拉拉的褐色披肩》,常文祺译。杭州:浙江文艺出版社,2010年,第5页。

讲述墨西哥移民在美国逐渐扎根的文化适应历程,他们历经墨西哥革命、20世纪30~40年代的移民潮、民权运动之后美国多元文化的兴盛。在记录历史的过程中,小说通过"披肩"发挥的连接作用,凸显了女性话语在"书写历史"中的重要性,以及女性家庭成员之间的血脉传承。祖母被孩子们称为"可怕祖母",她凶悍霸道、事无巨细一一过问;孙女赛伊拉不禁好奇于祖母的强悍到底是如何炼成。于是便有了祖孙二人的对话,祖母把自己的故事讲述给孙女听,授权她来记录。出生在美国的孙女同样个性张扬,于是在她的讲述中,祖母成了"恶奶奶",凸显了她的强韧凶悍、她对传统女性角色的颠覆和挑战。奶奶对此却非常不满,祖孙二人为此还起了争端;赛伊拉也在质疑祖母叙述的真实性,她要用想象填补叙述中的空白,明确她本人作为讲故事者的主体性特征。这暗示了赛伊拉不仅在记录历史,更重要的是在"书写"历史:"如果换个人来讲,这个故事会变得完全不同。"[1]文本中的叙述实际上是赛伊拉的个人视角,她完全掌握了叙述的节奏,成为女性历史的"创造者"。可以说,她已经继承了祖母的强势,成为作者西斯内罗斯在访谈中所说的"强悍的墨西哥女人"。祖母的"披肩"成为墨西哥女性之间的血脉联系,也是家庭纽带的象征,在拉拉遭遇爱情的失意时,给予她力量。

《我自己的房子》在文体上介于散文和自传之间,是西斯内罗斯在三十一年以后对《芒果街上的小屋》的回应,也是功成名就的西斯内罗斯对年轻时自我探索的回顾。这部被评论界认为是"拼图式"的自传,收录了作者对自己生活的回顾,包括之前没有发表的小文、随笔,还收录了多部访谈,追溯了作者的创作生涯,对之前部分作品的源发和创作过程进行了描述。《芒果街上的小屋》和这部作品都是围绕"房子"展开,从"小屋"到"房子"的建构过程可以看出作者的成长和女性书写力量的增强。这两部作品相互照应,并且与弗吉尼娅·吴尔夫《一个自己的房间》(*A Room of One's Own*)形成了互文,成为拉美裔女性成长的代表性书写,也是当今美国文学中女性成长相关书写的重要代表。

从艺术手法和叙事特点等方面来看,西斯内罗斯的观察细腻,描写生动,语言充满了诗意、抑扬顿挫。她擅长运用修辞,并富于创造力地运用词语,如使用"墨美人"(Merican)一词表示"墨西哥裔美国人"(Mexican American),使用"Barbie-Q"表示商场失火被烧坏了一条腿的芭比娃娃,单词的读音模仿了"烧烤"(Barbeque)一词,也表示了"漂亮的芭比"(Barbie the Cutie)的含义。例如,在短篇《头发》("Hairs")中,通过使用不可数名词"头

---

[1] Sandra Cisneros, *Caramelo*. New York: Vintage Books, 2002, p. 159.

发"一词的复数形式,制造间离的陌生化效果来达到抒发情感的需要,给读者一种"眼前一亮"的惊喜,为阅读体验带来了愉悦感和新奇感。从下面的引文中可以看出,西斯内罗斯如何通过一个看似普通的意象,来展现人物性格和埃斯佩朗莎的家庭环境:

> 只有妈妈的头发,妈妈的头发,好像一朵朵小小的玫瑰花结,一枚枚小小的糖果圈儿,全都那么拳曲,那么漂亮,因为她成天给它们上发卷。把鼻子伸进去闻一闻吧,当她搂着你时。当她搂着你时,你觉得那么安全,闻到的气味又香甜。是那种待烤的面包暖暖的香味,是那种她给你让出一角被窝时,和着体温散发出的芬芳。你睡在她身旁,外面下着雨,爸爸打着鼾。哦,鼾声、雨声,还有妈妈那闻起来像面包的头发。①

在这一段描写中,作者通过各种日常熟悉的意象,使用了颜色、形状、味道、气味、触觉、声音等各种与感官相关的词语,旨在通过对"妈妈的头发"的详尽描写,在家中的静谧和室外雷雨的嘈杂之对比中,在妈妈的细腻与爸爸的粗犷之对比中,传达叙述者对家庭温暖的记忆和对母亲关爱的回味。在西斯内罗斯的笔下,日常生活的琐碎细节带有了诗意,给困顿中的少年些许心理慰藉。芭比娃娃因为商场失火被烧得残缺不全,孩子才能够买得起,虽然带着伤疤却依然美丽;童年的快乐完全超越了拮据的物质生活所带来的局限,但孩子心中的缺憾也是明确无误的。那个上学时还带着两个年幼弟弟的瘦弱小男孩萨尔瓦多过早地担当起家庭的重负,他的身体带着"疤痕画就的地图,记录着受伤害的历史"②,典型地再现了许许多多生活在社会边缘的墨西哥裔孩子的生活。

西斯内罗斯的作品看似简单易懂,实际是种假象,带有相当的"迷惑性"。如前所述,即便是《芒果街上的小屋》那种青少文学作品,都能够提供多层次的解读,而如果将她所有的作品放到一起研读,则能够更加清晰地看出女性主义书写的政治取向。具体到西斯内罗斯作品的女性人物塑造,可以看出,她的主人公大都经历了从被动到主动、从服从到反抗的成长轨迹,例如之前提到的埃斯佩朗莎和赛伊拉·雷耶斯,以及《喊女溪》中看似相互没有关联的众多人物,如《喊女溪》中的克莱奥菲拉斯、《不要和墨西哥人结婚》中的叙述者、《很漂亮》中的卢普和《萨帕塔的眼睛》中的伊内斯,都颇具

---

① 桑德拉·西斯内罗斯:《芒果街上的小屋》,潘帕译。南京:译林出版社,2012年,第6—7页。
② 桑德拉·西斯内罗斯:《喊女溪》,夏末译。南京:译林出版社,2010年。第11页。

代表性。她们年龄各异、生活在不同国家和历史时期,经历了不同的生活轨迹,但都逐渐认识到了传统社会价值观的局限,批判性地吸收了圣母原型中的积极意义,抛弃了传统女性的服从和隐忍,开始有意识地寻找自己的位置。《喊女溪》中的克莱奥菲拉斯放弃了对爱情的浪漫想象,抛却了对丈夫的幻想和自己的虚荣,回到墨西哥,勇敢地欢呼重新获得的自由。伊内斯这个站在民族英雄背后的女人,助力这个男人的成长,也解构了英雄萨帕塔高大伟岸的形象,张扬出女性的坚韧力量。这些女性人物走出家门,勇敢地寻找自己的生存空间。著名奇卡诺文学批评家雷蒙·萨尔迪瓦尔(Ramón Saldívar)认为,小说体现了"艺术创作和象征性自我创造之间的联系,它不是独立的个人行为,而是由个人与群体的必然联系所决定的"[1]。不断变化的叙事角度赋予人物叙述声音,打破单一性宏观叙事的叙述权威,女性主体性建构和艺术上的去中心化的叙述形式相呼应,实现对美国主流价值和墨西哥裔社区父权的解构。西斯内罗斯的女性成长小说具有典型性,也是西语裔女性文学的杰出代表,这些作品大都反映主人公处于土著文化、西班牙文化和美国主流文化之间的文化杂糅身份,以及她们采用语言为媒介打破沉默、构建自我的成长过程,表现"在强大的男性权力话语控制之下,女性通过内心的解放和团结的力量创造出自己的话语,从父权内部建立独立生存空间的思想"[2]。在这两个过程中,女性成长小说都着力于描写女性的性别身份对自我成长的影响,在墨西哥裔文化框架下建构独具魅力的女性话语。

西斯内罗斯通过清丽脱俗的语言、舒缓的叙事声音和变幻的视角,塑造了形形色色的女性人物,讲述她们的欢乐、痛苦和成长。她曾说:"我认为传统的墨西哥女性是坚强的。尽管受到很多不公正的待遇,我们依然十分坚强。"[3]墨西哥裔女权主义理论家格洛丽亚·安扎杜尔强调了女性话语建构之于少数族裔女性文学的意义,她指出,"对我们文化中的女性而言,从前只有三个去路:到教堂做修女,到大街上做妓女,或者在家里做母亲。现在我们中的一些人有了另外一种选择,就是通过教育和职业成为自立的女性,在世上占据一席之地"[4],西斯内罗斯正是这类职业女性的杰出代表,她从墨

---

[1] Ramon Saldivar, *Chicano Narrative: The Dialectics of Difference*. Madison: U of Wisconsin P, 1990, p. 184.

[2] 郑小倩:《缄默者的声音——析〈女喊溪的故事〉中人物话语的表达形式》,载《当代外国文学》2010年第3期,第120页。

[3] Feroza Jussawalla and Reed Way Dasenbrock, eds. *Interviews with Writers of the Post-Colonial World*. Jackson, MS: UP of Mississippi, 1992, p. 300.

[4] Gloria Anzaldua, *Borderlands/La Frontera: The New Mestiza*. San Francisco: Aunt Lute Books, 1999, p. 39.

美女性的日常生活入手,在平实细琐的常规中发现权力的布展,并采用生动的细节、鲜活的语言和坚定不移的立场,主张女性的权利。这类带着生活温度的主题打破了传统男权文化的暴政,创造女性的话语空间,使得日常主题和家庭空间表达了女性的政治性诉求。

第二节　当代非裔女作家中的翘楚

托妮·莫里森(Toni Morrison,1931—2019)

1993年诺贝尔文学奖得主托妮·莫里森是当代女性作家中的翘楚,是继赛珍珠(Pearl S. Buck,1892—1973)之后第二位获得此项殊荣的美国女性作家,也是首位获此奖项的非裔美国女性作家。莫里森的文学创作生涯始于20世纪60年代,出版长篇小说、少年文学作品、短篇小说集、剧本和非虚构性作品数十部。除了诺贝尔文学奖之外,莫里森的文学创作还获得了诸如美国国家图书奖、美国书评家协会奖、普利策奖等重要奖项。莫里森开创了非裔文学的历史,成为非裔文学经典化进程中的杰出代表,自1970年发表处女作《最蓝的眼睛》(The Bluest Eye)以来,她一直致力于书写黑人历史与黑人的现实生存,聚焦于黑人生活中过去和现代的交织,在种族政治、生命政治、空间政治、性别政治等视域下书写奴隶制带给黑人的心理冲击与现实局限。莫里森的作品语言洗练,叙述张力强大,正如每本小说简洁又耐人寻味的题目一样,立足于非裔美国人的历史,更着眼于当下的社会生态和精神生态。虽然作品的主题都涉及美国黑人的历史和现实,但是其巨大的可阐释空间又为多层面解读人性提供了可能。

莫里森出生于俄亥俄州的洛雷恩,原名克洛伊·阿德里亚·沃夫德(Chloe Ardelia Wofford)。莫里森的家庭属于典型的黑人劳动阶层,外祖父母在1910年前后因为无法偿还农场债务而破产,从亚拉巴马州的格林斯维尔迁移到俄亥俄州;祖父母原本是佃农,为了逃避种族歧视从东南部的佐治亚州迁居到了中部。父亲乔治·沃夫德是钢铁厂的焊接工,母亲拉玛在白人雇主家里做女佣。莫里森出生时恰逢美国历史上最艰难的"大萧条"时期,非裔美国人的生活更加艰难,种族矛盾也趋于明显。莫里森儿时就从家人那里听闻了各种非裔美国民间故事和家族历史故事,这些为她之后进行文学创作奠定了文化基础。尽管生活艰难,父母给予了莫里森很多宝贵的精神财富,诸如乐观、坚强,这对她的创作产生了直接的影响。她以书写非裔美国人的故事为己任,其中奴隶制及其影响一直是她书写的重点,因而"她的笔下充满了这种仇恨所得到的不可比拟的企图以及此种行为所招致的一切"①。这种书写体现了作家对于黑人历史的责任感,以及对黑人身份建构及黑白关系的思考。

莫里森从小就喜欢阅读,在高中时阅读了大量的经典名著,对写作产生了浓厚的兴趣。1949年高中毕业时,她选择了专门为黑人设立的霍华德大学,那里的非裔美国学生比例超过了80%,这使她获得了相当强的认同感。1953年她大学毕业后到康奈尔大学攻读硕士学位,毕业论文选择的是弗吉尼娅·吴尔夫(Virginia Woolf,1882—1941)和威廉·福克纳(William Faulkner,1897—1962)作品中的"孤独者"形象研究,探讨其中的死亡主题。硕士毕业后,莫里森在南得克萨斯州大学教授英语,两年后回到母校霍华德大学任教,其间结识了牙买加人哈罗德·莫里森,两人于1958年结婚。这场婚姻维持到1964年,离婚后托妮·莫里森独自抚养两个儿子。从1965年起,托妮·莫里森开始在兰登书屋担任编辑,起初负责教科书,后来负责文学类图书,编辑出版了《当代非洲文学》(*Contemporary African Literature*,1972),其中选录了尼日利亚作家钦努阿·阿契贝(Chinua Achebe,1930—2013)、1986年诺贝尔文学奖得主沃莱·索因卡(Wole Soyinka,1934—)以及南非剧作家阿索尔·富加德(Athol Fugard,1932—)的作品。她负责编辑了非裔美国人资料汇编《黑人之书》(*The Black Book*,1974),汇集了自奴隶制伊始至20世纪70年代黑人历史的各种文献。她还致力于为非裔美国作家争取出版机会,让他们能够有机会发声,这些作家包括托妮·凯德·班巴拉(Toni Cade Bambara,1939—1995)、安吉拉·戴维斯(Angela Y. Davis,1944—)、盖尔·琼斯(Gayl Jones,1949—)等。1983年以后,莫里森辞去了兰登书屋的工作,开始专心从事写作。自1988年起,莫里森接受普林斯顿大学的教职,担任文学系教授,讲授文学创作,于2006年成为荣休教授。莫里森还获得了哈佛大学、耶鲁大学和哥伦比亚大学等知名学府的荣誉博士学位,当之无愧地成为非裔女性文学的领军人物。2019年8月6日莫里森在纽约辞世,全美甚至全世界都举办了形式各样的纪念活动。

自《最蓝的眼睛》之后,莫里森不断创造出个人生涯的新高度。1973年的小说《秀拉》(*Sula*)获得了国家图书奖的提名,1977年的《所罗门之歌》(*Song of Solomon*)获得了全国书评家协会奖,进一步奠定了她在文学界

---

① 冯亦代:《托妮·莫里森之歌》,载《瞭望》1993年第50期,第38页。

的声誉。1981年莫里森发表的《柏油娃娃》(Tar Baby)描写了文化流浪者的故事，其深层次主题涉及黑人文化同白人文化的协商。从20世纪70年代起，莫里森先后在纽约州立大学、耶鲁大学和巴尔德学院教授美国文学，并为《纽约时报》的书评专栏撰写了数十篇文章。1987年的《宠儿》(Beloved)回归到了抗议小说的体裁，如作者在扉页上所说"六千万甚至更多"，书写了被奴隶制残害的非裔美国人。小说继承了奴隶叙事以来非裔抗议小说的传统，在奴隶制的背景下描写了被奴隶主追捕的奴隶母亲被迫弑婴的故事；不过小说也进行了革命性的创新，采用了幽灵叙事的回形框架和多视角转换等表现手法，打破现世和幽灵世界的界限，表现了对非裔美国人历史重负的思考。这部小说获得了1987年国家图书奖的提名奖和翌年普利策小说奖，被公认为莫里森的代表作，为她获得诺贝尔文学奖提供了强有力的支撑。之后，莫里森陆续发表《爵士乐》(Jazz, 1992)、《天堂》(Paradise, 1999)、《爱》(Love, 2003)、《恩惠》(A Mercy, 2008)、《家》(Home, 2012)和《上帝帮助孩子》(God Help the Child, 2015)。除此之外，莫里森还著有文论文集《在黑暗中弹奏》(Playing in the Dark: Whiteness and the Literary Imagination, 1992)，针对儿童读者的《回忆：黑白合校之旅》(Remember: The Journey to School Integration, 2004)，追溯美国各地不同学区打破种族界限、实现黑人和白人学生合校的历史进程。莫里森还著有少年儿童文学作品，例如和儿子司雷德共同创作的儿童图画书《大匣子》(The Big Box, 1999)。她还创作了剧作《做梦的埃米特》(Dreaming Emmett, 1986)和《黛丝德蒙娜》(Desdemona, 2011)，前者取材于1955年因被指控向白人妇女吹口哨而被私刑处死的14岁黑人男孩埃米特·提尔，这部剧作在马丁·路德·金纪念日首演，旨在通过非裔美国人历史上的典型事件对种族暴力进行谴责，为非裔美国人争取平等权利而发声；后者借用莎士比亚悲剧《奥赛罗》中的女主人公的名字，对她的故事进行了改写，强调了女性的成长，并增加了非裔女佣的角色。

在霍华德大学任教期间，莫里森参加文学创作讨论小组，《最蓝的眼睛》的故事就是那个时候创作的。小说通过渴求蓝眼睛的黑人女孩佩科拉·布里德洛夫的不幸遭遇，讲述白人文化霸权和价值认同给黑人社区带来的深重影响。佩科拉一家人生活贫穷，父亲乔利酗酒并有暴力倾向，母亲波琳在白人雇主家做保姆，对自己的一双儿女不管不顾，一家人在非裔社区中饱受邻居的歧视。佩科拉长相丑陋，不但在学校中成为大家嘲笑欺凌的对象，而且在家庭中也得不到温暖。她以为自己的黑皮肤是所有不幸的起点，天真地以为如果自己能够像秀兰·邓波那样拥有白皮肤、蓝眼睛，自己就能够漂亮起来,也会得到家人的呵护与关爱。佩科拉纠结于拥有一双蓝色的眼睛,最终为自己的幻想所累,精神失常。在主流价值观的影响下,小说中的女性人物无论是逆来顺受的佩科拉,还是具有斗争精神的叙述者克劳迪娅·麦克迪,或者是急于逃离家庭享受白人雇主家安宁的波琳,抑或是非裔社区中的上等阶层黑白混血女性杰拉尔丁,她们都未能摆脱主流文化意识形态的侵蚀和控制,而是选择透过白人的眼睛审视自己,正如非裔社会活动家、思想家杜波依斯(W. E. B. Du Bois,1868—1963)所说的"双重意识"和"双重认同":

> 黑人生来就戴着面纱,在这个美国世界中被赋予了双重的视角,这个世界给他们的不是真正的自我意识,而是让他们通过别的世界观察自己。这是一种独特的感觉,是一种双重意识,他们因而总是通过别人的眼睛审视自己,用另一个世界的尺度衡量自己的灵魂,而这个世界对他们的审视带着谐谑的蔑视和怜悯。黑人总是感觉到这种双重身份——是美国人,又是黑人;感觉到两个灵魂,两种思想,一个黑色身体中两种无法调和的争斗、两种敌对的思想,只有凭借顽强的意志才不至于被其撕裂。①

这部作品看似讨论的是黑人女孩的审美观,实际触及的是美国黑人自我界定中最核心的问题——肤色政治,直接在种族政治维度下审视自我身份等问题,因而具有强烈的政治性和抗议性。这是莫里森早期作品中彰显种族政治的作品,在70年代初民权运动的社会背景下具有独特的社会历史意义。

莫里森的第二部小说《秀拉》以"一战"结束至20世纪60年代中期的非裔社区为背景,聚焦于美国下层黑人的生活境况,塑造了一位不羁于现状勇于反抗的黑人女性秀拉,通过这个离经叛道的人物,"展现出弱势群体为摆脱既存秩序、建立身份主体的决心"②。秀拉特立独行、敢于追求自我,从来不把"底层"社区的规矩放在眼里,甚至胆敢挑战外祖母夏娃的权威,把老人送进了养老院。秀拉是强悍黑人女性的合体,集中了她们身上不同的特质,既代表她们对自己的期望,也代表她们对这种潜质的畏惧:

> 秀拉诚然是与众不同的。夏娃的蛮横乖戾和汉娜的自我放纵融于她一身;而且出自她自己的幻想又有所扭曲和发展,她的日子是这样打

---

① W. E. B. Du Bois, *The Souls of Black Folk*. New York: Bantam Books, 1989, p. 3.
② 荆兴梅:《创伤、疯癫和反主流叙事——〈秀拉〉的历史文化重构》,载《南京师范大学文学院学报》2013年第3期,第106—07页。

发的;信马由缰地听任自己的思想和感情暴露无遗;除非别人的愉快能带给她欢乐,否则她绝不会承担取悦他人的义务。她甘心体验痛苦,她也甘心让别人痛苦;她愿意体验快乐,她也愿意使别人愉快,她的生活是一种实验……前一次经历教育她世上没有你可指望的人;后一次经历则使她相信连自己也靠不住。①

秀拉对社区习俗的挑战,是黑人社区被压抑自我的张扬;社区对秀拉的排斥,则象征黑人对自我欲望的压制和抗拒。人们在谴责秀拉的同时也在小心翼翼地规诫着自己,从小一起长大的挚友奈尔与秀拉截然相反:她循规蹈矩,性格温和甚至有些懦弱,总是劝说秀拉不可一意孤行,要遵守规则:"你不能全靠自己。你是个女人,而且还是个黑种女人。你不能像男人一样去行事。"②这部小说在深厚的社会历史背景下,从秀拉表现出来的特立独行代表了黑人社区自我意识的觉醒,这是民权运动和女权运动推动下社会变革的映射。小说采用的是第三人称内聚焦的叙事方式,其中奈尔的视角是主要视角,而秀拉的视角是有限视角。在秀拉离世前后的相关叙述中,主要当事人是奈尔,因此她的叙述成为小说中主要的信息来源。另外,从故事情节上看,秀拉年仅 30 岁便离世,故事的延续是通过奈尔的视角得以支撑的。秀拉消失了,人们似乎找不到较量的对手,也失去了生活的动力,不久,社区瓦解,山顶的地皮被腰缠万贯的白人看中,而当初急于离开的黑人现在根本不可能再回来了。秀拉葬礼上的那首歌曲"我们要不要在河边集合",也成了社区的哀歌。奈尔回想起秀拉,不禁失声痛哭,与其说她是在为秀拉的早逝悲叹,倒不如说她是在为"底层"的土地被富人占据、为社区解体之后族人的命运哀叹。到了那时,人们才意识到秀拉的勇气曾经是社区中那么可贵的东西。小说通过鲜明的女性人物,以及家庭历史和社区故事,"探讨了种族歧视与黑人女性的自我成长,友情、性爱与婚姻、生与死、善与恶、传统与现代的冲突等多重主题"③。

《所罗门之歌》阐释了非裔美国人的"寻根"主题,是莫里森为数不多的以男性作为主要人物的作品。小说采用了非裔美国人的民间传说、音乐等文化要素,以"飞人"故事为框架,讲述了黑人青年奶娃南下寻找祖先的故事。"奶娃"生长在黑人中产阶级之家,衣食无忧,终日无所事事。后来他偶然听到父亲谈起多年前在南方的经历,萌发了南下寻找淘金者遗留的

---

① 托妮·莫瑞森:《秀拉》,胡允恒译。北京:中国社会科学出版社,1988年,第112页。
② 托妮·莫瑞森:《秀拉》,胡允恒译。北京:中国社会科学出版社,1988年,第133页。
③ 杜志卿:《〈秀拉〉的死亡主题》,载《外国文学评论》2003年第3期,第34页。

金子的念头。奶娃南下寻找宝藏的历程,也是他寻找祖先、认识自我过去的旅程:他来到了曾祖父所罗门曾经生活的地方,从孩童的歌谣中领悟到了家族的秘密,揭开了尘封的家族历史,知道了自己原来是"飞人"所罗门的后代:

> 在这一带流传的古老的民间传说……非洲人中间有些人会飞。有好多人飞回非洲去了。从这地方飞走的那个人就是那个所罗门,或者叫沙理玛……他有好多孩子,这里到处都有,你可能已经注意到这一带所有的人都自称是他的后裔……不管怎么说,不管他是不是精力旺盛,他不见了,丢下了全家。妻子,亲人,其中有差不多二十一个孩子①。

小说通过"飞人"所罗门的故事和主人公"奶娃"故事的互文,强调了黑人文化传统延续的重要性,以及这种传统对于非裔美国人生存的精神支撑作用,"这些都显示了莫里森对黑人记忆与传统所持的理念:对于黑人而言,记忆与传统不能只存放在身外的故纸堆里,他们不能以旁观者的身份对待记忆与传统,应将其溶入他们的血液里,视其为生命的一部分"②。奶娃最终和姑母派拉特共同埋葬了祖父的遗骨,回到了所罗门跳台,并从那里纵身跳出:"他没有抹掉泪水,没有作一次深呼吸,甚至都没有弯一下膝盖——就这样跳了出去。……因为如今他悟出了沙理玛所懂得的道理:如果你把自己交给空气,你就能驾驭它。"③他象征性地获得了飞翔的能力,从来不会唱歌的他唱起了祖先的歌谣;面对唯一一个朋友吉他的死亡威胁时,他不再恐惧,而是挥手示意自己的位置,吉他明白了他的用意而放下了手中的武器。"奶娃"向吉他飞去,两人不再纠结于财富和生死,重新确立起超越生命的兄弟情谊。

《柏油娃娃》的题目借用了非裔民间传说中"柏油娃娃"的故事,通过对原型故事的借用,表达了不同语境下的文化协商。故事的地点分别在加勒比海的小岛和纽约。白人糖果商瓦莱里安·斯特利特同妻子玛格丽特带着仆人在骑士岛的越冬别墅度假,随行的还有陪伴他们多年的黑人仆人西德尼和昂丁夫妇,以及昂丁的侄女吉丁。负刑在身的黑人流浪者威廉·格林为了躲避追踪而误闯别墅,故事围绕这位"闯入者"而展开。这些人物各自带有典型性,瓦莱里安是开明人士的代表,他资助孤儿吉丁完成大学学业,

---

① 托妮·莫瑞森:《所罗门之歌》,胡允桓译。上海译文出版社,2005年,第376页。
② 曾竹青:《〈所罗门之歌〉中的记忆场所》,载《当代外国文学》2015年第1期,第97—98页。
③ 托妮·莫瑞森:《所罗门之歌》,胡允桓译。上海译文出版社,2005年,第392页。

让她得以找到一份理想的工作并在社会立足;但是瓦莱里安同时也是传统男权社会中男权的象征,他只在乎自己的感受,对妻子、儿子和下人的恩惠主要是为了成就自己的心理优势,正如对他看似忠心耿耿的西德尼所说的:"白人拿黑人耍着玩。这让他开心,就是这么回事……这事对别人有什么影响他一点都不在乎。……他想的只是要人们照他说的去做。"①另外,在族裔政治的视域下考查,瓦莱里安还是白人特权阶级的代表,他是小岛的主人,以白人恩主的态度对待黑人。威廉·格林则是社会底层的一个黑人,他出身贫寒,文化程度低,曾经为了改变命运、融入主流社会而参军入伍,但是这段经历并未改变他的阶级所属和文化认同,因而他依旧采用本能甚至极端的方式应对困境,例如,他在发现妻子的婚外情之后直接开车将房子撞塌,自己也染上罪责,不得不变换身份、东躲西藏,并误闯瓦莱里安的别墅。这是一个没有经历过社会化改造的原生态的人,因而他自称自己的名字是"Son"。而这个模糊化的标签式命名显然超越了这个人物本身,有些学者将其译为"森",也有的意译为"儿子"。格林带有原始的活力和不羁的魅力,"空地、山峦、无树平原——一切全都在他的额头和眼睛"②。吉丁被他所吸引,两个人相爱,随后一起回到了纽约,但是最终因为价值观的差异而分手。吉丁这个人物更加集中地代表了黑人的"双重意识":她在白人资本家的资助下完成学业,在一家知名杂志做模特,流连于巴黎、纽约等大都市之间,在思想和生活方式上已经背离了黑人的文化,如她对那件由"九十只幼海豹的皮制成的"③大衣的迷恋,便是物质主义之影响的象征,而她所谓的"成功"其实就是物质财富的集聚和社会地位的提升。不过吉丁对于白人文化也表现出明显的游移态度:她在理性上努力接受斯特利特一家,但是在情感上也清楚自己难以得到接纳,所以无法找到内心的安全感,这才是她被格林所吸引的根本原因。她对于格林同样态度暧昧,既为他的魅力所折服,但是又屡屡排斥他的文化所属。所以说,小说中的人物,或多或少都带有一定的"柏油娃娃"的特征,"最终我们却发现'柏油孩子'到处可见,或者也可以说书中的嘉甸和森都是又都不是'柏油孩子'"④。莫里森正是通过这种似是而非的书写表达了对文化二元论的批判态度。

1987年的《宠儿》继续女性主题和母亲身份建构,采用了幽灵叙事来解

---

① 托妮·莫瑞森:《柏油娃娃》,胡允恒译。海口:南海出版公司,2014年,第167—168页。
② 托妮·莫瑞森:《柏油娃娃》,胡允恒译。海口:南海出版公司,2014年,第163页。
③ 托妮·莫瑞森:《柏油娃娃》,胡允恒译。海口:南海出版公司,2014年,第93页。
④ 曾艳钰:《"兔子"回家了?——解读莫里森的〈柏油孩子〉》,载《外国文学》1999年第6期,第82页。

构不同维度之间的边界,通过弑婴主题对奴隶制进行了控诉。主人公塞丝逃离了被称为"甜蜜之家"的奴隶庄园,但是不久奴隶主跟踪而至,在短暂品尝了自由的滋味之后,塞丝宁死也不想再忍受折磨,她亲手割断了不满两岁女儿的喉咙,并试图杀死襁褓中的丹芙,从此,那个女婴的鬼魂便缠绕着这个家庭。这个女婴死时还没有名字,被母亲称为"宠儿",被祖母称为"已经会爬了的孩子",她没有洗礼,没有灵魂的归属。小说开篇便描写了在鬼魂的侵扰下,一家人的生活如何陷入混乱:

  一百二十四号充斥着恶意,充斥着个婴儿的怨毒。房子里的女人们清楚,孩子们也清楚。多年以来,每个人都用各自的方式忍受着这恶意。可是到了一八七三年,塞丝和女儿丹芙成了它仅存的受害者。祖母贝比·萨格斯已经去世,两个儿子,霍华德和巴格勒,在他们十三岁那年离家出走了——当时,镜子一照就碎(那是让巴格勒逃跑的信号);蛋糕上出现了两个小手印(这个则马上把霍华德逼出了家门)。①

在塞丝的男友保罗·D将鬼魂赶走之后,她心有不甘、变身为年轻的女人再次回到了人间。宠儿无论是引诱保罗·D,还是和丹芙争夺塞丝的爱,或者是向母亲无穷无尽地索取,她都代表了深陷饥饿、痛苦、困顿之中的黑人的灵魂,她是奴隶制的罪恶所造就的幽灵,是黑人灾难深重历史的反映。在莫里森所有的作品中,《宠儿》是可谓对奴隶制最为直接的控诉,它采用时空交错、叙事主体切换、幽灵叙事等叙事策略,凸显出黑人惨痛历史和当下困境的交叠。塞丝弑婴的故事映射的是奴隶制下黑人家庭破碎、骨肉分离的惨境,宠儿对母爱贪婪的索取和塞丝对宠儿无休止的宠溺,隐喻被奴隶制拆散的家庭成员之间穿越时空的守望,正如保罗·D的控诉:

  "告诉我,斯坦普,"保罗·D的眼睛湿润了,"就告诉我这一件事。一个黑鬼到底该受多少罪?告诉我。多少?"
  "能受多少受多少,"斯坦普·沛德说,"能受多少受多少。"
  "凭什么?凭什么?凭什么?凭什么?凭什么?"②

宠儿这个人物所代表的,是奴隶制下无数无辜的灵魂,这也正是作者在"题

---

① 托妮·莫里森:《宠儿》,潘岳、雷格译。海口:南海出版公司,2006年,第3页。
② 托妮·莫里森:《宠儿》,潘岳、雷格译。海口:南海出版公司,2006年,第274页。

记"中所暗示的书写意义:"六千万甚至更多"。

1992年发表的《爵士乐》(Jazz)以奴隶制废除之后19世纪70年代到20世纪20年代的重建时期为背景,在城市化的大潮下,以乔·特雷斯夫妻二人的半生经历为主线,追溯非裔美国人从乡村到城市、从南方到北方的迁移。20世纪之初,乔和维奥莱特夫妇两人为了寻找梦想、逃避贫困和暴力,从弗吉尼亚乡村来到纽约的哈莱姆,他们在大都市中定居下来,成为黑人迁移大潮中的一部分。在大都市中,夫妻过上了现代的生活,乔是化妆品推销员,维奥莱特是发型师,然而两个人却在心灵上日渐疏远。小说一开始便交代了乔的婚外情,以及他因爱生恨并杀死情人多卡丝的情节;维奥莱特对婚姻生活彻底绝望,打开笼子放飞那只会说"我爱你"的鹦鹉。小说采用第三人称有限的视角,叙事者似乎是哈莱姆的一个居民,从维奥莱特大闹教堂开始,将故事中主要人物的经历逐渐拼贴起来。这部作品和莫里森的其他小说一样,将"现实与幻想融合重叠,叙述在过去与现在之间自由穿梭、来回跳跃,故事情节在叙述者追述、小说人物的回忆、独白中逐渐凸现"[①]。通过人物的回忆、追述、心理独白,把黑人的历史呈现出来:比如乔寻找母亲的经历见证了黑人的生存境况;多卡丝的身世呈现了1917年发生在圣路易斯东区的种族骚乱:"他没有武器,没在大街上和人狭路相逢。他被人从一辆有轨电车上拖下来活活踩死了……她的房子被点燃,她在火焰中被烧焦了。她唯一的孩子,一个叫多卡丝的小女孩,在马路对面的好朋友家睡觉……她在五天内参加了两次葬礼,从没说过一句话。"[②]在贫穷、歧视肆虐的城市社区,无辜的人们沦为受害者,家庭支离破碎。《爵士乐》采用了音乐的构架,按照音乐的几个乐章,讲述各个历史时期非裔美国人的不同经历。小说没有分章,缺乏明显的故事情节,各个部分之间仅用一个空白页分隔开,如切分音符,而情节上的连贯性几乎无从谈起。结合小说的题目,这种叙事风格被普遍认为是契合爵士乐的即兴演奏:

> 爵士音乐在音乐史中反映了一种突出的音乐文化现象:爵士乐的历史是"反诉"的历史。它的即兴风格,即自由自在的演奏是爵士乐的灵魂,表达了黑人民众对自由和无拘无束的生活的渴望。雷格泰姆是爵士乐的节奏支架,即切分的节奏风格。而切分示意出动荡和不稳定的成分。这种不规则的切分特点恰似黑人民众对现实社会不停地叩问

---

① 王守仁:《爱的乐章——读托妮·莫里森的〈爵士乐〉》,载《当代外国文学》1999年第3期,第95页。

② 托妮·莫里森:《爵士乐》,潘岳、雷格译。海口:南海出版公司,2013年,第59页。

和敲击。布鲁斯即蓝色音调是爵士乐的基础,它直接来源于黑人奴隶的生活。其悲伤的情调表征了黑人生活的孤寂和哀愁。①

除了爵士乐的形式与叙事结构的契合之外,小说中碎片化的故事情节实则具有内在的连接,那就是多卡丝和特雷斯夫妇在向北方迁移中的痛苦、努力和失落。从这个意义上讲,这是对传统奴隶叙事的革新,将奴隶制背景化和隐喻化,可谓是奴隶叙事的一种新型形式。这也是学者们最初着力探索的话题,如文本和音乐形式的结合所表现出的叙事张力,典型性非裔文化叙事模式建构以及其中的抗议性和颠覆性。在奴隶制下,黑人奴隶被剥夺了受教育权利,只能借助于音乐等口头文化表达自我、抒发情感,音乐因而逐渐沉淀成为非裔美国人之间的情感纽带和文化关联。而混杂了英美传统音乐、布鲁斯、拉格泰姆等类型的爵士乐,节奏鲜明、即兴创作,既体现出非洲裔美国人的情感力量,又契合他们在新大陆的经历,成为他们的精神象征。如莫里森在谈及构思缘由时所说:

> 关于一个人在奴隶制度的威胁和感情扭曲之下,如何珍爱以及珍爱什么,《宠儿》给出了许多思路。其中一个思路——爱是永恒的哀悼。这让我考虑到另一个类似的思路:这种珍爱后来是如何在一种特定的自由中改变的。这种改变在音乐中得到了充分的表现。我对爵士乐所预见和引导的现代性,以及它那不可理喻的乐观,感到震惊。无论真实情况如何,无论个人命运和种族前景如何,这音乐坚持强调过去会来折磨我们,但不会将我们套牢。②

这段话不仅适用于这两部作品,实际上也反映了托妮·莫里森创作的一贯风格和价值取向,她始终致力于探讨非裔美国人情感经历和生命力的各种表达形式,几乎每一部作品都展现出非裔美国文化的不同特征。

1997年的作品《天堂》(Paradise)和2008年的《恩惠》(A Mercy)③都在很大程度上延续了对这些问题的思考,在手法上也具有承续性。《天堂》讲述的是黑人寻找"天堂"的故事。内战结束后,获得解放的黑人在族长的带领下寻找心中的乐土,经过一年的长途跋涉在俄克拉何马州定居下来,建

---

① 焦小婷:《〈爵士乐〉的后现代现实主义叙述阐释》,载《四川外语学院学报》2005年第1期,第28页。
② 托妮·莫里森:《序》,《爵士乐》,潘岳、雷格译。海口:南海出版公司,2013年,第ii页。
③ 另译为《慈悲》。

设起了"黑文镇",人们得以享受平静祥和。但是到了20世纪40年代,在时代变迁、白人文化的影响之下,黑人社区的传统价值陆续坍塌,暴力事件开始侵扰社区的平静。于是人们再度向西迁移,在距离黑文镇两百多英里的地方建起鲁比小镇,决心打造纯正黑人血统的家园,以此来维护传承黑人文化,抵制一切外来影响,并铸造大烤炉、铭刻铭文为证。然而,三十年后历史再次上演,黑人社区的传统价值再次面临挑战,人们将怒火发泄到了小镇附近的天主教修道院,认为是修道院的存在败坏了黑人的道德,于是一群男人闯进修道院开枪射杀修女。这部作品延续了《爵士乐》对于重建时期黑人历史的书写和《宠儿》对大萧条背景下黑人内部的分化,讲述了自奴隶制废除到20世纪60年代之间黑人社区的解体,以及女性相互扶持重新建设家园的故事。小说以洗劫修道院的暴力事件开始,追溯悲剧的来源,最终又回到开头的情节,整体结构是个环形构架,采用了多视角、多维度的叙述方式,将历史与现实交织在一起,对"天堂何在?""暴力何来?"等问题进行了探讨。诚然,黑文镇和鲁比镇都是黑人建构的"天堂",同样修道院也是在生活中深受伤害的女性的庇护所;保持黑人血统纯洁和由此产生的排外情绪,同白人实施的种族隔离本质上没有差别,"白人至上"和"黑皮肤至上"实质都是一样的;黑人中的极端保守主义和排外思想,与当年压迫他们的奴隶制没有什么两样。男人们兴师动众、全副武装去对付手无寸铁的女人,将暴虐施加到同样遭受了不幸的弱者身上,修道院不过是黑人民族主义者的替罪羊。米斯纳牧师代表了对于黑人问题的理性思考,是作者的代言人:

> 不管他们是第一个还是最后一个,代表的是最老的还是最新的黑人家庭,最好的还是最可悲的传统,他们都以彻底背叛而告终。他们自以为比白人更狡猾,可事实上他们在模仿白人。他们自以为是在保护妻儿,实际却在伤害他们。而且当被伤害的孩子请求帮助时,他们却到处去找原因,他们诞生于一种古老的仇恨之中,那种仇恨最初产生时,一种黑人鄙视另一种黑人,而后者将仇恨提到新的水平;他们的自私因一时的傲慢、失误和僵化了的头脑的无情,毁弃了两百年的苦难和胜利。[1]

所以黑文和鲁比都难以逃脱灭亡和衰败的命运,这样的"天堂"终究无法成为黑人的乌托邦:斯薇蒂的四个孩子都是先天残疾,阿涅特的孩子夭折,小镇的颓势不可阻挡。可见,通过异化他者而求得的安全感是虚幻的,

---

[1] 托妮·莫里森:《天堂》,胡允桓译。海口:南海出版公司,2013年,第357页。

是狭隘种族主义者的自我想象;而他们所谓的保护民族文化的努力,不过是掩饰自己懦弱和冷漠的借口:"现在愤怒的情绪受到了控制,把第一个女人(那个白人)射倒之后,那情绪已经像黄油一样清晰了:表层是仇恨的纯油,底部凝固的是硬心肠。"①莫里森在描写黑人为追求幸福而做艰苦努力的同时,也对黑人社区的内部问题进行了思考。

纵观莫里森的这些作品,可以看到,奴隶制以及相关问题一直是首要关注点,具体主题可能涉及奴隶制对黑人身体的残害和给他们带来的心灵创伤,奴隶制所导致的黑人与白人关系的异化,以及奴隶制对黑人自我认知的负面影响。这些特征在早期作品中尤其突出。《最蓝的眼睛》通过佩科拉对白皮肤、蓝眼睛所代表的价值观的内化,批判了奴隶制对黑人心智和自我身份的束缚,即虽然奴隶制已经废除,但是黑人依旧难以摆脱"被奴役者"情结。这几乎在所有的作品中都有不同的体现,《宠儿》不言而喻,《天堂》《家》《恩惠》等亦然。《恩惠》可能是莫里森小说中叙事碎片化程度最高的一部,视角的切换更加随意而直接,因而人物的历史只能通过更加零星断裂的信息勉强拼凑起来,这契合了黑人历史的断裂。小说大部分篇幅描写的是被母亲放弃的弗罗伦斯,从她的有限视角讲述故事;直到小说最后母亲才披露了当年为什么让女儿顶替自己为主人抵债:因为她知道,如果不将女儿送走,已经开始发育的女儿会同自己一样,沦为主人泄欲的对象。她从买主雅各布·伐尔克的眼中看到了仁慈,所以才会铤而走险,把女儿的未来托付到这个陌生人身上。在母亲的缺位下,弗罗伦斯的成长固然艰难,但是她已经躲避开更加悲惨的命运,如黑人被监禁、被毒打、被出售、被当作牲口一样配种,"我知道他们以用鞭子抽打我们为乐,但我也知道,他们同样以抽打他们自己为乐。在这里毫无理性可言,谁活谁死?在那样一片呻吟声和吼叫声中,在那样的黑暗中,在那样难受的处境中,谁又能说得清楚呢?打紧的是要么在你自己的排泄物中活着,要么在别人的排泄物中活着"②。

《家》是为数不多的以男性人物为叙述主体的小说,采用了当代黑人的"归家"主题,在生命政治视域下再现了被现代社会进步和现代科技所遮蔽的奴隶制残余,可谓传统奴隶叙事的现代变体。小说讲述从朝鲜战场归来的非裔退伍老兵弗兰克·莫尼的故事,他经历了战争创伤,从精神病院逃出,赶赴佐治亚州救助濒临死亡的妹妹茜。兄妹二人回到家乡,修葺了老屋,茜也在社区女性的帮助下恢复健康。小说通过"归家"主题讲述身份建

---

① 托妮·莫里森:《天堂》,胡允桓译。海口:南海出版公司,2013年,第4页。
② 托妮·莫里森:《天堂》,胡允桓译。海口:南海出版公司,2013年,第181—182页。

构,描写奴隶制的隐性与显性表现。这部作品更具时代感,在20世纪50年代社会繁荣之下,奴隶制与消费主义和科学进步相勾连,以更加隐蔽的形式对黑人的生命加以治理和规训。小说围绕"家园"讲述黑人被驱逐出家园的经历,"就算你待在屋里,在自己住了一辈子的家里,还是有戴或者不戴警徽但总是拿着枪的人逼着你、你的家人、你的邻居们卷铺盖滚蛋——没人管你穿鞋了没有(……)那时,镇子边上的十五户人家被勒令离开他们小小的街区。二十四小时之内,否则,'否则'意味着死亡"[1]。拒绝离开的克劳福德老先生被人谋杀、眼睛被挖出来。小说描写白人社会对黑人的去人性化操控,例如所谓的"斗狗"其实是强迫黑人男性像狗一样相互残杀:"他们看腻了斗狗,把人当狗玩。你信吗?竟然让当爹的和当儿子的决斗。"[2]杰罗姆和父亲成为同一场决斗中的对手,无论结果如何,都将是反人性的人伦悲剧,是生命权力主体在借黑人自己之手实施私刑、摧残黑人的生命。小说延续了莫里森始终关注的"种族暴力"问题,从"生命政治"的视域下呈现黑人被剥夺生命权、被规训的故事。在现代社会中,强权对黑人的压迫趋于隐蔽,弗兰克被关进疯人院,茜遭到斯科特医生以科学研究为名进行的残害,但是"暴力"始终是小说的主线。儿时弗兰克和妹妹玩耍时偶然看到了活埋黑人的一幕,成为故事的一个悬念;小说结尾弗兰克和妹妹找到了那具遗骨,用妹妹缝制的第一条被子将其包裹安葬,这既是对冤魂的抚慰,也为他们自己的心灵找到了归宿。

小说由此诠释了"家"的含义。对于黑人而言,美国既是他们唯一的家园,却又让他们难以容身:"他们倍受歧视,'无立足之地',被剥夺了房子和家,甚至剥夺了基本的美国人权;而在黑人社区,他们竭力维护生命的尊严和文化传统,借此进行自我认定,'治愈'身心的创痛。"[3]弗兰克和茜对杰罗姆重新安葬,包裹着遗骨的被子象征性地成为黑人心灵的庇护。归家的过程也是兄妹二人正视过去、走出创伤的过程:劫后重生的茜因而也明白了正是因为自己急于证明自己的价值,才被医生利用;这个疗伤过程也是对弗兰克的救赎,他也开始正视自己的过往,吐露了真相,承认在朝鲜战场上性侵、打死那个朝鲜女孩的人正是他自己。莫里森由此将奴隶制下的种族暴力和帝国主义的强权暴虐联系在一起,通过弗兰克既为受害者也为施害者的双重身份,指出了二者的内在关联,它表明在暴力的肆虐中,任何人都无法独善

---

[1] 托妮·莫里森:《家》,刘昱含译。海口:南海出版公司,2014年,第7页。
[2] 托妮·莫里森:《家》,刘昱含译。海口:南海出版公司,2014年,第145页。
[3] 王守仁、吴新云:《国家·社区·房子——莫里森小说〈家〉对美国黑人生存空间的想象》,载《当代外国文学》2013年第1期,第112页。

其身、幸免于难。这是莫里森超越种族视域,思考更深层次权力关系的例证。

在21世纪,黑人受到的歧视在相当程度上被政治正确掩盖,权力场域的影响趋于遁形,莫里森透过外层表征直达非裔美国人生存的中心。在最后一部作品《上帝保佑孩子》(另译为《孩子的愤怒》)中,她从儿童的角度再次演绎了"犯罪"和"救赎"的故事。小说再次对"肤色政治"提出了质疑:主人公卢拉·安出生时皮肤黝黑,使肤色接近白人的母亲卢拉·梅难以接受,母亲甚至要把孩子窒息于襁褓之中。仅仅因为肤色太深,卢拉·安处处遭到母亲的嫌弃,"对我来说,给她喂奶就像让一个黑崽子吮我的奶头,一回到家,我就改用奶瓶喂她了"[1]。父亲也因此和母亲离婚,母亲不允许女儿称呼自己"妈妈",只让她称呼自己的名字。这种疏离造成了卢拉·安扭曲的个性,她对母爱的极度渴望使她可以牺牲一切,于是将这种怒火发泄到了年轻的老师索菲亚·哈克斯利身上。8岁的卢拉·安作伪证、指证老师性侵,导致哈克斯利入狱25年。她的谎言赢得了母亲的赞许,得到了检察官的肯定,甚至从来都没有亲近过她的父母对她另眼相看,表扬她的"勇敢"。小卢拉·安的谎言固然需要遣责,但是对她冷暴力相向的母亲、抛弃她们母女的父亲和社区里漠然的人们,同样扮演了帮凶的角色。卢拉·安成年以后,母亲流露出忏悔之意,为自己当年的行为辩解,说她是为了提高孩子的心理承受能力才对她如此冷漠。但无论如何,这种辩白是苍白无力的,母亲不得不承认:"你对待孩子的方式,会深深地影响他们,他们可能永远也无法摆脱。"[2]莫里森还塑造了蕾恩的母亲和杀害残疾女儿的朱莉等女性人物来揭示人性的扭曲。蕾恩的母亲胁迫年仅6岁的女儿卖淫,显示了母性和人性的双重沦丧,这是蕾恩弑母之罪的直接原因。此外还有遭受父亲威胁的汉娜、被舅舅性侵的布鲁克琳、被恋童癖杀害的亚当、被房东性侵的无名男孩。小说塑造了多位"愤怒的孩子"形象,但是疑问是:到底是什么导致了孩子的愤怒、偏执和心中的阴暗? 使得原本天真无邪的孩子成了罪人? 莫里森通过这部小说,揭示出悲剧的根源在于人们的懦弱,他们抗拒真相、纵容罪恶,才导致了罪恶的肆虐和悲剧的重演。在小说中布克说,"我们无论有多想视而不见,都始终知道真相是什么,并且想把它理清"[3]。而具体到这部作品的意义,或许可以反过来理解这句话:人们知道真相是什么,但是却努力地想做到视而不见。

这在很大程度上延续了莫里森小说中的儿童"替罪羊"形象。《最蓝的

---

[1] 托妮·莫里森:《孩子的愤怒》,刘昱含译。海口:南海出版公司,2017年,第5页。
[2] 托妮·莫里森:《孩子的愤怒》,刘昱含译。海口:南海出版公司,2017年,第47—48页。
[3] 托妮·莫里森:《孩子的愤怒》,刘昱含译。海口:南海出版公司,2017年,第63页。

眼睛》中被父亲强暴的佩科拉,《柏油娃娃》中高中尚未毕业就嫁入了豪门的玛格丽特,《天堂》中从小便被遗弃的塞尼卡。《爱》中的女性人物尤其如此:留心出身贫寒,11岁便嫁给了52岁的柯西,但是从未得到柯西家族的认可,一生都在和柯西家的女人们明争暗斗;柯西的孙女克里斯汀出身黑人富豪家庭,但是为了躲开家族财产纷争而被迫离家、四处流浪;叙述者朱妮尔·薇薇安几经努力依旧未能摆脱阶级固化的困境。《恩惠》中的几位女性人物,无论种族和年龄如何,都在年幼时遭受了痛苦:莉娜曾经被打得遍体鳞伤;傻丫头"悲哀"四处游荡,虽然表面上是被锯木工收留,实际却遭受了锯木工两个儿子的侵犯并且怀有身孕;佛罗伦斯年幼时便被主人卖了抵债,被迫和母亲分离。《柏油娃娃》中的玛格丽特·莱诺尔出身普通家庭,少女时代因为美貌出众当选为"缅因小姐",被瓦莱里安·斯特里特看中,17岁高中还没有毕业就嫁入豪门。就算玛格丽特享受着优越清闲的生活,其实并未享受到生活的快乐,而是在大家庭中常有种"被淹没"的感觉:"我是个娃娃新娘,记得吧?我还来不及学做饭,你就把我放进一栋已经有了一个厨子加一个离大门口有五十英尺路的厨房的大宅子。"[1]嫁入豪门的玛格丽特处处战战兢兢,孤独、无助,将内心的压力发泄到了儿子身上,这其中既有被剥夺了成长体验的少女妈妈的绝望,也有对无辜孩子沦为权力游戏之受害者的悲切。

莫里森的几乎每一部小说都涉及对奴隶制的控诉。黑人所遭受的苦难,以及黑人与白人的关系始终是她作品的焦点,主题和表现手法均具有鲜明的历史感和时代性。在21世纪的作品中,莫里森采用更加普适性的视角来审视人性,除了阐释"归家""身份"等主题之外,还涉及生命政治、女性话语等。在奴隶制下,黑人没有名字,被奴隶主当作牲口一样买卖,他们对于自己的身体没有支配权,失去了人之所以为人的基本权利。这在《宠儿》中尤为明显:"在贝比的一生中,还有在塞丝自己的生活中,男男女女都像棋子一样任人摆布。所有贝比·萨格斯认识的人,更不用提爱过的了,只要没有跑掉或被吊死,就得被租用,被出借,被购入,被送还,被抵押,被赢被偷被掠夺。"[2]人们对这种现象习以为常,即便是开明的奴隶主亦是如此,比如《宠儿》中的加纳先生和《恩惠》中的雅各布·伐尔克。而普通白人大众,更是对黑人群体的苦难视而不见:"不会因为那个人被杀害、被打残、被抓获、被烧死、被拘禁、被鞭打、被驱赶、被踩躏、被奸污、被欺骗,那些作为新闻报道根本不够格。它必须是件离奇的事情——白人会感兴趣的事情,却是非同凡

---

[1] 托妮·莫里森:《柏油娃娃》,胡允桓译。海口:南海出版公司,2014年,第24页。
[2] 托妮·莫里森:《宠儿》,潘岳、雷格译。海口:南海出版公司,2006年,第27页。

响,值得他们回味几分钟,起码够倒吸一口凉气的。"① 正是因为白人在价值观认同中,已经将黑人设置为"非人",所以主流文化群体对于黑人所遭受的身体和心理的双重残害漠不关心,以至于在奴隶制废除之后,白人继续心安理得、肆无忌惮地侵害黑人的利益。信贷体系、司法制度和社会保障处处体现出不公平,黑人企业主勤劳守信,但依旧无法从银行里获得贷款,"黑人杀了人就是杀人犯,白人杀了人只是因为他不快乐"②。黑人无法享受社会进步带来的福利:他们不相信医生能够治病——对他们来讲,也从来没有人这样尝试过。他们不相信死亡只是偶然的——他们反倒认为生命可能是偶然的,而死亡却是蓄意的。他们不相信大自然从来都是扭曲的——只是觉得令人不便。瘟疫和旱灾同春天的应时而至一样"自然"③。

在奴隶制及相关价值观导致的社会不公之下,黑人争取美好生活的努力在强权面前屡遭挫败。《所罗门之歌》中的老麦肯代表了重建时期被残害的黑人,他解放后分得了一片荒地,用自己的聪明勤奋将其改造成了欣欣向荣的农场:"麦肯·戴德是他们心目中向往的农庄主人、聪明的引水灌田专家、种桃树的能手、杀猪的把式、烤野火鸡的师傅,还是个能在转瞬之间把四十英亩土地犁平,还能边干边像天使般歌唱的英雄。"④这个名为"林肯天堂"的农庄,表现了解放的黑奴对未来的美好向往。然而奴隶制剥夺了老麦肯受教育的权利,使他处处受制于这种劣势:因为白人政府官员登记错误,他失去了自己的名字(杰克);而且他因为无法读懂法律文书上的内容而遭到白人的欺骗,他的农场最终被白人骗走。老麦肯为了保护自己的农场而惨遭杀害,一双儿女沦为孤儿,16岁的麦肯亲眼目睹了父亲的被害,遭到准备杀人灭口的白人施暴者的追捕。在《家》中,洛克牧师指出了黑人为国家流血牺牲、但是却得不到承认的事实,"在一支黑白混合的军队里,受的苦只会加倍。你们出去打仗了,回来了,他们却把你们当成狗。不对,还不如狗呢"⑤。黑人被利用、被抛弃的命运,终究还是根源于霸权阶层对他们的非人化想象。

莫里森把黑人的苦难凝结到了被损害被伤害的母亲形象上,尤其体现在黑人母亲杀子弑婴的主题中。保护孩子是母亲的本能,但是自主权的缺失往往令她们不得不在"孩子"和"自由"之间进行选择,使得"母爱"这个主题具有了多维性。弑子、弑婴或者类似的行为是莫里森小说中并不罕见的

---

① 托妮·莫里森:《宠儿》,潘岳、雷格译。海口:南海出版公司,2006年,第180页。
② 托妮·莫里森:《爱》,顾悦译。海口:南海出版公司,2016年,第52页。
③ 托妮·莫瑞森:《秀拉》,胡允恒译。北京:中国社会科学出版社,1988年,第85页。
④ 托妮·莫瑞森:《所罗门之歌》,胡允恒译。上海译文出版社,2005年,第2732—74页。
⑤ 托妮·莫里森:《爱》,顾悦译。海口:南海出版公司,2016年,第16页。

主题,《秀拉》中夏娃亲手杀死了唯一的儿子"李子",《宠儿》中的塞丝杀死了年幼的女儿,《恩惠》中的母亲主动提出让新主人雅各布带走女儿,《孩子的愤怒》中蕾恩的母亲强迫孩子卖淫,《最蓝的眼睛》中佩克拉被母亲唾弃,类似母亲杀死或者伤害孩子的情节相当普遍,通过对种族暴力的审视可以看出这种描写的政治性。《秀拉》中,夏娃被丈夫抛弃难以抚养三个孩子,用自己的一条腿换取了保险金,使得一家人的生活得以维系。"李子"从战场上归来,精神恍惚、被毒瘾缠身。夏娃不想看到儿子被毒品吞噬生命,宁愿亲手结束他浑浑噩噩的生活,也不想让他生不如死地度日:

> 生下他来不容易,把他养大也不容易……。我为他吃尽了苦头,把他生下来,把他养大成人,可他却想重新爬回我的子宫里去并且……他是无路可走了,想的是婴儿的想法,做的是婴儿的梦,又到了连气都喘不匀,光知道整天傻笑的地步了。我心里有足够的地方想着他,可是我子宫里可没地方装下他了,再没地方了。我曾生下了他,可就那一次,我不能再生他第二次。他已经长大成人,成了一个大家伙。上帝发发慈悲吧。我可不能生他两次。①

"李子"原本希望通过参军改变自己的处境、得到主流社会的接纳。但是他从战场上归来,就失去了利用价值,被主流社会抛弃,只能终日在毒品中寻找安慰。夏娃看到儿子已经被战争和毒品彻底摧毁,意识到自己的力量不足以对抗世界的敌意,决定亲手结束这个被毁灭了的生命。夏娃绝望中杀子,这是无助的母亲对孩子最后的保护,这种爱超越了生与死,是对毁灭了儿子的战争和社会的控诉。同样,在《宠儿》中,赛丝面对追捕她的奴隶主,毅然亲手杀死了女儿,因为她不想让女儿再和她一样遭受奴役:"我不能让那一切都回到从前,我也不能让她或者他们任何一个在学校老师手底下活着。那已经一去不返了。"②

莫里森的小说强调黑人社区的力量,倡导建立对抗灾难的共同体。黑人之间的互助和社区的力量十分重要,它可以为成员提供家园归属和心理庇护。在《所罗门之歌》中,老麦肯被害之后,瑟丝冒着被白人雇主报复的危险帮助麦肯兄妹,为他们提供栖身之所。老瑟丝是莫里森小说众多神秘人物中的一位,她超越了时光的规约,没有人知道她的确切年龄,"她年纪很大

---

① 托妮·莫瑞森:《秀拉》,胡允恒译。北京:中国社会科学出版社,1988年,第76页。
② 托妮·莫里森:《宠儿》,潘岳、雷格译。海口:南海出版公司,2006年,第188页。

了。老得已经看不出颜色了,脸上也只能看到眼睛和嘴。额头、颧骨、鼻子、下巴、脖子,全都隐没在岁月变迁所留下的一道道皱纹和褶子中间了……不光是皱纹,还有那张脸,这么老不可能是活人的,而且,从那没牙的嘴里吐出的有力而流畅的声音,完全是一个二十岁的年轻姑娘的"①。因而,如果说杰克被白人剥夺了名字进而被剥夺了生命,那么他的女儿派拉特则在族人的帮助下记住了自己的名字。虽然派拉特最终被吉他误杀,但是她和侄子奶娃已经履行了对于祖先的义务,将老麦肯埋葬,并且将自己一直坚守的力量传达给了奶娃,使得家族的灵魂得以延续。除了老瑟丝,莫里森作品中还有一系列形象鲜明的女性人物。她们有的勇敢坚强,顽强地反抗社会和家庭的束缚;有的逆来顺受,忍辱负重默默付出。例如《秀拉》中夏娃、汉娜和秀拉祖孙三代女性,《所罗门之歌》中的派拉特,《宠儿》中的贝比·萨格斯、塞丝和丹芙,《天堂》中的修道院院长康索拉塔,《爱》中的克里斯汀·柯西和黑人厨娘 L,《家》中的埃塞尔·福德姆和斯科特医生的仆人莎拉和洛克牧师的太太简,这些都是坚韧勇敢的黑人女性的代表。

在非裔女性文学的谱系下进行考查,这些女性人物成了社区的象征,她们善良勇敢,具有号召力和感染力,可谓非裔精神的代表。《所罗门之歌》中的派拉特虽然是莫里森作品中相对次要的人物,但她是引导奶娃回归黑人传统的领路人。派拉特出生时母亲难产而死,12 岁时父亲被白人杀害,从那以后,他和哥哥麦肯·戴德相依为命。两个人躲避在山洞里时失手杀死了白人淘金者,麦肯被一袋金子所诱惑,但善良的派拉特不允许哥哥那么做,兄妹从此反目。派拉特没能和她爱的男人结婚,而是独自抚养女儿,又帮助女儿抚养外孙女,一家人虽然生活贫苦,但是其乐融融。嫂子露丝被哥哥欺负时,每次都是派拉特勇敢地站出来保护她。这种勇气在《宠儿》中的祖母贝比·萨格斯身上得到了同样的凸显,她不仅是家庭的支柱而且是黑人社区的精神领袖,是"一位不入教的牧师,走上讲坛,把她伟大的心灵向那些需要的人们敞开……不用人请,不穿圣袍,没有涂膏,她让自己伟大的心灵在人们面前搏动。天气转暖时,身后尾随着所有劫后余生的黑人男子、妇女和孩子,圣贝比·萨格斯把她伟大的心灵带到'林间空地'——那是密林深处、小路尽头的一块宽敞的空地,只有野鹿和早先的开垦者才会知道它的由来"②。她的第一百二十四号院成了众多逃跑黑奴的家园,林中空地成为连接人们的灵魂和大地的媒介,人们在那里一起歌唱、哭泣、祈祷,释放创伤、回归自我。

---

① 托妮·莫瑞森:《所罗门之歌》,胡允桓译。上海译文出版社,2005 年,第 280 页。
② 托妮·莫里森:《宠儿》,潘岳、雷格译。海口:南海出版公司,2006 年,第 101—102 页。

《家》中的埃塞尔·福德姆具有妙手回春般的力量,跟茜一起回忆童年,护理她的身体,帮助她恢复身心的健康。莫里森由此强调了黑人文化传统和黑人间彼此关爱的力量,阐释了"家"的含义:"家人的骨肉亲情和黑人同胞的团结互助是在种族歧视氛围中建构非裔美国人精神家园的不朽基石。"①

当然,莫里森也对黑人社区、女性联盟、姐妹情谊中的阶级差异进行了思考。黑人女性在种族和性别上的劣势,使她们成为白人和黑人男性侵犯的对象,她们试图通过建立姐妹同盟来对抗男性霸权,但女性群体内部的差异和利益冲突往往又威胁到同盟的稳固。《爱》中的克里斯汀和留心彼此陪伴,两个人用自己的专属语言来分享秘密,但是克里斯汀的祖父比尔·柯西见到留心以后,竟然想要娶她为妻,二人之间的情感纽带骤然因男性权力的介入而断裂。从此克里斯汀母女和留心之间,为了博得柯西的认同、为了争夺他的财产而心生罅隙,甚至要将彼此置于死地。克里斯汀后来离家出走,远离家族财富纠纷引起的是是非非。她参与到民权运动中,成为黑人女性争取民权的一个代表。然而,民权运动并没有给黑人女性带来真正的解放,黑人社会活动者甚至以牺牲黑人女性的权利和尊严来换取政治资本。克里斯汀曾经九年追随民权积极分子果子,为了他七次堕胎,就是为了不让这个男人失望。但是,果子有着自己的政治野心,根本没有把克里斯汀等黑人的利益放在眼里,只是将他们作为宣传口号和工具来利用。克里斯汀和留心一生的争斗说明,在女性的彼此伤害中没有任何一方会成为真正的胜利者。留心这个人物同样充满了悲剧色彩:她尚未结束童年就嫁给了可以做自己祖父的比尔·柯西,但柯西在财产分配时也根本没有考虑她,而是将酒店留给了儿媳梅,来补偿对儿媳的不伦之举;年老的留心身体脆弱,不堪一击。留心和克里斯汀半个多世纪的争斗、姐妹同盟的解体,都是男性权力的牺牲品。小说看似是一个黑人家庭争夺财产的故事,但是其中传达的是对黑人追求独立的反思;在书写这个家庭的是非恩怨中,小说指出,女性必须相互扶持和包容,才能够对抗世界的冷漠和不公。

在当代社会背景下,莫里森的小说批判了物质主义对黑人心灵的侵蚀,凸显出阶级因素在非裔美国人社区中的分化作用。莫里森塑造了黑人社区中"被漂白"的中产阶级人物,他们接受白人的价值观而抛弃了黑人自我,例如《最蓝的眼睛》中的杰拉尔丁、《所罗门之歌》中的麦肯·戴德、《爱》中的比尔·柯西、《柏油娃娃》中的昂丁,其中比尔·柯西和麦肯·戴德这两个黑人

---

① 庞好农:《从莫里森〈家〉看"呼唤与回应"模式的导入与演绎》,载《解放军外国语学院学报》2014年第4期,第143页。

社区中的"成功人物"颇具典型性。在《爱》中,富豪柯西的成功映射出黑人社区中的阶级差异:"大多数本地人都负担不起酒店的费用,但即使一家人攒足了钱想去那里办场婚礼,也是会被拒绝的。善意地。遗憾地。坚决地。酒店已经被预订了……大多数人也并不在意,觉得那也合情合理。他们既没有好衣服,也没有足够的钱,因此并不想在那些富人面前丢丑。"①阶级分化突出了"男权"和"金钱权力"这两个核心要素,它们的结合造就了柯西这个传奇般的存在。《所罗门之歌》中梅肯·戴德和《爱》中的丽诺尔则体现出个人价值观如何被物质所左右。梅肯·戴德是黑人地产商人,依靠出租给黑人房屋赚取利益:"他喜欢他的财产多多益善。占有,发达,获得——这就是他的生活,他的未来,他的现在和奶娃所知道的他的全部历史。为了赚钱,他把生活歪曲了,折弯了。"②麦肯对黑人访客的冷漠、对妻儿的掌控都源于他对于财富的渴望,他从之前那个自由阳光、赤脚骑着光背骏马在树林间自由奔跑的男人,蜕变成了贪婪、严厉、毫无怜悯之心的奸商。麦肯并不爱露丝·史密斯,他是因为觊觎史密斯医生的财产才同露丝结婚,婚后对露丝百般嫌弃,令妻儿整日战战兢兢。《爱》中的丽诺尔获得了经济上的独立,但并不是通过自己的努力得来的,而是受益于前夫被白人残害之后的保险赔偿;她自诩为虔诚的上等人,实则刻薄自私,她的脑子里"只有金子。她有金子,爱金子,认为金子能让她高所有人一头"③。她在生活中需要一个男人来支撑,但是她又极度鄙视再婚丈夫塞勒姆,并对前来投靠他们的弗兰克一家蛮横苛刻。除了这些被漂白、背弃黑人归属的黑人中产阶级人物之外,莫里森小说中还有众多的"游移形象"。如《柏油娃娃》中的黑人女仆昂丁、受过高等教育的新一代黑人女性吉丁,《家》中的丽诺尔和莉莉,《秀拉》中的主要叙述者奈尔,《最蓝的眼睛》中的波琳和杰拉尔丁,《孩子的愤怒》中的甜心等。她们对黑人身份认同的态度游移不定,既需要社区对她们的保护,又对黑人身份充满了厌恶;她们既遭受白人的歧视又希望得到他们的接纳。莫里森通过这些人物的塑造,反映族群内部的阶级分化,特别是金钱诱惑给黑人造成的负面影响。

莫里森塑造的男性人物相对较少,形象也不像女性人物那么鲜明,他们往往带有更加典型的类型性。性别政治和男性霸权是莫里森小说中的核心问题,即便在张扬族裔文化要素的民间故事、神话传说中也同样显著,《所罗门之歌》中的"飞人传说"即表现出男权在集体"无意识"中的投射。的确,所

---

① 托妮·莫里森:《爱》,顾悦译。海口:南海出版公司,2016年,第48页。
② 托妮·莫瑞森:《所罗门之歌》,胡允桓译。上海译文出版社,2005年,第350—351页。
③ 托妮·莫里森:《爱》,顾悦译。海口:南海出版公司,2016年,第129页。

罗门独自飞回了非洲,但留下了妻子和众多孩子在奴隶制下继续受苦,他是"缺位的父亲"的原型,是作家对非裔心理中逃避意识的审视。在《爱》中,比尔·柯西续娶了与自己孙女年龄相当的留心,这样他不仅便利地逃避家庭责任和凌霄保持情人关系,而且还引发了几个女人相互之间的终生敌视。在这些男性人物的塑造中,性别政治、两性关系等问题依旧得到了凸显。比尔·柯西同时也是受害者,儿时被告密者父亲利用,受害者女儿跟在警车后面奔跑的画面在他脑海中挥之不去,创伤记忆令他无法释怀,这在很大程度上造就了他性格上的缺陷。《最蓝的眼睛》中奸污了女儿的乔利固然令人不齿,但他本人也是受害者,被父亲抛弃、被妻子鄙视、被白人侮辱、被邻居嘲笑的种种遭遇,最终导致了他自轻自贱。当然,莫里森小说中同样也有积极的男性形象,例如《宠儿》中的几位男性人物代表了黑人男性的各种美德,是理想的黑人男性形象。塞丝的丈夫黑尔有责任感、有爱心,他为了让母亲获得自由,向主人加纳先生提出替母亲赎身,甘愿背上更加沉重的债务。自由黑人斯坦普·沛德是为黑人争取自由的斗士,也是几十年来塞丝一家可信赖的朋友,曾帮助无数黑人奔向自由:"他干的全是鬼鬼祟祟的勾当:把逃犯藏起来,把秘密消息送到公共场所。在他合法的蔬菜下面藏着渡河的逃亡黑人……整家整家的人靠他分配的骨头和下水生活。他替他们写信和读信。他知道谁得了水肿,谁需要劈柴;谁家孩子有天赋,谁家孩子需要管教。他知道俄亥俄河及其两岸的秘密;哪些房子是空的;哪些住着人。"[1]保罗·D和丹芙心有困惑时首先想到的便是求助于沛德;贝比·萨格斯去世时,人们都对一百二十四号这个闹鬼的房子感到恐惧,只有沛德伸手相助,将贝比的遗体抬出来,并作为唯一的邻居参加了葬礼。此外,《家》中的洛克牧师、萍水相逢的比利·沃森,都给予了弗兰克无私的帮助,代表了黑人男性的积极形象。

莫里森作为当今最负盛名的非裔女性作家,在众多的作品中再现了一个多世纪以来黑人的生存状况,在历史、种族等维度的交织下审视了黑白关系中种族间性的各种表征,以高度的责任感审视黑人社区内部的各种问题。她的作品糅合了不同层面的现实,将过去、现在和将来交织,在种族政治、性别政治和生命政治等维度下对这些问题加以思考和呈现。莫里森在诺贝尔文学奖颁奖仪式上曾说,"我希望这还说出了美国非裔文学作品的一个进步。这种文学已经是主要文学事业以外又一种文学"[2]。莫里森在漫长的职业生涯中,通过敏锐的观察、深刻的体验和出色的笔触,刻画出了丰富生

---

[1] 托妮·莫里森:《宠儿》,潘岳、雷格译。海口:南海出版公司,2006年,第196页。
[2] 冯亦代:《托妮·莫里森之歌》,载《瞭望》1993年第50期,第38页。

动的各色文学人物,他们虽然以非裔经验为主,但是又带有人类的普适诉求,为人们衡量自我价值、探索生存以及审视自我与世界的关系,做出文学上的积极回应。

第三节 跨越东西方文化的桥梁

本节以两位华裔作家汤亭亭(Maxine Hong Kingston,1940—)和谭恩美(Amy Tan,1952—)的作品为例,考查华裔作家对代际文化差异、文化身份认同的呈现。两位作家虽然都是书写具有鲜明"中国文化"特色的主题,但是她们采用不同的方式呈现华人的移民经历和文化适应过程,汤亭亭擅长运用中国神话、传奇、民间传说等要素,以叙述者的个人想象"过滤"族群历史,通过重写和改写来达到"为我所用"的目的。谭恩美则充分挖掘"家族历史"中的文学要素,传承母系话语,延续族裔传统、张扬自我。

汤亭亭(Maxine Hong Kingston,1940—)

汤亭亭是当代华裔美国作家中的佼佼者,她的代表作《女勇士》(*The Woman Warrior: Memoirs of a Girlhood Among Ghosts*,1975)是最早得到非华裔群体认同的华裔文学作品之一,对于推动华裔文学的接受发挥了重要的作用,"华裔文学近年来在美国声誉日隆,与汤亭亭取得的文学成就密不可分"[①]。她在创作中采纳女性主义立场、书写女性故事,开创了华裔女性作家对于文化身份建构、文化冲突与协商的书写范式。《女勇士》获得了美国书评家协会奖,并获得美国国家图书奖的提名,后来入选20世纪70年代《时代》周刊最优秀的非虚构类作品名录,开创了华裔文学的新高度。汤亭亭的另外一部作品《中国佬》(*China Men*,1983)获得了国家图书奖(非虚构类),成为第一部获此奖项的华裔文学作品。汤亭亭的书写充分利用了传记的文学特质,把所谓"个人经历"和"家族历史"嵌入华裔群体的美国经历和美国身份建构中,实现了对神话、民间传说等中国传统文化要素的改写,使得族裔文化服务于个人话语的建构,从而在美国文学中彰显出了华裔女性作家的声音。

---

① 张子清:《美国华裔文学(总序)》,载《女勇士》,桂林:漓江出版社,1998年,第4页。

汤亭亭祖籍广东新会，出生于加州斯多克顿的华裔家庭。她的父母都是第一代中国移民。父亲汤恩德在中国时上过私塾，有一定的文化，1925年移民到了"金山"谋求生计。但是移民难以找到技术工作，汤恩德因而选择了华人移民的传统行业，在斯多克顿经营洗衣店。汤亭亭的母亲叫洪英兰，曾经在广州毕业于护士学校，是位有文化有胆识的新女性，1940年移民到美国和丈夫团聚。汤亭亭兄弟姐妹八人，她排行第三，还有一个哥哥和一个姐姐出生在中国，她是父母移民到美国后养育的第一个孩子，所以她后来在书中提及回中国见到"兄长"。汤亭亭天资聪慧，从小成绩优异，1962年毕业于加州大学伯克利分校，获得学士学位。汤亭亭在伯克利时结识厄尔·金斯顿，两人结婚后先是在加州海沃德的一个犹太学校教学（金斯顿有一半的犹太血统），1967年移居夏威夷的檀香山，金斯顿做戏剧演员，汤亭亭在一家私立高中教授创意写作。1973年，汤亭亭开始创作《女勇士》，1975年小说的出版令她一举成名。80年代以后，汤亭亭开始专门从事写作，任加州大学伯克利分校的创意写作教授。

汤亭亭的作品数量不是很多，除了以上两部作品以外，还有《孙行者：他的即兴曲》(Tripmaster Monkey: His Fake Book, 1989)、《第五和平之书》(The Fifth Book of Peace, 2004)、《战争的老兵，和平的老兵》(Veterans of War, Veterans of Peace, 2006)、《我爱生命中有宽广余地》(I Love a Broad Margin to My Life, 2011)等。汤亭亭还是积极的社会活动家，2003年在华盛顿特区因参加反伊拉克战争的游行被捕，同时被捕的还有艾丽斯·沃克等知名人士。1992年她被选为美国人文和自然科学院士，2008年获得美国国家图书奖的杰出文学贡献奖。可以说，她已经当之无愧地成为华裔女性文学中的领袖。

汤亭亭在斯多克顿的华人社区长大，对于唐人街生活非常熟悉，也十分了解海外华人的文化特质以及风俗习惯，她把父母的经历作为写作素材，也将她从父母那里听来的中国故事作为灵感来源，书写华人移民的流散、华人社区的生活、华人和华裔在美国社会的文化认同、身份建构和文化适应经历。母亲的故事在《女勇士》的第三章"萨满巫师"部分有较为详尽的描述，第四章"西宫门外"讲述的是姨妈的故事。父亲的故事和家族历史较为集中地反映在《中国佬》中，她之后的作品较少涉及华人历史题材。尽管有评论家将《女勇士》和《中国佬》称作非虚构类作品[1]，并且作者本人也曾经提到，

---

[1] Shelley Fisher Fishkin and Maxine Hong Kingston, "Interview with Maxine Hong Kingston." *American Literary History* 3.4 (Winter, 1991): 782.

自己的前两部作品中写到了家族历史,但是,从叙事的文学特征来看,这两部作品都是以"非虚构"为名的虚构类作品,所谓的"个人经历"和"家族历史"书写,观照的实则是华人群体的流散和美国华裔身份的构建。《女勇士》不仅对于华裔文学意义重大,也代表了20世纪80年代自传书写的一个方向,对传统"传记""自传"等文体的后现代建构发挥了作用:"自传的定义发生了根本性的变化,并且一再被重新定义,最终包括了该体裁的不同变体——当然,许多形式自从移民定居点在这个国家建立就已经存在。比如部分或者全部的自我描述,还有日记、书信集、口头历史、个人题材的小品文、童年记事、精神自传、忏悔录和综合性的双重描述;还有家族或者群体历史(包含传记和自传)、个人游记以及融合了小说、神话级个人叙事的叙述形式,例如汤亭亭的《女勇士》。"①后来汤亭亭也提到,《女勇士》的"回忆录"分类是采纳了出版商的建议。所以,尽管文学评奖、提名都将其归类在"非虚构类"文学作品中,现在来看,无论其标签为"自传",还是"回忆录",都不过是作品的文学叙事策略,而作者真正的目的在于"言说",即通过历史叙事达到言说的目的。

上文提及汤亭亭文学叙述的策略问题,"言说"和"沉默"正是解读汤亭亭作品的关键词。在《女勇士》中,汤亭亭继承了华裔女性作家对于华裔女性身份的书写和建构,小说的各个部分都和"语言""话语"相关,小说的主题就是"言说的重要性。建构声音和讲述自己的故事代表了力量,而埋没某个人的故事则代表着失去力量"②。小说由五个各自独立又相互关联的故事组成,分别是"无名女人""白虎山学艺""萨满巫师""西宫门外"和"胡笳十八拍",故事的主角分别是投井自杀的姑妈,到深山学艺然后率军复仇的花木兰,走出村庄、勇斗鬼怪的"女秀才"勇兰,到美国寻夫未果而终老疯人院的姨妈,以及被匈奴人掠走而后用音乐讲述自己经历的蔡文姬。这五部分由生长在唐人街的华裔少女串联起来,她"回忆"姑妈、母亲和姨妈等人的故事,阐释、改写中国古代女英雄的故事,来获得对自己华裔女性身份的认同,以对抗自己在男权社区以及美国社会中的失语状态。小说中既有中国故事也有美国故事,两者交织无法截然分开,"无名女人"中的姑妈是留守家中的金山"淘金者"的妻子,因为美国社会的排华政策,她无法去美国和丈夫团聚,自己又身败名裂遭人唾弃,只有以死来表示对命运和世界的愤怒。"白

---

① Lynn Z. Bloom, *Composition Studies as a Creative Art: Teaching, Writing, Scholarship, Administration*. Logan, UT: Utah State UP, 1998, p. 65.

② Amy Ling, "Chinese American Women Writers: The Tradition Behind Maxine Hong Kingston," in *Maxine Hong Kingston's The Woman Warrior: A Casebook*. Ed. Sau-ling Cynthia Wong. New York: Oxford UP, 1999, p. 157.

虎山学艺"采用了花木兰故事的原型,讲述女主人公到深山中拜师学艺,学成之后为族人报仇雪恨,而后解甲归田、相夫教子,这个故事将中国历史上"岳母刺字"和"木兰替父从军"的故事糅合在一起,使女主人公具有了中国历史中男女英雄的双重特征。它貌似"中国故事",实则是华裔少女对这两个故事的杂合式解读,带有奇幻叙事的某些特点。其他部分的叙事亦是如此,女主人公的第一人称叙述中穿插着家族谱系中女性人物的经历以及传统文化中"女英雄"的故事。小说的副标题为"群鬼中少女的回忆",其中"鬼"的形象具有两重象征含义:一是借喻"鬼"所代表的幽灵性和历史性,书写中国女性的过去,其中包括姑妈、母亲、姨妈等现实中的中国女性,也包括花木兰、蔡文姬等中国历史上的"女英雄"。主人公从她们的故事中获得勇气,来对抗现实中少数族裔女性的失语,打破沉默、颠覆男权社会对她们的选择性遗忘,表征女性在故事中的缺位。二是借用"鬼"字在粤语中的"鬼佬"之含义,以及普通话中"蛮夷""外族"之意,指代"美国"这个华人移民眼中的陌生世界,还有自反指代之意,指华人移民群体这个"外来族群"在美国心理中的印记。小说占据数页篇幅来罗列母亲生活中必须遭遇的各种"鬼",如"美国到处都是各种机器和形形色色的鬼——开出租车的鬼、开公交车的鬼、修剪树木的鬼、开便利店的鬼——从前,这个世界到处都是鬼,我都喘不过气来;我都不敢走路,绕过白鬼和他们的汽车。还有黑鬼,但是他们好交往、爱说笑,比白鬼好对付多了"[1],造成一种"难以招架""无法抗拒"般的阅读体验,从而使读者能够感同身受华人移民面对异族文化的恐慌。又因为"鬼"具有"挥之不去"的特征,所以它指的是令华人祖先难以忘却的历史的幽灵,也指难以应对的白人面孔。叙述者综合借用了这两重意义,"带有玄幻色彩地描述了生活在母亲祖先之幽灵中间的童年,以及她在加州斯多克顿必须适应的有着不同处事方式的白人'鬼佬'"[2],希望自己能够从祖先的厚重文化积淀中寻找理解自己身份的依托。

《中国佬》将家族历史和华人移民美国的历史充分结合,虽然也采用了一定的拼贴手法,但是基本的取向还是现实主义的。通过家族中四位男性人物:在夏威夷种植园劳作的曾祖父、在内华达山里修建铁路的祖父、在旧金山唐人街做洗衣工的父亲、参加越战的弟弟,通过华人社会中男性谱系,

---

[1] Maxine Hong Kingston, *Woman Warrior: Memory of a Girlhood among Ghosts*. New York: Vintage International, 1989, pp. 96—97.

[2] Susan Brownmiller, "Susan Brownmiller Talks with Maxine Hong Kingston, Author of *The Woman Warrior*," in *Maxine Hong Kingston's The Woman Warrior: A Casebook*. Ed. Sauling Cynthia Wong. New York: Oxford UP, 1999, p. 175.

讲述了华人对于美国社会进步的贡献。在小说中,叙述者使用了"标签式"的命名,不仅体现出了华人社会的长幼秩序,更重要的是通过他们的经历来代表华人移民在美国的流散历史和艰难的文化适应。小说通过曾祖父跨越太平洋从中国到瓦胡岛的经历,再现了19世纪中期以后契约华工移民美洲、开发美洲的历史。相当多的华工是被诱骗诱拐到美洲去的,在出发前被迫签了五至八年的契约,他们和奴隶无异,贩运华工的商船条件恶劣,和贩奴船非常相似。在种植园里,"檀香山的曾祖父"等华工被禁声,被剥夺了话语权;在铁路工地上,"内华达山里的祖父"等华工做着最艰苦的工作,却无法和别的工人享受一样的工资待遇。这些都反映了华人在美国受到的不公正对待,他们做出了贡献却得不到认可。小说和《女勇士》一样,强调了"言说"的重要性,被禁声的曾祖父发明了自己的言说体系,通过"咳嗽声"来代替语言,和工友们相互传递消息;而祖父等铁路工人则用罢工来主张自己的权利。和《女勇士》中的杂合性话语模式一样,这部小说中也是在家族历史中穿插了中国故事和西方话语,例如"关于发现"的故事就是在"金山勇士"赴美洲"淘金"的框架下,糅合了哥伦布发现新大陆和《镜花缘》中唐敖等人在海外游历的故事。如果说"发现新大陆"对于西方人是一种"赋权"过程的话,那么华人赴美洲寻找财富的过程则是反方向的运动:曾祖父被禁声,祖父修建铁路的贡献被抹杀,父亲只能从事洗衣业这类在中国传统观念中被认为女人才做的工作,所以在"论发现"中,叙述者讲述了寻找金山的华人勇士被迫转变成女人的故事,旨在为华人移民经历提供一个历史语境:他的耳垂被刺,嘴巴被缝,双脚被裹,不得不涂脂抹粉。这无疑是华人移民被规训的象征。

《孙行者:他的即兴曲》描写的是华裔青年追寻梦想的故事,通过"孙行者的故事"对垮掉派进行了戏仿,具有较强的实验性。小说采用了反传统的叙事方式,将《女勇士》中以"鬼故事"为代表的"奇幻叙事"进一步发扬,通过"戏仿""拼贴"等后现代主义的手法,以20世纪60年代的反主流文化运动为背景,塑造了惠特曼·阿新这个华裔文艺青年形象。阿新是第五代华人移民后裔,毕业于加州大学伯克利分校,是垮掉派运动的追随者,集中了惠特曼式的浪漫奔放与"孙行者"的多变。小说涉及较多的垮掉派文化元素,例如旧金山的北滩、"城市之光"书店等垮掉派的地标,还有阿新身上散发出的反叛讯息:他留长发、蓄着凌乱的胡须、吸毒,身穿黑色高领衫、牛仔服,喜欢爵士乐,既挑战"美国梦"代表的成功,也挑战华人社区中老一辈辛劳勤恳的工作态度,他的行为和装束都是那个反叛时代的标志。阿新和南希在旧金山的闲逛构成了垮掉派的街头风景:"城市的空气中弥漫着诗意,你必须努力保持清醒,才不会被这浪漫曲迷情……阿新他们两人成为北滩的一道风景,就好像从前凯鲁亚克那时候的人们闲逛的情形。"①这个人物的象征意义在于其杂糅性:"汤亭亭将惠特曼的故事命名为'Tripmaster Monkey',暗示惠特曼是兼备孙悟空与凯鲁亚克式人物特点的旅行、神游大师,他是中国的石猴与美国五六十年代反文化运动代表的混合体。"②的确如此,即便是小说的叙述风格,也带有垮掉派文化的痕迹。小说开头描写的阿新的迷茫,带有明显的意识流特点:

> 可能是因为住在旧金山,这座湿漉漉的城市,心情也变得潮乎乎的,雾角声声,警报连连——警报,警—警—报,噢悲戚的警报,噢警报的悲戚——没有多少阳光。不过,惠特曼·阿新每天都在想着自杀。一直在琢磨。拿把手枪,把枪口顶在右眼旁,斜着眼睛看看,它就在指尖。他实际上已经稍稍弯了弯手指,然后——砰!——他的脑袋就成了碎片,四处飞溅,在宇宙中飞散。然后,鲜血、皮肉、令人恶心的脑浆、五脏六腑,不过反正他已经死了,看不到这一堆垃圾了。嘴那部分会连在头上。他叹息。海明威就是从嘴里开的枪。惠特曼可不是疯狂的花衫墨西哥仔。证据:他分得清哪是虚幻,哪是现实。③

阿新这种行尸走肉般的空虚生活,是对"意义"的直接挑战和解构;主人公散漫随意的意识流动,恰似吸毒者恍惚迷离的精神错乱。但是小说戏仿的最终目的不单纯是嘲讽,更多的是聚焦于阿新的成长,特别是华裔青年在时代大潮中的何去何从。阿新像垮掉派精神领袖那样四处游历,又像具有七十二变能力的孙行者一样,在西部的漫游中逐渐找到自己的位置。他从最初对诗人身份的迷恋,到剧作家和演员身份的转变,这个过程构成了小说的基本故事线,代表他逐渐走出自恋与极端自我,开始意识到自己的个人身份和群体身份的密切联系。他组建剧团、创作剧本,既导又演,构建他所理解的"共同体"④。他在餐馆里,听到邻桌白人对华人的嘲笑,而直接站出来与他

---

① Maxine Hong Kingston, *Tripmaster Monkey: His Fake Book*. New York: Alfred A. Knopf, 1989, p. 20.
② 方红:《在路上的华裔嬉皮士——论汤亭亭在〈孙行者〉中的戏仿》,载《当代外国文学》2004年第4期,第137页。
③ Maxine Hong Kingston, *Tripmaster Monkey: His Fake Book*. New York: Alfred A. Knopf, 1989, p. 3.
④ Maxine Hong Kingston, *Tripmaster Monkey: His Fake Book*. New York: Alfred A. Knopf, 1989, p. 261.

们理论。阿新的成长代表了亚裔知识分子的成长,故事"通过艺术家的成长和成熟,对传统知识分子成长小说进行了重写"①。小说中人物众多、场景复杂,象征手法随处可见,"猴子"更是作为一种中心意象反复出现,阿新将自己想象成大闹天宫的美猴王,去挑战既有的秩序,热衷于打破社会现状,让人们认识到华人的力量。

在后来的作品中,汤亭亭虽然不再单纯书写家族历史主题,但是一直没有脱离开族裔文化传统的框架,她或者对历史元素进行后现代主义的改写,或者将其利用在虚构性的自我书写之中。在《我爱生命中有宽广余地》中,她继续追溯自己的家族历史,依然在回忆和想象交织的文本中凸显了中国文化传统对于她的影响。她对于"祖母"的描写,体现了传统中国文化中的男尊女卑和森严的等级制度:

> 阿婆,她的模样就是悲剧的面具。
> "一只猴子哭,别的猴子跟着哭。"
> 她是一家之主;都得向她请安。
> 她如女皇端坐在中国大家庭的正中央,
> 全家福(我母亲也在里面,
> 她身边都是婆家人)——所有人
> 的衣服只有黑白两色
> 除了阿婆翡翠耳环的一点绿色
> 还有她手腕上玉镯子的绿色弧线。
> 裙裾下边露出三寸金莲。②

这里的"猴子"意象延续了"孙行者"中的"行者",也是对非裔批评家亨利·路易斯·盖茨"意指的猴子"的互文。这部作品采用了环形的叙事结构,讲述了叙述者汤亭亭回广东探访父母家乡的"归家之旅",以"家"和"离家"开始,以"归家"结束,中间描述的各色"村庄"成为叙述的骨脉。例如,在"父亲的村庄"部分,着重强调了"和睦相处"的准则,强调了中国家庭观念中的和谐理念。她把那片土地称作"我的土地、我的地盘",把人们称作"我的同胞"③,将

---

① Irma Maini,"Writing the Asian American Artist: Maxine Hong Kingston's *Tripmaster Monkey: His Fake Book.*"MELUS 25.3/4 (Autumn-Winter,2000):243.

② Maxine Hong Kingston, *I Love A Broad Margin to My Life.* New York: Alfred A. Knopf,2011,p. 6.

③ Maxine Hong Kingston, *I Love A Broad Margin to My Life.* New York: Alfred A. Knopf,2011,p. 191.

书写历程描述为循环往复的过程,"我的忠实读者知道去追溯/我从亚洲到美洲又回到/亚洲的游历,从古典时期/到现代,再到当下"①。这一定程度上是对《女勇士》的回应,意指作品中对于华人历史的描写与当下华裔生存之间的关系。这部作品在文体形式上也进行了重大的探索,采用了诗歌的形式、散文体的叙事方式,旨在扩充文学书写的疆域,以严肃口吻讲述文化朝圣之旅,却又通过文体的反传统性来隐匿地主张自己的解构立场。

《第五和平之书》是汤亭亭旨在走出"族裔作家"窠臼的一个例证,她立足于中国文化,但是寻求的却是更加普适性的主题,诸如和平,从而使自己的创作参与到主流文化的价值建构之中。小说比《孙行者》更具后现代主义的解构性,故事线索不够清晰。其中既有非虚构特征,例如前两章中叙述者汤亭亭讲述自己的房子在奥克兰大火中被烧、《第四和平之书》的书稿被焚毁,以及第四章中她组织退伍老兵参加写作俱乐部来治愈战争创伤;也有虚构性章节,如第三章中的惠特曼·阿新的故事,他反对越战,拒绝服兵役,从加利福尼亚逃到了夏威夷。有学者认为这种虚构和非虚构的混用受到当时新新闻主义潮流的影响,带有后现代文学的特征②。四章的题目分别是"火""纸""水""土",呼应中国文化中的"五行说",强调不同要素之间的相生相克是构建世界的基础,契合小说的主题"和平"。文学作品中的叙述者"我",虽具有无可置疑的美国身份,但总是以"中国人"的视角进行言说,依旧在"不知不觉"间将自己视为"中国人":"和我家族中所有的中国成员一样,我的直觉是左即是右,反之亦然。所以特别容易迷路。不过辛迪不会迷路,她不是中国人,她来自流动季节工人家庭。可是在特蕾西,她的汽车没油了。"③不过,也必须看到,叙述者用于自我指征的"中国人",是让她区别于主流群体的一个自我标识,并不是一般意义上以法律身份(例如国籍)来加以界定的"中国人";她在大火中失去了父母留给她的东西,也象征性地表明她遗失了族裔文化中的某些珍贵传承,这纵然令她痛心疾首:"我要是能开快点儿,或许能够把那本书抢救出来,我母亲的珠宝,父亲的手表、眼镜,我戴上正合适,还有他的征兵卡,我是从他的钱包里拿出来的。人家跟他说'这张卡必须随身携带',于是他一直带在身上,五十多年。"④叙述者的视野

---

① Maxine Hong Kingston, *I Love A Broad Margin to My Life*. New York: Alfred A. Knopf, 2011, p. 207.
② 徐颖果:《汤亭亭〈第五和平之书〉的文化解读》,载《当代外国文学》2005年第4期,第100页.
③ Maxine Hong Kingston, *The Fifth Book of Peace*. New York: Vintage International, 2004, p. 3.
④ Maxine Hong Kingston, *The Fifth Book of Peace*. New York: Vintage International, 2004, p. 4.

显然不仅仅限于中国文化和美国文化的交融,而是着眼于更加广阔的世界,如大火令她想起的伊拉克战争和战火中煎熬的苍生:

> 我知道这场大火的来由。上帝是要给我们看看伊拉克。杀戮是罪恶,拒绝正视我们的所作所为,同样是罪恶。(数数有多少孩子被杀吧,以所谓"制裁"之名,15万,36万,75万,美军所谓的"附带伤害"。每一次报道,数字都在上升。我们杀戮的孩子,远远超过了士兵,有些士兵还只是孩子。)因为我们拒绝承认我们造成的痛苦——炸弹击中十字光标中心的大门或屋顶,而无所不在的新闻眼却不知所踪——不允许记者靠近,没有目击者——所以上帝让我们看看,我们自己的城市在灰烬中的模样。上帝是在教化我们,给我们看看战火中的场景。①

汤亭亭此时所主张和认同的"中国文化",具有较明显的文化相对性,可谓美国唐人街版本的中国文化。由此看来,她的书写方式可能超出了一般意义上族裔要素的张扬。诚然,汤亭亭在创作中较多地利用了中国民俗文化要素,使得叙述带有了"中国文化"的特征,为英语读者带来了显著的异域风情。较为常见的要素有民间传说、日常习俗等,涉及衣食住行的方方面面,例如服饰、风水、数字、食物、娱乐等。《女勇士》中较为突出的中国文化要素有花木兰替父从军、岳母刺字、蔡文姬流散至匈奴的故事等。当然,对于中国传统文化具有不同理解程度的读者,从中可以得到不同的意义。数字、鬼故事所代表的可能是异域文化的神秘,也可能代表了中国文化中的和谐,例如"六""九"等数字的象征意义。汤亭亭借用民间传统中的"顺利""吉祥",以及"长久""大同",也暗示了《庄子·齐物论》中所谓的"六合之外,圣人存而不论",以及《吕氏春秋》中的:"天有九野,地有九州,土有九山,山有九塞,泽有九薮"等。在《女勇士》中,叙述者感慨道,"六"是个吉祥的数字,借用算命先生跟勇兰道破的"天机":"六是万物的数字,是宇宙的数字。东西南北四个方位和天顶天底加起来,正好是六。音有六位,六高六低。世有六境,人有六感,社会讲究六种美德、六种责任,文字有六体,家有六畜,学有六艺,生命有六世轮回。两千多年以前,六国联合,消灭了秦国。当然,易经中还有六种卦符。地有六方,那就是中国。"②类似相关于"中国历史"的话语建

---

① Maxine Hong Kingston, *The Fifth Book of Peace*. New York: Vintage International, 2004, pp. 13—14.

② Maxine Hong Kingston, *Woman Warrior: Memory of a Girlhood among Ghosts*. New York: Vintage International, 1989, p. 78.

构在汤亭亭的作品中可谓比比皆是;但是她书写的并不是中国历史,她对中国文化的描述,也是经过艺术加工和变形的,是华裔美国人眼中的中国文化,是作者对中国文化有意的"误读"①。例如,在上面一段关于中国文化的讲述中,存在着多处的错误或者叙述者想当然的主观解读,诸如"六国联合,消灭的秦国"这样的"误用",恐怕不能简单解释为作者中国历史知识的匮乏,唯一的可能就是"有意误用"。仔细考查《女勇士》各章节,可以看到诸多叙述者对中国文化自相矛盾的看法和评说。她对姑妈生活的言说,完全基于自己的想象,因为她从母亲那里得到的信息已经简略到了极致,因而只能运用自己的想象来对姑妈的"不在场"进行想象和弥补,诸如姑妈的情人到底是谁,她又是在什么情况下与他有了肌肤之亲,等等。在《中国佬》等作品中,类似的主观猜测也不在少数,例如"有些人随身带着几头猪,猪就躺在几个铺位的下面。这些铺位看上去和停尸间里一层层的棺材没什么两样"②。这在很大程度上也是被叙述者浪漫化的想象,因为几乎可以肯定,契约华工随身带猪的经历根本不可能,因为整个华工贩运的环节是层层严控的,华工没有什么可选择的余地,船主不可能将船上宝贵的空间留给几头猪。汤亭亭对中国传统文化符号无节制的使用,恰恰说明了作者受中国传统文化影响之深远和自身认识的困惑。这些中国故事正像鬼魂一样,影响了作者的一生。"中国人对于溺水鬼有着深深的恐惧,他们的鬼魂哭泣着,披散着湿漉漉的头发,身体肿胀,在水边静静等着替死鬼,一旦有机会便把他们拉下水。"③这个"水鬼"的形象典型地代表了萦绕在华裔叙述者心中的中国文化的影响。

正是因为这样暧昧、游移的立场,汤亭亭对于历史题材的运用,特别是历史题材的改写,引发了华裔美国文学历史上的著名论争。部分批评家和华裔作家持有较为激烈的否定态度,赵健秀(Frank Chin,1940—)就是其中的一个代表性人物。赵健秀认为长期以来白人社会对"中国人"这一称号带有病态般的偏见和敌视,并且故意在媒体和艺术作品中塑造了中国人的刻板形象,以满足他们对于中国人的主观想象,而汤亭亭对于"中国文化"的呈现和对"中国人"的描写带有很大的主观性,歪曲了历史,造成了美国白人对于中国人的更大误解:"为了得到白人的认可,哄他们开心,汤亭亭、黄哲

---

① 韩华君:《汤亭亭:从女性主义到文化共生互补》,载《海外华人女作家评述》,叶枝梅主编,北京:中国文联出版社,2006年,第218页。
② 汤亭亭:《中国佬》,肖锁章译。南京:译林出版社,2000年,第94页。
③ Maxine Hong Kingston, *Woman Warrior: Memory of a Girlhood among Ghosts*. New York: Vintage International, 1989, p. 16.

伦等人严重歪曲中国历史和传说中的英雄形象,这些故事在中国人眼里莫名其妙、令人费解……却恰好迎合白人的幻想,即白人自我幻象中病态的、令人生厌的一面就是'中国人'。"[1]他批评汤亭亭的写作是"非中国式的",是"伪中国式的",这很容易给读者造成一种偏见,会使他们对中国文化进行非常片面的理解和解读。的确,《女勇士》中"萨满巫师"部分提及的华人吃熊掌、浣熊、臭鼬、鹰隼等各类动物的情形,带有相当的片面性,可能进一步印证了白人对于华人风俗习惯的偏见。小说中对于华人社区重男轻女思想的夸张描写、对父亲的批评,也带有相当的片面性,就连汤亭亭本人在访谈中也多次表示出对父亲的赞赏,这与小说中"父亲"等华人男性的形象大相径庭。但对于赵健秀的批评,汤亭亭并不认可,她认为没有哪个版本的神话和民间传说是唯一的,而神话的意义正是体现在它对于不同时代的观照之中:

> 我感觉可以选取自己感兴趣的或者对20世纪美国生活依旧有意义的神话要素,将其应用于写作中。人们有时对此加以批评,认为我没有忠实于中国神话……但是我要说的是,如果神话没有改变,那么它就失去了生命力,神话保持生命活力的唯一方式就是其当下意义。我的责任不是整理史料,保存古代神话……我认为神话就是这样的,传说的内容根据讲述者的不同而各有不同,没有哪个版本是最权威的。那些将图书馆版本作为唯一正确的批评家,其立场是十分错误的。[2]

可见,汤亭亭作为美国作家,她关注的是中国历史和神话的重写对观照"美国生活之当下"的意义,其根本立场是美国的。从现实的角度来看,汤亭亭在1984年来到中国之前,已经发表了两部关于中国的作品,可以推断,她对中国的想象以及对中国文化的阐释,都是基于父母的描述和美国出版媒体中的信息。尽管她在访谈中提到,真正看到的中国和她想象中的中国并没有多少差别,但是,我们必须看到,《女勇士》中美国少女对于中国(特别是古代中国)的描述充满了异想天开的幻想,充满了主观的、有意而为的误读,这正是文学书写中似是而非策略的体现。只是,普通美国读者没有专业的文学训练,对其难以分辨,很可能将其与历史简单等同,也许这才是令赵健秀

---

[1] Frank Chin,"The Most popular Book in China," in *Maxine Hong Kingston's The Woman Warrior: A Casebook*. Ed. Sau-ling Cynthia Wong. New York: Oxford UP,1999,pp. 27—28.

[2] Maxine Hong Kingston and Angels Carabí,"Interview With: Maxine Hong Kingston." *Atlantis* 10.1/2 (junio-noviembre 1988):140.

等人不安的地方。

赵健秀的批评不止针对汤亭亭,更重要的是这两种立场的代表性,即在族裔文化书写和中国传统文化要素运用中,该采纳什么样的立场和什么样的再现方式,以及文本对于潜在读者可能会带来什么样的阅读感受。赵健秀认为,如果深究华裔作家歪曲甚至随意篡改中国历史的根本原因,就在于汤亭亭、谭恩美、黄哲伦等作家迎合了西方读者对于中国的带有东方主义色彩的想象,而汤亭亭的自传性书写模式更加暧昧地模糊了虚构和想象之间的边界,实际践行了一种东方主义的立场。如果说出生于旧金山唐人街的赵健秀对于中国传统文化同样充满了自我想象的话,那么,在中国国土上长大、生活在中国文化浸润中的中国读者会持有什么样的看法呢?改革开放以后最早到美国访学的大陆学者张雅洁(音)提出,"我第一次读这本小说的时候,并没有感到它多么有吸引力,而是感觉里面的故事有点走样,或许其最源头是中国的,但已经不再是中国故事了,而是充满了美国式的想象。另外,汤亭亭的评论也伤害了我的民族自豪感和我的个人价值观"[①]。著名女性主义批评家德博拉·马德森(Deborah L. Madsen)持有不同的见解,她认为,赵健秀的立场过于偏颇,在他看来,所谓华裔美国人的"真实"经历,不过就是"下层劳动阶层的传统",而事实上,华裔美国文学中的自传书写应该也具有不同的层面,这些"在文化取向和种族认同上差异明显的文本构成了不同的话语"[②],汤亭亭等华裔美国作家旨在寻求一种平衡,即中国文化的真实性和美国身份的合法性之间的协商,结果就是"种族真实性的颠覆"。马德森作为族裔文学批评的代表性人物,这种立场不仅是为汤亭亭的个人书写"正名",也在为其他族裔文学分支中的不同声音或者族裔文学经典以外的作品"开脱"。这个问题由汤亭亭和赵健秀的论战所引发,被戏称为"关公战木兰";论战进而发展到对美国族裔文学取向的思考,反映了作家和评论界对于族裔文学的书写范式和批评走向的普遍关注。

如何评价汤亭亭对于中国文化的运用和对于中国神话的改写?这对于了解汤亭亭的书写策略具有至关重要的意义。问题的关键就在于汤亭亭的身份,她是"美国作家",她不属于中国,她所关注的并不是"中国问题"。她对于中国文化要素的运用,仅仅是因为她的父母"恰好"是华侨,她"碰巧"从

[①] Ya-Jie Zhang, "A Chinese Woman's Response to Maxine Hong Kinston's *The Woman Warrior*," in *Maxine Hong Kingston's The Woman Warrior: A Casebook*. Ed. Sau-ling Cynthia Wong. New York: Oxford UP, 1999, p. 17.

[②] Deborah L. Madsen, "Chinese American Writers of the Real and the Fake: Authenticity and the Twin Traditions of Life Writing." *Canadian Review of American Studies* 36.3(2006): 260.

他们那里得到了一些"二手信息",而她的父母也因为地域上的距离将中国文化对他们的影响夸大了。所以,就汤亭亭来说,她与中国文化的关系是彼此的"他者化"。她对于中国的描写,带有很多刻板化的印象:

> 神秘而闭塞,充满了神仙鬼怪,给人一种烟雾缭绕,"乃不知有汉,无论魏晋"的感觉。这不仅可以满足外国人对于异域文化的好奇心理,赢得作品的经济效益;更重要的是她还期望通过对中国神话、传说、戏剧,以及中国的风俗习惯的改写和对他们祖先漂流、移民历史的追忆,以及自身作为华裔生活在美国的个人经历的感受相结合,营造出一个特定的环境,来实现她对男性中心论的反抗。①

例如,在描写袭击姑妈一家的村民时,《女勇士》的叙述者充分结合了她丰富的想象力和对美国历史的了解:"村民们走近后,我们看见他们中有些人,可能是我们认识的男人和女人,戴着白色面罩。披着长发的人们将长发披在自己的脸上。留着短发的女人把发梢竖了起来。有的在前额、手臂和腿上系上了白色的带子。"②这样的描写,诸如"白色面罩""白色带子"等,同早期三K党分子的装束颇为相像,可谓是美国少女在美国语境影响下对于遥远中国的浪漫想象。

事实上,当前评论界对于汤亭亭作品的解读,在很大程度上受到了这场论争的影响,因而将较多的注意力放在了她对于传统文化和族裔身份的书写立场上,而大大忽略了她作品中的文学艺术性。汤亭亭在《女勇士》中的幽灵奇幻叙事、混声言说与解构权威的似是而非立场,在《孙行者》中更加奔放的拼贴、反讽和戏仿,在《我爱生命中有宽广余地》中对诗歌和散文文体边界的模糊化,其实都是值得进一步探索的。她的人物塑造生动,插科打诨无所不能,这在《女勇士》和《中国佬》中似乎表现还不够明显,也许是囿于主题之严肃性所限。然而,到了《孙行者》时,小说的人物塑造则奔放了许多,语言幽默风趣。叙述者对阿新醉心于"艺术家"的身份进行了犀利的嘲讽:阿新满口垮掉派的行话,矫揉造作地为了忠于艺术和垮掉派主张而压抑自己的内心欲望。作者入木三分地将"伪垮掉派""真猴子"的形象刻画出来。的确,阿新对垮掉派的认同并不像他自己所想象的那么深切,他痛恨凯鲁亚克对于中国人的调侃,沉溺于《三国演义》的故事中,甚至孤芳自赏地将自己认

---

① 韩华君:《汤亭亭:从女性主义到文化共生互补》,载《海外华人女作家评述》,叶枝梅主编,北京:中国文联出版社,2006年,第215页。
② 汤亭亭:《女勇士》,李剑波、陆承毅译。桂林:漓江出版社,1998年,第2页。

同于里面的盖世英豪，游走在现实和幻想之中。

汤亭亭作为当今一位最具影响力的华裔女性作家，以书写族裔、文化和女性身份而著称。除此之外，还应该看到，她在艺术手法上，理应属于华裔作家中的后现代派，在看似"循规蹈矩"的族裔身份描写中插入了"脑洞大开"式的奇幻话语。不少评论家认为《孙行者》中的惠特曼·阿新戏仿的是"唐人街牛仔"赵健秀，但是古灵精怪、变化莫测的美猴王形象，也是汤亭亭小说的特点；甚至，我们可以这样说，这里面又何尝没有她自己的影子呢？

谭恩美（Amy Tan, 1952— ）

谭恩美是当代华裔小说家中成就最高的作家之一，她和汤亭亭一道，被誉为当代美国华裔文学的两座高峰[1]。家庭故事和母女关系可谓谭恩美作品的两大突出特点，她充分运用中国神话、民间传说和家族历史话语等中国文化要素，在此框架下书写家族历史和女性故事，通过对中国传统文化的想象建构华裔女性话语。谭恩美的代表作《喜福会》(*The Joy Luck Club*, 1989)以描写"中国移民妇女与女儿之间复杂的关系以及背后深刻的中西文化冲突"而著称于美国文坛[2]，该作品出版后入选国家图书奖提名和全国书评家协会奖提名，获得了湾区书评家奖的最佳小说奖、英联邦金奖最佳小说、美国图书馆协会年度最佳图书奖、美国图书馆协会最佳青少年图书奖等奖项，已经被翻译成了三十多种文字，并在1993年被改编成电影。谭恩美的其他作品也获得了相当的认可，《百种神秘的感觉》(*The Hundred Secret Senses*, 1995)获得了橘子文学奖的提名奖(the Orange Prize)，《接骨师之女》(*The Bonesetter's Daughter*, 2000)获得了"《纽约时报》最佳图书奖"，并获得了橘子文学奖的提名。这些成就进一步证明了谭恩美在华裔文坛的影响力，继"水仙花"(Edith Eaton, 1865—1914)、黄玉雪(Jade Snow Wong, 1922—2006)等华裔女性文学先驱之后，成为华裔文学中又一个强劲的声音。

谭恩美祖籍广东台山，出生于加利福尼亚州的奥克兰，父母都是来自中国的移民。父亲谭约翰是电气工程师兼浸会牧师，"二战"期间曾经供职于美国情报机构。母亲李黛西小名"冰子"(音)，大名李清，在父母双亡后被杜

---

[1] 程爱民：《论谭恩美小说中的母亲形象及母女关系的文化内涵》，载《南京师大学报》2001年第4期，第107页。

[2] 郭建玲：《谭恩美：鬼眼中的女性世界》，载《海外华人女作家评述》，叶枝梅主编。北京：中国文联出版社，2006年，第78页。

姓人家养大,改名杜清。黛西虽然生长在富裕之家,但前半生充满了坎坷,幼年先后失去双亲,婚后受到丈夫虐待,直到遇到第二任丈夫谭约翰生活才发生转机。谭约翰来自基督教家庭,40年代到麻省理工学院留学,后来战争期间被派往中国大陆从事情报工作,在上海与黛西结识。他们二人先后在国民党逃离大陆之前移民到了美国。谭约翰夫妇育有三个孩子,谭恩美是唯一的女孩,她还有一个哥哥和一个弟弟。谭恩美15岁的时候,哥哥和父亲在七个月内先后死于脑瘤,这给家庭带来了巨大的打击。次年,母子三人离开了这个伤心之地,移居到了瑞士。当时谭恩美正处于叛逆期,母亲在丧夫丧子之后对她寄予了更多的期望,但也让她心生叛逆,导致母女关系的高度紧张,两人甚至一度持刀相向。谭恩美在瑞士时结交了年长自己6岁的德籍男友,和他一起吸毒,甚至两人一度准备私奔。在瑞士读完高中后,谭恩美于1969年回到美国上大学,起初按照母亲的意愿就读于医学院,后弃医从文。1974年从圣何塞州立大学毕业,获得了语言学硕士学位,毕业后于1975年与卢易·德马泰结婚,婚后先后于加州大学圣克鲁兹分校和伯克利分校攻读博士学位,只修完了部分课程而没有继续申请博士学位。1976年谭恩美放弃学业,担任特殊儿童教育咨询和语言训练顾问。后来,谭恩美为公司撰写文书和演讲稿,这种经历对于她提高写作水平有很大的帮助。这些成长经历陆续被她写进了小说中。

谭恩美的小说具有十分明显的个人色彩。她的个人生活和家族历史在小说中得到了不同程度的再现。谭恩美的母亲黛西在中国时曾经有过一次失败的婚姻,前夫脾气暴躁,重男轻女的封建思想非常严重,她不堪忍受虐待要求离婚,但是被对方指控为"不守妇道"而被关进监狱。黛西出狱时正值中国大陆解放前夕,于是她来到美国和情郎相聚。1987年,黛西回到中国寻找前一段婚姻中的三个女儿,谭恩美陪伴前往。这是谭恩美第一次来到母亲讲述了无数次的中国,并与三位同母异父的姐姐相认。这个情节成为《喜福会》中菁妹到中国寻亲故事的来源。的确,书写在很大程度上是对谭恩美个人生活的补偿,她也从书写中获得了母亲们的力量。1999年,谭恩美患上了莱姆病,这是一种以神经系统损害为特征的疾病,在很大程度上影响了她的写作。但是她很快就从心理抑郁中恢复过来,并且还成立了专门的基金会救助此类疾病的患儿。这段经历还被她写进了小说,成为女性实现话语建构和自我治疗的实例。

谭恩美的作品除了具有明显的自传性之外,家族历史也成为重要的书写主题。她的母亲黛西晚年时开始陆续将自己的经历讲述给女儿谭恩美。在母女交流的过程中,谭恩美开始了解家族的历史,得知外祖母曾经被迫为妾并吞鸦片自杀,年仅九岁的黛西目睹了母亲的离世,心理上留下了终生的创伤。黛西幼年丧母、中年丧夫丧子的遭遇,以及在美国生活的艰辛,都锻造了她的"强悍"个性。因此谭恩美的大部分小说均取材于祖母、母亲和自己的经历,这也使得这些作品独树一帜:在女性书写和家族历史两个方面尤其突出,母女关系又是其中的核心,几乎每一部小说都涉及这一主题。除了个人因素以外,母女关系还具有深刻的文化含义,"它是一个古老、一个年轻的中美两国关系史的象征,它折射着东西方文化互相碰撞、沟通和交融的历史,也预示着在全球化时期到来之际不同的国家、民族和文化相互共存应采取的态度"①。《接骨师之女》较为集中地反映了三代女性的生活经历,与谭家三代女性的故事最为接近。此外,《灶神之妻》(The Kitchen God's Wife, 1991)、《百种神秘的感觉》②《挽救溺水之鱼》(Saving Fish from Drowning, 2009)、《贞女的规则》(Rules for Virgins, 2011)等也或多或少都带有作者个人和家人的影子。在接受《南方周刊》采访时,谭恩美否认了"文化说",认为自己并不代表某个群体,她所书写的只是自己和家人的故事:

> 我并不是要讲述中美文化之间的差异,我写的都是非常个人的东西:一位住在美国的中国母亲,在中国拥有过去的母亲,她经历的痛苦,我经历的痛苦,我们思想上的差异,年代上的差异,她失去了她的孩子,我从来没有过孩子,她爱她的妈妈,她亲眼看着妈妈死去……这是中国文化?还是美国文化?我写的故事并不是着眼于文化,而在于个人的生活。③

不管作者本人承认与否,她的小说中所反映的问题,诸如文化冲突和代际矛盾,恐怕远远超出了"个人生活"的范畴,具有了相当的普遍性,因此批评界所谓的"文化说"也不无道理,否则,谭恩美不可能在读者和评论界获得如此广泛的认同,也不会成为华裔文学中最具影响力的当代作家之一。谭恩美的近作是《奇幻山谷》(The Valley of Amazement, 2013),以旧上海的一位中美混血风尘女子为主人公,描写了母女三代人的故事,书写了她们与男权的抗争,在一定程度上再次续写了《喜福会》中的母亲谱系话语。

---

① 陈爱敏:《母女关系主题再回首——谭恩美的新作〈接骨师的女儿〉解读》,载《外国文学研究》2003年第3期,第77页。
② 另译为《通灵女孩》或者《灵感女孩》。
③ 谭恩美:《妈妈读我的东西时会哭》,载《南方周刊》2015年6月7日。http://cul.qq.com/a/20150607/015971.htm.

除了小说之外,谭恩美还著有非虚构类作品《命运的对面》(*The Opposite of Fate:A Book of Musings*,2003),这部作品被认为是她的自传,较为详尽地记述了她的个人经历和家庭生活,特别是与她的作品相关的生活。谭恩美还著有青少年作品,例如《月亮娘娘》(*The Moon Lady*,1992,另译为《月亮夫人》)和《中国暹罗猫》(*Sagwa,the Chinese Siamese Cat*,1994),两部作品都由著名插图画家格里钦·希尔德斯(Gretchen Schields,出生年月不详)设计插图。此外,谭恩美同戴夫·巴里(Dave Barry,1947—)、斯蒂芬·金(Stephen King,1947—)、芭芭拉·金索沃(Barbara Kingsolver,1955—)等人合作出版了非虚构类作品《中年心里话:带三和弦和一种态度的"摇滚余孽"乐队全美巡演心得》(*Mid-Life Confidential:The Rock Bottom Remainders Tour America With Three Cords and an Attitude*,1994)、《母亲》(*Mother*,1996)等。谭恩美还是摇滚爱好者,是"摇滚余孽"(the Rock Bottom Remainders)乐队的主唱之一,这支慈善乐队由著名出版人凯蒂·哥德马克于1992年发起成立,成员都是活跃在美国文坛的知名作家,黑人女作家玛雅·安吉洛(Maya Angelou,1928—2014)也是其荣誉成员。

总体而言,谭恩美的小说大多取材于自己家族的故事,其中母亲和女儿的关系、华人身份和美国人身份之间的协商成为书写的重点。"历史"在谭恩美的小说中占据核心地位,无论是个人历史或者家族历史,抑或是移民群体的历史,都成为书写的对象。"中国文化元素"是书写的背景和依托,使小说带有了一定的异域风情。另外,人物塑造以女性人物为主,突出了代际差异和协商,与移民历史维度相结合而生成了母女关系这一谭氏标志性主题。以《喜福会》《接骨师之女》等作品为例,可以看出这几个突出的特征。

《喜福会》的名字取自华裔社区中几位女性的麻将牌桌的名称,带有华裔文化特征,表达对"喜福"为代表的幸福的追求。"1949年,也就是我出生的前两年,母亲发起了一个'旧金山版'的喜福会。……母亲能感觉到,这几家的女人们各自都有她们遗留在中国的隐痛,也都对生活有所憧憬。但是,蹩脚的英语使她们无法将这种隐痛一吐为快,至少母亲从她们的脸上读出了这种压抑带来的木然。因此,当母亲向她们一提发起喜福会这个想法时,顿时看出她们眼睛滴溜溜地转动起来。"①"喜福会"沿袭了吴素媛在桂林那个麻将聚会的相同含义,希望大家在苦难与不幸中每天都能够收获一点小小的喜悦和幸福。几位中国女性带着各自的梦想来到美国,希望能够过上

---

① 谭恩美:《喜福会》,李军、章力译。北京:外语教学与研究出版社,2016年,第4—5页。

更好的生活,"喜福会"这个名字将中国人所推崇的快乐和幸福结合起来,寄托了几位移民母亲对未来的美好希望。所以,从创办之日起,这就是一个母亲们分享"留在中国的隐痛"和"对新生活的憧憬"的场所。母亲们在讲故事的过程中,重拾回忆、建构话语;尤其重要的是,她们通过回忆重新建构起与历史的连接,找回曾经失落的自我。小说的叙事结构契合主题,强调了话语的交互性。小说分为四章,分别是"千里送鹅毛""二十六扇凶门""美国翻译"和"西方天空下的母后",每一章又包括四个部分,分别由四位华人移民母亲和她们的女儿轮流"坐庄"、讲述各自的故事,她们是吴素媛和女儿菁妹、许安梅和女儿罗丝、龚琳达和女儿韦弗里、顾莹映和女儿丽娜[①]。小说开始时,菁妹的母亲已经去世,所以麻将桌上的位置由菁妹代替。所以,素媛的故事是通过菁妹和其他人的讲述拼接在一起的。小说最后一节,三位阿姨向菁妹透露了吴素媛生前的愿望——回中国寻找两个女儿。最终,菁妹在父亲的陪伴下回到中国与两位同母异父的姐姐相认。在母亲和女儿的交互讲述中,女儿们得以理解母亲的过往,而母亲也将自己的生活智慧传授给女儿,促进女儿们了解母亲的过去,也帮助她们更好地理解华裔美国文化,最终达成中国母女之间的相互理解。

如前所述,谭恩美的作品凸显了中国文化特征,所以《喜福会》的族裔文学特征通过母亲的移民经历表现出来。小说中的几位母亲都来自中国,大都出生于民国初年,经历了清末民初的社会巨变、抗日战争等重要历史时期,她们来自不同阶层,境遇也各不相同。吴素媛之前是国民党军官太太,本来生活无忧,但是战争打破了原有的平静。在日本侵华战争中,吴素媛与丈夫失散,在逃难路上因为身体极度虚弱,被迫遗弃了一双孪生女儿。后来她被人救起,却得知丈夫已经阵亡的噩耗,历经艰辛回到上海,却发现他们的家已经被炸弹完全破坏,战乱中又无从寻找孩子,她心灰意冷之下决定远走他乡。原籍宁波的许安梅出生于书香家庭,父亲是儒雅书生,母亲貌美贤惠,夫妻恩爱。但不幸父亲早逝,母亲在一次出游中被商人吴庆看中,被迫做了小妾。母亲远嫁到天津后备受吴庆其他姨太的欺辱,生下儿子后含恨吞鸦片自杀,以此表达对屈辱生活的抗议。吴庆慑于安梅母亲阴魂不散,发誓将她留下的两个孩子视如己出。许安梅目睹了母亲的死亡,看清了封建大家族的虚伪,学会了坚强自立,后辗转来到美国依旧无法释怀于过往,失

---

① 由于不同的拼音体系,华裔美国文学中不同译文中人名的差别较大。谭恩美和汤亭亭等作家祖籍都是闽粤地区,所以他们多采用粤式拼音。比如 2016 年外语教学与研究出版社版《喜福会》将 Lindo Jong 译为"江林多",而之前的文献多译为"龚琳达",谭恩美多用粤式拼音,所以 Jong 译为"龚"更加准确。

去母亲的悲凉使她学会了"不平则鸣"①。龚琳达出生于太原的一个小康家庭,两岁的时候便被父母指定了娃娃亲。后来家乡遭受洪水,父母举家搬迁到无锡,琳达被留在婆家黄家,像中国封建社会的众多媳妇一样遭受婆婆的欺负。16岁正式成婚时龚琳达就下定决心逃出那个"火坑"、摆脱任人摆布的命运:"我扬起头来,对镜中的自己自豪地笑了。随后我将一块大红绣花盖头盖在脸上,同时也把我的这些想法隐藏起来。但此时藏在盖头下面的我,仍清醒地知道自己是谁。我对自己许下诺言:我要时刻铭记父母的心愿,但永远不会遗忘自我。"②后来龚琳达发现丈夫黄天余对她没有任何男女之情,而自己因没能给黄家延续香火遭到嫌弃,于是伺机逃出黄家。最终她利用智慧设计逃出封建包办婚姻。顾莹映出生于无锡的富贵人家,与门当户对的丈夫结婚,未曾想丈夫是个花花公子,不仅对她漠不关心还屡次和别的女性有染,后来和一个戏子私奔,已经怀有身孕的莹映得知真相以后到医院将胎儿打掉,决心和过去告别。后来莹映结识了在上海传教的美国教士克利福德·克莱尔,接受了他的求婚,二人来到美国。

这几位母亲经历不同,性格各异:龚琳达精明犀利、吴素嫒智慧强势、许安梅刚烈强悍、顾莹映聪慧内敛。尽管如此,这几位女性也具有一些共性,以至于不太熟悉故事情节的读者很容易将几对母女搞混,甚至将不同小说中的女性人物相混淆,这种设计既可能成为不足也可能成为一种策略。金惠经(Elaine Kim,1942—)对此评价说,"小说的一个制胜点就是(读者)很容易忽视单个女性的声音:他们可能头昏脑涨,不得不回头翻翻目录,试图厘清各自对应的母女或者来识别她们,最终却发现这种辨识没有多大意义"③。这几位母亲的故事基本勾勒出了中国社会从20世纪初期到40年代末的历史,她们都曾经历了中国传统社会中"男尊女卑"的毒害,但是经过生活的历练,都已经获得了内心的不断成长,成为有思想、有追求的女性,不再屈从于父权的压迫,勇敢地追求自己的幸福,可谓"坚强、强大的女性"④。她们通过各自不懈的努力,克服了语言和文化上的巨大差异,最终为自己和孩子在异国他乡争得一席之地。露丝对父母的评价同样适用于其他三位母亲,纵然她们各自的经历有所不同:"正是这种对自己'能干'的笃信促使我

---

① 谭恩美:《喜福会》,李军、章力译。北京:外语教学与研究出版社,2016年,第266页。
② 谭恩美:《喜福会》,李军、章力译。北京:外语教学与研究出版社,2016年,第53页。
③ Elaine Kim," 'Such Opposite Creatures':Men and Women in Asian American Literature." *Michigan Quarterly Review* 29.1(Winter,1990):82.
④ Amy Ling,*Between Worlds:Women Writers of Chinese Ancestry*. New York:Pergamon,1990,p.138.

的父母来到美国打拼,它支撑着他们凭借很少的积蓄,在美国生养了七个孩子,还在日落区买了房。"①谭恩美把母亲的过去同女儿的现在并置在文本中,形成了时间与地域上的对话形式,力图解构历史与现在的二元对立,说明两者之间的相互包容,以及现在对过去的继承。

"喜福会"几位母亲的另外一个共同特点,就是对过去的怀念和对家乡的情感,因此她们希望保留中国或者中国文化的某些东西,无论是服饰、饮食、语言,还是生活方式,正如第一部分"千里送鹅毛"中的鹅毛。这些"中国痕迹"和"中国记忆"成为思乡怀旧的依靠,被仪式化,被经常拿出来加以回味,为母亲们漂泊的心灵带来些许安慰,打麻将、讲故事即是如此,是"一种逆境中求生的心理慰藉"②。所以她们才会穿上中式服装、盛装出席,此时,"麻将游戏在种族和性别边界内部和外部都充当了识别或者阻隔亲缘关系的一种手段"③。可是,女儿并不了解母亲打麻将时的煞有其事,反而觉得这种装扮稀奇古怪,"母亲和安梅阿姨会穿上有几分可笑的中式衣衫:硬邦邦的立领,前襟用丝线绣上盛开的花枝。我觉得,这些衣服对于真正的中国人来说太华贵了,对于美国式的聚会来说又太古怪了"④。母亲所崇尚的"喜"和"福"在女儿这里得不到接受,被女儿认为是不存在的。素媛留下的玉坠护身符,菁妹并不知道它的意义:"对于中国人而言,各种形状和细节总是有所意指的,直到别人为我指出之前,我自己似乎从来注意不到。"⑤这正是母女两代人不同价值观的呈现,代表了华裔传统和美国文化之间的差别。

《喜福会》的叙事结构采用了麻将游戏中四个人轮流坐庄的规则,所以才有了四圈16局的16个故事。庄家掌握话语权,作为叙述者讲故事。讲故事和打麻将一样,兼具游戏性和仪式性。在讲述中,记忆得以保存,"在多文化结构的家庭中,母亲们保证族裔性得以延续的唯一方式就是回忆过去,讲述她们所能够回忆起的往事"⑥。这既是母亲们缅怀过去的方式,也是她们告诫女儿、传承生活智慧的媒介。母亲告诉女儿,中国的麻将需要用心去打,而不只是用眼睛去看,这反映了母亲的智慧和洞察力:她们从各自女儿身上,看到了孩子们并不了解自己当年背井离乡、来到美国时怀有怎样的希

---

① 谭恩美:《喜福会》,李军、章力译。北京:外语教学与研究出版社,2016年,第125页。
② 张瑞华:《解读谭恩美〈喜福会〉中的中国麻将》,载《外国文学评论》2001年第1期,第96页。
③ Tara Fickle,"American Rules and Chinese Faces:The Games of Amy Tan's *The Joy Luck Club*." *MELUS* 39.3 (Fall,2014):69.
④ 谭恩美:《喜福会》,李军、章力译。北京:外语教学与研究出版社,2016年,第14页。
⑤ 谭恩美:《喜福会》,李军、章力译。北京:外语教学与研究出版社,2016年,第219页。
⑥ Xu Ben,"Memory and the Ethnic Self:Reading Amy Tan's *The Joy Luck Club*." *MELUS* 19.1 (Spring,1994):4.

望,代际之间的文化传承面临着危险:"妈妈们可以预见到女儿们又将孕育下一代,而孙辈的这一代人与自己的这一代之间是没有任何希望传承可言的。"①母亲们讲汉语时,女儿脸上显现出不耐烦的神情;母亲讲着蹩脚的英语,孩子们觉得她们什么都不懂,就好像是局外人。所以,这种带有游戏性的仪式帮助母亲建构话语,成为她们保留与过去联系的纽带。

在谭恩美的其他小说中,"讲故事"的仪式同样存在,《百种神秘的感觉》是通过姐姐的睡前故事来体现的,而在《接骨师之女》中,三代女性、两对母女间个人历史的传承是通过母亲的手稿来完成的。《百种神秘的感觉》中,从中国而来的同父异母姐姐具有"阴阳眼",能够通灵,向中美混血的妹妹讲述她们的今生前世:"从精神病院回家后,琨②睡觉前给我讲他们——阴间人们的故事,其中一个女的叫班纳,一个男的叫凯普,一个是独眼的女匪徒,一个是叫作'半人'的男人。她讲得神乎其神,仿佛这些鬼魂都是我们的朋友"③。姐姐对妹妹无私关爱,逐渐赢得了妹妹的信任,妹妹最终找到了姐姐在前世埋下的一坛子鸭蛋,既证实了姐姐故事的可信,又象征性地接纳了姐姐的文化遗物。《接骨师之女》中,外祖母宝姨生活在旧中国的父权制之下,被剥夺了话语权;她试图自杀时烧坏了食道而致哑;作为名不正言不顺的刘家儿媳,她没进刘家门就成了寡妇,又生下来历不明的孩子,因而她在刘家的存在价值只能通过女儿茹灵来体现。当刘家人执意要将茹灵嫁进宝姨的杀父杀夫仇人张老板家时,没有人理会这位母亲的抗议。因而,宝姨的失声具有双重象征含义。不过,宝姨设法突破了父权对自己的压制,通过"书写"把真相告知女儿:"宝姨只要不在墨坊干活,就一直在写字,写了一页又一页……就在我过门前儿天,有天早上我醒来,发觉宝姨坐在我身边,眼睛盯着我看。她抬手开始讲话。是时候我该告诉你真相了。她走到小木柜旁边,取出一个蓝布包裹,放在我腿上。里面有厚厚的一卷纸,用线装订成册。她脸上带着一种奇怪的表情看着我,随后离开了房间。"④宝姨通过讲述达到了发声的目的,唤起了女儿的醒悟。同样,茹灵也是在自己的记忆力开始减退之时着手给女儿写信,为的是将自己的故事和家族的故事传承下

---

① 谭恩美:《喜福会》,李军、章力译。北京:外语教学与研究出版社,2016年,第31页。
② 英文为 Kwan。大部分文献翻译为"邝",但是"邝"字多用于姓氏。而根据粤语拼音,"Kwan"这个词应对应普通话拼音中的"kun"或者"jun"。鉴于奥利维亚的父亲在昆明时是个大学生,有文化,所以他可能给女儿起个比较文气的名字,因而"筠""坤""君"等都有可能。本文采用詹乔所译的"琨"字。
③ Amy Tan, *The Hundred Secret Senses*. New York: Ivy Books, 1996, p. 31.
④ 谭恩美:《接骨师之女》,张坤译。上海译文出版社,2010年,第198页。

去,使得死去的人们最终能够有个"葬身之地","把骨头物归原主"①,来解除困扰这个家族的诅咒。

在谭恩美的小说中,母女间的疏离成为她们生活中的"诅咒"。《接骨师之女》中,茹灵在大家族中希望得到认同,盼望有个美好的未来,所以才对母亲的话置若罔闻;露丝成长中一心想要独立、摆脱母亲的控制,无暇顾及母亲的感受,也没有坐下来好好倾听母亲的心声。更关键的是,露丝的汉语只限于日常的口头交流,只认识零星的汉字,她看不懂母亲手稿中的内容。打破"诅咒"的方式就是"讲述"和"倾听"。最终露丝决定"要请妈妈给她讲讲自己的一生……她会坐下来沉住气听妈妈说,不匆匆忙忙,赶着要做别的事情……听妈妈讲述自己的故事,陪她回顾生命中经历的种种曲折,听妈妈解释一个汉字的多重涵义,传译母亲的心声"②。两位母亲的书写都具有双重含义,既具象征性,也有现实性:露丝打听到了外婆的名字,知道了家族谱系的准确信息,为自己和母亲都找到了心灵的归属,让祖先的灵魂有了归处;露丝不再失声,找到了为自己写作的理由,恢复了和母亲的亲密,也修复了同男友的关系。从更广阔的背景来看,三代女性的书写再现了华人和华裔女性的奋斗历程,打破女性的失语状态。

谭恩美作品中的母女关系代表了华裔文学中代际文化差异,《喜福会》开创了"母亲谱系书写"的开端,这种书写范式几乎贯穿于谭恩美其他所有的小说。母女矛盾被投射在东西方文化的差异中,"描写了母女之间的联系和矛盾,还涉及两种文化的复杂性:中国文化中古老的传统和美国生活的流动性、短暂性和永远的质疑性……我们由此可以窥视人们埋葬在内心的、从前的生活和痛苦的经历"③,使得小说带有了厚重的社会历史感。中国文化中的家族意识和血缘观念与美国文化中的个人主义取向形成了对比,母亲的智慧来自社会道德、家庭伦理、群体经验以及个人经历,所以她们借助于传统文化中的智慧,采用了中国传统的家长式管教方式,向女儿灌输自己的价值观,如长幼之序、"孝道""望子成龙"的思想。小说中有多处对于华人文化传统的描写,比如儿女应该遵从父母的意愿,不要把喜怒哀乐挂在脸上,对待父母双亲要态度和善、毕恭毕敬。在母亲眼中,孝道是"女儿敬重母亲的一种方式,是一种深彻骨髓的孝道。肉体的痛苦毫不足道,而且你务必忘

---

① 谭恩美:《接骨师之女》,张坤译.上海译文出版社,2010年,第170页。
② 谭恩美:《接骨师之女》,张坤译.上海译文出版社,2010年,第146页。
③ Yem Siu Fong, "*The Joy Luck Club* Reviewed by Yem Siu Fong." *Frontiers: A Journal of Women Studies* 11.2/3 (1990):122.

却。因为有些时候唯有如此,你才能铭记自己骨子里的东西"①。在"喜福会"这个小团体中,母亲之间相互攀比,看看谁家的孩子更有出息。这种"望子成龙"思想,是中国父母教诲、激励孩子的重要方式,但是遭到了在美国成长的女儿的对抗,被误解为母亲对自己的操控,将母亲的"骄傲"解读为自私和虚荣。中国传统社会中的子女对父母教诲的遵从或尊敬,吴素媛所坚称的"血脉联系",与女儿心中的"平等"形成了明显的对比。女儿信奉美国式的个人主义、以我为中心,强调自己的价值,因而对于各自母亲的管教不以为然。菁妹批评母亲道:"我不是她的奴隶,而且这里也不是中国"②,她将母亲的期望误读为"奴役"的意图。她以为母亲假"孝道"之名强行塑造自己,因而拒绝成为母亲心目中的理想女儿。

这种矛盾源于母女之间成长的环境不同,以及文化取向的巨大差异。事实上,女儿对母亲存在误读,母亲对于女儿的理解存在同样的问题:"母亲和我从未真正理解过彼此。我们在心里诠释着对方的语意。不过我似乎总是没能听出母亲的弦外之音,而母亲在理解我说的话时却总是多心了。"③龚琳达为女儿韦弗里高超的棋艺而倍感自豪时,女儿将此行为理解为"炫耀";当母女为此发生冲突时,母亲同样放大了女儿的不满,将女儿的"不愿张扬"解读为"女儿以母亲为耻"。韦弗里说:"我希望你以后别这样,不要对每个人都说我是你女儿"时,母亲对此解读为"哎呀,和妈妈在一起,就让你这么丢人吗?……做我女儿很难堪吗?"④所以说,母女之间的话语存在着明显的不对等,彼此都存在过度解读的问题。母女对话的结果就是沟通效用的降低,其根本的原因依然在于差异,她们在成长背景和价值观上面的差异。

不论女儿是否接受与承认母亲的文化,她们在成长中的确受到不同文化和价值观的影响,这是必须正视的现实。即便是只有一半华人血统的混血儿丽娜,也不得不正视自己身上的"中国零件":"如果别人观察我时凑得足够近,并且知道我的长相有部分遗传自中国血统,那么他们就能看出我身上的中国零件了。"⑤她们必须全面认识这些不同的成分,否则,她们难以达成与自我的和解,无法全面认识自己的美国身份,如林英敏所说:"在美国的华人,无论是新来的移民还是在美国出生的,均发现自己夹在两个世界之

---

① 谭恩美:《喜福会》,李军、章力译。北京:外语教学与研究出版社,2016 年,第 40 页。
② 谭恩美:《喜福会》,李军、章力译。北京:外语教学与研究出版社,2016 年,第 149 页。
③ 谭恩美:《喜福会》,李军、章力译。北京:外语教学与研究出版社,2016 年,第 26 页。
④ 谭恩美:《喜福会》,李军、章力译。北京:外语教学与研究出版社,2016 年,第 97 页。
⑤ 谭恩美:《喜福会》,李军、章力译。北京:外语教学与研究出版社,2016 年,第 102 页。

间。他们的面部特征显示着一个事实——他们的亚裔族性。"①几乎无一例外地,女儿们都拒绝接受母亲的中式价值观,却发现自己最终受害于这种盲目的拒绝。丽娜崇尚美国式的女性自我,一心想要获得经济独立,保持生活的自主性,并把这种独立发挥到了极致:和丈夫实行严格的 AA 制,他们在买房协议、清偿抵押贷款、共同财产所有权等方面严格按照收入比例计算,订立明确的婚前财产公证协议。但是这种"独立"令他们夫妻二人缺乏共同的归属,难以构建起亲密感,导致婚姻危机。露丝虽然学业有成,但是也困惑于美国式生活的诸多可能性,"选项太多,所以容易把人搞糊涂了继而做出错误的选择"②。她因为过多尊重丈夫的选择而被认为"缺乏个性",同样面临婚姻危机。在这个关头,还是母亲鼓励女儿去勇敢地说出自己的感受。女儿接受了母亲的建议,不再完全听命于丈夫,敢于坚持自己,反而给婚姻带来了转机。可见,"非此即彼"式的绝对化立场不适用于华裔女儿,简单化地认同于美国主流价值反而遮蔽了她们的真实自我,她们只有在矛盾中找到平衡点,才能够准确地判断自己的价值,实现中国式观念和美国式思想的相互协商:"这些故事涉及被扯断的家庭纽带,家庭成员的分离、增加和重新组合,这些都构建了一个与整体的核心家庭架构完全不同的模式。"③女儿们起初只关注于差异,而忽略了母亲的爱,忽略了这可以成为链接差异的桥梁。经过婚姻的失败,韦弗里承认母亲的影响并没有那么强大,那个她极力要摆脱的"母亲",更多是她自己内心的映射。所以,女儿对母亲和母亲的文化都经历了"拒绝—协商—接受—平衡"的过程,修正成长中的认识偏差,最终获得了更加成熟自信的自我。

谭恩美在小说中较少直接涉及种族政治,但是文化差异和种族关系往往交织在一起,使得少数族裔问题以较为委婉的方式得到展示。《喜福会》中,露丝的婆婆在初次见面时,委婉但明确地表明了不认同的立场:"她还向我保证,说她对少数族裔没有一丁点偏见。她和她的丈夫拥有一家办公用品连锁店,结交了许多不错的东方人、西班牙人,甚至还有黑人。可是,泰德将来的职业,注定会被别人用一种不同的标准来衡量,因为病人和其他医生可能就不会像他们乔丹家那么通情达理。"④之后,乔丹太太误将露丝认为

---

① Amy Ling, *Between Worlds: Women Writers of Chinese Ancestry*. New York: Pergamon, 1990, p. ix.
② 谭恩美:《喜福会》,李军、章力译。北京:外语教学与研究出版社,2016 年,第 212 页。
③ Marina Heung, "Daughter-Text/Mother-Text: Matrilineage in Amy Tan's *Joy Luck Club*." *Feminist Studies* 19.3 (Autumn, 1993):602.
④ 谭恩美:《喜福会》,李军、章力译。北京:外语教学与研究出版社,2016 年,第 120 页。

是越南移民,还装模作样地说越南战争如何不得人心等,这表明泰德的父母对亚裔族群并不了解,他们对露丝同样缺乏耐心和兴趣。文化差异在《百种神秘的感觉》中,得到了更加充分的显现。叙述者奥利维亚只有一半华人血统,母亲路易丝·肯菲尔德是白人,父亲伊杰克是来自中国的移民。同父异母姐姐琨的到来,暴露了奥利维亚的族裔身份,学校的同学、邻居家的孩子都把琨称作"傻乎乎的中国佬",也同样嘲笑奥利维亚:"那个傻乎乎的中国佬是你姐姐吗?嘿,奥利维亚,这是不是说你也是个傻乎乎的中国佬呀?"[1] 奥利维亚起初对琨的排斥,在相当程度上受到了白人孩子的影响;慢慢地,在姐姐的关爱下,她开始从心里认同这种亲情。琨的影响让奥利维亚更加宽容,他们的中国之旅让奥利维亚更加了解姐姐,也开始接受她自己的前世今生,接受自己的家族谱系。所以,这部小说在一个更大的背景下思考亲情、文化归属等问题:奥利维亚接受自己的父系族谱,她对丈夫的重新接纳也表明了她在自我认同中开始接受不同的可能性。这部作品表达了种族政治上的一种温和态度,即两种文化的相互协商补充,在华裔美国人身份构建中发挥着积极的建设性作用。

　　除了以上谈及的"母女关系"及其所体现的族裔文化差异以外,"历史"是谭恩美小说中的另外一个关键词,其中既有家族历史,更有民族历史,《接骨师之女》就是集中体现作者个人家族历史的一部作品。小说以露丝(杨如意)为主要人物,讲述了她的外祖母、母亲和她本人的故事,英文版的封面采用了作者外祖母的一幅旧照片,其隐含意义不言而喻。小说延续了《喜福会》中的某些主题,例如家族历史、移民经历、文化适应、母女关系。小说中的外祖母被称作"宝姨",原本是北京周口店知名接骨大夫的独生女。接骨的技艺代代相传,家传的宝贝中还有正骨用的药材——龙骨,"宋代的时候,宝姨的一位先人在干枯的河床深谷里找到了这个洞穴。经过一代又一代人的挖掘,洞穴越挖越深。它的准确位置也成了家族传统的一部分"[2]。宝姨的父亲将家传的技艺交给女儿,教她读书识字。后来棺材店的张老板觊觎龙骨和鸦片膏,要求娶宝姨为姨太太,被接骨大夫拒绝。宝姨与刘沪森定了婚约,却在结婚之日遭到张老板的报复:父亲和前来接亲的丈夫被杀,嫁妆被抢走。宝姨悲痛欲绝,吞墨自杀未成,烧伤了嘴巴和喉咙,再也无法发声。宝姨当时已经怀有身孕,这个孩子就是露丝的母亲茹灵。宝姨自杀后茹灵与刘家人决裂,寄宿在北京郊区龙骨山附近教会开办的育婴堂。宏大社会

---

[1] Amy Tan, *The Hundred Secret Senses*. New York: Ivy Books, 1996, p. 12.
[2] 谭恩美:《接骨师之女》,张坤译。上海译文出版社,2010年,第157页。

历史背景随着茹灵走出刘家而铺陈开来。此时周口店的北京人遗址已经开始挖掘，茹灵由此结识了考古队员潘开京。抗日战争爆发以后，日本军队占领了周口店，潘开京等科学家为了保护北京人遗址被杀害，茹灵后来辗转到了美国。除了家族历史和民族历史之外，这部作品更为重要的一点是女性谱系的延续和女性声音的建构，小说中第三人称和第一人称叙事交错进行，宝姨和茹灵部分的叙事都是通过她们写给各自女儿的书信得以展示，露丝部分的故事则采用了第三人称主要人物叙事方式。家族历史部分由民间"接骨技艺"及其所用药材"龙骨"串联，家族秘密"龙骨"的发现，契合"北京人"遗址的考古发掘和抗日战争背景，在民族历史、国家危难的背景下书写了个人的颠沛流离。

　　谭恩美的小说都会在不同程度上涉及中国历史，特别是风起云涌的中国近代历史，这样的背景为文学书写增添了异国风情，不失为一个有效的书写策略。小说有意识运用了一些传统的中国要素，比如占卜、风水、生肖相克、三纲五常、鬼魂和阴曹地府等传统宗教中对于死亡和来生的解读，因而，小说里中国人的生活不仅让美国人感到新奇和神秘，而且还增加了叙述的不同维度。这一点在《百种神秘的感觉》和《接骨师之女》两部作品中得到了较为充分的体现。《百种神秘的感觉》直接采用了"生死轮回"的基本构架：两位叙述者分别是奥利维亚和她同父异母的姐姐琨，奥利维亚讲述的是华裔伊姓一家人在美国的生活，而具有一双阴阳眼、能够通灵的琨则讲述他们前世在广西长鸣的生活，并且还将那段历史放到了1864年前后太平天国运动的历史背景下。《接骨师之女》则利用了举世闻名的甲骨文的发现和"北京人"遗址发掘等历史要素，将"接骨师的女儿"宝姨及女儿茹灵的经历放置在宏大的历史背景下，造成了一种"去陌生化"的效果。个人历史书写也充分结合这些要素，充满了"东方神秘主义"的色彩，比如茹灵通过沙盘占卜等方式和母亲宝姨的鬼魂交流，宝姨家族因为使用人骨作药材而受到祖先的诅咒。毫无疑问，这些既成为吸引读者的新奇构思，也是作家建构族裔身份的手段，同时给予小说足够的历史厚重感，让"真实"的历史背景和虚构的故事情节相结合，增加了叙述张力。

　　中国神话、民间传说等元素在谭恩美的小说中得到了相当广泛的运用，其中《百种神秘的感觉》便体现了作家对"中国故事"的另一种解读和再现，以及"中国故事"对于美国华裔认识族裔历史的建构性作用。小说采用了第一人称叙事，讲述奥利维亚和姐姐琨的今生前世，体现了中国传统信仰中的"人世流转"和"因缘轮回"。在前世，琨是只有一只眼睛的"女怒目"，奥利维亚是基督教会的美国女孩班纳小姐，奥利维亚的丈夫西蒙是有着中美混血血统的"半人"。在前世,她们共同经历了生死考验,长鸣之行让琨得以回归自然,让奥利维亚和西蒙找回内心的平和,让他们不再纠结于琐碎的是是非非。小说中的生死轮回体现了古老中国的神秘主义和朴素生态意识,"在作家笔下,地方背景是小说的一个人物,因此它是有性格和生命的,是能够和其他人物互动的。在这部小说中,自然是母亲,哺育、保护着人。森林里的动植物和人像兄弟姐妹一样和睦相处。在自然与人的关系中,不是人改造自然,而是自然改造人。人不再是自然的中心和主宰,自然中的万物都有它们生存的理由,它们的价值不由人类的经济利益衡量,而是来自自身"[①]。民间信仰中的生死轮回思想在小说结尾处达到了高潮:琨失踪以后,奥利维亚在长鸣找到了琨在前世埋下的那罐子鸭蛋,而回到美国九个月以后,奥利维亚生下了女儿,她把这个宝宝视为来自姐姐琨的礼物。

谭恩美作品中中国传统社会的诸多要素,特别是女性的生活,也令美国读者倍感新奇,给读者带来与众不同的阅读体验。中国传统文化中的女性"从一而终"的贞德观在美国读者眼中是新奇的,为小说增添了异域风情,成为许多美国观众了解"古老中国"的一个途径。《喜福会》中,许安梅的母亲被迫为妾,而外婆和舅舅为了孩子有个好名声,硬生生把母女分开。安梅的母亲回到娘家照看奄奄一息的母亲时,弟弟和弟媳对她充满了鄙视和不屑,"舅母马上把头扭到一边不搭理我母亲,既不与她相认,也不为她沏茶"[②]。当然,这也成为谭恩美等作家受到批评的地方,因为这种再现方式会迎合非华裔读者对华裔文化的主观印象和心理期待,很容易强化他们对华裔社区重男轻女思想的刻板化印象。而谭恩美对华人男性人物塑造的不足更加助长了人们对于华人的偏见,例如,在《灶神之妻》中,谭恩美基于母亲黛西在中国的两段婚姻,改写了中国民间关于家神灶王爷的故事,塑造了蒋薇丽这一人物形象,她经历了磨难和绝望,身处绝境最终决定自我救赎,向封建夫权秩序提出挑战。中国传统文化中的居家守护神灶王爷,在小说中被改写成了一个不敢承担责任的胆小鬼,从而颠覆了男权话语的权威。蒋薇丽的讲述旨在让人们看到男性光芒背后的坚韧女人:"我就像灶王的妻子,没有人供奉她。他有着种种的借口,得到了各种荣誉,但是她却被遗忘了。"[③]

谭恩美的小说在书写家庭关系和个人历史时往往对母亲的故事重新进行排列组合,因而在母女关系等常见主题上,同一作品甚至不同作品中,会

[①] 王立礼:《从生态批评的角度重读谭恩美的三部作品》,载《外国文学》2010年第4期,第58页。

[②] 谭恩美:《喜福会》,李军、章力译。北京:外语教学与研究出版社,2016年,第35—36页。

[③] Amy Tan, *The Kitchen God's Wife*. New York: Penguin Books, 2006, p.255.

出现人物或情节上的相似性。在《喜福会》中,几对母女的故事各不相同,但是相互间也有一些共性,小说情节上有不少重叠之处,这是因为作者谭恩美把家族历史中的不同元素分散投射到了各个人物身上,例如吴素媛在中国的经历是基于谭恩美的母亲黛西的经历,她的前夫是国民党军官,她在中国还有两个女儿。而许安梅和母亲的故事又是基于黛西和母亲的故事:"我的外祖母静梅……是个穷书生的未亡人。她的丈夫在被任命为小县城的副县长不久,就患流感而身亡……外祖母后来成为这个有钱人的小妾,带着女儿嫁到了上海附近的一个小岛上。她把儿子留在家里,为的是给他留点颜面。她后来生下一个儿子,那是那个男人的第一个儿子,不久她就吞下藏在新年米糕中的鸦片而自杀。"[1]这些情节后来分别在《灶神之妻》和《接骨师之女》中再次得到扩展,成为谭恩美书写家族历史的系列小说。充分展现了书写的力量,即小说"聚焦于女性书写,使我们能够认识到书写行为和文字文本中的文化能力,比口头讲述更加有效地传递文化记忆,能够跨越代际界限来构建文化身份"[2],但是也暗示了谭恩美创作中的几个问题。如之前所述,虽然《喜福会》中的女性人物经历不同,但是读者要将她们区分开来却需要费些时间。这就说明,谭恩美塑造的这些女性人物具有较强的类型性,人物的个性不够鲜明。另外,相比较于女性人物,谭恩美小说中的男性人物不够饱满,无怪乎赵健秀对她如此批评:"无论是中国人,还是美国华裔,皆令人生厌,这更加印证了美国主流媒体中恶劣的华人男性模式化形象。"[3]赵健秀认为,这种书写方式中的传统故事是虚构的,助长了主流文化群体对华裔美国人的偏见。这也从一个角度说明,为什么谭恩美和汤亭亭等作家的作品在非华裔文学圈和华裔社区得到了完全不同的接受。

谭恩美的作品取材于个人历史及家族历史,她擅长书写母女故事,以独特的女性视角,描写了华裔女性移民和后裔之间复杂的关系,以及背后的中美文化差异和价值观冲突。在《喜福会》《接骨师之女》等小说中,谭恩美所塑造的华人及华裔女性人物是正面积极的,她们性格坚韧、吃苦耐劳,体现了中国女性的坚韧或者"模范移民"的不屈精神。即便《百种神秘的感觉》这样特色不甚突出的作品,也有令人印象深刻的华人女性人物,琨就是华裔女性优秀品德的代表,她宽容大度,看似癫傻,实际心怀大爱。谭恩美通过文学想象和再现,赞扬母亲等华裔女性的坚韧和朴实。她视母亲为"缪斯",

---

[1] Amy Tan, *The Opposite of Fate*. London: Harper Perennial, 2004, p. 102.
[2] Lisa M. S. Dunick, "The Silencing Effect of Canonicity: Authorship and the Written Word in Amy Tan's Novels." *MELUS* 31.2 (Summer, 2006): 4.
[3] 尹晓煌:《美国华裔文学史》,徐颖果主译。天津:南开大学出版社,2006年,第274页。

是自己写作的灵感来源,也代表了她小说中所褒扬的诸多品性:"母亲给了我生命,也给了我对于这个世界的认识。同时,我要向我的祖母致敬,在她的启发下,我找到了自己的声音,因为她已经无可挽回地失去了她的声音。"①作家就是在祖母和母亲故事的启发下,构建了女性谱系的系列话语。

第四节 犹太女性主义的阐释者

辛西娅·欧芝克(Cynthia Ozick,1928—　)

辛西娅·欧芝克是美国20世纪70年代以来最重要的犹太作家之一,是犹太裔女作家中的佼佼者。欧芝克是继玛丽·安亭等第一代犹太文学开拓者之后第二代犹太作家中的一位领军人物,在同时代的犹太女性作家中更是成就卓然,被称为"当代美国犹太作家中最具激进犹太性的一位"②。她不仅在作品中充分张扬犹太性,而且还是文学评论家和理论家,对于当代犹太女性主义文学的理论建构发挥了核心作用。欧芝克的贡献是开创性的,她以"美国犹太作家"的身份被文学正典所认可,在哈罗德·布鲁姆担任总主编的"现代批评"(Bloom's Modern Critical Views)系列丛书中,欧芝克入选,单行本于1986年出版。有学者认为,"在20世纪70和80年代被公认的纯文学小圈子里,如果说用'欧芝克时代'来描述,恐怕并不为过"③。在美国犹太文学历史上,欧芝克"不仅改变了男性作家一统天下的局面,也开辟了新的发展方向"④,类似情况在当代犹太女性作家中是相当少见的。

欧芝克出生于纽约城佩勒姆湾社区的一个俄裔犹太家庭,父母是药店店主,舅舅是希伯来语诗人亚伯拉罕·里格尔森(Abraham Regelson,1896—1981)。由于父母忙于营生,辛西娅儿时在祖父母家的时间较多,所以她自小便听到很多关于俄裔犹太人躲避迫害的故事,这给她带来了较大的影响。这样的家庭背景,加上犹太人重视教育的民族传统,使得欧芝克自小便培养了对语言的浓厚兴趣。虽然欧芝克本人没有亲身经历迫害,但是她年幼时曾经遭受到社区非犹太裔儿童的歧视和嘲讽,与姐姐一起被骂作

---

① Amy Tan, *The Opposite of Fate*. London:Harper Perennial,2004,p.250.
② David Brauner, *Post-War Jewish Fiction: Ambivalence, Self Explanation and Transatlantic Connections*. New York:Palgrave Macmillan,2001,p.25.
③ Joseph Lowin, *Cynthia Ozick*. Boston:Twayne,1988,p.8.
④ 王守仁:《新编美国文学史》(第四卷)。上海外语教育出版社,2002年,第267页。

"杀害耶稣的凶手"。这几个方面的因素,给欧芝克的心理造成了较大冲击,也使得她对于犹太身份具有特别的情感。这些经历都对她日后的文学创作理念产生了直接的影响,不少是作为文学题材在作品中得到了呈现。

因为犹太身份带给自己的复杂记忆,欧芝克很早就尝试着通过写作来宣泄感情。她成绩优异,就读于曼哈顿区的亨特学院高中,从高中时即开始进行文学创作。1946年高中毕业后,到纽约大学就读,三年后以优秀毕业生的身份获得文学学士学位;之后,到俄亥俄大学攻读硕士学位,学习英语文学,她毕业论文的研究课题是"亨利·詹姆斯晚期小说中的寓言性"。辛西娅·欧芝克起初为波士顿的一家百货商店撰写广告文案,并继续自己的小说和诗歌创作,在《波士顿环球报》(The Boston Globe)发表了第一部短篇小说之后,陆续有零星作品发表。1952年,欧芝克同律师伯纳德·海洛特结婚。1964年欧芝克开始在纽约大学教授英语,正式走上文学道路。

欧芝克从20世纪60年代开始发表作品,第一部长篇小说《信任》(Trust)发表于1966年,一经出版便引起轰动。中短篇小说集《异教徒拉比及其他故事》(The Pagan Rabbi and Other Stories,1971)也备受好评。至此,欧芝克慢慢在美国犹太文坛扩大影响,并陆续出版了《流血及其他三篇》(Bloodshed and Three Novellas,1976)、《升空》(Levitation,1982)、《斯德哥尔摩的救世主》(The Messiah of Stockholm,1987)、《大披巾》(The Shawl,1989)[①]、《微光世界的继承人》(Heir to the Glimmering World,2004)等作品,其中《大披巾》被普遍认为是代表作品,也是学界研究最多的一部。到目前为止,欧芝克共出版六部长篇小说,七部短篇小说集,九部文学评论及随笔集,亦有诗歌、戏剧和译作发表。欧芝克在文学生涯中,获得无数的奖励和高度的赞誉,曾经四次获得欧·亨利短篇小说奖,还曾经斩获全国书评家协会奖、国际笔会颁发的纳博科夫奖和马拉默德奖,并获得国家图书奖提名,以及美国国家犹太图书委员会的终身成就奖等。这些都是欧芝克之文学成就和她在美国文坛中卓越地位的表现。

一方面,欧芝克是犹太意识非常强烈的女作家。她认为"犹太教是重要的、普适性的哲学体系,是西方文明的道德和知识基础"[②]。她强调自己的犹太身份和犹太性,曾多次公开表明,与其说她是美国作家,还不如说她是犹太作家。相比于相当一部分犹太作家有意弱化犹太身份或者犹太主题的

[①] 小说的名称有多种译法,例如"大披肩""披肩""大围巾"等。冯亦代先生和郑之岳先生译为"大围巾",本文采用1994年陶洁先生发表在《外国文学》上的译法。

[②] Elaine M. Kauvar,"An Interview with Cynthia Ozick." *Contemporary Literature* 34.3 (Autumn 1993):378.

做法,她的确显得与众不同。"犹太性和犹太教是欧芝克作品中的核心要素"①,作品经常流露出对于犹太民族的人文关怀,尤为关注犹太民族在历史上受到的迫害,犹太传统的保留与继承,犹太后裔在美国等"流散地"的生存现状,以及犹太教与文学创作之间的矛盾等主题。在 20 世纪 80 年代,评论界就已经关注到了这一点,有学者认为:

> 当今美国著名作家中,欧芝克女士或许是唯一愿意将"犹太"作为修饰语来界定自己作家身份的一位……很多作家希望弱化甚至贬抑他们的犹太性,在相当程度上,他们所做的就是试图远离"狭隘的犹太主义"的标签(或者是外界对他们的这种指摘?)。他们虽然身为犹太人,但是想要强调的是,其作品是西方文明的一部分。然而,辛西娅·欧芝克显然并不希望这样,她认为,并且也希望别人这样认为,自己就是犹太作家。②

另一方面,相比于欧芝克非常推崇的伯纳德·马拉默德(Bernard Malamud,1914—1986)等犹太作家,她自己的创作也表现出明显的不同,那就是她更加关注犹太女性的心智成长。这两个特征的结合,是欧芝克在当代犹太作家中得以脱颖而出的根本原因,它契合皮特·普雷斯科特(Peter S. Prescott,1935—2004)对于当代女性文学的观点,即在女性小说中,真正的敌人是"女主人公她们本人。她们同自己的神经官能症以及令人生厌的宿主进行斗争,最终成就自我,这种斗争往往是隐蔽的,甚至她们自己可能都无法确定这个自我到底意味着什么"③。所以,以"女性拉比"为代表的犹太知识女性的成长,所昭示的是"大屠杀后"时代女性从历史和自我经历中获得的感悟,是超越人物本身的精神财富。

除了犹太性以外,欧芝克职业生涯中另外一个核心性的影响因素就是女权主义运动。她成长于 20 世纪 60 年代女权主义运动初期,在当时社会运动的大潮中,犹太女性走在了前列,她们"的社会参与反映了种族和社会经济因素,就是说,这契合 60 年代最早一批女权主义运动参与者的情况,美国的犹太女性大部分是来自中产阶级白人家庭。另外,犹太因素发挥重要作用,包

---

① Josephine Z. Knopp,"The Jewish Stories of Cynthia Ozick." *Studies in American Jewish Literature* 1.1 (1975):31.

② Joseph Epstein,"Cynthia Ozick,Jewish Writer." *Commentary* 77.3 (1984):65.

③ Lisa Maria Hogeland,"'Men Can't Be That Bad':Realism and Feminist Fiction in the 1970s." *American Literary History* 6.2 (Summer,1994):288.

括长期以来犹太人对于社会公平的关注,激发了数以千计的犹太女性投身于女权运动之中"[1]。当然,这也是以欧芝克为代表的第二代犹太女性作家的一个共同特点。

如前所述,欧芝克不仅是作家,还是理论家和文学评论家,她成为那个时代犹太新女性的代言人之一。欧芝克的理论体系较为零散,从她职业生涯之初60年代中期到21世纪第二个十年的半个世纪中,她在不同的作品中对具有代表性的思想进行了不间断的建构和阐释。《艺术与热情》(Art and Ardor, 1983)、《隐喻与记忆》(Metaphor and Memory, 1989)、《亨利·詹姆斯的视野和其他作家研究论文》(What Henry James Knew and Other Essays on Writers, 1993)、《名誉与虚妄》(Fame and Folly, 1996)、《争鸣与困窘》(Quarrel and Quandary, 2000)属于较为突出的几部文学评论和理论文集,其中她对于托尔斯泰(Lev Nikolaevich Tolstoy, 1828—1910)、艾略特(T. S. Eliot, 1888—1965)、福斯特(Edward Morgan Forster, 1879—1970)、吉普林(Joseph Rudyard Kipling, 1865—1936)、吴尔夫(Virginia Woolf, 1882—1941)、库切(J. M. Coetzee, 1940—)、卡波特(Truman Garcia Capote, 1924—1984)等非犹太裔经典作家和贝娄(Saul Bellow, 1915—2005)、罗斯(Philip Roth, 1933—2018)、马拉默德(Bernard Malamud, 1914—1986)、辛格(Isaac Bashevis Singer, 1904—1991)等犹太裔作家作品进行了研究与批评。同时陆续对"犹太女权主义"思想进行阐释,从《女性和创造力:预知跳舞狗之死》("Women and Creativity: Previsions of the Demise of the Dancing Dogs," 1971)、《我们是疯女人及其他活力十足的女性主义预言》("We Are the Crazy Lady and Other Feisty Feminist Fables," 1972)、《文学和性别政治:一种异议》("Literature and the Politics of Sex: A Dissent," 1977),到《通往正确问题的几点说明》("Notes towards Finding the Right Questions," 1979)系列文章,描绘出了欧芝克"犹太女性主义"的基本框架:她毫不退缩地批判了以"文学卵巢理论"(the Ovarian Theory of Literature)为代表的"性别决定论",认为传统社会赞颂女性的生育能力,将其放大为女性的"创造力",这实际上弱化了女性智力的作用,这些"廉价的、不可靠的错误观点,会误导人们。它在平庸的女性中助长了自我膨胀的错误价值观"[2]。事实上,智力没有性别之分,"天赋和思想不会像血友病那

---

[1] Ellen M. Umansky, "Females, Feminists, and Feminism: A Review of Recent Literature on Jewish Feminism and the Creation of a Feminist Judaism." *Feminist Studies* 14.2 (Summer 1988): 349—50.

[2] Cynthia Ozick, "Previsions of the Demise of the Dancing Dog," in *Art and Ardor*. London: Atlantic Books, 2016, p. 271.

样,从免疫性别往易感性别传染,天才不分性别和国界,这就是人文主义者的观点。犹太人中没有杰出的艺术家,不是因为他们不具备艺术天赋,而是因为他们的自我文化形象压抑了他们潜在的艺术表达"[1],这个社会之所以没有培养出女性牛顿或女莎士比亚,是因为社会认知和社会制度限制了女性的发展,她们未能在知识领域获得足够的发展空间。欧芝克不仅指出了包括犹太人社区在内的传统社会对于女性的偏见,同时也直击犹太传统教义和艺术创造之间的矛盾。她认为并不存在所谓的女性经验或者女性本质,智力和感官上男女没有分别,"女性作家既没有与众不同的心理,也没有独特的身体"[2],"女性作家"这一标签具有相当的误导性,使得女性作家区别于"作家"。因而她提出了"去性别化的文学书写理念",指出"女性话语"实际是性别政治的体现,强调女作家不能囿于"女性话语",否则只能导致自我隔离。可以说,欧芝克对于美国犹太文学的理论贡献,丝毫不亚于在文学创作上的创新。

欧芝克的文学创作理念突出了两个关键词:"犹太性"和"女性主义",这成为她的代表性标志;而将二者结合的范式,就是她提出的"礼拜式文学"(liturgical literature)的理念。欧芝克被称为"无可争辩的最坚定的犹太美国小说家"[3],她基于犹太民族的迁移历史,把美国的犹太人经历称为"流散"(Diaspora),并且使用了大写的"D",立场鲜明地主张了犹太人的宗教背景。她批评了美国犹太人急于得到接纳国(美国)认同的"求和"心态,认为在看似平静和平的背后,这是自我文化的弱化倾向,包含着犹太性的消解,甚至是犹太文化的消亡,其结果就是犹太人最终被历史所遗忘。而真正的保全自我是重新估量犹太人在美国的独特身份。因而,她提出了基于犹太性的文学理念,认为"关于犹太人流散的思想或话语,除非其具有核心的犹太性,否则难以持久流传。如果其核心属性是犹太的,那么它才能够为犹太人而流传下去;否则,它不会具有持久的生命力,既不可能为犹太人也不可能为他们的接受国而流传"[4]。犹太作家必须克服"宗教狭隘主义"的思想,既开放性地对待不同于自己文化的迥异立场,又保持着对犹太观念的认同,认为"某些人出于个人或者政治原因,把那些对犹太传统没有丝毫兴趣的犹太人视为(犹太人)代表的做法",模糊犹太性的所谓"普遍主义"立场,从本

---

[1] Cynthia Ozick,"Previsions of the Demise of the Dancing Dog," in *Art and Ardor*. London: Atlantic Books,2016,p. 278.

[2] Cynthia Ozick,"Literature and Politics of Sex: A Dissent," in *Art and Ardor*. London: Atlantic Books,2016,p. 285.

[3] Alan L. Berger," American Jewish Fiction Author." *Modern Judaism* 10. 3 (Oct. ,1990):223.

[4] Cynthia Ozick, "Toward a New Yiddish," in *Art and Ardor*. London: Atlantic Books, 2016,pp. 168—169.

质上说是"真正的犹太狭隘主义"①。

然而,坚守犹太传统和张扬犹太女性的自我本身存在一定的矛盾。犹太学者埃莉丝·戈德斯坦回忆自己十三岁在教堂中公开表示"想成为拉比"的愿望时,家人和拉比大惊失色的情景②,这就证明了"拉比"和"女性"之间的矛盾;欧芝克也指出了"犹太人"这一称呼所隐含的对于女性的排斥态度,她说:"我可以确定的是,当拉比说'犹太人'的时候,他并不包括我,因为对于他而言,'犹太人'就是'犹太男人'。当拉比提到犹太女性时,他使用的是'犹太女儿'。……'犹太女儿'的身份关联着另外一个角色,也是相对于它而存在的。"③这里的"另外一个角色",指的是女性的从属身份。犹太学者、作家卡塔·伯利特(Katha Pollitt,1949—)对辛西娅·欧芝克的三重身份进行了准确的总结,即"犹太拉比、女性主义者和亨利·詹姆斯的追随者"④,但同时也指明这三重性存在着彼此之间的冲突:首先,"犹太拉比"与"女性主义者"反映了犹太传统与女性知识分子之间的矛盾,因为犹太教中对女性从属地位的规定是几个世纪以来不可争辩的事实,就是说"犹太"和"拉比"之间是难以调和的,因为"拉比"的默认身份是男性。所以在欧芝克看来,"犹太女儿"所隐喻的是从属和依附的关系。而"犹太拉比"和"亨利·詹姆斯的追随者"之间的关系,反映的则是宗教与艺术的论题,更具有普遍意义,因为文学的本质是想象,小说更是如此,文学创作过程从根本上来讲属于"制造偶像"的过程,与犹太教"反偶像崇拜"的立场存在矛盾。并且,这种矛盾是几乎所有犹太作家都无法回避的难题。

对于这两对矛盾,欧芝克具有自己的看法,就是她所主张的"礼拜式文学"。在《艺术和热情》中,欧芝克就已经开始阐释这种文学理念,她认为,犹太性的"核心"在文学表象上就是"礼拜仪式的",即兼顾仪式感和个人情感,既有集体认同也有个性表达。她使用"诗歌"来类比"礼拜式"的含义:"礼拜就是诗歌,只不过它所具有的不是单一的个人声音,它犹如合唱,是集体的声音:是历史中上帝声音的回声。诗歌不是去判断、回忆,而是捕捉瞬间。在历史上,犹太人得以流传的文学都是礼拜式的。没有宗教信仰的犹太人

---

① Cynthia Ozick,"Toward a New Yiddish," in *Art and Ardor*. London:Atlantic Books,2016. p.153.

② Elyse Goldstein,Introduction, in *New Jewish Feminism:Probing the Past,Forging the Future*. Ed. Rabbi Elyse Goldstein. Woodstock,VT:Jewish Lights,2009,p. xix.

③ Cynthia Ozick,"Notes toward Finding the Right Question," in *On Being a Jewish Feminist:A Reader*. Ed. Susannah Heschel. New York:Shocken Books,1995,p.125.

④ Katha Pollitt,"The Three Selves of Cynthia Ozick." *The New York Times*,May 22,1983. https://www.nytimes.com/1983/05/22/books/the-three-selves-of-cynthia-ozick.html.

是虚妄的,如果犹太人没有了信仰,那么他就不再是真正的犹太人,而这对于文学从业者而言更是如此。"①在传统犹太教中,犹太历史和文学艺术界限分明,欧芝克的"礼拜式文学"能够解决二者之间的矛盾,她提出"历史与文学之间的界限不复存在。现在犹太历史可以用文学想象来描述"②。在语言媒介上,她主张使用"新意第绪语"话语体系:

> 这种新的语言,为了简单起见,我称之为新意第绪语。(如果你具有赛法迪犹太社区背景,对你来讲就是新拉蒂诺语③。)和老意第绪语一样,新意第绪语是文化的特定语言,这种文化考量的核心是犹太人的问题,其本质上就是礼拜式的。和希特勒屠杀犹太人之前的老意第绪语一样,新意第绪语是不同背景犹太人的共同语言,是犹太人彼此之间的用语,即犹太人写给犹太人的语言。新意第绪语和老意第绪语一样,最必要的元素就是它具有显著的文学特征,能够引发共鸣。④

欧芝克所主张的这种语言不仅在形式上契合犹太性,而且它还必须体现出犹太价值观和正确的判断,在形式和内容的双重意义上基于犹太传统与宗教象征。

作为批评家的欧芝克,使用"礼拜式"来描述自己作品的特点,探索在"偶像崇拜"和"艺术表现"之间达到平衡,通过艺术实践来呼应理论建构。欧芝克提倡的"礼拜式文学",具体到创作的宗教感情基础,就是文学主题的宗教化;具体到犹太历史,就是小说中对犹太历史的尊重和对历史主题的书写;而对于文学人物塑造,就是强调文学话语旨在达成心灵净化和灵魂救赎的作用。从这几个方面来看,"礼拜式文学"是文学和宗教仪式之间的协商,从本质上讲和礼拜的功能具有相似性,因而有学者认为,欧芝克主张的"礼拜式文学"形式,"以其强烈的道德力量震撼了20世纪美国文坛"⑤。"礼拜式文学"的首要元素就是对犹太传统的坚守,因为欧芝克认为犹太女性低下

---

① Cynthia Ozick, "Toward a New Yiddish," in *Art and Ardor*. London: Atlantic Books, 2016, p.169.

② Elaine M. Kauvar, "An Interview with Cynthia Ozick." *Contemporary Literature* 34.3 (Autumn 1993):389.

③ 塞法迪犹太人是指西班牙语系犹太人,拉地诺语即西班牙犹太人说的方言。——本文作者注。

④ Cynthia Ozick, "Toward a New Yiddish," in *Art and Ardor*. London: Atlantic Books, 2016, p.174.

⑤ 乔国强:《美国犹太文学》。北京:商务印书馆,2008年,第245页。

的地位并非是犹太教内在的问题,而是源于社会实践层面,所以她主张在现实中通过改良提升女性的地位。欧芝克通过文学创作实践"犹太女性主义"思想,她的《信任》《大披巾》《异教徒拉比》等代表性作品在不同程度上对"礼拜式文学"进行了建构和完善。从这个角度来看,欧芝克具有较为明确的创作取向和审美标准,当属于知识分子类型的作家。

在1966年发表的《信任》中,欧芝克就开始对艺术创作的"去偶像崇拜"、犹太知识女性话语建构和身份建构等问题进行探讨。小说实践了"去性别化"的书写模式,塑造了阿莱格拉·凡德这样一位富足、张扬、独立,甚至有些骄奢、恣意妄为的犹太新女性形象。小说中作为叙述者的女儿对母亲的自我张扬表现出了一定的批评:

> 我母亲把自己看作有故事的女人。可她一点儿都不聪慧——她也不够喜欢语言——不过,因为他们那一代人做事讲究严谨和责任,重视经济实力和政治归属,她学会了笑看一切。她嘲笑女性选民联盟,嘲笑美国总统,大家都在为高生活成本或者经济萧条的威胁而忧心忡忡,她却能够欢天喜地;对"铁幕""亚洲国家联盟""自由世界"等政治辞令嗤之以鼻。她意志坚定,不屈从于任何事,不敬畏于任何人,对于所有让人望而生畏、敬而远之或肃然起敬的事物,她都敢冷嘲热讽。只不过,不幸的是,她不懂讽刺的艺术,只会拙劣地模仿嘲弄。往往在肆无忌惮的大笑之后,她的脑子跟不上,所以她根本不懂如何将嘲讽作为武器,或者把玩笑话说得话中有话。①

《信任》被认为是模仿亨利·詹姆斯风格而做②,其中的犹太性依旧鲜明。小说还通过阿莱格拉·凡德的女儿寻找生父的过程,将四十年的家庭故事一页页翻开,过去和现在相互穿插,涉及迫害、屠杀、流散等主题,也反映出了"二战"之后欧洲和美国的社会图景;女儿的讲述则代表了历史话语的女性视角,甚至这种话语建构也并不排除"偶像崇拜"的可能。小说中的人物具有明显的象征意义,阿莱格拉·凡德的两任丈夫和一位情人分别代表了物质主义者、传统博学具有政治抱负的犹太知识分子,以及放纵欲望为达目的不择手段的花花公子,这也反映了犹太教信徒和异教徒、犹太传统和非犹太文化之间的冲突。正是因为这样的一些原因,这部小说被认为是"相当不

---

① Cynthia Ozick, *Trust*. New York: the New American Library, 1966, p. 5.
② Lawrence S. Friedman, *Understanding Cynthia Ozick*. Columbia, SC: U of South Carolina P, 1991, pp. 30—37.

具犹太特色的作品"[1],个性张扬的凡德也成为欧芝克作品中不符合"犹太女性"标准的女性人物典型。她不乏投机主义思想,甚至还有沽名钓誉之嫌,在社会主义思想鼓舞下创作的小说《玛丽安娜·哈娄》虽然饱受质疑,但是也成为她自我话语建构的象征。这种打破犹太传统、过度张扬自我的女性形象成为评论界关注的焦点。通过阿莱格拉·凡德断绝和情人的联系,她向女儿隐瞒生父身份并拒绝女儿继承生父姓氏等一系列行为,欧芝克试图解构犹太传统价值观中的父亲权威、解构父系话语力量。欧芝克的这种女性主义立场受到了一定的质疑,被认为是试图用"女性神论"来取代犹太传统中的"男性上帝",实际是带有极端思想的神学立场,这同样带有局限性。但是,这些评论家忽略了一个细节,小说中的这些人物,都是通过"凡德的女儿"这个叙述者,以第一人称视角来呈现的,其中的诸多批评不乏偏见,从上面引文中女儿对于母亲小说(话语建构)的不屑一顾便可见一斑。她对母亲、两任继父及生父的描述,都不乏苛刻甚至是武断,她将自己的聪明才智和出色的语言能力运用到了嘲讽和讽刺中,如评论家所说,"从她开口说话,嘴里便散发出死灰的气息。她并不是幻想破灭,而是从来就没有过幻想"[2]。由此可以看出,这位无名女性在大学毕业之际极力主张自我的独立判断能力,极尽高傲和批判,但是也透露出她的迷茫,其中的叙事声音就是例证:作为新一代的犹太知识女性,"凡德的女儿"纠结于自己的身份,不知道何去何从,母亲非同寻常的道路显然不是她所希冀的,但是她尚未找到自己的道路,所以自始至终是以"凡德的女儿"而出现。《信任》是欧芝克的处女作,或许叙述者的迷茫同样反映了作者本人在职业生涯早期对于犹太新知识女性诉求的探索。

  欧芝克的作品中,受到读者和研究者最多关注的还是《大披巾》,它代表了欧芝克作为犹太女作家的最高成就。从创作主题和整个美国犹太文学的概况来看,欧芝克的这部作品可以划归到"大屠杀后叙事"(post-Holocaust narrative)范畴。这类文学叙事的作者不具有被囚禁于隔离区或者被关进集中营的亲身经历,属于"非亲历者",他们的作品可能描写大屠杀相关的主题,但更主要的是呈现"大屠杀对后世经久不息、绵延不断的影响,其中大屠杀不仅是犹太民族意识与个体身份认同的基础,而且已在一定程度上超越了犹太民族性的局限,几乎成为用来描述人类苦难与救赎的一种隐喻"[3]。

---

[1] Louis Harap,"The Religious Art of Cynthia Ozick." *Judaism* 33.3 (Summer 1984):357.
[2] Eugene Goodheart,"Trust," in *Cynthia Ozick*. Ed. Harold Bloom. New York:Chelsea House,1986,p.13.
[3] 林斌:《大屠杀叙事与犹太身份认同:欧茨书信体小说〈表姐妹〉的犹太寻根主题及叙事策略分析》,载《外国文学》2007年第5期,第3页。

之前提到,欧芝克所主张的理想犹太文学形式就是"礼拜式文学",应该说,"大屠杀主题"和"大屠杀后叙事"契合了她的这种创作思想。她曾经使用"诗歌"作为类比,阐释礼拜式文学的审美特征,但同时也强调,虽然礼拜仪式和诗歌之间存在着相似性,但是也有着根本的不同,因为作为审美体系的文学诗学建构,应该具有形而上层面的意义表达。历史书写恰恰体现了"礼拜式文学"的这一诉求:

> 有了历史,才有了一切……犹太礼拜式文学给犹太人带来力量,也给全世界听到人类更洪亮的声音。礼拜式文学由新意第绪语写就,包含宗教意识,但是从任何明确意义上说并不是一般的宗教性;它不会质疑"对人类现实的不懈探究";而是受启示于上帝和人类的契约。在它的小说和诗歌中,表达的是对人类现实的关切,尽管它可能会经历相当长的时间才得以成熟,进入诗学体系;它的最初成果主要就是小说。①

《大披巾》中的《大披巾》和《罗莎》两个故事,结合了女性经历和历史题材,尤其是大屠杀历史和大屠杀后犹太人的生存境遇,成为美国犹太文学中的经典。《大披巾》是个只有两千字的短篇,讲述的是华沙犹太人集中营里三位女性之间的故事。犹太妇女罗莎在集中营生下女儿玛格达,因为纳粹禁令不允许任何新生儿存活下来,所以罗莎把孩子偷偷藏在大披巾下。玛格达藏在披巾里,安静乖巧从不出声,一直活到了十五个月。披巾是玛格达的藏身之处,也像母亲的乳头一样给予她安抚:"于是玛格达抓住大披巾的一角,以它代替奶头吮吸起来。她啜了又啜,把毛线弄得湿漉漉的。披巾的气味真好,是亚麻牛奶。这是块神奇的披巾,整整三天三夜它给婴儿提供了营养。玛格达没有死,她还活着,虽然她非常安静。她嘴里呼出一股特别的气息,杏仁和肉桂的气味。"②在残酷的生存竞争和严酷的生存条件下,罗莎的侄女斯黛拉对玛格达心生嫉妒,并且觊觎那块可以御寒的大披巾。有一次在罗莎不注意时,斯黛拉将玛格达的大披巾拿走,导致玛格达被纳粹士兵发现。罗莎在生存的本能和保护女儿之间艰苦抉择,因为处理不当会导致三个人都失去生命,最终她只能眼睁睁看着纳粹士兵把孩子摔死在铁丝电网上:"她只是站在那里,因为,如果她跑的话,他们会开枪的,如果她去捡玛格达的柴火棍似的尸骨,他们会开枪的,如果她让沿着她骨架子升上来的狼

---

① Cynthia Ozick, "Toward a New Yiddish," in *Art and Ardor*. London: Atlantic Books, 2016, pp. 174—175.

② 辛西亚·奥齐克:《大披巾》,陶洁译,载《外国文学》1994年第4期,第56页。

般的痛苦的尖叫爆发出来的话,他们会开枪的。于是,她搂住玛格达的披巾,用它堵住自己的嘴,往嘴里塞进去,使劲地填进去,直到她咽下了狼的尖叫,尝到了玛格达口水的深深的肉桂和杏仁的香味;罗莎吮吸着披巾直到它干枯了。"①小说以极简的风格,描写了犹太女性被剥夺话语、贞洁和母亲身份的痛苦经历;通过描写玛格达"蓝色的眼睛",以及斯黛拉说玛格达是"雅利安人"等零星话语,暗示了玛格达实为罗莎被纳粹士兵奸污后所生。罗莎面对女儿遭受伤害时的无能为力,映射了"大屠杀"为代表的极端反犹权力运作中犹太生命的无声凋零。

《罗莎》是《大披巾》故事的继续,讲述劫后余生的罗莎和斯黛拉三十多年以后在美国的经历,是"大屠杀后叙事"的典型。劫后余生的罗莎和斯黛拉移民到美国,罗莎对玛格达心怀内疚,坚持用波兰语给她写信,幻想着她长大成人、健康美丽、学有所成;罗莎也一直对斯黛拉耿耿于怀,性格逐渐趋于偏执。小说以细腻的笔触,描写罗莎在邻居佩斯基和斯黛拉的影响下走出过去、开始新生活的故事。佩斯基出生于华沙但是没有经历过大屠杀,代表了另外一类犹太人,他们对大屠杀缺乏亲身体验,和幸存者之间存在一定的隔阂。起初罗莎对他心怀偏见误解和芥蒂,但是后来通过沟通解除了对他的敌意,罗莎也开始在心中放下了玛格达,面对未来。和《大披巾》中内心独白式的第三人称内聚焦叙事方式不同,这个故事中对话、书信占据了相当的比重,内外聚焦的叙事角度结合使用,展示罗莎能够通过发声建构自己的身份。不过,小说的聚焦方式对佩斯基的内心呈现十分有限,这个人物形象的塑造主要是通过对话和动作描写;斯黛拉的形象塑造亦是如此,这增加了叙述的张力,罗莎的心理历程也更加微妙。和《大披巾》的悲怆基调不同的是,这部小说更倾向于描写犹太人的精神世界和心理诉求,将大屠杀背景化,其中的女性主题、犹太女性的生存更是书写重点,语言风格更加轻松明快,不乏幽默,如评论家所言,"欧芝克捕捉住了人类的悲怆命运和意第绪文化中的嘲讽精神,即人们面对困境时的悲喜交加。她现在已经形成了完全属于她自己的风格……她个人相信上帝和他的选民以色列人的契约;身为作家,她相信她的故事和他人故事之间的契约,她个人操控话语的力量和叙述传统的力量之间的契约,这既令她着迷也赋予她新生"②。两个故事的情节中,特别是《罗莎》,关于"大披巾"留下了多处空白,例如罗莎为何会有将玛格达塞到别的女人手里的冲动? 玛格达被发现后罗莎为何心中掠过了一

---

① 辛西亚·奥齐克:《大披巾》,陶洁译,载《外国文学》1994年第4期,第57页。
② Harold Bloom, Introduction. *Cynthia Ozick*. Ed. Harold Bloom. New York: Chelsea House,1986,p.7.

丝"狂喜"？罗莎如此珍视的大披巾为何由斯黛拉保存？一直未曾露面没有发声的斯黛拉，给罗莎第三人称内聚焦叙述的可信度提供了不同的解读可能。小说展现的是大屠杀给犹太民族和犹太女性带来的巨大创伤，但同时也是对于人性和生存的探索，它"以痛楚而抒情的口吻诉说，在寻求生存的过程中以及劫后余生的岁月里，人性和人际关系所遭受的暴力"①，它超越美国犹太文学的具体语境，在文学审美的语境下展现文学想象和犹太传统之间的关系。"大屠杀后犹太女性的坚韧"才是欧芝克创作的最终关注点，这也使她成为大屠杀后叙事的代表性作家。

欧芝克作品中，犹太女性人物是书写的重点。如前所述，欧芝克强调犹太传统的核心意义，同时也大力主张男女平等。无论是凡德等对男尊女卑嗤之以鼻的犹太新女性，或者《大披巾》中顽强生存下来的罗莎，以及《男子气》("Virility")中"爱德蒙的母亲"等被侵犯的犹太女性，还是《信任》中愤愤不平的叙述者、《升空》("Levitation")中的露西、《异教徒拉比》中的谢恩德尔、《男子气》中的姑妈等知识女性，"欧芝克作品中的女性主角解构了数千年来缠绕、压迫女性的圣母玛丽亚—妓女的分裂原型，未婚女性形象的塑造是为了对抗社会对婚姻体制内女性的智力和创造才能的偏见"②。但不可否认的是，在解构和重新建构的过程中，她们都在努力平衡自己不同层面的身份，回答"我是谁"这个问题，这代表了欧芝克小说中的一个普遍问题：对于身份的思考。欧芝克作品中"充斥着陷入身份危机的人物角色，无论是异教徒和拉比之间的冲突，还是在基督教统治的土地上与固有犹太身份苦苦挣扎的大屠杀幸存者"③。她的主人公经常挣扎在寻求平衡的过程中，比如《异教徒拉比》的主人公艾萨克·科恩菲尔德曾是虔诚的犹太教徒，后来因酷爱读书而接受了自然神论思想，他无法解决这种思想和犹太教"反偶像崇拜"之间的矛盾，最终自杀。这部小说没有明确的故事线索，而更像是哲学思辨：犹太教和异教之间关于偶像和灵魂救赎的讨论。而《篡取：他人的故事》("Usurpation:Other People's Stories")更是直接将"作家""艺术""创造力"等放到了争论的中心，"皇冠"所代表的荣誉受到了质疑，"拉比"称号成为偶像化的一个代表，而拉比索尔被塑造成了"骗子"，通过这些难以被称

---

① Deidre Butler,"Voicing a New Midrash:Women's Holocaust Writing as Jewish Feminist Response." *Women in Judaism:A Multidisciplinary Journal* 8.1 (2011):23.

② Miriam Sivan,*Belong Too Well:Portraits of Identity in Cynthia Ozick's Fiction*. Albany,NY:State U of New York P,2009,p.6.

③ Janet L. Cooper,"Triangles of History and the Slippery Slope of Jewish American Identity in Two Stories by Cynthia Ozick." *MELUS* 25.1 (Spring,2000):181.

为情节的故事设计,小说"批评了艺术和犹太教之间的对立,即为了艺术本身的魅力而追求艺术的做法"①,反映出作者对反偶像崇拜和文学想象之间平衡的思考。"犹太道德"成为"文学想象"之去偶像化的一种解决方案,正如欧芝克所说的她在写作的过程中被犹太化了。欧芝克"在激战中的艺术想象和犹太道德中找到了平衡"②,试图达成"学术欧洲和被烧毁的耶路撒冷"③之间的交流,归根结底,这种独特的文学创作观点来自她自身的犹太责任意识。

在表现手法上,欧芝克可能诉诸反传统的手法,表现犹太性的不同层面,例如《篡取:他人的故事》中的寓言式荒诞情节,《斯德哥尔摩的救世主》《吃人的银河系》等作品中的自我指涉,或许正是由于这些原因,欧芝克的某些手法被认为具有"后现代"特征④;又因其鲜明的犹太性,同"反传统、意义颠覆、自我指涉都存在明显的对立"⑤,而被称为犹太女性主义的作品。对于这两者之间的不和谐性,也许用"礼拜式的"来形容她的"后现代"手法更加适合。无论如何,在这个过程中,这些作品中的人物反映了犹太个人和集体的历史,而作者欧芝克也同样创造了美国犹太女性文学的历史。

作为当代阶段成就最高的犹太女性作家之一,辛西娅·欧芝克被认为是"犹太人的后现代主义代言人"⑥,她在历史视阈下重新理解阐释犹太女性书写,形成了独特的创作理念和批评思想。她结合了犹太性和女性主义,提出并践行的"犹太女性主义"理念,肯定了女性话语建构的功能,对于显现犹太女性在社区及历史中的"在场",具有现实的和精神上的双重意义。她提倡的"礼拜式文学",张扬了犹太性,又具有美国语境下的时代特征,其"大屠杀后叙事"本质上是"礼拜式文学"的体现,强调了犹太历史对于犹太人的塑形作用,同时又着眼于民族的未来,既主张自我又具有开放性和包容性。虽然当今活跃的犹太裔女性作家并不在少数,但是像欧芝克这样睿智而立场鲜明地张扬犹太性的作家,实属难得。

---

① Louis Harap,"The Religious Art of Cynthia Ozick." *Judaism* 33.3 (Summer 1984):362.

② Elaine M. Kauvar,*Cynthia Ozick's Fiction:Tradition and Invention*. Bloomington,IN:Indiana UP,1993,p.42.

③ Elaine M. Kauvar,*Cynthia Ozick's Fiction:Tradition and Invention*. Bloomington,IN:Indiana UP,1993,p.39.

④ 杨仁敬:《20世纪美国文学史》。青岛出版社,2000年,第512页。

⑤ Elizabeth Rose,"Cynthia Ozick's Liturgical Postmodernism:*The Messiah of Stockholm*." *Studies in American Jewish Literature* 9.1 (Spring 1990):93.

⑥ 肖飚:《从互文性视角解读辛西娅·欧芝克小说中的女性表征》,载《外语教学》2014年第2期,第77页。

第五节　女权主义诗学思想的建构者

阿德里安娜·里奇(Adrienne Rich,1929—2012)

阿德里安娜·里奇是当代著名诗人和学者,积极投身女性解放运动,是美国女性解放运动的领袖之一。里奇的诗歌以专注于性属政治和性属美学而著称,在民权运动的背景下表达了追求公平公正的愿望,其中的反战思想和激进女权主义思想均具有鲜明的时代性,对美国的妇女解放和妇女生活产生了深远的影响。里奇于50年代开始发表作品,但后来忙于照顾家庭几乎辍笔,60年代重新开始创作,在70年代以后诗风更加激进,女权主义取向鲜明,政治性突出。她的诗集《潜入沉船》(Diving into the Wreck,1973)获得1974年的国家图书奖,但是她拒绝以个人身份接受该奖项,而是与获得提名的诗人奥黛丽·洛德、小说家艾丽斯·沃克共同接受该荣誉,以此显示女性在文学中的发声是美国女性在解放过程中的共同成就。在克林顿执政期间,里奇拒绝接受1997年度的美国国家艺术勋章,因为她认为,她所理解的艺术和美国政府所代表的行政利益主义背道而驰,所以不能接受由政府颁发的这一奖项。在充满斗争的一生中,里奇获得了无数的荣誉,2005年她的诗集《废墟中的学校:2000—2004年的诗》(The School among the Ruins:Poems,2000—2004,2004)获得了全国书评家协会奖。里奇于1991年当选为美国艺术与科学院院士,并曾经担任美国诗人协会的主席,是当代女性诗坛当之无愧的领军人物。

阿德里安娜·里奇出生于巴尔的摩市的知识分子家庭,父亲是犹太人,是约翰·霍普金斯大学的病理学教授,母亲是基督教徒,婚前是钢琴演奏家,他们给予三个女儿良好的家庭教育,对才华出众的阿德里安娜尤其寄予厚望。阿德里安娜在童年时就对文学产生了浓厚的兴趣,在父亲的鼓励下开始写作。她个性独立、才华出众,在拉德克里夫学院就读期间就凭借《世界变了》(A Change of World,1951)崭露头角,获得了耶鲁青年诗人奖。著名诗人奥登(Wystan Hugh Auden,1907—1973)对这部诗集给予了高度的评价,认为诗作"清丽谦虚,娓娓道来,丝毫没有含混,表现出了对长者的尊重而毫无胆怯,没有矫揉造作,作为处女作已是十分了得"[1]。有着如此

---

[1] W. H. Auden, Foreword. A Change of World. By Adrienne Rich. New York: W. W. Norton & Company, 2006, p. ix.

优越的家庭背景和出色的个人资质,里奇起初也力图遵循生活的"正规":她在 24 岁时结婚成家,丈夫是哈佛大学经济学教授阿尔弗雷德·康拉德,夫妻二人育有三个孩子。1955 年,在里奇的长子出生的同一年,她诗集《钻石切割刀》(*The Diamond Cutter*)出版。其间,里奇一直努力在家庭生活和女性的事业追求之间寻求平衡,她在之后的八年里没有出版诗作,几乎辍笔。但是最终她发现自己不甘于被局限在家庭中,于是在社会经历巨大变革的 60 年代重新投身于政治运动,参加反越战抗议和民权运动,并且运用诗歌作为重要的宣传武器,主张女性权利,探索社会进步的实现途径。1970 年里奇和康拉德离婚,不久康拉德自杀身亡。

  里奇一生著作丰厚,共发表二十多部诗集和近十部散文集,集诗人、散文家和批评家于一身。她的诗歌政治性鲜明,几乎包括各个历史时期的宏大命题,著名的诗集除了上文提及的之外,还有《你的故土,你的生活》(*Your Native Land, Your Life*, 1986)、《时间的力量:1985—1988 年的诗》(*Time's Power: Poems, 1985—1988*, 1988)、《艰难世界的地图集:1988—1991 年的诗》(*An Atlas of the Difficult World: Poems, 1988—1991*, 1991)。90 年代初期,她开始在诗作中彰显自己早年间避而不谈的犹太身份,并且采用第一人称的叙事角度,个人视角开始较为明显地得到呈现。在晚一些的诗歌集中,她更多地将个人和政治进行结合,例如《午夜的救赎:1995—1998 年的诗》(*Midnight Salvage, Poems, 1995—1998*, 1999)似乎更加关注自我的幸福,但是正如里奇一贯的诗风所彰显的,"幸福"本身的界定具有多维度和多层次。这种取向在 2000 年以后变得更加明显,例如《废墟中的学校:2000—2004 年的诗》将 21 世纪之初的种种现实罗列出来,突出了流散、迁移、身份错置等主题,强调了现代主义对人类尊严的侵蚀、美国反恐战争对于美国人精神的影响。可以说,里奇最引人瞩目之处当数她的知识分子身份,她以诗歌创作身体力行履行了当代知识分子的使命。

  里奇是美国具有引领性的女权主义思想家和女性同性恋理论家。1972 年,她发表了著名的散文《我们死者醒来时:书写作为再审视》("When We Dead Awaken: Writing as Re-Vision"),她在其中说道:"一个真正的文学批评家应该具备女权主义者的冲动,将作品首先作为一种启示,指导我们如何生活,到底是什么让我如此看待自己,我们的语言是如何困扰或者解放了我们,命名行为如何发挥作用直到当今的男性特权,以及我们如何开始认识和命名——因此开始全新的——生活。"[①]她的文集《生为女儿身:作为经历和

[①] Adrienne Rich, *Adrienne Rich's Poetry and Prose*. Ed. Barbara Charlesworth Gelpi and Albert Gelpi. New York: W. W. Norton & Company, 1975, p.167.

制度的母亲身份》(Of Woman Born: Motherhood as Experience and Institution, 1976)对许多女性问题进行了探讨，特别是女性的性别身份和家庭责任，强调了"女性身份"中所包含的社会价值取向和社会对于女性的规约。在《强制性异性恋和女同生存》("Compulsory Heterosexuality and Lesbian Existence")一文中，她使用了"女同生存"(lesbian existence)以及"女同连续体"(lesbian continuum)两词，强调女性作为独立主体的重要性，指明了女性同性恋身份对于异性恋之规范的反叛和挑战："女同生存指的是女性同性恋者之历史存在这一事实，同时也指我们对这种生存意义的不断构建。女同连续体包括一系列为女性所认可的经历，它们由女性生活和女性经历所验证，并不仅仅局限于女性渴望去建立或者业已建立与另外一位女性的性经历。"[1]里奇所说的这种"连续体"涉及生物学意义以外的更加广阔的领域，诸如女性为了对抗男性霸权而建立起来的政治同盟或心理支持，综合这几个方面的要素可见，这个概念是涵盖生理、心理和社会等维度的命运共同体。在20世纪80年代之初，里奇就已经在性别批评的基础上更进一步，体系性地指出了异性恋中的意识形态特征，将其视为削弱女性权利的政治体制。

里奇认同吴尔夫(Virginia Woolfe, 1882—1941)所说的"雌雄同体"(androgeny)，主张重新审视"母亲身份"的必要性和迫切性，通过"母亲"这一意象，将现实的生产和艺术产品的生产联系起来，将"男性原则"和"女性原则"连接起来。大约就是在同一时期，她的同性恋身份曝光，后来她和作家米歇尔·克里夫(Michelle Cliff, 1946—2016)成为同性伴侣，在以后的岁月里两人一直生活在一起。之后，里奇继续阐释女权主义的文学创作和文学审美，发表一系列作品，如《鲜血、面包和诗歌：散文选集，1979—1985》(Blood, Bread, and Poetry: Selected Prose, 1979—1985, 1986)、《那里的发现：诗歌和政治笔记》(What Is Found There: Notebooks on Poetry and Politics, 1993)、《人类之眼：社会中的艺术论文集》(A Human Eye: Essays on Art in Society, 2009)、《可能的艺术：散文和访谈》(Arts of the Possible: Essays and Conversations, 2001)，其中既有原创性文学作品，也有文学批评，对女权主义思想进行阐释，进一步完善她的女权主义理论思想。可以说，里奇的一生，就是美国女权主义发展变革的一面镜子。

里奇的女权主义批评思想和美学立场，可以从她的文学批评中得到反映。里奇对艾米莉·狄金森(Emily Dickinson, 1830—1886)、伊丽莎白·

---

[1] Adrienne Rich, *Adrienne Rich's Poetry and Prose*. Ed. Barbara Charlesworth Gelpi and Albert Gelpi. New York: W. W. Norton & Company, 1975, p. 217.

毕晓普(Elizabeth Bishop,1911—1979)、弗吉尼娅·吴尔夫等作家的作品都做过深入的研究和批评,在女性文学批评和女性文学的"再经典化"方面具有独立的见解。她深入研究了狄金森的诗歌,提出了"女权主义批评"(feminist criticism)的主张,采用女性同性恋视角对艾米莉·狄金森的诗歌加以解读,提出"狄金森意识到了诗歌作为媒介的危险性……因为诗歌深深地根植于无意识,它紧贴着情感阻碍的屏障,而这位十九世纪的女性内心有着太多被压抑的情感"①。她认为,狄金森在诗歌中通过创造"男性爱人"(male lover)的形象,表达了自己的内心愿望,"需要探讨的问题就是,这位女性的思维和想象力是如何利用了世界上的男性要素——包括她所熟知的男性,以及她如何通过意象和语言表达她与男性要素之间的关系"②,所以狄金森的与世隔绝是出于自愿的主动选择,并不是出于被迫,那是因为她知道自己的真实需要。这种视角不仅在狄金森批评中具有革命性,而且阐释了文学的现实功用。在此基础上,里奇主张从更深层次探讨诗歌与世界、创作和讲述之间的关系,提出了创作和叙述分离的设想,在艺术层面将男性原则和女性原则加以区分,在她看来,"现代文化和文学假设就是,艺术家必须学会给予艺术创作充分的自由,而不是纠结于如何向他人或者自己讲述故事"③。这正是她的女权主义批评的根本,即着眼于文学的一体性(wholeness),优秀的诗歌应该既体现出了诗人的个性,但同时也表现出了她和其他个体特别是女性之间的共性。另外,她还主张在回顾性的批评中巩固自我认知:"假如我们不了解我们所处的话语,我们就无法了解我们自己,这种自我认知的潮流,对于女性来说,远远超过了身份的追求:这是我们在男性主导社会中拒绝自我毁灭的一部分。"④在研读女性文学的过程中,里奇本人也在构建女性独立形象、探索女性独立之路的历程中获得了巨大的进步,如评论家所言:

> 在里奇的生活和作品中,狄金森就好像《到灯塔去》里的拉姆齐夫人,是个万花筒式的人物。里奇把狄金森视为文学先驱和教母,她重新

---

① Adrienne Rich, *Adrienne Rich's Poetry and Prose*. Ed. Barbara Charlesworth Gelpi and Albert Gelpi. New York: W. W. Norton & Company, 1975, p. 191.

② Adrienne Rich, *Adrienne Rich's Poetry and Prose*. Ed. Barbara Charlesworth Gelpi and Albert Gelpi. New York: W. W. Norton & Company, 1975, p. 183.

③ Marilyn R Farwell, "Adrienne Rich and an Organic Feminist Criticism." *College English* 39. 2 (Oct., 1977): 196.

④ Adrienne Rich, *Adrienne Rich's Poetry and Prose*. Ed. Barbara Charlesworth Gelpi and Albert Gelpi. New York: W. W. Norton & Company, 1975, p. 167.

发现了狄金森诗歌中的新的含义,并且在不断研读狄金森的过程中,相应的变化也影响到了里奇本人在诸多问题上的看法,例如女性、母亲、女性文学史和女性运动,她本人也开始建构女性中心和女同女权主义的伦理学、诗学和政治学理念①。

温迪·马丁将里奇视为能够和安妮·布雷兹特里特、艾米莉·狄金森相比肩的女诗人,认为她们开创了"关于爱、抚育和共同体的女性审美伦理"②。

在第一部诗集中,年仅 22 岁的里奇就已经具有十分清晰的文学美学意识,当时她虽然身处"学徒期",但已经能够正视文学中的个人取向,较好地把握了作者个人情感和文学作品之间的距离。她模仿了当时男性诗人的风格,呈现出普世性的、去性别化的特征,"她还没有发现女性经验可以作为诗歌的主题和诗歌力量的潜在来源。为了契合现代主义者所强调的艺术家非个人化因素,里奇作为女性的个人经历和历史体验,都被她的形式主义语言吸纳和控制,她作为女性和是人之间的冲突和矛盾也是通过男性的人物或者女性艺术家的客观面具来呈现的"③。她有意识地避免纠结于"自我",因而鲜有披露个人心理体验,她笔下的叙述者"我",体现了她所说的文学的一体性,"我们希望诗歌中的'我'成为我们所有的人,不仅仅是某一个遭受不幸的个体,也不是抽象性地隐遁了诗人自己具体指向的存在"④。在诗歌创作中,她对诗歌的语言进行了革新,将"非诗歌性"的语言运用到诗歌创作中,韵律、呈现形式等方面都更加奔放。

这些美学主张在里奇的职业生涯之初就已经得到了体现,在《世界变了》的开篇之作《暴雨预警》("Storm Warnings")一诗中,可以看出她如何在尝试性地实践这些原则。这首诗描写了暴风雨将至的情景,描写叙述者"我"在风雨到来之前的准备工作,诸如远离可能破碎的玻璃窗、关上窗帘等:

　　整个下午玻璃哗啦啦掉落,
　　比天气预报仪器知道更多,

---

① Betsy Erkkila, *The Wicked Sisters: Women Poets, Literary History & Discord*. Oxford UP,1992,p. 153.
② Wendy Martin,*An American Triptych: Anne Bradstreet, Emily Dickson, Adrienne Rich*. Chapel Hill, NC: U of North Carolina P,1984,p. 234.
③ Betsy Erkkila, *The Wicked Sisters: Women Poets, Literary History & Discord*. Oxford UP,1992,p. 156.
④ 引自 Marilyn R Farwell, "Adrienne Rich and an Organic Feminist Criticism." *College English* 39. 2 (Oct. ,1977):199.

风从哪里吹来,哪些灰暗
混乱的区域将横扫大陆,
我将书放到铺垫子的椅子上
从床边走开去关上窗子,看着
天际边被吹弯的树枝

再想想,就好像那阵风吹向
内心搅乱等待的心灵的宁静,
想着时间的流逝只有一个目的
没有被察觉到的暗流
终汇成这极端的状况。外在的天气

内心的波澜都是如此
任何预警难以抵挡。

……
天空渐黑我关上窗帘
把火柴放在带玻璃罩的蜡烛旁边
通过锁眼里,天气在执着地
透过尚未封印的空隙哀号。
这就是对抗季节变化的唯一防卫;
这就是我们学会做的事情
因为我们生活在多事之地。①

这首诗和里奇的许多其他诗歌一样,无论语言还是主题,都带有一定的"迷惑性",看似简单平实,实际却提供了多层次解读的可能。诗中所说的"吹向内心"的风已经不限于即将到来的暴风雨,而同样暗示叙述者内心的波澜,这在下文中"内心的波澜""难以察觉的暗流"等处得到了回应。这里叙述者的情感并非是作者的个人情感,因为里奇本人所主张的"有机女权主义批评"(organic feminist criticism)②强调的是诗歌创作中的一体性,诗作中人物的身份不是具体的个人身份,而是超越了诗人的个人体验。鉴于诗歌本

---

① Adrienne Rich, *A Change of World*. New York: W. W. Norton & Company, 2006, p. 1.
② Marilyn R Farwell, "Adrienne Rich and an Organic Feminist Criticism." *College English* 39.2 (Oct., 1977):192.

身的艺术性所决定的"艺术变形"作用和文学审美的"超越自我"特征,就是"旨在将伦理和语言,文本和艺术家,创作和叙述,最终艺术和生活联系在一起"①,结合这部诗集的时间和社会背景,诗中的"暴风雨""暴雨将至""多事之地"等意象描写了20世纪60年代巨大社会变革到来之前的图景,暗示了时代的变革,以及人们面对危机、巨变时相应做出的改变。作为诗集的开篇之作,这首诗奠定了诗集的基调。事实上,如果宏观考察里奇的创作,这首诗作最后一节中所谓的如何应对变化,正是里奇女权主义思想的萌芽,这种美学原则和批评立场在她稍晚一些的诗作里得到了更加明确的体现。

里奇70年代的诗作合集《共同语言之梦:1974—1977年的诗作》(*The Dream of a Common Language: Poems 1974—1977*)中的多首诗表现出了女性的共同体意识,特别是命名为"力量"的第一部分,通过书写不同的人物经历,阐释了女性的力量。《力量》("Power")一诗献给玛丽·居里,《埃尔韦拉·沙塔耶夫的幻想》("Phantasia for Elvira Shatayev")献给1974年在攀登列宁峰时遇难的女子登山队队长,《饥饿》("Hunger")献给同时期的诗人奥德丽·洛德(Audre Lorde,1934—1992),而最后一首《母狮》("Lioness")则通过在草原上独自徘徊的狮子,淋漓尽致地表现了雌性的王者之力和母性的力量。这部诗集的编排,同样已经显示出了里奇思想的变化:第一部分以"力量"为核心,奠定了诗集的基调;第二部分是二十余首爱情诗,第三部分的标题为"不是别处,就在这里",体现出了坚守和超越之间不可分割的关系。诗作的主题几乎全部关乎女性力量和梦想,无论内容还是形式,都相当明确地体现出了批判性。以"力量"为例,可以看出里奇对于诗歌语言形式的革新,比如空格、空行的使用,长短句的变化、诗节中诗行数量的变化等,来体现"断裂"和"连续"之间的辩证,以及节奏的快慢交错。诗作以形式来配合内容表达,赞颂了居里夫人的科学研究对于人类历史的联结性和建构性意义,即这项科学发现的医学应用对人类的疾病的治愈作用;但同时也暗示了被科学发现释放出的巨大潜能,对居里夫人生命的摧残,给她个人生活带来的毁灭性影响,以此思考人类"知识"所带来的不确定性:

  生活 在我们历史的 土地沉积物中
  今天我在读玛丽·居里的故事
  她肯定已经知道自己遭受 辐射伤害

---

① Marilyn R Farwell,"Adrienne Rich and an Organic Feminist Criticism." *College English* 39.2 (Oct.,1977):193.

她的身体多年来被那元素　所摧残
她提纯出的
似乎她最终否认
自己眼睛白内障的原因
她指尖　皲裂化脓的皮肤
直到最后再也拿不起　试管或铅笔

她逝去　著名的女性　否认
自己的伤痛
否认
她的伤痛　来自　她自己力量的源头。①

这种表现形式被认为是狄金森风格的延续②,在本部诗集中得到较为普遍的展示。诗歌的形式契合思想的表达,表现了对于"力量"的看法:力量既是建构性的,同时也是破坏性的。居里夫人提纯了放射性镭元素,但是也被自己的巨大贡献所伤害;她获得了世人的认可和仰慕,成为书写历史的著名科学家,但是她不得不忍受由此带来的伤痛。通过这个"在男权社会中试图分享力量而备受伤害的女性"③,强调了"力量"和"伤痛"的同源性。类似的观念和表现手法也体现在同一时期的其他诗作中,例如广为传颂的《天文馆》("Planetarium")是献给德国女天文学家卡罗琳·赫歇尔(Caroline Lucretia Herschel,1750—1848)的,这位原本帮助哥哥进行天文观测和记录的女性,自己成为卓越的天文学家,创造了历史。在诗中,里奇把赫歇尔称为"怪物",这是女权主义运动早期男性对于激进女性的轻蔑性称呼。通过反讽性的借用,里奇通过赞颂女天文学家的卓越贡献而对男性霸权进行了回击:

一位怪物形状的女人
一个女人形状的怪物

---

① Adrienne Rich, *The Dream of a Common Language: Poems 1974—1977*. New York: W. W. Norton & Company, 2013, p. 3.

② Joanne Feit Diehl, "'Of Woman Born': Adrienne Rich and the Feminist Sublime," in *Adrienne Rich's Poetry and Prose*. Ed. Barbara Charlesworth Gelpi and Albert Gelpi. New York: W. W. Norton & Company, 1975, p. 405.

③ J. W. Walkington, "Women and Power in Henrik Ibsen and Adrienne Rich." *The English Journal* 80.3 (Mar., 1991):67.

>天空被她们占据
>
>一个女人"风雪中
>在仪表和仪器中
>用南北两极丈量着大地"
>
>在九十八年的生命中发现了
>八颗彗星①。

在这两首诗作中,"伤痛""否认"和"八颗彗星"等单个或两个单词构成的单音步占据整个诗行,强调了信息的重要性,同时也在视觉上造成了绵长、回旋、重复等效果,意指"伤痛"和"否认"成为居里夫人生活中的常态,赫歇尔"八颗彗星"的发现成为人们津津乐道的成就。里奇就是通过这种形式和内容的结合,表现她对于女性力量的赞颂。

里奇将诗中的具体自我和普适性的女性自我联系起来,同时寻找女性的自我和人类经验之间的连接点,体现出来她所说的文学的"一体性"。在她对于女性问题的思考中,这一点体现得尤为明显。1963 年出版《儿媳的快照:1954—1962 年的诗》(Snapshots of a Daughter-in-Law: Poems 1954—1962,1963),探讨了身份、性别和政治等主题,这其中的部分诗作是里奇少有的"自我经验"的披露。《儿媳的快照》中的组诗较为集中地表现了她对于女性、女性角色,特别是母亲身份的矛盾心态。这部诗集出版之时,里奇还在挣扎于"妻子""母亲"的家庭角色和女性社会角色之间的纠结之中。和诗集同名的诗作《儿媳的快照》即描写了女性被压抑、被扭曲的自我,诗中描写了多位不同的女性形象,其中狄金森作为女性书写的代表得到了重点的描写:

>从彼此那里彻底了解自我:
>她们的天赋没有纯正的结果,只有荆棘,
>比之明嘲暗讽,那刺历之弥尖……
>等待时读读书
>等熨斗热起来,

---

① Adrienne Rich, *Adrienne Rich's Poetry and Prose*. Ed. Barbara Charlesworth Gelpi and Albert Gelpi. New York: W. W. Norton & Company,1975,p. 38.

写下，我的生活就像——上膛的手枪——

彼时在阿姆赫斯特食品储藏间果酱在炉火上开锅沸腾，①

这里的多个意象直接指向了狄金森，但是"儿媳"这个中心意象也象征了在父系规则下的女性，她没有自己的名字，身份取决于她同男性的关系。据说，这首诗作于里奇照看孩子的间隙，在她疲于应付家务之时，她说，"我开始感觉到我的破碎和断裂的自我，具有某些共同的意识和共同性的主题，这是我早先非常愿意写到纸上的东西，因为我所接受的教育就是，诗歌应该是'普适性'的，就意味着，非女性的"②。所以，所谓儿媳的"快照"书写的基本都是女性的普遍困境，作者本人也谈及女性在家庭角色和社会角色之间的艰难抉择："到底是因为过早怀孕引发的极度倦怠，还是更深层的原因，我不知道；但是，最近，我感觉，对于诗歌——无论是读诗还是写诗——我唯一的感觉就是无聊和漠然。"③在《女儿们哀悼的女人》("A Woman Mourned by Daughters")一诗中，她着重于书写"被压迫的母亲"："所有的这个宇宙/都敢指使着我们/呼来喝去，除非/你愿意它这个样。"④不同于《共同语言之梦》中对于女性力量的赞颂，这部诗集更加着力于宣泄女性受到的压迫，集中反映了里奇对待"女性角色"和"女性责任"的看法：她们是受害者的形象，而非创造者；她强调了女性力量的破坏性而非建构性，所谓的革命和解放都是与女性生活背道而驰的潮流。由此看来，这些诗作中的抗议性也就十分明显了。在诗集的最后，里奇也书写了女性要冲破束缚的决心，她把叙述者称为"屋顶上的行者"(Roof Walkers)：

我并没有选择的生活
却选择了我：甚至
我的工具全部都用错
并不适合我所要做的。
我赤裸懵懂，

---

① Adrienne Rich, *Snapshots of a Daughter-in-Law*. New York: W. W. Norton & Company, 1967, p. 21.

② Adrienne Rich, *On Lies, Secrets, and Silence: Selected Prose 1966—1978*. New York: W. W. Norton & Company, 1979, p. 44.

③ Adrienne Rich, *Of Woman Born: Motherhood as Experience and Institution*. New York: W. W. Norton & Company, 1976, p. 26.

④ Adrienne Rich, *Snapshots of a Daughter-in-Law*. New York: W. W. Norton & Company, 1967, p. 35.

赤裸的人飞奔

　　过房顶。①

　　从里奇的整个职业生涯来看,《儿媳的快照》中对于女性遭受不公的控诉以及女性弱势地位的描写,似乎只是她文学书写的"阶段性状态",可能和她当时在生活中的处境相关。但是,从另一个角度看,这也是她抛弃"之前的规定性范式"②的一个转折;不久之后,她的立场便趋于积极与激进。

　　1966 年出版的诗集《生活的必需品》(Necessities of Life)以女性生存为主题,已经开始呈现女性同性恋生存理念的部分特征。在这部诗集中,女性的形象与之前的完全不同,是有力量的、坚强的。从一首以狄金森为题的诗作《我身处危险——先生——》("I Am in Danger—Sir—")使用,可以看出里奇从女权主义批评朝向同性恋批评的转变。里奇借用了狄金森给托马斯·希金森(Thomas Higginson)书信中的一句话,明确了诗歌的主题指向;在诗歌形式上,此诗采用了狄金森式的标志性斜线,使用第二人称的叙述视角和反讽式借用:"你,女人,男性的/一意孤行,/对你这个词语不仅仅/是表象。"③里奇将狄金森晚年拒绝外出、谢绝会客的自我隔离,视为具有"男性"阳刚之气的决绝之举,认为这是她作为女性艺术家的主体性的体现;通过这种男性气质的显现,对狄金森诗歌的性别维度进行了模糊化处理。这种立场契合大约同一时期她本人从同性恋批评视角对狄金森诗歌的解读,以此试图解构费勒斯中心论(Phallocentrism)的权威。她在六七十年代之交出版的诗歌集更加凸显了女性的主体性,例如 1969 年的诗集是《传单:1965—1968 诗歌集》(Leaflets: Poems 1965—1968)以及 1971 年出版的《改变的决心:1968—1970 诗歌集》(The Will to Change: Poems 1968—1970),前者更加明确地借用狄金森的诗歌,表现女性身份中蕴含的阳刚力量;后者更多地采用了第一人称叙述,强调了女性的主体性、显现女性的叙事声音和自主性自我构建,这同《儿媳的快照》等诗集中的第三人称叙事形成了鲜明的对比。里奇阐释了"雌雄同体"中的女权主义思想,认为这有助于女性发现她们的身份,更好地体会自己内心的渴望、勇敢和懦弱:"找到自

---

① Adrienne Rich, *Snapshots of a Daughter-in-Law*. New York: W. W. Norton & Company, 1967, p. 63.

② Kate Waldman, "Adrienne Rich on 'Tonight No Poetry Will Serve'." *The Paris Review*. March 2, 2011.

③ Adrienne Rich, *Adrienne Rich's Poetry and Prose*. Ed. Barbara Charlesworth Gelpi and Albert Gelpi. New York: W. W. Norton & Company, 1975, p. 27.

己的路/重新回到这里/拿着尖刀、照相机/神话书/在那里面/我们的名字不会消失。"①学者认为,这种转变具有较为确定的原因,"在六七十年代的个人危机和社会动荡之中,里奇开始认识到自己个人生活中女性、妻子和母亲的身份的瓦解,及其在政治领域的瓦解,即被黑人运动、女权运动、反战和其他形式的社会抗议所打断,她将此看作是父权价值观在更大范围内的失败"②。

国家图书奖获奖作品诗集《潜入沉船》更是集中体现了里奇的文学审美思想。例如在《陌生人》("The Stranger")一诗中,通过第一人称叙述者阐释了对于身份的认识:

> 如果你问我我的身份如何
> 我能说的只是
> 我是雌雄同体
> 我是你未能描述的活的思想
> 在你业已死亡的语言中
> 失去的名词,幸存的动词
> 只在无限的
> 我名字的字母写在新生婴孩儿
> 眼睑下面。③

与诗集同名的诗作《潜入沉船》对于"雌雄同体"的阐释同样明确:"我是她;我是他。"④本诗采用了美人鱼的视角,描写了水下沉船上埋葬的宝藏、溺亡的水手和变成废墟的辉煌过往。但诗歌的重点不止于此,水下探险的真正目的在于发现"残骸,而不是关于残骸的故事/事物本身而不是神话"⑤,而诗中的孤独潜水者,显然是作者的化身。这幅图画还具有文学审美上的自我指涉意义:叙述者反复强调了在此过程中语言的作用:它既是目的,也是引导。如果把这几个方面综合起来,能够看出,里奇描述了两性关

---

① Adrienne Rich, *Diving into the Wreck*; *Poems 1971—1972*. New York: W. W. Norton & Company, p. 24.
② Betsy Erkkila, *The Wicked Sisters*: *Women Poets*, *Literary History & Discord*. Oxford UP, 1992, p. 167.
③ Adrienne Rich, *Adrienne Rich's Poetry and Prose*. Ed. Barbara Charlesworth Gelpi and Albert Gelpi. New York: W. W. Norton & Company, 1975, p. 53.
④ Adrienne Rich, *Adrienne Rich's Poetry and Prose*. Ed. Barbara Charlesworth Gelpi and Albert Gelpi. New York: W. W. Norton & Company, 1975, p. 55.
⑤ Adrienne Rich, *Adrienne Rich's Poetry and Prose*. Ed. Barbara Charlesworth Gelpi and Albert Gelpi. New York: W. W. Norton & Company, 1975, p. 54.

系以及他们同过去的关系,还有话语建构在发现历史和重新认识历史中的重要作用;而诗歌中的沉船的"残骸"也具有现实的指向:在60年代末70年代初,美国社会经历民权运动、女权运动和反战思潮的多重冲击,现代物质文明、美国帝国主义及其破坏性和侵略性遭到人们的普遍质疑,里奇就是用"潜入沉船"的隐喻来主张话语建构的力量,号召去发现沉船本身,去探索"故事"和"神话"背后的"现实"。

至此,里奇已经从理论和文学书写两方面对美学思想进行了阐释,这种立场在之后的作品中趋于明朗。在80年代的作品中,她在此基础上采纳更为激进的女权主义立场,强调了从女权主义角度重新书写文学史的必要性,以及打破传统性别界限的迫切性。正如里奇对于"女同性恋者"身份的界定一样,她所说的打破"性别界限"同样也是意识形态概念上的,是对性别身份之社会属性和文化属性的思考,关乎建立在此审美理念之上的文学表达。她说,"我们可以继续试图对话,我们有时可以相互帮助,诗歌和小说能够展示给我们别人所经历的东西;但是女性不应该只是母亲,不应该为男人做牛做马:我们有适合我们自己的作品"[1]。《北美时间》("North American Time")是作于1983年的一首诗,总共有九节,在里奇诗作中属于篇幅较长的一首,其中探讨了社会、历史以及艺术和艺术家的责任,十分典型地代表了里奇的这种文学美学思想:

> 当我的梦想现出苗头
> 开始变得
> 政治正确
> 没有无法驾驭的形象
> 逃到边界以外
> 走在街上我发现自己的
> 主题已经被剪裁妥当
> 知道自己不敢揭露
> 惧怕于对手的使用
> 然后自己开始纠结
> 我们写下的一切
> 被用于反对我们

---

[1] Adrienne Rich, *Adrienne Rich's Poetry and Prose*. Ed. Barbara Charlesworth Gelpi and Albert Gelpi. New York: W. W. Norton & Company, 1975, p. 167.

或者我们深爱的人。
这就是条款
拿走或者留下。
诗歌从来没有机会
站在历史之外。①

这里所说的"被剪裁""政治正确""被用于反对"等都指向权力对于话语的规训,但是诗中的叙述者也明确了诗歌的历史责任,这是诗人之勇气的体现,也是诗歌美学建构的价值所在。对于诗歌在政治运动中的功能,以及诗人作为知识分子的社会责任,里奇在20世纪90年代以后的作品中进行了具体的阐释,其中的政治立场也趋于明确,例如诗集《艰难世界的地图集:1988—1991年的诗》(An Atlas of the Difficult World:Poems 1988—1991,1991)、《共和国的黑暗田野:1991—1995年的诗》(Dark Fields of the Republic:Poems,1991—1995,1995)、《迷宫中的电话铃声:2004—2006年的诗》(Telephone Ringing in the Labyrinth:Poems 2004—2006,2007)、《今夜没有诗歌可侍:2007—2010年的诗》(Tonight No Poetry Will Serve:Poems 2007—2010,2010)等。以《共和国的黑暗田野》中流行甚广的一首诗《这是什么世道》("What Kind of Times Are These")为例,可以看出里奇诗作中十分显性化的社会历史主题:

两排树中间杂草丛生直到山顶
两条革命道路隐没在阴影中
附近的会议室已经被受迫害者遗弃
他们已经消失在了这阴影里。
我走到那里在恐惧边缘采蘑菇,但不要上当
这可不是写俄国人的诗,不是别处就是这里,
我们的国家正走向它自己的真理和恐惧,
以它自己的方式让人们失踪。②

这首诗作采用"黑暗的森林""被迫害者""失踪""俄国"等意象,创造了一种

---

① Adrienne Rich, *Adrienne Rich's Poetry and Prose*. Ed. Barbara Charlesworth Gelpi and Albert Gelpi. New York: W. W. Norton & Company, 1975, pp. 114—15.
② Adrienne Rich, "What Kind of Times are these." *Dark Fields of the Republic: Poems 1991—1995*. New York: W. W. Norton & Company, 1995, p. 3.

类似"寓言式"的书写形式,通过暗示美国霸权阶层对政治异己的迫害,表达对于权力、领导和服从等问题的批判性思考。这首诗歌作于冷战结束之际,所谓的"不是别处就是这里"直接对美国的政治环境进行了抨击,对意识形态领域的斗争加以揭露,也对美国主流社会所宣扬的"自由""民主"等理念提出了质询。里奇出于当代知识分子的良知,对美国社会是否依旧坚守这个国家构建之基础提出了诘问,这也就不难理解她为何拒绝接受美国总统颁发的自由勋章了,因为在她看来,当今所谓的"自由",已经在很大程度上背弃了当初人们追求自由的初心。

里奇的创作体现出了她自己所主张的文学的一体性,从共时角度看,体现在创作和叙述之间的平衡,以及个人体验和普遍认识之间的协商;从历时角度看,表现出她个人创作中的连贯性和不断的自我突破。最后一部诗集《今夜没有诗歌可侍》中的一首诗,似乎能够反映出这一点。《气流》("Turbulence")描写了飞机如何在飞行中受到气流影响发生颠簸,诗歌采用了第二人称叙述,似乎是叙述者在向亲历者的建议:

> 会有气流。你会下降
> 抓紧手中的书
> 还有水瓶。你的
> 大脑,大脑中闪现高山,陡峭的悬崖
> 让那些没有经历的人
> 看看电影吧。飞机
> 会颠簸,承受
> 这些。她注定就会这样。你也
> 注定会颤抖。只要不解体。[1]

这首诗中的"注定"强调了不可避免要素,飞机肯定要经历气流,而乘客的恐惧也是自然的反映,这种带有释然的接受态度呼应了"力量"中对于科学进步的辩证思考;"抓紧手里的书和水瓶"同样呼应了"暴雨预警"中所主张的"预警"和为应对变化的准备。从这个细微之处可以看出,里奇的创作既体现出她在职业生涯中思想观念的变化,也表现出相当的传承性。

在长达七十年的职业生涯中,里奇不遗余力地投身社会运动,一生都在

---

[1] Adrienne Rich, *Tonight No Poetry Will Serve: Poems 2007—2010*. New York: W. W. Norton & Company, 2012, p.24.

孜孜不倦地书写她对于重大社会历史命题的思考，为弱者的权益而呼喊。她带有诗人的本真和人文主义的真实，做到了"在我们称作'我们的'这个时代，在虚假信息的漩涡中，在人为转移公众视线的种种行为中，不虚伪，不做作，不要掩盖发生在我们身边的事情。不要满足于浅薄的形式或者懒惰的虚无主义立场或者无聊的自娱自乐"①。尽管她否认诗人具有与众不同的社会历史责任，但是却一直在践行着自己作为诗人的使命，表现出了非凡的勇气和智慧。这就是里奇，一位独立勇敢才华横溢的女子，一位女权主义诗学思想的建构者，她对于女性力量的思考与书写，令我们不得不重新审视我们同这个世界的关系。

第六节　当代少数族裔女诗人

　　本节集中讨论当代的几位女性诗人和她们的创作，她们分别是加勒比裔黑人民权运动社会活动家、同性恋题材诗歌的代表奥德丽·洛德(Audre Lorde,1934—1992)、第一位非裔桂冠女诗人丽塔·达夫(Rita Dove,1952—　)，以及奇卡诺文学运动的积极参与者、奇卡纳-土著混血诗人罗娜·迪·塞万提斯(Lorna Dee Cervantes,1954—　)。之所以选择这三位作家，是因为她们各自具有代表性，创作各具特色，能够充分反映当代女性诗歌创作的多元化取向和概貌，通过她们的诗作，能够看出当今女性诗歌的流行性主题和典型表现手法。非裔女性诗歌在很大程度上继承了20世纪以来的黑人女性诗歌传统，奥德丽·洛德和丽塔·达夫继承了诗歌创作的政治传统，但是又各自将政治性在不同维度上进行了延伸。罗娜·迪·塞万提斯是"奇卡诺运动"时期政治运动和文化运动的积极参与者，她的诗作将具有阳刚之气的革命运动和女性的性别角色相结合，在传统的文学运动维度之上，从性别角度对革命进行了阐释，是文学运动背景下拉美裔美国人生活的集中反映。

奥德丽·洛德(Audre Lorde,1934—1992)

　　如果我们给这几位女诗人各自贴个标签的话，那么奥德丽·洛德可以

---

① Kate Waldman, "Adrienne Rich on 'Tonight No Poetry Will Serve'." *The Paris Review*. March 2, 2011.

说是致力于有色女性解放的激进女权主义诗人。她以大胆书写女性的性属和欲望而傲然独立于美国女性诗坛,被称作进行"爱欲书写"①的女性诗人。洛德是加勒比裔黑人女作家,被公认为黑人同性恋书写的先驱,在文学生涯中充分地凸显了这些要素,即书写"同性恋者""黑人""女性"等多重边缘化的身份。她还是最早公开主张"黑皮肤之美"的作家之一,创造并实践了独特的"黑色美学"。她在一生中"孜孜不倦地同各种不公正做斗争,在文学书写和社会活动中致力于最艰难、最急迫的任务,就是承认差异、利用差异。在这个过程中,她是奠基人、是灯塔"②。洛德自1991年担任纽约州的桂冠诗人,直至离世。她的诗作情感丰富,犀利揭露社会之阴暗,愤怒抨击社会之不公,观照少数族裔和女性等边缘群体,通过诗性的"自我主张"充分演绎"女性欲望"。作为少数族裔女诗人,她还强调了种族、阶级等要素在女权主义界定和使用中的显性意义。

奥德丽·洛德出生于纽约哈莱姆区的加勒比裔黑人移民家庭。父亲是巴巴多斯人,母亲来自格林纳达的卡里亚库岛,他们都是混血的美索蒂扎人种。这两个地区都是加勒比地区传统文化的典型代表,文化混杂程度较高,所以他们的文化身份混合了印第安、西班牙和非洲黑人文化等多个谱系。但是在加勒比海地区,欧洲元素往往得到尊崇,而非洲元素被贬抑。母亲的肤色较浅,很容易被当作美洲西语裔,而父亲肤色较深,往往被当作黑人,甚至受到母亲家人的歧视。夫妻二人在1924年作为劳务输入来到美国,彼时正是"一战"之后美国经济的繁荣时期,他们得以在较短的时间内稳定下来。洛德夫妇在"大萧条"以后经营房地产生意,一家人在哈莱姆区居于中上阶层。

奥德丽·洛德是家中最小的女儿,从小喜欢听母亲讲述西印度群岛的故事,四五岁时就开始学习读书写作。母亲属于加勒比裔黑人社区中的女强人,努力地争取更好的物质生活,为孩子创造更好的成长环境,她注重孩子的家庭教育,教育她们要学会掌控自己的生活。但是因为洛德夫妇忙于房地产生意,所以对孩子的情感需求有所忽略。奥德丽肤色较深,高度近视,年幼时有着深深的自卑感,总感觉自己无论在外表还是智力上,都难以达到母亲的期望,并且认为母亲对于比她自己肤色深的人有着天生的歧视,因此与父母的关系都不是多么亲密。结果,虽然她的启蒙教育得益于母亲的教导,但在情感上与母亲有所疏远,如她本人在自传中所说:

---

① 王卓:《多元文化视野中美国族裔诗歌研究》。北京:中国社会科学出版社,2015年,第705页。

② Audre Lorde, "Reflections." *Feminist Review*, 45 (Autumn, 1993):4.

我母亲和别的女性不同,有时我对此感到愉悦,甚至有种优越感,这是两种截然不同的正面情感。不过,有时候,这使我感到痛苦,我猜想这给我的童年带来了许多的悲伤。假如我的妈妈和别的妈妈一样,可能她就会爱我多一些。但是大多数情况下,她的特立独行就像那寒冷的季节,要么是某个大冷天要么是六月的大热天。就是那个样子,没有任何必要的解释或者表达。①

在学校里,洛德同样感觉到不合群,幸运的是,她将心理压力转移到了写作中,从12岁开始就尝试着通过写作宣泄情感,并且在此过程中逐渐培养了独立意识,比如她感觉父母取的名字"奥德丽"(Audrey)和姓氏"洛德"之间的拼写不够对称,自作主张将名字中的字母"y"去掉。

奥德丽·洛德在高中时参加了诗歌工作坊,开始文学创作,她的处女作发表在了《十七岁》(Seventeen)杂志上。1954年,洛德在国立墨西哥大学求学一年,这对她的文学生涯影响深远,让她开始意识到自己的族裔文化根源及其美学意义。返回纽约后,洛德就读于亨特学院,之后进入哥伦比亚大学,在此期间,除了继续写作之外,她还积极参与学生运动和格林尼治村的同性恋文化活动。1961年,洛德从哥伦比亚大学毕业,获得了图书馆学的硕士研究生学位,在纽约公立图书馆担任馆员。1968年出版了第一部诗集《最早的城市》(The First Cities)。1968到1972年间,洛德在密西西比州的陶格鲁学院担任驻校作家,与学生积极探讨性属和民权运动相关主题,这段经历和思考的结果就是她的第二部诗集:《难以抑制的愤怒》(Cables to Rage,1970)。之后洛德在不同的高等院校任教,并继续诗歌创作,先后出版十余部诗集,如《从他们的国度而来》(From a Land Where Other People Live,1973)、《纽约顶级商店和博物馆》(New York Head Shop and Museum,1974)、《煤》(Coal,1976)、《我们之间》(Between Our Selves,1976)、《心头的怒火》(Hanging Fire,1978)、《黑色的独角兽》(The Black Unicorn,1978)、《患癌日记》(The Cancer Journals,1980)、《爱欲的用途:爱欲作为力量》(Uses of the Erotic:The Erotic as Power,1981)。洛德还出版了自传《扎米:用新的方式拼写姓名》(Zami:A New Spelling of My Name,1983),以及散文集《外面的姐妹:散文和演讲》(Sister Outsider:Essays and Speeches,1984)。1992年,洛德因癌症离世。在她去世后,鲁道夫·拜尔

---

① Audre Lorde,Zami:A New Spelling of My Name:A Biomythography. Berkely,CA:Crossing P,1982,p.16.

德编辑了《我是你的姐妹：洛德未发表诗歌选》(*I Am Your Sister：Collected and Unpublished Poems of Audre Lorde*，2009)，以及散文选《沉默无法保护你：散文和诗歌》(*Your Silence Will Not Protect You：Essays and Poems*，2017)。其中《距离的奇妙运算》(*The Marvelous Arithmetics of Distance*，1994)获得了1994年美国书评家协会奖的提名奖。

奥德丽·洛德早年间沿着传统黑人女性的生活轨迹，结婚生子，后来随着她政治思想趋于激进，她的性取向也发生了变化：从之前的异性恋变为同性恋。1962年洛德和律师埃德温·罗林斯结婚，两人育有两个女儿，于1970年离婚。之后洛德有过几段恋情，最终在1990年前后，与著名心理学家、女权主义社会学家格洛里亚·约瑟夫成为同性恋人，两人共同投身于女性解放和有色人种女性的权利斗争，在美国、加勒比地区和非洲发起成立不同的公益项目，例如圣克洛伊岛妇女联盟、南非的姐妹互助组织等。1978年，洛德罹患癌症，在治疗期间撰写了《患癌日记》，记录自己与疾病做斗争的经历和心路历程。洛德在去世之前举行了非洲名字的命名仪式，改名为加姆巴·艾迪莎(Gamba Adisa)，意为"勇敢的斗士"。

"加姆巴·艾迪莎"这个名字的确是洛德的贴切描写，她的一生是同种族歧视、文化霸权、性别权力和性属权力进行斗争的一生，她不仅通过文学创作主张有色女性(特别是有色女性同性恋者)的权利，并且还发起组织了多个公益项目，为她们谋取切实的权利保障，例如纽约市的"卡伦-洛德社区卫生服务中心"专门服务于LGBT群体，即女同性恋者、男同性恋者、双性恋者与跨性别者，特别是其中的贫民，免费为他们提供医疗服务。她在70年代后期担任新闻自由女子研究会的联络人，在80年代共同发起成立了"餐桌：有色女性出版社"(Kitchen-Table：Women of Color Press)。她去世后，她的遗产执行人根据她的遗嘱在1994年设立"奥德丽·洛德基金项目"，同样服务于同性恋者和跨性别者相关的权益保护活动。特别值得一提的是，有色女性出版社在推动美国有色女性文学的出版和接受方面功不可没，为当时无法得到主流出版社接受的女性作家提供了难得的机会，例如，著名女权主义者切丽·莫拉加和格洛里亚·安扎杜瓦共同编著的开拓性著作《我背上的这座桥：有色激进女性作家作品集》(*This Bridge Called My Back：Writings by Radical Women of Color*，1981)的第二版，以及芭芭拉·史密斯编辑出版的美国第一部黑人女权主义作家文集《姐妹：黑人女权主义者文选》(*Home Girls：A Black Feminist Anthology*，1983)都是由这家出版社出版的。

洛德在学徒期的诗作较为传统，无论形式还是语言，都带有较为浓重的

传统诗歌的特征,例如《纪念 I》("Memorial I"):

> 如果你轻轻走来
> 如风儿吹过树梢
> 你能听见我的心跳
> 能望见悲伤的形骸。
> ……
> 你来我便会安静平和
> 不会对你任何叱喝
> 我不会问为何,好啦,
> 亦不问如何,或过往。
>
> 我们就静静地盘腿而坐
> 两年来的天上地下
> 我们之间的大地肥沃
> 就着我们的泪水小酌。①

这是洛德初入诗坛时的作品,最初作于 1950 年,当时作者只有 16 岁。诗歌在形式上使用的是自由体,但押韵较为工整,基本采用的是"ABAB"的韵律,用词清新自然,简单易懂;内容上契合情窦初开的少女对爱情的向往,以及"求而不得,寤寐思服"般的淡淡忧伤。这首诗带着诗人学徒期的青涩和清丽,后来被收录到了 1976 年出版的诗集《煤》(*Coal*)中。这部诗集作品涉及的内容较多,其他诗作多为诗人在 50 年代创作的作品,涉及对于世界和自我的理解,题材有宗教信仰、个人经历、家庭生活、社会环境等。

洛德对于迷茫、痛苦和自我的追寻与她的成长相关,如前所述她成长中的苦涩和挣扎,她和母亲心理上的疏远,更是在诗作中得到了体现。《雅曼伽的房子》("From the House of Yemanjá")中的叙述者,似乎是最接近于诗人自我的一个形象,她讲述了"母亲"和"我"的关系,使用了"两张脸庞""两个自我""两个女人"等措辞,强调了母亲的"白色"和"我"的"黑色"之间的抗衡:"她把那个完美的女儿藏起来/那可不是我/我是太阳月亮永远渴望/她的目

---

① Audre Lorde, *Chosen Poems*, *Old and New*. 1st ed. New York: W. W. Norton & Company, 1982, p. 3.

光。"①叙述者叹息自己的黑皮肤难以得到母亲的认可,披露了自己如何在自我的渴望和现实之间挣扎。在诗作的最后,她反复叹息,用了三个"需要",表达她是多么渴望母亲的认可,这种认可就是诗中所说的"黑色":"母亲我需要/母亲我需要/母亲我现在需要您的黑色/好似干涸的大地需要雨露。"②她继而将"黑白"两色比作"日月"以及"白昼与黑夜"的颜色,强调它们是自然生态中两种必不可少的要素,缺一不可,突出了被久已忽略的"黑色"。

不过,洛德对于母亲的抗拒和不解,随着时间的推移也慢慢发生了改变,这在她的自传体小说《扎米》中得到了较为充分的体现。在书中,洛德追溯了父母在异国他乡的奋斗历史,着重描写了母亲琳达作为加勒比移民的艰辛,特别是她在"冰冷的国度"所感觉到的情感空洞:"琳达想念诺尔山脚下拍打着海岸的海浪,距离海岸半英里处马尔科斯岛上从海水中升腾而出的神秘悬崖,她想念空中盘旋的蕉林鹰、树林,甚至去往山下格林维尔镇小路两边秒椤散发的臭味。她想念那音乐声,随处都有,不听都不行。"③初来乍到时生活的拮据,磨炼了琳达的意志,赋予她性格中看似"冷漠"的骄傲,她将自己的脆弱隐藏在内心,展示给世人的只是拼搏和斗志。小说中着重突出了美国主流文化带给移民的心理影响,例如对于纽约自然历史博物馆等文化代表,母亲心中充满了恐惧,因为那迷宫般的展厅几乎让她望而却步;然而,她毅然决然带着孩子前往,因为她知道这是让孩子被社会接纳的唯一途径。在书的前言中,洛德明确了追溯母亲性格养成的原因,即加勒比女性的坚韧;她认为母系祖先在经历了历史的磨难之后,成就了加勒比女性的独特个性,即柔情之中带着坚强:"这些黑皮肤的岛国女人,她们用行为给自己正名。'这些女人是出色的妻子,无论发生什么,那是因为她们经历过更糟糕的。'在这些强悍女性身上有着温柔的一面,她们在被热带风雨温暖的街道上穿行,带着高傲的柔情,是我记忆中力量和脆弱的象征。"④这部自传在很大程度上表达了洛德对母亲的理解,也体现了她试图"通过平衡其他女性话语和自我诉求,来寻找自我定义的方式"⑤。

洛德对于非洲文化渊源的认同反映在了她众多的"黑色"意象中。前面

---

① Audre Lorde, *The Black Unicorn*. New York: W. W. Norton & Company, 1994, p. 6.
② Audre Lorde, *The Black Unicorn*. New York: W. W. Norton & Company, 1994, p. 6.
③ Audre Lorde, *Zami: A New Spelling of My Name: A Biomythography*. Berkely, CA: Crossing P, 1982, p. 11.
④ Audre Lorde, *Zami: A New Spelling of My Name: A Biomythography*. Berkely, CA: Crossing P, 1982, p. 9.
⑤ AnnLouise Keating, "Making 'Our Shattered Faces Whole': The Black Goddess and Audre Lorde's Revision of Patriarchal Myth." *Frontiers: A Journal of Women Studies* 13.1 (1992): 21.

提及她在职业生涯早期所使用的"煤"的中心意象,即是一例,其中"煤"被认为带有自我指涉性。诗人借用了煤的颜色来指代黑人的肤色,通过煤燃烧释放热量这一事实,来象征黑人文化蕴含的巨大能量,"我浑身黝黑/因为我来自大地深处/把我的语言当作宝石/在一片光明中"①。虽然彼时她的黑色美学意识尚未体系化,但是核心思想已经初露端倪。在另外一部较早的诗集《黑色的独角兽》(The Black Unicorn,1978)中,"黑色美学"趋于成形。同名诗作《黑色的独角兽》可以被视为诗人的"独立宣言"和自我主张,诗中反复使用的"黑色"便凸显了黑人女性的文化特质:

> 黑色的独角兽贪婪。
> 黑色的独角兽没有耐心。
> 黑色的独角兽被误认
> 为阴影
> 或象征
> 被带到
> 一个寒冷国家的各处
> 那里迷雾描画着对我的愤怒的
> 嘲弄。
> 犄角不是停留在她的怀里
> 而是在她的月坑深处
> 生长着。
>
> 黑色的独角兽狂躁不安
> 黑色的独角兽不屈不挠
> 黑色的独角兽从不
> 自由。②

"独角兽"作为中心意象,显然突出了激进黑人女性的特立独行和不畏世俗之约束的含义。这部诗集的一个突出特点就是第一人称叙述,彰显出了"自我主张"的意图,无论叙述者是个普通的黑人女性,还是幻化为象征性的叙

---

① Audre Lorde, *Chosen Poems*, *Old and New*. 1st ed. New York: W. W. Norton & Company, 1982, p. 12.

② Audre Lorde, *The Black Unicorn*. New York: W. W. Norton & Company, 1994, p. 3.

事声音"黑色的独角兽","我"的个性都得到了充分的凸显。

与黑色美学思想相对应,洛德这个时期的多部诗作均表现出对于非洲文化的认同,例如《黑色的独角兽》中的多首诗作。《撒哈拉》("Sahara")、《125 街和阿波美》("125th Street and Abomey")等,均强调美国非裔群体的非洲文化血脉,以及加勒比非裔个人在这种文化传统中获得的力量。《撒哈拉》的五个诗节中,除了最短的一、五,另外三个较长诗节中几乎每一行都是以"沙子"结尾①,给人一种扑面而来的无可抵挡之感;而诗作的内容描写的却是"美国生活",作者将"美国经历"和"广漠撒哈拉"的意象结合起来,突出了黑人生活的"荒漠化"。《125 街和阿波美》采用了类似的处理方法,更加强调了非洲要素,直接将"达荷美女斗士"称为自己的"祖先的成分"②。作者本人曾经提及了白人文化的影响和黑人文化的缺失:"我们所有的故事书里的故事,都是和我们完全不同的人们。他们金发碧眼,皮肤白皙,住在绿树成荫的大房子里面,养着名叫斯珀特的宠物狗。我对这些人丝毫不了解,他们于我就像灰姑娘一样陌生遥远。没人讲述我们的故事……。"③基于此,她致力于在诗歌创作中彰显黑人的文化传统,使用了诸如"女巫""达荷美的女巫""达荷美""阿波美"④等带有非洲文化特质的女性意象,以及非洲众神之母、海洋女神"雅曼伽"的文化隐喻,表示对黑人文化传统的诗字建构,倡导黑人女性之间的相互扶持。以《女人之说》("A Woman Speaks")和《达荷美》("Dahomey")两诗为例,可以看出这种书写的意图。19 世纪在抗击法国殖民侵略的战争中,西非达荷美的女战士以英勇善战而著称;诗人借用达荷美女战士的形象,在《女人之说》中表达了女性的诉求,描写她们肩负非裔文化和历史的重任,勇敢主张女性的梦想:

> 我做女人
> 由来已久
> 当心我的微笑
> 我奸诈且有着古老的魔力
> 还有正午新鲜的愤怒
> 把你无尽的未来

---

① Audre Lorde, *The Black Unicorn*. New York: W. W. Norton & Company, 1994, pp. 16—18.
② Audre Lorde, *The Black Unicorn*. New York: W. W. Norton & Company, 1994, p. 12.
③ Audre Lorde, *Zami: A New Spelling of My Name: A Biomythography*. Berkely, CA: Crossing P, 1982, p. 18.
④ 贝宁王国的地名。

第五章　当代美国女性文学

> 承载
> 我就是
> 女人
> 不是白人①。

这是"一个女人"的宣言,这样的女性与传统女性的顺从和柔弱丝毫不同;相反,她们继承了达荷美女战士的强悍凶猛。《达荷美》("Dahomey")一诗呈现的女战士的形象是无所畏惧的:"雷霆般那编着发辫的女人/念着魔法师的咒语/伴着神圣的巨蟒同睡/它们不会读书/亦不会吃掉阿欣神的/贡品"②。通过对非洲力量的认同,来到非洲寻根的叙述者描述了自己心目中理想新女性的勇气和斗志;并且,在这种力量的感召下,她将祖先的力量化作话语:

> 头顶两面手鼓我开口说话
> 任何需要的语言
> 来磨砺我言语的尖刀
> 我血液中
> 那大蛇虽沉睡却已清醒
> 既然身为女性无论
> 你如何反对我
> 我依然编好发辫
> 即使
> 在雨季。③

这首诗通过古今女性超越时空的对话,彰显了撒哈拉沙漠以南的非洲文化给当代加勒比非裔美国人带来的情感共鸣和精神支撑,也标志着洛德黑色审美意识的进一步提升。

在稍晚的作品中,洛德的女权主义思想更加明显,例如,1986年的诗集《我们身后的死者》(Our Dead Behind Us)中的《车站》("Stations")一诗更是体现出了她的女权主义思想:

> 一些女人喜欢

---

① Audre Lorde, *The Black Unicorn*. New York: W. W. Norton & Company, 1994, p. 5.
② Audre Lorde, *The Black Unicorn*. New York: W. W. Norton & Company, 1994, p. 10.
③ Audre Lorde, *The Black Unicorn*. New York: W. W. Norton & Company, 1994, p. 11.

等待
生活　六月
一个光晕　还有太阳
的触摸来治愈　另外一个
女人的声音　使她们完整
解开束缚她们的双手
将词语放进口中
连缀成篇　声音
发出尖叫　等待某个沉睡者
想起　她们的未来　她们的过去。

有些女人等待合适的
火车　在错误的车站
在清晨的胡同
等待正午嚎叫
夜晚降临。
……
有些女人等待一点
变化　结果什么
都没变
因此她们改变
自己。①

这段诗作较为典型地反映了洛德的风格：她书写女性的欲望，大胆而直白，但是又远远超出了具体的身体体验，而是将"欲望"作为形而上的文学概念，将女性的欲望和她们争取自我的努力结合起来，正如学者所说，"在躯体、政治和文本的交汇中，洛德前景化了种族、性别、性取向和伦理道德等诸多抽象而严肃的话题，并挪用了白人制造的黑人女性性欲的刻板形象和加勒比的'热带假日天堂'的神话，从而成功地解构了'女人神话'和'殖民神话'这两个在男权主义、西方女权主义和殖民主义的多重建构下仿佛固若金汤的文本的城堡"②。到了七八十年代，她的诗作不仅仅局限于非洲裔和女性主

---

① Audre Lorde, *Our Dead Behind Us*. New York: Norton, 1994, p. 14.
② 王卓：《多元文化视野中美国族裔诗歌研究》，北京：中国社会科学出版社，2015年，第708页。

题,还显现出了更加广泛意义上的抗议性。例如,她使用了"蟑螂""棕色"等意象来指代黑人或者棕色人种对于白人社会的冲击,表达了对于美国社会文化认同的思考。在《棕色的威胁或者致蟑螂的幸存》("The Brown Menace or Poem To The Survival of Roaches")[1]一诗中,她写道:

叫我
你最深的冲动
为了生存
叫我
还有我的兄弟姐妹
在你拒绝的决然气味中
叫我
蟑螂还有专横的
梦魇在你洁白的枕头上
你渴望去消灭
那无法摧毁的
你自己的一部分。[2]

叙述者采用了"蟑螂"的第一人称叙事角度,描写了蟑螂对人们生活的入侵,强调它们顽强的生命力,通过叠句的使用重复"要生存"这一生命之本能。"棕色"的意象实际上也是20世纪民权运动前后少数族裔使用较多的一个象征,具有明显的族裔文化指向。显然,业已成为人们生活中无法消灭的蟑螂,具有现实的所指,"进入你的厨房/进入你可怕的午夜/进入你正午的价值"[3],代表了被白人(特别是精英阶层)视为"祸害"的有色人种,包括非裔、拉美裔以及其他少数族裔,他们生活在社会的底层,为社会做出了贡献,但是难以得到主流社会的认同。应该说,无论是洛德所提出的黑色美学,还是在这里得到明确彰显的一般意义上的种族问题,"种族"始终是洛德诗歌创作的根本关注点,这已经得到了学术界的普遍认可,"洛德通过不同的主体位置给自己定位时,她通常从种族问题开始;因此她在描写早期关于偏见的

---

[1] 这首诗最早收录在1974年出版的诗集《纽约顶级商店和博物馆》。
[2] Audre Lorde, *Chosen Poems, Old and New*. 1st ed. New York: W. W. Norton & Company, 1982, p.92.
[3] Audre Lorde, *Chosen Poems, Old and New*. 1st ed. New York: W. W. Norton & Company, 1982, p.93.

经历时,总是首选这个词。洛德的散文和诗歌传达着她的认识,即白人世界对于黑人价值的贬损,这种认识似乎是她深重愤怒的根源"①。作为少数族裔女同性恋者,洛德所体会到的价值贬损是多重的。考虑到20世纪60年代民权运动前后的背景,读者也更容易理解她对于社会不公所表达的愤怒了。

除了女性和种族题材之外,洛德还积极参加了60年代的反战运动,创作了带有抗议性的社会历史题材的作品。她的关注点在于在战争中受苦的人们,以及不同国度中在各种暴力肆虐下受难的人们。在访谈中,她谈到加勒比黑人、美国黑人以及全世界其他地方黑人之间的血脉相连:"发生在这些岛上(维京群岛)的事情,和美国大陆黑人的命运直接相连,也和全世界黑人的命运相连。我说的这些涉及政治、经济和社会的方方面面。"②例如,《梦想反噬》("Dreams Bite")作于60年代末期,就是一首具有鲜明反战题材的诗作,揭穿了当权者以"梦想"为幌子对人们的欺骗和利用:

> 梦想会咬人。
> 梦想者和他的传说
> 瞄准了目的的边缘。
> 走着
> 我看见冬季的人们
> 戴上面具
> 把大地用鲜血涂抹
> 同时
> 在梦境的外部边缘
> 阳光下的人们
> 在雕刻
> 把自己的孩子
> 雕刻成
> 战争纪念碑。③

---

① Margaret Kissam Morris, "Audre Lorde: Textual Authority and the Embodied Self." *Frontiers: A Journal of Women Studies*, 23.1 (2002):169.

② Charles H. Rowell, "Above the Wind: An Interview with Audre Lorde." *Callaloo* 14.1 (Winter, 1991):84.

③ Audre Lorde, *Chosen Poems, Old and New*. 1st ed. New York: W. W. Norton & Company, 1982, p.22.

诗歌谴责当权者使用"梦想"去诱导青年人参加战争。而挥洒在大地上的战争受害者的鲜血,家庭失去孩子的痛苦,换来的只是冰冷的"纪念碑"。在诗集《我们身后的死者》(Our Dead Behind Us,1986)中,洛德继续书写反战主题,涉及战争、死亡、权力等,以此探索"差异的创造性张力,以及过去的力量、痛苦同未来的希望、恐惧之间的协商,其中当下发挥了催化剂的作用,具有激励力量,也就是行动主义精神"①。在《武装的姐妹们》("Sisters in Arms")一首诗中,她以南非独立后黑人争取权力的斗争为背景,融合了姐妹情谊、反殖民战争、反抗等主题:

>我们床边是个宽阔的大网
>你那十五岁的女儿挂在那里
>肠子外露挂在警车车轮上
>一份海底电报钉在木头上
>紧挨着西储大学的地图
>我无法和你回去买下那尸身
>搭起晚上睡觉用的纸板
>抵挡德兰士瓦省②的寒冷
>我无法安放另一颗附着水雷
>在火车站的墙边
>也无法把你们任何一个的灵魂从水滨带回
>在我的头脑里
>所以我给你买张到德班的机票
>在我的美国快车公司
>我们躺在一起
>在新的季节的第一缕晨光里。③

诗人以两位女性对话的方式,将个人欲求和国家责任并置在一起,讲述了在民族危难时期个人无法推卸的历史责任。诗中的"你"是南非女性,她在得知发生在自己国家的"动乱"之后,毅然准备返回南非,同为争取权利而战的黑人同胞一起参加战斗。诗中列数在种族冲突中被杀戮的儿童,例如在赛

---

① Audre Lorde, *Our Dead Behind Us*. New York: W. W. Norton & Company, 1994, back cover.
② 南非共和国的一个省名。
③ Audre Lorde, *Our Dead Behind Us*. New York: W. W. Norton & Company, 1994, p. 3.

伯肯被屠杀的黑人孩子,以"危害国家完全"罪名被监禁的6岁儿童,在家中遭到杀身之祸的一年级小学生塔伯·西贝科,甚至还有尚未来得及取名的未满月婴儿,意在揭露当权者对于黑人民众的压迫和斗争的残酷性。本诗的最后描写了哺乳期的年轻母亲,她放下襁褓中的婴儿,毅然投入了战斗,因为她知道"男人们会跟上来",并且她们的战斗是为了"德班的梦想"①。

洛德在诗中还充分利用了身体书写的特点,实现女性同性恋主题和战争主题结合:

> 你的身体在我所能触摸之处
> 我在指尖舔舐到了
> 愤怒的味道
> 像女人唇边的盐渍
> 她虐杀成性已经忘却
> 但眼中留下每一次死亡
> 你的双唇似展开的玉兰
> "有一天你会来到我的国家
> 我能一起并肩战斗吗?"②

诗中的"身体""嘴唇""触摸"等意象属于带有情欲色彩的描写,一方面突出了个人欲望在国家责任面前所做出的妥协,另一方面也充分运用了诗人所说的"身体书写"的政治内涵,赞颂了"并肩战斗"的女战士所构建的跨越国界"女性共同体"。洛德在《爱欲的用途:爱欲作为力量》("Uses of the Erotic: The Erotic as Power")一文中,这样来解释欲望、身体等书写中的政治取向:"我在谈到情欲的时候,我是在肯定它作为女性生命力代表的意义;我强调的是它所赋权的创造性能量、知识以及在我们的语言、历史、舞蹈、爱之表达、工作和生活等领域中知识的应用"③。在谈到黑人女性的经历时,她着重指出了黑人女性在历史中的重负以及她们所经历的创伤,但同时也肯定了她们的坚忍顽强和谋求自由的决心。这可能正是洛德反复倡导并且亲身实践弱势女性共同体建构的原因所在。在另外一篇文章中,她表达了类似的思想。这篇题名为《我是你的姐妹:跨越性别的黑人女性联盟》("I Am Your Sister: Black Women Organizing Across Sexualities")的文章最

---

① Audre Lorde, *Our Dead Behind Us*. New York: W. W. Norton & Company, 1994, p. 5.
② Audre Lorde, *Our Dead Behind Us*. New York: W. W. Norton & Company, 1994, p. 4.
③ Audre Lorde, *Sister Outsider: Essays and Speeches*. New York: Crossing P, 2007, p. 53.

初是她在纽约市立大学麦德佳艾维斯学院所做的演讲,其中她特别强调了女性共同体的重要性,也对"黑人女同性恋者"的概念进行了澄清,说明自己的取向并不是出于对黑人男性的偏见。她认为,无论是同性恋还是异性恋,最重要的是彼此之间的认同和沟通:

> 我说我是黑人女同性恋者,我只是说自己的爱,身体的和情感的,都主要集中在女性身上。并不是说我厌恶男性。完全不是。我听到的对男性最激烈的抨击,来自和男性有着亲密关系的女性,那些无法摆脱自己对于男性的从属和服从的女性。我听到过异性恋姐妹们如何激进地批评她们的男性爱人,我想我可能永远都不会那样。当然,这个问题引起了我的担心,因为这反映了在黑人异性恋群体中普遍存在的沟通不畅的问题,它远比黑人女同群体的存在更加令人不安。①

可见,洛德提倡的同盟是超越了特定性别取向的理想化共同体,它以情感交流为基础,以共同的诉求为目标,这正是她在诗作中所努力建构的价值观体系。

除了诗歌和演讲等散文之外,洛德还有两部重要的非虚构性散文作品,都属于自我书写类型的著作,分别是自传《扎米》和《癌症日记》。《癌症日记》记录了作者自从1979年初到1980年8月之间18个月的患癌经历,在此期间,她被诊断出乳腺癌,经过手术以及数次治疗,她用日记记录了自己所经历的痛苦、恐惧、挣扎。她承认在过去的18个月中,在乳房切除手术之后她面对了身体的残缺和内心的脆弱。洛德之所以最终有勇气把自己的经历分享出来,勇敢地去回顾,为的是不要"浪费了那痛苦",如她在"题记"中所说,"希望所有的女性都分享这力量"。

自传《扎米》记录了洛德的家庭和成长,特别是她逐渐走向独立的经历。她讲述了父亲和母亲在美国的奋斗,特别是他们起初遭遇的种族歧视,母亲因为肤色浅被当作"西班牙女孩",但是后来老板发现她来自加勒比地区而非欧洲大陆,当场将她解雇。母亲的倔强和强烈的自尊心给主人公印象深刻,比如琳达会牢记战时食品供应紧张时有意歧视自己的食品店,即便是战后也拒绝去那个店里购物。洛德在自传中还回忆了早年间父母在自己成长中所扮演的复杂的角色,他们坚强、勤奋、开明,但是遵循非常传统的家庭关

---

① Audre Lorde, *A Burst of Light and Other Essays*. Ed. Sonia Sanchez. Mineola, NY: Ixia Press, 2017, pp. 27—28.

系,如母亲对父亲的依赖,父亲对母亲的尊重,这些对她的影响很大,以至于她认为自己对待女性的态度也是受到父亲影响。洛德还讲述了自己成为同性恋者的经历,特别是在几段同性恋情感中的成长,记录了最初的不安到后来的自我主张,如她在前言中所说的,如何成了自己心中理想的模样。自传除了追溯作者的职业生涯和诗歌创作历程之外,还把她罹患癌症的经历作为"政治话题"加以讨论。她认为,自己的癌症可能是早年间的工作环境所导致,它不仅仅是生物学意义上的疾病,而且同种族阶级政治存在关联。洛德曾经在一家生产用于半导体和雷达机械的电子公司工作,操作切割石英晶体的商用 X 光机。X 光机产生辐射,会给工人的身体健康带来威胁,所以公司雇佣的大多是少数族裔工人。总之,这部自传虽然采用了较为平实的叙事手法,但是依旧在这些主题中显示出了作者书写的一贯政治性。

奥德丽·洛德是以"爱欲书写"而著称的黑人女诗人,追溯她的成长经历、创作历程和思想变化,能够看出她对于非裔文化毫不动摇的坚持,可以看到其中蕴含着张扬非裔女性诉求的理想。她在自传中对于性别差异的辩证性阐释——"既是男人,也是女人,这一直是我的理想,把父母身上最强壮丰富的部分集合于一身——分享我身体上的峡谷和高山,就好像地球所展示的壮美河流山川"[①],较好地总结了她"情欲书写"的形而上思想,即身体话语与意识形态要素的结合。洛德通过自己的不懈努力,超越了情欲书写的具体指征而达到了文学审美的高度。她的书写具有多维度的政治性,充分显现她作为黑人、女同性恋者、母亲、癌症幸存者、城市妇女的多重身份,她在诗歌中张扬的声音,"对于当代女权主义理论的发展是至关重要的。而她正居于这种意识的最前沿"[②]。她终生致力于有色女性的福利保障和现实解放,为推动同性恋者的权益进行了不懈的斗争,为女性同性恋理论的哲学和美学建构以及实践付出了积极的努力。

丽塔·达夫(Rita Dove,1952—)

丽塔·弗朗西斯·达夫是当代非裔女性诗歌的另一位杰出代表。达夫1986 年的诗集《托马斯和比乌拉》(*Thomas and Beulah*)获得普利策诗歌

---

① Audre Lorde, *Zami: A New Spelling of My Name: A Biomythography*. Berkely, CA: Crossing P, 1982, p. 25.

② Cheryl Clarke, Introduction. *Sister Outsider: Essays and Speeches of Audre Lorde*. Berkeley, CA: Crossing P, 2007, p. 8.

奖,她成为继格温德琳·布鲁克斯之后第二位摘得此奖项的非裔女性诗人。达夫在1993年至1995年任美国国会图书馆的"桂冠诗人",是"桂冠诗人"制度(1986年)建立以来第一位获得此项殊荣的非裔女性诗人,也是当时最年轻的"桂冠诗人",年仅40岁。在1999年至2000年千禧年之交,达夫出任美国国会图书馆专门委任的"诗歌特别顾问",还曾经担任全国作家和写作学会的理事、全国诗人协会的主席、阿尼斯菲尔德-沃尔夫图书奖评奖委员会委员、2004至2006年弗吉尼亚州的桂冠诗人等职务,为推动美国文学创作积极努力。达夫多才多艺,还擅长表演和舞蹈,并且具有高度的社会责任感,在"桂冠诗人"履职期间,她对非洲人的离散历史进行研究,致力于推动非裔诗歌的传播,以及非裔传统文化的传承。1996年,达夫获得了全国人文奖章,2011年获得了美国总统奥巴马颁发的国家艺术奖章。

丽塔·达夫出生于俄亥俄州北部城市阿克伦的一个黑人知识分子家庭,接受了良好的家庭教育。父亲瑞·达夫是一位化学家,从事轮胎研究和制造,是固特异轮胎研究的参与者,也是最早受雇于轮胎行业的黑人化学家之一。母亲艾尔薇拉·霍尔德虽是家庭妇女,但属于黑人女性中文化程度较高的一部分,在丽塔儿时就有意识地引导她进行阅读,这对她的一生产生了重大的影响。丽塔·达夫18岁时以优异的成绩从当地的布克特尔高中毕业,是当年的优秀毕业生,之后进入迈阿密大学,三年后以最优等生的身份获得学士学位,次年获得了富布莱特奖学金资助,赴德国名校蒂宾根大学进修。达夫1977年从艾奥瓦大学的艾奥瓦作家工作室获得了创意写作的硕士学位,她不仅从事诗歌创作,而且还具有很高的艺术天赋,关注文学中非裔不同文化要素的综合运用。达夫1979年同德裔作家弗雷德·维巴恩(Fred Viebahn,1947—　)结婚,所以丽塔·达夫研究有时会出现在德裔美国文学的相关论述中。1981年至1989年间,丽塔·达夫在亚利桑那州立大学任教,教授创意写作;之后到弗吉尼亚大学的夏洛特维尔分校任教,担任英语系主任和英联邦荣誉教授。

达夫的诗歌题材丰富,语言简练而富有张力。她擅长书写情感,捕捉生活中的细节和瞬间即逝的场景,又具有厚重的历史感。从她的诗歌中,可以窥见近五十年以来的重大社会历史,例如普利策奖获奖作品《托马斯和比乌拉》就是这几个特征的合体。这部作品基于诗人祖父母的生活而作,由多首叙事诗组成,讲述"托马斯"和"比乌拉"夫妻二人的生活经历,不同的作品中交替采用两个人的视角,从他们的角度反映当今黑人社区面临的问题,诸如贫穷、创伤、坚持和希望;又通过视角的转换,在话语间构建了一定的对话性。1980年,达夫出版了第一部诗集《转弯处的黄房子》(*The Yellow*

House on the Corner），之后陆续发表了《博物馆》(Museum, 1983)、《装饰音》(Grace Notes, 1989)、《母爱》(Mother Love, 1995)、《与罗莎·帕克斯共乘公交车》(On the Bus with Rosa Parks, 1999)、《美国狐步》(American Smooth, 2004)和《穆拉提卡奏鸣曲》(Sonata Mulattica, 2009)。其中,《托马斯和比乌拉》《与罗莎·帕克斯共乘公交车》和《穆拉提卡奏鸣曲》都是叙事诗。达夫是位丰产而且全面的作家,除了诗歌以外,还创作了剧本、短篇小说、散文和长篇小说,有短篇小说集《第五个星期天》(Fifth Sunday, 1985)、散文集《诗人的世界》(The Poet's World, 1995)、长篇小说《穿越象牙门》(Through the Ivory Gate, 1992)等。1999年,丽塔·达夫创作了诗剧《地球黑暗的那一面》(The Darker Face of the Earth)[①],两年后在俄勒冈州的俄勒冈莎士比亚戏剧节上首演,1999年在伦敦的皇家国家剧院上演。

达夫具有很强的沟通能力和社会活动能力,她活跃在社会活动的多个领域,将文学带入普通读者和观众的生活中。在担任桂冠诗人期间,她组织发起了诗歌朗诵会,参与媒体的谈话节目,"对桂冠诗人的职责进行了革命性的拓展,并把诗歌的影响带到了从政治到文化、从总统到平民的各个生活层面"[②]。在千禧年之交的白宫系列庆祝活动中,达夫在林肯纪念堂朗诵了诗歌。从这些社会活动来看,达夫的确是位不"循规蹈矩"的诗人,甚至在诗歌界受到了相当多的批评,达夫广泛的兴趣和多方位的文化参与也更加重了一些人对于当下文学之社会性的偏见,人们甚至难以把她和她的诗作同形而上的"文学"联系起来。不过,从另外一个角度来看,她的做法延续了民权运动以来文学和社会活动相结合的传统,并充分利用了当今便利的传播媒体,充分展现了文学所应该具有的社会性和当下性。

2011年,达夫卷入了一场论争,这在很大程度上反映出当今美国文学界引人瞩目的话题,即主流和边缘文化群体在文学史中的地位问题。2011年,达夫编辑出版了《企鹅20世纪美国诗选》(The Penguin Anthology of 20th Century American Poetry, 2011),收录了多位少数族裔诗人的作品。哈佛大学教授海伦·温德勒(Helen Vendler, 1933—)、诗人约翰·奥尔森(John Olson, 1947—)、罗伯特·阿查姆博(Robert Archambeau, 1968—)等对此提出了强烈的质疑,认为达夫在编选时带有种族偏向,过于"片面"地偏好族裔作家和女性作家,采取了"多元文化主义"无所不包的过分宽容立场。其中温德勒的批评最值得深思,她列举了《文选》中出生于

[①] 又译《农庄苍茫夜》。
[②] 王卓:《多元文化视野中美国族裔诗歌研究》。北京:中国社会科学出版社,2015年,第739页。

1954 年到 1971 年间的 20 位诗人,指出其中 15 位是少数族裔诗人,而在仅有的五位白人诗人中,男性诗人只有两人。因此温德勒认为,达夫对少数族裔的作品给予了过分的关注,特别是对少数族裔的女性诗人过于偏重,而将具有代表性的白人或者男性诗人排除在外,诸如西尔维娅·普拉斯、艾伦·金斯堡(Allen Ginsberg,1926—1997)和斯特林·布朗(Sterling Allen Brown,1901—1989)。在谈及非裔女性诗人的贡献时,温德勒对于达夫的某些观点提出了质疑,例如她不同意达夫对于布鲁克斯等黑人女性诗人的评价:

> 的确,如果说格温德琳·布鲁克斯是先驱,这毋庸置疑;她的自我质疑是对黑人诗歌中的过激趋向进行的反思,这也是令人心动的。可是,达夫盛赞布克鲁斯在第一本诗集中证明黑人女性能够像任何种族最优秀的诗人那样,充满激情、富有创见地表达情感,这就说不过去了。难道能够像莎士比亚一样吗?或者能比得上但丁或者华兹华斯吗?公正客观的评价比夸大其词更具有说服力。对于现代黑人诗歌的发展,也不必夸大到具有永远的历史和审美意义的层面。[①]

固然,文学作品的价值判断没有一定之规,如果说温德勒针对达夫的多元文化主义立场,批评她对于部分作家的褒奖夸大其词,那么她本人犯了同样的逻辑错误:她所列举的经典作家名单同样未必得到其他人的认可,她对于"优秀白人作家"的价值判断也并不一定能够得到所有读者的赞同,因为对于黑人读者而言,惠特曼(Walt Whitman,1819—1892)和弗罗斯特(Robert Frost,1874—1963)的诗歌未必能引起共鸣;历史上少数族裔女性对于女权运动和后现代主义的批评便是证明。而对于达夫褒扬黑人诗歌先驱的热情洋溢之辞,温德勒的解读未免过于咬文嚼字,或许这种分歧只是因为诗人和学者之间有着不同的用语习惯。达夫在访谈中阐明了自己的观点,进而为少数族裔作家文学书写辩护,她认为少数族裔作家更加艰难,他们在被接受的过程中不得不突破各种的局限,而这些诗人的作品使得"非黑人读者开始意识到非裔美国人和其他人一样,有着丰富的内心感受,他们和所有的人一样,心中有爱,会伤心哭泣,会心生妒忌"[②]。对于温德勒以布鲁

[①] Alison Flood,"Poetry anthology sparks race row." 22, Dec. 2011/6 May, 2018. https://www.theguardian.com/books/2011/dec/22/poetry-anthology-race-row?INTCMP=SRCH.

[②] Rita Dove,"Until the Fulcrum Tips: A Conversation with Rita Dove and Jericho Brown." http://blog.bestamericanpoetry.com/the_best_american_poetry/2011/12/until-the-fulcrum-tips-a-conversation-with-rita-dove-and-jericho-brown.html.

克斯为例而发起的论战,达夫解释说自己的反应是本能的,因为布鲁克斯对于黑人女性诗歌的贡献,即便温德勒本人也予以认可,但是温德勒在众多的入选诗人中,选择了布鲁克斯作为攻击的对象,令人无法回避这种评判中的种族主义取向。达夫的立场得到了玛格丽特·雷沃斯(Marguerite María Rivas,出生年月不详)、艾薇·夏克立(Evie Shockley,1965—)等诗人、学者的支持。这场由一部诗歌选集所引发的论争,发展成美国文学经典地位之争,已经远远超出了诗歌选集本身的范围,说明当今美国文学中的重大命题依旧是政治性的,而种族因素继续发挥着决定性的作用。温德勒的过度反应,在很大程度上反映了主流文化群体对于少数族裔文化的抗拒本能。

达夫的诗歌带有时代感,与20世纪中期以前黑人诗歌的主题选择上有了明显的不同,诗作中的抗议性弱化,但是她的诗歌依旧没有脱离非裔美国人文化的语境,依然聚焦于书写黑人的生活,其中的历史性和当下性是两个最为突出的特征。无论是叙事诗还是没有明确结构的诗集,她的诗作都在不同程度上体现出了这种趋势。例如《美国狐步》带着鲜明的节奏书写梦想和追求,旨在充分利用诗作的节奏感,有的诗作名为"快步",有的是"狐步""桑巴之夏",还有"伦巴""摇篮曲""踏踏恰恰"等,采用了不同的音律和节奏,结合不同的人物经历,书写各色人物的故事,或者明快,或者哀叹,有叙述者"我"对于童年的回忆,有舞蹈者,有哈莱姆的女孩,更多的则是生活的某一个片段,甚至叙述者姓甚名谁都不清楚,例如《数到十,我们就好了》("Count to Ten and We'll be Be There")中的"我们"没有名字,既是默默无闻者在贫苦中坚持的下层民众,也是这个在无望中期盼的无名女孩:"一只猩猩。/两条鳄鱼。/三个国王和一颗星一共/是四……我的新鞋号,只是/已穿五天。(我现在要乘以二。)六月/到下雪还有六个月,没错。/七是幸运数字,不像/八,我八岁戴了眼镜,也/比九好,我感觉九太老。/我现在十岁,后面数字/是零。我有/四个祖父母,/三个兄弟姊妹,/爸妈两个还有/一个头/顶上一无所有,/没有地方可去。"[①]

《与罗莎·帕克斯共乘公交车》借用了美国黑人运动史上"民权运动之母"罗莎·帕克斯的故事。帕克斯1955在亚拉巴马州蒙哥马利引发了黑人抵制公交的运动,拉开了黑人民权运动的序幕。诗集中的作品均涉及种族问题,用快慢相间的节奏或者嘲讽,或谐谑,或愤怒,或者控诉美国黑人面临的歧视和压制,《往后坐,放松点儿》("Sit Back, Relax")直指种族隔离政策,

---

① Rita Dove, *American Smooth*. New York: W. W. Norton & Company, 2006, p. 121.

并且直接发问道:"上帝,上帝。永无安宁/这些穷苦之人。"①当然,达夫也对罗莎的勇气和不卑不亢的举止毫不吝惜地进行了赞美:"一动不动即是行动:/她的凝视中清晰的怒火/镌刻在照相机闪光灯下。"②达夫明确地表示了对于历史的兴趣,她在访谈中指出,历史具有不同的版本,具可阐释性和个体性,官方历史以及个人历史都提供了历史的不同侧面,从而为不同视角下的历史提供了可行性与可能性:

> 我有意识地探索历史问题,因为我感觉到了这些历史的节点。既有大写的历史,也有小写的历史,他们相互交织,这是非常有趣的。……我们每个人都在不同的层面经历历史……作为有色人种女性,我从很小的时候就意识到,我所经历的历史和官方报道的历史是不一样的。用杜波依斯的话来说,就是边缘化身份给你提供了双重的视角,因为即便你不在主流之中,你也必须去理解它,并且如有必要,还要知道如何'随波逐流',这样你就具有了另外一个角度的视野。③

达夫将自己的诗歌称作由"十字路口"而作,就是强调不同的历史视角。

达夫被誉为当代非裔女性诗人中少数具有审美规则意识并且严格遵从的诗人之一。她的诗作基于黑人经历,但是并不局限于个人经历,实现了历史与当下、个人与社区的有效结合。"达夫十分醉心于历史,但是通常她更加关注美国历史或者更宽泛意义上的历史,而不是个人历史。尤其值得注意的是,她的注意力放在了被官方历史所略去的那一部分历史。"④在代表作诗集《托马斯和比乌拉》中,达夫以自己的祖父母为原型,讲述一对黑人夫妇从20世纪初期到20世纪60年代在中西部工业城市中的生活经历。达夫非常有意识地采用了第三人称叙事,将叙述者的声音弱化或者隐藏。在《星期天的绿意》中有这样的一段来描写比乌拉:

她想要听到

---

① Rita Dove, *On the Bus with Rosa Parks*. New York: W. W. Norton & Company, 2000, p. 75
② Rita Dove, *Collected Poems, 1974—2004*. New York: W. W. Norton & Company, 2016, p. 305.
③ Camille T. Dungy and Rita Dove, "Interview with Rita Dove." *Callaloo* 28.4 (Autumn, 2005):1029—30.
④ Patricia Wallace, "Divided Loyalties: Literal and Literary in the Poetry of Lorna Dee Cervantes, Cathy Song and Rita Dove." *MELUS* 18.3 (Autumn, 1993):12.

倒酒的声音。
她想要品尝
变化。她想要
骄傲地遨游在
厨房直到一切
闪亮,她想要

依靠来替代
传统。火腿
抛进煎锅,只有
骨头,每一块
都带着一圈
鲜肉,像手镯。①

这几行诗作是从比乌拉的角度描写女性对于生活的渴望。比乌拉对生活有着美好的向往,她希望能够享受生活,"美酒"是物质生活的象征,是身体欲望的隐喻,而"手镯"是女性特征的映射。比乌拉希望生活能有所改变,即便她无法走出家庭,至少她也应该享受到辛勤劳动带来的成果,"宽敞明亮的厨房"其实并不是多么过分的奢望。但是,所有的这些物质生活的丰盈,都距离她那么遥远。这一段描写十分隐晦地反映了黑人大众的贫困和生活的艰辛,但同时也歌颂了他们对生活的向往。

《穆拉提卡奏鸣曲》中的历史要素更加明显。作品采用与《托马斯和比乌拉》相似的组诗形式,另外还有摇篮曲、日记等叙述形式,描写英国黑白混血小提琴演奏家乔治·布里吉托尔(George Bridgetower,1780—1860)的生平。因为文学形式的杂糅性,这部作品有时也被称为"小说"。布里吉托尔曾经是贝多芬的朋友,贝多芬的 A 大调第九小提琴奏鸣曲"克鲁采"("Kreutzer" Sonata)就是献给他的,他们于 1803 年进行了该曲的首演。因此,达夫作品的提名就是通过"穆拉提卡"和"奏鸣曲"将布里吉托尔的"黑白混血身份"以"奏鸣曲"的形式演绎出来。诗作运用了类似"光"与"影""声音"和"沉默"等矛盾的意象,呈现布里吉托尔的生活,运用想象和虚构,来补充历史中的诸多空白。虽然这部作品的种族取向并不明显,但是人物的杂糅身份已经凸显出了黑人在历史上矛盾的在场状态,因为在此之前,几乎没

---

① Rita Dove, *Thomas and Beulah*. Pittsburgh: Carnegie-Mellon UP, 1986, p. 69.

有人关注过布里吉托尔这位混血小提琴演奏家的故事,达夫通过自己的想象和描写,表达了对这些黑人艺术家的敬意。

丽塔·达夫继承了黑人诗歌的口头叙事传统,根植于黑人权利运动的历史,又在诗歌创作中表现出明显的哲理性,融合了传统与现代、族裔和主流,因而她的诗歌具有强大的张力,与黑人文学传统中的抗议题材具有了明确的分野。在她的诗歌中,"已经听不到黑人悲戚的歌声,反而充满着温柔的情感体验和睿智的理性思索。从某种程度上说,达夫的诗歌代表了在文化融合的大趋势下,黑人诗歌逐渐走向普世性和艺术性的趋势。她的诗歌也因此构建出一种文化'混血儿'的杂糅身份"[1]。达夫作为非裔桂冠诗人,她的诗作当之无愧地代表了非裔诗歌的一个当代取向,可谓非裔女性诗歌从封闭走向开放、从"自我言语"走向"我们的言语"的转折。

罗娜·迪·塞万提斯(Lorna Dee Cervantes,1954—)

罗娜·迪·塞万提斯是当今成就最高的拉美—本土裔女诗人,以书写带有鲜明拉美裔文化特色的主题而著称,特别是种族、性别、阶级、经济状况等,其中主流文化和拉美裔文化的协商是她诗歌关注的焦点。塞万提斯是奇卡诺文化运动中的新秀,她满腔热情地投入到了奇卡诺文学运动,继承了老一辈奇卡诺诗人的书写传统,又关注拉美裔女性在社会运动和社会生活中的角色,以饱含激情的诗歌歌唱平等和争取自由的不懈斗争,鼓舞了相当一批作家。罗娜·迪·塞万提斯曾经主编奇卡诺和奇卡纳文学刊物《芒果》(MANGO),刊登了不少著名墨西哥裔作家的诗作,其中包括桑德拉·西斯内罗斯、吉米·圣地亚哥·巴卡(Jimmy Santiago Baca,1952—)和阿尔伯托·里奥斯(Alberto Ríos,1952—),可以说,她为张扬族裔文化、推动奇卡诺诗歌的传播做出了积极贡献。

塞万提斯出生于加利福尼亚旧金山市的教会区,具有墨西哥和土著血统,她的母亲是墨西哥裔美国人,父亲是墨西哥米却肯州的塔拉斯坎印第安人。在塞万提斯五岁的时候,父母离婚,她跟随母亲以及外祖母一家移居到了加利福尼亚的圣何塞东区。那里是拉美裔美国人的聚居区,居民都是底层劳动阶级,大多生活十分贫困,青少年犯罪率高,街头暴力非常

---

[1] 王卓:《多元文化视野中美国族裔诗歌研究》。北京:中国社会科学出版社,2015年,第39页。

普遍①。浸润在这样典型性的族裔文化背景中,塞万提斯对奇卡诺文化及奇卡诺文学团体认同明显,相比之下,她的土著文化背景并未得到明显的彰显。塞万提斯的母亲斯黛芬在当地图书馆做清洁工,她小时候经常随着母亲一起去做工。她跟随母亲工作时就安静地坐在图书馆里看书,逐渐接触到了欧洲经典文学,并开始对文学产生浓厚的兴趣。

塞万提斯走上文学道路带有一定的偶然性。虽然她早在八岁就开始写诗,但是一直没有得到专业的指导,起初的诗歌创作主要是出于兴趣。塞万提斯就读于圣何塞的墨西哥裔社区学校,高中毕业于林肯高中,曾经担任学校学生文学刊物的编辑。罗娜和弟弟史蒂夫二人都非常有艺术天分,20岁那年她陪同弟弟到墨西哥城演出,主办方为了活跃气氛,增加了诗歌朗诵环节,这在奇卡诺运动时期以及之后的一段时间里是十分普遍的文化活动。塞万提斯接受邀请,即兴朗诵了自己创作的诗歌《难民船》("Refugee Ship"),获得了观众的高度赞赏。这首诗歌描写了墨西哥移民在美国的两难处境:他们既得不到美国人的接纳,也已经与祖先的墨西哥文化渐行渐远。诗中有这样的诗句:

> 犹如湿滑的玉米淀粉,我滑动
> 过祖母的眼前。《圣经》
> 在她身边,她摘下老花镜。
> 布丁已经凝固。
> 妈妈把我养大我们之间没有语言
> 对我的西班牙语名字,我已是孤儿。
> 如此陌生的言语,磕磕绊绊
> 在我的舌尖。我看见镜中
> 我的模样:棕皮肤黑头发。
> 我感觉自己已成囚徒
> 被困在流亡的方舟之上。
> 这艘船永远无法靠岸。
> 永远无法靠岸。②

这首诗描写了日常的生活场景,通过清新的语言,抒发除了少女叙述者婉约

---

① 罗娜·迪·塞万提斯的母亲在1982年被社区的暴力团伙杀害,所以这种切肤之痛令她高度关注贫穷社区的暴力犯罪,特别是针对女性的暴力。
② Lorna Dee Cervantes, *Emplumada*. Pittsburgh, IPA: U of Pittsburgh P, 1981, p. 41.

的怀旧之情,淡淡的忧伤跃然纸上;同时也映射出移民对于新身份的期盼,以及对失去祖先传统的忧虑。这首诗后来被收录到了许多文学杂志和报纸中,现在已经进入美国多所公立学校的诗歌阅读书目,盖尔出版社为其编辑出版了学习导读,足可以看出其在美国当代文学中占据了一席之地,代表了美国相当一部分移民的文化处境。可以说,正是这一次的机缘巧合帮助塞万提斯最终确定了自己的职业生涯方向。

不过,这种巧合也包含了历史的必然性要素。20世纪70年代,奇卡诺文化得到了空前的彰显。在奇卡诺文学运动的大环境下,年仅15岁的塞万提斯便开始积极地投身于文化和文学运动。她参加了全国妇女协会,开始着手编辑诗歌刊物,到奇卡诺人社区组织诗歌朗诵,倾听人们的故事,并继续以此为素材进行诗歌创作。在圣何塞人民文化中心的协助下,她编辑了系列袖珍诗歌集,她本人的声誉也在逐渐提高,获得了国家艺术基金的资助,到马萨诸塞州的普林斯顿艺术工作室进修。在马萨诸塞期间,她完成了诗集《皮特诗歌系列》(*Emplumada*)的初稿。这部诗集于1981年出版后获得1982年美国图书奖,进一步确立了塞万提斯在奇卡诺文学中的地位。塞万提斯之后重新走进校园,在圣何塞州立大学获得了文学学士学位,并准备继续攻读博士学位,但是最终放弃,转而集中精力从事写作。1991年她出版诗集《种族灭绝的只言片语:关于爱和饥渴的诗》(*From the Cables of Genocide: Poems on Love and Hunger*,1991),2005年出版诗集《动力:第一个四重奏》(*Drive: The First Quartet*),之后陆续出版《百首百字爱情诗》(*Ciento: 100 100-Word Love Poems*,2011)和《梦想:新诗》(*Sueño: New Poems*,2013)。塞万提斯被认为是拉美裔诗人中成就卓越者,诗作被包括《诺顿美国文学选读》在内的文选广为收录。

对于成长在下层劳动阶层的塞万提斯来说,语言有着无穷的魅力,也是改变她命运的契机,正如她在访谈中所说,是诗歌挽救了她的生命。罗娜的母亲斯戴芬·塞万提斯当年因为贫困未能读完高中即辍学、结婚,虽然她的文化程度不高,但是在儿女的教育上具有十分开明的态度。斯戴芬意识到孩子们必须融入美国社会中、得到社会的接纳,才有可能改变命运。她严禁儿女在家里讲西班牙语,认为语言就是他们文化身份的标记,只有通晓了英语,他们才能够熟悉主流群体的话语模式,才更容易接受主流社会的价值,"她认为印第安祖先之所以会失去土地,就是因为他们不懂英语而受到欺骗"[1]。

---

[1] Sonia V. González and Lorna Dee Cervantes, "Poetry Saved My Life: An Interview with Lorna Dee Cervantes." *MELUS* 32.1 (Spring,2007):170.

也许这种观点有其局限性,但是的确让塞万提斯以一种积极的心态去接受欧裔主流文化。外祖母对塞万提斯的影响更大,因母亲忙于挣钱养家,正是外祖母的关爱,两个孩子才不至于像社区的其他孩子那样误入歧途。外祖母具有印第安血统,但是很小时就被卖给丈夫家,她失去了和自己母亲的联系,忘记了印第安语言,外祖母每每提起来,都是心怀遗憾和痛苦,这样的经历也让罗娜意识到语言的重要性。从诗集的名称含义中,便可以看出塞万提斯对于语言和言语之力量的迷恋。

在诗集《皮特诗歌系列》中,"Emplumada"一词的原意是"羽毛"的意思,暗指墨西哥文化中的"羽蛇神",是祭祀的保护神,位于土著-墨西哥文化的核心,象征着文字和书籍,也象征死亡和重生,同时也是矛盾对立统一的代表,是古代墨西哥人朴素哲学的集中体现。在这里,塞万提斯使用了这个意向,也代表了书写用的"羽毛笔"和女性言说。带有鲜明历史印记的意象,是奇卡诺运动和文学运动时期诗歌运动的典型标志。在《寻找阿兹特兰》("In Search of Aztlán")一文中,路易·里尔(Luis Leal,1908—2010)首先指出,奇卡诺文学中的文学象征手法和其社会、种族以及语言背景密切相关,在几个奇卡诺运动的典型文学符号中,诸如阿兹特兰、瓜达卢佩圣母等,阿兹特兰是最重要的一个。作为墨西哥人想象中的故乡,"阿兹特兰"具有几重含义。首先,它是墨西哥人故乡的名字,关于它的传说追溯到1325年特诺奇蒂特兰的建城。根据传说,阿兹特克人的祖先来自北方一个叫"阿兹特兰"的地方,于是他们根据神谕寻找建城的地方。如果看到"有只老鹰叼着蛇站在仙人掌上的地方"[1],那就是他们新的家乡。阿兹特克人来到阿纳华克谷地的特斯科科湖,在湖中央的岛屿上看到了神谕中的景象,于是在这里定居下来。其次,这个意象还带有象征含义,即"灵性的重要性",其中包含了天空和大地的关系,即雄鹰代表的天空对蛇代表的大地的征服。羽蛇在印第安文化中就是"雄鹰"和"蛇"双重意象的结合,代表了一种调和性的立场,是女性意识对于征服和控制的超越。

塞万提斯的第一部诗集包括她的早期诗作,例如成名作《难民船》。诗集中的诗歌大多取材于她和家人的个人经历,其中有写给弟弟史蒂夫的诗歌,以及诗人作为叙述者对于社区的观察,诗中的人物有罐头加工厂里的墨西哥裔女工,还有孤独的青春期少年、受到侵犯和杀害的少女,以及坚强的祖母和奋斗不止的母亲。诗作在对日常生活的描写中,透露出墨西哥裔青

---

[1] Luis Leal, "In Search of Aztlán," in *The Norton Anthology of Latino Literature*. Ed. Ilan Stavans. New York: W. W. Norton & Company, 2011, p. 554.

少年在成长中的喜怒哀乐。正因为这样,塞万提斯的诗作多数基于她参加文化运动的经历,被公认为带有明显的"自传性特征"。塞万提斯书写她最为熟悉的题材,例如生活的艰辛,《高速公路的阴影下》("Under the Shadow of the Freeway")描写一家四口人中三个女人的坚韧,便是她生活的集中体现:

> 在街对面——高速公路,
> 没长眼睛的蠕虫,把河谷围住
> 从洛斯拉图斯到塞斯普迪斯
> 我从门廊看着它
> 延伸。每天黄昏
> 姥姥浇灌老鹳草
> 高速公路的影子拉得长长。①

这是被现代生活团团包围的族裔生活,他们生活在高架桥的阴影之下,在喧嚣大都市中孤岛般的贫穷社区,似乎是现代生活的局外人。但是这首诗也凸显了女性的坚韧,外婆被描写为"女王",妈妈是"斗士",而叙述者能够熟练地使用英语,负责处理各种信件、与他人沟通,由此描写家族中的母系传统传承,也表明新一代逐渐融入主流文化的趋势。在书写一家三代女性的同时,诗人也对传统女性所遭受的不幸进行了披露。尽管外婆和母亲是坚强能干的女性,但是她们有着天然的劣势,成为拉美裔文化的受害者:外婆忍受了35年的家庭暴力,母亲心中的梦想永远无法实现。通过这首诗,塞万提斯描写了少数族裔女性的双重弱势地位,她们在族群内部要遭受男性的暴力和控制,在族群外部承受来自主流文化群体的排斥和贬损。

"暴力"是塞万提斯诗歌中最引人注意的关键词之一。例如,在《胡同》("The Ally")一诗中,她使用了简洁隐晦的语言描写了社区中针对少女的暴力:

> 他跟她说
> 闭嘴等死。
> 躺在灌木丛上
> 空闲的停车场
> 倾听着、弥漫着

---

① Lorna Dee Cervantes, *Emplumada*. Pittsburgh, PA: U of Pittsburgh P, 1981, p. 11.

"沙沙","沙沙"。
她还太小,
两年前
才步入少女时代。
她感觉到
他的胳膊肘
碰到她,
挥拳带起风
打在她身上。
但那时闪亮的
钢刀架在脖子上
割断了
她的声音。
她不会
沉默、木然。
她会活下去,
高傲地,
她和死亡
角力
她赢了。①

这首短诗简洁到了一种极致,给人以窒息的感觉,针对少女的性侵和凶杀暴力以如此直白、平淡的口吻写出来,从而达到了两个效果:对于施暴者来说,这种场景也许是再平常不过的,女孩的生命在他的手里没有任何意义,他肆意地侵犯她的身体、压抑她的声音;对于性侵和谋杀如此隐晦的描写,给读者造成一种模糊不定的感觉,让读者体验到女孩的迷茫和无助:对于懵懂的少女来说,她还不知道这意味着什么,她还未曾体验人生便被无情地杀戮。但是诗人也通过自己的声音,象征性地赋予被消音者牺牲的价值,即针对她们的暴行最终能够得到揭露,人们终究会意识到暴力的肆虐并加以反抗。

墨西哥裔社区中的家庭问题,特别是儿童的家庭成长环境是塞万提斯关注的另外一个主题。《皮特诗歌系列》中有首诗名为《叔叔的第一只兔子》("Uncle's First Rabbit"),通过10岁男孩的打猎经历,描写了"叔叔"童年

---

① Lorna Dee Cervantes, *Emplumada*. Pittsburgh, PA: U of Pittsburgh P, 1981, p. 8.

时的创伤,以及对他一生的影响。小男孩第一次背起猎枪去打猎,然而杀戮并没有给他带来成功的喜悦,反而令他心生对受害者的同情,小兔子临死前的挣扎在他的脑海中久久挥之不去,成为他一生的梦魇:

> 他整夜哭泣,以后的一周天天如此
> 想起了那个声音
> 好像死去的小妹妹,
> 想起父亲醉酒
> 猛踢,她于是出生
> 她的声音就像那样,
> 越来越弱;母亲抱她在怀里,
> 轻轻摇动,跪在地上。他在梦中
> 拼命奔跑,拼命奔跑
> 要把那杂种甩在脑后。①

垂死挣扎的小兔子,让男孩想起了刚一出生便死去的小妹妹,想起了酗酒、对母亲实施家暴的父亲,男孩不顾一切地想要逃离这种命运,于是他离开家去参军,但是一生都无法摆脱这个魔咒,最终他和妻子疏离,两人形同陌路,三十年间各居一室,相依为命却彼此痛恨,他诅咒妻子之将死,要亲眼看着她死去。"叔叔"一生都在逃避,最终依旧难以逃脱孤独,因为暴力极大地损害了他的内心,已经使他失去了和他人交流的能力。通过这首诗,诗人揭示了拉美裔家庭暴力对于儿童成长的负面影响:"叔叔"是杀戮者,是施暴者,但是他同时也是受害者。因此,"小兔子"既代表了因为父亲的暴力而导致母亲流产并夭折的孩子,也代表了暴力的旁观者以及施暴者本人,暴力行为是对施暴者人性的侵蚀。这首诗通过"叔叔"一生难以摆脱的梦魇,来揭示暴力对于施暴者和受害者的伤害。

在以后的诗作中,塞万提斯延续了对于"暴力"和"伤害"的描写。在谈及1991年的诗集的名称时,她解释道:"我们刚才谈到了饥渴这个话题,因为我一想到政治、种族、性别问题,我一想到压迫,我就会问自己,这些障碍到底是什么?文化差异吗?到底什么东西将我们彼此隔离开?最后我想就是饥渴,饥渴的经历。我一直努力地把记忆的饥渴转变为饥渴的记忆……因为让我们分离的就是饥渴以及面对饥渴时的无能为力。我们明明饥饿万

---

① Lorna Dee Cervantes, *Emplumada*. Pittsburgh, PA: U of Pittsburgh P, 1981, p. 3.

分,却得不到任何食物,这就是一个共同点。"①

但是,罗娜·迪·塞万提斯也鲜明地主张了奇卡纳在革命中的独立性,在反抗白人文化霸权的同时,向奇卡诺男权发起了挑战。在《致革命者》("For A Revolutionary")和《你束缚了我,宝贝》("You Cramp My Style, Baby")等诗中,她对革命阵营中男性对女性的控制进行了嘲讽和控诉:

  你束缚了我,宝贝
  你趴在我身上
  高喊,"民族万岁"
  达到高潮
  你要我像煎玉米饼
  滴着油
  从我双腿间挤出点东西
  给你做玉米粉蒸肉
  奉上我的女儿

  你叫我,"宝贝"
  "宝贝","宝贝"
  直到我尖叫出来

  然后,你说,
  "这个,我喜欢
  这革命!
  来吧,马琳琦,
  再来一次!"②

这段充满了性隐晦的描写,无情地揭露了奇卡诺运动中男性对女性的利用。在政治运动中,女性的付出被利用,她们被当作男性发泄情欲的工具,成为男性获取政治资本的途径。诗人通过男性对女性身体的控制,赤裸裸地嘲讽男性背叛革命同盟的背信弃义。

---

① Sonia V. González and Lorna Dee Cervantes,"Poetry Saved My Life: An Interview with Lorna Dee Cervantes." *MELUS* 32.1 (Spring,2007):176.
② Lorna Dee Cervantes,"You Cramp My Style,Baby." *El Fuego de Aztlán* 1.4 (Summer, 1977):39.

罗娜·迪·塞万提斯继承了墨西哥裔美国文学自奇卡诺文学运动以来的斗争传统。这场政治文化运动主张西班牙语裔墨西哥历史文化传统的复兴，其中阿兹特克文化和玛雅文化成为唤醒墨西哥裔美国人认同感的重要基础，塞万提斯的创作在一定程度上契合这种历史潮流。但是她的诗作也和该时期众多男性诗人存在明显的不同：她本人对于文学运动的参与，带有很大的"后知后觉"的成分，最初并不是因为文化运动的气氛而进行创作；相反，她的诗歌创作具有相当的自发性，在作品得到读者认同之后她才开始认同于文化运动。另外，她的个人经历和女性身份是她写作的基础，诗作中性别身份和族裔身份的结合，使得奇卡纳诗歌具有了新的政治维度，这在当时以男性为主导的文学运动中可谓"一股清流"。基于塞万提斯的这些贡献，虽然她在奇卡诺文学运动中年纪较轻，依然被公认为重要的代表人物，被切丽·莫拉加称为"我们的桂冠诗人"[①]。的确，塞万提斯作为拉美裔女性诗人的杰出代表，既充满激情地描写了少数族裔女性的不幸，也抒发了她们对于生活的坚持和梦想，同时还对社会的不公和黑暗进行了披露，充分履行了少数族裔诗人的社会历史责任。她为时代所造就，但同时也为时代和她所属的文化群体而不懈地呐喊，从而无愧于这个非官方的"墨美裔桂冠女诗人"的称号。

第七节　当代女性戏剧家

本节选取了三位女性剧作家，她们在当今美国戏剧界都具有较强的代表性，其创作代表了当代女性戏剧的突出特点。她们的族裔、阶级各不相同，手法各异，但是都以文字表现出女性群体的诉求。玛丽亚·艾琳·福恩斯（Maria Irene Fornés,1930—2018）是古巴裔剧作家，美国先锋派戏剧的代表人物之一；玛莎·诺曼（Martha Norman,1947—　）是南方剧作家，其作品凸显性别政治和地域特征的结合；而后现代主义戏剧的代表诺扎克·山格（Ntozake Shange,1948—2018）是非裔剧作家，她在表现手法上大胆革新，颠覆传统，通过后现代主义和表现主义的相合，丰富了人物塑造，契合"多元文化"的主题和"美国身份"的多维度阐释。这些剧作家在主题和艺术手法上都有着明显的不同，通过梳理她们的作品，可以基本窥得女性戏剧在20世纪中期至八十年代的发展脉络。

[①] 参见 Sonia V. Gonzalez,"Poetry Saved My Life: An Interview with Lorna Dee Cervantes." *MELUS* 32.1 (Spring,2007):164.

玛丽亚·艾琳·福恩斯(Maria Irene Fornés,1930—2018)

玛丽亚·艾琳·福恩斯是拉美裔美国文学先驱,属于早期古巴移民作家的代表,是20世纪60年代先锋派戏剧的代表,也是"外百老汇运动"的著名推动者、"外外百老汇"的领军人物之一。福恩斯先后获得十余项奥比奖(Obie Award)及其他重要奖项,1990年她的剧作《今夜如何》(And What of the Night?)获得普利策戏剧奖的提名,这一定程度上反映出主流文学对于先锋派戏剧的接纳姿态。福恩斯早期剧作的核心是"权力",但并不局限于意识形态领域内的政治权力。她的绝大多数作品以表现主义和存在主义手法书写现代社会中的人生境遇,或者以女性经验为出发点,书写社会和父权价值对于女性的束缚;或者以性别政治、生命政治对个体的控制为观照,书写更广泛意义上的权力关系。尽管她较少强化族裔主题,但是她的创作对于古巴裔美国文学书写依然具有开拓性的意义,并且她对拉美裔剧作家的培养在文学界有目共睹。福恩斯是美国艺术与科学院院士,对于美国实验戏剧的发展做出了重要的贡献,见证了半个世纪以来美国先锋剧坛和实验戏剧的发展历程。

福恩斯出生于古巴首都哈瓦那,15岁时父亲去世,她随同母亲还有两个姐姐移民到美国,1951年入籍成为美国公民。福恩斯起初在工厂做工,后来为了改善生活条件学习英语,并走上了艺术之路。艾琳·福恩斯(她本人更愿意被叫作"艾琳",而不是"玛丽亚",所以文献中多如此称呼她。)对于绘画有着很高的天赋,她的兄长拉斐尔后来成为著名的漫画作家。1954年,福恩斯结识了哈丽雅特·索默斯(Harriet Sohmers),随她到了法国生活三年。在法国期间,福恩斯开始接触到戏剧,如塞缪尔·贝克特(Samuel Beckett,1906—1989)的《等待戈多》(Waiting for Godot,1953)。福恩斯还曾经师从德裔抽象派表现主义大师汉斯·霍夫曼(Hans Hofmann,1880—1966)学习绘画。虽然后来她放弃了绘画生涯,但这些艺术教育为她日后使用的先锋派表现手法提供了灵感来源。

福恩斯在1960年前后开始文学创作。她于1959年遇到苏珊·桑塔格(Susan Sontag,1933—2004),两个人成为同性恋人,保持了近八年的伴侣关系,这段时间成为她们职业生涯中的重要阶段。这是福恩斯文学创作的开端,为她的艺术生涯奠定了基础,决定了她将以"女性生存"和"女性权利"作为写作重点,而此时古巴裔身份并没有在她的文学书写和创作生涯中占据太多的比重。当代先锋派剧作家卡里达·斯维奇(Caridad Svich,1963—)对福恩斯勇于打破传统的开创性贡献进行了充分的肯定:

在"女权主义"这个词进入全国公众的视野之前,她(福恩斯)就已经致力于女权主义主题,在"政治正确"的背景下审视那些简单化的解决办法,在戏剧界沉溺于创造巨大的商业利润、无暇顾及人际关系问题的时候,她所写的是人的内心和人们之间的关系——特别是穷人或者弱势群体,当19世纪的佳构剧①重新成为理想模式的时候她却勇于打破传统形式,在专业导演大行其道之时亲自导演自己的剧作。福恩斯在戏剧生涯中走的是一条完全与众不同的道路。②

这段关系同样对桑塔格产生了重要的影响。根据福恩斯的叙述,桑塔格构思自己的第一部小说时遭遇了困难,自己为了鼓励她、向她证明写作并不是那么困难的一件事,由此开始写作:

"就是现身说法,告诉她,写作其实并不是那么困难,"她们回到公寓后,艾琳说道。"我也写点东西。"她之前从来没有写作过,可是她想帮助苏珊开始。她感觉自己就好像是在哄小孩子。

在厨房里的一张大桌子前,她俩面对面坐下。苏珊很清楚自己要做什么——她已经着手写自己的第一部小说。艾琳根本不知道要写什么,所以她灵机一动取下一本烹饪书,随便翻开,准备把每句话的第一个词组合起来,构思一个小故事。

苏珊·桑塔格无论如何都会成为作家——只不过费加罗的那个周六夜晚是个开端——但是玛丽亚·艾琳·福恩斯至今还在想,如果她和苏珊去参加了那场聚会而没有回家写作,她最终会入哪一行。③

的确,那时桑塔格的文学生涯开始起步,写作对她的生活产生了重要的影

---

① "佳构剧"(法语为 La piéce bien faite,英文翻译为 well-made play)也称为"情节剧",19世纪兴起于法国的写实主义戏剧,受古典主义的影响,带有新古典主义的倾向。这类剧作强调情节安排,代表人物有法国剧作家尤金·斯克利博(Eugène Scribe,1791—1861)、维克托里·萨杜(Victorien Sardou,1831—1908)和小仲马(Alexandre Dumas fils,1824—1895)等,对易卜生(Henrik Ibsen,1828—1906)、斯特林堡(August Strindberg,1849—1921)等剧作家均产生了较大影响。后来,佳构剧过分强调形式而忽略内容,受到萧伯纳(George Bernard Shaw,1856—1950)等新一代现实主义剧作家的批判,被戏称为"萨杜剧"(Sardoodledom)。

② Caridad Svich, "Conducting a life: a Tribute to María Irene Fornés," in *Conducting a Life: Reflections on the Theatre of María Irene Fornés*. Ed. Maria M. Delgado and Caridad Svich. New York: Smith and Kraus, 1999, p. xv.

③ Ross Wetzsteon, "Irene Fornes: The Elements of Style," in *The Theatre of Maria Irene Fornes*. Ed. Marc Robinson. Baltimore. MD: PAJ Books, 1999, p. 26.

响,也是她个人成长的关键时期:其间她获得了儿子戴维•里夫(David Rieff)的监护权,开始在大学任教并声誉鹊起。戴维•里夫后来也成为颇有建树的学者,曾经将古巴移民问题作为研究课题。

  福恩斯虽然没有接受过系统的专业戏剧创作训练,但她进步迅速,在很大程度上得益于她的艺术教育经历。处女作《寡妇》(*La Viuda*,意为 *The Widow*)上演于1961年,用西班牙语创作,并不是十分成功,也一直没有翻译成英语。据她本人说,这部剧的素材源于她为古巴的曾祖父翻译整理书信时得到的灵感,属于典型的"西班牙主题",讲述的是20世纪之初在古巴国内动荡的政治形势下,一位古巴记者和两位女性的爱情故事。三位人物的经历跨越古巴、西班牙和美国佛罗里达三地,在历史背景下讲述人物的命运起伏和利益纷争。福恩斯在1963年就创作了带有荒诞色彩的实验性剧作《探戈舞厅》(*Tango Place*),同年成为开放剧场和贾德森诗人剧场的专职作家,这为她的先锋派戏剧生涯创造了有利的条件。开放剧场作为20世纪60年代美国社会和政治背景所造就的文化先锋组织,1963年至1973年间是实验戏剧的积极倡导者,在戏剧创作和演出的诸多方面进行过激进的探索,如卡洛•马丁所言:"'开放剧场'的极端主义在处理文本、表演、舞台呈现、服装、观演关系时,在创造自己作品时,采取的是一种非自然主义方式。'开放剧场'辨析人类的各种等级制度、交往关系、权力,探寻着新的戏剧表达方式、新的角色和新的叙事。"[1]的确,当时的开放剧场名副其实,汇集了一批具有开拓意识的先锋作家,例如,比利时裔剧作家吉恩-克劳德•范•伊塔列(Jean-Claude van Itallie,1936—),剧场的领袖和倡导者约瑟夫•谢肯(Joseph Chaikin,1935—2003)。他们致力于"具有社会与政治自觉的非自然主义戏剧(nonnaturalistic theatre)……展现的正是1960至1970年代美国极端戏剧的核心追求"[2]。福恩斯的诸多创作理念与开放剧场存在着根本的一致性,例如,对于戏剧要素的解读和对于演出过程的处理。她认为,故事情节更多地关乎外部世界的各种因素,"是人们在世界中需要处理的机制。而无情节剧无需涉及对生活机制的现实处理过程,而是更加关注思想机制,思维过程和精神延续"[3]。她的剧作旨在表现对于人们

---

  [1] 卡洛•马丁:《失乐园——开放剧场的〈灵蛇〉、〈终点〉与〈变异秀〉》,虞又铭译,载《戏剧艺术》2010年第5期,第4页。
  [2] 卡洛•马丁:《失乐园——开放剧场的〈灵蛇〉、〈终点〉与〈变异秀〉》,虞又铭译,载《戏剧艺术》2010年第5期,第19页。
  [3] Maria Irene Fornes and Bonnie Marranca,"Interview:Maria Irene Fornes." *Performing Arts Journal* 2.3 (Winter,1978):107.

和世界的关系的思考,以及通过何种戏剧表现方式来呈现这种思考。福恩斯不仅从事戏剧创作,而且还担任导演。后来她担任剧作家组织"戏剧策略"(Theatre Strategy)的主席,积极投身于实验戏剧的创作和演出,参与到戏剧艺术的各个环节,更加充分地践行她的先锋派思想。到1965年,福恩斯的戏剧创作就已经取得初步成就,《闲逛》(*Promenade*,1965)获得了奥比奖的最佳剧本奖。1977年,《费福和她的朋友们》(*Fefu and Her Friends*)获得巨大成功,奠定了她在美国实验剧坛的地位。

玛丽亚·艾琳·福恩斯的剧作有五十部左右,其中的重要作品有:《嗨,你已经死了》(*There ! You Died*,1963)①、《闲逛》《3的成功生活:短剧小品》(*The Successful Life of 3:A Skit for Vaudeville*,1965)、《天启》(*The Annunciation*,1967)、《越南婚礼》(*A Vietnamese Wedding*,1967)、《科尔医生》(*Dr. Kheal*,1968)、《莫莉的梦想》(*Molly's Dream*,1968)。早期剧作的试验性明显,风格极简。这期间《办公室》(*The Office*,1965)被百老汇接受并开始排演,但是未等到公演福恩斯便主动中止,因为她依旧倾向于剧作的艺术性而非商业性。1977年的剧作《费福和她的朋友们》被公认为她的代表作,此外重要的剧作还有《泥土》(*Mud*,1983)、《萨利塔》(*Sarita*,1984)、《处世之道》(*The Conduct of Life*,1985)、《阿宾顿广场》(*Abingdon Square*,1987)、《入夜》(*Enter The Night*,1993)和《古巴来信》(*Letters from Cuba*,2000)。

20世纪70年代到90年代中期以前可以视为福恩斯创作的第二个阶段,除了演出上的实验性表现手法以外,在主题和戏剧思想上也有了新的突破。她的剧作重点呈现不同语境下不同层面的"权力关系",而"性属政治"和"性别政治"尤其得到凸显,通过暴力、隔阂、孤独等主题以及相应的表现形式得以呈现。比如,人物之间由于缺乏交流、误读而导致的悲剧,在《费福和她的朋友们》中用身体的"失能""误杀"的方式来加以表现。福恩斯之后的创作阶段,虽然表现手法依旧带有先锋特征,但是主题呈现出回归现实主义的态势,比如《入夜》中的艾滋病主题、《多瑙河》(*The Danube*,1984)中的核威胁主题、《处世之道》中的集权政治问题,以及《古巴来信》中的族裔主题和意识形态斗争。2000年,《古巴来信》在纽约签名剧团(Signature Theater Company)举行了首映,这也是对福恩斯戏剧生涯的总结和致敬。

玛丽亚·艾琳·福恩斯的戏剧创作体现了实验主义和先锋派的几个特

---

① 这部剧作后来改名为《探戈舞厅》(*Tango Palace*),1964年在纽约城市艺术家工作室正式上演。

征。在女权主义戏剧兴起之前,她已经成为这个领域的一位开拓者。福恩斯的早期剧作大多注重人物而弱化情节,情节缺乏连贯,甚至没有明确的故事情节;人物关系的描写也被高度简化,突出了"不确定性""流动性"等动态特征,戏剧冲突节奏加快,在最短的时间内即宣告结束,似乎是孤立于情节的独立存在。她有时采用"标签式"的方式为剧中人物命名,因而人物是高度群体性的,缺乏各自的特点和个性表达,这使得剧作的表现和解读都带有很大的张力。例如,《闲逛》中的人物都属于"类型人物",这些人物是105、106、狱卒、R 先生、S 先生、T 先生、仆人、侍者、母亲、受伤的男人、士兵甲、士兵乙,他们的个性被最大限度地弱化了。《3 的成功生活》中的人物是"他""她"和"3"。在《铤而走险渡海指南》(Manual for a Desperate Crossing,1996)中,剧中人物同样没有名字,只带有各自的符号学特征:"人物 1:最年轻者,大约 20 岁。精干、强壮,善于操纵筏子,航行经验丰富。谦恭有礼。人物 2:年龄居中,三十多岁。深沉、有责任心,性情温和。组织协调者,健壮结实。有一个四岁女儿的鳏夫。人物 3:最年长,四十多岁,健壮,头脑不大灵活,关心每个人,常常忧心忡忡,过于热情。"[1]如此设计人物的目的,就是表明剧中人物的代表性。同样,在这些作品中,对话也非常简练,甚至呈现为碎片化,有时带有荒诞派戏剧的诸多特点,例如简单重复、无逻辑性:"福恩斯处理剧作的一贯方式,就是对话的极度简化。她运用的是句子,而不是段落。她的语言堪称简洁明了的典范,她本人显现非母语作家的谦卑。"[2]表现手法上可能会糅合歌唱、舞蹈等艺术形式,舞台布景简化,且具有高度的表现主义的特征。例如 1964 年的《探戈舞厅》(Tango Place)中的布景便带有一种乌托邦般的陌生化效果,只有一把椅子、镜子、水杯、茶壶、花瓶和黑板。本剧描写小丑伊莎多尔和莱奥博德这两个人物之间的相遇,但是两个人之间到底存在何种关系?剧作中存在着诸多的可能性,伊莎多尔是个纸牌中的人物,莱奥博德是他的另一个存在,他们是同一个人的两个自我?还是父子关系?人物的关系模糊,充满不确定。另外,剧中没有明确的故事线,而是以人物描写为主,情节成为辅助手段,两个人物之间的对话缺乏逻辑和连贯性,但是却显示出"虚构和现实之间的辩证关系——暗示了戏剧在这个世界中难以确定的位置,戏剧不过是虚幻,并非实实在在的现实"[3]。一般认

---

[1] María Irene Fornés, *Letters from Cuba and Other Plays*. New York:PAJ Publications,2007,p. 85.

[2] Bonnie Marranca,"The Real Life of Maria Irene Fornes." *Performing Arts Journal* 8:1(1984):29—34.

[3] William B. Worthen,"Still Playing Games:Ideology & Performance in the Theatre of María Irene Fornés," in *The Theatre of María Irene Fornés*. Ed. Marc Robinson. Baltimore,MD:PAJ Books,1999,p. 65.

为,这部只有两个人物的剧作带有诸多荒诞派思想的特征,显示出塞缪尔·贝克特《等待戈多》的影响,由此也奠定了福恩斯先锋派创作风格的基调。

总体来说,福恩斯所运用的这些手法集中指向存在主义思想的影响,旨在通过戏剧手段表现人们之间的疏离。在《闲逛》一剧中,晚会与狂欢掩盖的依旧是人们沟通的困难和彼此之间的陌生感,剧中每个人物都在为得不到爱而感伤,为难以得到回应而迷茫:

R先生:I女士……

I女士:什么事?

R先生:上周六,我一直在等一位女士,可她最终也没去。

I女士:是吗?

R先生:是的。

I女士:哦,她去不了。她自己整个下午徘徊在街头,就是因为有位绅士(示意T先生)住那里,我们不便透露他的名字。她希望见到他……有点不期而遇的样子。可他根本没出家门……不过他也没进家门。

……

T先生:他没有,女士……他没有。他从窗口看见这位女士,她确是在街头徘徊。可是他不能接受她……他的心已经碎了。您知道,他收到心仪之人(示意U小姐)的回信,说他的爱慕不会有结果。于是整个下午,他就坐在窗前,从花朵上揪花瓣,每一次,结果都是……她不爱他。

O小姐:他说的是谁呀?

U小姐:她已经心有所属,她的心属于他(示意S先生)。只要他看上她一眼,她就高兴得不能自已;只要他在身边,她的双颊便泛起绯红。

S先生:让你如此伤心的男人啊,他心里只有O,哦,O小姐。[1]

结果O小姐又坦陈,其实自己喜欢的是S先生。剧中每个人物都爱得徒劳,对仰慕自己的人视而不见,却对自己难以触及的东西充满渴望。逃犯105和106号为躲避追捕,将自己的罪犯号服穿到伤者身上,狱卒以此为据,将司机和伤者作为逃犯抓走。狱卒一直在追捕逃跑的犯人,失去孩子的母亲一直在寻找孩子,人生画面就在一个个无序的瞬间和无意义的沟通尝试中展开,人类的生存就是由一个个不同心的"怪圈"构成,人物之间偶有交

---

[1] María Irene Fornés, *Promenade and Other Plays*. New York: PAJ Publications, pp. 11—12.

集,但是很快驶离彼此,按照各自的轨迹继续运转。这部剧作代表了福恩斯创作的实验性,人物对话高度重复,中间穿插不同的语言,例如法语,并附以舞蹈或者歌唱。

这种手法上的实验性不只局限于福恩斯60年代的剧作,在80年代现实主义题材开始占据主导之后,依旧得到不同程度的运用,如《多瑙河》和《处世之道》等剧作即是如此。其中,《多瑙河》中增加了木偶戏,每个人物操纵和自己形象相同的木偶,在台前重新演绎故事情节,对剧中的某些瞬间进行重新再现,强调了某一具体时间节点或者某一地点所发生的事件的即时性、偶然性和不确定性。据说80年代福恩斯在戏剧工作室指导年轻剧作家进行创作时,让他们先通过瑜伽或者太极来充分放松,然后冥想两个人物冲突的场景,继而从当天在街头随手找到的一本书中,随意打开一页,任意找到一个句子,就顺着那个句子往下写。从这个意义上讲,"现实主义"对于福恩斯而言,主要是主题上的,而非手法上的。

福恩斯剧作的实验性在代表作《费福和她的朋友们》中得到了集中的体现。这部剧作是美国女权主义先锋戏剧的重要代表,无论是主题还是表现手法都具有重要的开拓性意义。该剧创作于1977年,当时福恩斯的创作已经在主题上体现出明显的现实主义倾向,所以它也是实验主义和现实主义兼顾的一部作品。故事以1935年的新英格兰乡村为背景,围绕着八位性格经历迥异的女性人物展开,从不同的侧面探讨了女性的性别身份、价值观、诉求以及女性在社会中的困境和挣扎。这些女性人物以费福为中心,讲述她们在新英格兰乡间度假别墅中的一天。该剧没有明显的故事线,这是福恩斯剧作的一贯特点。其实验性更多地体现在演出过程中,实现了观众和演员的交互。在演出设计上,福恩斯试图打破戏剧中的"第四面墙"(the fourth wall),从而使观众和故事情节之间产生了明显的间离效果,激发了观众的主观能动性。因为舞台剧的布景特征,室内场景具有局限性,剧作家在演出中设法打破这局限性,使用了四幕组合的布景方式,将草地、书房、卧室和厨房四个场景合而为一,四场同时演出,观众分成了四组,分别观看不同的场景;然后观众交换位置,各场的演出重复进行,直到所有的观众观看了所有的场景。舞台说明是这样的:

第一幕:中午。起居室。所有的观众从观众席观看。
第二幕:下午。草地、书房、卧室、厨房。观众分成四组,每一组被带领到这几个场景中,这几个场景中的演出同时进行,每一场演完之后,观众转移到下一场,同样的表演再次上演。这几场重复四次,这样每一组观众都能看完四场。然后,观众被引导回到观众席。

第三幕:晚上。起居室。所有的观众都从观众席观看。①

这样的演出设计中,观众不再被动地接受,不是"旁观者",而是"见证者"和"参与者",直接参与到演出过程中,打破了"第四堵墙"所营造的间离效果,从而充分融汇起作者—演员—剧本—布景—观众等戏剧文学的几个环节。由此看来,之前提到的卡里达·斯维奇对福恩斯的高度评价并不是褒扬过度了。

在主题表现上,女性人物的对话多涉及日常话题,但是从看似琐碎的日常和闲谈私语中,观众可以窥见困扰她们的问题,即权力对她们的规约。它涉及两性之间以及同性内部的权力关系,例如夫妻之间、同性朋友之间,费福清醒地知道丈夫对自己心怀厌恶,并且对此也从不隐瞒。不仅夫妻之间难以沟通,朋友之间的关系中同样包含了冷漠和紧张。费福指出,女性在社会中处于弱势地位,但是她们相互之间无法形成共同体来抵御外来的伤害:"男性具有天生的力量,但是女性不得不自己寻找力量,然而一旦她们找到了,随之而来的还有痛苦和反复无常……因而女性彼此之间无法坦然面对。"②由此揭示了人与人之间的疏离,在看似轻松愉快的朋友聚会中,实际隐藏了诸多的不和谐因素和难解之谜。其中的一个核心问题就是:茱莉娅为何而瘫痪?剧中没有给出确定的解释。她似乎是被猎人误伤而瘫痪,但实际上她并没有伤在腿上,并且伤势并不严重,不会影响脊柱神经,所以无论猎人还是医生都难以对她的病情做出合理的解释。那么,令人生疑的是:这种令女性失去活动能力的力量到底是什么?这正是福恩斯致力于向观众传达的一个问题。剧中男性人物始终没有正面出现,比如菲利普、猎人、监护者等;但他们一直存在于与女性人物的谈话中,在她们各自故事的建构之中,并且决定着故事的进展,如塞西莉亚所言:"导致愚昧和疯癫的主要原因,就是无法辨识事物之间的差别……朝我大吼的那个男人,是个霸凌者,我不想被呼来喝去。另外一个人,也许是同一个人,因为别的事而训斥,你知道自己做了什么事情,让他们恼羞成怒。他总是有着充足的理由。"③类似的情况在剧作中不胜枚举,就是说,在女性人物的困惑、痛苦、无力、失能背后,都有着男性权力的影子。故事最后,费福举枪杀死了野兔,然而倒下的却是茱莉娅,这种情节安排令人匪夷所思,暗示了女性在不经意之间造成的彼此伤害,从中能够看出荒诞派戏剧和存在主义对剧作家的影响,而悲剧

---

① María Irene Fornés, *Fefu and Her Friends*. New York: PAJ Publications, 2001, p. 4.

② María Irene Fornés, *Fefu and Her Friends*. New York: PAJ Publications, 2001, p. 15.

③ María Irene Fornés, *Fefu and Her Friends*. New York: PAJ Publications, 2001, p. 43.

的结局不仅是对"女性生存困境的暗示,同时也是对由于种族、阶级等差异的思考"①。

如前所述,这部剧作表现手法上具有实验性,但是福恩斯本人认为,它的思想是"现实主义的,只是女性人物之间的关系较为抽象。这些人物角色在剧中(不像传统剧作那样)发挥了为故事情节服务的作用"②。总之,虽然剧作以费福为主要人物,但是事实上,茱莉娅等人物的形象同样具有重要的象征意义,这应该是剧作命名为"费福和她的朋友们"的原因:"葆拉和塞西莉亚的关系、辛迪被窒息的梦境、艾玛对'生殖器官'难以释怀、费福梦魇般的反复疼痛,都是茱莉娅屈从姿态的不同表现形式"③。剧作弱化情节进展和构架逻辑,进而突出心理因素,从而为故事的呈现预留出更大的解读空间,也着力于通过剧作更加直接地实现与观众或读者的对话。

福恩斯的早期声誉主要还是在于她的实验性戏剧。作为一位孜孜不倦的探索者,福恩斯在戏剧创作和戏剧表演方面进行了不懈的革新,这使得她在当时的剧坛得以脱颖而出。这些实验性手法在后期作品中也得到了多次的应用。2000年的《古巴来信》是福恩斯为数不多的以古巴为题材的剧作之一,也是奥比奖的获奖作品,被认为是"第一部取材于福恩斯本人经历的剧作,她在近三十年间和哥哥保持着通信联系"④。剧中再次运用了实验手法,将"古巴"和"纽约"放在同一场布景中,通过场景的交替切换讲述在美国的古巴移民和古巴人之间的亲情和思念,而在最后的一幕中,恩里克带领路易斯穿越了魔幻之墙,走到了纽约,一家人得以团聚。除此之外,福恩斯晚期还有其他几部作品取材于古巴移民的经历,例如《铤而走险渡海指南》取材于1994年左右的"筏渡者"(rafter),即那些使用简易漂流筏子偷渡到美国的古巴人:"献给霍雷西奥,还有数千名男人、女人和儿童,他们在危险的木筏上穿越佛罗里达海峡时丧生。"⑤这种实验主义的风格给西语裔作家相当的启发,《铤而走险渡海指南》后来被改编成歌剧,并且对尼洛·克鲁兹(Nilo Cruz,1960—)等剧作家产生了重要的影响,克鲁兹的《自行车王

---

① 郭继德:《美国戏剧史》。天津:南开大学出版社,2011年,第420—421页。

② Maria Irene Fornes and Bonnie Marranca,"Interview:Maria Irene Fornes." *Performing Arts Journal* 2.3 (Winter,1978):106.

③ W. B. Worthen,"Still Playing Games:Ideology & Performance in the Theatre of Maria Irene Fornes," in *The Theatre of Maria Irene Fornes*. Ed. Marc Robinson. Baltimore,MD:PAJ Books,1999,p. 71.

④ Fliotsos Anne and Vierow Wendy,"María Irene Fornés," in *American Women Stage Directors of the Twentieth Century*. Chicago,IN:U of Illinois P,2008,p. 182.

⑤ María Irene Fornés, *Letters from Cuba and Other Plays*. New York:PAJ Publications,2007,p. 83.

国》(A Bicycle Country,1999)和《绿衣洛尔迦》(Lorca in a Green Dress,2003)都在表现手法上体现出了实验主义的倾向。

福恩斯虽然被称为"西语裔"作家或者"拉美裔"作家,是拉美裔美国文学的先驱,但是她本人却很少公开使用这个标签,在创作中较少表现"古巴特性",而是明确地承认契诃夫、尤内斯库(Eugène Ionesco,1909—1994)和布莱希特(Bertolt Brecht,1898—1956)等人的影响,并通过不懈的探索,在语言、形式和主题方面进行创新。虽然也有评论家认为,福恩斯"到20世纪90年代之初已经被认为是美国剧坛的重要声音。她对美国实验主义戏剧、女性戏剧和拉美裔戏剧中美国传统的形成做出了非常重要的贡献"[1]。不过,必须认识到,福恩斯的实验戏剧并未脱离西语裔文化背景,例如《萨利塔》就是通过爱情悲剧来反映古巴文化和美国主流文化中不同价值取向之间的冲突的。作为曾经的恋人,苏珊·桑塔格对此作出的判断具有充分的启发性,"她毫无疑问是受到双重文化启发的:这是作家的典型美国方式。在我看来,她的想象力从根本上说是古巴式的,尽管也会有其他的来源。我总是情不自禁想起莉迪亚·卡布雷拉、卡尔维尔特·卡塞伊、维拉格里奥·皮涅拉等睿智而生动的风格"[2]。的确,福恩斯的实验手法在一定程度上体现出了拉丁美洲文化特征,例如她擅长将现实主义、超现实主义结合运用,"将现实投射在虚幻的环境下加以再现,通过怪诞的情节、梦幻手法以及对时间、空间等要素的非传统运用,以虚实结合的方式反映不同层面的现实。西语裔实验主义戏剧广泛地采用美洲土著神话,并且大量使用方言俗语,具有浓重的地方色彩"[3]。

福恩斯作为拉美裔女性文学的先驱,在作品中展现了美国拉美裔戏剧和拉丁美洲文化的关系,并扶持年轻一代,努力推进拉美裔文学的发展。80年代初期,福恩斯对西班牙作家的剧作进行了改写和重写。她1980年改写了诗人、剧作家费德里克·加西亚·洛尔迦(Federico Garcia Lorca,1898—1936)的剧作《血婚》(Blood Wedding,西班牙语原名为 Bodas de Sangre),1981年改写了佩德罗·卡尔德隆(Pedro Calderón de la Barca,1600—1681)的《人生如梦》(Life is a Dream,西班牙语原文为:La vida es sueño by de la Barca)。评论界将这种戏剧手法归结于古巴作家阿莱霍·卡彭

---

[1] Assunta Bartolomucci Kent, María Irene Fornés and Her Critics. Westport,CT:Greenwood P,1996,p.1.

[2] Susan Sontag,"A Preface to the Plays of María Irene Fornés," in The Theatre of Maria Irene Fornes. Ed. Marc Robinson. Baltimore,MD:PAJ Books,1999,p.43.

[3] 李保杰:《二十世纪美国西语裔戏剧的嬗变》,载《戏剧文学》2010年第4期,第65页。

铁尔(Alejo Carpentier,1904—1980)、墨西哥作家卡洛斯·富恩特斯(Carlos Fuentes,1928—2012)和哥伦比亚作家加布里尔·加西亚·马尔克斯(Gabriel García Márquez,1927—2014)等人的影响,称其为"魔幻现实主义"的手法。福恩斯1981年成立了"纽约西语裔剧作家工作室",致力于培养和帮助西语裔剧作家,因为她认为少数族裔剧作家应该表现艺术个性,需要有自己的独特视角。不少西语裔戏剧人才都得到她的提携和培养,例如墨西哥裔女权主义作家切丽·莫拉加、古巴裔剧作家爱德华多·马卡多(Eduardo Machado,1953—　)、2012年奥比奖终生成就奖得主古巴-阿根廷裔剧作家卡里达·斯维奇(Caridad Svich,1963—　)、2003年普利策剧作奖得主尼洛·克鲁兹和年轻一代剧作家米格达利亚·克鲁兹(Migdalia Cruz,1958—　)。尼洛·克鲁兹作为第一位斩获普利策戏剧奖的拉美裔剧作家,曾经以福恩斯为榜样,"那是因为她是古巴人。这位古巴女性能够为美国剧坛写出真东西。我想,既然她能做到,我当然也要试一试,我也要这么做"①,他的戏剧生涯就起始于福恩斯的指导。莫拉加等女权主义作家更是直接接受了福恩斯性属政治的衣钵,并将其在社会历史的大潮中发挥到了新的高度。福恩斯工作室的创立,她在创作中所张扬的某些特点,都体现出她同西语裔文化和族裔群体之间的联系。

性属政治是福恩斯戏剧创作的另外一个突出特征。作为同性恋者,福恩斯对于性属政治具有深切的体会,她的阐释直击同性恋问题的核心,集中表现为"权力"主题,从而使书写超越具体的人物和场景,往往产生震撼灵魂的效果。但是,福恩斯很少直接书写同性恋身份和同性恋经历,她作为艺术家,在个人生活和艺术创作之间保持了足够的距离,将她对艺术的理解和人生的诠释全部体现在了众人的故事之中。1997年的一部剧作《春天》(*Springtime*)是为数不多的涉及同性主题的剧作之一,描写一对同性伴侣彩虹和格丽塔的故事。剧作采用了多处福恩斯擅长使用的"沉默"和"空白",原作只有10页,语言的张力很强,戏剧手段的运用相当到位,比如对于到底什么原因导致了两位人物心生罅隙?剧作语焉不详,对于格丽塔为何而生病也没有交代。在一定程度上这个隐喻呼应了《费福和她的朋友们》中茱莉娅的失能。这个看似没有前因后果的故事,就好像是生活中的一个片段,被高度抽象化,所以人物的焦虑和不安也可能契合观众生活中的某一个偶然瞬间。因而有评论家认为,福恩斯的剧作体现了两种截然不同的风格:"对某一对象高度细致的观察,

---

① Jody McAuliffe,"Interview with Nilo Cruz." *The South Atlantic Quarterly* 99.2—3 (Spring/Summer 2000):463.

以及对更广阔背景的冒险式探索。"①这十分准确地概括了福恩斯实验戏剧的根本,就是捕捉人物生活中的某一瞬间或者某一侧面,通过实验手法上的艺术间离效果,表现人生中的悲欢离合,以及人类生存的各色体验。

奥比奖获奖作品《处世之道》是从实验心理剧的角度阐释"独裁",糅合性别、阶级等要素,将其置于"地理大发现"以来困扰拉丁美洲的暴力框架之中,有机地融合了性别压迫和政治迫害这两种政治书写题材。剧作的题目取自爱默生1860年出版的同名作品,在拉丁美洲殖民政治背景下,对这部从超验主义到实用主义转折的著作进行了戏仿。该剧的主要人物是拉美裔军人奥兰多,他的工作就是通过暴力手段逼迫犯人认罪。剧作家没有展示奥兰多的工作场景,而是通过奥兰多对年仅12岁的孤女尼娜的性侵犯以及他对妻子的诬陷,间接呈现他对"犯人"的残酷政治迫害。奥兰多是拉丁美洲军事政权的代表,是国家机器暴力的象征。尼娜是拉丁美洲遭受暴力伤害的无辜平民中的一个,她和祖父无家可归,住在街头的纸箱里面。这些社会底层的弱势群体,暴露在公共空间中,没有自己所属的私人空间,对于外来侵害缺乏自我保护的能力,所以奥兰多才能轻而易举地将尼娜拐走,并对她实施性暴力和人身控制,并公然声称"我对你所做的这些是出于爱,出于需要,并不是你想的那个样子。我希望你不要受到伤害,我所做的这些不是因为仇恨,也不是因为愤怒。这是爱"②。在这种政治谎言掩盖下,性别压迫和政治迫害被合法化了,被压迫者不仅已经丧失了反抗的能力,而且还心甘情愿接受压迫,如尼娜所说,"我想尽量过好每一天,我希望珍惜身边的人,我想珍惜别人给予我的善意和慈悲。如果谁对我不好,我也告诉自己,不要让愤怒蒙蔽了自己,而是要理解他们、接受他们,或许他们的处境可能比我还糟糕"③。所以当莱蒂西亚把枪放到尼娜手中时,她根本没有勇气向奥兰多开枪。剧中人物的矛盾处境代表了福恩斯人物塑造中的多维取向:"剧中人物沉溺于他们的好奇心,继而又为此感到羞愧。他们既追求高尚美德又接受卑鄙粗陋。他们对于毫无粉饰的现实和真理的孜孜追求,带有明显的浪漫主义色彩;他们对于自由的欲望并不掩饰对安全感的渴求,他们古怪粗俗,却又精心维护自己的尊严,有着精神的和世俗的双重追求。"④人物

---

① Marc Robinson, Introduction. *The Theatre of Maria Irene Fornés*. Ed. Marc Robinson. Baltimore, MD: PAJ Books, 1999, p. 6.
② María Irene Fornés, *The Conduct of Life*. New York: PAJ Publications, 1986, p. 82.
③ María Irene Fornés, *The Conduct of Life*. New York: PAJ Publications, 1986, pp. 84—85.
④ Marc Robinson, Introduction, in *The Theatre of Maria Irene Fornés*. Ed. Marc Robinson. Baltimore, MD: PAJ Books, 1999, p. 6.

塑造如此,表现手法同样具有这样的特点,剧作中的斗争、暴力和死亡等具有宏大叙事的特征,而即兴表演、意识流等实验派手法又具有即时性,人物的延展性和艺术手法相结合,使暴力呈现出来类似于"狂欢化"的戏剧效果,来表现因为权力肆虐而导致的悲剧。

纵观福恩斯的创作及特点,可以看出,"实验性"和"政治性"是两个核心关键词,她早年间的作品受荒诞派戏剧的影响,通过先锋手法表现人类命运和人类生存的不确定性和无意义;后期的作品转向移民和政治主题,例如古巴、拉美裔相关主题体现出她对族裔文化的敬重。但是,福恩斯在作品中所表现出的政治关系依旧是存在主义视角下的人之生存,与古巴裔文学"主流"中的流亡模式存在明显的差别。应该说,福恩斯仍旧遵循了她一生的创作原则,即保持个人际遇与艺术表现之间的距离感,从而跳出个人经验的局限和狭隘,在更加广阔的视域下探讨人生的意义。福恩斯戏剧创作的政治性和先锋手法,比如对暴力(特别是拉丁美洲境况的影射)和权力对比关系的呈现,在克鲁兹等剧作家那里得到了进一步的发扬光大,成为拉美裔戏剧创作的宝贵财富。

玛莎·诺曼(Marsha Norman,1947—)

玛莎·诺曼是当今女权主义剧作家中的领军人物之一,被认为是20世纪80年代以来当代女性剧作家中"最接近于经典地位的一位"[①]。在克莱夫·布鲁姆(Clive Bloom)主编的《美国戏剧》(*American Drama*,1995)中,和尤金·奥尼尔(Eugene O'Neill,1888—1953)、阿瑟·米勒(Arthur Miller,1915—2005)、山姆·谢泼德(Sam Sheperd,1943—2017)、戴维·马梅特(David Mamet,1947—)等正典剧作家一样被单独成章论述的,只有两位女性剧作家,分别是玛莎·诺曼和美国现代女性剧作家先驱苏珊·格拉斯佩尔(Susan Glaspell,1876—1948),其他的当代女性剧作家一律被划归到"当代女权主义戏剧"一章,由此可以看出诺曼在当代美国戏剧界的地位和影响。玛莎·诺曼的职业生涯可谓顺利平坦,在30岁时就以处女作《出狱》(*Getting Out*,1977)获得美国戏剧评论协会颁发的"新秀奖"。1983年,她以剧作《晚安,妈妈》(*'Night,Mother*)拿下包括普利策剧作奖在内的四项

[①] Laurin Porter, "Contemporary Playwrights/Traditional Forms," in *The Cambridge Companion to American Women Playwrights*. Ed. Brenda Murphy. Shanghai Foreign Language Education P, 2001, p. 200.

重要奖项,一举奠定她在当代戏剧界的地位。1992年,诺曼以音乐剧《秘密花园》(The Secret Garden,1991)摘取托尼奖。她是艾丽斯·沃克小说《紫色》改编的同名音乐剧的编剧,该剧在2005年获得托尼奖"最佳音乐剧本"的提名。玛莎·诺曼还承担经典作品的音乐剧编剧,例如《红舞鞋》、《廊桥遗梦》等,担任电影和电视剧编剧,是美国戏剧界最为活跃、成就最高的剧作家之一,她获奖难以计数,多次获得格莱美奖、艾米奖提名。她目前担任美国剧作家协会(the Dramatists Guild of America)的副主席,和克里斯托弗·迪朗(Christopher Durang,1949—　)一起担任茱莉亚学院戏剧创作系的主任。

玛莎·诺曼出生于肯塔基州的路易斯维尔,娘家姓氏为威廉斯,她是家中四个兄弟姐妹中的长女,自小多才多艺,喜欢读书、弹琴、看戏,十几岁时参加路易斯维尔演员剧团的演出,开始对戏剧产生浓厚的兴趣。玛莎在艾格尼斯·司各特学院毕业后到路易斯维尔大学攻读了硕士学位,做过记者、教师,为当地教育电视台撰写稿件,担任《路易斯维尔时报》(Louisville Times)记者,后来为精神病院和医院的青少年患者教授语言。她的处女作《出狱之后》就是基于她在精神病院接触到的一个女性患者的故事。玛莎1969年与迈克尔·诺曼结婚,改姓丈夫的姓氏,虽然这段婚姻只持续了五年,但是"玛莎·诺曼"这个名字却伴随着她整个职业生涯。

玛莎·诺曼擅长书写女性主题,被誉为女权主义剧作家。她在戏剧创作中关注女性的生存状况,其作品"聚焦于女性人物,探索女权主义戏剧中的流行主题,诸如母女关系、姐妹情谊、性属和女性独立"[1],尤其是女性边缘群体的生活。《出狱之后》中的女主角是犯有二级谋杀罪、抢劫罪的下层妓女;《晚安,妈妈》虽然没有直接提及母女二人的经济和阶级状况,但是能够看出她们生活在社会的边缘:杰西没有丈夫、没有工作,还患有先天性癫痫和心理疾病。另外,诺曼对于女性主义戏剧的发展做出了积极的探索和重要的贡献,她的戏剧表现手法中以现实主义为主,同时吸收借鉴了象征主义和表现主义等,如《出狱之后》中的两个人物实际是一个人物的两个自我,但是这种手法并不是"魔幻的,而是历史的,表示了戏剧现实主义中的一个新方向"[2]。可以说"女性主题"和"现实主义"是玛莎·诺曼的两个标志,她能够在80年代的"后先锋主义戏剧"时期脱颖而出,正是因为她的剧作"以

---

[1] Helene Keyssar, *Feminist Theatre: An Introduction to Plays of Contemporary British and American Women*. New York: Macmillan, 1984, p. 150.

[2] Helene Keyssar, *Feminist Theatre: An Introduction to Plays of Contemporary British and American Women*. New York: Macmillan, 1984, p. 163.

其性别隐喻密切反映典型的经典戏剧理念而获得成功"[1],反映了时代背景下女性生存中的"现实"问题。

玛莎·诺曼的戏剧关注的多是"在父权制和父权价值观主导的社会体系下受到禁锢的女性。有些剧作可能还会呈现女性社区或者女性人物之间的积极关系或者相互扶持"[2]。《出狱之后》的情形属于前者,讲述的是各种暴力下女性的沉沦。剧名《出狱之后》指的是艾琳在少年劳教所被监禁七年后回家的情形。当年艾琳在加油站实施抢劫,误杀一名出租车司机并试图绑架加油站工作人员,因此被捕入狱;剧名同时也有相当的反讽意味,因为在剧终时艾琳的问题并没有得到解决,虽然她迈出了有形的监狱,但是各种无形的禁锢依然存在并束缚着她。

在艺术形式上,除了现实主义的手法之外,《出狱之后》还采用了表现主义和象征主义等手法,突出表现在人物形象和舞台布景等方面。剧中使用不同演员扮演的两个人物,代表女主人公不同阶段的自我,除了刚刚获释出狱的艾琳之外,还有一个"埃莉",她代表过去的艾琳,或者是艾琳在努力抑制的创伤性的过往。舞台中央布景是路易斯维尔市内艾琳的公寓,通过狭窄通道相连着劳教所里埃莉(过去的艾琳)所住的监室,通过这样不同时期空间的并置,把现在和过去连接起来,预示着这两者之间难以分割的关联。除了现实的空间并置之外,心理的不同纬度也在同一个空间得到呈现:艾琳在劳教所中抱着儿子的枕头喃喃自语的情景,可以视为她精神错乱的一个表现,也是她两个自我的斗争,是她难以面对过去、无法接受当下的心理困境之映射,而找到乔伊、母子团聚的场景不过是她的幻想,过去、现在和未来的三种心理状态由此在同一个场景中加以表现,呈现出女性人物和世界、自我的多维度关系。从表现主义的心理分析来看,这两个人物的设置也是艾琳精神分裂倾向的一个隐喻:两个人物共同出现在同一个场景中,表现的是意识和无意识的交锋,即艾琳难以有效控制其中的任何一个,表示女性不具备掌控自己生活的能力、难以形成自己独立的人格,以此呈现男性霸权对于女性身体和精神上的双重掌控。此外,象征主义的手法也得到了有效的运用,如公寓窗户上的封条是监狱的象征;舞台布景中央的公寓和监狱的监室相连,不同空间的并置,在空间的延伸中展现"规训"的含义,象征女性难以摆脱的现实牢笼;两幕开头拖着长腔发号施令的劳教所看守的声音,是无处

---

[1] Jill Dolan,"Making a Spectacle,Making a Difference." *Theatre Journal* 62.4 (December 2010):561.

[2] Darryll Grantley,"Marsha Norman," in *American Drama*. Ed. Clive Bloom. London:Palgrave Macmillan,1995,p. 143.

不在的"监禁"和"规训"的象征;看守考德威尔披露,他们可以通过装在监室浴室里的镜子,监视罪犯的一举一动,还能够满足自己偷窥的欲望。相比于诺曼其他剧作中较为传统的现实主义手法,这部作品充分使用了这些"视觉"和"听觉"手段,多层面表现女性受到的剥削和规训。正是由于这些原因,这部剧作被认为是"玛莎·诺曼最具女权主义思想的作品"[1],这对于一位年仅30岁初入剧坛的年轻剧作家而言,实属难得,充分展现了她在舞台艺术上勇于探索的精神。

《出狱之后》通过女性人物的经历透视了社会和历史。剧作采用闪回的形式,追溯艾琳遭受的虐待和伤害,揭示了她诉诸暴力的家庭及社会根源。艾琳年幼时即遭父亲强奸;母亲疲于应对不负责任的丈夫,不仅无法给予女儿应有的保护和帮助,并且还不相信女儿的话。得不到家庭的温暖和母亲的保护,是艾琳沉沦的根本原因。她未成年就沦落为妓女,遭受皮条客卡尔的剥削;她在少管所生下了儿子乔伊,却因为身份特殊而失去了孩子的监护权;在服刑期间,看守班尼名义上"照顾"她,实际是为了占有她的身体;艾琳出狱之后生活没有着落,卡尔引诱她重拾旧业,许诺带她去纽约,就是为了继续对她实施性剥削:"去大城市,宝贝儿。给你买红衣红裤,我们到了那里,男人们排着队想见你。一晚上就能有四份生意。听上去怎么样啊?你那漂亮的屁股蛋儿,白白浪费了真是可惜啊。"[2]艾琳生活中,除了这些显性的暴力以外,还存在着多种隐性的暴力,例如劳教所的牧师试图利用宗教让艾琳接受现有的秩序,暗示她只有那个"顺从的,安静的、驯良的自我"[3]才能够存活,让她杀死心中那个愤怒的自我;心理医生使用大剂量的镇静剂来安抚她,通过麻痹她的头脑来控制她的攻击力。艾琳的堕落和犯罪是这些外部条件共同起作用所致,而局限于政治意识和认知能力,她起初对于自我和世界的认识带有较大的盲目性,对过去的自我批判道:"埃莉总是麻烦不断,对于自己被虐待、侵犯的遭遇,无法表达困惑和痛苦,唯一的方式就是对自己和他人的语言及身体攻击。"[4]谋杀、抢劫是艾琳以暴制暴的本能反应,因为这是她应对世界的唯一方式。她生活中的希望可能就是狱友鲁比,两个人物都处于社会的下层,她们之间的情感联系已经体现出了女权主义思

---

[1] Laurin Porter, "Contemporary Playwrights/Traditional Forms." *The Cambridge Companion to American Women Playwrights*. Ed. Brenda Murphy. Shanghai Foreign Language Education P, 2001, p. 203.

[2] Marsha Norman, *Four Plays*. New York: Theater Communication Group, 1988, p. 26.

[3] Marsha Norman, *Four Plays*. New York: Theater Communication Group, 1988, p. 52.

[4] Helene Keyssar, *Feminist Theatre: An Introduction to Plays of Contemporary British and American Women*. New York: Macmillan, 1984, p. 163.

想中的姐妹情谊。艾琳最终拒绝了卡尔和班尼,决心找份工作养活自己。演出结束之际,埃莉第一次跟艾琳对话,讲述自己儿时的"恶作剧",女性的两个自我开始沟通,艾琳接受了自己的过去和现在,从而距离获得真正的自由更近一步。所以,"好的"艾琳实际上是男权社会所期望的驯服的女性,而"坏的"埃莉代表了艾琳的反抗,才是她内心的力量。这些女性主题,诸如对女性生存困境的披露和对女性共同体的构想,具有性别政治的高度,是对男权秩序的抗议,正是玛莎·诺曼女权主义思想的体现。

《晚安,妈妈》被誉为玛莎·诺曼的代表作,也是20世纪80年代得到百老汇接纳的少数女性剧作家的作品。这部作品摘取了"苏珊·史密斯·布莱克伯恩奖"(Susan Smith Blackburn Prize),为诺曼赢得了国际声誉,使她成为英语世界中的重要女性剧作家。《晚安,妈妈》围绕着谋划自杀的女儿杰西·凯兹和努力阻止女儿的母亲泰尔玛而展开。杰西跟泰尔玛坦露她在当晚将结束自己的生命,母亲通过和女儿回忆过往,试图唤起她对于生活的热情。如果比照《出狱之后》,《晚安,妈妈》采用了"高度写实主义的手法"①,无论在人物设计还是对话上,似乎都难以给人以深刻的印象,母女间的对话不过是家常的琐碎絮叨,但这也许正是杰西自杀的根本原因,正如她自己所说,"我只是感觉没有意义,也没有什么原因会让我感觉生活会更加糟糕"②。的确,杰西的生活中充满了挫败:婚姻不幸,因为丈夫出轨而离婚;儿子吸毒、犯罪,不知所终;弟弟道森瞧不起她,令她耿耿于怀。生活对她而言更多的是煎熬,难以显现出意义。她把生活比喻成拥挤公交车上的颠簸旅程,而终点还遥遥无期:"即便再坐上50年,下车时,还是在同一个地方。"③她忍受着不知何时就会发作的癫痫,纵然和母亲相依为命却彼此甚少坦露心声。在母亲谈起自己的过去时杰西表现出极大的兴趣,这说明母女其实之前并没有多少心灵的沟通。杰西在生活中未能感觉到让她心生留恋的东西,她的日常责任就是做家务和陪伴母亲,生活没有方向和目标。因此,是坚持下去,还是就此结束?于她没有根本性的区别。正是因为如此,评论家多认为,"这部作品涉及沟通不畅和危机。作者成功分析披露了母女生活中破灭的希望和未能实现的梦想。剧作显示的悲剧并不在于杰西的自杀,而在于她的想法来源于失败的母女关系,如果杰西和泰尔玛能够构建起坦诚温情的关系,那么,如诺曼所暗示的,杰西就不会把自杀当成解决问题

---

① Varun Begley,"Objects of Realism:Bertolt Brecht, Roland Barthes, and Marsha Norman." *Theatre Journal* 64 (October 2012):339.

② Marsha Norman,'*Night*,*Mother*. New York:Hill and Wang,1983,p. 28.

③ Marsha Norman,'*Night*,*Mother*. New York:Hill and Wang,1983,p. 33.

的唯一办法"①。这种解读有其道理,但是忽略了一个重要的问题:就是男性家庭成员的缺失。父亲、丈夫、弟弟、儿子,这些男性成员未能履行相应的责任,他们的不在场给两位女性增添了生活的压力。事实上,母亲是杰西为数不多的可以倾诉的对象,也是她唯一的牵挂,所以她才会详细地交代自己的身后事;真正使她走向绝望的是丈夫、儿子、心理医生和弟弟等人的轻慢、忽视和偏见,他们代表了社会对边缘群体的忽略和鄙视。杰西的绝望反映的是母女二人共有的孤独感和残缺生活,评论界通常把注意力放在杰西的挣扎和她的人生悲剧上面,却忽略了泰尔玛的感受和她的人生悲剧。从另外一个角度来看,杰西的选择也是勇气的表现。当母亲劝说杰西不要放弃时,杰西回答说,"我没有放弃!这正是我在尝试的另外一件事"②。可见,自杀的决定是杰西试图决定自己生活的一种努力,而且她也自认为这是掌控自我的权力,"剧作同时还触及责任和勇气,它如一首奏鸣曲,伴随每一个戏剧动作,而不断演绎,直到最终指向了不可避免的结局,就是强调人们应该有权利控制自己的生活,包括结束自己生命的决定"③。虽然这种做法是对上帝权威的挑战,使她处于万劫不复之地,但是这也是她面对失败的一种勇气。而相比之下,泰尔玛却对生活没有任何的决断能力,女儿作为唯一的陪伴也行将离去,无论她多么苦苦挽留,都也未能阻止女儿的背叛和舍弃,在整个晚上她经历了不解、希望、焦虑和绝望。虽然泰尔玛表现出了自私的想法,例如她祈求女儿至少在她去世之后再考虑自杀,但是这也可看作是她努力挽留女儿的策略。可见,泰尔玛是和杰西一样的悲情人物,她才是最终被抛弃的女性,她的未来会如何?这发人深思,也是对女性困境的问劫。

《第三和橡树》(Third and Oak,1978)继续玛莎·诺曼对于两性关系和女性家庭地位的关注。剧中两幕的场景分别是在洗衣房和桌球室,对话在两位女性和两位男性之间展开,他们谈论自己的婚姻家庭和未来,在每一幕的最后,第三位人物参与进来,但是并未真正影响到各自话语的进程。女性人物中一位是来自劳动阶层的迪迪,另外一位是身处中产阶级的退休教师阿尔伯塔,两个人的经济和婚姻状况不同,消费水平、价值观和处理矛盾的方式也表现出明显的差异,但她们面临的问题却具有相似性:都是夫妻之

---

① Charlotte Canning and Elizabeth Swain,"Social Change, Artistic Ferment," in *Women Writing Plays: Three Decades of the Susan Smith Blackburn Prize*. Ed. Alexis Greene. Austin, TX: U of Texas P,2006,p. 26.

② Marsha Norman,'*Night,Mother*. New York: Hill and Wang,1983,p. 75.

③ Mel Gussow,"Entering the Mainstream: The Plays of Beth Henley, Marsha Norman, and Wendy Wasserstein," in *Women Writing Plays: Three Decades of the Susan Smith Blackburn Prize*. Ed. Alexis Greene. Austin, TX: U of Texas P,2006,p. 50.

间关系的不对等。她们彼此倾听,对于迪迪丈夫的家庭暴力,阿尔伯塔说,"你没有必要忍受他对你做的事情,当然,如果你愿意的话没有问题,如果你不愿意,没有他你完全能行"①,这不仅是阿尔伯塔作为年长者的建议,是她在丈夫离世后的深切感受,同时还是她对自己生活的反思。两位男性人物分别是电台音乐节目主持人舒特和桌球室老板威利。在第一幕将要结束时,舒特走进洗衣房,迪迪为他所动;在第二幕结束时,迪迪拿着舒特的衣服走进桌球室,但是最终她没有接受邀请和他共进晚餐。这部剧作通过极简风格呈现情节和人物,"第三位人物"的出现并未打乱原有的关系,整部剧作呈现出沉闷甚至僵化的气氛,表现人物孤独失落的无奈处境,但是他们又缺乏力量冲破习惯和传统。两个近乎平行、少有交叉的场景,使得现实主义剧作带有了表现主义的些许特征。

《夜行者》(*Traveler in the Dark*,1984)属于类似的家庭题材和两性关系探讨。讲述中产阶级家庭三代人的故事,围绕著名外科医生山姆和父母、妻儿以及终生密友的关系展开。山姆在事业巅峰时期开始重新审视自己和世界的关系,他因为疏忽未能及时采取措施,导致终生密友、得力助手玛维丝死在手术台上,他回到父亲家里自我反思,而这里是他和玛维丝共同成长的地方。山姆和身为教士的父亲代表了两种世界观,即科学和宗教。山姆一直认为父亲信仰的上帝无法拯救世界,但这次危机令他失去了一贯坚持的独立思考和科学信仰,现在他需要重新考量拯救世界的力量到底是什么。山姆是所有关系的中心,他放弃父亲所代表的宗教信仰,摒弃了父亲的宗教信仰道路和儿时母亲为他描绘的童话世界,以自己的方式塑造儿子;三位女性人物(包括在山姆童年时就已经离世的母亲)的存在价值都彰显在她们和山姆的关系中,如妻子对她的隐忍,挚友对他的终生守护,因而这部作品被认为是"话语的菲勒斯中心主义建构"②。父子之间的僵持、协商与和解一定程度上反映了在理性和信仰之间寻找到"中间道路"的可能。

《僵持》(*The Holdup*,1980)是玛莎·诺曼作品中为数不多的历史题材剧作,故事的灵感来源于祖父给她讲述的西部故事。剧作的故事时间在1914年,在拓荒者开发西部热情行将退去、第一次世界大战即将爆发的时间节点,讲述了两位少年梦断西部的故事。亨利自认为是西部传统的继承者,对阿瑟的"文明"举止不屑一顾,他和赏金杀手麦卡锡相遇,在决斗中被杀;阿瑟西部冒险之旅结束后即将参战,将要面临更加残酷的杀戮。这部剧作是

---

① Marsha Norman, *Four Plays*. New York: Theater Communication Group, 1988, p. 80.
② Darryll Grantley, "Marsha Norman," in *American Drama*. Ed. Clive Bloom. London: Palgrave Macmillan, 1995, p. 60.

对于西部传统的再审视,甚至对"西部神话"进行了直接的质疑,人际关系中的矛盾即是例证,例如亨利兄弟之间、亨利兄弟和麦卡锡之间、麦卡锡和旅馆老板丽莉之间无法和解的关系。事实上,麦卡锡同样面临"英雄日暮"的无奈,他被通缉、四处躲藏,只能采用非常极端的方式解决问题,比如杀戮。相比之下,剧中唯一具有强大生命力的人物就是丽莉,她是物质主义的代表,从一无所有的舞女成为有产者,其坚韧的女性力量与男性的刚性力量形成鲜明对照。

纵观玛莎·诺曼的剧作,她多以塑造女性人物为主,但是并不局限于展示女性及其家庭社会关系,同样涉及男性之间的竞争、较量和争斗。这些基本可以归纳为人物以及他们同这个世界的协商,譬如他们业已实现的梦想、逝去的抑或残留心中的希望,或者终究难以接纳的现实。无论他们最终的出路为何,譬如反抗、自杀、自我救赎,还是回归原位,这个过程都是他们生存的痕迹和印证。这也许就是玛莎·诺曼剧作的力量。

诺扎克·山格(Ntozake Shange,1948—2018)

如果说前面几位女性剧作家代表了 20 世纪七八十年代传统女性戏剧和早期实验主义戏剧的成就,那么非裔剧作家诺扎克·山格就毫无争议成为"新生代"女性剧作家的代表。这里的"新生代"并非是指和本章其他几位剧作家年龄上的差别,而主要是戏剧手法和戏剧思想方面的创新与探索。其他三位剧作家可以说依旧在传统戏剧的框架内寻找女性的话语空间,而山格则以独立开放的姿态,充分利用了戏剧文学的张力和表现力,拓展了戏剧艺术的表现语域,将歌唱和舞蹈融入诗歌表演中,创造了一种全新的戏剧形式——配舞诗剧(choreopoem)。山格视自己为诗人,并不认可自己的"剧作家"身份。她认为,黑人剧作家创作的任何严肃戏剧,都必须包括音乐和舞蹈,因为这些是黑人重要的文化要素。山格的剧作关注"女性和工作,儿童,阶级和性别,女性的历史,以及女性之间的同盟"[1],在艺术形式上注重女性之间的对话,打破了作者的叙事权威,通过舞蹈和歌唱的形式呈现人物之间的互动。她的代表作《献给曾想过自杀的有色女孩/人生终将有彩虹》(*For Colored Girls Who Have Considered Suicide / When the Rainbow is Enuf*,1973)采用了配舞诗剧的形式,结合她视为最重要的几种元

---

[1] Helene Keyssar, *Feminist Theatre: An Introduction to Plays of Contemporary British and American Women*. New York: Macmillan, 1984, p. 128.

素,表达女权主义主题。这种形式上的革新也契合了女性之间的共同体意识:"或许是女性(无论是家庭内部还是更广阔的世界中)之间的关系,才是最重要的核心问题,而这正是 20 世纪 70 年代和 80 年代之初女权主义和戏剧的焦点。"①内容和形式的充分结合,使得女性得以奔放地进行自我表达,令山格的剧作成为非裔剧坛"活力"和"反抗精神"的代名词。

诺扎克·山格原名葆莱特·L. 威廉姆斯(Paulette L. Williams),出生在新泽西的一个非裔中产阶级家庭,父亲保罗·威廉斯是空军军医,母亲从事教育、心理咨询等社会工作。威廉斯一家作为非裔美国人中的成功人士,同当时纽约及新泽西的非裔名人都有交往,例如社会活动家杜波依斯、黑人音乐家查克·贝里(Chuck Berry)等人。葆莱特和妹妹婉达从小受到了良好的家庭教育和艺术熏陶,积极参与学校的各种活动,例如诗歌朗诵、绘画等。1956 年,威廉斯一家从新泽西搬到了圣路易斯,圣路易斯位于美国中西部的密苏里州,那里曾是蓄奴州。当时南方依旧实行种族隔离,葆莱特和妹妹就读于黑白学生合校的学校,每天坐校车往返,在学校和途中经常会遭遇到公然的种族歧视,这是姐妹俩在新泽西时几乎没有过的经历,给她们带来了巨大的心理冲击,并在日后得到不同程度的反映。山格 13 岁时随家人回到新泽西,她 1966 年从特伦顿中心高中毕业后被巴纳德学院录取,主修美国研究,后来到南加州大学攻读硕士学位,继续专修美国研究。大学时威廉斯曾经有过一段短暂的婚姻,中间有过许多痛苦的经历,她还数度试图自杀。后来,她决定改名为"诺扎克·山格",这个名字来源于豪萨语,"诺扎克"意思为"拥有属于自己的财富","山格"意为"具有狮子般的勇气"。妹妹婉达·威廉斯后来也成为剧作家、导演,使用的豪萨语名字是艾法·贝伊扎(Ifa Bayeza)。

1973 年,山格的第一部剧作问世,名为《献给曾想过自杀的有色女孩/人生终将有彩虹》,这部剧作的族裔、女性、迷茫和自我追寻主题在很大程度上是作者早年间个人经历的反映。剧作起初在旧金山的咖啡馆、小餐厅里演出,用作者自己的话来说,就是"作为坚定不移地独自朗诵自己诗作的诗人,我从来没有想过由别人念出我的语言,并且对此也相当抗拒。我甚至从来没想过需要求助于导演"②。在妹妹婉达的劝说下,山格慢慢开始转变看

---

① Charlotte Canning and Elizabeth Swain, "Social Changes, Artistic Ferment" in *Women Writing Plays Women Writing Plays : Three Decades of the Susan Smith Blackburn Prize*. Ed. Alexis Green. Austin, TX: U of Texas P 2006, p. 27.

② Ntozake Shange, Introduction. *For Colored Girls Who Have Considered Suicide/When the Rainbow is Enuf*. New York: Scribner, 2010, p. 2.

法,不断对诗剧的演出形式进行改编,由最初的作者本人独自朗诵,改为增加演员、让不同角色的人物各自发声,从而使剧作更加适合舞台演出。山格还积极致力于戏剧的改革,在先锋戏剧大潮中,她同福恩斯、梅根·特里以及其他十余位剧作家共同发起成立了戏剧计划(Theatre Strategy)剧团,探讨采用非传统的艺术形式进行戏剧创作。山格的戏剧在旧金山获得成功之后,开始进军百老汇,于1975年首先在外百老汇上演。演出期间,山格和葆拉·莫斯(Paula Moss)将歌曲、舞蹈和诗歌进行了重新编排;后来由奥兹·司各特(Oz Scott,1949—)执导,增加了葆拉·莫斯和山格本人两名演员,演员人数从五位增加到了七位,正好代表了彩虹的七种颜色。这样,本剧最终以"配舞诗剧"的艺术形式呈现在舞台上。在外百老汇演出期间,观众和评论界反映都非常热烈,只有百余座位的演讲厅被挤得水泄不通;第二年便开始在百老汇的布斯剧院(Booth Theatre)上演。正是由于这部剧作在艺术形式上的创新性,它获得包括奥比奖和"外圈剧评人奖"(Outer Critics Circle Award)在内的多项奖励。另外,该剧获得了当年度托尼奖(Tony Award)、格莱美奖(Grammy Award)和艾米奖(Amy Award)的三项提名,山格由此成为美国女性剧坛的新秀,是少数族裔戏剧创新的代表。而该剧的成功也成就了另外一位重要参与者:司各特执导本剧时,刚从纽约大学戏剧系毕业不久,这使他获得了1977年的纽约戏剧委员会奖(Drama Desk Award),也成为他职业生涯的成功起点。

　　山格剧作艺术形式令人耳目一新,在整个女性戏剧发展史上都是可圈可点的。剧中的七位女性人物各自以颜色命名:棕色、黄色、紫色、红色、绿色、蓝色和橘色。每位人物轮流讲述自己的经历,涉及性别、种族和性属等方面,故事的内容包括失去贞洁、约会被强奸、卖淫、发现自己的非裔文化历史、母亲身份和失去孩子等,这些女性的创伤经历和她们的自我疗伤过程都是结合舞蹈和音乐来加以表现。应该说,山格的成功,一半归功于她的诗歌创作和所接受的音乐舞蹈教育,另外一半应该归功于编剧和演出过程中的音乐、舞蹈、布景甚至是灯光的综合运用。歌舞使得演出具有更加强烈的仪式感,演员之间的互动增强了角色之间的联系,突出了女性相互的精神支持,如山格所说,"每个女性的个人故事都可能成为所有女性的故事,独唱的声音汇集成了合唱。每一首诗都找到各自的位置,恰到好处,构成彩虹不同的颜色、形状和音质,我的独奏最终得以绽放,成为室内合奏的共鸣"[1]。在以后的

---

[1] Ntozake Shange, Introduction. *For Colored Girls Who Have Considered Suicide/When the Rainbow is Enuf*. New York: Scribner, 2010, p.10.

多年间,这部剧在全美甚至世界各地不断地被改编、上演。基于山格的这种创新理念,剧作在演出形式上得到了不断的革新,包括服装设计和舞台设计,例如服装飘逸的质地增加了动感和流动性,符合人物的成长这一主题。在李名觉(Ming Cho Lee,1930—)版的舞台设计中,舞台上没有任何家具,在舞台的左后部,一只巨大的艳粉色玫瑰花悬挂在那里,成为唯一的装饰和道具;并且舞台的颜色涂成了黑色。这样的舞台安排突出了颜色的对比,契合剧作中的女性"色彩"主题,象征女性的艳粉色和代表她们所处社会历史环境的黑色形成鲜明对比,"玫瑰"的艳丽在黑色的色调下异常凸显,突出了女性自我在"艰难中绽放"的隐喻。2010 年,《献给曾想过自杀的有色女孩/人生终将有彩虹》被改编成电影,商业名为《彩虹艳尽半边天》(For Colored Girls),由非裔导演泰勒·佩里(Tyler Perry,1969—)执导,演员阵容强大,包括乌比·戈德堡、珍妮·杰克逊等著名非裔艺术家。另外,山格的成功,特别是剧作在演出过程中非裔等少数族裔演职员的参与,突出了剧作的女性和族裔主题。

山格的"配舞诗剧"理念根植于非洲文化和非裔文化传统,受到弗朗兹·法农(Frantz Fanon,1925—1961)"战斗中的呼吸"(combat breathing)概念的影响。在《垂死的殖民主义》(A Dying Colonialism)中,法农提出,"在被占领的土地上,根本不会同时存在人民的独立。国家的全部,包括其历史和日常生活,都面临威胁、毁损和最终的消亡。在这种情况下,个人的呼吸是被监控的、被侵占的。这是战斗中的呼吸"[①]。法农的这番论断直接对殖民主义进行了猛烈的批判,表现出了强烈的斗争意识。山格正是借用了这个概念中的政治批判和行动意识:"从一开始,山格的激励形象就是她从法农那里借用来的'战斗中的呼吸'这一概念,它也预示了她后来所有作品的定位。这个概念适用于性别、阶级和种族冲突……在山格的概念中,它指的是'驱动自己同不相容事物达成和解的鲜活反应'。"[②]这种思想在剧作的形式和内容上都得到了充分的反映。首先,舞台说明的排版形式就非同寻常,在整页的右半页。按照人们从左到右的阅读习惯,读者在剧作的开头,看到的是空白,暗示了剧中人物的某种缺位感,这种效果和李名觉设计的空白舞台具有相似的审美效果,都造成了强烈的视觉冲击。"舞台说明"中灯光运用和演员的表演都富有动感和层次感:

[①] Frantz Fanon, *A Dying Colonialism*. Trans. Haakon Chevalier. Introd. Adolfo Gilly. New York: Grove P, 1965, p. 65.

[②] Helene Keyssar, *Feminist Theatre: An Introduction to Plays of Contemporary British and American Women*. New York: Macmillan, 1984, p. 142.

>舞台是黑暗的,刺耳的
>音乐响起,幽暗的蓝色灯光
>亮起。一个接一个,七位
>女性从各个入口跑到
>舞台上。然后她们僵立不动
>姿态沮丧。聚光灯
>逐渐聚焦在穿棕色衣服的女子。她
>慢慢活动起来。然后其他所有人
>保持不动。她走到红衣女子旁边呼唤她。
>红衣女子没有任何反应。①

其次,棕衣女子的独白说明了这场歌舞盛宴的目的:"这是为了那些考虑自杀但之后坚持下去/迎来自己的彩虹的有色女孩而奉上的。"②在开头的第一部分中,棕衣女子扮演主要角色,道出黑人等有色人种女性在黑暗中挣扎的生存困境,诸如"女人生命中的黑暗时期/是从来没有享受过童年和少女时代"③。所以她发出了质疑:"我们是女孩吗?/是荣誉的孩子呢?/还是嘲讽?"④在以后的各个部分,其他女性轮流充当主要角色,除了展示女性生活的黑暗和沉寂之外,也表达她们逐渐成熟的女权主义反抗意识:

>我什么都听不到
>除了震耳欲聋的尖叫
>还有死亡的轻声呻吟
>可你答应过我
>你答应过我……
>有人/所有人
>一起唱黑人女孩的歌
>让她出来

---

[1] Ntozake Shange, *For colored girls who have considered suicide/When the rainbow is enuf*. New York: Scribner, 2010, p. 17.

[2] Ntozake Shange, *For colored girls who have considered suicide/When the rainbow is enuf*. New York: Scribner, 2010, p. 20.

[3] Ntozake Shange, *For colored girls who have considered suicide/When the rainbow is enuf*. New York: Scribner, 2010, p. 17.

[4] Ntozake Shange, *For colored girls who have considered suicide/When the rainbow is enuf*. New York: Scribner, 2010, p. 18.

认识她自己

认识你

只唱她的歌曲

火山口/斗争/艰苦时代

歌唱她的生命

她已经死了很久了

被禁锢在寂静中太久了

她不知道自己的声音

听起来什么样

不知道自己无尽的魅力

她已释放出了自己的半音符

没有音韵/没有旋律

唱出了她的叹息

唱出她的潜力之歌

唱出了她正义的福音

就让她重生

就让她重生

热情地迎接她。①

再次,表演中突出了角色之间的互动和交流。几位演员表演中静止和动作交替有序,突出某一个人物的故事,也帮助她们实现角色转换。在90分钟的演出过程中,所有的人物都几度转换在不同的角色之间,从主要角色到合唱成员再到次要角色,如此表现的目的在于突出身份的流动性和人物之间的互动。比如在开头由棕衣女子领唱,七位女子依次唱出:"我在芝加哥郊区……我在底特律郊区……我在休斯敦郊区……我在巴尔的摩郊区……我在旧金山郊区……我在曼哈顿郊区……我在圣路易斯郊区。"②而后她们合唱,表达共同的追求和希望。这样的表演设计目的鲜明生动:这些女性生活在全国各地,但是具有共同的目标,合唱共舞在此表现的是共同的诉求。各个部分之间的衔接通过音乐信号来实现,而后由各个部分的主要叙述者道白,此时其他人物保持不动,作为她的背景。这样,"每位女性人物轮流道

---

① Ntozake Shange, *For colored girls who have considered suicide/When the rainbow is enuf*. New York: Scribner, 2010, pp. 18—19.

② Ntozake Shange, *For colored girls who have considered suicide/When the rainbow is enuf*. New York: Scribner, 2010, p. 19.

白、朗诵,最终,每个人的台词都和整个故事联系起来,成为故事的一部分;而这些故事一起构建了一个世界,每一侧面都是由其中的一位演员来描述,之后其他人参与进来,她们彼此听到对方的声音"①。人物在讲述中以及倾听彼此的故事中获得感悟,增强了信心和勇气,同时将"黑暗""痛苦""重生""勇气"等关键诉求以合唱的形式予以共同吟诵。可见,这部剧作虽然聚焦于女性的痛苦,但是基调是积极的,女性的成长兼具象征意义和表现意义,所以说,"这些女性并非没有力量,她们的力量就是声音,她们在讲述自己故事的过程中获得勇气并最终获得胜利"②。女性的各自独白以及最终的和声,象征她们发现自己话语力量的过程,最终的结果体现在对上帝的"女性性别"建构中:剧中使用了"她"来指代上帝,颠覆了男权的神学基础。如果说,剧作开头时的"黑暗"是女性无法控制的,但是她们能够控制的就是如何接受这种苦难。这才是这部作品以及山格女权主义题材作品的根本意旨。

山格剧作中将音乐、舞蹈、诗歌、表演同政治题材相结合,不仅体现了非裔的文化传统,而且这也是女权主义戏剧影响的直接结果,因为对于她来说,"作为'黑人'和'女性',这两种身份既不矛盾更无对立,而是彼此促进,无论是其劣势还是优势,都是如此"③。这种思想在剧中还通过语言的词汇学手段加以辅助:所有的专有名词一律采用了小写字母,表现了去中心化和解构权威的立场,契合剧作的主题思想。不过,在彰显女权主义立场的同时,山格的剧作也有所偏颇:剧作中男性的形象远不如女性如此积极、强大,非裔男性的形象更是以施暴者、强奸犯等负面形象存在,男性角色明显弱化,"(他们)只存在于女性对话的所指中。男性人物在舞台上的缺失,本身便成为强有力的(女权主义)姿态"④,这成为山格广受批评的一个原因。尽管山格声称她本人并非有意歪曲丑化男性形象,但是,男性人物的个性没有得到充分的展现,这也是山格戏剧创作的一个事实。

山格的其他剧作还有《布基伍基风景》(*Boogie Woogie Landscapes*,1978),这部单人独幕剧依旧是女性题材,通过女主人公蕾拉的念白和内心独白,来回忆、讲述她从抗拒自己的黑人身份到接受的过程。"身体"作为一个具体意象来表达女权主义性别政治,是这部剧作的独特之处。"布基

---

① Helene Keyssar,"Feminist Theatre of the Seventies in the United States," in *American Women Playwrightes*. Ed. Brenda Murphy. Shanghai Foreign Language Education P,2001,p. 191.

② David Peck et al. ed. ,*American Ethnic Writers*. Long Beach:Salem P,2009,p. 995.

③ Helene Keyssar, *Feminist Theatre: An Introduction to Plays of Contemporary British and American Women*. New York:Macmillan,1984,p. 141.

④ Helene Keyssar, *Feminist Theatre: An Introduction to Plays of Contemporary British and American Women*. New York:Macmillan,1984,p. 2.

伍基"是19世纪70年代开始在非裔美国人社区出现的音乐风格,到20世纪20年代流行开来,多为舞曲,强调的是固定音型和即兴演奏的结合,即在保持重复基调稳定性的同时进行即兴变奏,恰好契合"舞台说明"中蕾拉的回忆:"这是奇思异想、异想天开、记忆和夜晚的概貌。"①蕾拉的回忆扮演着相对稳定的基调,其中的变奏就是她对于黑人女性身体的摇摆态度,"恐惧"与"抗拒"参半的心情,这种矛盾心理归根结底来自社会对于黑人女性的非人化想象、对她们性属的抗拒和对她们身体的控制,可见,这部剧作的中心取向是性别政治。蕾拉知道黑人女性的身体容易受到侵犯这一事实,因此,"无论在何处,她都是把女性看作受害者,被各种危险包围着,例如强奸、受排斥、锁阴术、生殖器切除、阴蒂切除,甚至晚上独自回家的恐惧"②。

除了戏剧之外,山格还创作了大量的诗歌,出版了十余部小说和青少文学作品。她还致力于寻求不同艺术类型的结合,继续早年间在戏剧方面所进行的探索。例如,山格和先锋爵士乐小号手拜基达·卡罗尔(Baikida Carroll)、导演艾米丽·曼(Emily Mann)一起合作了青春题材的音乐剧《贝特西·布朗》(*Betsey Brown*, 1989),这部作品改编自山格的同名小说,依旧遵循的是女性主题。但是这些作品基本采用《献给曾想过自杀的有色女孩/人生终将有彩虹》的模式,无论在思想性和艺术性上,都未能再次实现超越。即便如此,山格的"配舞诗剧"已经成就了非裔女性戏剧的新高度,这些已经足以让她在文学史上留下浓重的一笔。

诺扎克·山格不仅是少数族裔戏剧中的佼佼者,更是新一代女性戏剧的杰出代表,终生为戏剧艺术的革新而不倦探索,她最大的贡献就是将不同的艺术形式加以整合。山格创立的"配舞诗剧"真正实现了戏剧、诗歌、舞蹈之间的思想互通和形式借鉴,通过充满活力的艺术方式,呈现女性坚韧的生命力,描写了在艰难处境下顽强生存的弱势群体的女性。应该看到,她较多强调非裔女性的集体心理诉求,剧作中人物的个性刻画不甚突出,但是总体而言,这种配舞诗剧体现了鲜明的非裔文化特征,继承了自法农以来黑人争取独立和自由的斗争精神,又脉动着美国语境下黑人女性的积极乐观和时代活力。《献给曾想过自杀的有色女孩/人生终将有彩虹》中七种色彩的靓丽,正是女性拥抱生活、接受挑战的生动呈现。

---

① Ntozake Shange, *Three Pieces*. New York:Penguin Books,1982,p. 113.

② Helene Keyssar, *Feminist Theatre:An Introduction to Plays of Contemporary British and American Women*. New York:Macmillan,1984,p. 146.

第八节 城市暴力的冷眼观望者

乔伊斯·卡罗尔·欧茨(Joyce Carol Oates,1938—)

乔伊斯·卡罗尔·欧茨被誉为《纽约时报》头号畅销书作家,也是美国当今最多产的女作家之一。欧茨的文学生涯始于20世纪五六十年代,1963年出版短篇小说集《北门边》(By the North Gate),至今已经长达半个多世纪。如今,欧茨依旧保持着艺术的活力,2019年6月,她在81岁高龄出版小说《我的生活如鼠类》(My Life as a Rat),延续她对城市贫民生活的关注。截止到2014年,欧茨已经出版"53部长篇小说,8部中篇小说,27部短篇小说集,6部青年小说,3部儿童小说,还有其他多部诗集、戏剧、评论集、回忆录等"[1]。在2014年之后,又发表长篇小说4部,长篇小说总计已经接近60部。欧茨还是成名时间最长的女作家之一,从20世纪60年代即已成名,至今获得无数文学奖项。《他们》(them,1969)以城市下层贫民的生活为主题,获得国家图书奖,也奠定了城市暴力书写的基本基调。《大瀑布》(The Falls,2004)获得2005年度法国费米纳文学奖。《我们是马尔瓦尼一家》(We Were the Mulvaneys,1996)于2001年成为"奥普拉读书俱乐部"(Oprah's Book Club)的推荐书目,使得欧茨首次荣登纽约时报畅销书排行榜榜首。2010年,欧茨获得美国国家人文奖章,2019年获得"耶路撒冷奖"(the Jerusalem prize)等荣誉。欧茨两次获得欧·亨利小说奖,多部作品获得国家图书奖、普利策奖的提名,如《黑水》(Black Water,1992)、《生命的目的》(What I Lived For,1994)、《浮生如梦——玛丽莲·梦露文学写真》(Blonde,2000)和短篇小说集《爱的轮盘》(The Wheel of Love and Other Stories,1970)、《可爱而暗黑》(Lovely,Dark,Deep:Stories,2014)。欧茨还先后三次获得诺贝尔文学奖的提名。这些荣誉是美国文学界,甚至是全世界对于这位优秀作家半个多世纪笔耕不辍的褒奖。

乔伊斯·卡罗尔·欧茨出生于纽约布法罗郊区的洛克波特,是家中的长女。父亲是爱尔兰移民后裔,信仰天主教,是个头脑灵活的工人,偶尔设计制造农具补贴家用。母亲是家庭主妇,具有匈牙利血统。欧茨小时候经常被寄养到外祖父家,外祖母在她年幼时即鼓励她读书,对于她勤俭努力的

---

[1] 王弋璇:《国内乔伊斯·卡罗尔·欧茨研究述评》,载《郑州大学学报》2014年第2期,第143页。

个性养成产生了深远的影响,她日后在文学创作中的勤勉多产在很大程度上与早年的经历有关。欧茨在布法罗水牛城附近读高中,从那时就开始写作,后来转学到了南威廉斯维尔高级中学。1956 年,欧茨进入锡拉丘兹大学①,并加入了菲慕姐妹会。这一段经历在小说《我带你去那儿》(*I'll Take You There*, 2002)中得到了一定的体现。上学期间,她的短篇小说《在过去的世界里》("In the Old World")在《小姐》(*Mademoiselle*)杂志举办的"大学生短篇小说大赛"中获得一等奖。1960 年,欧茨大学毕业,获得英语专业学位,之后进入威斯康星大学麦迪逊分校继续深造。在麦迪逊求学期间,她结识雷蒙德·史密斯,两人在 1961 年结为夫妻,在之后的四十七年里琴瑟和谐,直到 2008 年史密斯因为肺炎并发症在新泽西的普林斯顿去世。欧茨硕士毕业后,曾在得克萨斯州的博蒙特任教一年,当时她一边教书一边在赖斯大学攻读博士学位,后来放弃学业,专门从事写作。1962 年,欧茨接受底特律大学的教职,教授英美文学课。

在底特律教学期间,城市贫民区的动荡混乱和下层人民生活的艰难给欧茨留下了深刻的印象,当时正逢越战期间,美国国内的阶级矛盾十分突出,这些都成为她日后写作的重要素材。这一阶段是欧茨文学创作的起始阶段,她采用写实的现实主义手法,借助于自己对工人阶级生活的了解,将书写的重点放在普通的中下层人民。1963 年,先锋出版社出版了欧茨的短篇小说集《北门边》;次年,出版了她的第一部长篇小说《寒冷彻骨的秋天》(*With Shuddering Fall*, 1964)。读者更加熟悉的长篇小说《人间乐园》(*A Garden of Earthly Delights*, 1967)和代表作《他们》,都是这一阶段的作品。《他们》作为美国国家图书奖的获奖作品,对城市下层人民生活的写照具有时代性,在很大程度上反映了当时社会对文学创作的期待。这部作品采用现实主义的叙事风格,以底特律为背景,以城市贫民为书写对象,反映他们生活中的暴力与无序,从而奠定了欧茨创作的一个代表性主题。《人间乐园》同样书写梦想的受挫,通过克拉拉·沃波尔在追求幸福独立生活过程中的坎坷,以"伊甸园"为象征,表达了对"美国梦"的反思。这几部小说确立了欧茨的声誉,也成为她写作的代表性题材。

1968 年,史密斯接受温莎大学的教职,讲授 18 世纪英国文学和心理学等课程,欧茨随丈夫移居加拿大安大略省温莎市。在加拿大期间,他们于 1974 年一起创办了文学杂志《安大略评论》(*The Ontario Review*),史密斯担任主编,欧茨担任副主编,致力于通过推荐加拿大和美国作家的作品来促

---

① 另音译为"雪城大学"。

进文学领域的交流。1980年,他们又发起成立了安大略评论出版社(Ontario Review Books)。这一期间是欧茨创作的旺盛期,出版了27部书,其中包括短篇小说集《爱的轮盘》(The Wheel of Love and Other Stories,1970)、《婚姻和忠诚》(Marriages and Infidelities,1972)、《女神和其他女人》(The Goddess and Other Women,1974)、《饿鬼》(The Hungry Ghosts: Seven Allusive Comedies,1974)《何去何从:年轻美国的故事》(Where Are You Going, Where Have You Been?: Stories of Young America,1974)、《毒吻和其他葡萄牙故事》(The Poisoned Kiss and Other Stories from the Portuguese,1975)、《诱惑和其他故事》(The Seduction and Other Stories,1975)、《越过边界》(Crossing the Border,1976)、《夜的一边》(Night-Side,1977);长篇小说有《他们》《奢侈的人们》(Expensive People,1968)、《奇境》(Wonderland,1971)、《任你摆布》(Do with Me What You Will,1973)、《刺客》(The Assassins: A Book of Hours,1975)、《查尔德伍德》(Childwold,1976)和《晨光之子》(Son of the Morning,1978)等。其中,《他们》《人间乐园》《奢侈的人们》和《奇境》采用了现实主义的手法,注重人物的心理描写以突出精神诉求,观照他们在美国这片奇特的土地上对于梦想的追求。鉴于主题上的相近性,这几部小说也被称作"奇境四部曲"(the Wonderland Quartets)。一般认为,《奇境》是欧茨早期和中期作品的一个分界线,早期采用较为传统的"自然主义"手法,"而后期则更加注重形式上的创新,较多地吸收了内心独白和'意识流'手法、象征主义、黑色幽默、怪诞、戏仿等现代派技巧,并大量地运用了弗洛伊德和荣格的精神分析理论,有时甚至大胆地跨越了严肃文学和通俗文学之间的界限,艺术技巧的多样性使其后期作品带上了浓重的实验色彩"①。

1978年欧茨回到美国,受聘于普林斯顿大学,教授创意写作,同年当选为美国艺术与文学院院士。她继续保持着旺盛的创作热情和高效的产出量,这一时期发表的长篇小说有三十多部,其中批评界关注较多的作品有《狐火:少女帮的忏悔》(Foxfire: Confessions of a Girl Gang,1993)、《生命的目的》《僵尸》(Zombie,1995)、《我们是马尔瓦尼一家》《浮生如梦——玛丽莲·梦露文学写真》《我带你去那儿》(2002)、《大瀑布》《妈妈走了》(The Missing Mom,2005)、《掘墓人的女儿》(The Gravedigger's Daughter,2007)、《我的妹妹,我的爱:史盖乐·蓝派克秘史》(My Sister, My Love:

---

① 林斌:《超越"孤立艺术家的神话"——从〈奇境〉和〈婚姻与不忠〉浅析欧茨创作过渡期的艺术观》,载《当代外国文学》2003年第1期,第147—148页。

The Intimate Story,2008)、《泥女人》(*Mudwoman*,2012)等。欧茨还曾经使用罗莎蒙德·史密斯(Rosamond Smith)和劳伦·凯利(Lauren Kelly)的笔名进行创作,出版了十余部小说,题材主要涉及犯罪、暴力和悬疑。从这些作品的数量和范围可以看出,欧茨的确是位创作力惊人、涉猎广泛的作家。

欧茨的小说多为"长篇巨著",长度动辄四五百页,故事的时间常常跨度几十年,场景宏大,人物众多,线索复杂,往往涉及几代人、多个家族或家庭,以此观照历史变迁和社会变革。早期的"奇境四部曲"、中期的《贝尔夫勒世家》等"哥特家族小说",以及21世纪的《大瀑布》《妈妈走了》《我的妹妹我的爱》等家庭生活小说,《掘墓人的女儿》等家族历史小说,都具有这些特点。欧茨的小说多涉及暴力、犯罪,情节曲折,环境的凶险、生存的艰难、人生的飘摇是典型特征,可读性较强,其中最具代表性的就是城市下层贫民居住区的混乱无序,以及21世纪(特别是后9·11时代)社会价值体系的坍塌,通过凶杀、吸毒、卖淫、抢劫、婚外情、背叛等反映个人困境、家庭危机、伦理困境和社会问题。在早期作品如《他们》中,这种风格已经相当明显,底特律的暴乱、警察和民众的对峙、下层青少年的无所适从,都反映出城市贫民社区的生存困境。欧茨研究者往往把她的创作进行分阶段讨论,比如早期是自然主义风格,80年代以后是心理现实主义倾向。但是也有学者对欧茨的多产和"自然主义"风格提出了质疑,认为其缺乏典型性,情节安排缺乏逻辑,人物描写不够细致。批评者认为:

> 乔伊丝·卡萝尔·欧茨虽然同自然主义作家存在着诸多的联系,但是她以激进的方式打破了他们主张的'刺激—反应'机制……对她而言,悲剧更多来源于人性的本质,就是比他们所设想的更加难解、更加悬怪的人性,而不是与社会等级秩序相关的意外事件。人们感受到他们原本不应该感受的东西,应该有所感受时却无动于衷,一言一行都言不由衷。他们的反应都是人为设计的,不合分寸,不合时宜。他们因而不能被当作科学研究的样本,太多变量在发挥作用,难以追溯,难以控制。①

的确,学者的批评不无道理,欧茨擅长心理描写,有时在书写人物时更加侧重于对人性的探究,而人物所处的环境等外部因素的作用不够凸显,内部因素和外部因素的交互在人物悲剧命运中发挥的作用似乎不够显著,情节发

---

① Steven Barza,"Joyce Carol Oates:Naturalism and the Aberrant Response." *Studies in American Fiction* 7.2(Autumn,1979):150.

展的逻辑性往往难以兼顾。欧茨的小说有时在构架和叙事方面欠严密、连贯性不足。施咸荣先生曾经提到："她的创作数量虽多，但有优有劣，参差不齐……"①在广受赞誉的近作《掘墓人的女儿》中，小说线索错综复杂，有时难以完全做到前后呼应，比如古斯·施瓦特后来偶然露面，但是却没有情节进行接续，这个情节安排的确有些令人费解，并且场景设计也不太利于"丽贝卡"人物形象的呈现，因为她拒绝与哥哥相认的情节纵有无奈，但也不符合她的性格特点。对此，译者汪洪章也指出，"当然，涉及众多人物的长篇小说不可能将其中每一个人物的命运都交代清楚，除非将篇幅无限制地拖下去，比如写成三部曲的家族史。而这又另当别论了"②。欧茨的个别作品情节冗长复杂，叙事难以有效展开，叙述者甚至通过脚注来提示读者故事情节间的连贯。如《我的妹妹，我的爱》中，在故事几近结束之际，史盖乐开始谋划未来，以弥补自己曾经犯下的错误，他在给老友埃利奥特·格鲁伯写信中，想起了年少时的知己海蒂·哈克尼斯，此时小说中使用了一个脚注加以说明"史盖乐已经开始给海蒂·哈克尼斯写信……"③。这种较为简单化的叙事方式与欧茨作为有经验作家的身份是不相称的。诚然，欧茨的文学贡献毋容置疑，她将小说人物的个人历史和社会历史紧密结合起来，在宏大社会历史背景下描写人物的经历，聚焦于他们的生存境况、生活际遇、心理变化和情感诉求，凸显了他们奋斗过程中的悲剧色彩。这些作品的时代性固然明显，但是也容易给读者带来审美疲劳，甚至减弱了作品的文学艺术性。从总体来看，欧茨创作的题材范围广，但个别作品中人物刻画和情节安排的精确度兼顾不足。虽然欧茨的作品数量庞大，但是自从20世纪60年代末获得国家图书奖之后，再也未能问鼎此奖项，这也从一定程度上说明问题。公允地讲，对于任何一位作家，其创作都难以做到部部皆为精品。欧茨的作品可能会存在某些不完美，但是相对于她的贡献，这些瑕疵也是可以理解的。

欧茨是一位具有深切社会责任感的作家。她的作品密切关注社会，且即时性较强。比如《他们》以城市贫民为书写对象，采用了史诗般家族小说叙事模式，结合"大萧条"、民权运动和反越战等社会历史背景，凸显了人物在历史中的命运跌宕。而选取底特律作为小说背景的原因，除了作者曾经在那里工作并有过亲身的体会之外，更重要的是，底特律作为美国汽车城，

---

① 施咸荣：《乔哀斯·卡洛尔·欧茨》，载《世界文学》1979年第2期，第167页。
② 汪洪章：《译序》，《掘墓人的女儿》，乔伊斯·卡罗尔·欧茨著，汪洪章、付垚、沈菲译。北京：人民文学出版社，2012年，第10页。
③ 乔伊斯·卡罗尔·欧茨：《我的妹妹，我的爱：史盖乐·蓝派克秘史》，刘玉红译。北京：人民文学出版社，2011年，第508页。

是现代化和工业化的缩影,"它是化学——红色的落日、烟雾弥漫的空气、无情刺眼的风合成的狂想曲;穿越古老街区的新建的高速公路,以及阵阵破坏性的咆哮的旋风;立交桥,铁路轨道和轰鸣的火车,工厂和工厂的黑烟,铁灰色的、油腻腻的、翻滚的底特律河……宽广杂乱的格拉提奥大道,大河街,小约翰外形车道"[1]。《大瀑布》描写阿莉亚两任丈夫葬身尼亚加拉大瀑布的家庭悲剧,但是通过个人不幸透视出更加深刻的社会根源:吉尔伯特·厄尔斯金之死源于双重冲突,自我性属和传统性别角色之间,以及个人欲望和宗教教化之间的矛盾;德克·波纳比律师之死反映的是生态和谐与物质利益之间的冲突,直接映射20世纪中期"爱的运河"生态灾难事件。在《泥女人》中,作者再次施展书写个人成长历史的特长,通过梅瑞狄斯·罗斯·纽克尔逊从弃婴到知名大学校长的成长历程,塑造了当代女性知识分子的形象。小说的叙事时间跨度从20世纪60年代到2003年,从女主人公幼年被痴迷于宗教的母亲差点溺死,到"后9·11时期"和伊拉克战争,将女主人公的故事置于美国社会历史维度下,反映美国社会特别是知识界在半个世纪内的变迁。

　　欧茨小说具有鲜明的时代感,常以美国社会的重大事件作为写作素材,表现出作家对当下的关注,不过这同时也难免造成"哗众取宠"的误解。《浮生如梦——玛丽莲·梦露文学写真》是对玛丽莲·梦露故事的改写,《狂野之夜》(Wild Nights! Stories about the Last Days of Poe, Dickinson, Twain, James and Hemingway, 2008)则用文学想象描述了爱伦·坡、马克·吐温、亨利·詹姆斯、欧内斯特·海明威四位作家生命中最后的日子,还采用了带有魔幻色彩的超自然主义手法想象了"真人版的艾米莉·狄金森"的生活,其中有对战争、女性权利的思考,读来令人耳目一新。欧茨通过重写这些作家的故事,构建起同他们的文学血脉联系,也彰显出自己作为作家的历史感受力。在震惊全美的拉姆齐凶杀案之后,欧茨创作了《我的妹妹,我的爱:史盖乐·蓝派克秘史》(2008),借此对美国中产阶级的价值观提出了质疑;《僵尸》(Zombie, 1995)则取材于被称为"密尔沃基食人魔"的变态连环杀手杰佛里·达默的故事;《黑水》涉及肯尼迪-查巴基迪克丑闻;《因为它味苦,因为它是我的心》(Because It Is Bitter, and Because It Is My Heart, 1990)、《狐火:少女帮的忏悔》《你必须记住这一点》(You Must Remember This, 1987)等在关注少女成长的同时,还触及城市贫民窟青少年

---

[1] 乔伊斯·卡罗尔·欧茨:《直言不讳:观点和评论》,徐颖果主译。武汉:湖北文艺出版社,2006年,第295—296页。

帮派、种族间通婚等社会问题;《鬼父》(Daddy Love,2013)聚焦于引发公众关注的宗教腐败和天主教父恋童案。这类题材具有时代性,但是改写也需要作家的高超技艺,才能够使得世俗题材带有普适性的意义和文学价值。

欧茨作品中的一部分就是对已有题材的重写或者改写,其中以《浮生如梦——玛丽莲·梦露文学写真》为例,能够看出她在创作中所进行的积极思考。小说根据玛丽莲·梦露的生平而创作,获得了2001年国家图书奖和普利策小说奖的提名。作品出版在梦露去世多年后,但是其中的大胆想象,特别是对诺玛·珍(梦露的原名)心路历程的书写,凸显了一个本性善良单纯、被男权社会所吞没的悲剧女性形象。小说描写的是诺玛·珍转变为"玛丽莲·梦露"的过程,"在欧茨的笔下,主人公梦露不过是个表面辉煌的悲剧性的小人物,其可爱且可贵之处不在于她在影坛上的大红大紫,而在于她内心的善良与纯洁;天真、纯朴的诺玛珍被命运之手鬼使神差地放进社会的大熔炉里,从此她的善良的本性便开始在各种外在势力的揉捏下苦苦挣扎"①。这是女性失去纯真的过程,也是她们逐渐陷入更加复杂的权力游戏的过程。

从《我的妹妹,我的爱:史盖乐·蓝派克秘史》能够看出欧茨在改写过程中对公众事件的艺术加工。1996年12月25日夜晚发生了震惊全美的拉姆齐谋杀案,6岁的童星、"美国小皇后"乔恩贝尼·拉姆齐在家中的地下室遇害,该案件扑朔迷离至今未能侦破。此事件的离奇性和广泛社会影响使其成为公众关注的焦点,也让人们不得不重新审视他们生活中的安全感问题。当时警方调查缺乏专业性,导致重要证据遭到破坏,甚至一度将乔恩贝尼的母亲和哥哥约翰都列为重点怀疑对象。2008年,警方正式宣布排除拉姆齐一家的嫌疑,但彼时母亲佩西已经去世,约翰对当年消费这个事件的不良媒体提起诉讼,但是无果而终②。小说以拉姆齐谜案为素材,从"哥哥"的叙述角度,讲述被称为"滑冰神童"的6岁妹妹布莉丝被谋杀的事件,也讲述此事给自己带来的巨大心理创伤。人物设计和拉姆齐谋杀案相吻合,例如,两个女孩都是6岁,都具有过人的天赋;两个哥哥都是9岁,都因为妹妹的被杀而受到牵连和伤害;追求物质享受的父母为了博取关注,努力让孩子成名,他们都是被公众批判的对象。当然,小说通过文学手法对"创伤"主题进

---

① 周小进:《前言》,《浮生如梦——玛丽莲·梦露文学写真》,乔伊斯·卡罗尔·欧茨著,周小进译。北京:人民文学出版社,2003年,第2页。

② 当年不少人将这个悲剧性事件当作消费对象博取公众的关注,有恋童癖的约翰·卡尔宣称自己是凶手,但警方调查发现他的"供述"是媒体信息的拼贴加上个人的想象捏造而成。2012年,时任首席调查官的吉姆·克拉尔出版了《到底谁杀死了乔恩贝尼》一书,披露了一些DNA证据,但是美国警方无法依靠现有数据进行比对,从而使得案件侦破陷入无望。2016年,哥伦比亚广播公司录制了纪录片《乔恩贝尼·拉姆齐悬案》。

行了加强,最为突出的就是时空交错的叙事手法,叙述角度在9岁和19岁的史盖乐之间切换,中间还插叙了媒体的报道、通过字体差别凸显叙述者对他人心理活动的揣测,甚至还使用黑色的方框来代表记忆的断裂。因为妹妹被杀,史盖乐内心充满了恐惧,而后他本人也成为警方怀疑的对象,这更加剧了他的焦虑,他因此患上了忧郁症,不得不转学到特殊学校。而作者种种手法的运用,最终目的在于增加叙事的"真实感"。作者在小说前面的题记中写道:"虽然《我的妹妹,我的爱:史盖乐·蓝派克秘史》源于美国20世纪末一桩著名的'真实悬案',但它纯粹基于想象,作者没有刻意去描绘现实中的人、地方或者历史事件,这包括蓝派克家里的所有人物、他们的律师和朋友。《地狱小报》里的描写也无意传达媒体对这一犯罪行为的反应。"①这样的叙事策略似乎是"欲盖弥彰",更加佐证了读者的猜测。对于了解拉姆齐案件的读者,这是不言而喻的,而对于不够了解的读者而言,这种解释无疑发挥了适得其反的"提示作用":

> 我嘛,我是美国一个声名狼藉的家庭"幸存下来的"孩子,不过十年后,你很可能已经记不得我是谁了,我叫史盖乐。
> ……
> 我的姓——"蓝派克"——让你直眨眼吧?蓝—派克,这你肯定听说过,除非你故作迟钝,或假装"高高在上"(就是说,高于美国那片创痕累累的庸俗大地),或脑筋有问题,或真的年少无知。
> 蓝派克?就是那一家吗?那个小姑娘是个滑冰选手,就是那个……
> 不管是谁干了那件事,毫无……
> 是她的父母,要么是个性欲狂,要么……
> 在新泽西的什么地方,好些年前的事了,至少有十年了……
> 这算是个人档案吧——一份"独特的个人档案"——它不仅仅是回忆录,而且(也许)是一次心声的袒露。(既然史盖乐·蓝派克在某种意义上是一个杀人嫌疑犯,你会觉得我有很多事情要坦白吧?)这一行为发生在一九九七年一月二十九日凌晨某时,就在新泽西丽山我们家里。对了,我就是那个蓝派克。②

作为经验丰富的成熟作家,欧茨不甘于将小说局限在故事重述之中;她通过

---

① 乔伊斯·卡罗尔·欧茨:《我的妹妹,我的爱:史盖乐·蓝派克秘史》,刘玉红译。北京:人民文学出版社,2011年,题记。
② 乔伊斯·卡罗尔·欧茨:《我的妹妹,我的爱:史盖乐·蓝派克秘史》,刘玉红译。北京:人民文学出版社,2011年,第4页。

这个事件,反思美国主流价值观,追问美国社会的"成功""荣誉"等问题。史盖乐的父母是典型的机会主义者,不惜利用孩子来达到自己的目的,反映物质主义对人性的侵蚀。母亲对于女儿的天赋带来的荣耀兴奋不已,因为女儿的成名成为他们进入上流社会的通行证,著名的乡村俱乐部给他们寄来了邀请函,母亲迫不及待地想要加入;然而父亲更加贪婪,劝她先不要着急应允,因为"还有名望更高的森林谷高尔夫俱乐部。……每个成员都是丽山的亿万富翁,这个俱乐部也傲视所有其他的俱乐部"①。父母策划了盛大的晚会,邀请社会名流参加,父亲还假装风尘仆仆地从国外赶回来,这些伪装都是为了激发媒体更大的兴趣。但实际上,父母之间的婚姻充满了危机,他们相互猜疑,母亲动辄歇斯底里,把怒火发泄到儿女身上。女儿被害之后,母亲频频在媒体面前露面,接受电视台的采访,出版了《布莉丝:一个母亲讲述的故事》和《为妈妈祈祷:从悲伤到欢乐——一个母亲的心路历程》等畅销书,以博取公众的关注。更为讽刺的是,母亲为了自保,甚至跟公众和警方暗示儿子具有作案嫌疑;而父亲为了声誉,对此保持沉默。到了小说的最后,史盖乐得知母亲的死讯,拿到了母亲临终前写给自己的一封信,谜底才一一揭开,原来杀死妹妹的凶手正是母亲贝茜·蓝派克,她出于对丈夫的报复而失手杀死了女儿:"她牺牲了他,以保全她自己。这个'她'就是他的母亲。他感到了一阵压抑,脖子的后面好像被一只穿靴子的脚重重地踩踏。啊,我十年的生活就这样被剥夺了,我妹妹被从我生活中夺走了。"②这就是欧茨文学想象的力量,将现实生活中的突发事件提升到了文学高度,对价值观和人性进行了探究。

乔伊斯·卡罗尔·欧茨的创作生涯跨越半个多世纪,主题也随着社会历史的变迁而呈现出时代感。她塑造了众多形象鲜明的人物,代表了半个世纪以来的美国众生相和美国精神的变迁,其中女性人物尤其值得关注。欧茨擅长使用现实主义的笔法书写女性人物,特别是中下层社会普通女性的生活和成长,因而作品中往往涉及暴力犯罪等问题。可以说,"中下层阶级""城市贫民""犯罪"和"暴力"成为欧茨作品的代表性关键词。欧茨作品中的女性人物背景和经历各异,大多在生活中遭受各种逆境的考验,受到压制甚至侵害,但她们同时也表现出顽强的生命力。女性人物中有诸如娜旦·格林、贝茜·蓝派克等出身优越、极具自我意识,甚至为一己私利不择

---

① 乔伊斯·卡罗尔·欧茨:《我的妹妹,我的爱:史盖乐·蓝派克秘史》,刘玉红译。北京:人民文学出版社,2011年,第142页。
② 乔伊斯·卡罗尔·欧茨:《我的妹妹,我的爱:史盖乐·蓝派克秘史》,刘玉红译。北京:人民文学出版社,2011年,第494页。

手段的女性人物；不过更多的是《他们》《奇境》《妈妈走了》《我带你去那儿》《浮生如梦》《掘墓人的女儿》等作品中的普通女性，她们因为经济条件、教育、职业等局限而面临更大的生活困境。《他们》中哥哥布洛克不喜欢妹妹洛雷塔结交的男友伯尼，回到家看到他们二人睡在床上便直接开枪将伯尼打死。六神无主的洛雷塔求助于警察霍华德·温德尔，然而却在凶案现场遭到了温德尔的侵犯。洛雷塔的女儿莫琳敏感细腻，在缺乏温暖的家庭环境中难以找到安全感，曾经通过卖淫寻求身体上的亲密感，来弥补心灵的空虚。《奇境》中的彼得森太太和杰西的妻子海伦都是被家庭、被夫权所压迫的女性，彼得森太太常年生活在丈夫的强势之下，偷偷酗酒来缓解精神压力。《我带你去那儿》中的叙述者生活在富家女林立的名校，试图在弱肉强食的"社会丛林"中通过自我牺牲寻求暂时的安宁；她一直寻找心灵的归属和家的温暖，但是却遭遇情人马休斯的欺骗。《掘墓人的女儿》中女主人公丽贝卡·施瓦特遭受提格诺的暴力，却仍旧和他结婚，为的是得到家庭的保护。《浮生如梦》中诺玛·珍的美貌屡遭觊觎，她遭受侵犯而没有任何还击的能力；她是个私生女，没有社会地位；母亲精神分裂，父亲就住在附近却拒绝和她相认，她不得不独自面对世界的冷漠，最终依旧成为浮华社会的牺牲品；但是她的坚忍也给世界带来了些许美丽和温暖。《妈妈走了》中的戈文儿时丧母，她缺乏归属感，总有一种寄人篱下的感觉，因此她总是在逃避，试图隐遁自己。高中时戈文遇到了男友布兰顿·多尔西，她梦想拥有自己的家庭，却在孕期遭到抛弃；和乔恩·伊顿结婚后受到丈夫的种种指责，夫妻两人貌合神离，戈文不忍心抛下两个孩子，只好忍让和沉默，因为她不想让两个女儿继续承受自己当年的痛苦。

乔伊斯·卡罗尔·欧茨在描写女性生活波折和情感经历的同时，更着眼于她们的成长。欧茨早期的小说是写实性的，情节构架并不复杂，但是小说的篇幅普遍较长，所以相当的笔墨用在了细节描写上面。她更着重于描写人物的内心，呈现他们内心的矛盾和挣扎，反映他们的欲求，因此这一阶段的作品被认为是心理现实主义小说。在《他们》中，艾琳和朱尔斯受到出身、环境因素的种种限制，身上有着许多的不完美，但他们依旧默默地坚持、顽强地同命运抗争，这便是希望所在。莫琳在经历了一年多的挣扎之后，终于走出家门、上了夜校，寻求独立的生存空间。《奇境》中彼得森太太的生活因为养子杰西的到来而发生了彻底的改变，她温润的关爱让杰西首次体会到了家庭的温暖，从此他的生活发生了根本的转变。《我带你去那儿》中的女主人公原谅了父亲对自己的漠视，在他弥留之际驱车两千多里回去陪伴，这种力量更多地来自她自己的成长和内心的坚强。《掘墓人的女儿》中丽贝卡不堪忍受家庭暴力，勇敢地带着儿子逃跑，并将儿子培养成了顶级钢琴家。正是因为小说中所描写的人物在逆境中的成长，特别是获得心理成长，加上小说对于出生、环境等因素的强调，所以评论界往往认为欧茨的小说——特别是80年代之前的作品——带有心理自然主义的特点。

欧茨小说中女性人物的困境、努力与成长，所传达的都是家庭、社会关系中男女权力的不平衡。这一点在《浮生如梦》等作品中得到了相当突出的体现。诺玛·珍没有得到父母的关爱，希望通过婚姻寻求安全感，但是男人只觊觎她的美貌，不肯给予她温暖："我不是妓女或荡妇，但有人希望那样看我。我猜想是因为我没有别的办法卖掉，而且我知道我必须被卖掉。因为那样我会得到别人的渴望，得到别人的爱。"①从这里可以看出社会对女性的歧视和轻慢，她们被物化，身体成为男性的消费对象，遭受性剥削和经济剥削，男人们觊觎她的美丽却又对她心怀鄙夷：欧塞为年轻的女孩拍摄性感照片，高价卖给电影公司，谋取利益，并且还借机对女孩进行侵犯。冯亦代先生对此评述道："欧茨不断在美国社会、家庭及个人生活中寻找爱与暴行相互交叉的故事，并无情地剖析暴行之倾向，认为这种暴行并不是由于社会状况或心理创伤所挑起。在她看来，暴行本身就是一种社会状况，是美国人性格中与生俱来的一种向性……根据历史和环境用不同的形式显示出来。这种暴行掩盖和粉碎了爱与家族关系，而这是欧茨小说想表现的潜在的事实。"②《妈妈走了》中，尼基在整理母亲的遗物时，逐渐回忆起家庭生活中母亲的隐忍曾经是常态，母亲总是受到责备："只要拿不定（的事），就责怪妈妈。"③这些都说明在社会和家庭生活中，男女之间的地位表现出明显的不平等。

欧茨小说中，女性对于压制或暴行的反抗，往往以失败而告终，这更加凸显了环境等外部因素对女性命运的决定性影响。《奇境》中的彼得森太太和《妈妈走了》中的戈文都是这种徒劳挣扎的例子。彼得森太太在杰西的帮助下离家出走，但是仆人、旅馆工作人员很快便通知了彼得森医生，这次事件也惹怒了彼得森医生，他迁怒于杰西对妻子出走的协助，终止了抚养关系。伊顿死于心脏病，临终前还因为琐事跟戈文大发雷霆，他意外离世反而令戈文陷入深深的自责；他死后依旧"阴魂不散"，戈文处处难以摆脱他的影响。不过，相比于早期作品中女性屈从于家庭和社会环境的描写，后期作品

---

① 乔伊斯·卡罗尔·欧茨：《浮生如梦——玛丽莲·梦露文学写真》，周小进译。北京：人民文学出版社，2003年，第297页。
② 冯亦代：《欧茨的新作〈花痴〉》，载《读书》1998年第1期，第48页。
③ 乔伊斯·卡罗尔·欧茨：《妈妈走了》，石定乐译。武汉：长江文艺出版社，2006年，第167页。

中的女性人物更加积极,特别是年轻一代女性逐渐表现出更多的勇气和理性。在《妈妈走了》中,两个女儿都不希望继续像母亲那样沉默、被动地生活。尼基个性鲜明,克莱尔的女儿丽尔嘉同样独立,她毫不避讳对祖母和母亲生活方式的批评,寻求自己的隐私和独立空间。尼基逐渐理解了母亲的隐忍和付出给家庭带来的安宁,她去追寻父母当年蜜月旅行的足迹,称之为"梦幻"般的旅程,象征她同母亲的和解,以及对母亲遗产的继承。

欧茨对男性人物的塑造同样丰富多彩,对"男性气概"和"男性责任"进行了阐释。相当一部分男性人物是男权的产物,但同时也是受害者和牺牲品。《奇境》中杰西的父亲哈特·沃格尔代表欧茨小说中较为典型的中下层男性:他们生活艰难,在重压之下容易失去自我掌控,依靠酒精来不断地麻痹自己,酗酒、家庭暴力等极端方式成为他们掩饰自卑、逃避自我的拙劣手段。哈特因为加油站破产产生了深深的失败感,对生活失去了信心,感觉自己的尊严受到了极大的挑战,最终走向性格分裂、行为极端,导致他手刃妻儿的人伦悲剧。杰西的养父卡尔·彼得森医生同样具有多重矛盾的气质,他出身平凡,依靠自己的努力成为知名的外科医生,但他同时野心勃勃、骄傲自大,在家里说一不二。在他的压力下,妻子和一双儿女选择了不同的方式进行逃避:儿子性格懦弱,整日沉溺于作曲,但是却一直没有拿得出手的作品;女儿叛逆,用吸毒、纵欲、离家出走表示抗议。杰西本人、雪莉·沃格尔的男友诺埃尔等人物,均对于"男性气概"有不同程度的曲解。《妈妈走了》中的伊顿是个讲求完美的男人,他在外面给人的印象是成功、严谨,但是对家人却苛刻冷漠、脾气暴躁。他作为家长的权威不容置疑,他的私人空间不容侵犯,妻女一旦有任何对他有所不敬的言行,都会得到回报或严惩。《掘墓人的女儿》中的父亲雅各布虽然受过良好的教育,但是不堪欧洲反犹主义和美国排外主义的压制,在生活的重压之下将怒火发泄到妻儿身上;丽贝卡的前夫提格诺依靠放纵和家庭暴力掩盖自己的自卑;丽贝卡的第二任丈夫切斯特·加拉格尔是报业大亨的儿子,但因慈母早年离世,他不堪父亲的强势而离家多年;报业大亨塞德斯·加拉格尔虽然已经老态龙钟,仍旧坐在轮椅上控制着报业集团、发号施令,享受着财富带来的存在感和权威。这些男性人物的所作所为,均表现出他们内心不同的焦虑:他们错误地将金钱、地位、暴力认同于男性气概和自我价值,甚至通过家庭暴力等极端的手段维护自己的"尊严"。欧茨的男性人物中,《他们》中的朱尔斯被普遍认为是新一代男性的代表,是勇敢追求梦想的美国式人物。他虽然出身平凡,但保留着善良的本真,表现出决心和抗争。在与女友私奔的路上,他强烈地意识到自己的家庭责任:"离开自己可怜的家人越远,他们的形象就越近地在他的眼前浮现,尽管他现在开着车在旅途中行驶,他的身份既不是谁的儿子,也不是谁的兄弟,可是亲人们的痛苦始终沉重地压在他的心头。他仍然要对他们尽一份责任。"①当然,朱尔斯对幸福的追求也有着诸多的盲目性,他为了满足富裕家庭出生的女友娜旦的需求,毫不犹豫地去抢劫、盗窃;在城市暴乱中,他更是在慌乱中出手杀人。朱尔斯的迷茫固然源于他在生活中缺乏积极的引导,但他这种依靠暴力来实现自我建构的方式也同样值得商榷。

在欧茨的笔下,这些男性人物的种种表现,大多根源于他们的成长环境。他们的家庭关系大都是扭曲的,成员之间疏离冷漠,缺乏应有的关爱与温情,导致这些人物动辄诉诸武力或者暴力。在《他们》中,经济萧条时期父亲长期失业,父母因为生活的艰难而争执不休;父亲酗酒,对孩子不管不问;父子俩常常武力相向;布洛克杀死伯尼后逃之夭夭,无助的洛雷塔在求助间只好委身于巡警霍华德·温德尔。这种混乱的关系继续存在于温德尔家里:夫妻二人情感疏远,霍华德在外面和妓女厮混,三个孩子对父母和祖父母都缺乏亲近感;洛雷塔厌恶婆婆,心里把她叫作"老母狗"。这部小说涉及两个家族三代人在半个世纪中的复杂经历,成员之间貌合神离,缺乏相互关爱,这才是朱尔斯迷茫无助的根本原因。这种混乱的家庭关系和错误的价值定位在代际间传递,人物在成长中无法获得榜样的力量,因而走不出命运的怪圈,不得不继续上一代人的悲剧。《奇境》中杰西成长中的坎坷令他对家庭温暖充满渴望,但是父亲以及养父都充当了失败、错误的榜样。杰西获得了事业上的成功,但是他婚后的生活无疑是彼得森夫妇的翻版:他和妻子海伦缺乏沟通,两人日渐疏离;他对妻子和女儿实施着这种冷暴力,令她们心怀愧疚,无怪乎女儿愤怒地指责他:"你终于回家了,但你对我们不言不语。径自往自己的书房走,你不让我们看你的脸,把脸扭了过去;你想把门关上,但是我叫你了……你朝我看看。但又视而不见。"②这正是当年杰西在彼得森医生家中生活的情景。海伦本来对生活充满憧憬,但是在杰西那里一步步失去了自我价值:"她渴望着开始真正的生活,她会成为地道的、满足的妇女,贤惠妻子,但这一切都没有实现"③,她的这种境遇和当年彼得森太太的困顿也是如此相像。女儿雪莉也从男友身上同样看到了父辈留下的影响:"诺埃尔从来不说起他父亲,但我看得到他,在诺埃尔的脑子深处,看到他的影子、他的模样。"④雪莉的叛逆和堕落在很大程度上源于杰西对家人

---

① 乔伊斯·卡罗尔·奥茨:《他们》,李长兰等译,南京:江苏人民出版社,1982年,第337页。
② 乔伊斯·卡罗尔·欧茨:《奇境》,宋兆霖译,北京:外国文学出版社,1980年,第561页。
③ 乔伊斯·卡罗尔·欧茨:《奇境》,宋兆霖译,北京:外国文学出版社,1980年,第571页。
④ 乔伊斯·卡罗尔·欧茨:《奇境》,宋兆霖译,北京:外国文学出版社,1980年,第639页。

的冷漠,所以她把父亲称作"魔鬼",她的逃离是对反常家庭关系的激烈反抗。

如果说在这些小说中,消极家庭关系带来的恶果还不足以凸显的话,那么在《僵尸》中,它就幻化成了变态杀手昆丁·P,一个实实在在的恶魔。昆丁固然可恨,但是他语无伦次、闪烁其词的叙述显示,他的性变态来源于童年的创伤经历,比如年少时遭遇街头团伙的抢劫和殴打带来的心理恐惧;还有父母对孩子不切实际的期望,"老爸和老妈希望我能成为像老爸一样的科学家或医生,可并未如愿。可我知道我能做经眼眶脑叶切断术,哪怕是私底下悄悄做的,我只需要一个碎冰锥和一个实验样本"[1]。"控制"和"被控制"的纠缠成为昆丁最大的心病,所以他想切除受害人的大脑,让他们失去思考能力,从而完全听从于他。他把这种实验产物称作"僵尸":"一个真正的僵尸将永远属于我。他对我百依百顺,说:'是的,主人'或者'不,主人。'他跪在我面前,抬起头看我,说:'我爱您,主人,只爱您一个,主人'。"[2]僵尸的另外一个特点就是不会妄下结论,不会对他进行判断和批判,能够让他逃避社会和家庭的规约。可见,昆丁既是处心积虑的杀手,也是社会等级权力造就的牺牲品。

在欧茨的文学作品中,如果家庭关系是人物悲剧的内在要素,那么阶级就是首要的外部要素。这两者的结合凸显了家庭出身和社会环境对人物命运的塑性作用,这也是她的小说被称为自然主义小说的重要原因。在多部小说中,阶级分野对于人物的命运发挥了决定性的作用。欧茨在谈到《他们》的创作时承认,自己作为"大萧条末期出生于美国乡下工人阶级的女儿,"对那些贫穷的白人具有一种"绝对的忠诚"[3]。所以,她相当一部分作品,特别是早期带有自然主义色彩的作品,往往以城市中的贫穷白人作为书写对象。《奇境》便展现了阶级和男权的勾连,以及阶级意识在悲剧中的深层次作用。十四岁的杰西在失去了所有的家人之后暂居贫困的外祖父家,祖孙二人生活在几乎被人遗忘的角落,社会关系简单到令人窒息。直到因为偶然的际遇他被彼得森医生收养,才开始体会到前所未有的舒适生活。他刻苦学习,在每天彼得森医生例行检查孩子们的功课时,他都能够毫无差错地背出所要求的内容,以免被退回到孤儿院:"现在,杰西已经无法清楚地回忆起他过去的生活了。那时,他常常是孤单的。那是另一个杰西:面色苍白,骨瘦如柴,比这个杰西要幼小得多。也许,那个孩子已经死去了,他已经被

---

[1] 乔伊斯·卡罗尔·欧茨:《僵尸》,刘玉红译。上海文艺出版社,2016年,第35页。
[2] 乔伊斯·卡罗尔·欧茨:《僵尸》,刘玉红译。上海文艺出版社,2016年,第41页。
[3] 乔伊斯·卡罗尔·欧茨:《直言不讳:观点和评论》,徐颖果主译。武汉:湖北文艺出版社,2006年,第297页。

杀害了。或者,要是他还在什么地方的话,那就在沃格尔外公的农场里,在那穷僻、广漠的荒村。"①跨越阶级令杰西的命运发生了彻底改变,但是这也让他对阶级改变所带来的权力异常警觉,不容许他人挑战自己的权威地位。

《我带你去那儿》将阶级问题和性别政治结合,通过女性的视角展示了阶级不平等。这部作品部分基于作者在大学的亲身经历,对相关问题的思考和呈现也更加深刻。女主人公出身犹太贫寒家庭,依靠自己的努力拿到奖学金,就读于锡拉丘兹大学哲学系。她表现出色,成绩优异,加入了卡帕加玛派姐妹会,试图通过自己的努力改变境遇,学校里那座威严大楼就是她梦想的象征:"一幢巨大的立方形三层楼建筑,具有古老的新古典主义风格。房子用大块石灰岩砌成,那黑中带红、泛青的石灰岩就像是从深海里捞上来的古老宝藏。"②她原以为可以凭借自己的努力来打破阶级壁垒,然而却发现,所谓的"荣耀"只是谎言、虚伪和欺骗的代名词,姐妹会的"精英特性"也只是阶级分野的借口,严格的入会仪式不过是权威滥用权力欺侮弱小的幌子。那些富家子弟生活放荡、任性刁蛮,根本不把校规放在眼里;而女主人公处处小心翼翼,却受到宿舍大楼管理员塞耶夫人的怀疑。塞耶夫人看似拥有至上的权威,但实际上她本人并不是会员,所以对于姐妹会中富家女的暗中捉弄也无计可施,只能把愤怒转嫁到更加无助的人身上,把叙述者当作替罪羊,对她极尽苛责:"任性、讨厌、不讨人喜欢的女孩,粗鲁,有反社会倾向,适应能力差,不能与别人相处,不尊敬长辈。不同意推荐到任何领域里任何需努力工作的岗位。"③这种评价基本阻隔了主人公打破阶级界限、获得上升的希望。

可以说,欧茨对于阶级问题的呈现是全方位的,无论是城市贫民窟的暴力和犯罪,还是中产阶级价值观,都传达出了她对阶级问题的考量。《僵尸》中的昆丁之所以能够屡屡得手,很大一部分原因就在于他具备了实施犯罪的各种"便利条件":父亲能够给他雇佣得力的律师,使他受到"性侵儿童"指控后获得假释;谋杀案发生以后,他的律师知道如何拖住警察,让他有足够的时间处理犯罪证据;出身体面的祖母为他作证,保证自己家教有方。昆丁开着新买的"道奇公羊"汽车四处寻找受害对象,因为他明白警察通常会以貌取人,所以只要他穿着得体,是白人,并且车况良好,就不会受到怀疑。另

---

① 乔伊斯·卡罗尔·欧茨:《奇境》,宋兆霖译。北京:外国文学出版社,1980年,第106页。
② 乔伊斯·卡罗尔·欧茨:《我带你去那儿》,顾韶阳译。北京:人民文学出版社,2005年,第4页。
③ 乔伊斯·卡罗尔·欧茨:《我带你去那儿》,顾韶阳译。北京:人民文学出版社,2005年,第209页。

外,小说将阶级差异和等级对立上升到了意识形态高度,表达了阶级因素背后的权力关系。昆丁父亲的导师、诺贝尔奖得主 M.K.博士"领导一组科学家为原子能委员会进行秘密实验,让马里兰州贝塞斯达一所学校的三十六个智力残障的孩子饮用放射性牛奶。在另一次试验中,他们在弗吉尼亚的几所大学里,利用囚犯的睾丸进行'致电离辐射'实验"[1]。这些都是上层阶级在"国家利益"的幌子下,对弱势群体的生存权利的侵犯,具有生命政治的隐喻。

种族问题是欧茨文学创作中的另外一个维度,其中犹太主题是欧茨 21世纪文学创作的一个重点。欧茨具有四分之一的犹太血统,她在了解了祖母的经历之后,开始对犹太主题产生浓厚的兴趣,这在 2003 年的短篇小说《表姐妹》("The Cousins")和长篇小说《掘墓人的女儿》中都得到了体现,并且这两部小说存在情节上的延续性。《表姐妹》采用了书信体叙事形式,故事主线是芝加哥大学人类学教授摩根斯腾和一位普通美国犹太裔妇女丽贝卡·施瓦特之间的 29 封信件。摩根斯腾出版了一本回忆录《起死回生:我的少女时代》,读者施瓦特相信作者就是自己的表姐,于是两个人开始了通信来往。《表姐妹》中丽贝卡·施瓦特的身份模糊不清,于是欧茨在《掘墓人的女儿》中对她的故事进行了更加充分的阐释。据欧茨本人所言,丽贝卡这个人物取材于自己的外祖母布朗齐,小说的题记便是献给外祖母的:"布朗奇·摩根斯腾——一个'掘墓人的女儿'。"书写的目的就是要追溯犹太人在美国的艰难历程。

《掘墓人的女儿》基于作者外祖父母的经历而书写,情感真挚、描写细腻,是欧茨作品中的优秀之作,也是犹太题材的力作。小说同时超越了犹太视域,进而诠释了"美国梦"和女性主题,涉及种族、阶级和性别等多重维度下移民文化适应和女性的成长。在这部作品中欧茨没有偏离早期作品中的暴力主题,通过德国犹太移民雅各布·施瓦特一家人在美国的遭遇,对"美国梦"所代表的自由、平等,做了重新阐释。雅各布·施瓦特为了躲避纳粹的迫害,携妻儿在 1936 年流亡至美国,夫妻俩都曾经受到过良好的教育,对美国生活充满期待,雅各布甚至梦想开办"施瓦特父子出版公司",继续其学术出版事业。然而到了美国以后,他根本无法找到与学术相关的工作,最后只好做了掘墓人,一家人栖身于墓地,受尽了当地人的歧视和欺侮。长子不堪欺辱和当地年轻人发生冲突而被迫逃亡,雅各布认识到他们在美国这片"梦想之地"的孤立无援,他发现屈辱换不来富足和平安。最终他拿起武器,

---

[1] 乔伊斯·卡罗尔·欧茨:《僵尸》,刘玉红译。上海文艺出版社,2016年,第 147 页。

来进行自我保护,在冲突中枪杀了侮辱他的威斯利·辛姆科,然后在射杀了妻子后饮弹自尽。在经过十三年的艰苦挣扎以后,雅各布·施瓦特在绝望中了却这场寻梦之旅。

这部小说的犹太主题决定了其种族政治取向。雅各布为了让孩子融入美国社会,曾经禁止他们讲德语;丽贝卡获得拼写比赛大奖,获得父亲的褒奖。这些都是德裔犹太人积极融入美国社会的努力,但是这种努力并未得到美国主流社会的充分认可。小说对父亲雅各布·施瓦特的刻画十分细致,他是欧茨小说中最令人印象深刻的人物之一。雅各布终年辛苦劳动,变形的双脚上套着破烂的靴子,脚上的脓血和靴子黏在一起,直到死后才脱了下来。腐烂的双脚套着破烂的靴子,这是掘墓人终生未能摆脱的镣铐。父亲最终留给丽贝卡的遗言是"你是生在这儿的,他们不会伤害你"①。但是他低估了人们对犹太移民的敌意,作为美国公民的丽贝卡同样遭遇了种种敌意,前夫提格诺把她叫作"肮脏的犹子":"犹子,黑鬼。黑鬼傻得跟猴子似的,但犹太人可聪明得很,天天净他妈琢磨怎么对自己好点。把你'犹'倒——掏空你的口袋,再给你背后捅上一刀,然后再起诉你!德国想把你们灭了,肯定他妈的有什么好的理由。"②她遭受了提格诺的暴虐、歧视和监视,还要忍受他的不忠。后来丽贝卡被迫隐瞒自己的身份和经历,这意味着犹太移民处于集体"失语"状态。移民问题和对"美国梦"的思考在这部小说中得到了透彻的再现:施瓦特一家人逃离了德国纳粹的迫害,却在新大陆的"希望之地"陷入了同样令人窒息的种族歧视,两者本质上并没有什么差别。小说的第二部描写丽贝卡带着儿子逃出肖托夸河谷以后的经历,奈利(改名为扎克)在音乐上获得成功,这一部分是对美国梦故事的正面回应。但是这种成功的代价就是丽贝卡隐瞒了自己的身份,来消解美国社会依旧肆虐的"反犹主义"暗流。

欧茨在其他多部小说中对于种族问题进行了再现,即便在《僵尸》那样通俗取向明显的小说中也是如此。昆丁认为最容易下手的对象就是处于社会边缘的个体:黑人、流浪汉、外来移民等。《我带你去那儿》中的叙述者爱上了带有黑人血统的哲学系研究生沃诺·马休斯,但是他们的恋情遭到了学生管理人员的反对。即便在民权运动时期的激进社会背景下,"那年春天发生在亚拉巴马、佐治亚、密西西比的争取民权的游行、警察的攻击犬、三K党的

---

① 乔伊斯·卡罗尔·欧茨:《掘墓人的女儿》,汪洪章、付垚、沈菲译。北京:人民文学出版社,2012年,第200页。
② 乔伊斯·卡罗尔·欧茨:《掘墓人的女儿》,汪洪章、付垚、沈菲译。北京:人民文学出版社,2012年,第342页。

爆炸事件，以及民权运动参与者的被捕事件"①，跨种族恋情依旧被认为是不伦的，学生处的工作人员加以干涉，因为白人和黑人谈恋爱是有失体统的。

在长达半个多世纪的职业生涯中，乔伊斯·卡罗尔·欧茨孜孜不倦地进行着探索。她关注中下层普通人的生存，从早期的现实主义风格到具有现代主义风格的哥特小说、意识流小说，乃至《狂野之夜》等带有魔幻色彩的超现实主义小说，其书写的根本目的仍然是表现人性，通过各种方式描绘人物内心的挣扎、渴望和追求，使得当代现实主义小说更加异彩纷呈。

第九节 基督教精神的守望者

玛丽莲·罗宾逊（Marilynne Robinson, 1943— ）

玛丽莲·罗宾逊在当代文坛中以宗教主题的作品而著称，是美国当今最具基督教人文关怀意识的作家之一，她着眼于书写当代人的信仰，被誉为"后现代社会中的信仰坚守者"②。在当代美国，多元化取向明显，传统信仰受到挑战，玛丽莲·罗宾逊的宗教主题对于美国国家精神的张扬具有十分重要的意义。罗宾逊是一位极具社会责任感的作家，她积极参与社会活动，用实际行动表达对于信念的坚守。她以此突出贡献于2010年当选为美国艺术与文学学院院士。巴拉克·奥巴马十分喜欢罗宾逊的小说，认为其作品传达的核心思想有助于宣扬"向善""包容"等基督教框架之下的价值观，对于美国国家精神的建构意义重大，因此在演讲中数次引用她的话。罗宾逊2013年获得国家人文奖章，时任美国总统的奥巴马为她颁奖，并在授奖词中高度赞扬了她的文学贡献，称其小说和非虚构作品勾勒出现实生活中人与人之间的伦理关系，帮助人们充分探索身处的这个世界，并定义了"人之所以为人"的普适真理。2015年10月，罗宾逊还专门接受奥巴马总统的"采访"，两人共同探讨美国精神、文化传统和价值观以及文学创作等问题，这成为当时各大媒体争相报道的头条新闻。玛丽莲·罗宾逊位列《时代周刊》2016年"全球最具影响力"的100位重要人物的名单，这足以证明其文学作品的力量。

罗宾逊的文学主题同她的成长经历和家庭背景有着密切的关系。罗宾

---

① 乔伊斯·卡罗尔·欧茨：《我带你去那儿》，顾韶阳译。北京：人民文学出版社，2005年，第196页。

② 金莉等：《20世纪美国女性小说研究》。北京大学出版社，2010年，第267页。

逊出生于美国中西部爱达荷州桑德珀恩特小镇的一个长老会家庭,父母都是虔诚的教徒,父亲是木材公司的管理人员,母亲是全职家庭主妇。罗宾逊成长在科达伦,这里有着浓厚的传统宗教思想影响。后来她皈依公理宗,并对加尔文教派的一些宗教典籍产生了浓厚的兴趣。鉴于公理宗对于上帝之道和讲道的重视,罗宾逊在《基列家书》(Gilead, 2004)中采用了第一人称主要人物叙事视角,充分展现了她所受到的宗教教育,以及她对于宗教和人生的思考。2016年4月退休之前,罗宾逊是艾奥瓦大学作家工作室的作家,她致力于重新发现《圣经》的人文关怀价值,在工作室时的一个特色项目就是研读《圣经》。

  罗宾逊在文学研究和创作方面受过系统的学院派教育,因而她的创作体现出学院派和传统价值观的结合。罗宾逊本科就读于彭布洛克学院,1966年毕业,以优异学业成绩获学士学位,后入选"美国大学优等生协会";1975年获华盛顿大学的英语博士学位。她先后在多所知名的高等教育机构担任驻校作家,如阿姆赫斯特学院和马萨诸塞州大学等。2009年她获得了耶鲁大学"德怀特·特里讲师"项目(Dwight H. Terry Lectureship)[①]资助,项目期间的系列讲座后来结集出版,题名为《心不在焉:自我的现代神话对内心的消解》(Absence of Mind: The Dispelling of Inwardness from the Modern Myth of the Self, 2010)。

  罗宾逊一共发表过四部长篇小说。1980年,罗宾逊的小说《管家》(Housekeeping)一举获得成功,获得美国笔会/海明威奖,入围1982年普利策小说奖,奠定了她在当代美国文坛的地位,小说因此被誉为现代经典。但是,罗宾逊最具代表性的作品当数"基列三部曲",包括《基列家书》《家园》(Home, 2008)和《莱拉》(Lila, 2014)。罗宾逊的这四部小说具有内在的相似性,即家庭主题和宗教主题,其中"救赎"和"皈依"是小说最终的目的指向。此外,罗宾逊担任《哈珀杂志》《巴黎评论》和《纽约书评》等杂志的专栏作家,撰写了大量的随笔和散文,除了以上提到的几部小说作品以外,罗宾逊还结集出版了几部非虚构作品,如文集《祖国:英国,福利国家和核污染》(Mother Country: Britain, the Welfare State, and Nuclear Pollution, 1989)、《亚当之死:对现代思想的思考》(The Death of Adam: Essays on Modern Thought, 1998)、随笔集《儿时阅读》(When I Was a Child I Read Books: Essays, 2012)和《万物之道》(The Givenness of Things, 2015)[②]。

  [①] 该项目设立于1905年,每年邀请科学、哲学和宗教等领域的知名学者进行为期两周的系列讲座,旨在推进科学和哲学的进步。

  [②] 奥巴马总统对于罗宾逊访谈的全文刊登在12月份的《纽约书评》中,后被罗宾逊收录到随笔集《万物之道》。

这些作品从不同侧面体现了罗宾逊对于人类生存、现代性等问题的思考。

基督教信仰是罗宾逊文学思想的核心,贯穿于她文学创作的各个阶段。《管家》是基督教主题和成长小说的结合,小说采用了第一人称主要人物叙事,叙述者露丝讲述自己和妹妹露西尔在艾奥瓦州指骨镇成长的故事。露丝的母亲海伦当年和雷金纳德·斯通私奔,辗转在外七年。海伦得知父亲去世、母亲健在的消息后,回乡安顿好了两个女儿,在返回西雅图的途中驾车投湖。露丝姐妹在外祖母、姑姥姥和姨妈的监护下成长:"我叫露丝。我和妹妹露西尔一同由外祖母西尔维娅·福斯特太太抚养长大。外祖母过世后,由她未婚的小姑莉莉·福斯特和诺娜·福斯特接手,后来她们跑了,照管我们的人变成了她的女儿西尔维娅·费舍太太。"[①]小说的人物较少,故事情节也并不复杂,鉴于第一人称主要人物叙事视角的局限性,所以在情节构架中留下了多处空白,同时也给读者留下了解读的空间。小说没有具体的时间,福斯特家族成员的信息支离破碎,海伦自杀的原因也是语焉不详,而西尔维娅姨妈的个人经历更是少之又少,但是其中对于人生的思考却令人回味无穷,这也是小说剔除了露丝认知以外的因素、聚焦于她心理成长的原因。小说的题目是"管家",字面意思是露丝姐妹在外祖母、姑姥姥和姨妈的照管下成长的经历,但小说中提及"管家"时则更多是指西尔维娅对姐妹二人的影响:西尔维娅不拘小节,她自由随性,对物质生活满不在乎,有着"游民"般的生活方式,不喜欢打理家务,也不和小镇上的人们来往。就算姐妹二人逃学到野外游荡、到湖上看日出,西尔维娅也不以为意。因而在她的照看下,外祖母留下的那所老房子显出了老旧破败的模样,姐妹二人也显得与这个世俗世界格格不入。这种游离在社会之外的生活方式,最终令青春萌发的露西尔难以忍受,她选择离开家、回归到社会。而叙述者露丝则选择和西尔维娅一起逃离小镇,开始了流浪。

"基列三部曲"采用了不同的人物作为主要人物,存在情节上的连贯性和主题上的一致性。除了以上提及的几个主题外,这几部小说还涉及更加宏大的社会背景,例如美国南北战争、美国社会的种族隔离、现代化对于传统的挑战,以及信仰所面临的危机等问题。《基列家书》获得 2005 年普利策小说奖和全国书评家协会奖两项重要文学奖项。小说采用第一人称叙述,是艾奥瓦州基列小镇上的牧师约翰·埃姆斯写给 7 岁儿子的书信集。埃姆斯牧师 1880 年出生于堪萨斯,两岁时随父母迁居到基列镇,一生的绝大部分时光在这里度过,唯一一次远行的经历是在 12 岁时陪伴父亲到堪萨斯寻

---

① 玛丽莲·罗宾逊:《管家》,张芸译。上海人民出版社,2015 年,第 1 页。

找祖父的遗骨。埃姆斯写信时的时间是1956年,当时他已经76岁,古稀之年的他回忆自己的一生,向儿子讲述了自己如何继承祖父和父亲的衣钵、献身宗教的历程,同时也回顾了美国内战以来的家族历史,由此,个人的精神成长和国家历史交织在一起。埃姆斯虽然囿身于这个小镇,但是作为牧师,他见证了小镇上人们的生老病死,从而对生活有着非凡的感悟。埃姆斯牧师年轻时曾经结婚生子,但是妻子路易莎因为难产去世,女儿出生不久也随即夭折。之后的四十多年里他孑然一身,从读书中获得生活的精神食粮。1947年,漂泊无依的莱拉来到小镇外一处废弃的窝棚栖身,到教堂避雨时偶遇埃姆斯牧师,两人心灵相通,最终结婚。儿子出生时埃姆斯已经年近七旬,他自知难以陪伴孩子长大成人,因此通过写信的方式,传承历史、书写期待与告诫。

三部曲中的第二部《家园》获得2009年度英国橙子文学奖,以罗伯特·鲍顿牧师的儿子杰克·鲍顿的归家为主线,讲述鲍顿的家族历史和主人公的回归。小说采用第三人称叙事,以鲍顿牧师的小女儿格罗瑞作为主要叙事视角,讲述哥哥杰克离开多年后的归家经历。杰克·鲍顿代表了《圣经》中的"浪子":他和黑人女子黛拉的跨种族恋情是违反吉姆·克劳法的,所以他们只能"非法同居";他们的关系被视为堕落不体面的,一家人不得不偷偷摸摸地躲避房东和雇主,最后因为事情暴露而失去了工作并触犯了法律;他担心父亲无法接受黑人儿媳和混血孙子,为此隐瞒了实情而离家多年不曾回来。杰克的"浪子"身份是社会历史所造成的,也影响到家人对他的态度,黛拉的父亲对杰克夫妻心怀敌意,鲍顿牧师夫妇对他也十分排斥。杰克回到基列镇的一个多月里面,一直心存疑虑,始终没有勇气把自己已经结婚的实情告诉父亲和妹妹。所以当黛拉带着儿子来找杰克时,格罗瑞一时都没有意识到他们是弟弟的妻儿:"但开车的是个黑人妇女,这是件稀奇事。基列没有黑人。"① 杰克本人也非常清楚自己这种行为是难以为世人所接受的,所以也多多少少将此看作自己"行为不端"的一个证据。小说结尾时格罗瑞对杰克妻儿的接受便是"家园"的充分证明,而黛拉看到了杰克成长的地方,也打消了之前对他的一点疑虑:"黛拉满怀柔情地看了他曾经生活过的世界,所有的细节都在那儿得到了证实,证明他说的一句不假,而他的诚实的确一向是需要证明的。"② 小说在种族和宗教的双重规训下呈现"爱""流浪""回归",使得传统主题带有了复杂的社会历史深度。

第三部作品《莱拉》(*Lila*,2014)以埃姆斯牧师的第二任妻子莱拉为主

---

① 玛里琳·罗宾逊:《家园》,应雁译。北京:人民文学出版社,2010年,第328页。
② 玛里琳·罗宾逊:《家园》,应雁译。北京:人民文学出版社,2010年,第332页。

要人物,讲述她从"蒙昧"到"皈依"的心路历程。小说开始,婴儿莱拉因得不到妓女母亲的应有照顾而生命垂危,养母迪尔将其偷偷抱走并悉心照料。小说采用莱拉的第三人称有限视角,对于她的身世交代甚少,契合她模糊的童年记忆。莱拉和迪尔生活困苦,常年随着季节工人在各地迁徙,依靠迪尔打零工聊以生存,但是迪尔性格坚韧正直、吃苦耐劳,给予了莱拉无尽的温暖。迪尔知道偷走莱拉的举动触犯了法律,因而时刻提防莱拉的家人,然而莱拉的父亲还是找到了迪尔和莱拉,在争执中,迪尔持刀将其杀死。迪尔被捕后不久从警察局逃脱,莱拉寻找迪尔无果,从此开始孤身一人四处流浪谋生。后来莱拉流浪到了艾奥瓦州的基列镇,与埃姆斯牧师相识并结婚,小说以莱拉和埃姆斯牧师所生儿子的出世结束。该作采用第三人称主要人物叙事,对人物的心理刻画细致入微,弥补了背景信息不足的弱点,时间、情节和人物的穿插错落有致,层层展开莱拉的身世,给读者非同寻常的阅读体验。该作品再次为罗宾逊斩获全国书评家协会奖,并获洛杉矶时报图书奖等奖项。这部小说的故事情节与《基列家书》中的部分情节相契合,由此构建了三部曲的完整故事脉络。

对罗宾逊而言,宗教信仰是其"思想体系中的永恒指向和坐标"[1];同样,在她的小说中,后现代社会中的"信仰"和"救赎"成为核心主题,对于"如何获得救赎?"以及"谁能够得到救赎?"等问题进行质问。从传统宗教视域下看,莱拉的养母迪尔是个有罪之人,她将莱拉从生母那里偷走,后来又杀死了追踪而来的莱拉的生父。盗窃婴儿罪和杀人罪都属于重罪,而最关键的是,迪尔拒绝忏悔,被捕后神态安详自若,并从关押所逃走。但是,从另外一个角度来看,迪尔的行为对于莱拉却意味着救赎:虽然迪尔生活困顿、居无定所,但是她的关爱挽救了莱拉的生命,她给予莱拉母亲般的温暖;迪尔教会莱拉生存的技能,教给她生命的尊严。莱拉的救赎就是她不断走向独立和皈依的过程,她从最初对迪尔的依赖,"即便迪尔永远迷失,莱拉也想在她身边,抓着她的裙裾"[2],到找寻迪尔无果之后的释然,莱拉逐渐意识到,能否找到迪尔并不重要,重要的是现在自己已经能够独立应对,能够承担起作为妻子和母亲的任务。莱拉出生于妓院,甚至在走投无路时也曾做过妓女,但是迪尔教给了她尊严的含义,让她得以平和地看待生活,能够透过生活的纷繁看到本质:"我一直和异教徒在一起四处流浪。在我看来,他们和别人一样善良。不应该下地狱被地狱之火炙烤。"[3]无惧贫寒、勤劳工作成

---

[1] 金莉等:《20世纪美国女性小说研究》。北京大学出版社,2010年,第269页。
[2] Marilynne Robinson, *Lila*. London: Virago P, 2014, p. 21.
[3] Marilynne Robinson, *Lila*. London: Virago P, 2014, p. 225.

为莱拉的生活准则,她对于贪欲具有本能的抵抗力,婚后埃姆斯牧师因为无法给妻儿提供丰盈的生活而心怀愧疚时,莱拉却不以为然,她尽力宽慰丈夫,说自己已经吃过很多苦。埃姆斯之前单身多年,未曾想过再结婚成家,所以将自己微薄工资的相当一部分捐赠给了教堂和教众;莱拉同样能够泰然看待物质生活的匮乏而享受生活的本质,他们在心灵上接近、彼此尊重,才结为夫妻并成为精神伴侣。正因为这样,埃姆斯牧师时不时地将莱拉比作《圣经》中的玛丽亚,而且小说的故事情节也契合《圣经》中"莫达拉的玛丽亚"的故事。如果说《家园》对种族政治下的信仰问题进行了思考,那么莱拉的故事则是对堕落和救赎进行了重新审视。

这三部作品的人物和情节具有连贯性,填补了各自叙述中的空白。《基列家书》的主线是埃姆斯牧师回忆自己的人生道路、与儿子罗伯特分享人生经验,其中穿插了两个次要人物:妻子莱拉·达尔和教子杰克·鲍顿,小说以杰克向教父埃姆斯牧师吐露心声并再次离家而结束,其中有埃姆斯牧师和妻子莱拉相遇相恋的部分情节。这两个人物在后面的两部作品中分别充当了主要人物:杰克成为《家园》的主要人物,莱拉成为同名小说《莱拉》的主要人物。这两部小说虽然都采用了第三人称叙事,但都是第三人称主要人物叙事视角,从而将《基列家书》中缺失的部分补充完整,也从不同的叙事角度对于"家园""救赎"和"爱"等主题进行了多方位的探讨。罗宾逊指出,灵魂作为造物主的杰作,其建构或者重构不是简单的"救赎"或者"迷途",不可以仅仅从是否有感悟为标准来加以判断的,而人生的体验才是其中弥足珍贵的精华。她认为上帝是唯一的权威,任何人都没有资格对他人进行判断,从而对于救赎的形式和本质进行了思考。

当然,罗宾逊的基督教人文关怀是不能脱离开社会历史而独立存在的。三部曲各自具有突出的社会历史背景,跨越美国南北战争到 20 世纪 50 年代中期一个世纪左右的时间,涉及诸多的社会问题,如种族歧视、阶级差别,从而将人文关怀、宗教信仰和救赎等主题紧紧嵌于社会历史的背景之中。小说虽然在宗教视域下展开,但是底层人民并没有享受到多少上帝的福泽,莱拉和养母随着季节工人劳动营四处流浪、风餐露宿,这是一群被世界遗忘的人们。他们不去教堂,不相信神职人员,所以他们的信仰和价值观似乎与正统基督教不同。但是,他们有着自己的尊严,依靠自己的双手谋生,相信人之间的平等,坚守传统的契约精神,所以雇主为他们提供工作机会时,他们从来都是尽职尽责地完成任务:"这就是他们的尊严,忍受他们所能够忍受的一切,直到极限,不抱怨贫穷,不自怨自艾。"[①]杜安和妻子恩爱有加,他

---

① Marilynne Robinson, *Lila*. London: Virago P, 2014, p. 42.

们虽然贫寒但是彼此给予对方爱的温暖。大人们依靠打零工勉强度日,孩子们则在田野里与大自然为伴,因而迪尔从地里拔起的那颗鲜萝卜的味道,久久回荡在莱拉记忆深处,那段岁月也成为她成长中难以忘怀的美好回忆。所以,在本质上,他们的信仰和基督教精神并没有差别。然而,随着大萧条的到来,流动季节工人越来越难以找到工作,生计成为日日困扰劳动营首领杜安的难题,杜安所坚守的传统信条在现代工业社会受到了严峻的挑战。杜安最终为了给孩子填饱肚子而盗窃了几只鸡,摧毁他的并不是牢狱之灾,而是失去了的尊严。这些穷苦之人生活在被遗忘的角落,"上帝对他们没有丝毫的兴趣"①。罗宾逊以此描写了对生活和前途完全没有信心的绝望和恐惧,同时追溯了"无以救赎"背后的社会历史原因。

种族问题是罗宾逊小说的另外一个重要焦点,三部曲中通过不同叙事角度对杰克"浪子"身份进行了描写和解构,其中的原因正是种族政治对信仰的侵蚀。而埃姆斯牧师的故事部分,则从另外一个角度张扬了种族视域下基督教之爱的力量,那就是在宗教指引下,人们对打破种族界限、消除宗族压迫的努力。埃姆斯牧师的祖父致力于种族平等,他积极投身战争,甚至参与到反种族歧视的杀戮和暴力之中,并失去了一只眼睛,因而他的外表看上去有些骇人。他晚年时离家到堪萨斯传教,最终死在那片荒凉的土地上。他的行为有些癫狂,但是这并不妨碍他受到人们的爱戴。他倾其所有去帮助有需要的教众,甚至从晾衣绳上直接取下晾晒的衣物或者从床上拿走被子送给穷人,儿媳不得不把家里不多的现金四处藏匿。这种奉献精神对其家人来说不亚于灾难,被家人称作"比盗贼还糟糕、比家中失火还严重的灾难"②。通过塑造这位与众不同的牧师,通过对"浪子"故事的重述,罗宾逊对于"奉献"和"虔诚"的书写都带有了后现代社会的时代性,对这些概念进行了多维度的解读。

罗宾逊除了在小说中表达对于社会历史问题的关注以外,在《祖国》中对当今的环境污染问题进行了深思,对人类的未来表现了极大的关注。而在《亚当之死》中,她对现代社会的进程进行了梳理,"对现代思想,尤其是达尔文主义进行了激烈的批判"③,讨论了"思想的自由""想象力和社区""爱"和"人类精神和良好社会"等问题,认为关于"精神"和"灵魂"的话题不仅应该成为文学写作的重点,而且也应该是人类追求的核心所在。这些人文主义思想在《万物之道》中再次得到阐释,在书中的第一篇文章中,罗宾逊对人

---

① Marilynne Robinson, *Lila*. London: Virago P, 2014, p. 235.
② Marilynne Robinson, *Gilead*. London: Virago P, 2005, p. 35.
③ 金莉等:《20 世纪美国女性小说研究》。北京大学出版社,2010 年,第 268 页。

文主义思想进行了相当详尽的解释：

> 人文主义是文艺复兴独特的辉煌成就。对古典文学的重新发现、翻译和传播激发了新的兴趣，生动地反映了人类的成就和能力，对人类文明的意义远远超出了预期。与这种觉醒相伴而生的规则，运用古典语言的能力，对异教诗人和哲学家的尊敬和关注，对古代历史的研究，为适应现代目的而对古典内容进行的改编，都带有他们各自文化渊源的特点，同时也为几个世纪以来的教育和文化奠定了坚实的基础，其影响延伸至今。①

罗宾逊在书写信仰和爱等传统主题的同时，也在现代语境下对这些理念的含义及其对于人类生存的意义进行了思考。她说："现代话语体系对于'灵魂'一词真的是缺乏兴趣，然而在我看来，失去这个词意味着能力的丧失，不仅对于宗教，而且对于文学、政治思维和人类追求都是如此。"②在《亚当之死》中，罗宾逊对宗教政治持有明确的批判态度，对基督教精神和宗教政治进行了明确的区分。她提出，"某些人采用还原性的界定方式来解读效用和现实，将对真理的认知归功于宗教激进主义的简化，无法容忍与复杂性、模糊性和补偿性经历相关的事物"③。这种立场的结果就是，她一方面接受了后现代主义的解构思想，另一方面也坚守了宗教上的本体论，从而形成了罗宾逊式的宗教人文关怀书写风格。无论是《管家》，还是基列三部曲，玛丽莲·罗宾逊的小说都取材于人们的日常生活，"家"成为核心的活动场所，也是小说人物心灵归属的象征，这正是作者致力于重新建构"灵魂"的证明。

罗宾逊的小说中，家庭中亲子间的代际关系、现代社会对传统价值观的冲击等都成为书写的重点。作家通过看似平常的生活片段阐释心灵的归属，归结于她所强调的"家园"。在《管家》中，罗宾逊阐释了"家园"对于人们心灵归属的重要意义，在"基列三部曲"中，她继续对"家园"的意义进行阐释。小说对"家园"的思考呈现出多维度特征：家园既是安慰也是束缚，既为人们提供庇护也让他们沉溺于幻想。可以说，在系列小说中，几个重要人物都在寻找家园：埃姆斯牧师追求的是精神归属，杰克寻找的是自我归属，莱

---

① Marilynne Robinson, *The Givenness of Things: Essays*. New York: Picador Books, 2016, p. 3.
② Marilynne Robinson, *When I Was a Child I Read Books: Essays*. New York: Farrar, Straus and Giroux, 2012, p. 8.
③ Marilynne Robinson, *The Death of Adam: Essays on Modern Thought*. New York: Picador Books, 2005, p. 5.

拉和格罗瑞两位女性人物追求的是安全感。这在次要人物那里得到了同样的表现，例如埃姆斯牧师的哥哥爱德华早年间在德国哥廷根大学学习德国文学和哲学，接受费尔巴哈的思想，开始对传统的信仰产生怀疑；鲍顿牧师的儿子杰克同样从基督徒变成了无神论者。《家园》的故事就是人们寻找家园的历程，杰克的漂泊感和探寻精神使得他的追求带有了"离经叛道"的意味，而特定的历史背景使得他的寻找带有了厚重和悲情。这三部作品中的人物都是在寻找各自的家园，并且他们在这个过程中认识自我、认识世界。

与"家园"相对的，就是罗宾逊小说中的"流浪"象征。杰克·鲍顿一直是"害群之马"的形象，而《家园》也经常被解读为"浪子回头"的故事。但是，这里的"浪荡子"形象与其说"放浪形骸"，还不如说是"流浪"的孩子：杰克一直游离于社会和家庭的边缘，在漂泊流浪中寻找家园和心灵归属。《管家》中的西尔维娅也是"流浪者"的一个代表，她在回到母亲家里照看两个外甥女之后，依然保留着流浪生活的诸多习惯，她和衣而睡，简单的包裹放在脚边，似乎随时准备再次踏上旅程；西尔维娅不喜欢收拾家务，而是在湖边在公园里四处游荡，以至于指骨镇的人们觉得她的精神不够正常；西尔维娅还带着逃学的露丝跑到湖上看日出日落，最后带着露丝逃离了小镇循规蹈矩的生活。因此，罗宾逊小说中的人物在某种程度上都有着各自的"流浪冲动"或者"流浪意识"，其中有些来源于个性发展与制度规训之间的矛盾，有些来自传统和现代的矛盾。这几种矛盾可能体现在个体对于规训的反抗，或者是亲子之间代际关系的变化，或者时代变化给人们的价值观带来的挑战。传统与现代的冲突在《基列家书》和《家园》中表现得尤为突出。埃姆斯牧师一家三代都是教职人员，他晚年得子，对儿子罗伯特珍惜倍至、宠爱有加，这种舐犊之情从他写给儿子的家书中可以得到证明。然而约翰·埃姆斯可以肯定的是，罗伯特将来不会再成为教职人员，家族传统必将走向终结，这表明现代生活方式对传统的侵入和消解是难以抵御的。

代际差别和时代进步带来的价值观的差异在《家园》中的杰克和鲍顿牧师身上得到了更加充分的体现：年轻一代希望社会变革，而老年一代则希望固守传统。杰克的反抗来自他对规训的抗拒："我总是疑心笃信的人们计划着要拯救我。"[1]教父埃姆斯牧师在回忆杰克儿时的顽劣之后感慨"这么心心念念地去讨人嫌，这个孩子的内心该有多么孤独啊"[2]。杰克的孤独感来自小镇封闭的地理人文，也来自精神上的无所依托。当时对已经开始出现

---

[1] 玛里琳·罗宾逊：《家园》，应雁译。北京：人民文学出版社，2010年，第100页。
[2] Marilynne Robinson, *Gilead*. London: Virago P, 2005, p. 100.

的黑人等少数民族争取权利的运动,杰克表现出相当的期待,他阅读共产主义思想的图书、支持黑人民权运动;但是鲍顿牧师对此则不以为然:"没必要为那种骚乱烦恼。再过六个月,谁也不会记得还有这回事了。"[1]当然,鲍顿牧师并不是唯一如此立场的白人,普通白人民众大都以为这不过是一时的骚动,随着时间的流逝黑人的诉求将归于平静。孤独的杰克找不到心灵归属,他因而反抗一切的传统。当然,他早年间的荒唐举动带有相当的自发性,例如上大学期间导致一位少女怀孕生子的事情。而在与黛拉的婚姻问题上,杰克的反抗就已经带有自觉意识,他已经历过风雨,甚至可以说饱经沧桑。所以在妹妹格罗瑞眼里的杰克是礼貌而体贴的,他悉心照顾垂垂暮年的老父亲,温柔体贴地陪老人下棋、给他弹琴、照料他的起居。杰克刚回乡不久,恰逢镇上的杂货店失窃,大家不约而同地怀疑是他所为。但是他没有做任何解释,后来真相大白,证明他是无辜的,他对此同样泰然处之。所以现在的杰克已经成熟,心理获得了长足的成长。他独立、吃苦耐劳,不肯接受弟弟妹妹和父亲的资助。这部小说中叙述视角的有限性,缺失的情节在《基列家书》中得到了呼应:杰克偶尔酗酒的真正原因是跨种族婚姻的不确定性,来自他寻找心灵家园未果的失落。

  罗宾逊还通过莱拉这个人物强调了"家园意识"在心理维度的内省指向。莱拉对抗社会规训的办法就是保持孤独和沉默,她从儿时起就喜欢躲在桌子下面,四处流浪时她只能在城外远远地看着镇子里的万家灯火,因为城里人瞧不起这些四海为家的季节工人,所以躲避已经成为她的习惯,孤独感是她看待世界时的本能。她刚进教堂时就感觉到自己是个局外人,别人对仪式的程序、内容都是了然于心,彼此之间那么熟络,而她却一无所知。在婚后她还会回到曾经栖身的窝棚,会在野外静静享受内心的孤独和远离尘嚣的安宁。在窝棚里她偶遇那个失手打伤父亲从家里跑出来的男孩,不顾自己怀有身孕把大衣脱下来给他抵御夜里的寒冷。她能够理解杰克的流浪欲望,看到他不羁的外表下面脆弱温柔的内心。起初埃姆斯牧师对于杰克接近自己的家人深感不安,甚至看到莱拉对杰克的友好之后心生嫉妒。当埃姆斯夫妇和杰克静坐深谈时,莱拉缓缓回忆起自己曾经的流浪与渴望,表达了对当下生活的感恩之情,埃姆斯此时才真正理解妻子心中的安全感,也解除了对杰克的芥蒂,并意识到其实他们三个人都是在寻找归属感。莱拉的存在是最终化解埃姆斯和教子之间矛盾与误解的根本,莱拉也使得埃姆斯的房子成为真正意义上的家园,让他对于回家充满期待,从而获得安全感。《基列家书》同

---

[1] 玛里琳·罗宾逊:《家园》,应雁译。北京:人民文学出版社,2010年,第97页。

时也是埃姆斯牧师讲述自己获得心灵救赎的过程,是他寻找世俗家园和心灵归属的旅程,其中最重要的角色是莱拉,正如埃姆斯牧师对儿子的谆谆告诫:"你的母亲从来不谈她自己。真的,从来没坦陈过她生活中有过怎样的悲伤。这就是她的勇气和骄傲,我知道你会尊重她的这一选择,同时也会记住,这需要你去非常非常温柔地对待她。"[1]这告诫超越了文本,同时也是对读者的告诫,让人们理解"圣洁"和"慈爱"的女性形象具有多元化的含义。

在多元文化主义的背景下,"信仰"成为美国文学中的一个重要主题,但是其书写也表现出了多元化的倾向,"美国小说中越来越多地关注宗教和精神经历中的多方位模式,其内容丰富多样,不再拘泥于传统的做法和形式,传统信仰、教义或信念的责任意识相对减弱"[2]。之前所涉及的不少印第安裔和非裔女性作家,如莱斯利·摩门·西尔克、路易丝·厄德里克、艾丽斯·沃克等都聚焦于信仰问题,无论是印第安传统还是黑人的母系传承,她们书写的"信仰"显然与正统的基督教信仰存在差别,例如沃克对于"紫色"作为女性信仰之力量的阐释。然而,玛丽莲·罗宾逊则不同于这些作家,她依然坚守基督教传统,她的主要作品均涉及基督教主题,将宗教信仰视为人之本质和理解人生意义的根本,她说,"我逐渐认识到,我的宗教,当然一般意义上的宗教都是如此,能够也应该有助于突破这些限制,而从根本上说,这些局限最终归结于对于人之本性的狭隘界定以及在理解人生意义方面的不足"[3]。"爱""回归""重生"和"救赎"等是罗宾逊小说的常见主题,也是她所努力张扬的精神力量。罗宾逊就是这样一位坚守信仰并且通过写作努力重建人们的信仰的作家,其作品体现了对于"家园"和"救赎"的思考,在社会历史语境下对信仰的意义进行了建构。

第十节 印第安部落文化的传承者

莱斯利·马蒙·西尔克(Leslie Marmon Silko,1948—)

莱斯利·马蒙·西尔克是印第安女性文学中的领军人物,是"印第安

---

[1] Marilynne Robinson,*Gilead*. London:Virago P,2005,p. 156.
[2] Christopher Douglas, "Christian Multiculturalism and Unlearned History in Marilynne Robinson's *Gilead*." Novel:A Forum on Fiction 44:3 (Fall,2011):333.
[3] Marilynne Robinson,*When I Was a Child I Read Books:Essays*. New York:Farrar,Straus and Giroux,2012,p. 3.

文艺复兴"(Native American Renaissance)时期的代表作家之一,在33岁时获得麦克·阿瑟基金的"天才"奖,也是1994年美国本土作家协会终身成就奖的获得者。西尔克继承发扬了印第安族群悠久的口头文化,在文学创作中充分使用了印第安歌谣、舞蹈、民间故事、仪式、劳动号子等文化要素,将印第安人"讲故事"的传统作为保持部族传统的方式加以描绘,从而使得文学作品具有了印第安式的"仪式性"。西尔克的处女作《典仪》(Ceremony, 1977)便充分结合这两个印第安文化要素,由此奠定了她的典型风格特征和主题特征:文学书写能够传承文化和历史,书写印第安人的生存,具有明显的教化目的,以便对抗主流话语对印第安话语的压制。她的书写代表了当代印第安女性写作的一个潮流,即主题和手法均体现印第安传统和主流话语的双重影响。一方面,印第安人相信语言具有力量,"讲故事"是履行部族责任的重要方式;同样,"听故事"亦是如此,讲述和接受构成了仪式的两个核心要素,使得作者/讲述者和读者/听众构建起某种联系。西尔克等作家把"讲故事"作为印第安人主张价值、彰显尊严、表达归属的重要方式。另外一方面,她们书写的是美国文学语境下的印第安人的生存,美国这片大地是印第安人的家园,他们对这片土地的情感喜忧参半:他们在自己祖先的土地上遭受过驱逐和流放,但是痛苦和考验也让他们更加坚强;文学书写的正是他们对这片土地深厚而复杂的情感,其中有崇敬也有噩梦,有痛苦也有奇迹。

西尔克出生于新墨西哥的阿尔比凯克城,那里正是几百年前部族世代生活的老拉古纳城镇。据西尔克本人描述,她具有四分之一的拉古纳(Laguna)血统,父亲的家族属于拉古纳部落和欧洲殖民者的后代,母亲是平原印第安人,所以她具有拉古纳、墨西哥、平原印第安等多重身份。西尔克自儿时起便浸润在印第安文化的深远影响之下,从心理上认同于拉古纳部落文化。儿时父母工作期间,西尔克和两个姐妹由祖母照看,她们从老人那里听到了部落的各种故事。另外,因为西尔克一家不是纯正血统的印第安人,所以他们没有资格参加重要的宗教活动,他们家的房子位于保留地的边缘,这种情形恰好反映了西尔克所接受的另一种文化的影响:她就读于政府印第安事务局开办的印第安中小学,在学校学习主流文化、阅读了英语文学经典。这种教育制度曾经遭到印第安人诟病,被视为主流文化对印第安文化的强势围剿,旨在通过强行剥夺印第安儿童接受族裔文化教育,实现对印第安族群的文化同化。不过,从另外一个方面看,拉古纳文化传统和主流文化对西尔克的双重影响并非没有积极作用;相反,正是因为她有这样的出身和成长经历,她对于如何协商传统文化与混杂身份才有着更加深切的理解,令她得以根植于印第安文化、使用主流文化熟悉的话语模式进行言说。西尔克因而被认为"是书写跨文化杂糅最为成功的作家,将身份置于文化地理视域下,特别是拉古纳部落文化"①。她的小说人物大多如她本人一样,具有混杂身份或者具有同非印第安社会接触的经历,她在塑造这些人物时是十分得心应手的。

西尔克大学就读于新墨西哥大学,1969年获得学士学位之后继续在法学院学习法律,后来转到文学系。她继承印第安人"讲故事"的传统,在作品中糅合印第安神话、历史、家族记忆、个人回忆。1974年,她出版诗集《拉古纳女人》(Laguna Woman),开始踏上了文学之路。除了代表作《典仪》以外,她之后陆续出版的小说有《死者年鉴》(Almanac of the Dead,1991)、《沙丘花园》(Gardens in the Dunes,1999),散文集《讲故事的人》(Storyteller,1981)、《蕾丝的精美和力量:西尔克和詹姆斯·赖特书信集》(With the Delicacy and Strength of Lace:Letters Between Leslie Marmon Silko and James Wright,1985)、《圣水》(Sacred Water:Narratives and Pictures,1994)、《黄女人和灵魂之美:美国本土生活文集》(Yellow Woman and a Beauty of the Spirit:Essays on Native American Life Today,1996)、《绿松石矿脉:回忆录》(The Turquoise Ledge:A Memoir,2010)等非虚构类文集。西尔克有过两次婚姻经历,持续时间都不太长。

《典仪》是西尔克的成名之作,也被公认为是她的代表作。这部作品是"印第安文艺复兴"时期最具盛名的作品之一,在1968年至20世纪末出版的本土裔作家的作品中,"是受到批评界关注最多的作品"②,奠定了西尔克最具代表性的写作特点:部族仪式为归家的混血印第安人治疗心理创伤。小说的主人公塔约参加"二战"归来,他饱受各种心理问题的折磨:间歇性失语、精神错乱,出现各种幻听、幻觉,还伴随着头晕呕吐等身体上的各种不适。塔约在战争中遭受了重大的心理创伤:近距离枪杀日本俘虏令他心生恐惧;和他一同入伍的表弟洛基在菲律宾热带丛林里身受重伤不治而亡。约塔深深自责于没有尽到保护表弟的责任,难以面对将自己抚养长大的姨妈。塔约经历了战争的创伤,被撕裂于不同的世界之间:"他能够感觉到头脑中的一片混沌——一条条紧绷的细线,各种事情缠绕在一起,他试图将它

---

① Lindsey Claire Smith, *Indians, Environment, and Identity on the Borders of American Literature:From Faulkner and Morrison to Walker and Silko*. New York:Palgrave Macmillan, 2008, p. 5.

② Allan Chavkin, Introductio. *Leslie Marmon Silko's Ceremony:A Casebook*. Ed. Allan Chavkin. Oxford:Oxford UP, 2002, p. 3.

们分开,让它们各自归位,可是情况越来越糟糕,它们相互勾连,更加紧密地纠结在一起。所有这些想法纠缠在一起,塔约夜夜噩梦连连,每每一身冷汗。"①

战争给印第安人的生存理念和世界观带来了巨大的挑战。战争中的杀戮和印第安人的生态观念存在着根本的区别,令塔约困惑不安。在面对一排被捆绑了手脚的日本俘虏时,他根本无力扣动扳机,因为他意识到这些人和自己是一样的血肉之躯,和自己以及自己的亲人并没有什么本质的区别。在恍惚之间,他在那些战俘的脸上看到的是舅舅的模样;虽然他心里知道最亲爱的舅舅远在数千里地之外,但是依旧无法下手。战争和白人社会的价值观剥夺了塔约的灵魂,使他变成了一具行尸走肉:"他们用药物把记忆从他那瘦弱的四肢抽离出去,取而代之的是他眼中迷离模糊的荫翳。"②他在梦中被各种交替出现的声音所困扰,他的失语症和梦魇,都是战争造成的直接结果。他在幻觉中,感觉自己就是一缕白烟,虚无缥缈无以依托。他经常被过去的创伤所困扰,虽然他在努力压抑对于战争、杀戮和洛基死亡的记忆,但是过去的情景不时地浮现,干扰他对现实的判断。

主人公塔约在两个世界之间的"居间状态",在很大程度上造成他的认知困境、自我怀疑。塔约的混血身份使他从小就生活在屈辱之中。塔约母亲劳拉早亡,他由母亲的姐姐抚养长大。但是姨妈鄙视劳拉与白人男性的关系,每每提起都会喋喋不休地抱怨妹妹给家族带来的奇耻大辱,对非婚生混血儿塔约也充满了鄙视和敌意,说他是劳拉留下的"野种",强行将劳拉的照片从塔约手里夺走,专横地切断了他与母亲唯一的情感联系。塔约和洛基一同长大,情同手足,姨妈对待他们的态度截然相反:她时刻疏离塔约,提醒塔约不配做洛基的兄弟,但是又不允许塔约超出她的视线,以便可以随时监控着他。在塔约看来,姨妈对他的照顾似乎就是要让他活下来,成为活的例证来反证姨妈的虔诚和洛基血统的纯正,时刻提醒他不要忘记自己的屈辱身份,不要忘记母亲曾经的罪孽。塔约在内外夹击之下疲惫不堪,他回到保留地时精神崩溃、身体羸弱,祖母要求姨妈去请印第安药师给塔约看病,姨妈依旧以塔约不是纯正的印第安人而推托。在姨妈的鄙视和打压之下,塔约时刻生活在对自我的贬抑之中,他意识到自己混血儿身份的低下。虽然外祖母和舅舅对塔约超乎寻常地关爱,舅舅约赛亚更是在塔约成长中履行了替代父亲的角色,但是这些也无法弥补塔约内心的伤痛。

---

① Leslie Marmon Silko, *Ceremony*. New York: Penguin Books, 2006, p. 36.
② Leslie Marmon Silko, *Ceremony*. New York: Penguin Books, 2006, P. 45.

塔约的另外一种居间状态涉及印第安族群在美国社会中的生存，通过他参军、参战、复员的经历反映出来。洛基和塔约决定一起参军，这一方面同战时的全民动员相关，另一方面也是他们寻求得到主流社会接纳的一个途径。招募军官热情地接纳他们，说"每个人都能够为美国而战，甚至你们也不例外……我知道你们和我们一样热爱美国，不过，现在可是你们证明自己的大好时机。在特殊时期，谁都能够为她而战"[1]。在这段充满激情和鼓励的话语中，透露出主流社会对印第安人的隐性排斥："甚至你们也不例外"，这也许是招募军官的无意之词，但是透露出和平时期印第安人被视作异类的事实。的确，印第安士兵在战争期间被人们崇敬，人们为他们祈福，但是塔约也明白，这祈祷是来源于他们身上的军装，并不是因为他们本人。事实也是如此，战事过后，印第安士兵失去了被利用的价值，很快又被遗忘，而他们遭受的战争创伤难以愈合，他们的传统价值观和外部世界价值观冲突而造成的完整自我的丧失，也难以得到有效的途径得以重新建构，于是塔约、艾莫等退伍老兵通过酗酒、相互残杀来发泄内心的愤怒和恐惧。艾莫等人不必像塔约那样纠结于血统是否纯正，但也面临着其他维度的居间状态，例如文化的冲突，印第安人同非印第安族群的交流，特别是印第安人谋求主流社会认同和接纳的问题。

洛基的死亡代表了他进入主流社会梦想的终结，也代表了姨妈未来期望的破灭。姨妈斥责劳拉背叛印第安传统，但是她在本质上和劳拉并没有分别，她们都是白人价值观教化的结果。如果说劳拉对主流文化的屈从以审美和身体为代价，那么姨妈就是精神被同化的代表，她对于劳拉母子的排斥是要反证自己的清白，终其原因就是向世人证明自己是个虔诚的基督徒。姨妈批判劳拉的不检点，谴责弟弟约赛亚和墨西哥女人的爱情，鄙视塔约不纯正的血统，这并非是为了捍卫印第安传统，因为她对于主流文化价值观是欣然接受的，她皈依基督教，按照主流价值来规划儿子的未来，让他去打橄榄球，他出去上大学，然后融入白人社会，成为主流社会的一部分。所以，姨妈所坚守的是她自己灵魂的救赎，甚至是以背叛家庭及印第安传统的自我得救，她"向人们展示自己是个虔诚的基督徒，和不道德的、异教徒家人根本不一样。在涉及她自己灵魂救赎的问题上，她半点也不马虎，不能出任何差错"[2]。从另外一个角度来看，姨妈的自私也证明在基督教影响下印第安人内部发生了分化；艾莫等人也同样采取盲目追随白人文化、鄙视印第安文化

---

[1] Leslie Marmon Silko, *Ceremony*. New York: Penguin Books, 2006, p. 102.
[2] Leslie Marmon Silko, *Ceremony*. New York: Penguin Books, 2006, p. 118.

的立场。洛基虽然血统纯正,没有像母亲那样狭隘刻薄,对待塔约如兄弟,但他同样背弃了印第安人的传统,例如他对于杀戮的不以为然和对于生命的漠然。小说中这些人物的塑造,看似具体,但最终指向了一个重大的命题,直接关系到当代社会中印第安人对于自我的过去和未来的态度,关切印第安文化的生存。

相比于姨妈等人,外祖母、舅舅约赛亚和印第安药师贝托尼等人则是印第安传统的真正捍卫者,他们坚持了印第安人的宽容和慈爱,以开放性的姿态看待印第安人的身份以及印第安人的未来。每当姨妈对塔约和劳拉表示不屑时,外祖母随时站出来捍卫塔约,驳斥女儿的狭隘和偏见。在不同文化族群间交流日益增多的时候,单纯保持血统的纯正是愚蠢的,印第安文化必须采取宽容开放的姿态,才能够保持其活力,社区的药师点明了印第安文化之生命力的根本所在。塔约精神问题的重要原因在于他的心理负担,他愧疚于未能将洛基安全带回来,认为洛基之死是他对姨妈的背叛;他愧疚于舅舅的意外离世,认为正是因为自己不在身边才导致他独自出去找寻被偷走的牛。白人医生建议塔约,如果要恢复健康,就需要只想自己,不要总是想着他人,不能总是从"我们"的角度去看待这个世界,不要透过别人的眼睛看待自我;但是这难以令塔约认同,所以他的病症日益加重。最终还是印第安药师贝托尼帮助塔约解开心结,他基于印第安人对世界的认知,跟塔约谈及印第安文化的精神实质,指出印第安人尊崇的生态思想强调人与人之间的联系,尊重生命的平等、肯定彼此的价值,引导塔约接受世界的矛盾,而不是采用"白人"或者"印第安人"的标签来区分世界的善恶。塔约逐渐领悟到,并非所有的白人都是邪恶的,也并非所有的印第安人都善良宽容,之所以有些人将"白人"等同于"邪恶",那是因为他们被巫术迷惑了心智,是他们心中魔鬼的显现。塔约在被杀的日本士兵脸上看到了舅舅约赛亚的脸庞,药师认为这并不能说明塔约精神出现了幻觉,而是因为他看到了生命存在的本质。印第安人文化的精髓就在于它对于异质文化要素的包容、接纳与协商,因为印第安宗教典仪也不能一成不变,否则中间环节的任何疏漏都会导致仪式的失败,那么仪式也失去了意义。事实上,自从诞生之日起,仪式就已经包含了变化的因素,而在白人到来以后,宗教仪式更是应该随之发生变化,以应对白人文化对于印第安文化造成的冲击。贝托尼对于姨妈等人的冷嘲热讽不屑一顾,他毫无保留地接纳塔约,并主持"沙画典仪"和"头皮典仪"等印第安仪式为他疗伤。可见,塔约起初对抗痛苦的方式是利用酒精麻痹自己,在外祖母和药师贝托尼的帮助下,他才获得了身心的双重完备,象征性地获得了重生,成长为一个真正的拉古纳人。

《典仪》在叙事形式上采用了印第安人"讲故事"的文化传统。小说中的讲故事者是"思想女人"和"蜘蛛",这两个形象都是典型的印第安文化要素。"思想女人"是个带有神话色彩的人物,象征了母系神祇;她可以变形为不同的具象,例如蜘蛛女人、玉米女人和大地女人等。在《典仪》中,思想女人和蜘蛛结合起来,而蜘蛛在拉古纳传说中正是大地之母的化身:

> 她是照看生命之火的老妇人,这个蜘蛛女人编织生命之网,将所有人联系在一起。她是最古老的神,她不断地回忆、再回忆;尽管过去的五百年给印第安人带来的是痛苦、无助和愤怒,但是他们坚持下来,直到现在,坚忍顽强,相信自己的力量,相信她的中心地位,相信她作为神圣生命之环的身份。[1]

"讲故事者"话语的显现是通过每一个部分的歌谣、传说,以斜体或者诗歌歌谣的编排形式表示出来,与塔约的故事加以区分,例如贝托尼给塔约治病的故事,平行于印第安历史中白人的入侵以及印第安传说中的郊狼变形故事,"这些叙述话语是自反性的,是有意而为的西方话语模式,同时也承载了拉古纳人传统的共同话语和神话话语。思想女人的认知具形于现实的过程中,这些话语通过指征文本,建立起同过往话语相联系的土著话语语境和阐释框架"[2]。这种构架方式表明,印第安族群的故事同塔约的故事存在血脉上的联系,塔约的个人经历是部族历史的浓缩,他个人的成长也是部族故事的延续。小说的叙事序列打破了显性叙事时间,以塔约回家开始,中间穿插他的回忆,比如他的战争记忆、他和洛基童年生活的点滴、洛基受重伤死于菲律宾丛林中的过程,与洛基相关的几乎所有细节都能让塔约想起从前,比如水会让他回忆起丛林中阴雨连绵的天气,他反复回忆自己当时的绝望无助,令他的病情不断恶化,他无法走出过去的阴霾。整个故事没有明确的分章分节,而是呈现为螺旋上升的方式,按照部族故事、传统的印第安治愈仪式和塔约的经历以及当代核危机等相互交织,构建了一个连接起个人和部族,以及过去、现在和未来的言说网络。

小说中的这些成分,诸如混血身份、印第安文化面临的外来冲击、讲故事传统,成为西尔克小说中的代表性主题和典型手法。她"将传统的故事加

---

[1] Paula Gunn Allen, *The Sacred Hoop: Recovering the Feminine in American Indian Traditions*. New York: Open Road, 1992, p. 26.

[2] James Ruppert, "Dialogism and Mediation in Leslie Silko's *Ceremony*." *Explicator* 51.2 (1993):130.

以转译和转换,在'日常'题材中表现'神圣'意义,因此整个文化共同体保持着充足的活力。……即便对这些作品加以各自单独解读,也能够看出这些故事之间的共同体意识"①。人们通过不同人的故事,通过讲述、重述故事,了解到部族的过去,传承印第安人的历史:"所有的信息,科学的、技术的、历史的、宗教的,都是通过讲述的方式得以传达,且容易记忆。"②西尔克同时还强调,这种传统不仅存在于印第安文化中,也同样存在于被正统宗教视为"异端邪教"的其他民族的民间信仰体系之中。她对于被正统宗教所不屑一顾的民间信仰充满兴趣:"我对于欧洲以及其他地区的基督教产生之前的民间信仰或者异教信仰非常感兴趣,在那里可以发现和印第安社区相似的很多立场。如果你具有和我们的文化比较相似的文化根源,你到那些地方去或者在那种文化下生活,人们谈论起神秘之术时,你就不会感觉格格不入。那里的人们对永恒和灵性的信仰,是占据统治地位的主流文化所不具备的。"③拉古纳社会是个母系社会,女性成为社区的中坚,是印第安共同体的凝聚力体现;而女性的一个重要社会职责就是讲故事。拉古纳人认为,人们的经历和世界的关系沉淀在他们的故事之中,而讲述过程具有仪式性,讲述者分享智慧和经历,同时讲述者和听众之间建立起情感上的联系。通过运用被主流话语所排斥的文化要素和话语模式,西尔克彰显了书写的个性,也表达了印第安性的当下意义,即谋求建立人们之间积极健康的关系,共同维护世界秩序,这个印第安人所尊崇的人类与世间万物共同的家园。

在《典仪》中西尔克塑造混血主人公塔约,描写他处于印第安文化和主流文化的交汇处,这也是作家本人所处文化环境的映射:"自己身处两种文化的矛盾之间,既没有完全融入他们的部族也没有超然其外;通常情况下,他们受到双方的质疑,尽管他们在血脉上彼此相连。"④西尔克坦陈主人公与自己的经历之间存在着联系:"来到拉古纳保留地的白人男性与拉古纳女人结婚,于是就有了像我家这样的混血拉古纳家庭,我猜想,我小说的核心,

---

① Hertha D. Sweet Wong, Introduction. *Reckonings: Contemporary Short Fiction by Native American Women*. Ed. Hertha D. Sweet Wong, Lauren Stuart Muller and Jana Sequoya Magdaleno. Oxford: Oxford UP, 2008, p. xiv.

② Thomas Irmer, "An Interview with Leslie Marmon Silko." http://www.altx.com/interviews/silko.html.

③ Christina M. Castro, "An Interview with Leslie Marmon Silko." Poetry Center, University of Arizona. Nov. 9, 2015. https://poetry.arizona.edu/blog/interview-leslie-marmon-silko.

④ Larry McMurtry, Introduction. *Ceremony*. By Leslie Marmon Silko. New York: Penguin Books, 2006, p. 28.

就是试图印证混血儿身份的意义,去考查那些既不是白人也不是传统印第安人的人,对他们来说,成长到底意味着什么。"①这部小说代表了混血儿对于身份边界的探索。

《沙丘花园》讲述的同样是生活在两个世界之间的印第安人的故事。小说以印第安沙蜥蜴部落的女孩因迪格的视角,通过她向养母海蒂讲述自己被迫与祖母、母亲和姐姐分离的伤心往事,反映在19世纪与20世纪之交《印第安人重新安置法》(Indian Reorganization Act,1934)的背景下,印第安人在国家机器的治理之下漂泊无依的悲惨境遇。印第安人被迫离开故土,不从者遭到监禁或者枪杀;他们在城市中生活没有依靠,印第安儿童被强制带离家人、送进寄宿学校;流浪的印第安人遭到警察逮捕、被监禁和虐待。因迪格的父亲被枪杀,母亲在旅馆里做洗衣工,孩子们编织篮子在火车站售卖,还要时刻提防警察的追捕。因迪格在寄宿学校遭受折磨,后来有幸被博物学家爱德华·帕尔默夫妇收养,而盐姐姐被投进监狱。小说讲述因迪格和盐姐姐在沙丘花园中的时光,虽然她们难有食物果腹但自由快乐,其中关于印第安人苦难的叙述令人动容:"在最冷的时候,寒风暴雪抽打着她们的窝棚,四个人躲在唯一的一床被子下,挤在一起。福丽特奶奶和妈妈给姐妹俩讲从前的故事,讲南方那片遥远的土地上,在那里,夏天永远没有终结,在最炎热的夏天大地热得要冒烟。妈妈回想起她被关押在尤马要塞的时候,白天帐篷里热气腾腾,有时甚至会着火。盐姐姐和因迪格想象着夏天的炎热,刺骨的寒风好像就没有那么难受了。"②小说还披露了艰难生活对印第安人尊严的践踏,印第安儿童在火车站乞讨,白人乘客从车上往下扔硬币,孩子们争抢硬币的样子令白人哈哈大笑,但是妈妈却为此感到羞愧和愤怒。所以妈妈严禁孩子们去乞讨,因为她宁肯挨饿也不想被白人嘲笑。除了个人的经历之外,小说还追溯了印第安族群的悲惨历史,以几近灭绝的沙蜥蜴部落为例,再现白人殖民者对印第安人的殖民:"早在外族人到来之前,沙蜥蜴人就已经听到了传言。他们向部落提出了警告,但是没多少人相信那些话,他们不相信陌生人会带来流血,也不相信他们能那么残忍。不幸的是,这些都成了现实。到了收获季节,外族人把所有的粮食都抢走了。虽然这发生在很久很久以前,但是人们永远也不会忘记第一个冬天的饥饿和痛苦。那些入侵者还是肮脏之人,他们带

---

① Jace Weaver,"Leslie Marmon Silko," in *Leslie Marmon Silko's Ceremony*:*A Casebook*. Ed. Allan Chavkin. Oxford:Oxford:UP,2002,pp. 213—14.

② Leslie Marmon Silko,*Gardens in the Dunes*. New York:Simon & Schuster,2005,pp. 29—30.

来了疾病和瘟疫。"①小说的这些主题带有强烈的抗议性，是西尔克作品中相当激进的一部，不过结局也预示了印第安人对白人压迫的谅解：多年以后，因迪格回到亚利桑那，找到姐姐；同时，因迪格在跟随帕尔默夫妇一起生活，并在世界各地游历的过程中感受到不同文化，学会了在不同文化的相互协商中完善自我。姐妹的团聚和因迪格的成长象征了印第安文化的自我治愈能力，代表了印第安人在历经磨难之后的新生，部分地肯定了混杂身份对于印第安人生存的积极作用。

《死者年鉴》可谓印第安人历史的史诗，这部作品可能是西尔克作品中最艰深晦涩的一部，充分地表达了作者激进的政治立场。小说洋洋洒洒七百多页，时间跨度长达五百余年，以百科全书式的视角，追溯自"地理大发现"以来印第安人被征服、被压迫的历史，其中还包括被贩运到美洲的非洲黑奴的苦难经历。小说的人物众多，故事线索相互交错，其中最重要的一个故事线索讲述以玛雅战士安吉丽娜为代表的印第安人反抗压迫、谋求民族解放、构建印第安人命运共同体的斗争历程。小说分为六部分，分别是"美国"（有八部：图森、圣迭戈、西南部、南方、边界、北方、西图森、印第安国家）、"墨西哥"（有两部："死眼"犬的统治、"火眼"鹦鹉的统治）、"非洲"（有三部：新泽西、亚利桑那、艾尔帕索）、"美洲"（有两部：山川、河流）、"第五世界"（有三部：敌人、勇士、斗争）和"一个世界、各个部落"（只有一部：预言）。整个布局呈环形结构，体现出印第安哲学中的归一思想；中间采用了多人物多角度叙述，如网状结构，体现印第安世界观中的整体思想。小说中综合运用了印第安文学的典型叙事范式，例如身患绝症的印第安人回归保留地、意图重获身心安宁的归家范式，为孙女讲述过去的故事、传承部族文化的印第安祖母，印第安孪生姐妹和孪生兄弟形象的象征意义，通灵者丽莎以及她手中的死者之书的文化含义。这个结构也体现了地域性和印第安历史的结合，在西尔克的小说中，地点不是一个简单的地理概念，而是文化、情感、价值观的综合体现。小说题目中的"死者年鉴"既有具体所指，更具象征意义，即通过"死亡"以及相关时间观念的表达，阐释印第安人历经殖民暴力、被流放杀戮、生存空间被挤占而不屈的勇气，因为在印第安人的认知中，过去与当下和未来共存，循环往复，死者不会被忘记，历史也会得到铭记。

西尔克运用印第安话语，书写人和自然的关系，特别是人类和大地的联系，强调了自然所具备的抚慰、疗伤作用。在印第安人的世界观中，自然万

---

① Leslie Marmon Silko, *Gardens in the Dunes*. New York: Simon & Schuster, 2005, pp. 22—23.

物都是有灵性且相互联系的,自然是个整体,人类与其他生命以及自然浑然一体、不可分割,所谓人类的主体性、人类高于其他动物的看法,本质上都是西方思想体系内的,同印第安传统文化相悖,正如艾伦所说:

  美洲印第安人把所有的生命视为同等同级(在部族体系下这种关系是核心),他们都是造物主、我们共同的母亲"大神"的子女,一起构成了秩序井然、平衡稳固、生机勃勃的整体。这种理念适用于非印第安人所谓的迷信,也适用于宇宙之更易感知的方面。印第安人没有那种二元对立的观念,从来也不会在物质和精神之间划出截然清晰的界线,因为他们将其视为同一现实的两个层面。[1]

  作为在保留地成长的印第安作家,西尔克在文学创作中将这种理念表现出来。她讲故事的过程"强调了对于特定景观的根植与认同,这景观就包括保留地,它就是印第安人命运的一部分,既包含痛苦和艰难,也包括生存和坚韧"[2]。作家的讲述和特定的地域和风景联系在一起,通过"讲故事"这种口头文化形式对过去的经验和智慧进行重新书写,象征性地将过去和现在、自我和族群联系起来,利用祖先的智慧来理解、应对当下的问题,有学者将其称为"神话的再地域化"[3](mythic reterritorializations)过程。的确,在重写的过程中,叙述成为自我主张的途径,表现出对霸权话语的反抗立场。在《沙丘花园》中,沙漠蜥蜴人所崇尚的生态理念不仅包括印第安人天人合一的思想,而且还关乎印第安伦理道德。尽管身处困境,福丽特奶奶还是告诫两个孙女要尊重生命、坚守自我:"沙蜥蜴人告诫孩子们要学会分享:不可贪婪。每个收获季节最先成熟的果实,一定要敬献给我们亲爱的祖先,他们变成了雨露,回归到我们中间;之后成熟的果实要留给鸟儿和野生动物,感谢他们当初给我们留下了种子;再以后的果实留给蜜蜂、蚂蚁、螳螂,感谢他们给我们看护庄稼。还有些南瓜、番瓜、豆类留在沙土地上,在母株下干枯并回归土地。等到来年雨水降临,豆类瓜果就在前一年干枯的植株叶子间

---

[1] Paula Gunn Allen, *The Sacred Hoop: Recovering the Feminine in American Indian Traditions*. New York: Open Road, 1992, p. 87.

[2] Lindsey Claire Smith, *Indians, Environment, and Identity on the Borders of American Literature: From Faulkner and Morrison to Walker and Silko*. New York: Palgrave Macmillan, 2008, p. 147.

[3] Donelle N. Dreese, *Ecocriticism: Creating Self and Place in Environmental and American Indian Literatures*. New York: Peter Lang, 2002, p. 24.

发芽生长。"①同样,《死者年鉴》中的斯特林对于人类和动物给予了同等的尊重,《典仪》对于物质至上的批判,都是印第安人文生态和自然生态思想的体现。在西尔克的这些作品中,印第安祖先文化的影响,人们对于自然、特定景观及地域的认同,已经扩展至这些要素所给予的精神启示作用。

诚然,西尔克作品中的身份建构具有浓厚的地域因素,但是,基于印第安之世界一体性的生态理念,其文学书写的着眼点已经超出了印第安书写的族裔视野,扩展至对于人类未来命运的思考;她对于过去的书写,也体现出对于未来的展望。《典仪》描写了开矿给印第安人生存环境带来的灾难性破坏,"那一年,阴云密布下的橙色砂岩台地和台地间的山谷异常干旱;自从新墨西哥土地管理局把部落土地东北边那一半土地收走了以后,牧场就严重不足。过于放牧导致牧草退化,灰色大地上被雨水冲蚀出道道沟壑,含盐灌木丛生。因为干旱,牧牛大批大批死亡,因此,矿坑周围被铁丝网围住的土地,即便有一两平方英里越过了印第安土地的地界,也没什么关系了"②。矿主从这里掠夺了足够的财富,根本不会在乎土地退化等生态灾难,并且开采出来的矿产是用来制造足以毁灭全人类的核武器的。这种生态灾难所影响的不仅是印第安人的生存,更是直接威胁全人类的未来。塔约并不清楚自己在战争中到底杀了多少人,因为当下的战争不再像从前印第安勇士与敌人的短兵对峙,现代武器的杀伤力已经超过了武器使用者的个人视野,现代战争造成的杀戮能够让人们免于直接面对战争的后果,但也构成了对全人类的潜在威胁。西尔克书写战争和核军备阴影给人类生存带来的威胁,书写印第安人的悲惨命运,昭示了人类远离自然、打破和谐可能带来的后果,表达对人类共同命运的思考。塔约在日本战俘脸上看到的是舅舅的影子,他坚信那就是舅舅的脸,随着枪声而倒下的不是日本战俘,而是舅舅。通过这样的隐喻,西尔克旨在说明人类如果不遏制贪欲,印第安人曾经遭受的苦难,必将在全世界上演。

莱斯利·马蒙·西尔克作为当代印第安女性文学的开拓者,立足于部族传统讲述印第安人的故事。她在小说中书写了苦难,但昭示了未来和希望。这些故事"多为生存故事,对残酷的殖民历史及其持续后果进行'清算':他们'计算'土著人的地位,'结算'过期账户,记下'旧债',要求进行'会计核算'。这样的'清算'需要转向内省,而后带着新的感悟和灵感重新出

---

① Leslie Marmon Silko, *Gardens in the Dunes*. New York: Simon & Schuster, 2005, pp. 21—22.

② Leslie Marmon Silko, *Ceremony*. New York: Penguin Books, 2006, p. 312.

发。在这些故事中,男男女女都以不同的方式表达了对生活的理解,无论是痛苦、失落,还是斗争、共鸣"①。《典仪》书写的是回归土地、《沙漠花园》书写的是团聚、《死者年鉴》书写是收复失地,其中都包含了修复创伤、面对未来的希望。塔约回到家乡,将舅舅未竟的事业继续下去;约赛亚引进的斑点牛也是回归自然的象征,在大草原遭受旱灾侵袭之时,这种牛具有自然适应性,能够适应干旱环境,能够消化牧豆果实。沙漠蜥蜴人的坚忍更是印第安人将朴素生态思想贯穿于生存斗争的体现,暗示了只有重建人与自然的关系,人们才能够走出创伤,面对现代生活中的困苦和艰难。小说中的众多人物,都从族人的苦难中获得了面对未来的力量,并且肩负着重建和谐的希望。在一定意义上讲,作家西尔克也履行了这样的历史责任:她用英语为媒介来书写印第安故事,用印第安人讲故事的方式组织叙事;她的文学话语既哀婉又充满力量,既是桥梁也是武器,在霸权话语的语域内,为印第安话语开辟出一方领地。

第十一节 生命意义的诗意探索者

路易丝·格吕克(Louise Glück,1934—)

2020年诺贝尔文学奖颁给了美国当代女诗人路易丝·格吕克,使她成为美国十余位诺贝尔文学奖得主中唯一的女诗人。瑞典文学院给格吕克的颁奖词是:"她用无可辩驳的诗意声音,以朴实的美感使个人的存在变得普遍。"的确,"朴实的美感"和"个人存在"正是格吕克诗歌的代表性取向。格吕克作为第十二届美国桂冠诗人,其文字简洁明快、生动细腻,题材关乎对生活和个人的书写,具有较强的自传性,她被称为后自白派抒情诗(post-confessional lyric)中的一员,继承了"自传书写传统",而这正是"自安妮·布雷兹特里特以来的美国诗歌的主线"②;但同时她的诗歌通过其自然生态取向和对神话的戏仿,将现代生活场景的文学审美性发挥到了不凡的高度,成为连接古典与现代、崇高与世俗的桥梁。《纽约客》对她的诗歌评价道:

---

① Hertha D. Sweet Wong, Introduction. *Reckonings: Contemporary Short Fiction by Native American Women*. Ed. Hertha D. Sweet Wong, Lauren Stuart Muller and Jana Sequoya Magdaleno. Oxford: Oxford UP, 2008, p. xiv.

② Jay Parini and Brett C. Miller. *The Columbia History of American Poetry*. New York: Columbia University Press, Year: 1993, p. 650.

"她的诗写给专业读者,也写给从不读诗的人,你很难说她是为谁写作,因为谁都可以是格吕克的读者"①。可以说,格吕克的诗歌展现的不只是美国女性世俗生活片段和女性精神理想变迁的历史,它同时也是美国诗歌在当下纷繁复杂的社会中的一枚缩影,通过诗人对于不同层面"自我"的描绘,透视出美国当代诗歌对于人类生存和精神追求的关切。正因为这样,格吕克成为当之无愧的美国桂冠诗人,她的名字也已经成为当代美国诗歌研究的一个中心。

路易丝·格吕克1943年4月22日出生于纽约长岛的一个匈牙利裔犹太人家庭,她的家庭氛围浸染着犹太民族重视知识的传统。祖父是靠开杂货铺为生的犹太移民,从匈牙利来到美国,克服了种种歧视和困境,努力供养子女接受大学教育。在《传奇》("Legend")一诗中,格吕克便讲述了自己家族的移民历史:"我父亲的父亲/从迪路来到纽约:/厄运一个接一个/在匈牙利,一个学者、富人。/然后破产:一个移民/在寒冷的地下室里卷雪茄"②。这首诗凸显了犹太移民的命运跌宕和刚韧坚强,诗中的祖父擦干脸上的泪水,用"这世界的壮丽"塑造自己的灵魂,刚硬如钻石般的灵魂③,这些优良的品德给格吕克带来了积极的影响,这也是格吕克诗歌犹太性的一个体现。

路易丝·格吕克善于观察,感情丰富,个人经历中的重大事件均在她的作品中得到了再现。格吕克是父母的第二个孩子,她的降生对整个家庭而言是悲痛与喜悦的交织,因为七天前她的姐姐刚刚夭折,尽管此后她又有了一个妹妹,但是姐姐夭亡给这个家庭带来的阴霾令格吕克过早体会了死亡的含义,这对她的生命观产生了深远的影响,甚至成为笼罩在她心头的一个阴影。《生病的孩子》("The Sick Child")、《致我的姐姐》("For My Sister")以及《阿勒山》("Ararat")等诗歌都是这件事情的反映或者与此存在关联。

格吕克是个早慧的孩子,她善于观察,情感细腻,对语言有着天生的敏锐感受,五六岁时就开始写诗。这些诗行虽然稚嫩,但是充满孩童面对未知神秘的世界所产生的无尽的好奇心与想象力:

  如果猫咪喜欢煎牛骨

---

① Hannah Aizenman. The Nobel Laureate Louise Glück in *The New Yorker*. 9 October 2020. 〈https://www.newyorker.com/books/page-turner/nobel-laureate-louise-gluck-in-the-new-yorker〉

② 露易丝·格丽克:《直到世界反映了灵魂最深层的需要》,柳向阳 范静哗译,上海人民出版社,2015年,第328页。

③ 露易丝·格丽克:《直到世界反映了灵魂最深层的需要》,柳向阳 范静哗译,上海人民出版社,2015年,第329页。

而小狗把牛奶吸干净；
如果大象在镇上散步
都披着精致的丝绸；
如果知更鸟滑行，
它们滑下，哇哇大叫，
如果这一切真的发生
那么人们会在何处？①

年幼的格吕克以稚嫩的口气和童真的疑问，对世界的运转规则展开思考，通过将人类的日常行为与小狗、大象、知更鸟等自然生灵的生存进行置换，探索人类与自然的关系，表现出对人类生存和地球生命生态的童稚思考。

最终促使路易丝·格吕克走上诗歌之路的，不仅有她与生俱来对于文字的敏感以及善于思考的内倾性格，还有家庭潜移默化的熏陶。格吕克的父亲丹尼尔是家里唯一的男孩，他起初立志要成为作家，后来却继承了家族的经商传统，成为一名成功的商人。据格吕克的回忆，自她幼年起，热爱文学的父亲就常常给她和妹妹讲述希腊神话以及英语文学经典中的故事，父亲最喜欢讲的是圣女贞德的故事，但却把贞德受火刑的结尾省略了。显然，这位少女英雄的形象在格吕克的自我塑造中起着不可小觑的作用，她在随笔《诗人之教育》中，充满深情地写道："我们姐妹被抚养长大，如果说不是为了（像贞德那样）拯救法国，至少也是背负着期望，比如重新组织、实现和渴望取得令人荣耀的成就"②。格吕克的母亲比阿特丽斯·格吕克来自俄罗斯裔犹太家庭，毕业于卫斯理女子学院，她思想开明，在家养育子女、料理家务，包容并鼓励孩子的创造性天赋，成为格吕克最早的读者和忠实的聆听者。格吕克在采访时回忆道，在她小时候，母亲时常随身携带一本诗集或者故事书读给她听，有威廉·布莱克（William Blake）的诗《黑人小男孩》（"The Little Black Boy"），也有莎士比亚（William Shakespeare）的戏剧《辛白林》（*Cymbeline*），这些经典文学作品的启蒙构成了格吕克最初文学知识宝库的一部分。

高中时期的格吕克便树立了文学目标，立志成为一位诗人，并以此目标要求自己，她尝试"建设一个可信的自我"，想要通过对饥饿等生理需求的蔑

---

① 选自路易丝·格吕克年度"诗人之教育"演讲，所罗门 R. 古根海姆博物馆，纽约，1989 年 1 月 31 日。

② 露易丝·格丽克:《证据与理论》（*Proofs & Theories: Essays on Poetry*, The Ecco Press, 1994）第一篇，原题为"Education of the Poet"，柳向阳译，译文刊于《汉诗》2008 年第 3 季。

视来证明灵魂的意志优越于肉体需要;然而这种做法却趋于偏执并令她罹患神经性厌食症,此时身体上的痛苦让她认识到灵魂依赖于肉体,两者不可分离。1960年格吕克因厌食症辍学,开始了历时7年的心理治疗,康复后进入莎拉劳伦斯学院和哥伦比亚大学的诗歌工作坊学习,但均未毕业。她接受心理治疗,但同时也担心自己由此失去诗歌创作的灵感:"他把我治得太好,太完整了,我将再也不能写作。"而心理分析师则回应道:"这个世界将会让你足够难过。"①心理治疗使格吕克意识到世界独立于她个人的意识之外,后来她在随笔中把这段经历视为写作之路上的一次顿悟:

> 心理分析教会我思考。教会我用我的思想倾向去反对我的想法中清晰表达出来的部分,教我使用怀疑去检查我自己的话,发现躲避和删除。它给我一项智力任务,能够将瘫痪——这是自我怀疑的极端形式——转化为洞察力。我正学习运用我本有的超脱与自我进行接触——我想,这就是梦的分析的意义:被利用的是客观的意象……我相信,我同样是在学习怎样写诗:不是要在写作中有一个自我被投身到意象中去,不是简单地允许意象的生产——不受心灵妨碍的生产,而是要用心灵探索这些意象的共鸣,将浅层的东西与深层分隔开来,选择深层的东西。②

这反映出格吕克对于现实和文学之关系的思考,也是她探索诗歌之精神性书写的基础。

1961年,18岁的格吕克参加哥伦比亚大学利奥妮·亚当斯(Leonie Adams,1899—1988)③诗歌工作坊,不但受益于亚当斯,并且还在那里遇到了使她受益终生的良师斯坦利·库尼茨(Stanley Kunitz,1905—2006)。同时她也受到玄学派诗歌的影响,继承了其关注精神世界的诗歌传统;而库尼茨是普利策诗歌奖得主,曾经两度担任美国桂冠诗人(1984年和2000年),其诗歌创作具有自传倾向,家庭环境,尤其是父亲的自杀是他诗歌中身份追寻和父亲形象建构的重要原因④。这两位诗人创作的共同之处就是个人题

---

① 露易丝·格丽克:《月光的合金》,柳向阳译。上海人民出版社,2016年。选自"代译序:露易丝·格丽克的疼痛之诗",第8页。另见:"Imagining a Postconfessionalist's Biography",p. 27。
② 《露易丝·格丽克:诗人之教育》,载《四川文学》,柳向阳译,2017年第1期,第149—155页。
③ 亚当斯是美国抒情诗派的重要诗人,是1948至1949年度的美国桂冠诗人。
④ Kent P. Ljungquist. "Introduction." In *Conversations with Stanley Kunitz*. Ed. Kent P. Ljungquist. Oxford:UP of Mississippi,2013,p. 9.

材的审美化,这对格吕克的创作影响深远。格吕克第一本诗集《头生子》(*Firstborn*,1968)便是题献给库尼茨的。出版了第一本诗集后,格吕克受到"写作阻塞症"的影响,一度文思枯竭,这时她接受了在佛蒙特州戈达学院的教职,教授诗歌创作。事实证明,这份工作对于她的职业发展意义重大,正是在此期间她重新理清了自己的思路,改变了过去对于教师职业的偏见,并全力投身于工作中。直至今日她仍然在美国各大高校传授文学创作的经验,许多当代诗人都曾受过她的启发,她也和亚当斯和库尼茨一样,成为年轻诗人的领路人。

当今,格吕克除了作为诗人活跃在文坛之外,还教授诗歌创意写作并担任编辑,通过这两项工作她帮助更多诗人完成他们的文学梦想。格吕克还担任耶鲁大学的驻校作家,2003年至2010年间担任耶鲁青年诗人奖的评委。因为评奖委员会每年为获奖诗人出版一本诗集,所以格吕克作为评委不仅要阅读、评价所有候选人的诗作,而且还要为将要出版的作品提出详尽的修改建议,她以这样的方式为青年诗人的发展提供帮助,为美国诗歌助力。例如,2004年获奖的诗人是理查德·西肯(Richard Siken),他的诗集《迷恋》(*Crush*)原本有四五百页,在格吕克的建议之下,最终付梓时修订成了短小精悍的八十页。格吕克广泛而细致的阅读对她自身的写作事业也大有助益,她为每部获奖作品写下的批评文章都被收录进她的诗歌批评集《美国的原创性》(*American Originality*,2017)。作为资深作家的格吕克无时不在接受并吸收新的诗歌创作理念与技巧,在十数本已出版的诗集里,她总是不断地寻找新意,超越原来的自己。

路易丝·格吕克迄今共出版12部诗歌作品集,还有随笔集《证据与理论》(*Proofs and Theories:Essays on Poetry*,1994)及诗歌评论集《美国的原创性》。她的诗歌深受美国乃至全世界读者与评论家的喜爱,她的作品遍获各大诗歌奖项,包括普利策奖、国家图书奖、全国书评界奖、美国诗人学院华莱士·斯蒂文斯奖、波林根奖、新英格兰笔会奖、国会图书馆丽贝卡·博比特全国诗歌奖,荣膺诺贝尔文学奖更是标志着格吕克的职业生涯达到了顶峰。

格吕克的诗歌在中国学界和读者中得到的系统关注相对较晚,2016年中国大陆出版了格吕克的两部诗集的中译本:《月光的合金》和《直到世界反映了灵魂最深层的需要》。其中《月光的合金》收录了格吕克20世纪90年代至21世纪之初创作成熟期的四部诗集:《野鸢尾》(*The Wild Iris*,1992)、《草场》(*Meadowlands*,1996)、《新生》(*Vita Nova*,1999)、《七个时期》(*The Seven Ages*,2001);《直到世界反映了灵魂最深层的需要》收录了格吕克的《阿弗尔诺》(*Averno*,2006)、《村居生活》(*A Village Life*,2009)、以及早期的五部诗集《头生子》、《沼泽地上的房屋》(*The House on Marshland*,1975)、《下降的形象》(*Descending Figure*,1980)、《阿喀琉斯的胜利》(*The Triumph of Achilles*,1985)和《阿勒山》(*Ararat*,1990)。

  格吕克的诗歌是学院派的,她的作品继承了古典以来的诗学思想,具有强烈精神性和内倾性特征。她接受与认同的是学院派诗歌思想,因而在创作中以莎士比亚、布莱克、叶芝、济慈、艾略特等经典诗人为典范,试图超越具体的个人身份阈限,通过诗歌传达对于生活的哲学思考。格吕克本人一直不赞同读者或批评界对她本人或者作品的标签化解读,诸如"匈牙利裔"、"犹太身份"、"女性作家"、"后现代作家"等。她反对诗歌的"意义",强调文学作品的首要目的是"调性——心灵在进行冥想时的运行方式。那是你追随的目标。它引导你,但也让你迷惑,说出它的属性。你一旦将调性转变为有意识的原则,它就死了"[①]。她的诗歌对性别、族裔的考量不甚明确,她强调自己的作品"一直以来的突出特点就是不重视情景要素,除非这些要素能够被转变成文学范式"[②]。事实上,她总是能够把这些要素转换成文学范式,赋予其文学审美特征。

  纵观格吕克诗作的主题,有以下几类尤其引人注意:信仰与哲思,山川日月、花草树木、动物昆虫等自然之物,生活与光阴流转,希腊神话及《圣经》题材的改写等。不过,必须明确的是,格吕克的个人书写实际贯穿她的职业生涯。诚然,她的诗歌中有时是多种要素的相互融合,甚至是令人不易察觉的切换;然而,其宏大叙事几乎无一例外地融合了个人化要素或体现出个人意识的投射。她书写生活日常、自然万物,表现的是对人生的哲思;同样,神话题材、宗教信仰主题中,也往往带有浓重的个人体验色彩,例如《阿喀琉斯的胜利》中多首诗涉及父亲的离世,[③]而珀涅罗珀组诗中随处可见诗人的影子,这类宏大叙事多是诗人对外部世界投射的内省。她的诗歌无论涉及自然、神话、信仰,还是生活日常,作为观察者的"我"始终在场,只不过这个"我"被散射到了不同的存在形式之中,如作为叙述者的诗人的替身、花园的园丁、花草树木、飞鸟舞蝶、女神空灵缥缈的灵魂,甚至是洞察一切的造物主。诗集译者柳向阳将格吕克的诗归结于"疼痛",曾经师从格吕克的诗人

[①] [美]威廉·吉拉尔迪:《内在的经纬:与露易丝·格丽克的问答》,许诗焱译。载《世界文学》2021年第2期,第83页。

[②] Robert von Hallberg. "Poetry, Politics, and Intellectuals." In *The Cambridge History of American Literature: Poetry and Criticism 1940—1995* (V.8). Ed. Sacvan Bercovitch. Cambridge: Cambridge UP, 2007, p.141.

[③] Jay Parini and Brett C. Miller. *The Columbia History of American Poetry*. New York: Columbia UP, 1993, p.664.

方商羊将她的诗归结于"寒冷":"在格吕克笔下,'我'成为现实存在的主体,然而这主体没有依附的对象,'我'对世界不信任。'我'的存在是为了无尽的言说和表达,但'我'没有倾听者,'我'渴望被理解,但却注定不能够。'我'在黑暗的边缘对着黑暗的深处吟唱,孤独而骄傲,因为吟唱本身让'我'的存在具有了意义。这也许是她诗歌最核心的悲剧和伟大之处"[1]。这都道出了诗歌中不同层面自我的相互渗透且相互独立的这一范式,如包慧怡所说,"如果说格吕克的诗歌语言始终保持着某些一以贯之的特质,她在抒情声调、主题、视角、戏剧性等方面的探索却从未落入自我重复的巢窠"[2]。深究格吕克诗歌中的"疼痛"及"寒冷"等主题,会发现它多指向的是"死亡"这一哲学命题。格吕克在诗歌中多次涉及死亡主题,姐姐、父亲的离世都令她愈加强烈地思考生命和死亡,表达了对生命真相的追问,在冥后珀涅罗珀的思考中、在俄耳甫斯失去欧律狄刻的追寻中,在四岁的女孩瞥见窗外"戴着礼帽的男人从卧室的窗下走过"[3]的那一瞬间。

  总体来说,格吕克的最大成就在于将个人体验转化为诗歌艺术,她已被视为自白派诗歌中的一部分;但她同时也"通过诗歌的神话维度,拉开了文学与作者本人的生活经历之间的距离,从而使西尔维娅·普拉斯、约翰·贝里曼、罗伯特·洛厄尔等所代表的自白诗歌发展成为自传式诗歌"[4],应该说,正是由于这种突破,才使得她被称作"后自白派诗人"。但是也必须注意到,个人体验在格吕克的诗作中投射出的价值表达,远远超出了诗人的个人经验和社会身份阈限。例如,两度失去亲人的悲痛和自身患病的经历,让格吕克对生命和死亡有了更加深刻的认识:伴随着肉体湮灭,灵魂归于何处?生命的意义如何?

  诗人格吕克将这种思考投射在了不同的主题中,诸如自然景物和人生经历,《幻想》("A Fantasy")就是其中的一首,它道出了死亡是伴随人生的常态这一残酷现实:"我要告诉你件事情:每天/人都在死亡。而这只是个开头。/每天,在殡仪馆,都诞生新的寡妇,/新的孤儿。他们坐着,双手交叠,/试图对这新的生活拿定主意。是往敞口的墓穴里抛些泥土。"[5]诗作描写了人们在面对死亡时的茫然无措:失去丈夫的新寡之人时而悲伤痛哭,时而

---

[1] 方商羊:《格丽克不关心"美",只在乎"真理"》,载《文艺报》2020年10月16日第004版。
[2] 包慧怡:《格丽克诗歌中的多声部"花园"叙事》,载《外国文学研究》2021年第1期,第52页。
[3] 格丽克:《对死亡的恐惧》,载《月光的合金》,柳向阳译。上海人民出版社,2016年,第246页。
[4] Daniel Morris. *The poetry of Louise Glück: a thematic introduction*. Columbia, MS: U of Missouri P, 2006, p. 25.
[5] 露易丝·格丽克:《直到世界反映了灵魂最深层的需要》,柳向阳译。上海人民出版社,2016年,第337页。

沉浸在对过去的追忆中而沉默不语,而参加葬礼的人们因为寡妇、孤儿的深沉哀恸而心悸,也有的对于她的沉默而心悸,但是,无论他们如何安慰她,都无所得知她内心的真实所想:"在她心里,她想要他们离开。/她想回到还在墓地的时候,/回到在病房,在医院的时候。她知道/这不可能。但这是她唯一的期盼:/祈愿时间倒流。哪怕只是一点点儿,/并不要远到刚刚结婚,初吻"①。叙述者尚未接受丈夫的离去这一现实,她希望时间能够倒流,她能够重温他们在一起的时光,诸如她在医院中的陪护,甚至在墓地中最后一眼的守望;她希望不要被打扰,静静地独自回忆过去的时光,回到他们一同与死神搏斗的那段日子。一方面,丈夫的死亡令她感受到孤独和痛苦,因为她自己的感受和他人的反应(诸如拥抱,安慰的话)之间存在着难以逾越的屏障;另一方面,目睹爱人生命的流逝是痛苦的,但是她也感受到在医院里与丈夫共同面对逼近的死亡时他们之间紧密的联系。

  这首诗的语言简单直白,叙述平实,是典型的格吕克风格,其中的"死亡"主题亦未有太多独特之处。然而,细读诗作会发现,格吕克以敏锐的洞察力和细腻的呈现,将死亡进行多维度的描写。诗中的时间随着叙述者不紧不慢的思绪被逐渐拉长,每一个词似乎都因她的回忆而带有了忧伤和温暖杂陈的复杂情感。对于死亡的不同体验使她意识到个体的独立性,即每个人都是独立生存于这个世界上的个体,一个人的死亡仅意味着个体的消失,并不会影响整个宇宙的运行,死亡给生者带来的痛楚和孤独是个体必须面对的挑战,死亡令她感受到在自然之力面前人类生存的卑微,她不敢祈求回到从前,只希望能够再次回味彼此的温度。死亡让叙述者意识到她和逝者之间的联结,也使她意识到这是所有人共同的归宿,由此看来,诗作的一句"每天/人都在死亡。而这只是个开头"就不再局限于叙述者本人的意识投射,而是同时观照到旁观者的"心悸",因为他们终会同样直面死亡。这部作品被收录在《阿勒山》中,前后几首都涉及她父亲的逝去,所以这里的死亡所感依然是同父亲的逝去相关。然而,这里的死亡所激发的对于生死的思考,以及叙述者"回到过去"的"幻想"所承载的痛楚和无奈,又超越了具体事件的时空阈限。在收录于诗集《新生》中的《新生》("Vita Nova")、《对死亡的恐惧》("Timor Mortis")和《乳酪》("Formaggio")等诗作中,"爱"与"死亡"相联系,并给出了一个特殊的表达式:"爱=〉死"②,在她看来,关于爱的

---

 ① 露易丝·格丽克:《直到世界反映了灵魂最深层的需要》,柳向阳译。上海人民出版社,2016年,第338页。
 ② 柳向阳:"代译序:露易丝·格丽克的疼痛之诗",露易丝·格丽克:《月光的合金》,柳向阳译。上海人民出版社,2016年,第4页。

冥想终将回归死亡这个无可逃脱的命题，四月的新生昭示的是死亡："却是，春天已经回到我身边，这一次/不是作为爱人，而是作为死亡的信使，但/它仍然是春天，仍然要温柔地说起"①。可见，在格吕克的诗歌中，生与死是彼此交融的意象，人们在生命中预见死亡，而死亡又包含着新生。死亡被格吕克赋予了众多情感色彩和诗意想象，死亡也具有了多重的意义，这首诗正是在质朴之中蕴含了对人生甚至对人类共同命运的思考。

格吕克诗歌中另一个恒久的主题是爱。诗人对感情有着天生的敏感，尽管两度不甚美满的婚姻令她一度茫然甚至退缩，但她从未放弃对爱的追寻和思索。她作品中经常书写的主题有代表着家庭关系的父母、夫妻、恋人等形象；此外，父女和母女等亲子关系中的爱也是诗人反复诘问的问题。《新生》《阿勒山》《村居生活》等诗集中此类主题较为常见。《习惯法》（"Unwritten Law"）描写了叙述者在爱情经历中的成长，她从年少时期的偏见任性逐渐走向成熟，"我年轻时的那些错误/让我毫无希望，因为它们反复出现，/习惯成自然。"②在"你"对"世界之爱"的引导之下，"我"认识到曾经的迷茫。当然，和格吕克许多其他诗作一样，这首诗同样描写了成长中快乐和痛苦参半的心理机制，将"智慧"和"残酷"并用，强调叙述者认识世界、面对现实过程中所遭遇的心理冲击。《燃烧的心》（"The Burning Heart"）借用但丁《神曲》中的弗兰奇斯嘉的故事，并继续采用但丁所使用的对话形式，描写了女主人公舍身追求爱情的勇气，虽最终在地狱之火中煎熬但依然心怀热情，"如今我们在这儿/既是火又是永恒"③。

自然主题在格吕克诗作中占据相当比重，其中倾注了诗人对于生命的思考，并且自然、爱等主题往往同女性身份相联系。《牵牛花》（"Ipomoea"）中花儿心中的悲伤，那种限制了它"向上攀登"，不允许它"重复自己的生命"的力量，投射出的是社会对于女性自我的控制。《晨曲》（"Aubade"）中清晨的到来昭示了光明，但同时也伴随着迷茫，当世界的运转被置于单向维度的时间之中，时间的流逝带来的改变无法逆转："世界很大，然后/世界变小。噢/很小，小得能够/装入大脑。/它没有颜色，它全部都是/内在的空间：没有什么/进去或出来。但时间/还是渗透了进去。这/就是那悲剧的一面。"④叙述者由此回忆自己曾经的挣扎，世界的存在完全在于她内心的感受之中，时间的流逝令她意识到自己的无能为力："而在自我的中心，/悲伤，

---

① 露易丝·格丽克：《月光的合金》，柳向阳译。上海人民出版社，2016年，第224页。
② 露易丝·格丽克：《月光的合金》，柳向阳译。上海人民出版社，2016年，第232—233页。
③ 露易丝·格丽克：《月光的合金》，柳向阳译。上海人民出版社，2016年，第236—237页。
④ 露易丝·格丽克：《月光的合金》，柳向阳译。上海人民出版社，2016年，第225页。

我以为自己无法挺过去"①,这里以及下面所说的"渴望安全,渴望感受,"同样指向作者曾经备受神经性厌食症折磨之时的绝望。但时间的流逝也为世界增加了色彩,为叙述者带来了希望:诗中的"白色"象征着死亡,金黄色、红色、紫色、微光闪闪等色彩,象征了对抗死亡欲望的力量。迪尔认为叙述者经历的情感冲击来自于外部而非内心,这首诗表现了"对于物质世界之快乐的觉醒:对色彩、纹路和变化(的认识)"②。除此之外,本诗还有深层次的哲学含义,它以悲观开始以迷茫结束,中间讲述了叙述者的成长和对外部世界的认识,迪尔所谓"物质世界的快乐"只是其中的一个过程,诗作最终又回归叙述者的内心感受。归于内心对生命的诘问,正是格吕克诗歌中第一人称叙事的典型体现,是外在自然之物在"我"心中的投射。

格吕克的作品中尤为引人注目的是她对《圣经》和古希腊罗马神话典故的广泛借用或改写。如诗集名"阿勒山"是《创世记》中洪水消退后挪亚方舟停泊的山,在与诗集同名的诗作《阿勒山》中,叙述者尝试从宗教的层面看待这个家族中妹妹和堂妹的死亡:"每一家都要向大地献出一个女孩"③的命运暗示了亚伯拉罕献祭儿子的故事;在另一首诗《一则故事》("A Fable")中,"两个女人/来到那位智慧国王的脚下/提出同一认领要求"④,显然改编自《旧约》中所罗门断案的故事,把原案变形为一位母亲在两个女儿之间被撕扯,而唯有"摧残自己"才能证明她是不忍心劈开母亲的"有义的孩子",回应这本诗集里反复讨论的亲子关系主题。

神话故事也是格吕克创作素材的源泉,在《阿喀琉斯的胜利》、《草场》、《新生》等诗集里,她大量借用了关于阿喀琉斯、珀涅罗珀、忒勒马科斯、塞壬、奥德修斯、喀耳刻、迦太基女王狄多、俄耳甫斯、欧律狄刻等神话人物的典故,其中使用最多的一个形象就是珀涅罗珀的故事。《阿弗尔诺》中有诸多珀涅罗珀经历的片段,她无忧无虑的少女时期,她在被冥王劫持之后失却的纯洁,她遭遇的带有暴力色彩的爱和性,以及她与母亲农业女神德墨忒耳之间的情感,都成为格吕克投射女性成长、家庭和婚姻的场域,她将个人经历不同程度地投射在作品中,譬如她渴望母亲关注的童年生活、少年时的困

---

① 露易丝·格丽克:《月光的合金》,柳向阳译。上海人民出版社,2016年,第226页。
② Joanne Feit Diehl. "'From One World to Another': Voice in *Vita Nova*". In *Louise Glück: Change What You See*. Ed. Joanne Feit Diehl. Ann Arbor: U of Michigan P, 2005, p. 152. 译文参考柳向阳译本《月光的合金》。
③ 露易丝·格丽克:《直到世界反映了灵魂最深层的需要》,柳向阳译。上海人民出版社,2016年,第346页。
④ 露易丝·格丽克:《直到世界反映了灵魂最深层的需要》,柳向阳译。上海人民出版社,2016年,第351页。

惑与迷惘,以及成年后的婚姻生活,这些片段建构了一个在现代社会中寻找自我生存空间的珀涅罗珀。在《漂泊者珀尔塞福涅》("Persephone the Wanderer")中,世界被分成了天堂、大地和地狱三个层次,珀尔塞福涅就漂泊在由母亲掌控的大地和由丈夫掌控的地狱之间,被围绕着她争夺的各种力量拉扯着,没有人关心她想要什么,她无法选择自己活着的方式,她"并没有活着,也不允许死去",因此诗人在诗歌的末尾把这个故事解读为:"母亲与情人之间的一场争执——女儿只是内容"①。曾巍指出,"在这个隐含作者这里,经历婚姻变故的诗人、面对丈夫出轨的中年女士,与史诗中独守空房的妻子,三个生命位格合为一体。珀涅罗珀,既是神话中的英雄家眷,也是深陷庸常的主妇,还是诗人移情的对象。她所讲述的故事,因此具有神话、虚构、现实三个层次"②。对于珀尔塞福涅乃至她的形象所指涉的女性的宿命,诗人悲哀地断言道:"她早已是一个囚犯,自从她生为女儿"③。

可见,即便在神话和《圣经》题材的宏大叙事中,格吕克也将私人化的经验运用其中,这也正是批评家将其诗歌创作与自白派诗歌相提并论的一个原因。格雷戈里·奥尔在《哥伦比亚美国诗歌史》里题为"后自白诗歌"的章节中提到,格吕克的组诗《下降的形象》和多位同辈诗人的作品具有共性,都借助于文学修辞和心理分析的技巧,把自传风格的诗歌变成了在当时美国诗坛主流的写作方式。④ 显然如此,只是格吕克的目的并非将个人生活公之于众,她在访谈中表示:"我时常因为人们把我的诗歌当作自传来读而感到不快,我利用生活给予我的材料,但我感兴趣的不是它们发生在我身上,而是当我环顾四周时,它们似乎是典型的。我们生来都是凡人。我们必须面对死亡的概念。我们所有人,在某种程度上,都有爱,带着风险、脆弱、失望和激情带来的巨大刺激"⑤。

格吕克的诗歌语言风格简洁明了,但其中却总是暗流涌动,诗人将关于玄学、宗教、神话、人生等话题的哲思,通过洋溢着日常感的文字和意象,不露声色地表达出来。在她笔下,神话中的夫妇变成了生活在现代社会里的

---

① 露易丝·格丽克:《直到世界反映了灵魂最深层的需要》,柳向阳译。上海人民出版社,2016年,第45页。

② 曾巍:《珀涅罗珀的织物——格丽克〈草场〉对荷马史诗〈奥德赛〉的改写》,载《外国文学研究》2021年第1期,第41页。

③ 露易丝·格丽克:《直到世界反映了灵魂最深层的需要》,柳向阳译。上海人民出版社,2016年,第44页。

④ Gregory Orr. "The Postconfessional Lyric," *The Columbia History of American Poetry*. Rd. Jay Parini. New York: Columbia UP, 1993, pp. 653—54.

⑤ Louise Glück. "In the Magnificent Region of Courage: Interview by Grace Cavalieri". *Beltway Poetry Quarterly*. 10 November 2006. https://www.beltwaypoetry.com/interview-gluck/

普通人,神话中的父母和现代大多数父母都面临着相同的问题。在写到珀涅罗珀对丈夫忠贞不渝的等待时借用了现代人创作的歌曲"珀涅罗珀之歌"和女高音歌唱家玛莉亚·卡拉斯的歌声;题为《塞壬》("Siren")的诗描写了一位爱上有妇之夫、在爱情中煎熬的女招待;《小爱神》("Eros")则讲述了少女在感情和情欲之间的徘徊。这些也正是格吕克所谓"人类普遍经验"的表现,是文学得以超越时间和空间的审美所在。诗人用富有节奏感和音乐感的语言①,将这些人类的经验向读者娓娓道来。

在路易丝·格吕克五六岁时,艺术女神第一次降临在这个小女孩的头脑里,促使她写下了第一首充满童稚和灵气的小诗。格吕克紧紧握住这缕灵感,并将它一直保留到现在。她在诗歌创作之路上至今已走过了六十余个年头,每一部诗集都带给读者崭新而深刻的美学体验。她将对人生和世界的思索,浓缩在人类古老的共同记忆中,回答着人生中终将遇到的种种难题。她的诗歌主题多变,意蕴丰富,既涉及对人生的思考,诸如生死、爱和欲望,也关乎性别政治及权力关系等宏大话语,她将这些严肃凝重的话题,融入质朴的诗行、平实的生活日常和细腻的情感之中,传递出对生命和自然的热爱、对自我的反思,以及自我疗愈的勇气。格吕克的诗歌风格多样,表现技巧纯熟,每一本诗集都是对前一本所建立的美学准则的突破,自她初出茅庐、作为一个"焦虑的模仿者"创作《头生子》,到如今她的名字已成为美国当代诗歌史不可不提的"关键词",细心的读者总能从她作品风格的发展流变中找出一脉相承的核心要素,那就是对世界始终不变的好奇心和始终不渝的探索精神。

---

① Louise Glück. "In the Magnificent Region of Courage: Interview by Grace Cavalieri". *Beltway Poetry Quarterly*. 10 November 2006.

作家索引

A

阿尔瓦,米娅　Alvar,Mia　800
阿尔瓦雷斯,茱莉娅　Alvarez,Julia　785,786
阿莱格里亚,克拉丽贝尔　Alegría,Claribel　787,788
阿连德,伊莎贝拉　Allende,Isabel　786,787
阿瑟顿,格特鲁德　Atherton,Gertrude　263
阿特伍德,玛格丽特　Atwood,Margaret　688
埃勒特,伊丽莎白　Ellet,Elizabeth　87
埃利奥特,莫德·豪　Elliott,Maud Howe　264
埃利森,拉尔夫　Ellison,Ralph　333,808
埃姆皮埃尔-埃雷拉,露丝·玛丽亚　Umpierre-Herrera,Luz María "Luzma"　783
埃斯特维斯,桑德拉·玛丽亚　Esteves,Sandra María　783
埃文斯,奥古斯塔·简　Evans,Augusta Jane　166—170,172—176
艾金斯,佐薇　Akins,Zoë　402,611,616
艾伦,葆拉　Allen,Paula Gunn　788
爱默生,玛丽·穆迪　Emerson,Mary Moody　19
安东尼,苏珊·B.　Anthony,Susan B.　80,90,114
安吉洛,玛雅　Angelou,Maya　755,772—774,981
安廷,玛丽　Antin,Mary　271,449
安扎尔多瓦,格洛丽亚　Anzaldúa,Gloria　498,781,938
奥尔科特,路易莎·梅　Alcott,Louisa May　100,157,158—166,178,230,377
奥尔瑟,丽莎　Alther,Lisa　763
奥尔森,蒂莉　Olsen,Tillie　231,484,491,492,495,632,679,680—688
奥康纳,弗兰纳里　O'Connor,Flannery　287,493,494,561,600,605—608,765
奥罗克,梅根　O'Rourke,Meghan　362
奥斯本,萨拉　Osborn,Sara　19
奥斯古德,弗朗西丝　Osgood,Frances　93,94
奥斯丁,简　Austen,Jane　25,377,519,622
奥斯汀,玛丽　Austin,Mary　263,267,280

B

巴恩斯,朱娜　Barnes,Djuna　483,486
巴斯兹勒,纳塔莉　Baszile,Natalie　776,778
巴特勒,奥克塔维亚　Butler,Octavia Estelle　495,760,761,772,776
白广善　Lee,Mary Paik　801
柏拉图,安　Plato,Ann　26
班巴拉,托妮·凯德　Bambara,Toni Cade　762,945
邦纳,玛丽塔　Bonner,Marita　403
鲍尔斯,芭谢巴　Bowers,Bathsheba　19
鲍尔斯,简　Bowles,Jane　499
鲍宁,格特鲁德·西蒙斯　Bonnin,Gertrude Simmons　268,269,417,425
贝茨,多丽丝　Betts,Doris　763
贝哈尔,露斯　Behar,Ruth
贝蒂,安　Beattie,Ann　768
贝利,阿比盖尔·阿布特　Bailey,Abigail Abbot　20
贝特曼,席德妮　Bateman,Sidney　22
比彻,凯瑟琳　Beecher,Catherine　75,76,81,83,146,185
毕晓普,伊丽莎白　Bishop,Elizabeth　392,501,689,700—707,710—713,1008
波特,凯瑟琳·安　Porter,Katherine Anne　280,345,410,483,492,514,556,566,
　　567,574,583
伯尔,埃斯特·爱德华兹　Burr,Esther Edwards　19
博根,路易丝　Bogan,Louise　400,486
博伊尔,凯　Boyle,Kay　485,486
布莱克,玛丽·伊丽莎白·麦格拉思　Blake,Mary Elizabeth McGrath　363
布朗,爱丽丝　Brown,Alice　402
布朗,丽塔·梅　Brown,Rita Mae　763
布莱克莫尔,杰西卡·贝尔德　Blakemore,Jessica Rowley Pell Bird　757
布雷纳德,塞西莉亚　Brainard,Cecilia Manguerra　799
布雷兹特里特,安妮　Bradstreet,Anne　6,15,26—32,363,1010,1118
布鲁克斯,格温德琳　Brooks,Gwendolyn　503,504,517,689,713—722,768,806,
　　1037,1039,1040
布罗内尔,埃斯特　Broner,Esther　769

C

蔡尔德,莉迪亚·玛丽亚　Child,Lydia Maria　109—118,204,220,221,227
曹兰　Cao,Lan　795,796
查韦斯,丹尼丝　Chávez,Denise Elia　782
车,斯特芙　Cha,Steph　803
车,学庆　Cha,Theresa Hak Kyung　802

陈,美玲　Chin,Marilyn　793
崔,明霞　Minh-ha,Trinh T.　798
崔,苏珊　Choi,Susan　802

D

达夫,丽塔　Dove,Rita　767,778,1021,1036—1038,1043
达斯汀,汉娜　Dustin,Hannah　21,34,35
戴维斯,安吉拉　Davis,Angela Y.　945
戴维斯,丽贝卡·哈丁　Davis,Rebecca Harding　229—237,681,686—688
戴维斯,莉迪亚　Davis,Lydia　768
丹提凯特,艾德伟奇　Danticat,Edwidge　780,786
德兰,芭芭拉　Tran,Barbara　796
德林克,伊丽莎白·桑维兹　Drinker,Elizabeth Sandwich　19
邓巴-纳尔逊,艾丽斯　Dunbar-Nelson,Alice　268
邓拉普,简　Dunlap,Jane　17
迪迪翁,琼　Didion,Joan　492,755,804,831,835—842
狄金森,艾米莉　Dickinson,Emily　94,95,100,155,238—251,363—365,381,410,
　　611,1008—1010,1013—1016,1084
蒂尔曼,凯瑟琳·戴维斯　Tillman,Katherine Davis　270
蒂斯代尔,萨拉　Teasdale,Sara　365
杜波依斯,雪莉·格雷厄姆　Du Bois,Shirley Graham　403
杜利特尔,希尔达　Doolittle,Hilda　265,376—385,483,486

E

厄德里克,路易丝　Erdrich,Louise　690,789,805,919—934,1106
恩伯里,埃玛·凯瑟琳　Embury,Emma Catherine　88

F

范,艾美　Phan,Aimee　797,798
菲尔普斯,伊丽莎白·斯图尔特　Phelps,Elizabeth Stuart　91,92,177—184,296
费伯,埃德娜　Ferber,Edna　271,272,483
福恩斯,玛丽亚·艾琳　Fornés,Maria Irene　784,1051—1063,1073
弗恩,范妮　Fern,Fanny　84,87,146—150,153—157
弗格森,伊丽莎白·格雷姆　Fergusson,Elizabeth Graeme　17
弗里曼,玛丽·威尔金斯　Freeman,Mary Wilkins　199,262,263,267,278,302—311,
　　319,323,382,410
弗伦奇,玛丽　French,Mary　21
福勒,卡伦·乔伊　Fowler,Karen Joy　760,761
福塞特,杰茜·雷德蒙　Fauset,Jessie Redmon　489,503,515—527,532,818
福斯特,汉娜·韦伯斯特　Foster,Hannah Webster　24,51,53,54,65—72,102

富特,贝齐　Foote,Betsy　19
富格力斯,玛格丽特·布里克　Faugeres,Margaretta Bleecker　17
富勒,玛格丽特　Fuller,Margaret　77,79,80,82,95,110,113,118,119

G

盖恩斯,欧内斯特·J.　Gaines,Ernest J.　204
盖尔,佐娜　Gale,Zona　609,610
盖齐,玛蒂尔达·乔思林　Gage,Matilda Joslyn　114
戈德斯坦,丽贝卡　Goldstein,Rebecca　771
戈德温·盖尔　Godwin,Gail　763
戈登,卡罗琳　Gordon,Caroline　493,494
哥拉斯佩尔,苏珊　Glaspell,Susan　401—411,483,609—611
格拉斯哥,埃伦　Glasgow,Ellen　263,323,466,487,492,508,555,556,558—562,564—566
格兰德,瑞娜　Grande,Reyna　782,935
格劳,雪莉·安　Grau,Shirley Ann　763
格雷厄姆,乔丽　Graham,Jorie　771
格雷费茨,汉娜　Griffitts,Hannah　17
格里姆克,安吉丽娜　Grimke,Angelina　76
格吕克,路易丝　Glück,Louise　1118—1129
格罗斯曼,朱迪丝　Grossman,Judith Josephine　760,769

H

哈德维克,伊丽莎白　Hardwick,Elizabeth　499
哈吉拉特瓦拉,米娜尔　Hajratwala,Minal　794
哈久,乔伊　Harjo,Joy　690,789
哈兰德,马丽昂　Harland,Marion　91,92
哈蒙,朱庇特　Hammon,Jupiter　45
哈珀,弗朗西丝·E.W.　Harper,Frances E.W.　97,202,217,270,324—333,349,351
哈钦森,安妮　Hutchinson,Anne　4,649
海尔曼,莉莲　Hellman,Lillian　481,491,609,611,613—624,699
海格多恩,杰西卡　Hagedorn,Jessica　799,800
汉森,伊丽莎白　Hanson,Elizabeth　20,35
汉斯伯里,洛蕾恩　Hansberry,Lorraine　503,504,609,613,624—627,629—631
豪,蒂娜　Howe,Tina　766,767
豪,茱莉娅·沃德　Howe,Julia Ward　94
赫林,范妮　Herring,Fanny　22
赫斯顿,佐拉·尼尔　Hurston,Zora Neale　333,345,403,422,449,487,490,503,504,515,517,519,537—546,612,677,774,818,884,893,909
赫斯特,范妮　Hurst,Fannie　271,272,483,491,492

黑尔,萨拉·约瑟法　Hale,Sarah Josepha　81,87,88,90,187
黑斯利普,黎乐　Hayslip,Le Ly　794,795
亨利,贝丝　Henley,Elizabeth Becker "Beth"　766,767
亨茨,卡罗琳·李　Hentz,Caroline Lee　91
华顿,伊迪丝　Wharton,Edith　267,275,276,290,322,323,339,402,410,425—437,
　466,472,474,566,611,618,632,663,690
华盛顿,玛莎　Washington,Martha　9,87
黄,玉雪　Wong,Jade Snow　441,484,496,633,654—661,978
惠特利,菲莉丝　Wheatley,Phillis　17,26,42—51,270,324
霍根,琳达　Hogan,Linda　789
霍姆斯,玛丽·简　Holmes,Mary Jane　91,92
霍普金斯,安妮　Hopkins,Ann　15
霍普金斯,保利娜·伊丽莎白　Hopkins,Pauline Elizabeth　270,343—352

J

吉奥瓦尼,尼奇　Giovanni,Nikki　778,779
吉尔,普林斯　Gill,Prince　19
吉尔克里斯特,埃伦　Gilchrist,Ellen　763,764
吉尔曼,卡罗琳·霍华德　Gilman,Caroline Howard　87
吉尔曼,夏洛特·珀金斯　Gilman,Charlotte Perkins　265,323,333,334,352—362,
　439,681
加西亚,克里斯蒂娜　Garcia,Cristina　784,785
加德纳,梅格　Gardiner,Meg　758
加德纳,丽莎　Gardner,Lisa　757
角畑,辛西娅　Kadohata,Cynthia　801
杰克逊,雪莉　Jackson,Shirley　500,633,645—652
杰伊,萨拉　Jay,Sara　18
金,格蕾丝·伊丽落莎白　King,Grace Elizabeth　263,280
金,荣阳　Kim,Ronyoung　802
金,苏琪　Kim,Suki　802
金,秀智　Kim,Suji Kwock　803
金,伊丽莎白　Kim,Elizabeth　802
金凯德,杰梅卡　Kincaid,Jamaica　780,805,895—908

K

卡博特,梅格　Cabot,Meg　757,758,759
卡尔,玛丽　Karr,Mary　755
卡拉汉,索菲娅·爱丽斯　Callahan,Sophia Alice　416
卡利舍,霍腾丝　Calisher,Hortense　770
卡明斯,玛丽亚·苏珊娜　Cummins,Maria Susanne　131,139—142,230

卡斯蒂略,安娜　Castillo,Ana　498,782
凯瑟,薇拉　Cather,Willa　260,263,267,279,287,290,291,293,295,298,323,339,345,368,411,414,427,435,437,449,452,457—459,469,483,560,561,563,566,567,632
凯森,苏珊娜　Kaysen,Susanna　755
凯特,劳伦　Kate,Lauren　759
康韦,凯瑟琳·埃莉诺　Conway,Katherine Eleanor　363
科弗,朱迪丝　Cofer,Judith　783
柯克兰,卡罗琳　Kirkland,Caroline　88,138
克拉夫茨,汉娜　Crafts,Hannah　206,207,209,324
克利夫顿,露西尔　Clifton,Lucille　503
克利奇,珀尔　Cleage,Pearl　772,774,775,779,780
克罗瑟斯,雷切尔　Crothers,Rachel　402,609,610,611
肯尼,劳拉　Keene,Laura　22
库珀,安娜·朱莉娅　Cooper,Anna Julia　270
昆塔斯克,克里斯蒂娜　Quintasket,Christine　269

L

拉森,妮拉　Larsen,Nella　489,510,515—517,519,527—538,818
拉什,卡罗琳　Rush,Caroline　187
拉什,丽贝卡　Rush,Rebecca　25
拉斯,乔安娜　Russ,Joanna　760—762
拉希里,裘帕　Lahiri,Jhumpa　794
伦诺克斯,夏洛特　Lennox,Charlotte　21,24,25,51
莱恩,玛莎　Lane,Martha　353
莱维托夫,丹妮丝　Levertov,Denise　383,502,689,722—732
赖特,佩兴丝·洛弗尔　Wright,Patience Lovell　19
赖希,托娃　Reich,Tova　769
劳,桑塔·拉玛　Rau,Santha Rama　497
劳里,贝弗莉　Lowry,Beverly　763
勒吉恩,厄休拉·K.　Le Guin,Ursula K.　760,804,818—825,827—831
黎,氏艳岁　Lê,Thi Diem Thúy　797
李,恩富　Lee,Yan Phou　440
李,汉娜·法纳姆　Lee,Hannah Farnham　88
李,哈珀　Lee,Harper　476,494
李,金兰　Lee,Virginia Chin-Lan　496
李,托斯卡　Lee,Tosca　803
里德,托马斯·布坎南　Read,Thomas Buchanan　93
里奇,阿德里安娜　Rich,Adrienne　32,165,243,383,723,767,771,894,1006
林,英敏　Ling,Amy　437,793,987
卢斯,安妮塔　Loos,Anita　483

卢斯,克莱尔·布斯　Luce,Clare Booth　611
鲁,库伊特　Luu,Khoi Truong　796
鲁凯泽,缪丽尔　Rukeyser,Muriel　486,487,491,725,726,735
鲁伊斯·德·伯顿,玛丽亚　Ruiz de Burton,Maria Amparo　273
伦诺克斯,夏洛特·拉姆齐　Lennox,Charlotte Ramsay　21,24
罗宾斯,伊丽莎白　Robins,Elizabeth　402
罗宾逊,玛丽莲　Robinson,Marilynne　1096—1106
罗菲,安妮　Roiphe,Anne　769,770
罗根,奥利芙　Logan,Olive　22
罗兰德,劳拉·J.　Rowland,Laura Joh　803
罗兰森,玛丽　Rowlandson,Mary　15,20,21,33,34,36—42,412
罗瑟,吉尔·阿林　Rosser,J. Allyn　362
罗森,诺玛　Rosen,Norma　769
罗森,苏珊娜　Rowson,Susanna　9,22,24,51,57,59,63,102,225
罗斯,温迪　Rose,Wendy　690
罗斯卡,尼诺奇卡　Rosca,Ninotchka　798
罗伊斯特,杰奎琳·琼斯　Royster,Jacqueline Jones　97
洛德,奥德丽　Lorde,Audre　767,778,894,1006,1012,1021—1026,1028—1036
洛克,简·E.　Lock,Jane E.　72
洛威尔,艾米　Lowell,Amy　265,266,366—371,373—376,378,383,483

M

马尔格林,安娜　Margolin,Anna　271,273
马格农,莱昂诺尔·比耶加斯　Magnón,Leonor Villegas　273
马斯特斯,埃德加·李　Masters,Edgar Lee　279
马歇尔,葆拉　Marshall,Paule　677,767,772,780,804—812,814—818,916
迈耶,斯蒂芬妮　Meyer,Stephenie Morgan　757,758
麦吉尼斯,科琳　McGuinness,Colleen　803
麦金托什,玛丽亚　McIntosh,Maria　91
麦卡锡,玛丽　McCarthy,Mary　502,616,632—645,701
麦卡勒斯,卡森　McCullers,Carson　483,492,493,557,591—601,608
麦克米兰,特丽　McMillan,Terry　776,777
梅,卡罗琳　May,Caroline　92
梅迪纳,路易莎　Medina,Louisa　22
梅里曼,米尔德丽德　Merryman,Mildred P.　262
梅森,鲍比·安　Mason,Bobbie Ann　763
门罗,哈丽雅特　Monroe,Harriet　393,486
孟兰　Mong-Lan　798
米莱,埃德娜·圣文森特　Millay,Edna St. Vincent　265,366,392—397,398—400,483
米勒,梅　Miller,May　403,612

米利特,莉迪亚　Millet,Lydia　758
米切尔,玛格丽特　Mitchell,Margaret　483,492,493,557,575—582
闵,珍妮　Min,Janice　803
摩根,贝丽　Morgan,Berry　763
莫顿,玛莎　Morton,Martha　22,402
莫顿,萨拉·温特沃思　Morton,Sarah Wentworth　9
莫尔斯,埃伦　Moers,Ellen　771
莫拉加,切丽　Moraga,Cherrie　781,782,1024,1051,1062
莫里森,托妮　Morrison,Toni　204,333,470,505,517,537,772,806,894,909,916,944—964
莫瓦特,安娜·科拉　Mowatt,Anna Cora　95
墨菲,帕特　Murphy,Pat　760
默弗里,玛丽·诺埃尔斯　Murfree,Mary Noailles　311—319
默里,朱迪丝·萨金特　Murray,Judith Sargent　8,9,12,22,24,51,54,79
穆尔,玛丽安娜　Moore,Marianne　483,701,705,706
穆克吉,巴拉蒂　Mukherjee,Bharati　805,866,867—871,873—880

N

奈特,萨拉·肯布尔　Knight,Sarah Kemble　15,16,20
奈兹胡克玛塔黑尔,艾梅　Nezhukumatathil,Aimee　794
内勒,格洛丽亚　Naylor,Gloria　773,805,908,909—919
内田,淑子　Uchida,Yoshiko　800,801
尼格利,何塞菲娜　Niggli,Josefina　498,499
诺曼,玛莎　Norman,Marsha　766,1051,1064—1071

O

欧贝哈斯,阿奇　Obejas,Achy　785
欧茨,乔伊斯·卡罗尔　Oates,Joyce Carol　238,646,682,756,770,1079—1096
欧芝克,辛西娅　Ozick,Cynthia　769,770,993—1005

P

帕克,多萝西　Parker,Dorothy　481,483,485,623,689,690—700
佩里,格蕾丝　Paley,Grace　633,661—671
佩奇,约翰·W.　Page,John W.　187
佩特里,安　Petry,Ann　503,517,633,670—678,818
皮博迪,伊丽莎白　Peabody,Elizabeth　80
皮尔西,玛吉　Piercy,Marge　760,767,770,805,856,857,860—866
普莱达,多罗丽斯　Prida,Dolores　784
普拉斯,西尔维娅　Plath,Sylvia　366,378,481,500,501,632,634,689,718,734,739,740—750,768,770,1039,1124

普鲁,安妮　Proulx,Annie　804,842—855

Q

奇尔德雷斯,爱丽丝　Childress,Alice　612
钱宁,格蕾丝·埃勒里　Channing,Grace Ellery　353,354
切泽布罗,卡罗琳　Chesebro,Caroline　91,92
琼斯,盖尔　Jones,Gayl　772,945
琼斯,塔雅丽　Jones,Tayari　776,778

R

任,碧莲　Jen,Gish　441,790—792
容,埃丽卡　Jong,Erica　769,771
阮,碧铭　Nguyen,Bich Minh　797

S

撒克斯特,西莉亚·莱顿　Thaxter,Celia Laighton　307
塞克斯顿,安妮　Sexton,Anne　366,378,400,500,501,689,732—739,745
塞奇威克,凯瑟琳　Sedgwick,Catharine M.　98—108,139,140
塞万提斯,罗娜·迪　Cervantes,Lorna Dee　1021,1043—1051
塞特尔,玛丽·李　Settle,Mary Lee　762,763
赛珍珠　Buck,Pearl S.　451,495,546—554,944
桑德堡,卡尔　Sandburg,Car　279
桑塔格,苏珊　Sontag,Susan　492,594,769,771,1052,1053,1061
山格,诺扎克　Shange,Ntozake　779,1051,1071,1072,1078
山中,路易丝-安　Yamanaka,Lois-Ann　801
圣地亚哥,埃斯梅拉达　Santiago,Esmeralda　783
史密斯,李　Smith,Lee　763,764
史密斯,特蕾西　Smith,Tracy K.　778,779
史密斯,伊丽莎白·欧克斯　Smith,Elizabeth Oakes　80,93
史沫特莱,阿格尼丝　Smedley,Agnes　490,491,681
斯宾塞,伊丽莎白　Spencer,Elizabeth　763
斯彭斯,尤拉里　Spence,Eulalie　612
斯蒂芬斯,安·索菲娅　Stephens,Ann Sophia　91,92
斯莱特,劳伦　Slater,Lauren　755
斯普里格斯,伊丽莎白　Sprigs,Elizabeth　18
斯塔福德,琼　Stafford,Jean　499
斯泰因,格特鲁德　Stein,Gertrude　323,382,466,473,474,483—485,505—514,614
斯坦顿,伊丽莎白·卡迪　Stanton,Elizabeth Cady　77,78,79,81,85,90,113,153
斯托,哈丽雅特·比彻　Stowe,Harriet Beecher　57,85,95,98,113,124,130,146,
　　149,164,179,184—200,202,208,219,230,256,353,361,575

斯托克顿,安妮丝·布迪诺特　Stockton,Annis Boudinot　16
斯沃顿,汉娜　Swarton,Hannah　21,34,35
孙,戴安娜　Son,Diana　803
索思沃斯,E.D.E.N.　Southworth,E.D.E.N.　87,123—130,561

T

塔夫脱,杰茜　Taft,Jessie　353
塔格德,吉纳维芙　Taggard,Genevieve　491
泰勒,安　Tyler,Anne　763,764,765
泰姆伯雷,艾斯黛拉·波蒂略　Trambley,Estela Portillo　781
谭恩美　Tan,Amy　441,790—792,868,965,976,978—992
坦尼,塔比莎　Tenney,Tabitha　24,25,51,54
汤普金斯,简　Tompkins,Jane　52,91,122,135,136,137,579
汤普森,露西　Thompson,Lucy　416
汤亭亭　Kingston,Maxine Hong　437,438,440,441,554,654,790—792,868,965—967,970—978,982,992
特雷德韦尔,索菲　Treadwell,Sophie　402,609—611
特雷尔,玛丽·丘奇　Terrell,Mary Church　270
特里,露西　Terry,Lucy　26,45
特里,梅根　Terry,Megan　613,766,1073
特里斯,唐·特纳　Trice,Dawn Turner　776,777

W

瓦瑟斯坦,温迪　Wasserstein,Wendy　766,771
威德默,玛格丽特　Widdemer,Margaret　366
威尔科克斯,埃拉·惠勒　Wilcox,Ella Wheeler　264
威尔纳,埃莉诺　Wilner,Eleanor　362
威尔逊,哈丽雅特·E.　Wilson,Harriet E.　26,97,201,209—217,270,324
威金,凯特·道格拉斯　Wiggin,Kate Douglas　265
威廉,凯特　Wilhelm,Kate　760
威廉姆斯,琼　Williams,Joan　763
威廉姆斯,雪莉·安　Williams,Shirley Ann　204
韦伯斯特,琼　Webster,Jean　265
韦尔蒂,尤多拉　Welty,Eudora　167,176,492,493,557,567,575,582—591,600,608
韦尔斯,艾达·贝尔　Wells,Ida Bell　270
韦斯特,多萝西　West,Dorothy　489,517
韦斯特,梅　West,May　611
维拉蒙特斯,埃莱娜　Viramontes,Helena Maria　782
温尼马卡,萨拉　Winnemucca,Sarah　416
温斯罗普,玛格丽特·廷德尔　Winthrop,Margaret Tyndal　18

温特沃思,玛丽昂·克雷格　Wentworth,Marion Craig　610
沃茨,玛丽·S.　Watts,Mary S.　275
沃德,杰丝明　Ward,Jesmyn　773
沃尔什,玛尼　Walsh,Marnie　689,690
沃克,艾丽斯　Walker,Alice　217,490,517,537,538,546,677,763,767,772,773,805, 806,811,880—894,916,966,1006,1065,1106
沃克,玛格丽特　Walker,Margaret　204,504,806
沃克,南希　Walker,Nancy　343
沃伦,莫西·奥蒂斯　Warren,Mercy Otis　8,12,21,22,87
沃纳,安娜　Warner,Anna　91,133
沃纳,苏珊　Warner,Susan　82,91,100,130—138,145
吴,淑英　Woo,Merle　793
伍,慧明　Ng,Fae Myenne　790,792
伍,琦诗　Ng,Celeste　790
伍尔森,康斯坦丝·费尼莫尔　Woolson,Constance Fenimore　281—292,561

X

西尔克,莱斯利·马蒙　Silko,Leslie Marmon　690,788,919,1106—1108,1112—1113,1115—1118
西格,劳尔　Segal,Lore　770
西戈尼,莉迪亚·亨特利　Sigourney,Lydia Huntley　81,93
西蒙,凯特　Simon,Kate　769
西斯内罗斯,桑德拉　Cisneros,Sandra　498,767,782,805,934—943,1043
肖邦,凯特　Chopin,Kate　232,265,280,307,319,323,333—336,339—343
肖沃尔特,伊莱恩　Showalter,Elaine　14,94,207,264,275,411,645
谢尔顿,爱丽丝·布拉德利　Sheldon,Alice Bradley　760,761
谢泼德,梅根　Shepherd,Megan　758
谢弗,苏珊·弗洛姆伯格　Schaeffer,Susan Fromberg　769
休姆,索菲娅　Hume,Sophia　19
休斯敦,珍妮·W.　Houston,Jeanne Wakatsuki　801
叙厄尔,梅里代尔·勒　Sueur,Meridel Le　484,490,491

Y

雅各布斯,哈丽雅特　Jacobs,Harriet　97,113,201,205,218—229
亚当斯,阿比盖尔　Adams,Abigail　8,12,18,21,87
亚当斯,汉娜　Adams,Hannah　23
亚历山大,米娜　Alexander,Meena　794
叶齐尔斯卡,安吉亚　Yezierska,Anzia　271,272,456
伊顿,温妮弗雷德　Eaton,Winnifred　274,440
伊顿,伊迪丝　Eaton,Edith　274,440—444,448,449,654

伊斯门,玛丽·H. Eastman,Mary H. 187
伊娃,萨拉 Eve,Sarah 19
约翰斯顿,玛丽 Johnston,Mary 264
约翰逊,乔治娅·道格拉斯 Johnson,Georgia Douglas 270,271,403,490,611

Z

张,纯如 Chang,Iris 793
张,莫妮克 Truong,Monique T. D. 796
张,彤禾 Chang,Leslie T. 793
赵,健秀 Chin,Frank 441,496,654,657,974—976,978,992
赵,茱莉 Cho,Julia 803
朱厄特,萨拉·奥恩 Jewett,Sarah Orne 82,199,263,267,278,283,292—302,306,307,313,316,317,427,459,587
朱丽爱 Wong,Nellie 793

作 品 索 引

《125街和阿波美》 "125th Street and Abomey" 1028
《1969年11月15日在司法部》 "At the Justice Department November 15,1969" 729
《1996》 1996 909,917
《19世纪女性》 Women in the Nineteenth Century 79,80
《3的成功生活:短剧小品》 The Successful Life of 3:A Skit for Vaudeville 1055
《45慈悲大街》 45 Mercy Street 735
《50年代女性的成长》 "Growing Up Female in the'50s'" 864

A

《阿比盖尔·贝利夫人自传》 Memoirs of Mrs. Abigail Bailey 20
《阿尔及尔的奴隶》 Slaves in Algiers 58
《阿弗尔诺》 Averno 1122,1127
《阿喀琉斯的胜利》 The Triumph of Achilles 1123,1127
《阿奎罗姐妹》 The Agüero Sisters 784
《阿勒山》 "Ararat" 1119
《阿勒山》 Ararat 1123,1125—1127
《阿曼德》 Armand 95
《阿瑞托萨》 "Arethusa" 307
《啊,拓荒者!》 O Pioneers 267,323,435,459,460,463,464,466,467,563
《啊,我是龙》 O to Be a Dragon 385,391
《阿宾顿广场》 Abingdon Square 1055
《埃尔韦拉·沙塔耶夫的幻想》 "Phantasia for Elvira Shatayev" 1012
《埃及海伦》 Helen in Egypt 383
《埃米特·提尔谣曲的最后一首四行诗》 "The Last Quatrain of the Ballad of Emmett Till" 717
《矮个子姑娘》 Short Girls 797
《矮人森林》 Forest of the Pygmies 787
《艾奥拉·勒罗伊:站立的阴影》 Iola Leroy, or Shadows Uplifted 97,202,324,329,330,333,351
《艾丽斯·托克拉斯的烹调书》 The Alice B. Toklas Cookbook 796
《艾丽斯·托克拉斯自传》 The Autobiography of Alice B. Toklas 512—514

作品索引

《艾莉森的房子》 Alison's House 611
《埃莉诺·富尔顿》 Elinor Fulton 88
《爱》 Love 946,958,959,961—964
《爱不是一切》 "Love Is Not All" 397
《爱的轮盘》 The Wheel of Love and Other Stories 1079,1081
《爱国的哲学家农夫的梦想》 "The Dream of the Patriotic, Philosophical Farmer" 17
《爱丽儿》 Ariel 501,746,747,749
《爱你,仅比爱生命少一点》 "Loving You Less Than Life, A Little Less" 366
《爱妾》 The Love Wife 791
《爱情鸟》 The Bird of Love 274
《爱情诗》 Love Poems 735
《爱莎:一个朝圣者》 Isa, a Pilgrimage 92
《爱药》 Love Medicine 919,921,922,924,925,930,932,933
《爱与烦恼》 In Love & Trouble 885
《爱欲的用途:爱欲作为力量》 Uses of the Erotic: The Erotic as Power 1023,1034
《爱在战争岁月》 Loving in the War Years 781
《爱之历程》 Love's Progress 88
《安东·契诃夫书信选》 Selected Letters of Anton Chekhov 615
《安妮》 Anne 283,288
《安妮·艾伦》 Annie Allen 504,714,715,719,722
《安妮·布雷兹特里特诗歌散文集》 The Works of Anne Bradstreet, in Prose and Verse 28
《安妮·塞克斯顿:书信中的自画像》 Anne Sexton: A Self-Portrait in Letters 735
《安妮·约翰》 Annie John 896,898—900,903,907
《安全》 Safe 271,612
《安雅》 Anya 769
《暗礁》 Reef 435
《暗影三号》 The Shadowy Third and Other Stories 559
《暗影随行》 Shadow Tag 922
《傲慢与偏见》 Pride and Prejudice 25
《奥比或自然之美德:一个四个篇章的印第安故事》 Ouabi, or The Virtues of Nature: An Indian Tale in Four Cantos 17
《奥尔岛上的珍珠》 The Pearl of Orr's Island 197
《奥尔加组诗》 "Olga Poems" 728
《奥吉布瓦村落的书籍和岛屿》 Books and Islands in Ojibwe Country 923
《奥康纳短篇小说全集》 The Complete Stories of Flannery O'Connor 603

B

《八月八日》 An Eighth of August 777
《巴巴多斯》 "Barbados" 814

《巴比伦的烛光》 *Candles in Babylon* 725,729
《巴西》 "Brazil" 703,704,815
《芭比娃娃》 "Barbie Doll" 865
《白苍鹭》 "A White Heron" 297,316
《白人的负担》 "The White Man's Burden" 361
《百首百字爱情诗》 *Ciento:100 100-Word Love Poems* 1045
《百种神秘的感觉》 *The Hundred Secret Senses* 978,980,985,989,990,992
《柏油娃娃》 *Tar Baby* 946,949,950,958,962,963
《败局》 *Losing Battles* 583,587
《办公室》 *The Office* 1055
《半剥皮的阉牛》 "The Half-Skinned Steer" 847,848
《饱受困扰的心》 *Haunted Hearts* 141
《宝宝的照片》 "Baby Picture" 737
《宝珠的美国化经历》 "The Americanizing of Pau Tsu" 446
《保利娜,萨拉托加的淑女》 *Pauline,or,the Belle of Saratoga* 344
《堡垒一样》 *Like a Bulwark* 385
《报应》 *Retribution* 124
《暴风雨》 "The Storm" 336
《暴风骤雨与明媚阳光》 *Tempest and Sunshine* 92
《暴力得逞》 *The Violent Bear It Away* 601—603
《暴雨预警》 "Storm Warnings" 1010
《卑鄙的时代》 *Scoundrel Time* 615
《卑微的浪漫史和其他故事》 *A Humble Romance and Other Stories* 305
《悲伤之舞》 *The Sorrow Dance* 502,727,728
《北方和南方——一个寒冷的春天》 *North & South—A Cold Spring* 501,702
《北方与南方:奴隶制与其对比》 *The North and South;or,Slavery and Its Contrasts* 187
《北极牛》 *The Arctic Ox* 385
《北京来信》 *Letter from Peking* 548
《北美时间》 "North American Time" 1018
《北门边》 *By the North Gate* 1079,1080
《贝尔夫勒世家》 *Bellefleur* 1082
《贝尔妮丝》 *Bernice* 405,408
《贝利饭馆》 *Bailey's Café* 909—911,914—918
《贝特西·布朗》 *Betsey Brown* 1078
《被压抑的欲望》 *Suppressed Desires* 405
《被遗弃的女儿》 *The Discarded Daughter* 124
《被遗弃的妻子》 *The Deserted Wife* 124,125
《被征服者的荣耀》 *The Glory of the Conquered* 405
《比乌拉》 *Beulah* 168,170

作品索引

《比乌拉五部曲》 The Beulah Quintet 763
《毕晓普诗歌全集》 The Complete Poems 702
《庇护所》 "Sanctuary" 529
《边疆：新生混血女儿》 Borderlands/La Frontera: The New Mestiza 781
《边境的行星》 Plant of Exile 824
《边缘》 The Verge 405,409
《编织女人》 A Weave of Women 769
《编织生活》 Braided Lives 856,861,866
《变形》 "Transformations" 735,738
《表姐妹》 "The Cousins" 1094
《别可怜我》 "Pity Me Not" 398
《别了，曼扎那》 Farewell to Manzanar 801
《别人家的房子》 Other People's Houses 770
《宾果宫》 The Bingo Palace 922,930
《波特未收录作品集》 The Uncollected Early Prose 568
《波特先生》 Mr. Potter 896
《波希米亚人》 "Bohemians" 698
《播种与收割：一个禁酒故事》 Sowing and Reaping: A Temperance Story 329, 330
《播种者的寓言》 Parable of the Sower 776
《伯格纽克人》 Poganuc People 197
《伯琳达，或其脸庞酷似月亮的男人们的残忍》 "Belinda, or the Cruelty of Men Whose Faces Were Like the Moon" 204
《博物馆》 Museum 1038
《捕获》 "The Capture" 601
《不成熟的女人：回忆录》 An Unfinished Woman: A Memoir 615,622
《不倒的高墙》 The Walls Do Not Fall 380
《不过就是右边那位》 "But the One on the Right" 693,694
《不毛之地》 Barren Ground 487,493,556,562—565
《不能再开战的365个理由》 365 Reasons Not to Have Another War 662
《不是异乡客》 No Chinese Stranger 655
《不同时代与国家的女性状况历史》 The History of the Condition of Women, in Various Ages and Nations 113
《不褪色的肖像》 Portrait in Sepia 787
《不幸的巧合》 "Unfortunate Coincidence" 697
《不要和墨西哥人结婚》 "Never Marry a Mexican" 940,942
《不由自主》 Machinal 610
《不择手段》 My Wicked, Wicked Ways 935
《布基伍基风景》 Boogie Woogie Landscapes 1077
《布朗克斯的原始人：童年剪影》 Bronx Primitive: Portraits in a Childhood 769

1145

《布朗兹维尔的一位母亲徘徊在密西西比,此时密西西比的一位母亲在烧熏肉》 "A Bronzeville Mother Loiters in Mississippi. Meanwhile, a Mississippi Mother Burns Bacon" 717

《布朗兹维尔的一条街》 A Street in Bronzeville 715—717

《布雷顿角》 "Cape Breton" 704

《布鲁的锁套》 Blu's Hanging 801

《布鲁克林》 "Brooklyn" 813,814

《布鲁斯特街的男人们》 The Men of Brewster Place 909,910,916,917

《布鲁斯特街的女人们》 The Women of Brewster Place 908—910,912—914,916

《布鲁斯先生》 "Mr. Bruce" 293

C

《彩虹女神在哭泣》 When the Rainbow Goddess Wept 799

《残忍而野蛮的治疗》 "Cruel and Barbarous Treatment" 635

《蚕丝:钱学森传》 Thread of the Silkworm: The Story of Tsien Hsue-Shen and the Chinese Missile Program 793

《草场》 Meadowlands 1122,1127

《插电女孩》 "The Girl Who Was Plugged in" 761

《查尔德伍德》 Childwold 1081

《谄媚者》 The Adulator 21

《忏悔者》 "The Penitent" 396,397

《长臂》 "The Long Arm" 310

《长春花》 Asphodel 383

《长跑者》 "The Long-Distance Runner" 665,670

《长腿爸爸》 Daddy-Long-Legs 265

《敞开我的世界》 Share My World 271

《车站》 "Stations" 1029

《扯断的脐带》 The Broken Cord 921

《彻夜》 "Close close all night" 702

《尘世间的诗人》 The Poet in the World 725

《沉默》 "Silence" 388

《沉默》 Silences 495

《沉默无法保护你:散文和诗歌》 Your Silence Will Not Protect You: Essays and Poems 1024

《沉思录》 "Contemplations" 29

《陈查理已死 2:世界为家:当代亚裔小说选集》 Charlie Chan is Dead 2: At Home in the World: An Anthology of Contemporary Asian American Fiction 799

《晨光之子》 Son of the Morning 1081

《晨曲》 "Aubade" 1126

《称心的女儿》 Desirable Daughters 869,875,879

《成功之日》 "Day of Success" 745
《程樱桃的再教育》 The Reeducation of Cherry Truong 798
《吃狗肉的人们》 Dogeaters 799
《吃豌豆的人》 The Bean Eaters 715,717,722
《池塘》 "The Pond" 397
《宠儿》 Beloved 204,505,916,946,950,951,953—955,958—961,964
《出去！新酷儿印度故事集》 Out! Stories from the New Queer India 794
《处女维勒塔》 "Virgin Violeta" 573
《处世之道》 The Conduct of Life 1055,1058,1063
《穿过河流与森林》 "Over the River and Through the Wood" 110
《穿山甲》 "The Pangolin" 388
《穿山甲和其他诗歌》 The Pangolin and Other Verse 385
《穿透墙壁之路》 The Road Through the Wall 646
《穿越象牙门》 Through the Ivory Gate 1038
《传单：1965—1968 诗歌集》 Leaflets: Poems 1965—1968 1016
《传奇》 Legends 368
《传奇》 "Legend" 1119
《船讯》 The Shipping News 843,853—855
《创作一个战争故事》 Writing a War Story 436
《春天》 Springtime 1062
《春香太太》 Mrs. Spring Fragrance 274,442
《春香太太》 "Mrs. Spring Fragrance" 446
《纯真年代》 The Age of Innocence 267,427,431,437
《慈善访问》 "A Visit of Charity" 588
《此时此地》 Here and Now 502,726
《刺客》 The Assassins: A Book of Hours 1081
《赐福生活的艺术》 The Art of Blessing the Day: Poems with a Jewish Theme 857
《从波洛茨克到波士顿》 From Plotzk to Boston 450
《从非洲被带到美洲》 "On Being Brought from Africa to America" 47
《从前》 Once upon a Time 304
《从他们的国度而来》 From a Land Where Other People Live 1023
《从未长大的孩子》 "The Child Who Never Grew" 547
《丛林深处》 Another Part of the Forest 615,618—620
《篡取：他人的故事》 "Usurpation: Other People's Stories" 1004,1005
《村居生活》 A Village Life 1122,1126
《存在混乱》 There is Confusion 519,520,525,532
《错认》 "The Wrong Man" 528

D

《达荷美》 "Dahomey" 1028,1029

《打败日本》 Victory Over Japan 764

《打工女孩》 Factory Girls:From Village to City in a Changing China 793

《打开斯金纳的盒子:20世纪最了不起的心理学实验》 Opening Skinner's Box: Great Psychological Experiments of the Twentieth Century 755

《打字员》 "Typewriter" 489

《大啊呀！美国华裔及日裔作家作品集》 The Big aiiieeeee！:An Anthology of Chinese American and Japanese American Literature 438

《大地》 The Good Earth 495,546—550

《大地的女儿》 Daughter of the Earth 490,491,681

《大街》 Main Street 279

《大街》 The Street 503,517,633,671—674,678,818

《大金发碧眼女郎》 "Big Blond" 694

《大门之间》 The Gates Between 92,179

《大门之外》 Beyond the Gates 92,179

《大披巾》 The Shawl 994,1000—1004

《大瀑布》 The Falls 1079,1081,1082,1084

《大网》 The Wide Net 583

《大雾山的先知》 The Prophet of the Great Smoky Mountains 313

《大匣子》 The Big Box 946

《大象》 "Elephants" 388

《怠工者》 "Slackers" 698

《戴妈妈》 Mama Day 909—911,914,916

《戴维·冈特》 "David Gaunt" 235

《黛安莎的作为》 What Diantha Did 354

《黛丝德蒙娜》 Desdemona 946

《黛泽蕾的婴孩》 "Désirée's Baby" 342

《弹丸之地》 A Small Place 896,901,902

《当代非洲文学》 Contemporary African Literature 945

《当改变来临时》 "When It Changed" 762

《当年的交战之地》 Where the Battle Was Fought 313

《当年我还是波多黎各人》 When I was Puerto Rican 783

《当听说沃伦将军于1775年6月17日在邦克山遇害的消息之后》 "On hearing that General Warren was killed on Bunker-Hill,on the 17th of June 1775" 16

《到托珀兹的旅程》 Journey To Topaz 800

《道德胜利》 Virtue Triumphant 22

《悼念乔治·怀特费尔德先生》 "On the Death of Mr. George Whitefield" 43

《道德篇:散文与诗歌》 Moral Pieces in Prose and Verse 93

《德雷德,阴暗的大沼泽地的故事》 Dred,A Tale of the Great Dismal Swamp 196

《德萨·罗斯》 Dessa Rose 204

《灯和钟》 The Lamp and the Bell 395

作品索引

《灯塔山：一首历史性和描述性的本地诗作》"Beacon Hill: A Local Poem, Historic and Descriptive" 17
《等待梦醒时分》Waiting to Exhale 777
《等待判决》Waiting for the Verdict 236
《等君来》Come and Find Me 266
《低级行星面面观》Phases of an Inferior Planet 559
《敌人》"The Enemy" 553
《抵押的心》The Mortgaged Heart 593
《底特律制造》Made in Detroit 857
《地海彼岸》The Farthest Shore 822—824,830,831
《地海孤儿》Tehanu: The Last Book of Earthsea 822
《地海古墓》The Tombs of Atuan 822—824
《地海故事集》Tales from Earthsea 822—824
《地海奇风》The Other Wind 822,829,831
《地海巫师》A Wizard of Earthsea 822,823
《地理学Ⅲ》Geography Ⅲ 502,702,704,708
《地球黑暗的那一面》The Darker Face of the Earth 1038
《地图》"The Map" 704,705
《帝国女性》Imperial Woman 548
《第二部分报道》Report from Part Two 716
《第三个孩子》The Third Child 857
《第三和橡树》Third and Oak 1069
《第五个星期天》Fifth Sunday 1038
《第五和平之书》The Fifth Book of Peace 966,972
《第一部分报道》Report from Part One 716,717
《第一个无花果》"The First Fig" 397
《典型的美国人》Typical American 791
《典仪》Ceremony 1107,1108,1112,1113,1117,1118
《点灯人》The Lamplighter 86,131,139—142,144—146
《吊死的老鼠》"The Hanging of the Mouse" 713
《吊袜带》"Garter" 692,693
《铤而走险渡海指南》Manual for a Desperate Crossing 1056,1060
《东方天使》East Angels 283,290
《东风,西风》East Wind, West Wind 548,549
《东风》East Wind 368
《动力：第一个四重奏》Drive: The First Quartet 1045
《毒海鸳鸯》Panic in Needle Park 834
《毒吻和其他葡萄牙故事》The Poisoned Kiss and Other Stories from the Portuguese 1081
《渡河》Crossing the Water 501

《断背山》 "Brokeback Mountain" 843—846,848—850
《断了带子的凉鞋》 "The Broken Sandal" 729
《对死亡的恐惧》 "Timor Mortis" 1124,1125
《对有机形式的阐述》 "Some Notes on Organic Form" 728
《对于第二届泛非主义运动大会的印象》 "Impressions of the Second Pan-African Congress" 526
《多彩玻璃穹顶》 A Dome of Many-Colored Glass 367
《多萝西和其他意大利故事》 Dorothy and Other Italian Stories 283
《多瑙河》 The Danube 1055,1058
《堕落天使》 Fallen 759

E

《俄国之行》 My Russian Journey 497
《恶灵》 Mean Spirit 789
《恶土：怀俄明故事之二》 Bad Dirt: Wyoming Stories 2 844
《饿鬼》 The Hungry Ghosts: Seven Allusive Comedies 1081
《恩惠》 A Mercy 946,953,955,958,960
《儿时阅读》 When I Was a Child I Read Books: Essays 1097
《儿童时代》 The Children's Hour 491,609,611,614,615,617,618
《儿媳的快照：1954—1962年的诗》 Snapshots of a Daughter-in-Law: Poems 1954—1962 1014
《儿子们》 Sons 548,550
《二号公路》 Route Two 921

F

《法国六诗人》 Six French Poets 368
《翻译者》 The Interpreter 802
《反对阐释》 "Against Interpretation" 771
《反叛者》 The Rebels 109
《返始咏叹调》 Aria da Capo 395
《范妮其人》 Fanny Herself 272
《芳心之罪》 Crimes of the Heart 767
《房舍焚毁记》 "Upon the Burning of Our House" 29
《放荡女》 Loose Woman 935
《飞蛾和其他短篇小说》 The Moths and Other Stories 782
《飞行原理》 Theory of Flight 486
《飞机上遇到的妇人》 "I Met a Woman on the Plane" 667
《飞翔中的等待》 Waiting in the Wings 782
《飞向西方》 Flyin' West 780
《非同寻常的女人》 Uncommon Women and Others 772

作品索引

《非洲酋长》 "The African Chief" 17
《菲莉丝婶婶的小屋》 Aunt Phillis's Cabin 187,188
《菲罗忒亚》 Philothea 109
《废奴主义教义问答》 Anti-Slavery Catechism 112
《废墟》 Ruins 785
《废墟中的学校:2000—2004 年的诗》 The School among the Ruins:Poems,2000—2004 1006,1007
《费福和她的朋友们》 Fefu and Her Friends 1055,1058,1062
《费莉帕》 "Felipa" 289
《分家》 A House Divided 548,551
《盼咐我活着》 Bid Me to Live 380
《坟茔》 "A Grave" 389
《奋斗的力量:北方与南方黑人生活传奇》 Contending Forces:A Romance Illustrative of Negro Life North and South 350—352
《奋斗的天使》 Fighting Angel 549
《风暴潮》 Storm Tide 857
《风流女子》 The Coquette 24,51—54,56,57,65—70,72,102
《风信子花街》 "The Street of the Hyacinth" 290
《疯人之女》三部曲 The Madman's Daughter Series 759
《蜂房的一扇门》 A Door in the Hive 729
《佛罗伦萨的石头》 The Stones of Florence 637
《弗吉尼娅》 Virginia 561,562
《弗吉尼亚理工大学》 "We Are Virginia Tech" 779
《弗洛伦丝》 Florence 612
《浮生如梦——玛丽莲·梦露文学写真》 Blonde 1079,1081,1084,1085,1088,1089
《浮世绘》 Pictures of the Floating World 368
《抚养魔鬼》 Raising Demons 646
《父亲》 "Father" 879,881
《父亲》 "Fathering" 879
《父亲的微笑之光》 By The Light of My Father's Smile 881,887,893
《父亲的谣曲》 "The Ballad of My Father" 728

G

《改变的决心:1968—1970 诗歌集》 The Will to Change:Poems 1968—1970 1016
《高尚的嗜好》 The Greater Inclination 427
《高速公路的阴影下》 "Under the Shadow of the Freeway" 1047
《告诉我,告诉我:花岗岩、钢和其他话题》 Tell Me,Tell Me:Granite,Steel,and Other Topics 385
《告诉我的马》 Tell My Horse 540
《告诉我一个谜》 Tell Me a Riddle 495,680,682

1151

《哥伦布的桂冠》 *The Crown of Columbus* 921

《鸽灾》 *Plague of Doves* 922,923,925

《歌唱吧,无法安息的灵魂,歌唱吧》 *Sing, Unburied, Sing* 775

《革命的矮牵牛花和其他诗作》 *Revolutionary Petunias and Other Poems* 894

《革命者》 *The Rebel* 273

《阁楼里的流浪者》 "Bums in the Attic" 939

《阁楼玩偶》 *Toys in the Attic* 491,614,615,621,622

《格兰德城堡》 *Can Grande's Castle* 368

《格兰奇·科普兰的第三次生命》 *The Third Life of Grange Copeland* 881,884—886

《格林利夫》 "Greenleaf" 603

《各种各样的干扰》 *Varieties of Disturbance:Stories* 768

《给孩子们的花》 *Flowers for Children* 110

《给妈妈的信》 "Letter to Ma" 793

《给穆尔小姐的邀请》 "Invitation to Miss Marianne Moore" 392

《给年轻女子的礼物》 *A Present for Young Ladies* 59,63

《给青铜的红玫瑰》 *Red Roses for Bronze* 380

《给小女孩佩顿的建议》 "Advice to the Little Peyton Girl" 694

《跟芒果街说再见》 "Mango Says Goodbye Sometimes" 939

《更富与更穷》 *The Richer, the Poorer* 490

《更广阔的世界:少年剪影》 *Wider World:Portraits in an Adolescence* 769

《工厂》 "The Factories" 366

《工作》 *Work:A Story of Experience* 160,164,166

《工作史》 "Job History" 851

《公鸡的愤怒》 "The Fury Of Cocks" 737

《公园深处》 "The Heart of the Park" 601

《公主》 "The Princess" 568

《公主日记》 *The Princess Diaries* 759

《攻陷营地》 *Breaking Camp* 856,857

《共和国的黑暗田野:1991—1995年的诗》 *Dark Fields of the Republic:Poems,1991—1995* 1019

《共同的祈祷书》 *A Book of Common Prayer* 837

《共同语言之梦:1974—1977年的诗作》 *The Dream of a Common Language:Poems 1974—1977* 1012,1015

《篝灯》 *Jacklight* 922

《古巴来信》 *Letters from Cuba* 1055,1060

《古巴之王》 *King of Guba* 784

《骨》 *Bone* 792

《固定的想法》 "A Fixed Idea" 367

《故事演绎》 *Talk Stories* 896

《故事之眼》 The Eye of the Story 583
《寡妇》 La Viuda 1054
《寡妇曼加达其人》 "Widow Mangada" 747
《寡妇颂歌》 Praisesong for the Widow 807,810,815—818,916
《关于〈汤姆叔叔的小屋〉的辩护》 A Key to Uncle Tom's Cabin 188,200,219
《关于各种主题的诗歌》 Poems, Upon Several Subjects, Preached by the Rev'd and Renowned George Whitefield 17
《关于黑人的新文学》 "New Literature on the Negro" 526
《关于婚姻》 "About Marriage" 730
《关于玛丽·罗兰森夫人被俘以及被释的叙事》 A Narrative of the Captivity and Restoration of Mrs. Mary Rowlandson 34,36
《关于伍斯特将军之死》 "On the Death of General Wooste" 49
《关于小说》 "The Fact in Fiction" 637
《关于性别平等及妇女状况的信》 Letters on the Equality of the Sexes and the Condition of Woman 76
《关于宗教与道德各种话题的诗歌》 Poems on Various Subjects, Religious and Moral 17,44
《观察》 Observations 385
《管家》 Housekeeping 1097,1098,1103,1104
《光滑盘曲的紫薇》 "Smooth Gnarled Crape Myrtle" 391
《归来的行者》 The Traveler Returned 22
《鬼父》 Daddy Love 1085
《国家的假面具》 Mask of State; Watergate Portrait 637
《国家风俗》 The Custom of the Country 433
《国外来信》 "Some Foreign Letters" 734
《国王的仆从》 The King's Henchman 395
《国王和两个邋遢女人》 Two Slatterns and a King 395

H

《哈得孙河》 "The Hudson" 17
《哈得孙画派》 Hudson River Bracketed 435
《哈里森河谷的舞会》 "The Dancin' Party at Harrison's Cove" 313,315
《哈丽奥特·斯图亚特的一生》 The Life of Harriot Stuart 24
《哈丽雅特·塔布曼：地下铁路的"售票员"》 Harriet Tubman; Conductor On The Underground Railroad 673
《嗨，你已经死了》 There! You Died 1055
《嗨，水手，哪条船？》 "Hey Sailor, What Ship?" 680,685
《海岸的暗流》 Coastal Disturbances 767
《海地与牙买加的生活和伏都教》 Voodo and Life in Haiti and Jamaica 540
《海迪编年史》 The Heidi Chronicles 771

《海关休息室》 "The Customs Lounge" 844
《海上花园》 Sea Garden 380
《海湾》 "The Bight" 704
《寒冷彻骨的秋天》 With Shuddering Fall 1080
《喊女溪》 Woman Hollering Creek and other Stories 934,935,939,940,942,943
《汉斯曼》 Hangsaman 646
《毫不神圣》 Nothing Sacred 699
《豪猪年》 The Porcupine Year 924,929
《好美的一幅画》 Such a Pretty Little Picture 694
《好人们》 Nice People 403
《好人难寻》 "A Good Man Is Hard to Find" 603,607
《好人难寻》 A Good Man Is Hard to Find 604
《喝水的葫芦》 The Drinking Gourd 626
《合上家谱》 Close the Book 405
《何去何从:年轻美国的故事》 Where Are You Going, Where Have You Been?: Stories of Young America 1081
《何塞·马利亚·西松:世界为家——革命者的画像》 Jose Maria Sison: At Home in the World: Portrait of a Revolutionary 799
《何时》 What's O'Clock 368,376
《何为流年》 "What Are Years?" 389
《何为流年》 What Are Years? 385
《河底》 At the Bottom of the River 895,896,898,899
《河工》 "The Riverman" 713
《河流奔涌》 Run River 832
《赫利奥多拉及其他诗歌》 Heliodora and Other Poems 380
《赫米奥娜》 HERmione 383
《褐姑娘,褐砖房》 Brown Girl, Brownstones 806—809,813,814,816,817
《黑暗》 Darkness 868,870
《黑暗城市,光明城市》 City of Darkness, City of Light 856
《黑暗的左手》 The Left Hand of Darkness 819—821,824,825,827,828,831
《黑暗恋人》 Dark Lover 757
《黑白混血儿》 "The Quadroons" 113
《黑格》 Hagar 264
《黑格的女儿:一个南方种族歧视的故事》 Hagar's Daughter: A Story of Southern Caste Prejudice 347—349
《黑人罢工》 Color Strike 403
《黑人、白人和犹太人:一个身份游移者的自传》 Black White and Jewish: Autobiography of a Shifting Self 884
《黑人们:洛蕾恩·汉斯伯里最新剧作集》 Les Blancs: The Collected Last Plays of Lorraine Hansberry 626

《黑人批判》 Black Judgment 779
《黑人情感黑人话语》 Black Feeling Black Talk 779
《黑人之书》 The Black Book 945
《黑色的独角兽》 The Black Unicorn 1023,1027,1028
《黑色马尼拉》 Manila Noir 800
《黑水》 Black Water 1079,1084
《黑夜的舞蹈》 "The Night Dances" 747
《痕迹》 Tracks 922,923,925,926,929,930,932
《很漂亮》 "Bien Pretty" 940,942
《亨利·詹姆斯的视野和其他作家研究论文》 What Henry James Knew and Other Essays on Writers 996
《猴》 "The Monkeys" 388
《猴桥》 Monkey Bridge 795
《后街》 Back Street 273,491
《后脑勺上的眼睛》 With Eyes at the Back of Our Heads 727,730
《狐火:少女帮的忏悔》 Foxfire:Confessions of a Girl Gang 1081,1084
《胡同》 "The Ally" 1047
《蝴蝶飞舞时》 In the Time of the Butterflies 785
《虎女》 The Tiger's Daughter 868,870,871
《花草的使命》 "The Mission of the Flowers" 328
《花的诗歌和诗歌之花》 The Poetry of Flowers and the Flowers of Poetry 94
《花的寓言》 Flower Fables 159
《花店》 The Flower Shop 610
《花间:喜马拉雅山之行》 Among Flowers:A Walk in the Himalayas 896
《华美的刺绣》 Atmospheric Embroidery 794
《华女阿五》 The Fifth Chinese Daughter 441,496,654—661
《画廊》 "The Picture Gallery" 696
《桦树皮小屋》 The Birchbark House 924,928,930
《坏男孩》 Bad Bad Boys 935
《欢乐之家》 The House of Mirth 267,339,427—431,433,435
《幻觉的城市》 City of Illusions 824
《唤我回家》 Calling Myself Home 789
《患癌日记》 The Cancer Journals 1023,1024
《幻想》 "A Fantasy" 1124
《荒草天涯尽头》 "The Bunchgrass Edge of the World" 849,850
《黄昏》 "Eventide" 714
《黄女人和灵魂之美:美国本土生活文集》 Yellow Woman and a Beauty of the Spirit: Essays on Native American Life Today 1108
《黄墙纸》 "The Yellow Wallpaper" 265,323,333,354—357,439,681
《黄种女性宣言》 "Yellow Woman Speaks" 793

《灰姑娘》 "Cinderella" 584,738
《灰色骑士灰色马》 Pale Horse, Pale Rider 556,567,571—573
《回家的孩子们》 Children Coming Home 721,722
《回忆:黑白合校之旅》 Remember: The Journey to School Integration 946
《回忆录》 Reminiscences 95
《婚戒》 Wedding Band 612
《婚礼》 The Wedding 490
《婚礼成员》 The Member of the Wedding 493,593,597
《婚姻》 "Marriage" 390
《婚姻和忠诚》 Marriages and Infidelities 1081
《婚姻之神》 Hymen 380
《混血女孩柯金维:蒙大拿州野牛牧场描绘》 Cogewea, the Half-Blood: A Depiction of the Great Montana Range 269
《活着》 To Stay Alive 724,729
《火的洗礼》 Baptism of Fire 922
《火红的夏天》 Red Fiery Summer 797
《火候稍欠的烧烤》 "Pale Pink Roast" 665
《火星上的生活》 Life on Mars 779
《霍波莫克》 Hobomok 109,111,115,117
《霍勒斯·蔡斯》 Horace Chase 283,291
《霍普·莱斯利》 Hope Leslie 99,102—104,108

J

《饥饿》 "Hunger" 1012
《饥渴的心灵》 Hungry Hearts 272
《基列家书》 Gilead 1097,1098,1100,1101,1104,1105
《激情之花》 Passion Flowers 94
《即时之作》 Words for the Hour 94
《疾病解说者》 Interpreter of Maladies 794
《计划生育、宗教和多余人》 "Birth Control, Religion and the Unfit" 360
《计划生育与进步》 "Progress through Birth Control" 360
《记忆捕手》 The Memory Collector 758
《记忆的曼波舞曲》 Memory Mambo 785
《记忆中的房子》 Remember the House 497
《纪念I》 "Memorial I" 1025
《纪念碑》 "The Monument" 713
《纪念我亲爱的孙子西蒙·布雷兹特里特》 "On My Dear Grand-child Simon Bradstreet" 30
《继承人》 Inheritors 405
《寄居在鲸鱼中》 "Sojourn in the Whale" 390

《寄居者》 "The Sojourner" 596

《寄往纽约的信》 "Letter to N.Y." 712

《寄宿学校》 The Boarding School 65,66

《蓟的无花果》 A Few Figs From Thistles 265,395

《加尔各答的日日夜夜》 Days and Nights in Calcutta 869

《加西亚家的女孩不再带口音》 How the Garcia Girls Lost Their Accents 785

《家》 Home 916,946,955,956,959,961—964

《家庭妇女》 "Housewife" 736

《家庭困境》 "A Domestic Dilemma" 596

《家庭相片》 Family Pictures 716

《家园》 Home 1097,1099,1101,1104,1105

《家园以东》 East of Home 497

《家族》 Kindred 775

《贾尼丝》 "Janice" 645

《贾思敏》 Jasmine 867—869,873—875

《假面具的背后:女性的力量》 "Behind a Mask, or a Woman's Power" 165

《嫁给侍从的公主》 The Princess Marries the Page 395

《尖枞树之乡》 The Country of the Pointed Firs 263,283,297—301,317,587

《艰难生活》 Hard Living 857

《艰难世界的地图集:1988—1991年的诗》 An Atlas of the Difficult World: Poems 1988—1991 1007,1019

《缄默》 Silences 231,632,681,686—688

《简·菲尔德》 Jane Field 304

《简·皮特曼小姐的自传》 The Autobiography of Miss Jane Pittman 204

《剑锋与罂粟籽》 Sword Blades and Poppy Seed 368,370

《将我葬在自由的国度》 "Bury Me in A Free Land" 328

《僵持》 The Holdup 1070

《僵尸》 Zombie 1081,1084

《讲故事的人》 Storyteller 1108

《骄傲的跨越》 Pride's Crossing 767

《脚下泥巴》 "The Mud Below" 845

《叫我玛丽亚》 Call Me Maria 783

《觉醒》 The Awakening 265,323,324,333—336,338—340,343

《蕨叶集》 Fern Leaves from Fanny Portfolio 148

《教授的房屋》 The Professor's House 411,414,437,461,463,467,470

《教育的社会化》 "The Socializing of Education" 360

《教长的求爱》 The Minister's Wooing 197

《接骨师之女》 The Bonesetter's Daughter 978,980,981,985,986,989,990,992

《街头女郎玛吉》 Maggie: A Girl of the Streets 260

《孑然一身》 Alone 92

1157

《节俭的家庭主妇》 The Frugal Housewife 113
《姐姐》 The Sister 21
《解锁空气》 Unlocking the Air 819
《解脱——弗吉尼亚烟草地的罗曼史》 The Deliverance: A Romance of the Virginia Tobacco Fields 559,560
《今生和来生》 Life and Afterlife 767
《今夜如何》 And What of the Night? 1052
《今夜没有诗歌可侍:2007—2010年的诗》 Tonight No Poetry Will Serve: Poems 2007—2010 1019,1020
《金龙王国》 Kingdom of the Golden Dragon 787
《金苹果》 The Golden Apples 583—585
《金色梦想的追梦人》 "Some Dreamers of the Golden Dream" 833
《金色眼睛的映像》 Reflections in a Golden Eye 593,595
《金雨》 "Shower of Gold" 590
《近距离:怀俄明故事》 Close Range: Wyoming Stories 844,845,847,849,851
《精彩的平方根》 The Square Root of Wonderful 593
《精灵的花园》 The Troll Garden 459
《鲸头鹳》 The Shoe Bird 583
《井中散沙》 Sands of the Well 731
《警告》 "A Warning" 667
《敬畏的岁月》 Days Of Awe 785
《静静起舞:波多黎各的童年时代》 Silent Dancing: A Partial Remembrance of a Puerto Rican Childhood 783
《镜子》 "Looking Glass" 518
《九桃》 "Nine Nectarines" 391
《旧画翻新》 Pentimento 615,623
《巨人及其他诗歌》 The Colossus and Other Poems 740
《巨像》 "The Colossus" 741
《距离的奇妙运算》 The Marvelous Arithmetics of Distance 1024
《绝望》 "Despair" 737
《掘墓人的女儿》 The Gravedigger's Daughter 1081—1083,1088,1090,1094,1095
《爵士乐》 Jazz 946,952—954
《军旅生涯》 Gone to Soldiers 856,861

K

《凯罗伊》 Kelroy 25
《看似疯狂的平凡日子》 What Looks Like Crazy on an Ordinary Day 774
《看守人罗德曼:南方笔记》 Rodman the Keeper: Southern Sketches 283,285
《康斯坦丝·拉蒂默;或盲姑娘与其他故事》 Constance Latimer; or, the Blind Girl, With Other Tales 88

《靠鲸生活的人们》 *People of the Whale* 789
《科尔医生》 *Dr. Kheal* 1055
《科瑞克？科拉克！》 *Krik? Krak!* 786
《可爱而暗黑》 *Lovely, Dark, Deep: Stories* 1079
《可能的艺术：散文和访谈》 *Arts of the Possible: Essays and Conversations* 1008
《克拉伦斯》 *Clarence* 99
《克莱蒂》 "*Clytie*" 589
《克利夫顿的诅咒》 *The Curse of Clifton* 124, 126
《克鲁索在英格兰》 "*Crusoe in England*" 709, 710
《刻痕与烛台》 "*Nick and the Candlestick*" 747
《口述》 *Dictee* 802
《口中的苦涩》 *Bitter in the Mouth* 796
《苦涩的草莓》 "*Bitter Strawberries*" 743
《跨越安提瓜：加勒比海上深长的蓝色通道》 "*Antigua Crossings: A Deep and Blue Passage on the Caribbean Sea*" 899
《宽宽的大世界》 *The Wide, Wide World* 130, 132, 133, 135—137, 141, 142, 145
《宽恕的四种方式》 *Four Ways to Forgiveness* 824
《狂野之夜》 *Wild Nights! Stories about the Last Days of Poe, Dickinson, Twain, James and Hemingway* 1084, 1096
《昆奇》 *Queechy* 132, 136, 137
《困顿时期纽约女性的日记》 "*From the Diary of a New York Lady During the Days of Horror, Despair and World Change*" 694

L

《拉古纳女人》 *Laguna Woman* 1108
《拉拉的褐色披肩》 *Caramelo* 935, 940
《拉鲁斯》 *LaRose* 920, 922, 923, 925, 926
《拉美熟食店》 *The Latin Deli* 783
《来爱尔兰和我跳舞吧》 "*Come Dance with Me in Ireland*" 646
《来吧，亲爱的》 *Come, My Beloved* 548
《来来去去》 *Comings and Goings* 613
《来自新英格兰的花环》 *A Wreath of Flowers from New England* 94
《莱拉》 *Lila* 1097, 1099, 1101
《蓝虫》 "*Blue Bug*" 391
《蓝鸟之舞：孕育之年》 *The Blue Jay's Dance: A Birthyear* 923
《蓝色之夜》 *Blue Nights* 836
《蓝血》 *Blue Blood* 271, 612
《蓝眼睛的黑孩子》 *Blue-Eyed Black Boy* 271, 612
《浪漫的喜剧演员》 *The Romantic Comedians* 556, 562
《劳动的份额》 *The Portion of Labor* 304

《劳卡诺恩的世界》 *Rocannon's World* 824
《老城风俗》 *Old City Manner* 21
《老处女》 *The Old Maid* 402,435,611,618
《老妇人马古恩》 "Old Woman Magoun" 307,310,382
《老教堂的磨工》 *The Miller of Old Church* 559
《老谋深算》 *That Old Ace in the Hole* 844,847,851—853
《老纽约》 *Old New York* 427
《老宅地》 *The Old Homestead* 92
《老镇乡亲》 *Old Town Folks* 197—199
《乐观者的女儿》 *The Optimist's Daughter* 557,583,589
《雷德伍德》 *Redwood* 99
《雷切尔,一部抗议剧》 *Rachel, A Play of Protest* 271
《蕾丝的精美和力量:西尔克和詹姆斯·赖特书信集》 *With the Delicacy and Strength of Lace: Letters Between Leslie Marmon Silko and James Wright* 1108
《离家一万光年》 *Ten Thousand Light Years from Home* 761
《离开亚特兰大》 *Leaving Atlanta* 778
《离开印度:从五个村庄到五大洲的旅程》 *Leaving India: My Family's Journey From Five Villages to Five Continents* 794
《黎明之屋》 *House Made of Dawn* 788,922
《里夸》 "Requa" 681
《力不从心》 *A Day Late and a Dollar Short* 777
《力量》 "Power" 1012
《力量》 *Powers* 822
《丽贝卡;或家庭女佣》 *Rebecca; or, the Fille de Chambre* 58
《莲花与风暴》 *The Lotus and the Storm* 796
《廉价公寓》 "kitchenette building" 718
《楝树》 *The Chinaberry Tree* 519,523
《两位朋友》 "Two Friends" 310
《两位严肃的女人》 *Two Serious Ladies* 499
《两种选择》 "The Two Offers" 97,202,324
《烈士》 "Martyr" 567
《猎猴》 *Monkey Hunting* 784
《林登山》 *Linden Hills* 909,911—914,916
《林伍德一家》 *The Linwoods* 99
《林叶》 *Forest Leaves* 326
《琳达》 *Linda* 91
《灵魂拍手歌唱》 *Soul Clap Hands and Sing* 807,813,814
《羚羊之妻》 *The Antelope Wife* 922,927,929
《领取救济队伍中的女人》 "Women on the Breadlines" 491
《另外一首》 "Another" 31

作品索引

《另一个山姆:地下铁路》 Peculiar Sam; or, The Underground Railroad 344
《令人厌恶的女性之书》 The Book of Repulsive Women 486
《流沙》 Quicksand 489,516,517,527—530,532,535,536,818
《流亡者》 The Exile 549
《流血及其他三篇》 Bloodshed and Three Novellas 994
《六节诗》 "Sestina" 703,704
《六天:零碎的记忆》 "Six Days: Some Rememberings" 664
《六翼天使在苏瓦尼》 Seraph on the Suwanee 541,542
《龙子》 Dragon Seed 549
《楼阁无踪:湖区笔记》 Castle Nowhere: Lake-Country Sketches 282
《楼梯上的女人》 "The Woman on the Stairs" 601
《鲁本与蕾切尔;或往日故事》 Reuben and Rachel; or Tales of Old Times 58
《鲁莫克斯》 Lummox 273
《露露·贝特小姐》 Miss Lulu Bett 610
《露丝·霍尔》 Ruth Hall 84,146,149,150,152—154
《露西》 Lucy 896,898,903,907
《露西·盖伊哈特》 Lucy Gayheart 463
《露西·坦普尔》 Lucy Temple 54,59,64
《露之链》 Chains of Dew 405
《论发现美国》 "On Discovering America" 548
《论性别平等》 "On the Equality of the Sexes" 9,12
《罗宾叔叔在他弗吉尼亚的小屋里》 Uncle Robin, in His Cabin in Virginia 187
《罗马热病》 "Roman Fever" 435
《罗森思威格姐妹》 The Sisters Rosensweig 772
《骡之骨——黑人生活三幕喜剧》 Mule Bone: A Comedy of Negro Life in Three Acts 540
《旅游问题》 "Questions of Travel" 702,704,705
《绿色帷幕》 A Curtain of Green 583
《绿松石矿脉:回忆录》 The Turquoise Ledge: A Memoir 1108
《绿洲》 The Oasis 635

M

《妈妈的身体》 My Mother's Body 768,857
《妈妈走了》 The Missing Mom 1081,1082,1088—1090
《马格达莱纳》 Magdalena 799
《马萨诸塞州的正义不再》 "Justice Denied in Massachusetts" 396
《玛格丽特·霍斯》 Margret Howth 235,236
《玛格-玛乔丽》 Mag-Marjorie 354
《玛丽;或名誉的考验》 Mary; or, the Test of Honour 58
《玛丽安娜·穆尔读本》 A Marianne Moore Reader 385

1161

《玛丽安娜·穆尔散文全集》 The Complete Prose of Marianne Moore 385
《玛丽安娜·穆尔诗歌全集》 The Complete Poems of Marianne Moore 385
《玛丽亚·康塞普西翁》 "María Concepción" 567,568,573
《玛西娅》 "Marcia" 236
《迈阿密》 Miami 841
《麦卡丽娅,牺牲的祭坛》 Macaria; or, The Altars of Sacrifice 168
《麦库恩斯》 Makoons 924
《漫步和密谈》 Long Walks and Intimate Talks 663
《漫画艺术家》 The Comic Artist 406
《芒果街上的小屋》 The House on Mango Street 934—939,941,942
《没有嫁接的树》 "Sonnet from an Ungrafted Tree" 399
《没有你就没有我们:朝鲜精英阶层子弟中的卧底经历》 Without You, There Is No Us: Undercover Among the Sons of North Korea's Elite 803
《没有指针的钟》 Clock without Hands 593,598
《玫瑰而已》 "Rose Only" 389
《梅布尔·沃恩》 Mabel Vaughan 141,144
《梅里迪安》 Meridian 885,886
《煤》 Coal 1023,1025
《每个人都要自白》 Every Tongue Got to Confess 541
《美国、贸易、自由》 "America, Commerce, and Freedom" 58
《美国悲剧》 An American Tragedy 260
《美国的地理历史:或人性与人类精神的关系》 The Geographical History of America: Or, The Relation of Human Nature to the Human Mind 506
《美国的女性批评》 "American Gynocriticism" 275
《美国的原创性》 American Originality 1122
《美国革命的起源、进程与终结史》 History of the Rise, Progress and Termination of the American Revolution 22
《美国革命中的女性》 Women of the American Revolution 87
《美国华裔史录》 The Chinese in America 793
《美国狐步》 American Smooth 1038,1040
《美国婚姻》 An American Marriage 778
《美国奴隶制真实轶事》 Authentic Anecdotes of American Slavery 112
《美国女人》 American Woman 802
《美国女诗人》 The American Female Poets 92
《美国女诗人》 The Female Poets of America 93
《美国妻子与英国丈夫》 American Wives and English Husbands 263
《美国人的形成:一个家庭的进步》 The Making of Americans: Being a History of a Family's Progress 512
《美国生活剪影》 Silouettes of American Life 231
《美国式喜剧》 Comedy, American Style 519,523

《美国是否太好客了?》 "Is America Too Hospitable?" 361
《美国现实主义戏剧家》 "The American Realist Playwrights" 637
《美国小说中的地域主义》 "Regionalism in American Fiction" 280
《美国一号》 U.S.1 487
《美国之鸟》 Birds of America 636
《美丽的姑娘》 Beautiful Señoritas 784
《美元与美分》 Dollars and Cents 92,132
《美洲的梦想》 America's Dream 783
《美洲基督教史》 Magnalia Christi Americana 34
《美洲黎明》 An American Sunrise 790
《美洲新近出现的第十位缪斯》 The Tenth Muse Lately Sprung Up in America 15, 26,28,363
《魅力北方》 Magnetic North 266
《魅力与反魅力》 Charms and Counter-Charms 91
《门托利亚;或年轻女子的朋友》 Mentoria; or The Young Lady's Friend 58
《梦系古巴》 Dreaming in Cuban 784
《梦想:新诗》 Sueño: New Poems 1045
《梦想反噬》 "Dreams Bite" 1032
《迷宫中的电话铃声:2004—2006年的诗》 Telephone Ringing in the Labyrinth: Poems 2004—2006 1019
《迷失的夫人》 A Lost Lady 287,411,461,463,470,471,561
《米花拉书简》 The Mixquiahuala Letters 782
《秘密花园》 The Secret Garden 1065
《面包》 "Bread" 939
《民主》 Democracy 837
《名誉与虚妄》 Fame and Folly 996
《明妮的牺牲》 Minnie's Sacrifice 329,330
《明日女性》 "A Woman of Tomorrow" 264
《明天会有好运气》 The Thing about Luck 801
《明信片》 Postcards 843,844,855
《命运的对面》 The Opposite of Fate: A Book of Musings 981
《摸彩》 "Lottery" 500,646—649,651,653
《摸彩,或詹姆斯·哈里斯历险记》 The Lottery, or the Adventures of James Harris 646
《模仿生活》 Imitation of Life 273
《模式》 "Patterns" 369
《魔鬼之梦》 The Devil's Dream 764
《摩西》 "Moses" 328
《摩西:尼罗河的故事》 Moses: A Story of the Nile 328
《陌生人》 "The Stranger" 1017

《莫德·玛莎》 Maud Martha 504,517,716,768
《莫莉的梦想》 Molly's Dream 1055
《莫娜在希望之乡》 Mona in the Promised Land 791
《墨西哥村庄》 Mexican Village 498
《墨西哥奇迹》 A Miracle for Mexico 498
《某种测量》 A Certain Measure 559
《母爱》 Mother Love 1038
《母亲》 "The Mother" 719
《母亲》 Mother 981
《母亲的反抗》 "The Revolt of Mother" 304,306,308
《母亲的负担:拯救种族的冲锋号!》 "The Burden of Mothers:A Clarion Call to Redeem the Race!" 361
《母亲的书》 The Mother's Book 113
《母狮》 "Lioness" 1012
《牡丹》 Peony 552
《木鱼歌》 Wooden Fish Songs 791
《牧场之战》 "Bars Fight" 26
《墓志铭》 "Epitaph" 383
《穆拉提卡奏鸣曲》 Sonata Mulattica 1038,1042

N

《那里的发现:诗歌和政治笔记》 What Is Found There:Notebooks on Poetry and Politics 1008
《那时,那地》 Tales of a Time and Place 263
《奈特夫人的日记》 The Journal of Madam Knight 16,20
《男人、女人和鬼魂》 Men,Women and Ghosts 368
《男人:愤怒之歌》 "Men:A Hate Song" 698
《男人的世界》 A Man's World 403,610
《男人的小烦恼》 The Little Disturbances of Man 662
《男人看不见的女人》 "The Women Men Don't See" 761
《男巫的眼泪》 The Wizard's Tears 734
《男子气》 "Virility" 1004
《南方的阿塔兰忒》 Altalanta in the South:A Romance 264
《南方的星期天早晨》 A Sunday Morning in the South 271
《南京大屠杀》 The Rape of Nanking 793
《难民》 The Refugees 436
《难民船》 "Refugee Ship" 1044,1046
《难以抑制的愤怒》 Cables to Rage 1023
《尼亚加拉》 "Niagara" 93
《泥女人》 Mudwoman 1082,1084

作品索引

《泥墙》 *Clay Walls* 802
《泥土》 *Mud* 1055
《你,马丁医生》 "You, Dr. Martin" 734
《你不能让一个好女人低头》 *You Can't Keep a Good Woman Down* 885
《你的故土,你的生活》 *Your Native Land, Your Life* 1007
《你救的也许是自己》 "The Life You Save May Be Your Own" 603
《你看到玛丽亚了吗?》 *Have You Seen Marie?* 935
《你们这样的小岛》 *An Island Like You* 783
《你束缚了我,宝贝》 "You Cramp My Style, Baby" 1050
《鸟巢》 *The Bird's Nest* 646
《纽约》 "New York" 389
《纽约顶级商店和博物馆》 *New York Head Shop and Museum* 1023,1031
《纽约来信》 *Letters from New York* 110
《奴隶的逃亡,或地下铁路》 *Slaves' Escape; or, The Underground Railroad* 270
《奴隶收容所:最后一批"黑人货物"的故事》 *Barracoon: The Story of the Last "Black Cargo"* 541
《诺斯伍德:新英格兰故事》 *Northwood: A Tale of New England* 88,187
《女爱国者;或自然权利》 *The Female Patriot; or, Nature's Rights* 58
《女儿们》 *Daughters* 808
《女儿们哀悼的女人》 "A Woman Mourned by Daughters" 1015
《女孩》 "Girl" 899
《女儿们,我爱你们》 *Daughters, I Love You* 789
《女汉子》 *Almost a Woman* 783
《女冒险家》 *The Adventuress* 497
《女奴叙事》 *Bondwoman's Narrative* 206,207,209,324
《女人:仇恨之歌》 "Women: A Hate Song" 697
《女人的荣誉》 *Woman's Honor* 405
《女人的文献》 "A Woman's Document" 731
《女人相聚》 *When Ladies Meet* 403
《女人心》 *The Heart of a Woman* 271
《女人之说》 "A Woman Speaks" 1028
《女身男人》 *The Female Man* 761
《女神和其他女人》 *The Goddess and Other Women* 1081
《女堂吉诃德:阿拉贝拉历险记》 *The Female Quixote: The Adventures of Arabella* 25
《女性》 *The Women* 611
《女性爱国者》 "The Female Patriots" 17
《女性和创造力:预知跳舞狗之死》 "Women and Creativity: Previsions of the Demise of the Dancing Dogs" 996
《女性与经济学》 *Women and Economics* 265,354,355

1165

《女性及其需求》 "Woman and Her Needs" 80
《女性堂吉诃德主义》 Female Quixotism 25
《女性问题的新视角》 "The New Aspect of the Woman Question" 320
《女勇士》 The Woman Warrior: Memoirs of a Girlhood Among Ghosts 437,554,
　　654,790,965—967,969,972—975,977
《女战士:墨西哥革命剧作》 Soldadera: A Play of Mexican Revolution 498

O

《哦,比乌拉的大地》 O Beulah Land 763
《哦,尝过以后才明白》 O Taste and See 730
《哦,是的》 "O Yes" 680,684

P

《帕哈拉剧院中的周末之夜》 Saturday Night at the Pahala Theater 801
《帕特与潘》 "Pat and Pan" 444
《派尤特人的生活:不公与呼吁》 Life among the Piutes: Their Wrongs and Claims
　　416
《磐石上的阴影》 Shadows on the Rock 295,462,463,465
《庞德的心》 The Ponder Heart 167,583
《佩兴丝·斯帕霍克与她的时代》 Patience Sparhawk and Her Times 263
《朋友》 "Friends" 665,668,670
《朋友之间:汉娜·阿伦特与玛丽·麦卡锡书信集,1949—1975》 Between Friends:
　　The Correspondence of Hannah Arendt and Mary McCarthy, 1949—1975 637
《彭布罗克》 Pembroke 304
《彭海里》 Penhally 493
《皮特诗歌系列》 Emplumada 1045,1046,1048
《偏爱》 Predilections 385
《骗子俱乐部》 The Liars' Club 755
《飘》 Gone with the Wind 175,493,557,575—582,871
《漂泊者珀尔塞福涅》 "Persephone the Wanderer" 1128
《贫民窟的伤疤》 "The Scars of the Ghetto" 627
《葡萄干面包》 Plum Bun 489,519,521,525
《葡萄园的女儿》 A Daughter of the Vine 263
《普拉斯诗歌选》 Collected Poems 501
《普通的光》 Ordinary Light 779

Q

《七个时期》 The Seven Ages 1122
《七月里的罂粟花》 "Poppies in July" 749
《妻子》 Wife 868,870—876

《妻子》 "The Wife" 730

《妻子的故事》 "The Wife's Story" 237

《其他地方》 "Elsewhere" 704

《奇幻山谷》 The Valley of Amazement 980

《奇境》 Wonderland 1081,1088—1093

《奇克迪》 Chickadee 924

《奇想之年》 The Year of Magical Thinking 834—836

《乞求》 "Plea" 697

《企鹅20世纪美国诗选》 The Penguin Anthology of 20th Century American Poetry 1038

《启示》 "Revelation" 603

《气流》 "Turbulence" 1020

《千古奇冤》 "The Never-Ending Wrong" 556

《千金》 Thousand Pieces of Gold 791

《千禧年》 Jubilee 204,504

《牵牛花》 "Ipomoea" 1126

《前庭和其他意大利故事》 The Front Yard and Other Italian Stories 283

《钱宁博士回忆录》 Reminiscences of Dr. Channing 80

《潜入沉船》 Diving into the Wreck 1006,1017

《浅黄狂想曲》 Rhapsody in Plain Yellow 794

《强盗新郎》 The Robber Bridegroom 583,584

《强力演奏家》 "Powerhouse" 590

《强制性异性恋和女同生存》 "Compulsory Heterosexuality and Lesbian Existence" 1008

《乔的男孩子们》 Jo's Boys 160,164,166

《乔的男孩子们及他们以后的发展》 Jo's Boys, and How They Turned Out 163

《乔伊》 Joey 734

《窃贼安德罗米达》 Andromeda the Thief 626

《亲爱的安》 Dear Ann 765

《亲爱的, 我的指南针》 "Dear, my compass" 702

《青铜雕像》 Bronze 271

《倾诉》 The Telling 824

《情感设计》 Sensational Design 52

《情感宣言》 Declaration of Sentiments 256

《穷人》 "A Church Mouse" 306

《穷人杰罗姆》 Jerome, a Poor Man 304

《琼·斯塔福德短篇小说集》 The Collected Stories of Jean Safford 499

《秋天的悲喜离合》 An Autumn Love Cycle 271

《秋雾》 "Autumn Haze" 370

《秋叶》 Autumn Leaves 326

《秋园》 The Autumn Garden 614,615,621
《囚禁》 Prisons 763
《囚徒》 "The Prisoner" 396
《曲妮》 Trini 781
《去精神病院半途而返》 To Bedlam and Part Way Back 734
《去往伯利恒的跋涉》 Slouching Towards Bethlehem 833
《雀之云》 Bird Cloud 844
《群芳亭》 Pavilion of Women 548,553,554

R

《然而》 Nevertheless 385
《燃情故事集》 Tales of Burning Love 922
《燃烧的心》 "The Burning Heart" 1126
《让母亲镇定下来》 Calm Down Mother 613
《让我们所有人都变成猴子的那一刻》 "In Time Which Made a Monkey of Us All" 669
《人蛾》 "The Man-Moth" 713
《人间乐园》 A Garden of Earthly Delights 1080,1081
《人类之眼:社会中的艺术论文集》 A Human Eye: Essays on Art in Society 1008
《人民》 The People 405
《人民之声》 The Voices of People 559,560
《人生如呼吸》 Breathing Lessons 765
《人心的考验》 Trials of the Human Heart 58
《人造黑人》 "The Artificial Nigger" 606
《仁爱》 Lovingkindness 770
《任你摆布》 Do with Me What You Will 1081
《日本恋人》 The Japanese Lover 787
《日本木雕》 "A Japanese Wood Carving" 367
《日晷》 The Sundial 646
《日落枪》 Sunset Gun 696
《日食》 Eclipse 789
《熔炉》 "The Melting Pot" 361
《如此远离上苍》 So Far from God 782
《如果你让我歌唱》 "If You Will Let Me Sing" 382
《如何写作》 How to Write 512
《乳酪》 "Formaggio" 1125
《入夜》 Enter The Night 1055
《软纽扣》 Tender Buttons 511,512
《软心肠的苏族人》 "The Soft-Hearted Sioux" 424
《瑞娜和其他故事》 Reena and Other Stories 807

《若干充满智慧和学养的诗歌》 *Several Poems Compiled with Great Variety of Wit and Learning* 28

S

《撒哈拉》 "Sahara" 1028

《萨尔瓦多》 *Salvador* 841

《萨菲拉和女奴》 *Sapphira and the Slave Girl* 463,470

《萨拉;或模范妻子》 *Sara; or the Exemplary Wife* 58

《萨利塔》 *Sarita* 1055,1061

《萨帕塔的眼睛》 "Eyes of Zapata" 939,940,942

《塞勒姆的女巫》 *Tituba of Salem Village* 673

《塞缪尔》 "Samuel" 668

《塞壬》 "Siren" 1129

《赛马骑师》 "The Jockey" 596

《三次生活试验》 *Three Experiments in Living* 88

《三个女人》 *Three Women* 265,856,862

《三个女人》 *Three Lives* 509,510

《三角的路:回忆录》 *Triangular Road: A Memoir* 807

《三角洲婚礼》 *Delta Wedding* 583,586

《丧钟为谁而鸣》 *For Whom the Bell Tolls* 508

《骚乱》 *Riot* 716,721

《杀死一只知更鸟》 *To Kill a Mocking Bird* 476,494

《沙尘中的落伍者》 *Stragglers in the Dust* 612

《沙漏蚀刻》 *Etchings in an Hourglass* 769

《沙漠中的流放:日裔美国家庭的飘零》 *Desert Exile: The Uprooting of a Japanese American Family* 800

《沙丘花园》 *Gardens in the Dunes* 1108,1114,1116

《山谷里的星星》 "The Star in the Valley" 315,318

《山人摩西》 *Moses, Man of the Mountain* 541,542

《山狮》 *The Mountain Lion* 499

《山岳女神》 "Oread" 380,381

《闪亮—闪亮》 *Kira-Kira* 801

《善良的马基雅维利》 *Benigna Machiavelli* 354

《伤心咖啡馆之歌》 *The Ballad of the Sad Café* 592,593,596

《上帝》 *The God* 380

《上帝帮助孩子》 *God Help the Child* 946

《上帝存在的36个论据:虚构性作品》 *Thirty-Six Arguments for the Existence of God: A Work of Fiction* 771

《上帝的仁慈战胜人类的残忍》 *God's Mercy Surmounting Man's Cruelty* 20,35

《上帝的选地,永恒的人民》 *The Chosen Place, the Timeless People* 807,815,816,

《上帝至高无上的权利与仁慈》 *The Sovereignty and Goodness of God* 15,37,412
《上一代人》 *The Last Generation* 782
《少女群像》 *The Group* 502,632,634,636,637,641—643
《少雨的土地》 *The Land of Little Rain* 263
《奢侈的人们》 *Expensive People* 1081
《社会意识视角下的女性运动》 *The Woman Movement from the Point of View of Social Consciousness* 353
《涉水》 *Wade the Water* 779
《摄影师尤多拉·韦尔蒂》 *Eudora Welty as Photographer* 583
《身处地狱但求杯水》 "People in Hell Just Want a Drink of Water" 849,850
《深港》 *Deephaven* 293—295
《神秘的日本》 *Occult Japan* 372
《神圣的一夜》 "One Holy Night" 939
《神童》 "Wuderkind" 592,596
《升空》 *Levitation* 994
《升空》 "Levitation" 1004
《生病的孩子》 "The Sick Child" 1119
《生而为女，我很伤感》 "I, Being born a Woman and Distressed" 397
《生活的必需品》 *Necessities of Life* 1016
《生活的高成本》 *The High Cost of Living* 856,863
《生活轻松》 *The Living Is Easy* 490,517
《生活与加布里埃拉》 *Life and Gabriella* 561
《生或死》 *Live or Die* 501,733
《生芦苇》 *The Living Reed* 548
《生命的目的》 *What I Lived For* 1079,1081
《生命之轮》 *The Wheel of Life* 559
《生日礼物》 *The Birthday Present* 734
《生丝》 *Raw Silk* 794
《生死游戏》 *The Game of Silence* 924
《生为女儿身：作为经历和制度的母亲身份》 *Of Woman Born: Motherhood as Experience and Institution* 1007
《声音》 *Voices* 822
《声音从何处来》 "Where is the Voice Coming From?" 590
《圣埃尔莫》 *St. Elmo* 166,167,169,170,174,175
《圣诞,1944》 "Christmas,1944" 728
《圣诞珍妮》 "Christmas Jenny" 307
《圣克莱尔河洲》 "St. Clair Flats" 283
《圣罗克的善德和其他故事》 *The Goodness of St Rocque and Other Stories* 268
《圣梅达尔地区的风情》 *The Pleasant Ways of St. Medard* 263

《圣水》 Sacred Water：Narratives and Pictures 1108

《圣塔伦》 "Santarém" 702,710,712

《圣约翰长沼湖畔的女士》 "A Lady of Bayou St. John" 340

《失败》 Defeat 21

《失眠》 "Insomnia" 712

《失去一切的人：不确定的乌托邦》 The Dispossessed：An Ambiguous Utopia 820

《失踪的新娘》 The Missing Bride 124

《诗》 "Poetry" 386

《诗歌选集》 Collected Poems 385

《诗歌杂集》 Poems on Miscellaneous Subjects 327

《诗歌合集》 Complete Poems 501

《诗集》 Poems 385

《诗人的世界》 The Poet's World 1038

《诗选》 Selected Poems 93,385

《十二分之一：我们国家的女性作家》 "The Writer-Woman：One Out of Twelve：Ⅱ.） 681,686

《石头、白纸和尖刀》 Stone, Paper, Knife 768

《时间边缘的女人》 Woman on the Edge of Time 760,856—858,861

《时间的力量：1985—1988年的诗》 Time's Power：Poems, 1985—1988 1007

《时尚》 Fashion 95

《时尚与饥荒》 Fashion and Famine 92

《拾骨》 Salvage the Bones 775

《拾穗者》 The Gleaner 9

《食人者与传教士》 Cannibals and Missionaries 636

《驶向上帝的可怕航程》 The Awful Rowing Toward God 735

《世界变了》 A Change of World 1006,1010

《世界的词语是森林》 The Word for World is Forest 824,825,829,830

《世界的支撑》 The Holder of the World 869,877

《世界与小镇》 World and Town 791

《世界上最了不起的渔夫》 "The World's Greatest Fisherman" 921

《市场上》 "In the Market" 237

《适得其所：怀俄明故事之三》 Fine Just the Way It Is：Wyoming Stories 3 844

《释放尘土》 Freeing the Dust 502

《匙河集》 Spoon River Anthology 279

《手风琴罪案》 Accordion Crimes 844,851,853,855

《守望莱茵河》 Watch on the Rhine 611,615,620

《受神力保护的生活》 A Charmed Life 636

《叔叔的第一只兔子》 "Uncle's First Rabbit" 1048

《淑女佐拉伊德》 "La Belle Zoraide" 341

《熟路》 "A Worn Path" 585

《树民》 Barkskins 844

《树下的菲丝》 "Faith in the Tree" 670

《树新娘》 The Tree Bride 869,879

《竖琴编织人》 The Ballad of the Harp-Weaver 265,395

《数到十,我们就好了》 "Count to Ten and We'll Be There" 1040

《双重印象》 The Double Image 722,724,726

《谁会想得到呢?》 Who Would Have Thought It? 273

《谁是爱尔兰人?》 Who's Irish 791

《水池》 "The Pool" 381

《水浒传》 All Men Are Brothers 548

《水面的涟漪》 Circles on the Water, Selected Poems 768

《水墨画》 "Ink Drawing" 729

《水母》 "A Jellyfish" 384

《水印:越裔美国诗歌与散文集》』 Watermark: Vietnamese American Poetry and Prose 796

《睡在天花板上》 "Sleeping on the Ceiling" 704,705

《睡者醒来》 "The Sleeper Wakes" 524,525

《顺其自然》 Play It As It Lays 834,837,840

《思想和身体的问题》 The Mind-Body Problem 771

《斯宾塞的爱尔兰》 "Spenser's Ireland" 390

《斯黛拉翻身记》 How Stella Got Her Groove Back 777

《斯德哥尔摩的救世主》 The Messiah of Stockholm 994,1005

《斯隆大街》 "In Sloane Street" 287

《斯蓬克:佐拉·尼尔·赫斯顿短篇小说选》 Spunk: The Selected Stories 541

《斯人已去》 "Old Mortality" 571,573

《死神》 "The Death King" 739

《死神来迎大主教》 Death Comes for the Archbishop 295,458,462,463,465,467,469,471

《死亡笔记》 The Death Notebooks 735

《死亡的权利》 "The Right to Die" 362

《死亡与陪伴》 "Death & Co" 747

《死亡与租税》 Death and Taxes 696

《死亡之身》 Body of This Death 486

《死者年鉴》 Almanac of the Dead 1108,1115,1117,1118

《死者之书》 "Book of the Dead" 487

《四灵魂》 Four Souls 922,923,930

《四十岁的行经》 "Menstruation at Forty" 735

《松花笺》 Fir-Flower Tablets 368,373,375,376

《苏珊和上帝》 Susan and God 403

《苏珊娜与苏》 Susanna and Sue 265

《随笔》 Occasional Prose 637
《孙行者:他的即兴曲》 Tripmaster Monkey:His Fake Book 966,969,972,977,978
《所罗门之歌》 Song of Solomon 913,945,948,949,959—963
《所有的门廊》 "Any Porch" 691
《琐事》 "Trifles" 405—410
《琐事》 Trifles 609,611

T

《他》 "He" 573
《他,她和它》 He,She and It 761,856,857,861
《他和她》 He and She 403
《他们,回望》 "They,Looking Back" 725
《他们》 them 1079—1083,1088,1090—1092
《他们来敲门》 They Who Knock at Our Gates 457
《他们向愚蠢行为俯身》 They Stooped to Folly 556,562
《他们眼望上苍》 Their Eyes Were Watching God 490,538,541—545,818
《他最不想要的东西》 The Last Thing He Wanted 837,841
《她的第一个美国男人》 Her First American 770
《她的华人丈夫》 "Her Chinese Husband" 445
《她的交际圈》 The Company She Keeps 635,637,638
《她那一类》 "Her Kind" 737
《她乡》 Herland 265,354,357—359
《太容易:书写奇迹》 "Too Easy:To Write of Miracles" 727
《太阳风暴》 Solar Storms 789
《太阳界线》 The Line of the Sun 783
《太阳舞乐》 The Sun Dance Opera 269,423
《泰名建造的房子》 The House That Tai Ming Built 496
《探戈舞厅》 Tango Place 1054—1056
《探问者》 The Inquisitor 58
《汤姆叔叔的小屋》 Uncle Tom's Cabin 57,86,96,113,124,126,130,177,179,185—194,196,197,200,208,212,219,255,575,577
《逃离》 Fly Away Home 856,862
《逃奴的妻子》 "The Fugitive's Wife" 328
《特别的财富》 A Peculiar Treasure 272
《天才的寓言》 Parable of the Talents 776
《天翻地覆:一个越南女人从战争到和平的历程》 When Heaven and Earth Changed Places:A Vietnamese Woman's Journey from War to Peace 795
《天赋》 Gifts 822
《天钩》 The Lathe of Heaven 825,828
《天启》 The Annunciation 1055

《天堂》 *Paradise* 946,953—955,958,961

《天文馆》 "Planetarium" 1013

《天下骏马》 "All the Pretty Little Horses" 844

《天竺葵》 "The Geranium" 601

《田纳西群山》 *In the Tennessee Mountains* 313

《甜菜女王》 *The Beet Queen* 922,932

《跳鼠》 "The Jerboa" 389

《铁厂生活》 *Life in the Iron Mills* 229—235,237,681,686—688

《铁喉》 "Iron Throat" 679,681,686

《铁脉》 *The Vein of Iron* 562,565

《铁锥与荆棘》 *Nails and Thorns* 612

《听远处的枪声》 "Listening to Distant Guns" 723

《挺起肚子》 "Lifting Belly" 506

《通往正确问题的几点说明》 "Notes towards Finding the Right Questions" 996

《通向自由的五十年》 *Fifty Years of Freedom* 270

《同胞》 *Kinfolk* 549

《同伙》 *The Group* 21

《同名者》 *The Namesake* 794

《同一天晚些时候》 *Later the Same Day* 662

《同宗同源：潜藏的自我》 *Of One Blood：Or，The Hidden Self* 348,349,350

《童年的终结》 "Childhood's End" 724,725

《偷吃菩萨的晚餐》 *Stealing Buddha's Dinner，A Memoir* 797

《头发》 "Hairs" 941

《头生子》 *Firstborn* 1122,1123,1129

《投票权之歌》 *Suffrage Songs and Verses* 354

《透过树林的金光》 *Gold Through the Trees* 612

《徒劳无功》 *Fool's Errand* 612

《屠宰师傅歌唱俱乐部》 *The Master Butchers Singing Club* 922

《土豆削皮器》 "The Peeler" 601

《土耳其恋人》 *The Turkish Lover* 783

《推销员的诞生》 "Birth of a Salesman" 761

《托马斯和比乌拉》 *Thomas and Beulah* 1036—1038,1041,1042

《驼鹿》 "The Moose" 703,704,708

W

《瓦什蒂》 *Vashti* 169

《外界》 *The Outside* 405,408

《外面的姐妹：散文和演讲》 *Sister Outsider：Essays and Speeches* 1023

《外婆的日常家用》 "Everyday Use：for Your Grandmama" 882

作品索引

《挽救溺水之鱼》 Saving Fish from Drowning 980
《晚安,妈妈》 'Night, Mother 1064,1065,1068
《晚安,威利·李,早上见》 Good Night Willie Lee, I'll See You in the Morning 881
《万物之道》 The Givenness of Things 1097,1102
《往后坐,放松点儿》 "Sit Back, Relax" 1040
《望过太阳》 Seeing Through the Sun 789
《危险的音乐》 Dangerous Music 799
《威尼斯见闻》 Venice, Observed 637
《威诺娜:一个南方和西南地区黑人生活的故事》 Winona: A Tale of Negro Life in the South and Southwest 347—350
《微光世界的继承人》 Heir to the Glimmering World 994
《微开的大门》 The Gates Ajar 92,177,179
《为被称为非洲人的美国人呼吁》 An Appeal in Favor of That Class of Americans Called Africans 112
《为了少校》 For the Major 283,285,286,561
《为圣人消解冲突》 Conflict Resolution for Holy Beings 790
《为我的族人》 For My People 504
《为印第安人呼吁》 An Appeal for the Indians 111
《维多利亚》 Victoria 58
《伟大的美国小说》 "The Great American Novel" 436
《未来的日子》 Days to Come 614
《温纳玛:森林之子》 Wynema: A Child of the Forest 416
《温妮》 "Winnie" 721,722
《温室中的生活》 The Sheltered Life 487,556,562
《文学和性别政治:一种异议》 "Literature and the Politics of Sex: A Dissent" 996
《文学中的缄默Ⅱ》 "Silences in Literature Ⅱ" 681
《我爱生命中有宽广余地》 I Love a Broad Margin to My Life 966,971,977
《我背上的这座桥:有色激进女性作家作品集》 This Bridge Called My Back: Writings by Radical Women of Color 781,793,1024
《我并不在乎》 "I Shall Not Care" 365
《我从哪里来》 Where I Was From 842
《我带你去那儿》 I'll Take You There 1080,1081,1088,1093,1095,1096
《我道别这个世界之前给我一杯凉水就好》 Just Give Me a Cool Drink of Water 'fore I Diiie 774
《我的安东妮亚》 My Antonia 260,267,452,458—460,463,464,467—470,563
《我的成长》 How She Grew 636
《我的唇吻过谁的唇》 "What Lips My Lips Have Kissed" 398
《我的弟弟》 My Brother 896,898,904
《我的花园(书)》 My Garden (Book) 896
《我的几个世界》 My Several Worlds 548,554

1175

《我的姐姐和我的外孙》"My Sister and My Grandson" 667

《我的金友》 Golden Friends I Had 366

《我的看法》"It Seems to Me, Jr." 614

《我的妹妹,我的爱:史盖乐·蓝派克秘史》My Sister, My Love: The Intimate Story 1081,1083—1086

《我的名字》"My Name" 939

《我的生活,我的身体》 My Life, My Body 857

《我的生活如鼠类》 My Life as a Rat 1079

《我的死对头》 My Mortal Enemy 461,462

《我就是一个黑人》"I Am A Black" 722

《我们的黑鬼》 Our Nig 26,201,204,205,209,210,212,213,215,217,324

《我们都在寻找的那个土匪》 The Gangsters We Are Looking For 797

《我们仨》 The Three of Us 402

《我们身后的死者》 Our Dead Behind Us 1029,1033

《我们世纪的作家女性》"Women Who Are Writers in Our Century" 681

《我们是疯女人及其他活力十足的女性主义预言》"We Are the Crazy Lady and Other Feisty Feminist Fables" 996

《我们是马尔瓦尼一家》 We Were the Mulvaneys 1079,1081

《我们收获的男人》 Men We Reaped 775

《我们死者醒来时:书写作为再审视》"When We Dead Awaken: Writing as Re-Vision" 1007

《我们所爱的一切都能得到救赎:一个作家的行动主义》 Anything We Love Can Be Saved: A Writer's Activism 883

《我们一直住在城堡里》 We Have Always Lived in the Castle 646,652

《我们永不相见》 We Should Never Meet 798

《我们这个世界》 In This Our World 354

《我们这一生》 In This Our Life 487,562,565

《我们之间》 Between Our Selves 1023

《我们之间的距离》 Distance Between Us 782

《我们之间的身体》 The Bodies Between Us 797

《我们中的一员》 One of Ours 460,560

《我们自由之前》 Before We Were Free 785

《我母亲的自传》 The Autobiography of My Mother 895,896,901,904—907

《我亲人的殿堂》 The Temple of My Familiar 885,893

《我生活中的房间》"The Room of My Life" 736

《我是你的姐妹:跨越性别的黑人女性联盟》"I Am Your Sister: Black Women Organizing Across Sexualities" 1034

《我是你的姐妹:洛德未发表诗歌选》 I Am Your Sister: Collected and Unpublished Poems of Audre Lorde 1024

《我是无名氏!你是谁?》"I'm Nobody! Who are you?" 381

《我是无名之辈》 Name Me Nobody 801
《我是怎样写〈千禧年〉的》 How I Wrote Jubilee 505
《我所有的漂亮宝贝》 All My Pretty Ones 501,735
《我为什么住在邮局》 "Why I Live at the P. O." 590
《我与 R. H. 梅西的生活》 "My Life with R. H. Macy" 646
《我在中国的童年时代》 When I Was a Boy in China 440
《我站在这里熨烫》 "I Stand Here Ironing" 680,682
《我只祈求过天堂两次》 Only Twice I've Wished for Heaven 777
《我知道笼中的鸟儿为何歌唱》 I Know Why the Caged Bird Sings 774
《我自己的房子》 A House of My Own 935,941
《我自己的房子》 "A House of My Own" 939
《无界的沙乡》 The Country of Lost Borders 263
《无尽的伤痛:朝鲜战争孤儿的非凡之旅》 Ten Thousand Sorrows: The Extraordinary Journey of a Korean War Orphan 802
《无人回望》 None Shall Look Back 493
《无声的奥德赛:朝鲜女性先驱在美国》 Quiet Odyssey: A Pioneer Korean Woman in America 801
《无声的时间》 Tickless Time 405
《无声告白》 Everything I Never Told You 792
《无邪的孩子》 "The Sinless Child" 93
《无邪的孩子与其他诗作》 The Sinless Child and Other Poems 94
《无知的心》 Illiterate Heart 794
《五月花》 The Mayflower 186
《午餐的代价等》 The Cost of Lunch, Etc. 857
《午后的菲丝》 "Faith in the Afternoon" 668,670
《午酒》 "Noon Wine" 570,573
《午夜的救赎:1995—1998 年的诗》 Midnight Salvage, Poems, 1995-1998 1007
《武装的姐妹们》 "Sisters in Arms" 1033
《舞鹰入眠》 Dance the Eagle to Sleep 856

X

《夕阳下的阿卡普尔科及其他故事》 Acapulco at Sunset and Other Stories 799
《西班牙土地》 The Spanish Earth 615
《西德尼·布鲁斯坦窗上的标记》 The Sign in Sidney Brustein's Window 626,630, 631
《西尔维娅之死》 "Sylvia's Death" 739
《希波吕托斯的妥协》 Hippolytus Temporizes 380
《希尔达卷》 Hilda's Book 377
《希腊人有话说》 The Greeks Had a Word For It 611
《昔日》 Once 883,885

1177

《息,望,忆》 Breath, Eyes, Memory 786
《习惯法》 "Unwritten Law" 1126
《席林斯基夫人和芬兰国王》 "Madame Zilensky and the King of Finland" 596
《洗尽扬尘》 "Laying the Dust" 729,730
《喜福会》 The Joy Luck Club 978—989,991,992
《瞎子汤姆》 "Blind Tom" 236
《夏》 Summer 428
《下降的形象》 Descending Figure 1123,1128
《夏洛特:一个真实的故事》 Charlotte: A Tale of Truth 58
《夏洛特·坦普尔》 Charlotte Temple 22,24,51,53,54,56,57,59,60,62—64,69, 102,225
《夏洛特的女儿;或,三个孤儿》 Charlotte's Daughter; or, The Three Orphans 59
《夏天不再重来》 "And Summer Will Not Come Again" 743
《先驱》 Forerunner 354
《鲜血、面包和诗歌:散文选集,1979—1985》 Blood, Bread, and Poetry: Selected Prose, 1979—1985 1008
《闲逛》 Promenade 1055—1057
《闲言碎语》 Bits of Gossip 231
《现代诗歌中的一些音乐类比》 "Some Musical Analogies in Modern Poetry" 371
《献给曾想过自杀的有色女孩/人生终将有彩虹》 For Colored Girls Who Have Considered Suicide / When the Rainbow is Enuf 1071,1072,1074,1078
《献给玛乔丽的花》 "Flowers for Majorie" 588
《献给人民的歌》 "Songs for the People" 327
《乡村地方》 Country Place 673,677
《乡村墓地》 Country Churchyards 583
《乡村医生》 A Country Doctor 296,297
《乡土色彩》 "Local Color" 262
《乡下好人》 "Good Country People" 604,607
《相反》 On the Contrary 637
《镶嵌:记忆和推测》 Tesserae: Memories and Suppositions 725
《想家饭馆的晚餐》 Dinner at the Homesick Restaurant 764,765
《向我来》 Steer Toward Rock 792
《小爱神》 "Eros" 1129
《小妇人》 Little Women 157—166,178
《小狐狸》 The Little Foxes 491,609,611,614,615,618—620
《小男人》 Little Men 160
《小女孩自己的书》 A Little Girl's Own Book 113
《小说人物》 "Characters in Fiction" 637
《小说中的地方》 Place in Fiction 585
《小说中的事实》 "The Fact in Fiction" 644

作品索引

《小无马居留地奇事的最终报告》 The Last Report on the Miracles at Little No Horse 922,923,932

《小镇人》 The Townsman 548,552

《蝎雨》 Rain of Scorpion and Other Stories 781

《邪屋》 The Haunting of Hill House 646,650

《斜塔》 The Leaning Tower 556

《写给Y医生：未收录诗歌》 Words for Dr.Y.：Uncollected Poems 735

《写给祖父母的便条》 "note to grandparents" 666

《心不在焉：自我的现代神话对内心的消解》 Absence of Mind：The Dispelling of Inwardness from the Modern Myth of the Self 1097

《心灵之歌及其他故事集》 Heart Songs and Other Stories 843

《心是孤独的猎手》 The Heart Is a Lonely Hunter 493,557,592—595

《心头的怒火》 Hanging Fire 1023

《心语》 The Heart's Language 801

《新家：谁会跟随而至？或西部生活见闻》 A New Home,Who'll Follow? Or,Glimpses of Western Life 88

《新生》 "Vita Nova" 1125

《新生》 Vita Nova 1122,1126,1127

《新生》 "Renascence" 394

《新生和其他诗歌》 Renascence and Other Poems 395

《新世界里的明智之举》 "The Wisdom of the New" 447

《新斯科舍第一次面对死亡》 "First Death in Nova Scotia" 703,708

《新印度小姐》 Miss New India 869,879

《新英格兰简史》 Summary History of New-England 23

《新英格兰史节略版》 An Abridgement of the History of New-England 23

《新英格兰夏天的酬劳》 "Rewards of a New England Summer" 743

《新英格兰修女》 "A New England Nun" 306,309

《新英格兰修女和其他故事》 A New England Nun and Other Stories 305

《新英格兰早期定居者》 The First Settlers of New England 111

《信件》 "A Letter" 730

《信任》 Trust 994,1000,1001,1004

《星期日在明顿家》 "Sunday at the Mintons" 744

《星星点点的火》 Little Fires Everywhere 792

《星夜》 "The Starry Night" 739

《幸运的女儿》 Daughter of Fortune 787

《幸运手册》 A Handbook to Luck 784

《幸运之神》 God of Luck 791

《性与种族进步》 "Sex and Race Progress" 360

《性战争》 Sex Wars 857,863

《兄弟,我将离你而去》 Brother,I'm Dying 786

1179

《雄鸡》 "Roosters" 712
《秀拉》 *Sula* 945,947,948,959—961,963
《虚伪的女人》 "Hypocrite Women" 730
《宣言》 "Declaration" 779
《悬而未决》 *The Open Question* 266
《学院园林》 *Groves of Academe* 636
《雪花,赠给孩子们的新年礼物》 *The Snowdrop, a New Year Gift for Children* 94
《雪中牡鹿》 "The Buck in the Snow" 396
《雪中牡鹿》 *The Buck in the Snow* 395
《血孩子》 *Bloodchild* 775,776
《血红棕马》 "The Blood Bay" 850
《血色领带》 *Blood Tie* 763
《寻找母亲的花园:妇女主义文集》 *In Search of Our Mothers' Gardens: Womanist Prose* 889,891
《迅速坠落》 *Going Down Fast* 856

Y

《哑巴》 "The Mute" 593
《雅各的梯子》 *The Jacob's Ladder* 727,730
《雅曼伽的房子》 "From the House of Yemanjá" 1025
《亚当之死:对现代思想的思考》 *The Death of Adam: Essays on Modern Thought* 1097,1102,1103
《亚历山大之桥》 *Alexander's Bridge* 459
《沿溪而下》 "Drifting Down Lost Creek" 315,316,318
《盐之书》 *The Book of Salt* 796,798
《燕子归来》 *The Day of the Swallows* 781
《阳光下的葡萄干》 *A Raisin in the Sun* 504,609,613,624,626,628,630,631
《阳台故事》 *Balcony Stories* 263
《摇摆不定的形象》 "Its Wavering Image" 444
《药店的猫》 *The Drugstore Cat* 673
《药之书》 *The Book of Medicines* 789
《耶稣会选什么样的家具》 "What Kind of Furniture Would Jesus Pick?" 849
《野兽之城》 *The City of the Beasts* 787
《野味汉堡》 *Wild Meat and the Bully Burgers* 801
《野鸢尾》 *The Wild Iris* 1122
《夜车》 *Evening Train* 725,730
《夜的一边》 *Night-Side* 1081
《夜行者》 *Traveler in the Dark* 1070
《夜间的芳华》 "Madonna of the Evening Flowers" 369
《夜林》 *Nightwood* 486

作品索引

《夜明珠》 The Moon Pearl 791
《一次尽欢》 "One Good Time" 305
《一对马刺》 "Pair a Spurs" 849
《一个被诱惑女人的疯癫》 The Madness of a Seduced Woman 769
《一个旅行推销员之死》 "Death of a Traveling Salesman" 583,585
《一个明星的诞生》 A Star Is Born 699,834
《一个奴隶女孩的生平故事》 Incidents in the Life of a Slave Girl 113,201,204, 218—222,228
《一个女演员的自传》 Autobiography of an Actress 95
《一个欧亚裔人的回忆书束》 Leaves from the Mental Portfolio of an Eurasian 274
《一个批评性寓言》 A Critical Fable 368
《一个普通人的罗曼史》 The Romance of a Plain Man 559
《一个天主教女童的回忆录》 Memoirs of a Catholic Girlhood 502,634,636,637,639
《一个新英格兰故事》 "A New-England Sketch" 186
《一个新英格兰故事》 A New-England Tale 98,99,101,102
《一个印第安女孩的求学时光》 "The School Days of an Indian Girl" 269,420,423
《一个作家的开端》 One Writer's Beginnings 583
《一家之主》 Bread Givers 272,456
《一路跟踪》 Follow Her Home 803
《一起醒来真好》 "It is marvelous to wake up together" 702
《一时一地》 One Time, One Place 583
《一树,一石,一云》 "A Tree, a Rock, a Cloud" 596
《一统旷野之梦:1974—1994年诗选》 The Dream of the Unified Field: Selected Poems 1974—1994 771
《一位家庭主妇的回忆》 Recollections of a Housekeeper 88
《一位南方女文人的回忆》 Memories of a Southern Woman of Letters 263
《一位南方主妇的回忆》 Recollections of a Southern Matron 88
《一位正派女人》 "A Respectable Woman" 336
《一小时的故事》 "The Story of an Hour" 335
《一则故事》 "A Fable" 1127
《一则消息》 "A Piece of News" 589
《一种艺术》 "One Art" 713
《伊丽莎白·汉森的囚掳叙事》 An Account of the Captivity of Elizabeth Hanson 35
《伊丽莎白·斯托克的一个故事》 "Elizabeth Stock's One Story" 339
《伊丽莎白走了》 "Elizabeth Gone" 734
《伊内兹:发生在阿拉莫的故事》 Inez: A Tale of the Alamo 168
《伊士塔尔之歌》 "Song for Ishtar" 730
《伊坦·弗洛美》 Ethan Frome 428,434,437

《医院素描》 Hospital Sketches 159
《移民、进口和我们的父辈》 "Immigration, Importation, and Our Fathers" 361
《移山》 Moving the Mountain 354, 358
《遗产》 The Inheritance 159
《遗失心灵地图的女孩》 Girl, Interrupted 755
《已婚抑或单身?》 Married or Single 99, 100
《以莎乐美的之名》 In the Name of Salomé 785
《以文为生》 Living by the Word 893
《以我之名相聚》 Gather Together in My Name 774
《艺术家肖像》 "Portrait of the Artist" 698
《艺术与热情》 Art and Ardor 996
《刈骨》 The Farming of Bones 786
《异教徒拉比及其他故事》 The Pagan Rabbi and Other Stories 994, 1000, 1004
《意外的旅客》 The Accidental Tourist 765
《因为你爱过我》 Up Close and Personal 834
《因为它味苦,因为它是我的心》 Because It Is Bitter, and Because It Is My Heart 1084
《银雀》 Silver Sparrow 778
《饮料瓶,那是不透明的玻璃品》 "A Carafe, That Is a Blind Glass" 511
《隐藏的手》 The Hidden Hand 124, 127
《隐秘的花》 The Hidden Flower 547
《隐喻与记忆》 Metaphor and Memory 996
《印第安的古老传说》 Old Indian Legends 269, 423
《印第安名字》 "Indian Names" 93
《印第安人中的印第安教师》 "An Indian Teacher among Indians" 269, 420
《印第安童年印象》 "Impressions of an Indian Childhood" 269, 420, 421
《印度的政治文化和领导》 Political Culture and Leadership in India 869
《印度视角下的地方主义》 Regionalism in Indian Perspective 869
《印度之家》 Home to India 497
《英格兰埃塞克斯郡西部的地图》 "A Map of the Western Part of the County of Essex in England" 726
《英属圭亚那》 "British Guiana" 814
《赢取》 Won Over 354
《影集》 Photographs 583
《应许之地》 The Promised Land 272, 449—451, 453—457
《拥有快乐的秘密》 Possessing the Secret of Joy 882, 885, 890, 891
《永恒的灵泉》 Springs Eternal 406
《忧伤的村民书》 "From a Mournful Villager" 294
《忧伤和恐惧:印航悲剧难以挥去的梦魇》 The Sorrow and the Terror: The Haunting Legacy of the Air India Tragedy 869

《忧伤小姐》 "Miss Grief" 282,290
《幽灵》 "Ghost" 865
《幽灵般退让》 Giving up the Ghost 781
《幽灵情人》 The Ghostly Lover 499
《幽灵之家》 The House of the Spirits 787
《尤》 ¡Yo！ 785
《尤菲米娅》 Euphemia 24
《由我做主》 Leave It to Me 869,874,875
《犹太史》 History of the Jews 23
《游历法国》 A Motor-Flight Through France 323
《游戏终结：马科斯的覆灭》 Endgame：The Fall of Marcos non-fiction 798
《有生之年》 One Man in His Time 561
《有时》 "Sometimes" 667
《又是四月》 Second April 265,395
《诱惑和其他故事》 The Seduction and Other Stories 1081
《鱼》 "The Fish" 386,713
《越界》 Passing 489,527,529,532—534,536
《愉悦之歌》 Poems of Pleasure 264
《愚人船》 Ship of Fools 556,574
《与罗莎·帕克斯共乘公交车》 On the Bus with Rosa Parks 1038,1040
《与猫同眠》 Sleeping with Cats 857,863
《与皮纳特在一起的普通一天》 "One Ordinary Day With Peanuts" 646
《与她同游吾乡》 With Her in Ourland 354,358
《与野人一起的日子》 Life Among the Savages 646
《羽冠》 Feather Crowns 765
《羽毛》 Plumes 271
《语音》 "Speech Sounds" 775
《预见未来》 See Now Then 895,896
《欲求》 "Wants" 666
《寓言》 "Fable" 725
《圆屋》 The Round House 919,920,922,923,925,926,929,930,933
《远东的灵魂》 The Soul of Far East 372
《愿景》 The Visioning 405
《约翰·拉玛》 "John LaMar" 235
《约翰·韦恩：爱之歌》 "John Wayne：A Love Song" 833
《约翰尼·派尼克与梦经》 Johnny Panic and the Bible of Dreams 745,747,748
《约拿的葫芦藤》 Jonah's Gourd Vine 541
《约南提奥：30年代的故事》 Yonnondio：From the Thirties 680,685,686
《月亮娘娘》 The Moon Lady 981
《月亮总是女性的》 The Moon is Always Female 768,857

《越过万水千山》 Across a Hundred Mountains 782
《越过边界》 Crossing the Border 1081
《越南婚礼》 A Vietnamese Wedding 1055
《云雀之歌》 The Song of the Lark 267,324,459
《云深不知处》 In the Clouds 313
《芸芸众生》 Behold the Many 801

Z

《再次祝福》 Twice Blessed 798
《再会好运》 "Goodbye and Good Luck" 666
《在"陌生人"的国度》 In the "Stranger People's" Country 313
《在村子里》 "In the Village" 702,706,708
《在疯狂的爱与战争之间》 In Mad Love and War 790
《在国家之中》 In the Country 800
《在过去的世界里》 "In the Old World" 1080
《在黑暗中弹奏》 Playing in the Dark: Whiteness and the Literary Imagination 946
《在候诊室》 "In the Waiting Room" 708
《在华普兰德的第三次布道》 "The Third Sermon on the Warpland" 721
《在麦加》 In the Mecca 714,716,718,722
《在美国的讲座》 "Lectures in America" 508
《在前线：萨尔瓦多游击队诗歌集》 On The Front Line: Guerrilla Poems of El Salvador 788
《在如此欢乐之后》 After Such Pleasures 692
《在萨尔瓦多之二》 "In San Salvador II" 667
《在乡下》 In Country 765
《在英国的美国人》 American in England 58
《在这个国家，但是用另外一种语言，姑姑拒绝大家都想让她嫁的男人》 "In This Country, But in Another Language, My Aunt Refuses to Marry the Men Everyone Wants Her To" 666
《在自由的国度》 "In the Land of the Free" 447
《赞美我的子宫》 "In Celebration of My Uterus" 735
《遭弃的韦瑟罗尔奶奶》 "The Jilting of Granny Weatherall" 569
《早餐歌》 "Breakfast Song" 702
《灶神之妻》 The Kitchen God's Wife 980,991,992
《扎格罗斯基的坦白》 "Zagrowsky Tells" 668
《扎米》 Zami: A New Spelling of My Name 1023,1026,1035
《扎伊医生》 Doctor Zay 179,181,183,296
《窄处》 The Narrows 672,673,678
《窄屋里出生》 "the birth in a narrow room" 720
《战场》 The Battle Ground 559

《战士的女儿》 "A Warrior's Daughter" 425
《战争的老兵,和平的老兵》 Veterans of War,Veterans of Peace 966
《战争之子,和平之女》 Child of War,Woman of Peace 795
《战争状态》 State of War 798
《绽放的节仗》 Flowering of the Rod 380,381
《绽放的紫荆》 "The Flowering Judas" 556,567,570,573
《沼泽地上的房屋》 The House on Marshland 1123
《丈夫走了》 As Husbands Go 403
《照亮及暗夜之光》 Illumination and Night Glare 593
《这就是印度》 This is India 497
《这么大》 So Big 272
《这生活》 "This Life" 667
《这是什么世道》 "What Kind of Times Are These" 1019
《这些葡萄酿的酒》 Wine from These Grapes 395
《蔗糖女王》 Queen Sugar 778
《着色的鼓》 The Painted Drum 922
《贞女的规则》 Rules for Virgins 980
《珍妮·加罗的情人》 "Jenny Garrow's Lovers" 293
《真心相对》 Disappearing Acts 777
《真正的忏悔》 True Confessions 834
《争论》 "Argument" 712
《争鸣与困窘》 Quarrel and Quandary 996
《拯救格蕾丝》 Saving Grace 764
《证据与理论》 Proofs and Theories:Essays on Poetry 1120,1122
《正如我想》 Just As I Thought 662
《症结》 The Crux 354
《知识分子回忆录》 Intellectual Memoirs 636
《质疑美德》 "In Distrust of Merits" 389
《致法国孔雀》 "To the Peacock of France" 388
《致革命者》 "For A Revolutionary" 1050
《致敬安琪儿》 Tribute to the Angels 380
《致敬弗洛伊德》 Tribute to Freud 378,381
《致凯瑟琳·比彻的信》 Letters to Catherine Beecher 76
《致慷慨资助文学艺术的人》 "To Maecenas" 49
《致美国人民请愿书》 "An Appeal to the American People" 328
《致美国印第安人:一位尤罗克妇女的回忆录》 To the American Indian:Reminiscences of a Yurok Woman 416
《致命的会晤》 Fatal Interview 395
《致命的婚姻》 The Fatal Marriage 124
《致蛇》 "To the Snake" 730

《致生者的挽歌》 Laments for the Living 692

《致我的姐姐》 "For My Sister" 1119

《致我亲爱的仁爱的丈夫》 "To My Dear and Loving Husband" 31

《致沃伦夫人的颂歌》 "Ode to Mrs. Warren" 17

《致新英格兰的剑桥大学》 "To the University of Cambridge, in New England" 50

《致一台蒸汽压路机》 "To a Steam Roller" 386

《致丈夫的一封信》 "Letter to Her Husband, Absent upon Public Employment" 31

《致珍禽》 "To a Prize Bird" 388

《致尊贵的彼得·斯凯勒上校》 "To the Honourable Col. Peter Schuyler" 16

《致尊敬的华盛顿将军阁下》 "To His Excellency General Washington" 49

《致尊敬的威廉·达特茅斯伯爵》 "To the Right Honorable William, Earl of Dartmouth" 48

《智血》 Wise Blood 494,601,602

《中国稻田中的爱情故事》 A Love Story from the Rice Fields of China 274

《中国的伊斯梅尔》 A Chinese Ishmael 274

《中国湖》 China Lake 758

《中国佬》 China Men 437,790,965,966,968,974,977

《中国暹罗猫》 Sagwa, the Chinese Siamese Cat 981

《中国学生》 Chan Hen Yen, Chinese Student 274

《中国战歌》 Battle Hymn of China 491

《中间人和其他短篇》 The Middleman and Other Stories 869,879

《中间通道》 Middle Passage 204

《中年心里话:带三和弦和一种态度的"摇滚余孽"乐队全美巡演心得》 Mid-Life Confidential: The Rock Bottom Remainders Tour America With Three Cords and an Attitude 981

《忠诚》 Fidelity 405,663

《钟形罩》 The Bell Jar 501,632,634,740,742,744,747,748,768

《种族灭绝的只言片语:关于爱和饥渴的诗》 From the Cables of Genocide: Poems on Love and Hunger 1045

《种族主义 101》 Racism 101 779

《重访布拉格老城区犹太人墓地》 "Returning to the Cemetery in the Old Prague Ghetto" 866

《重新开始》 Begin Again: Collected Poems 662

《重学字母》 Relearning the Alphabet 724

《朱庇特之光》 Jupiter Lights 283

《转弯处的黄房子》 The Yellow House on the Corner 1037

《装饰音》 Grace Notes 1038

《撞色》 Color-Struck 612

《子孙后代》 The Descendant 559

《紫花》 The Purple Flower 403

《紫罗兰和其他故事》　*Violets and Other Tales*　268
《紫色》　*The Color Purple*　773,880,881,885,887—891,908,916,1065
《自由》　"Freedom"　528
《自由的胜利:一个梦想》　"The Triumph of Freedom:A Dream"　202
《自由的笑声》　*Free Laughter*　405
《自由人之书》　*The Freedmen's Book*　113
《宗教观点的发展》　*The Progress of Religious Ideas*　111
《宗教观点评述》　*View of Religious Opinions*　23
《棕色的威胁或者致蟑螂的幸存》　"The Brown Menace or Poem To The Survival of Roaches"　1031
《走下来吧,兄弟》　*Step Down, Elder Brother*　498
《足够长的绳索》　*Enough Rope*　696
《足迹》　*Footprints*　724
《祖辈轶事》　*Year Before Last*　486
《祖国:英国,福利国家和核污染》　*Mother Country:Britain, the Welfare State, and Nuclear Pollution*　1097
《祖母的鸽子》　*Grandmother's Pigeon*　924
《钻石切割刀》　*The Diamond Cutter*　1007
《最后的白色等级》　*The Last White Class*　857
《最后一个女服务生》　*The Last of the Menu Girl*　782
《最后一刻的巨大变化》　*Enormous Changes at the Last Minute*　662
《最蓝的眼睛》　*The Bluest Eye*　944—946,955,960,962—964
《最优雅的天鹅》　"No Swan So Fine"　388
《最早的城市》　*The First Cities*　1023
《最终的射程》　*The Range Eternal*　924
《佐拉·尼尔·赫斯顿短篇小说全集》　*The Complete Stories*　541
《作为解释的创作》　*Composition as Explanation*　507
《作为社会批评的小说》　"The Novel as Social Criticism"　674
《作于身体不适时》　"Upon a Fit of Sickness"　30
《作于一个孩子出生前》　"Before the Birth of One of Her Children"　30
《做个年轻有为的黑人》　*To Be Young, Gifted, and Black*　626
《做梦的埃米特》　*Dreaming Emmett*　946